慕阿难

MU
A
NAN

（全二册）

上

江苏凤凰文艺出版社
JIANGSU PHOENIX LITERATURE AND ART PUBLISHING

图书在版编目（CIP）数据

慕阿难：全2册 / 风吹小白菜著. -- 南京：江苏凤凰文艺出版社，2022.7

ISBN 978-7-5594-6875-8

Ⅰ. ①慕… Ⅱ. ①风… Ⅲ. ①长篇小说–中国–当代 Ⅳ. ①I247.5

中国版本图书馆CIP数据核字（2022）第094918号

慕阿难：全2册

风吹小白菜 著

责任编辑 白 涵
特约编辑 王 维
封面设计 马顾本
责任印制 刘 巍
出版发行 江苏凤凰文艺出版社
南京市中央路165号，邮编：210009
网 址 http://www.jswenyi.com
印 刷 三河市中晟雅豪印务有限公司
开 本 700毫米×970毫米 1/16
字 数 900千字
印 张 50.75
版 次 2022年7月第1版
印 次 2022年7月第1次印刷
标准书号 ISBN 978-7-5594-6875-8
定 价 88.00元（全2册）

第1章

三月春寒料峭，高山积雪尚未消融，成郧城里热爱饮宴交际的贵族已经走动起来。

萧府里隐隐传出雅乐声，属于世家高门的赏花宴正在进行中。

花园凉亭。

“我家虽然是大户人家，但我阿娘说了，她对新妇绝不苛刻，只有简简单单三个要求。第一，必须两年之内生出儿子，给我家传宗接代。第二，我父亲亡故，我家暂时没有银钱，你得拿出嫁妆支持我游学读书。第三，你要孝顺我阿娘，正所谓长嫂如母，你还要主动承担起照顾我幼妹、幼弟的责任。”

褒衣博带的年轻郎君席地而坐，眉飞色舞地向对面少女讲述自己对未来新妇的要求。

讲完了，他笑道：“我对裴娘子非常满意，只要裴娘子做到以上三点，就能嫁给我。裴娘子对在下可还满意？”

少女跪坐在紫竹席上。

她的鸦青发髻宛如堆云，小脸灼灼若芙蕖，肤白胜雪粉腮朱唇，水青色宽袖三重衣勾勒出窈窕的单薄线条，大红石榴织花交裔裙铺陈满地，细腰上的流苏丝绦招摇翻飞，恰似佛寺壁画上的龙女。

春风携着落花瓣过境穿亭，少女没有佩戴金钗步摇，只在鬓角簪一朵照殿红山茶，可那富贵艳丽的花朵压不下她分毫美貌，只衬得她芙蓉粉面百媚千娇。

她垂着长睫，遮掩了瞳眸里的暗潮涌动。

祖上也曾四世三公钟鸣鼎食，只是到她父亲这一辈却是败落了，虽然名义上仍然是世家高门，可几代积累的财富早就被好赌成性的父亲全部败光。

阿翁活着时，曾为她订下一门显赫亲事，可惜后来对方嫌弃她家族败落，毫不留情地退了婚。

如今她已是说亲的年纪，久不来往的姑母突然热心地为她介绍了一位青年才俊，说是怎么怎么有前途，嫁过去怎么怎么能享福，简直堪比顶级名门。

父亲听得眼热不已，催着她来参加萧府的赏花宴，说那青年才俊也会赴宴，到时候借着人多的机会好好相看一番。

裴道珠抬眸。

这所谓的青年才俊，生得圆头大耳贼眉鼠眼，气度猥琐而不自知。容貌举止风度，只堪为下九品。穿戴十分寻常，想来家族也只是不入流的小世家。

察觉到她的窥视，这青年才俊放下茶碗，龇牙一笑——

牙很黄。

裴道珠笑盈盈地避开视线，似是娇羞，心里却道，难为她的亲姑母，不知道从哪里搜罗来的歪瓜裂枣，也好意思吹得天上有地下无，巴巴儿地要给她凑成双。

若这人那么好，她怎么不介绍给她自己的闺女？

那青年才俊追问："裴娘子觉得我怎么样？不是我吹，我上街的时候，有很多大闺女小妇人热情地朝我投掷鲜花和香帕呢！但凡有点眼力见儿的娘子，都该看出我的好！"

裴道珠凤眼潋滟，笑容更羞。

朝他投掷鲜花和香帕？怕不是他眼瞎，人家扔的是石头和烂菜叶吧！

她朱唇轻启，姿态犹如娇花照月般端庄娴雅，委婉道："张郎是个好人，我很爱慕你。只是婚姻大事乃是父母之命媒妁之言，道珠不敢轻易许诺……"

张才茂很高兴："那我明日就去拜访令尊和令堂。"

裴道珠温声细语："明日阿父阿娘要外出祭祖，不合适。"

"那后日呢？"

"后日也要去祭祖。"

"怎么每天都要祭祖？"

"明天祭的是阿翁，后天祭的是阿婆。阿翁阿婆生前感情不睦，因此要分开祭拜。张郎雅量非常，想来是能理解的。"少女笑容温婉，令人如沐春风。

张才茂被拒绝的火气消失无踪，殷勤道："春天的蒋陵湖碧波荡漾，听说很多文人骚客都喜欢去那里吟诗作画。不知在下可有荣幸，邀请裴娘子泛舟湖上？"

裴道珠保持微笑。

这厮要家世没家世，要相貌没相貌，要才华没才华，如今连脑子也没了。

游湖多么无趣，她才不去呢。

她柔声道：“我脚受了伤，不方便。”

张才茂惊讶：“你来的时候挺正常的呀，莫非是隐疾？！你姑母竟然没告诉我！不会遗传给咱们的子孙后代吧？！”

裴道珠鄙夷更甚。

她用铁如意叩了叩自己的脚踝，遗憾又无辜：“之前没有受伤，现在受伤啦。”

张才茂终于反应过来。

他暴怒，脸颊涨得通红：“裴道珠，你耍我？！成邺城谁不知道你家道中落，你以为你还是上品世家的掌上明珠？落魄凤凰不如鸡，你被萧家退婚，我肯娶你就不错了，你竟然不想嫁给我？”

裴道珠微笑。

她是落魄了，昔日潇洒到把金钗紫貂换酒钱的贵族女郎，如今连一根银簪子都买不起，家里煮几颗鸡子都要权衡半日。

可那又如何？

想起半个月前那个模糊的梦境，她就忍不住生出紧迫感。

梦里为了给父亲偿还赌债，祖宅被卖了，全家流落街头。两年后她被朝廷看中美貌，明面上是送去北国和亲，实则是充当细作，最后不仅落了个家破人亡的下场，自己还背负上红颜祸水祸国殃民的罪名，被万民辱骂，最后不堪受辱在除夕夜投水身亡。

她害怕那样的结局。

曾尝过钟鸣鼎食一掷千金的显赫，她不想落魄，她只想锦衣玉食潇洒度日，仍旧当成邺城所有女郎最羡慕的上品贵女。

所以当务之急是尽快弄到一笔钱，守住祖宅，也守住世家身份。

嫁个好郎君，无疑是她目前最好的选择。

因此姑母要给她介绍青年才俊时，她才愿意过来相看。然而眼前这位“青年才俊”，她实在消受不起。

裴道珠很谦虚：“道珠蒲柳之姿，确实配不上张郎。今日花宴，贵女众多，天上的神女不好找，愿意纡尊降贵给你家当婢子的女郎，难道还不好找吗？张郎何必动怒？”

张才茂气急败坏：“贱人，你在讽刺我？”他骂完，突然怒极反笑：“我早前便常常跟人说，女子生得太美不是好事，也是你姑母知道你傲气，提前就跟我通了气。”

裴道珠一怔，她顺着张才茂意味深长的视线望去，自己面前的茶碗已经饮了半盏。

心底咯噔一下。

她被下了药？

药效开始发作，她清楚地感受到浑身逐渐酸软……

张才茂洋洋得意：“你姑母说，你脾气倔又眼高于顶，不给点厉害瞧瞧，怕是不肯安分过日子！我阿娘也说，女人嘛，不就那么回事儿？只要生米煮成熟饭，还怕跑了不成。”

他对少女的美貌垂涎不已，高兴道：“昔年艳绝成郧城的第一美人，如今还不是要乖乖雌伏在我的身下，给我生孩子？”

裴道珠无视他的轻贱，余光落在亭外。宾客们都在花园东南边饮宴，四周偏僻无人。

她轻轻吁出一口气，支撑着站起身，趺趺撞撞地走出凉亭，往花径岔路口走。

那里是通往赏花宴的必经之路，三不五时就会有人经过，大约会是她唯一的生路……

张才茂自信嘲道：“走啊，我倒要看看，你今天能否走得掉！”

裴道珠没走出多远，果然如她所料，岔路口上正好经过一对年轻主仆。

她求救：“郎君……”

张才茂愣了愣，连忙起身追了上来。

他使劲掐住裴道珠的手臂，朝那位年轻郎君赔笑，毫不畏惧地大胆撒谎：“见笑了，这是我夫人，与我闹别扭呢！”

“我不是——”

张才茂耍无赖：“怎么不是？你与我一起参加花宴，却只顾酗酒，我不过数落你两句，你便与我生气，还在外人面前胡言乱语，真叫我丢脸！这位兄弟，我这夫人一向狡猾狠毒，我这就带她走，不打搅你逛园子的雅兴……”

裴道珠脸色清寒，眼看即将被这无赖拽走，忽然瞧见那年轻郎君指尖挽着一串佛珠，碧绿晶莹，价值不菲。

她猛地拽过那串佛珠，挣断了串着佛珠的丝线。一颗颗圆润剔透的珠子瞬间滚落满地。

张才茂目瞪口呆。

这贱人疯了！那佛珠一看就很值钱，他可赔不起！

“啧……”那年轻郎君温柔低笑，颇为遗憾地开口，“你们恐怕走不了了。”

张才茂又气裴道珠狡猾，又怕下药的事被发现。他放开裴道珠，搓手笑道：“我、我家也是大户人家，不过一串珠子，赔得起，赔得起！我身上没带钱，我这就回去拿。我这贱内，就先放在你这里了，哈哈哈！”

他又凑到裴道珠耳边，恶狠狠地压低声音：“你姑母可是收了我家钱的，跑得了和尚跑不了庙，你给我等着！”

张才茂一溜烟地逃走了。

那位年轻郎君扫了眼扶着额头的裴道珠，对随从使了个眼神。

随从心领神会，立刻扶着裴道珠坐下，拿了清凉醒神的药物给她闻：“女郎身中迷药，闻闻就好了。”

裴道珠慢慢缓过了神，抬起泛红的丹凤眼望向那位年轻郎君。

郎君身姿颀长，鸦青色的长发散在腰后，发间编织的丹红色同心结璎珞静静地垂落在左肩，穿鹤绫袍，外罩一件雪白大袖衫。他的骨相高挺而深邃，桃花眼潋滟着几分清寒，一眼望去，高山仰止，君子如玉，风神秀彻，宝蕴含光，仿佛江南古地十分灵秀，独独被他夺走七分。

裴道珠一怔：“萧玄策，是你？”

随从惊讶：“你怎么知道我家主子的字？”

裴道珠沉默。

她不仅知道他的字，还与他有过一段情呢。

因为连年战争，南国好不容易偏安一隅，世人便养成了今朝有酒今朝醉的习惯，就连女子也不必被名节束缚，可以尽情地出门玩乐。

她自幼生得美，倾慕者数不胜数。当初她一眼相中萧玄策——的皮囊，曾与他泛舟湖上，曾与他吟诗作画，月下醉酒时，她酒醉一时嘴瓢，怂恿他登门提亲。

第二天，他真的登门提亲了。

那时他总穿着普通的麻布白衣，看起来只是个穷酸的寒门子弟。她看不上他的出身，也不是真心爱他，便推说她病入膏肓不久于人世，结果他竟然请人传话，想陪她最后一程。

那时她性格恶劣高傲，便直言道——

“我家名门望族世代簪缨，郎君恐怕高攀不上。”

鄙视了一番后就把他踹了。不仅踹得干脆，还转头就和贵族小郎君定了亲。

裴道珠一向知道自己不是个好姑娘，只是今日被前任撞见自己如此狼狈，而这前任还一副贵不可攀的模样，令她十分不自在。

她心性高傲小气，见不得前任比自己过得好。

她扫了眼萧衡不俗的穿戴：“你怎么会在这里？”

随从骄傲道：“我家主子乃萧家九郎，这是他的家，他当然会在这里啦！”

萧家九郎……

裴道珠僵住。

萧家九郎，名门之后，才冠今古，风神秀彻，富可敌国，深得天子器重，是成郢城里最有前途的郎君！

萧玄策，萧家……是了，他的容止皆是上品，也只有名门萧家才能养出这样的郎君。

说来也巧，她阿翁为她订下的未婚夫也是萧家的郎君，却只是萧家二房的庶长子，算起辈分，还要称呼萧玄策一声九阿叔。

裴道珠心在滴血。

她竟然错把珍珠当鱼目，就那么给扔了！

只是……少女心里的小算盘打得飞快。

当初萧家九郎也曾登门求娶她，想来是十分爱慕她的。如果能和他旧情复燃并嫁给他，她还愁什么银钱，她就是整个南国最令人艳羡的顶级世家小贵妇！

重新显赫的家族，花不完的金银珠宝，穿不完的绫罗绸缎，同龄女郎羡慕妒忌又迫不得已的谄媚恭维……

那个眼高于顶难伺候的前未婚夫，甚至还得唤她小婶婶。

裴道珠算计完，笑了。

然而她面上却红着眼眶，格外悲伤：“玄策哥哥，你竟然故意对我隐瞒身世。你可知我父亲当初见你出身寒门，于是拿你的前途逼迫我嫁给别人？我爱你入骨，无奈之下才答应了那门亲事……可是直到如今，我其实仍旧只爱玄策哥哥一人！”

随从惊呆了，连忙道：“这位小娘子，我家主子十六岁就外出周游郡国，这两天才返回成郢，什么时候认识的你？又什么时候说要娶你？你可不能讹人呀！”

裴道珠望向萧衡，他也正面露思量，像是当真不认识她。

她绞着香帕，也就是去年的事，他怎么就不认了呢？是怨恨她薄情吗？

是了，她和他的侄儿定亲，他肯定十分难过，说不定还曾为了她酩酊大醉生不如死。

她得想办法挽回他的权势和钱财——

哦不，是挽回他的心。

裴道珠记得，昔年他最舍不得她哭。她低头酝酿了一下情绪，再抬起脸时已是梨花带雨娇美可怜："玄策哥哥当真要如此绝情？"

随从慌了："主人，她哭了！"

萧衡平静："她装的。"

裴道珠继续哭也不是，不哭也不是。

沉默了一下，她赌气嗔怪："玄策哥哥好狠的心！肯定是见我裴家家道中落，看不上我了，才与我如此生分！我还活着做什么？江南四百八十四座寺庙，不如随便找一座庙，剃度出家长伴青灯古佛得了！"

她莲步生风地往外走，还没走出两步，就听见背后传来一声"且慢"。

裴道珠驻足，嫣红唇角悄然翘起。

瞧瞧，男人就有这种劣根性，最见不得美人落泪撒娇，也最怜惜落难的美人，仿佛他们个个都是救世主。

她心中鄙夷，面上却娇羞回眸。她曾经对着铜镜练习过很多次，她知道她左侧脸的这个角度是最好看的。

丹凤眼中含着的泪珠欲落不落，透出一种美而不自知的风情，也更容易叫郎君怜惜……

"玄策哥哥……"

萧衡看着她。

既然姓裴，想来是他那大侄儿的前未婚妻，好像叫裴道珠。他游学四年，竟不知成郧城里有如此虚伪的女郎。

幸好没进萧家的门。

他温声："裴娘子剃度之前，能否先把我的佛珠捡起来？七七四十九颗，一颗也不能少。"

裴道珠愣住。

他叫她……捡佛珠？

她羞愤："昔年你曾说，我的手娇美白嫩，连剥橘子都叫你舍不得，如今，你竟然叫我像婢女那样弯下腰，一颗颗地捡佛珠？！"

萧衡笑意更盛，言语却也更加刻薄："且不说我不认识你，娘子的手是纸做的吗？连橘子都剥不得？毁坏别人的东西，就得赔礼道歉，这是礼数。”

裴道珠被气笑了。

她心狠薄情，萧玄策却比她更加心狠薄情！君心似铁！绕指柔也熔不了百炼钢！

只是这块钢手中握着的权势和财富委实叫她眼馋。裴道珠盯了他良久，压住火气。

她偷看过阿姐私藏的画册，知道男人喜爱怎样的女郎，于是暗暗翻了个白眼，在他的视线中故意扶着腰款款蹲下，拾起佛珠的动作徐缓而优雅，端的是千种风情万般娇媚。

美人多娇。

随从看得脸红心跳：“都、都说成郯城的女郎十分热情，卑职瞧着，这、这也热情过头了吧……”

萧衡评价：“爱慕虚荣，不知廉耻，机关算尽，一无是处。”

随从挠挠头：“也不算一无是处，小娘子生得很美啊。”

萧衡哂笑：“我竟看不出来。”

随从劝道：“您也到了弱冠之年，老夫人为您的婚事着急，才催您回来。您对女郎们的要求也不能太苛刻，言语也该温柔些。”

萧衡：“苛刻？她家族败落、虚伪刻薄、唯我独尊、卖弄风情、利欲熏心这些毛病，我都不曾说出口。”

随从无言以对。

裴道珠兜着香帕。香帕里包着捡回来的四十九颗佛珠，碧绿圆润，晶莹剔透。一颗就足够她全家人过上两个月衣食无缺的日子。

好想要……

她委屈地看一眼萧衡。她都如此低声下气委曲求全了，他心里即便有怨恨，也该平息了才是。她决定给他最后一次机会。

她故意把香帕藏在身后，伸出绣鞋勾了勾萧衡的小腿，撒娇：“玄策哥哥刚刚丢在地上的，是佛珠……还是道珠？回答正确了，就能得到你想要的哦。”她暗示般眨了下丹凤眼。

随从目瞪口呆，这位裴家娘子是高手啊！

萧衡却只是微笑。他握住她的脚踝，漫不经心地推开：“佛珠。”

裴道珠暗暗咬牙，笑容却更加天真妩媚：“我，裴道珠，愿意再给玄策哥哥一次机会。”她刻意加重了“道珠”两个字。

萧衡依旧微笑："我丢在地上的，是佛珠。"

裴道珠颜面尽失，气急败坏地把那一兜佛珠扔给萧衡，掉头就走。

她刚转身就撞上了一位嬷嬷。

裴道珠后退半步，认清这位嬷嬷是萧老夫人身边的红人，连忙端出娴雅高洁的模样，毕竟长辈最喜爱端庄的女郎。她脊背挺直，屈膝福了一礼，柔声道："嬷嬷。"

江嬷嬷惊疑不定："奴瞧见刚刚九爷握着裴娘子的脚踝，你们这是……"

裴道珠歉意道："是道珠不好，一时没站稳，不小心碰到了玄——九爷，因此九爷才会摸上道珠的脚，好把道珠推开。"

随从再度目瞪口呆。虽然她描述的也算事实，可是这话听起来，怎么他家主子一副衣冠禽兽、想占她便宜的感觉？

江嬷嬷若有所思地看一眼萧衡。

裴娘子娇里娇气的，他想推开还不简单，怎么就偏要去摸人家的脚？都说九爷吃斋念佛不近女色，如今看来，也不尽然。

萧衡微笑着叩了叩案几，只盯着裴道珠。

裴道珠后背发毛，她压住心悸，道："嬷嬷来寻道珠，可是老夫人有什么吩咐？"

江嬷嬷回过神："老夫人请您去厅堂说话。大公子和顾娘子也在，说是要为退婚的事向您道个歉，想当面求得您的原谅。"

裴道珠的笑容淡了些。

大公子萧荣，是她的前未婚夫。

顾娘子是她的表姐顾燕婉，昔年跟随舅舅前来投奔，在她家住了很长一段时间，后来舅舅追随新帝有功，如今顾家已是成郸城最有脸面的新贵。

表姐寄住在她家时就和萧荣勾搭上了，如今不仅成功跻身士族贵女的圈子，还顺理成章地抢走了她与萧荣的婚事。

说什么求得她的原谅，他们不过是想让他们的姻缘看起来名正言顺，而不是半路插足。

裴道珠暗道，她再如何勾搭郎君，也绝不会碰有未婚妻的郎君。与她比起来，顾燕婉毫无底线，她很看不起。

她心中鄙夷，面上却温声细语："瞧嬷嬷说的，我哪儿会记恨他们？为他们高兴都来不及呢。"

江嬷嬷称赞道："裴娘子果然端庄大气，怪不得老夫人喜欢您。"

裴道珠嫣然一笑，正要客套一番，背后传来意味深长的声音："端庄大气？"

裴道珠紧张回眸。

萧衡按着那一兜佛珠，似笑非笑地迎上她的视线。

裴道珠沉默半晌，温柔地转移话题："嬷嬷，咱们该去见老夫人了，如果叫她老人家等太久，是道珠失礼。"

江嬷嬷望向萧衡："九爷也一起吧？老夫人想您了。"

萧衡深深看了一眼裴道珠，唇角微勾："好啊，一起。"

厅堂。

小女郎们围着一位容色妩媚的女郎说话。

"燕婉这身衣裳，是用芙蓉锦裁的吧？我年初就在布庄见过这料子，一匹值千金，我阿娘舍不得给我买……真好看呀！"

"竟然这么贵重？我都不知道呢，只是从库房随便拿的而已。"

"燕婉的花冠和金步摇也好看，镶嵌了这么多珍珠，得值多少钱！一眼望去明晃晃的，高贵的像是神仙妃子！"

"哪里，也就几颗珠子，不值几个钱的。"

被恭维吹捧的女郎含笑掩唇，眉梢眼角是藏不住的喜悦。

幼时家在钱塘，她也算钱塘的顶级贵女，人人看见她都要吹捧恭维。可是自打搬到成邺城，这里到处都是高贵的名流世家，她的出身一下子被比了下去。她随双亲寄住在裴家，每次参加宴会，明明她是姐姐，可风头都会被裴道珠这个妹妹夺走，她失去了在钱塘时的贵女光环，黯然无光的滋味太难受了。

如今风水轮流转，也到了她顾燕婉扬眉吐气的时候。她终于重回贵女圈子的中心，终于再次享受到众星捧月的滋味，终于抢回了所有风头。

她望向不远处的萧荣。

她抢回的何止是风头，还有裴道珠的未婚夫呢。

寄住在裴家的时候，她就对萧荣三番四次悄悄示好，萧荣喜欢她的热情与率真，与她约定将来一定要在一起。她的父亲显赫之后，她吹了几次耳边风，萧荣果然舍弃了裴道珠，转而向她登门提亲。

等她嫁进萧家，便是真正步入成邺城的名流圈子……顾燕婉怡然自得，笑容更盛。

有女郎顺着她的视线望去，称赞道："燕婉和大公子郎才女貌，瞧着十分登对。"

“大公子人中龙凤，幸好没娶裴道珠！同龄女郎里面我最讨厌的就是她了，仗着美色和家世，惯会在人前装模作样……”

“就是！不就是琴棋书画和女红烹饪比咱们强嘛，我阿娘总叫我向她学习，我才不愿意呢！她好虚伪的哦！”

“我有个好主意，她被退了婚，定然过得很不如意，待会儿咱们好好嘲笑她一番！”

女郎们兴奋地小声议论。

门外的江嬷嬷尴尬地望向裴道珠。少女不过十五岁的年纪，却保持着端庄自持温婉高贵，像是没听见那些奚落，当真是好定力。

江嬷嬷咳嗽一声：“老夫人，九爷和裴娘子过来了。”

女郎们愣了愣，以顾燕婉为首，纷纷转身望向门口。

春风盈袖，美人多娇。

裴道珠立在春阳里，肌肤白嫩，凤眼潋滟着日影，石榴红的裙裾逶迤曳地，腰间缠着的莺黄丝绦飘逸绝伦，越发衬得女郎窈窕婀娜、削肩细腰，盈盈一笑间更有弱不胜衣之感。

哪怕卸去珠钗，家道中落，裴道珠也仍旧是成郯城当之无愧的第一美人，叫女郎们自惭形秽。刚刚还想着狠狠奚落她一番，如今却是你拿胳膊肘捅捅我，我拿胳膊肘捅捅她，竟都相顾无言了。

裴道珠落落大方地踏进门槛，朝上座的老夫人请了安。

她心里十分快活。

议论她又如何？她就喜欢别人在背后骂她空有美貌和才华。有的人想被骂还没资格呢。

她用余光扫了眼顾燕婉。

顾燕婉梳着高髻，穿戴华贵烦琐，妆容细腻而隆重，一看就知道是花了大心思的。只是再花心思又如何，底子和气度摆在那里，不如她就是不如她。

似乎是察觉到她的视线，顾燕婉淡淡别过脸，眉梢眼角藏着不甘。

裴道珠开心地牵了牵唇角。

正暗戳戳钩心斗角时，萧荣忽然狐疑开口：“九……九叔？”

随着萧衡踏进门槛，屋子里瞬间寂静。

他的容止风度都是绝佳，身姿犹如鹤立鸡群，骨相精致流畅，丹凤眼漂亮清冷，发间结着的朱红璎珞宛如点睛鹤顶，行走之间仿佛高山晶莹雪。

原本萧荣在女郎们眼中也算人中龙凤，可是和这位郎君相比，完全就是蒹葭倚玉树，枯木对珊瑚。

萧衡朝主座欠了欠身："阿娘。"

他的声音也非常好听，似击金敲玉，珠落玉盘。

自惭形秽的女郎们顿时激动地双眼放光。

早就听说萧家九郎近日回了成邺，没想到她们竟然刚好撞上！

他比她们想象的还要俊美！最重要的是他还没有娶亲……

一阵寒暄过后，众人落座。

裴道珠还没坐热乎，顾燕婉突然含着泪委屈开口："数日不见，妹妹瘦了，可是怪我和荣哥定亲的缘故？婚姻大事，父母之命媒妁之言，姐姐也是情非得已……妹妹能否原谅姐姐？"

裴道珠保持微笑。

这就是顾燕婉道歉的方式？真够特别的。

她不接顾燕婉的话茬，柔声道："好好的，姐姐哭什么？不知道的还以为被退婚的是你呢。"

第三者上位的人，不配得到谅解。

顾燕婉脸发烫，紧了紧手帕，又故作关切道："妹妹今日怎么打扮得如此素净？竟也不戴点珠钗首饰，瞧着冷冷清清，怪可怜的。若是手头紧张，姐姐那里有一套银饰，你若不嫌弃，姐姐叫侍女拿去送你。你要打扮得漂漂亮亮，姐姐才能放心呢。"

裴道珠捏着香帕，不肯叫其他人看轻了自己，娇声道："年幼时最爱拿金银珠宝装点自己，如今读了许多书，才明白钱财只是身外之物，任其自然才是女儿家最好的装点。金器戴得多了，反倒显得俗不可耐。"她意味深长地看一眼顾燕婉的花冠和金步摇。

众人像是心有灵犀，一齐望向顾燕婉。

初看时觉得惊艳，可看久了，便觉老气庸俗。顾娘子确实不如裴娘子来的美貌动人呀！

顾燕婉快要呕死。穷就是穷，扯这么多歪理做什么！

老夫人也是年轻过，哪会不明白她们的明争暗斗。二房退婚在前到底是理亏的，于是她慈蔼笑道："阿难尚还年幼，确实不该打扮得如此素净。江嬷嬷。"

阿难是裴道珠的小字，意为欢喜无染。

江嬷嬷捧出一只紫檀木盒："这是老夫人的赏赐，一套红宝石头面和一套翡翠头面，很适合裴娘子。老夫人喜欢娘子，娘子收下吧？”

裴道珠惊喜。有了这两套贵重首饰，说不定就能保住祖宅了！

她正要起身去接，对面突然传来一声“且慢”。

说话的是萧衡。他端着碧色茶碗，笑得淡然：“裴娘子不爱钱财，阿娘何必赏她金银之物？这是对她的羞辱。”

厅堂寂静。

萧衡接着说道：“正好，我新得了一株罕见的金花茶，成郸仅此一株，不如送给裴娘子。想来裴娘子会十分高兴的。”

裴道珠沉默。

萧玄策绝对是故意的！这人忒缺德，明知道她缺钱，却还要说这种话。

如果被赠送金银财宝是一种羞辱，她情愿每天都被羞辱！

刻意强调“仅此一株”，不就是暗示她别想偷偷卖掉吗？

可她要金花茶做什么，炒菜？

她咬住唇瓣，凤眼盈满水光，嗔怪地望一眼萧衡。

萧衡微笑：“娘子不必谢我。”

谢他？

谢他个鬼！

裴道珠没被顾燕婉气死，快要被他气死了！

然而两人的互动落在众人眼中却又是另一番情景。

小女郎们窃窃私语——

“九爷对裴道珠好生关心！”

“裴道珠长得那么美，但凡是个郎君都会动心吧？咱们也不知道还有没有机会……”

“我也好想要九爷送的金花茶哦！”

顾燕婉坐不住了。

怪不得裴道珠不妒忌自己，原来是因为她有了新的目标。可她怎么能嫁给九爷，她若是嫁了，自己岂不是要叫她婶婶……

萧荣同样蹙眉。

他记得从前裴道珠总对他嘘寒问暖，把他照顾得无微不至，还总说十分爱慕他，可这才过去多久，她怎么就勾搭上了他的九叔呢？

老夫人沉吟片刻，认真道：“阿衡所言有理，是我考虑不周。阿难美貌高洁，不是俗人，确实不需要金银珠宝来点缀。”

裴道珠眼睁睁看着江嬷嬷拿走紫檀木盒，努力保持微笑，笼在宽袖中的纤纤玉手却硬生生把掌心掐出了无数小月牙。

她需要金银珠宝！苍天可鉴，她可喜欢金银珠宝了！天底下谁不爱钱呀，她又不是圣人！萧玄策当真可恨！

然而她只能温柔答谢："多谢老夫人和九爷，阿难生平别无所求，每日读书刺绣抚琴作画，餐花饮露淡泊一生，便已是心满意足。"

虚伪……

在场的女郎们同时翻了个白眼。

因为萧荣退婚一事，老夫人自觉有愧于裴道珠，有心抬一抬她的身份，又道："我膝下两个嫡亲孙女儿，随她们父亲远赴荆州上任去了，府里十分冷清。阿难若是不嫌弃，也可称呼我祖母。从今以后，荣郎便是你的兄长，会像从前那样照拂你的。"

一群小女郎满脸羡慕。

萧家是成郧城首屈一指的顶级世家，当年北方都城还没有陷落时，便已是四世三公，等到迁都成郧，萧家更是鼎盛，出了好几位丞相和太傅。

有萧老夫人做靠山，无论走到哪里都是体面的。

裴道珠按捺住喜悦，落落大方地起身行礼，柔声唤道："阿难给祖母请安。"

她转向萧荣："给阿兄请安。"

萧荣心里颇不是滋味。

昔日的未婚妻竟然变成了妹妹。

不过变成妹妹也不错，好歹还与他沾亲带故。这般绝色佳人，若非姨娘嫌弃她家世败落，一哭二闹地逼他退婚，他是怎么也要收入囊中的……

裴道珠又转向萧衡，迟疑半晌，才仪态万千地行屈膝礼，声音不自觉地染上几分娇媚天真："九叔……"

萧衡微笑。

九叔？谁是她九叔，他可没有这么精于算计的侄女。

他似笑非笑："过来，九叔有话叮嘱你。"

裴道珠心里犯怵，却还是迈着莲步款款上前："不知九叔有何指教？"

萧衡叩了叩案几，示意她跪坐下来。

裴道珠心头浮起不妙的预感，却只得跪坐到他身边。

萧衡倾身凑到她耳畔，低声道："娘子工于心计，睚眦必报，却休想动我萧家人分毫。娘子爱慕虚荣，热衷财宝，却休想贪我萧家的一草一木一珠一宝……可记住了？”

他周身有一股淡而清冷的崖柏香，说话时的热气萦绕在耳畔，令裴道珠不禁耳根发软。

他垂着修长的眼睫与她四目相对，鼻尖几乎要碰到一起，茶色瞳孔中清晰地映照出彼此的好容色，甚至能清晰地细数对方的睫毛……

裴道珠的双颊逐渐浮上绯红。

春阳透窗而来，洒落在两人身上，仿佛一对调笑的璧人。

众人看得痴了。

顾燕婉和萧荣算什么郎才女貌？这一对儿容止都是上品，他们才是郎才女貌登对非常呢！

顾燕婉看得十分着急：“你们说了什么？”

裴道珠回过神，浅浅低笑：“九叔说，怜惜我家道中落，从今往后，愿意好好照顾我。”

萧衡挑眉：“是吗？”

裴道珠抬起凤眼：“不是吗？”

四目相对间似是有暗潮涌动，谁也插不进他们的火花里。

顾燕婉快要被气死。落魄凤凰不如鸡，裴道珠是个什么东西，凭什么一来就能赢得九爷和老夫人的好感？明明她才是萧家即将过门的新妇啊！

她连忙转移话题：“听荣哥说，金梁园已经建成，里面景致极美，真想过去瞧瞧呢。”

金梁园是萧家的私人庄园，坐落于蒋陵湖畔，几乎包围了大半座蒋陵湖，庄园里有山有水，亭台楼阁十分华美。只要一想到这座庄园今后也会属于自己，顾燕婉就忍不住逢人炫耀她未婚夫家里有一座大庄园。

老夫人笑道：“是了，正想着明日搬去园子里小住。我寻思着，大家不妨一同过去小住，再喊些年轻的郎君作陪。人老了就喜欢看小辈们热热闹闹。九郎，阿难，你们也一起吧。”

老夫人盛情邀请。

一时间，满屋子的小女郎都十分兴奋快活，叽叽喳喳地讨论起要带哪些衣裙和珠钗。

顾燕婉气急。

那明明是她的庄园，她还没住过呢，凭什么请这么多人去住！关键是裴道珠这个碍眼的也会去……

裴道珠正笑眯眯地挽袖斟茶。她抬起娇美的脸，睫影剪出几分明媚：“春天的蒋陵湖碧波荡漾，很多文人墨客都喜欢在那里吟诗作画，泛舟湖上定然十分有趣，玄策哥哥可要同往？”

萧衡接过她递来的茶，没搭理她游湖的邀请，吹了吹碧色茶汤，像是随口提起：“娘子平日可曾读书？读哪些书？”

裴道珠微微一笑：“经史子集，都有涉猎。去年阳春，你我曾在城郊摄山谈论佛儒道，玄策哥哥都忘了吗？”

萧衡眉目凉薄。

去年阳春他还在游历洛阳，跟她谈哪门子的佛儒道？为了吸引他的注意，裴家娘子真是演的一手好戏。

他温声开口：“经史子集固然不错，然而我那里有一本书，私以为更适合你，你定然是没读过的。”

裴道珠挑眉：“不知道是什么书？”

昔年家族鼎盛，裴府藏书众多。她为了和那些高门郎君有共同话题，也为了显得自己更有学识，曾翻阅过各种书，虽然是走马观花，却也算看过了，她自问还没有没读过的书。

萧衡薄唇轻启：“曹大家所著的《女诫》。”

裴道珠脸色微变。

《女诫》是讲妇德的，萧玄策是在讽刺她没有妇德。

她气极反笑，丹凤眼中掠过算计。她起身，姿态优雅地行屈膝礼：“谢九叔赐书！”

萧玄策赐书是事实，她喊出来也好叫其他人羡慕一把，叫她们以为，她裴道珠是有人照顾的。哪怕家族落魄，却也不是她们可以随便欺负的。

果然，厅堂里安静了一瞬。

小女郎们艳羡到无以复加，哪里还有心思讨论裙钗首饰。她们委屈对视，早知道萧家九郎喜欢爱读书的女郎，她们在家中的时候就好好读书了！

她们决定了，这次去金梁园小住一定要多带两箱书！

顾燕婉很不服气，小声对萧荣抱怨：“明明我才是你家即将过门的新妇，可是老夫人和九叔不给我赏赐，反倒给足了裴道珠体面，这是什么道理？难道九叔看上了裴道珠不成？”

萧荣安慰她："起初我也有这个想法，只是九叔和咱们的辈分到底不同，又怎么会看上阿难这种小姑娘？"

顾燕婉一想也是，扶了扶金步摇，想着明天就能动身去金梁园，而且还是以萧家新妇的身份，不禁更加开心。九叔再宠裴道珠又如何？比起她顾燕婉女主人的身份，裴道珠在金梁园终究只是个外人不是？

甚至……

九叔在萧家排行最小，将来萧家的家业都未必分得到他头上呢，那座金梁园，说不定还会被荣哥收入囊中。

众人心思各异。

萧衡却是被气笑了。他见识过各种各样的女子，却独独没见过如此擅长见缝插针的。

裴道珠好厚的脸皮！

厅堂里的小宴散了以后，裴道珠堂而皇之地跟上了萧衡。

游廊里，萧衡转身看她："你做什么？"

裴道珠笑容娇甜："九叔不是说要赐书给我吗？还有那株金花茶，我都还没拿到手。九叔的东西想必都是极好的，我喜欢呢。"

《女诫》那玩意儿迂腐愚蠢，甚至还强调好女不嫁二夫，她才不喜欢。借机去萧玄策的书房转转，倒是使得的。

他故意假装不认识她，实在令人恼恨，她要从他的书房里搜罗出他们相识的证据，好叫他哑口无言。

萧衡轻嗤。

他不过是随口一说……裴道珠像极了狗皮膏药，粘上了就扯不下来。罢了，给她那两件东西就是，也好与她再无瓜葛。

他径直朝自己居住的院落走去。

裴道珠暗暗欢喜，连忙跟上他。

萧衡的书房通透宽敞，墙上挂着不少古字画。

趁萧衡去内屋找书的工夫，裴道珠走到他的书案前。

笔墨纸砚摆放得错落有致，青玉镇纸压着一幅字——举目见日，不见长安。

字迹力透纸背，落笔处隐隐可见落寞，收尾的笔画里又遒劲、坚韧、充满野心。

裴道珠读过史书。当年国家鼎盛，就连北方长安也属于家国疆土。后来异族南下入侵，占领了北方大片国土，皇族不得已率领士族南渡，在江南重新建立了王朝。

太阳与长安，谁近谁远？

年幼的小皇子坐在父亲膝上回答说，太阳近，因为抬头就能看见太阳，可是无论怎样举目四望，都看不见遥远的长安。

一时之间，满殿臣子思念故土怆然泪下。

作为南渡的江北大族，萧衡想念故土无可厚非。她想着，又瞧见书案角落放着一个打开的紫檀木描金匣子，里面藏着一幅旧画。

会是她的画像吗？

裴道珠正要倾身去看，珠帘后传出冷冷的声音："裴道珠。"

她连忙站好。

萧衡上前，顺势合上了匣盖。

他把《女诫》递给裴道珠，脸色清寒，宛如被撞破了什么机密："东西也拿了，你该走了。"

裴道珠不甘心却又无可奈何。萧玄策不肯承认与她的那段情，她强逼也没用。她抱着书福了一礼："谢九叔……"

她刚转身要走，又忍不住回眸，瞳中潋滟着款款情意："明日金梁园，阿难与九叔不见不散。"

萧衡眉骨下压，英俊深邃的面庞上带出阴鸷。

这半日以来，他看着裴道珠如跳梁小丑般上蹿下跳，他想着他也算是长辈，萧家又有愧于她，或许他待她该宽容些。可是这女人不知悔改，屡次三番勾引他，甚至自作主张偷看他的书案，与市井间那些妄图攀附高枝的庸脂俗粉毫无区别，实在令他厌恶。

他按捺住戾气，仍然保持着微笑的表情，缓步上前。

裴道珠被扑面而来的崖柏香透出几分压迫，抱着书下意识后退，直到撞上厚重的檀木博古架。

萧衡一手撑在她脸侧，俯下身来，他结着丹红璎珞的细发辫垂落在她颊边，令她有些痒。

他淡红薄唇轻启："裴家败落，你父亲成日酗酒赌博，输光家产不说，膝下又没有半个子侄，所以裴家已经没有东山再起的可能。裴道珠，正经世家高门的郎君是绝不可能迎娶你的……纵然他们肯，他们背后的家族也万万不肯。"

裴道珠脸色一点点变得难看，她紧紧抱着《女诫》，细白指尖无意识地收紧，涂着丹蔻的指尖泛出更深的红。

萧衡目光下移。少女的唇瓣饱满嫣红，恰似牡丹花瓣，诱着人去采撷。

他玩味道："你生得美貌，可你的资本如果仅仅是这份美貌，那么就只配做个玩物。"

裴道珠羞愤地仰起头，脸颊红如滴血。眼前的郎君皮囊俊美映丽，偏偏说出的话却犹如利刃剖心，残酷至极。

她委屈道："对你而言，我也只配做个玩物吗？"

萧衡弯唇："'若装饰女人，如画瓮盛粪，但观诸外相，谁知里不净'。女人不过红粉骷髅过眼云烟，所以对我而言，裴娘子连玩物都不是。"

裴道珠羞愤难当，气得眼眶红红："你，你以后干脆别成亲了！"她一把推开他跑出了书房。

跑出书房后，裴道珠站在廊庑下，对着花木葱茏的园林独自垂泪。

她不过是想与他重修旧好，他便是不肯，又何至于如此羞辱她？都说萧家九郎容止一绝，雅量非常，可今日看来，他分明就是个睚眦必报、尖酸刻薄、仗势欺人的小气鬼！

圆脸侍女抱着一株花款款而来，恭声道："裴娘子，这是郎主的金花茶，以后劳烦您照顾了。"

裴道珠迅速收了眼泪，小心翼翼地接过金花茶。

花还未开，只结了薄薄一层花骨朵。

圆脸侍女又笑吟吟道："花宴已经散场，其他女郎都乘车回家了。知道裴娘子没有马车接送，可要派车送您一程？"

裴道珠才不要。别人都有马车接送，只有她是乘坐萧府的车回家的，给人看见多没面子。生怕别人不知道她家穷得连接送马车都没有吗？

她脊背挺直："总是坐着对身体不好，我喜欢走路。"

碧纱窗后。

萧衡负手而立，看着她渐行渐远。大红石榴交破裙被春风扬起，细腰上的莺黄丝绦飘逸轻扬，身段袅袅娜娜。

他轻嗤一声。

"虚伪。"

第2章

至夜。

成邺城下起淅淅沥沥的春雨，乌衣巷曲径通幽，裴府的梨花飘零满地，被雨水浸湿，染上了一层污浊。

偌大的厅堂只点着可怜的两盏油灯，堪堪照亮了陈旧的食案。食案中间摆着一盘蛋羹和一壶酒。

裴道珠席地而坐，盯着那盘蛋羹看了很久，摸了摸饿瘪的肚子，又望向食案四周。

阿娘和她坐在一侧，对面坐着康姨娘和她的双胞女儿。

父亲膝下没有儿子，只有五个女儿。长姐早两年就出嫁了，二姐这些年一心求道长住道观，两个妹妹年纪尚小，谁也撑不起这个家……

她想着，屋外传来唱喏。

“议郎大人到——”

父亲回来了……

裴道珠连忙跟众人一起行大礼，心中却道，不过是回自己家而已，每天却还要叫人唱官衔，还逼着她们行大礼，父亲也不嫌丢人。

木屐声由远而近。

裴礼之在廊下褪去蓑衣和木屐，正儿八经地迈进门槛。

年近四十的男人，浑身酒气，眼睛熏得满是红血丝，看起来阴郁可怕。他扫视过恭敬的妻女，浮肿的眼睛里掠过不满和戾气。他撩袍落座，饮尽一杯酒，目光落在裴道珠身上。

“开宴之前，阿难，为父问你，你可知罪？”

裴道珠抿了抿唇。

在萧府的时候，她令张才茂颜面尽失，张才茂的母亲认识姑母，姑母还收了他们的银钱，到嘴的鸭子飞走了，姑母肯定恼羞成怒地向父亲告了她的状。

她恭声："父亲，事情不是你想的那样，张才茂——"

"住嘴！"裴礼之猛地一拍食案。

裴道珠小脸苍白。

裴夫人连忙把她搂到怀里，胆怯道："夫君，阿难一向懂事，没相看成，这其中是有缘故的。我听阿难说张才茂品行不端——"

"你也住嘴！"裴礼之怒不可遏，"品行不端？我妹妹怎么会给阿难介绍品行不端的人？！那可是我的亲妹妹，阿难的亲姑母！阿难自己嫌贫爱富，还敢羞辱张郎，今日不好好教训这个孽女，我裴家的家风都要被她败坏了！"

裴道珠还没来得及辩解，裴礼之已经一个耳光扇了过来！

少女白皙的脸颊上立刻出现了五个鲜红的指印。

裴礼之挽着袖子站起身："顾娴，你给我让开！我今天就要打死这个丢人现眼的孽女！"

吼叫声吓坏了年纪最小的双胞姐妹，两人躲在康姨娘怀里号啕大哭，顾娴更是死死抱住裴礼之的腰，不肯叫他伤害女儿。

顾娴泣不成声："夫君，阿难年纪还小，她懂什么——"

裴道珠脊背挺直地跪在原地，没有发出半点儿声响。

"你滚开！"裴礼之恶狠狠地推开她，"生不出儿子的东西，要你何用！"

裴道珠冷眼看着他对待阿娘时的粗暴，又看着他朝自己挥起的巴掌，似是习以为常。她道："父亲想打便打吧，打坏了这张脸，明日萧老夫人问起，我便说是您打的。"

裴礼之的巴掌顿在半空："你说什么？！"

少女冷静异常，道："萧家的金梁园已经建成，萧老夫人邀请了不少郎君女郎过去小住，女儿也在其中。父亲若是不嫌咱们家丢人，就尽管打坏女儿这张脸。"

裴礼之的巴掌落不下去了。

被萧老夫人邀请可是难得的殊荣！他这女儿百无一用，唯有这张脸相当出彩，若是能吸引到哪个高门郎君，说不定光是聘礼就能弥补他欠下的那些赌债，岂不是血赚？

裴礼之慢慢垂下手，许是面子上挂不住，他转身发狠般一脚踹到裴夫人的肚子上："没用的东西，都是你不好好管教你女儿！这么多年也没给我生个儿子，若我膝下有子，定然比她们都要听话懂事，也能振一振我裴家家风！"

"夫人！"康姨娘惊呼一声，连忙冲过去扶住顾娴。

两个中年妇人相互扶持着，宽袖不经意滑落到手肘，手臂上竟然都交错着新伤旧伤，可见这些年不知道挨了多少毒打。

裴道珠盯着阴郁暴怒的父亲，犹如盯着一个陌生人。

幼时家族鼎盛，父亲也算儒雅温润，从没有嫌弃过母亲没有生出儿子，更没有毒打过妻女。

可是自打家族败落，他又染上赌瘾，就像变了个人，稍不顺心就对妻女拳打脚踢，若是在外面受了气，回来也要打骂她们泄愤。

多么懦弱卑贱的男人！

裴道珠怀着恨意咬了咬牙，见裴礼之还要打阿娘，心脏不禁揪着生疼。

她强忍恨意，梨花带雨地跪倒在地，可怜巴巴地牵住裴礼之的袍裾："父亲别怪阿娘，都是女儿不好，女儿给你们蒙羞了……女儿愿意受罚！"

这副举动落在裴礼之眼中，便是识相乖巧的表现。

他很满意，宛如找回了尊严："去外面跪着，今晚不许用膳。"

顾娴满脸是泪，正要劝说，裴道珠拉了拉她的衣袖。劝说又有什么用，不过是又招来一顿毒打。

她走到廊庑里，静静地跪了下去。

雨水飘进廊下，打湿了她的红石榴裙，乌黑的鬓发贴在苍白的脸上，更显落魄可怜。

她抬起卷翘的长睫，望向光影幽暗的厅堂。父亲坐在那里，也不吃菜，只发泄般一杯接着一杯地喝酒。

一家人围坐在一起用膳，本该温馨团圆，可她家的气氛却格外阴冷紧张，只能听见烈酒入喉的声音和男人时不时冒出来的一两句辱骂。

它们混合在一起，成了她这些年最恐惧的记忆，仿佛全家人都会腐烂在这座阴冷潮湿的祖宅里。

她握紧双手："不能害怕，要往上爬……"

那场家破人亡红颜祸水的梦境时时刻刻提醒着她，她不该认命也不能认命。无论如何，她都要往上爬，她要嫁入高门，借高门权势，好好保护阿娘她们……

"哟，这是闹什么，阿难怎么跪在了门口？"尖细的调笑声突然响起。

裴道珠回眸望去。

侍女们提着灯笼和纸伞鱼贯而入，一个杏眼桃腮的中年妇人被她们众星捧月着缓缓走来。跟在妇人身边的少女虽然容貌寻常，却打扮得精致高贵，同样的杏眼扫视过她，不禁透出几分讥讽笑意。

裴道珠紧了紧拳头。

是姑母和表姐。她们登门，定然是为她而来……

裴礼之瞧见她们，顿时满面红光，亲自迎了出来："这下雨天的，妹妹怎么来了？哟，我们朝露又长高了，容貌风度也更加不俗！"

少女笑吟吟地福了一礼："舅舅谬赞。"

妇人笑道："阿兄总夸她做什么？没得叫她骄傲。"她又意味深长地睨向裴道珠："若论容貌，咱们阿难长得才叫美呢，连我给她介绍的青年才俊都瞧不上，真不知道是想嫁给怎样的俊杰。阿兄，不是我这当姑母的心狠，你这女儿的婚事我实在是管不了了，以后，叫她自己找郎君相看去！"

裴道珠暗想，她从来就没有求她管过，更何况她介绍的"青年才俊"家世、相貌、才华、人品一无是处，不知道是从哪个旮旯角落搜罗出来的歪瓜裂枣，介绍这种郎君，搞得好像她还欠了她天大的人情似的。

裴礼之笑道："我已经狠狠教训了阿难。阿难，还不快给你姑母认错？以后你们姐妹的婚事都还要仰仗姑母呢！"

裴道珠很不服气，却也很识时务，她状似恭敬地垂下头："是阿难眼高于顶了。姑母介绍的青年才俊确实不错，但愿表姐今后也能嫁给那样的青年才俊。"

少女瞬间暴怒："裴道珠你什么意思——"话未说完，被妇人拉了拉衣袖。

少女轻哼一声，不高兴地扭过头去。

妇人进厅堂坐了，从怀袖里取出两张银票："阿兄知道的，自打父亲走后，我在韦家的日子也不好过，各种人情往来，手头拮据着呢。这是我攒下的一点银票，不多，你拿着。"

裴礼之眼睛一亮，连忙接过："这怎么好意思……"

妇人掩唇笑了笑，目光又掠过裴道珠，温声道："我听说阿难入了萧老夫人的眼，明日还要去金梁园小住？"

裴礼之摩挲着银票，笑眯眯地点头："是有这么回事。"

妇人脸上的笑意更浓了些，她牵过女儿的手："朝露最近刚学完刺绣，在府里闲着也是闲着，我寻思着不如让她与阿难一起去金梁园小住。她是姐姐，会好好照顾阿难的。"

韦朝露面露娇羞。萧家九郎最近回了成邺，她听今日参加萧府花宴的小姐妹说，萧家九郎生得十分俊美，风神秀彻，是天底下最值得嫁的郎君。

她……也想嫁呢。

母亲也很赞成她嫁给萧家九郎，如果能跟着裴道珠一起去金梁园，那么她就能邂逅萧家九郎……她霞飞双颊，巴巴地望向裴礼之：“舅舅，我想去。”

裴礼之捻着银票，很是豪爽：“这有何难？阿难定然也是愿意的，是不是啊？”

裴道珠不吭声。

她不喜欢姑母也不喜欢表姐，看表姐那副两眼放光的模样，就知道她在算计什么。若是跟她一样算计着萧家九郎，她不是平白给自己找个情敌吗？

见她不说话，妇人走过去亲自把她扶起来，牵她进厅堂，掀开婢女手中捧着的箱笼：“知道阿难没有新衣裙，姑母特意为你准备了几身，你瞧瞧喜不喜欢？明日你穿去金梁园，定然会被所有女郎艳羡。”

裴道珠朝箱笼里望去，险些笑了。里面是各种褐色、土酱色的裙裳，颜色老气不说，瞧着大小也不合适。

姑母这是要用她衬托表姐呢！可她裴道珠只爱做红花，才不要做衬托别人的绿叶。只不过……

她瞟了眼满脸期待的表姐，带上她也好。成郸城的女郎都不喜欢与她玩，那些郎君还以为她有什么毛病，带上表姐，她就可以当众表演姐妹和睦相亲相爱的戏码了。

一番权衡利弊之后，她柔声道：“姑母太客气了，我很喜欢。这次和表姐一起去金梁园小住一定会很有趣的。”

次日清晨。

裴道珠搭乘韦家的青纱长檐车驶过熙攘繁华的街市，穿过明德桥，沿秦淮河向城郊金梁园驶去。

韦朝露打量了裴道珠一路。

她这表妹青春美貌，鸦青发髻宛如堆云，肤白胜雪面若芙蕖，穿半旧的水青色交领上襦和洗得褪色的大红石榴交破裙，家境虽落魄，竟也无损于她的美貌。

她忍不住质问：“你为何不穿我阿娘送你的衣裳？可是看不起我韦家？”

表妹这样好看，都把她压下去了，她还怎么吸引萧家九郎？！

裴道珠抬起丹凤眼，坐姿又端庄又优雅：“表姐说的什么话？我怎么会看不起你们？姑母送的衣裳十分昂贵，阿难不敢擅自穿戴，因此转赠给了母亲。令表姐误会生气，是阿难不好，阿难向表姐赔不是。”

韦朝露一时无言以对，暗暗翻了个白眼，在心底骂了声虚伪。

怪不得成郸城的同龄女郎都不喜欢她这表妹，被一个人讨厌或许不是她的错，但是被所有人同时讨厌，那必定是她的问题。

长檐车又行驶了一段时间。

韦朝露忍不住又问：“萧家九郎……是怎样的人物？当真惊才绝艳？当真风神秀彻？当真值得女子托付终身？”

裴道珠在心底笑了一声，果然是冲着萧玄策来的。

她想了想，一字一顿地评价：“天下一绝。”那嘴巴，可不就是天下一绝？

韦朝露情不自禁屏息凝神，杏眼中难掩激动。裴道珠的眼光何其之高，能被她评价为“天下一绝”，想来萧家九郎是真的天下无双了！

她按捺住兴奋，继续旁敲侧击：“不知道他喜欢怎样的女郎？那种惊才绝艳胸有山河的郎君，定然是不在乎相貌美丑的，对不对？他们一定只看重女儿家的内心！”

裴道珠想笑。

表姐真幼稚。天底下的郎君哪个不在意相貌美丑？

爱美之心人皆有之，女人择婿都知道挑英俊的，难道男人择偶就不知道挑美貌的了吗？更何况他们还掌控着世间大多数钱财与权势，他们又不傻。

她又想起了萧玄策那副毒舌冷酷油盐不进的样子。虽然她暂时还没想出怎么攻略他，而且这次金梁园之行，她或许看中别的郎君也未可知，表姐愿意的话，由着她去试试深浅倒也没什么。

她一五一十地分析：“萧家九郎心思缜密，城府深沉，想打动他很难……举目见日，不见长安，如果我没猜错，他很思念沦陷在异族铁骑下的故土。表姐从爱国情怀出发，大约能引起他的注意。”

韦朝露似懂非懂。什么爱国情怀，必定是裴道珠在骗她！否则她那么精明，自己怎么不上？前半句倒是不错，她听说姻缘当中存在着“互补”的说法，既然萧家九郎心思缜密，城府深沉，那么他必定喜欢又傻又纯又粗心的女郎。只要在他面前流露出那一面，萧家九郎必定爱她如宝！

韦朝露悄悄露出一抹得意的笑容。征服郎君，有时候就是这么简单！

……

长檐车沿着蒋陵湖行驶。裴道珠放眼望去，湖面碧波荡漾，靠岸边种着田田莲叶，偶有几艘雕梁画栋的画舫驶过，已经有小女郎结伴登船玩闹嬉戏。

金梁园宽阔不见边际，山水成景，绿树葱茏，花木曲折，飞楼叠嶂，雕甍绣槛，富贵气象不逊于皇家园林。

居住的院落一早就分配好了。裴道珠被侍女领进一处名为“湘妃苑”的小宅院，宅院幽静，外面种着湘妃竹百来杆，院子里种着芭蕉、牡丹、蔷薇、藤萝等花木。

穿过曲折游廊，便是寝屋。寝屋里一水儿的竹木镂花家私，挂一架金丝藤红漆竹帘，被褥是丝绸绣宝相花纹的，琴棋书画古玩这些文雅之物更是一早就预备下了，以供女郎赏玩。

裴道珠很是喜欢，这才是上品女郎该有的闺房呀!

她不禁伸手，意识到萧府的侍女还在，便不动声色地收回手，矜持端庄地落座：“挺好的，很合我的心意。”

侍女恭声：“女郎喜欢就好。另外来金梁园小住的郎君女郎众多，未免人多眼杂，又考虑到各位习惯不同，园里没有为你们准备使唤丫鬟，女郎还得用自己贴身带的丫鬟。”

裴道珠表情微僵。家里的仆从侍女早就被卖光了，她哪来的使唤丫鬟?

侍女走后，顾燕婉的贴身侍婢又来了。她笑吟吟地福了一礼：“给裴娘子请安！我家女郎邀请大家前往琼花阁商议结社的事。如今金梁园郎君女郎众多，我家女郎的意思是，按大家的兴趣爱好分别参加琴棋书画舞等不同社，以后彼此切磋，肯定热闹好玩。”

裴道珠挑眉，顾燕婉还没嫁进萧府就开始以女主人的身份自居，张罗结社的事，萧荣终究只是个庶子，也不知道她猖狂什么。

可这到底是交际宴饮的机会，她和韦朝露收拾了一番，便结伴前往琼花阁。刚走出“湘妃苑”不远，正撞见一群郎君从岔路那头走来。

鲜衣怒马的少年郎，谈笑间个个容色出挑。然而最吸引人的却是那白衣胜雪的郎君，他高姿风流，指尖勾着一串翡翠佛珠，发间仍旧编织丹红色流苏同心结，鹤立鸡群般将那群少年郎衬得黯然失色。

韦朝露立刻走不动了，她兴奋地拽了拽裴道珠的袖角：“他……他可就是萧家九郎？果然美姿容！”

裴道珠“嗯”了声。别人看见的是萧玄策的美姿容，她看见的却是“难搞”二字。

在和萧玄策的较量中，她如今处于下风，暂避锋芒，暗中观察，才是最好的选择。可是这时走开会显得无礼，她只得和韦朝露屈膝请安，眼风悄悄扫过萧衡，发现他捻着佛珠似笑非笑地看她。

裴道珠难堪地咬了咬下唇，这一次，她可不是来投怀送抱的……

她直起身，凤眼望向萧衡身侧的郎君，娇声道：“陆二哥哥，好久不见。”

她唤的是陆家二郎陆玑。陆玑与萧衡年龄相仿，嫡出身份，性格也很好，与成郫城里的郎君女郎都有几分交情。

陆玑声音清朗：“自打退婚以后，就再没看见道珠妹妹参加宴会雅集。今日一见，妹妹瘦了。”

萧衡一颗一颗地捻着佛珠，惊讶陆玑一向端肃，竟也有如此柔情似水的一面？哥哥妹妹的，也不嫌牙酸。

他的视线落在韦朝露身上：“这位是……”

韦朝露难耐激动，连忙夹着嗓子道：“小女子乃韦家朝露，早就听说萧家九郎冠绝天下，今日一见，果然名不虚传。”她见萧衡笑吟吟的仿佛很好说话的样子，又鼓起勇气道：“我和表妹要去琼花阁，如果萧郎也去那里，不妨同行？”

萧衡应下了。

一行人往琼花阁走，韦朝露挤开两位郎君，好跟在萧衡身侧。

她尽情展示着纯真的一面：“听说萧郎曾经游历天下郡国，必定见识非凡。不像我，我从小到大就没出过成郫城。说来好笑，我连吃鸡蛋都是等侍女剥好了放进我盘子里的，甚至都不知道鸡蛋长什么样呢！上次听说花生是长在土里的，可真是吓了我一大跳！泥巴多脏呀！”

裴道珠跟在后面，听得快要窒息。

表姐脑子是进水了吗？她想表达她很天真，可这分明就是痴傻！郎君不是如此勾搭的呀！

她望向萧玄策，发现这厮又扬起了薄唇，露出他标志性的微笑。看似温润，实则嘲讽意味十足。可怜表姐根本看不懂他的情绪，还在那里尽情彰显她的见识短浅和谈吐粗鄙……

她忍着难堪，跟陆玑说起话来：“琴棋书画舞，不知陆二哥哥想参加哪个社？”

陆玑笑笑：“除了舞我都可以，道珠妹妹呢？”

裴道珠一早就想好了，她要参加棋社。

书、画费笔墨纸张，可笔墨纸张最是昂贵，那群郎君女郎又爱攀比，她买不起贵重的文房四宝，与其被人轻视，还不如不参加。

虽然她的白纻舞是所有女郎里面跳得最好的，可是她没有漂亮的舞裙和绣鞋，也只会被其他女郎嘲笑。

她的琴也很好，但毕竟不如舞来得吸引人，表演的时候还很容易被跳舞的女郎夺走风头，沦为场边绿叶。

参加棋社，既不用另外花钱，参加棋社的郎君定然也是最多的，到时候说不定能相看到合适的。

她轻声道："我参加棋社。"

陆玑看了看她半旧的衣裙，明白她的窘境。他很是怜惜，温声道："下棋好，下棋最容易陶冶情操。我结交的郎君都打算参加棋社。"

裴道珠双眼亮晶晶的，好奇地望向四周："真的吗？"

她生得美，顾盼间面若芙蕖眼如星辰，叫那些少年害羞地红了脸，一时之间竟不敢直视她。他们早就听说裴道珠是冠绝成邺的大美人，从前他们总想亲近，却被家里的姐姐妹妹反复教导不许亲近裴道珠，说她心性狡猾，只爱跟郎君玩，一着不慎就会被她骗了心。

可是今日看来，裴家娘子分明知书达理，温婉贤淑，哪有她们说得那么不堪？她们定然是嫉妒。

一位小郎君羞赧道："我的围棋水平还算不错，道珠妹妹不介意的话，我，我愿意教你……"

"道珠妹妹，我有一副冷暖玉棋子，赶明儿送给妹妹赏玩。妹妹的手生得好看，那副玉棋子很衬你的。"

能收到礼物，裴道珠立刻笑了："那怎么好意思——"

"拿人东西，确实不好意思。"

清润的声音突然传来。

裴道珠抬头望去，萧衡正望向她："我这侄女一贯知书达理，做不出随便接受外男礼物的轻浮举止，是不是？"

裴道珠噎住了。

萧玄策脑子有毛病？她的冷暖玉棋子啊！

她呼吸急促，委屈极了。

萧衡捻着佛珠，薄唇带笑。不过是攀附高门的庸脂俗粉，见勾搭他不成，就故意广撒网，用美色引诱其他郎君。那些郎君心性单纯，识不破她的手段，他却看得明明白白。对付这种狡猾刁蛮的小娘子，就该断了她的财路。

陆玑看在眼里，拉过萧衡附耳道："玄策，你一贯有雅量，道珠妹妹家世可怜，便是比旁人多几分心机，也不过是立足的手段，你何必咄咄逼人？我知道你眼里揉不得沙子，只是女子多娇，你该怜惜些。”说罢，他爽朗地笑道：“玄策，外人不能送道珠妹妹东西，你这当阿叔的总该送点什么吧？好歹也唤了你阿叔呢。”

他不知道萧衡与裴道珠的恩怨，只当自己这和事佬做得漂亮。

裴道珠眼眸微动，不等萧衡拒绝，立刻红了眼圈，娇声道：“金银钱财那等俗物，我不要。只是身边还缺个使唤丫头，别的女郎都有，偏我没有……九叔，我分明样样都不差，却因为家世常常被人说三道四，我不愿被人看轻，可我是个女儿身，哪怕胸有大志，也无法建功立业，为家族谋取前程……”

她说这番话的时候，始终隐忍地含着泪，直到最后一个字落下，才像是委屈到了极点，那晶莹剔透的泪珠如断线珍珠般潸然滚落。

她捏着绣帕眼尾泛红，模样楚楚动人，半旧的裙衫无损于她的美貌，反而更添几分可怜。

在场的郎君们遥想当年她在成郸城的风光，又见如今美人落魄，顿时被激起无限保护欲，当真是又心痛又怜惜，只恨自己没有阿叔阿兄的身份，不好贸然帮她，于是只得望向萧衡。

陆玑同样心疼不已：“玄策，给吧！”

萧衡只想笑出声，视线挟着几分阴霾，冷冷落在裴道珠脸上。

裴家娘子，好高明的手段！

裴道珠梨花带雨，见他望过来，挑衅似的飞快挑了一下眉尖。

萧衡被气笑了，他捻着佛珠的手慢慢收紧，一字一顿似是宠溺地道：“你既喜欢，阿叔岂有不给的道理？”

四目相对间，自是暗流涌动。

韦朝露见所有郎君都只顾裴道珠，暗暗咬牙，她连忙岔开话题：“不知九爷想参加哪个社？”

萧衡只盯着裴道珠，并不搭理她。

陆玑笑道：“韦姑娘有所不知，玄策与我们不一样，他平日里只爱山山水水，不爱交际饮宴。这趟来琼花阁，还是我千说万说才把他请出来的。”

韦朝露不禁暗暗失望，不过很快又雀跃道：“九爷，我打算参加舞社，我的白纻舞一向不错，今年春天的花神节大演，我想竞争花神的角色。”

萧衡收回视线，继续往琼花阁走：“那很好啊。”

得到了他的鼓励，韦朝露很兴奋，迈着小碎步跟上，继续喋喋不休地表现自己的天真无邪。

裴道珠盘算着自己即将到手的侍女，眼里光彩更甚，娇美的小脸也更加明艳。她注视着萧衡的背影，唇瓣微微翘起。

萧玄策对她到底是存着几分怜惜的吧？

众人到了琼花长亭，其他郎君女郎已经落座。

顾燕婉正喝着茶，见裴道珠进来，脸上掠过冷笑。

刚刚她们还在争论裴道珠敢不敢来赴宴。大家都说，昔年裴道珠风光无限，如今从天之骄女沦落尘泥，连亲事都没有着落，这般落魄处境就该好好躲在深闺才是，哪敢出来被人笑话？

她也是这般认为的。没想到裴道珠当真敢来。

金梁园在座的都是达官显贵的子女，她也不看看自己什么身份，一个落魄世家的女儿，萧老夫人请，她还真就敢来了？

她既来了，就要做好被取笑的准备。园中无趣，拿她当个乐子也是不错的。

顾燕婉放下茶盏，上前笑着牵住裴道珠的手："正说着妹妹呢，妹妹就来了。"

裴道珠不动声色地抽出自己的手，挑了萧衡身边的位置落座，姿态端庄婉约："说我？不知说我什么？"眼风掠过在场的女郎们。

昔年裴府鼎盛，她在圈子里不知道多么风光，眼前这些女郎都曾或多或少地巴结讨好过她。

如今她落魄了，这群人就想成群结队地看她笑话，人情冷暖世态炎凉，不过如此。

可是，她怎么能叫她们如愿？

她们想看她灰心丧气、自卑无助的模样，她偏要活得轰轰烈烈，偏要叫她们艳羡妒忌。

顾燕婉示意婢女上茶，笑道："今儿太阳好，大家来的时候各自带了两箱书，趁着空闲，一起晒在了琼花长亭东面。我跟她们说，妹妹家中藏书最多，可她们不信。妹妹这趟过来定然也带了书，不如也拿出来晒晒，叫她们开开眼界。"

当今乱世，纸张昂贵，书籍更是昂贵。一本书全靠佣书手工誊抄，须得一笔一画工工整整，字迹方正不能抄错，抄完装订好了再售卖给达官显贵，因此售价颇高。藏书的数量往往代表着一个家族的财力。

裴道珠端起茶盏，眼睫低垂，吹了吹碧色茶汤。

藏书？她家的书早就被父亲卖光了，一本也没剩下。顾燕婉明知如此，却还要当众问她，可见居心不良。

她抬起眼睫，面容沉静："你们晒书，我却不必。"

顾燕婉玩味："妹妹何出此言？"

裴道珠微微一笑，伸出青葱似的食指点了点自己的额角："读过的书，都牢牢记在这里了。若是晒，也该晒晒我这个人才是，还晒书做什么？"

长亭寂静。

萧衡捻着佛珠，淡淡扫她一眼。

裴家小娘子生了一颗七巧玲珑心，口才也十分伶俐，只可惜，没用在正途上……

郎君们则报之以惊艳的目光。他们都知道裴家落魄，顾燕婉不过是想给裴道珠难堪，可裴道珠的回答既顾全了彼此颜面，又十分幽默，半点儿也没有损害热闹气氛，当真是很会做人了！

萧荣看着裴道珠，目光里难掩吃惊和欣赏。

从前他和裴道珠订婚时，只当她是个了无情趣的木头美人。她时时刻刻都要保持端庄精致，哪怕出去游船逛街，也一根头发丝都不能乱，宛如彩雕木偶似的，令他浑身不自在。没想到，她也有如此狡黠的一面。

顾燕婉无言以对，只能暗暗咬牙。

萧荣道："既然人来齐了，那就开始吧。我参加棋社，道珠妹妹呢？"

裴道珠柔声道："我也参加棋社。"

听见她的回答，众女郎悄悄松了口气。裴道珠的琴书画舞都是顶尖，她们比不过，如今她去参加那无聊的棋社，她们就有出头的机会了！

开始报名了，琼花长亭立刻热闹起来。

因为舞蹈柔美直观，又最是赏心悦目，因此参加舞社的女郎最多，其次才是琴和书画。

参加棋社的女郎竟然只有裴道珠一个。

众女郎围着顾燕婉，忍不住低声议论。

"下棋有什么好玩儿的，枯坐半日，无聊至极！"

"黑白对弈晦涩艰难，哪有别的好玩儿！"

"裴道珠一向精明，今天是脑子进水了吗？"

裴道珠端坐着，始终保持着笑容，心里却是暗暗委屈。若能选择，她当然也想参加喜欢的舞社。昔年她一舞动京师，天底下再没有人比她跳得更好。

可是她没有舞裙和绣鞋。

顾燕婉轻摇团扇，又凑了过来，满脸关切道：“妹妹的舞是最好的，怎么报了棋社？可是因为买不起舞裙的缘故？妹妹若是不介意，我那里有一身舞裙可以送给你，虽然穿过了，但布料刺绣都是极好的——”

“倒也不必。”裴道珠脊背挺直，毫不犹豫地拒绝。她虽落魄，但也是堂堂世家出身，绝不食嗟来之食：“在我眼里，手谈风雅不比别的差。更何况连朝廷都以棋设官，建立九品段位制度。我虽是女儿身，却也想成为女国手，将来为国争光。多谢表姐美意了。”

顾燕婉再次无言以对，只得恶狠狠捏紧扇柄。裴道珠一脸正气凛然，仿佛有多爱下棋似的！呵，多么虚伪的女人！

顾燕婉气急败坏，再也不想看见裴道珠，扭头就走。

陆玑报完名回来，对裴道珠道：“我也报了棋社。听说今日要举行围棋比赛，第一名能拿到五两银子的彩头，道珠妹妹定要争气。”

五两银子！裴道珠眼前一亮。

对其他人而言，五两银子不过尔尔，可是对现在的她来说却是一大笔钱财。她按捺住欣喜，向来娇媚的丹凤眼已然流转出淡淡的侵略气息……

她想赢！

萧衡看着她和陆玑交头接耳，把她的表情尽收眼底。

不愧是裴家小娘子，明明见钱眼开，爱慕虚荣，却还要对外自称淡泊名利。如此虚伪，令他厌恶。

反正闲着也是闲着。萧衡捻着佛珠起身，径直去了报名处。他提笔扬腕，在棋社一栏题写了“萧衡”二字。字迹力透纸背，遒劲端野，乃是上品。

直到他重新落座，众人才从惊艳中回过神。

一众女郎花容失色，在心底大呼失策！

萧家九郎，竟然参加了棋社！

她们艳羡妒忌地望向裴道珠。原来脑子进水的不是裴道珠，而是她们！

原来裴道珠一早就算计到萧家九郎会参加棋社，所以才参加了棋社，她果然还是跟从前一样精明！

裴道珠却一点也不快乐。

萧玄策参加棋社，代表他也要参加今天的棋赛，什么意思，要与她争第一？

萧衡悠闲地吃着茶，凤眼含着几分情意，斜睨向裴道珠，嗓音温柔宠溺：“怕棋社里无人照顾阿难，所以九叔临时决定参加棋社，阿难欢喜吗？”

裴道珠勉强保持笑容。她欢喜个鬼！不过——

她的眼神逐渐变了。

萧玄策参加棋社又如何，她棋艺顶尖，还怕输给他不成？

她从来不信别人，只信自己。她定了定心神，挑衅般一字一顿："还请九叔手下留情。"

棋社的人结伴去了岸芷汀兰临水小轩，小轩里已经布置好六张棋桌。

抽完签，裴道珠的第一个对手是萧荣。

隔着棋桌见过礼，两人席地而坐。裴道珠正要与他猜先，萧荣很有风度地抬手作请："昔日也曾与道珠妹妹手谈过，道珠妹妹棋艺寻常，这一局，我让你先行。"

裴道珠顿了顿。让她先行？嫣红精致的唇角不动声色地上扬。

昔日与萧荣交好时，他们确实经常对弈。那时她是他的未婚妻，不想在这种小事上出风头，于是经常故意让他赢。她让得滴水不漏，原是为了他的自尊心，这厮竟然当真觉得她棋艺寻常？

裴道珠毫不客气："既然如此，阿难却之不恭。"

她信手执棋。棋子温润，捏在指尖的刹那，妩媚的丹凤眼立刻掠过淡淡的侵略意味，宛如宝石变出鞘利刃。

她落子快而精准。

幼时家族鼎盛，阿翁最爱下棋，常常把她抱在膝上，教她看五花八门的棋谱，教她怎样筹谋布局，教她如何反败为胜。多年耳濡目染，又经常与阿翁手谈，于是她小小年纪也能跟伯父一战。

阿翁疼她，每次见她赢了，就高高兴兴地把她抱起来，亲一亲她的脸蛋："我们裴家，竟是要出一位女国手了！"夸完就抱着她出府，去淮水沿岸给她买酪酥吃。

后来阿翁和伯父战死沙场，裴家地位一落千丈，乌衣巷里的夕阳和燕巢依旧如故，可是幼年的光阴再不可得。

裴道珠眼眶微红。

对面的萧荣没有注意到她的异样，他双眼紧盯棋盘，额角不停冒出细密冷汗。

他明明记得裴道珠棋艺寻常，从前与他对弈时不过两刻钟就笑着撒娇耍赖，说下不过他，缠着他去街上买酪酥吃。可是今日她的棋风缜密严谨，还能抓住他的一切疏漏进而攻城略地，不多时就在棋盘上圈出大片城池。

才半刻钟而已……可他根本已经……无路可走！

他竟然要输给一个女人！

想起刚刚自作聪明让她先行，他脸颊火辣辣的烫。他猛然抬起头，心情十分复杂："昔日与我手谈，你故意让我？"

裴道珠不置可否，优雅地落下一颗棋子："荣哥哥，你输了。"

棋风可见人品。

萧荣棋艺平庸，人也是平庸的。

当初她说亲时，裴家就已经有隐隐败落的迹象，顶级世家个个精明，岂能察觉不到？哪怕家族里的郎君喜欢她，他们也绝不允许家族嫡子与她联姻。

她只能退而求其次选择萧荣。因为他背后的萧家足够显赫，也因为他性格平庸，她将来嫁过去之后更容易掌控。只是她算漏了萧荣有个势利的姨娘，也算漏了萧荣对她的感情并没有那么深厚。

退婚也好。犹如棋盘上的置之死地而后生，将来她未必不能嫁得更好。

面对少女的从容，萧荣的掌心频频冒出冷汗，浸湿了握在掌心的那一小把白玉棋子。

他看着裴道珠，春阳透窗而入，她坐在光里，唇红齿白，面若芙蕖，温婉端庄，是任何笔墨也描摹不出的画卷。

定亲初见时觉得惊艳，再见时，便觉得她矜持克制毫无风情。如今才知道，她把所有的心机和算计都完美地藏在了那副美丽的皮囊底下。当初对他的嘘寒问暖恐怕并非出于爱慕，而是她虚伪的表演，是她为了成为萧家新妇所戴上的面具。

裴道珠，没有心。

掌心的白玉棋子再也握不住，凌乱地散落在棋盘上。

萧荣面色难堪："是我输了。"

裴道珠起身行了一礼，道了句"承让"。

萧荣仍旧坐在那里，注视着她和第二位棋手过招。她对弈时侧脸线条认真淡漠，专注的样子非常吸引人。她的手指纤细凝白，指尖没有染上丹蔻，透着天然珠贝似的淡粉酥红，拈起棋子时的画面赏心悦目，令人沉沦……

萧荣喉结微微滚动。如今裴道珠也只是个落魄女郎不是？正妻不成，可以做妾……

"阿荣。"清冷的声音传来。

萧荣望去，见是萧衡，连忙恭声："九叔。"

萧衡淡淡道："缘来则去，缘聚则散，缘起则生，缘落则灭……不可强求。”

萧荣隐秘的心思被撞破，连忙羞赧地低下头：“九叔教训的是。”

是他荒唐了。他已经顾燕婉定亲，又怎么可能再纳道珠为妾？纵然他和道珠肯，顾家也是不肯的……

棋桌旁。

陆玑拧着眉盯着棋盘看了很久，终是主动放下手中棋子，笑着摇头：“道珠妹妹棋艺精湛，我自愧不如，甘拜下风！”

裴道珠柔柔道了声“承让”。

对弈的结果毫无意外，决胜局在裴道珠和萧衡之间进行。参加棋社的郎君们也很期待这场对局，纷纷围过来，紧张地看两人猜先。

裴道珠柔声道：“九叔既然要照顾我，不该让我先行吗？”

陆玑坐在萧衡身侧，咳嗽一声，小声怂恿：“玄策，让她吧，让她先行吧！”

萧衡睨他一眼：“观棋不语。”

他抓起一把棋子握在掌心，手背朝上，嗓音清越醇厚：“九叔疼你，才要与你公平对弈。若是让你，将来传出你胜之不武的名声，九叔会心疼的。”

他笑起来时凤眼弯弯，柔情款款，宛如高山之巅的云月，仿佛当真疼爱裴道珠。

裴道珠暗暗骂他虚伪，面上却仍旧保持微笑，拿起两颗棋子排在棋盘上：“我猜是偶数。”

她尾指翘起，指尖酥红，肌肤白嫩透明宛如羊脂玉，手背上清晰可见淡青色的脉络，叫人不禁想捉进掌心细细赏玩。

她那张脸是祸水，连手也如此。

萧衡扫了一眼，不动声色地收回视线，把掌中棋子排列在棋盘上：“猜错了，是奇数。”

裴道珠平心静气道：“九叔先请。”

小轩角落搁着一座铜鱼香炉，青烟袅袅，满室生香。棋室寂静，众人屏息凝神，只听得棋子落下的声音。

裴道珠下棋的速度不再如刚刚那么快，她双手交叠在胸前，频频抬眸望向对面的萧衡。

昔年她曾与萧玄策手谈过，那时他的棋路大开大合，诡谲难料，毫无章法也不喜欢防守，所有的妙手都像是不经意间信手拈来。然而今天的他棋风缜密严谨，宛如盘踞在黑暗里的猎人，一步一步算无遗策，攻城略地时又稳又狠。

究竟为什么变了性子？究竟为什么不肯承认与她相识？是因为被她抛弃的缘故，才性情大变的吗？

萧衡提醒："该你了。"

裴道珠面无表情地落下一子，收手时指尖却有些抖。

她习惯性地咬了咬拇指来掩饰自己的不安。

没有获胜的把握。第一次，没有获胜的把握。

萧玄策太强大了，无法掌控棋局的感觉令她深深不安。

为了维持世家体面，她一向喜欢在外人面前装高贵，一向喜欢与别的女郎攀比，这种经历培养了她扭曲的胜负欲，哪怕今日只是一场小比赛，但只要参加了，她就想赢！

萧衡没心思在意她的心情。他盯着黑白纵横的棋盘，向来内敛沉静的心却在此刻翻涌出浓烈的戾气。

原以为裴道珠只是个爱慕虚荣的庸脂俗粉，没想到她的棋艺如此精湛，他能从她的棋风里感受到步步算计的压力。可他不喜欢输。

不战则已，既然当了执棋之人，就必须下赢这盘棋。这是父亲打小教他的道理。

黑白棋子你来我往，犬牙交错，逐渐占据了大半张棋盘。

陆玑等人看得紧张，大气也不敢出，分明只是旁观者，额头却纷纷冒出一层冷汗，对裴道珠的观感又改变几分。

能和萧家九郎走到这个地步，裴道珠好本事！

萧荣眼神一错不错地盯着裴道珠。他知道九叔的水平，裴道珠越是和九叔不分伯仲，就越代表昔年她对他客气礼让到了怎样的地步。

亏他那时候还以为她当真不擅长下棋，还正儿八经长篇大论地教她怎么对弈，如今想来，自己简直就是笑话！

他脸上情绪复杂，有恼恨，有羞惭，更有无法抑制的欣赏。

与裴道珠定亲这么久，他才发现，他根本就不了解她。

裴道珠究竟是怎样的女子？

青烟袅袅，日渐西沉。

这一局棋竟对弈了整整两个时辰。

"三劫连环！"陆玑惊叹着，擦了擦额角细汗，"竟是平局！"

三劫连环是围棋里非常罕见的一种循环劫局，棋势变幻妙手迭出，双方循环无穷无尽，只要一方不认输，就可以永远对弈下去。

棋官看了看窗外天色，小心翼翼道："既是平局，那彩头就由九爷和裴娘子平分——"

"我不接受平局。"

裴道珠和萧衡异口同声，打断了棋官的话。

两人对视一眼。

裴道珠傲娇道："既然是比赛，那就该分个高下，哪有平局的说法？我不服气。"

萧衡轻嗤："既不服气，那就再来一局。掌灯。"

两人酣畅淋漓，然而其他郎君却早已肚饿不已，掌哪门子灯。

陆玑附在萧衡耳畔："玄策，你是当长辈的，就让一让道珠妹妹，让她赢吧！"

萧衡淡淡扫他一眼。

让？他萧衡不认识这个字，不知道怎样让。但凡他想要的，不择手段也要得到，绝不存在拱手让人的说法。

正僵持之际，棋室外面传来娇滴滴的声音——

"妹妹，你这边还没有结束吗？"

是韦朝露、顾燕婉以及其他女郎过来了。

夕色柔和，棋室光影昏惑。她们一眼看见的便是那对面而坐的郎君和女郎，一个白衣胜雪宛如皎皎孤月，一个容色娇艳恰似临花照水，骤然看去，仿佛金童玉女天作之合。

众女又嫉又妒。

都怪裴道珠不告诉她们九爷要参加棋社，否则坐在那里和九爷手谈的就是她们了！

因为她们的到来，萧衡和裴道珠再来一局的计划被打断，只能提前散场，约定胜负如何改日再说。

临走前，裴道珠不忘提醒："九叔答应送我的婢女，可不许忘了。"

萧衡"嗯"了声。

裴道珠心满意足，这才和韦朝露一起回湘妃苑。

顾燕婉站在抱厦屋檐下，轻摇团扇，盯着裴道珠的背影，意味深长道："荣哥，你有没有觉得裴道珠在勾引九叔？"

却不见人回答。

她偏过头，发现她的未婚夫凝视着裴道珠远去的身影。他眼睛里的光亮她可太熟悉了，那分明是欣赏和动情的征兆。

她咬牙，暗暗捏紧了扇柄。

裴道珠回到湘妃苑没多久，一名圆脸侍女背着小包袱过来：“奴婢名唤枕星，九爷吩咐奴婢过来伺候您。”

裴道珠打量着她，容貌端正，年纪与她相仿，瞧着是个灵光的。她很满意，扶起枕星：“我这里没什么规矩，你不必拘礼，在九叔那边怎样，在我这边还是怎样。”

枕星悄悄打量裴道珠。女郎这般端庄的美人儿，不知为何会触怒九爷，九爷让她过来岂止是侍奉，还吩咐她暗中监视呢。

可是这么美的姑娘，能有什么坏心眼呢?

她侍奉裴道珠用过晚膳，又给灯盏里添上新蜡。她好奇地观察着裴道珠，见她在游廊里散了会儿步就开始研究起棋谱，独自对弈了一个时辰，又开始弹琴，弹了一个时辰的琴，又铺纸研墨练习书画。

可真是相当勤奋了。

枕星怕她写字伤眼，又添了一盏灯。

她好奇道：“别的女郎都去外面赏玩春江花月夜的美景，您却独自待在屋里用功，就不闷吗?”

裴道珠调好墨汁，笑而不语。

她没有家族可以倚仗，除了这张皮囊，也就琴棋书画拿得出手，再不勤加练习，将来怎么嫁入高门?

枕星又脆声道：“她们都说，您被大公子退婚，所以着急嫁出去。可是您生得美，想嫁谁嫁不得?奴婢要是有您一半美貌，走路都要横着走，何必这么辛苦用功呢?”

裴道珠落笔如行云流水：“人生百年，权势和富贵会随着年龄增长而越加丰厚，可美貌却会随时间的流逝而消失，所以仅有美貌是远远不够的。我不够聪明也不够才华横溢，因此得事事用功，时时权衡，才能真正利用好我手中的牌。”

枕星听不懂，正伺候着，外面突然传来乌鸦叫。她拿起团扇：“这乌鸦叫得难听，奴婢替您把它赶走。”

等她跑出去赶乌鸦，却发现是萧荣在园子门口学乌鸦叫。

她不解："大公子？"

萧荣警惕地环顾左右，确定四周无人，才递给她一张字条："去，替我转交给道珠妹妹，就说退婚不是我的本意，我诚心诚意向她当面道歉。"

枕星拿着字条回屋，老老实实把事情讲了一遍。

裴道珠看着字条——亥时三刻，蒋陵湖畔望月亭，不见不散。

她挑眉。

萧荣想向她道歉？如果是诚心道歉，用得着半夜三更偷偷摸摸？

恐怕道歉是假，想跟她私会是真。

她款款走到枝形灯盏前，将字条烧了个干净。

人生有八苦，除去生老病死，还有爱别离、怨长久、求不得、放不下。

昔日萧荣欺她无权无势，不仅大张旗鼓地退婚，还与她的表姐定亲，叫她沦为成郸城的笑柄。如今她叫他求而不得，也算是一点小小报复。

枕星歪头问："您不赴约吗？"

裴道珠端坐到书案后，优雅地挽袖提笔："他如今和我表姐定了亲，我哪能再和他私下见面？孤男寡女，传出去多不好听呀。不与他见面，不仅是爱惜自己的清白，更是尊重他和表姐。"

枕星吃惊地看着裴道珠。她伏案写字，灯影下的侧颜精致娇艳，后颈和身段的线条纤细而优雅。

不怨恨萧家退婚，不和前未婚夫拉拉扯扯纠缠不清……

枕星觉得裴家女郎当真高洁娴雅，令她拜服！

萧荣在蒋陵湖畔等了两刻钟，却始终不见裴道珠前来赴约。

他羞怒不已。当初交好时，裴道珠一向对他言听计从，事事顺着他的心意，如今才不过分开几个月，她就像是变了个人！就算她过去的顺从柔弱都是伪装，可是那些爱慕他的情话难道也都是假的吗？！

都说女子深情，他不信裴道珠对他如此薄情！萧荣铁青着脸，不管不顾地大步往湘妃苑去。

"荣哥当真去了湘妃苑？"顾燕婉脸色难看。

自打黄昏时注意到萧荣看裴道珠时那异样的眼神，她就一直不安，因此派了侍女监视萧荣。

没想到当真叫她发现了奸情！

侍女点头："奴婢看得真切，大公子起初给裴道珠送了字条，然后巴巴地在望月亭等，见裴道珠没有赴约，就气急败坏地去了湘妃苑。如今夜深人静，他们孤男寡女，只怕要发生点什么。”

顾燕婉眼眶一红，狠狠砸碎了茶盏：“我事事都不如裴道珠，如今连争男人也争不过吗？！”

她愤而起身，想要去湘妃苑捉奸，想了想，又去了萧衡的居所。

九叔那么疼爱裴道珠，如果亲眼看见裴道珠勾搭男人，必定会对她失望至极，说不定还会把她赶出金梁园！

望北居。

“我如今还没过门，荣哥就和表妹勾搭成奸，将来我嫁过来又会受怎样的委屈？求九叔为我做主！”顾燕婉哭哭啼啼地把事情讲了一遍。

萧衡淡淡扫她一眼。她哭起来挺丑的，鼻涕都出来了。

裴道珠就不一样了，虽然她虚荣又虚伪，但她哭起来还是很好看的。她很擅长控制表情，绝不会在外人面前流鼻涕。

他翻了一页书，无心去管这种琐事：“如果怕受委屈，那就别嫁过来了。”

顾燕婉呆若木鸡。

九叔说什么？别嫁过来了？她听错了不成？！

长辈不都是劝和不劝分的吗？更何况做错事的是他侄儿，受委屈的可是她！

她打了个哭嗝：“嗝，九叔——”

萧衡漫不经心：“送客。”

顾燕婉所有的话都噎了回去，直到被侍女请出去，她整个人还是蒙的。

触怒了萧衡，她不敢再闹事，只得不甘心地回了居所，打算明天再找萧荣算账。

萧衡又翻了一页书，灯影在他的脸上跳跃，睫毛下的黑瞳渗出寒意。

半晌，他“啪”地合上书。

裴道珠是个不省心的，萧荣也是个眼皮子浅的，如此轻易就被美色蛊惑，做出半夜私会前未婚妻的事，将来又能成什么大器？

他起身，往湘妃苑的方向走去。

侍女们对视几眼，连忙提灯跟上。主子走得这样快，倒有几分着急抓奸的意思呢。

湘妃苑内，萧荣徘徊在裴道珠的寝屋外。

他吹了一路冷风，倒也逐渐冷静下来，如今是想进去又不敢了。

正纠结时，背后传来声音：“萧荣。”

萧荣转身，瞧见突兀出现在这里的萧衡，慌得后退两步：“九，九叔……您怎么会在这里？”

萧衡面无表情：“在棋室时，我与你说过的话都忘了？”

萧荣连忙低头：“九叔教导侄儿不可强求，侄儿不敢忘。只是侄儿总有几分不甘心，想当面问问道珠妹妹，可曾真心爱慕过侄儿——”他突然抬头：“深更半夜，九叔又怎么会来湘妃苑？”

“你在怀疑什么？”萧衡一眼洞穿他的小心思，“顾燕婉知道你的行踪，告到了我那里。她是你的未婚妻，你做了对不起她的事，去道歉。”

萧荣悚然一惊。顾家这门亲事对他这个庶子而言，已经是难得的好亲事，他不敢得罪顾燕婉。此时顾不得其他，他行过退礼后匆匆去哄顾燕婉了。

等他走后，萧衡瞥向菱花窗。窗后光影暖黄，一道纤丽人影清晰映在窗上。

那个女人正提笔写字，鼻梁高翘，卷翘的睫毛清晰可见。哪怕只是一道剪影，也依旧窈窕优雅。

或许裴道珠没存着勾引他侄儿的心，但只要她在这里，阿荣就无法专心学业，若是闹出丑闻，败坏的只会是萧家门风。

更何况萧家和顾家的联姻是朝堂上的一次势力结合，他绝不允许男欢女爱这种小事破坏他的大计。

裴道珠不能继续留在金梁园了。

祖母关照她，直接驱赶肯定是不成的，最简单粗暴的办法就是栽赃。

他褪下指间的白玉扳指，吩咐道：“去叫枕星，别惊动了人。”

到后半夜，金梁园歇下的灯火突然一一点亮。

园子里闹哄哄的，管事带着侍女小厮直奔湘妃苑。

一众女郎郎君匆匆起来，都围在园子外面看热闹——

“大半夜的闹什么？”

“怎么一副要搜湘妃苑的架势？”

“听说是裴道珠偷了东西！这可是丑闻，万一真搜出来，她恐怕要被连夜赶出金梁园！”

“天呐，她的手脚这么不干净吗？！亏她长得那么好看！”

湘妃苑内。

萧衡大刀金马地坐在书案上，一颗一颗地捻着佛珠，皮笑肉不笑地睨向眼前的少女：“九叔疼你，给你自首的机会。若是偷了东西，主动交出来，九叔绝不报官。”

裴道珠赤脚站在地板上。她只穿着薄薄的寝衣，灯影下越发显得单薄纤弱。

她定定注视萧衡：“萧玄策，从前是我对不住你，可我已经道了歉，你一定要如此逼我？”

随从道：“裴姑娘，我家主子丢的那枚白玉扳指乃是先帝赏赐，十分贵重稀罕。主子今日和你接触得最多，你家中境况又不好，不是你偷的，还能是谁？”

裴道珠只盯着萧衡，她眼眶更红，强忍泪意：“搜也搜了，可搜出来什么没有？”

萧衡瞥向侍从。

侍从恭声道：“还剩寝屋没搜。”

裴道珠还是闺阁少女，寝屋是最私密的地方，岂能轻易搜查。

萧衡挑眉，瞥向裴道珠。裴道珠正泫然欲泣地看着他。

他不为所动：“搜。”

话音刚落，裴道珠紧紧揪住系带，强忍的泪水宛如断线珍珠，一颗一颗地滚落，哭得梨花带雨娇弱无助。

萧衡欣赏着她的哭态，她哭起来确实比顾燕婉好看。可惜她就要被赶出金梁园了，否则……

真想多看几回。

过了片刻，侍卫匆匆出来，欲言又止地看了眼裴道珠，低声道：“回禀郎主，寝屋里也、也没搜到白玉扳指……”

萧衡唇角的笑容倏然冷却。他瞥向枕星，枕星惊恐地跪倒在地，瑟瑟发抖。

她半夜被叫出去，九爷要她把一枚白玉扳指藏在女郎的枕头底下。女郎生得那么美，品性也十分高洁，她本不愿，可她不做九爷就要重罚她，她只得照做。

就在两刻钟前，她的的确确把白玉扳指藏在了女郎的枕头底下，怎么会……怎么会没搜到呢?

裴道珠仍旧啼哭不止，眼底却多了几分洞悉世事的凉薄。

枕星毕竟是萧玄策的人，她不敢放心地用枕星，所以在夜间也留了心眼。

她用细丝系在手腕和帐幔之间，只要有人掀开帐幔，她就会被细丝的颤动弄醒。她故意装睡，等枕星走后，才发觉枕星往她的枕头底下塞了个白玉扳指。

之后就发生了半夜搜院的事。

如今那枚扳指就藏在她怀里，她不信萧衡敢搜她的身。萧玄策着实可恶，她不报复回去就不叫裴道珠！

她抬袖掩泪："今夜九叔大张旗鼓而来，明日大家都会误会我。九叔如此冤枉我，我可要怎么活……我这就去和萧家祖母做个诀别，在她面前一根白绫以证清白好了！"她抽噎着往外走。

萧衡捻着佛珠，气极反笑。没想到裴道珠棋艺不错，心计手段也十分高明，更是胆大心细，敢拿母亲压他。

他毫不怜惜地抓住裴道珠的手臂，把她拽到眼前，视线下移，落在少女单薄又饱满的娇躯上，似笑非笑道："还有一处地方没搜。"

第3章

屋子里的婢女和随从全都被遣了出去。

隔扇从外面关上，金色烛花微微跳跃，倒映出屏风后两道优雅的剪影，在春夜里平添几分暧昧。

裴道珠孤零零地站在西窗下，一手扶窗，娇躯轻颤，难以置信地凝视萧衡。

萧衡坐在高高的条案上，两腿慵懒交叠，一手撑着条案，一手捻着佛珠，笑得半佛半魔，哪还有白日里那副风神秀彻的君子模样。

他欣赏着裴道珠无路可逃的模样，薄唇轻启："脱。"

裴道珠丹凤眼里的水雾又多几重，啐道："不要脸！"

萧衡漫不经心："办案而已。还是你觉得我会对你有什么企图？就你这样的……"眼风扫过裴道珠，轻嗤。

都是一张嘴巴两个眼睛的人，女子的皮囊与男人也没什么区别。更何况比起皮囊，他其实更喜欢看她梨花带雨的模样。欺负裴道珠真是天底下难得有意思的事。

裴道珠咬牙。她也是名门望族出来的女郎，凭什么要被他如此羞辱？

沉默片刻，她从怀里取出那枚白玉扳指，望向萧衡："你找的是这个？"

萧衡挑眉，正要喊人进来抓她个人赃并获，裴道珠突然出其不意地将白玉扳指丢向窗外。

窗外正对着池塘，白玉扳指"扑通"一声掉进了池塘里。

萧衡顿了顿，笑出声来："你不会以为扔掉扳指就没证据了吧？那池塘也没有多深。"

裴道珠不语，果断地拿起窗台上一把削水果的匕首，赤脚踩过地板，快步行至萧衡跟前，手上带着几分狠劲儿，将匕首的尖部狠狠抵上萧衡的脖颈。

她压低声音一字一顿："那玩意儿是怎么出现在我屋里的，你比谁都清楚！你叫枕星做这种事，萧玄策，你也算男人？若非枕星提前告诉我，我辛辛苦苦积攒的名声就都被你败坏了！”

萧衡唇角的笑容渐渐冷却，也懒得再伪装，冷冷道：“便是栽赃陷害，又如何？”

裴道珠呼吸急促。枕星并没有告诉她，她不过是诈他一下，他竟承认得如此干脆！果然是在报复她从前对他的羞辱吗？

不对……如果是报复，他早就能报复了，何必等到今日？是……萧荣？

这两天唯一的变数，是萧荣。

萧荣想和她藕断丝连，或许萧玄策是怕她破坏萧家和顾家的联姻，才用白玉扳指栽赃陷害，好将她赶出金梁园。

她抬起眼睫，面前的郎君风神秀彻，在南国一向有高洁风流、雅量非常的名声，可事实上，他就是个不择手段的变态！

她气不过，哑着声音骂道：“目空一切、傲慢自负、睚眦必报、仗势欺人、阴险狡诈！萧玄策，亏你还是人人敬仰的名士！有朝一日世人知道你的真面目，不知道会做何表情！”

萧衡居高临下地看着少女气急败坏地仰着小脸，哪怕手持武器，也依旧柔弱不堪。他一只手就能弄死她。

他歪头，发间的丹红瓔珞垂落在裴道珠脸边，带出几分轻慢和暧昧：“高洁娴雅、温婉端庄、盛名在外的裴家小娘子也不过是个爱慕虚荣、矫揉造作、机关算尽、利欲熏心、不知廉耻的俗人……你我半斤八两，又何必五十步笑百步？”

裴道珠的呼吸更加急促。她长这么大，还从来没有被人如此骂过！她双手抖得厉害，匕首无意识地戳向萧衡的脖颈。

血珠涌出。

裴道珠愣了，手一软，匕首哐当落地。她捂着嘴后退半步。

不过才只呆愣了半瞬，她就果断捡起匕首，拉起萧衡的手，将匕首塞进他的掌心：“伪造成自杀的样子不知道是否会有人信……陆二哥哥定然是信我的……”

萧衡脸色阴寒。这女人，不仅反应速度惊人地快，胆子也相当大，心性也是真的恶劣。

她也不看看他是否能救，第一时间想的竟然是如何处理和如何脱罪……

他抹了一把颈子上的血珠，沉着脸把匕首扔到地上：“不过是破了层皮，大惊小怪什么？我若当真死了，临死前必定拉你垫背！”

裴道珠愣了愣，见他脖颈间当真没有鲜血再流出来，紧绷的心弦才松开。

掌心疼得厉害。

她低头看见掌心赫然出现一道鲜血淋漓的伤口，大约是刚刚情急之下被匕首弄伤的。

她拿过一条披帛，敷衍地在伤口上缠了十几道，一边缠一边道：“今夜的事……”

她手上的伤口极深，萧衡看得清清楚楚。她这般矫揉造作又娇娇滴滴的女子，竟也不用药？

他嘲讽：“连伤口都不处理，就急着与我商量今夜之事。裴道珠，你就这么想留在金梁园？富贵荣华对你而言是比性命更加重要的东西吗？”

裴道珠举起受伤的手给他看：“这不是处理好了吗？都没流血了。我从前学厨艺时，为了把萝卜雕成花儿，曾无数次切到手，之后都是这么包扎的，你又大惊小怪什么？”

不再流血，就是处理好伤口了……萧衡脑海中涌现出幼时的事。

幼时，父亲待他格外严厉，请了很多副将教他刀枪棍棒。

他每每受伤，父亲都不许他用药，只匆匆包扎一下就被拉起来继续练武，仿佛只要止住了血，就等于处理好了伤口。不管纱布底下的伤口是否会恶化，是否会疼痛，只要看起来没流血，就代表一切都很好。

那时他尚且忍得艰难，裴道珠只是个闺阁女子，她又是怎么忍下来的？

他对她起了一点好奇，想问她疼不疼，刚一开口却下意识换了话题：“世家之女，为何要学厨艺？”

裴道珠漫不经心道：“十岁时，我就知道家族看似光鲜，实则一日不如一日。既然家族靠不住，当然要多学几分本事，以便将来嫁个好郎君，谋一份好前程。”

萧衡眼底的好奇化作冷意。又是嫁人，又是前程……这女人果然是虚荣的，无时无刻不想着飞上高枝。

裴道珠捂着受伤的手，看他几眼，语气稍软：“玄策哥哥，念在你我以往的情分上，今夜之事能否就此了之？我会尽快寻到好郎君，等我寻到了，自然会离你们萧家远远的。”

尽快寻到好郎君……萧衡暗道，好郎君是随便就能寻到的吗？

他道：“你想找谁？”

裴道珠抿了抿唇瓣，小声道：“实在不行，我就去找陆二哥哥。我与他年幼相识，也算青梅竹马。陆二哥哥心性单纯，听闻他后院还没有姬妾，这样的高门公子最容易——”

“他不成。”萧衡打断了她。

裴道珠不服：“为何不成？”

萧衡嘲讽：“你是个怎样的品性，他又是怎样的品性？”

裴道珠气急，这厮就差把“你配不上他”五个字刻在脑门儿上了！

她反唇相讥：“陆二哥哥风雅率真，玄策哥哥又是个什么品性，你也配当他的故交挚友？”

两人互相讥讽了一番，觉得既幼稚又没意思。

裴道珠踌躇着，又试探道：“看在陆二哥哥的面子上，今夜之事……能否作罢？”

萧衡瞥了眼她缠在手掌上的披帛，许是念及陆玑的面子，许是有过同病相怜的遭遇，他勉强松口：“白玉扳指之事可以作罢。但一个月内，你必须离开金梁园。”

一个月的时间……裴道珠盘算起来。

就算在金梁园找不到合适的郎君，可是再过二十天就是三年一度的花神节，到时候成郧城有花神节游街大赏，如果她能扮演万众瞩目的花神角色，不必她主动，也会有无数郎君前来求娶。一个月的时间，足够了。

她脆声道：“我答应你。”

萧衡以白玉扳指被侍女不小心收进库房为由解决了今晚的事，遣散了看热闹的人，保全了裴道珠的名声。只是他要求裴道珠必须把扳指捞出来。

池塘边。

裴道珠黑着脸：“叫小厮去捞不成吗？我好歹也算世家贵女，容貌举止时时刻刻都要尽善尽美……”

萧衡提着灯：“若不想传出偷盗的名声，就别指望别人。”

裴道珠暗暗磨牙，蹙着眉，一手提起裙裾，在草地上褪去木屐。她伸出脚趾轻轻试探了一下，池水微凉。

她水性还不错，下水倒是不怕，只是实在有失体面。她楚楚可怜地望向萧衡，可是君心似铁，萧衡根本就不吃她这一套。

裴道珠只得心一横，“扑通”跳进了池塘。

她运气不错，闭着眼睛摸索了片刻，顺利地找到了扳指。

她浮上水面，把扳指丢给萧衡：“萧玄策，今夜过后，你我再无瓜葛！我不会指望再与你重修旧好，这一个月内你也别来找我麻烦！”

她上了岸，理了理湿漉漉的衣裙，捡起木屐。因为从未在人前如此失态过，她心底又委屈几分，一边往闺房走一边抱怨：“池水脏死了，底下还有成堆的水草，我先回屋沐浴更衣了……”

萧衡摩挲着扳指，听见她的抱怨，突然转身望向她。

金梁园是新修的，这处池塘也是近日才挖出来的，怎么可能会有水草？

目光在她脚踝间稍作停顿，他道：“站住。”

裴道珠不高兴地转过身：“还有什么事？”

萧衡提醒：“低头。”

裴道珠低下头，发现脚踝上多了东西——

是头发。

在池底缠着她的不是水草，而是人的头发。

她面色瞬间变得苍白：“萧玄策……”

萧衡沉声吩咐：“来人，抽干池水。”

守在不远处的侍从们应声而来，一时间灯盏四起，如流萤般明晃晃地朝池塘边汇合。

萧衡瞥了眼裴道珠，她穿着半旧的罗襦裙，衣料紧紧贴在身上，清晰地勾勒出削肩细腰玲珑有致的线条。她的肤色白嫩如瓷，那一抹凝白顺着锁骨往下延伸，在这朦胧春夜里竟有种销魂之感。

这一瞬间，萧衡忽然觉得，女人和男人似乎有哪里是不一样的。

然而这种感觉也仅仅出现了短短一瞬。他解下大氅丢给裴道珠：“穿好，别败坏门风。”

裴道珠接住大氅，把自己裹得严严实实，心里却是一千个一万个嫌弃。一个穿着湿衣的妙龄女郎站在他面前，他的念头竟然是败坏门风？！

她祝他这辈子都娶不到媳妇。

她打了个喷嚏，浑身湿漉漉的感觉很不舒服，再加上一想到那塘池水浸泡过死人，她就寒毛倒竖，恨不得立刻回屋洗个澡。

于是她道：“我先告退——”

“你是证人，必须留下。”萧衡一副公事公办的神情，示意随从多点几盏灯。

裴道珠憋着一口气，只得待在旁边。

两刻钟后，一池水被抽了个干净，一具尸体被小心翼翼地抬上了池岸。

萧衡一手提灯，在尸体边单膝蹲下：“护手。”

随从恭敬地呈上一双验尸用的薄鹿皮护手。

萧衡戴上护手，拨开尸体的头发。

尸体早已分辨不出相貌。外裳被扒走，体型粗矮健壮，是个男人。

裴道珠只看了一眼就转过头去。一想到刚刚在水底跟这死尸接触过，她就忍不住作呕。

她面色惨白，声音艰涩：“我，我能不能先回屋？”

萧衡不搭理她，认真地检查过尸体的眼耳口鼻和手脚腹部：“两手握拳，肚腹膨胀，拍打时有声响，指甲里残留血污皮屑，他是被人溺死的。”他顿了顿，又道：“溺死之后，凶手剥去了他的面皮和外裳，将他推进了池塘。根据皮肤发白起皱和脱皮程度判断，他大概是两天前被溺死的。”

他起身：“你们继续搜查池底，看看是否有遗留的线索。”

侍从们领命行动。

裴道珠一脸纠结。萧玄策不是贵族郎君嘛，怎么对仵作的活这么熟悉？仵作不仅低微轻贱，还常常和尸体打交道，明明是寒门中人才会从事的行当……

见萧衡似乎闲下来了，她压下心头的疑惑，声音娇软几分，连叔叔也唤上了：“九叔，我想回屋……”

萧衡一边摘下护手，一边转向她。

裴道珠下意识后退半步。

萧衡顿了顿，扫了眼自己的手，挑眉道：“嫌脏？”

裴道珠岂止嫌脏，还很忌讳。她轻声道：“他是两天前溺死的，而我昨日才到金梁园，所以他绝不是我杀的，这件事与我毫无瓜葛。我到底云英未嫁，为了我的名声和清白考虑，九叔对外谈起这事时能否别说是在湘妃苑发现的？”

她爱惜名声，不容许自己的名声有一分一毫的损坏。

虽然她很同情那个人，但沾上凶杀案这种事，对贵族女郎而言到底是不体面的，她当然是能离多远就离多远。

萧衡定定看着她。

一个人死在她面前，她想的竟然是怎么把自己摘干净？天底下怎么会有如此自私自利的女人？

可笑他竟然松口让她在金梁园多住一个月。他就不该心软。

萧衡满眼凉薄：“你可以走了。”

裴道珠毫不犹豫转身就走。

她回到寝屋，枕星泪如雨下地跪倒在地："女郎……"

她在萧玄策面前说是枕星故意泄密的，萧玄策那边，枕星是回不去了。

她沉吟片刻，扶起枕星："九叔手段过人，你听从他的安排，我不怪你。幸而我半夜醒来，察觉枕头下有东西硌得慌，才发现了那枚白玉扳指，提前藏进怀中才没酿成大祸。只是九叔怀疑是你故意向我告密，才导致他计划失败。"

枕星惊恐："九爷最恨叛徒，会杀了奴婢的！"

裴道珠缓和了表情："你别怕，我为你求情，他终于答应饶过你。只是枕星，九叔那边，你可能回不去了。"

枕星脸色苍白，却带着劫后余生的欢喜。能从九爷的手下活着出来，她已是庆幸!

她再次跪倒在地，以头磕地："谢谢女郎求情！女郎生得美，奴婢就知道您一定是大善人！枕星无以为报，愿从此以后效忠女郎！"

裴道珠不动声色地扬了扬唇角。

她正嫌身上脏，于是叫枕星去打热水沐浴。

她拿香膏仔仔细细地搓洗了几遍，直到把身子搓得通红，才勉强觉得洗干净了。

水汽氤氲。

她泡在浴桶里，拿浸湿的手帕敷在额上，闭着眼睛道："他究竟是怎样的人？明明出身高门，为何却懂验尸？尸体那样脏，他竟也不嫌弃……"

寻常名门郎君都会觉得尸体晦气，恨不能离得远远的。萧玄策倒好，竟上赶着去验尸。

枕星替她拿来干净的寝衣："九爷这趟回成郧，是被天子征召为官。奴婢听说好像是廷尉监一职，专管司法、审判、刑狱一类的事。"

廷尉监……跟罪犯打交道，听着就没前途。倒不如学其他郎君，正正经经从文官做起，凭他的家世，熬个十几二十年的资历，说不定到中年时就能被封为丞相，也算官运亨通，人也轻轻松松，何必如此艰难?

她拿毛巾擦了擦细颈，脑海中无端浮现出萧玄策验尸时的模样。

那般干净胜雪的郎君，面对死尸时却一点儿也不嫌脏，那副专注模样比他尖酸刻薄的时候要顺眼很多……

枕星歪头："女郎，可是水太热？您脸颊好红。"

裴道珠回过神："无妨。"

她继续擦洗脖颈，丹凤眼里闪烁着算计。如今萧玄策再好，她也是不敢消受了。他对她根本就没那个意思，与其自讨苦吃，不如另觅高枝。

他不许她接近陆二哥哥，可陆二哥哥确实是目前的最佳人选，为人宽厚不说，陆家家风也很正，而且陆夫人的出身也不高，因此不会看不起她的家世。

唯一的问题是，陆家是江南本地大族，而她家是江北迁徙来的士族，南北士族在朝堂上一向不对付，联姻会有难度。

"不管了……先拿下再说。"裴道珠心一横。

次日，裴道珠收拾干净萧衡昨夜丢给她的大氅，打听到陆玑就在萧衡的望北居，于是连忙带着大氅前往。

书房内。

萧衡不悦道："她来作甚？"

侍女恭声："说是归还您的大氅。"

萧衡睨了眼正思索案情的陆玑。

她叫侍女跑一趟的事，也值得她巴巴地亲自过来？昨夜他叫她不要打陆玑的主意，她却非要跟他唱反调。

他正要叫侍女把她撵走，书房外已经传来清脆的木屐声。

裴道珠卷帘而入，身段窈窕，深青色宽袖带出春风的轻盈和花香，笑起来时凤眼弯弯，犹如水中月牙。

她声音娇甜："昨夜闹了半宿，阿难怕九叔累着，因此特意过来瞧瞧，顺便归还大氅——咦，陆二哥哥也在？"她面露惊讶。

那一份讶色既天真又无辜，当真是赏心悦目。

萧衡暗暗冷笑。裴家道珠，虚伪至极，走南闯北的戏子，也比不上她浑然天成的演技。

陆玑笑道："道珠妹妹来了？昨夜的案子十分古怪，我听着稀奇，因此来和玄策探讨一二。"

并没有人请裴道珠落座，裴道珠却自然而然地坐到陆玑身边，崇拜道："陆二哥哥天资聪颖，定然已经想出了案子的关键，是不是？"

陆玑的脸上多了几分凝重："尸体双手有老茧，指缝里不仅残留着凶手的皮屑、池塘里的泥沙，还有花圃专用的黑土壤，他很可能是个花匠。可是今早查了花匠的名单，却没有人失踪。我们怀疑案子的关键在尸体被剥掉的那张面皮。凶手顶着他的面皮，冒充他的身份混在花匠之中。"

裴道珠恍然："所以凶手还在金梁园？"

陆玑点头："不错。可金梁园里的花匠多达七十余人，来自不同州郡，彼此并不相识，排查难度相当大。"

裴道珠温柔挽袖，姿态优雅地为他添茶。她凤眼含情："能这么快查到这些，陆二哥哥已经很厉害了。陆二哥哥为我们的安危殚精竭虑，宅心仁厚，是真正的君子。"

陆玑回过神，颇有些尴尬："道珠妹妹误会了，我刚刚说的那些，都是玄策的验尸结果和推理论断……与我，与我没什么关系。"

裴道珠端起茶盏，掩饰尴尬地抿了一口。

她可真是马屁拍在了马腿上。

她悄悄抬起眼帘，正撞上萧玄策的视线，视线里羞辱之意不言而喻。

她避开他的视线，优雅地放下茶盏，对陆玑道："再过二十天就是三年一度的花神节，成郸城的女郎都想扮演花神。不知陆二哥哥心目中可有属意的花神人选？"

花神节是南国春天最重要的节日。为了庆祝春暖花开，也为祈祷国泰民安，每三年都会举行一场盛大的游街仪式。

朝廷会挑出合适的人选扮演各路神仙鬼怪，其中花神一角最重要。她将踩在十六匹白马拉着的花车顶上独舞，一路穿过人山人海的成郸城，不仅万众瞩目，更是一种无上殊荣。

往年扮演花神的女郎都嫁到了很好的高门，裴道珠也动了小心思。

陆玑对上她清润晶亮的眼，对她的怜惜又多几分。他认真道："若论容止风度，成郸城再没有别的女郎比道珠妹妹更加出色。若是让我选，我肯定选道珠妹妹。"

裴道珠脸微红："陆二哥哥就爱拿我开玩笑。我虽然有心去争，但我家买不起贵重的舞裙，纵然想争，怕也争不过别人……"

"这有何难？"陆玑有心帮她，温声道，"今日棋社休息，我带你去街上置办裙衫就是。再给你买几件好看的首饰。妹妹本就该是骄傲的凤鸟，不该被埋没的。"

裴道珠害羞低头，笑意更盛。还有什么比逛街更能促进感情？

虽然陆二哥哥只把她当妹妹，但挑选裙钗的时候，他定然会注意到她的身段和美貌。窈窕淑女，君子好逑。到那个时候，他就会惊觉她其实也是个可以娶进门的姑娘。

她谢过陆玑，又望向萧衡，柔声道：“九叔忙于办案，我和陆二哥哥就不打搅你了。”

萧衡把玩着佛珠，似笑非笑地看着她。

裴道珠心底升起一股不妙的预感。

萧衡道：“你也是谈婚论嫁的年纪了，成日与郎君拉拉扯扯，成何体统？”

陆玑解释道：“玄策，我们只是兄妹——”

萧衡口吻沉冷：“在你眼中，她是妹妹，但在别人眼中她是什么？她会被看成攀附荣华富贵的女人。子机，你一向思虑周全做事细致，今日怎么如此鲁莽？”

书房静默。

裴道珠心口滴血。不愧是萧玄策，这番话看似是关爱她，实则是断绝了她和陆二哥哥逛街独处的可能！他是要把她往绝路上逼！

陆玑更是哑口无言。玄策所言有理，他只顾着怜惜道珠妹妹，却忘了人言可畏。

萧衡捻着佛珠：“凶案的事已经交由部下排查。左右我今日无事，不如由我陪她去买裙钗。”

陆玑一听，顿时大喜过望：“玄策，从前是我误会你了，竟以为你嫌弃道珠妹妹。没想到你对她看似严格，实则是爱她心切，你行事细致妥帖，我果然比不上你。”

裴道珠面无表情。

爱她心切？分明是别有所图。

成郸城。

秦淮沿岸烟柳画桥，参差人家，商铺摊贩鳞次栉比，很是热闹。

珠宝铺子内。

裴道珠已有两年没逛过这种地方了，她看着满目琳琅，情不自禁流露出喜欢。白玉玛瑙的指环、翡翠的圆条镯子、花枝轻颤的金步摇，件件都令她爱不释手。

她揽过菱花铜镜，试戴了一支金步摇。镜中女郎芙蓉花面，有了步摇点缀，更是贵气逼人。将来她跳舞的时候，步摇晃动，定然好看。

掌柜称赞：“女郎生得美，这支步摇太艳太招摇，别人都戴不来，只有女郎戴着才好看。”

裴道珠嘴上谦虚，心里却也是这样想的。她期待地望向萧衡："好看吗？"

萧衡打量她，美则美矣，只可惜在他这里，美貌是最不值钱的东西。要他为她的美貌付账，绝无可能。

他指着柜台里的镇纸："这镇纸倒是精巧。"

掌柜立刻笑道："是了，乃是女儿家书房里用的，用上好的白玉雕琢成兔子，精巧可爱，尤其招女郎喜欢。价格也不贵，送姐妹最好。"

萧衡道："包十八件，送去金梁园。就说是我初回成郸城，送给姐妹们的见面礼。再拿十九套文房四宝，送给金梁园的郎君们。"

这可是一笔大生意！掌柜笑逐颜开，积极备货去了。

裴道珠蹙眉："萧玄策，你什么意思？"

连她在内，金梁园明明住了十九位女郎，他却只买十八套镇纸……

萧衡扫她一眼："就是你想的那个意思。"

他不喜欢裴道珠。叫她不要打陆子机的主意，她不仅不听，还当着他的面与陆子机眉来眼去，百般谄媚，令他厌恶。

裴道珠胸脯剧烈起伏。

原来萧玄策带她上街是为了羞辱她。他的见面礼人人都有，偏她没有，到时候，人人都会知道萧家九郎并不在意她，叫她的面子往哪儿搁？

少女的丹凤眼渐渐盈满水光，是委屈至极的模样。她心气上来，将金步摇掷在案上，提起裙裾转身就走。

萧衡轻哂："有骨气。你既走了，今后就别回金梁园。"

黄昏时分。

枕星在湘妃苑左等右等，等到暮鸦归林也还没见裴道珠回来。

食案上的饭菜逐渐凉透，窗外春雷滚滚，随着春雨临盆，天色瞬间黑了下来。

可是直到园中华灯升起，也仍旧不见裴道珠的踪影。

枕星担心不已，先去韦朝露那里问了问，又撑伞去其他女郎的院子里一一询问，然而她们也没见过裴道珠。

她只得去求见萧衡。毕竟她家女郎早上去见的就是萧衡。

萧衡已是沐过身，穿一袭鹤绫袍，倚坐在窗下听雨。

侍女禀报了枕星的来意，他挑眉："还没回来？"

侍女小心翼翼道："枕星哭得厉害，很是担心的样子。成郸城那么大，裴娘子又是手无缚鸡之力的闺阁娇娘，您把她一个人丢在街上，万一出了什么事……只怕会妨碍您的名声。"

出事？裴道珠那样精明的女人，能出什么事？

萧衡不以为意地拿起一本书，淡然地翻阅起来。

侍女见他不为所动，只得出去回复枕星。

枕星撑着伞，裙裾被雨水打湿半身。她揉了揉酸胀通红的眼睛，无奈地看一眼灯火通明的望北居，左思右想了半晌，只得去找萧老夫人。

除了老夫人，她实在想不出还有谁能帮她家女郎。

"小九，你把阿难一个人丢在了外面？！"

萧衡被唤到萧老夫人的居所，刚请过安，就听见劈头盖脸的一句训斥。

他瞥了眼枕星，枕星连忙惊恐地低下头。

他捻了捻佛珠，按捺住胸腔里翻涌的戾气，道："母亲，是她自己不想回金梁园。"

萧老夫人坐在上座，只梳着家常发髻。她不悦："纵然她不想回金梁园，你也得老老实实把人送回家里才是，丢在半路成何体统？万一有个闪失，便是金山银山也补偿不了她的家人！"

萧衡沉默。

萧老夫人又发脾气道："阿荣与她的婚事，原是一早就订下的，突然退婚是咱们家的错。本就有愧于人家，又怎么敢再欺负人家姑娘？去，你亲自去把阿难找回来。若是有个好歹，小九，你知道你父亲的厉害！"

萧衡捻着佛珠，本欲拒绝，一时之间却想不出合适的托词。他沉默片刻，低头行了个退礼。

灯火摇曳。

萧老夫人注视着小儿子，突然心念一动，叫住他道："阿难美貌高洁，德行出众，若非家道中落，何至于姻缘不顺？你与她皆是好容貌，瞧着倒是登对，要不——"

"母亲。"萧衡沉着脸打断她的话，"美色不过是红粉骷髅，误人子弟而已。孩儿生平所愿，是收复疆土，为祖父报仇。只要故都一日沦陷在异族的铁骑之下，只要仇人一日逍遥快活地活着，孩儿就绝不娶亲。"

他白衣胜雪，指尖挽着翡翠佛珠，明明是遗世独立的圣人姿态，眼底却偏偏淬着浓墨重彩的坚毅和血性。而他的脊梁挺直如山，像是永远不会屈服。

老夫人的话噎在了喉间，半晌，她摆摆手，示意萧衡退下。

厅中的侍女也都退下之后，江嬷嬷捧来热姜茶，笑道："九爷争气，如今的世家大族里面，又有几个不爱声色犬马，只一心为家为国的子弟？您该为他骄傲才是。"

老夫人喝了一口姜茶。

风雨吹进门窗，吹熄了几盏灯火。厅中的光影变得黯淡，挂在中堂上的九州山水画更显斑驳陈旧。

风雨飘摇的春夜里，老人一贯慈祥的脸像是多添了几道皱纹，手掌摩挲着杯盏，却感知不到任何温度。她呢喃低语："报仇，他报哪门子仇……"

江嬷嬷见她如此反常，脸上的笑容也跟着消失，她小声道："您放心，九爷不会知道的。当年那件事的知情人已经全部被相爷处死，如今天底下只有相爷、您和老奴知道那事儿。九爷不会知道的，这辈子他都不会知道的。您别愧疚，那本就是他欠萧家的……"

雨水淅沥，秦淮河边的夜市却依旧繁华，火色的灯笼温暖朦胧，沿着河岸一盏盏往远方延伸而去。

朱雀桥边。

裴道珠孤零零地坐在风雨亭里，对着远去的秦淮河水垂泪。

她不过是想过得好一点。她既没有像顾燕婉那样横刀夺爱抢人未婚夫，又没有伤害别人，她只是比寻常女郎多几分心机而已，又不是没了良心，她有什么错？萧玄策何至于要对她极尽羞辱赶尽杀绝？

正伤心时，一道清越的声音突然从亭外传来。

"裴道珠。"

裴道珠回首望去。

来人白衣胜雪，发间编织着丹红璎珞，一手提灯一手撑伞，腕间悬一串翡翠佛珠，正淡漠地看着她。

萧玄策。

他竟来找她了……他那般傲气，怎么愿意低头？

裴道珠眼眸微动。大约是枕星见她一直没回去，情急之下去找了萧老夫人给萧玄策施压，他才来接她的吧。

她揪着手帕别过脸，故意道："我爱慕虚荣，一向不讨你喜欢，你又何必来找我？我在这里十分怡然自得，看着远去的河水，听着淅淅沥沥的雨声，更觉修身养性。今夜我就不跟你回去了。"

她非得萧衡三请四请，好歹叫她找回些体面，才愿意跟他回去呢。

萧衡被她气笑了。他见过爱面子的，却没见过如此爱面子的。他故意道：“不是来接你回金梁园的。”

裴道珠揪着手帕的手倏然一紧。

萧衡清楚地捕捉到她的紧张，唇角添了些讥讽：“逗你而已，紧张什么？你还是想回金梁园的，是不是？”

裴道珠脸颊发烫，紧紧抿着唇，再不肯搭理他。

萧衡递给她一把伞：“走不走？”

裴道珠到底不敢再拿乔，不情不愿地接过伞撑开：“那我的裙衫和首饰怎么办？今日若是陆二哥哥陪我逛街，定然早已买好我心仪的东西……”

萧衡看她一眼，她竟然还敢讨要东西……

裴道珠接触到萧衡冷漠的目光，虽然心有不甘，却也只得闭嘴。

萧家的长檐车停在街道外。从朱雀桥往长檐车走，越走越灯火冷清，四周逐渐陷入雨夜的混沌黑暗。

裴道珠跟在萧衡身后，下意识抓住他的衣袖。

萧衡不悦：“松开。”

裴道珠咬住下唇，慢慢松开手指。又走了几步，她小心翼翼地捏住他的袖角：“玄策哥哥，我看不见，害怕，让我牵着你的袖角好不好？”

少女尾音娇软，带着几分轻颤，她真心实意地害怕。

萧衡更加不悦。

他一向不喜欢与人亲近，正要强拂开少女的手，触及她的袖角时，脑海中忽然涌出一段回忆。

六岁时，他重病双目失明，寄居在栖玄寺治疗。寺里的日子清苦寂寞，而他在最该认识世界的年纪，失去了看见世界的能力。他孤单又害怕地活在黑暗里，性子也变得暴戾，不许任何僧人和大夫亲近，甚至每日都要将禅房砸上一遍。

就在他快要崩溃时，有个小女郎来寺小住。她喜欢与他玩耍，得知他看不见，便主动将她的袖角递到他的手里：“小哥哥，你牵着我的袖角就不害怕啦！”

她领他去后山听鹤唳鸟鸣，去水边听溪水潺潺。他牵着她的袖角满寺庙地跑，听着她又软又稚嫩的小奶音，整个世界突然就不再黑暗孤单……

夜雨微寒。

一阵奇异的咕咕声拉回了萧衡的回忆，他瞥向裴道珠。

裴道珠双颊红透："我没用午膳和晚膳，实在太饿了。你，你只当没听见。"

萧衡沉默片刻，难得放软语气："用了晚膳再回去。"

酒楼。

满桌珍馐。

裴道珠小口小口地吃着鱼粥，时不时看萧衡两眼。

萧玄策脑子进水了，居然舍得请她吃这么贵的饭菜……她优雅地放下小碗，矜持地拿手帕擦了擦唇角："我吃完了。"

萧衡扫她一眼："你才用了一碗鱼粥。"

裴道珠温声道："晚间不宜多食，我平常只吃半碗豆饭，唯有如此才能保持优雅窈窕的体形。"

萧衡轻嗤："然后嫁个好郎君？"

裴道珠不服气："保持美貌不仅是为了嫁个好郎君，也是为了取悦自己。每日揽镜自照，瞧见容色姝丽，整天都会有好心情的。"

萧衡结了账，往雅座外面走："岁月荏苒，若有朝一日瞧见镜子里人老珠黄，你又该如何？所以说，人活百年，皮囊是最不重要的东西。"

裴道珠跟在他身后："那个时候就突显出金银财宝的重要性。若是家族富贵，不必经受风吹日晒，再加上胭脂水粉的保养，自然比同龄女郎老去得更慢一些。生在锦绣堆里，也能养出更高贵的气质，正所谓美人在骨不在皮——嘶——"

裴道珠的裙裾被门槛绊了一下，始料未及地往前跌。

萧衡下意识搂住她的腰。

少女的腰很细，也很软……像是一掌就能包覆，像是容易攀折的娇花。

他掌心微烫，很快便不动声色地松开手："说来说去，你还是想嫁入高门。"

裴道珠脆声："知道玄策哥哥嫌弃我，可我又不嫁你，你着急什么？说好了一月为期，为了让我早点从你眼里消失，你也得帮我一把不是？你瞧，对面就有一家布庄，你带我去买些好料子？"

萧衡没多言，往布庄走去。

裴道珠高高兴兴地挑了几匹布："倒也不必请绣娘裁衣，我自己就是手艺最好的绣娘。这两年家中潦倒，请不起绣娘，都是我亲手为家人裁布做衣的。"

萧衡扫了眼她的衣裙，虽然半旧，做工却格外细腻精致。

她还有这本事……

买完布料，两人又去了珠宝铺子。裴道珠没敢要太贵的，只选了一支白玉雕琢的明月钗，款式简单，不会过时。

这支钗可以戴很久呢。她对着菱花铜镜，用明月钗熟稔地挽起青丝。

萧衡在她背后，看着少女的手洁白似玉，仿佛比明月钗还要细腻白嫩，鸦青长发绕过指间，又如流水般倾泻下来。

眼花缭乱之中，裴道珠就挽好了一个精致婉约的兔耳高髻，只在额角留了两绺长长的青丝，更显飘逸风流。她笑盈盈地转向萧衡："好看吗？小时候都是侍女为我梳头，后来侍女没有了，我就只能自己梳头。这是我前几日想出来的样式，别的女郎都不会梳呢。"

这种高髻很考验容貌，而裴道珠额头饱满，五官精致，脖颈纤细，高髻很适合她。

萧衡面无表情道："尚可。"

裴道珠撇了撇嘴角。萧玄策狗嘴里吐不出象牙，连夸人都十分吝啬。

她揽镜自照，觉得自己很是光彩照人。

今夜得到了想要的东西，她欢欢喜喜地与萧衡一道回了金梁园。

次日，天色放晴，园林如洗。

裴道珠去棋社时，碰上几位小女郎来喊韦朝露一起去练舞。她们都是顾燕婉的小跟班，跟裴道珠不对付，瞧见裴道珠过来，立刻高声道：

"听说没有？昨儿九爷送了所有人见面礼，唯独没送裴道珠。"

"都说九爷很照顾裴道珠，如今看来也不尽然。所以说长得好看又有什么用，讨人厌就是讨人厌。"

"说不定再过几日，她就会被赶出金梁园。根本不是一个圈子的人，何必非要与咱们待在一起？"

裴道珠迈出门槛的脚收了回来，她扶了扶发髻上的明月钗，毫不客气地回敬道："白兔镇纸固然不错，只是与我的玉钗比起来，终究还是差上许多。"

女郎们愣了愣，目光纷纷落在明月钗上。这玉钗难道是九爷送她的？

裴道珠凤眼盈盈，潋滟着春日艳阳，柔声道："我与九叔说，我不在乎金银之物，也不想要礼物，非要送的话就送两本字帖好了，谁叫我最爱读书写字？可他不肯，非得送我玉钗才罢休，还说什么白玉配美人，我拦都拦不住呢。"

小女郎们顿时吃惊地睁圆了眼睛。她们目送裴道珠远去，不禁又是艳羡又是妒忌，更有甚者已经开始猜测裴道珠和萧衡的关系。

毕竟哪个郎君会无缘无故送姑娘玉钗？

不过短短一日，金梁园中的谣言已是满天飞。

起初有人说，萧家九郎送了贵重的明月钗给裴道珠。后来又有人说，萧家九郎爱慕裴道珠，已经送了定情信物。黄昏时分，谣言传到萧衡耳边时，小侍女满脸兴奋："所有人都说郎主已经和裴家小娘子私订终身，孩子都有了！昨夜因为孩子，裴家小娘子还赌气出走，好在终于被郎主哄了回来。如今就等着下聘办喜酒了！老夫人要有重孙儿了！"

"噗！"正和萧衡对弈的陆玑一口茶喷了出来。

陆玑失态地擦去唇边水渍，难以置信："这都是听谁说的？！"

小侍女懵懂道："大家都是这么说的呀。"

"不是，"陆玑语无伦次，"你家主子才回成郸不到半月，怎会叫道珠妹妹怀上身孕？不对，这不是重点！重点是玄策和道珠妹妹清清白白，怎么就私订终身了？！"

小侍女年幼无知，歪着头扳起手指头掐算日子。

陆玑看得着急："还杵在这里作甚？还不快去跟人解释清楚？若是误了道珠妹妹的名声，害她将来嫁不出去，有你好果子吃！"

小侍女脸一白，连忙跑出去跟人解释。

陆玑擦了擦额角细汗："一天天的都是什么事儿！"

他望向萧衡，处于谣言中心的郎君正在棋盘上从容落子，薄唇甚至还抿着笑。

陆玑蹙眉："玄策，这谣言满天飞的，你就不着急？"

萧衡的眼里藏着算计。裴道珠跟他绑在一起，那些年轻郎君便会误以为她名花有主，绝不会再登门求娶，那样她就嫁不出去了，也就祸害不了别人。

多好。

他气定神闲道："清者自清。"

陆玑顿了顿，不禁摇头赞叹："泰山崩于顶而色不变，玄策的胸襟气度果然不是俗人可以比肩的！"

萧衡笑而不语。

裴道珠从棋社回来时，进门就瞧见韦朝露叉着腰等在廊下。她扶着廊柱，优雅地褪去木屐："姐姐在等我？"

韦朝露看着她发间的明月钗，赌气道："你和九爷究竟是什么关系？你可别忘了，这趟来金梁园小住是为了撮合我与九爷的姻缘！你若是不帮我，我就，我就回去告诉舅舅！"

裴道珠踩着洁白的罗袜踏进闺房："我对九叔毫无兴趣，那些话不过是谣言而已。我的品格，姐姐还不放心吗？"

韦朝露咬了咬牙，嘀咕："就因为是你我才不放心……"

裴道珠的目光落在窗台上，窗台上放着一枝白山茶。白山茶还未绽放，绿莹莹的叶片里缀着一朵洁白的花苞，瞧着叫人心生怜惜。

她拿起白山茶，花枝修剪得宜，底部用丝带系着一张花草纸，纸上写道：

关关雎鸠，在河之洲。窈窕淑女，君子好逑。

没有落款。

裴道珠挑眉，这是告白？

花草硬笺纸很是稀罕难得，字迹也算端正，想来是某个郎君偷偷送给她以表爱慕的。

果然，除了萧玄策，其他郎君还是知道她的好的。

她还没来得及欢喜，韦朝露"咦"了一声，夺过那张花草纸，不解道："你竟也收到了？我也收到了，顾燕婉、崔凌人她们都收到了……"

大家都收到了……裴道珠不喜地撇了撇唇角。所有女郎都有的东西就不珍贵了。

她把东西丢到窗外："肯定是别人的恶作剧，拿咱们寻开心的。若是女子也就罢了，若是某个登徒子，定要把他揪出来才好。"

夕色柔和，韦朝露看着少女生气地倚在西窗下，面若芙蓉身段窈窕，腰间系着八幅丝绦，衬得纤腰盈盈一握。两年前她曾一舞动京师，如今她身段更加高挑，若再跳舞，定然更美。

再过不久就是花神节，想扮花神的女郎数不胜数，舞蹈更是一个比一个跳得好。她实在没有胜算……

韦朝露轻咳一声，觍着脸道："花神节在即，马上就要定下花神人选。我的舞算不上顶尖，妹妹可否教我？就教前两年你在淮水边跳的那支《神弦歌》，那支舞最好看！"

裴道珠看她一眼，她疯了才会教韦朝露。

韦朝露抱怨着："你不知道，顾燕婉也就罢了，不过与我半斤八两。崔凌人的舞却是极好的，这次负责准备花神节的又是崔家，她的母亲还是当朝长公主，与她竞争，我压力很大的……”

竟然是崔家负责花神节……那她们还争什么，崔家定然会让崔凌人当选花神。裴道珠心底漫开失落：“既然如此，姐姐还是趁早放弃吧，你争不过崔凌人的。”

“你胡说！”韦朝露不高兴，“纵然是崔家负责评选，那也要讲求公平公正，否则大家都会不服气！”

公平公正……裴道珠暗暗轻哂。

表姐真是天真，还相信公平公正。人都是有私心的，既然负责评选的人是崔家，他们又有什么理由不选自己家的女儿？

那场梦境里，因为家族落魄无人倚仗，所以被送去北上和亲的人是她裴道珠，而不是高贵的皇室公主。

弱肉强食的世道，她又能向谁求一个公平公正？

韦朝露已是不耐烦：“你到底肯不肯教我？你若不肯，回头我告诉舅舅去！咱们可是亲姐妹，你何必小气？”

她可没有这么傻的亲姐妹。她已经不指望当选花神了，想另外弄些好处，于是故作迟疑道：“我已许久未曾练舞，早已生疏了呢。”

韦朝露咬牙：“五两银钱，你干是不干？”

裴道珠很受伤：“姐姐这是何意？你一向知道我不是贪图富贵的人。”

韦朝露翻了个白眼：“十两总够了吧？”

裴道珠唇角微翘，面上却状似无奈：“既然姐姐强求，那我也不好再拒绝。那就……先付银钱吧。”

韦朝露又翻了个白眼。裴道珠，多么虚伪呀！

转眼到了选花神的日子。崔家和其他世家长辈都来了金梁园，本就热闹的园子更加热闹。

裴道珠穿着崭新的罗襦裙站在铜镜前，左看右看，十分满意。

她已有整整一年未曾添置过新衣。

枕星忍不住赞美：“女郎生得美，舞也跳得妙，金梁园再没有比您更好的女郎，您该参加花神节的。想来真正的花神大约也就是您这般模样。”

“嘴甜。”裴道珠捏了一下她的脸蛋。

她才不参加呢。去给崔凌人当陪衬不说，若是风头盖过崔凌人，落了崔家和长公主的面子，还会得罪他们。她又不傻。

枕星笑眯眯道："咱们快些过去吧？"

"不着急。"裴道珠慢条斯理地跪坐在妆镜台前，往唇上轻点口脂。

她是去吸引郎君注意的，不能在舞蹈上盖过崔凌人的风头，总得在出场上想办法不是？

金梁园贵客云集，花园里早已饮宴起来。

成郸城的女郎热情而率真，为了能选上花神，她们打扮得百媚千娇，尽情展示自己的美貌，引得众人称赞不已。

眼看快要开场，她们聚在一块儿说话：

"幸好裴道珠没参加，不然哪还有咱们的份？"

"说起来她人呢？"

顾燕婉捏着团扇，轻哼一声："她与咱们可不一样。我那个妹妹最会算计，肯定要等到最后一刻才会出场，好来个艳压群芳。"

有心性单纯的女郎笑道："燕婉你就爱说笑，她与咱们同龄，哪儿来那么多的小心思呀。"

话音刚落，东南边传来温柔如春风的声音——

"我来迟了！"

众人循声望去。

一位妙龄女郎正从花径尽头款款而来。

落英缤纷。

她梳着高髻，肌肤莹白，笑盈盈的小脸唇红齿白，崭新的丹红交裥裙在春风中飞扬，最是那削肩细腰的风流，恰似壁画上的龙女，随时会乘风归去一般。

场上的郎君都看痴了。

裴道珠哪怕是快步行走，脊背也仍旧挺直，步伐大小有如戒尺丈量过般保持一致，那对银耳坠更是岿然不动，可见端庄风度。

世家长辈们对视几眼，暗暗点头。裴家道珠，果然是世家贵女的典范！

顾燕婉轻嗤："我说的吧，她事事都要算计的，非得抓住一切机会出尽风头才肯罢休。"

刚刚还为裴道珠说话的女郎此刻无话可说。

案桌旁，陆玑笑呵呵道："玄策你看，道珠妹妹穿了新衣，容色更胜从前。我早说女子要娇养，道珠妹妹天赐的容貌，更要仔细养着……"

萧衡没听进去，他捻着佛珠，远远注视裴道珠。

事事都要权衡算计，连出场的时机都要算计。裴道珠……她活得不累吗?

裴道珠先向长辈们见过礼，也知道女郎们都不喜欢她，于是挑了萧衡身边的位置坐："九叔、陆二哥哥，我与你们坐一块儿。"

陆玑见她没穿舞裙，不禁疑惑："道珠妹妹不参选花神吗?"

裴道珠看了眼对面高座。高座上的贵妇端庄雍容，正是当朝长公主、崔家的当家主母司马宝妆。她拉着女儿崔凌人的手仔细叮嘱着什么，崔凌人频频点头，满脸胜券在握。

裴道珠收回视线，轻摇绢扇："多谢陆二哥哥关心，我前两日练舞时扭到了脚，不能做太剧烈的动作，只能错过花神节了。"

陆玑点头："原来如此……当年道珠妹妹在淮水边的那一支《神弦歌》艳惊四座，不能再次看到，当真遗憾。"

裴道珠暗道有什么可遗憾的，他若是娶她，她可以天天跳给他看。

然而这话却不敢明说。

陆玑去和其他郎君应酬时，萧衡捻着佛珠，毫不留情地拆穿她："你一贯爱出风头，今日倒是隐忍。这么怕崔家?"

裴道珠微笑："察言观色久了，便知道有的风头不能出。九叔家族鼎盛，当然不明白我为人处世的辛酸。"

萧衡轻嗤。

随着编钟乐音响起，选拔正式开始。

第一个上台的是韦朝露。她跳的是裴道珠教她的《神弦歌》。舞蹈源于楚地的祭祀巫鬼文化，原本该是清丽婉转而又神秘缥缈的风格，只是她实在紧张，脸儿通红如虾壳，四肢僵硬得厉害，完全跟不上乐音。

萧衡讥讽："这就是你那支名动京师的《神弦歌》? 看起来像是神婆招鬼，滑稽可笑。"

裴道珠保持微笑。明明是韦朝露跳不好，她的舞才不是这样呢!

"九爷。"

甜美的声音传来。

裴道珠望去，发现来人是崔凌人。

崔凌人脆声道："自打来到金梁园，我就勤奋练习舞蹈，不敢称天下第一，在成郧城却也是数一数二。今日选花神，九爷会在台下为我助威的，是不是?"

陆玑不知几时回来的，在裴道珠耳边小声道："崔家妹妹仰慕玄策，长公主和崔家又宠她，我刚刚听崔家大郎君说，他们崔家有意和萧家联姻，具体事宜会在花神节之后商量。大约是想等崔家妹妹拿了‘花神’美名之后，风风光光地定亲。萧相爷肯定是同意的，如今只等玄策点头。”

裴道珠了然：“原来如此。”

崔凌人忽然转过头来，打量裴道珠几眼，微笑：“这两日，裴姑娘的名声如雷贯耳。”

裴道珠挑眉。她知道金梁园里的那些谣言，说什么她和萧玄策有了孩子，萧玄策未曾站出来澄清，她便也对那些谣言只字不提。本以为谣言总会消散，不承想却被崔凌人拿出来当话柄。

崔凌人打量她几眼，又道：“听顾燕婉说，你舞技很好，怎么不参加竞选？”

裴道珠：“是因为——”

“罢了，我没时间听你的事。”崔凌人骄傲地抬起下颌，“听说你和九爷棋逢对手，曾为一局棋手谈半日，最后下出一盘三劫连环的平局。你的琴棋书画都是绝佳，我却也不差。裴道珠，将来有机会，我要向你好好讨教。”

裴道珠客套的“不敢”两字还未说出口，崔凌人已经起身望向萧衡，自信而坚定地撩了下青丝，才回到长公主身边。

陆玑叹息：“崔家妹妹还是一如既往的风风火火。成郧城的女郎都爱玩爱闹，她却是为数不多的勤奋之人……对了玄策，她仰慕你，你可怜爱她？”

裴道珠也望向萧衡。

虽然她如今不再打萧衡的主意，但她毕竟是在意皮囊风度的人，萧衡这般容色风度，配崔凌人……实在可惜。

萧衡捻着佛珠。长公主也就罢了，崔家家主崔元手里却握着兵权。崔家势力不逊于萧家，他想北伐，势必要争取更多的世家支持，与崔家的这桩婚事确实在他的考虑之内。

他饮了半盏梨花酒，睨向陆玑：“正经书不读，倒是关注起儿女情长了。”

陆玑不怕他，笑着压低声音对裴道珠道：“真稀奇，玄策竟然没有回绝。看来他对崔家妹妹怕是有情呢。”

裴道珠笑意盈盈。

萧玄策笑得那么虚伪，分明是不喜欢崔凌人的。像他这种人，所谓的婚姻大约也只是权衡利弊。

裴道珠观赏着高台上的舞。

女郎们跳得各有千秋，其中顾燕婉发挥得最好。花神节三年一度，而她今年就要嫁进萧府，以后再没机会当选花神，最后的机会，她当然想牢牢把握住。

崔凌人最后上台，发挥得也很不错。

四周便都议论起来，猜测今年的花神人选会花落谁家。

有说顾燕婉的，有说崔凌人的，争执之间还有人吵红了脸。

陆玑感慨：“今年的‘花神’想必会在崔家妹妹和顾家妹妹之间诞生，只是可惜了道珠妹妹……道珠妹妹的《神弦歌》当真是天上有地下无！”

四周不少郎君曾目睹裴道珠昔年在淮水边跳的那支《神弦歌》，他们暗暗点头，很赞同陆玑的话。

有小女郎不服气：“我是没见过裴道珠的舞，但也不至于被陆郎君如此夸赞吧？顾姐姐和崔姐姐跳得这么好，裴道珠还能赛过她们不成？”

萧衡捻着佛珠，暗道确实如此。

终究只是一支舞而已，再好看，何至于就被夸奖成“天上有地下无”？

高台之上。长公主对礼官耳语了几句。

礼官恭敬点头，很快高声宣布，获胜者为崔凌人。

崔凌人像是早已预料到，自信地行了谢礼，又悄悄看向萧衡，见他正注视自己，她的骄傲里不禁带上了一丝害羞，迅速撩了一下发辫，娇俏地扭过头去。

她很快被前来贺喜的同龄女郎包围，园子里洋溢着快乐的气氛。

裴道珠看戏似的望向顾燕婉。她这表姐一向争强好胜，定然是不服气的。

果然，顾燕婉果断地行了一礼，质问道：“敢问长公主，燕婉输在了哪里？”

长公主嗓音端冷：“顾家小娘子的舞纵然精妙，却匠气太浓。本宫以为，凌人的舞更加浑然天成，赏心悦目。”

顾燕婉更加不服：“凌人的舞——”

“你在质疑本宫？”长公主打断了她的话。

顾燕婉到底年少，被位高权重者反问，气焰瞬间矮了一截。她垂下头：“燕婉不敢……”她垂在袖中的双手紧了又紧，“是小女不好，竟然忘了还有一位妹妹尚未表演。”

她转向裴道珠。

裴道珠心里咯噔一下。

顾燕婉笑道："长公主，我负责这一次的报名，是我不好，漏写了阿难的名字。刚刚一直不见阿难登台，还奇怪来着。不知可否让阿难现在登台和凌人一较高下？"

园中安静，众人诧异地望向裴道珠。

裴道珠紧紧捏着绢扇。这可真是稀罕，看热闹看到自己身上来了……

她正要解释自己未曾报名，顾燕婉又道："是朝露替阿难报了名，阿难的舞一向很好，今日就不要谦虚了，也叫我们开开眼。"

韦朝露会意，立刻接话道："是了，表妹跳得极好，我不忍心明珠蒙尘，就替她报了名！"反正她也没选上花神，她看崔凌人又不顺眼，干脆叫她和裴道珠斗一斗好了。局势越乱越好，最好谁也别被选上！

顾燕婉又转向崔凌人，激将道："凌人舞姿精妙，定然不怕和阿难比个高下，是不是？"

崔凌人骄傲地扬起下颌："我曾听说，昔年裴道珠在淮水边以一支《神弦歌》名动京师。我未曾亲眼见过那般盛景，今日倒也想看上一看。我崔凌人最不怕的就是与人比试！"

有热闹可看，众人不禁兴奋起来。

裴道珠挑眉。韦朝露和顾燕婉想拿她当枪使，杀一杀崔凌人的威风。崔凌人想通过与她比试，将她昔年的盛名踩在脚底下，成就她的盛名……她弯起唇角。

若能叫她们得逞，她就不是裴道珠了。

她酝酿了片刻情绪，抬起凤眼，言辞脆弱却犀利："好好的比试，为何要扯上我？我明白姐妹们都想当花神，可花神只有一位，没选上的以后努力就是，何必嫉妒别人，急不可耐地就要拿我当枪使？难道因为我家道中落，就活该被你们利用吗？"

她虽笑着，眼圈却微微泛红。落在众人眼中，当真是我见犹怜。

顾燕婉和韦朝露愣在当场。

裴道珠在人前一向爱装温柔大方，今日怎么会拆穿她们？

裴道珠又望向崔凌人："凌人妹妹想与我比试，我却不想与你比。今日就算我输了吧，恭贺妹妹当选花神，花神节那日我定要去捧妹妹的场。"

崔凌人面色清寒。她本想在九爷面前与裴道珠一较高下，让九爷知道裴道珠的那些名声都只是夸大其词，裴道珠竟然不接她的招……

裴道珠垂眸喝茶，丹凤眼里藏着凉薄。她完全没必要为出这个风头去得罪长公主和崔家。

人怀念的永远都是过去。不和崔凌人争，昔年她的那些盛名才会在时间的发酵里愈演愈烈，让看过那支《神弦歌》的人更加怀念，让没看过的人更加好奇。

有时候，不争才是争。

第4章

花神选拔结束之后，裴道珠被长公主请进了临水抱厦。

端坐在窗边吃茶的贵妇裙裾曳地，雍容华贵。

裴道珠垂着头，行了个标准的屈膝礼："给长公主殿下请安。"

司马宝妆淡淡道："本宫与你母亲是旧识，你不必拘礼。你母亲……可还安好？"

裴道珠知晓，母亲曾和长公主是闺中密友。当年长公主瞧不上父亲，强烈反对母亲嫁给父亲，可母亲生性胆怯，不敢违拗家族的意思，最终还是嫁进了裴家。

为着这事儿，长公主气得没去吃喜酒，和母亲的交情也在那一年戛然而止。

裴道珠想着，回答道："阿娘一切都好，劳烦长公主操心。"

司马宝妆冷笑一声，优雅地放下茶盏："你父亲裴礼之是个怎样的货色，本宫一清二楚。现在裴家败落，他那种废物又能给你母亲什么样的好日子？你阿娘，如今不过是打破牙齿和血吞罢了。"

她顿了顿，又冷眼睨向窗外："我若是你阿娘，定然要和裴礼之和离，再另嫁他人。离了那种货色，日子只会更好。"

裴道珠沉默。

她知道长公主年轻时嫁的是王家家主，后来夫君战死沙场，女儿又生病夭折，才又改嫁到崔家。包括崔凌人在内，崔家的几个孩子都不是长公主亲生，然而长公主是何等人物，手段心计都很了得，仍旧把崔家几个孩子治得服服帖帖，是崔家说一不二的当家主母。

长公主改嫁，仍旧能得到幸福。可是阿娘和长公主又怎能相提并论？

长公主的背后是皇族，但阿娘背后却一无所有。

改嫁……阿娘能改嫁给谁呢？阿娘懦弱的性子注定了她不敢和离，她明白阿娘的弱点，也理解阿娘的难处。既然阿娘没有退路，那么她愿意成为阿娘的退路。

裴道珠抬起眼帘："长公主还惦记着阿娘，是阿娘的福气。只是人与人终究是不一样的，对长公主而言如吃饭喝水般简单的事，对我阿娘来说却难如登天……但是请长公主放心，阿娘的余生，我会负责。"

司马宝妆看着她。少女满脸认真，眼睛里藏着不服输的倔强和意气。

这样坚定的眼神，她只在萧家九郎身上见过……

司马宝妆微微动容。

她见裴道珠浑身上下没什么首饰，不禁蹙眉，从发髻上取下一对鹿角金步摇："本宫曾派人接济过你阿娘，只是她不肯收本宫的东西。你如今正是该好好打扮的年纪，这对金步摇，你且收着。"

裴道珠虽然爱极了金银珠宝，只是阿娘不肯接受旧友的接济，她又怎么能擅自接受。

她正要拒绝，司马宝妆又道："再过半个月就是花神节，花神是最要紧的角色，以防凌人发生意外，得找个替补才成。听闻你的舞乃成郢一绝，就由你来做替补好了。若是到时候需要你救场，这对金步摇便是装点花神的首饰，收着吧。"

裴道珠怔住。她从未听说过花神还有替补的。更何况崔凌人好好的，能发生什么意外？

她望向长公主，这雍容华贵的妇人哪怕人至中年，也仍旧年轻貌美，细长的丹凤眼透出皇族威严，弥漫着她看不懂的幽深情绪。

裴道珠沉吟片刻，没再拒绝。

长公主不仅送了她金步摇，随后又派人送来了一袭华裙。

枕星欣赏着挂在木施上的华裙，忍不住惊叹："长公主待您真好，竟然送您这么漂亮华贵的裙衫，不知要多少银钱！"

裴道珠抚摸着衣料。纯白，风雅的纯白华衣袖口的金线织花纹细密繁复，栩栩如生，盛大的裙裾上绣着连绵不绝的金色宝相花，穿上它折腰而舞时，不知该是怎样的风采。

她看得心痒，想重跳那支《神弦歌》。

深夜时分。

星辰遍野，月色清幽。

有女郎还没睡，在房中弹奏长琴。清远的琴音从墙外传来，泛起池塘水面粼粼波光，依稀倒映出一道窈窕纤妙的倩影。

“白石郎，临江居。前导江伯后从鱼……”少女朱唇轻启，低声吟唱，嗓音缥缈而高远。

不远处灌木丛后，一道高大的身影出现在树影之中。

萧衡低声问：“仍旧没有发现可疑的人？”

随从苦恼：“所有花匠都一一排查过了，确实没发现可疑之人。这些天金梁园也很是宁静，无法确定对方的目的究竟是什么。”

萧衡正思索着，忽然听见一阵歌声。

“积石如玉，列松如翠。郎艳独绝，世无其二……”

他挑眉望去。月色朦胧，柳絮似雪，水波如潮。

妙龄少女穿着洁白风雅的裙裳，用一截红绳简单地束着曳地的发尾。裙裾从草地上拂过，玉指轻提裙裾时，露出脚下一双乌青色木屐，脚趾色如玉牙，毫无瑕疵。

“裴道珠？”萧衡轻声询问。

裴道珠挽袖，犹抱琵琶般遮住半张脸，朱唇启合：“开门白水，侧近桥梁。小姑所居，独处无郎……”她大袖轻曳，指挽兰花，腰如细柳，最是那折腰后仰时的风情，宛如白雁掠过漫天大雪，似成郧城遥远的长夜里最欲最纯的花妖。

她的歌喉极为动听，她的舞美得灼伤人目。

天上人间，只此一见。

萧衡怔怔看着她。

身后的随从早已激动得热泪盈眶，迫不及待地鼓起掌来，高声喝彩道：“妙极！”

喝彩声惊动了裴道珠。她后退半步，看清楚了是萧衡主仆后，立刻道：“深更半夜，九叔偷偷来我湘妃苑作甚？若是传出去坏了我的名声，九叔要如何补偿我？”

萧衡回过神。站在池塘边的妙龄少女并非传说里的青溪神女，不过是裴道珠这个热爱权财自私势利的庸脂俗粉罢了。

可笑，他刚刚竟会被她的歌舞蛊惑。

他淡淡道：“这里是发生命案的地方，我前来查案。你若是不高兴，大可搬出金梁园。”

裴道珠悄悄翻了个白眼。她当然是不可能搬出去的。

人在屋檐下不得不低头，她换上一副乖巧的表情，矫揉造作道：“九叔说的什么话，我刚刚只是一时情急罢了。您深夜办案很是辛苦，若是不嫌弃，可以去我屋里吃些茶点，当是我这晚辈孝敬您了。”

去她屋里……萧衡扫了她一眼。

少女腰肢细软，身段极好，因为裙裳领口过于宽松，露出玉雕似的锁骨，再往下，半遮半掩沟壑纵横，像是在诱着人一亲芳泽。

萧衡的脑海中无端掠过她刚刚唱的那支《神弦歌》。小姑所居，独处无郎……

片刻的失神过后，他挪开视线，面无表情道：“不必。金梁园才发生命案，到底是不安全的。你回屋，以后别在夜间独自出来。”

裴道珠挑眉。

萧玄策这厮是在关心她？可真是太阳打西边儿出来了。

她冲他一笑，嗓音更甜：“是，九叔。”

萧衡目送她离去，沉吟着捻起佛珠。

虽然他不喜裴道珠，但她的舞极妙，陆子机所夸赞的“天上有地下无”，当真半点儿也不夸张。

若是让她取代崔凌人为饵……是否更容易引起那群人的注意？

月轮在北，天地无垠。萧衡深深望了眼遥远的北方，慢慢收回视线。

随着他们主仆离开湘妃苑，池塘边起了风。

一道粗矮的人影窝在树叶茂密的枝杈上，直勾勾盯着裴道珠闺房的方向，呼吸急促而暧昧，嗓音沙哑低沉，透出浓烈的痴迷和疯狂：“青溪神女呵……”

一朵白色的山茶花在他手中被捏到凋零。

裴道珠身穿寝衣，正要上榻睡觉，发现窗还未关。她端着烛台去关窗，见窗台上突兀地躺着一枝白山茶。

新摘的白山茶，绿莹莹的叶片上残留着夜间的露水，花朵还未绽放，花枝底部系着一张洒金箔花草纸。

裴道珠翻开花草纸——

求之不得，寤寐思服。悠哉悠哉，辗转反侧。

前几日也曾有人在她的窗台上偷放白山茶。同样都系着花草纸，纸上笔迹与今夜的也大致相同。只是，今夜的笔锋更加潦草，像是书写者在拼命压抑爱慕之情，近乎疯癫的欲念扑面而来，莫名令人害怕。

裴道珠指尖收紧。

她去后花园练舞之前，特意开窗通风，那时窗台上分明什么也没有。这支白山茶是刚刚才出现的……

金梁园里有巡逻的侍卫，谁有能耐避开他们，悄悄闯入女子的闺房，留下这种东西？

裴道珠抬眸。

窗外的花树在夜风中婆娑起舞，白日里千娇百媚的花儿，此刻像是藏在黑暗里张牙舞爪的凶兽，令人不寒而栗。

她的后背不禁爬满凉意，立刻关上窗，烫手般把那张花草纸烧了个干净。

次日，裴道珠晨起用膳，直到用完一碗花粥，韦朝露才姗姗来迟。

她打量着韦朝露，她这表姐一向喜欢打扮得花枝招展，今儿却素面朝天，眼下两痕青黑，蔫蔫的模样像是霜打的茄子。大约是没选上花神，心里难受没睡好。

她收回视线，优雅地低头净手，明知故问道："表姐今儿怎么起晚了？对了，枕星说崔家妹妹为了庆贺自己当选花神，特意设了小宴，请园子里的姐妹一起赴宴，热闹热闹。表姐该好好打扮才是。"

韦朝露翻了个白眼。裴道珠明知她落选了心情不好，还哪壶不开提哪壶！

她黑着脸落座，示意侍女布菜："我今儿身子不舒服，就不去了，你替我向崔凌人说一声。"

裴道珠应着，看了眼她，眉眼弯了些许。她拿帕子擦干净手上的水珠，轻声道："对了，表姐可还记得上回那枝白山茶？那人……可有继续给表姐送花？"

韦朝露翻了个白眼："那种恶作剧，一次就够了，天天来谁受得了？疯子似的！"说完，她发泄般低头刨粥吃。

裴道珠仍旧眉眼含笑，凤眼深处却多出忧虑。

那人没再给其他女郎送花，却独独给她送了花……若是寻常郎君也就罢了，偏偏是个不敢露面的痴汉。

会是谁？他想干什么？

崔凌人的院子。

金梁园的女郎和郎君来了大半，正热闹地说着话。

崔凌人如蝴蝶般穿梭在人群中，大大方方地张罗招待："茶是今年的高山茶，点心是御膳房做的，只我这里独一份，你们都尝尝！"

裴道珠安静地坐在角落。不愧是大司徒府培养出来的嫡长女，除了傲气了些，崔凌人待人接物还算张弛有度，很有贵女风范。

她的视线落在一盘茶点上——金丝芙蓉卷，这道宫廷御用的点心她只在小时候吃过，家族败落后就再没尝过这么精致的宫廷糕点。

瓷盘和茶具也是贵重的描金青瓷，侍女们伺候得宜，处处透着一丝不苟的精致，可见今日这场小宴是崔凌人是花了心思准备的。姐妹们都称赞她处事周到细致，可这份周到细致是用金钱堆积而成。

她裴道珠可拿不出银钱请园子里的姐妹吃酒席。所以说，有钱有权是多好的一件事……

裴道珠正出神，崔凌人走到她面前招呼着："我母亲贵为长公主，我这里的茶点自然和别处不同，你可吃得习惯？"

裴道珠笑容温柔："妹妹的东西都是极好的，我很喜欢。"

崔凌人似笑非笑。她忽然俯下身，在她耳畔低语："我当然知道，我的东西都是极好的。茶点如此，人，也是如此。我有的，你没有，你也别妄想拥有。"

裴道珠挑眉。

崔凌人话中所指……是萧玄策？她怕是还惦记着前些日子里的谣言。

她故作糊涂："妹妹这话，我竟听不明白。"

崔凌人歪头："裴姑娘是聪明人，自然懂我的意思。"

两人正交锋着，女郎们突然发出欢喜的惊呼声。裴道珠望去，原来是后园子那边走来一群白鹤。

白鹤自幼被豢养在园林里，并不怕人，个个羽毛洁白，步态优雅，宛如宣纸上的一痕痕兰亭鹤笔。

等它们走近了，众人才注意到鹤群后面还跟着一只鸭子。灰麻色的小鸭子努力地迈着鸭步，颤巍巍跟在鹤群身后，对比之下显得十分滑稽可笑。

崔凌人看了眼裴道珠，对众人笑道："萧老夫人知道我喜欢白鹤，特意送了我一群。却不知这只鸭子是从哪里来的。明明是只低贱丑陋的鸭子，却想学白鹤的优雅高贵，宛如东施效颦，当真可笑！"

"那是自然。"其他女郎纷纷附和，"鸭子和白鹤又怎能相提并论？鸭子是如此廉价寻常，哈哈哈哈哈！"

四面八方都是讥笑。都是贵族圈子里的人精，不少人意识到崔凌人是在暗指裴道珠，窃笑之余，纷纷拿看好戏的目光看向裴道珠。

少女仍旧岁月静好地端坐着，保持着唇角上扬的表情。

裴道珠知道崔凌人是故意拿鸭子羞辱她，那些笑声和目光，令她如坐针毡。贫穷，落魄，今非昔比……比同龄人更加复杂的经历令少女的心敏感至极。

可当今世道最讲究“雅量”二字，崔凌人未曾挑明她是在指桑骂槐，她便不能当众撕破脸，否则便是有失风度。她垂下眼帘，不动声色地借着饮茶遮掩羞怒。

崔凌人在她身边坐了，压低声音：“鸭子再如何伪装，终究也只是丑陋的鸭子，又如何融入白鹤的圈子？裴姑娘，你说对不对？”

裴道珠不语。

崔凌人的口气更加霸道：“母亲早已为我安排好一切。花神人选是我，将来和九爷结为夫妻的也会是我。所以你拿什么与我争？我生来霸道，不喜欢心上人与别的女人纠缠不清，哪怕担着叔侄之名也不可以。裴姑娘，人，贵在有自知之明。”

裴道珠听着她的奚落和羞辱，娇美明艳的脸上仍旧平静异常。

过了半晌，她慢慢合拢手中折扇，抬眸，笑容依旧温柔：“崔妹妹出身名门，是天之骄女，天底下的好东西都该是你的，又有谁敢与你争？”

崔凌人翻了个白眼。裴道珠城府深沉，这话看似真心实意，实则都是些场面话。

“你最好识相点。”她起身去招待别人。

侍女跟在她身边：“姑娘这招指桑骂槐真厉害！不过裴道珠的脸皮也是真厚，被您如此羞辱，居然还笑得出来！”

“脸皮厚？”崔凌人冷笑，“她不是脸皮厚，她是城府深。裴道珠有算计别人的本事，也有忍气吞声的度量，这种女人最不简单了，绝非顾燕婉之流可以比的。”她顿了顿，幽幽道：“不过她手段再厉害又如何？我崔凌人也不是吃素的，她最好别觊觎九爷，否则我一样不会放过她！”

主仆俩说着话，不远处突然起了骚动。

“不好啦，谢家小郎君出事啦！”

崔凌人一惊，连忙赶过去。

裴道珠也注意到了那边的骚动。那位谢家小郎君不过七八岁的年纪，倒在婢女怀里昏迷不醒，时不时痉挛一下的模样十分吓人。

婢女哭得厉害：“小郎君误食了南天竹的果子，这可如何是好！”

南天竹的果子红艳艳的，宛如一串串小樱桃，稍不注意就会被小孩子误食，但其本身是有毒的。

崔凌人立刻骂道："哭有什么用！还不快去请大夫！来人，把他抱回屋里去！"

好在小家伙吃得少，身体并没有大碍。然而因着这事儿，好好的小宴还是不欢而散。

裴道珠若有所思地盯着鸭子与鹤群，片刻后，深深看了一眼那丛南天竹，才随人群离开。

她回到湘妃苑。

枕星亲自下厨做了一盘梨花糕，兴冲冲地捧到裴道珠跟前："女郎可算回来了，奴婢见金梁园的梨花开得很好，就跟其他姐妹学做了梨花糕，还是热乎的，您快尝尝！"

裴道珠优雅落座，尝了半块："味道不错。"

枕星笑眯眯的："是吧，奴婢也觉着好吃！"

裴道珠回味着唇齿间的甘香，似是不经意地提起："我回来的时候，瞧见望月亭那边的南天竹结了好多果子，红艳艳的十分漂亮。你替我摘几枝回来，用来装点闺房。"

枕星眼前一亮："是了，南天竹确实好看，奴婢这就去摘！"

她的性子天真如孩童，立刻兴冲冲地去摘南天竹。裴道珠目送她跑出去，丹凤眼里掠过冷意。

她不愿得罪崔家和长公主，所以无意和崔凌人争。可崔凌人千不该万不该，不该在众人面前羞辱她。

说什么花神人选是她，和萧玄策结为夫妻的人也是她，若是没有崔家和长公主，她算什么东西?

她裴道珠从来不是忍气吞声的性子。一个计划，在她心底悄然成形。

花神节前夜。

裴道珠身着寝衣坐在妆镜台前对镜梳头，木梳一下一下地梳至发尾。

她目光不在镜中，却落在一只桃木小食盒上。她放下木梳，伸出玉白指尖轻轻掀开食盒。

食盒里盛着两枚点心。朱砂红的糕点，只比拇指大些，周围点缀着几瓣桃花，瞧着酥软可口，比皇宫御厨制作的点心更加精致稀罕。

南天竹制成的点心，愿崔凌人喜欢。

裴道珠面无表情地盖上食盒。

春风旖旎，吹开了花窗。

裴道珠走到窗边，正要关上窗户就寝，却发现窗台上多了一枝白山茶。花枝底部仍旧系着一张花草纸。

裴道珠打开花草纸——

有一美人兮，见之不忘。一日不见兮，思之如狂。

纸上字迹比前两次更加潦草混乱，呈现出诡异的暗红色，弥漫着淡淡的血腥气，像是用人血写就，像是那人再也抑制不住对佳人的爱慕。

裴道珠的手抖了一下。她扔下白山茶和花草纸，赤脚走出寝屋。

她朝院子里张望。檐下悬着的几盏青纱灯照出角落里斑驳婆娑的花影，湘妃苑的人都歇下了，周围不见半个人影。

究竟是谁，给她送来了这种血腥的信笺？

裴道珠脑海中突然浮现出池塘里的那具无面人尸。

夜风袭来，花瓣簌簌。明明是温暖静谧的春夜，裴道珠却只觉凉意四起，不禁环住泛寒的双臂。

她转身逃回了寝屋。

屋顶上，粗矮敏捷的男人蹲在阴影里，掀开一片青瓦，近乎贪婪地盯着回到寝屋的少女，发出一声痴狂暧昧的叹息："青溪神女呀……"

花神节如约而至。

才是清晨，成郸城就已经人山人海，大江南北的百姓都涌入城中看热闹，更有富贵者已经预定下沿街各大酒楼的雅座，只等今夜一观三年一度的游街盛宴。

最令他们期待的，自然是今年的花神。

"我在成郸住了十年，有幸目睹过三位花神，好家伙，那叫一个倾国倾城！不知怎样的人家才供得起那般娇贵美人！"

"哈哈，反正你我是供养不起的。我听说啊，历届花神都嫁得极好，不是嫁进了皇族，就是嫁进了高门世家。"

"说起来，我也算江南有名的富商，不敢称富可敌国，家财万贯却也是有的。你们说，我若是求娶今年的花神，那美人可肯应允？"

"得了吧，王孙公子尚且要争个你死我活，哪轮得到你我！"

金梁园也备好了马车，随时送住在园中的郎君女郎进城赏玩。

此时众人都聚在崔凌人的院子里，看她梳妆打扮。

随着各种胭脂水粉的装点，镜中那张脸越发漂亮。侍女将崔凌人的长发挽成芙蓉髻，一件件华美的钗饰衬得她富贵雍容，仿佛恨不能把天底下的财宝都穿戴在身上。

崔凌人梳妆妥当，又在屏风后换上特别绣制的洁白大袖舞裙，这才被侍女簇拥着款款走了出来。她转了一圈，自信问道："如何？"

屋子里的女孩儿们围着她赞叹——

"凌人姐姐真好看！"

"比往年的花神都要漂亮呢！"

"艳压全场，像是天女下凡！"

裴道珠看他们热闹着，自己坐在角落吃茶，一边看一边笑。

萧衡也被陆玑拉了过来，就坐在裴道珠身边。他讥讽道："被抢了位置，还能笑得出来？我印象中的裴道珠睚眦必报、寸利必争，绝非大方良善之人。"

裴道珠凤眼亮晶晶的，口吻十分无辜："九叔何出此言？我一向与世无争，以德报怨，九叔不要污蔑我。"

两人说着话，崔凌人款款而来。

她站在萧衡面前，放下了几分骄傲，期待道："九爷觉得凌人今日这身打扮如何？可担得起花神之名？"

萧衡顿了顿，道："担得起。"

他这么说着，眼底却毫无欣赏之意。过于堆砌金珠首饰，周身气度十分平庸，成郸城赫赫有名的才女崔凌人，也不过是个庸脂俗粉。

俗不可耐。

崔凌人没察觉到他的言不由衷，矜持地压抑住上扬的嘴角，居高临下地转向裴道珠："裴姑娘觉得呢？"

裴道珠眉眼弯弯，嗓音柔柔："恰似瑶台仙子，月中嫦娥。"眼底却全是讥讽。

哪有花神戴着满头珠翠的？崔凌人美则美矣，却终究少了几分灵气。

她担不起花神之名，也镇不住今夜的场子。

崔凌人很满意她的回答。她当着萧衡的面，故意对裴道珠说道："裴姑娘，这花神也不是人人都当得的，须得成郸城最有福气的那个姑娘才能当上，是不是？"

裴道珠微笑："可不是？今夜的花神必定是最有福气的姑娘。"

崔凌人见她识趣，便得意地去跟别的小姐妹说话了。

她走后，裴道珠起身朝萧衡和陆玑福了一礼："此间太闷，九叔、陆二哥哥，我去外面走走。"

陆玑目送她踏出屋子，不禁满脸愁色："从前道珠妹妹一向骄傲，宛如遨游九天的凤鸟。如今家道中落，连风头都出不得……玄策，我真是心疼她。"

萧衡轻嗤。心疼裴道珠？倒也不必。那女人定然有别的谋算。

他捻了捻佛珠，起身："我也出去透透风。"

裴道珠步出房门，院子里大丫鬟正张罗着："这些箱笼里都是咱们姑娘的胭脂水粉和裙钗首饰，统统搬去马车上，以备不时之需！那是咱们姑娘黄昏时要拿来垫肚子的甜糕，记得一起带去马车上，可千万别落下了！"

毕竟要跳一整夜的舞，体力尤为重要。但为了舞姿轻盈又不能多食，所以只得准备几道甜糕。

裴道珠迈着莲步，款款穿过院子。路过那些成堆的箱笼时，她的宽袖如流云般不经意地拂拭而过。

箱笼上原本摆着一只檀木食盒，裴道珠走过后，食盒旁又多出了一只精巧的桃木食盒。侍女们慌里慌张地准备着，谁也没在意。

搬东西时，侍女瞧见两个食盒，好奇地打开桃木食盒，见里面盛着两枚精致无比的小酥点，只当是宫里送来的，毫不犹豫地一起捎上了马车。

白衣胜雪的郎君安静地站在屋檐下，捻着佛珠，将一切尽收眼底。

裴道珠，呵。

倒是给他省了事。

裴道珠在金梁园溜达了片刻，见差不多要到出发的时辰了，才不疾不徐地往马车走。

枕星哆嗦着守在马车边，小脸苍白："女郎……"

裴道珠不解："可是白日里撞了鬼，怎么怕成了这个样子？"

枕星咬牙。她可不就是撞鬼了？但她不敢说话，暗示般用眼神瞟了瞟马车。

裴道珠好奇地望向马车，大着胆子上前挑开车帘。

萧衡端坐在车厢里，指尖挽着一串碧玉佛珠，见她挑开车帘，便抬起凤眼，玩味地注视她。

裴道珠挑眉："你来作甚？"

萧衡看向身侧。

裴道珠顺着他的视线望去，发现她吩咐枕星收拾的包袱居然被拆开了。长公主送她的那身舞裙暴露在外，配合着萧衡玩味的眼神，像是在嘲讽她的痴心妄想和城府算计。

萧衡温润道：“今夜的花神不是崔凌人吗？你带着舞裙是要作甚？莫不是要……取她而代之？”

裴道珠心跳剧烈，她盯着萧衡的眼睛，赌他不知道她偷偷下药之事，镇定道：“花神节意义重大，容不得半点儿差池。为了防止凌人妹妹发生意外，长公主吩咐由我随时准备替她上场。我不过是遵循长公主的命令，你在怀疑什么？”

萧衡毫不留情：“怀疑你居心不良，怀疑你机关算尽。”

裴道珠歪头：“居心不良也好，机关算尽也罢，与你有什么关系？你答应过我，这一个月内绝不干涉我的事，直到我找到如意郎君为止。你想食言吗？还是说……玄策哥哥依然爱慕我，舍不得叫我另嫁他人？”

萧衡像是听见了天大的笑话：“我爱慕你？怎么想出来的？”他用嘲讽地打量了一遍裴道珠，像是找不到任何优点般发出一声轻嗤，随即踏出车厢潇洒离去。

裴道珠无语。

萧衡走出几步，又突然回头：“裴道珠，爱慕虚荣贪恋富贵是你，城府深沉自私薄情是你，你记着，纵然天底下的女子都死绝了，我也绝不会爱慕你。”

裴道珠咬牙。这人走都走了，还要回头损她几句……什么人哪！

她扶着马车门框，高声骂道：“你尖酸刻薄、唯我独尊、不择手段、冷清冷性，纵然天底下的郎君都死绝了，我也绝不会爱慕你！”她骂完还不解气，胸脯起伏得厉害。

枕星哆哆嗦嗦地站在旁边，也不知怎的，她突然觉着女郎和九爷莫名般配……

裴道珠气急败坏地上了马车，坐下后使劲儿摇了片刻折扇，目光突然落在那身洁白的舞裙上。

黄鼠狼给鸡拜年，不安好心。萧玄策怎么会突然出现在她的马车里？

她起了疑心，拿起那身舞裙仔细翻看，倒也没发现做过手脚的痕迹，只是裙衫上多了些陌生的清幽甜香，不仔细闻几乎发现不了。春日花木葱茏，她只当是沾上了不知名的花粉，并未深思。

园林竹木潇潇。

萧衡站在水边，背对着竹林：“东西可准备好了？”

随从恭敬地呈上一只柳藤编织的小笼子：“主子您瞧，卑职一早就叫人把萤蝶送来了。这萤蝶能在夜里发出微光，最喜屏金花的香气。屏金花香味持久，您把花粉撒到了裴姑娘的裙衫上，等裴姑娘被那些人掳走，这萤蝶哪怕翻山越岭也一定能追寻到她的！”

近黄昏时，成郸城灯火游龙，万人空巷，已然开始准备今夜的狂欢。

萧老夫人爱热闹，在城里包了最大的酒楼，邀请金梁园里的郎君女郎们前往游玩。

雅座之中，最惹眼的自然是被众星捧月的崔凌人。

少女倨傲自信地端坐着，与四周的小姐妹寒暄笑谈，只等吉时一到下楼扮演花神。

“真羡慕凌人姐姐，不知三年之后，我是否也有机会扮花神！”

“得了吧，你的容止和舞艺都平平无奇，哪比得上凌人姐姐！”

“对了凌人，我听兄长说，花神节过后你们家就要和萧家联姻，不知是真是假？九爷风神毓秀风神毓秀，凌人你才貌双全，真是天作之合！”

“哇，那我要提前恭喜凌人姐姐了！”

满场都是羡慕和恭维，裴道珠静静地坐在角落吃茶，并不掺和她们的热闹。

顾燕婉摇着团扇过来，在她身边坐了，叹息道：“原以为妹妹和九爷会发生一段神仙故事，不承想半路杀出个崔凌人，妹妹的姻缘，竟是夭折在了摇篮里。”

“不正合姐姐的意吗？”裴道珠笑容浅浅，“我知道的，我过得不好，姐姐才会高兴。”

顾燕婉是看裴道珠不顺眼，可她看崔凌人更不顺眼。崔凌人抢走她的花神位置不说，还想嫁给九爷。她若是嫁给九爷，那不就成了她的婶婶？到时候崔凌人肯定会仗着身份欺负她。

顾燕婉压低声音说：“你我再怎么斗，也终究是表姐妹，跟崔凌人那个外人怎么能相提并论？我倒情愿是你嫁给九爷……阿难，你若想争，姐姐帮你。”

帮裴道珠勾引九爷，能彻底断绝荣哥对裴道珠的念想，而且凭裴道珠的家世也嫁不进萧家，最后还能搅和掉崔凌人和九爷的婚事。

一举三得，多好。

裴道珠听着她说话，目光却始终关注着崔凌人那边的动静。

侍女给崔凌人端来了食盒，崔凌人挑挑拣拣，目光落在了她亲手做的那两枚糕点上。

糕点精致细腻、色泽诱人，远胜宫廷御厨送来的点心，显然很讨崔凌人喜欢，她毫不迟疑就吃了下去。

裴道珠弯起丹凤眼，收回视线，斟茶道："表姐想和崔凌人斗，请自凭本事，何必拿我当枪使？说什么'情愿是你嫁给九爷'，表姐说着不觉得违心吗？"

见目的被拆穿，顾燕婉冷笑："裴道珠，没有家族撑腰，那些世家高门谁肯多看你一眼？正如今年的花神选拔，纵然你曾一舞动京师又如何，最后的花神人选还不是落在了崔凌人头上？我肯帮你，是你的福分，你别敬酒不吃吃罚酒。"

"福分？"裴道珠慢条斯理地饮了口茶，放下茶盏，合上茶盖，抬起含笑的凤眼，"表姐，我这一世的福分，不靠别人帮，只靠自己挣。"

顾燕婉愣了，还没反应过来这话是什么意思，突然有人惊呼："不好啦！凌人姐姐出事了！"

顾燕婉循声望去，原本气色红润的崔凌人，此时面色惨白，浑身痉挛，双手艰难地捂着腹部，发出一声声痛苦的喘息。

她还在发愣，裴道珠已经关切地跑过去："凌人妹妹！"

四面八方一片呼喊。正焦灼之际，一名侍女欢欢喜喜地从外面跑了进来："花神宴要开场啦，朝廷派人来接姑娘了！"

"这……"最年长的陆玑站了出来，蹙眉望向崔凌人，"崔家妹妹突然出了点事，扮花神之事——"

"我可以的……"崔凌人扶着婢女的手，挣扎着站起身。

扮花神是多么体面的事，当年南国的第一位皇后就是花神出身，后面的花神不是当了皇妃，就是成了顶级世家贵妇。当花神，不仅能声名鹊起，更将载入南国史册。错过今年，她就再没机会了。

她唇色惨白，眼神坚定："我……我可以的……"

她无论如何也想成为花神，带着那份风光，在万众瞩目里嫁给心仪的九爷……

然而她实在太虚弱，刚站起身，便双膝发软，靠着侍女支撑才勉强没有倒下。

陆玑双眉紧锁："你身子不适，强忍着上场是不成的，得找个大夫瞧瞧。"他吩咐随从去请大夫，又为难地望向来请人的侍女。

众人面面相觑。

崔凌人出了事，今夜的花神可该如何是好……花神节是春天最重要的节日，若是出了岔子，谁也承担不起。

众人正焦灼之际，枕星忽然道："女郎，长公主不是说，万一崔家姑娘出事，就让您替她上场吗？长公主还赐了您花神舞裙……"

她的声音虽小，但耐不住雅座寂静。

众人望向裴道珠。

裴道珠满脸担忧："虽然如此，但凌人妹妹出了事，我怎么有心情替她去？还是再等等，万一凌人妹妹好转了呢？"

雅座依旧寂静。

顾燕婉呆愣愣地站在不远处。直到现在她才明白，裴道珠那句"我这一世的福分，不靠别人帮，只靠自己挣"究竟是什么意思。

崔凌人突然发病，必定是她的杰作。她这表妹，果然有手段！

顾燕婉咬了咬牙，对裴道珠的忌惮又多了几分。

那厢，陆玑略一思忖，拍板道："道珠妹妹舞姿绝妙，由你登台再合适不过！来人，快带道珠妹妹去更衣梳妆！"

裴道珠仍旧杵在原地。她睁着一双含情眼，怯生生望向崔凌人："不好吧？凌人妹妹会生气的。世上最有福气的姑娘才有资格扮演花神，阿难……不敢取而代之。"

崔凌人胸脯剧烈起伏，气得脸青白交加。

她本来打算风风光光扮花神的，现在花神人选却落到了裴道珠的手里。

她忽然想起白日里对裴道珠的嘲讽——裴姑娘，这花神，也不是人人都当得的，须得成郸城最有福气的那个姑娘才能当上，是不是？

如今想来，她就像个笑话……

崔凌人恶狠狠地瞪了一眼裴道珠，便再也支撑不住，不甘心地昏倒在侍女的怀里。

裴道珠目送她被送走，眼底藏着几分凉薄。

尝过从云端跌落尘泥的滋味，便懂得了逞一时的风光不算本事，能逞一世才叫厉害。

福气这东西，看得哪里是眼下？人活百年，岁月长着呢。

她在一众女郎们艳羡嫉妒的目光里，从容地去隔壁更衣梳妆。

月色煌煌，满城灯火。

酒肆摊贩繁华熙攘，叫卖着各式衣裙钗饰、花灯糕点等玩意儿，街头巷尾的百姓挤挤挨挨簇拥在街道两侧，踮着脚尖看花神游街。

朝廷军队开路，走在游街队伍最前面的是十二对提灯的稚童，各自梳着漂亮整齐的发髻，似观音座下的童子和龙女。

后面跟着伶人们扮演的神仙鬼怪，有南国百姓信仰的神明，亦有怪志记载的妖灵精魄。一张张面具或明媚娇艳，或狰狞丑陋，一盏盏青色纱灯漂浮间宛如鬼火，带给围观百姓莫大的感官刺激。

最令人期待的，是队伍里那架十六匹白马拉着的金色马车。而最惹眼的，便是车顶上翩翩起舞的妙龄女郎。

花瓣纷飞。

她穿一袭洁白的大袖裙衫，层层叠叠的裙裾上绣满金色宝相花，长及膝盖的乌发用红绳系住发尾，簪一对鹿角金步摇，纯金牡丹面具遮住小半张脸。

她折腰而舞，顾盼之间凤眼含情，背后的宫灯照亮了她的裙衫，更将她的肌骨照得宛如冰雕雪琢，当真有如神女。

马车所过之处，男女老少竟都看痴了。

有打扮招摇精致的美人，想与今年的花神一较美貌，却在看见那起舞的女郎之后纷纷自卑地抬袖掩面。

“美人如斯……神明也会心动吧？”

高楼雅座。

王孙公子汇聚一堂。

有少年痴痴看着那舞姿倾国的美人，酒盏凑到唇边却忘记饮，酒水顺着嘴角滚落，打湿了衣襟也未曾回过神。

白衣胜雪的郎君捻着佛珠端坐在窗前，气度如玉树般高不可攀，仿佛白玉雕琢的佛子。

他注视着舞动的少女，低声呢喃：“红粉佳人，百年后也不过一捧骷髅。纵然神明心动，却也无法撼动我分毫。”

有喝多了的郎君不怀好意地拿胳膊肘捅了捅萧荣，挤眉弄眼道：“裴道珠容色姝丽，你也舍得退婚！”

萧荣直勾勾地盯着宛如神女的裴道珠，紧握着酒盏，双眼泛着酒醉后的醺红。他哑着嗓子道：“她……以前不是这样的。”

以前的裴道珠温顺乖巧，对他百依百顺，言听计从，那双漂亮的丹凤眼里满满都是他。每每见面都要嘘寒问暖，还喜欢督促他读书，恨不能把“贤良淑德”四个字刻在脑门儿上，俨然一副世家贤妇的模样，哪有如今的风情万种？

他厌倦了裴道珠的矜持和端庄，转而爱上了她表姐顾燕婉的伶俐和娇气，却没想到……

萧荣抿了抿嘴，眼瞳漆黑幽深。

又有郎君笑眯眯地拍了拍他的肩："裴道珠姿色极好，你可曾与她……嘿嘿，不妨说出来，叫咱兄弟开开荤！"

"裴姑娘一向恪守礼法，怎么可能与萧荣做那种事？！"有爱慕裴道珠的少年忍不住为她说话，"你们不要胡说八道，损害人家姑娘的清白名声！"

"哟，你激动个什么劲儿？莫非是想求娶她？"

"我……我就是想求娶她，男未婚女未嫁，管得着嘛你！"

雅座里起了争执。

萧荣闷着头又喝了一口酒，他目送那神明般的少女逐渐远去，眼底充斥着浓烈的占有欲。

这般举世瞩目的少女，曾属于他……

他眼睛猩红，突然重重把酒盏搁在案几上："我曾是她的未婚夫，闺房之乐什么的，自然是有的。她家道中落，自觉配不上我才与我退婚。可她心中仍旧是爱慕我的，你们就别肖想了！"

他想斩断她的桃花。哪怕他即将迎娶顾燕婉，也并不妨碍他得到裴道珠。男人三妻四妾何其正常？等顾燕婉生下孩子，他再纳裴道珠为美妾，姐妹二人共事一夫，岂不是美谈一桩？

雅座里的郎君们不知真假。

他们眼巴巴看着花神队伍远去，心中无不充满遗憾。

生逢乱世讲究及时行乐，清白算个什么东西？只是美人的心若是在别处，那他们求娶也是无用的。

萧衡仍旧静坐在窗畔，指尖捻着一颗颗碧玉佛珠。他睨了眼宛如走火入魔的萧荣，眼底不辨喜怒。

这时，街上起了骚动。

"神女！"

"神女！"

无数戴着鬼面的人突然涌上街头，呼喊着挤到街上，无视军队的驱逐，以血肉之躯冲散了游街的队伍。他们朝十六匹白马拉着的花车挤去，盯着裴道珠的眼神炽热而疯狂，像是人世间最虔诚的信徒。混乱之中，无数双或肮脏或苍老的手伸向裴道珠的裙裾，像是恶鬼企图把神女从云端拉进地狱。

街上有人纵火。

花灯坠落，酒肆楼阁连绵起火。军队被突如其来的变故打得措手不及，无数马匹横冲直撞，既无法灭火，也无法逮住那些突然出现的鬼面人。

一片混乱间，裴道珠还没来得及呼救，洁白的大袖扬过半空，她像一捧坠落深渊的白花，彻底陷进了汹涌的人潮里。

萧衡倚在窗边，居高临下地注视着她的消失。带着火星子的夜风吹拂着他的白衣，火光照亮了他俊美的侧脸，他不疾不徐地捻着佛珠，眼底的漆黑幽深。

过了很久，他才起身下楼。他步出酒楼，熟稔地摘掉外面的大氅丢给随从。

他身着玄色窄袖劲装，一改平日里的翩翩风度，束成高马尾的青丝在火光中飞舞，狭眸冷冽如霜，像一把出鞘的利刃。

他翻身上马，吩咐道："去城郊。"

早有黑甲军队集结在酒楼外，听见号令，立刻跟上了他。

有妇人哭着拦住了骏马："大人可是负责这城中治安的？我的女儿走丢了，还望大人为我找到女儿！"

萧衡甩着马鞭，冷眼以对："让开！"

满身酒气的裴礼之不耐烦地拉过顾娴，喋喋不休地骂道："那死丫头就是个不省心的玩意儿！非得出风头，现在好了，被坏人掳走，倒是叫咱们为难！这位是萧家九爷，是要去办正事儿呢，咱可不敢麻烦他！"

萧衡挑眉。他道是谁，原是裴道珠的双亲……

顾娴哭诉："她演花神，你分明也是高兴的，怎的如今出了事却要怪她出风头？我的小阿难为何拼命，别人不知道，难道你这当父亲的也不知道吗？！"

妻子哭哭啼啼，裴礼之不觉心疼，只觉没脸。他恶狠狠骂了句"闭嘴"，又赔着笑脸望向萧衡："看在同僚一场的分上，九爷办事之余，若有空闲，也替下官找找我那不省心的女儿吧？"

他顿了顿，看着风神秀彻的萧衡，眼底闪过精光，突然笑道："下官的女儿没什么本事，脸倒是格外出挑。九爷若是能找她回来，下官就叫阿难去九爷房中侍奉九爷，以报恩德——"

"你胡说什么？！"顾娴惊怒交加，不管不顾地推了下裴礼之。

裴礼之顿时暴怒，恶狠狠回推顾娴："我说什么你听不见吗？你这贱妇怎敢推我！"

两人竟在街上争执起来。

萧衡冷眼看着。懦弱的母亲，势利的父亲，落魄的家世……裴道珠的爱慕虚荣和城府算计，应是环境养成的。但芸芸众生，谁又没有苦楚，这并不能成为他怜惜她的理由。

他没搭理这对吵架的夫妇，带着人马径直往城郊疾驰而去。

城郊。

孤月中天，峰峦浮现，山水黢黑，大地深处隐隐传来狼嚎。

灯盏晃动如幽绿鬼火，一辆马车在陡峭的山路疾驰。

裴道珠独自待在马车里，伸手扶住车壁才没被颠翻。她大着胆子掀开窗帘，瞧见马车四周跟着一群疾跑的男人，他们都戴着青面獠牙的面具，分外瘆人。

她不禁咬牙。

好不容易风光一把，还没来得及显摆，就被恶人掳走了。这运气，天底下没谁了。

许是经历过那场家破人亡的梦境，她没怎么惧怕眼前的处境，反而镇定地拔下鹿角金钗。

朝廷肯定会派人追查，她得在沿途留下记号。虽然她舍不得长公主赠予她的钗饰，但她没带香帕、荷包等物，能拿来做记号的也只有这两支钗饰。

命到底是比钱财重要的，她不舍地吻了吻金钗，悄悄丢了一支出去。

不久后，第二支金钗也被她丢了出去。

她左思右想了半晌，干脆连木屐也甩了出去，夜黑风高的，险些砸到那些恶人的脸上。

马车终于停下来时已是一个时辰之后。

一个戴着鬼面的男人掀开车帘，态度竟然十分恭敬："恭请神女！"

其他人也都虔诚地异口同声："恭请神女！"

裴道珠扶着车壁，心里发毛。她一介俗人，是哪门子神女？这群人看起来既不图财也不图色，当真诡异。

她等了一会儿，见他们没有害她的意思，才小心翼翼地下了马车。

山脉深处，灯火明光。

一座略显破败的巨大神庙矗立在她正前方，墙壁和立柱上雕刻着神明图腾，挂在檐角的宫灯上绘制着形状妖异的白山茶，这座庙宇宛如凭空出现的海市蜃楼，很难想象深山之中会存在这种建筑。

裴道珠的目光落在神庙前。

神庙前站满了男女老少，每个人都身穿绣有白山茶的白袍，戴青面獠牙的鬼面，双手宛如束缚般交叠在胸前，齐刷刷地盯着她，面具后的眼神炽热而疯狂。

裴道珠自诩镇定，却不由自主地起了一身冷汗。若是劫财劫色也就罢了，可是现在的场面如此诡异，叫她不知道该如何应付。

她小声询问："那个——"

"神女！"

"神女！"

所有人都狂热地呼喊起来。

裴道珠猝不及防，被白袍人簇拥着进了神殿。

神殿里矗立着高达三丈的巨大神女雕像，右手捻一枝白玉雕琢的白山茶，以诡谲的表情俯瞰殿宇。

"你们要做什么——"裴道珠惊慌不已。

可是所有的挣扎都是徒劳，她被人摁在了雕像下方的高座上。无数白袍人挤进殿中，朝她跪拜，虔诚地高呼"神女"。

裴道珠怔怔盯着他们。这群人搞出这么大的阵仗，是把她当成了他们教派的信仰，想要叩拜她？她听说北方群雄并起，连年战争让无数百姓流离失所，为了寄托夙愿，民间诞生了很多光怪陆离的教派，不承想她竟然遇上了。

她定了定心神，鼓起勇气问道："拜也拜过了，诸位可否放我回城？花神宴还没结束，我还得去淮水边祭祀春神，祈求南国风调雨顺。"

白袍人并不搭理她，仍旧狂热地跪拜祈福。更有甚者竟膝行至她的脚边，仰起那张青面獠牙的脸，以近乎贪婪的姿态小心翼翼地伸手触摸她的裙角和脚踝。

裴道珠满心不适，她强忍着恶心，干脆扮演上神女的角色，斩钉截铁道："既然尊我为神女，那便要听我的，我要回城，立刻送我回城。"

"神女！"

那群人纷纷露出惊喜的目光。

"神女承认了！她就是神女！"

"这一次，咱们没有找错人！"

"快，送神女回天上，让她在天上保佑咱们！"

满殿都是欣喜若狂的私语声。

裴道珠还没弄明白要怎么送她"回天上"，就看见他们倾巢而动，取来火油、干柴等物，尽情地洒在神殿里。

裴道珠咽了咽口水。这群疯子，莫不是打算活活烧死她？她楚楚可怜道：“我现在说我不是神女，你们信吗？”

没人搭理她。

众人弄好火油，便聚在殿中手舞足蹈，哼唱起诡异的歌谣。仿佛在他们眼中，接下来的纵火杀人不是犯罪，而是一场祭祀神明的狂欢。

随着歌舞接近尾声，上百名白袍人有条不紊地退出神殿。

裴道珠眼瞅着一名白袍老者拿起火把，似乎是打算点燃这座神殿，送她“回天上”，连忙道了声“且慢”。

她心急如焚。她失踪这么久了，仍旧没有人来找她。刚刚城内那么乱，朝廷甚至很可能根本就没发现她不见了。除了阿娘，这世上无人爱她，也无人救她。

她指望不上朝廷的军队，也指望不上虚无缥缈的神明，她的命运捏在自己的手里，她只能指望自己。

她故作委屈道：“自打我来到人间，便沾染上了人间俗气。可否容我沐浴更衣，洗去尘埃，再返回天上？”

她下马车的时候听见了水流声，神殿附近应该有河流。若能借着沐浴之名，顺着水路逃跑……

白袍老人盯着她。在山里颠簸了那么久，又没了金钗挽发，少女看起来美则美矣，到底是狼狈的。大约觉得神女说得对，老人喊来几名白袍妇人，叫她们带她去神殿后面的河流沐浴梳头。

裴道珠松了口气。

神殿后方。

裴道珠坐在河岸边，通过河面的倒影看见那几个白袍妇人提着灯站在自己身后，俨然一副严密看守的模样。

她回头朝几个妇人嫣然一笑。

皎洁月光下，水边的白衣少女容色娇美，笑起来时宛如神明。

妇人们看痴了。

没等她们回过神，裴道珠恰似一尾鱼，轻快地跃进了水中。

她径直潜进水底，不敢回头，以最快的速度往上游而去，直到体力用尽，意识模糊，才气喘吁吁地游到岸边。她吃力地爬上岸，歇了片刻，见不远处火把如游龙，一队兵马正疾驰而来，是朝廷的军队。

为首之人，她熟悉至极。

他竟亲自来找她了……裴道珠心情复杂了片刻，随即哑着嗓子喊道：“玄策哥哥……”

萧衡勒住缰绳停在裴道珠面前，朝四周看了几眼，像是没找到期望的东西，才转向浑身湿透的少女：“你怎么会在这里？”

裴道珠抿了抿苍白的唇：“你不是来救我的？”

萧衡顿了顿，敷衍道：“自是来救你的。抓你的恶人现在何处，带我去找他们。”

裴道珠朝他伸出手，不答反问：“金钗和木屐呢？”

萧衡像是着急去做什么，眉梢眼角掠过不耐烦：“什么金钗木屐？”

裴道珠挑眉：“我沿途用金钗、木屐做了记号，指望军队跟着记号来救我。你既不是跟着记号来的，那是如何发现我的？重山叠嶂，想在这里找人很难吧？”

萧衡沉默。

裴道珠嗅着一缕若有似无的花香，若有所感般看向自己的袖角。

一只闪烁着微弱荧光的蝴蝶正停在她的袖角上。

她安静片刻，忽然笑了：“原来如此。”

原来这突如其来的变故不过是一场有预谋的博弈。

原来她自以为是的风光，不过是在充当这个人钓鱼的饵。

原来这看似光风霁月的男人……什么都知道。

萧衡居高临下问：“可恨我？”

裴道珠凝视着马背上的男人。萧衡束着高高的马尾，额间系一根黑色抹额，箭袖玄衣背负长弓，充满肃杀气息。

山风吹过，湿透的衣衫紧贴肌肤，裴道珠遍体生寒。她眼底掠过奇异的情绪，笑道：“那些白袍人抓我的时候，曾说‘这一次没有抓错人’，想来在我之前曾有不少姑娘被他们迫害。玄策哥哥为国为民殚精竭虑，阿难十分敬佩，怎会恨你？”她的语气轻飘飘的，辨不出喜怒。

萧衡也并不在意，只道：“带我去找他们。”

裴道珠看了眼他身后的兵马：“对方在山中建了一座神庙，里面有不少稚童和妇女。你带着军队大张旗鼓地过去，恐怕会打草惊蛇。若是他们拿老幼妇孺做人质，岂不糟糕？”

萧衡挑眉。

裴道珠声音清婉："玄策哥哥不妨乔装打扮，单独与我同往。你把路记下来，明儿天亮了，做好万全的准备再率队去捉人，不是更好？"

容色绝代的少女静静立在树影之中，如此的娇弱纤细，看起来半点儿威胁也没有。

萧衡转了转手中长枪，允了。

裴道珠带着萧衡逆流而上，走了约莫半个时辰，那座神殿再次出现在面前。

裴道珠的重新出现令那群白袍人欣喜若狂，连忙把她簇拥回高座，虔诚地跪倒在殿中，激动地口呼"神女"。

裴道珠瞥向萧衡。他盯着墙壁上的浮雕，不知在想什么，凤眼竟然渐渐泛了红。

若是以往，她大约会起几分好奇，如今她对他的事毫无兴趣。

她装出一副神神道道的模样，对白袍人轻声细语："我借着沐浴之名离开，并非是逃跑，而是察觉到周围有一位迷路的信徒，前去接引。这位郎君便是那位信徒。他愿以身殉道，随我共赴天上……你们可以准备了。"

殿中寂静了一瞬。

萧衡回过神时，身边已经围满了狂热的信徒。他后退半步，看向裴道珠。

少女歪头朝他嫣然一笑。

萧衡沉声道："裴道珠？"

以防露出马脚，他来的时候没有带武器。如今要赤手空拳对付上百人，虽然不是没有胜算，但毕竟不能做到一击必杀。今夜打草惊蛇的话，再想混进这群人之中将难如登天。

而这个机会，他等了整整三年……

裴道珠起身，步态轻盈地走向他。

白袍人恭敬地为她让路。

她在萧衡面前站定，朱唇轻启："你算计我的时候，可曾想过我会遇见怎样的危险？"

萧衡不语。裴道珠会遇见怎样的危险，这不在他的考虑范围之内。

人人都说萧家九郎是光风霁月的君子，但他知道自己比谁都要残酷。名满天下的萧家九郎，其实只是个不择手段的小人。

裴道珠面色凉薄："你早就知道我想取代崔凌人，却不拆穿我，由着我一步步踏进深渊……明明我才是你的旧情人，你心疼崔凌人，为何不肯心疼心疼我？都说旧爱不如新欢，从前我不信，如今却是信了。”

萧衡眯了眯凤眼。眼前的少女美貌娇弱，心思手段却极端狠辣，某些时候像极了他。

他平静道：“算计我，你又能得到什么好处？”

“算天算地，也不全是为了好处。”裴道珠与他四目相对，“玄策哥哥，哪怕伤敌一千自损八百，我也想争一口气。我不是圣人，世人负我，我便负世人。”

她记得那场梦境。

为了平息战争，她被朝廷送去北国和亲，一去十年。

明明她为南国争取了十年休养生息招兵买马的机会，明明也算是平定北方的功臣，却在九州一统之后，被天下人视作祸国殃民的妖妃。

南国的皇族得到了天下，四海的百姓得到了和平。可她裴道珠得到的却是家破人亡，是红颜祸水一世骂名。

世人负了她。

如果善良得到的是凄惨的下场，那么她情愿变得自私一点。欺负她的人，她一个也不会放过。

萧玄策也不例外。

萧衡轻笑，像是并不意外她会说出那番话。他倾身覆在裴道珠耳畔：“伤敌一千自损八百，是下策，合作共赢的算计，才是上策。我与你做个交易，你帮我除掉花神教，作为报酬，你家欠下的债，我来还。”

裴道珠报之以不信任的目光。

萧衡认真道：“以萧家先祖的名义起誓，这一次我绝不骗你。”

裴道珠抿了抿嘴。萧玄策信佛，既然他以先祖的名义发了誓，就不会骗她。更何况，帮萧玄策除掉花神教，也是在帮她自己。

她有意把殿中人都支走，好寻找逃出去和兵马汇合的机会，于是道：“我与他有话要说，可否请你们暂时回避？”

一名白袍老人恭声道：“神女，吉时快到了，耽搁不得。”

不等裴道珠再说什么，他吩咐几名妇人带她去沐浴梳头。大约是怕她再跑，这次是在偏殿给她准备了浴缶。

裴道珠闷着头梳洗干净，妇人捧来洁白的裙衫侍奉她穿上。

等她回到正殿，发现殿中多出一方长长的青石案台，案台边摆着笔墨，萧衡挽起袖管在淡然研墨。

她不解："这是作甚？"

这崇尚异族神明的教派竟还弄起中原的风雅来了？

妇人道："神女说想干干净净回到天上，长老左思右想，决定为您洗去尘埃之后，再为您留下白山茶的印记和福语，算是我等为您饯别的赠礼。您回到神座以后，请不要忘记我等，请赐福于我们。"说罢，她恭敬地行了个礼。

裴道珠笑了。这世上有没有神明都不好说，这些乱七八糟的仪式，他们是怎么想出来的？

她又望向案台，笔墨倒是齐全，只是没有纸张或者绢布。她笑容一僵，心底突然浮起不妙的预感。

下一瞬，两名妇人忽然解开她的系带。

裙衫委地。

她愕然地站靠着案台，青石案台衬得她如雪玉雕琢，偏那唇红齿白又添几分娇艳温软。

萧衡低眉敛目，修长白皙的手慢慢执起毛笔，轻舔砚台。

神殿之上，琥珀宫灯流光溢彩，拈花的神像半阖着眼，似也动情。

萧衡抬起眼帘。

少女冰肌玉骨，臂间挽着一层薄薄的白丝绸，背对着他坐在青石案台上。乌青长发撩至肩侧，露出纤薄白皙的背，两扇蝴蝶骨随着她的呼吸轻轻颤动，宛如受惊的羽翼。

他执笔蘸取淡墨，低声道："那白袍老者询问在场之人谁擅长作画写字，我想着旁人纵然精通，你大约也是不喜他们亲近你的，因此接了这份活儿。"

笔尖触上她的肌肤，淡墨沿着肩胛骨游走，线条风雅的花瓣逐渐成形。

裴道珠闭着眼，控制不住地轻颤。

她真是倒了血霉！被花神教的人掳走也就罢了，偏偏还要除去衣衫，叫萧衡在她身上作画写字！

她脸颊红如滴血，哑着嗓子道："你……你都看见什么了？"

萧衡面色如常，狼毫笔尖仍旧在她肌肤上游走，一瓣瓣花逐渐勾勒成白山茶的形状。他道："你才沐过身，并未穿亵衣，该看的不该看的，我自然都看了个清楚。你是聪明人，何必多此一问？"

裴道珠脸颊更红了。

一般人碰见这种情况，为了避嫌，不都会答什么也没看见吗？为什么萧玄策跟别人不一样……更可气的是，他也是快要弱冠之年的郎君，怎的还能如此淡定地在她背上作画？

难道对他而言，她裴道珠是块石头吗？

她逐渐习惯毛笔在肌肤上游走的冰凉，揪着白丝绸的指尖逐渐放松，不再如刚开始那般羞恼。她微微偏头，瞧见萧衡低垂眼睫，神情淡然。

她顿了顿，小声道："你曾游历诸国，见识过很多美人。我这副皮囊能称第几？"

萧衡画完了，搁下毛笔，打量她的背。她左肩后描绘了几朵次第盛放的白山茶，令少女本就完美的胴体更显精致风流。似是满意自己的画工，他垂下眼睫，不紧不慢地调了一碟金墨，换了更细的狼毫笔，继续在她背上题写福语。

裴道珠见他不回答，自讨没趣地收回视线。

就在她以为他要一直沉默下去时，他忽然道："可排第一。"

他走过很多山水，也见过很多美人，却没有谁比裴道珠的皮囊更加白璧无瑕。她宛如一朵白山茶，娇艳却又纯洁。

裴道珠怔住。许是今夜的灾厄里有他陪伴，许是神殿的宫灯太过灿烂，她竟莫名从萧衡的语气里察觉到一丝罕见的温柔。

过了很久，她悄声问："可曾心动？"

端坐在青石案台边的郎君眉眼如山，宛如不会被花神山鬼引诱的圣人。他运笔的手腕同样沉稳："未曾。"

裴道珠毫不意外地撇了撇嘴。

她就知道会是这个答案。萧家的九郎心硬如铁呀！

琥珀宫灯高悬在殿顶上，淡金色的光在两人周身晕染开。

不知几时起，少女细白后背上的福语，渐渐变成了佛经。

……一切有为法，如梦幻泡影。如露亦如电，应作如是观。

萧衡回过神时，少女的背上已经题满佛经。他执笔的手不禁收紧。

这些年来，哪怕背负国仇家恨，他也自诩心如菩提明镜。怎的今夜如此躁动？竟然写上佛经了……

他面无表情地搁下狼毫："写完了。"

裴道珠努力地朝后背望，却什么也看不见，只得拾起裙衫匆匆穿上。她到底是未出阁的女儿家，存着几分紧张："今夜之事……"

萧衡在木盆里净手："我虽人品低劣，却还不至于宣扬这种事。"

裴道珠咬了咬下唇，低头整理裙衫。

萧衡不是值得信任的人，但口风确实紧。

她系好繁复的衣裙系带，突然听见殿外传来“神女”的呼喊声。

不知几时起，神殿门窗紧锁，殿中竟只剩下她和萧衡。浓烟逐渐弥漫，火光顺着殿外蔓延而来，瞬间引燃了满殿的火油和干柴。

她挑眉：“仪式开始了？”

萧衡道：“脱。”

裴道珠错愕，捂住系带：“这……不合适吧？”

“你在想什么？”萧衡看她一眼，果断地脱下自己的外袍浸泡在木盆里，“不然你想怎么出去？”

裴道珠语塞。原来是要打湿衣袍，好从火海里逃出去。

她咬牙：“你转过身去。”

萧衡冷笑：“我又不是没看过。”却还是懒懒地背转过身。

裴道珠暗暗羞恼，迅速脱下裙衫浸泡在水盆里，抬头瞧见正前方的浮雕壁画，一边穿着湿衣一边红着脸岔开话题：“我瞧见你之前盯着壁画红了眼，这壁画与你有什么关系？”

壁画上的内容是一场战争。满城被屠，横尸遍野，城楼上挂着两颗头颅，无数白山茶盛放在废墟里，洁白的花瓣被鲜血染红，瞧着莫名可怖。

裴道珠穿好衣衫，却不见萧衡说话。她转身望去，他正凝视着那副壁画，眼睛再度泛红，眼中充斥的并非是泪意，而是恨意。

她唤道：“萧玄策？”

萧衡握拳：“可听说过西海城那一战？”

裴道珠颔首：“在史书上读到过。王萧两家率领二十万大军北上，一路势如破竹，接连收复十几座城池。抵达西海城后，却被北国军队偷袭。二十万热血儿郎，无一生——”

她忽然顿住，望向壁画。

城楼上悬挂的头颅是萧玄策的祖父？

另外一颗想必便是长公主的前夫，王家家主。

火势越来越大，浓烟吞噬着琥珀宫灯，黑色灯油顺着墙壁流淌，逐渐染黑了那副诡谲残酷的壁画。

“当年北伐兵败，并不是战略失策，而是被人出卖。有人在半夜时分打开了西海城的城门。”萧衡并不避讳向裴道珠提起这些，“南国的朝廷里有勾结异族的叛徒，祖父和王家家主的尸体被送回来时，手里都握着一枝白山茶。我想复仇，唯一的线索只有白山茶。”

裴道珠了然，怪不得萧衡对花神教如此执着，花神教所信奉的正是白山茶花。

殿中火势越来越大，逐渐吞噬了那幅壁画。

裴道珠和萧衡往后殿奔去。萧衡习武，步伐极快。眼看着他离自己越来越远，裴道珠有些恐慌，试图去拽他的袖角，却只来得及触碰到衣料边缘。

"萧玄策……"浓烟滚滚，她哑了嗓子。

高悬在殿顶的琥珀宫灯摇晃了几下，突然朝地面重重砸落！随着轰然巨响，火焰一窜而上，彻底隔开了两人。

裴道珠跌跪在地，望了眼被火烫伤的脚踝，抬头望向对面。

"萧玄策！"

她哑声呼喊。

隔着火海，萧衡回眸。

一向城府深沉的少女漂亮的丹凤眼泛了红，瞳中隐隐闪烁着泪光。

是了，她唯一的生路，是他。

萧衡面无表情。救，还是不救?

火势汹汹，贸然折返，可能会搭上他自己的命。而裴道珠的存在，对萧顾两家的联姻是一种威胁，若她死在这里，他的北伐计划将会进行得更加顺畅。

少了她，乌衣巷的宴会雅集依旧热闹，成郸城的山水长街也仍旧风雅，除了她的阿娘会为她难过，世上无人在意她的生死……

他权衡利弊之际，裴道珠的脑海中掠过无数主意。她知道萧衡若是转身救她，会冒很大的风险。如果换作她，或许根本就不会回头。

可无论怎样，她也想活下去。说好了要成为阿娘的退路，说好了要风风光光地嫁进高门，哪怕神明放弃了她，她自己也不能放弃。

浓烟熏哑了她的嗓子，也熏红了她的眼。

两行清泪顺着她的脸悄然滚落。一些破碎的画面，隐隐浮现在火光里。

在那场梦境里，她当了北国的皇妃。十年之后，南国的将军率领军队踏破山河，不仅纵火烧了北国的宫殿，还屠戮了北国的皇族和朝臣。

那一天，朝堂和后宫尸横遍野。

几张模糊的血脸跃入她的脑海。是郑家家主和他的子嗣……

南国有十大世家，郑家也在其中。可是郑家家主为何会身穿北国朝服，死在南人的刀剑之下?

南国的朝廷里，有勾结异族的叛徒。萧衡的话回响在耳畔。

难道当年出卖王萧两家的人是郑家？他们是北国的奸细？

裴道珠来不及细想，也不在意是否真是郑家出卖的王萧两家，喊道："郑家！是郑家背叛了朝廷！"

萧衡盯着少女。

郑家长年镇守边疆，半个月前突然反了朝廷，带着边界线上的两座城池投奔北国，如今已在北国封侯拜相。朝廷怕引起动乱，所以只有几大世家的掌权人知道这个消息。

裴道珠是如何知晓的？

跪坐在火海里的少女似乎终于有了被救的价值。他纵身跃进火墙，背起裴道珠，迅速朝后殿掠去。

少女又轻又软，大约是真吓到了，正细微啜泣。

不知怎的，萧衡的心脏忽然剧痛，像是曾经历过这一幕。他眼前的景象逐渐模糊，神殿仿佛化作着火的宫闱，殿中躺满了尸体，都是被乱军诛杀的宫女和宦官。

穿着妃子服饰的美人无助地跪坐在妆镜台前抽噎。有位将军破门而来，毅然背起她离开了那座囚笼般的宫闱。

——十年前，曾亲手送你进地狱。

——裴道珠，我来接你回家了。

将军低语，五官笼罩在阴影中，看不清楚他的神情。

萧衡破窗而出，经风一吹，渐渐回过神，随即自嘲般扯了下嘴角。

在火海里待久了，竟出现幻觉了，怎会幻想出他接裴道珠回家的画面？

裴道珠趴在萧衡的背上，随着他破窗而出，夜风吹散了浓烟味，她嗅到他身上若有似无的崖柏香。

这一瞬莫名熟悉。

那场梦境又清晰几分。朝廷送她去北国和亲，有人率领五千兵马护送。他们要越过江南的山山水水，穿过中州的战火燎原，前往那座被异族占领的故都，将她作为礼物献给异族的皇太子。

快要抵达北国的皇城时，他们被风雪困在山上。眼看着即将错过送她进宫的吉日，那护送她的郎君舍弃了马匹，背着她一步步穿过落雪的重峦叠嶂，走向本该属于中原人的故都。最终他亲手把她送进了北国皇太子的寝殿。

是萧衡。送她去和亲的人，是萧衡……

已过子夜，山中天色仍旧黢黑。

萧衡背着她逃到了暂时安全的地方，他把她放在溪水边："我去召集兵马，你别乱动。"

裴道珠狠狠揪住了他的衣领，仰起脸，怔怔凝视着萧衡。漂亮的丹凤眼更加猩红，明明脱离了危险，却有两行泪再度滚落。

"萧衡……"她一开口，声音就因流泪而破碎。

你究竟，是怎么忍心的？

萧衡沉着脸。裴道珠一向镇静自若，今夜怎么哭得这么厉害？当真被花神教吓到了？

他从来没安慰过小姑娘，只觉她们哭起来娇娇气气十分恼人。他欲抽身离开，瞥了眼裴道珠满是灰尘的脸和几处擦伤，也不知怎的，忽然就心软了一下。

他从怀里掏出半只馕饼，递给裴道珠："可是饿了？"

裴道珠眼睛更红。她不想吃馕饼，她想吃眼前这个恶人！

萧衡见她不说话，只一个劲儿地流泪，不禁又烦躁几分，便懒得管她，在溪水边盘膝而坐，自己吃起了馕饼。

裴道珠盯着他冷淡的侧脸，无数委屈涌上心头，突然不管不顾地夺过馕饼丢进水里。

水花溅到了萧衡的脸上，他看着沉进水底的馕饼，寒着脸："你发什么疯？"

裴道珠委屈极了，骂道："我从没见过你这种薄情寡义的男人！你对得起家国百姓，却对不起我！你欠我的，这辈子都还不完！"

萧衡揉了揉额角。他欠她什么了？裴道珠怕是被今夜的阵仗吓傻了，一个劲儿地说鬼话。

裴道珠继续骂道："便是交浅的朋友，也该存着几分情分，更何况你我曾是互相爱慕的关系？你究竟是怎么狠下心的？你说我爱慕虚荣，可我未曾不择手段伤害他人。你说你为国为民，可你的鞠躬尽瘁却伤尽了无辜之人！

"萧衡，你和我究竟谁更恶劣？！"

萧衡自幼在世家高门长大，除了被父亲训斥，天下人谁不给他萧家九郎几分情面？他还未曾被人如此数落过。他恼了，捏住裴道珠的双颊，迫使她仰头看他。

四目相对间，他一字一顿："谁更恶劣？你我一丘之貉，我大奸大恶，你又装什么善良？都是修成人形的狐狸，谁也不必藏着尾巴。"

裴道珠怒火中烧，不再端贵女的架子，挥起双手与他扭打起来。挣扎之中，她一巴掌拍到萧衡的脸上，清脆的耳光声令两人都错愕了。

萧衡突然笑了，宛如山林里的恶狼。

裴道珠后知后觉地感到害怕，还没来得及挣脱，就被萧衡拖住，摁在溪边。

萧衡单手擒住她的双手，居高临下地打量她，挑眉道："我竟不知'娴雅温柔'的裴家女郎，生气时还有打人的习惯。我萧玄策不是乖乖挨打的人，你自己说，该怎么办？"他忽然起了逗她的兴趣："还你一耳光，可好？"

裴道珠又害怕又委屈，她咬牙切齿："世上再无你这般可恶的男人！小肚鸡肠，毫无君子风度！"

萧衡轻嗤。他只是逗她而已，扇女人耳光，他做不到。目光落在少女深陷的腰窝，再往下，丝绸裙裾紧贴着肌肤，勾勒出窈窕饱满的曲线。

他脑海中突然掠过神殿里少女裙衫委地的模样。许是奔波半夜，许是被壁画刺激，他有些口干舌燥，下意识去捻佛珠，却想起这趟出行没带佛珠。他便懒得再守那清规戒律，毫不顾忌地拍了下裴道珠，淡淡道："还你一巴掌，扯平了。"

裴道珠瞳孔骤然缩小，猛然坐起身，死死盯着萧衡，发现他自顾去溪边喝水了！

她气急败坏地站起身，一脚踹向萧衡，企图把他踹进水里，好叫他受点教训。谁料这人戒备心极强，瞬间侧开了身。

她一个始料未及，身体前倾，以迅雷不及掩耳之势掉进了水里！

她费力地扑腾，骂得厉害："萧衡你这个棒槌，你怎么敢！"

萧衡悠闲地站起身，好整以暇地欣赏她扑腾的模样，嗓音清越温柔："阿难真惨……偷鸡不成蚀把米的模样实在好笑。"

"你——"裴道珠气得彻底说不出话。

萧衡笑够了，在水边单膝蹲下，扶住她的手臂："上来。"

裴道珠抬起通红的眼睛看他，也是气急了，见他毫不设防，便扬起溪水泼向他的脸。

萧衡抬袖，毫不在意地擦去水珠，深深看她一眼。

已近黎明，山中月色朦胧。妙龄少女浸在山溪里，乌青长发散落在水面上，唇红齿白，冰肌玉骨，是难得的人间绝色，哪怕神情愤怒，也仍旧难掩撩人姿态。

萧衡在心底念了几句佛经，却发现佛救不了受难的世人，也阻止不了暗夜里滋生的欲念。

束缚着心与灵的佛珠，在这一刻像是悄然断线。

他捏住少女的下巴，突然吻向她的唇。他是正常男人，他认栽了……

裴道珠瞳孔放大，难以置信地盯着眼前人。还没等她做出反应，不远处火把亮起，是花神教的人找了过来。

“神女！”信徒们大惊失色。

“天呐，他玷污了神女！”

“有人玷污了神女！”

“该处之以极刑！”

信徒们的眼神变得阴冷恐怖，纷纷捡起石头，恶狠狠砸向溪水边的两人。

萧衡面色阴沉地挡在裴道珠身前，用背挡下十几块石头，动也不曾动一下。他不疾不徐地解开自己佩戴的黑色抹额，认真地蒙住裴道珠的眼睛：“我要做正事了，别看。”

裴道珠还没说话，萧衡已经消失在原地。

曦光微弱。

她拨开抹额，见那一抹黑色身影敏捷地穿梭在白袍人中，他没有武器，可他的双手便是世上最锋利的武器，眨眼的工夫就拧断了一根根脖颈。

他像恶鬼一般，面无表情地侧身，单手探进缠斗之人的胸腔，捏爆了对方的心脏。

昔日捻着碧玉佛珠的手，此刻鲜血淋漓。他垂眸，舔了舔指尖血，随即若有所感般瞥向溪水边。

少女面色苍白，愕然地看着他。

裴家的小姑娘，大约终于知道他不是她可以招惹的人了。

萧衡想着，收回视线，再度展开杀戮。上百名白袍人，他只留下了四五个活口，以作审讯。

他放了信号弹，召集亲信过来收拾残局。

兵马抵达溪水边时，天已大亮。

萧衡接过随从递来的水囊喝了几口，望了眼坐在溪水边的少女。她的裙衫还是湿的，怕被人看去，大半个身子都藏在石头后面，只露出一张苍白的小脸。

他拎起一件斗篷，大步走过去，俯下身，从背后用斗篷把少女裹得严严实实。环住她的双肩的姿势，像是在把她拥入怀中。

他抵在她耳畔："我周游郡国多年，见过形形色色的山水，也见过环肥燕瘦的美人。山水和美人都打动不了我，可是昨夜，你惊艳了我。裴道珠，你若愿意，可入我萧家门，做我萧衡的娇妾。"

他不是委屈自己的人，既然觉得裴道珠容色不错，那就该收入囊中。

只是妻位，却不可能。

裴道珠已经从那场杀戮里缓过神来，她被萧衡的这番言辞气笑了。她站起身，转向他认真道："且不说我裴家也曾四世三公，我作为家族嫡女绝不可能给人做妾。你昨夜那般算计我，怎么还觉得我会甘心给你当妾？我是爱极了荣华富贵，却还不至于如此作践自己。"

萧衡略感意外："不肯？"

裴道珠横眉冷对："别说是妾，就算你把正妻之位放在我面前，我也不会多看一眼。我宁可嫁给穷书生，也不要跟算计我的男人过一辈子。"

枕边人最难提防。谁知道什么时候就会被他算计死呢？

山风清幽。

一向虚伪做作的少女寒着脸站在水畔，脊梁挺得出奇直。

萧衡面色平静，似乎并没有因为她的拒绝而生气。他伸手替她擦了一下脸上的灰："我不强求。"

他的指尖上还带着血，裴道珠嫌弃地后退一步。

萧衡轻嗤，故意又去擦她的脸："嫌脏？"

裴道珠气急败坏，迅速去溪边洗脸。

她就没见过如此恶劣的郎君！

萧衡看着她的背影，想起出城时她阿娘求他找人的模样，于是派人先进城去找顾娴报平安。

军队收拾好了残局。

萧衡在溪边洗干净血迹，跨上骏马，又吩咐侍从牵一匹马给裴道珠："打道回府。"

裴道珠为难了。她身为世家千金，外出都是乘坐长檐车的，叫她骑马，她拿头骑？这马儿如此高大矫健，一蹄子就能把她撂倒！

萧衡策马向前，见裴道珠没跟上，回眸望去，立刻明白了。他勒转马头，朝裴道珠伸出手。

裴道珠不肯搭理他。

萧衡挑眉："还闹上脾气了？你再不上马，就自己走回成郧城。这深山老林的，指不定藏着花神教的余党，或者还有那吃人的猛虎。”

裴道珠担惊受怕了一整夜，才不要一个人走回成邺城。她盯着萧衡伸出来的手，他连指缝里的血渍都洗得干干净净，指节修长如玉，仿佛未曾参与过那场杀戮，还是那只捻着佛珠的玉手。

她迟疑片刻，沉默地将手放在他的掌心，任由萧衡把她拉上骏马。

山路崎岖漫长。不知走了多久，裴道珠小声道：“我被人掳走之事……”

萧衡平静道：“会替你遮掩过去。”

他知道她的担忧。乱世之中，虽然女子的名节不算顶顶重要，但谁不想有个好名声呢？更何况裴道珠心性敏感，比旁人更在乎名声，他毕竟是了解她的。

裴道珠紧了紧斗篷。

背后的男人像是换了个性子，竟然对她温柔起来了。只是……她再也不要喜欢他。

第5章

就在他们返回成郸时，长公主府内的佛堂门窗紧掩，黯淡无光，只香案上点着几盏长明灯。

案前供奉着一排牌位，刻满了王家人的名字。

长公主司马宝妆跪坐在蒲团上，怀里抱着一尊牌位，温柔地用手帕反复擦拭。

“我的孩子……”她抚摸着牌位上的名字，眼底的温柔犹如深海,低头爱怜地吻了吻牌位。

“殿下！”

心腹嬷嬷突然在外面叩门。

司马宝妆示意她进来。

嬷嬷推门而入，着急道：“殿下，顾娴求见！”

提起顾娴，司马宝妆冷笑：“这些年来，她不仅不收本宫的补贴，甚至连本宫的面都不肯见。今儿倒是稀奇，竟主动登门……”

嬷嬷解释道：“您在佛堂待了一宿，还不许人打扰，不知道外面已是闹翻了天。花神教的人混进城中，掳走了道珠姑娘。顾娴大约是为女儿着急，实在走投无路才来求您的。”

司马宝妆怔住了，她抬起眼帘：“裴道珠被花神教的人掳走了？”

“老奴也是刚听顾娴说的。”

司马宝妆抱着牌位的手忍不住收紧。裴道珠被抓走了，被抓走的怎会是她……

嬷嬷见她发呆，唤道：“殿下？”

司马宝妆把牌位放回原处，匆匆往外走：“去见她。”

刚踏出佛堂，又有侍女高高兴兴地小跑过来：“殿下、李嬷嬷，萧家九爷刚刚派人跟裴夫人报喜，说是裴姑娘没事儿！”

司马宝妆高悬着的心悄悄放下，她抚了抚胸口：“没事就好……”

司马宝妆跨进厅堂门槛，一眼瞧见了昔年的闺中密友。她容色憔悴，体态清瘦，可见这些年过得不好。

当初大家都还没有出嫁时，明明娴儿是所有女郎里最漂亮的那个，却被裴礼之那个混账东西折磨成了这样……她早叫她别嫁，她偏是胆怯，偏是不听。

司马宝妆眼眶微红，不动声色地隐去泪意，努力端出高高在上的模样，讥讽道：“哟，这不是裴夫人吗？太阳打西边出来了，你也有登门找本宫的一天——”

“宝妆。”顾娴泪如雨下，“我的小阿难昨夜险些出事。”

到底是挂念多年的闺中密友，岁月改变了她们的地位，却未曾改变当年的情谊。顾娴一开口，司马宝妆的心理防线就被彻底击溃，哪还舍得冷嘲热讽。

司马宝妆轻轻拥住顾娴，安抚道：“没事了……”

在司马宝妆的安抚下，顾娴的情绪渐渐不再激动。

侍女笑着端来茶水：“奴婢瞧见顾夫人来的时候给殿下带了礼物，夫人该拿出来叫我们殿下高兴高兴！”

司马宝妆双眼一亮，期待地望向顾娴。

顾娴脸微红。她瞥了眼富丽堂皇的厅堂，踌躇半晌，才取出一包桃酥，简陋的油纸包装与长公主府格格不入。

她小声道：“我记得还没出嫁时，你最爱吃刘记的桃酥。我来的时候正巧路过那家店，就买了一些。不知道你如今是否还爱吃……”

司马宝妆示意侍女把桃酥摆盘，拉着顾娴的手坐下：“但凡是你送的，我都爱吃。在我府里拘束什么，这桃酥在我眼里比金银珠宝还要贵重呢！”

侍女端上摆好盘的桃酥，两人就着热茶，边吃边说话。

司马宝妆认真道：“阿难出事，你肯来找我帮忙，便是仍旧把我当自己人。既是自己人，娴儿，你可别怪我说话难听，那裴礼之就是个混账玩意儿，趁着还年轻，赶紧与他和离，再另外找个好的嫁了！”

顾娴垂着头。

她也不爱裴礼之，可是……一旦与他和离，阿难不就没有家、没有父亲了吗？

“我知道你在担心什么，”司马宝妆心直口快，“你怕阿难她们没了父亲是不是？可他那样糟心的父亲，有还不如没有呢！”

顾娴仍旧低头不语，带着薄茧的指腹犹豫地抚摸着杯盏。

她自幼怯懦。没出嫁时，听父兄的话。出嫁后，听夫君的话。她这辈子都学不来宝妆的勇敢啊！

司马宝妆伸手替她抿了抿鬓角碎发，压低声音道："这些年，沈霁在北方立下了赫赫战功，如今已官拜大将军，年底前会回京述职。娴儿，他仍旧未曾娶妻……"

"啪嗒"一声。顾娴捧在手心的茶盏落在了案几上，茶水打湿了她的袖角。

侍女们连忙过来擦拭。

顾娴眉头紧蹙。

沈霁曾是长公主府的马童，比她们小三岁，她幼时常来公主府玩耍，一来二去就认识了。小时候什么也不懂，不懂何为尊卑贵贱，他们青梅竹马，直到情窦初开的年纪才懂得彼此该划清界限。

及笄之后，她被家族安排嫁给裴礼之。出嫁的前夜，沈霁突然翻墙闯进她的闺房，要带她走。

她不敢。为了家族，也不能。

后来沈霁再也没有出现过。

十多年过去了，他竟当了大将军……顾娴脑海中浮现出他的身影，当初那个稚嫩的少年，如今大约该是横刀立马的铁血模样吧？

她由衷地笑了："大丈夫当建功立业，他能当上将军，我为他高兴。只是我与他有缘无分，你可别乱点鸳鸯谱。"

司马宝妆撇了撇嘴。又说了片刻的话，她见顾娴着急回家看女儿，于是命人取来银票。

她把厚厚一沓银票塞进顾娴手里："拿着。"

顾娴吓了一跳，正要拒绝，司马宝妆沉着脸道："又与我见外了是不是？这些银票不是给你的，是给阿难她们的。都是芳华正好的小姑娘，该打扮起来的，算是我这当姨母的一点心意。"

顾娴眼眶微红："说'谢'字就见外了……宝妆，我知晓的，这世上，你对我最好。"

比爹娘和兄长还要好……

司马宝妆又叫侍女拿了燕窝、人参、鹿茸等滋补品，派了两三个侍女护送她回家。

目送顾娴远去，她轻轻叹息。

嬷嬷迟疑："那些银票……"

“都是沈霁从战场上寄回来的。”司马宝妆轻声，“他得知裴家败落，怕娴儿过得不好，每年都会寄俸禄给她……本宫若是明说，娴儿肯定不收，因此才要骗她。”

“殿下用心良苦。”

顾娴的身影渐渐消失在视线里，司马宝妆眼底的柔情也尽数消散。她冷淡道：“昨夜怎么回事？崔凌人为何没有扮花神？”

嬷嬷把事情大致说了一遍，又道：“如今凌人姑娘正在府里哭闹，非要朝廷重新举办一场花神宴才肯罢休。”

“谁给她的脸……”司马宝妆轻啐。

她又去了一趟佛堂，深深看了眼那座牌位，亲手锁上佛堂的门，转身面无表情道：“回崔府。”

乌衣巷。

一骑纯黑骏马停在裴府前。

萧衡翻身下马，扶着裴道珠下了马。

少女整理了一番衣裙，态度客气而疏远：“多谢相送。”

她正要进府，萧衡牵着缰绳：“不请我进去？”

裴道珠抿了抿嘴，她现在一刻也不想见到这个男人。她果断拒绝：“寒舍简陋，招待不起——”

“哟！”

裴府大门忽然从里面被推开，裴礼之拎着酒坛子，瞅见萧衡和裴道珠，顿时两眼放光：“你们俩这是……哦，我知道了，定然是九爷替我们寻回了女儿！多谢九爷，多谢九爷！”

他连连称谢，姿态谄媚。

裴道珠蹙了蹙眉：“父亲。”

萧衡微笑：“奔波了一宿，颇有些劳累，可否进去吃杯茶？”

裴道珠咬牙，眼刀子刷刷刷地甩向萧衡。

萧衡视而不见。

裴礼之早已喜上眉梢，连忙抬手作请：“自然！九爷这边请！九爷若是得空，中午就留下来吃顿便饭吧？”

“父亲！”裴道珠落在最后，不甘心地跺了跺脚，无可奈何地跟上。

裴府简陋。萧衡端坐在厅堂，看顾娴和裴道珠说话。

裴家还有一位姨娘，也围在裴道珠身边嘘寒问暖，两个年幼的庶女“姐姐长”“姐姐短”地送裴道珠新摘的花儿，丝毫没有别家后宅的明争暗斗。

只有裴礼之除外。

他并不在意自己的女儿昨夜经历了什么，还闲情逸致地弄来一碟花生米和一坛酒。见妻女还在那里说话，他骂道：“可是眼瞎，看不见家里来了贵客？赶紧去买菜做饭，别叫贵客饿了肚子！”

因着萧衡的到来，家里还特意买了一只老母鸡炖汤。

一家人围坐在食案旁，裴礼之扯了两个鸡腿，一个放到萧衡碗里，一个放到自己碗里，高兴道：“贱内手艺还不错，九爷尝尝！”

萧衡看了看自己碗里的鸡腿，抬眼望向对面。

裴道珠扯下两个鸡翅分给幼妹们，然后熟稔地夹起一根鸡脖子放进了自己的碗里。

她弯着眉眼，吃得很开心。

用过午膳，两个幼妹缠着裴道珠到抄手游廊里玩耍。

裴道珠嫌昨晚晦气，想沐浴更衣洗掉霉运，于是摸了摸两个小家伙的脑袋：“我去金梁园前给你们布置的功课可都做完了？”

世家高门，总是要好好培养家中女孩的。裴家请不起教习先生，裴道珠便承担起教妹妹琴棋书画的任务。

听到“功课”二字，原本叽叽喳喳的双胞胎小姐妹立刻别过脸，心虚地抿住小嘴。

裴道珠板起俏脸：“我去沐身，等会儿考你们功课。”

两个小姐妹对视一眼，连忙火急火燎地去翻功课，大约是要临时抱佛脚了。

裴道珠目送她们跑走，丹凤眼中藏着罕见的温柔。她转身去厢房，不料却撞上萧衡。

他倚在美人靠上打量裴道珠，像是才认识她一般。

裴道珠不愿搭理他，径直与他擦身而过。

厢房内。

陈旧的屏风后置着一只浴桶，热气氤氲。裴道珠泡在热水里，仔细磋磨肩膀。

顾娴敲了门进来，把一壶热水放在浴桶边，柔声道：“怕你着凉，又多烧了一壶热水。”

裴道珠弯起眉眼：“这种琐事，阿娘何必操心？您去歇着吧。”

顾娴笑着站到裴道珠身后，替她散开满头青丝，拿香膏抹在发丝上，拢在掌心轻轻揉搓：“昨夜多亏了九爷，阿难才能平安回来。咱们家是知礼数的人家，阿难觉得可要备礼致谢？只是萧家什么也不缺，我也不知送什么好……”

裴道珠暗暗撇嘴。备礼致谢？萧衡欠她的可多了，万死不足以谢罪，她谢他个鬼！

她含糊敷衍道：“九爷两袖清风，心地善良，平日从不收礼。更何况昨夜本就是他负责城中治安，救我是他分内之事，阿娘就不要费心思了。”

顾娴好奇：“阿难很少夸别人，怎的夸起了九爷？我瞧着九爷看你的眼神也不大寻常，莫非你们……”

裴道珠一个激灵，在浴桶里坐正了，不悦道：“阿娘！”

顾娴见她如此，知道她没那个心思，温柔地捏了下她的脸颊：“阿娘知道了，不取笑你了……”

她出了厢房，替女儿掩上屋门，眼底却藏着几分忧虑。

她的小阿难，是世上最宝贵的明珠，在她眼里配得上任何郎君。

唯独家世差了些。

也是十六岁的年纪了，早该说亲的，可惜她这个当娘的没本事，没法替她找到好人家……

她忧心忡忡地穿过游廊，瞧见正在赏花的萧衡，连忙福了一礼：“萧大人。”

萧衡虚扶一把：“裴夫人不必多礼。”

顾娴真诚道：“这一个月阿难住在金梁园，给贵府添麻烦了。昨夜之事，我对大人更是感激不尽。”

萧衡：“阿难乖巧温顺，很讨人喜欢。她的事就是我的事，我会对她负责到底。”

他生得好看，君子如玉的姿态更容易叫人亲近。顾娴虽然觉得他的话听起来怪怪的，但仍旧对他很有好感，笑道：“阿难也称赞你两袖清风心地善良，很崇敬你。”

萧衡挑眉。裴道珠竟然夸他善良？脑子洗进水了？

顾娴鼓起勇气：“说来不好意思，我有个不情之请……”

“裴夫人但说无妨。”

顾娴豁出了脸皮：“九爷周游郡国交友广泛，认识不少青年才俊。我家阿难也到说亲的年纪了，只是总也找不到合适的。你身边若有适龄的郎君，还请介绍给她相看相看……”

萧衡沉默了。他说的“负责到底”，并不是裴夫人理解的那个意思。然而总不能刚跟裴家双亲见面就暴露出目的，他总得经营好自己的形象的。

他保持微笑道：“裴夫人放心，阿难的亲事包在我身上。”

得到他如此斩钉截铁的承诺，顾娴倍感意外，觉得哪里怪怪的。

萧衡的目光落在不远处。屋檐下花木葱茏，裴家的那对双胞小女郎头着挨头，正在紧张地读书。

他缓缓道：“贵府的女孩都很热衷读书，只是没有先生教导，终究是不成的。不如让两位小侄女也去金梁园，园子里有不少同龄孩子，祖母请了京中最好的先生教导，既能学到东西，还能结交玩伴，极好。”

顾娴欣喜：“当真？只怕叨扰了你们。”

萧衡微笑：“无妨。”

经过昨夜的事，他估计裴道珠不肯再随他回金梁园，那就干脆把她的两个幼妹一块儿带走，届时她不回也得回。

顾娴并不知道他和自家女儿之间的算计，只当这叔侄俩互相敬重，又为两个庶女能学到琴棋书画而高兴，因此连忙去喊康姨娘收拾行李。

裴道珠终于梳洗干净，等她穿过游廊，诧异地发现萧衡居然还没走。

他坐在屋檐下，正教两个幼妹读《诗经》。

最年幼的裴桃夭奶声奶气地问：“九叔喜欢哪一句？”

“‘岂曰无衣，与子同袍’。”萧衡顿了顿，敛去眼底的深沉，“你们阿姐最喜欢哪句？”

裴子衿摇头晃脑：“阿姐最喜欢‘信誓旦旦，不思其反’。阿姐说，世上的郎君都不靠谱，依靠他们可以过好一时，却不能过好一世，人这辈子，能依靠的只有自己——”

“嘘！”裴桃夭连忙捂住双胞姐姐的嘴，“你说出来，九叔就不喜欢阿姐啦！”

裴子衿眼睛睁得圆啾啾，仰头问萧衡：“九叔喜欢阿姐吗？别人都说我阿姐嫁不出去，可我阿姐顶好顶好，九叔一定要喜欢阿姐呀！”

萧衡不知如何作答，似是若有所感，他抬起眼。

不远处，竹帘轻曳，春阳细碎。刚梳洗完的少女宛如出水芙蓉，安静地站在竹帘边。她换了一袭深青色罗襦裙，乌青长发用红绳束在腰后，几瓣桃花飘零，更添几分娇艳风雅。

她看着他，却又像是在透过他看另一个人，那样复杂的眼神，他从未在她身上见过。

裴道珠注视着萧衡。他手捧书卷坐在春阳里，周身洋溢着暖色，对妹妹笑起来时凤眼弯弯，温润如玉，令人如沐春风。

她想起了他当年的模样。那年她还是成郫城最风流潇洒、无忧无虑的女郎，佩戴最珍贵的珠钗，穿绫罗裁制的春裙，与他走在南山小径上踏青，谈佛儒道，也谈风花雪月。

他站在一树桃花下，宛如山涧里最高洁风雅的白鹤，抬手折下一枝桃花，温柔地簪在她的鬓角。

“若说最喜欢《诗经》里的哪句，应当是‘高山仰止，景行景止’。”他如是说。

他笑起来的样子像是能融化人心。当时她就想，世上怎么会有这么干净的郎君呢？她便知道，她与他或许不能成为一路人。

后来，她到底辜负了他。为了前程，也为了家族……

裴道珠回过，发现萧衡仍在看她，面容看似温柔，实则暗藏算计，像是躲在黑暗里蓄势待发的孤狼。

眼前的萧玄策……真的是她当年遇见的玄策哥哥吗？

他们除了容貌和声音相同外，喜好不同、谈吐不同、脾性不同、连志向也大不相同。可若说是两个人，这世上怎么会有容貌完全相同的两个人？她从没听说过萧家九郎还有双胞兄弟。

思绪混乱间，前院突然传来嘈杂声。

裴桃夭和裴子衿立刻拎起小裙子，利落地往书案底下钻。

钻进去之后，裴桃夭拽了拽萧衡的袍裾：“九叔，我家平日里没有亲戚朋友登门拜访，登门的一概都是催债的。阿姐说了，催债的来了就要躲起来。你快找个地方躲起来，别叫他们发现啦！”

萧衡望向裴道珠。少女面色如常，毫不慌张地往外院走，显然是对这种情况司空见惯，并不害怕应付那群人。

裴道珠似乎跟其他女郎确实不一样。

他跟了上去。

裴道珠从后门进了厅堂，刚走到屏风后，就听见姑母阴阳怪气的声音：“我听说阿难被找回来了，因此来看看她。哦哟，昨夜可真吓人！好好的大姑娘，竟然被无数大老爷们儿给抓走了！嫂子，阿难没出事儿吧？”

裴道珠透过屏风看去，来的不是催债的，是姑母和韦朝露。

还有……

坐在堂上的是张才茂？一个月前才与她在金梁园里相看的那个“青年才俊”？

父亲去官衙理事了，招待他们的是阿娘。

阿娘显然被姑母这番话气得不轻，回答道：“听你的口气，像是巴不得我家阿难出事？哪有亲姑母说这种话的？”

姑母翻了个白眼：“又不是我一个人这么想的。阿难被那些男人抓走是事实，千万双眼睛都盯着呢。现在城里的百姓都说，阿难丢尽了裴家脸面，怕是要撞死在祖宗牌位前才能谢罪！”

“你——”阿娘气急。

姑母话锋一转：“我这当姑母的，自然舍不得阿难香消玉殒，因此替她想了个法子。”

她笑吟吟望向张才茂：“这位张公子曾与阿难相看过，是个重情重义的，舍不得阿难背负骂名，说是愿意纳阿难为妾。张公子宅心仁厚，不肯薄待阿难，哪怕是做妾，他也愿意出五十两纹银的聘礼。只要阿难进了张家门，既能解决终身大事，又能避免背负骂名，天底下再找不出这么好的事了！嫂子，你可得好好谢我！”

韦朝露坐在母亲身边，笑容得意。

昨夜，她和小姐妹们眼睁睁看着裴道珠扮演花神，又是羡慕又是妒忌。谁承想祸福相依，裴道珠竟然在半路被奸贼掳走了！

金梁园的姐妹都在猜测，裴道珠怕是在山里受了辱。崔凌人尤其高兴，特意把她叫过去，让她撺掇母亲给裴道珠找一门“好”亲事，叫她再也翻不了身，再也融不进她们的贵族圈子。

如今，可要叫她们得逞了！

母女俩的表情被裴道珠尽收眼底，她笑了。

这世道就是这样，哪怕是有血缘关系的人，也未必是真心盼望你好。她们瞧见你落魄，不说安慰，恨不能多你踩两脚。

她转向萧衡。萧衡也正看着她，像是在等她主动开口。

她如今起了疑心，怀疑眼前的萧家九郎跟她当年遇见的玄策哥哥根本不是一个人，因此面对他时格外冷静。

她道：“九叔在山中答应我的事，可还算数？”

萧衡点头：“自然。你的名声，我会负责。”

裴道珠："那就好。"

她正要踏出屏风，注意到萧衡等她道谢的表情，认真道："我不会感激你，因为我不欠你什么。我的名声也好，你替我还贷也罢，都只是我昨夜险些丧命的酬劳。"

少女冷静异常，漂亮精致的丹凤眼里满是侵略气息。她对他毫无爱慕，也并不温柔，与金梁园初见时的谄媚乖巧判若两人。

萧衡挑眉。从前与裴道珠相处，总觉他们早已相识，可如今她像是把他当成了一个陌生人。

这种无法掌控的感觉令他很不舒服。难道这一个月来她所谓的爱慕，都只是假的？

他不信。

裴道珠已经率先走出屏风，莲步轻移，轻声细语："阿娘，家中来客人了？"

"阿难！"顾娴连忙握住她的小手，"你应该在屋里好好休息，出来做什么？快进去！"

少女弱不禁风的娇贵模样令张才茂眼前一亮，他笑眯眯道："道珠妹妹，好久不见！听说你昨夜被奸贼抓走，受了好大的屈辱。我张某人不在意那些个名声，只要你进了我张家的门，我自然会好好保护你！"

"屈辱？"裴道珠凤眼盈盈，"什么屈辱？我竟听不明白。"

韦朝露嘴快："你被奸贼抓走，他们定然对你做了那些事！"

裴道珠无辜歪头："表姐好懂的样子……那些事，是哪些事？"

韦朝露语塞，紧紧揪着手帕，脸颊泛红："就是……就是那些事呀！我其实也不是很懂的……"

裴道珠微笑："我还是不明白，表姐可否说清楚？"

"够了！"眼看女儿处于下风，姑母裴云惜严肃地打断两人，"裴道珠，你还没出阁，怎么能厚着脸皮问这种事？这是世家千金该说的话吗？"

顾娴护女心切："我瞧着，朝露才是口不择言的那个吧？"

裴云惜翻了个白眼："顾娴，我今儿就把话撂在这里了，你女儿不干不净，想嫁高门是痴心妄想，不如趁早去张家做妾。给张家做妾有什么不好？这辈子吃香喝辣，也算后顾无忧，你还有什么不满足的？"

一句"不干不净"令顾娴怒火中烧，她正要反驳，屏风后传来一声轻咳。

光风霁月的郎君，信步踏出屏风，他挽着一条绯色织花薄斗篷，亲自替裴道珠披在肩上："既然给张家做妾是好事，韦夫人何不把自己女儿送过去？"

裴云惜等人愣住了。

萧家九郎为何会在裴家？观他举止，似乎和裴道珠十分亲近……

萧衡笑得好看，声音却薄凉如山涧冷月："阿难昨夜受了惊吓，幸而在城门口被我救下，送去金梁园歇了一宿。母亲怜惜她，特意让我带她回家报平安。不知韦夫人嘴里'不干不净'这四个字从何而来？"

裴云惜和韦朝露张着嘴，一个字儿也说不出来。

大家不都说裴道珠被山贼抓走了吗？怎么在城门口就被萧家九郎救了？

那她们浮想联翩的那些内容，岂不是都没有发生？

裴道珠欣赏着她们忽青忽白的脸色，温声细语："姑姑和表姐好像十分失望？我没出事，你们应该高兴才对，怎么都露出哭丧般的表情呢？"

萧衡慢悠悠道："你姑母和表姐是巴不得你出事。韦家也是名门望族，当家主母竟然如此小家子气，令人大开眼界。"

裴云惜紧紧掐住双手。世人最注重雅量和操守，萧家九郎评价她"小家子气"，若是传了出去，她和女儿的名声就都毁了。毁了名声，这辈子也就完了！她裴道珠是什么时候搭上萧家九郎的？！

她不敢再端架子，连忙赔着笑脸站起身："我不知九爷在此，失礼了！刚刚都是误会，我也是太关心阿难，生怕她余生艰难，因此才想着为她介绍夫婿……既然阿难是清白的，是我多此一举了。"

萧衡淡淡落座："母亲喜欢阿难，阿难便与我是一家人。以后她的婚事由我负责，不劳韦夫人操心。"他坐在那里宛如峨峨玉石。

顾娴瞧着他为女儿出头的模样，不禁在心底暗暗叹息。

不愧是名满天下的萧家九郎，当真是君子如玉！和她的小阿难出奇般配。若非裴家落魄，她真想有这么个俊美的女婿……

裴云惜也是惊艳于萧衡的容色，回过神后，想起这人的身份，她的姿态又谦卑几分。

虽然心有不甘，她也只得拉起还在发花痴的韦朝露，恭敬道："阿难八辈子修来的福气，能被九爷照拂。还请九爷代我向老夫人问安，我府中还有要事，告辞了。"

母女俩灰溜溜地跑了。

萧衡端起茶盏，悠闲地饮了一口，瞥向还在发呆的张才茂。

出身寒门也就罢了，偏偏容色、风度、才华、德行皆为下九品。裴道珠的城府和手段是深了些，然而仅凭外貌就能被评为上上品。姓张的这种歪瓜裂枣，也配得上她?

他放下茶盏，注视着张才茂，犹如注视蝼蚁：“高门寒族，云泥之别。有些痴心妄想会叫人丧命，你可明白我的意思?”

张才茂擦了擦额头冒出的细密冷汗。他也是个男人，能感觉到萧衡对裴道珠的占有欲。惊讶于裴家的美人背后站着萧家九郎的同时，他也十分懊悔今日这一行。

他唯唯诺诺道：“是，是我胆大包天了……”他不敢多看裴道珠一眼，匆匆忙忙地告辞离去。

顾娴喜不自禁，谢过萧衡，又留他用晚膳。

顾娴带着康姨娘去准备晚膳，厅堂里只剩萧衡和裴道珠两人。

萧衡端起茶盏，看少女一眼，想起什么，又招来侍从：“去废了张才茂的腿，再给韦大人送几个娇妾。”

侍从领命走后，裴道珠讥笑：“太阳打西边出来了，一向轻贱我的九叔，怎的开始为我办事了?”

少女青衣乌发，雪白纤细的玉指拢着一把绢纱折扇，凤眼盈盈，不觉刻薄，反而格外娇艳风流。

萧衡摩挲着茶盏，他从前怎么没发现裴道珠的容貌如此艳绝?他一贯喜欢收集天下珍宝，这般举世无双的美人，自然也该锁在他的后院。若是美人心甘情愿，那就更好不过。

他微笑：“举手之劳罢了。去收拾行装，用过晚膳，随我回金梁园。”

像是早已料到裴道珠会拒绝，他又道：“你的两个幼妹也可同往，金梁园里有很多同龄孩子，你妹妹可与他们一块儿学习琴棋书画。此外，你代表朝廷扮演花神，却被恶人惊吓到，我会向朝廷申请给予你应有的抚慰和奖赏。两千两白银，够不够?”

裴道珠拒绝的话顿时噎在了嗓子里。

她盯着萧衡。这个男人……还真是相当了解她。

他们回到金梁园时，天已经黑透。

裴道珠领着两个妹妹去给萧老夫人请安，老夫人怜惜她昨夜受惊，赐了好些珍贵补品。

萧家的女孩儿极少，老夫人见两个双胞小女郎生得玉雪可爱，顿时喜爱得紧，干脆把她们留在身边亲自照顾。

裴道珠叮嘱好妹妹听老夫人的话，才返回湘妃苑。

枕星在外屋收拾，裴道珠推开闺房门，走到床榻边坐下，疲惫地按了按额角，正欲躺下小歇片刻，却摸到质感娇嫩的东西。

她望去。

整洁的床榻上铺满了白山茶花瓣，无数封血书胡乱地扔在花瓣里。

血书上的字迹潦草癫狂——

你逃不掉的，神女！

每一天每一夜，我都在看着你呀，神女！

神女用南天竹下毒害人的样子也很美。

裴道珠眨了眨眼。

次日。

枕星侍奉裴道珠梳妆，好奇地打量镜中美人："女郎瞧着没什么精神，可是昨夜没睡好？"

裴道珠从妆奁里取了珍珠膏，认真地遮住眼下青黑，没说实话："想着前夜的遭遇，仍旧害怕，没睡好。"

枕星立刻弯起眼睛，天真烂漫道："金梁园守卫森严，不会有贼人闯进来的，您安心就是。您生得美，世上不会有人舍得伤害您的！"

裴道珠听着，满心的阴郁沉重消散些许。

用过早膳，她没去棋社，直奔望北居。

白山茶和血书，肯定和花神教有关，金梁园里藏着花神教的人。她不能再隐瞒下去了，为了自身安危，她必须告诉萧玄策。

她走到半路，萧荣突然出现："道珠妹妹——"

裴道珠看也不看他，与他擦肩而过。

"道珠妹妹！"萧荣忙拦在她跟前，担忧道，"前夜你被抓走之后，我十分担心，好在九叔把你救了回来。你……你没事吧？"

若是平时，裴道珠势必要跟他客气几句，然而她如今心急如焚，根本没心情招呼他。

她敷衍道："多谢荣哥哥关心，我还有事，先走一步。"

她福了一礼，匆匆走了。

萧荣注视着她离开的背影，不悦地呢喃自语："这是去望北居的路……你明明是我的女人，为何总是黏着九叔？"

望北居书房。

萧衡站在窗下，正临案写字。

“哗啦”一声，裴道珠把昨夜收到的血书全部倒在他的书案上，俏脸清寒：“刚住进园子不久，就收到了爱慕的信笺。后来那些信笺变本加厉，直到变成今天这样。”

萧衡抬起眼皮看了一眼。

一封封血书，字迹潦草至极,全都是在倾诉对神女的爱。

裴道珠从里面挑出一封——神女用南天竹下毒害人的样子也很美。

反正以萧衡早知道是她给崔凌人下毒了，过去他不曾告发她，现在更加不会。

她道：“你曾说过，凶手顶着那具无面尸的面皮，以花匠的身份活在金梁园，只是园子里花匠众多，无法确定是哪个。但现在可以确定的是，这个冒名顶替的花匠能弄到大量白山茶，还能清楚地知道望月亭那边的南天竹被人动过。哪个花匠既负责修剪望月亭那一带的花木，又负责侍弄这一带的白山茶？”

萧衡搁下狼毫笔，裴道珠未曾被这些血书吓到，反而异常清醒镇定。他对她又多了几分外貌之外的欣赏。

他唤来侍从，吩咐立刻抓人。

裴道珠坐在萧衡的书房里吃茶。

萧衡命人取来箱笼：“朝廷的慰问封赏，你该是喜欢的。”

裴道珠见箱笼里除了排列整齐的银元宝，还有些珠钗首饰，眼睛一亮，拿起一只手钏把玩。

少女肌肤凝白，手腕纤细，小心翼翼地戴上那只红珊瑚手钏，红与白交相映错，更显精致娇贵。她又拿起其他钗饰把玩，件件都很讨她开心。

萧衡倚在书案边，静静地欣赏她。她喜欢金银珠宝，那他就送她金银珠宝。他想起库房里藏着的那件珍珠衣，她肤白，珍珠衣配她再合适不过。

两人各怀心思地等了一个时辰。

侍从火急火燎地进来，恭声道：“主子，确实有个花匠专门负责望月亭一带的草木，也兼着打理白山茶花圃。他的朋友说他昨夜就没回来，如今已是不知去向。”

萧衡面色渐冷：“可有调查金梁园进出之人？”

“查过了，没有可疑的记录。主子，金梁园环山绕水，搜查起来难度极大，如何是好？”

萧衡陷入沉思。

裴道珠托腮凝思片刻，忽然道："我有个主意，或许可以把他揪出来。"

当夜，月色撩人，虫声静谧。

湘妃苑花影婆娑，闺房内灯火幽微，织纱屏风隔开光影，倒映出妙龄少女褪下春裙的画面。

少女指尖微翘，透出几分妩媚和勾引，哪怕只是倒影，也仍旧令人血脉偾张。

她腰肢轻摆，声音暗哑："春夜漫漫，寂寞啊寂寞……"

"神女……"闺房里响起了微不可察的声音，昏暗的床底露出一双浑浊的眼。

床榻正对着屏风，那双眼睛贪婪痴狂地盯着屏风上的倒影，在少女褪下最后一件亵衣轻抚肌体时，他呼吸变得粗重，像是再也按捺不住。

很快，一个粗矮的男人从床底下钻了出来，激动地扑向屏风后："神女！我来安抚你了，我的神女！"

"抓起来！"冷喝声骤然响起。

几名身手矫健的高手从窗外掠进来，轻而易举就制服了男人。

男人狼狈地撞倒屏风，被压在地上，泛着红血丝的眼睛却仍旧痴痴地盯向少女的方向。

然而下一瞬，他露出了愤怒的表情："你不是神女！"

陆玑从侍从手里接过外袍，淡然地穿上，无奈地转向从门外进来的萧衡和裴道珠："下次再有这种事，可别再叫我上了。"

裴道珠笑吟吟道："陆二哥哥演得极好。"

陆玑整理过仪容，好奇："你怎么知道他就躲在湘妃苑？"

裴道珠望向那个狼狈疯癫的凶手，血书上的内容清晰地浮现在眼前。

她简单地解释了一番。一个以窥视她为乐的人怎么舍得说消失就消失？他唯一的可能就是藏在某个更容易窥视她的地方，而整个金梁园，再没有比潇湘苑更合适的地方了。

萧衡吩咐侍卫："把他拖下去，听候审讯。"

侍卫正要动手，那人突然使出浑身的力气挣开了他们，扑到裴道珠身边，死死抱住她的腿，高呼："神女！"

突如其来的状况令在场的人都愣了。

裴道珠惊呼一声，不等其他人反应，拔下木钗，笔直地插向那人的脖颈！

血珠迸溅。

温热的血洒在少女洁白的肌肤上，也染红了她深青色的袖角。

她眼底迅速掠过冷意，随即面露害怕之色，轻轻喘着气，难以置信地松开手慢慢后退两步，崩溃地跌坐在地。两行清泪顺着雪白的脸滚落，她无助地望向陆玑："陆二哥哥，我，我杀人了……"

陆玑怜惜她，取下斗篷裹在她的肩头，将她揽进怀里，不让她去看那血腥的场面，柔声安抚道："道珠妹妹是为了自保，更何况这凶手本就该死，无妨，无妨……"

裴道珠埋首在他怀里，只楚楚可怜地啜泣。

凶手愕然地瞪着眼睛，像是没想到裴道珠会下此狠手，他盯着裴道珠，哑声道："没有结束……昔年的恩怨，还没有结束。除非十大家族全部覆灭，否则还会有女孩死去。神女，神女，我舍不得你死呀……"他痴痴唤着"神女"，直到再无呼吸。

萧衡蹲下，伸手摩挲着凶手的脸，在他耳郭边缘摸到了人皮面具的痕迹。他道："他就是凶手，无面尸的案子可以结案了。"

闺房里死了人到底是晦气的，萧衡吩咐下人重新给裴道珠收拾出一间闺房。

陆玑见裴道珠仍旧啼哭不止，便带她去厅堂吃热茶，让她缓一缓情绪。

萧衡继续带人收拾残局，目光落在那根木钗上。

他从尸体身上拔出木钗，木钗款式虽寻常，但一端削得格外尖锐，能轻而易举就能插入咽喉。

他把玩着带血的木钗，突然轻哂。

厅堂。

裴道珠仍旧把脑袋埋在陆玑怀里。

陆玑轻抚着她细瘦单薄的肩膀，温声安慰："凶手死了，道珠妹妹今后可以高枕无忧，再不会有人害你。"

裴道珠啜泣道："我一个弱女子，哪见过这等大风大浪，这两天的遭遇想起来仍旧后怕。陆二哥哥，今后，你会保护我吗？"

陆玑认真道："我自幼学文，比起玄策，身手不只差了一星半点，玄策比我更可靠。你放心，我会让玄策在金梁园里增加巡逻侍卫，今后定然护你安然入寝。"

裴道珠沉默。陆二哥哥憨得很，竟听不出她在撩他。她还想再说点什么，萧衡走了进来。

他看了眼姿态亲密的两人，淡淡道：“夜深了，子机，你留在这里不方便，先回去吧，我还有些话要问她。”

陆玑点点头，先行告辞。

萧衡屏退了厅堂里的侍卫和侍女，在裴道珠对面落座，把带血的木钗推到她手边。

裴道珠挑眉：“九叔何意？”

萧衡轻嗤：“好算计。”

裴道珠捏着手帕：“我听不明白。”

萧衡道：“凶手监视着你，也知道你给崔凌人下毒的事。你怕凶手把你做过的事情抖搂出来，提前备下这支木钗，好在关键时刻灭他的口。裴道珠，天底下还有什么事是你不敢做的？”

裴道珠脸上还挂着泪珠，嫣红精致的唇瓣却若有似无地弯了一下。

她一边把木钗掰成两截丢进香炉，一边温声细语：“九叔说的话，我越发听不明白了。”

“行了。”萧衡看不惯她的矫揉造作，“陆玑不在，你装什么？”

裴道珠笑了笑，旋即蹙眉问道：“凶手临死前说的昔年的恩怨指的是什么？花神教与十大家族又有什么关系，为何要他们全部覆灭？”

南国世家众多，其中又以萧家、崔家、谢家等为首的十家最为显赫。他们与皇族一起支配着朝堂，掌控着整个国家的兵权与财权，这些年发展得甚至隐隐有凌驾于皇族之上的趋势。

两人陷入沉思。他们还年少，并不了解十大家族从前的恩怨。

两人理不出头绪，时辰又很晚了，裴道珠便要送萧衡出去。

走到小院门前，萧衡忽然转身看她：“初见时，你口口声声说爱慕我。当初我不为所动，如今你可以再试一次。”

裴道珠弯着眉眼：“九叔曾说，美人不过‘画瓮盛粪’，像我这样的姑娘只配做玩物了，甚至对你而言，我连玩物都不是。这些话，九叔都忘了不成？”

萧衡沉默。

裴道珠福了一礼，果断地关上栅栏小门。

她回到新布置的闺房，梳洗过后，在妆镜台前坐了下来。

她虽然狠狠讥讽了一番萧玄策，但并不解气。她很清楚他并非是浪子回头，也并非是真的喜欢上了她，他的一切示好，都只是心机和手段。

可她裴道珠何曾在情场中当过别人的猎物？

枕星捧着铜雁香炉进来，高兴道："奴婢问管事要了安神香，女郎今夜可以睡个安稳觉啦！听说这安神香是九爷在东海买的，可贵重了！九爷这些年周游郡国，带了不少好东西回来呢！"

裴道珠一边梳头一边问："他前两年不在成邺吗？"

枕星不解："九爷十六岁就离开成邺外出游学了，今年才被征召回来。女郎怎么问起这个？"

裴道珠握紧桃花木梳，难道她两年前遇见的玄策哥哥……不是萧衡？

次日。

裴道珠在厅堂用着鱼粥，外面突然传来银铃般的笑声。

一个粉衣少女摇着团扇踏进门槛："一年没见，裴姐姐美貌如旧。"

裴道珠惊讶："小满？"

她没有朋友，薛小满勉强算是一个。

薛家也属于十大家族之一，虽然只是世家里的末流，但好歹比如今的裴家强。族人担任史官和棋官，在朝廷里属于清贵却没有实权的那一派。

从前薛小满羡慕她在世家贵族圈子里的八面玲珑和如鱼得水，心甘情愿当了她的小尾巴，非要与她做朋友。一年前，她的父亲去外地赴任，她也随同去了，没想到这么快就回来了。

薛小满把一个锦盒放在案几上："父亲被调回成邺做官，我也就跟着回来了。这是送给裴姐姐的礼物，你瞧瞧喜不喜欢。"

裴道珠打开锦盒，里面盛着一双玉镯，成色寻常，是世家高门打发婢女用的那种。

她挑眉："这是何意？"

薛小满笑声清脆："从前与裴姐姐交好，因为裴姐姐风光无限，跟着你总能被其他人注意到。如今你家族落魄，跟着你再无好处，自然也就不值得花重金维持这份关系。'只和有利用价值的人交往'，这是裴姐姐从前教我的道理。"

裴道珠沉默了。当年她确实和薛小满说过这句话，但她从来没用在薛小满的身上。

"礼也送了，我该走了。"薛小满起身，"园子里还有许多姐妹等着我一一拜访呢。说起来，父亲能这么快回京，都是托了崔大人的福，我还得去谢谢凌人姐姐。"

她摆了摆手，得意地快步离去。

枕星气愤道："什么人哪！大早上的嘴这么损，定然是昨天半夜吃多了腌臭笋！女郎，您别为这种人置气！"

裴道珠才不气。她爱自己，才不要因为别人的缘故让自己心情不好。她心平气和地用完鱼粥，一边净手一边道："你出去打听打听，薛大人为何会被调回成郸。"

那场恍如隔世的梦里，她被朝廷送去北国和亲。最近她才琢磨出不对劲来——成郸城美人如云，皇族培养的死士里面也有不少风华绝代的妖姬。她们个个都比她懂得如何勾引男人，如何去当深宫奸细，为什么最后去和亲的人偏偏是她?

有没有可能……是看不惯她的人给朝廷出谋划策的缘故?

成郸城里，她树敌颇多，所以她如今除了谋划高嫁外，无论如何也要关注朝廷动向。

枕星很是伶俐，从前又是萧衡身边的人，轻而易举就打听到了消息。她兴冲冲地跑回来："女郎，九爷院子里的侍卫说，北国皇族派使臣南下，要与咱们商量重新划定边界线的问题。北国皇族听说咱们汉人精通围棋，还要在围棋方面与咱们一决高下！薛大人棋艺精湛，乃是国手，崔大司马建议朝廷把他调回来，让他选拔年轻棋手，好给北国使臣团一个下马威！"

原是如此……裴道珠了然。

枕星又笑道："为了给国家争光，那些郎君和女郎都跟打了鸡血似的，全去了棋室，说要好好练习棋艺呢！"

裴道珠沉吟片刻，问道："枕星，你说若是有人赢了北国使臣，朝廷会不会有奖赏?"

枕星利落地点头："那当然！"

裴道珠笑了。父亲欠下的高利贷，萧衡已经帮忙还清了。但谁嫌钱多? 天底下，再没有人比她更爱名与利。

她道："我的棋艺也不错，既然要与北国使臣一较高下，那我也应该出一份力才是。走，咱们也去棋室。"

枕星双眼亮晶晶的："女郎不仅生得美，还忧国忧民，就像是书里描述的圣人。奴婢好崇拜您！"

裴道珠眉眼弯弯，她可真是爱极了枕星这张嘴。

主仆俩来到棋室，里面果然坐满了人。

朝气蓬勃的年轻人显然比朝廷官宦更有血性，他们纷纷议论着北国使臣团南下一事。

一位将门出身的小郎君义愤填膺："过去的几十年，我们割给他们多少城池，凭什么还要再把边界线往南移？！简直欺人太甚！"

"不错！这次接待北国使臣，定要狠狠给他们一个下马威！叫他们知道，我们汉人不仅围棋厉害，战场上也一样厉害！"

棋室内气势高涨。

裴道珠看着一张张年轻的脸，脑海中悄然涌出一段梦中记忆。

一年之后，南国和北国将有一场恶战。年轻的南国儿郎们自告奋勇披挂上阵，可最终却是南国战败。棋室里坐着的郎君们大半折损在了那场惨烈的战争里，黄沙埋骨，不得还乡。那将门小郎君年轻朝气的脸被敌人无情地踩在泥土里，遥望着南国的方向。

那一战，朝廷现存的兵力损失殆尽，他们屈辱地沦为附属国，年年上贡，年年称臣。

而后便有了她被送去北国和亲的事。

裴道珠抑制不住地浑身轻颤。她慢慢睁开眼，再度环顾这些血气方刚的少年，强忍着才没叫眼泪落下。

她明明是个自私自利的人，为何险些为他们落泪？因为这些人如此热血磊落……衬托着她的虚伪，真叫她厌烦。

有人提议道："在座的所有人里，当属九爷棋艺最精。这次与北国使臣对弈，不如由九爷出马！"

立刻有人反驳："倒也未必吧？九爷棋艺精湛，我却也不差。不如大家挑个时间比试一番，选出最好的那个人，如何？"

裴道珠循声望去，说话的是崔凌人。她撩着一侧发辫，眉眼格外认真。

坐在她身边的薛小满拧巴着小脸，不解道："凌人姐姐，你不是仰慕九爷吗？为何还要与他争？"

崔凌人毫不避讳："仰慕是一回事，为国而战又是另一回事。我崔凌人不信别人，只信自己的实力——裴道珠，你也是这般想的，是不是？"

众人望向裴道珠。

裴道珠挑了挑眉。没想到崔凌人竟然能不为儿女情长所牵绊，她对她有些刮目相看。

她爽快承认："是，我也想成为新的国手，和北国一战。"

端坐在棋室中央的萧衡慢悠悠拈起一颗棋子："这一次，朝廷未必有奖赏。”

裴道珠笑了。

她爱慕虚荣、急功近利、虚伪自私，却被这群人的热血所感染。哪怕没有奖赏，在家国大义面前，她也愿为国而战。

她再也不要做屈辱的北国皇妃!

因为北国使臣的事，金梁园的年轻人士气高涨。拿惯了笔墨纸砚的手学着握起刀剑长枪，吟惯了的风花雪月诗词歌赋，也都换成了慷慨激昂的讨贼文章。

湘妃苑的灯火彻夜不眠。

裴道珠梳洗过后，端坐灯下，静静地翻看棋谱。面前的棋盘黑白交错，局势复杂，少女细白的指尖反复捻着一颗棋子，却久久没有落下。

正苦思冥想之际，枕星进来，小声试探：“女郎？”

裴道珠未曾从书里抬头：“何事？”

枕星把锦盒放在案几上，眉梢眼角带着欢喜：“九爷派人送来的礼物，您瞧瞧喜不喜欢。”

裴道珠挑眉。萧玄策送她礼物？可真是太阳打西边出来了。

她放下棋子和棋谱，打开锦盒。

珠光璀璨。锦盒里竟然放着一件异常华贵的珍珠衣。

裴道珠拿起它，无数细小圆润的珍珠织缀成镂空的花片，很适合穿在上襦外。底部的长珍珠流苏互相碰撞，发出悦耳的声响，若是点缀在罗裙上，定然雍容风雅。

枕星又吃惊又欢喜：“奴婢记得这件珍珠衣是九爷早几年的收藏，一向非常喜爱，没想到会送给女郎……可见九爷心里是有您的！”

裴道珠捧着珍珠衣，吃惊过后，娇艳的脸又恢复了平静。

萧玄策自命清高，是情场里的猎人，她知这件珍珠衣不过是他用来捕捉她的陷阱。

她放下珍珠衣，注意到锦盒底部还藏着一本旧书。

她翻开扉页，瞳中闪过惊异。这是前朝大国手留下的棋谱……还是原本!

萧玄策送她的珍珠衣和孤本棋谱都是她喜欢却得不到的，那家伙……当真懂得投她所好。

她抿了抿唇。若她是涉世未深的深闺女郎，肯定会被他打动。

可惜她不是。

枕星凑在旁边小嘴叭叭的："女郎，九爷待您真好。九爷是不是喜欢您？您快答应他吧，你们郎才女貌，是天作之合呢！"

天作之合……裴道珠合上棋谱。

她和萧衡算哪门子天作之合？萧衡所谓的情意，不过是见色起意。而且高门世家里的婚姻都只是权衡利弊。

少女的指尖拂过珍珠衣和棋谱，凤眼中透着迷恋，却又藏着清醒。

她知道自己总是故作矜持，总是故意算计那些郎君，甚至一早就打算好了，将来一定要伪装成贤良淑德相夫教子的贵妇，在名流圈子里站稳脚跟。而作为交换，她愿意付出青春和美貌，也愿意付出时间与耐心。

但她绝不会为荣华富贵付出真心。

那些女子嫁进高门，会冠之以夫姓。可她裴道珠，永远都只做裴道珠。她只爱自己……

夜渐深，金梁园里落起了潇潇夜雨。

婆娑竹影倒映在窗楹上，青纱灯下，佛香袅袅，白衣胜雪的郎君坐在蒲团上闭目养神，修长如玉的指尖捻着一串碧玉佛珠。

侍女跪在他身后，恭声道："礼物已经送去潇湘苑，裴姑娘收下了，大约是十分喜爱的。"

萧衡面色淡淡道："这等小事不必向我汇报。"

对他来说，裴道珠似一颗值得收藏的明珠。明珠虽美，其价值却也只限于收藏，拿来点缀后院可以。空闲时拿金银珠宝哄她一哄，也在可以接受的范围内，但是叫他为她上心，却是不必。

侍女恭敬称是，小心翼翼地退了下去。

萧衡睁开眼，翻开面前的书页。明明燃着佛香，做着吃斋念佛的事，可那书页里描绘的却是犯着杀戮气息的枪法与兵法。

他静静地翻看着，仿佛每多看一个字，将来踏上战场时的胜算就会多一分。

佛龛里的翡翠佛像在纱灯下折射出青幽幽的光。郎君的脸半明半暗，宛如半佛半魔。他的眼中藏满了家与国的恩怨，那佛珠便似枷锁，任谁也闯不进他的心。

次日，园林草木如洗。

裴道珠到棋室时，这里已经聚集了不少人。

崔凌人正和陆玑对弈。

随着棋子重重叩在棋盘上发出的脆响声，崔凌人干脆利落地结束了这一局棋。她扬了扬英气的眉毛：“承让。”

陆玑苦恼地揉了揉额角，摇头：“原以为道珠妹妹的棋艺就很不错，没想到崔家妹妹的棋艺也很精湛。”

崔凌人骄傲道：“我自懂事起就被母亲拘在房里学习琴棋书画，别人一天学两个时辰，我却要学五个时辰。就凭我付出这么多，也绝不会比裴道珠差。”

裴道珠在另一张棋桌前坐下，她随手摆棋，并不搭理崔凌人。

棋室里的人越来越多。

裴道珠撑着雪腮独自对弈，眼看黑白两方陷入胶着，一只修长如玉的手伸到棋盘上，化解了胶着的局面。

裴道珠抬起眼帘，萧衡在她对面落座：“送你的礼物可喜欢？”

裴道珠微笑：“九叔送的东西，岂有不喜欢的道理？”

萧衡看她一眼，她的态度客气却疏离，这并不是他期望得到的答案。

他从容落子，把话挑白：“裴道珠，有的东西不是白送的。你既收了，可明白意味着什么？”

裴道珠不疾不徐地跟了一子：“叔侄之间，有什么白送不白送的？虽然我现在还不起同等价值的礼物，但请九叔放心，等你老去，我定然会好好孝顺你。”

萧衡捏着棋子的指尖骤然用力，凤眼掠过狠戾，盯向裴道珠。

裴道珠视而不见。

这厢气氛剑拔弩张,突然有郎君匆匆进来，焦急道：“刚刚传来消息，沈将军和北方又打了起来！数万难民一路南下，如今就歇在距离成郧城二十里外的地方！朝廷震怒，命沈将军不许再战，不许再把北方难民放入境内！”

皇族不喜战争，在场的世家子弟都是知道的。

陆玑眉头紧锁：“如何安置难民是个棘手的问题……”

“这有何难？都放进成郧城就是了。”崔凌人不以为意，“再给他们安排些糊口的活计，不就解决了？我崔家的庄园就能容纳两三千难民。”

裴道珠轻嗤。

崔凌人瞥她：“你笑什么？”

裴道珠摇开折扇：“难民里鱼龙混杂，善恶难辨，贸然放进城很可能会引起烧杀抢掠等祸事，拒之城外才是上策。”

“哇！”崔凌人还没说话，薛小满率先叫了起来。她神情夸张，尖锐地质问道：“裴姐姐，你还有没有同情心？如此残酷绝情，真不像你的作风。难道你平常的温婉善良都是装出来的？”

裴道珠看白痴般看她一眼，认真道：“薛妹妹自幼锦衣玉食，从没尝过饿肚子的滋味，你大约不知道，饿极了的人什么都干得出来。史书上，易子而食的故事还少吗？善良固然很好，但愚昧的善良却要不得。”

薛小满脸颊涨得通红。

崔凌人反驳道：“圣人说‘人之初，性本善’，世上没有人愿意作恶。所以只要咱们好好对待那些难民，他们自然会被我们感化，又怎么舍得在城里作乱？”

裴道珠暗暗说了句天真。

北方距离成郸那么遥远，那些难民是怎么一路逃过来的？为了活下去，必定烧杀掳掠过。

她一贯喜欢以最恶的角度揣度人性，这是她在乱世之中活下去的准则。

两人谁也说服不了谁，崔凌人望向萧衡，期待道：“九爷觉得，我和裴道珠谁对谁错？”

萧衡瞥了眼裴道珠。裴家的小娘子，看似娇弱，实则内心骄傲。

他轻叩棋桌，难得与裴道珠观点相同：“阿难所言有理。开仓救济可以，但贸然将难民放入城中，无论从哪个角度考量都绝对不行。”

崔凌人眼里的期待化作失望和难堪，她咬了咬嘴唇，没再出声。

棋室的活动结束之后，她独自站在花丛边，揪了一朵牡丹把玩。

薛小满跟过来：“崔姐姐，你怎么愁眉不展的，是因为裴道珠吗？她如今家境落魄，也就空有几分美貌，有什么了不起的？根本就不值得崔姐姐多看一眼！”

崔凌人扯下一片花瓣，眼睛泛红，她心中有种说不上来的难受。明明要嫁给九爷的人是她，可为什么她觉得裴道珠和九爷莫名般配？棋室里的那场对峙，她反倒像个外人。

况且因为花神节出了事，她和九爷订婚的事也因此被耽搁下来。想起这些，她就更加不安了。

薛小满察言观色，笑道：“崔姐姐若是不喜欢裴道珠，我倒有个法子可以叫她狠狠丢脸。说不定，还会被赶出金梁园。”

崔凌人冷笑道：“裴道珠心思缜密，就凭你，也斗得过她？”

“崔姐姐忘了吗？我以前和裴道珠是闺中密友，我比所有人都要了解她。”薛小满的笑容更加灿烂，“整个成郸城，我才是最擅长对付她的人。你就等着看好戏吧！”

“阿嚏！”

裴道珠打了个喷嚏。

枕星捧着薄斗篷过来，仔细为她披上：“女郎别站在窗边，园子里起风了，万一着了凉可就要受罪了。”

裴道珠一笑，仍望向窗外。湘妃苑百花争艳，绣球、藤萝、木槿、珠兰等花葳蕤繁茂，像极了成郸城里环肥燕瘦各有千秋的女郎。

薛小满羡慕她，嫉妒她，更背叛了她。薛家在朝堂上是有话语权的，她北上和亲的事是不是有薛小满的一份“功劳”在里面？

少女生性敏感多疑，一旦起了这个念头，便坐立不安起来。

正琢磨时，侍女匆匆来报：“不好了，裴姑娘，你妹妹出事了！”

裴道珠赶到梧桐小书院时，书房里已是围了一群人。谢家的小郎君趴在侍女怀中号啕大哭，她的小妹妹裴桃夭蹲在地上，同样哭得小脸红红，十分可怜。

她上前拉起裴桃夭：“这是怎么了？”

谢家的侍女气势汹汹地骂道：“这就要问裴姑娘的妹妹了！她手脚不干净，偷我家小公子的金项圈不说，还把上面的长命玉锁摔碎了！这玉锁乃是我家主母生前留给小公子的遗物，你们家拿什么赔？！”

裴道珠看到竹木地板上躺着一只小小的金项圈，上面缀着的长命玉锁果然被摔碎了，尖锐的玉片闪烁着漂亮的翠色，可见价值不菲。

她认真问道：“夭夭，是你摔碎的吗？”

裴桃夭哽咽着，委委屈屈道：“阿姐，我们玩捉迷藏，我躲到这里的时候，这个金项圈就已经摔在地上了……阿姐，我没有偷东西，阿姐信我……”

谢家侍女冷笑：“小小年纪，满嘴谎言——”

“我妹妹如何，还轮不到你一个侍女来评价。”裴道珠面色清寒，打断了对方的话。

她在人前一贯柔柔弱弱的，如今冷着脸说话，气势有些吓人。

谢家侍女没敢再骂。

薛小满和崔凌人也在看热闹。

薛小满甩了甩手帕，笑道：“裴姐姐，你不许别人说你妹妹坏话，那你自个儿说，今日如何收场？这玉锁价值连城，你就说拿什么赔吧。据我所知，你们裴家的家底儿还没这玉锁值钱，不如把祖宅卖了，兴许勉强赔得起……”

把祖宅卖了。这五个字如龙之逆鳞，令裴道珠暗暗生恨。

祖宅是根基，卖了，裴家便彻底沦为不入流的世家。那是她梦中一切不幸的开始。

她盯着薛小满，零碎的画面从脑海中掠过。

南国的将军踏碎了异族的宫殿，将她带回了故土。她怀着巨大的欢喜回到这片土地上，可成郸城早已物是人非。明明她是被迫和亲，明明她是覆灭北国的功臣，从前的同龄玩伴却都骂她是红颜祸水，骂她是北国余孽。

薛小满也在其中，甚至是骂得最凶的那个。薛家撰写的史册上，将她比作商纣的妲己、西周的褒姒，评价她祸国殃民，万死难辞其咎，甚至诅咒她死后当入阿鼻地狱，为恶鬼分食……

四周是指指点点的私语声，裴道珠漂亮的丹凤眼中悄然含了泪。

薛小满凑近崔凌人耳畔，得意道："裴道珠最在乎名声，她妹妹弄坏别人的东西，还是她赔不起的，足以让她颜面无存。我已派人去请九爷过来，他看见裴家女手脚不干净，肯定会连带着讨厌裴道珠的。"

崔凌人不知在想什么，眉头紧锁，并不搭理她。

人群让开一条路，萧衡和陆玑过来了，他们在路上就听说了发生的事。

陆玑看了眼满地的翠玉碎片，笃定道："桃夭妹妹一向乖巧，怎么可能故意弄坏别人的东西？这其中肯定有误会！"

他又见裴道珠只顾着发呆，不禁焦急几分，催促道："玄策，你一向足智多谋，快帮帮道珠妹妹，别叫她们姐妹名声受损！"

萧衡捻着佛珠。他这好友，左一个妹妹，右一个妹妹，合着整个成郸城的女郎都是他妹妹。

见他不说话，陆玑不解："玄策？"

萧衡看向裴道珠，少女的丹凤眼里隐隐含着水雾，瞳孔深处藏满了委屈和暗恨。虽然楚楚可怜，但绝不是困兽该有的模样。只一眼，他便断定裴道珠并不需要他解围。

他微微一笑："且看着吧。"

陆玑愣住，还想再劝，便见裴道珠突然冷眼扫向谢家侍女。

她道："既然这金项圈是你家主母的遗物，那理应珍藏才是，怎么会放在人来人往的大书房？"

侍女解释道："小主子爱打闹，奴婢怕弄坏了玉锁，因此在他玩耍之前都会特意取下来。今儿也是如此，奴婢取下之后，小心翼翼地放在了书架顶上。

谁知你妹妹不懂事，还是把它摔碎了。”

裴道珠望向书架，书架高大，摆满了厚重的古籍。

她轻笑：“我妹妹不过七岁，就算站在书案上，抬起手也够不着书架顶，她要如何拿到金项圈？”

侍女愣了。

“更何况——”裴道珠蹲下拾起一枚玉石碎片，“这是翡翠。翡翠的质地比寻常玉石更加坚硬，我妹妹年岁尚幼，身体羸弱，怎么可能有摔碎它的力气？”

她又示意众人看向地板：“竹木地板容易留痕，但这里却找不到摔碎翡翠时造成的划痕。”

众人仔细观察竹木地板，上面的清漆光可鉴人，确实找不到任何划痕。

“唯一的解释就是……”裴道珠起身，“这块玉锁是被有心人拿出去砸碎了再放到这里，好栽赃陷害我妹妹……她才七岁，不知哪里得罪了你？居然对一个小女孩使出如此下作的手段？”

她看似是在质问幕后黑手，可目光却只盯着薛小满。

对方是冲着她来的。顾燕婉忙着笼络萧家上下，崔凌人生性骄傲不屑对小孩子动手，能想出这种幼稚又低劣的计谋的，只有薛小满。

薛小满不自然地避开她的视线。

裴道珠暗暗讥笑，果然是她……

谢家侍女难堪地福了一礼：“奴婢一时心急，误会了裴家小女郎，刚刚多有得罪，还请裴姑娘见谅！”

裴道珠慢慢平复了心绪，她牵起两个妹妹的手，仿佛又变成那个端庄温婉的裴家女郎了。

她柔声道：“我能理解你的心情，我不会与你计较，只是你今后还得沉稳些才好。”

谢家侍女很是感激，连忙称谢。

陆玑感慨：“道珠妹妹果然又善良又大方。”

萧衡看他一眼。善良？大方？他怎么看不出来。

他目送裴道珠的身影远去，她背影窈窕，步态纤妙，石榴红的罗襦裙在风中翩然翻飞，优雅风流到极致。

看热闹的人渐渐都散了。

游廊深处。

崔凌人怒不可遏，转身盯着薛小满：“这就是你想出来的计谋？！”

薛小满唯唯诺诺："崔姐姐，对不起……"

崔凌人冷笑："对不起什么？"

薛小满难堪："我原本打算把金项圈放进裴桃夭的寝屋，给她安一个盗窃的罪名。半路上，我突然觉得毁掉玉锁再栽赃她的效果会更好，于是我就砸碎玉锁，再把碎片带回书房。正好那群小孩儿在玩捉迷藏，我就叫侍女把裴桃夭引到书房。本来一切都进行得好好的，谁知道……崔姐姐，对不起。"

崔凌人更加恼怒："我生气的不是这个！"

薛小满不解："那是什么？"

"是你对小孩子下手！"崔凌人语速极快，"我和裴道珠斗，是我和她的事，你把她妹妹掺和进来做什么？我瞧不起对小孩子下手的人，你记牢了！"

薛小满暗暗咬牙。她这么做是为了谁？崔凌人没有谢她不说，还要骂她……从前她跟着裴道珠的时候，裴道珠从来不骂她的。

她心底滋生着不满和怨恨，面上却只能赔着笑脸："崔姐姐说得是，我记下了。"

崔凌人冷哼一声，扭头就走。

薛小满被撇在原地。她盯着崔凌人的背影，脸上掠过狠戾。

"不就仗着自己是崔家的嫡女吗，有什么了不起的！整天念着九爷九爷，八字都没一撇的事，还真把自己当成萧家的女主子了？我就盼着你将来嫁得不好，那我才快活呢！呸！"她狠狠啐了一口。

她阴着脸要回院子，想起裴道珠的优雅从容，又赶忙换上温婉的表情，款款离开了游廊。

裴道珠带着两个幼妹回到了湘妃苑。她叫枕星打来热水，仔细给裴桃夭擦干净脸。

裴桃夭还委屈着，眼睛哭得红红的，小手紧紧牵着她的袖角，怎么也不肯松开。

裴道珠像什么事也没发生过一样，照常哄着她们用了晚膳，又给了她们讲了几个故事，才叫枕星带她们去睡觉。

她擎着青铜烛台安静地走到窗下，放下烛台，拿起剪刀，慢条斯理地修剪花枝。

没过多久，枕星端着茶水进来："两位小女郎都睡着了。她们今儿受了好大的委屈，睡前还跟奴婢说怕是给您添了麻烦。"

裴道珠淡淡一笑，道："去请顾燕婉，就说我想与她手谈两局。"

枕星愣了，她记得她家女郎和顾家娘子的交情并不好，怎的想起和她下棋来了？不过她没敢说什么，乖乖去请人了。

“咔嚓”一声，裴道珠剪掉了一朵牡丹，拿起来赏玩，眼中透着玩味。

薛小满……她跟在她身后多年，只学会了势利和虚荣，真正的心机手段却是半点儿也不曾学会。

跟她斗……她也配？！

顾燕婉姗姗而来。

她卷起细竹帘，踏进裴道珠闺房：“今夜吹的是什么风，表妹怎么有闲情逸致请我过来？”

她环顾闺房，哪怕落魄，裴道珠也依旧尽可能地将寝屋布置得风雅清幽。窗台上的花瓶里还插着一枝新摘的牡丹，可见风流气韵。

裴道珠已经准备好茶点，示意顾燕婉坐，笑吟吟地为她斟茶：“再过几个月，表姐就要成为萧家的新妇，我心里真是一千个一万个舍不得。”

顾燕婉翻了个白眼。若论场面话，她确实比不上裴道珠。这里又没有外人，明明彼此厌恶，她还能面不改色地述说姐妹情深……

她抬了抬下巴，开门见山：“说吧，找我来所为何事？”

裴道珠把茶盏推到她面前：“这段时间，朝廷一直忙于追查花神教的事，崔家和萧家的联姻也因此耽搁了。可崔凌人嫁进萧家是迟早的事，表姐与她不对付，就不怕她嫁进来以后给你使绊子？”

这话算是说到顾燕婉心坎上了。她不喜欢崔凌人的颐指气使，崔凌人也不喜欢她的八面玲珑，如果她们都嫁进萧家，肯定会斗得鸡飞狗跳。偏偏崔凌人的家世摆在那里，偏偏崔凌人嫁的是萧荣的九叔……她能凭家世抢走裴道珠的婚事，可她斗不过崔凌人。

顾燕婉冷笑：“听你的意思，是想与我合作？你想嫁给九爷？我一早便说过我能帮你，你偏不信。凭你的容止，只要你肯亲近九爷，崔凌人定然斗不过你——”

裴道珠笑着打断她：“明明是拿我当枪使，却说是帮我……表姐，你这么狠心的？”

青纱灯下，少女的眼中流光溢彩，透着窥破俗世的清明。

顾燕婉有一瞬间的恍神，她紧了紧团扇，不知如何作答。

裴道珠浅浅尝了口新茶。自打萧玄策有意亲近她之后，园子里的管事送来的茶都变成了今春最昂贵的碧螺春……

她感受着齿颊间的甘香，道："表姐想找个人当枪使还不简单？萧家富贵，九叔前程锦绣，成郧城里想嫁给他的女郎数不胜数……你猜薛小满想不想嫁？"

顾燕婉不解："何意？"

裴道珠道："薛小满心比天高，如今婚事还没有着落，如果给她一线希望，她定然会奋不顾身地扑上去。"

"你是想让薛小满嫁给九爷？这能成吗？薛小满和崔凌人是闺中密友，她怎么会抢崔凌人的婚事——"

"你我还是表姐妹呢，你不也一样抢了我的婚事？"

顾燕婉哑口无言。

裴道珠接着说："薛小满这种人，不在乎情分。她既然能背叛我，也能背叛崔凌人。她如今和崔凌人形影不离，了解她的一切，所以对你而言，她才是最方便对付崔凌人的人。如果将来嫁进萧家的是她，凭她的蠢劲儿，还不是任由你摆布？"

顾燕婉迟疑地摩挲着茶盏，显然被说动了。

裴道珠看她一眼，不再多言，优雅地品着茶，在心里悄悄数数。

数到第十下的时候，顾燕婉正色道："但这样对你又有什么好处？裴道珠，你是无利不起早的人，不可能无缘无故帮我，你定然别有图谋。"

裴道珠吹了吹茶汤："我别有所图也好，做不做都由你。还是说你有更好的主意，能阻止崔凌人嫁进萧家？"

顾燕婉沉默了，她捏紧团扇扇柄，指尖微微泛红。

裴道珠就有这种本事，明知自己被她当枪使，偏偏还得按照她的想法去做。当初她能从裴道珠手里抢走荣哥，绝对是沾了家世的光……

她不再多言，起身离去，忍不住又警告道："裴道珠，你最好别打荣哥的主意。如果让我知道你还在惦记他，我绝对不会放过你！"

裴道珠笑了两声，抬起卷翘的长睫，丹凤眼弯成了月牙儿："能被轻易抢走的东西，便算不得珍贵。荣哥哥归你，我不稀罕。"

幽微灯火下，少女娇艳至极。顾燕婉的心口没来由堵得慌，咬了咬牙，快步离去。

她走后，裴道珠示意枕星更换茶具。

枕星一边收拾残局，一边小心翼翼地偷看裴道珠。

裴道珠拾起一把紫纱折扇："看我作甚？"

枕星迟疑："女郎今夜……和以前不太一样。"

裴道珠摇开折扇："是不是有点可怕？"

枕星认真地摇摇头："不可怕……倒是有点像九爷。九爷待在书房的时候就总是您这副表情。有个词怎么形容来着，对，运筹帷幄！大约就是您这样！"

裴道珠被她逗笑了。什么运筹帷幄呀，她不过是算计仇人罢了。

她见时辰还早，又吩咐道："去请崔凌人，就说我请她吃茶。"

枕星怀疑自己听错了："请崔家姑娘？"

裴道珠点点头。

枕星端起茶盘，嘀咕："崔家姑娘一向盛气凌人，又和您不对付，怕是不肯来见您。何必自取其辱……"

裴道珠不在意："她一定会来的。"

崔凌人是独自来的。她拎了一盒茶饼做礼物，踏进闺房时，瞧见案上已经摆好两套茶具，裴道珠跪坐在茶案旁，正在摆弄茶宠。

案上并没有准备点心。

显然，裴道珠不仅知道她会赴约，甚至还知道她会带茶点过来。

她面无表情道："你怎么知道我会来？"

裴道珠挽袖作请："薛小满设计害我妹妹时，崔姑娘眉头紧锁，没有要帮她的意思，可见崔姑娘是个正直的人。既然崔姑娘对我妹妹感到抱歉，我若邀请，你肯定愿意赴约。"

崔凌人噎了噎，诚心找碴："请我吃茶，为何没有准备茶点？我若没带茶饼过来，岂不是要饿肚子了？"

裴道珠笑道："崔姑娘出身名门，是讲礼数的人。虽是第一次登门，但毕竟与我交情平平，送贵重的礼物不合适，既然是来吃茶，不如送茶点最好。崔姑娘的茶点是极好的，我又何必另外准备？"

崔凌人无言以对。明明被裴道珠窥破了心思，本该感到不悦，可她又觉得裴道珠是真心实意地夸她。这种感觉有点微妙……

落座后，崔凌人直言："白天的事我并不知情，连累你妹妹，抱歉。"

"无妨。"裴道珠温声细语，"薛小满是个怎样的人，想必你也已经通过白天的事看清楚了。"

崔凌人板起脸："她的所作所为，都是为了我。裴道珠，我讨厌她的手段，但也感激她对我的用心，你不必对我们使离间计。"

"用心？"裴道珠笑了，"当年我家族鼎盛时，她也曾这般'用心'对我。所以你仔细想想，她究竟是对你用心，还是对你的家族用心？如果将来你家族落魄，她也会毫不留情地背叛你，就像当初背叛我那样。”

崔凌人撩了撩一侧发辫，低头吃茶，显然是有所顾虑。

裴道珠从容不迫：“崔姑娘是聪明人，知道该交怎样的朋友。我也是今天在她手上吃了苦头，才想着提醒你一句，你得当心薛小满。若她只是趋炎附势也罢了，就怕她人心不足蛇吞象，妄想从你手中得到其他东西。”

崔凌人眉头紧锁，连入喉的甘茶都变得不是滋味。

尽管她不愿承认，但薛小满手段确实下作，确实背叛了昔日的好友。将来在利益面前，她会不会也背叛自己？

她眼神复杂地看了眼裴道珠，抿了抿唇瓣，简单地扔下“谢谢”二字便匆匆离开了。

裴道珠拆开崔凌人带来的茶饼，宫廷御制的茶饼醇香扑鼻。她吃着味道不错，分了两块给枕星：“尝尝，别的地方吃不到的。”

枕星捧着茶饼，犹豫道：“女郎真奇怪，看似是在帮薛小满嫁给九爷，但又故意提醒崔姑娘提防她……您到底想做什么呀？”

裴道珠反问：“你觉得我在做什么？”

枕星思索片刻，忽然眼睛一亮：“您不是帮薛小满，而是在设计她！您想利用崔姑娘对付她，是不是？”

裴道珠眉眼弯弯。

她设计了什么？她什么也没设计啊。她不过是嫌春夜无趣，请人喝杯茶而已。

第6章

朝廷到底没放难民入城。

数万难民在城外二十里的地方安营扎寨，朝廷也曾开仓救济，只是人数众多，粮食十分紧缺。

顾燕婉在金梁园里张罗着大家捐钱救济。水榭二楼，人已经到了不少。

裴道珠看见韦朝露也来了。

她看了眼左右逢源的顾燕婉，不高兴道："明明捐钱的是我们，出风头的却是她，好像她多善良似的！还没嫁进萧家呢，就俨然一副女主人的姿态！纵便嫁进来了，那嫁的也只是庶子不是？"

裴道珠没接话，心里却觉得她这表姐倒是说了几句实诚话。

韦朝露如今跟裴道珠也不对付，扭头去找自己的小姐妹了。

裴道珠环顾一圈，瞧见坐在前面的薛小满，又瞧了眼坐在角落的萧衡，停顿片刻，摇着团扇坐到了薛小满身边。

萧衡正听陆玑说城外难民的事。裴道珠进来之后，他的余光便一直落在她身上。

她梳着高髻，穿一袭牙白色刺绣宝相花的宽袖罗襦裙，搭配他送的那件珍珠衣，在一众花花绿绿的女郎里面显得相当干净醒目。

细密的珍珠流苏从腰间垂落，衬得少女腰肢纤细。而她肌肤白嫩气度风流，生生压下了珍珠的雍容华贵。

那件珍珠衣果然衬她……

裴道珠落座，薛小满瞧见她就忍不住浑身发毛，立刻戒备地问道："你坐我身边作甚？！"

裴道珠歪头："这水榭又不是你家的，你管我坐在哪里？"她无视薛小满的龇牙咧嘴，从果盘里抓起一颗花生，慢条斯理地剥起壳来。

崔凌人正起身去捐银钱。

裴道珠吃完花生，望了眼角落里的萧衡。

他正看着她。果然她今天穿他送的珍珠衣是正确的决定。

她收回视线，故作惊疑："真奇怪，九叔怎么一直盯着这里？难不成……是在看小满你？是了，小满今日打扮得倒是好看。"

薛小满一愣，连忙望向萧衡。果然，萧衡正看着她！

郎君白衣胜雪，在一众郎君里显得如此艳绝！那一双勾魂摄魄的凤眼，像是笼着江南的烟雨，又像是含着难以言喻的深情……

薛小满心脏仿佛漏跳一拍，脸颊悄然浮满红晕。

她快速收回视线，不自然地揪了揪衣带："哎呀，你瞎说什么，他可是萧家九郎，怎么会看我呢……"

裴道珠把她的细微表情尽收眼底，笑意更深："怎么是瞎说呢？不信你瞧，他仍然在看你呢。"

薛小满的心跳得更加剧烈。她偷偷抬眸，萧衡果然在看她！

她脸红得快要滴血，害羞地低下头，语无伦次："也也也、也未必是在看我，可能是在看你吧！"

顾燕婉不知几时过来了，她与裴道珠对视一眼，明白了对方的意思，立刻换上诧异的神情说道："咦，九爷怎么一直在看小满？"

薛小满快要激动地晕厥过去了。

裴道珠一个人这么说也就罢了，如今连顾燕婉都发现了……如此说来，九爷确实是在看她！

她心中难以抑制地狂喜，又不好意思表露出来，只得小声道："你们快别乱说，给别人听见会叫他们误会的……"

顾燕婉轻笑："事实如此，还不许人说了？要我看，崔妹妹和九爷并不般配，还是小满和九爷般配。小满出身书香世家，满腹诗书不说，容貌也比崔妹妹出众。如果我是九爷，我肯定更喜欢小满。"

薛小满呼吸急促。她知道自己很优秀，但没想到在别人眼中，她竟然优秀到足以配上九爷？！

那可是名满天下的萧家九郎啊！

她不禁含情脉脉地瞟了一眼萧衡。她想告诉他，襄王有意，神女也是有心的……

顾燕婉讥讽地弯了弯唇角。她倾身，附在薛小满耳畔低语："你知道我和崔凌人不对付，比起她，我更想和你一起嫁进萧家。小满，你若愿意，我可以帮你一把。”

薛小满情难自禁地咽了咽口水，眼里是藏不住的心动。

怎么会不想嫁给萧家九郎呢？仅凭他那艳绝天下的容色，就已经令所有女郎趋之若鹜，更何况他还有着傲人的家世和才华！

顾燕婉把她的反应尽收眼底，她瞥见崔凌人回来了，便直起身，笑道：“今夜我等你。”

薛小满咬了咬下唇，没接话，只微不可察地点点头。

一旁的裴道珠低头剥花生，唇边噙着盈盈笑意。

因为有朝廷的补贴，裴道珠的手头还算宽裕，她与别人一样捐了二十两纹银后，离开了水榭。

水榭正对着花园。园子里的粉樱红杏宛如云海，花架上爬满了蔷薇月季，不少郎君女郎在这里踏青玩耍，十分热闹。

几位郎君站在花径上说话，见她经过，竟像是撞见瘟神似的，急忙垂着眼睛回避。

裴道珠认出其中几位都曾仰慕过她，怎的如今避她如蛇蝎？

疑惑之时，她忽然想起一件事。

她好歹是今年的花神，按理应该有不少郎君登门求娶才是，怎么迄今为止，竟然连一个示好的也没有？

她按下心头疑惑，礼貌地朝他们福了福身，穿过了低矮的蔷薇花墙。

一道长身玉立的身影出现在正前方。

是萧衡。

他捻着佛珠看着她：“这件珍珠衣很衬你。”

裴道珠觉得他的目光像是在欣赏一尊花瓶，顿时心中不悦，挑衅道：“九叔是佛门中人，美人对你而言，应当是过眼云烟，你这般夸奖怕是不合适。”

萧衡轻哂：“便是佛陀，也喜爱美好的东西。”

“一切有为法，如梦幻泡影。美与丑，又有什么区别？”裴道珠摇开折扇，“亏九叔熟读佛经，怎的连这点道理都不明白？”

少女处处与他作对，萧衡的耐心已经濒临极限。

春风起，蔷薇花瓣纷纷扬扬，落在少女的乌发和裙裾上，衬得肌肤如雪，更显娇艳。

萧衡捻着佛珠的手微微用力，勉强按捺住戾气，从袖中取出一只小木盒：“拿着。”

裴道珠接过。打开发现木盒里面躺着一串珊瑚手钏。

珊瑚打磨得很精细，血红的色泽更显珍贵。裴道珠一眼就喜欢上了。

萧衡看着她翘起的嘴角："喜欢？"

裴道珠抬起长睫，丹凤眼流光溢彩，嗓音也比刚刚温柔许多："九叔送的东西都是极好的，阿难岂有不喜欢的道理？"

萧衡暗暗嗤笑。果然是虚荣的女人，见着珠宝首饰就马上换了一张脸。这要是养在后院，岂不是要天天送她金银珠宝才能叫她开心？

好在他是养得起的。

他的目光落在裴道珠的手上。

当初与她在棋室对弈时，他便觉得她的手生得极美，无论是佩戴碧玉镯子还是珊瑚手钏都很合适。

他漫不经心地上前，执起裴道珠的手："我替你戴上——"

话音未落，裴道珠已经抽回了手，拿帕子擦了擦被他碰过的指尖，皮笑肉不笑道："男女有别，请九叔自重。"

嫌弃之情，溢于言表。

萧衡面色沉沉。这个女人，收下了他送的棋谱、珍珠衣、珊瑚手钏，收下了他的一切示好，却偏偏碰都不让他碰。

他捻着佛珠的手越发用力，侧颜投落些许蔷薇花影，半明半暗间，像是半佛半鬼。

他一字一顿："裴道珠，你以为你在拒绝谁？"

裴道珠并不怕他："从前我想与你重修旧好，你却拒我于千里之外。如今你要回头，我就得配合你回头吗？男女之间的事，不是一厢情愿。更何况——"

她瞥了眼远处谈笑风生的郎君们，继续道："我以为当上花神，就会有人主动求娶。可现在所有的郎君都对我避之不及……萧玄策，这是你的手笔吧？你想着我嫁不出去，你就能顺理成章地纳我为妾，是不是？"

萧衡顺着她的视线望去，冷笑："我虽不是君子，但绝不害怕与人竞争，还不至于在暗地里掐掉你所有的桃花。哪怕是我的妾，我也有本事让她过得比别人的妻更体面。裴道珠，你在看不起谁？"

裴道珠略感诧异："如果不是你，那会是谁……"

一墙之隔处，墙那边传来说笑声——

"没想到我们之中，荣兄是最早成家的。顾燕婉贤淑能干，宜执掌后院。裴道珠美貌夺目，是做娇妾的好人选。荣兄真有福气啊！"

“顾燕婉也就罢了，裴道珠却是万里挑一的美人，到底还是荣兄有本事，还没娶进门就把人家睡了。”

裴道珠怔住。

萧荣的声音接着响起：“道珠妹妹爱我如痴，非我不嫁，哪怕是做妾也心甘情愿。她屡次三番自荐枕席，我实在无奈。女儿家面皮薄，诸位可千万别在她面前提起。”

裴道珠脸色渐渐变白。

她就说怎么她当了花神，那些郎君更加不亲近她了，原来是萧荣在背地里做的手脚！

那些恶心的话，他怎么编得出来！

她恶狠狠看向萧衡：“这就是你要维护的好侄儿！”

萧衡无辜：“他年少时还算乖巧，我也不知他会变成这样。”

裴道珠怒道：“先是退婚，再是毁我名声，萧玄策，你们萧家对得起我？”

萧衡淡淡道：“也不是没有解决的办法，你若当了我的妾，别人自会明白你和他是清白的，你想要的荣华富贵，也将唾手可得。”

这两句话如火上浇油，令裴道珠更加怒不可遏。

萧家的叔侄俩，没有一个是好人！

她气得胸膛剧烈起伏，扯下蔷薇花蔓狠狠摔在萧衡脸上，扭头就走。

萧衡拂拭去满身的枝叶和花瓣，目送裴道珠匆匆走远，弯了弯唇角。

裴道珠真有意思。这个女人要如何挽回她的名声？

裴道珠穿过花墙，越想越气。她悄悄拨开花藤，瞧见萧荣他们正往这边走。

略作沉吟后，她很快有了个主意。

花墙尽头是一株樱花树，她站在树下，伸手去摘樱花。

因为枝杈太高，她够不着，便蹦了几下。

萧荣等人一眼就看见了樱花树下的美人。阳光将斑驳的花影照落在她的脸和襦裙上，春风送来满树樱花瓣，缠绕着女郎的袖口和青丝，此情此景如诗如画。

众人看痴了。

过了片刻，才有人回过神，赞美道：“裴姑娘容止脱俗，宛如神仙妃子！自荐枕席时不知该是何等风情？荣兄好福气啊！”

其他人纷纷点头，对萧荣十分艳羡。

萧荣笑了笑，放肆地欣赏着裴道珠的美，嘴上却道：“其实看习惯了也就那样，与别的女郎没有什么区别。更何况我看中的也不是她的美貌，而是她对我的一片痴心——”

“你们瞧！”

萧荣的话突然被人打断。

一位郎君诧异地低声道：“守宫砂……”

众人见裴道珠摘不到心仪的那朵樱花，踮起了脚尖。随着她朝上方伸出手，深青色的织花宽袖滑落半截，不经意露出光洁白嫩的藕臂。

臂上，一粒小小的朱砂痣鲜红欲滴。

守宫砂还在的话，就意味着她是完璧之身。

他们不禁想起萧荣刚刚说过的话——她屡次三番自荐枕席，我实在无奈。

他们怀疑地看向萧荣。

有郎君早就看萧荣不顺眼，说起风凉话：“没想到荣兄竟然是个喜欢开玩笑的人。说什么自荐枕席，怕是在你梦里自荐的枕席吧？”

四周响起哄笑。

萧荣脸发烫，他捏紧拳头，难堪地盯着裴道珠。

这个女人简直不知廉耻，竟然当众露出手臂，叫他丢这么大的脸！

他不禁想起从前和裴道珠在一起时，她的温柔懂事和爱意绵绵，还有对他说过的许多悱恻情话。裴道珠……到底是爱慕他的吧？

萧荣多了几分自信，正色道：“她是真心爱慕我的，你们懂什么？”

“荣哥哥。”裴道珠捧着新摘的樱花枝迎面走来，宛如从巫山走出的神女。

萧荣眼底藏着得意，表面上却只矜持地点点头：“道珠妹妹。”

等裴道珠走到跟前，萧荣面色深沉道：“再过几个月，我就要迎娶你姐姐。我明白你心里苦楚，你有什么难过的地方可以尽情向我倾诉。”

裴道珠一时无语。

本来她自证清白还挺开心的，这傻子在说什么鬼话？心里苦楚？她自己怎么不知道？

她狐疑地盯着满脸笃定的萧荣。

她当初究竟为什么会觉得与萧家的联姻是一门不错的婚事？就萧荣这样的脑子，万一以后生下来的孩子随他，岂不得蠢死！

她有点同情顾燕婉。

她面带尴尬地软声道：“荣哥哥真奇怪，你迎娶表姐，我有什么可难过的？我一早就说过，你们成亲是大喜事，我为你们高兴都来不及。”

“你嘴上这么说，但心里一定是很难过的。”萧荣一副很懂的样子，“道珠妹妹，我不是外人，你不必在我面前强颜欢笑。”

裴道珠想把他的脑袋拧下来。长了一张嘴，怎么说的却不是人话？

她笑得更加尴尬：“荣哥哥这话，我确实听不明白……”

旁边的郎君们也很尴尬。人家女孩儿春风满面的，半点儿难过的情绪也没有，偏他不肯承认，非要逼着人家说难过，这不是有毛病吗？

正逢陆玑经过。

萧荣还要说点什么，裴道珠便迫不及待地去找陆玑：“陆二哥哥！”她把捧着的樱花送给陆玑：“我新摘的，陆二哥哥放在花瓶里养着，能给书房增色不少。”

陆玑接过，笑容里透着宠爱和怜惜。

娇艳美貌的少女，温润如玉的郎君……两人在众人眼中渐行渐远。

有郎君不怀好意：“荣兄，裴道珠压根儿就没有爱慕你的意思，什么自荐枕席，什么一片痴心，你逗我们玩儿呢？”

“脸皮真厚……”

“落井下石退了人家的婚事不算，还诋毁人家姑娘的清白。荣兄这番行径可不是君子所为啊！”

四面八方都是讥笑。

萧荣脸涨得通红。他羞恼地捏住拳头，眼睁睁看着裴道珠远去。

那个女人当真对他半点留恋也没有吗？当初她亲口说的海枯石烂，难道都是骗他的？

她怎么敢！

花园里的动静很快被传得沸沸扬扬。一时之间，萧荣沦为了金梁园的笑柄。

顾燕婉听侍女提起时，正在用晚膳。她搁下竹筷，冷笑道：“荣哥真傻，裴道珠那样的女人，哪来的情深一往？不过是逢场作戏而已！”

“可不是？”侍女为她盛了一碗汤，“可笑园子的郎君大都愚昧，还觉得裴道珠是个好姑娘呢！”

“他们才不傻。”顾燕婉不以为然，“就算窥破了裴道珠的城府又如何，单是冲着那份美貌，他们也愿意假装没看见。在他们眼里，丑女有心机叫处心积虑，美人有心机，那便是冰雪聪明。世道如此，人与人终究是不一样的。”

她正要喝参汤，小丫鬟进来禀报，说薛姑娘到了。

薛小满踏进闺房，做贼似的摘掉兜帽。

落座后，她开门见山："你说要帮我，打算怎么帮？我虽然出身世家，但比起崔凌人还是差了许多。你得替我想个好主意。"

顾燕婉暗暗讥笑。薛小满还真把自己当个人物，一点儿也不跟她客气。她跟了裴道珠那么久，半点为人处世的本事也没学到。

她按捺住厌恶，亲自给她斟茶："当今世道看重名声，毁掉一个人最好的法子便是毁掉她的名声。"

薛小满不屑一顾："你说得轻巧，可崔凌人身边的侍女那么多，崔家又看护得紧，我哪有机会败坏她的名声？"

顾燕婉在她对面落座："过两日，我要组织园子里的兄弟姐妹去城外救济难民，她身边不会有太多侍女的。难民堆里鱼龙混杂，若是叫崔凌人和陌生男子传出点流言蜚语……她还有资格嫁进萧家吗？"

少女盈盈笑着，眼睛里却淬着恶毒。

当初抢夺荣哥时，她曾想过败坏裴道珠的名声。只可惜那丫头心机太深，没能得逞。这一次，她务必要崔凌人翻不了身。萧家的新妇，有她顾燕婉一个就足够了。

萧荣是庶子又如何，她将来总有办法主持全府中馈，再扶持萧荣掌管萧家，在朝堂上拜相封侯，届时她便是一品贵妇。

这就是她的野心。

烛火摇曳。

裴道珠端坐在书案前，认真地临摹字帖。

随着最后一笔落下，枕星挑开竹帘，风风火火地跑进来。她惊讶道："您料事如神，薛小满果然去了顾姑娘的院子里！奴婢躲在院子外面等了足足两刻钟才见她出来！"

裴道珠搁下毛笔，吹了吹纸上笔墨："你去一趟崔凌人那里，把薛小满的事悄悄透给她。"

两天后。

顾燕婉组织金梁园里的郎君女郎们前往城郊二十里外，说是要施粥布善救济难民。

裴道珠和韦朝露共乘一辆马车。

韦朝露的白眼几乎要翻到天上："先是在园子里搞结社的事，接着又是组织捐款，现在又叫我们亲自去施粥布善……顾燕婉有完没完？她闲得慌，我却还有正事要做，简直烦死她了！”

裴道珠轻摇团扇。施粥布善的事，可去，可不去。但别人都去做善事，就自己不去，会落个凉薄无情的骂名。因此无论园子里的兄弟姐妹心里愿不愿意，几乎都到场了。

她随口道：“表姐有什么正事？”

韦朝露气急败坏地翻着书页：“北国使臣快要到了，我这不也想赶紧练一练棋艺，好代表朝廷与他们争个高下嘛！我这几天棋艺进步很大，但还要抓紧练习，总之你别打搅我了！”

裴道珠看着她手里的棋谱。她书都拿倒了，也不知进步个什么劲儿。

她转头望向窗外风景，懒得提醒她。

他们抵达目的地时，已近黄昏。

裴道珠踏下马车，环顾四周。

远处是难民营，难民们面黄肌瘦，正排队领粥，也有饿得没有力气的静静地躺在帐篷阴影里，不知是生是死。还有侍卫抬着瘦骨嶙峋的尸体，往山那边走去。

黑色的乌鸦乘着风掠过低空。远处传来遍野的号哭，犹如鬼啸。

这里距成郫城不过二十里之遥，然而对比却像是天上地下。

一阵楚楚可怜的啼哭声响起。

裴道珠循声望去。

顾燕婉捂着手帕，哭得伤心极了：“看见这么多可怜人，我心里十分难受。大家快别耽搁了，我们赶紧做善事。每送出一碗粥，就等于救活一条命，我们会有福报的！”

不少人立刻响应。

说是要亲自施粥布善，其实重活都已经被侍卫们提前做好了。他们这群十指不沾阳春水的世家子弟只需要从粥桶里舀出粥，递给排队领粥的难民就好。

裴道珠接过侍卫递过来的围裙，看了眼粥桶，有点想笑。

这米粥稀薄如水，能救什么人？顾燕婉也不嫌磕碜。

然而送上门的善事，现成的捞名声的机会，她没有不做的道理。

裴道珠做得认真。

不远处，萧衡踏出马车，一眼看见人群之中的裴道珠。

那爱慕虚荣的裴家小娘子系着一条花围裙，笑吟吟地把米粥递给饥肠辘辘的婆婆，像是怕她吃不饱，又偷偷多塞了两个馒头。

夕色如饶。她脸红润，笑起来光彩照人。

也不知怎的，他心情突然变得很好，弯了弯唇角。

陆玑把他的表情尽收眼底，揶揄道：“道珠妹妹其实也没有很差劲，对吧？”

萧衡回过神，不动声色地收敛了表情：“爱慕虚荣，虚伪至极。”他径直往今晚要住的帐篷走去。

陆玑好笑道：“既然这么嫌弃，你还盯着人家看什么？玄策，你什么时候变得口是心非了？我看你就是死鸭子嘴硬。”

萧衡踏进帐篷。落座后，他拿起一本书翻看。没看上几页，他又合上书，摆弄起棋盘。

黑白棋子犬牙交错。明明是与自己对弈，他却莫名下出了裴道珠步步为营的棋风。

脑海中浮现出少女笑吟吟唤着九叔的模样。他把玩着一颗暖玉棋子，沉吟半晌，吩咐随从：“去给她送些膳食。”

这里的食物难以下咽，她那般喜欢富贵娇养的人肯定是吃不惯的。

随从连忙去办。

然而如今的裴道珠并不缺郎君献殷勤。成郯城所有的郎君都知道裴家姑娘冰清玉洁，一颗芳心也还没有许给别人，因此各种好东西都偷偷送去了她的营帐。

随从回来复命时，萧衡还在下棋。他盯着棋盘，细细捻着一颗棋子，随口问道：“她可欢喜？”

随从紧张：“回主子话，裴姑娘收到了不少精美的膳食。除了您，吴家、陈家等家族的公子也都给裴姑娘送了东西。有鲍鱼海参，还有仙客来的一整套海陆宴席……”他小心翼翼地观察自家主子的表情：“除了膳食，卑职瞧见裴姑娘帐中还有好些金银珠宝玉钗首饰，想必也是别家郎君送的。”

萧衡面无表情，仍旧盯着棋盘。

随从斗胆道：“主子可是……生气了？”

“生气？”萧衡笑了，“玩物而已，有什么可生气的？记住，大丈夫顶天立地，可以为家国动情，可以为先祖恸哭，但绝不能被女子牵制情绪。”

随从恭敬称是，余光偷偷瞟了眼萧衡的指尖，那枚白玉棋子却在他的指尖化作齑粉。

就这样还敢说不被女子牵制情绪……他家主子，分明就被裴姑娘牵制得死死的呀!

施粥完毕，天色已晚。

裴道珠回到营帐中，点了几盏灯。她吩咐枕星把所有膳食都送去给难民，独自坐在桌案前欢喜地欣赏一件件金银珠宝。

“都是我的……”她抚摸着一只玉镯暗暗开心时，有婢女叩门而来。

是崔凌人的贴身侍婢。

她朝裴道珠恭敬地福了一礼：“给裴姑娘问安了！我家姑娘说，她那里有好戏可看，请您过去一同欣赏。”

裴道珠合上妆奁，唇边噙着浅笑起身。

看样子薛小满要倒霉了。

薛小满帐外站着不少看热闹的人。

“真不要脸，还没出阁就把陌生男人带进了自己的帐内，谁知道他们私底下干了什么？”

“被姐妹们撞破，她还有脸哭！我若是她，早找个地洞钻进去了！”

帐门是卷了起来，可以看见帐内的情境。

裴道珠透过人群瞧见薛小满衣衫不整地瘫坐在地，哭得撕心裂肺。一个难民模样的年轻男人坐在旁边，正狼吞虎咽地吃着桌上的食物。

崔家的侍女抬手作请：“裴姑娘，我们姑娘请您去她帐中说话。”

裴道珠收回视线，去了隔壁帐篷。

不过是在这里小住两天，崔凌人的帐内陈设却十分华丽——地面铺着西域的金丝红绒毯，家私是昂贵的紫檀木雕花，精致得与帐外难民营的凌乱肮脏形成鲜明对比。

崔凌人正在煮茶。

裴道珠落座，悠闲地把玩起手里的绢纱折扇：“薛小满那边……是你的手笔？”

崔凌人冷笑：“她从难民里面找了个男人，又在我茶里放迷药，想毁我清白！我从不知人心可以如此恶毒！”

侍女解释道：“多亏裴姑娘提醒，我家姑娘才注意到她背地里做的手脚。不过我家姑娘心善，做不出毁人清白的事，只是吩咐那个男人去她帐中躲着，未曾对她做什么。等她更衣洗漱，我家姑娘叫上几个姐妹去找她玩，‘凑巧’发现了她帐中的男人，这才有了现在的事。”

崔凌人本要喝茶，火气上来又重重放下杯盏，不忿道：“亏我把她当朋友，她却要毁了我！她做初一我做十五，这点子把戏不过是稍稍回敬而已！”

裴道珠笑了笑，从容地掩袖品茶。甘茶入喉，齿颊留香。

薛小满的帐中藏着陌生男人，这是她否认不了的事实。经此一事，她名声受损，将来想嫁到高门世家便是难如登天。

想起幼妹受过的委屈，裴道珠毫不同情这个女人，甚至还有些快意。

她盖上茶盏，抬眸柔声道：“薛小满是个直性子，凭她自己想不出这种主意。主意是谁出的，迷药是从哪弄的，都值得崔妹妹仔细去查呢。”

她见崔凌人脸色一僵，微微一笑，告辞离去。

夜风里夹杂着诡异的声音，像是难民营里传出的恸哭，又像是深山之中群狼的嚎叫。

裴道珠回到营帐，撩开帐门：“枕星？”

帐中空空，没人应答。

她怔了怔，走到屏风后，突然驻足。

白衣胜雪的郎君慵懒地坐在案几前，把玩着她妆奁里的宝贝。

裴道珠顿时不悦：“深更半夜，你来作甚？”

萧衡玩味地抬起凤眼：“出来半日，就收到了这么多礼物……裴道珠，你来者不拒的本事真叫我大开眼界。”

“凭本事收到的礼物，为何要拒绝？”裴道珠夺过妆奁，防贼似的锁好小铜锁，又把钥匙收进袖袋。她俏脸清寒，下了逐客令：“夜已深，男女授受不亲，就不留九叔喝茶了。九叔请便。”

萧衡捻着佛珠，丝毫没有要走的意思。

他原本在帐中研究围棋，却不知怎的，越想越不甘心，最后竟鬼使神差地来了她的营帐。

裴道珠生得美，性子也十分特别，他慢慢就挪不开眼了。

他生平所愿是收复河山，为家国复仇。可这个女人犹如蛊惑人心的恶鬼披了一层美人皮，叫他生出复仇之外的欲望。纵然他临摹三千佛经，也无法熄灭这份欲念。

金银珠宝也送了，妾室的身份也许了，可她还是不肯。他从不知得到一个女人是这么困难的事。

他坐在案几边，看了眼她怀里的妆奁：“他们送的东西，我也可以送。把这些都扔了，我另外买给你。”

想着她戴上别家郎君送的钗饰，他心里不爽。

"你幼不幼稚？"裴道珠嗤笑，把妆奁藏在枕边，"都是值钱的宝贝，你又不是我什么人，凭什么你说扔就扔？礼物什么的你爱送不送，反正我对你已经没有指望——"

"扔了，我送你更贵的东西。"

裴道珠不说话了，指腹摩挲着妆奁。半晌后，她问："当真？"

少女的丹凤眼弯如月牙，亮晶晶的像藏满了星星。

萧衡早已习惯了她变脸的速度，点头："当真。"

少女立刻笑吟吟的，软声道："我一早便知九叔是个好人。"

萧衡怕她明面上答应，背地里却偷偷藏下那些宝贝，于是牵了一匹马，亲自监督她扔东西。

裴道珠抱着妆奁坐在马背上，背后紧贴着萧衡的胸膛。

她撇了撇嘴。原本打算阳奉阴违的，没想到这厮如此较真，非得亲眼看着她把宝贝都扔掉才罢休。

骏马疾驰到山巅，萧衡在悬崖边勒住缰绳，淡淡道："扔吧。"

裴道珠磨磨唧唧了半天，没扔掉妆奁，反而打开了盒盖。

金灿灿的首饰在月光下醒目灿烂。

好喜欢……

她拿起一支金钗戴在云髻上，转头问他："好看吗？"

少女容貌娇艳，自然戴什么都好看。但那金钗是别家郎君送的。

萧衡面无表情："穿金戴银，俗不可耐。"

裴道珠没好气地看他一眼，取下金钗，遗憾道："这是陈家哥哥送的。金蝴蝶的翅膀上镶嵌了红豆，他说红豆有相思之意，是他特别找人定制的。除了贵重，其中花费的心血和情意也很难得呢。"

萧衡听着便觉刺耳。左一个陆二哥哥，右一个荣哥哥，如今又来了个陈家哥哥。他不耐烦道："快扔。"

裴道珠一件件把玩过首饰："你别催，我最后再看几眼……都是人家的心意，说不定我要从里面挑个如意郎君的。"

萧衡的耐心已到极限，一把夺过妆奁，利落地丢下了悬崖。

裴道珠看着空空如也的双手，沉默良久。

她轻声道："萧玄策，你是不是喜欢我？"

萧衡薄唇紧抿。怀中的少女像一枝白山茶，明明皎洁清纯，却娇艳欲滴。明明市侩到了极致，却又有着不谙世事的天真。怎么会有人集如此复杂的性格于一身？

他坦率承认："喜欢。"

裴道珠吃吃笑了起来，笑够了后，她认真道："像是喜欢一尊花瓶、一件玉器那样的喜欢，对不对？想把她藏在后院，想让她帐中承欢，想让她独属于你，也可以拿金银珠宝宠爱她，也可以在外人面前为她撑腰给她体面，却唯独给不了敬重和妻位，对不对？"

萧衡勒转马头，准备回营地。他没回答，算是默认了裴道珠的话。

裴道珠接着道："可是玄策哥哥，再喜欢的花瓶和玉器，总有一天也会看腻。你会有新的花瓶和玉器，那个时候，哪怕我被人丢弃，你也不会再多看一眼。这样的喜欢，对我来说太不值钱了。"

萧衡问："你想要怎样的喜欢？"

裴道珠仰起头。夜空浩瀚无垠，遍布着点点繁星。

她的凤眼亮晶晶的："想要他每次看见我时都会觉得，裴家的小阿难是天上人间最明亮、最独一无二的那颗星星。"

萧衡从未见过的她如此温柔的样子，充满了对未来的期许。

马蹄走在山路上，嗒嗒作响。

他轻声道："那很难。"

他给不了，别家郎君同样给不了。

这个世道，三妻四妾何等寻常。像他们这种世家大族出身的郎君，姻缘更是与朝堂局势密切相连。多少人娶了不爱的女子，安安稳稳又浑浑噩噩地过完一生？

比如萧荣和顾燕婉，他并不觉得两人之间有真爱，他们的结合不就是萧顾两大家族权衡利弊的结果？

裴道珠点点头："是很难……但总想一试。"

萧衡环着她的腰身，握紧缰绳："别想了，你是我的。"

裴道珠回头瞪他："我几时成了你的？！"

萧衡毫不客气："我看中了，便是我的。纵然你想找别的郎君，也该想想他们敢不敢要我萧衡的东西。"

裴道珠被气笑了："萧玄策，你讲不讲道理？我不爱你，你也不是真心喜欢我，我才不要当你的妾室。我要找个爱我的郎君，和他白头偕老，琴瑟和鸣！"

萧衡冷笑，朝山下疾驰而去："你可以试试。"

裴道珠被迫伏在马背上，紧紧抱住马脖子,迎面的风吹乱了她的长发。

试试就试试。

萧玄策这般蛮横，不过就是仗着萧家九郎的身份。成郫城的世家大族里面，也不是没有能跟他分庭抗礼的郎君!

裴道珠被山路颠得难受，“嘶”了一声。

萧衡注意到她的不适，不动声色地减缓了马速，笑话道：“自称什么都会的裴家道珠，却不会骑马，丢不丢人？”

裴道珠不忿：“我不会骑马关你什么事儿？”

“改日我教你骑马。”

“不学！倒是你答应送我的金银珠宝，可千万别忘了！”

萧衡轻嗤。她倒是无论何时何地都惦记着金银珠宝。依他看，她的小字就不该叫阿难，该叫阿宝才对。

骏马一路下山，徐徐穿过难民营，朝他们的帐篷走去。

山脚下的难民营连绵不见尽头，只寥寥点着几盏旧灯笼。

裴道珠悄悄望去。

朝廷拨下来的粮食太少了，领不到米粮的难民们饿得皮包骨头，瘫坐在地，闭着眼睛艰难喘息的模样，像是在绝望等死。黑暗里传来细弱的哭泣，连绵不绝。

不知怎的，裴道珠连呼吸都变得小心翼翼。

萧衡道：“跟他们比起来，你还算幸运，对不对？哪怕家族落魄，也仍旧有遮蔽风雨的祖宅。哪怕被萧荣退婚，也仍旧能吃饱喝足。所以那么虚荣做什么，荣华富贵终究只是过眼云烟。”

裴道珠撇了撇嘴。萧家富可敌国，他当然可以说得这么轻松。

她讥讽道：“总数落我算什么男人？你不是要为家国而战，要把异族驱逐出中原吗？你倒是上战场啊，收复疆土，还天下一个太平盛世，就不会有这么多难民了。萧玄策，你可是救世主呢。”

萧衡像是没听出她话里的嘲讽，他直视前方，表情格外坚毅。

他是要上战场的。然而整个南国，皇族也好，世家也罢，朝堂上十之八九的人都反对战争。他们宁愿屈居江南，宁愿舍弃尊严，宁愿看着北地的百姓水深火热饿殍遍野，也不愿出兵北伐。

他手中没有兵权，北伐的阻力太大了……

他闭了闭眼。

裴道珠好奇："怎么不说话？可是心虚了？"

萧衡淡淡道："聒噪。"

裴道珠咬牙。喜欢的时候就送她金银珠宝，嫌弃的时候就骂她聒噪。萧衡也太难伺候了！

她正在心里数落他，忽然听见他轻声道："裴道珠，我会率兵北伐，我会把异族驱逐到塞外，当年朝廷丢失的尊严和疆土，我会亲手夺回来。"

夜风在耳边呼啸。

裴道珠觉得这些话莫名耳熟。她想起了那场梦境。

梦里，将军背着她翻山越岭，亲手把她送进北国皇太子的寝宫。临走时，他好像说过这番话。

后来……将军白马银盔，率领千军万马踏破了北国的都城。

那一天，皇宫的大火连绵不绝。将军破门而来，毅然背起哭泣的她，离开了那座囚笼般的宫闱。

——十年前，曾亲手送你进地狱。

——裴道珠，我来接你回家了。

裴道珠怔住了。

原来接她回家的将军，也是他。

裴道珠直到返回金梁园，也不愿再见萧衡。她把自己关在闺房，一天一夜不曾打开门窗，任由自己置身黑暗。

枕星担心地在屋外转圈，又怕裴道珠饿着，做了好些精致的糕饼酥点送过来，却怎么也叩不开门。天快亮时，她忧愁地靠坐在廊下睡了过去。

天边星辰隐去，露水被风吹落。

"吱呀"一声，裴道珠推开了门。

枕星惊醒，揉了揉惺忪睡眼，惊喜地看着少女："您终于肯出来了，可把奴婢担心坏了！"

裴道珠笑了笑。

她今日穿了件牙白襦裙，肌肤通透如雪，乌青长发用红绸随意束在腰后，哪怕不施粉黛，在曦色里也美得恍如神明。

她扶起枕星："劳你担心，我没事了。"

枕星好奇："您究竟是怎么了？自打从城郊回来就不对劲，怪叫人担心的。"

裴道珠摇摇头，不肯多言。

枕星轻轻吁出一口气。她算是看明白了，她家这位女郎看似温婉端庄，实则比谁都要敏感，偏偏生性倔强，什么事儿都不肯跟人说。哪怕在外面受了委屈，也宁可自己默默承受。

怪叫人心疼的。

她弯起眉眼："您饿了吧？奴婢去厨房给您炖一碗鱼粥！搭配金丝芙蓉卷和新腌的酱瓜，保准开胃！"她兴冲冲地跑了。

裴道珠静静立在廊下。

把自己关起来，是因为无法面对萧衡。走出来，是因为不愿用别人的错误惩罚自己。

她看着露水消失在清晨的微光里，芸芸众生像极了这些露水，所谓人活百年，其实也不过弹指一挥，稍纵即逝。她想珍惜这一世，想要精彩地活下去。

少女注视朝阳，不禁弯起丹凤眼，瞳孔依旧晶亮。

若是无人爱她，那她就自己爱自己。若是无人视她为最亮的那颗星辰，那她就自己把自己看作星辰。

她裴道珠，该如她的小字那般，一生欢喜无染……

"喂，你还杵在这里做什么？！"

隔壁突然传来韦朝露的声音。

裴道珠望向她。

韦朝露一脸激动，迫不及待道："薛家派人来接薛小满了！大家都在园子里看呢，你不去凑热闹吗？"

薛小满出了那档子事，名声扫地，使家族蒙羞，薛家接她回去是情理之中的事。

裴道珠想了想，笑道："我和小满情同姐妹，她要离开，我自然要去送送。"

她看了眼枕星烹制的糕点，特意带上一盒。

她们到了薛小满的院子门口，见侍女们正把箱笼抬上马车。薛小满面容憔悴，哭哭啼啼的，一旁的薛家嬷嬷声色俱厉地数落着她什么。

周围聚集了不少前来送行的人。然而说是送行，其实都只是来看她笑话的。

裴道珠折了一枝梨花。

薛小满样样学她，渴望成为像她那样八面玲珑的女子，却不知那样的她根本没有真心朋友……

顾燕婉走到她身边，欣赏着狼狈不堪的薛小满，笑道："真可怜。她被领回家之后，肯定少不了一顿重罚。她名声受损，薛家急于把她嫁出去，如此匆忙，嫁的也肯定不是好人家。”

裴道珠把玩着梨花：“崔凌人完好无损，表姐的这颗棋子却折戟沉沙，你就不难过？”

顾燕婉笑容更盛，看向裴道珠，目光讥讽尽是算计：“阿难，我是不是没有告诉你，我最开始的目标根本就不是崔凌人？”

她话音落地，原本哭哭啼啼的薛小满瞥见裴道珠也来了，顿时魔怔似的尖叫一声，不顾一切地扑向她：“裴道珠，都是你，都是你害惨了我！”她拔下发间的金簪，恶狠狠划向裴道珠的脸——

顾燕婉的眼睛里掠过得意的光。

崔凌人出身高贵，父亲是当朝大司马，母亲是皇族长公主，她怎么敢真的毁了她？她要毁的，是裴道珠！

崔凌人很精明，定然能识破薛小满的陷害，当薛小满失去一切时，必然会生出满腔的憎恨。她要做的就是把薛小满的憎恨转嫁到裴道珠的头上。

昨夜，她亲自去找薛小满，告诉她这一切的起因是裴道珠。如果没有她，这一切根本不会发生。她还告诉薛小满，只要毁了裴道珠那张脸，她就再也祸害不了其他郎君，会嫁得比她更差。

果然，薛小满被她说动了。看着薛小满手持利器袭向裴道珠，她唇角止不住地上扬。

只要裴道珠没了这张脸，还拿什么勾引荣哥？

裴道珠曾经输给了她。输家，就不配有翻盘的机会，就应该被彻底踩在脚下！

劲风呼啸而至。在金簪即将划向裴道珠的脸时，她微微侧过身，和薛小满撞到一起。

金簪没有划到她的脸，却划过了她的手臂。血汩汩涌出，瞬间染红了她的白裙宽袖。

她无助地跌坐在地，捂着受伤的手臂，漂亮的丹凤眼中盈满泪水，不解地仰头望向薛小满：“小满？”

薛小满蓬头垢面，挥舞着金簪：“你去死，你去死！”

娇弱可怜的美人和狰狞狼狈的疯婆子在众人眼中形成鲜明对比，他们心中的天平全都偏向了裴道珠。

陆玑寒着脸快步上前，一把夺过金簪丢在地上：“胡闹什么！道珠妹妹哪里对不住你，叫你咒她去死？”

薛小满号啕大哭：“她骗我，她说九爷爱慕我，她唆使我和崔凌人争个高下！所以我才，我才……”她哭着止住话头，到底没敢把陷害崔凌人的事抖搂出来。

裴道珠楚楚可怜道：“我几时说过九叔爱慕你？那日在水榭，我不过只是说了一句九叔好像在看你……小满，你最近到底是怎么了？枉我舍不得你离开，还特意为你做了糕点当践行礼物……”

满地都是碎落的糕饼，瞧着十分精致。

在场的人不禁摇头叹息。他们都是来看笑话的，根本没带送别的礼物，只有裴道珠带了。可见她没有撒谎，她是真心拿薛小满当朋友的。

可薛小满却恩将仇报！他们望向薛小满的目光不禁又增添几分厌恶。

薛小满气急败坏：“你装什么装！别人不知道，难道我还不知道吗！你诡计多端、城府深沉——”

“够了！”陆玑抱起受伤的裴道珠，冷冷呵斥她，“道珠妹妹待你如亲姐妹，你却如此诋毁她，当真是心性可怕的女子！”不顾薛小满的尖声哀号，他径直带裴道珠去包扎伤口了。

路过顾燕婉身边时，裴道珠唇角噙着若有似无的笑容，淡淡扫她一眼。

顾燕婉捏紧双手。她的目的并没有达成，难道她的算计都在裴道珠的预料之中？

经此一事，薛小满面临的岂止是嫁得不好的问题，如此泼妇行径，成郢城的郎君怕是没人敢娶她了！

她目送裴道珠离去。这一局难道要败给裴道珠了？虽然没有损失，但输了的感觉并不好。

她面色难看地回到自己的院子，推门而入时，惊讶地发现崔凌人正坐在厅堂里，悠闲地吃着茶。她身后如列阵般站了一大群侍女嬷嬷。

崔凌人从茶盏后抬起眼帘，冷笑：“你想利用薛小满，算计我？”

身后的屋门被锁了，顾燕婉孤零零站在厅堂，后背冒出阵阵凉意。

她勉强笑道：“凌人妹妹说的什么话，我竟听不明白……”

“谁是你妹妹？”崔凌人厉声问，“我哪里对不住你，叫你唆使薛小满对我下毒手？小打小闹就罢了，同为女子，毁人清白的事你怎么做得出来？！”

顾燕婉心中暗恨少女气焰嚣张，却只能小心翼翼地解释：“薛小满的事，我并不知情——”

“住嘴！”崔凌人不想听她辩解，给了婢女一个眼神。

婢女朗声道：“我家姑娘已经调查清楚，你派丫鬟在市井药铺里买了迷药，转交给薛小满，药铺的刘掌柜可以作证。是不是非得把掌柜请过来，把事情闹大，你才肯承认？”

顾燕婉脸色青白交加，笼在宽袖里的双手止不住地轻颤。崔凌人竟然连迷药的来历都查清楚了。不愧是崔家的嫡长女，是她失策了。

正不知所措时，她突然灵光一闪。崔凌人明明掌握了证据，却没有公开，反而关上门说话，这是不是代表她也不愿把事情闹大？

她沉吟着，慢慢抬起泪盈盈的双眼：“凌人妹妹，是我错了……都怪裴道珠从中挑拨，她说你要对我不利，劝我先下手为强，所以我才出此下策。正所谓家和万事兴，念在你我都要嫁到萧家的分上，还请你不要与我一般见识……”

“我就是想着要和你一起嫁进来，才未曾声张！”崔凌人重重搁下茶盏。

她和长公主相处久了，言行不由自主地带上了相似的威严。她沉声道：“你自己干的好事，何必扯上裴道珠？你若没有那个心，任凭别人再如何挑唆，你也不会起心思。说到底，还是你想害我！”

顾燕婉心尖一颤，正要辩驳。

崔凌人吩咐婢女：“给她灌药！”

顾燕婉愣了：“灌什么药？”

没人给她解释，两个膀大腰圆的婆子快步上前，不由分说地扣住她的手臂和脑袋，恶狠狠掰开她的嘴。

婢女把一包分量十足的迷药倒进茶壶，稍作搅拌后，将壶嘴对准顾燕婉的嘴，一整壶加了料的凉茶全灌了下去。

崔凌人倨傲地抬起下巴：“自己买的迷药，自己受着。再叫我知道你背地里耍手段，给你灌的就不是迷药了！”

顾燕婉捂着喉咙，狼狈地跌坐在地。她被茶水呛红了脸，不停咳嗽着，连眼泪都咳了出来。她抬起血红的眼睛看向崔凌人，满腔的恨意尚未宣泄，脑袋已经开始变得昏昏沉沉。她张了张嘴，一个字都说不出来，昏倒在了地板上。

喝了一整壶加料的茶，怕是要睡上三天三夜了。

崔凌人起身，连正眼都懒得给顾燕婉，绣鞋踩过她的裙角，带着一众侍女仆妇浩浩荡荡地离开了。

湘妃苑。

窗边花瓶里插着一枝白玉兰。

裴道珠倚在竹榻上，左臂的伤口已经包扎妥当。陆玑坐在她旁边，端着一碗药，耐心地亲自喂她喝。裴道珠很乖巧，一勺一勺地喝着。

陆玑替她擦了擦唇角，笑道："我记得你幼时不喜欢喝药。你四岁那年的冬天，跟你阿娘来我家玩，不慎落了水，连姜汤都嫌苦。我拿了蜜糖给你，你才肯喝上一勺姜汤。如今长大了，倒是不怕苦了。"

裴道珠抬眼看他。暮春的光透过纱窗，照在郎君带笑的脸上。

陆二哥哥温润如玉，是真正的君子。

她垂下眼帘："幼时总有仆妇侍女哄着，养得娇气了些。后来府里出了事，再没有人拿蜜糖哄我。药再苦也要自己喝下去的。"

陆玑眉心紧蹙，难掩心疼。他放下药碗，怜惜地把少女拥入怀中："妹妹不该受苦的……"

萧衡提着药包从外面进来，瞧见的就是这一幕。他似笑非笑。

青梅竹马，两小无猜，哪怕举止亲密，也不怕被别人说闲话，瞧把他们嚣张的。

他不动声色地将药包藏进怀袖："青天白日的，这是做什么？"

陆玑松开裴道珠，回头道："玄策，你来了。园子里的事想必你已经听说，道珠妹妹身受重伤，我是来照顾她的。"

他说完，自己先愣了。这来的又不是道珠妹妹的夫君，他心虚解释个什么劲儿？

裴道珠凝视着陆玑，柔声道："陆二哥哥在这里，我很心安。"

少女面色苍白楚楚可怜，激起了陆玑无限的保护欲："别怕，以后我会保护你。"

不知怎的，萧衡总觉得今天的陆子机很不顺眼。他想了想，对陆玑道："我来的时候碰见了你院子里的小厮，他说有急事找你回去。"

裴道珠挑眉。哪有这么巧的事？肯定是萧玄策诓骗陆二哥哥的。

她目送陆玑离开，才把目光转到萧衡脸上。只看了一眼，便又移开，只留给萧衡一个冷淡的侧脸。

她轻声道："我有些乏了，枕星，送他出去。"

枕星端着茶水，战战兢兢地守在旁边。

她倒是想，然而她不敢呀！她默默在心里给裴道珠祈福，随即宛如烫手般把茶水放在案几上，压根儿不敢看萧衡，转身逃得无影无踪。

裴道珠平时使唤她时也没见她跑得这么快！

萧衡一步步走向竹榻。

裴道珠支撑着坐起身："我去里屋休息——"

带着薄茧的大掌，牢牢按住她的肩膀。崖柏香扑面而来，明明清冽，却透出浓烈的压迫感。

萧衡居高临下："我好心探伤，你跑什么？我又不是山里的老虎，还能吃了你不成？"

他瞥向她受伤的手臂，问道："疼不疼？"

"疼也与你无关……"

"未过门的娇妾受伤，怎的与我无关？"

裴道珠羞怒："萧衡，你要不要脸？谁是你的娇妾？"

萧衡早已习惯她的态度。他从容落座，从怀袖里拿出药包搁在案几上："我还有件正经事要与你说。"

裴道珠看了眼药包，忍着不耐烦："何事？"

"北国的使臣团再有半个月就要抵达成邺了。对方派出的是一位女国手，天子的意思是我们这边也派女子应战。你准备好了吗？"

裴道珠一怔。这意味着她不必和萧衡争国手之位。

她不禁有些侥幸，想了想，又道："崔凌人的棋艺也很不错，如果崔家想让她出风头，就像当初选花神那般，我拿什么与她争？她的背后站着崔家和皇族长公主呢。"

萧衡嗤笑："狡猾的裴道珠会害怕崔凌人？她若动用人脉跟你争，你也可以像花神节那般，再给她下药就是。"

裴道珠一时竟听不出萧衡是在夸她还是在嘲讽她，她撇了撇嘴，垂眸吃茶。

萧衡看着她。美貌的少女倚坐在竹榻上吃茶，低垂的眼睫宛如鸦羽，面庞圆润白嫩，一点朱唇恰似樱桃，只看一眼就觉滋味甘甜。

窗外隐隐传来蝉鸣声，带出几分燥意。

萧衡道："你背后也不是无人撑腰。"

裴道珠从茶盏后面抬起脸，歪头讥讽："崔凌人和你订婚的事已经提上日程了吧？为了我一个外人，不惜和未婚妻作对……九叔，你这种性子，将来会宠妾灭妻的哦。"

萧衡懒得跟她计较，难得冷肃："成邺城里，没有女子比你的棋艺更加高明，我希望和北国使臣手谈的人是你。事关家国荣辱，裴道珠，你知道这场对局的分量。"

裴道珠没吭声，她知道萧衡一向把家国荣辱看得很重。

“好好养伤，想吃什么就叫枕星和园子里的管事要。”萧衡又看了一眼她受伤的手臂，起身离开。

他踏出湘妃苑，随从立刻迎了上来：“薛家的姑娘已经回家了。薛家为了赔礼道歉，送了好些钱财去裴家。”

萧衡捻着一颗颗佛珠，下压的眉骨难掩戾气。

送钱财有什么用，他的女人并不缺钱财。他没看见裴道珠的伤口，但她包扎了那么多纱布，脸色又如此苍白，想必伤得很重。

他脑海中不禁浮现出花神殿里少女美好纯洁的胴体。

他一向不喜别人碰他的东西，丹凤眼中掠过狠戾：“给薛家施压，叫他们把人送去庄子上，随便找个村夫嫁了。我要薛小满一辈子翻不了身。”

他的声音清润动听，面容如高山之巅的玉石。然而这一刻他站在花影里的模样，却像是皮囊艳绝的恶鬼。

随从恭声道：“卑职这就去办。”

他正要走，萧衡忽然又叫住他。

翠玉佛珠触感冰凉细腻，然而他掌心的温度却是滚烫的。他想着裴道珠饱满嫣红的朱唇，唇瓣那么小，宛如樱桃。

不知怎的，他有些馋今夏的樱桃，吩咐道：“去买些新鲜樱桃。”

随从呆了呆，挠挠头，连忙去办。

“燕窝，人参，鹿茸……”枕星清点着锦盒里的补品，清点完毕，笑眯眯地抬起头，“这几盒燕窝是九爷派人送来的，人参是陆二公子送的，剩下的这些是园子里的其他郎君送的。这么多补品，一年也吃不完呢！”

裴道珠倚坐在窗边，正翻看棋谱，闻言只淡淡一笑。

送礼物的郎君虽然多，却挑不出一个能嫁的。

她的脑海中浮现出陆玑的身影。少年君子，温润如玉，念旧情，讲规矩，是最值得嫁的郎君。

她之所以迟迟没有对他下手，不是没有把握，是因为不忍。旁人对她好上一分，她就战战兢兢唯恐辜负。陆二哥哥对她最好，她怕她的心机和手段伤害了他，她怕将来承受不起他的深情。

裴道珠合上书卷，在心底微微叹息。她转头望向窗外。

园林角落，松竹如画。恍惚中，她眼前又浮现出当初那个白衣胜雪的郎君。

那时的萧衡也如陆玑般温润如玉，从不刻薄毒舌，从不冷嘲热讽，事事迁就她，事事宠着她。她随口叫他登门提亲，他便当真带着生辰八字登门拜访。

可她最后还是辜负了他的深情……

记忆里的白衣郎君，和金梁园的萧衡，究竟是不是一个人？如果当初她用真心对待萧玄策，是不是一切都会不一样？

裴道珠抱着棋谱，心乱如麻。

枕星高高兴兴地沏来参茶：“您怎么一直锁着眉？您生得好看，应该经常笑一笑！如今咱们的处境比以前好多了，您有金银珠宝，还有绫罗绸缎，能够吃饱穿暖，还有什么不开心的呢？”

裴道珠接过参茶。她看了眼枕星，她一向天真单纯，像只无忧无虑的小鹦鹉。

她笑了笑，柔声道：“在想念故人。”

枕星弯起眉眼：“能被女郎惦记的人，定然是重情重义的好人，他也一定在想念您！”

裴道珠微怔。

昔年的玄策哥哥会想她吗？他和萧衡，究竟是不是同一个人？

好奇心犹如排山倒海，她暗暗思量，决定日后找个机会好好确定一下。

再有半个月，北国使臣团就要抵达成邺。选拔女国手的圣旨已经颁布，江南的女郎们闻风而动，个个都想和敌国的女国手一决高下，因此围棋之风在整个南国开始盛行。

选了将近半个月，最后只有六位姑娘脱颖而出。

临水抱厦，裴道珠玉手托腮，笑吟吟看她们抓阄。

顾燕婉自告奋勇负责组织比赛。

她抱着签筒柔声道：“明天就是决赛，地点设在金梁园翠屏长轩，朝廷会派棋官监督。最后获胜的人将会得到天子的嘉奖，成为国手。史上从未有女国手，这可是难得的殊荣！”

说话的工夫，几位姑娘已经抽好了签。

裴道珠看了眼竹签上的名字。还好，没在第一局就对上崔凌人。

她看向崔凌人，对方也正忌惮地看着她，注意到她的目光，立刻扭过头撩了撩一侧发辫，继而带着婢女们，趾高气扬地离开了水榭。

裴道珠淡淡一笑，没放在心上。

刚离开水榭，却有崔家的侍女过来请。

她跟着侍女来到花园凉亭，亭子里簇拥着一群婢女，石桌上摆了新鲜的瓜果和茶点，长公主和一位老夫人相对而坐。那老夫人穿戴华贵，颇有几分威严。

裴道珠认出她是崔家的老主母，也就是长公主的婆婆，当下心底掠过些许猜测，不动声色地上前行礼。

长公主看着她，笑道：“每次瞧见阿难，都觉得容色又娇艳几分。再这么下去，将来可要长成怎样的仙女？”

裴道珠还没说话，一道轻蔑的冷哼声传来。

是崔老夫人。老人把玩着紫檀佛珠，因为总是倨傲地抬着下巴，看人时须得垂着眼皮，又多添了几分傲慢。

她嗓音低沉：“女子长得娇艳不是好事，有什么值得夸奖的？史上的妲己、褒姒之流，都是祸国殃民的妖女，下场可是凄惨得很哪。”

裴道珠保持笑容，无视崔老夫人的敌意，宛如不谙世事的少女，柔声道：“不知长公主和崔老夫人唤阿难前来，所为何事？”

崔老夫人递给侍女一个眼神。

侍女恭敬地抱出一只木箱。她打开木箱：“裴姑娘，这是我家老夫人的一点心意。”

木箱里排列着整整齐齐的银元宝，约有两千两。

裴道珠看了一眼：“您这是何意？”

“你是个有能耐的。”崔老夫人的语气不阴不阳，“能和萧家那孩子下出三劫连环的平局，整个成郸城也找不出一个来。我家凌儿虽然没这本事，但也想当个女国手，给家族长脸。”

裴道珠笑了：“所以，您想让我在明天的比赛上让她赢？”

崔老夫人板着老脸：“嫌钱少？”

裴道珠歪头，伸手眷恋地轻抚银元宝。她声音极轻：“用职权之便，为她抢花神之位。拿真金白银，为她当女国手铺路。有家族撑腰，真好……”

崔老夫人不耐烦：“你肯还是不肯？”

若是放在以前，裴道珠凭着八面玲珑的手段，定能哄得崔老夫人高高兴兴，得偿所愿地拿了这些银钱。可是经历了花神殿的生死，经历了前世今生的梦境，她突然就不想再委屈自己了。

她眉目凉薄而无辜：“老夫人，我也只是个孩子，和您孙女儿一样喜欢名利，一样喜欢出风头……凭什么她想要，我就得让？”

侍女们面面相觑，已经很久没人敢跟她们家老夫人这么说话了。

长公主不动声色地弯了唇，借着吃茶遮掩笑意。

崔老夫人动怒："裴道珠，若是放在几年前，你或许有资格说这话。如今你怎么敢的？！别忘了，你父亲的顶头上司是我崔家的门生，可不要不识抬举！"

裴道珠沉默着。阿娘说要敬重老人，可是有些老人实在惹人讨厌。

司马宝妆适时放下茶盏。她含笑起身，替崔老夫人捏肩："阿姑何必跟小孩子一般见识？什么女国手，听着就不靠谱！您想啊，就算咱们今日能收买阿难，难道还能收买北国的使臣不成？捧着凌人固然重要，但如果凌人输给北国使臣，那可就丢脸丢大发了。"

崔老夫人冷冷扫她一眼："到底不是亲生的，有什么好事也不肯想着凌人。你在崔家待了十几年，我崔家对你的恩德，你怕是半点儿没有记在心上！胳膊肘往外拐，亏你还是崔家的主母！"

裴道珠挑眉。

世家势大，堪比皇权。崔老夫人这是半点儿情面也没给长公主留。

然而长公主仍旧面带笑容，似乎早已习以为常。

崔老夫人寒着脸转向裴道珠："裴家的丫头，这女国手之位，你让也得让，不让也得——"

"不知崔老夫人造访金梁园，有失远迎。"

清润的声音幽幽传来。

萧衡捻着佛珠从不远处的假山旁走出，不疾不徐地走到凉亭前："母亲挂念崔老夫人，您既然来了，不妨去陪她说说话。"

他像是才发现裴道珠："阿难也在？巧了，上回托你给母亲绣的屏风，绣得如何？左右今日无事，领我去瞧瞧吧。配色什么的，我也可以帮你参考。"

四目相对。

裴道珠莞尔，萧玄策竟然给她解围。

她承了他的情，接话道："九叔来得正好，确实有几种颜色我还拿不定主意。"她朝崔老夫人行了个退礼，和萧衡一起离开了。

崔老夫人气得不轻，重重把茶盏扣在石桌上。她盯着两人远去的背影，忍不住叱骂："萧家这孩子是什么意思？我崔家的女婿，怎么能给外人解围？！"

司马宝妆给她添茶。看似孝顺，唇角却扬起讥讽。

所谓的联姻，萧家那边尚未应承呢。八字还没一撇的事，萧衡怎就成了崔家的女婿？

这老妇人，越发不要脸了。

裴道珠随萧衡走在花径上，满地的落花瓣给裙裾染上了浅香。

她把玩着紫纱折扇，凤眼流转，娇声道："玄策哥哥为我解围，若是给凌人妹妹知道了，不会生气吧？不像我，我只会心疼玄策哥哥。"

萧衡面无表情。这丫头跟他说话总是阴阳怪气的。

他捏了捏眉心："好好说话。"

裴道珠折扇遮面，低笑起来。笑够了，她恢复正经："你和崔凌人的婚事还没商量妥当吗？当年你求娶我时，行事作风十分干脆，怎么到了真正谈婚论嫁的时候反而变得拖拖拉拉？你要权势，崔家便是最合适的联姻对象，还犹豫什么呢？"

她想试探萧衡，究竟是不是她当初遇见的那位郎君。

萧衡也看着她。少女满脸认真，瞧不出撒谎的痕迹。然而……

他绝对没有求娶过她。

他认识她，分明是在今春三月。但他也看出来裴道珠并不是在编造，她的眼睛里确确实实藏着故事。

他坦言："你我之间是不是有什么误会？你咬定我们有一段旧情，可是在今年春天之前，我一直都没回过成郯城。"

裴道珠抿了抿唇，期待的心渐渐沉了下去。

她犹不死心，小声道："过去是我错了，是我贪慕虚荣不知好歹……你冷落我，我认了。只是你何必非得装作不认识我？"

萧衡正色道："当真不认识。你若不信，我可以指天为誓。"

裴道珠再无话可说。

眼前的郎君虽然仍是白衣胜雪的模样，可是在她眼中，却突然变得陌生。

她合拢折扇，又问："你可有什么双胞兄弟？"

萧衡想了想，坦白道："听府上的长辈说，我曾有个兄长，可惜刚出生就夭折了。天下之大，无奇不有，兴许世上当真有人与我生得一样容貌吧。"

他这么说着，却自己都不信。世上连一模一样的树叶都不存在，更何况人？裴家这丫头，许是在梦里遇见的他？

她把梦境当真了。

长风吹过花园，落花纷纷扬扬。

裴道珠盯着他的脸。

当年的玄策哥哥温润如玉，眼前人却刻薄霸道。

当年的玄策哥哥棋风温和，眼前人却诡谲难料。

细细想来，他俩之间确实存在着太多的不同。

那一年的爱慕宛如春日里的花儿，开过之后悄然凋谢，细细回想，连花影也变得模糊斑驳，只记得松竹林间那一袭温润的白衣。

或许是她认错人了。

裴道珠后退半步，抬起眼帘，第一次正视萧衡。

眼前人不是故事里的情郎。他叫萧衡，是萧家的九郎君。他未曾与她花前月下，未曾与她谈论佛儒道，更未曾有过真情。因为没有过情意，所以连梦境里护送她北上和亲的事似乎也变得不再那么面目可憎。

他只是个被她一厢情愿赖上的陌生人而已。

她低眉敛目，慢慢福了一礼："九叔。"

萧衡捻着佛珠的指尖悄然收紧。沉默片刻，他道："无人的时候，你依旧可以唤我玄策哥哥。"

裴道珠摇了摇头。玄策哥哥……并不是属于他的称呼。

她道："九叔，我要回去看棋谱了，告退。"

萧衡提议："我陪你手谈两局。"

裴道珠并未理睬他。

萧衡目送她远去。

少女身影娉婷，洁白的裙裾拂拭过落花瓣，露出乌青色的木屐。

莫名寥落。

裴道珠离开后，萧衡也回了自己的居所。

随从恭声禀报："主子料事如神，崔老夫人果然派人收买了棋官，打算在明天的对局上做手脚。不过卑职按照您的吩咐，给棋官送了双倍的礼，他们会帮裴姑娘的。"

萧衡拂袖落座，淡淡嗯了声。翻开书页看了片刻，他又叮嘱道："去把我库房里珍藏的那两本棋谱送去湘妃苑。"

随从端来茶水，微微一愣，随即笑道："主子当真宠爱裴姑娘，这段时间一直在为她操心，这是她的福气呢。"

萧衡盯着书，却一个字也没看进去。最近他在那丫头身上花费的时间和精力确实多了些。

他捏了捏眉心："这次和北国对弈，是两个国家之间的较量，自然要慎重。她是最合适的人选，容不得半点儿差池。"

随从再度愣住。他又没说什么闲话，主子解释什么？

次日。

金梁园贵客如云，都想亲眼看看女国手的荣称究竟花落谁家。

裴道珠的几场比赛都很顺利。她欣然落下最后一颗棋子，对方已经无路可走。

她抬眸，不远处的棋桌上，崔凌人和一位姑娘的对局也已接近尾声。看她撩发辫的自信模样，想必胜券在握。

看来决胜局会在她和崔凌人之间进行。

她收回视线，起身离开水榭。

“阿娘？”

她惊讶地看到阿娘居然来金梁园了，正和长公主说话。

听见女儿的声音，顾娴连忙转过头，笑吟吟地挽过她的手：“你小时候，你阿翁就常常夸你在围棋上有天赋，没想到有朝一日竟有机会当上女国手。阿翁地下有知，定然会为你骄傲。”

裴道珠有些羞赧，小声道：“许是崔家妹妹获胜也未可知。”

顾娴弯着眉眼，神情越发柔和：“输了也没事。没有谁规定，获胜的一定得是自家的孩子。我的小阿难不求大富大贵，声名显赫，只需平平安安就好。”

裴道珠鼻尖一酸。

父亲总骂她们没出息。她没日没夜地学习琴棋书画，只求比别家的女郎更加出众。只有阿娘告诉她，平庸也是没关系的……

她忍住泪意，问道：“父亲也来了吗？”

提及裴茂之，顾娴有些难以启齿，片刻后才轻声道：“他去找九爷了……拦都拦不住。”

裴道珠愣了愣。

父亲能有什么事需要去找萧衡？

难道是……关于她？

少女心底浮起不妙的预感。

望北居。

裴茂之爱不释手地把玩着一件翠玉印玺，笑呵呵道：“名分什么的也不是那么重要，只要九爷肯怜惜阿难，哪怕是妾，也没有关系。阿难那孩子脸皮薄，哪怕仰慕九爷也不敢开口。我这当父亲的实在看不下去，这才亲自出面为她张罗。九爷，您看……”

萧衡正提笔临帖，纸上笔走龙蛇。

他缓缓道："花神节上，我对阿难有所亏欠，因此替你还清了债务。这才过去几天，你又欠人钱了？可是想在我这里捞一笔聘礼，好拿去还债？"

裴茂之自打还清了高利贷，他就无债一身轻，前几日薛家突然送了赔偿金过来，他便去赌坊打算来个一本万利，狠狠捞一笔。谁知不仅没捞到钱，还把那笔赔偿金输了个干净，甚至又欠下巨额赌债。

他讪笑道："九爷说的什么话，我是真真切切为阿难着想！可怜天下父母心，我没日没夜地在为她的婚姻大事伤脑筋哪！"

见萧衡只是轻嗤，他眼珠一转，压低声音："我听说九爷要迎娶崔家的女儿？崔家势大，九爷碍于崔家的面子，不好纳妾也是有的。我有个主意，可以让九爷得偿所愿。"

萧衡想知道这老东西的下限在哪儿，问："什么主意？"

裴茂之神采飞扬："您在成郦城宅邸颇多，不如拿出一座，偷偷把阿难养在里面。金屋藏娇，郎才女貌，不失为一桩美谈呀。"

"啪嗒"一声，萧衡手中的狼毫笔突然折断。他抬起眼看着裴茂之。

什么金屋藏娇，什么郎才女貌，不过是养外室。外室是什么，是比妾侍更加低贱的玩物。天底下怎么会有父亲甘愿把女儿送给人做外室？

他似笑非笑："裴大人……令我大开眼界。"

裴茂之得意扬扬："凭阿难的美貌，天底下再难找出第二个。崔凌人身世显赫，娶回来做当家主母正合适，可相貌上到底差了几分不是？对男人而言，妻不如妾，妾不如偷。我家阿难才是九爷的知心人呢！"

恶心。

萧衡倍感不适，他品着对方的措辞，忽然饶有兴味地问道："裴大人可是在外面养了人？"

裴茂之愣了，连忙摆手："那哪儿能呀？我只是随口一说罢了！"

萧衡没有追究，搁下毛笔整理书案："与崔家的婚事暂时还没定下，不必着急替你女儿争位置。我喜欢阿难，也打算把她迎进府里。外室那种话，今后不必再提。"

这话算是给裴茂之吃了一颗定心丸，他大喜过望："我就说九爷和阿难十分般配，是天造地设的一对儿呢！"

萧衡嫌他玷污了自己的书房，吩咐随从："给裴大人拿些银钱，送他出去。"

裴茂之眼睛一亮，喜得合不拢嘴。他这趟可算是来值了，不仅捞到了一个金龟婿，还能拿到一笔钱！

他恭敬地向萧衡行了退礼，颠颠儿地跟随从拿钱去了。

萧衡拣起写废的字，在香炉里烧成灰烬，凤眼漆黑幽深，透着浓烈的霸道和占有欲。

他不是大善人，没那么好心给不相关的人施舍钱财。所有的赠予都早已在心底标好价码，裴茂之还不起。

但愿裴家的小阿难，能还得起。

第7章

初夏午后的阳光透着懒意。

裴道珠小憩了片刻才前往翠屏长轩。

顾娴陪她穿过花园，好奇道："自打用过午膳，就没见过凌人，不知她现在何处？"

司马宝妆不以为意："那丫头一向勤奋，又喜欢争强好胜，这个时候大约躲在哪个地方研究棋谱，不必为她担心。"

"凌人棋艺精妙，也许会成为女国手。"顾娴欣慰地望向自己的手帕交，"虽非殿下亲生，殿下却把她培养得十分优秀，很为殿下长脸呢。"

司马宝妆笑了笑，伸手捏了把裴道珠的脸蛋，柔声道："凌人勤奋有余，天资却不足。当上女国手的肯定是咱们阿难。"她的眼睛里藏满温柔。

裴道珠有些意外。成郧城里，人人都称赞长公主贤淑宽厚，只是她接触崔家人的这段日子里，直觉长公主其实也没有多宠爱崔凌人。

她们说着话，已经到了翠屏长轩。

因为时辰尚早，裴道珠踏进棋室后翻起了棋谱。

没过多久，棋官等人也陆续到场。

裴道珠翻完半卷棋谱，却还不见崔凌人到场。她合上棋谱，望向水漏，已是开局的时辰了。

几位棋官面面相觑。

崔家人也都在场。

崔老夫人眉头紧锁，招来侍女询问，侍女却称崔凌人用过午膳后就独自出门，说是要去僻静的地方研究棋局，不许她们跟着打扰。

为首的老棋官笑道："许是有什么事耽搁了吧。派几个人去找找，不妨事的。"

"找什么呢？"顾燕婉摇着团扇缓步进来。她负责这次选拔赛，见今日天气热，特意带丫鬟去弄了解暑的酸梅冰糖和时令鲜果。

她示意丫鬟把东西放到案几上，瞧见裴道珠对面的位置空着，不禁愣住："凌人妹妹还没到吗？这都到比赛的时辰了……"

崔老夫人冷着脸："已经派人去找了，过会儿就到，急什么？"

她这么说，其他人却都无言。

围棋如君子，君子重德。按照规矩，迟到的人是要取消资格的。可崔家势大，哪怕众人心里有这般想法也不敢说出来。

又过了两刻钟，去找崔凌人的侍女陆续回来，都说没找到人。

顾燕婉轻蹙眉心："一直等着也不是法子，我带人再去找一番吧。"她起身，想了想又望向裴道珠："表妹可要一起？咱们对园子比较熟，更容易找到人。"

裴道珠左右闲着，更何况若是由她亲自找到竞争对手，也能传出她大方的美名。她盈盈一笑，跟上了顾燕婉。

顾燕婉做事很有章法，除了裴道珠，又叫了园子里的其他姐妹，分别去东西南北方向，专挑偏僻的抱厦、静室一类地方找人。

裴道珠穿过花墙，花墙尽头是一座幽静的小竹屋。竹屋的房门虚掩着。

她试探着推开门："崔家妹妹？"

无人应答。

她踏进门槛，绕过竹帘进了里间。

木屐下传来黏稠的触感。她垂眸，发现踩到的是黏稠的血渍。

血渍一路往屏风下蜿蜒，一个人影若隐若现地倒在屏风后，华贵的裙裾被血染成了深色。

裴道珠小心翼翼地绕到屏风后。

血泊里的那张脸，本该美好如春日里待放的花，却过早蒙上了死亡的阴影。

裴道珠难以置信的惊呼："崔凌人？"

血泊里的崔凌人胸脯微微起伏。

裴道珠见她还有呼吸，连忙靠近检查，发现致命伤是插在胸口的利刃。

裴道珠捂住伤口，想为她止血，可血还是止不住地从她指缝间渗出，染红了白皙的双手和雪白宽袖。

裴道珠心急如焚。哪怕彼此是对手，她也不能眼睁睁看着她死去。她紧张道："我去叫人！你撑着，你别睡过去！"

她起身准备去找人，却被崔凌人死死抓住了衣裳，像是溺水者抓住最后的浮木。

她的眼里已无神采，只剩一团死气。她张着嘴想说什么，却虚弱到一个音节也发不出来。眼泪顺着眼角滚落，那双漂亮的眼睛里藏满了对生的渴望和舍不得。她的视线掠过裴道珠，落在窗外。

随着崔凌人的手无力垂落，指甲勾破了裴道珠罩在外面的珍珠衣。串起珍珠的丝线悄然断裂，无数小珍珠滚落在地，发出清脆悦耳的声响。

血泊里的少女，在这金玉般的声音里彻底没了声息。

裴道珠怔住了。

“崔凌人……”她试图重新唤醒她，可无论怎样呼唤她的名字，都得不到半声应答。

她双眉紧蹙，想要扶起崔凌人。

屋外突然传来呼啸的风声。

带着火焰的羽箭笔直地射中了屏风。

下一瞬，绢纱屏风燃起熊熊火焰，迅速朝四面八方蔓延而去。

“崔凌人！”裴道珠声嘶力竭。

她到底是个身娇体弱的少女，勉强扶起崔凌人时，整座竹屋已经置身火海。她举目四望，没有找到出路，却意外发现案几上躺着一枝白山茶。

新摘的白山茶，花瓣上残留着细小的露珠，像是娇弱的少女。

她愣住了。

望北居。

“崔凌人不见了？”萧衡翻着兵书，有些意外。

他掐算着时辰，估摸着裴道珠已经赢了对局，便问了随从一句。谁知随从回答崔凌人没有参加对局。

随从困惑道：“听说棋室那边派了不少人去找，但到现在也没找到。主子，您说是不是崔姑娘怕输，不敢和裴姑娘对弈，所以偷偷逃走了呀？”

萧衡摩挲着书页。

崔凌人棋艺不如裴道珠，但她心性骄傲，干不出逃跑这种事。凭他断案的直觉，怕是出了事。

主仆俩正说着话，北窗正对着的方向突然蹿起一股浓烟。

随从惊讶：“是小竹林方向……那个地方一直没人住，怎的着火了？”

萧衡合上兵书，毫不犹豫地掠出窗外。

小竹林起火的动静很快吸引了大家的注意。

萧衡率先赶到，敏锐地听到竹屋里传出的嘶哑求救声。

是裴道珠。

萧衡骤然捏紧佛珠。他环顾左右，虽然已经有侍卫去打水救火，可等他们扑灭大火，不知要等到什么时候。

他果断吩咐：“去取辟火裘。”

辟火裘是他周游郡国时在东海花重金买到的珍宝，据说是深海鲛人手织而成，穿在身上可以不惧火焰。

随从很快取来辟火裘。萧衡披上之后果断闯进竹屋。

房梁坍塌，竹屋几乎化作火海，只角落还有一处勉强落脚的地方。

“裴道珠！”他破开坍塌的横梁。

裴道珠正绝望地抱着崔凌人，瞧见萧衡冒火闯进来，愣了愣，“玄策哥哥”快要脱口而出时，后知后觉地意识到什么，哑声唤道：“九叔……”

萧衡先是一愣。然而情况紧急，他来不及说什么。

确定裴道珠无恙后，他的目光才落在崔凌人身上。崔凌人浑身是血，胸口插着一把利刃，已是没有气息了。

裴道珠意识到他的视线，怕他误会是自己杀了崔凌人，连忙解释：“我进来的时候，她就已经——”

“我知道，不是你。”萧衡打断她的话。

崔凌人很骄傲，做不出逃避比赛的事。裴道珠同样骄傲，做不出背地里残害对手的事。

他脱下辟火裘，利落地给裴道珠裹上：“我带你出去。”

裴道珠摸了摸裘衣。她自幼见过许多珍奇异宝，认识这是万金难求的辟火裘。只这一件，萧衡竟然给了她……

她抬起头，再次正视萧衡，还没来得及说什么，已经被萧衡抱起，迅速朝竹屋外面掠去。

裴道珠忽然记起当初在花神殿时，这厮想要抛弃她独自离开的画面。

这一次倒是舍得冒险救她……

终于逃出火海，身后传来轰响声，竹屋彻底坍塌成废墟。

萧衡把裴道珠交给侍女，看了一眼废墟，低声吩咐：“去请长公主和崔老夫人。”

时间太过紧迫。活人到底比死人重要，他只来得及带裴道珠逃出来，崔凌人的尸体留在了火海里。

各大世家的人赶来时，大火已经被扑灭。

废墟前，一具烧焦的尸体躺在担架上，盖着厚厚的白布。

崔老夫人拄着拐杖，惊愕地盯着担架。她身形摇摇欲坠，被司马宝妆扶了一把才堪堪站稳。

她老脸仓皇，声音颤抖得厉害："你们刚刚说那担架上的人，是谁？"

无人敢应答。

她颤巍巍地走到担架前，伸手欲掀开白布。

侍女不忍心，本打算阻拦，却被老人狠狠拍开。

崔老夫人呼吸艰难，迟疑了片刻，猛然掀开白布。

映入眼帘的焦尸黢黑恐怖，哪还有平日里如花似玉的模样！只轮廓，依稀相似……

老人尖叫一声，眼前一黑，彻底晕了过去。

司马宝妆及时扶住她。细长威严的凤目轻轻扫过那具焦尸，瞳中没有任何感情。

再一转眼，她已经眼尾泛红，悲哀地哽咽啼哭："这可如何是好……可怜本宫的凌人，才十六岁的年纪呀！"

裴道珠也受了惊吓。她面色苍白，目光转过在场所有人，最后定格在顾燕婉身上。

当时棋室里的人都到齐了，唯独顾燕婉姗姗来迟。后来顾燕婉又自作主张，带姐妹们去找崔凌人，偏偏那么巧就把她分派到小竹林这边。

崔家多疑，崔凌人死了，她是见证者，在崔家眼里，她便和崔凌人的死脱不开关系，甚至很可能会被当成凶手。对顾燕婉而言，等于同时解决掉两个眼中钉。

可是……

崔凌人出身高贵，顾燕婉再如何胆大包天，也不至于对她下死手吧？

更何况那枝突兀出现在竹屋里的白山茶，实在蹊跷。

像是跟花神教有关。

裴道珠面色凝重。

像是察觉到她的视线，顾燕婉慢慢望向她，四目相对。

顾燕婉微微一笑。

裴道珠心里"咯噔"一下，就听见对方开口："金梁园侍卫众多，怎么会有人敢在这里行凶？！必定是熟悉园子的自己人偷偷下的黑手！”

此话一出，众人面面相觑。

崔老夫人被侍女掐着人中，已经慢慢苏醒。闻言，她红着眼睛恶狠狠盯着裴道珠：“凌人没了，能当国手的就只剩下你！怎么看你这丫头都跟凌人的死脱不开干系！来人，给我把她带回去，我要亲自审问！”

“崔老夫人！”顾娴护女心切，立刻把裴道珠护进怀里，“我家阿难最是善良，连蚂蚁都舍不得踩死，怎会做出杀人的事？更何况您也没有证据不是？”

“怎么没有证据？！”崔老夫人厉声，“这臭丫头和凌人一起被困在竹屋，再没有第三人。如今她活着逃了出来，凌人却死在了火海里！不是她杀的，还会是谁？给我抓起来，把她抓起来！”

痛失孙女令她怒不可遏，拐杖不停叩击地面，发出令人烦躁不安的声响。

崔家的婆子一拥而上。

萧衡递给侍卫一个眼神，金梁园的侍卫立刻拦住了她们。

崔老夫人的脸色更加狰狞难看。她恶狠狠地看着萧衡：“萧家的小子，今日死的可是你的未婚妻！你这是要为了一个狐狸精，跟我崔家作对？！”

司马宝妆柔声提醒：“阿姑，凌人和九郎的婚事还没定下呢，算不上未婚妻。”

崔老夫人瞪圆了眼睛：“你闭嘴！”

“阿姑……我也是为凌人伤心。”司马宝妆假意拿手帕擦泪，眼底却尽是凉薄。余光注视着崔老夫人气急败坏的模样，像是在欣赏一场好戏。

崔老夫人不依不饶：“凌人是我崔家的嫡长女，今日死在这里，我一定要为她讨个公道！萧家的小子，裴道珠这臭丫头，你今天不交也得交！”

到底执掌了崔家宅院多年，老人沉声说话时，威严十足。

顾娴死死搂着女儿：“阿难别怕……”

她知道，崔凌人死了，崔家怨气滔天。崔老夫人想带走她的女儿，不过是为了找个发泄的对象。

她看了眼躲在人群里的裴茂之。

只恨她夫君无能，连女儿都护不住……

眼见着小竹林里剑拔弩张，萧衡道：“此案发生在金梁园，崔老夫人放心，我将亲自接管，一定会找出凶手，给崔家一个交代。至于裴道珠……”

他望向少女。从火海里逃出来的少女还穿着绯红的辟火裘，白嫩的小脸上擦着几痕烟灰，却无损于她的美貌。丹凤眼漆黑清润，并没有慌张或者害怕。

不愧是裴家道珠，即使面临杀人凶手的恶名，也仍旧淡然如初。

好心性。若非家族落魄，就凭这份心性，也是世家大族的郎君们首屈一指的择偶人选。

他淡淡道："先关押在望北居，我会亲自审问。"

崔老夫人不肯，还要再闹，不远处传来急匆匆的脚步声，是萧老夫人闻风而来。

萧老夫人悲痛地看了眼担架，凝重道："此事非同小可，势必要查个水落石出！崔家姐姐，我家九郎的办案能力在整个成郸城数一数二，你就把这事儿放心地交给他吧！"

崔老夫人冷笑，她指着担架声嘶力竭："我的孙女儿才十六岁，死在了你家的园子里！你萧家得给我一个交代！"

这事确实是萧家理亏。萧老夫人赔着好，苦劝了半日，才把崔老夫人劝去厅堂说话。

明月出于东山。

竹帘高卷，案几上，一枝青莲静静插在白釉瓶里。

裴道珠跪坐在西窗下，看着天边的云和月。

她被软禁在这座寝屋，要等追查到凶手后才能被放出去。

因为崔凌人被杀之事，其他女郎郎君纷纷离开了金梁园，昔日繁华热闹载歌载舞的园林一夕之间冷清不少。

她轻轻吁出一口气。

侍女进来送茶，恭敬道："这茶是今春的君山银针，我家主子吩咐不得亏待姑娘。"

茶香四溢。

裴道珠却没有品尝的心思，问道："你家主子人呢？"

"主子被老夫人唤了去，大约是在商议事情，已是待了一个时辰。"

裴道珠挑眉。崔凌人死在金梁园，金梁园是萧家的地盘，哪怕将来追查到凶手，崔家也肯定要问萧家讨些好处……

此时厅堂里，侍女小心翼翼地添上新蜡，大气也不敢出。

萧衡与萧老夫人对面而坐，半张脸掩藏在昏暗里，令人看不真切他的神情。

温润的翠玉佛珠，一颗一颗捻过指尖。

过了很久，他低声道："孩儿明白了。"

萧老夫人的脸色和缓些许，看向萧衡时眼睛里藏着愧疚："我也不愿委屈你，只是咱们家到底亏欠了崔家，让你纳崔家庶女为贵妾，是崔家唯一的要求……”

萧衡很平静：“孩儿知晓。”

“你一心想要北伐，但手上没有兵权是不成的。”萧老夫人眉头紧锁，“与崔家联姻，也有利于争取朝堂上更多的世家支持。”

萧衡颔首。

他的祖父被仇人削去头颅，他的故都至今被异族占领。他从懂事起，就被父亲耳提面命，时时刻刻不能忘记国仇家恨。无论用什么手段，都要率军北伐收复疆土。他没资格委屈，也没资格叫苦。

萧老夫人顿了顿，忽然道：“今日在小竹林，我见你很护阿难。那孩子乖巧懂事，我十分喜欢。九郎……可也喜欢她？”

月光盈室，窗外传来窸窣虫鸣。

裴道珠跪坐在竹席上，看着袅袅升起的茶雾。

忽然有人推门而来。

裴道珠回眸，随即垂下眼帘，起身福了一礼：“九叔。”

萧衡蹙了蹙眉，他不喜欢这个称呼。

他看了眼案几上没怎么动过的晚膳：“查出真凶之前，你要一直住在这里。若是有什么地方不合心意，可以跟管事说。”

裴道珠点头，问道：“可有查出什么线索？”

她的态度礼貌而客气，跟以往全然不同。

那种陌生感再度来袭，令萧衡生出一股烦躁。他冷淡道：“尚未。”

“也是。”裴道珠挽袖，替他斟茶，“若是没有起火也就罢了，好歹还能查出些蛛丝马迹，偏偏起了大火，如今竹屋里什么也没剩下，更别提线索……”

少女的手腕凝白如霜，套着一只血红晶莹的珊瑚手钏，更显纤细娇美。

那是他送的手钏，她竟随身戴着。萧衡眼底浮起一丝满意。

他又想起在厅堂时，母亲的问话——九郎可也喜欢她？

他回答，喜欢。

但那份喜欢也仅仅只是喜欢，只是一个男人对一个女人，最原始的悸动。既比不上国仇家恨，也比不上锦绣前程。

他忽然道：“今日你父亲找我，要你当我的外室。”

裴道珠正要把茶盏推到他面前，闻言手抖了下，茶水洒了出来。她拿帕子擦拭桌面，樱唇噙起冷笑："亏他想得出来……好好的世家嫡女，却要送去给人当外室，也不怕裴家沦为成邺城的笑柄！"

说完，她忽然怔住。萧衡无缘无故干吗与她提这些？

她心中起了戒备，认真道："之前是我认错了人才对九叔投怀送抱。如今误会解开，你我之间的暧昧可以结束了。九叔，你该是我的长辈。"

长辈……萧衡暗暗冷笑。最先招惹的人是她，如今得知认错人了就想撇清关系？

天底下哪有这么好的事。

他眯眼道："由你开始的游戏，该由我来结束，如此才算公平。"

他比当初的玄策哥哥危险百倍！裴道珠避开他的视线，不动声色地转移话题："话说回来，虽然我是第一个发现崔凌人出事的人，但让我去北边小竹林找人的却是顾燕婉。顾燕婉和这桩谋杀案是否有什么关联？毕竟她和崔凌人也是有恩怨在先的。"

萧衡吃了口茶："我会查。"

"另外……"裴道珠犹豫了一下，决定把白山茶的事告诉他，"自打花神节过后，你就让人把园子里的白山茶都拔了，现在白山茶并不多见，怎会突兀出现在竹屋？莫非凶手仍是花神教的人？但他们为何要杀崔凌人？"

提起花神教，萧衡有些意外，他起身道："你先睡吧，我再去竹屋那边看看。"

裴道珠试探："我想与你一起……可以吗？"

萧衡不以为然。虽然他答应过崔家，不得放裴道珠离开，但金梁园毕竟是他的地盘。他的女人想出去走走，有什么不可以？

他拿了件斗篷，替她披在身上："走吧。"

少女提灯而行，两人穿过花径和竹林，抵达了竹屋，见竹屋前燃着火堆。

身穿华服的贵妇单膝蹲在火堆前，正在烧纸钱。

裴道珠惊讶："长公主殿下？"

司马宝妆回过神，抹去脸上的泪珠，缓缓起身："凌人死在了这里，我心里难受，忍不住过来瞧瞧。可怜她才十六岁，独自去往黄泉路，也不知是否孤单……"

她平日里一向高贵雍容，鲜少如此失态。裴道珠连忙上前安慰。

萧衡没管她们，独自踏进了废墟。

司马宝妆已经止住了泪，她看了眼萧衡忙碌的背影，又望向裴道珠身上的斗篷。她轻声问："阿难与萧家九郎……是什么关系？"

裴道珠尚未回答，司马宝妆低声提醒："人人都说萧家九郎是温润如玉的君子，然而依我看，他野心勃勃，绝非等闲之辈。阿难若想安安稳稳地过完这辈子，记得别去招惹他。"

裴道珠抿了抿唇瓣。怎么办呢，她已经招惹上了……

司马宝妆生怕她陷进去，又道："凌人死在这里，萧老夫人自觉对崔家有所亏欠，决定让萧衡纳崔家庶女为妾。不爱的女子也能说娶就娶，这般郎君对自己尚且心狠，对其他人又哪来的怜惜？"

夜风吹过竹林，竹叶潇潇作响。

裴道珠紧了紧斗篷。萧衡要纳崔家庶女为妾啊。

她从前或许喜欢过玄策哥哥，但她的玄策哥哥和萧衡是两个人，所以萧衡纳妾，她是半点儿难过也没有的。

她温声道："谢殿下提醒，阿难会谨记在心。"

司马宝妆走后，萧衡回来了，面色淡淡："那把火烧得彻底，什么也没剩下。只捡到些烧焦的珍珠，应是你那件珍珠衣上的。明儿再送你一件新的。"

裴道珠这才想起她那件珍珠衣。有礼物可以拿，她自然却之不恭："谢谢九叔。"

萧衡看她一眼，没说什么，往望北居走。

大理石铺就的小径上，被月光倒映出婆娑竹影和两人拉长的影子。萧衡注视着影子，试图握住少女的手。

指尖触碰。

裴道珠犹如触电，不动声色地收回手，却被男人一把攥住，牢牢扣在掌心。

挣扎不得，摆脱不得。

"你是我的。"他的声音比夜色更沉。

裴道珠和萧衡一路拉拉扯扯地回了望北居。她看着从外面锁上的房门，忍不住抬起脚尖踹了下门。

"什么人呐！"

她转身走到洗脸架旁，寒着脸清洗双手。木盆里泛起涟漪，她盯着水里的倒影，有些恍神。

那年初夏，她与玄策哥哥一起泛舟湖上，满船清光如载星河。他们坐在船舷上赏月，他第一次牵了她的手，有种难言的温暖。

阿难，阿难……

他贴在她的耳边，低声唤着她的小字。他的声音比岸边的萤虫还要温柔，像是永远不会腻烦。

后来她渐渐沉沦在名利和家族荣辱里。她忘了那一夜的星光有多美，也忘了那一夜的晚风有多缱绻。她忘了心动是怎样的感觉，也忘了那位白衣胜雪的郎君。

她背叛了他，也背叛了自己……

原来所有美好的东西，都要等到失去以后才能明白它有多美好。如今所遭遇的一切，都是上天对她的惩罚吧?

少女弯了弯唇，水波倒映出来的笑容有些生涩。

因为竹屋被烧，崔凌人被杀一案追查起来十分困难。裴道珠在望北居里一住就是一个月。

已到炎炎夏日，房间里置着冰瓮，水晶珠帘高卷，案几上铺陈开笔墨纸砚。天青色高脚盘里盛着罕见的冰荔枝，是驿站快马加鞭从岭南运过来的，专供世家高门和皇族享用。

裴道珠托着腮，静坐窗下。

窗外垂柳依依，绿荫盎然，高墙外隐隐传来热闹声。

枕星提着食盒进来，见自家姑娘对着窗外发呆，以为她是闷得慌，连忙安慰："九爷很有本事的，他肯定能查出真凶，到时候您就能重获自由了！"

裴道珠撇了撇嘴，她根本就没指望能尽快离开。这案子什么证据都没剩下，大罗神仙来了也不好查。

她接过枕星递来的燕窝粥："外面好热闹，可是有什么喜事?"

枕星"啊"了声，望了眼窗外，欲言又止。

裴道珠吃了两口燕窝粥，见她涨红了脸不吭声，好奇："莫非是九叔纳妾? 纳妾不比娶妻，没有太烦琐的程序，算算时间，一个月足够了。"

枕星垂下脑袋："是，九爷今日是纳了崔家庶女为妾。您别难过……"

裴道珠笑了。她又不爱慕萧衡，有什么可难过的。

枕星给她布菜，神神道道的："也不知怎的，奴婢就觉得那么多女郎里面就数您和九爷最般配。如今九爷纳妾，奴婢为您伤心……不过他们这桩姻缘也只是表面姻缘，九爷心里最喜欢的还是您！"

裴道珠吃着小菜，嘴里却毫无滋味。

她怎么不知道萧衡喜欢她? 就他那样的……除了皮囊和家世一无是处，脾气还坏得要命，白给她都不要。

她正色："这种话不可在外人面前提起。九叔是长辈，对我一个晚辈能有什么心思呢？"

枕星嘀咕着般配不般配的话，很不情愿地答应了。

月兔东升。

裴道珠沐过身，换了一袭轻软洁白的寝衣，跪坐在西窗下梳头。她仍然能听见高墙之外传来的热闹声，大约是亲朋之间的饮宴。

她曾见过崔家的庶女，容貌只称得上清秀，全然配不上萧衡。可崔家只有一个嫡女，如今嫡女没了，崔家和萧家的联姻却还要继续，他们只能拿庶女充数。

萧衡定然是不喜欢她的。然而成郦城世家势力盘根错节，每个家族都在努力扩充势力，娶或者嫁自己不喜欢的人，是所有继承者一早就做好准备的事。

裴道珠握着桃花木梳，注视着满地月光，突然有些悲凉。

窗外忽然传来叹息声。

她抬起头。白衣胜雪的郎君不知几时出现，斜坐在窗台上，一手提着纸伞，正静静看着她。

"九叔？"她唤道。

四目相对，她意识到什么，霍然起身，几乎失声："玄策哥哥？！"

眼前的郎君温润如水，那样的目光曾在她梦里出现过，绝非是萧衡的眼神！

郎君笑容如当年那般怜惜："一别经年，阿难可还安好？"

"不好！"裴道珠几乎崩溃，"究竟是怎么回事，为什么你会和萧衡生着同样的容貌？为什么你要用他的名字？你可知……你可知我因为认错人，惹出了多大的麻烦？"

男人沉着，像是有什么难言的苦衷。

裴道珠鼻尖一酸，两年来的委屈涌上心头。她忍着泪意小声道："玄策哥哥……我想你了。当初是我不懂事，是我错了。"

自从裴家落魄，就再也没有人陪她谈论佛儒道，再也没有人陪她共游西山，再也没有人视她如珍宝……

面对少女的忏悔，男人仍旧沉默。他转头注视遥远的明月。

明月照亮了山河，可北国的明月却笼在阴云之后。那里的疆土被异族侵占，那里的同胞正在苦苦煎熬。他受命奔赴北国充当奸细，已经没有时间来处理儿女情长了。

他轻声道："我要离开了，很想再见你一面，因此偷偷来了金梁园。阿难……"他凝视着少女，似有千言万语想诉说，却终究一个字也没说出口。

他提着纸伞，犹如白鹤般悄然离去。

"玄策哥哥！"裴道珠快步走到窗台前，可男人已经走了。她伸手去抓，却只抓到飘落的柳絮，只剩残留在风中的檀香证明今夜的重逢并不是一场梦。

"玄策哥哥……"裴道珠落了泪。

恰在这时，"吱呀"一声，有人推门。

萧衡披着外裳，浑身透着酒气，散漫地跨进内室。他眼睛猩红，声音低哑："裴道珠……"

瞧见回头的少女满脸泪水，他怔住了："你哭了？"

少女白裙曳地，泪流满面的模样格外娇弱。

萧衡一步步靠近。

裴道珠双手紧攥，清楚地意识到眼前人是萧家的九郎，不是她的意中人。她慢慢后退，直到撞上墙壁。

萧衡一手撑着墙壁，把她圈在自己怀里。他低头拂去她两腮上的泪珠："可是因为我纳妾才哭成这副模样？"

裴道珠哽咽着，抬起湿润的长睫。

她从萧衡眼里看到的是无边欲念，没有爱慕和怜惜，更没有非卿不可的执着。他动心的，只是她的皮囊。

心底起了几分厌倦，她勉强维持礼貌："今天是九叔纳妾的日子，不去娇妾房中，怎么跑到了我这里？"

提起新纳的娇妾，萧衡的情绪冷了几分。他淡淡道："势力结合而已，哪有什么感情？"

他看着那顶小轿抬进金梁园，看着崔家的庶女娇娇怯怯地给他敬酒。他不耐烦地走完流程，心里想的始终是孤零零被锁在闺房里的裴道珠。他想着她，饮酒时便不自觉喝多了些。等宴会散场，他借着醉意循着月光来了她这里。

想见她……

他的视线落在少女的唇上，喉结微动。

裴道珠看着他这张脸，眉眼鼻梁都和玄策哥哥一模一样，心底的想念和怨气如野草般肆意滋生。

玄策哥哥来去无踪，明知她过得不好，却仍旧离开，不曾告诉她归期，不曾告诉她是否还爱着她。可她早已是谈婚论嫁的年纪了，他若一去不归……

她笑了一下，凤眼里几分癫狂，几分自暴自弃。

她忽然踮起脚尖，报复般主动吻上萧衡的唇。

萧衡的瞳孔猛地缩小。

裴道珠只是蜻蜓点水般吻了一下就放开了他，她盯着萧衡的脸，无辜地歪了歪头："玄策哥哥喜欢吗？"

月光里的少女，美得恍如神明。偏偏歪头笑时透出几分邪气，透出几分妖气。

这一瞬间，萧衡难以自抑地心跳加速。他反手扣住她的脑袋，不管不顾地再度吻下。

初次略显生涩。

裴道珠始终睁着眼睛，眼里藏着太多情绪。

萧衡觉得她仿佛是在透过他看着别人，却又觉得这个想法十分荒谬。

成邺城里，除了他，她还能对谁心动？她的身心都该属于他。他越发霸道地将少女抵在墙上。

不知过了多久，萧衡终于结束了深吻。他捏着她的下颌，迫使她仰起头："裴道珠，你属于我，身心皆是。"

裴道珠仍旧面带笑容："嗯，我属于玄策哥哥。"

见今夜的少女过分乖巧，萧衡觉得哪里怪怪的，却又想不出哪里奇怪。

他迟疑时，裴道珠整理了一番仪容，望了眼窗外的明月，柔声道："时辰尚早，玄策哥哥可要在我这里吃杯茶？前几日你命人送来的君山银针十分合我口味，今夜月色很美，我想与玄策哥哥赏月吃茶。"

月光盈室，美人笑吟吟做着邀约。萧衡没有拒绝的道理。

乌青色屋檐下悬挂着祈福的铜铃。长廊干净清幽，庭院花影婆娑。

两人坐在廊上，各自捧着香茶。

裴道珠仰头看月，萧衡却看着她："你今夜很乖，可是怕我纳妾之后冷落了你？"

裴道珠弯起唇角，徐徐转向萧衡，看了他半晌。不知过了多久，她垂下眼帘，替他理了理发间的丹红璎珞。

她的声音比以往任何时候都要温柔："玄策哥哥纳妾时，我心里百般难受，我这才明白，原来我是真心爱慕你……我自知家族落魄，不敢求玄策哥哥娶为正妻，也不敢和崔家女争宠。只求玄策哥哥能时时记挂我，永远不要抛弃我。"

萧衡直觉她的话真假参半，然而少女温软的指尖暧昧地游走在他的唇上，令他心猿意马，几乎丧失所有判断力。

他低头喝了口茶，定了定心神。

裴道珠终究只是个弱女子，心思再坏，又能坏到哪里去？更何况他救了她几次，她喜欢上他也无可厚非。

裴道珠为他挽袖添茶。她看了眼萧衡的白衣。那个人的白衣上总绣着宝相花，萧衡也该穿才对。

她温声细语："我给玄策哥哥做一套外裳吧？我绣活极好，玄策哥哥定然会喜欢的。"

萧衡挑眉。今夜的裴道珠岂止是乖巧，简直像是换了个人。

还没等他答应，裴道珠忽然捧住了他的脸。端详片刻后，她弯起眉眼："玄策哥哥编在发间的丹红瓔珞，我瞧着不大喜欢，以后少戴可好？"

她的玄策哥哥从不在发间佩戴瓔珞。

萧衡怔怔的，虽然觉得奇怪，但眼前的美人笑起来时眼如新月，哪有算计的样子？倒像是新婚的娇妻在关注夫君的穿戴打扮，可见裴家的小阿难真真正正把他放在了心上。

萧衡摸了摸她的脑袋，对她更加耐心："明儿就取下来。"

裴道珠笑容更甜，依赖地靠在他的肩上，像是被完全驯服的小兽。她蹭了蹭他的肩，忽然撒娇："今夜不去娇妾屋里，好不好？"

萧衡原本也没打算去，纳她进门只是给崔家一个面子罢了。他点头："我会陪着你。"

廊下月色迷离。

此情此状若是被萧荣看到，定然会发现裴道珠和当初对他一往情深时的模样全然相同。

萧衡在裴道珠闺房坐了一宿。他想做些更亲密的事，却被裴道珠拉着下棋写字，除此之外就是谈论佛儒道，半点儿没给他近身的机会。

他疲倦地揉了揉额角，刚踏出门槛，一个小丫鬟急匆匆跑了过来："主子，新姨娘在老夫人院子里闹呢！"

崔柚被萧衡领回望北居的路上，一路哭哭啼啼。她梳着新妇发髻，穿桃粉色罗襦裙，虽然脸上精心描绘了妆容，却也只勉强称得上清秀。

与裴道珠相比，犹如萤火之于骄阳。

踏进院门，她捏着手帕啜泣："昨儿是我大喜的日子，可九爷却连我的屋子都没进，连我的床帐都未曾碰过……我虽是庶女，却也是世家出身，何曾受过这种委屈？”

一个月前，得知嫡姐崔凌人死了，她不知道有多高兴。她嫉妒嫡姐多年，对嫡姐的婚事更是十分眼红。

嫡姐死的那天，她楚楚可怜地去父亲和长公主面前晃悠，叫他们起了让她代替嫡姐和萧家联姻的心思。

虽然只是做妾，但对方毕竟是萧家九郎，是成郸城最有前途的郎君，也是最玉树临风的公子。哪怕是做妾，也比做别人的正室强上百倍！

可是她万万没料到，九爷昨夜根本就不去她房里！嫁进来第一天就沦为金梁园的笑柄，她如何受得了这种羞辱？

于是她一早就带着侍女去萧老夫人院子里闹事。这一招果然奏效，瞧瞧，九爷这不就注意到她了？

她擦着眼泪，偷偷瞄萧衡。不愧是嫡姐心仪的郎君，不仅生得面如冠玉，气质风度更是举世无双。她不禁脸泛红，眼若秋水，更楚楚可怜了几分。

萧衡把她的细微表情尽收眼底，唇畔噙起冷笑。

什么世家大族的女儿，端庄矜持学不会，倒学的勾人那一套。

他眼底凉薄，嗓音却很温和：“昨夜有要紧事要处理，因此忽略了你。”

崔柚也不想嫁进来第二天就惹他厌烦，她擦去泪珠，不再胡搅蛮缠：“当真如此？”

“嗯，我近日一直在忙你姐姐的案子。”

崔柚满脸爱慕：“我并非不懂事的姑娘，既然如此，我就不打扰九爷办案了。姐姐早逝，我也很难过，很盼望尽快查到真凶。”

两人又说了片刻的话，崔柚才恋恋不舍地返回新房。

随从目送她远去，小声道：“这位新姨娘不仅明理懂事，还很重感情。”

萧衡轻嗤。若当真重感情，就不会在嫡姐才离开一个月时打扮得如此花枝招展，一看就知道是个不安分的。

他吩咐：“人不可貌相，叫人盯着些。”

若是乖巧，养在后院安度余生也就是了。若敢闹事……

萧衡眼底掠过杀意。

随从领命，又苦恼道：“主子，说起崔姑娘的案子，咱们查了一个月也毫无进展，再这样下去，崔家那边的压力要顶不住了！只怕他们会把怒火撒在裴姑娘头上！”

萧衡捻着佛珠。他有种直觉，崔凌人的死和花神教有关。花神教则和十几年前那场屠城有关。他想不明白这其中的关联，也想不明白花神教为何要挑选崔凌人下手……

恰在这时，侍从匆匆过来禀报："主子，薛小满被杀了！"

转眼已是黄昏。

"一个月……"

闺房角落燃着一炉香。裴道珠慵懒地躺在地板上，无聊地在脸上盖一块丝帕。

若是崔凌人没死，她此时应该已经战胜她当上了女国手，和北国的使臣在棋盘上一较高下，赢得天下美名。可如今她却身陷囹圄，名声尚且岌岌可危，别提当国手了。

唯一值得庆幸的是，初夏时节北部暴雨连绵，拖延了北国使臣团南下的时间。他们在江淮一带停滞了半个多月，近日才会抵达成邺。

"如果他能在这两天破案，还我清白，说不定我还有当国手的机会……"少女闭着眼睛呢喃。

身边响起衣料窸窣声，熟悉的声音响起："今日，就还你清白。"

裴道珠愣住。她取下丝帕坐起身，见萧衡不知几时过来了。他跪坐在地，眉眼内皆是寒霜。

她伸手为他抚平紧皱的眉心："脸色怎么这样难看？"

少女的温柔解意令萧衡的心情稍稍变好。他道："薛小满死了，死法和崔凌人一模一样。发现她尸体的婢女称房中多出了一枝白山茶，她只来得及捡起那枝白山茶，闺房就着了火，把尸体和整座房子烧得干干净净。"

他从怀袖里取出那枝已经枯萎的白山茶。

裴道珠蹙眉："当真是花神教的手笔？他们究竟想做什么？"

萧衡不语。若能知道目的就好了。上回好不容易逮到几个活口，偏偏在审讯之前咬舌自尽了，他什么也没问出来。

他道："我和几位同僚认定，崔凌人和薛小满的死是同一个凶手所为。薛小满死时，你被关在金梁园，因此你的嫌疑被洗清了。"

裴道珠惊喜过后，弯起眉眼。她靠在萧衡肩上，柔声道："我就知道，玄策哥哥一定有本事还我清白。那这也就意味着我现在是朝廷钦定的女国手了，是不是？"

萧衡挑眉。都什么时候了，这丫头还在想当国手的事！可他怎么觉得她有点可爱？

萧衡摸摸她的头："再过两日，北国使臣团就该进京了。你这两日留在这里，我陪你练棋。"

裴道珠抬起长睫。萧衡没再佩戴那条丹红璎珞。他与玄策哥哥，更像了呢。

她眉眼更弯："玄策哥哥新纳了娇妾，该与她亲近才是。留在这里陪我，她会不会生气？你还是去陪她吧，我不怕孤单的。"

她嘴里说着赶人的话，却如幼兽般黏着萧衡。她用下巴轻蹭萧衡的肩膀，细嫩的手臂环着他的腰，丝毫没有要放开的意思。

萧衡有些遭不住。

枕星捧着空了的茶托，哼着小曲儿高高兴兴地迈出门槛。

等候在廊下的侍女见只有她一人出来，不禁往竹帘后面看了一眼："主子呢？怎么这个时辰还不出来？"

枕星笑眯眯的："主子在陪我家女郎下棋，吩咐把饭菜送进去，要和我家姑娘一起用膳。再过几日北国使臣就要抵京，主子打算这几日都来陪我家姑娘练习棋艺。"

侍女不屑："什么'我家姑娘'，落魄贵族的女儿罢了，你还真把她当成你的新主子了？是个人都知道，跟着那种女人是没有前途的！"

"宿月！"枕星不悦，"这种话也是你能说的？"

宿月轻哼一声："我就是看不惯她那轻狂娇气的样儿！"

宿月容貌姣好，身段窈窕，不仅妆容精致，发髻也梳得漂亮，不像侍女，倒像是小户人家娇养的姑娘。

枕星不高兴了："我家女郎端庄矜持，才不轻狂呢！"

"整日黏着主子，举止不可谓不轻浮。"宿月嘴噘得更高，"又不是主子的什么人，凭什么总和主子形影不离？！"

"你——"枕星气急，偏又说不过她。

她和宿月从小就认识，以前都是近身侍奉九爷的。宿月是所有侍女里面最好看的，因为头脑聪明、嘴巴伶俐，还管着主子的后院开支和丫鬟调度。原本也算进退有度，没想到今日竟然会说出这种混账话，像是受了气没处撒似的。

枕星咬牙，使出了撒手锏："你再胡说八道，我告诉主子去，到时候有你好果子吃！"

"我可不是一般丫鬟，我——"宿月欲言又止，不情不愿地去了厨房。

宿月从厨房出来时，夕阳柔和。她孤零零地坐在假山上揽镜自照，往鬓角簪了一朵粉荷，左右瞧了瞧，露出满意的笑容。不过片刻，那笑容又化作羞怒。

她不忿道："侍奉多年，本以为能熬出个身份，到底还是没结果……纳了崔家庶女做妾也就罢了，裴道珠是个什么东西？无名无分的，也配待在九爷身边？"

她越骂越气，最后气得把青铜掌镜丢了出去。

"哎哟！"

掌镜扔到假山底下，恰巧砸到了一个丫鬟的脑袋。

宿月连忙俯身望去。

假山之间的青石小径上，一个小丫鬟正弯腰捡起掌镜。小丫鬟身后还站着一位美人，正是顾燕婉。

因为崔凌人的事，大家都搬出了金梁园，唯独她还留在这里。

顾燕婉轻摇团扇，笑吟吟地抬起头："你是九叔身边的丫鬟？你似乎对我堂妹颇有怨气？"

宿月没想到她的那通抱怨竟然会被人听去，又惊又怕，辩解道："您听错了……"

顾燕婉挑眉："听没错听，我自己不知道吗？怨不得你怪她。我那表妹一向水性杨花，明明和荣哥不再有婚约，每次见面时却还要对他暗送秋波，真令人厌恶。"

宿月愣了，眼中的戒备逐渐消失，她全然把顾燕婉看作了盟友："九爷是正经人，是要在朝堂上干一番大事业的，绝对不能被狐狸精耽误。您可有治她的法子？"

顾燕婉嫣然一笑："我是晚辈，岂能插手九叔院子里的事？"

"不过——"她把玩着团扇，话锋一转，"我虽不能插手，但你们院子里不是新来了姨娘吗？"

宿月很快明白了她的暗示，笑道："多谢提醒，奴婢这就去办！总得把狐媚子赶出去，九爷才能专心前程！"

顾燕婉目送她远去，笑容意味深长。

小丫鬟不解："如今裴家落魄，表姑娘已不能翻身，您为何还要一直针对她？凭她的家世，就算嫁，也嫁不到好人家吧？"

顾燕婉轻摇团扇，没有回答。

她和裴道珠就像是不能共生的植物，如水仙和铃兰，如葡萄和榆树。种在一起，就会死。

她回想起初来成邺时的情景。

那年她随双亲踏进乌衣巷，瞧见巷子两边都是阔气的官家宅邸。在钱塘时，她是当地最漂亮聪明的淑女，人人都捧着她。可是来到裴府后，她就像第一次见世面的乡下女子，见着什么都觉得稀罕富贵。

她穿着钱塘最流行的服饰，可那样的服饰在成邺城连丫鬟都瞧不上。她走在裴府的游廊里，迎面而来的婢女和嬷嬷仿佛都在偷偷笑话她。

第一次看见裴道珠，她惊为天人。她以为她是天底下数一数二的美人，直到看见裴道珠，她才明白什么叫作萤火之于骄阳，才知道自惭形秽是怎样的感受。

更要命的是，她说话时带着钱塘口音，和裴道珠所用的雅言相比，自卑令她根本不敢开口说话……她如今得体的穿戴打扮，是裴道珠一点点教会的。她如今使用的雅言，是裴道珠一字一句纠正的。

裴道珠曾见过她最不堪的一面，她的存在，就是在时时刻刻地提醒她丑陋的过往。唯有她消失在贵族圈子，消失在成邺城，她才能有彻底跻身上流的感觉。

她注视着天边的夕阳。

"偏偏是你……只能是你……"

若有似无的叹息声，消失在黄昏的风里。

闺房掌了青纱灯。

裴道珠跪坐在地，手握一卷棋谱，细白的指尖执着一颗黑玉棋子。她目光落在棋盘上，似是陷入纠结，久久未曾落下。

萧衡手捧香茶，安静地看着她。

裴道珠倾身落子时，一缕碎发顺着脸滑落。

萧衡顺势抬手，替她把那一缕碎发别到耳后。他这才发现，少女眼尾有一颗很不起眼的朱砂泪痣。他用指腹刮了刮那泪痣。

裴道珠弯起丹凤眼："我不喜泪痣，小时候曾想请大夫除掉，只是想到身体发肤受之父母，便不敢随意销毁。"

"很特别。"萧衡坦言，"好看的。"

"老话都说，有泪痣的人这辈子会有流不尽的泪……这般不祥的东西，好看又有什么用？"少女笑着说。

萧衡收回手，正视她半晌，认真道：“我不会叫我的女人流泪。”

裴道珠眼底藏着讥讽，她怎么就成了他的女人？

不过她面上分毫不显，温柔地弯起眉眼，娇声道：“我知道玄策哥哥最怜惜我——”

“砰！”突然有人推门进来。

崔柚气势汹汹地闯进内室，瞧见两人相对而坐，顿时怒不可遏。

她叉腰怒骂：“一早就听说裴家的二姑娘惯会装模作样招惹郎君，今日一见，传言果然不假！你是没出阁的女子，怎么半点儿脸皮不要，深更半夜跟男人花前月下？礼义廉耻四个字你可知道怎么写？！”

她原本乖乖待在后院。得知九爷今夜不能陪她，虽然遗憾，却也只能认命。不承想一个叫宿月的侍女过来报信，说九爷被裴道珠这个狐狸精勾住了魂儿！她不信，特意来瞧瞧，竟然真的撞见了他们共处一室！

她妒火中烧，直勾勾盯着裴道珠：“你怎么解释？”

裴道珠歪头捻起一颗棋子，笑吟吟地落在棋盘上：“任何解释都是因为心虚。我问心无愧，所以我不解释。”

“你——”崔柚难以置信地瞪圆了眼睛。

明明被抓了个现形，她还敢说问心无愧！她从没见过这么嚣张的人！

她怒火更甚，不顾一切地扑向裴道珠，想挠花她那张脸！

裴道珠却并不躲。

眼看崔柚快要扑上来，一把麈尾拂过，重重把她拍倒在地。

崔柚惊呼一声，不可思议地望向萧衡：“九爷？！”

萧衡面色清寒：“这里是你撒野的地方？滚出去。”

崔柚眼泪“啪嗒啪嗒”往下掉：“您竟然为了这个狐狸精斥责我？我这就告诉祖母去！我请祖母为我做主！”

她拎起裙裾，哭着冲了出去。

寝屋归于寂静。裴道珠重新摆好棋盘上散落的棋子，柔声道：“不去哄哄？”

萧衡的脸色更加难看，半晌才道：“她是妾。”

当今世道，世家大族的公子往往妻妾成群，携妓游山都能成为风流美谈。大族讲究妻妾有别,妾室身份低微，真正追究起来，她们与伺候人的婢女也没什么分别。

妾室怎敢管束夫君？崔柚她逾矩了。

裴道珠摆好最后一粒棋子，看着棋盘："为人妾室，连管束夫君都不成……这便是我绝不为妾的原因。我学不来大度，我只是个凡俗女子，我会因为夫君亲近别的姑娘而吃醋，醋味浓时，甚至会做出连自己都想象不出的事。"

萧衡叩击棋盘。

他不可能娶裴道珠为妻。如今两人的感情正好，他不想伤感情，因此选择了闭口不谈。

裴道珠看他一眼，笑容更加娇甜："玄策哥哥不必有负担，风月之事，不过你情我愿。你享受其中，我也是。所以对我负责这种话，我不会提。等新鲜感过去，你我男婚女嫁，各不相干。"

萧衡看着她。少女轻摇团扇，笑起来时眼如弯月。美貌至极，也潇洒至极，仿佛可以随时从这段感情里抽身而去。

他有种握不住也抓不牢的感觉。

他把裴道珠的小手扣在掌心，摩挲着她的手背，问道："不想为妾？"

"绝不为妾。"

萧衡沉默片刻，又道："只是与我玩玩而已？"

裴道珠欣赏着他这张脸，眼底并无爱慕，语气却很是深情："我自知出身不好，配不上玄策哥哥……今生不能做你的妻是我最大的遗憾。"

她慢慢抽回手，背过身，像是伤心般抬袖掩面。

背后的男人不知道坐了多久，直到蜡泪燃尽，才起身离开她的闺房。

裴道珠安静地跪坐在地。萧衡出身显赫，什么也不缺。对这种人而言，得不到的才是最好的。不仅仅是萧衡……所有男人在耗尽最开始的喜欢之后，都会暴露出喜新厌旧的劣根性，就像她父亲那样。

什么只羡鸳鸯不羡仙，那都是欺骗小姑娘的话。她是不相信的。

自打那夜过后，萧衡再没来过她这儿。

裴道珠却并不着急，只安安稳稳地研究棋谱。

崔柚那边，不知是被萧老夫人训斥了还是被萧衡约束的缘故，没敢再来找事。

转眼到了北国使臣团进京的日子。

因为长途跋涉，使臣团在成郢城休整了两日，宫中才设下国宴，邀请世家名流一起出席。

裴家虽然落魄，靠着祖辈积累的名气，仍是十大家族之一，因此有进宫参宴的机会。

热闹的大殿上，裴道珠坐在女眷席上，朝北国使臣团的位置望去。

他们的国手是个汉族少女，与她一般年纪大小，生得白净清秀，举止间都是书卷气。她瞧着还有些眼熟。

顾娴小声提醒："她是郑翡，郑家的嫡长女，小时候也住乌衣巷，与你一起玩过的。"

郑家也是十大世家之一，数年前被朝廷派往边疆镇守边关，没想到前阵子突然举族投靠北国，引起朝廷轩然大波。

作为郑家的嫡长女，郑翡小时候就有才女之名，棋艺也是顶尖的。没想到她竟然会代表北国与故国宣战。

除了郑翡，她哥哥郑擎虎也来了，还是这次使臣团的代表。

明明都是背叛家国的罪人，可是……朝廷百官几乎都对他们百般奉承，仿佛只要巴结好他们，北国的铁骑就永远不会侵略南朝的疆土。

裴道珠吃了一口茶，却觉滋味甚苦。

有宫女过来附在她耳畔低语："陛下请裴姑娘去偏殿说话……事关午后两国棋艺较量一事。"

偏殿内。

裴道珠不敢相信自己的耳朵："陛下的意思是让郑翡赢？"

老态龙钟的天子舒服地靠坐在胡床上，摆弄着盛满葡萄美酒的夜光杯："北国的皇帝要面子，朕给他面子就是。围棋而已，有什么可争的？万一触怒对方，引来战争，可就得不偿失了。你乖乖行事，事后朕自有奖赏。"

裴道珠沉默。

北国的皇帝要面子，就得给他面子？那他要疆土，是不是就得主动割地？

她又想起了梦里曾受过的屈辱。那凄惨的命运是不是就是以这种轻描淡写的方式，被这老东西敲定的？

她第一次觉得皇族如此碍眼。

午后，两国对弈终于开始。

御花园里，贵族们坐得里三层外三层。

天子倚在高座上，对北国使臣郑擎虎笑道："裴家那丫头是我们新选的国手，没什么名气，怕是不敌你妹妹。"

郑擎虎二十多岁，生得虎背熊腰浓眉大眼，一看就知道是将门养出来的儿郎。他握着酒盏："舍妹愚钝，不及裴姑娘。"

"你太谦虚了！"天子笑眯眯的，"对了，你父亲在洛阳可还安好？听说北帝很重用他，甚至还叫他掌管兵马，这可是难得的殊荣。遥想当年，你父亲还在成郫时，曾与朕骑马狩猎，身手是相当不错啊！”

郑擎虎垂下眼帘，饮尽了杯中酒。他轻声道：“阿父带着全族人投靠北国，陛下就不生气？怎么还能与背叛者谈笑风生？”

“生气？”天子诧异过后，慈蔼道，“朕一向有雅量，怎会生气？朕还指望你父亲在北帝面前多说说朕的好话呢！两国和平，不比打打杀杀强？朕就盼着这辈子安稳顺遂。”

郑擎虎握着酒盏的手越发用力。他低下头，眼尾微微泛红，然后猛地仰头饮酒，掩饰了所有的情绪。

女眷席上，小女郎们坐在一处。

韦朝露揪着手帕，看着棋盘边的裴道珠，难掩嫉妒：“昔年成郫城最出彩的姑娘就是她，如今家族落魄却还能出风头……她的命真好！”

顾燕婉吃着茶，轻嗤：“若是凌人还在，今天上场的未必是她。她也就是捡了个便宜而已。”

“凌人死得十分蹊跷。”有小女郎神秘兮兮地接话，“虽然朝廷说是花神教所为，但到底没抓到凶手不是？我瞧着怕是有人故意包庇裴道珠！”

她们说着话，有好事的郎君捧着托盘过来：“各位姐妹可要赌一赌谁赢谁输？”

那托盘上已经摆了不少银元宝，都是赌注。

众女对视几眼，韦朝露率先掏出一块银元宝：“我赌郑翡赢！”

有她开头，其他女郎纷纷效仿。不知出于什么心理，她们竟都押郑翡赢。

小郎君捧着托盘又去了男眷席上。几位皇室子弟毫不迟疑地押了郑翡赢。

他们同亲近的人耳语：“吃宴的时候，父皇特意招裴道珠说话……这次对弈赢的肯定是郑翡。”

一本万利的生意谁不喜欢，押郑翡获胜的银元宝顷刻间堆积如山。

陆玑把玩着一柄玉如意，双眉紧蹙：“家国大事也是能拿来赌钱的？简直胡闹！偏偏还都盼着郑翡赢……这不是叫道珠妹妹寒心吗？”

萧衡遥遥注视场上的美人，陛下召见她的事情他知道，但她会如何抉择？

万众瞩目的少女拈起一颗棋子，用指腹细细摩挲。

棋盘上便黑白纵横犬牙交错，在外人眼里局势复杂，然而在她的眼中却简单至极。而且郑翡的实力并没有她想象得那么强。她该不该赢呢？

——裴家的丫头，只要你乖乖输掉今天的比赛，给北国一个体面，朕不仅要奖赏你，还要给你父亲官升三品，让你满门显赫。朕的几个皇子尚未婚配，朕甚至可以让你当皇族的媳妇。

——但你若敢自作主张……朕不饶你，也饶不了你的双亲！

天子的话回响在耳边，掷地有声。

她该怎么选择？

“裴姑娘？”郑翡见她久久没有落子，不禁出声提醒。

裴道珠回过神，用余光扫了眼场边的萧衡，微微一笑，不动声色地落了子。

郑翡挑眉：“你竟然走了这一步……裴姑娘，你输了。”

她果断落子。原本纠缠不清的棋局瞬间变得明朗——断断续续的黑子连绵成片，白子宛如困在浅滩的蛟龙，瞬间被吞噬殆尽。

“竟是我失策了……”裴道珠讶异过后，十分遗憾，“这一局是我输了。”

“承让。”郑翡施了一礼。

因为赛制是五局三胜制，裴道珠开局失利并没有引起轩然大波。

在等第二局开局的间隙，裴道珠扫了眼场外的赌局，翘了翘唇角。她唤来枕星，低声耳语了几句。

“裴姑娘。”郑翡的声音从对面传来。

裴道珠含笑迎上她：“第二局要开始了吗？”

郑翡颔首：“请猜先。”

第二局，裴道珠又输了。

南国的贵族们纷纷唉声叹气，然而大部分人的眉梢眼角却是藏不住的喜悦。

韦朝露吃着东西，含混不清道：“裴道珠到底行不行呀？她代表的可是咱们整个国，若是不行，趁早换人，省得丢人现眼！说到底，她心里其实没有家国天下吧，否则怎么会输得这么容易？”看似是在怪罪，实则话里话外都是喜悦。

顾燕婉轻笑：“道珠表妹最是爱美，想必整日都忙着打扮去了，哪有时间研究围棋？可惜朝廷和咱们都对她抱着巨大的信任，想想真是不值得。若今天上场的人是我，我无论如何都要赢下比赛，给家国争光。”

不少人跟着附和，目光却都忍不住朝赌局那边瞟。银元宝堆积如山，他们已经开始掐算自己能赢多少钱了。

第二局过后，有半个时辰的中场休息。

裴道珠被宫女引进一处抱厦吃茶，刚踏进门，就瞧见萧衡端坐在屏风前。

抱厦的门从外面锁上了。

她眼底掠过笑意，歪了歪头："玄策哥哥可是来为我鼓劲儿的？连输两场，叫你失望了。"

她款款行至茶案前，刚刚坐下，就被萧衡捏住双颊。嫣红的唇瓣被迫噘起，仰起的眉眼无辜至极。她含糊问道："玄策哥哥？"

萧衡声音清寒："你棋艺如何，我不是不知道。刚刚你是故意输给郑翡？"

裴道珠不说话。

萧衡的神情隐在屏风下的暗影里，看不真切。他一字一顿："我可以忍受你的爱慕虚荣、机关算尽，我甚至可以把这些看作独属于你的小个性……但是裴道珠，唯有家国尊严这一条是我的底线。一个人哪怕做尽坏事，也不能不爱生他养他的疆土。"

萧衡松开手。

裴道珠搓了搓被捏疼的双颊，她抬起眼睫，讥笑道："玄策哥哥说得轻巧，可若是换作你，你又能如何抉择？赢了这场对弈，虽然保住了家国尊严，输的人却是我……我若被皇族暗杀，来年今日又有谁会记得我怜惜我？"

萧衡睨着她："你在看不起谁？"

裴道珠挑眉："什么意思？"

"皇族要你故意输给郑翡，你就乖乖听命？那我要你赢了郑翡，你听是不听？萧家势大，哪怕明日我要换个皇帝，那老东西又敢说什么？"

温润如玉的郎君眉眼间都是戾气。看似大逆不道的事，他说出来却莫名让人信服，世家瓜分朝堂权势，本就凌驾于皇权至上。

裴道珠凤眼亮晶晶的："玄策哥哥的意思是……你会保护我？"

萧衡一字一顿："为家国而战的人，我誓死守护。"

裴道珠怔愣。这句话像是划过夜空的闪电，激起了梦境的许多记忆。

她被将军从北国的皇宫救出，沿着来时的路，山一程水一程地返回江南。

她已阔别故土十年，重新踏在熟悉的土地上，却陌生得她几乎认不出。

她孤身回到乌衣巷。祖宅早就变卖，檐下悬挂着陌生的匾额，面生的仆从婢女进进出出，她远远看着，连上前搭话都不敢。

她又去了和亲之前和家人曾待过的那间小小的酒铺，可是酒铺早已变成肉铺，屠夫吆喝着卖肉，哪还有双亲和妹妹的踪影。

她站了很久，才鼓起勇气上前询问。

那屠夫一边切肉，一边唏嘘："你问的是茂之兄吧？六年前他生了重病，无钱医治，顾夫人就卖了这间铺子筹钱。可那病是要命的，哪儿能治得好？那钱啊就跟丢进水里的石头似的，连个响儿都听不到。最后钱没了，人也病死了！顾夫人撑不下去，带着两个小女儿投靠兄长，顾氏一门也算显赫，可她那嫂子容不下她们，给了点儿盘缠就打发她们走了。”

她怔怔地站在肉铺前，沉默良久，又怀着希望问道：“可知道她们去了哪儿？”

屠夫摇头，叹息更甚：“据说是要回祖籍钱塘。只是她们刚出成郢没多久，就遇到了山匪，当即就被抓走了。顾夫人是个忠烈的，不堪受辱，当场撞死……那对双胞姐妹也想跟着自尽，却被山匪拦住。后来……等官兵发现她们的时候，她们已经跟山匪头子同归于尽，死状十分凄惨。”

街上人来人往。

疆土收复，上百年的战乱结束，百姓们都很欢喜，共同庆祝即将到来的太平盛世。

再不会有连年战争，再不会有饥寒交迫，再不会有饿殍遍野。

只有裴道珠，像是被岁月抛弃的人，孤零零地站在川流不息的街头，与这里的一切格格不入。

她抱着给双亲和妹妹的礼物，却因为刚刚得知的噩耗，眼前一阵阵发黑。那些礼物散落在地，送给阿娘的新衣被人踩脏，送给父亲的美酒倾洒满地，送给妹妹的玉钗碎裂成片，像是碎裂的一片冰心……

屠夫突然抬起头：“你打听这家人做什么？咦，你这容貌与顾夫人竟有三分相似。莫非……你就是去给北国皇太子当小妾的那个裴道珠？！”

十年宫闱生活虽然疲惫痛苦，衣食住行方面却也算养尊处优。她的容貌依旧美丽，仍可令男人趋之若鹜。

裴道珠双眼泛红：“我是他们的女儿。”

屠夫的脸色变了。他盯着裴道珠，突然冷笑：“我道是谁，原来是那个妖妃！顾夫人一生贤淑，怎么生出了你这么个祸水？！”

祸水？裴道珠怔住。

屠夫的动静吸引了路过的行人。在得知面前的女人就是裴道珠后，所有人都变得愤怒起来，朝裴道珠指指点点：

“妖妃祸世！我听说就是因为她，北国皇帝无心治理朝堂，夜夜笙歌！”

“北国被灭都是因为她！如今回了江南，怕是会影响咱们的国运！”

“这等妖物还是尽早除掉为妙！”

“心甘情愿侍奉异族皇帝多年，好脏的女人！”

渐渐地，他们不再压抑自己的声音，开始恶声恶气地责骂起来。所有最歹毒的字眼，几乎全部倾注在了她的身上。

不知道是谁，率先朝她扔了一把烂菜叶。其他人纷纷拿起手边的东西，不管不顾地砸向她。仿佛只有把她砸死，他们的太平盛世才能真正到来。

一枚石头砸到额头，裴道珠痛呼一声，捂住了额头，却有更多的石头砸向她。

哪里都疼……

泪水潸然滚落。她想躲，却被人群推推搡搡。她哭着辩解，可嘶哑的声音很快湮灭在人潮里。

就在她被打得奄奄一息时，有马蹄声远远传来。

黑甲军队破开人群，骑着骏马的男人由远而近。

是萧衡。他是收复疆土的最大功臣，如今已位列三公。

他身穿细铠，居高临下看着她，难以辨别眼底的情绪。他甩出马鞭缠住她的腰肢，顺势将她抱到马背上。

人群哗然。百姓们试图阻止他带她走，大声辱骂着她是祸水，该被立刻处死才对。

他却像是没听见，骏马如流星般疾驰而去。

耳边风声赫赫。

她窝在他的怀里，气息微弱而绝望："为何救我……"

萧衡目视前方，薄唇轻启："为家国而战的人，我誓死守护。"

后面……又发生了什么?

抱厦内。

萧衡伸手，轻轻覆在裴道珠的手背上："在想什么? 你的脸色很难看。"

裴道珠将一缕散落的鬓发别到耳后："没什么……"

萧衡见她的脸色实在苍白，递给她一盏热茶："两国对弈，你只管放手去搏。陛下那边，有我。"

裴道珠知道，他既然敢说这话，那必定是有底气的。她弯起丹凤眼："那就有劳玄策哥哥了。"

要到比赛的时间了。裴道珠跟着萧衡往御花园热闹处走。

夏日的长风吹起郎君洁白的袍裾和宽袖，有如仙人之姿。

裴道珠嗅着他身上若有似无的崖柏香。

梦里回到江南，人人都恨她，人人都想杀她。她侥幸被萧衡救走，可是为什么她还是选择了投淮水自尽？年少的经历磨砺了她的心性，她自问比世间任何女子都要坚韧，该是怎样的绝望才能逼到她自尽？

到底是谁逼死了她……

少女抿了抿樱唇，在萧衡看过来时，习惯性地露出美好温柔的笑容。像是盛夏里最纯的那枝白山茶。

她回到赛场时，郑翡已经坐在了棋桌旁。

裴道珠款款落座："让你久等了。"

郑翡看了眼远处的棋官，声音极轻："休息的时候，我听人说你棋艺精妙，曾和萧家九郎下出过三劫连环。你大约不知道，数年前萧家九郎游历北方，轻松赢了我的恩师。我棋艺远不如恩师，由此可以推断，我并非你的对手。你刚刚是故意让我？"

裴道珠柔声道："事关家国尊严，我怎敢？"

郑翡一眼看穿："是天子……让你这么做的吧？"

裴道珠沉默。

郑翡望向老皇帝。他正和北国的使臣们谈笑风生，言语间尽是对北帝的崇敬。

她眼睛微微泛红，像是在极力忍耐什么。

长风卷起她的宽袖，裴道珠注意到她的手腕上戴着一截红绳，红绳上坠着个拇指大小的微型琉璃瓶，里面装着黄色沙土。

她好奇问道："什么时候流行起这种配饰了？倒是特别。"

郑翡愣了愣，不动声色地放下宽袖盖住手腕。

裴道珠瞧着稀罕，正想追问，棋官适时过来宣布比赛继续。

场边的贵族十分激动，只要裴道珠再输掉这一局，后面的两场对弈也就不用再比了。

顾燕婉轻摇团扇，惋惜道："选谁不好，偏偏选了她……围棋本就是咱们汉人的传承，今日若是输给北人，整个南国都会沦为笑柄。"

韦朝露轻哼："何止是天下人，史书若是记载了今日这件事，后人也会耻笑我们呢！都怪裴道珠，连郑翡都赢不了，亏她从前还有才女之名，真给我们丢脸！"

场上，裴道珠不紧不慢地落子。

郑翡跟了一子："她们都在议论你。"

裴道珠的目光并没有从棋盘上移开："嗯。"

郑翡好奇地抬起头看她。

少女花容月貌，天人之姿，一举一动都透着温婉优雅，是天底下难得一见的妙人。这般美人，从小该被人捧在掌心怜惜，不敢说养得娇纵，起码也是有脾气的，怎么受得了这种委屈？

她疑惑：“被这般辱骂，你就不生气？”

裴道珠曾听过比这些恶劣千百倍的辱骂，这一点委屈不算什么。她柔声道：“该你落子了。”

郑翡顿了顿，才落了一子。

裴道珠微讶，郑翡这一局似乎并没有用心。

不过一时半刻，这局棋就结束了。

裴道珠赢得很轻松。

老皇帝脸色开始难看，对身边的宦官低声道：“去问问那丫头在搞什么，可是不要命了？”

宦官像是请示般，偷偷瞟了眼萧衡，见萧衡面色淡淡，他立刻堆起谄媚的笑脸：“陛下莫慌，这有来有往，有输有赢，才不显得是裴姑娘故意输给郑姑娘的嘛！陛下是九五之尊，一个小丫头怎敢不听您的话？”

一番话说得老皇帝十分受用。

第四局，裴道珠又赢了。

这下他又坐不住了，低声咒骂：“这死丫头在干什么？！朕看她是不想要脑袋了！”

宦官笑眯眯的：“陛下莫慌，还有一局呢！您可是天子，裴姑娘不敢忤逆您的！”

女眷席上。

韦朝露抓着发辫，十分气恼：“赢了两局棋，瞧她能耐的！既然有这本事，早先两局干吗要输给郑翡？说到底还是没用心！”

顾燕婉摇着团扇，唇边噙着冷笑：“你们都没注意吗？这两局分明是郑翡让她，否则凭裴道珠的那点本事，怎么可能连赢两场？”

裴道珠看着吃茶的郑翡。

郑翡不解：“我脸上有脏东西吗？你一直盯着我做什么？”

裴道珠把玩着一柄合拢的绢纱折扇：“你在让我？”

刚刚那两局郑翡一直心不在焉，明明代表北国而战，却步步留情。就像是她并不想赢。

郑翡的目光落在别处："事关两国尊严，我怎会让你？"

裴道珠又看向郑翡的手腕。因为有衣袖的遮掩，那只装着泥沙的小瓷瓶看不见了。

她轻声道："输了的话……你也不好交差吧？最后一局你我各凭本事，可好？"

像是被人撞破了秘密，郑翡的眼圈再次泛红。

最后一局对弈开始。

眼见着棋局渐入尾声，老皇帝朝宦官招招手："快！"

宦官立刻呈上撒了胡椒面的手帕。

老皇帝把手帕往脸上一搽，立刻两泪汪汪起来。

贵族们也都敛去笑容，满脸沉痛的模样，仿佛已经看见了这场比赛的结果。

场上。

棋官盯着棋盘愣然良久，突然笑了。他如释重负般高声宣布："比赛结束。获胜的人是——"

韦朝露压抑着兴奋："我就知道表妹技不如人……可怜我们国家命途多舛，如今连围棋都输给了北人！"

顾燕婉团扇遮面，哽咽难过："谁说不是呢？棋艺不精还非要上场，她怎么忍心让国家沦为笑柄！"

四面八方都是埋怨声。

那位棋官停顿很久，才继续道："获胜的人是——裴道珠！"

四周的喧哗吵闹瞬间静止。

老棋官捋了捋雪白的胡须，朝裴道珠微笑致敬："裴姑娘，辛苦了。"

裴道珠起身，款款朝他回了一礼。她无视众人复杂的目光，一步步走到自己的席位上。

枕星抱着堆积如山的银元宝，激动地迎上来："女郎，咱们赢了好多钱！"

女郎叫她把所有的银钱都拿去下注赌她获胜，她乖乖照做。女郎果然料事如神，赢了好多好多钱！

她跟裴道珠久了，早已学会精打细算，激动道："奴婢估算了一下，得有两千两雪花纹银！"

裴道珠瞥了眼那些因为输钱而垂头丧气的贵族，这些世家子弟果然出手阔绰，竟投了这么多。

她又看了眼远处烂醉如泥的父亲，低声叮嘱："收起来，别叫我阿父瞧见了。”

上回薛家赔给她的银钱，她连摸都没摸到就被父亲输了个一干二净，甚至还倒欠下一屁股债。今后再弄到钱，她是半个子儿也不会叫他瞧见。

枕星心领神会，连忙称是。

裴道珠坐到角落。

崖柏香悠然传来。萧衡捻着一串碧玉佛珠，不知几时坐在了她的身边。

他冷笑道：“是我自作多情了，你一早就打算赢下比赛是不是？故意输掉两场，不过是做给我看，好叫我主动站出来庇护你。还敢学人下注……裴道珠，你也是大家闺秀，敛财的手段却叫人大开眼界。”

裴道珠笑了起来，像是一朵娇艳欲滴的白山茶。

她一早就算到萧衡不会让自己的国家输给北国，更何况她自己也不想输……她恨的是皇族，而非这片土地。

她把玩着折扇，微笑：“若是没有玄策哥哥的那句‘誓死守护’，我也不敢放心大胆地赢呀。归根结底，今儿能赢全靠玄策哥哥。”

少女声音如蜜，比冰镇的荔枝还要甜上几分。她玉手一扬，掌心赫然多出了一枚银元宝：“送给玄策哥哥，算是获胜的彩头。”

萧衡觉得稀罕。裴道珠在钱财方面一向小气，今儿难得大方。他不缺钱，却还是鬼使神差地收下了银元宝。

裴道珠心情不错，又打赏起伺候的宫女。

萧衡则默默看着她花钱如流水的爽快样，想起曾听陆玑提起过的昔年裴家鼎盛时期，裴道珠一掷千金买醉街头的潇洒。未曾亲眼见过她嚣张跋扈的模样，倒是有些遗憾。他捻着佛珠，想象着她昔年的顽劣，对她又起了几分喜欢和怜惜。

御花园散场之后，已是黄昏，忽有宦官过来请裴道珠。他尖着嗓子：“裴姑娘，陛下请您去水榭说话。”

裴道珠合拢折扇，老皇帝这是要秋后算账了。

她楚楚可怜地拉了拉萧衡的衣袖：“玄策哥哥……”

萧衡沉默。这丫头明明又作又坏，可是撒起娇来却能要人命。

裴道珠依旧软软晃着他的衣袖：“玄策哥哥？”

萧衡定了定神，对宦官道：“领我去见天子。”

裴道珠笑着目送他随宦官离开，继续吃茶。

贵族们都去吃宴席了，御花园花影婆娑，冷清许多。

背后忽然传来声音："表妹几时和九叔这么亲近？连阿叔都不叫，改叫'玄策哥哥'了？"

是顾燕婉。

裴道珠品着唇齿间的茶香，连头都懒得回："姐姐嫉妒？"

顾燕婉咬了咬牙。

她就是嫉妒，嫉妒裴道珠可以不费吹灰之力就能得到那些郎君的喜欢，而她哪怕是区区一个萧家庶子，都需要用尽浑身解数才能抢过来！

她强作镇定，冷笑："我有什么可嫉妒的？你的家世摆在那里，难道九叔还能娶你为妻不成？话说回来——我听荣哥说，天子不许你嬴郑翡，你忤逆天子，怕是没有好果子吃吧？没想到一向只考虑自己的裴道珠，有一天会为了家国大义舍生取义。不知道的，还以为太阳打西边儿出来了呢。"

裴道珠摩挲着茶盏，笑容依旧："姐姐这般夸我，怪叫我不好意思的。天子那边有九叔为我撑腰，有什么可担心的？"

九叔为她撑腰……怪不得他会跟宦官去面见天子。

顾燕婉不甘心。她原以为萧荣就是人中龙凤，嫁给他也算风光，没想到萧衡比他还要惊才绝艳。她咬牙切齿，暗自思忖。

天气有些闷热，裴道珠嗅着长风送来的花香，目光落在远处。一丛白山茶开到荼蘼。

她轻声道："姐姐与其操心我，倒不如操心操心自己。"

顾燕婉像是听到了笑话："我前程大好，有什么可操心的？今年秋天我就要嫁进萧家……萧家可是南国第一世家。裴道珠，我再也不是当初刚来成邺时那个没见过世面的小姑娘了！"

"我说的，并非是前程。"裴道珠起身，缓缓转身看着顾燕婉的双眼，"那日崔凌人死在小竹屋，你是知情的吧？你亲眼看见她被人杀害，却不曾施救，还故意引我去小竹屋。你想陷害我？"

顾燕婉愣住了，不自然地别开脸："妹妹可是热糊涂了？我竟听不明白你在说什么。"

裴道珠步步逼近："你说我自私自利，可是你任由崔凌人死在竹屋，见死不救，你又是什么好东西？顾燕婉，你我半斤八两，成邺城所有姑娘都有资格嘲笑我又作又坏，唯独你没资格！"

顾燕婉步步后退，哑声道："你根本没有证据……"

裴道珠确实没有证据，她只是猜测罢了。她欣赏着顾燕婉的狼狈，有心吓唬她："那日在小竹屋，我捡到了姐姐的耳坠……只是念着姐妹情分，一直没有拿出来罢了。"

顾燕婉的脸色"唰"地变得惨白。裴道珠见顾燕婉这反应……她当真对崔凌人见死不救？看来顾燕婉比她想象的还要狠。

"姐姐……"她贴近顾燕婉耳畔，"若是让崔家知道这事，你猜你会落得怎样的下场？"

顾燕婉表情狠戾，一把掐住裴道珠的下颌："我若出事，你也别想好过！我父亲可是你的亲舅舅，我若出事，他不会放过你和你娘的！"

裴道珠仍旧看着她笑。

明明是个娇艳欲滴的美人，笑起来时却令顾燕婉浑身发毛。她松开手，警告般瞪了裴道珠一眼才离开。

裴道珠摸了摸被掐疼的下颌，目送顾燕婉远去。

顾燕婉如今的言行举止和成郢城的女郎们一样优雅高贵，可是她忽然有点想念当初刚来乌衣巷时的那个笨蛋表姐。

裴道珠不知道萧衡向天子说了什么，直到她从宫中出来，天子不仅没有责罚她，甚至还嘉奖了她一箱金银珠宝。

回到湘妃苑，裴道珠沐浴过后，穿着寝衣欢欢喜喜地坐在灯下，清点她这段时间收到的礼物、奖赏和银钱。

枕星捧着小脸蹲在旁边，念念有词："四千两雪花纹银，外加两箱金银珠宝，两箱绫罗绸缎，还有郎君们私下送给您的首饰……女郎，您真富贵！"

裴道珠笑眯眯的："这就叫富贵啦？和你前任主子比起来，不过是九牛一毛。不过你说得好听，再说一遍给我听听。"

枕星笑眯了眼："女郎，您真富贵！"

裴道珠抱起一柄玉如意跟着笑起来。

从前显赫时，嫌弃"富贵"一词俗不可耐，如今落魄了才觉得这真是天底下最妙的词。

她欢欢喜喜地把玉如意放进箱笼："阿娘不该给我取名'道珠'，该给我取名'富贵'才是……多好听的名字呀。"

枕星嘴角抽了抽。若是给女郎取名"裴富贵"，似乎不那么好听……

她问道："女郎可要把钱攒起来？"

裴道珠锁上箱笼："攒起来作甚？闲在那里，银元宝还能生出小元宝不成？钱生钱才能真正致富。"

"钱生钱？"

裴道珠点头："用这些钱赚更多的钱。"

按照她梦境中的进程，再过十年就会天下太平，到那个时候，成邺城会地价飞涨。不如趁现在赶紧买一座院子，若是阿娘和父亲和离，将来她们母女也能有个去处。

剩下的钱，在城里买商铺也好，去城外买地也好，甚至拿去放贷生利息，都比傻傻地捂在手里强。

枕星听得一愣一愣的，再望向裴道珠时，她不禁更加崇拜："您不仅生得美貌，还聪慧过人，是奴婢见过的所有女郎里面最讨人喜欢的那个！"

裴道珠笑眯眯的，伸手捏了捏她的脸蛋。这丫头嘴巴跟抹了蜜似的，叫她生出许多快乐来。她取出一盒昂贵的宫廷酥酪，招呼道："过来，咱们一块儿吃。"

枕星有点馋，又有点腼腆："这么贵的点心，奴婢怎么敢吃？"

裴道珠把一整盒酥酪都塞她怀里："咱们如今有钱，怕什么？吃！"

枕星小心翼翼地拿起一块放进嘴里。

裴道珠看着她："枕星，你觉得我是个好女郎，可我这个人其实又作又坏，虚荣心还很强，把荣华富贵看得比什么都重，可是唯有一点或许比其他女郎强，那就是护短。你是我的人，今后我会和你荣辱与共。但凡我有一口肉吃，就绝不会短了你的食粮。"

青纱灯下，光影幽微，少女一脸坚定。

枕星突然就红了眼眶。她自幼就被卖进萧府，从来没有人对她这么好过。

她嘴里含着糕点，含混不清地哽咽道："女郎……"她哭着就要来抱裴道珠。

裴道珠被她娇憨的模样逗笑，又怕她被糕点噎着，连忙递上茶。

枕星眼泪汪汪地瞅着裴道珠。她不是没有听到过风声，说她怎么怎么坏，怎么怎么喜欢勾引郎君。可是她所见的女郎明明是天底下最好的姑娘，做坏事也一定是有缘故的！

这一刻，枕星决定彻底效忠裴道珠。

第8章

裴道珠没有再继续留在金梁园的理由，她打包好行李，亲自去向萧老夫人辞行。

萧老夫人正带着几个嬷嬷坐在槐树荫下纳凉。得知她要走，她惋惜地拉住她的手：“如今金梁园冷冷清清，阿难不如留下来多住两个月。夏天热，在蒋陵湖乘凉游湖不好吗？等到了秋天，山中的枫叶都红了，叫九郎领你去看枫叶。”

裴道珠柔声答：“承蒙老夫人喜欢，姐妹们都走了，我独自留在这里也不像话。这段时间给您添麻烦了。”

少女柔弱端庄，萧老夫人越看越喜欢。她又挽留了一阵，见裴道珠执意要走，只得放她离去。

裴道珠走远后，她对江嬷嬷道：“若非九郎无意，我倒是想替他说这一门亲事。阿难这丫头人美心善，荣哥儿无福娶她，是他的损失哩。”

江嬷嬷笑道：“儿孙自有儿孙福，您就别操心这些了。”

裴道珠并不知道被老夫人相中了，她接着去望北居向萧衡告别。

宿月守在书房外，打量她两眼，皮笑肉不笑道：“我家主子宿醉未醒，没空见您。”

裴道珠打量着她，生得杏眼桃腮，是个出挑的美人。观其打扮和表情，就知道她不是个善茬，恐怕对萧衡有情。

她摇开折扇，轻笑：“我就要走了，和九叔道个别也不成吗？今儿若是不行，那我就多留几日，总能见到他。”

宿月咬了咬牙，生怕裴道珠留下来勾引萧衡，只得不甘心地让开：“九爷醉酒时，除了奴婢不喜别人近身，你只远远在帐外道声别就可以了。”

裴道珠才不信她，推门而入。

寝屋里燃着一炉安神香，却遮掩不住空气里残留的酒气。

昨夜宫宴，女眷散席之后，男眷们还在殿里继续饮宴，萧衡大约是在那个时候喝多了。

她绕到屏风后，帐帘低垂，隐隐约约能看见躺在里面的人。

她大着胆子掀开帐帘。

郎君醉卧在竹榻上，鸦青长发散落在青竹枕间，雪白的宽袖从床边垂落，因为双眉轻蹙的缘故，皎皎如月的面容透出几分戾气。

她坐在榻边，伸手为他拂开搭在额间的几缕碎发。她迷恋这张脸，却也清楚地知道他不是她喜欢的玄策哥哥。

玄策哥哥不能娶她，萧衡也不能。她留在金梁园已经没有任何意义。

她收回手，凝视他良久，才起身离去。

手腕突然被人握住。

裴道珠回头，见萧衡撑着竹榻慵懒地坐起身。长发倾斜如流水，光影透进帐内，宿醉方醒的凤眼泛着醺红，越发显得姿容艳绝。

“想不告而别？”他声音沙哑。

裴道珠给他倒了一碗热茶，在竹榻边坐了：“昨夜喝了多少？”

“北人酒量好，我不愿输给他们，多喝了两坛。”萧衡接过热茶，“当真要走？”

裴道珠看着他，没有回答。他像是藏着心事，蹙起的眉头怎么也揉不平。

她问：“可是有什么烦心事？”

萧衡喝了半碗茶，并不介意和她分享朝堂上的事：“这次北国派使臣来，一是想用围棋羞辱我们，二是想重新划分边界线。”

裴道珠愕然：“去年才重新划分过，听说我们多让了两座城给他们，怎么今年又要重新界定？！”

萧衡冷笑：“这次，他们想要楚城。”

楚城在长江以南。长久以来，南国就是靠着横亘的长江天堑才能将异族的铁骑隔绝在外。如果把楚城给了他们，也就意味着异族的军队不必再费力渡江，轻而易举就能长驱直入，兵指成邺。

裴道珠失笑：“简直滑天下之大稽！这般荒唐的要求，天子定然不会答应！”

萧衡没有接话。

裴道珠难以置信：“天子答应了？！”

萧衡面无表情：“答应得爽快极了。”

“绝不可以！”裴道珠气急，“我看他是瞎了眼蒙了心，身为一国之君，竟然比我还贪图荣华富贵！玄策哥哥，你不是说能废天子嘛，何不干脆……”她做了个抹脖子的动作。

在萧衡眼中，她这个样子莫名可爱，连夜积累的躁郁都被她治愈了。

薄唇抿出一丝笑，他伸手轻覆在少女的脑袋上，带着怜惜却认真道：“同意的何止是天子，还有朝堂上的一帮世家。即使我废了天子，也仍旧没办法说服那些世家出兵北伐。”

裴道珠沉默。如今天下大乱，皇族再没有前朝那般值得敬重。可世家不一样。每个世家都有着上百年甚至数百年的根基，不仅有自己的封地，还能豢养私兵，底蕴雄厚势力错节，甚至可以将皇族踩在脚下。

萧家纵然势大，可若是其他世家联合起来，萧家也是无法抗衡的。

裴道珠担忧了片刻，见萧衡气定神闲并不着急，便猜想他有别的主意。她好奇道：“你打算怎么办？”

萧衡替她别起一缕散落的鬓发，丹凤眼漆黑如深渊：“朝廷不想出兵，那就逼他迎战。”

裴道珠没听懂。

萧衡收回手，低头吃茶，显然是不想再在这个话题上多谈了。

裴道珠怀着眷恋深深看了他一眼，便也起身：“这段时间承蒙你照顾，多谢。”

从前是她认错了人，造成不必要的误会和麻烦。只要他不再来招惹她，她便可以将这段时间的种种经历当作大梦一场。从今往后，他仍是高高在上的萧家九郎，而她继续做那个爱慕虚荣、趋炎附势的裴道珠。

再无交集。

萧衡目送她离开，总觉哪里不对。明明前两天还如胶似漆，一口一个“玄策哥哥”，怎的今日离别反而变得如此疏离？是舍不得他，害怕说得越多越忍不住想哭的缘故？

萧衡揉了揉宿醉发闷的额头，吩咐婢女去熬一碗醒酒汤。

裴道珠跨出门槛。

宿月喜气洋洋，朝她福了一礼：“裴姑娘一路走好，恕不远送。”

裴道珠轻笑，懒得与她计较。

就凭宿月的容色和才华，萧衡根本看不上她。后院里，不自量力妄图争宠的女子下场一般都很凄惨。

她步出望北居的时候，又有少女等候在院门前——是姨娘崔柚。

崔柚高兴得合不拢嘴："还以为裴姑娘多受九爷宠爱，没想到也不过如此。怎的，九爷连挽留都不曾？真可怜呐！"

裴道珠也笑。她如今薄有钱财，只等着置办宅院，不稀罕再跟萧衡演你侬我侬的戏码。分明是她不想留，怎的就成了萧衡不挽留？

她无意做口舌之争，把玩着折扇，柔声道："崔姨娘才是最受九爷宠爱的那个，我怎敢与你争？纵然是伺候九爷多年的宿月，也比不过崔姨娘在九爷心中的分量呢。"

崔柚愣了："宿月？"

裴道珠像是说错了话，急忙用折扇掩住嘴。她无辜地回头看了一眼坐在檐下绣花的婢女，才匆匆离开望北居。

崔柚咬牙切齿，双眼犹如斗鸡："宿月？哪个宿月？"

婢女提醒："就是上回向姨娘通风报信，说裴道珠与九爷有染的那个丫鬟。"

崔柚恍然，冷笑："我就说一个婢女也敢打扮得花枝招展，原是为了勾搭男人！小贱蹄子，给我等着！"

裴道珠已经翩然远去，唇角温柔翘起，似是深藏功与名。

裴家坐落在乌衣巷，虽与萧府毗邻而居，可两家地位却是天差地别。

裴道珠回来时，见母亲和姨娘正在厨房剥豆子，打算今晚做一瓮豆饭。

裴道珠好奇："阿娘，父亲又出去喝酒了吗？我去请安，没见到人。"

顾娴递给她一把嫩豌豆："可不是？不醉上四五天怕是舍不得回家。"

裴道珠吃了一颗嫩豌豆，笑靥温柔。父亲不在，她就可以放心地上街物色宅院了……

次日，裴道珠带着枕星出了门。她相中了一座两进两出的小宅院，庭院干净清幽，种着不少花萝绿树，楼阁屋舍十分精致，距离街道也不算远。

她问了问价钱，须得两千两纹银。

枕星咋舌："可真贵！"

裴道珠笑，可不就是贵？寻常百姓累死累活，一年也只能赚个三五两银钱，得不吃不喝多少年才能买得起这样的小宅院？

枕星劝道："女郎，要不咱们别买了吧？也不是没有房子住，何必非得花这冤枉钱……"

裴道珠却直接拍板："买。"

等到太平盛世，房子和土地就是最值钱的东西。她无人依靠，得自己替自己备好后路才行。

两千两纹银利落地花了出去。

裴道珠揣好地契房契等物，带着枕星在秦淮河边闲逛。迎面的风湿润凉爽，市井的喧哗和蝉鸣声也变得不再聒噪。她扬起唇角，裙裾生风，脚步轻盈。

世人说，女孩儿长大了是没有家的。婆家不会真正接纳她，娘家也会把她当泼出去的水。

可如今不一样了。哪怕祖宅被父亲卖了，她也不必再挤在梦里那座小小的酒铺里，沦为成郸城最大的笑柄。哪怕将来嫁的不是良人，她也有底气不看婆家的脸色。

她永远都有退路。

河畔商铺如织，酒旗招展。裴道珠心情极好，见路边有卖冷品的，便兴起请枕星吃樱桃酥酪。

主仆俩坐在摊子吃东西，有人站在高楼雅座里，把她们的一举一动尽收眼底。

顾燕婉临窗而立，面无表情地盯着裴道珠。她容色略显憔悴，显然是没休息好。

婢女捧来莲叶酥，恭声道："姑娘，这里的莲叶酥最有名，您快尝尝！您连着几晚没睡好，该好好放松才是，为什么总皱着眉呢？"

顾燕婉死死咬住下唇。裴道珠那天说的话，把她吓出一身冷汗。惊魂未定，她怎么睡得着？！

那日的情形浮现在眼前。

那天她路过小竹林，听见竹屋里传出一声尖叫。她躲在窗外小心窥视，瞧见一个穿着白袍的男人把崔凌人推倒在地，将匕首插进了她的后背。她惊骇不已，等白袍男人走后，才悄悄潜进竹屋。

那时候崔凌人还没死，她倒在血泊里，声音沙哑着要她救她。

她惊慌失措地去找大夫，可是刚走出两步就犹豫了。

崔凌人不是善茬，甚至还曾给她灌过一大壶迷药，叫她昏昏沉沉了很长一段时间。

若是崔凌人死了……岂不是痛快？

顾燕婉缓缓回头看了眼奄奄一息的少女，随即头也不回地离开了小竹屋。

她掐着时间去了棋室，故意安排裴道珠去小竹林那边找人。若是能陷害她成凶手再好不过，即使不成，往她身上泼脏水也可以。

一切都在按照她的计划进行。偏偏裴道珠竟然洗脱了冤屈，甚至……甚至还跟她说她在小竹屋里遗失了一枚耳坠!

顾燕婉摸了摸耳珠。

她的首饰太多了，早已忘记那天戴的是哪对耳坠。这两天她吩咐婢女仔细收拣查看，才发现她根本就没有丢过耳坠。那些话不过是裴道珠恐吓她的罢了!

她攥紧窗棂。裴道珠戏弄她，害她寝食难安，她不报复回去就不叫顾燕婉!

她唤来侍女，低声耳语了几句。

裴道珠和枕星吃完樱桃酥酪，沿着河边继续散步。走到一处拱桥上，见江南烟柳画桥，两岸参差人家，几只大雁沿秦淮河一路往东，美景如画。

裴道珠手搭凉棚，极目远眺。她喜欢河畔的酒楼商铺，很想买一座楼阁做生意。可惜这等寸土寸金的绝佳位置，房屋主人根本舍不得卖。

她正凝神细思，背后忽然被人重重撞了一下!

拱桥的美人靠十分低矮，裴道珠始料未及，如落花般坠进了秦淮河!

“女郎!”枕星惊呼，她来不及抓住裴道珠的衣袖，只能眼睁睁看着她被卷进水流里。

她向路人求救，有好心人下去救人。可前几日下了暴雨，河水暴涨，水流湍急，根本找不到裴道珠的踪影。

枕星急哭了，拔腿往裴家跑。跑到一半，想起顾娴和康姨娘柔柔弱弱的模样，知道怕是指望不上她们，于是一咬牙一跺脚，雇了辆马车，直奔金梁园去找萧衡。

顾燕婉欣赏着这一切，心满意足地饮了半盏酒。

就在枕星去求萧衡时，一艘精致的画舫徐徐穿过河流。低垂的珠帘底下，隐隐约约露出女子华贵清艳的裙裾。

裴道珠已换了身干净的深青色罗襦裙，她拿毛巾细细绞干头发，软声道：“多亏郑姐姐相救。大恩不言谢，改日请郑姐姐吃酒。”

与她相对而坐的，正是郑翡。

郑翡低头研究棋谱，嗓音略显清冷：“我租了画舫欣赏河景，恰巧路过，顺便救了你。举手之劳，何谈言谢?”

她浑身书卷气，说起话来总是淡淡的，似乎不怎么喜欢与人交际。

裴道珠微笑：“郑姐姐几时回洛阳？我在江南出生，从未见过故都的山水。郑姐姐回去以后，定要帮我多看几眼。”

郑翡顿了顿，轻声道：“除了你，还有其他成郯城的女郎惦记洛阳的山水吗？还有其他人记得沦陷在异族铁骑下的疆土和百姓吗？”

裴道珠沉默。自然是没有人记得的。若非恍如前世的梦境，如今的她大约也正过着醉生梦死不知今夕何夕的日子……

郑翡自嘲般笑了，往船尾走去。她起身时，宽袖里遗落了一枝白山茶。

裴道珠瞳孔骤然缩小。

山茶花枝上系着花草纸，纸上的言语她熟悉至极。

她捡起那枝白山茶，纸上字迹潦草癫狂——

愿言配德兮，携手相将。

不得于飞兮，使我沦亡。

她也曾收到过这种花草纸。纸上也写着《凤求凰》里的词句，像是痴心人在追求心爱的女郎。

可是只有去过荒野花神殿的她才知道，花草纸和白山茶所代表的真正含义。

看似纯洁的白山茶象征死亡。

她抬起头：“郑姑娘何时收到的花儿？可知道是谁送的？”

郑翡坐在船尾，抱起一把琵琶。她看了眼如临大敌的裴道珠，不明白她在紧张什么。

她拨动琴弦，淡淡道：“成郯城的郎君一向风流，自打我回到这里，就收到过不少礼物。区区一枝白山茶，何必大惊小怪？”

裴道珠屏息凝神。郑翡她根本不明白这枝白山茶有多危险。

她把事情讲了一遍，从她被抓到花神殿到崔凌人和薛小满的死。她道：“她们身边都有一枝白山茶，对凶手而言，这种花似乎有某种特殊意义。郑姑娘，现在凶手盯上了你，你务必当心才是。”

琵琶袅袅。郑翡沉浸在琴音和两岸风光里，完全没把她的话放在心上。

裴道珠忍不住提醒：“郑姑娘，事关性命，我并不是在跟你说笑。”

郑翡轻笑，抬起眼帘：“白山茶随处可见，出现在她们身边大约只是凑巧。更何况我离开成郯多年，在这里并没有树敌，怎会有人伤害我？”

她说完，继续弹奏琵琶。

画舫缓缓靠岸。

侍女挑开珠帘进来：“裴姑娘，船靠岸了，您该回去了。”

裴道珠看着郑翡，自知说破嘴皮子也没用，只得起身离开。

她站在岸边，目送画舫远去。

她、崔凌人、薛小满，以及才收到死亡预警的郑翡，若说有什么共同点，大约就是年龄相近，出身相似。

南国世家众多，以萧、谢、陆、吴、崔、薛、韦、裴、顾、郑十大世家为首。她们几人都是十大世家的嫡女。

除了这两点，裴道珠再想不出其他。她揉了揉额角，担忧地又看了眼远去的画舫才转身离开。

她沿着秦淮河畔走了两刻钟，刚走到落水的拱桥，就瞧见那边人声鼎沸，十几艘船在河上似乎在搜救什么。

她穿过人群，见枕星蹲坐在河岸边，哭得一把鼻涕一把泪。

萧衡捻着佛珠站在旁边，沉声骂道："人又没死，你哭什么？"

枕星哽咽："女郎落水那么久，却还是一点消息也没有，怕是不中用了……呜呜呜！"

裴道珠抽了抽嘴角。

哭声令萧衡更加烦躁，他按了按阴郁的眉角。

派出去搜救的船只一路往东，不知几时才能传回消息。河水暴涨，裴道珠水性再好，怕也难免会出事……

那般绝色佳人，若是尸体泡胀了，恐难再入目。

萧衡的戾气不由更重了些。他道："没保护好主子，却有脸哭，留着你还有何用？来人，把她扔——"

一只玉白的小手忽然牵住他的袖角。

裴道珠轻声道："九叔。"

萧衡回眸。

少女未施粉黛的脸白皙干净，兔耳高髻，深青色罗襦裙，腰间的系带随风轻漾，宛如冯虚御风的仙娥。嫣红如樱的唇瓣为她平添几分娇艳秾丽。

他诧异道："你没事？"

裴道珠笑了笑："侥幸被郑姑娘的船救了。"

萧衡沉默。

所以……他刚刚的所作所为都被她看在了眼里？

不知怎的，他不愿让裴道珠知晓他对她的在意，于是他讥讽道："既然没事，为何才出现？不如干脆和郑翡用了晚膳再回来，也叫别人再多担心担心。"

裴道珠挑眉。她再不回来，枕星就要被他丢下河喂鱼了。

她扶起激动的枕星，柔声道："'叫别人再多担心担心'，这个'别人’，九叔指的是谁？”

萧衡噎住。

裴道珠抬起丹凤眼，似笑似嗔：“九叔担心我，直说就是。又不是什么见不得人的事，害什么臊？”

萧衡无话可接。这个女人脸皮忒厚了。

裴道珠安抚过枕星，见河畔华灯初上，酒肆楼阁热闹，便提议：“九叔可还记得花神节前你曾在那座酒楼请我吃席？如今我手头还算阔绰，今夜我回请九叔。”

她买了小宅院，却不敢声张，除了枕星，无人同她庆贺。今夜的酒席算是她恭喜自己的乔迁之喜。更重要的是，她还能借机把郑翡和白山茶的事告诉萧衡。

酒楼。

裴道珠和萧衡往二楼走的时候，正逢顾燕婉和婢女说说笑笑地下楼。

四目相对。

顾燕婉脸色瞬间变得铁青。错身而过后，她站在低两级的台阶上低头朝萧衡福了一礼：“见过九叔。”

萧衡没有搭理她。

裴道珠目送顾燕婉离去，若有所思般将一缕碎发别到鬓角。她吩咐引路的掌柜：“我要顾姑娘之前坐的雅座。”

掌柜殷勤应着，把他们引进了那间雅座。

裴道珠走到窗边，发现从这里能清楚地瞧见拱桥。她不禁笑出了声。

萧衡倒了一盏梅子酒：“你性格谨慎，不会轻易落水。推你下水的是顾燕婉的人？”

裴道珠优雅落座：“可不就是？我一直与她小打小闹，不承想她竟然怨恨我到这个地步。”

萧衡暗暗记下顾燕婉这笔账。他给裴道珠倒了一盏梅子酒：“听子机说，你酒量极好。”

裴道珠大大方方地接过酒盏，颇有几分骄傲：“成郯城的女郎里面算是数一数二的。”

萧衡好笑。裴家这丫头胜负心到底有多重？竟然连酒量都要跟其他女郎比个高低。

裴道珠吃着梅子酒，脸色郑重几分：“请九叔吃酒不仅是为了回请，还要跟你说一件重要的事。”

她把郑翡和白山茶的事说与萧衡听。

萧衡晃了晃酒盏：“你怀疑郑翡也会遭到花神教的毒手？”

“不仅如此。”裴道珠凤眼亮晶晶的，“花神教神出鬼没，总也抓不住人。若是咱们守株待兔，利用郑翡当诱饵，提前布下天罗地网，是不是就能捉到他们？”

萧衡盯着裴道珠，像是要把她脸上盯出个窟窿。

裴道珠摸了摸脸：“我脸上有脏东西吗？”

萧衡不得不承认，面前的少女过分聪明，和她相处起来相当轻松快意。

他给她夹了一块莲叶酥：“我会亲自布置陷阱。”

“也带上我吧？”裴道珠跃跃欲试，“我已不再怕花神教，而且我从未见过查案抓人是怎样的场面，很想见识一番。”

萧衡吃着酒，轻嗤：“看查案是假，借机揽功才是真吧？怎么，生怕别人不知道这主意是你想出来的吗？”

裴道珠语塞，羞恼地嗔了眼萧衡。

她就是贪功又如何？若能抓到凶手，说不定就能顺藤摸瓜解决崔凌人和薛小满的案子。这可是数十年难得一遇的大案，朝廷的奖赏丰厚着呢！

萧衡看向窗外，见乌云多了几重，天色比往常更暗，像是风雨欲来。

他道：“这两天就要开始行动，出发前我会去乌衣巷接你。”

裴道珠眉眼弯弯：“谢谢九叔。”

萧衡不悦：“谁是你阿叔？叫哥哥。”

他白衣的衣袖和领口处用银线绣着宝相花，也摘下了编织在发侧的朱红璎珞。与玄策哥哥的容貌全然吻合。

裴道珠柔柔笑着，声音极甜地叫了声“哥哥”。

萧衡对她的怜惜又多几分。

他回到金梁园，想着裴道珠落水的事，随便找了个由头，罚顾燕婉抄经书三百遍。

顾燕婉难以置信：“不就是丫鬟忘记清扫院子门口的落叶吗？至于指责我邋里邋遢、不爱干净？！这是对一个淑女最大的羞辱！”

婢女劝她：“九爷是长辈，您小声点，万一给别人听见——”

“怎么？他还要给我安个不孝的罪名吗？”顾燕婉厉声，“肯定是裴道珠怂恿他对付我的，裴道珠……她知道落水的事是我干的了！”

婢女不知如何接话。过了半晌，她小心翼翼地取出笔墨纸砚："没有晚辈敢忤逆九爷，您还是赶紧抄书吧。三百遍得抄很久呢。"

顾燕婉咬牙切齿道："去请荣哥来，就说我在他家受了天大的委屈！"

夜色沉沉，一辆马车停在了裴府后门。

裴道珠披了件黑色斗篷，在夜色掩护下出门上了马车。

车厢里燃着两盏灯，萧衡正在看书。听见动静，他抬起头。

明明是去办案，裴道珠却穿得像是要去私奔。他嫌弃道："怎么穿成这样？跟我出去办案是见不得人的事吗？"

裴道珠理了理斗篷："深更半夜，孤男寡女，我阿娘知道的话，定然不允许我出门。从前和玄策哥哥溜出去玩儿时，我不也是如此小心？那时候咱们总玩到深夜，然后你再偷偷把我送到后门……我可都记着呢。"

她记得，萧衡却不记得。他不知道裴道珠口中的"玄策哥哥"究竟从何而来，究竟是谁。

他脸色泛寒，不再搭理裴道珠，继续翻看兵书。

裴道珠见案几上摆着茶点，尝了两块，夸赞："玄策哥哥的茶点与别处不同，格外好吃呢。"

萧衡翻了一页书，仍旧不搭理她。

裴道珠自讨没趣，懒得再跟他说话了。

马车疾驰到北国使臣团停歇的行宫附近就停了下来。裴道珠拎着裙裾跳下车，左右环顾，见附近树影斑驳，似是藏着高手。

她忽觉身子一轻。

萧衡揽着她的腰，几个起落间，敏捷地落在行宫屋檐上。

今夜乌云蔽天，行宫里的一排排宫灯朦胧照亮了附近。

裴道珠好奇俯瞰："玄策哥哥，这里就是郑翡歇脚的宫殿吗？今夜花神教的人会不会来？若是他们不来，咱们明晚是否还要过来？玄策哥哥……"

她有些紧张。

萧衡面无表情。从前喜欢听这丫头唤他玄策哥哥，可如今听着却觉刺耳。她像是在唤他，却又像是把他当成了别人，他不喜欢这种感觉。

他道："喊九叔。"

裴道珠一愣。一会儿让她唤玄策哥哥，一会儿让她唤九叔，要求这么多，他怎么不上天？

她翻了个白眼，不顾形象地盘腿而坐，从怀袖里取出提前藏起来的花糕，一个人慢悠悠地吃起来。

萧衡睨着她。裴道珠人前端庄，没外人的时候便一副惫懒姿态。

她小口小口地咬着花糕，姿态十分优雅，明明没有发出半点儿声音，可让他感觉花糕仿佛都美味了几分。

他心下一动："给我一块。"

裴道珠才不给。她怀袖里只剩下最后一块了，长夜漫漫，不知道要守到什么时候，万一后半夜肚子饿了，还能拿它充饥。再说了，她凭什么要分给他。

她撒谎道："没了。"

萧衡挑眉。

裴道珠见他眼神不对，生怕他抢自己手里的，急忙把那半块往嘴里塞。

萧衡忽然倾身，咬住了花糕另一端。

四目相对，近在咫尺。呼吸间，平添几分暧昧，再近一些就能吻到对方的唇。

萧衡咬下一块花糕，咽下去之后才斜睨裴道珠："滋味甚好。"却不知是在说花糕，还是在说裴道珠。

裴道珠食不知味。

她承认刚刚四目相对时有心跳加速的感觉。向来只有她撩郎君的份，还没有郎君能撩到她。她为那一瞬间的心跳而懊恼。

她有心扳回一局，主动凑到萧衡耳畔，声音娇软："玄策哥哥——"

萧衡捂住她的嘴，把她摁在怀里："嘘。"

裴道珠循着他的视线望去。

远处树影里悄然出现一道敏捷的人影。那人影手持利刃，利落地跃下树枝，在黑夜的掩护下朝宫殿方向潜行。

萧衡低声道："鱼儿上钩了。"

裴道珠屏息凝神。

就在人影靠近陷阱时，突然传来一声大喝——

"裴道珠！"

裴道珠悚然一惊，循声望去。

萧荣手提灯笼走在游廊里，跟喝了酒似的，不管不顾地对着殿顶高呼："裴道珠，我知道你在那里，你下来跟我把话说清楚！你下来啊！"

他歇斯底里，声音里饱含痛苦，像是被抛弃的痴情人。

裴道珠却只想敲掉他的头。她再望向那道人影，人影已经消失得无影无踪了。

今夜的守株待兔失败了。

萧荣擅闯行宫的行为很快惊动了北国人。北国士兵把他们三人团团围住，萧衡不得已出面解释了缘由才被放出行宫。

三人来到马车前。

裴道珠还没生气，萧荣倒是先生起气来了："燕婉说，九叔为了裴道珠，叫她受了天大的委屈……我不信你们两个有苟且，所以暗中观察着。没想到竟然会看见你们半夜在此私会！你们是在一起了吗？裴道珠，昔日你对我说过的海誓山盟，难道都是骗我的？！你当真……当真半点儿也不在意我了？"

在意？裴道珠现在只想给他两巴掌！

她乖巧地躲在萧衡身后，像是把他当成了依靠。

萧荣眼睛更红，不依不饶道："你到底……到底爱过我没有？"

明明是他抛弃裴道珠的，她就该伤心落泪，就该很长一段时间都没办法走出来才对。为什么她转头就能勾搭上九叔？这让他看起来像是个笑话！

萧荣伸手来拽裴道珠。

萧衡及时挡住他："够了。"

萧荣不忿："九叔喜欢她？可是对她一往情深的人是我，我们曾是未婚夫妻，九叔身为长辈怎能插足？"

"一往情深？"萧衡讥讽，"你的咄咄逼问不叫一往情深，叫骚扰，你只是一厢情愿。男未婚女未嫁，纵然阿难跟了我，又与你何干？"

萧荣愕然，九叔承认了……他承认想要裴道珠。

九叔是神仙一样的人物，怎么能看得上裴道珠？！

他急忙转向裴道珠："我娶你姐姐，都是姨娘相逼，情非得已。你不必为了气我故意搭上九叔。阿难，我心里是有你的，我的贵妾之位永远属于你！"

贵妾之位……裴道珠快要笑出声了。她堂堂世家嫡女，要贵妾之位做什么？萧荣这个混账东西！

她连正眼都懒得瞧他，捏着萧衡的衣袖，打量他袖角上的宝相花纹："我说过要给玄策哥哥做衣裳，料子已经买好了，正在绣花。我绣的宝相花肯定比你袍子上的精致，成郢城的绣娘也比不上我的手艺。"

她语气温柔地和萧衡谈论着家常，像一对新婚夫妻。

萧荣更急了，脸憋得通红。

裴道珠用余光睨着他，心中暗爽。

萧荣追问："道珠妹妹，当初咱们交好的时候，你曾说十分爱慕我，说我是天底下最惊才绝艳的郎君。你要我时时记挂你，永远不要抛弃你……当初所说的情话难道都是骗我的吗？"

裴道珠表现得无辜："我怎会说这些？荣哥哥怕是记错了，这些话是表姐说给你听的吧？表姐爱你入骨，你该跟她好好相守才是。见异思迁，并非世家风度哦。"

"你——"萧荣气急。面前的少女死不认账，偏偏他一点儿证据也没有！

他噎了半晌，恨恨道了句："我算是瞎了眼！"顾不得行退礼，黑着脸拂袖而去。

裴道珠莞尔，转向萧衡："玄策哥哥，你看他——"

却见萧衡脸色清寒。

她疑惑道："玄策哥哥？"

萧衡一字一顿地说："'时时记挂我，永远不要抛弃我'，裴道珠，这句话我怎么有些耳熟？"

裴道珠心里"咯噔"一下。

——我自知家族落魄，不敢求玄策哥哥娶为正妻，也不敢和崔家女争宠。只求玄策哥哥能时时记挂我，永远不要抛弃我。

她曾把萧衡当玄策哥哥的替身，对萧衡说过这句话。

萧衡看着她略显苍白的脸，轻嗤："所以萧荣说的都是真话，你曾与他山盟海誓，也曾与他你侬我侬。那些话你信手拈来，那么，裴道珠，你对我的真心又有几分？"

裴道珠沉默着低头看向自己的绣花鞋尖。

他只是个替身而已……

萧衡见她不语，脸色又清冷几分："不说话，就是承认的意思。"

裴道珠仍旧一言不发。

夜风吹熄了马车上悬挂的灯盏，气氛莫名诡异紧张。

萧衡等了半天也没见裴道珠解释，更恼火了。他这辈子可还没被女人耍过。

他冷笑几声，想说什么，话到嘴边却只化作一个狠戾的字："滚。"

裴道珠挑了挑眉。滚就滚，她又不喜欢这个男人。

她走了几步，想起什么，回头道："对了，若是以后抓到花神教的人，可别忘了我献计的功劳。如果朝廷赐了奖赏，你得分我——"

“滚！”萧衡更加暴躁。

裴道珠“啧”了声，麻溜儿地滚了。

萧衡见她走得那样决绝，突然意识到，这个女人完全没把他放在心上。

他转身踢了一脚车轱辘，咬牙道：“裴道珠……你这个骗子！”

裴道珠并没有走远。正值深夜，女子独自走在街头多危险呀。她向来自爱又惜命，才不做这种傻事呢。

她径直去行宫求见郑翡，想叫她收留她一晚。

不知为何，明明郑家背叛了朝廷，可她却对郑翡有一种说不上来的好感。

郑翡果然收留了她。

裴道珠梳洗干净，换上侍女准备好的寝衣，踏进郑翡的寝殿。

屏风后，满身书卷气的少女正怀抱琵琶坐在窗下，弹奏江南小调。

她落座：“你的琵琶弹得很好。”

“再好的乐音，也遮掩不了战场上的杀戮之声。”郑翡垂着眼帘，指尖翻飞，“你听见了吗？深夜里女人哭泣的声音。”

裴道珠原以为郑翡是在吓唬她，可窗外确实传来一阵阵啼哭声。渐渐地，那些啼哭声化作惨叫和哀号。最后，连哀号也逐渐湮灭了。

她蹙眉问道：“这声音是什么？”

郑翡抿了抿唇，似乎难以启齿。直到弹完这曲琵琶，才小声说：“是北国的士兵在凌虐买来的女人。”

裴道珠瞳孔骤然缩小。

郑翡望向窗外的夜色：“这种事情经常发生，拦也拦不住。我见过千里饿殍遍野的惨状，也见过战俘被当作奴隶买卖的人间炼狱。无数同胞在经历苦难，他们的君王抛弃了他们，至今都未曾考虑过救他们于水火。”

裴道珠的目光落在妆镜台，郑翡那只被她戴在腕间的琉璃小瓶正安静地摆在上面。

琉璃小瓶里盛着泥土。

她轻声问：“你把故国的土壤带在身上，你比成郸城的世家更热爱这片土地……郑家，当真投了敌国？”

郑翡低下头,指尖在琴弦上停了很久，呢喃道：“投降……”

她忽地笑了：“郑家奉天子之命镇守边关多年，北国二十万大军来犯，我阿父带领两万兵马死守城池，不停向周围世家借兵增员，可得到的回复都是拒绝。城里没有粮食了，阿父被迫杀了战马给百姓充饥。眼看要撑不下去，阿父又派兄长快马加鞭请求朝廷增援，兄长跑死了三匹骏马，得到的回复却是弃城回京！”

“弃城回京”四个字说完，她像是觉得是什么天大的笑话，大笑出声。

笑够了，她讥讽地看向裴道珠：“天子下令让阿父放弃城池和百姓，带领两万兵马退回长江以南。亏他还是堂堂天子，亏他手里还握着兵权，可他连出兵都不敢！”

裴道珠不知道郑家叛国之事还藏着这些隐情，她轻声问：“后来呢？”

郑翡神情倔强：“弃城逃跑的后果是满城百姓沦为异族的奴隶，是我汉人的疆土被他们肆意蹂躏挞伐，就像昔年丢失的那些城池一样。阿父夜登城楼，遥望满城灯火，终是舍不得这一城百姓……”

裴道珠默然。

郑家家主定然是和北国人达成了协议，只要北国军队不伤害百姓，他愿意带领兵马归降。

这样才有了郑家叛国一事。

郑翡的眼睛里晶莹剔透，犹有泪光。她渐渐哽咽：“我郑家也曾是响当当的中原世家，郑家全族，没有一人甘心向异族皇帝俯首称臣。郑家爱这片土地，爱这片土地上的百姓……”

两行清泪顺着她的脸滚落。

她继续说：“归降那日，阿父说，从今往后，年年岁岁，每逢祭祀之日，我郑家再不拜皇族，只拜天地生民……”

这一刻，她比裴道珠见过的所有美人都要动人。

裴道珠见郑翡消瘦的手紧紧扣着琴弦，指尖微颤，大约正压抑着强烈的情感。她慢慢伸出手，坚定地握住了郑翡的手。

月光皎洁，映出地板上两道纤弱却又坚定的身影。

裴道珠柔声道：“我们忠诚的不是皇位上那个高高在上的天子，而是每一寸疆土，每一个百姓。郑姐姐问心无愧，郑家，问心无愧。”

那个琉璃小瓶里盛着的是中原的土壤，该是怀着怎样的热爱，才会叫她随身携带故国的土壤？这般情深，值得敬重。

她的一句“问心无愧”令郑翡泪如雨下，她扑进裴道珠的怀里，所有的委屈都在哭声中放肆宣泄。

次日清晨，裴道珠起床梳洗后，见窗外乌云压境，天色也比平常更加黯，长风卷起树叶，怕是不久之后就要落一场暴雨。

郑翡很贴心地为她备好了回家的马车。

裴道珠卷起车帘，探出半个身子："郑姐姐还会再待一段时间吧？过两日我再来探望你，给你带我亲手做的箬叶糕。"

郑翡满眼都是柔软："来成郧后，经常听到那些女郎说你的坏话。可是阿难，在我心里，你是值得结交的朋友。"

裴道珠弯起眉眼，郑翡是第一个愿意真心待她的姑娘。她又和她说了会儿话，才乘马车离去。

她刚回到府上，天空便传来惊雷声，顷刻间暴雨倾盆。

两个妹妹正坐在窗下读书。裴道珠替她们关上窗，又怕她们看书伤眼，又点了一盏灯："父亲呢？"

裴桃夭摇头晃脑，奶声奶气："阿父外出喝酒，彻夜未归，不喝个七天七夜定然是舍不得回来的。"

不回来也好，他不回来，这个家才像是家。

裴道珠摸了摸她的脑袋，跪坐到芦苇席上，拿起一本书要教她们念诵文章。

顾娴回来了，她褪去木屐，在廊下收了纸伞，卷起竹帘进来，颇有几分唏嘘："我刚去崔府给长公主送新摘的豌豆，她说朝堂上吵得十分厉害。北国使臣要求重新划分边界线，天子和世家一口应允，许多年轻一辈却不愿意，两派已是僵持了一天一夜。"

裴道珠起身给她拿毛巾擦脸："朝堂上的事，阿娘就不要操心了。"

顾娴笑着拍拍她的手："我去给你们做饭。"

裴道珠目送她离开，望向窗外。她知道年轻一辈里，萧衡是第一个不答应重新划分边界线的人。这场闹剧会如何收场呢……

乌云如重楼，长风吹开了窗，也吹灭了闺房里的灯盏。四处晦暗，就连园子里的草木都像是斑驳失色。

雨水染湿了裴道珠的衣袖和裙裾，她抚了抚袖角，心底浮起一丝不安。

至夜，暴雨依旧没有停歇的迹象。

裴道珠躺在榻上，一手握着蒲扇，没有丝毫睡意。不知过了多久，她睁开眼。

窗外的电闪雷鸣已经停止。乌云散去，骤雨初歇，中天之上，一轮明月跃然而来。

月光透室，裴道珠的睡意又消散几分。她起身下榻，稍微整理过长发，起了深夜游玩的兴致。

昔年她也曾和玄策哥哥在暴雨过后夜游山水。她怀念起那时的潇洒和快活，随意披了件斗篷，提起羊角灯，往园子里走。

满园草木如洗，昙花躲在枝叶深处悄然绽放，蛙声此起彼伏，盛夏的夜晚总能叫人充满惊喜。

木屐声声。裴道珠怡然自得地穿过花径，却在转角处突然停住了步子。

葳蕤茂盛的花丛下躺着一个黑衣人，胸口赫然插着两把弯刀。他的血混在泥水里，弄脏了少女的鞋袜。

惊骇过后，裴道珠屏息凝神大着胆子挑开黑衣人的遮面巾，拿羊角灯照去。

“萧衡？！”

黎明将至。

偌大的裴府静悄悄的，只后花园那边有些动静。

后花园正对着的后门敞着，一辆租来的马车悄悄停在那里。

枕星偷偷摸摸地把车夫带进园子里，小心翼翼地把受了重伤的萧衡抬上马车。裴道珠跟着上了马车，报了她新买的宅院地址，吩咐车夫立刻启程。

枕星满头大汗，紧张不已：“女郎，九爷怎么受了这么重的伤？您，您该为他请大夫才是，或者把他送回萧府，为何要把九爷送到那处小宅院？”

车厢里悬挂的灯笼随着马车行驶轻轻摇晃，灯火拉长了少女的睫影，她眼底一片深色，看不出情绪。

她剥开萧衡的夜行衣，凭着从医书上学过的内容给萧衡做简单的止血。

她没有回答枕星的问题，因为脑海中正掠过无数猜想。

朝廷不想出兵，那就想办法逼他迎战。这是当初萧衡亲口说过的话。

难道他的意思是屠戮使臣，激怒北国率军南下，从而逼迫朝廷迎战？

她想否定这个猜想，可是目光落在萧衡胸口插着的两把弯刀上时，理智又告诉她，她的猜测是正确的。

这种弯刀是北国人最喜欢用的武器。

萧衡确实和北国人起了冲突，那绝对不可以送他回萧家。他的身份不能暴露，否则朝廷很有可能会选择舍弃他，来换又一年平安……

马车终于停在了小宅院前。裴道珠给了车夫一笔封口费，和枕星一起把萧衡抬进房间。

枕星着急道：“女郎，我这就去请大夫！”

“不许！”裴道珠不顾枕星不解的目光，“你去取药箱，我来处理伤口。”

枕星知道她家女郎一向很有主张，她咬了咬唇，看了眼生死不明的萧衡，最终选择相信裴道珠，转身出了门。

裴道珠一向准备周全，小宅院里除了洗漱用品还备着简易药箱。枕星取来药箱，又打了两盆热水，掩上屋门，小心翼翼地守在屋外。

裴道珠回忆着书上的救治方法，有条不紊地取下两把弯刀。

幸好刀口位置有点偏，若是再向右一寸，萧衡就该一命呜呼了。

她利落地替他止血上药，等彻底处理好伤口，已是一个时辰以后。

长久的聚精会神令裴道珠头晕眼花。她小脸苍白，抬手揉了揉眼睛，再望向床榻时，发现萧衡不知什么时候醒了，正静静地看着她。

她的声音泛着疲惫："醒了？"

萧衡哑声："我就知道……去裴府找你，定然不会错。"

朝廷不肯打仗，宁愿年年割地都不肯背水一战。

皇族和世家贪图享乐，谁也不在乎沦陷的土地和百姓，他们的眼里只有游山玩水和纸醉金迷，看不见北方的烽火燎原，也看不见饿殍遍野。

他们不肯，他就逼他们肯。

那夜他带着裴道珠去行宫，不仅是为了捉拿花神教的人，还为了勘察行宫地形。

他特意挑了暴雨倾盆的夜，率领五十名死士潜入行宫，凭着对地形的熟悉，硬生生和北国上千名士兵缠斗在一起。死士们负责拖住那些士兵，而他则亲自潜入寝殿，诛戮一个个身居高位的使臣。

只是北国人骁勇善战，他还是受了伤。

行宫的动静惊动了宫里，官兵倾巢而出，想要捉住他。

他无处可去时，脑海中第一个浮现的竟是裴道珠这个骗子。他明明知道那女人生性凉薄恶劣，却偏偏觉得，如果世上有谁能救他，那一定是裴道珠。

寝屋寂静。

院外传来满街的军靴声，是朝廷派兵在追查凶手。

裴道珠替萧衡盖好薄毯："别觉得好像你我有什么暧昧关系一样，我救你，全然是念在你我相识一场的份上。那日你骂我是骗子，我可没忘。"

她抬起眼帘，认真道："若是你逃过此劫，可要记得给我报酬。萧家九郎的命，不知道得值多少银钱？"

她仍是那个喜欢金银财宝的裴道珠，可萧衡却已不再如从前那么讨厌她。

他常年习武，身体素质极好，此时颇有精神。他问道："你深夜为何会去后花园？"

裴道珠故意道："我说是去和郎君幽会，你信是不信？"

萧衡轻笑，打量着裴道珠："我认识的裴道珠出现在外人面前时，务必从发髻精致到脚后跟。你裹着一件旧斗篷说去幽会，我不信。"

裴道珠没好气地扭过头。这厮一眼就能看穿她，没意思。

她起身给萧衡倒了一碗茶："外面风雨大作，我心中总不安宁。实在睡不着，便去园子里赏景。也是巧了，正好撞见你。"

萧衡暗道，那才不是凑巧，所谓心有灵犀大约就是这么回事儿。

裴道珠喂萧衡喝了茶，在榻边坐了，试探道："你……可有对郑家兄妹动手？"

凭她对萧衡的了解，他并不是滥杀无辜之人，肯定会去了解郑家叛国的真相。郑家兄妹或许还活着。

提起那对兄妹，萧衡的脸色难得凝重："郑擎虎一心求死，主动撞死在我的刀下。至于郑翡……我去的时候，她已经没了。"

闺房再次陷入寂静。

裴道珠垂着头，脸隐在昏暗里，令人看不清情绪，只是握着毛巾的手已是青筋暴起。

不知过了多久，她轻声问："花神教的人干的？"

萧衡沉默。他慢慢拿过搭在床边的衣裳，从怀袖里取出一枝白山茶。

白山茶的花瓣早已蔫了，洁白的花瓣泛黄枯萎，残留着血渍。

上面是郑翡的血。

他把白山茶递给裴道珠："就放在郑翡的尸体旁边。我知道她救过你，昨夜还收留了你，猜测你们有几分交情，因此给你带了回来。"

裴道珠捏着花，花枝修剪得干净漂亮，可它代表的却是绝望和死亡。

那个清瘦又充满书卷气的少女，怀着满腔的委屈和不甘，就这么没了。

她曾提醒过她的……她偏是不信。

裴道珠双眉紧锁，不想在人前落泪，可一想到郑翡在月光下怀抱琵琶诉说着对故国的热爱的样子，一想到她是士族女郎里面唯一不嫌弃自己的人，忍不住泪眼盈盈。

竹榻边的少女无声落泪，梨花带雨的模样娇美至极。

她哭起来都那么好看……萧衡想着，递给她一块手帕。

裴道珠偏过身子擦泪，等稍稍平复了心情，声音还有些沙哑："我不明白，成郢城的女郎那么多，为什么花神教偏偏要选上崔凌人、薛小满和郑翡？

包括我在内，我们都是十大世家出身，莫非幕后凶手与世家有仇？”

她分析着，狐疑地望向萧衡：“莫非是……皇族指使？”

世家掌权，横行霸道。朝堂之上，皇族衰微。对世家虎视眈眈的，也只有皇族了。

“不会。”萧衡否定了她的猜测，“皇族只会通过迎娶世家大族的女儿来平衡牵制朝堂。纵然要杀，也该杀继承者才是，何必对女子下手？”

裴道珠撇了撇嘴，知道他说得在理。

两人一时都没有头绪。

窗外初露天光，裴道珠起身：“这里是我的私宅，你且安心歇着，我去弄些吃的。”

她稍作洗漱，又生火煮粥。

萧衡受了重伤，不能吃辛辣的食物，她只做了米粥和几盘简单的小菜。将米粥放在灶上温着，她独自踏出小宅院。

街上的商铺早已开门，不时有士兵气势汹汹地巡逻，说是要搜查凶手，弄得百姓们神色惶惶，唯恐遭受无妄之灾。

裴道珠挽着竹篮假装买菜，向一位胖妇人打听情况：“这是在捉拿什么人？怪叫人害怕的。”

胖妇人警惕地瞅了眼走远的士兵，唏嘘道：“昨晚有人杀了北国的六位使臣，还一把火烧了他们住的行宫！天子震怒，下令军队搜城，务必找到凶手，好送去给北国皇帝交差！”

裴道珠更加小声：“可有什么线索？凶手长什么样啊？”

胖妇人神秘兮兮：“说是要找胸口有伤的郎君。你是没瞧见，他们刚刚直接扒了几个年轻郎君的衣裳，可凶了！”

裴道珠假装害怕。

胖妇人与她同行，感慨道：“我们几个老姐妹都说，天子的军队不晓得对付异族人，对付起自己人倒是一套一套的！那些恶人侵占咱们的城池，杀害咱们的手足，简直就是混账！也就是天子无所作为，否则我们几个老姐妹都想提着菜刀上阵杀敌呢！”

裴道珠莞尔。她和胖妇人一路说着话，竟一起回到了那条巷子。

胖妇人惊奇：“我听说这座小宅院被卖了出去，你就是买它的人？巧了，我就住对门儿！”她笑眯眯地拉起裴道珠的手，又亲切几分：“你唤我刘婶就好，以后有什么事解决不了，只管来找婶儿！”

市井邻里，一贯亲和。

裴道珠由衷地谢过她，挽着菜篮子进了自家院门。

她端着温热的米粥和小菜进了寝屋时，萧衡已经醒了，正靠在床上看书。

裴道珠放下托盘，亲自照顾他洗漱，把打听到的消息说了一遍。

她拧干毛巾，挂在角落的脸盆架上："凭你的身份，他们无论如何也不敢扒你的衣裳。等伤口再养好些，你就可以走了。"

萧衡看着少女的背影，窈窕纤妙，就连挂毛巾都优雅娇俏。最难得的是，从昨夜到现在，她从容镇定得叫人惊讶。

他叩了叩床弦，没接话。

裴道珠端上热粥："伤口可还疼？"

萧衡反问："心疼我？"

裴道珠挑眉。他又没死，有什么可心疼的。她是要问萧衡索要酬劳的，自然得事事周全细致。

她面上保持微笑："玄策哥哥为了家国鞠躬尽瘁，身受重伤，我岂有不心疼的道理？只盼着玄策哥哥早些好起来，继续为国效力呢。"

她轻言细语，声声悦耳，像是久旱逢甘霖，令人身心愉悦。

萧衡心里舒坦，接过小米粥，就着小菜吃起来。

这是他第一次吃裴道珠做的饭菜，虽是家常小菜，但味道并不比宫廷御厨做得差。米粥软糯可口，青笋和胡瓜清爽解暑，夏天清晨吃这些，仿佛连精气神都好上许多。

裴道珠亲自为他布菜："味道可好？"

萧衡"嗯"了声。他比平常多吃了半碗米粥，把几碟小菜吃得干干净净。

他净过手，道："我竟不知你还有这等手艺。"

裴道珠眉眼弯弯。萧衡不知道的事还多着呢！她是要嫁进高门的，自然要有拿得出手的本事。

她收拾碗筷："你一向眼高于顶，能被你夸奖，其他郎君定然也会喜欢，不枉我苦练厨艺多年。"

其他郎君……萧衡眉骨下压，道："你是不是忘了自己的身份？"

裴道珠端起托盘，凤眼清润："不敢称名门望族，却也是世家嫡女，嫁给有前程的士族郎君总不过分吧？"

萧衡轻嗤，他说的身份不是指这个。

他道："你是我的。"

裴道珠笑出了声，她同情地看了眼萧衡，懒得跟他争这些，转身往门外走去。

走出几步，她突然回眸：“你不会以为我救了你，就是心仪你吧？救你的酬劳一分也不能少，玄策哥哥，你的命值多少钱，我就收多少钱。”

她逆光而立，眉眼弯弯的模样又温柔又美貌，偏偏说的却不是人话。

萧衡原本还挺舒坦，此刻恨不能把这女人扔到秦淮河喂鱼。他狞笑：“我若不给呢？”

裴道珠还没答，外面突然传来叩门声：“裴小娘子在家吗？我是对门刘婶，给你送点鸡蛋，自家鸡刚下的！”

刘婶是个自来熟，也不等主人家招呼，自顾自就上楼来了。

枕星熬了一宿还在睡觉，刘婶便长驱直入，循着两人的声音进了房间。她瞅见房里还有个郎君，愣了。

裴道珠也是一愣，注意到萧衡穿着衣裳，没有暴露胸前的伤口，才悄悄松了口气。

刘婶回过神来，笑眯了眼，把一篮鸡蛋塞进裴道珠怀里：“婶儿还以为你是个没出阁的闺女，不承想竟然已经有了夫君！小娘子长得美貌，郎君也是神仙人物，我今儿可算是开了眼！”

裴道珠谢过她的鸡蛋，用余光瞥向萧衡，用口型说了“一万两”。

她要一万两雪花纹银做酬劳。

一万两？萧衡的眉心跳得更狠。枉他以为……她是因为爱慕他才不顾危险救他。

裴道珠果然是裴道珠，眼里只有金银珠宝，绝无其他。

见他没反应，裴道珠含笑转向刘婶：“刘婶，外面的士兵还在吗？会不会搜到咱们这里？我夫君身子娇弱，我又是个弱女子，很害怕呢。若是他们把我夫君抓走了，我可要如何是好……”

萧衡面色难看。他几时娇弱了？这阴阳怪气的样子分明是在威胁他，不给钱就搞事情。

刘婶不明所以，好奇地看向萧衡，见他面色苍白卧榻不起，不禁同情几分：“果然是个娇弱的郎君……小娘子别害怕，好歹是在皇城，军队不敢乱来的。”

裴道珠看似忧愁，目光却挑衅地盯着萧衡，非要他给钱才罢休。

萧衡冷笑着与她对视，偏是不肯叫她如意。

正在两人僵持之际，刘婶忽然拉起裴道珠的手，把她拉到旁边，正儿八经地叮嘱：“既然是夫妻，就该早点要孩子。郎君娇弱，夜里怕是不中用，婶儿这里有些猛药，你拿去给他吃了，保管有大用！”

房间里气氛诡异。

裴道珠快要笑出声来了。她和萧衡斗智斗勇这么久，竟然不如刘婶儿厉害，简简单单一句话，就叫萧衡又没面子又哑口无言。

她欣赏了一眼萧衡难看的脸色，故作忧愁：“您说得是，每每入夜，我总觉夫君汗流浃背，气虚体弱，十分不中用……”

汗流浃背？气虚体弱？萧衡似笑非笑地盯着裴道珠，似要把她盯出个窟窿。

裴道珠强忍笑意，伸手拧了下大腿才没当场笑出声。

她正得意，刘婶儿又关切道：“他吃了猛药就好。只是小娘子也得注意，瞧你这么瘦，屁股也不够大，怕是不容易生养，得多补补。纵然能生孩子，看着也不像是能生儿子的，要多去庙里求神拜佛才管用哩！”

裴道珠的笑容僵在了脸上。

她下意识捂住屁股。纵然脸皮再厚，到底是世家贵女，从没被人当面评论过屁股……实在太不雅了！

她脸涨得通红，压根儿不敢往萧衡那边看。

床榻那边传来一声轻笑。

裴道珠羞得恨不能钻进地底，只得胡乱敷衍着把刘婶儿送了出去。

她站在院子里根本不敢上楼。她脸都丢尽了，还怎么好意思跟萧衡要钱！

枕星终于被动静吵醒，她揉着惺忪睡眼，慢吞吞走到裴道珠身边：“女郎……”

裴道珠咬牙切齿：“收拾东西，咱们回家！”

“啊？”枕星没了睡意，“九爷不是受伤了吗？咱们这个时候回家——”

裴道珠没好气道：“让他自生自灭去。”

萧衡就是个扫把星。在金梁园时，不仅妨碍她勾搭郎君，还三番五次把她卷进凶杀案里。现在她又得帮他养伤善后。总之遇见他，准没好事儿！

裴道珠揉了揉额角，低低骂了声晦气。

谁料楼上那人跟有顺风耳似的，沉声道：“在骂谁？”

裴道珠赶紧往院外走。

她再也不想看见萧衡了！

她回到家时已是晌午，破天荒的，父亲居然回来了。

浑身酒气的男人坐在檐下，蓬头垢面，衣衫散乱，还赤着双脚。不同于以往的戾气严重，他抱着酒坛子唉声叹气，像是闯了大祸。

母亲和姨娘守在旁边，抱着两个小妹妹哭得像天塌了似的。

裴道珠请了安，问道："可是出了什么事？"

顾娴抹着眼泪："你父亲和同僚们在酒楼吃酒，与另一帮人起了冲突，争执之下动了手，你父亲把酒坛子砸到了对方脑袋上，当场就给人砸晕了过去！哪知那人是谢家的小霸王，如今昏迷不醒，水米不进，谢家怕是要找你父亲算账！"

谢家的小霸王……谢麟是成郯城里最纨绔的世家子弟，年仅十六岁，整日带着一帮兄弟游手好闲，吃喝嫖赌无所不通。

裴道珠不解："您是长辈，怎么会和他一个晚辈起冲突？"

"砰！"裴茂之把酒坛砸了出去，"明明是他找事在先！我们几个都觉得向北国割地称臣没什么不好，偏他谢麟不肯，听见我们议论，就带着几个纨绔冲过来揍我们！我们也是为了自保才打起来的！"

裴道珠听说过，这些世家分为两派，一派主战收复疆土，一派主和坚持割地称臣。随着北国使臣的到来，如今两派矛盾激化，彻底乱成一团。

不承想，最先搞出事情来的竟然是她阿父。谢家是和萧家、崔家并列的大家族，谢麟出了事，她们家拿什么向谢家交差？

不知过了多久，裴茂之突然眼前一亮，提议道："阿难啊，你是个懂事乖巧的孩子，要不你去找萧家九爷，叫他替为父求个情？只要你以身相报，他定然肯的！"

裴道珠想笑。她不求阿父能像其他女孩的父亲那样替她们遮蔽风雨，令她们衣食无忧，起码要把她看作一个人，而不是把她当随意送给别人的物件。

这一刻，什么规矩礼法都被她抛到了脑后。她凉薄地笑了，对裴茂之脆声道："既然阿父那么喜欢九爷，何不干脆自己去以身相报？阿父不要脸面，我还要脸，九泉之下的先祖也要脸！"

她寒着俏脸转身往闺房走。

背后传来男人暴怒的咆哮："裴道珠，你这是什么态度？你是我女儿，你的命都是我的，你敢给我甩脸子？！你看不起我？"

裴茂之捡起地上的木屐，狠狠砸向裴道珠的后背。

裴道珠一个踉跄，后背火辣辣地疼。

顾娴连忙上前："阿难——"

裴道珠双眼通红，数年来的委屈涌上心头，她推开顾娴，转过身，恶狠狠地盯着裴茂之："你有哪一点值得我看得起？整日酗酒，夜不归宿，好赌成性，动不动就对妻女拳脚相加。这样的父亲，我为何要看得起？！"

她读过《孝经》，也懂得礼义廉耻、人伦纲常，但阿父实在令她失望透顶。

裴茂之呆住了。这么多年来，他在府里一向呼风唤雨，唯我独尊，从没有被妻女顶撞过。他自觉颜面受损，脸滚烫。

他猛然站起身，怒喝道："好你个孽障！居然还敢忤逆我！我今天就打死你，只当没你这个女儿！"说完，他抄起一根木棍打向裴道珠。

"夫君！"顾娴和康姨娘花容失色，连忙上前拦人。可她们哪里是裴茂之的对手，轻而易举就被推倒在地。

木棍重重敲击在裴道珠的身上，发出一声声可怕的闷响。裴道珠蜷缩在地，死死抱着头。

她已经十六岁了。别家这个年纪的女孩儿正享受着锦衣玉食仆婢成群的富贵日子，在家族的安排下与高门郎君订婚，甚至有些已经风风光光地出嫁，成了一府主母。

可她呢？她在外面被萧衡欺负，在家还要被父亲打骂羞辱。家族给不了她前程，也给不了她体面。她的一切都只能靠自己去挣。

只是，凭什么有的女孩儿活得那么轻松，而她就要如此辛苦？她也想有人宠爱，也想无忧无虑、天真单纯啊。

周身疼得厉害，心也疼得厉害。她委屈到了极点，视线渐渐模糊，终于失去了意识。

再次醒来时，已是深夜。顾娴守在她床榻边，见她醒了，关切问道："可还疼？"

裴道珠支撑着坐起身，她如小时候那般钻到母亲的怀里："阿娘……"

顾娴摸着她的脑袋，红了眼睛。

裴道珠缓了缓情绪，闷声问道："谢家的事怎么样了？"

提起谢家，顾娴眉宇间又添几分忧愁："谢家来人把你阿父抓走了，说是谢麟醒不过来的话，叫你阿父偿命。"

裴道珠埋首在顾娴怀里。明明出事的是她的阿父，可她竟然无动于衷，不仅连半点心疼都没有，甚至还恶毒地盼望他永远别回来。

顾娴安抚了她片刻，见她情绪稳定，柔声道："厨房里热着粥，我去端给你喝。"

裴道珠拉住她的袖角："阿娘……与他和离可好？"

她有一座小宅院，手上还有许多银钱，她养得起阿娘，也养得起康姨娘和两个幼妹。

顾娴怔愣许久，笑着摸了摸女儿的脑袋："哪有妇道人家主动要求和离的，如此离经叛道，会影响你和妹妹们的婚事。阿娘这辈子也就这样了，只盼着我的小阿难能嫁到一户好人家，能有一位疼你怜你的好郎君。如此，阿娘无憾。"

裴道珠鼻尖酸涩，她目送母亲出了房门，更坚定了要双亲和离的心思。

她不认命，她的阿娘也绝不能认命。

因北国的六位使臣死在了成郗，两国开始激烈交涉。

裴道珠忙于处理家里的事。她虽不打算救裴茂之，但表面上还是要做足功夫，起码在外人看来，自己是个孝顺的好姑娘。若是因孝出名，将来说不定能成为她高嫁的砝码。

她拿了几盒人参鹿茸前往谢府。

谢府厅堂内，谢夫人沉着脸端坐在上，谢家的婢女们也没有好脸色。

裴道珠坐在堂下，手帕掩面，哭得花容失色："是我阿父一时糊涂，失手打伤了世子爷……世子爷一腔热血，实在可怜。晚辈今天特意来探望世子爷，想为奴为婢照顾世子爷，以减轻阿父的罪孽。"

她衣裙素雅，发髻上只簪着一根简单的银钗，哭起来更是楚楚可怜，仿佛下一瞬就会晕过去。

谢夫人也是有女儿的，见裴道珠哭成这样，心底不禁起了几分恻隐之心。成郗城的女郎们总说裴道珠这不好那不好，可她瞧着这孩子是个孝顺懂事的。

她面色有所缓和："你父亲是个混账东西，你何必为他求情？"

"他再混账，也是生我养我的父亲。"裴道珠啜泣，"阿父常年酗酒，身体不好，求夫人放他回家，让我留在谢府替他赎罪……"

她情真意切，对父亲的孺慕之情令人动容。

谢夫人又是一阵唏嘘。成郗城难得有这么孝顺的姑娘，生在裴家，可惜了。

她道："事情是你父亲犯下的，你不必当他的替罪羊。你来探视也算有心了。李嬷嬷，领她去看看阿麟。"

裴道珠擦去泪水，朝谢夫人行了个退礼。

谢家是书香门第，可谢麟住的院子里却摆满了刀枪棍棒。裴道珠怀着好奇，随李嬷嬷穿过游廊，一路来到寝屋。

屏风后的床榻上躺着一位少年。

裴道珠好奇地打量他。

少年郎薄唇高鼻，眼尾上扬，生得白皙俊俏。他头上缠着厚厚的纱布，看起来十分虚弱。

十几个年轻美貌的婢女守在房里，有的端茶倒水，有的哭哭啼啼，阵仗着实吓人。可见谢麟真是谢家的宝贝。

裴道珠大大方方地走到床榻边，注视着昏迷不醒的少年，柔声道："小世子，我阿父糊涂，打伤了你。从今天起，由我照顾你的饮食起居，算是为父亲赎罪，可好？"

谢麟昏迷不醒，自然是没有回应的。

正好到了换药的时间，裴道珠熟稔地接过药箱，仔细为谢麟换药。她的动作有条不紊，比医女还要细致妥帖。

她一边换药，一边对婢女们道："房里的人太多了，吵吵闹闹会妨碍世子养伤。大夫定然叮嘱过，你们却不肯听，是不是？你们包扎用的纱布也不对，这种布料不透气，该用这种薄纱的才好。"

李嬷嬷看得一愣一愣的。裴家的嫡女不仅会照顾人，竟然还懂医术，若是留下她照顾世子爷……肯定比这群邀功争宠的小蹄子来得好。

她让房里的婢女都退出去后，马不停蹄地去厅堂把事情讲给谢夫人听。

裴道珠仔细为谢麟处理伤口，发现本该昏迷不醒的少年眼睛突然悄悄睁开一条缝。

谢家不是说小世子昏迷不醒吗？怎的是醒着的？

她停下包扎，轻声道："这里没有别人，小世子若是醒着，就不要装了。"

"呵！"少年轻笑，利落地翻身坐起，好奇地打量裴道珠，"你是裴茂之的女儿？"

当着别人的面直呼长辈的名讳是非常不尊重人的行为，裴道珠心中介意，只简单回了一个"是"字。

谢麟微微一笑，盘膝而坐："裴茂之是个糊涂东西，没想到有个孝顺的女儿。兄弟们说你喜欢勾搭郎君，怎么，打算用美色勾引小爷，好叫小爷放了你阿父？"

裴道珠一时无言。亏他出身书香门第，说话却毫无顾忌。

她才不想轻易让他们放了父亲呢，于是楚楚可怜道："王子犯法与庶民同罪，阿父伤了小世子，理应受罚。道珠不敢为父亲求情，只想代替父亲受罚。"

她抬袖掩面，状似啜泣，可宽袖后面那双漂亮的丹凤眼格外清明。

谢麟看着她，突然笑了起来。一般人都不会叫女儿替父亲留下受罚，她这么说只不过是为了搏一个孝顺的名声罢了。

裴道珠不解："你笑什么？"

谢麟抬起下巴，目光落在她的手臂上："说什么代替父亲受罚，本世子瞧着你和裴茂之的关系也没有多好吧？"

裴道珠顺着他的视线望去。她刚刚抬袖时，宽袖微微下滑，露出了手腕上一道道的瘀青，都是父亲昨天打的。

谢麟吊儿郎当地靠在床上，双手枕在脑后，得意道："你是裴家的嫡女，谁敢打你？思来想去也只有你阿父敢打你。被揍成这样还巴巴儿地跑来替他求情，我看呀，求情是假，搏一个孝顺的名声才是真！裴家的姐姐，你可真是好算计！"

少年早慧，一针见血。

裴道珠哑口无言，半晌，她别过脸去："你假装昏迷不醒，害我阿父受罪，你又好到哪里去？我之所以如此，都是因为你装病！"

谢麟笑得更大声，饶有兴味地凑近裴道珠："我见过各种各样的女子，却没见过像你这种撇责任撇得如此痛快的女子！裴家的姐姐，我喜欢你！"

他像只大狗一般，嗅了嗅裴道珠，仿佛是要记住她的气味。

裴道珠浑身发毛。

谢麟笑眯眯的："裴家的姐姐，你就留在这里陪我玩儿呗？至于你阿父，把他继续关在柴房好了。什么时候你气消了，什么时候再放他走。"

少年任性。

裴道珠暗暗权衡利弊，留在谢府似乎也没什么不好。若是传出她是为了父亲才留在谢府的消息，所有人都会觉得她孝顺懂事。孝顺的美名有了，还愁嫁不出去吗？

她痛快地答应了。

柴房里，裴茂之左等右等，也没等到被放出去。他向看守打听后才知道，裴道珠虽然进了谢府，却只是去照顾谢麟，并没有请萧衡救他出去。

"孽女！"他气急败坏道。

这两天他没酒喝，酒瘾来了却得不到消解，脾气比往常更加暴躁。他踱了半天步，最后咬了咬牙，取出藏在怀袖里的一锭银钱，把银钱塞给看守，觍着笑脸道："劳烦兄弟跑一趟金梁园，我有些话想请你带给萧家九爷。"

萧衡收到消息时，正在书房看书。如今两国关系恶化，北国有了出兵南下的理由，想必很快就会剑指南方。而朝廷退无可退，只能想办法应战。他只需要静静等待就好。

正聚精会神时，随从进来把裴茂之的话转述给他，唏嘘道："这位裴大人竟然不惜把亲女儿送给主子做妾，来换活着离开谢家的机会！给裴姑娘知道该有多伤心呀！"

萧衡关注的点不在做妾，而是裴道珠居然跑去谢府亲自照顾谢麟的起居。她不知道男女有别吗！还是说……她是故意的?

谢麟虽是纨绔，却天真单纯容易欺骗。那个女人打起了谢麟的主意？她想嫁进谢家？她怎么敢？！

不过短短一瞬间，萧衡已是浮想联翩。

随从见他出神，不禁出声提醒："主子？"

萧衡合上兵书，冷笑着往外走："去谢家。"

走了几步，他踌躇片刻，又坐了回去。

随从不解："主子，您到底去还是不去？"

萧衡面无表情，内心却在翻腾。去吧，显得自己太过在意。可若是不去，难道就任由裴道珠勾搭谢麟?

随从在旁边看得抓心挠肺。主子分明是在意裴姑娘的，却偏偏菩萨似的坐在那里一动不动。

他再次试探："主子……要不，咱们过去瞧瞧？"

萧衡平静下来。男女之事，与战场打仗也没什么区别，不过讲究一个敌进我退，敌退我进。自乱阵脚的人，必定是输家。

他不紧不慢地拿起书卷翻开，淡淡道："派人去谢家，把裴茂之带去官府，就说谢麟被打一案由官府接手。"

如此一来，裴茂之就落在了他的手里。他掌控了主动权，还愁那小骗子不主动送上门吗?

第9章

谢府。

裴道珠坐在屋檐下，看谢麟练剑。

谢麟自幼习武，一把轻剑使得极好，剑花纷纷扬扬如落雪。剑尖挥舞过花丛，轻而易举地挑起一朵牡丹。

谢麟把那朵牡丹送到裴道珠面前，朝她扬眉放肆一笑：“名花配美人，喏，送你！”

他生得好看，笑起来时不觉下流，只觉风流俊俏。

裴道珠很给面子地捧起牡丹花，轻轻嗅闻。她抬起头，柔柔笑道：“谢谢世子。”

她笑起来时更好看。谢麟看得有些呆住了。

他纵横成郢多年，因为嫌弃那些世家子弟太过斯文虚伪，所以从不参加他们的宴会和雅集，也从不知道传说中的裴家美人会美到这种程度。

怪不得能被选做花神。

他蹭了下鼻尖，大大咧咧地夺过牡丹，插到她的发髻上：“成郢城的纨绔们都说裴家的美人眼高于顶，对他们送的礼物照收不误，却对他们挑挑拣拣。我瞧着，不是裴家姐姐挑剔，而是他们配不上你。裴家姐姐，你看我怎么样？”

裴道珠捕捉到少年眼底单纯的喜欢。曾有许多郎君对她示好，可他们的目光里全是欲望，没有谁像谢麟这般纯澈。

那是对女子的美貌的最虔诚的欣赏。

裴道珠对他起了几分好感，柔声道：“少年的喜欢固然珍贵，却像这朵牡丹，无法结出果实。我会嫁给更年长更成熟的郎君，小世子也会在长大后迎娶适龄的妹妹。”

谢麟怔怔的，裴家的姐姐连拒绝别人都这么温柔吗?

院子里的珠兰金橘六月雪等花热热闹闹开了满墙，少年提着宝剑，忽然明白了何为心动。

那是长风拂过花墙，送来浅浅花香的甘甜，也是花谢之后枝头野果的青涩。

他似乎对裴家姐姐心动了。

这时，不远处传来动静。是谢夫人来了。

见谢麟不仅醒了，手里还提一把宝剑，她不禁愣了。不过到底是了解自家儿子的，她顿时明白他之前的晕厥不醒都是装出来的，是故意找裴茂之的茬儿。

裴道珠对谢夫人行了礼，谢夫人亲自扶起她：“官府来人把你阿父带走了，说廷尉大人要亲自接管这件案子。不过……也用不着他审了。这小混蛋，哪里是受了重伤的样子，简直比园子里的野耗子还能蹿呢！”说完，她瞪了眼谢麟。

谢麟嘿嘿一笑：“谁叫他跟我唱反调，非说投靠北国是好事一桩，可把我气坏了，这才动的手！装晕不也是为了多给他点教训吗？”

谢夫人又瞪他一眼。裴道珠还在呢，这小子不管不顾地说起人家阿父的坏话，简直毫无规矩！

裴道珠保持着礼貌的笑容，安静地站在旁边，脑海中却想着谢夫人刚刚的那句话——廷尉大人要亲自接管这件案子。

廷尉大人不就是萧衡？那家伙才屠了北国行宫，如今两国交涉，他该忙的脚不沾地才是，怎么会有空管她阿父？阿父定是想了办法向萧衡求助的吧？

至于代价……笼在袖管里的手忍不住悄悄收紧，她不敢往下想。

谢夫人道：“左右我今日无事，就带阿麟走一趟官府，告诉萧家九郎阿麟已经无恙，请他放你父亲出来就是。”

“不！”谢麟把宝剑插回兵器百宝架，认真道，“裴茂之一心投靠敌国，就该让他多吃苦头才是，让他在牢里多待一阵子吧，我才不帮他！”

谢夫人为难地蹙起眉：“阿麟！”

“无妨。”裴道珠温顺开口，“阿父确实打伤了世子爷，不能因为世子爷醒了就不追究他的责任。阿父并非不敢承担责任的懦弱小人，在牢里待几天赎罪，想必他会乐意的。我也会继续留在谢府照顾世子爷，等世子爷伤势痊愈后再走。”

萧衡想拿阿父当诱饵引她上钩，他想得美。

谢夫人并不知道她的真正心思，摸了摸她的头：“真是个懂事的孩子。”

裴道珠谦虚地低下头。

谢麟突然语出惊人："阿娘，裴家的姐姐长得好看，性子也合我胃口，还很会照顾人。我娶她怎么样？"

十六岁的少年郎俊俏的面庞上满是认真，他是真心真意跟谢夫人商量这件事。

谢夫人和裴道珠都吓了一跳。

裴道珠唯恐被谢夫人误会是自己勾引谢麟说出这番话，担忧地望向谢夫人。她害怕被骂作狐媚子，就像梦中北国沦亡，百姓和朝臣把责任怪在她身上那般。

然而谢夫人却没往这方面想，她无奈地笑着点了点谢麟的额头："你才多大就知道娶亲了？女孩脸皮薄，下次不许再说这种话，唐突了人家！"

谢麟臭着脸道："我已是个即将建功立业的男人了！阿娘别再拿我的年龄说事，听得厌烦。"

母子俩你一言我一语，裴道珠站在旁边，道不清心中滋味。

她居然没被骂，这种感觉似乎有点甜，又有点暖……

谢夫人走后，谢麟正经说道："裴家的姐姐，我阿娘总说我年纪小，可是一个人厉不厉害，跟年纪有什么关系？你嫁给我，我肯定能照顾好你！"

裴道珠心中泛暖。她家道中落后，所有见色起意的郎君都只想纳她为妾，谢麟是唯一一个说要娶她的人。

她认真地教他："你只是对我的容貌感兴趣，可是姻缘嫁娶是一辈子的事，待我人老珠黄，你就不会喜欢我了。世子爷，你要挑一个哪怕舍去美貌，你也依旧爱着的姑娘娶进门。"

谢麟轻嗤："歪理。喜欢就是喜欢，考虑那么多干什么？"

裴道珠弯着眉眼笑，这也是她绝不给萧衡做妾的原因。

萧衡喜欢她的容貌，但以色侍人，又怎能长久？她算计的是一辈子的荣华富贵啊。

裴道珠以替父亲赎罪为由在谢府住了三日，不仅赚到了孝顺的美名，还顺理成章地免去了和萧衡见面的尴尬。

谢麟也不再装病，派人去了一趟官府，解释了人已无碍，谢家也不会再追究，可以放裴茂之出来了。

谢麟亲自送裴道珠回家，不肯用轿辇马车，非得用自己最喜欢的骏马送她。裴道珠被迫骑在马背上，握着缰绳。

骏马通身雪白，和谢麟感情极好，由他牵着温温顺顺地往前走。

经过三天的相处，裴道珠和谢麟熟悉很多。她轻声问：“你当真要报国从军？”

“那可不？”谢麟骄傲，“这次北国使臣被杀，北国皇帝肯定会派兵南下。我们几个经常一起玩的兄弟已经商量好了，到时候一起报名从军，去北方杀敌！”

秦淮河畔，歌楼酒肆，游人如织。有人醉卧高楼纸醉金迷，有人寄情山水吟诗作赋。

北方狼烟弥漫民不聊生，可江南的烟雨楼台却依旧熙攘繁华。美人怀抱琵琶轻歌曼舞，粉饰着这偏安一隅的盛世太平。

明德桥上，少年牵着雪白的骏马，腰挎宝剑，俊俏的面庞满是对血洒疆场的向往。他是那么的显眼，与周遭的一切格格不入。

裴道珠忍不住笑了起来。

“你笑什么？”谢麟好奇地回头张望，“可是我今日穿戴不妥？”

裴道珠摇摇头：“未曾不妥。”

谢麟挑眉，见街边有卖糖葫芦的，牵着骏马过去买了一串最红最饱满的糖葫芦。他把糖葫芦递给裴道珠，语气像是在哄小孩：“姐姐乖，吃吧。”

裴道珠接过，嗅着糖葫芦的酸甜香，好笑：“我又不是小孩子，买什么糖葫芦？要买也是我买给你才对。”

她比谢麟还要大两个月呢！

谢麟得意：“我把姐姐宠成小孩子，就比你年纪大啦！我会像照顾小孩子那样照顾姐姐的，嫁给我，你还有什么不放心的？”

阳光在他俊俏的面庞上跳跃，他此刻像是一颗闪闪发光的星星。

裴道珠白皙的脸上浮现出两抹绯红。谢家的小世子也太会撩了！她小小地咬了一口糖葫芦，又酸又甜。

正吃着，街边酒楼里突然蹿出一群纨绔子弟。他们看起来交情极好，缠着谢麟问：“阿麟，这两天都不见你，你去哪儿鬼混啦？走，咱们去画舫上吃酒去！”

谢麟正经道：“我要送裴姐姐回府，不跟你们去吃酒。”

众人这才注意到马背上的美人。他们面面相觑，随即一起面露揶揄，起哄道：“明白啦、明白啦，阿麟如今是有家室的人，自然不能再跟我们吃酒！”

“嘻嘻，这踏雪马可是阿麟的爱骑，平日里连摸都不让我们摸，如今却舍得叫裴家的姐姐坐上去，当真是宠爱至极了！”

“不打搅二位游街的雅兴，告辞告辞！”

他们笑嘻嘻的，又风风火火地蹿远了。

裴道珠紧紧抿着唇。她自诩是情场老手，却被这群少年郎弄得面红耳赤，一个字也说不出口。

“他们年纪小不懂事，裴姐姐不要和他们一般见识。”谢麟扬了扬钱袋，“以后我不跟他们鬼混吃酒，我的钱都攒着给你买糖葫芦吃！”

少年看似顽劣恣肆，却暖得要命，除去当年的玄策哥哥，再没有谁这么宠过裴道珠。

她垂下眼帘，又咬了一口糖葫芦。

在那个梦里，谢麟的结局是怎样的呢？望着波光粼粼的河水，裴道珠的脑海中模糊地浮现出一些画面。

那时南朝风雨欲来，除了北方战乱，西南蜀国也对江南沃土虎视眈眈。

她那时在成郫城里卖酒，听说谢家的世子爷带着一帮纨绔子弟，不顾家族反对奔赴了西南战场，却是一去不复返。

“两国交战，咱们的主帅突然临阵逃跑，那谢家的小世子被敌军俘虏，死也不肯投降，最后被蜀国王妃毒杀，死在了遥远的异族地牢里，才年仅十七岁呀。”买酒的人提起谢家小世子的结局唏嘘不已。

那时她与谢麟并不相识，却也见过他白马饰金羁，与一群纨绔子弟呼啸着穿过成郫城的风采。

那样的少年郎，一身忠骨埋在异国他乡，再也回不来了……

裴道珠望向谢麟。

谢麟见状，吊儿郎当道：“裴家的姐姐，你嘴上说不喜欢我，眼神却很诚实，总是偷看我，怪叫我烦恼的。”

裴道珠眼神透着温柔：“谁叫所有郎君里面你最好看呢？”

谢麟很受用，得意地笑起来。

裴道珠也跟着笑。

她从前不知道上苍为何赠给她梦中的那些记忆，如今想来，上苍不仅是为了让她改变自己的命运，也是让她挽救其他人吧？

谢麟对她好，她也想护住他！

他们渐渐走远。

高楼之上，陆玑看着萧衡阴冷的脸，惶恐道：“玄策啊，你之前不是不喜欢道珠妹妹吗？她和其他郎君说说笑笑，对你而言应该不算什么，何必做出这种表情？怪瘆人的……”

他约萧衡出来喝茶，谁知道竟然撞见了这一幕。看道珠妹妹和谢家小世子的模样，怕是关系很好呢。

萧衡不理他，直到看着裴道珠的身影消失在街上，才垂眸饮尽杯中酒，放下酒盏。

他左手捻着翠玉佛珠，席地而坐，缓缓抬起眼睫。窗棂投落阴影，他的身子一半在光，一半在影，犹如半佛半魔。

“闺中寂寞，她交些朋友也不是不可以，我还不至于管得那么宽。”他柔声说着，胸腔里却戾气横生。

裴家的小骗子，恐怕忘了她是谁的女人！看来得给她一些教训了。

裴道珠被谢麟送到家门口，朝谢麟挥挥手：“小世子，再见啦！”

乌衣巷绵长幽静，裴府门前栽种着一株玉兰花树，素白罗襦裙的少女安静地站在门檐下，明净娇艳，美貌动人。

谢麟不禁心动。世上怎么会有这么好看的姑娘呢？他想在她身边再多待一会儿。只是裴道珠已经转身进了府，他便怅然若失地牵着缰绳往回走。

裴道珠并没有把谢麟的告白放在心上。他只是个十六岁的少年郎，心智比同龄女郎要幼稚得多，他今日喜欢她，过几日新鲜感过去就不会再喜欢她了。

她向顾娴请过安后，去陪两个幼妹玩了片刻，回到自己的闺房。

她吩咐枕星道：“我这两日住在别人府上有些不习惯，被谢家的世子爷闹腾得也没怎么休息好。我小睡片刻，你去教桃夭她们读书，别叫她们打搅我。”

枕星恭敬称是。

裴道珠掩上屋门，坐到榻上，轻轻打了个呵欠。正要躺下，屏风边突然多出一道人影。

萧衡倚在那里，薄唇噙着讥笑：“与谢家的小子做了什么，累成这副模样？”

裴道珠一惊，盯着突兀出现的萧衡，睡意全无，她压着声音道：“你怎么跑到我的闺房来了？男女授受不亲，你不明白吗？”

“男女授受不亲？”萧衡讥讽更甚，他一步步走向床榻，“阿难都知道我夜间汗流浃背、气虚体弱、使不上劲儿了，曾如此亲密过，怎么敢说男女授受不亲？”

裴道珠大气也不敢喘。这厮忒记仇了，她在刘婶面前胡诌的话，他居然记到现在。

萧衡停在她面前，周身淡淡的佛香气息扑面而来，明明该是清净安神的香味，却令裴道珠害怕。

她勉强稳住心神。好女不吃眼前亏，先认个错再说。

她抬起清澈的丹凤眼，娇声道："那日所言不过是个玩笑话，玄策哥哥身强体健，何必放在心上？"

萧衡冷笑。

裴道珠接着道："哥哥今日来找我，就是为了这件事吗？念在我救了哥哥的份儿上，就不要与我计较了吧？你坐，我去替你端些茶点。"

她刚要起身，就被萧衡捏住了手腕。萧衡坐在榻上，顺势把她抱在了怀里。

裴道珠汗毛都竖了起来。萧衡虽然想得到她，但从来没有过轻薄之举，今日这是……

她并不敢直接坐在萧衡的腿上，屏息凝神道："玄策哥哥……"

萧衡轻嗅她侧颈的香味，胭脂混着她的体香变成一种独有的旖旎甜香，萦绕在他的鼻尖，唤起最原始的欲念，纵然是冰冷的佛珠也压不住那份燥意。

他哑声道："你阿父在我手上，你却连续三天未曾去找我……怎么，故意躲我？"

裴道珠推不开他，她身子僵硬得难受，终是无力地坐在了他的腿上。呼吸相近，暧昧至极。

她双手撑在他的胸膛上，努力保持一点距离："你要的是娇妾，可我绝不给人做妾。你我缘分已尽，怎能勉强？"

萧衡揽着她的腰肢，笑声低沉，他道："跟着谢麟就不勉强了？"

"什么意思？"

"我看你跟他骑马逛街，开心得很。"萧衡讥讽，"谢家名门望族，世代封侯，凭你的出身，谢家是容不下你的。更何况你们的年龄也不合适，他才十六岁，甚至还没有到弱冠之年——"

"够了。"裴道珠打断他的话，"且不说我和小世子清清白白，纵然我和他有些什么，与你又有什么关系？你是我什么人？"

少女卸去伪装，满眼的厌倦令萧衡的暴躁又多几分。

他捏住她的下巴，目光狠戾，一字一顿道："你是我的，别家郎君你想都不要想。"

裴道珠疼得厉害，凤眼含泪，使劲推开他的手："你讲不讲道理？！最开始嫌弃我的人是你，你恨不能把我赶出金梁园。如今你又想着法子把我锁在身边，萧衡，你要不要脸？”

她的脾气其实一直都不好，在外人面前的端庄矜持温柔娴雅不过都是伪装。如今在萧衡面前，她突然不想再继续伪装。

偏偏萧衡就爱跟她吵。他冷笑道：“我不讲道理，更不要脸。裴道珠，你是今天才认识我吗？竟然问我这种问题。”

裴道珠哑口无言，她胸脯剧烈起伏，赌气道：“我明儿就嫁人去！随便找个郎君嫁了也比被你缠着强！”

“嫁人？”萧衡像听到笑话一般，从怀里取出一只金环，“你阿父在牢里这几日，主动把你送给我做贵妾。他已经收了聘礼，过门的日子就定在下个月。”

他牵起裴道珠的手，把金环“咔”一声扣在了她的手臂上。

金环是特别订制的，由两个半圆组成，须得特定的钥匙才能打开圆环。

少女凝白的肌肤映衬着臂间的纯金圆环，富贵雍容却又风流，还透出几分被禁锢的美感。

萧衡欣赏着他留下的印记，眼睫投落阴影，将笑容也带出几分病态。他凑到裴道珠耳畔：“所以，你是我的了。”

他幼时失去过最宝贵的东西，在长大得到权势和钱财之后，就生出了别样的执念——这世间的万事万物，但凡他想要，就一定要得到。

裴道珠就是他想得到的。

十二年前，他双目失明，寄居在栖玄寺养病。

他在最活泼的年纪失去了认识世界的能力，本就痛苦不堪，再加上山寺里的日子清苦寂寞，家人也未曾前来探望过，于是性子逐渐变得阴郁乖戾。

他不仅沉默寡言、漠视他人，甚至以伤害寺庙里的僧侣为乐。同龄的小僧弥从不带他玩耍，就连住持也懒得管他，即使他生病了也没人理会。对寺里的人而言，只要他还活着就成。

他受够了这种日子，他想回家。

他在深夜摸进大雄宝殿，孤零零地跪在蒲团上，求佛祖赐他一双能看见的眼睛。可佛祖明明接受了他的香火，却像是听不见他的恳求。

他的性子更加阴晴不定，小小年纪就已学会残酷。

厨房里的胖和尚顿顿给他送馊了的饭菜，他就弄来巴豆，研磨成粉，投进他的饭菜里，剂量大得惊人，险些让他虚脱到死。

知客僧养的狗总是狗仗人势，对他乱叫，还咬坏他的衣裳，他就弄来毒药，送那条狗升了天。

他日日活在黑暗的痛苦中，却又日日活在报复的快感里。

直到那个小女郎到来之后，一切才悄然消解。

那年他已经学会伪装，会装模作样地学和尚诵经，会假装对佛祖虔诚，会乖巧地配合大夫吃药。而他的容貌生得好，香客们喜欢他，总爱把他招到身边，听他讲诵经文。但凡他讲完了，那些身份贵重的香客总要打赏他金银珠宝。

他也乐得如此，以谦逊温顺的姿态面对香客，赚取无数赏钱和美名。

人人都以为他是个好孩子，只有他自己知道，每夜每夜地压抑戾气是多么辛苦的一件事。

他急需一个用来消遣报复的玩物。

那年春夏之交，一位来山寺小住的小女郎踏进了他的领域，成为他的猎物。

他不知道她是谁家的女儿，也不知道她长什么模样，只知道她的声音又软又糯，性子又乖又甜，像是他幼时养过的白兔。

他骗她后山深处住着神仙，若是遇见了，可以向神仙许三个愿望。

小女郎单纯好骗，巴巴儿地要去看神仙。他把她带到后山后，将她孤零零丢在了那里。

他回到禅房，直到月上中天，才听见外面起了动静。说是走丢的孩子找到了，幸亏找得快，否则就要被狼群叼走了。

他冷冷牵起嘴角。

偏那小女郎是个蠢的，第二天又巴巴儿地来找他玩。

她奶声奶气道："哥哥，我没遇见神仙，但是又饿又渴的时候遇见了好大好大的一棵榕树。我阿娘说，古树里面住着神仙，我就解下发绳绑在榕树枝上，向神仙许了愿。你猜猜，我许了什么愿望？"

萧衡半点兴趣都没有。

小女郎眉眼弯弯，自问自答："一愿家族强盛，二愿长大后能嫁给一位好郎君，第三个愿望……"

她像是有点害羞，凑到他耳边，声音更软："三愿哥哥能和其他人一样，也能瞧见高山流水，瞧见春夏秋冬……"

他看不见小女郎穿着浅粉色的罗襦裙，却闻得到她周身萦绕着的淡淡奶香。

他耳朵痒痒的。这一刻，他竟道不清心中滋味。

小女郎又脆声道："能看见世间万物是很幸运的事，小哥哥，我也想你跟我一样幸运呢！"

他紧了紧拳头，刚才一瞬间的心软，因为这句话而烟消云散。

这小傻子，谁要跟她一样幸运？他才不稀罕！

他想着前两日在菜园里挖的陷阱，淡淡道："我想吃新摘的豆角，你领我去菜园。"

小女郎立刻答应了。

来到菜园，他用手杖丈量距离，在小女郎快要踏进陷阱时，鬼使神差地拽住了她。

他在陷阱里丢了很多烂菜叶子和臭鸡蛋，掉下去就会变得又脏又臭。

小女郎像干净的白兔子，整日往他房里跑，还喜欢往他怀里钻，若是脏了，也会连带着弄脏他。

这么想着，他道："我又不想吃豆角了，回去吧。"

他转身要走。

小女郎不肯："哥哥，来都来了，咱们摘一篮子豆角再回去呗？"说完她继续往前走。

他心中着急，下意识去拽她。谁料他一脚踩在湿泥上，脚底一滑，径直摔进了陷阱里。

小女郎急得转身就去叫人。

他被救上来时，她如同往常那样扑进他怀里，抽噎着问他有没有摔疼。

小女郎又软又香。

他轻声道："我身上脏，离我远些。"

小女郎头摇得宛如拨浪鼓："我不嫌弃哥哥……我会好好照顾哥哥！"

从没有人对他这么好过。

他抱着她，数年来积攒的戾气突然就一扫而空。

之后的日子，他牵着小姑娘的袖角，走遍了山寺里的山山水水，听鹤唳蝉鸣，听瀑布落花，听她讲晚霞和星辰的瑰丽，听她极尽世间词汇地描述她的模样。

那是他记事以来，最快乐的一段日子。

可是夏天过后她就要回家了。临别之际，他才想起从来没有问过她的名字。

他们站在山门前依依惜别。

那时小女郎正在换乳牙，她爬上马车，钻出半个身子，声音软软，说话漏着风："哥哥，我暂时还没有小字，我叫道珠，阿娘唤我珠珠。"

她说完，马车就离开了。

他孤零零站在山门前，伴着风依稀听见她说她叫"东珠"……

萧衡从记忆里回过神。

这些年，他不是没找过那名叫"东珠"的少女，只是探子访遍成郧城的名门望族，也没有谁家的闺女名唤东珠。

那年夏天就像是他黑暗人生里的一场梦，那个小女郎是那场梦境里最美的泡沫。如今梦醒，终究是可遇不可求……

他的目光落在裴道珠脸上。她生得美貌，名字里也有个"珠"字，拿她当替身，弥补这些年的缺憾，似乎也未尝不可。

他起身往门外走，走出几步，回眸道："收拾东西，下个月，我迎你过门。"

裴道珠咬牙切齿，朝他扔来一个枕头。

萧衡拾起枕头，淡定地扔回给她。他慢慢道："做我的妾室，规矩只有两条。第一，听话；第二，忠诚。裴道珠，掂量掂量自己的身份，若是再叫我瞧见你和谢麟暧昧不清，我不介意对你用家法。"

他径直离去。

裴道珠坐在榻上目瞪口呆。

对她用家法？简直滑天下之大稽！

她笑出了声。笑完，她模仿萧衡的语气自言自语："'做我的妾室，规矩只有两条。第一，听话；第二，忠诚……'什么晦气玩意儿？！做我的夫君，我还要立规矩呢，他倒是先立上了！还家法，谁跟他是一家人？！"

她越想越气，忍不住狠狠捶着枕头。

然而气归气，她还是要想办法解决眼前的麻烦。左思右想后，她决定找父亲谈一谈。

可裴茂之却不知所踪。

她去了一趟官衙，狱卒说送裴大人出了监牢后，他去了哪儿，他也不知情。她又只得去拜访裴茂之的几位酒肉朋友，然而他们也都没瞧见他。

寻人无果，她只得回了家。

她在家中苦等三日，才终于等回裴茂之。

躲掉牢狱之灾的男人本该容光焕发，可裴茂之却是蓬头垢面，满脸憔悴，眼睛里全是血丝，周身的酒气更是臭得熏人。

裴道珠赶紧把两个妹妹撵回房，亲自侍奉父亲洗漱，小声道：“父亲平安出狱，该早些回家才是，怎么在外面待了三日？”

裴茂之闭着眼，任由她拿湿热的毛巾为他敷面，并不说话。

裴道珠强忍着不耐烦，小心翼翼道：“听九爷提起，阿父把我送给他做了贵妾？阿父，裴家也曾四世三公，是江南有头有脸的大族，嫡女做妾，传出去是不是不太好听？九泉之下的阿翁若是有知——”

“砰！”

裴茂之直接掀翻了脸盆，水溅洒出来，打湿了裴道珠的裙裾。

她捏着毛巾，小脸苍白。

裴茂之冷笑：“在家从父，出嫁从夫，这点子规矩也忘了？什么时候嫁娶之事轮到你来多嘴？！我在牢里受苦的那些天，你跑到哪里去了？既然指望不上你，就只能指望我女婿了！说到底，还是你阿娘没用，没给我生个儿子！你出生时就该溺死才好，省得这些年吃我的穿我的，却在我出事时屁用没有！”

裴道珠抿唇闭眼，掩饰住眼底的恨意。

裴茂之轻哼一声，自己收拾起蓬乱的头发。

裴道珠再睁开眼，从镜子里看着他。不知过了多久，她才平静道：“裴家的嫡女，给人做妾……阿父不在意先祖的脸面，难道连你自己的脸面也不在乎了吗？你就不怕被人笑话？”

裴茂之大笑出声，他眼里的红血丝看起来十分吓人：“脸面算个什么东西？这些年，咱们家丢的脸还少吗？你被萧荣那个小崽子大张旗鼓地退婚时，咱们家还不够丢脸吗？”

裴道珠沉默。

萧荣退婚，是她心里的一道疤，哪怕如今可以云淡风轻地戏弄萧荣，可只要想起这件事，她就觉十分丢人。

萧荣退婚那天是她的生辰。

裴家虽然衰落，但彼时家产还没被父亲输光。她邀请了成郸城的世家子弟在府上吃酒玩耍庆祝生辰，自然也邀请了顾燕婉和萧荣。

那天她打扮得光鲜亮丽，看似不经意的妆容可是她折腾整整半个时辰的成果。

她在花园里和女郎郎君们谈笑风生，正接受着无数人的艳羡和妒忌，侍女突然面色惨白地跑过来嚷嚷着不好了。

她问侍女发生了什么，那侍女支支吾吾了半天也不敢说，最后憋出一句：

“女郎跟奴婢去看看吧，您看见就知道了。”

她心中好笑。她自诩有雅量有气度，还有什么事能吓到她？

于是她带着一帮世家子弟，跟着侍女往花园角落走。走近了，便听见一阵娇弱的哭泣声。

花丛掩映。

顾燕婉扑在萧荣怀里，哭得凄凄切切：“纵然你我相爱，可表妹不肯成全又有什么法子？这辈子，我和荣哥到底是有缘无分了！但愿荣哥娶了表妹以后，能敬她爱她。我也是知廉耻讲礼义的姑娘，我绝不会插足你们！”

她说着不会插足的话，却把萧荣抱得紧紧。

萧荣一看心爱的女人哭成这样，立刻心疼得紧。他扭头瞧见裴道珠就站在不远处，顿时气不打一处来。

他搂着顾燕婉，沉声道：“既然你看见了，我也就不瞒你了，我喜欢的其实一直都是燕婉。我受不了你时时端着的姿态，也受不了你事事都要追求完美的苛刻。裴道珠，我要退婚。”

“退婚”二字，重若千钧，捶打得裴道珠满心生疼。

那时，她虽然不喜欢萧荣，却也做好了和他共度余生的准备。

那时，她也没有如今这般处事圆滑，滴水不漏。

她面色苍白，一个字也说不出。精致的妆容和襦裙，艳压群芳的美貌，身为世家贵女的骄傲，在这一刻都沦为了笑话。

萧荣当着所有同龄人的面，在她的生辰礼上，利落又厌恶地退婚了。

那一天，她成了所有人的笑柄。

那天以后，她不敢踏出闺房，不敢再参加成郧城的宴会和雅集，像蜗牛般用自以为牢固的蜗牛壳保护自己。

直到，她被梦境惊醒。

梦境种种令她大彻大悟。

脸面算什么东西？前程面前，脸面什么都不是。

昔年清高潇洒的裴道珠，早已死在那场梦境里。

如今的裴道珠，可是会为了锦绣前程不择手段的人。

她换了个法子对付裴茂之：“阿父糊涂，贵妾再好，终究也只是妾。等九爷的新鲜感过去，我便什么也不是，又如何再为您谋取利益？您有所不知，谢家的小世子心仪女儿，甚至有求娶之意，若是被他明媒正娶，成为谢家的世子妃，岂不是比做妾来得好？”

她倒不是想嫁给谢麟，只是情况紧急，只能拿他当挡箭牌了。

谁料裴茂之并没有上当，他冷笑一声："阿难，你是我女儿，你什么心思，我这当阿父的能不知道？实话跟你说吧，九爷已经下了聘，整整十万两雪花纹银。我收了聘礼，也定了良辰吉日，你不嫁也得嫁！"

裴道珠认真道："阿父可以归还聘礼——"

"输光了。"裴茂之烦躁地揉了揉脑袋，"这两天手气不好，一直输。明日再去问我的好女婿讨些钱财。好了，这里不用你伺候，你回房去吧。东西也该收拾起来了，嫁衣什么的，你自己扯布去做，反正我手头是没钱了！"

裴道珠站在原地，手脚冰凉。

怪不得他这几天不见踪影，原来是去赌坊了！十万两雪花纹银……她一眼都没瞧见，就被他输了个干干净净！

她不是爱哭的人，可是此时此刻，鼻尖却酸涩得厉害。无数委屈怨恨在心底交织，漂亮的丹凤眼盈满泪水，她死死掐住掌心才没叫眼泪滚落。

"哟，你还委屈上了？"裴茂之讥讽，"给九爷做妾，是咱们家的福气，也是你的福气，天底下的女孩儿们求都求不来的好事，你怎么还敢哭？"

裴道珠再也不愿多看他一眼，转身出了门。

随着闺房的门重重合上，她靠在门上慢慢滑坐在地。再也抑制不住的泪水流了下来，染湿了少女深青色的襦裙。

"不想做妾……我不想做妾……"

然而没有人能听见她的祈求，也没有人能庇佑她。

…………

是夜。

窗外下着雨。

裴道珠抱着双膝，坐在帐中，脸上泪痕已干，双眼略显红肿。

跳动的烛火映照在她的眼里，驱不散瞳孔深处的难过。

她闭上眼。事到如今，只能靠自己想办法拒绝婚事了。

花窗外突然传来异响。"吱呀"一声，有人推开了窗。

穿着蓑衣的少年从窗外探出脑袋，俊俏的面容被雨水打湿，更显几分率真。

他弯着眉眼招手："裴家姐姐！"

不等裴道珠说话，他利落地翻窗而入，摘掉蓑衣，整理了一番仪容，得意地绕到床榻前："今夜电闪雷鸣，我怕你受惊吓，特意潜进来陪你。这两日我很想你，你可有想我？"

裴道珠无言。谢家的小世子不愧是成郸城有名的纨绔，居然深更半夜闯进女孩儿的闺房。

她道："小世子——"

"嘘！"谢麟抬起食指，抵在少女的唇前。

裴道珠一时不适，下意识想避开。

谢麟收回手，正儿八经道："裴家姐姐，你可以叫我阿麟，也可以叫我世子爷，甚至可以叫我谢家哥哥，但千万别叫我小世子。听着像是个小孩儿，别扭得很。"

裴道珠无言以对。他都还没到弱冠之年，可不就是个小孩儿？

谢麟又从怀袖里取出油纸包："来时买的酥饼，排了好长的队呢，裴姐姐快趁热吃！"

裴道珠没用晚膳，正好饿了，便接过酥饼小口小口地吃起来。

谢麟心满意足地坐在她身边，看了一会儿，后知后觉地注意到了她哭红的眼睛。

他伸手碰了碰裴道珠的眼角。

裴道珠避嫌："世子爷？"

"你的眼睛好红，像是哭了很久。"谢麟有些愠怒，"可是裴茂之那个混账东西又揍你了？走，我替你找他算账去！"

他撸起袖子就要去干架。

裴道珠连忙拉住他："阿父并没有打我。"

"那你哭什么？"

裴道珠沉默。

谢麟冷笑："说不出来了是吧？我看，就是他打了你！你别怕他，我蒙着脸去，他认不出我的！保管打得他三天下不了地，给你好好出一口恶气！"

裴道珠虽然厌恶父亲，可指使外人殴打父亲，成何体统？

她只得撒谎："我，我不小心弄丢了一颗明珠，心里难过，因此哭了很久。"

谢麟扬了扬眉："一颗明珠而已，只要裴姐姐喜欢，要多少有多少，何必为了它掉眼泪？在我心里，裴姐姐的眼泪可比明珠值钱。你等着，我这就去给你弄明珠来！"

少年猴急得很，非得把她哄高兴了才罢休，裴道珠还没回过神，他就溜得无影无踪了。

裴道珠捧着酥饼愣在原地。

不知怎的，她突然有一种不好的预感。

雨来得快去得也快。

谢麟窜出裴府高墙，墙根下站着几个帮他望风的朋友。

他揽住其中两人的肩膀：“好兄弟，我的裴姐姐弄丢了心爱的明珠，本世子寻思着得为她弄一颗更大更美的才好。你们可有什么主意？”

一人提议：“你阿娘手上不是有一颗稀罕的夜明珠吗？听说是陛下御赐，不如你偷了它送给裴家的姐姐？”

“好像还真有那么一颗。”谢麟眼前一亮，“走，去偷我阿娘的明珠去！”

“等等！”又有人阻止，“谢夫人的那颗明珠不算什么。据我所知，萧家九爷手里的那颗明珠才叫珍贵呢！听说是他从东海带回来的，有碗口那么大，天底下仅此一颗，比辟火裘还要贵重！我哥哥亲眼看见的！”

他一边说一边夸张地比画着。

他是陆玑的亲弟弟。陆玑和萧衡的关系又好，因此众人都很信他的话。

谢麟果断拍板：“那咱们就去金梁园，取萧衡的明珠送给裴家姐姐！”

有人提出异议：“可是萧家九爷跟咱们不一样，他的东西……能偷吗？”

“怕什么？”谢麟不以为意，“小爷倒想见识见识他究竟有多厉害。他的明珠，小爷要定了。咱们走！”

众人对视。都是热血少年，兄弟情很快战胜了害怕。

“为兄弟两肋插刀，在所不辞！”

“好兄弟，一起走！”

他们呼呼喝喝地直奔金梁园。

…………

晨曦的光透窗而来，裴道珠揉着惺忪睡眼慢慢坐起身,发现床边坐了个人。看清楚那人的面容后，她忙捂住棉被，压着声音呵斥：“世子爷！”

若非知道他品性纯良，她肯定要把他当登徒子，告上官府去！

谢麟彻夜未眠，却依旧神采奕奕。他献宝似的拿出偷来的明珠：“裴姐姐，你喜不喜欢？”

他从萧衡库房偷来的明珠有鸡蛋大小，玉色碧绿，澄澈晶莹如一泓清泉。珠体温润，在帐中散发出柔和的光晕。

裴道珠稀罕道：“从何而来？”

谢麟不敢说是偷来的，轻咳一声：“是我前两年出海游玩时花重金从东瀛商人那里买的。我不爱金银珠宝，不如拿来送给裴姐姐。这般好看的明珠，就该配裴姐姐这样的美人。”

裴道珠确实喜欢。但谢麟不是其他郎君，他是她想守护的人。

她认真拒绝：“我没有等价的东西可以回赠给你，所以这颗明珠我不能收。”

谢麟一早就料到她会这么说，把明珠塞进她怀里：“小爷说送给你，那就是送给你了！你若是不喜欢，扔掉或者砸碎，随你处置！”说完，他敏捷地翻窗跑路了。

裴道珠捧着明珠，一时无言。这么贵重的东西，扔掉或者砸碎自然是不可能的，只能等下次见面时再还给谢麟了。

她拿丝线编了一个小小的绳结，兜住明珠，将它悬挂在床帐一角。

正要洗漱，她下意识摸了摸左臂——白皙细嫩的手臂上，戴着一枚纯金圆环手钏。

她碰了碰它。明明她那么喜欢金银珠宝，可萧衡送的黄金手钏却似枷锁般圈着她，令她无处可逃，令她快要窒息。

招惹萧衡，大约是她这么多年来做过的最后悔的一件事。

她沉默梳妆时，顾娴进来了。她看起来像一夜没睡，眼下都是青黑。

她把抱着的两匹红布放在案几上，哑声道：“你阿父让我送来的，说是要你裁成嫁衣，好在下个月穿……阿难，你阿父把你许给了萧家九郎？这么要紧的大事，他怎么能擅作主张？！”

裴道珠讪讪地牵了牵嘴角，睨了一眼那红布：“他输光家产时也没和咱们商量啊。”

顾娴戒备地望了眼房间外，确定裴茂之没在，拉着裴道珠坐下：“给萧家九郎做妾是万万不成的。实在不行，阿难就逃出成邺暂避风头，等事情过去再回来也不迟。”

裴道珠愕然。

阿娘一向温顺守礼，这次居然撺掇她逃婚……

顾娴被她盯着得微微脸红，小声道：“阿娘自幼懦弱，比不得你有主见。当年阿娘不敢忤逆家族，终究还是嫁给了你阿父。阿娘这辈子没能嫁给知心人，只盼着阿难能觅得良人，白首一生。”

裴道珠沉默。

阿娘是被所有人夸奖的好母亲、好媳妇，而且不像她所有的乖巧都是伪装，阿娘是真正的贤淑端庄。

却也怯懦。

阿娘敢说出这番话，已经很了不起了。

裴道珠倚在母亲肩上："我逃走了，阿娘怎么办？当真要跟父亲过一辈子？跟他那种人在一起，余生也没什么盼头了。"

顾娴笑着，替她抿了抿鬓角的一缕碎发，柔声道："我和长公主殿下是好姐妹，她会保护阿娘的。"她从怀袖里取出一袋银钱，塞给裴道珠："这是这些年来我偷偷攒下来的体己钱，不多，你且拿着。若真到了逃婚的那一步，路上总能用到。"

裴道珠是有私房钱的，然而面对顾娴的殷切目光，她不忍拒绝。

她抱住顾娴："阿娘……"

顾娴轻戳她的眉心："多大的人了，还撒娇！"这么数落着，脸上的笑容却十分宠溺。她宁愿她的小阿难一辈子都长不大，一辈子都不用面对外面的风风雨雨……

顾娴走后，裴道珠本想去自己买的那座小宅院透透气，却在府门前被几个凶神恶煞的黑脸侍卫拦住了。

为首之人恭声道："下个月就是裴姑娘和我家主子成亲的日子，裴姑娘身娇体弱，主子怕您出事儿，吩咐我们不许您擅自出门。"

裴道珠冷笑。说得好听，还不是怕她逃跑？好一个萧衡，连她的自由也要限制。

她转身回了府。

回到闺房，她看着那两匹红布，满眼都是凉薄。

萧衡无视她的意愿，非要一意孤行。她如果不搞点事情叫他尝尝苦头，他还真以为她是个容易拿捏的女人了。

盛夏的金梁园，厅堂里置着一盆冰瓮，侍女打着团扇，倒也还算凉爽。

老夫人正和萧衡对弈。

她道："北国的六位使臣全部死在成邺，北国皇帝震怒，也找到了出兵南下的理由，这场仗迟早是要打起来的。朝堂上文臣居多，武将大多昏庸无能，将军一职恐怕要落在你头上了。"

年纪轻轻就要拜将封侯，本该是一件喜事，可老夫人脸上并无喜悦。

萧衡只当她是在担心他的安危，他淡淡道："这场仗，孩儿已经恭候多年。”

老夫人看着他，眼底情绪复杂。不知过了多久，她收回视线，拈起一颗棋子，缓缓落子：“我听说，你对阿难那丫头起了心思……还要纳她为妾？”

萧衡跟了一子：“嗯。”

“虽说裴家败落，如今连二流世家都不如，但到底也曾四世三公。阿难那丫头又是个知书达理才貌双全的，做妾未免委屈了她。”老夫人试探，“若是郎有情妾有意，不妨明媒正娶？”

萧衡不语，只盯着棋盘思索。

见他不接话，老夫人又道：“你幼时被送去栖玄寺养病，等接回家时，已是十二岁的年纪，和家中的兄弟姐妹都不亲近。后来又外出周游郡国，和家人的关系就更加淡漠。我想着，阿难那孩子品性端良，若是娶进门，定然愿意好好爱你……玄策，我总想这世上是有人真心爱你的。”

萧衡弯唇：“阿娘这话可笑。我是你和阿父的孩子，既然我有血浓于水的至亲，又何必指望一个毫不相干的人来爱我？”

老夫人哑口无言。

萧衡落下最后一子：“北伐在即，孩儿无心沉溺于男欢女爱。纳裴道珠为妾，只是因为众多女郎里面她较为顺眼。北伐之路生死未卜，孩儿不敢娶妻，只怕辜负。”

他另一手捻着佛珠，白玉似的面庞笼在阴影里，更显几分深邃，眼中还有着视死如归的决心和凉薄。

“您输了。”他轻声道。

老夫人捻着一枚棋子，感觉面前的孩子熟悉又陌生。他看似温润如玉，可她知道，夫君亲手培养出来的萧家九郎，皮囊底下其实藏着一个可怕的怪物。

但她总想对他好一点，总想让他也被人所爱。

她劝道：“你怕辜负别人，就不怕辜负阿难？既然生死未卜，何不干脆给她一个正妻之位？阿难是个好孩子，你对她好，她也会加倍对你好。”

萧衡轻嗤：“阿娘怎会觉得她是个一心一意的女子？阿娘信不信，我若是死在战场上，她第二天就敢回家改嫁？”

老夫人哑口无言。

萧衡不愿再多谈，他主意已定，起身行了个退礼便离开了。

萧衡要纳裴道珠为妾的事也惊动了成郸城里的其他世家。

当今世家子弟以风流为荣，三妻四妾再正常不过，只是主角变成了萧衡和裴道珠，性质就不一样了。

顾燕婉手握团扇，脸皱成一团："九叔要纳裴道珠为妾？他怎么想的？！裴道珠那种女人……论辈分，她可是要叫我一声表姐的，她若嫁给九叔，我还要叫她小婶婶不成？！"

萧荣魂不守舍地坐在她对面，茶水送到唇边都忘记喝。

顾燕婉越想越气："早前我就看出来了，裴道珠那小贱人一直在勾引九叔，如今可算是露出了狐狸尾巴！"

哪怕裴道珠是做妾，那也是九叔的妾，比她还要高出一个辈分，这叫她的脸面往哪里搁？她窝了一肚子火，见萧荣不说话，脾气又坏了几分："萧荣！"

萧荣回过神，喝了口茶，看向对面的女人。

初识顾燕婉时，她温柔解意，私底下甚至还颇有风情。如今倒好，连"荣哥"也不叫了，生起气来竟然直呼他的名讳。然而这门婚事却是他自己巴巴儿地求来的，如今后悔，念起阿难的好，也是没用的。

他道："长辈的事，我也不好说什么……"

"那不成，咱们得想个法子阻止裴道珠进门。"顾燕婉斩钉截铁，"你不是一向自诩聪明嘛，你快想办法。"

萧荣沉默。尽管不愿接受这桩婚事，可九叔是长辈，也是他崇敬的人，他能有什么办法？

顾燕婉忽然道："我和裴道珠是表姐妹，最了解她不过。她一向自命清高，是绝不肯为人妾室的。这桩婚事怕是九叔逼迫……"

一想到是萧衡主动，她胸口就像是噎了一块石头。

萧衡生得那么好看，还是成郸城最有前途的郎君，比萧荣还要出色许多……她的脑海中浮现出萧衡白衣胜雪手捻佛珠的模样，脸悄然浮上一层红。

她蹙了蹙眉，勉强压住心底那份别样的情绪。

萧衡那么好，怎么就偏偏看上了裴道珠？裴道珠除了脸蛋好些，心计手段和她顾燕婉也差不多。若论家世出身，就更不如她了。

萧荣没注意到她脸上的浮红，问道："你想说什么？"

顾燕婉定了定心神："帮裴道珠逃婚。"

把裴道珠远远送走。送出成郸，送出世家子弟的圈子，再也不要出现在她面前，再也不要和她攀比。

萧荣陷入沉思。

帮阿难逃婚……能成吗？

九叔手眼通天，听说这些年在外游历时还豢养了军队。阿难一个弱女子，能逃到哪里去？

或者……他可以养着阿难。

萧荣眼前一亮。

阿难对他一定还是存着几分感情的，否则又怎会一口一个“荣哥哥”地叫？

他可以瞒过九叔的耳目，把阿难偷偷养在外面，为他生儿育女。等瓜熟蒂落，再把阿难接进府里，给她身份。

到时候，燕婉为妻，阿难为妾，她们这对表姐妹在后院相亲相爱，相夫教子，该是多么美妙的一件事？

接下来的一个月，裴道珠安静地待在闺房里，每日与针线相伴，把那两匹红布裁制成好看合身的嫁衣。

裴茂之看在眼里，十分满意。他笑道：“瞧瞧，还不是老老实实做起嫁衣来了？我看这死丫头就是口是心非。”

顾娴笑容温顺，眼底却多了一丝从未有过的厌弃和叛逆。

或许阿难说的是对的，与这样的人过一辈子，余生也变得不再有所期待。可是……她真的有勇气提出和离吗？

闺房里。

裴桃夭和裴子衿跪坐在苇席上，看裴道珠往嫁衣上绣花。

绣花针在少女细白的指间翻飞，一朵朵宝相花跃然而来，精致细腻，栩栩如生。

姐姐不仅生得美貌，绣活也很了不起呢！两个小家伙很为姐姐骄傲。

只是……姐姐要给人做妾了。

裴子衿耷拉着眉眼，牵起裴道珠的袖角，软声道：“外面的人说，做妾是很不光彩的事……姐姐真的要去做妾吗？”

裴道珠从容刺绣：“不会。”

裴桃夭捧着惆怅的小脸，奶声奶气：“都怪九爷不好，瞧着人模狗样，却非要逼迫姐姐！姐姐，明天就是出嫁的日子了，你要怎么办呀？”

裴道珠继续穿针引线：“等。”

裴子衿不解：“等什么？”

裴道珠没有解释。

盼望她嫁给萧衡的人有很多，但恨不得她消失的人更多。

比如顾燕婉。

顾燕婉这一个月说不定过得比她还要煎熬，她一定会想方设法破坏这桩婚事。她被软禁在府里，什么也做不了，可萧衡却软禁不了其他人。

她对顾燕婉的手段还是有些信任的，所以她只要安静等待就好。

最后一针落下。大片大片的宝相花盛放在裙裾和袖口上，凤凰遨游其间，精致又雍容。这已不是妾室能穿的嫁衣规格了，但这并不重要，反正她也不会穿上。

裴道珠讥讽一笑，收了针线。

是夜。

裴道珠独坐窗下，面前的矮案上摆着精致的茶点，两盏热茶氤氲着热气，像是在恭候贵客。

一道纤瘦的人影悄然出现在她身后。

顾燕婉手持团扇，注视着她的背影。即便是深夜，裴道珠也依旧妆容精致，衣衫齐整，仿佛早知道她今夜会过来，特意等着似的。

不愧是她。

顾燕婉开口："与阿难争斗多年，可是心计方面仍旧比不上你。你一早就知道我会来，对不对？甚至……"她的目光落在角落的包袱上，"甚至你一早就知道我是来送你离开的，你连行李都收拾好了。"

裴道珠吃着茶，唇边噙着浅笑。她回眸，美如仙娥。

她柔声道："表姐本就容不下我，若是咱们一起进了萧家的门，我当了你的小婶婶，你岂不是日日都要如坐针毡？成郸城里，你是最不愿意看见我嫁给萧衡的，我猜到你会在我过门前做手脚，所以提前等候在这里。"

顾燕婉暗暗啐了一口，声音清冷："我也早就猜到你不肯做妾，只要我来，你必定愿意跟我走。马车已经准备好了，我的人就等在外面，走吧。"

裴道珠起身，拿起包袱。

她和顾燕婉相争多年，虽彼此厌弃，却也知道顾燕婉对她是没有杀心的，她可以放心地跟她离开。

顾燕婉果然有几分手段。

出了闺房的门，裴道珠就瞧见乌衣巷南边儿火光冲天，吸引了所有人的注意力，就连萧衡的侍卫也都忙于救火，一时间无人顾及她。

顾燕婉得意："这火是我找人放的，目的就是为了引开九爷的人。围魏救赵的故事，还是当初你讲给我听的呢。"

裴道珠对过去毫不怀恋，也并不愿意回忆。

出了后门，果然有一辆马车停在那里。

她登上马车，从窗后望向顾燕婉：“我走了。”

顾燕婉提醒她：“别再回来。”

裴道珠笑了笑。

怎么可能不回来？离开只是为了逃婚，等风头过去，她肯定还要回成郸。

马车在夜色中启程。

裴道珠抱着包袱，想着明日的情形。

萧衡登门接人，却发现人去楼空。所有人都知道他要纳她为妾，可她却在成亲前逃跑了，被退婚是很丢脸的事，可是被逃婚更加丢脸，到时候所有人都会取笑萧衡。

“因果报应，你自找的。”她轻声道。

然而马车却没有出城，直奔一条幽静偏僻的巷子，在一座老旧的宅院前徐徐停下。

裴道珠挑开车帘。

青衣郎君提一盏灯，安静地站在宅院大门外。

是萧荣。

他殷勤道：“道珠妹妹，我终于盼到你了。”

裴道珠望向车夫。萧荣的随从正递给车夫一袋银钱，显然是提前收买了他。

萧荣笑道：“这里是我的私宅，特意为道珠妹妹准备的。我知道你不愿意给九叔做妾，所以你暂时藏在这里。你放心，这地方很隐蔽，九叔的人绝对发现不了。”

裴道珠丝毫没有跟萧荣说话的欲望。

萧荣是想金屋藏娇，诱她当外室。她连萧衡的妾都不愿意当，又怎会愿意当萧荣的外室？！

裴道珠扶着门框，正酝酿拒绝的话，巷子尽头突然传来马蹄声。

少年提一盏铁艺气风灯，策马而来。他喊道：“裴家姐姐！”

裴道珠诧异：“世子爷？”

谢麟在裴道珠面前勒住缰绳，停了下来。

他扬了扬眉毛：“自从知道萧衡要纳你为妾，我就想见你一面。可萧衡的人把你看得紧，我见不着你。今夜乌衣巷着火，探子说你逃了，我就赶紧追了过来。”他瞥向萧荣：“这个人又是怎么回事？”

萧荣是庶子，平日里又喜欢装模作样，谢麟是瞧不起他的。他扫了眼萧荣背后的宅院，夸张轻蔑地笑了：“你不会是想把裴姐姐藏在这种破落地方吧？你养得起她？”

乌衣巷。

萧衡今夜并没有回金梁园，就近歇在了萧府。

书房里聚着几位幕僚，巨大的舆图悬挂在房中。萧衡负手站在舆图前，听幕僚讲长江北岸的气候和地理，以应对将来的作战。

正听得入神，陆玑进来了，脸色不大好看：“我刚从宫里回来，北部边境快马加鞭传来消息，北国皇太子率领二十万大军亲自出征。天子和几位重臣都不想打仗，正在商量割地赔款。还说实在不行的话，就用和亲的手段解决。”

萧衡捻着佛珠。

割地赔款已经足够耻辱，如今连和亲的主意都想出来了，不知道是哪个人想出来的“好点子”。

他淡淡道：“北国一直想吞并江南，这次有了出兵的借口，不会轻易答应停战。”

陆玑面色凝重：“除了北国，西蜀那边也派出了军队。”

西蜀是西南方向的小国，一向和南朝不对付。这次大约是觉得北国能赢，所以也出兵想分一杯羹。

萧衡伸手轻抚过西南的疆域，眉骨下带出几分狠戾的压迫感：“一起灭了就是。”

陆玑无言。他深知好友看似温润，但一旦触及疆土问题，性格就会变得阴郁冷酷，极具压迫和侵略感。

如果说朝中所有大臣里面，有谁能够收复疆土，那一定是他的这位好友。

他敬佩萧衡，也打算跟随萧衡。

只是……

陆玑犹豫片刻，还是开了口：“明天就是你纳道珠妹妹为妾的日子。玄策，道珠妹妹一身清白，是天底下难得的好姑娘，你当真要……纳她为妾？你不觉得是在委屈她吗？”

萧衡睨他一眼：“那丫头给你灌了什么迷魂汤，叫你处处为她说话？陆子机，你喜欢她？”

陆玑愣了。他醉心读书，从没想过男女之事，骤然被萧衡一说，顿时双颊涨得通红，连说话都变得结巴起来：“我对道珠妹妹只是怜惜，我怎么会，怎么会——”

他想起裴道珠的容貌，那是天底下绝无仅有的美貌。偏偏性子也是极好的，似水温柔，聪慧端庄……

他面色更红。

萧衡见他如此反应，心底涌出更多戾气。

裴家的那个骗子，骗人钱财还不算，连人的心也一起骗了。纳她进门以后，就该把她关在庭院深处，叫她见不着外面的郎君，叫她再也骗不了其他郎君。

书房气氛越来越诡异时，一名随从匆匆闯了进来。

他恭声禀报：“主子，有人在乌衣巷纵火。火势很大，各大世家的人都忙着救火，不确定火势是否会烧到咱们这里，请您移步避难！”

有人纵火……也不知怎的，萧衡脑海中冒出了裴道珠的身影。

明天就是她过门的日子，偏偏今夜乌衣巷起火。

“最好别是你干的……”他低语着离开了书房。

火势很大，乌衣巷人人自危，四处都是赶来救火的人，裴家也全部出动了。

萧衡进了裴道珠的闺房，房内空空荡荡的，一个人也没有。

绣制好的嫁衣悬挂在木施上。

少女绣活极好，宝相花细腻鲜活。

萧衡看了眼自己袖口上的银线绣宝相花纹。

他对花纹配饰本来无感，还是因为之前裴道珠撒娇让他穿，他也乐意在这种小事上宠她，所以命人在所有衣袍上都绣上宝相花纹。

裴道珠在她的嫁衣上绣制同样的花纹，定然是爱慕他的缘故。

他眉眼间的戾气稍稍减轻了些，目光落在那几只凤凰上面。

妾室的嫁衣是不能带有凤凰图纹的，裴道珠执意绣上……

她一向倔强骄傲，萧衡不是不是明白她的委屈。只是他对她的喜欢并不深，更像是对某件稀有物的占有欲，只想藏起来细细赏玩，还没有爱到深入骨髓。

指尖在凤凰图纹上停留了片刻，他慢慢收回手。

罢了，明天宴会也并没有邀请多少人，逾越规矩就逾越规矩吧。一辈子只有一次的事，放纵她一些也没什么。

萧衡想着，行至屏风后。

竹榻上也没有人。

他忽然被悬挂在帐顶边缘的明珠吸引住了。这明珠……是他上个月被偷的那颗。

他身居廷尉一职，经手过多少案子，轻易就查出是以谢麟为首的那几个纨绔子弟干的，只是念在谢家支持北伐的面子上，没有追究而已。

没想到谢麟居然把这颗明珠送给了裴道珠，偏偏裴道珠还收下了！还把谢麟送的东西挂在床头！

这两个人之间……

“裴道珠……”萧衡面色难看，捏紧明珠。

他厉声道：“来人！”

这些年，他虽在外游历，但也培养了自己的势力。他的耳目遍及朝野，轻而易举就查出了裴道珠的去向。

她逃婚了！

那颗明珠被萧衡生生捏出一道扭曲的裂缝。

……

漆黑的骏马，安静地立在巷子的阴影里。

萧衡坐在马背上，面无表情地看着宅院门口那两男一女。

谢麟狠狠鄙视了萧荣一番，最后不忘反问：“你养得起她？”

萧荣不敢跟谢麟争，涨红了脸，憋得说不出话。

谢麟洋洋得意地看向裴道珠：“裴姐姐，你跟我走吧，我养得起你！近日我月钱又涨了，能给你买许多胭脂水粉呢！”

裴道珠正要说话，阴影之中的萧衡似笑非笑地开口：“毛都没长齐，靠一点可怜的月钱就想学别人养女人？”

宅院前的三人都愣住了。

随着骏马缓缓踏出阴影，他们才瞧见了马背上的萧衡。

白衣胜雪，凤眼高鼻，容貌恰似月下谪仙，风姿气度更是举世无双。整个成邺城的郎君加起来，也不敌他万分之一。

这般神仙人物，眼底偏偏藏满戾气。

萧衡居高临下，微笑道：“谢麟，谁给你的胆子诱拐我的女人？”

谢麟还是头一回对上萧衡。他早前就听说萧家九郎温润如玉，见多识广，今夜一见确实气质不俗。

虽然他在笑，但那双凤眼里藏着深不见底的晦暗，像一头蛰伏在黑暗里的野兽，令人感受到前所未有的危险。

谢麟气焰立时弱了下去。他看了看裴道珠，想到她即将被萧衡蹂躏，不禁又鼓起勇气："男未婚女未嫁，裴姐姐怎么就成了你的女人？！"

萧衡嗤笑，从怀袖里取出那颗明珠。世所罕见的明珠被他捏出一道裂缝，已是不值钱了。

他把玩着明珠，戏谑道："与其担心她，不如先担心担心你自己。谢麟，偷盗明珠该当何罪？我的东西也是你能偷的？"

谢麟和裴道珠同时愣住。

裴道珠难以置信："世子爷？"

偷东西送佳人，毕竟不是什么光彩的事。谢麟双颊通红，挠挠额角，顾左右而言他："你说丢了明珠很难过，我想着得送一颗更好的给你，哄你高兴。可我手上又没有，所以才……"

他结巴半晌，突然不耐烦地对萧衡喊话："小爷敢作敢当，偷你的明珠又如何？可你萧衡又算什么正人君子，裴姐姐明明不愿意给你做妾，你还非要逼人家——"

"逼她？"萧衡挑眉，看向裴道珠，"我竟不知，好好的婚事，在你眼里竟成了逼迫……也罢，明儿就是你过门的日子，你若实在不肯，那这门亲事就作罢。只是……你得在吉时到来之前，归还十万两聘礼。"

他态度温柔，仿佛很好说话的样子，可裴道珠看他却像是吐着红信子的毒蛇。

说得轻巧，她上哪里弄那么多银钱？他不过是在故意刁难！

少女笼在宽袖里的双手忍不住死死掐紧，脸更是白到毫无血色。

谢麟却看见了希望，他翻身下马，认真道："裴姐姐，我这些年只顾花天酒地，虽然没有好好攒钱，但我阿娘手里是有钱的！你等着，我这就去筹钱！吉时之前一定凑够十万两纹银！"

他郑重地抱了抱裴道珠。

十六岁的少年正是长个子的年纪，谢麟比裴道珠要高出半个头，劲瘦结实，只是胸膛却还没有变得足够宽阔，瘦削的双肩也并不能挑起儿女情长。

他兴奋地筹钱去了。

萧衡又瞥向萧荣："四书五经都没读透，前程尚未锦绣，倒是先学会了诱拐女子养做外室。偏偏手段还不怎么样，落得个被外人讥笑的下场，简直丢尽萧家脸面！"

萧荣双颊涨红，难堪不已。他万万没想到，九叔说话也能如此刻薄。

他心有不甘地瞟了一眼裴道珠。

他在和九叔争女人。爱情面前，应当没有地位悬殊，没有辈分差别。这一刻，他和九叔应该是两个平等的男人。

他鼓起勇气小声道：“九叔何必嘲笑我？您明明知道道珠妹妹曾是我未婚妻，却还是不顾辈分纳她为妾……您这又算什么？”

萧衡挑眉：“你在指责我？”

萧荣的胆子更大一些：“侄儿只是实话实说。”

萧衡笑出了声，狭长的丹凤眼底却是一片阴郁。

从前他觉得萧荣虽然资质平庸，却也是萧家子弟，总要帮扶一把。可如今看来，到底是烂泥扶不上墙，不仅没有才学胆识，更加没有眼界和胸襟。

他转头吩咐：“萧荣目无尊长，以下犯上，带回去家法伺候。”

萧荣失声，“九叔？！”

两名随从上前，不顾萧荣的叫嚷和挣扎，直接把他拖走了。

巷子里逐渐恢复平静。

已近黎明。

宅院前悬着的灯笼，朦胧照亮了方寸之间。

萧衡依旧骑在马背上，居高临下地睨着裴道珠，俨然一副秋后算账的架势。

裴道珠下意识后退半步。她脑海中千回百转，却因为过于害怕，想不出对付他的办法。

她对萧衡早已没了起初的好感。他的偏执和占有欲远超常人，他披着温润如玉的君子皮囊，实际上却是不择手段的怪物。

这种人令她害怕。

本着不吃眼前亏的想法，裴道珠软声软气地解释：“乌衣巷着火了，我惶恐地逃到这里避难……”

萧衡面无表情：“这里跟乌衣巷隔着半座城，裴道珠，你在骗谁？”

裴道珠抿了抿朱唇，脸上毫无血色。

萧衡又道：“滚过来。”

裴道珠暗暗撇嘴。萧衡只长了一副好皮囊，却没有一颗好心，如今连话都不会说了，居然叫她滚过去……果然狗嘴里吐不出象牙。

但她也知道自己无处可逃，只得假装温顺地小步挪过去，楚楚可怜地仰起头：“玄策哥哥——”话还没说完，就被萧衡拽上马背。

她狼狈地趴在马背上，萧衡一夹马肚，骏马瞬间绝尘而去。

他们回到裴道珠闺房时，天色已经大亮。

裴道珠被萧衡一路拖到屏风后，丢在竹榻上。

她狼狈地抬手抿了抿鬓发，凤眼含着几分怨怼：“从前就觉得你装模作样太过讨厌，如今更这么觉得了！”

萧衡睨她：“吉时一到，就会有轿辇迎你过门。再敢逃，腿打断。你也别指望谢麟能来救你，我想要的东西，谁也抢不走。”

他转身离去。

裴道珠抄起枕头砸在他的后背，可枕头软绵绵的半点儿不疼，他连头都没回就走了。

裴道珠咬牙看着房门从外面锁上。她揉了揉额角，娇艳的脸上现出几分难色。

逃跑被抓，萧衡一定会更加防备，她再想从他眼皮子底下逃走，恐怕是没有机会了。

真要给他做妾?

少女孤零零坐在榻上，紧紧揪着被褥，脸色更加苍白。

不知过了多久，闺房外面传来喧哗声。

有人推门而入。

是喜婆、妆娘她们来了，身后还簇拥着许多同龄女郎。她们笑容满面，纷纷向裴道珠送上贺喜的吉祥话，甚至还送上了添妆的礼物。

妆娘和一群侍女都是萧衡的人，她们恭恭敬敬地请裴道珠梳洗打扮。

院子外面也吵吵闹闹，来了不少客人。

毕竟是萧衡纳妾，想要巴结的人也不少。

裴桃夭和裴子衿钻过人群缝隙，径直跑到姐姐身边，担忧地牵住她的袖角，迭声唤着阿姐，却被几个侍女抱了出去。

裴道珠的脸上始终毫无笑意。侍女为她上胭脂时，她忽然抬头，望向人群。

阿娘站在人群里，眼睛红红的，显然是才哭过。她抹了抹眼泪，突然转身走了，大约是去求长公主想办法了。

可裴道珠明白，萧衡一意孤行，即便是长公主出面也是没有用的……

“到底是表妹厉害，竟然傍上了萧家九爷！”

韦朝露捏着手帕从众女郎中走出来，鼻子不是鼻子，眼睛不是眼睛：“当初一起在金梁园住着，表妹却有本事结识九爷，不像我们，老老实实不敢接近人家……说到底，还是表妹有本事呀。”话里话外都是在暗示其他人，裴道珠不检点。

裴道珠知道韦朝露仰慕萧衡，她说这番话不过是妒忌罢了。

她好笑。区区妾位有什么可妒忌的？若有可能，她恨不能把这个妾位送给韦朝露。

她懒得搭理对方的挑衅，安静地看着镜子里的人。

镜子里的少女本就容貌娇艳，经过妆娘的仔细修饰，更娇艳夺目。通身肤色凝白如雪，黛青色的弯眉犹如两痕远山，丹凤眼盈润清澈，看起来还是未经世事的纯洁模样。

少女身后是挤挤挨挨的同龄女郎，她们也注视着镜子里的人，眼神或艳羡或妒忌。

因为裴道珠没有朋友，从前家族显赫时又得罪了太多人，几乎没有人是真心实意来为她庆贺的。

裴道珠的视线渐渐模糊，脑海中隐约又想起了一些梦里的片段。

那时她即将北上和亲，坐在宫殿里任由宫女为她梳妆打扮。

梳妆完毕，不少同龄女郎进来为她添妆。为首的是顾燕婉、韦朝露她们。

顾燕婉已是萧荣的夫人，她摇着团扇，惋惜道：“表妹即将北上和亲，这辈子恐怕再没有见面的机会。我不怕告诉表妹，其实和亲人选原本落不到你头上，之所以选到你，都是我们几个姐妹的功劳。”

她身后的几个女郎都笑了起来。

顾燕婉继续说：“原本陛下打算从几位公主里面挑一个送去北国和亲，我们想着，去敌国当妃子这么好的事岂能便宜别人？一合计，就想到了你。”

韦朝露接话：“可不是？表妹如今落魄到当垆卖酒。与其让你在市井间抛头露面，还不如舍了尊严，去伺候敌国的皇太子。虽说背井离乡，但好歹能吃香喝辣。表妹，你可要谢谢我们！”

她们笑得更加大声。

在场的除了顾燕婉和韦朝露，还有吴家女、崔家女、薛家女以及几位娇滴滴的公主。

大公主送上添妆的礼物，眉飞色舞：“去到北国以后，记得好好侍奉那位皇太子。听说那位皇太子脾气暴戾，曾活活折磨死好几位侧妃，道珠妹妹，你可要小心些呢！”

她嘴上说着关切的话，可眉梢眼角却掩饰不住的幸灾乐祸，对裴道珠代替她的姐妹去和亲的事是半点儿感激也没有。

十年之后，她历尽艰辛回到成邺，最先对她嗤之以鼻，骂她是祸国妖姬的，也是这群女子……

她盯着铜镜，镜中的人像逐渐模糊。

她回过神。韦朝露还在闺房里呼呼喝喝，一张嘴倒尽酸水，恨不能取她而代之。

裴道珠弯了弯红唇，笑容尽是讥讽。

她就说当时裴家已经脱离朝廷视野，和亲那种事怎么会落到她头上，原来是这群“好姐妹”的功劳。

她缓缓起身。

鲜红的嫁衣裙裾和宽袖华贵艳丽，雍容地至地板。少女削肩细腰，乌发挽成高髻，佩戴着黄金珠饰，小脸却是雪白娇艳，一点红唇犹如樱桃，风姿气度举世无双，当真宛如盛世妖姬。

她定定注视着韦朝露。

她曾害她北上和亲，以致家破人亡，背负红颜祸水的骂名。现还在极尽所能地挑衅她、羞辱她……

韦朝露愣了愣，下意识后退半步：“你，你这是什么眼神？难道我说错话了不成？！”

裴道珠柔声道：“怎会？表姐为我添妆的好意，我永生难忘，感激都来不及呢。”

韦朝露觉得她不对劲，却也不肯露怯，梗着脖子道：“你知道就好！”

裴道珠垂下长睫，遮掩了眼底的凉薄和恨意。

韦朝露，顾燕婉，其他世家那几位女郎，还有大公主……

那些仇恨，她一笔笔记着，这辈子，她总要还回去的。

第10章

裴家宾客盈门，热闹非凡的同时，谢麟风风火火地闯进谢家后院，嚷嚷道："阿娘，快给我十万两银钱，我要拿去帮裴家姐姐！萧衡那家伙人面兽心，须得十万两银钱才能救裴家姐姐脱离苦海！"

谢夫人端坐在案前，不紧不慢地吃着茶，抬起眼看他一眼。

"阿娘？！"谢麟急道。

谢夫人放下茶盏："裴家那丫头是萧衡看上的人，你争什么争？自己偷盗明珠的罪还没洗清，还上赶着英雄救美。平日里怎么不见你这么有本事？"

谢麟憋屈："您就说，给还是不给！"

谢夫人眼神渐冷。

自然是不会给的。

朝堂上，萧谢两家同样支持北伐，算是同盟。如今北伐在即，两家关系还算和睦，谢家完全没有必要为了一个裴道珠而得罪萧家，影响同盟关系。

她斥责谢麟："裴家那丫头，我也是喜欢的。只是阿麟，你自己没本事，不仅争不过萧衡，还留下偷盗明珠的把柄。生逢乱世，最崇尚力量，弱小就是原罪。"

谢麟面色难看，阿娘这么说就是绝不会给他钱的意思了。他杵在厅堂站了很久，才愤愤地转身离去。

少年策马疾驰过半座成郧城，把能找的朋友都找了。然而他结交的都是纨绔子弟，整日花天酒地，谁也没攒下钱。再加上萧衡提前打过招呼，他们就算有钱，也是不敢借给谢麟的。

谢麟奔波大半日，一个子儿也没借到。

他策马回到乌衣巷，巷子寂静。

宾客都去金梁园吃酒去了，偌大的裴府门前空空荡荡，只余下满地散落的爆竹，衬出几分热闹过后的寂寥。

谢麟翻身下马，怀着一线希望进了裴府。

人去楼空。

裴姐姐已经出嫁了……她用过的妆镜台上还摆着一盒未用完的胭脂。

谢麟怔怔站在原地。他凝视那盒胭脂，过了好半晌才拿起它，放在鼻尖下轻轻嗅闻。

他曾骑金羁白马，呼朋引伴轰轰烈烈地穿过大半座成郸城；曾醉卧歌楼一掷千金，听伎子哼唱江南的采莲小曲儿。没有记挂也没有牵绊，他是天底下最潇洒快活的少年。

可是这年夏天，他遇见了一个特别的少女。她的一颦一笑他都喜欢，别人眼中的矫揉造作，在他眼中却是古灵精怪。

他第一次动了心，也因为动心，第一次知道原来世间有那么多的烦恼……

谢麟倚靠着妆镜台，握紧那盒胭脂，独对空空荡荡的闺房。

若他有十万两纹银该多好?

可是少女没有时间等他长大。

…………

轿辇从侧门进了金梁园。

因为是纳妾，所以礼制规格算不上隆重。萧衡没有邀请太多客人，在场的宾客大都是主动前来，想趁机多送一些贵重礼物，好跟萧家攀上关系。

新房。

已是黄昏，园子里开了十几桌酒席，来闹喜的女郎和郎君们都出去吃酒了。

裴道珠安静地坐在榻上，摆弄着一把绯色团扇，窗外的热闹穿不透她的心，那张娇艳如玉的脸上透出冷漠。

虽说她痛恨做妾，但萧衡毕竟是个护短也要面子的人，做他的女人，这辈子至少不会再被送去北国和亲了。

这大概是她嫁到萧家唯一的好处。

昨儿彻夜未眠，她十分困顿，便打了个呵欠，懒得再去想逃跑的法子，自顾歇在了床榻上。

书房。

北部和西南的军情如雪花般飞到萧衡的手里。

幕僚分析：“北国皇帝突然病重，军队驻扎在北岸，一时半会儿恐怕不会贸然南下。倒是西南那边蠢蠢欲动，已经和边疆打了三场小仗。”

“这是在试探。”萧衡淡淡道，“试探我们西南军队的实力。”

陆玑坐在一侧："北国和蜀国结成同盟，我们被两面夹击，腹背受敌，实在不利。玄策，看来咱们只能兵分两路。"

萧衡盯着舆图，没有说话。他左手捻着翠玉佛珠，丹凤眼中透出淡淡的压迫气息。

他不想兵分两路。与其拆散兵力，倒不如集中优势先攻破最弱的蜀国。一旦吞并蜀国，朝廷势力就会大大增强。纵然北国有铁骑数十万，也再不敢轻举妄动。

只是……

得先说服朝廷。

他盘算着，天色已经黑了下来。

陆玑见侍女进来掌灯，望了眼窗外，提醒："玄策，今天是你和道珠妹妹成亲的日子，你一直待在书房，会叫别人笑话她的。"

萧衡回过神，便打算去见裴道珠。

陆玑在他身后道："道珠妹妹这两年过得很艰难，玄策，你好歹怜惜她些……"

萧衡没理他。他的女人，他不知道怜惜吗?

陆玑追着道："道珠妹妹有很多缺点，但你若真心待她，她也会真心待你。她好歹是正经世家的嫡女，做妾已是委屈，你，你莫要再羞辱她了！"

萧衡径直走了。

新房里已经掌了灯，萧衡吩咐侍女都退下。

随着屋门轻掩，他踏进内室，绕到屏风后，发现床榻上的少女已经睡熟。

嫣红的嫁衣铺满了床榻，衬得少女肌肤雪白，金珠头饰被压在一侧脸上，那张熟睡的小脸娇艳欲滴又纯洁干净。

裴家的小骗子……是个罕见的人间尤物。

然而身为妾室，却在夫君进来之前吧便呼呼大睡，终究是不合规矩的。

萧衡想叫她侍奉他更衣梳洗，于是唤道："裴道珠。"

少女睡得很熟，压根儿就不搭理他。

萧衡上前推了推她："裴道珠！"

裴道珠自幼生在锦绣堆里，哪怕这两年落魄了，骨子里却还存着几分傲气和惫懒。她翻身向里，扯过被子蒙住脑袋，含糊道："再吵，卖了你……"

萧衡无言。他这哪里是纳妾，分明是娶了个祖宗。

他在榻边坐下，本想摇醒她，大掌搭在锦被上，看着被子里清瘦娇小的一团，又想起陆玑的话，硬生生收回了手。

给他做妾……她当真觉得委屈?

次日，天色微亮。

裴道珠醒来时，盯着莺色的帐顶迟疑了片刻，才想起现在的处境。

她坐起身，一眼瞧见睡在床榻外侧的萧衡。两人都是和衣而眠，可见昨夜并没有发生什么。

裴道珠拢了拢领口，并不意外。

萧衡生性骄傲，他可以强取豪夺得到她，却绝不会在那种事情上用强。他更喜欢细水长流，直到她心甘情愿臣服于他。

她的动静惊醒了萧衡。

他抬起手搭在眼睛上，声音透着晨起的沙哑："什么时辰了？"

裴道珠抿了抿唇，不搭理他，起床更衣梳洗。

直到她坐在妆镜台前，往颊上轻扫胭脂时，萧衡才慢慢坐起身。他一手撑在榻上，眯着丹凤眼，面无表情地盯着裴道珠。

绮窗幽雅，镜台明净。

少女穿一袭崭新的牡丹色罗襦裙，梳高髻，面若芙蓉，唇似含珠，只眉梢眼角笼着淡淡的幽怨，仿佛谁欠她银钱似的。

但无疑她是美的。

他道："过来。"

裴道珠放下胭脂，拿起金钗簪在髻上："我不会伺候人，你叫侍女进来伺候。"

萧衡无言。

裴道珠看着菱花铜镜："虽说我进了你家的门，但怎么嫁进来的你心里清楚。萧衡，我对你没有爱慕，只有怨怪。"

萧衡笑了，并没有生气，像是一早就知道她的态度。

他把玩着她遗落在床榻上的丝帕，淡淡道："我对你，也没有爱慕。"

甚至最开始是厌恶的。

只是她实在生得好看，再加上与别家女郎迥然不同的性格，慢慢就吸引了他的注意。远超常人的占有欲促使他想把她藏在后院，就像他藏起来的其他珍宝那般。

裴道珠戴上耳饰。

顾燕婉她们依旧视她如眼中钉肉中刺，或许她可以利用萧衡，解决掉这些麻烦。更重要的是……她最开始的目的就是嫁进高门大户，护阿娘和妹妹们顺遂平安。

梦里那一生，萧衡踏破北国都城，成了天底下最有权势的重臣。若能成为萧衡的夫人……

可是由小妾变成正室夫人，可能吗？一个凉薄冷酷的男人的心可以轻易被俘虏吗？

裴道珠转过身，仔细打量萧衡。

萧衡挑眉，莫名觉得裴道珠的目光仿佛是在打量一只待宰的鸡。

他问道："你那是什么眼神？"

裴道珠柔柔一笑："夫君该梳洗更衣了，咱们还要去给阿娘请安呢。嫁进来第一天就去晚了，会落得不孝的罪名的。"

萧衡盯着少女巧笑倩兮的模样，明明刚才还摆着一副臭脸，转眼就称他夫君……女子的心思，比兵法谋略还要复杂。

两人用过早膳，一起去了老夫人的院子。

虽然是妾，可裴道珠毕竟出身世家，与寻常小妾不同，再加上老夫人有心给她体面，因此萧家的女眷几乎全部到了场。

裴道珠给老夫人敬了茶。

老夫人未曾为难，笑着亲自扶起她："都是玄策不好，叫阿难受委屈了。这是一点脂粉钱，你且拿着。"

说是"一点"，可江嬷嬷送上来的却是一只沉甸甸的小箱子。

裴道珠稍稍掀开一条缝，见里面金光灿灿，整整齐齐码着金元宝。

她连忙盖上箱盖，控制住了没有当众失态。

她看向萧衡，乖巧柔声道："夫君，阿娘的礼物太过贵重，我不敢收……"

萧衡吃着茶，暗暗鄙夷。

明明把箱子抱得那么紧，还说不敢收？若非这么多人看着，怕是早就高兴地蹦起来了吧？多么虚伪。

他故作温柔应道："长辈赐不敢辞，阿娘给你，你拿着就是。"

裴道珠这才收下。

江嬷嬷领着她，一一给萧家的长辈们见礼。

萧衡的父亲萧允官拜丞相，已经上朝去了。

萧家共有子女九人，除了大房、二房以及萧衡在成郸做官，其他几个孩子有的战死沙场，有的远赴外地就任，有的早已出嫁。因此子女虽多，金梁园却算不上热闹。

大房夫人和二房夫人都是精明能干的世家女，知晓萧老夫人看重裴道珠，因此裴道珠向她们敬茶时，也都未曾为难，还给了事先准备好的厚礼。

裴道珠笑吟吟收了。

萧衡辈分高，剩下的女眷要么是府上的姨娘，要么是矮她一辈的女郎，并不需要她敬茶。

她落座后，握着手帕，对萧衡咬耳朵："这些礼物都归我，昨儿客人们送的礼金也归我。"

萧衡轻嗤，低声道："你觉得我是小气的人？"

裴道珠微微一笑："'娘子工于心计睚眦必报，却休想动我萧家人分毫。娘子爱慕虚荣热衷财宝，却休想碰我萧家的一草一木一珠一宝……可记住了？'这可是当初你亲口对我说过的话。如今我成了萧家的新妇，还拿了你阿娘送的一箱黄金……夫君，你怎么说？"

萧衡哑口无言。多久之前的事了，这个女人居然还记得。

他讥讽："某人也曾说过，纵然天底下的郎君都死光了，也绝不会跟我。如今还不是跟了我？"

两人斗嘴的姿态，落在别人眼中却是小夫妻你侬我侬蜜里调油。

有人看不顺眼了。

娇媚尖细的嗓音突然响起："要说阿难真是有福气，才跟阿荣退婚，转头就攀上了九郎……不知道的还以为是阿难瞧不上我家阿荣，转头跟他叔叔好上了呢，到底叔叔更有前途不是？呵呵。"

厅堂里的气氛微微一变。

裴道珠冷眼望去，说话的是陈姨娘，萧荣的生母。

当初明明是她见裴家落魄、顾家显赫，生出了退婚的心思，和顾燕婉一起怂恿萧荣退婚，如今却成了她的错。

裴道珠柔声道："小嫂这是什么话？退婚之后，荣哥转头就和表姐订了婚，而我时隔一年才与九爷好上。若论薄情，我及不上荣哥呢。"

陈姨娘噎住。不说其他，仅是一声"小嫂"就叫她又羞又恼。她记得当初裴道珠来拜访她时，一口一个"姨娘"地唤着，瞧着又孝顺又容易拿捏，哪像今天这副刺头模样！

顾燕婉见未来阿姑生气，主动替她解围："阿难才刚过门，何必着急为难姨娘？如今咱们是一家人，该和和气气，昔日的恩怨不如一笔勾销了吧？”

裴道珠微笑，正色道：“昔日的恩怨，我从未放在心上。今日的争执，也是她先提起来的缘故。”

顾燕婉轻摇团扇：“阿难是在指责姨娘吗？都是自家人，何必要分对错？你毕竟是晚辈，就算让姨娘一些又何妨？家和万事兴，便是这个道理。”

她以一种莫名高贵的口吻教训裴道珠。

在她眼中，裴道珠是妾，而她却是萧家即将明媒正娶的孙媳妇，她自然有资格教训她。

裴道珠却不肯受委屈。进门第一天就受委屈，今后肯定会受更大的委屈等着她。

她望向萧衡，漂亮的丹凤眼噙着难过。

萧衡也不肯叫她受委屈。他的女人，他自己都没训斥过，被外人训斥算怎么回事？

他抬起眼帘：“顾姑娘还没成亲，就一口一个‘自家人’，不知道的还以为你迫不及待要嫁进来。再者，阿难比你大一辈，以后不要再犯直呼名讳的错。”

顾燕婉捏紧团扇扇柄，因为过于用力，指尖悄然发白。

她不敢相信，九爷会为了一个妾室落她的脸面。难道她顾燕婉的身份不比裴道珠一个小妾高贵吗？！

萧衡又道：“表姐妹什么的，都是没出阁前的事。顾姑娘若把自己看作萧家人，该称呼阿难‘小婶婶’。”

小婶婶……裴道珠明明是她表妹，怎么就成了她小婶婶？这叫她如何开得了口！

被所有人盯着，顾燕婉低垂眼帘低低应了声是。

萧老夫人把他们的明争暗斗看在眼里。

她看得稀奇，对江嬷嬷小声道：“原以为九郎是个不懂怜香惜玉的，今儿看来，分明是懂得嘛。”

江嬷嬷好笑：“天底下哪有不懂怜香惜玉的郎君？归根究底，只是不够喜欢罢了。裴姑娘才貌双绝，还生了一颗七巧玲珑心，老奴瞧着，咱们九爷怕是要栽在她身上了。”

萧老夫人神色欣慰。

萧家一辈子对不起萧衡，若能给他觅到一个知心人，也算是一点补偿了。

从老夫人院子出来之后，裴道珠随萧衡往回走。

她如今把他看作可以利用的人，怨气已经没有之前那么大了，现在最要紧的是缓和关系，其次是俘获他的心。

她把玩着折扇，柔声道："你还挺护短的。"

萧衡声音淡淡："打狗还得看主人。"

裴道珠噎住。

回到望北居，萧衡要去书房处理事务。

裴道珠闲着也是闲着，干脆亲自下厨做了几碟茶点，又沏上两壶精心烹煮的新茶，放在紫檀木镂花食盒里，给萧衡送去。

萧衡和幕僚们正在内室议论。

裴道珠毫不怯场，落落大方地把食盒放在桌案上，掀开食盒："怕各位大人饿着，特意为你们做了些茶点。"

茶点看起来精致美味，分量也是足够的。几位幕僚彼此对视，面露满意。

前阵子，有位崔姨娘也巴巴儿地跑过来送茶点。只是她独独送给了主子，并没有准备他们的份儿。这位裴姑娘行事周全细致，这样识大体的女人，才配待在主子身边。

萧衡捻起一块茶点，尝了一口。他平日不喜甜食，可裴道珠做的茶点甜而不腻，外酥内软，入口即化，比宫廷御膳房做的还要可口。

他早就听裴茂之提过她厨艺极好，果然没有让他失望。精通琴棋书画，厨艺女红也是极好。这世上还有什么东西是这个女人不会的?

裴道珠把他们的细微表情尽收眼底，始终保持温柔矜持的笑容。

笼络一位郎君，不如从笼络他的身边人开始。毕竟与他接触最长时间的就是他的这些左膀右臂。

茶点送到，她并没有继续打搅他们，自觉地退出了内室。

外间书房没有伺候的婢女和小厮。她迟疑片刻，目光还是落在了萧衡的书案上。

她记得第一次去萧府时，萧衡的书案上有个木盒，木盒里藏着一卷画像。那时她还没来得及展开细看就被萧衡夺走了。不知道那木盒有没有被他带来金梁园?

裴道珠想着，轻手轻脚地接近书案，略微翻找片刻，便在书案底下找到了那只木盒。

她怀揣着好奇，小心翼翼地打开木盒，拿起画卷。

画卷已有些年头，纸张泛黄发脆。随着画卷展开，一位六七岁的小女郎跃然纸上。

她坐在山寺深处的白石上，回眸顾盼，神态娇憨，身边的松柏和白鹤给她平添几分仙气，挽在臂间的披帛随风摇曳，像是个小小的神明少女。

画卷上题写着重复的两个字——东珠。

他题写了一遍又一遍，字迹力透纸背，像是要牢牢记住这个名字，像是要把它深深镌刻在心上。

裴道珠忍不住挑眉。

东珠是谁？难道是萧衡的青梅竹马？可她没听说过成郢城里有叫东珠的女郎呀。

裴道珠把木盒放回原处，假装无事发生地回了房。

裴道珠独自用过晚膳，梳洗过后，萧衡才从外面回来。

她起身替萧衡除下外裳，好奇道："下午去书房时，瞧见墙上挂着一幅蜀国舆图，你不是要北伐嘛，怎的又关心起了蜀国？"

她没记错的话，她梦境里的明年，南朝和蜀国爆发了一场战争。

谢麟就死在那场战争里。

萧衡揉了揉眉心，面色冷峻："北国皇帝病危，他们的军队暂时留驻洛阳，未曾南下。倒是蜀国蠢蠢欲动，想趁我们关注北方时侵吞西南疆土。我想等吞并蜀国之后，再北伐不迟。"

裴道珠歪头。

蜀国和北国是盟友关系，朝廷腹背受敌，若能先解决其中一个，确实能省去不少麻烦。只是……萧衡的想法虽好，可皇族和其他世家未必赞成。看他这副表情，就知道他也在顾虑这个。

裴道珠生出一个想法。

她面上不动声色，夸赞道："夫君为国为民鞠躬尽瘁，真是我辈楷模。"

萧衡一边净手，一边睨她。

太阳打西边儿出来了。裴家的小骗子不仅给他送茶点，居然还夸他。

裴道珠接着分析："只是朝廷偏安一隅，不肯轻易打仗。夫君连出兵都做不到，更别提吞并蜀国了——我有一计，可以让夫君顺利出兵。"

她一口一个"夫君"，甜得像是揉了蜜糖。

萧衡擦干净双手，问道："什么计策？"

裴道珠微微一笑："若是计策可行，夫君须得答应我一个条件。"

萧衡落座。他就知道，这小骗子没安好心。

他示意枕星端来晚膳："说来听听。"

裴道珠跪坐在矮案一侧，帮枕星把晚膳摆好："我的条件是，夫君征伐西蜀时不可让谢家世子跟去。"

她想竭尽所能避免他在她梦里那种凄惨结局。

萧衡握起竹筷，瞥向裴道珠。

他知道谢麟想参军入伍，裴道珠不肯让他去，是怕他死在战场上吗？明明进了他的门，却还关心其他郎君……这不是明目张胆给他戴绿帽子吗？

裴道珠见他脸色不对，连忙解释："你别多想，我只是觉得谢家的小世子武功高强，在兵法谋略方面也有独到的见解，怕他抢你的军功，因此才不愿他跟去。"

萧衡嗤笑，夹起一只芙蓉春卷塞进裴道珠嘴里："你觉得我会害怕别人抢军功？"

裴道珠吃掉春卷，撒娇般抱住他的手臂："你只说好不好……"

距离如此之近，姿势如此暧昧，以致萧衡能清楚感受到她的起伏和温软。肌肤莫名发烫。

他不自然地抽回手臂："准了。"

裴道珠笑了："朝廷之所以不肯出兵，是怕战争影响到他们的安逸。可是蜀国皇族富贵滔天，巴蜀地区更是沃土千里，如果你许诺世家们，功成之后一起瓜分利益，你猜他们肯不肯冒险？"

她顿了顿，又继续道："绕开皇族，拉拢世家，把既得利益全部分给世家，继而进一步架空皇族的权力……到那个时候，哪怕夫君想当天子也未尝不可。"

满室的月光柔和而恬静，一枝洁白的昙花在角落悄然绽放，送来阵阵幽香，园子里蟋蟀的鸣叫声此起彼伏，更显房内寂静。

月光里的少女白裙委地，容颜娇美，三尺青丝用红绳束在腰后，一颦一笑纯洁明净。看似娇弱，却能想出最狠的计策，说出最大逆不道的话。

萧衡沉吟。

他对天子之位没兴趣，但对架空皇族、扩大家族势力倒是很感兴趣。利用皇族和世家之间的矛盾，绕开朝廷进行战争，未尝不是一个好主意……

裴道珠见状，便知道她的想法被采纳了。她含笑端起酒盏，优雅地掩袖小酌。

萧衡盯着她："你跟皇族有仇？"

烈酒入喉。许是醉酒，许是难过，裴道珠的丹凤眼泛着红。

十年流离算不算仇？

家破人亡算不算仇？

沦为红颜祸水，背负万世骂名，算不算仇？

她恨不得这个南国就此消亡！

她不紧不慢地抬起眼睫，仍是温柔似水的模样："哪儿能？夫君的抱负是天下一统、四海升平，可是真到那个时候，对朝廷而言，异族消亡，拥有兵权的世家便成了最大的绊脚石。而夫君功高盖主，也会成为第一个被天子忌惮的人……史上因为君王猜忌而死的臣子还少吗？"

萧衡盯着她。从前只觉得裴道珠是个爱慕虚荣的轻浮女子，除了美貌再没有别的好处。后来才发现，她心思缜密，处事周全，琴棋书画皆是一绝，还十分擅长女红和烹饪。如今这运筹帷幄的能力也着实令他刮目相看，甚至比他养的幕僚还要深谋远虑。

明明只是个闺阁女子，哪儿来的这么大本事？

他没说话，亲自为裴道珠斟了一盏酒。

裴道珠的唇角微微翘起。萧衡是何等骄傲的人物，肯为她斟酒，便是看重她的意思。

这正合她意。

她就是要一步步成为他身边最不可替代的人，哪怕将来冒出一个青梅竹马，也抵不过她在他心中的分量。

她按捺住心底的算计，假装温顺地端起酒盏浅斟细品，赞美道："夫君的酒，比别处的好喝许多。"

却也烈性许多。

她自诩千杯不醉，只是才又喝了半盏，就双颊浮红，一双丹凤眼宛如勾勒过胭脂，泛出桃花绯红，十分娇媚无辜。

"夫君……"她软软地靠在萧衡肩头，连呼吸都透着醉骨的酒香。

温香软玉在侧，萧衡的身体绷得很紧。

从他的角度可以清楚地看见她卷翘的睫毛和嫣红的唇瓣，甚至还能瞧见隐隐约约的起伏，凝白如羊脂玉。

萧衡骤然握紧了双手。

“夫君……”

裴道珠软软地唤着他，似是难敌酒意，就这么醉倒在萧衡的肩头。

唇瓣微启，列齿如玉，晶莹剔透。诱着人一品芳泽。

可她醉了。跟醉酒的小骗子行夫妻之礼，终究是少了些意趣。

萧衡暗暗念了几句佛经，却发现在这妖精面前根本不起作用。他只得起身，把裴道珠抱回榻上，又喊了枕星进来伺候。

他出了房门，站在檐下，深深呼吸。

随从跟过来：“主子用过晚膳，可要沐浴更衣？”

萧衡“嗯”了声，又吩咐道：“冷水即可。”

随从走后，他仰头注视圆月。

月亮逐渐映照出一张娇美的脸，或笑或嗔，或狡黠或乖巧，又时远时近，像是尽在掌控，又像是离他很远。

那是裴道珠的脸。

萧衡心底泛起涟漪，揉了揉额角。

把那个小骗子藏在后院，免得祸害苍生就好，不值得时时惦念。

他这么想着，慢慢恢复了平日里冷峻淡漠的姿态。

他可以被裴家的小骗子骗去金银钱财，但他的心永远不可能被她骗走。

这是他的底线。

…………

望北居一处偏僻的楼阁里，崔柚坐在房中，紧紧揪着手帕，瞪着眼前跪地不起的侍女：“当真？！九爷他当真又去了裴道珠屋里？！”

侍女面容清秀，正是宿月。因为裴道珠之前的离间，她被崔柚好一顿折磨，直到她假意效忠崔柚，才稍稍好过些。

她藏起眼底的恨意，楚楚可怜道：“奴婢亲眼所见，岂能有假？裴道珠仗着有几分姿色，三番四次勾引九爷，实在可恶！姨娘嫁进来这么久，却还没怀上身孕，若她赶在您之前怀上子嗣……”

崔柚脸色剧变，不安地绞着手帕，彷徨道：“我嫁过来之前，祖母反复叮嘱，必须尽快怀上。若不能生下子嗣，联姻也就没了意义……”

宿月把她的慌张尽收眼底，不动声色地翘起嘴角。

她恨崔柚，也恨裴道珠。她幼时被家人卖进萧府，从懂事起，就爱上了如神明一般的九爷。

她知道九爷的一切喜好和憎恶，每天都把他伺候得妥妥帖帖，这世上，再没有其他女子比她更了解他，也再没有女子比她更会侍奉他。

明明她和九爷才是天生一对，凭什么裴道珠和崔柚就能后来者居上，占据她的位置，夺走她的爱情？太不公平了！若能引诱裴道珠和崔柚相争相斗，她是否能渔翁得利？

她继续挑拨：“崔姨娘，凭老夫人对裴道珠的宠爱，肯定舍不得叫她堕胎。到时候她母凭子贵被扶正为妻，定然容不下您！”

崔柚的脸色更加难看：“那你说，我该如何是好？”

“不如先下手为强……”宿月循循善诱，“尽快和九爷行夫妻之礼，早日怀上子嗣比什么都强！”

崔柚翻了个白眼：“你说得轻巧，九爷根本就不来我这里，我如何与他行夫妻之礼？”

宿月从怀袖里取出一只精巧的小瓷瓶，呈给崔柚，压低声音道：“这是奴婢花重金从市井药铺里头到的，据掌柜的说，药无色无味，放入饮食和茶点之中，可以引诱郎君动情……”

崔柚愣了。她虽是庶女，却也是世家真金白银培养出来的，从没接触过这些阴私的东西。

她捧着小瓷瓶，迟疑道：“这……不好吧？”

“有什么不好的？”崔柚蛊惑她，“成大事者不拘小节，您该抓紧机会才对！更何况这种药无色无味，九爷定然发现不了！姨娘若能怀上身孕，不仅能得到九爷的宠爱，说不定还能被扶正呢！”

崔柚紧紧捏着小瓷瓶，神情更加松动。

崔柚笑容诡异。

这药是真的。只是她怎会让崔柚跟九爷睡到一块儿呢？

等崔柚下了药，她就想办法弄走崔柚，自己和九爷行夫妻之礼。等生米煮成熟饭，九爷肯定会给她一个妾位。到时候，她就能和裴道珠、崔柚平起平坐了。

她算计妥当，眉梢眼角难掩欢喜。

接连半个月，萧衡早出晚归，每每回到望北居时，身上总带着一股酒味儿。

黄昏时分。

妆镜台前，枕星仔细为裴道珠卸去繁重的珠钗，只简单用一根白玉发簪挽起青丝。

她一边挽发，一边嘟囔："最近九爷也不知道在忙什么，整日去其他世家府上饮宴交际，都冷落女郎了。"

裴道珠微笑。

所谓的饮宴交际，不过是拉拢其他世家的遮掩。

世家贪婪，贪权，也贪财。如果平定蜀国，按照国法，一切所得理应充入国库。可如今萧衡要把所得利益分给世家，重赏之下，那些世家贵族肯定愿意冒险出兵。凭他的能力，半个月的时间足够搞定那群老贵族了。

裴道珠抬起眼睫。

镜中人娇美如画，只是装点得太过素雅。她拾起搁在妆奁上的一枝嫣红芍药，轻轻别在发髻上。

枕星不解："都要入夜了，女郎怎么簪起花来了？"

裴道珠起身："今夜会有喜事。你吩咐厨房多准备几道好菜，再从地窖取一坛好酒，恭候九爷回家。"

枕星挠挠头，虽然不知道女郎为什么会这么说，但她说得一准儿没错。她立刻去厨房做安排。

裴道珠换了一袭崭新的深青色罗襦裙，款款走出屋门。

夕光柔和，天际晕染开不见边际的橘色火烧云。白衣胜雪的郎君，手挽佛珠踏光而来。

裴道珠迎了上去。

四目相对，无须道出半字，就已经明白了彼此的心思。

裴道珠福了一礼："恭喜夫君，出师大吉。"

萧衡扶起她，狭长的丹凤眼透着复杂。

裴道珠美貌倾国，偏偏还冰雪聪明，随口一个主意，就令他面临的难题迎刃而解。而这个主意胆大包天，是他花重金豢养的幕僚们想破脑袋也不敢想出来的。

今后……还会需要她吧?

裴道珠敏感地发现了他的情绪变化，压住上扬的唇角，乖巧地挽住萧衡的手臂："特意为夫君准备了庆功的小宴，夏日黄昏最是闷热，我还命人从地窖取了冰镇的杨梅酒，夫君该是喜欢的。"

花径旁的杨梅树树叶落在裴道珠的发间，萧衡伸手为她摘掉。

因为闷热，裴道珠把青丝梳成了单螺髻。她背对着萧衡，露出一截凝白如玉的后颈，碧玉耳坠在颈间摇曳，更衬得冰肌玉骨，体有幽香。

一根枝杈被杨梅果压弯，恰停驻在少女的发髻旁。

萧衡喉结微动，突然从背后环住裴道珠的细腰。

他俯首轻嗅她后颈的幽香，随手拨弄那枝杨梅："再过半个月我就要出兵巴蜀……杨梅已经结果，阿难呢？"他嗓音低沉沙哑，透着浓浓的欲念。

裴道珠被他禁锢在怀里，察觉到他略显粗重的呼吸。

杨梅结果……他在暗示什么？他想要子嗣？

裴道珠却不想。

她如今是妾，生的孩子也只能是庶子，庶子很难有好前程。在不确定能否被扶正为妻之前，她不可能为萧衡生孩子。

她低头看着萧衡环在她腰上的手，把手轻轻搭在他的手背上，柔声道："我自幼体寒，没调理好身子，不方便有孕。"

萧衡挑眉："我不知道你患有体寒。"

裴家的小骗子一句话都不能信的。

他顺势握住少女的手，发现她的手软若无骨，犹如冷玉。当真有体寒的毛病？

他只得按捺住念头："明儿我叫几个大夫进府，替你调养。从今往后，生冷之物也该少食些。"

裴道珠谢过他，由他牵着朝小花厅走去。

萧衡不知道的是，她自幼与常人不同，夏日里肌肤最是清凉，到了冬天，体温又比寻常人要暖。

她身子康健，一向很少生病。幼时有算命的说她会长命百岁，富贵锦绣，可她分明梦到自己颠沛流离红颜早逝过。所以这一次，她无论如何也要想办法活得长长久久，过得富贵锦绣。

两人在小花厅坐了，食案上已经摆好酒菜。

裴道珠跪坐在萧衡身侧，亲自为他斟了一盏梅子酒。

屋外突然传来娇俏的笑声。

崔柚捧着一壶酒，裙裾生风地踏进门槛。

她柔声道："道珠妹妹嫁进来多日，我却未曾探望过。今儿特意准备了一壶佳酿，想和道珠妹妹喝个痛快——咦，巧了，九爷也在？"

她那副惊讶的模样，在萧衡和裴道珠眼中做作至极。

裴道珠不动声色，温声细语："嫁过来大半个月，也不见崔姐姐过来玩。今日夫君在，崔姐姐就突然前来探望……当真是巧呢。"

崔柚暗暗恼恨。这小蹄子也就只能得意这一会儿了！等她怀上子嗣，成为正室，就随意找个借口把这小蹄子送给别的郎君作践她！

她保持微笑，自来熟地落座："前阵子有事耽搁了。咱们姐妹都在金梁园，今后一起玩的日子长着呢。我来都来了，道珠妹妹不介意多一副碗筷吧？"

不等裴道珠回答，她已经开始斟酒，笑道："这壶酒是我的陪嫁，年份久远，十分珍贵。九爷、道珠妹妹，你们一定要尝尝。"

黄鼠狼给鸡拜年，不安好心。裴道珠才不信崔柚舍得给她喝陪嫁的美酒。

她接过崔柚递来的小酒盏，借着宽袖掩饰，假意饮下，却把酒水都悄悄吐在了手帕上。

她看向萧衡，他倒是不在意，干脆地一饮而尽。

也是，崔柚敢对她下手，却绝不敢对萧衡下手。

她原本打算借着今夜的庆功宴，拉近和萧衡的关系，只是多了一个崔柚，终究是不方便多说什么。

席间气氛诡异。不到两刻钟，这场庆功宴就匆匆结束了。

裴道珠重新梳洗，换了一袭轻软的寝衣，倚在竹榻上看书。

枕星进来添蜡，忍不住试探："女郎从前说，九爷很快就会率军出征，您不趁着他在府里的机会，多亲近亲近他吗？"

裴道珠摇头。萧衡又不会死在战场上，她这么着急亲近他做什么？

她从书卷里抬起头，问道："什么时辰了？"

"刚过亥时。"

裴道珠合上书卷。

萧衡每晚都会留宿在她这里。他用完晚膳就去沐身了，算算时间，已是洗了一个时辰，怎的还不回来？

她望向窗外黢黑的夜色："去打听打听，他去了何处。"

此时，偏房。

身穿牙白寝衣的郎君墨发披散如瀑，端坐在胡床上，修长如玉的指间挽着一串碧绿佛珠。

他轻嗤："下药？"

跪在地上的崔柚和宿月面色惨白。崔柚垂下头，双手揪着裙裾，不敢看萧衡一眼。

她带去的白玉酒壶是特制的，旋转壶盖，给九爷斟的酒便是下了药的，给裴道珠斟的酒则并未下药。

她原以为自己做得隐蔽，再加上那药无色无味，谁知道会被发现？

头顶传来压迫感。

她只得顾左右而言他："并非是我的主意……是、是宿月怂恿我干的……对，就是她！我本不肯，可她威逼利诱，百般劝谏，再加上我实在爱慕九爷，一时没忍住……就犯下了大错。求九爷明鉴！"

宿月咬牙切齿。明明是她崔柚自己想上位，却都赖在她头上！

她连忙道："主子，崔姨娘平日里在后院作威作福，各种拿捏奴婢，那药也是她逼奴婢买回来的。奴婢本想跟主子通风报信，却到底没来得及！这件事跟奴婢无关啊！"

"贱人！"崔柚大怒，一巴掌扇在宿月脸上，"明明是你拿来的药，却说是我逼你买的，你要不要脸！"

宿月不甘示弱："退一万步，纵然是奴婢拿的，可奴婢又没逼着你用药，你为什么要给主子下药？！还不是觉得主子冷落了你，所以起了歹心！"

这话戳到了崔柚的痛处，她呼吸急促，扑上去就和宿月扭打在一起。

萧衡面无表情地看着她们。

他幼时吃了许多药，因祸得福，对一些寻常毒物产生了抗体，所以受那药物影响很轻。察觉到不对劲后，他就打发随从去查。

后院都是他的人，不过一时半刻就查到了宿月和崔柚的头上。

他万万没想到，他的后院会发生这种肮脏的事。要是给裴道珠知道，不知要怎么嘲讽他呢。

他细细捻着佛珠。

因为和崔家的联盟关系，崔柚暂时动不得。但宿月胆敢做出这种事，可见对他并不忠心，留着也是个祸患。

他冷淡吩咐："拖下去，杖毙。"

正在扭打的崔柚和宿月同时呆住。直到两名随从上前拖起宿月，宿月才反应过来被杖毙的人是她。她惊慌不已，连忙尖叫着挣扎起来。

她狼狈地膝行至萧衡跟前，哭得梨花带雨，试图引起他的恻隐之心："奴婢跟随您多年，没有功劳也有苦劳，主子！求主子饶过奴婢，奴婢再也不敢了！"

她拼命磕头，心底懊悔到了极点。

她不该对主子起心思，不该觊觎不属于自己的东西……

然而万千悔恨都换不回她的命。萧衡一个字都吝于说出口，冷淡地抖了抖袍摆。

宿月被捂住嘴拖了出去。

很快，外面传来了杖刑的闷响声。不过半刻钟的工夫，宿月就没了声息。

崔柚面色惨白，瘫软在地。

世家大族的仆婢都是自幼就伺候在主子身边的，主仆感情一般都很不错。宿月跟了九爷多年，九爷对她竟是半点怜惜也没有吗？

她缓缓抬起头。

端坐在胡床上的郎君，看似面如冠玉，可藏在昏暗里的半张脸却晦暗不明，像是堕入魔道的佛子，令人生畏。

她第一次觉得……萧家九郎似乎并没有传闻中那么好。

萧衡欣赏着她的恐惧，柔声道："今后，安安分分地待在楼阁里。再敢惹事，我不介意为你准备一个意外病死的结局。"

崔柚打了个哆嗦，无比清楚地意识到，眼前人并不是在跟她开玩笑。

她胆战心惊地点了点头，想起身逃离这个地方，双腿却根本使不上力。

两名随从架起她，如拖死狗般拖着出去了。

崔柚走后，萧衡从容起身，径直去了裴道珠的屋里。

月光盈室。

素纱床帐被金钩挽起，裴道珠熟睡在竹榻上，青丝铺散枕间，因为寝衣过于宽松，玉雕般白皙漂亮的锁骨和绵软的凝白暴露无遗，令人口干舌燥。

萧衡本以为那点毒素对他并不起作用，可裴道珠像是一剂药引，勾起了他藏在心底深处的所有欲念。它们汹涌澎湃地袭向他的四肢百骸，理智促使他紧紧握住佛珠，可身体的本能却叫嚣着，占有她。

萧衡喉结滚动，眼底漆黑幽深。他俯身，鼻尖轻擦过少女的鼻尖。

她颊上敷了香脂，整个人闻起来又香又软，在他身下显得娇小柔弱。

不知过了多久，他深深闭上眼。

他不想强求。他如今想要的，是她的臣服和心。

深呼吸之后，他睁开了眼，替裴道珠捋顺额间的乱发，又凝视她许久，才转身去洗澡。

隔壁传来水声。

竹榻上的少女缓缓睁开了眼。

她慵懒地坐起身，细指卷起一缕长发把玩，笑着望向门扉，眼里藏着几许玩味："对一个女人产生悸动，并非是喜欢她。能克制那份悸动才是喜欢……萧衡，你完了。"

第11章

因为所有世家都支持讨伐巴蜀，萧衡顺利地拿到了兵权，率军西南，把裴道珠留在了成郸。

前线偶有消息传来，都是打胜仗的好消息。成郸城的贵族们更加肆无忌惮地挥霍享乐，只等着瓜分蜀国宝藏。

对裴道珠而言，金梁园的日子富贵而悠闲。

只是到深秋的时候，顾燕婉过门了。

婚礼隆重盛大，宴请了全城贵族，裴道珠在宴会上喝多了，回到房间，在榻上躺了许久才缓过神。

枕星担忧地端来醒酒汤："您的酒量一向很好，怎么今日只喝了半壶酒就醉了？"

裴道珠粉面含春，支撑着坐起身，笑着揉了揉额角："是啊，怎么就醉了？"

应是羡慕的吧。

羡慕顾燕婉可以八抬大轿，可以明媒正娶。

顾燕婉过门没多久，前线又传来了好消息。

萧衡率领十万大军，绕过蜀国的重重包围，悄悄渡过天险栈道，如神兵天降般出现在蜀国都城附近，如今已团团围住了蓉城，彻底拿下蜀国只是时间问题。

消息传到成郸，百姓欢喜得像过年。到处都在传颂萧衡的名字，朝廷也马上封他为郡公。

金梁园。

因萧衡远在巴蜀，贵族们巴结不上他，干脆笼络起裴道珠。

裴道珠各种宴饮雅集的请帖收到手软，但凡她去哪家府上，必定是前呼后拥，比寻常世家的正妻还要受待见。

各种重礼也是宛如雪片般飞到裴道珠的手里。三尺高的红珊瑚树、一整套的翡翠头面、黄金打造的莲花等，外面珍贵稀罕的宝贝，在裴道珠的库房里随处可见。

是夜。

枕星指挥侍女们把一尊玉佛小心翼翼地抬进库房。

裴道珠欣赏着满目玲珑，随手拿起一只点翠凤钗，对着前朝皇后用过的牡丹菱花铜镜，轻巧地簪在发髻上。

枕星忍不住夸赞："女郎戴这支凤头钗，十分好看！"

裴道珠弯着眉眼，眼底却不怎么有喜色。

虽然打胜仗是好事，但萧衡自从离开成郧后，就没有单独给她寄过书信。这一点令她隐隐有些不舒服。

她把凤头钗放回锦盒："时辰不早了，回屋睡觉吧。"

主仆俩刚走到房门口，忽然有个侍女哭哭啼啼地跑了过来："姨娘，大事不好，前线传来消息，九爷没了！"

裴道珠愣住了。

枕星眉心一跳，连忙骂道："你胡说什么？九爷那么有本事的人，怎么会没了？！"

侍女跪在裴道珠身边，紧紧扯着她的裙角，哭得十分厉害："报信的人是九爷的亲信，快马加鞭地赶回来，浑身都是血。他说九爷身中数箭，摔进了悬崖下的水涧里！等他们去找时，九爷已被水流冲得找不见了！"

檐下的灯笼被夜风吹得轻轻摇晃。

萧衡怎么会出事？

她明明梦到死在巴蜀的是谢麟。难道因为她阻止了谢麟参军，所以萧衡会代替他死在那里？

裴道珠快步去了老夫人的院子。院子里灯火通明，萧家族人几乎全部到场。

她是小妾，这种场面轮不到她说话。隔着人群，她看见跪在地上的少年确实是萧衡的亲信。

少年盔甲上的血迹早已干涸，灰土头脸，满脸都是泪痕。

老夫人捂着额头一言不发，指尖颤抖得厉害。

老相爷面色肃穆地盯着虚空，一下接着一下地捋着胡须，像是在思考什么，看不出眼底的情绪。

大房和二房的人也都不说话，厅堂里的气氛十分阴沉。

不知怎的，裴道珠嗅到了萧家的一丝古怪。

萧衡是萧家的幼子，一般幼子都是在家族里面最受宠爱的，可在场的人除了老夫人看着有些难过外，其他人都不是很悲伤，仿佛对他们而言，萧衡是个可有可无的人。

她在厅堂待了两刻钟。

老相爷终于威严地发了话："且再等等。没见到尸体之前，还不能断定人死了。"

裴道珠挑眉。小儿子遇难，父亲竟然是这种反应？真是古怪。

人群终于散了。

裴道珠一边琢磨老相爷的反应，一边随人群走到园子里。正出神之际，身后突然传来讥讽的声音："若是九叔没了，表妹可要怎么办？"

裴道珠转身，见顾燕婉梳着新妇发髻，笑吟吟地看着她，眉梢眼角一副扬眉吐气的模样。

这段时间，因为萧衡，顾燕婉被她狠狠压了风头，不知道有多嫉恨，这就迫不及待地来看她笑话了。

她微微一笑，柔声道："什么表妹，燕婉怎么尊卑不分了呢？你该叫我小婶婶才是。"

顾燕婉噎了噎，随即冷笑："你也就猖狂这一时半刻了。若是九叔牺牲在战场上，你便什么倚仗都没有了。早就劝你离开成邺，你偏不听，没了九叔撑腰，下半辈子你可要怎么办？"

裴道珠歪头道："下半辈子的荣辱贫富，不是你我说了算的。"

"死鸭子嘴硬。"顾燕婉讥笑，"走着瞧吧。"

她趾高气扬地走了。

枕星气得不行："不过是嫁了个庶子，瞧她那猖狂样！"

裴道珠神情淡淡的。如果萧衡没死，那自然再好不过，若是死了……

她悠悠摇开折扇。

那她改嫁就好了。反正这种事再寻常不过，她生得美，想娶她的人多着呢。人生灿烂，她才不要为萧衡守节！

…………

到了深冬时节，成邺城一天天冷了起来。

这几日前线仍旧没有消息传回来。

裴道珠闲着也是闲着，干脆带着枕星去街上买衣料，打算给萧老夫人和阿娘各裁制一套冬袄。

街上的熟人不少。那些士族贵妇女郎们，见着她时不再如从前那般巴结吹捧，也不再邀请她参加宴会雅集，只淡淡睨她一眼便结伴走了。

枕星不由生气：“一群墙头草，狗眼看人低！等九爷凯旋，叫她们后悔去！”

裴道珠细细翻看着绸缎，不以为然。这种落差感，她早在她家从显赫到落魄的那几年里体会过了。

她边挑边说：“也不是重要的人，跟她们计较什么？”

枕星委屈得红了眼：“奴婢就是为您难过。如果……如果九爷真的没了，您可要怎么办？”

裴道珠盯着绸缎，没有说话。正琢磨前程时，一只手突然紧紧握住她的手腕。她还没反应过来，就被人拖进了绸缎庄的内室。

她抬起头，看清了来人。时隔半年，面前的少年似乎长高许多。

谢麟把她抵在墙上，盯着她：“姐姐？”

少年容貌昳丽，顽劣褪尽，眉眼之间尽是英气。

裴道珠低声道：“你怎么会在这里？”

“这一整条街的绸缎庄都是谢家的产业。”谢麟打量她，语气讥讽，“这大半年来，姐姐躲我躲得很辛苦吧？”

确实，每次他去参加宴饮雅集，裴道珠都会早早离开，甚至打听到宾客名单里有他时，干脆就不出席。他偷偷去金梁园找她，萧衡单独为她留下的那支侍卫队把她的房间守得很严，不知道是防贼还是防他。

今天也是凑巧了，他替阿娘查账，碰到了她。深埋在心底的情绪宛如野草，汹涌生长。

阿娘也不是没为他物色妻妾，只是他脑子里满满都是她。他不知道具体喜欢她什么。许是为她的容貌所倾倒，许是怜惜她的家世，许是被她镇静自若的性格吸引，大半年了，他仍旧忘不了她。

正是热血方刚的年纪，少年还不懂如何遏制自己的感情，抱住了裴道珠：“裴姐姐，我好想你……”

裴道珠吓了一跳，急忙推开谢麟，警惕地望了眼垂挂的布帘：“我如今是萧衡的妾，你想害死我是不是？！”

谢麟也知道自己的行为不妥，他落座斟茶：“这次征发巴蜀，我本欲参军，却被萧衡拒绝。我费尽心思打听，才知道是姐姐不许我去。”他把茶盏递给裴道珠：“姐姐为何不许我建功立业？是怕我抢了萧衡的风头吗？”

裴道珠接过茶盏，撇了撇嘴。抢什么风头？毛都没长齐，还想建功立业？她梦见他死在巴蜀，连具尸体都没落个完整！

她正琢磨着借口，谢麟却弯起眉眼：“我与姐姐开玩笑呢！姐姐定然是担心我的安危，舍不得我死在战场上，所以不许我出征，是不是？姐姐待我真好！”

裴道珠不知道如何接话，低头喝茶。

谢麟把一盘花糕推到她面前，敛去笑容，郑重道：“我听说萧衡出事了。”

“唔，”裴道珠敷衍，“我也不清楚。”

“他若回不来了，姐姐以后打算怎么办？”谢麟顿了顿，随即露出跃跃欲试的表情，“姐姐若是不嫌弃，可以改嫁给我。我娶你。”

裴道珠手一抖，险些把茶水洒出来。

谢麟是谢家嫡长子，娶一个二婚的小妾算怎么回事？

她不自觉地拉开距离，勉强笑道：“这不合适吧？”

谢麟振振有词：“我和萧衡也算有几分交情，替他照顾遗孀，是看得起他，有什么不合适的？”

裴道珠噎住了。谢麟这话若是给萧衡听见，估计得气得活过来。

她放下茶盏，起身郑重道：“世子爷前程锦绣，大可不必为了我浪费时间。更何况，你我身份悬殊，实在不合适。且我对你也没有那方面的感情。我先告辞了。”

不等谢麟挽留，她匆匆离去。

…………

冬至到了，前线依旧没有消息传回来。

裴道珠掐算着时间，南朝大军怎么着也该拿下巴蜀了。可如今音讯全无，十万大军仿佛人间蒸发一般，半点儿消息也没有，就连朝廷派出去打听消息的钦差也跟着隐匿无踪。

裴道珠的忧虑又多了几分。

她携带重礼带着枕星回了裴府。

因为手头有了钱，如今家里也过得比以前好了，仆婢和小厮都多了起来，双胞妹妹还请了女先生教书。

“阿娘，父亲又出门吃酒去了？”裴道珠坐到火炉边，挽住顾娴的手。

顾娴合上书卷，笑着替她拢了拢鬓角碎发：“前两日就出门了。这几个月也不知怎么的，往往一出门就要半个月。好在他没有赌钱，我也懒得计较了。”

裴道珠暗暗念了声阿弥陀佛。父亲不赌钱，那可真是天大的喜事!

顾娴注视她的脸，神色凝重几分，压低声音道：“前线还没有消息传回来，我听说皇族和世家们都很焦急，可我担心的却是你……他若没了，阿难可要怎么办？”

她视若珍宝的明珠，还是成了别人的妾，偏偏还嫁了个靠不住的。如今朝廷里人人都说萧衡凶多吉少，必定是回不来了，就连她也觉得萧衡大约是死了。

裴道珠看得很开：“他若没了，我就改嫁。”

“改嫁？”顾娴一怔，随即小心翼翼地试探，“阿难和谢家的世子爷，是什么关系？”

裴道珠愣住：“阿娘？”

顾娴指了指火炉的金丝炭：“这大半年来，谢家的小世子一直在帮阿娘。有钱也难买到的金丝炭，他一送就是十箩筐。外面难得一见的绫罗绸缎，他说送就送。我想回礼，他却怎么也不肯收。你父亲得罪了上司，也是他暗中调解的……我左思右想，除了阿难，再没有其他原因了。”

裴道珠心底涌出难以言喻的感受。她不知道谢麟私底下竟然为她做了这么多事。成郢城的郎君肯对她献殷勤，却不会照顾她的家人。

谢麟有心了。

顾娴提醒她：“谢家的小世子喜欢阿难呢。”

裴道珠垂下眼睫，手捧茶盏，掌心滚烫。

顾娴又道：“他是个好孩子，你若不喜欢人家，就尽快回绝了他，别叫他揣着希望，最后迎来的却是失望。若是喜欢……”

她沉默了。谢家钟鸣鼎食，家风严谨，怕是不容许阿难过门的。

裴道珠回到自己的房间，不知怎的，竟有些坐立难安。

若是往常，她早就奋不顾身地攀上谢麟这根金枝了，可如今……她害怕，也不忍。

她懊恼地捶了下额角：“裴道珠，你真是越活越窝囊！”

她跟阿娘一起吃过冬至的饺子，又陪双胞妹妹玩了片刻，就坐上马车回萧府了。

已近年底，街上热闹非凡。马车穿过街头时，突然停住了。

裴道珠捧着小手炉，隔着车帘问道：“怎么了？”

驾车的车夫是萧衡留下的亲信，他道：“回禀姑娘，前面有几辆马车撞在了一起，堵住了去路，怕是要稍等片刻。”

枕星点点头：“冬天路面结冰，确实容易出事。”

她掀开窗帘一角，探头张望，旋即吃惊道：“女郎，五辆马车撞在了一起，车轱辘都撞散架了！也不知道有没有人受伤，瞧着怪吓人的！街边的摊子也撞散了，满地乱七八糟的，不知道几时才能收拾好……”因为裴道珠不喜欢被称作“姨娘”，所以枕星还是叫她“女郎”。

裴道珠不赶时间，取出一本书翻看起来。看了几页，外面突然传来声音——

“我家主子的马车走得太快，不小心撞了车，耽搁了大家的行程。主子为表歉意，特意上金翠楼订了冬至饺子请大家吃。”

金翠楼是成邺城最贵的酒楼，一碗饺子抵得上寻常人家半个月的饭钱。请所有人吃饺子，可真是很大方了。

然而裴道珠也不是普通身份，车夫小心翼翼地拿银针试了毒，确认安全后才送进马车。

枕星惊喜地打开食盒，里面果然摆着两碗精致的水饺。

她笑眯眯道：“奴婢真有福气，还能尝到金翠楼的饺子，奴婢是沾了女郎的光呢！”

裴道珠盯着其中一碗水饺，饺子形状如花，汤面并没有放她讨厌的葱花，旁边的两碟酱料也是她最喜欢的。

她尝了一个，是她最喜欢的菌菇口味，就像有人特意迎合她的口味做的。

冬风吹开了绣花窗帘，裴道珠下意识望向窗外。

红衣少年打马而过。

他束着高高的马尾，背负红缨长枪，侧脸线条桀骜英俊。像是察觉到她的视线，他扬着剑眉望过来。

四目相对。

少年满身的桀骜瞬间化作温柔，似是冬日里最轻盈的雪花。他用红缨枪挽了个漂亮的枪花，故作潇洒地朝裴道珠眨了下眼。

是谢麟。

那阵风过了，窗帘垂落，隔绝了两人的视线。

裴道珠紧紧扣住那碗水饺。

所以街上这起事故是谢麟故意安排的？目的就只是为了请她吃一碗水饺……

裴道珠垂下长睫，低声呢喃：“幼稚……”心底却泛起暖意。

这么多年来，她一直在为家族百般筹谋，却从没有谁为她做过这么多。

她又有些苦恼。许是因为缺爱，哪怕旁人只是给予一点点善意，她就已经慌得不知道该如何报答。

…………

日子一天天地过着。

裴道珠醒来时，透过花窗瞧见庭院里落了一层细雪，乌青色屋檐下缀着一排冰锥，宛如冰雪世界。

年纪小的丫鬟们十分开心，在雪地里奔跑玩耍。裴道珠梳洗干净时，院子角落已经多出了三个雪人。

枕星心情很好："今日园中有雅集，女郎一定要艳压四座才好！"

接近年底，各种各样的宴会和雅集也多了起来。

裴道珠站在屋檐下。

西南那边的军情都停滞这么久了，人们居然还有心情寻欢作乐。

她本不想去，但老夫人怕她闷着，早早就打过招呼要她务必去凑个热闹，因而只能带着枕星前往。

园子里衣香鬓影，人影幢幢。萧家做东，成郸城的贵族们无论如何都要给面子赴约的。

裴道珠听见几个女郎在议论：

"说起来，萧家九爷至今音讯全无，我阿父说他怕是没了！"

"真可惜，他生得那么好看，真想多看他几眼……"

"我阿姊说是因为裴道珠克夫！你们想啊，她刚进门没多久，九爷就没了，这不是克夫是什么？"

裴道珠简直要笑出声。

她克得动萧衡？！她的那个梦里，那家伙可是颠覆了一个王朝！

枕星却听得生气，狠狠咳嗽了一声。

众女回过神，这才注意到裴道珠本人就在这里。

时隔数月，她的容貌又叫她们惊艳几分。

她梳着高髻，鬓角簪一朵掌心大小的珠花，肌肤胜雪，眉目浓艳，唇若点朱，凤眼盈盈顾盼时，纯净又妩媚。一袭牙白袄裙看似寻常，但裙裾和袖口都用金线刺绣了精致的宝相花纹。

园子里静了一瞬。

众女回过神后，连忙假装无事发生，继续谈论首饰衣裳。

裴道珠懒得跟她们计较，寻了个角落观赏梅花，琢磨着扫一些花瓣上的雪水带回去烹茶。

有个油头粉面的郎君携着满身酒气，跌跌撞撞地出现在她面前，放肆地打量着她："我听说萧衡死在了战场上？你守寡多寂寞，怕是得改嫁！你看我怎么样？名门之后，才学渊博，前程锦绣，想给我做妾的女人可是一抓一大把！我给你一个机会可好？"

裴道珠退后几步，嫌恶地拉开距离。

这人是萧荣姨娘的娘家侄子，好像唤作陈宿。什么名门之后？不过就是小门小户的嫡子。

枕星及时挡在裴道珠跟前："陈郎君喝多了，请自重！"

陈宿嬉皮笑脸的："自重是个什么东西？嘻嘻，我早些年就喜欢上道珠妹妹了！这大半年来，道珠妹妹很寂寞吧？来，给哥哥牵牵小手！"

裴道珠眼疾手快地给了他一巴掌。

陈宿捂着脸蒙了半晌，突然变了脸，咬牙切齿道："给脸不要脸的贱蹄子！"他往地上一坐，高声叫着："道珠妹妹再如何寂寞，也不该勾引我这有家室的人！九爷若是泉下有知，该何等难过呀？"

枕星嘴巴张得老大。明明是这个登徒子骚扰她家女郎，什么时候变成她家女郎勾引他了？！

四周已经有人围了过来。

陈宿坐在地上，还在喋喋不休地辱骂裴道珠，绘声绘色地描述她是怎么勾引他的，他又是怎么拒绝的，裴道珠被拒绝之后又是怎么恼羞成怒扇他巴掌的。

顾燕婉在人群里看热闹，她不怀好意地笑了笑，示意侍女去扶陈宿起来。

她站出来主持大局："表哥是客，若是在这园子里受了欺负，我没有袖手旁观的道理。裴道珠，怎么能做出这等事？简直有辱门风！"

裴道珠挑眉。顾燕婉大约是觉得萧衡死了，没人为她撑腰，敢明目张胆地排挤打压起她了。

她饶有兴味地靠在梅花树上："真有意思，陈宿说我勾引他，我就勾引他了？我若说是他欺负我在先，我才扇他巴掌，你们信是不信？"

韦朝露突然在人群里怪笑一声。

裴道珠已经许久没见过这位表姐了。听说韦朝露这一年忙于相看亲事，只是成郯城的郎君被她挑了个遍，看得上她的她看不上，她喜欢的别人又瞧不上她，竟耽搁到了现在。

韦朝露阴阳怪气道："定然是九爷走了，你寂寞，所以才勾引陈郎。只是陈郎一身正气，不想搭理你！裴家和萧家的脸面都被你丢尽了！燕婉，这种女人还留在园子里做什么，赶紧撵出去才是！"

有人面露怀疑。毕竟裴道珠仅凭脸就能攀上高枝儿，怎么会在意区区一个陈宿？

然而很多人早就看裴道珠不顺眼了，那些与顾燕婉交好的女郎们纷纷附和，言语间都是贬低和羞辱。从前对裴道珠求而不得的郎君也跟着落井下石，你一言我一语，竟是把裴道珠塑造成了一个没有男人就活不下去的女子。

远处树荫角落，白衣胜雪的郎君临风而立。

阔别成邺大半年，他的轮廓更加深邃英俊，他手捻佛珠，丝毫看不出在战场上杀敌数千的凶残冷酷的样子。

陆玑在他身边，经过战争的洗礼，昔日温润如玉的气质也带上了一丝肃杀之气。

只是对裴道珠，陆玑始终保持着从前的怜惜。他蹙眉道："若非悄悄回来，还不知道道珠妹妹被人欺负成了这般模样。玄策，你今日定要替道珠妹妹撑腰！"

萧衡凝视着梅花树下那一道纤妙的身影。阔别这么久，她一封书信都没给他寄过。

他每每看着帐下副将收到家书和包裹，都会想起她。他以为迟早有一天他也能收到书信，可直到他故意传出他身中数箭坠落深涧的消息，这个女人仍旧无动于衷。甚至……都不曾派人打听他的消息。

捻着佛珠的指尖微微用力，萧衡冷笑："裴道珠……"

陆玑催促："玄策，你倒是去帮忙啊！"

萧衡按捺住不悦："不急。"他要看看在他离开的这段时间里，这小骗子有没有进步。

梅花树下。

枕星气得不轻，正要动用萧衡留下的那支护卫队把这群聒噪的人都撵出去，裴道珠制止了她。

枕星不忿："女郎千万别跟他们客气，当心他们蹬鼻子上脸！尤其是那个顾燕婉，奴婢算是看出来了，她根本不把你当自己人！"

她恶狠狠瞪了顾燕婉一眼，小声道："外人不知道，奴婢却是知道的，金梁园是九爷的私产，因为老夫人喜欢山山水水，九爷才花重金修筑了这么一座别苑，只是为了孝敬老夫人！说什么撵出去，顾燕婉哪来的资格把您撵出去？”

裴道珠竟不知金梁园居然是萧衡的私产！

大半座蒋陵湖和四周的山峦都被圈在园子里，她知道萧衡富贵，却不知道他富贵至此！她突然觉得自己平日里的花销实在太节省了！

话说回来，他若死了，金梁园归谁？早知道就在他出征前怀个崽了，那样她就能名正言顺地继承这座园子了！

萧衡擅读唇语，察觉到枕星说了什么之后，心底浮起不妙的预感。他看着裴道珠，总觉得她的表情里掺杂了诡异的兴奋……

裴道珠并没有察觉到萧衡的窥视。她静下心来考虑，如果动用护卫队，用武力堵住这些人的嘴，无疑是恼羞成怒的表现。

她对陈宿道：“陈郎君说我勾引你，可有证人？”

陈宿沉默。证人自然是没有的。

裴道珠轻嗤一声，讥讽道：“又敢问陈郎君，究竟哪一点出类拔萃，值得我放弃九爷，转而勾搭你这种废物？”

“废物”二字令陈宿气急败坏：“萧衡死在了战场上，你寂寞难耐，见着男人就要投怀送抱！你刚刚非要扑进我怀里，我拦都拦不住！你抱了我不算，还想亲我！你不敢承认吗？！”

他嗓门大，又是如此的义正词严，将信将疑的人不禁也多信他几分。

裴道珠笑出了声。若非她是当事人，她也会信了他的鬼话。

她温声细语：“我用的香膏名为幽蘅，是九爷从东海带回来的，别处买不到。既然你说我抱过你，想必你身上也沾了幽蘅的雅香。正巧，金梁园养了几条犬，颇通人性，不如把它们牵过来，闻闻陈郎君身上的味儿？”

陈宿呆住。

裴道珠命人去牵狗。

众人从没见过如此特别的黑狗。它竟有半人高，耳朵像狼一般竖立，浑身毛发油光水滑，眼神沉冷深邃，被侍从牵着往那里一坐，怪吓人的。

有胆小的女郎拿团扇遮面，小声议论：“哪里来的大狗，也不知吃什么长大的，生得这么威武！”

顾燕婉撇了撇嘴：“也就是条畜生罢了，顶多吃生肉长大的，还能吃什么，人肉吗？”

黑犬认真地嗅了嗅裴道珠裙裾，似是记下了她的味道，侍从牵着它再去闻陈宿。

陈宿害怕地往后退："这畜生会不会咬我？我万一有个闪失，你们担得起责吗？！快叫它退下，叫它退下！"

然而黑犬敏捷地窜到陈宿身边，只稍微闻了一下，没有任何反应。

侍从朝裴道珠拱了拱手，高声道："启禀姑娘，这位陈郎君身上并没有幽蘅的气味。"

裴道珠轻嗤。

人会撒谎，畜生却不会。

众人也都无言以对。

陈宿被黑犬盯着，浑身都僵了，只得结巴道："许是，许是误会……"

"误会？"裴道珠折下一枝梅花在手里把玩，饶有兴味地看着陈宿，"我碰都没碰过你，你却说我不仅对你投怀送抱，还要亲你，你刚刚说过的话，转头就忘了吗？污人清白的事，区区'误会'二字可不够解释。"

陈宿脸火辣辣地烫。

顾燕婉翻了个白眼，只得站出来替陈宿打圆场："表哥只是和你开个玩笑，你何至于如此？不知道的还以为咱们萧家人没有雅量呢。道珠，你就原谅表哥吧。"

裴道珠笑出了声，她抬起白嫩的下颌："我可没你有本事，被人栽赃了还能客客气气地讲雅量。何况你又不是我，凭什么要我原谅他？"

裴道珠在人前一向温婉端庄八面玲珑，完美得像是一个没有感情的假人，虽然客气礼貌，却有种莫名的疏离感。今日她发起脾气，落在众人眼中，竟然意外地顺眼。

众人忽然意识到，这个美得过分的女郎并不是不沾人间烟火的仙子，她是一个活生生的人，也有尘世间的喜怒哀乐。

几位女郎对视几眼，纷纷点头：

"如果我被陈郎这么污蔑，我也会很生气。雅量固然重要，可原则和名声也很重要呀。"

"道珠妹妹不该原谅他，就该把他交给官府处置！"

大黑犬也龇牙朝陈宿吠了几下。

顾燕婉见势不对，为免惹祸上身，只得暂时隐匿进人群里。

裴道珠捻着梅花瓣，把她的小动作尽收眼底。刚刚还主动站出来主持大局，一副金梁园女主人的姿态，现在倒好，乌龟似的缩进壳子里去了。到底格局小了不是?

她轻轻吁了一口气，望向满面通红的陈宿，柔声道：“我素来大度，你只要好好道个歉，我可以不与你计较。”

陈宿如今哪敢拿乔，只得低头道歉。垂在身侧的双手却青筋暴起，心底暗暗生恨。

裴道珠等他道完歉，缓声道：“污蔑我一事，我可以原谅。只是你口口声声说我夫君死了，我却不能原谅。”

众人一愣。

“我夫君为国征战，如今下落不明，大家都该怀抱希望，而不是借着他失踪的机会，一边说他死了，一边欺凌他的妻妾。陈郎这番作为，实在是对国不忠。试想，若人人效仿陈郎，岂不是寒了所有江东子弟的心?到时候谁还愿意舍下妻儿为国而战?”裴道珠这番话说得荡气回肠。

众人仔细想想，还真是这么回事儿，再望向陈宿时，目光不禁更加鄙夷。

陈宿呆若木鸡。“登徒子”顶多也就听起来风流了些，可是“对国不忠”这顶帽子他可接不住!

他双膝一软，跪倒在地。

裴道珠扔掉揉碎的梅花瓣：“我爱夫君入骨，盼他早日凯旋。你今日对他恶语相向，我实在无法原谅。陈郎君，咱们官府见。”

她潇洒地转身走了。

枕星凶巴巴地瞪了眼陈宿，连忙跟上她。

陈宿呆愣愣地跪在原地，彻底崩溃了。

所以他刚刚的道歉究竟有什么用?只是裴道珠故意羞辱他吗?

他知道萧衡对朝廷而言意味着什么，他战死沙场的那些话，私底下可以说，但真相未明之前，台面上却绝不能提。

枕星回头看了眼面如土色的陈宿，笑眯眯道：“女郎真厉害，陈宿和顾燕婉加起来都不是您的对手呢!”

裴道珠扶了扶簪花，瞥向远处。

那只通人性的黑犬也不知看见了什么，叫了几声之后，突然摇着尾巴朝树荫深处奔去。

她挑了挑眉，没放在心上。

是夜。

一道屏风隔开了内室，几件单薄的衣衫被裴道珠抛到屏风上。

因为寝屋的地龙烧得最暖，所以她喜欢在屋子里沐浴。

她慢慢踏进浴缶。纤妙白嫩的足尖轻轻点了点水面，惹得绯红花瓣纷纷漾开。

水雾蒸腾，少女乌发高挽，露出白皙纤细的后颈，最是那背部的蝴蝶骨，令人忍不住生出把玩之情。

一道修长的人影悄然出现在她背后，指尖触上她的蝴蝶骨，透着淡淡的凉意。

裴道珠战栗了一下，正要喊人，那人却俯下身在她耳畔轻轻笑了："爱我入骨？盼我早日凯旋？"

是熟悉至极的声音。

裴道珠难以置信地转过头去。

郎君依旧一袭白衣，风姿秀丽，宛如高山上的一捧晶莹雪。只是眉梢眼角藏了几分肃杀和冷峻，那是经历过战争和死亡之后才能拥有的危险气息。

而此刻，他敛去了那份危险："既然爱我入骨，为何不给我寄家书？"

裴道珠紧紧抿着唇，心道怪不得白天那条黑犬突然跑走，大约是嗅到了萧衡的气息。

园子里的事，萧衡都看在眼里了吧？

她想着，反问道："你既然回来了，为何要鬼鬼祟祟躲藏？两个月前，朝廷和西南就彻底断了联系，又有谣言说你身中数箭跌落深涧，怕是已经没了……"她打量着萧衡完好无缺的身子，挑起柳叶眉："你究竟在算计什么？"

萧衡在浴缶边缘坐了："是我主动切断和朝廷的联系的。"

裴道珠："愿闻其详。"

萧衡弯了弯薄唇："侵吞西南只是我计划中的一部分，最重要的是北伐。然而有了蜀国之利，朝廷和世家将会更加沉迷享乐，绝不愿意再起战争。既然如此，我便干脆将兵权收入囊中，北伐与否，全在我一念之间。"

裴道珠瞳孔微微放大。

萧衡把他率领的那支十万军队收入麾下了？！他是怎么做到的？

像是觉得她的反应还不够震撼，萧衡又淡淡道："如今我的军队就停驻在成郸城外，一路跋山涉水还要不惊动朝廷，可着实有些难度。"

裴道珠紧紧攥着毛巾。

兵临皇城……成郸城里总共也没有十万军队，萧衡这般举止，等于是彻底围住成邺。说好听点叫凯旋，说难听了就是谋朝篡位也不为过！

萧衡伸手替她摘下沾在颈间的绯红花瓣，问道："怕不怕？"

裴道珠抬起长睫："富贵险中求，有什么可害怕的？"

想位极人臣，势必要冒险。

萧衡笑了起来。

他离开成邺这么久，一路上见过形形色色的女子，却没有谁像裴道珠这般特别。

他的视线落在她的颈间，继而顺着慢慢往下，水面漂浮的牡丹花瓣遮蔽了视线。

萧衡眸色晦暗，喉结微微滚动，声音略有些暗哑："今夜……可要为我庆贺？"

裴道珠听得出他的弦外之音。

只是，轻易给予的东西，对方又岂能珍惜？她想要的，不是这个男人一时半刻的怜惜和宠爱，她谋求的是一辈子的荣华富贵。

裴道珠拿毛巾掩住身子，眸光镇定："此去西南，虽然顺利拿下了巴蜀，但江东子弟也牺牲了很多吧？九爷不想着抚恤他们的亲人，却只想着自己快活，这不是一个好将领该有的作为。"

萧衡无言以对。她总有能耐牵着他的鼻子走，偏偏还说得那么正义凛然。

军营里确实还有事情等着他处理，他正准备离开，又忽然叮嘱她："吩咐婢女，在金梁园里收拾一座干净的楼阁出来，须得仔细布置，还要有取暖的地龙。"

说完，他就消失在了屏风后。

裴道珠抱着毛巾，忍不住稀罕。楼阁是给人住的，萧衡带了什么人回来吗？

次日清晨。

虽然天气寒冷，但裴道珠起床的时辰仍旧没变。

所有晚辈里面，她是第一个去向老夫人请安的，每日里还殷勤地侍奉老夫人梳洗更衣，大半年来越发讨老人家喜欢。妾侍不能上桌用膳，但老夫人疼她，连早膳也特意准许她坐在桌边，待遇和其他两房的正室竟是毫无差别了。

萧衡回来了，裴道珠心情好，乖巧地给老夫人斟茶："阿难特意扫下梅花瓣上的细雪，拿来烹茶，口感清爽，母亲定要尝尝。"

老夫人夸赞道："雪水烹茶最是风雅，只是辛苦了阿难。"

裴道珠似是不胜害羞，只浅浅低头。

侍立在旁边的陈姨娘看不下去了，翻了个大大的白眼。

昨日她的娘家侄子来做客，却丢了大脸，被拖去官府之后，挨了五十大板，如今还在家里躺着，没有一年半载休想缓过来。

而这一切都拜裴道珠所赐！

她忍不下去了，尖酸道："母亲说的什么话，她辛苦什么？咱们家里她过得最潇洒快活了。这不，吃饱了撑的，没事儿把我娘家侄儿送进了官府，可不就数她闲的？"

陈家是三流世家，家道中落，族中子弟都没读过几本书，更别提陈姨娘这种女子。她平日说话也总是咋咋呼呼，十分不讨萧家人喜欢。

老夫人听着就烦，她不悦训斥："你侄儿当众犯事，是他自己的错，怎能赖在阿难头上？他污蔑阿难清白，阿难没跟他计较已是很有雅量，你就别再提这个了。"

陈姨娘不服气，抓紧绢帕，又悄悄翻了个白眼。

等回到自己院子里，陈姨娘就开始发作了。

她趴在榻上，哭得一把鼻涕一把泪，高声埋怨："都是妾，凭什么她裴道珠就能得老夫人喜欢，还故意磋磨宿儿。说到底，都是你不中用，敌不过萧衡在朝堂上的分量！今日她裴道珠越发蹬鼻子上脸，在老夫人房里当众给我难堪！叫我这张脸往哪里搁？！"

萧荣侍立在侧，双眉紧蹙："姨娘……"

顾燕婉坐在榻边，附和道："裴道珠确实过分，荣哥，咱们得想个法子治治她才是。再这样下去，金梁园就该跟着她姓裴了！"

陈姨娘突然坐起身："提起金梁园，荣儿，你可得好好争气！等朝廷坐实了萧衡的死讯，萧家就少一个人跟你争家产。你要想办法从老夫人那里继承这座园子，我和燕婉都很喜欢这里。"

顾燕婉微笑："到时候，作为金梁园的主人，咱们就能顺理成章地把裴道珠赶出去了。"

婆媳俩算计着金梁园，萧荣的脑海中却始终浮现着那道纤妙的身影。

九叔死在了战场上，道珠妹妹是否会寂寞？

萧荣突然有些口干舌燥，他决定走一趟望北居。

望北居内，地龙烧得很暖。

裴道珠用过午膳，睡在了窗边的竹榻上。

她爱惜容貌，除了敷面时要用各种胭脂水粉，燕窝雪莲等滋补养颜的东西也一样没落下，就连睡眠也很有讲究，不仅早睡早起，每日午后还要小憩片刻。

枕星知道她的习惯，收拾了寝屋后就轻手轻脚地退了下去。

裴道珠睡得正香时，却觉鼻尖痒痒。她捂住鼻子慢慢睁开眼，见萧荣笑吟吟地坐在她的竹榻上，手里还握着一根装饰用的锦鸡毛。

萧荣柔声道："趁丫鬟不注意，我偷偷溜进来的，就想看看道珠妹妹。可是打搅了妹妹睡觉？"

裴道珠坐起身，面色冷淡。

这不是明知故问吗？

她冷声道："你我辈分悬殊，今后还是叫我小婶婶，我的寝屋也不是你该来的地方。"

萧荣笑了，声音越发温柔："从前总觉得你事事追求完美，对待自己几近苛刻，因此不怎么喜欢你。可现在的道珠妹妹有血有肉，就连生气时的模样也十分讨喜。"他伸手，温柔地要为她别起鬓角乱发。

"停！"裴道珠更加嫌弃，下意识避开他的手，拥住薄毯蹙眉，"你再不出去，我就叫人了！让别人知道的话，萧荣，你这辈子的仕途可就要毁了！"

萧荣只是笑。他凝视裴道珠，像是很有把握的样子："你从前本就爱我入骨，如今九叔没了，你每每看见我和燕婉在一起都心如刀割吧？每每入夜，你一定注视着我的院子久久不能入眠……"

裴道珠满心暴躁，世家贵女良好的修养都要绷不住了。

"燕婉不喜欢你，想把你赶出金梁园。可是道珠妹妹，只要有我在，谁也别想把你赶出去。"萧荣翻身上榻，"道珠妹妹，我知道你闺中寂寞，我——"

"啪！"裴道珠直接给了他一巴掌。

萧荣愣了，脸色阴沉难看了几分。他像是耗尽了耐心，狠狠捏住裴道珠的脸，阻止她喊人。

他冷冷道："道珠妹妹，我好好与你说话，你似乎不把我放在眼里。我这么跟你说吧，九叔死了，孙辈里面有出息的只有我萧荣一人，所以将来能继承萧家基业的只有我。你现在跟了我，将来有你享之不尽的荣华富贵，否则——"

"否则，你要如何？"清越的声音从珠帘外传来。

裴道珠和萧荣同时望去。

白衣胜雪的郎君手挽佛珠出现在珠帘外。

是萧衡。

萧荣呆了片刻，连滚带爬地下了竹榻。他脸色苍白，嘴唇翕动，好半晌才嗫嚅道："九叔？你，你不是……"

萧衡微笑："我没死，你是不是很失望？"

萧荣胆都吓破了，颤颤道："不，不敢……"

裴道珠歪了歪头。

她知道萧衡比任何人都在意萧家，萧荣甚至还是他曾想提携的晚辈。可如今，她不愿再给萧荣任何机会，也不愿萧衡给他机会。

她故意扯乱青衫，梨花带雨地跳下竹榻，赤着脚小跑到萧衡身边，委屈地扑进他的怀中。

她哽咽："夫君不在的这段日子，阿难过得好辛苦！萧荣不顾伦理纲常，竟妄想染指于我！他无视夫君，无视礼法，实在有违人伦！求夫君为阿难做主！"

不等萧衡说话，裴道珠突然放开他，哭着跑出寝室："我找母亲说理去！"

园子里还积着雪。身穿单薄青衫的少女赤脚踩在雪地里，委屈哭泣的模样引来了一大批仆从侍女的注意。他们稍微打听了一下，就知道望北居发生了什么事。

众人不禁对萧荣侧目。原以为大房这位庶公子是位风度翩翩的君子，不承想竟然敢趁着九爷不在，妄图染指他的小妾……

简直连畜生都不如！

"扑通"一声，裴道珠故意跌在雪地里。

她也不是真要去见老夫人，只是为了把萧荣的事迹"发扬光大"而已，跑出来意思意思就好。

萧衡追上她。裴家的小骗子跌坐在雪地里，青丝委地，哭得小脸通红，青裙上沾满雪花，脚趾都冻红了，楚楚可怜的样子引得周围的侍女面露同情，纷纷鄙夷起萧荣。

只有他知道，这只是裴道珠的苦肉计。

若是放在从前，他定然会嗤之以鼻，满心嫌弃。今日再看，只觉她过分可爱。

他上前用斗篷裹住她，再将她打横抱起。怀里的小美人紧紧揪着他的衣带，还在委屈地啜泣。

他压低声音："又不是不为你做主，何必来这一出戏？"

裴道珠埋首在他怀里："我要他声名扫地才肯罢休……"

断了萧荣的仕途，也就等于断了顾燕婉的前途。过去那些年，她吃她的住她的，她所有的优雅都是她教的，她有什么资格背叛她？

萧荣的事情到底闹大了。

安鹤堂内。

顾燕婉跪在老夫人跟前，哭得一把鼻涕一把泪："荣哥为人正直，又一向自律上进，洁身自好，院子里连个通房丫鬟都没有，怎会做出轻薄裴道珠的事？定然是裴道珠嫉妒我和荣哥恩爱甜蜜，故意栽赃陷害！"

她用余光瞥向萧荣，指望他能解释一下。

萧荣跪在厅堂里，四面八方都是族人，异样的眼神令他几乎抬不起头。他满面通红，双手死死揪住袍摆，嗫嚅了半晌，却根本想不出任何借口。

萧衡就在厅堂上坐着。他自幼敬畏他，今日被他的突然出现吓了一跳，再加上自己确实理亏，他怎敢多说半个字？

见萧荣嗫嚅半晌也说不出缘由，顾燕婉暗暗咬牙。

她恨极了裴道珠。明明已经嫁给九爷，却还要招惹她的夫君。招惹不算，还叫荣哥沦为笑柄！今日之事若是传出去，荣哥的前程也就毁了！

陈姨娘跪在旁边哭得厉害，不停朝她使眼色，示意她想办法。

顾燕婉知道这对母子靠不住，绞尽脑汁，突然灵光一闪。

她擦了擦眼泪，勉强赔起笑脸："表妹，荣哥只是去探望你，对你哪有什么非分之想？九叔一直未归，我觉得你可怜，才打发荣哥去看你，不承想竟叫你误会了！都是一家人，你何必要闹得家宅不宁呢？"

裴道珠一副受了委屈的小媳妇样跪坐在萧衡身后，仍旧穿着单薄的深青色罗襦裙，外面裹着萧衡的貂毛斗篷。

她泪痕未干，软声道："是探望还是轻薄，难道我分辨不出来吗？若是探望，他何必要上我的竹榻，还使劲掐我的脸？"

众人看向她的脸。

她肌肤幼嫩白皙，萧荣捏她脸的时候力道又大，因此脸上的指痕相当明显。

她声音更弱："若是表姐还有异议，可以请荣哥比对指痕。"

顾燕婉恨得指甲都嵌进掌心了，可证据面前，她无话可说。

厅堂一片寂静。

不知过了多久，老夫人轻咳一声。也是觉得此事丢脸，再加上萧荣只是个无足轻重的庶子，她拄着拐杖站起身："罢了，这事儿，就交由玄策全权处理。”

她不顾陈姨娘的哀号求情，带着江嬷嬷走了。

萧衡似笑非笑：“我出征在外，竟不知有人惦记上了我的妾室。阿荣，我若战死沙场，你是不是就要把她收入囊中？”

萧荣深深低着头。他是第一次面对这种场景，悔恨惊怕的泪水夺眶而出，一颗颗落在袍裾上，最后他竟当众哭了起来。

裴道珠轻蹙眉尖。难以想象，她从前竟然和这种人是未婚夫妻！

她同情地看了眼顾燕婉。

顾燕婉显然也没料到萧荣会当众哭泣，惊得嘴巴都合不拢了。她双颊涨得通红，好半晌才收回视线，只当没看见这个丢人现眼的夫君。

萧荣突然抹了抹泪，崩溃道：“九叔，今日之事是我一时鬼迷心窍，是我错了！求您宽宏大量，不要跟我计较！”

顾燕婉惊掉了下巴。萧荣他疯了吗？这种事情打死都不能承认，他的名声，他的前程，他都不要了吗？！

萧衡面色淡淡，像是早已预料到他的选择：“回乌衣巷祖宅，在祠堂面壁思过半年，你可有异议？”

萧荣哭着叩首：“侄儿不敢有异议……”

没把他逐出萧家已是天大的恩赐，他怎敢有异议？

事情处理完毕，裴道珠跟萧衡回到望北居，坐到熏笼边，有一搭没一搭地剥橘子，脸上神情淡淡的，不怎么愿意搭理人的模样。

萧衡把玩着一瓣橘子：“嫌我罚得轻了？”

裴道珠撇了撇嘴。

名声扫地，断绝仕途，已经是最大的惩罚。至于其他惩罚，她其实也没奢望。毕竟顾燕婉的娘家是朝廷新贵，看在顾家的分上，萧衡怎么也不会把萧荣逐出萧家。

然而，明事理归明事理，郎君面前适当的小性子是少不了的。她总得叫他知道，她受了委屈。

她吃了一瓣橘子，懒懒道：“我只是小妾，他却是你的亲侄儿，我哪儿敢重罚他？小妾嘛，玩物而已，受了天大的委屈也得忍着不是？”

萧衡轻笑：“会给你补偿的……东街的宝屏斋，要是不要？”

宝屏斋？裴道珠眼前一亮。

那可是成郸城首屈一指的珠宝铺子，售卖天南海北的各种宝贝，尤其是珠钗首饰，没想到铺子背后的主人竟然是萧衡！

她莫名觉得眼前的郎君似乎顺眼两分。

虽然心里激动得很，她面上却故作矜持：“嘴上说给我，过两天说不定又会找借口要回去……毕竟那地契房契上写的都是你的名字不是？”

萧衡挑眉。

裴家的小骗子就是精明，这是要他写赠送文书呢。

一间珠宝铺子而已，拿它哄裴家的小骗子，叫她不闹腾，对他而言是划算的。

他爽快地写了文书，又叫来账房先生，一番签字画押后，宝屏斋的地契和房契就都过继给了裴道珠。

薄薄几张纸，果然哄得少女眉开眼笑。

她珍而重之地把契约锁进妆奁深处：“世家郎君大都精明，所以我一贯不相信口头上的承诺。九爷给了我文书，我才放心呢——”她转头，迎面撞上了萧衡的脸。

两人的距离有些近。裴道珠下意识后退，却被萧衡拉住手腕。

他靠近她，笑得颇有些危险意味：“‘夫君’二字可是烫嘴？怎的对我的称呼又变回了‘九爷’？”

裴道珠沉默。她又不是真心喜欢他，“夫君”二字可不就是烫嘴？

面对她的沉默，萧衡眼中掠过不悦。他漫不经心地抬手，捻住裴道珠的耳珠。

少女的耳珠圆润洁白，宛如一粒珍珠，经过他的细细揉捏，渐渐被揉得泛出绯色。

裴道珠不敢乱动，蹙着眉尖小声叫唤：“疼……”

“疼也给我受着。”萧衡面无表情地说着，却还是松开了手。

他用指腹碰了碰裴道珠脸上的指痕：“你是我的女人，我可以宠你，可以给你地位和钱财，但前提是你要对我忠诚。你既进了我的门，哪怕不喜欢我，也得装得喜欢我，这是我萧衡定的规矩。”

只是百炼钢也怕绕指柔。裴道珠没有吭声，安静地垂下眼睫，丹凤眼中又渐渐盈满泪水。

她又扮起了刚刚那副委屈的模样。

萧衡揉了揉额角，也不知怎的，竟见不得这小骗子掉眼泪。

于是他尽量耐心地教她：“今后，九叔、九爷、玄策哥哥那些称呼，我统统不想再听见。乖乖叫夫君就好。”

裴道珠抿了抿唇。

萧衡催促：“快叫。”

裴道珠只得小声道：“夫君……”

萧衡满意了。

面前的美人娇艳夺目，却又低眉顺眼，像是一朵被驯服的野山茶。还是一朵独属于他的花。

他在沙场驰骋了大半年，期间也曾跟副将们去过青楼，只是坐在雅座里吃茶。可仅仅只是吃茶，也见惯了许多风流场面。

如今春闺深深，鼻尖都是少女的脂粉香，面对属于自己的这朵娇花，萧衡的脑海中不禁浮现出那些风月画面。

他的目光落在裴道珠的唇上。

嫣红精致，宛如含朱丹。

喉结微微滚动。他懒得再压抑欲念，猛地扣住裴道珠的后脑，倾身而来。

裴道珠逃无可逃。

虽然她看起来对男女之事很了解，但是从未真正实践过。当初跟玄策哥哥和萧荣好的时候，也仅仅限于对坐烹茶，连手都没牵过，更何况亲吻？

她紧张地闭上眼。

然而意料之中的亲密接触并没有发生——

“主子，白夫人到了！”

隔着珠帘，一名随从突然禀报。

裴道珠睁开眼。

萧衡已经起身，稍微整理过仪容，表情看起来和平时不大一样，一句话未曾撂下就离开了她的寝屋。

裴道珠目送他的身影消失在珠帘外。

白夫人是谁？

她理了理散落满地的裙裾，唤道：“枕星。”

一个时辰后，枕星终于打听到了消息，火急火燎地回来告诉裴道珠。

“姑娘，主子上次不是让您准备一处幽静的绣楼吗？果然是给女人住的！那女人是从园子侧门进来的，穿着白襦裙，脸上戴着个面纱，看起来身段极好！主子对她很客气，亲自把她送进了绣楼！如今两人都在绣楼待着，也不知道在做些什么。”

枕星口干舌燥，一口气喝了半碗茶。她急得像热锅上的蚂蚁："女郎，您说那女人是不是主子在外面遇到的，见容貌好看，就给收进了后院？难道那女人比您还要美吗？值得主子金屋藏娇？！"

裴道珠把玩着一柄玉如意，没有说话。

萧衡的心就像是铁桶围成的高墙，没有谁能轻易进得去。她好不容易破开一角，已是费尽耐心和算计。

她不信天底下还有别的女子比她更能算计萧衡的心。

思及此，她优雅起身，行至廊下烹茶。

"再看看吧。"她柔声道，纤白的妙手已经开始捣弄茶粉。

枕星歪了歪头。

得，她就是皇帝不急太监急，白操心了！

此时，金梁园东南角绣楼。

楼中闺房是裴道珠亲自带人布置的，薄如蝉翼的茜纱帐用金钩挽起，妆镜台前的胭脂水粉珠钗首饰皆是上等，就连地板上也仔细铺了来自西域的羊绒地毯，可见花了心思。

身穿雪白罗襦裙的女子，对着铜镜慢慢摘下面纱。

她十七八岁的年纪，容貌艳丽，身段也比同龄姑娘更加窈窕饱满，举手投足间透出漫不经心的妩媚气息。

她打量了房间片刻，朝萧衡笑道："多谢萧郎，我很喜欢这里。巴蜀覆灭，皇族不再，我能活下来全都是仰仗萧郎。从今往后，我白东珠不再是蜀国皇妃，我只是寄人篱下，苟延残喘的弱女子罢了……"

萧衡面色淡淡的。

蜀国皇族是他下令屠杀的。结果他意外发现蜀国皇妃是江南商人的女儿，她随父亲前往西南经商时被蜀国皇帝看中，纳入了宫中。

最重要的是，她名唤白东珠，幼时也曾去过栖玄寺。

只是……他感觉眼前人十分陌生。

白东珠见萧衡神情淡漠，不禁紧了紧面纱。她柔声道："时隔太久，当年栖玄寺里的事我确实不记得了。只隐约记得曾在寺里结识过一位小哥哥……萧郎可会怪我？"

她从未去过栖玄寺，她只是冒名顶替的可怜人罢了。

她也入到过那个梦境里。

那时她因为名字被萧衡纠缠，可那时她是高贵的蜀国皇妃，自然看不起萧衡，于是果断拒绝了他。后来，萧衡不仅覆灭了北朝，还踏平了巴蜀，手握重兵，成了天底下最有权势的重臣。

而那时，她是卑微的阶下囚。

她想回头时，萧衡已经有了心上人——裴道珠。

只是那个女子红颜薄命，好不容易被萧衡从北朝皇宫带回来，才不过一年半载就香消玉殒了。

她至今仍旧记得，裴道珠死后，萧衡为她做的一切。

当年，裴道珠是北朝的贵妃，却和萧衡有过一段孽缘。

十年前萧衡亲手把她送去北国，十年之后又率军踏破北国皇城，亲自把她带回了江南。

可那时史官把北朝覆灭的罪责怪在裴道珠头上，人人都骂她是祸国殃民的红颜祸水，开明如萧家，也根本无法接纳她。

可萧衡在成郸城里置办了一座宅院，把裴道珠宛如金屋藏娇般安置好，自己则连萧家也不回了，每日不是在朝堂上就是在那座私宅里，仿佛要和萧家断绝关系。

可纸包不住火。安然过了几个月，他私藏裴道珠的消息还是被人走漏了风声。

街坊邻居开始咒骂裴道珠，她每每打开院门，门扉上都被人涂满恶毒的话，门槛前的烂菜叶子和臭鸡蛋也堆积成山。

昔年的故乡不肯接纳她，她所效忠的南朝也不肯为她翻案。几乎所有人都在袖手旁观，眼睁睁看着她被冤枉成千古罪人。

她本就身心俱疲，再加上得知双亲和姊妹的凄惨结局，她终于选择在那年的除夕夜自尽。

那年除夕夜，万家灯火，满城大雪。

萧衡红着眼睛，跑遍了每一处她可能会去的地方，却始终找不到她。直到最后，他在淮水河畔发现了她的灯笼和木屐。

那一晚，萧衡调动所有军力连夜搜寻淮水河。他顶着风雪，孤零零站在淮水边。

一直等到黎明，最终等到的却是一具苍白的尸体。

那个宛如传说一般的女子，死在了那年的除夕夜。

那时，白东珠的身份还是乐坊女奴，跟其他乐坊姑娘挤在人群中看热闹。

她看见萧衡抱着裴道珠的尸体，泪如雨下。他低头亲吻裴道珠的唇。

落雪逐渐染白了他们的眉睫和发梢。不知过了多久，他才抱起裴道珠，转身走进风雪中……

百姓们都在庆贺裴道珠的死，可她却被萧衡的深情打动。

她后悔了，后悔当初拒绝萧衡。

再得到萧衡的消息，已是五年后的除夕。

那天她跟着乐坊的姑娘们一起去寺里为来年烧香祈福，恰在庙中撞见了萧衡。

郎君一袭黑衣，风华绝代。哪怕时隔五年，她还是一眼就认出了他。

他双掌合十，站在大雄宝殿内，安静地看着三丈高的金身佛像。

岁月似乎抚平了他的戾气，就连他挂在腕间的那串佛珠仿佛也变得更加温润。他那双眼睛比五年前更加深邃，藏着她读不懂的情绪。

如今想来，许是念念不忘的深情。

又或者是死寂。

殿外，知客僧小声对她们说："每逢除夕，萧大人都要来寺中祭祀凭吊，还要为那位姑娘供奉一盏长明灯。小僧听闻，他不止供奉了我们这一座庙的长明灯，江南所有的寺庙，他都会花重金供奉明灯。"

她闻言动容。

江南有四百八十四座寺庙，年年为她供奉长明灯，须得耗费多少香油钱，又须得耗费多少时间和精力?

恰逢那天大雪封山，她们借住在佛寺，次日醒来时，惊闻萧衡已经没了。

那夜的木鱼声始终未歇。

名垂青史的一代权臣，在佛寺长明灯下溘然长逝，年仅三十五岁。

他一辈子未曾娶妻，也未曾生子……

…………

等她再睁开眼时，她又回到了蜀国，她依旧是那个高高在的王妃。

可梦中的经历实在太真实，她寝食难安。

她派人调查，发现梦境里的所有人物都是真实存在的。

于是她决定逆天改命，在萧衡爱上裴道珠之前得到他。

她的字和裴道珠的字颇为相近，便猜测栖玄寺的那段经历是萧衡和裴道珠的过往。但既然萧衡弄错了，那她也不介意将错就错。

她背叛了蜀国。

萧衡的军队包围蜀国都城时，她偷偷出卖军情，收买守城将领，偷放萧衡的大军进城，让他得到了蜀国。

萧衡果然中计。

如今的萧衡，不仅是她的“青梅竹马”，还对她怀有感激之情。

想来她上位也不过是时间问题……

绣楼里。

面对白东珠的问题，萧衡淡淡道：“你那时确实年幼，不记得也在情理之中，我怎会怪你？”

白东珠轻蹙眉尖，以退为进：“给蜀帝当妃子非我所愿……我如今已非完璧之身，每每想起，痛不欲生，不知道将来该如何是好。像我这样的残花败柳，定然没有郎君喜欢……”

她转过身，对着花窗垂泪。

萧衡仍旧神色淡淡的，只是眉梢眼角多了些厌烦。

记忆里的小女郎，小小年纪却风流脱俗，绝非这般做作模样。就算是裴道珠，也绝不会轻易说自己是“残花败柳”。

那小骗子，哪怕失身与人，哪怕处处都是缺点，心里也一定会时时念叨着“只有老娘看不上的郎君，没有老娘配不上的男人”。

她比任何人都要尊重她自己，也比任何人都更爱她自己。

这也是他喜欢她的地方。

萧衡想着裴道珠臭美的样子，不禁弯了弯薄唇。

白东珠注意到他的笑容，不禁错愕：“萧郎，我的经历让你觉得很好笑吗？”

萧衡回过神，道：“只是想起了昔年，与你共游栖玄寺的过往。”

白东珠的神色这才缓和些。

萧衡又道：“你好好住着，别想太多。”

他安排了几个丫鬟照顾白东珠起居，离开了绣楼。

出了绣楼，他低声吩咐：“去查白东珠的幼年经历。”

白东珠若敢骗他……他不介意送她上路。

他淡漠地抖了抖袍裾。他不喜在这座绣楼里沾上的脂粉气。

望北居。

枕星在庭院里来回踱步，急得头顶都要冒烟了。实在着急，她猛然回头，望向裴道珠。

廊下，少女依旧安然煮茶。

茶雾袅袅，少女青簪挽发，小脸娇艳，满庭雪光都抵不过她的冰肌玉骨，一颦一笑怡然风流，一举一动赏心悦目。

枕星懊恼地捶了捶头。

看来，她家女郎是真不怕九爷喜欢上别的女人！

她正为两人的事情着急上火时，一名小丫鬟急匆匆地跑来禀报：“姑娘，顾夫人来跟您辞行了！”

天际处聚着重重乌云，眼见着要落一场大雪。

顾燕婉带着几个小丫鬟，站在庭院里。

因为萧荣的事，她私底下哭了很久，此刻眼睛红肿如核桃。她盯着屋子，模样有几分狼狈。

过了很久，侍女才终于挑开毡帘。

裴道珠款款踏出门槛。

她系着一件昂贵稀罕的雪貂斗篷，手捧青瓷小手炉，乌发雪肤，凤眼盈盈，樱红的唇瓣在冬日里格外娇媚。

顾燕婉狠狠掐着自己的掌心。明明是做妾……可裴道珠却过得这么好！

那件雪貂斗篷价值万金，华贵雍容，是九爷从巴蜀带回来的，就连宫妃也穿不起，可裴道珠却能随随便便穿在身上！

她记得今年春天裴道珠去萧府赴宴时，穿的是洗得半旧的春衫罗裙，就连裙下的木屐也生了薄薄的青苔。

平日里姐妹们举办雅集，她也拿不出像样的礼物。

她明明被她踩在了脚下，从什么时候开始，她翻了身？

廊下有台阶，顾燕婉只得仰着头注视这个她视之为一生宿敌的女人。

四目相对。

她咬了咬牙，率先开口：“荣哥已经回了乌衣巷祖宅，我现在也要跟过去了。裴道珠，你把我们夫妻害到如此境地，是不是很开心？”

裴道珠微笑。她当然开心。

她柔声道：“燕婉何必明知故问？叫人怪不好意思的。”

“你——”顾燕婉气急。

裴道珠连表面功夫都懒得跟她做了！

她深深呼吸，好半晌才压住怒意忍了下来。这也是前些年她住在裴家时，跟裴道珠学会的东西。

她缓缓扬起笑容："三十年河东，三十年河西。我亲自来向你辞行，是想告诉你，一时的风光不算本事，一世的风光才叫本事。"

裴道珠笑容更娇："这句话，我原封不动地送还给你。"

顾燕婉又噎住了。

然而她实在不甘心被裴道珠比下去。什么风度，什么雅量，都被她统统抛在脑后。

"你再得意再风光，终究也只是个妾！等将来九叔厌倦了你，你的下场会很凄惨！而我现在虽然落魄，但我终究是萧家明媒正娶的正妻！裴道珠，你拿什么和我比？！"

裴道珠仍旧淡然自若："我从前就跟表姐说过，女人歇斯底里的样子很丑，表姐可是忘了？瞧把你急的，眼角细纹都多了几根。"

顾燕婉呼吸急促，自知说不过裴道珠，连声音都哑了："我等着，看你还能猖狂多久！我就把话撂在这儿，总有一天，你也会被赶出金梁园！"

放完狠话，她带着丫鬟们转身就走。

裴道珠声音带笑："倒是忘了告诉表姐，金梁园是九爷花重金建造的，九爷爱我入骨，怕是舍不得赶我走。"

顾燕婉的背影瞬间变得僵硬。

尖锐的指甲深深刺破了掌心。

她猛然转身，死死盯着裴道珠。

她惦记了那么久的金梁园……竟然是九爷的私产？这怎么可能！

可裴道珠笑脸盈盈，显然不是在撒谎。更何况这种事，她也不敢撒谎。

难以言说的情绪涌上心头。

当初她抢走了裴道珠的婚事，她还兴高采烈，以为嫁得很好，今日看来，竟然还不如别人的妾！

早知如此……

早知如此，她就不该勾搭萧荣！她就该留着机会，等九爷回来才是！

顾燕婉脸上滚烫，心中悔恨，多留一刻都觉得丢脸，她抿着唇绷着脸，快步离去。

裴道珠目送她的身影消失在园林里。

她是绝不会给顾燕婉和萧荣翻身机会的。

用过晚膳，沐浴过后，裴道珠回到卧房，外面已是天降大雪。

熏笼很暖。她坐在灯下读书时，萧衡过来了。

他解下紫貂斗篷，拍去上面的雪霰，才挂到木施上。

他望向裴道珠。

裴家的小骗子丝毫没有给人做妾的觉悟，主人回来了，她还岿然不动地坐在那里看书，连上前伺候的意思都没有。

他走过去，弹了一下她的额头："怎么不等我一起用膳？"

裴道珠翻了一页书："听闻夫君接了一位姐姐进府，想着今晚该是歇在她那里了，因此不曾等待。"

萧衡饶有兴味。这女人莫非是醋了？

他在她身边坐了："读的什么书？"

裴道珠给他看了一眼书封："兵书。你曾说过，书房里的旧书随我看，弄坏了也没关系的。"

萧衡一看，确实是兵书，还是他年少时最喜欢的那本。

她一边看，一边用毛笔在书上仔细做了备注。其中一些心得和他在书上留下的感悟全然不同，显然有着自己独到的见解。

寻常女郎只爱风花雪月，她居然还有这爱好。

她习的是簪花小楷，清秀漂亮的小字和他的行书笔记交汇在一起，有种奇异的美感。

萧衡的心底涌出奇异的感受。

大掌忽然圈住少女纤细的腰身，在她的后腰窝处细细摩挲。

他附在她耳畔："你还有多少秘密是我不知道的？"

裴道珠不动声色地翻看兵书，唇角不经意流露出轻笑。

瞧瞧，昔日视她为尘埃的萧家九郎，还不是拜倒在了她的石榴裙下？

萧衡这个人贱得很。对他百依百顺他不知足，非得叫他产生好奇，叫他求而不得，事事都与他对着来，他才高兴。

她慢慢合上兵书，转过脸，直视他的眼，故作生气："夫君又有多少秘密是我不知道的？那位新进门的姐姐是谁？她比我好看吗？比我更讨夫君喜欢吗？"

明明是质问，可少女的嗓音比江南的新菱还要甜，听起来更像是撒娇和吃醋。

偏偏萧衡就吃这套。他觉得裴道珠定然是喜欢他，否则以她高傲从容的性格，又怎会如此关注白东珠，如此咄咄逼人？

他喜欢她在意这些。

他把白东珠的事和盘托出，只省略了栖玄寺青梅竹马的那一段。

灯火跳跃，裴道珠的面容忽明忽暗，握着兵书的手忍不住用力。

萧衡竟然把蜀国皇妃藏在了金梁园!

可蜀国皇妃白东珠分明是个蛇蝎心肠的女人!

第12章

萧衡见裴道珠沉默，问道："不高兴？"

裴道珠回过神，垂下眼帘，重新翻开兵书："我只是个小妾，夫君喜欢谁，我还能阻拦不成？就算你今夜歇在她那里，我也不敢多说一个字。"

萧衡轻笑，夺过她手里的兵书丢在榻上，将少女抱到怀里："我对她没有那份心思，留着她也并非出于爱慕或者怜惜。只是我还欠她一份人情，这辈子总要偿还的。"

裴道珠暗暗撇嘴。萧衡欠她的人情更多，怎么不见他偿还？

察觉到他不安分的手，她看了眼角落的滴漏，提醒他："天色已晚，夫君明日还要进宫述职，今夜早些睡吧？"

萧衡封锁军情在先，率军包围成郫城在后，不尊圣旨屠戮蜀国皇族，隐瞒西南国库的财富，

一桩桩一件件，放在哪里都是大罪，明天朝堂上定然有一场恶战等着他。

萧衡却仍旧抱着裴道珠。温香软玉在怀，实在麻痹人的斗志。

醉卧美人膝，醒掌天下权……果然说得没错。

窗外大雪纷飞，花窗边缘逐渐结满一层霜花。

萧衡声音极轻："皇族昏庸，我若篡位，可行？"

裴道珠抿了抿唇。她厌恶皇族，如果有人能推翻他们，她举双手双脚赞成。只是……

她伏在萧衡怀里："螳螂捕蝉，黄雀在后。想当皇帝的人那么多，你何必先动手？凡事都讲究一个名正言顺不是？"

萧衡笑了起来，因为裴道珠的想法与他不谋而合。

他注视裴道珠许久，才道："乌衣巷春日宴初见你时，只觉满目肮脏。今夜才知道，遇见阿难是我一生之幸。"

他垂眸，认真地吻上裴道珠的眉心，才起身去隔壁洗漱更衣。

裴道珠摸了摸被他吻过的地方。他萧衡真是狗嘴里吐不出象牙！他才肮脏，他从里到外都很肮脏！

腹诽一番后，她单手托住脸，转头望向花窗。

彼此遇见究竟是不是幸事，她不知道，也不在意，她在意的是萧衡的荣辱和前程。

毕竟他们是绑在一根绳上的蚂蚱啊！

次日，大雪初霁。

天还未亮，萧衡就去宫中了。

裴道珠晚些起来，精心打扮了一番，向老夫人请过安后直奔东南角的绣楼。

蜀国皇妃白东珠，在她梦里害死谢麟的人，她要亲自会会。

她踏进绣楼时，白东珠刚起，正在对镜描眉。得知裴道珠来了，她手一抖。

她笑容莫名："我倒是想和这个传闻中的祸水打个交道……只是，她已经开始令我失望了。"

心腹婢女不解："夫人都还没见过她，怎么就失望了？"

白东珠不疾不徐地重新描眉："她这么快就找上门，可见没有耐心；不顾萧郎的情面，迫不及待地来给我使下马威，可见她没有谋略。一个没有耐心也没有谋略的女人，怎配当我的对手？我自然失望。"

细细回想梦里，萧衡是知道了栖玄寺的小女郎是裴道珠，所以才愿意把她接回江南金屋藏娇的。如今看来，裴道珠也就是个空有美貌没有头脑的蠢货。

婢女忍不住称赞："夫人果然厉害，把人心摸得一清二楚！这世上还有您看不透的人吗？"

主仆俩说着话，裴道珠已经进来了。

四目相对。

白东珠错愕。

她并没有见过裴道珠的真容，只听世人说北国皇妃容色倾城，宛如仙娥，她只当世人夸大其词，可今日一见，才知道传闻不虚！

她自诩容色姝丽，可裴道珠令她自惭形秽！这般美貌，便是个蠢货，也会招萧郎喜欢吧？

彼此见过礼，裴道珠笑容盈盈，优雅落座。

谢过白东珠的茶点，她柔声道："姐姐在金梁园住得可还习惯？"

白东珠傲气答道："自然是比不得蜀国后宫。"

"是我们怠慢姐姐了。"裴道珠喝了口茶，"蜀国覆灭，姐姐作为王妃，怎么独自流落到了南朝？你的亲人还在吗？”

白东珠不动声色：“我本就是南朝人，不过是被蜀国皇帝强掳进宫的。这不叫流落，这叫落叶归根。”

落叶归根……

裴道珠心中冷笑。

在那场梦里，替蜀国皇帝出谋划策对付江东大军的时候，把谢麟囚在地牢伤他性命的时候，她怎么不提落叶归根？分明是见风使舵罢了。

她温声道：“姐姐年纪尚轻，这么住在金梁园也不是事儿。我家夫君心地善良，明日便请他为姐姐找一门合适的婚事把。”

白东珠脸色难看了一瞬，旋即冷笑：“以后如何，不劳妹妹操心。萧郎对我极好，从西南回成邺这一路，他都很照顾我。想来，他已经替我规划好了后半生，说不定我还要和妹妹成为真正的姐妹呢。”

裴道珠笑靥如花：“那我恭候那天。”

她客气地告辞离开。

往回走时，枕星不服气：“这白夫人有什么可骄傲的？论容貌风度，她一样也比不过您！”

裴道珠微笑。

在短短的交锋中，她大致摸清了白东珠的性子。

在萧衡眼里，这般女子该被划分到“庸脂俗粉”那一类里，他极厌恶这般女子，却不知为何会让白东珠住进金梁园。

她随手折下一枝梅花，放在鼻尖下轻轻嗅闻。

过了会儿，她道：“你这几日多留意白东珠那边的动静，顺便打听打听，她为何能得萧衡的青眼……此外，再拜托宝屏斋的掌柜，下次去巴蜀进货时帮忙打听白东珠的事。”

枕星乖乖点头，对镇定自若的裴道珠又敬佩几分。

到黄昏时，萧衡才从宫中回来。

裴道珠早已候在檐下。

她挑开毡帘，跟着萧衡进了屋，顺势替他摘下大氅，问道：“天子怎么说？可有动怒？”

萧衡在熏笼边坐了，笑得云淡风轻：“你猜。”

裴道珠挑了挑眉，心里有底了。

她跟着笑，难得乖巧地替他按起肩颈：“夫君这般从容，想来是封官加爵了……不知封了什么官位？又有哪些奖赏？”

等除夕一过，到了正月，成郸城的世家们少不了往来走动。她还指望借着萧衡的官威去仗势欺人呢。

萧衡握住她的手，顺势把她拉进怀里：“正式册封为郡公，封地西南。赏黄金千两，白银十万两，赐骏马百匹，奴仆婢女百余人。”

裴道珠眼睛发亮。

其余赏赐之物也就罢了，郡公的爵位着实叫人喜欢。南朝上下百年，如此年轻就加封郡公的，仅萧衡一人。

她又问：“兵权如何处置？”

萧衡漫不经心地拆开裴道珠的碧玉发簪，青丝散落在他的掌心，触感犹如上等丝绸般细腻顺滑。

他细细捻着一缕青丝：“到我嘴里的东西，没有再吐出去的道理……”他忽然直视裴道珠：“兵权如此，人也如此。”

裴道珠心中无语，乖巧地依在他怀中：“兵权和爵位到手，比什么赏赐都要踏实。只是再过两日就是除夕，各种花销用度都会多起来，夫君……”

萧衡把她的一缕青丝缠在指间，知道她无非是惦记上了那些赏赐。

他本也不在意那些金银珠宝，便道：“账房钱财随你支取，不必报备。”

裴道珠立刻弯起眉眼。

萧衡富可敌国，他的钱财随她支取，不就等于她也富可敌国了吗？她再也不是乌衣巷里那个贫穷潦倒的裴道珠了！

她揽住萧衡的脖颈，抬起小脸亲了一口他的脸。像蝴蝶亲吻花瓣，仿佛细雪融于春水。

萧衡一怔，垂眸望向怀中的美人。

裴道珠低下头，似莲花不胜娇羞。

她也不知怎的，突然就冲动地亲了萧衡。大抵是因为拿人好处总要给点甜头的缘故吧？

她对萧衡绝无男女之情。她只是利用他的身家地位和锦绣前程，用他替代容貌相似的玄策哥哥。

她很清楚自己的身份。高门小妾，说到底也不过是个玩物。唯有步步为营，才能真正得到她想要的一切。

少女逐渐冷静下来。

萧衡眸光晦暗。

裴家小骗子亲上来的瞬间，他的心跳仿佛戛然而止。在那一刻，他觉得今夜的烛火格外温暖明亮，也希望时光再漫长一些。

是心动吗?

萧衡否定了这个念头。

裴家的小骗子可以是他闲暇之余的消遣，可以是逗他开心的玩物，但绝不能是他心动深爱的姑娘。

国仇未报，家恨未消。这世间能让他在意的，只能是沦陷的疆土和远在北朝的敌人。

不知不觉间，两人拉开了距离。

裴道珠起身，顺了顺垂及膝盖的青丝："时辰不早，夫君早些休息吧。"

"嗯。"萧衡跟着起身，"我还有些正事要处理，今晚……就不陪你了。"

行至珠帘旁，他忽然驻足，轻声道："今夜，你房中的烛火很美。"

她散落青丝靠在他怀中的模样，也很美……

裴道珠柔声道："明儿一早，我和夫君一起去向母亲请安。雪停后的清晨园林也会很美。"

烛光把两人的身影倒映在屏风上，明明隔得很远，却又像是离得很近。

……

转眼到了除夕那天，萧家在金梁园过除夕。

裴道珠早早起来，带着侍女们送岁。

所谓送岁，是洒扫门庭清除杂秽。裴道珠更讲究些，不仅收拾院子，连屋中的漆器茶具等物也一应都换上崭新的。

萧衡一直在书房翻看北方军情，透过花窗瞧见裴道珠带着侍女们在门前贴上新刻的桃符，在屋檐和树梢上挂上红艳艳的新灯笼。忙完这些，她又去了厨房，大约是亲自筹备明天要用的椒柏酒、五辛盘等食物。

裴家的小骗子总能把所有事情都处理得妥帖细致。她人是坏了点，心眼也多了点，但不可否认，世上再无哪个女郎比她更擅长打理这些。

萧衡目送少女窈窕的身影消失在长廊深处。

一贯冷沉肃穆的望北居，似乎因为她的出现而变得不一样了……

到黄昏时分，裴道珠梳洗干净，换上绯色的新袄裙，重新描绘了漂亮精致的妆容。

她来到房找萧衡："要去母亲那里吃年夜饭了。"

萧衡合上舆图。

两人并肩往安鹤堂走，到的时候，族人已经到了不少。小孩儿们围在一起玩游戏，女眷们聚坐说笑，男眷们也抛开国事，谈天论地，十分热闹。

他们的到来令原本喧哗的厅堂寂静了一瞬。

萧衡容色极好，风度更佳，鲜有女子在他旁边而不失色。

偏偏裴道珠同样艳绝。两人站在一起，瞧着不像是郎主和小妾，倒像是一对天造地设的夫妻，般配得叫人移不开眼。

老夫人不禁为裴道珠暗暗惋惜，想要叫他们过来说话。

柔弱的声音突然响起："萧郎，你和道珠妹妹怎么才来？可是被她描眉梳妆耽搁了？大家都在等你们呢。"

说话的是白东珠。她不知道怎么的，居然也在席上。

裴道珠抿了抿樱唇，挽着萧衡的手微微用力。

萧衡云淡风轻地带着她落座："军营那边有急事耽搁了，因此来得晚了些，并非是阿难的缘故。"

白东珠顿了顿，笑道："原是如此，倒是我错怪道珠妹妹了。萧郎，我一直闷在绣楼，十分无趣，趁着除夕来安鹤堂给老夫人请安，感激你们收留我的恩情。你不会怪我吧？"

她是萧衡向朝廷讨要的人，身份公开是没有关系的，因此可以有恃无恐地出来见人。

裴道珠不禁歪了歪头。

白东珠……

脑海中蓦然出现当初在萧衡书房里看见的那幅画。画上的小女郎娇俏可爱，题字为"东珠"。

难道萧衡留下白东珠，是因为她就是他念念不忘的青梅竹马？

裴道珠正襟危坐，淡淡扫了一眼萧衡。

萧衡正在跟族中子弟说话，也不知怎的，突然觉得脊背发凉。

大家还算热闹地用过年夜饭，萧衡被萧相爷喊去了书房。

女眷们坐在一处享用茶点，白东珠十分热络地伺候起萧老夫人，显然很明白府里是谁说了算。

裴道珠安静地瞧着，没往前凑。

萧老夫人不喜白东珠，因为她明白白东珠的心思。

只是九郎命苦，从出生起就一直活在算计里，她希望他的后院能简单轻松些，少些弯弯绕绕，少些斗宠争媚的狐狸精。

她蹙起眉尖，摆手推拒："我年岁大了，不能食用太甜的东西。你拿的这些个花糕皆是我不敢吃的，快拿走吧。"

白东珠曾贵为皇妃，被当众拒绝，只觉颜面扫地。然而念着这老货是萧郎母亲的分上，她只得强忍不悦，赔起笑脸，把那碟花糕拿开："老夫人说得是，是我欠考虑了。"

她又亲自为她沏茶："您平时吃什么茶？我擅长沏茶，您尝尝我沏的茶。"

萧老夫人面色淡淡，不再搭理白东珠，只朝裴道珠招招手："阿难。"

裴道珠笑着倚过去，优雅地从白东珠手中拿过茶具："白夫人歇着吧，母亲平时只爱吃我沏的茶。茶水茶水，重要的不只是茶，还有水。须得用冬日梅花瓣上的雪水，才能沏出一壶好茶。"

少女轻挽宽袖，肌肤凝白，腕骨玲珑，尾指纤妙，被青瓷茶具衬着，一举一动不仅讲究，还十分赏心悦目。

萧老夫人喜欢看她沏茶，也喜欢她平时讲茶道的模样。她不禁夸赞："成郸城的女郎里面，我最喜欢的便是阿难。美貌第一，才情第一，雅量第一。她进我萧家门，是九郎的福气。"

厅堂里的女眷们立刻跟着夸奖起来。

白东珠咬牙。她身为蜀国王妃，一向养尊处优，何曾受过这种委屈？

她到底是坐不住了，敷衍又冷淡地向老夫人告辞离去。

老夫人哂笑："好好的除夕夜，却跑来给我甩脸子……若非看在九郎的面子上，定要把她赶出园子！"

到底是过年，白东珠走后，厅堂里的气氛很快又活络起来。

老夫人吃着茶，转向安静坐着的裴道珠，突然拉起她的手。

她望了眼裴道珠平坦的腹部："阿难，你嫁过来也有一段时间了……可得争气。如今九郎是宠你，可难保以后不会另结新欢。后院里的女人，还是得有个孩子才能真正站稳脚跟。"

裴道珠明白她是真心疼爱自己的，点点头："阿难明白。"

她面上乖巧，心里却另有打算。

要孩子固然容易，可她却不想自己的孩子只是庶出。终究还不到时候啊。

她没能沉思多久，就被族中的几个小妇人拉到旁边吃酒去了。

书房内。

萧相爷负手站在窗边。

年近六旬的老人身板依旧挺直如松竹，方脸长须浓眉大眼，看起来刚正不阿。

他盯着窗外的雪景，淡淡道："这次平定西南，你辛苦了。"

萧衡立在他身后："分内之事，算不得辛苦。"

萧相爷抚了抚胡须："等开春之后，就该训练军队，准备北伐。朝堂上，支持北伐的只有寥寥几人，最关键的崔家也没有下定主意联合北伐。"

崔家手握兵权，是北伐当中重要的一环，他们的支持关乎北伐能否胜利。

萧衡挑眉："崔家想当墙头草？"

他们两家都联姻了，竟然还没有下定主意……

"对方为何举棋不定，你不明白其中缘由吗？"萧相爷冷冷看他一眼，"崔柚进门多久了，却还是没有一儿半女。我听说你甚至未曾与她圆房？没有孩子的联姻，终究是不牢固的。"

萧衡沉默。

萧相爷接着道："国仇家恨面前，没有儿女情长。玄策，你活着，只是为了报仇。"

活着，只是为了报仇……这句话，萧衡从小听到大。

他与兄长阿姊不同，他的命是被祖父捡回来的。如果当初不是为了他，祖父本可以不死，所以祖父的仇，必须由他来报。

为了报仇，他比同龄人更早习武，更早接触兵法谋略。

为了报仇，他小小年纪就被父亲扔进军营，哪怕遍体鳞伤也不能休息，甚至一天只能睡短短三个时辰。

他活着，就只是为了报仇。

萧衡低头："孩儿谨记在心。"

"今夜去崔柚房里。"萧相爷摆摆手，"退下吧。"

萧衡行了一礼，退了出去。

萧相爷捋了捋胡须，目送他离开，苍老的眼眸里掠过深意。

他冷笑一声，慢慢将窗台上的灯盏拨得更亮些。

萧衡回到厅堂，接裴道珠回去。

裴道珠饮了不少酒，醉意虽浅，脸却比平时要红，凤眼水盈盈的，看人时总带着不经意的媚意。

此时雪已停，明月出现在天穹上，更显天地皓白。金梁园山水积雪，清幽风雅。

穿过园林小径时，裴道珠突然不走了。

她对路边的梅花起了兴致："你且等等，我折一枝梅花带回去插在宝瓶里……"

她踩着木屐，来到树下，仰头观察半晌，相中了一枝半开的梅花，利落地挽起宽袖欲要攀折。

萧衡道："叫侍女替你折就是。"

"要自己折才好玩……"裴道珠踮起脚尖，伸手去够那枝梅花。

梅花树上积着不少雪，随着她不停拨弄，树梢头飘落些微雪霰。

"折不到……"她委屈道。她想了想，干脆不顾形象，跳起来去够花枝。

萧衡看着她。喝了酒的裴道珠比平时更加倔强，俨然一副誓不罢休的模样。

随着她猛力跳起，满树积雪纷纷扬扬地兜头落下。

萧衡连考虑都未曾，三两步上前，将少女拽进怀中。

雪花落了他满身。

裴道珠握着折下来的梅花，怔怔眨了眨眼。

微醺的醉意在此刻烟消云散。她嗅着梅香和郎君身上的崖柏香，想说什么，又不敢说出口。

半晌，她佯装酒醉，娇憨地举起梅花枝："摘到了……夫君替我簪花可好？"

裴道珠靠在萧衡胸膛上，得仰起头才能看见他的下颌。

他的容貌跟萧家人似乎不太相似。

他的五官比江南人更加深邃，眉骨很高，鼻梁很挺，骨相流畅漂亮，偏偏生得雪肤红唇，兼容了锋利和温润两种特质。这种矛盾感反而令他更加引人注目，像是恶鬼和佛子的结合，诞生出一种奇异的诱人沉沦的美。

裴道珠唤道："夫君？"

萧衡正垂着眼帘注视怀里的女郎。

他从后面握住她纤细凝白的手腕，淡蓝色的血管隐隐浮现，带出一种如琉璃般单薄脆弱的美。

静默半晌，他收回视线，从那枝梅花上掐了一朵，轻轻簪在她的鬓角。

"好了。"他松开她。

裴道珠摸了摸鬓角，笑着问他："好看吗？"

自然是好看的。萧衡心里想着，面上却轻描淡写："尚可。"

狗嘴里吐不出象牙！裴道珠也没指望从他嘴里听到什么好话，她明白自个儿好看就成了。

她笑靥如花，捧着那枝梅花，脚步轻快地往前走。

月光引路，积雪皑皑，满园澄明。

萧衡不紧不慢地跟在她身后，一步步踩在她的脚印上，完全覆盖住了她的。仿佛来时和余生的路，都会与她这般一步步走下去。

回到望北居，裴道珠把那枝梅花插进白瓷宝瓶里，欣赏了片刻，才摘下貂毛斗篷，坐到熏笼边烤手。

萧衡抖落两肩雪霰，看了她半晌，欲言又止。

裴道珠烤暖了双手，捧起装满瓜子花生的檀木食盒，抬起含笑的丹凤眼："站在那里作甚？来吃果子。"

萧衡伸手从食盒里拿起一颗花生，剥开壳，自己吃了一粒，将剩下的那粒喂到裴道珠嘴边。

裴道珠挑了挑眉，大大方方地张嘴吃掉。

男人带着薄茧的指腹不经意地擦过少女柔弱娇嫩的唇，甚至还在她的唇角停顿了片刻。

空气中逐渐蔓延开莫名的暧昧。

熏笼的温暖勾起了一路上被细雪扑灭的醉意，裴道珠脸微醺泛红，捧着食盒的手悄然收紧。

她垂下眼帘，长睫扑闪欲言又止："你——"

"我今夜，要去崔柚那里。"

萧衡轻声说。

房内一片寂静。

裴道珠捧着食盒的手越发用力，淡粉的指尖隐隐泛出青白。

她很快笑道："夫君想去哪里都可以，不必特意告知我。"

萧衡沉默半晌，问："你刚刚要说什么？"

"没什么，只是想让你也烤烤手。"裴道珠微笑，"在雪地里走了那么久，我都冻僵了，想着你也该是冷的。"

萧衡没再说话。不知过了多久，他把手轻轻按在裴道珠单薄细弱的肩上，然后顿了顿，转身离开了。

裴道珠仍旧捧着食盒，安静地坐在熏笼边。

你——今夜可要留下来与我守岁？

幸好未说出口……否则该是怎样的自取其辱。往后余生，还是再也不要主动了。

她低下头，拿起洁白的云片杏仁糕，浅浅咬了一口，不禁蹙眉。

杏仁有些苦呀。

梳洗过后，已近子夜。

西窗下，裴道珠穿着洁白的寝衣跪坐在妆镜台前，青丝曳地，娇艳明媚的小脸像是笼着云雾，透出几分热闹之后的寥落。

她一件件卸下珠钗首饰，最后才取下鬓角的那朵梅花。

花瓣边缘泛黄，已经有些蔫儿了。

她脑海中反复浮现着萧衡把她护在怀中，替她挡下那些落雪的画面。

郎心似铁，于是那片刻的温柔就变得格外珍贵。

虽然厌恶他的自负狂妄唯我独尊，但也敬佩他在战场上横刀立马所向披靡的本事，更敬佩他兵临皇城的谋略和勇气。

不可否认，萧衡将成为一方枭雄。

称王称霸的枭雄，总是容易令闺中少女倾心。

只是……

“不能心动。”

“心动，会输啊……”

月色下，少女轻轻吁出一口气。

她翻开那本没读完的旧兵书，把梅花悄悄藏进书页。

像是藏起了一个秘密。

……

崔柚得知萧衡今夜要跟她一起守岁，激动不已，连忙命侍女重新整理房屋，连罗帐和被褥都换成了崭新的。

她站在屏风后，兴冲冲地试穿新裙：“他不就是喜欢裴道珠那股狐媚劲儿吗，我也可以！快，再把腰带勒紧些！都没吃饭吗，使劲儿勒呀！”

裴道珠天生细腰，走路时袅袅婀娜，便是女子也忍不住多看几眼。

她羡慕裴道珠，只是总也下不定决心节食，反而因为后院清闲富贵的缘故，每日总要多吃几碗米饭，因此比刚进门时还要胖上十斤。

为了讨萧衡喜欢，她决定临时抱佛脚，勒个细腰出来。

萧衡进门的时候，瞧见崔柚浓妆艳抹地跪坐在食案后，也不知吃错了什么药，脊背挺直得过分，像是呼吸不过来似的，双颊绯红如虾子。瞧见他进门，她不仅不站起来行礼，还笑得一脸艰难。

他兴致缺缺地落座："这段时间，冷落你了。"

"没冷落、没冷落！"崔柚殷勤地亲自倒茶，颇有些腼腆害羞，说话时却是上气不接下气，"九爷，您，您看我跟平时比，是不是有哪里……不太一样？"

萧衡啜了一口茶，茶水难以下咽，全然比不得裴道珠那里。

他想着和崔家在朝堂上的合作，勉强耐着性子打量她："似乎胖了些？笑起来的时候有双下巴，挺好的，是有福之相。"

崔柚心有不甘，扶着食案站起身，得意地扭了一下腰肢："九爷您看？"

她满脸期待。

萧衡则面无表情。

这女人深更半夜，搔首弄姿什么？

他问道："看什么？"

崔柚有点泄气。她都表现得这么明显了，为什么这个男人还是看不出来？

她只得指了指自己的腰，眼睛里浮现出亮光："道珠妹妹腰肢细软，妾身的腰肢也不惶多让，您喜欢吗？"

萧衡无言以对。她腰都粗成水桶了，怎么好意思说不遑多让？

他感觉多坐片刻都会浑身不自在，但想着阿父的叮嘱，只得按捺住离开的心思，硬着头皮道："坐下吧，陪我用些消夜。"

崔柚连忙笑着称是。

侍女送上来丰盛的消夜。崔家富贵，崔柚的嫁妆钱也不少，满桌珍馐集齐了水陆空的特产，连这个时节没有的海味都有，连酒水都是最好的。

萧衡吃了一筷子海味，不知怎的，脑海中突然浮现出裴道珠的身影。

崔柚身家丰厚，想吃什么都能吃到。可裴道珠却要拿月钱补贴娘家那个无底洞，平日里用的也都是寻常膳食，想想就觉得可怜。

口中的海味似乎变得索然无味，他放下筷箸，沉默地饮了一口酒。

崔柚吃得兴起，边吃边道："九爷您不知道，我整日无事可做，便只剩下吃喝玩乐，也算吃出了门道。一道膳食，厨子做得地不地道，我一口就能尝出来……"

她从海味如何去腥讲到葱段里塞肉丝是何等精细美味，足足唠了两刻钟。满桌珍馐几乎被她一扫而空。

萧衡看着她的模样，越发不喜。他饮了一口酒，正琢磨找个借口离开时，崔柚突然捂着肚子，面色变得青白。

他问："怎么了？"

崔柚抬袖擦了擦额角的冷汗，勉强笑道："许是，许是吃撑了……九爷等我，我去一趟西房，去去就回……"她扶着食案站起身。

"刺啦"一声。

她用来束腰的那条丝帛硬生生从中段裂开，散落在地。

没了束腰，崔柚吃撑了的肚子越发明显，令她本就不大窈窕的身段更加雪上加霜。因为闹肚子发出的奇怪声音响起，格外清晰，也格外难堪。

崔柚满面通红，恨不能找个地缝钻进去。

萧衡是何等风流人物，她今夜简直太过粗鄙鲁莽了！崔家好不容易为她争来的机会，她竟这么糟蹋了！都怪自己这张管不住的嘴！

她狼狈不已："九，九爷……"

萧衡平静地放下酒盏："想来今夜你是不大方便了。我去书房处理军务，你休息吧。"

他径直起身离去，半刻也不愿多待。

去书房的路上，萧衡的心情突然变得很好。他吩咐随从："新年之后，给裴道珠的月钱再翻一倍。"

随从恭敬称是，心里却想着，裴娘子可以随意支取账房银钱后，这几日已经毫不客气地拿走了五千两纹银，还得了宝屏斋这只下金蛋的母鸡。成郧城的女郎们，谁也没有裴娘子阔绰，偏偏主子还觉得她没钱，还要再补贴月钱……

他忍不住嘀咕："当初乌衣巷春日宴初遇时，您嫌弃裴娘子是爱慕虚荣的庸脂俗粉，可您现在生怕她不虚荣似的，什么好东西都要往她手里送。莫说家族里的几位正头夫人，就算是大家族的掌上明珠，怕也没有裴家娘子过得富贵悠闲吧？您这转变也忒大了，不知道的还以为您被美人迷了心智呢。"

萧衡驻足，瞥了他一眼。

随从连忙低下头，更加小声："属下说的都是事实，您瞪我作甚……"

萧衡收回视线："我的女人爱慕虚荣又有什么关系，我能满足她所有的虚荣心。"

他就喜欢裴家小骗子身上那股市侩劲儿。市侩，却不庸俗。

他本打算去书房，想了想，决定还是去裴道珠的寝屋。

屋里燃着一盏青灯，光影十分黯淡。

她没有守岁，已经睡下了。罗帐深处，她怀抱那本旧兵书，蜷缩起来的睡姿充满防备，精致的眉尖也紧紧蹙起，大约睡得并不踏实。

他没有吵醒她。

屋外传来敲更的声音。

子夜已过，已是新年。

萧衡俯身在裴道珠眉心落下一吻，声音极轻："裴家的小骗子，新的一年，记得继续在我身边兴风作浪……"

他欲起身离去，又想起什么，从怀里取出一枚铜钱。铜钱上刻着星斗图腾和"去殃除凶"四个字，是专门用来赏玩的辟邪压胜钱。传说把它压在枕下，可以避免邪祟侵扰。

他不知道裴道珠幼时家里是否会为她准备压胜钱，但瞧见帐下副将准备压胜钱时，也托他们捎带了一枚。

他抚了抚裴道珠的眉心，走之前轻轻为她合上房门。

他提着一盏灯站在屋檐下，第一次生出迟疑。

为什么在别处时，总会想起她？

…………

正月间最是热闹。

萧衡忙于各种官场应酬，和裴道珠相处的时间自然变少了。裴道珠也并不主动找他，甚至隐隐有避着他的意思。两人之间像是产生了一堵看不见的围墙，莫名的隔阂感与日俱增。

金梁园每日宴席繁多，来往皆是贵客。因为萧衡并未娶妻，崔柚又是个拿不出手的，因此很多人情往来都得由裴道珠出面主持。

"女郎，这是今儿的拜帖，您瞅瞅！"

正月初六的清晨，枕星穿着件崭新的小红袄子，高高兴兴地抱来一摞拜帖。

裴道珠坐在窗边，一手支颐，随意翻开拜帖。

枕星为她捏肩："自打主子被册封为郡公，人情往来就更频繁了。男眷也就罢了，那些女眷也喜欢往主子这里凑热闹。您这些天一直忙着招待她们，实在辛苦，奴婢替您揉揉肩！"

裴道珠轻笑。什么"凑热闹"，萧衡尚未娶妻，那些夫人带着自家掌上明珠登门拜访，打的是什么主意，谁不知道？

不过都是冲着郡公夫人的位置来的。

想着那些如花似玉含羞带怯的女郎们，裴道珠的笑容淡了些。

她翻到最后一张拜帖，突然怔住。

略去前面冗长的客套话，她的视线落在最后。

——谢麟敬拜。

脑海中，蓦然跃出那个少年英俊又倔强的脸。

他今日要来？

冬至那日的水饺，她依旧清楚地记得。那是她这些年里很难得的温暖……

她陷在回忆里，枕星突然紧张地咳嗽了两声。

见她仍旧没反应，枕星着急地推了推她，小声提醒：“女郎！”

裴道珠回过神时，手中的拜帖已经被人拿走。

萧衡玉冠束发，一袭牙白常服，腕间挽着那串碧玉佛珠，窗外的雪光映照进来，令他俊美的面容更加风雅出众。

可他眉梢眼角都是戾气，又或者说……隐隐藏着一丝妒忌。

他审视着拜帖，哂笑：“不过是给你家中送了些金丝炭，又给你送了一碗水饺，也值得你这般惦记？”

这几日，裴道珠莫名地疏远他，令他心中不爽。

他从蜀国回来之后，仔细调查了她这大半年来的经历，不是不知道她跟谢麟之间的事儿。

谢麟算什么东西？他从来就没放在眼里过。

他自觉和裴道珠的感情你侬我侬，岂料这几天这她犯病似的突然疏远他，现在居然还捧着谢麟的拜帖发呆。

裴道珠知晓他调查了自己，感觉被冒犯了，夺过拜帖，冷淡道：“我家中贫寒，他肯送炭，我感激不尽。不像某人，当初只会对我冷嘲热讽！”她起身：“枕星，为我梳妆，我要去招待谢家世子。”

枕星战战兢兢地瞅一眼裴道珠，又瞅一眼萧衡。

萧衡握住裴道珠的手腕，不许她走。他睨向枕星：“去知会崔柚，就说你家女郎身子不适，叫她替她招待客人。”

“谁身子不适？”裴道珠更加不悦，“我爱去哪儿去哪儿，你管着军队也就罢了，还管起我来了？呵，也是，我裴道珠在你萧衡眼中不过是个高门玩物罢了，捏圆搓扁，还不是由你说了算？！”

萧衡挑眉。除夕夜过后，这个女人动不动就对他上火发脾气，他都不知道自己做错了什么。

他沉吟片刻，关切问道：“可是月事来了？多喝热水。”

听说女子来月事时脾气会变得不好，像极了裴道珠如今的模样。

裴道珠快要被活活气死了。她挣开萧衡的手，寒着脸往屏风后走。

萧衡盯着她的背影，沉默片刻，突然问："是因为除夕那晚我没有陪你守岁吗？"

裴道珠步履一顿，背对着萧衡，笼在宽袖里的双手死死攥紧。

萧衡去了崔柚那里做了什么，她不用想就知道。可她明明不爱萧衡，这几天在难受什么？又对他发什么脾气？

她心中浮现出一个念头。这个念头令她害怕。

不动心，才不会输。

再转过身时，她云淡风轻地微笑："夫君在想什么？夫君膝下无子，雨露均沾是应该的。我恨不能替你多纳几个娇妾，又怎会嫉妒你去崔柚那里过夜？"

萧衡很意外："原来是因为我去崔柚那里过夜，才对我发脾气……"

房内寂静，落针可闻。

四目相对间，萧衡声音极轻："裴道珠，你是不是喜欢上我了？"

裴道珠的瞳孔骤然缩小，后退两步，盯着面前的郎君，像是面对着可怕的敌人。

她面色苍白，巨大的无力感浮上心头。他们的身份是那么不对等。她沦为小妾，本就比他卑微，又怎能先他一步心动？

她从来潇洒骄傲，绝不能叫萧衡看轻了她！

她不肯叫自己低萧衡一头，一字一顿道："未曾嫉妒，也未曾心动。"

强忍的泪珠终是没忍住，顺着脸颊滚落。

她不肯叫萧衡看见她的难堪，转头逃到了屏风后，死死捂住嘴，才没发出哽咽的声音。

萧衡站在屏风前。薄薄的绢纱屏风隐约映出少女纤弱的背影和轻颤不止的细弱肩膀。

他把手轻轻覆在屏风上，可薄薄的屏风像一道天堑。

国仇未报，家恨未消。他该是南朝最锋利的剑，不能有任何弱点和软肋。

他抚不住少女轻颤的肩，也给不了她任何慰藉和承诺。他的温柔不敢给她，也不能给她。

萧衡慢慢垂下手。

"抱歉……"

…………

萧衡走后，裴道珠哭了很久，直到发泄够了才勉强平静下来。

枕星战战兢兢地为她送上热茶："女郎……"

裴道珠沉默地吃了茶，净了面，坐到妆镜台前，拿珍珠膏重新上妆。

枕星在青瓷小盒里调匀胭脂，轻声道："您喜欢主子，也嫁给了主子，这不是皆大欢喜的好事吗？奴婢的心都要被您哭碎了……"

裴道珠重新敷粉后的小脸依旧娇艳明媚，只眼尾还泛着红，清润如洗的瞳孔里藏满了委屈和倔强。她在颊上扫过胭脂，令自己看起来更有气色。

她看着菱花镜，声音有些哑："若是不喜欢，为妻为妾又有什么区别？我也知道，凭我的家世，嫁给他是高攀。可正因为喜欢……"

正因为喜欢，才妄想平等。

裴道珠深深垂下头，自嘲地笑了。

萧衡很好，出身高门，容色不俗，胆识过人，年纪轻轻就已经成为南朝举重若轻的权臣，前程不可限量。

只是君心似铁，不可动摇。

裴道珠揉了揉额角："我出门散散心，你不必跟着。"

园中积雪未消。她不愿见人，特意挑了冷僻的牡丹园散心。谁料没走多久，前方鬓影衣香，宾客们正热闹地寒暄。

她正要转身离开，突然被人叫住。

是崔柚。

她今天意外得到萧衡的吩咐，叫她招待宾客，顿时高兴得很，特意穿了一身红，瞧着喜气洋洋的。她只当裴道珠失了宠，所以这等出风头的好事才落到她头上。

她生怕旁人不知道裴道珠失宠，故意抬高声音问道："都快要吃宴了，妹妹怎么才来？往常都是妹妹招待客人，今儿也不知怎的，九爷竟然让我招待。可是妹妹哪里不舒服？"

众人望了过来。

裴道珠扫了眼崔柚。人倒霉的时候喝水都塞牙，她才在萧衡面前丢尽脸面，崔柚就上赶着欺负她。

小人得志。

她不肯走了，大大方方地在人群中落座，端起一盏热茶，从容地吹了吹茶汤："这几日确实身子不适，夫君心疼得紧，舍不得我出来吹风。"

她看了看周遭的园林景致，忽然嗤笑："早知姐姐行事不周，我哪怕强撑病体也该出来招待的。牡丹还没到开花的时节，姐姐把宴席定在这里，莫非是叫大家欣赏枯枝败叶？”

牡丹园在春夏时节风景极美，如今还是正月，花树枯萎，确实不宜观赏。

崔柚噎住了。她就是觉得牡丹园里的建筑最恢宏大气，更能彰显她女主人的身份，才把宴席安排在这里，并没有考虑客人赏景的问题。

她梗着脖子道：“风景有什么可看的？还不如坐在暖阁里吃几杯热酒，来一桌鸡鸭鱼肉，更叫人快活！”

气氛瞬间陷入寂静。

裴道珠安静地吃茶。

她当然知道暖阁里待着更快活，只是世人多喜山水风景，哪怕有人不喜欢，也要为了脸面和名声，硬着头皮道一句冬景甚美。崔柚自己俗气也就罢了，还拉着客人一起，定然会引起不满。

果然，原本亲近崔柚的几位女郎不动声色地和她拉开了距离，唯恐沾上她的俗气。

崔柚气得脸通红。裴道珠忒会说话，她完全无言以对！

裴道珠无视她的难堪，微微一笑，继续道：“不过……花木葳蕤是风景，枯枝败叶又何尝不是风景？树木枯荣正如人生起落，享受得了高床软枕锦衣玉食的富贵，也承受得起饥寒交迫位卑身贱的贫苦，这才是豁达。”

她才十七岁，一番话却通透得叫人惊叹。

众人不禁再度对眼前的美人刮目相看，只觉裴道珠和昔日那个精明虚伪的女郎全然不同。其中一些人甚至起了与她交往的心思。

崔柚绞着手帕，气得要死。她本想给裴道珠一点颜色瞧瞧，谁知好话歹话全被她说了，她反倒里外不是人！

她正绞尽脑汁扳回一局，人群里突然传来银铃般的笑声：

“道珠妹妹口齿伶俐，真叫人佩服。听说道珠妹妹色艺双绝，琴棋书画没有不精通的。我想听一听箜篌的乐音，不知道珠妹妹可否为我弹奏一曲？”

说话的人是白东珠。

她竟然觍着脸来参加南国贵族的聚会？她旁边都没人，可见大家都不待见她，也不知道她怎么坐得下去的。

裴道珠正要回绝，崔柚跟着起哄：“是了，妹妹的箜篌弹得极好，往日为了取悦九爷，常常在房内弹琴。今儿就给大家弹一曲助助兴吧，弹得好了，大家给你赏钱就是！”

裴道珠险些被气笑。

她从没针对过崔柚，崔柚却屡次三番刁难她。现在叫她弹琴，已经几近羞辱。

她还没开口拒绝，忽然有女郎脆声道："我来。"

众人望去，说话的是谢家嫡女谢南锦。

谢南锦这两年在外游学，年底才回成邺。她唇红齿白，美艳动人，偏偏眉眼又带英气，因此有种矛盾的美感。

白东珠和崔柚愣了一下，没敢接话。

谢南锦勾唇一笑，示意婢女把箜篌抬上来。

檀木制作的凤首箜篌被她抱在怀中，她信手拨弄琴弦，琴音倾泻如流水，琴艺绝佳。

裴道珠挑了挑眉。

谢南锦怎么会帮她解围？

"姐姐，你是不是哭过？"

耳畔传来清越关切的声音。

裴道珠惊讶扭头。

谢麟……

锦衣少年不知何时坐在了她的身边，头顶悬一树淡粉梅花，弯着眉眼，是最温柔不过的模样。两三个月没见，他似乎又长高了些。

裴道珠笑了："大正月的，才不会哭呢。"

"可是姐姐……"谢麟忽然倾身，怜惜地摸着她的眼尾，"再厚的胭脂水粉也遮不住你红了的眼。萧衡是不是欺负你了？"

裴道珠没想到少年在众目睽睽之下如此胆大包天，连忙拉开身位："没有的事！"

谢麟的手顿在半空，状似不在意地收回手。

他笑道："姐姐被欺负了，却不敢言，可是因为害怕没有退路？裴家不能为姐姐撑腰，谢家可以。你父亲那种酒囊饭袋不能护你周全，我谢麟能。姐姐，何必要学这小家子气？"

许是这段时间跟着父亲在官场和军队里历练过，他言行举止比从前沉稳太多，已经隐隐有个小将军的模样了。

裴道珠一向伶牙俐齿，此刻却无言以对。

少年的眼神炽热、温柔，像融化积雪的太阳。

她酝酿着如何委婉地告知他，她已是有家室的人，他不能如此肆无忌惮。

少年像是看出她的窘迫，递给她一盏酒，自然地换了话题："才酿好的梅花酒，已经热过了，姐姐尝尝？"

裴道珠接过酒，浅浅抿了一口。她晃了晃酒盏，意有所指般低语："梅花酒入口清冽，只是后劲极大，不宜多饮……"

谢麟像是听不明白，只淡淡笑了一下。恰好几个纨绔喊他过去吃酒，他顺势起身离去。

他坐到纨绔们中间，斟满一盏梅花酒，仰头饮了个痛快。

她不让他喝，他偏要喝。

几个纨绔对视几眼，纷纷偷笑起来。

一人攀上谢麟的肩膀，劝道："阿麟，你可是成郧城赫赫有名的小霸王，昔日的潇洒凶狠都去哪儿了？何必为了一个女人酗酒？"

成郧城赫赫有名的小霸王，家族显赫，斗鸡走狗，策马闹市，一掷千金，能把皇城搅个天翻地覆，达官显贵也拿他没办法。然而到了裴道珠这里，他还不是只能乖乖喊姐姐，只能摇着尾巴讨她喜欢？

怪只怪他比萧衡慢了一步。

他沉着脸，又饮下一盏酒。

有纨绔问道："阿麟，过完正月，你当真要去北部从军？"

谢麟点头。

他把他喜欢裴家的姐姐的事告诉了阿姐，阿姐说如今的他没有资格和萧衡争，大丈夫生而立世，唯有建立自己的功业，才能争夺喜欢的姑娘。

所以他要去从军。他要和萧衡一较高下！

他深深看了一眼裴道珠，握了握拳头。

园子里仍旧热闹着。众人沉浸在谢南锦的箜篌声里，没怎么注意谢麟和裴道珠。

随着箜篌渐入佳境，一曲笛音忽然完美融入。箜篌声如敲金击玉，笛音却清越悠扬，使得整支曲子更上重楼。

裴道珠好奇地找寻笛音的出处，见一袭青衣的陆玑吹着笛子缓步而来，显然兴致极好。

她不禁莞尔。陆二哥哥最喜音律，听到谢南锦美妙的箜篌声，想附和一曲也无可厚非。

一曲结束，却是余音绕梁经久不绝。众人还沉醉在难得的乐音里，谢南锦已经放下箜篌洒然离去。

陆玑坐到裴道珠身边，感叹："高山流水，难觅知音……"

他自顾沉浸了很久，才想起要寻已经离开的谢南锦，便问裴道珠："道珠妹妹，刚刚弹奏箜篌的姑娘是谁？我怎么从未见过？"

裴道珠说了谢南锦的身份，仔细打量陆玑的神情，突然笑了："陆二哥哥莫非是相中了人家？"

陆玑一怔，脑海中浮现出谢南锦弹奏箜篌的模样，难得红了脸，握着竹笛的手忍不住收紧。他轻声道："从前不信一见钟情，今日却是信了。窈窕淑女，君子好逑。若是彼此都没有婚约……"

他虽性格温润内敛，但并不吝于表达他的爱慕。

陆玑和谢南锦皆出身名门，也确实般配。

裴道珠笑道："谢姑娘才游学回来，会在成邺住一阵子。正月间少不了人情往来，陆二哥哥见她的机会多着呢！"

陆玑把玩着竹笛，《高山流水》的音律回荡在耳畔。绿衣少女怀抱箜篌的倩影，为冬日园林添上了生机勃勃的颜色。想跟她谈音律，想听听她的声音……

陆玑想着想着，笑了起来。

裴道珠看着他这副痴相，摇了摇头，继续吃酒。

过了一会儿，陆玑终于舍得把竹笛藏进怀袖，试探问道："再过几日就是上元节了，城里极热闹。道珠妹妹，能否由你出面把谢姑娘约出来赏花灯？"

裴道珠爽快地答应下来，柔声道："若是将来事成，陆二哥哥可不能少了我的好处。"

"放心就是，最不会亏待的就是你。"陆玑宠溺地轻轻弹了下她的眉心，余光瞥到远处的崔柚和白东珠二人，又压低声音道，"玄策瞧着冷情冷面，实际上却是有情有义的人。这次西南之行，他两次在战场上舍命救我。道珠妹妹，我不方便插手你后院之事，但你若被人欺负受了委屈，好好与玄策说，他会替你做主的。"

裴道珠颔首，捏着酒盏的指尖却用力到发白。

崔柚和白东珠的那点伎俩，还欺负不到她。欺负她的……是萧玄策！

她垂下长睫，遮掩了眼底的情绪，然后仰头将杯中酒一饮而尽。

园子里的饮宴在黄昏时分落下帷幕。

因为崔柚负责这次饮宴，所以裴道珠不必亲自送客，就直接回了寝屋。

枕星添了灯，裴道珠坐在书案前想着陆玑的托付，便写了一副请帖，邀请谢南锦上元节那日出门玩耍。

“你和谢家人几时走得这么近了？”

凉薄清越的声音从背后传来。一道修长的身影投落在书案上，将少女整个笼罩其中。

裴道珠下意识用空白宣纸盖住请帖，却也知道萧衡该看的早看到了。

她背对着他，冷冷道：“受人之托罢了。”

萧衡知道是陆玑，停顿片刻，说道：“上元节那日，我与你们一同出游。”

他不会给谢麟和裴道珠单独相处的机会的。

裴道珠把请帖收进宝匣，起身去妆镜台前卸下环钗，态度几乎算得上恶劣：“爱去不去，谁在意你……”

萧衡眯了眯眼。裴道珠现在像一只倔强的野猫，惹毛之后就休想再碰她。前阵子的甜言蜜语你侬我侬，似乎在短短一日间烟消云散。

他跟到妆镜台前：“白日里的事——”

“白日里什么事？”裴道珠打断他的话，对着菱花镜面无表情地梳理长发，“今儿一早我就去了牡丹园，从未见过九爷。”

萧衡挑眉。裴家的小骗子是真的生气了，连夫君都不肯再唤。可他如今贵为郡公，朝野上下没有人敢跟他甩脸子，裴道珠这样令他十分恼火。

他霸道地在床边坐了，冷笑：“我能宠你，便也能冷落你。裴道珠，你不要不识好歹——”

他话还没说完，裴道珠已经走到床边，寒着俏脸收拾被褥，把萧衡推到了旁边。

萧衡被迫起身，咬牙道：“裴道珠——”

裴道珠面色淡淡：“我要就寝了，请郡公移步出门。”

得，这下连九爷都懒得唤，直接唤郡公了。

萧衡被推搡出门，只觉颜面扫地，正想放狠话，朱漆雕花的房门在他面前重重合上，险些夹到他的鼻尖。

檐下的灯笼轻轻晃了晃。

路过的侍女好奇张望，意识到萧衡是被赶出来的时候，又是惊诧又是觉着好玩，纷纷掩袖窃笑。

萧衡恼得想推门找裴道珠算账，手碰到门的时候又忍住了。他慢慢垂下手，脑海中挥之不去的是少女白日里躲在屏风后脆弱哭泣的背影。

他在檐下站了片刻，转身往书房走去。

侍从提灯跟随，小心翼翼道："裴姑娘如此待您，您不生气？"

萧衡面色淡淡："她如此待我，也是恼羞成怒。我对爱慕自己的姑娘无法发脾气。"

侍从悄悄翻了个白眼。裴姑娘爱不爱慕主子他不知道，但主子肯定是喜欢裴姑娘的。主子就是嘴硬心软，他的那颗心，已是栽在了裴姑娘的身上！

裴道珠和萧衡的冷战一直持续到了上元节。

许是看在谢麟的面子上，谢南锦爽快地答应了裴道珠的邀请，与她约在牡丹庙前见面。

裴道珠梳妆完毕，刚走出望北居，就瞧见院门前停了不止一辆马车。

白东珠正扶着侍女的手小心翼翼地上马车，回眸瞥见裴道珠，得意道："听说城里热闹，萧郎让我也去瞧瞧。道珠妹妹不介意同行吧？"

萧衡站在不远处，不动声色地轻抚骏马的鬃毛。

人是他叫来的，就是为了气一气裴道珠。谁叫她这些天都不搭理他？

裴道珠看起来并不生气，眉眼弯弯："有姐姐同行会更加热闹，我有什么可介意的？郡公疼爱姐姐，若有朝一日娶了姐姐做郡公夫人，那咱们才是和和美美的一家人呢。"

说罢，她笑盈盈地登上另一辆马车。

萧衡的面色沉了下去，寒着脸跨上马背。

裴家的小骗子明明是喜欢他的，偏要说这种话来气他。对她而言，低头是很困难的事吗？

反正，他无论如何是不会低头的，他要等着她来取悦他。

白东珠目送裴道珠钻进车厢，讥讽道："死鸭子嘴硬！她心里定然难过得不行，却还要装大方。殊不知感情里最忌讳的就是大方。大方，便是不在意，便是不喜欢，也给了别人乘虚而入的机会。但愿她能装一辈子才好！"

裴道珠端坐在车厢内，低头整理着裙裾。娇艳的小脸笼着一层寒霜，刚刚的风轻云淡全然不见。

三人同行，对萧衡而言是很有意思的事吗？还是说，他享受左拥右抱的快感？

她轻轻扶了扶髻上的玉珠花钗，忍不住低声骂道："色胚子！"

她咬了咬下唇。不管怎样，她绝不可能再在他面前流露出脆弱的一面。

她死也不会低头！

一行人离开金梁园，往成邺城去。

路上不时有马车路过，载着的都是达官显贵、富商豪绅们的家眷，同去城里看热闹。

裴道珠等人在城门口和陆玑会合以后，一齐往牡丹庙走。

牡丹庙位于繁华的秦淮河畔，祭祀的是牡丹花神，庙前有一株数百年的古榕树，树上垂挂红绸，据说在树下求姻缘最是灵验。

黄昏刚过，花灯万盏，城中已是人山人海。

马车无法前行，裴道珠等人下了马车，步行前往牡丹庙。

萧衡正要牵裴道珠的手把她护进怀里，陆玑却先一步拽住了裴道珠的手臂，把她拖到自己怀中。

萧衡眯了眯眼。

陆玑只是出于长兄对妹妹的怜惜，并未察觉到萧衡的嫉妒。他一边护着裴道珠，一边道："今日我特意带上了珍藏的那架翡翠牡丹凤尾箜篌，打算当作见面礼送给谢姑娘，也不知她是否喜欢……道珠妹妹，你说我这礼物是否小气了些？"

裴道珠知晓那架箜篌。紫檀木打造，凤尾和牡丹花雕镶满翡翠，十分贵重稀罕。

如果这种见面礼都算小气的话，那萧衡简直就是一毛不拔的铁公鸡——初见面时，别说礼物，萧衡甚至说萧家的一草一木一珠一宝她碰都别想碰。

她瞥一眼萧衡，柔声道："陆二哥哥风姿卓绝，出手也是十分阔绰，才不小气呢。不像有的郎君，瞧着家财万贯，实则一毛不拔。郡公，您说是不是？"

萧衡面无表情。除了给不起爱，他哪里对不住裴道珠？

他反唇相讥："谢姑娘才貌双全、人品贵重，自然值得好好对待。不像有的姑娘，瞧着容色殊色举止不俗，实则爱慕虚荣好吃懒做。正所谓狗不嫌家贫，有人肯养她，她却还要嫌弃对方小气。人心不足蛇吞象，说的就是她。"

裴道珠："……"

她说一句，萧衡能还上十句！更可气的是，他竟然拐着弯骂她连狗都不如！

她咬牙切齿："郡公在说谁？"

萧衡微笑："谁对号入座，说的便是谁。"

裴道珠默了片刻，羞怒地扭过头："你们聊，我去那边买冰糖葫芦。"

她走后，陆玑轻轻笑了起来。

萧衡挑眉："笑什么？"

“只觉玄策和道珠妹妹的相处方式十分特别。明明互相嫌弃，却又吵得难舍难分，谁也插不进你们的话题里。”

萧衡轻嗤：“这种喜欢顶嘴的小妾送给你，你要不要？”

陆玑难得腹黑：“谢家世子倒是想要，你给不给？”

萧衡不悦地睨他一眼。

陆玑笑容更盛：“到底还是舍不得，是不是？”

见萧衡不语，他接着道：“道珠妹妹的口才一向了得，刚刚却说不过你，非是真的说不过，而是心里有你的缘故。玄策，你该好好珍惜她才是。”

萧衡捻着佛珠，望向裴道珠买冰糖葫芦的背影，没有说话。

白东珠站在旁边，暗暗蹙眉。这姓陆的郎君好生讨厌，别人的家事，他掺和什么？万一勾起萧郎对裴道珠的喜欢，她将来可要怎么办？

她柔柔开口：“萧郎，牡丹庙还有多远？庙里可有和尚？我记得咱们小时候在栖玄寺时，里面好多小和尚整日念经，念得我头都要大了。真怀念那时候在山里的日子，无拘无束无忧无虑，吃什么都是甜的。萧郎若是得空，可否陪我再去栖玄寺小住几日？”

陆玑不动声色。他看得出来这蜀国王妃是在跟道珠妹妹争宠，是在勾引玄策。

他问道：“玄策，你和这位白夫人小时候就认识？”

萧衡略一颔首，三言两语把幼时在栖玄寺的经历说了一遍。他讲完了，裴道珠也举着四串冰糖葫芦回来了。

她把糖葫芦分给三人：“在说什么？”

白东珠微笑：“我和萧郎青梅竹马，提起往事，忍不住多说了几句。”

她不愿在裴道珠面前提栖玄寺的事，转移话题道：“我们这就去牡丹庙吧？一直杵在这里也不是事儿。”

裴道珠挑了挑眉，懒得问他们是怎样的青梅竹马，沉默着往牡丹庙走。

陆玑却忍不住多看了裴道珠几眼。

他记得道珠妹妹幼时也曾在栖玄寺小住过……

“陆二哥哥，你发什么呆呢？”裴道珠见陆玑没有跟上来，疑惑道。

陆玑回过神，笑道：“这就来。”

他跟在裴道珠身后，眼底的疑虑一重盖过一重。他们三人幼时都曾在栖玄寺住过，如今又都住在金梁园，天底下怎会有这么巧的事？是他想多了吗？

他把疑惑藏在心头，打算回家以后再派人细查。

牡丹庙前格外热闹。

古榕树下，年轻男女成双成对，正抛起红绸，向牡丹花神祈求美好的姻缘。

“谢姐姐。”裴道珠一眼看到树下的谢南锦。

谢南锦回眸。

她今日男装出行，乌青长发披散在腰后，一袭褒衣博带的水蓝色襦袍衬得她风度翩翩，手握长笛的姿态更是气度卓然。

裴道珠在拜帖里隐晦地提起过陆玑，也说了不止一人来，因此谢南锦见到众人并不意外。

裴道珠柔声道：“让谢姐姐久等了。”

谢南锦微笑，拿扇柄挑起裴道珠的下颌，仔细端详她的脸：“早就听说成郧第一美人倾国倾城，那日金梁园初见，果然名不虚传。美人相邀，我等再久也心甘情愿。”

裴道珠被她一顿夸，闹了个脸红。

萧衡面无表情地伸手推开了谢南锦的扇柄：“阿难肌肤细嫩，经不得碰，谢姑娘自重。”

裴道珠看妖怪般看了眼萧衡。

谢南锦豪爽地笑了起来。笑罢，她看向陆玑：“听阿难说，你要见我？”

陆玑猝不及防，和她四目相对。少女明眸善睐，声音比他想象的还要动听。

他红着脸道：“那日听姑娘弹了一曲《高山流水》，只觉神魂颠倒心向往之，因此忍不住请姑娘出来说话。特意为姑娘准备了一架箜篌做见面礼，还请姑娘笑纳。”

箜篌装在金丝楠木宝箱里，被侍从们抬上。

谢南锦并不在意：“我听说过陆郎君擅长音律，还曾试图修复《广陵散》的乐谱。我对那支曲子也很感兴趣，手中还握着些残谱，倒是可以和陆郎君交流一下。”

裴道珠原以为襄王有意神女无情，不承想神女竟也是有情的。

也是，陆二哥哥出身名门，洁身自好，又在西南之战中立下战功得封尚书郎，是成郧城所有世家眼里的东床快婿。谢南锦对他有好感，实属正常。

她有心让两人独处，挽住萧衡的手臂，撒娇道：“郡公，我突然好想吃那边桥头贩卖的蒸糕，您带我去买蒸糕吧？”

萧衡：“……”

这个女人比戏子还擅长变脸。

他有心逗她："我出来得匆忙，身上未曾带银钱。"

轻笑声突然传来："郡公没钱，我有钱！我请裴姐姐吃蒸糕就是。"

裴道珠望去。

谢麟不知几时来了。

这成郯城的小霸王，发束高冠，身穿绯色窄袖锦袍，在人群中宛如鹤立鸡群，十分耀眼夺目。

他走到裴道珠面前，把新买的一盏桐油花灯递给她，笑眯眯道："我瞧别家女郎都提着花灯，所以裴姐姐也不能没有。我正好有几个碎银子，走，我领你吃蒸糕去！"

榕树下的气氛突然变得紧张起来。

裴道珠再如何心宽，也无法忽视来自背后那庞大的压迫感——萧衡阴冷的目光恨不能活吞了她和谢麟。

她提着花灯，只觉掌心发烫。

偏偏谢南锦此时还打趣道："阿麟，你给阿难买花灯，怎的不给我买？尚未娶妻就如此偏心，若是将来娶了姑娘，我可当真是一点儿地位也没有了！"

于是榕树下的气氛更加诡异了。

萧衡笑了两声，把裴道珠揽进怀里，低头注视她，柔情如水："阿难要吃蒸糕，我岂有不买的道理？只是你平日总吃甜食，我怕你生龋齿，不愿你夜间食甜，才撒谎说没带银钱。你既一定要吃，我买就是。"

裴道珠忍不住抖落一身鸡皮疙瘩。

谢麟不甘示弱："我脚程快，我去买蒸糕！裴姐姐你等我！"

他撒腿就往桥头跑。

萧衡冷笑一声，撇下裴道珠，径直追了上去。

裴道珠："……"

谢南锦看完好戏，转向陆玑："我要去牡丹庙里进香祈福，陆郎君可要与我一起？"

陆玑颔首："自然。"

他望向裴道珠，在她表示自己留在这里无妨之后，便和谢南锦进了牡丹庙。

裴道珠等他们走后，准备去桥头找萧衡和谢麟，突然意识到白东珠一直没有说过话。

她回头，发现白东珠就跟在她身后，一直盯着她手里的那盏桐油花灯，脸色有些苍白，不知在想什么。想起白东珠和谢麟在她梦里的恩怨，她忍不住暗暗握紧灯柄。

现在白东珠的注意力都在萧衡身上，她应当不会再和谢麟有瓜葛了吧？

她迟疑着收回目光。

白东珠咬住下唇。

其实她欺骗了所有人。蜀国皇帝并没有强抢她进宫，是她自己为了荣华富贵主动进宫的。皇帝对她极为宠爱，哪怕她害死了他的嫡子，他也未曾动怒。

只是……他在卧房之事上总也不能满足她。

在那个梦里，她遥遥看见战场上意气风发的谢麟，忍不住动了心。她设计掳他进宫，把他囚禁在地牢，妄图养做面首。

谢麟坚决不肯，于是她杀了他。

这辈子……

一艘艘漆红描金的画舫驶过河流，漾开灯笼倒映出的水面光影。

隔着喧闹的人群，白东珠遥遥望向桥头。

萧衡和谢麟站在蒸糕摊前，一个不动声色，一个骄傲霸道，都是她喜欢的模样。偏偏这两个郎君都和裴道珠牵扯不清。

裴道珠夺走了萧郎的爱，如今又要霸占谢麟，当真是水性杨花！

巨大的兔子宫灯游街而过。

裴道珠仰头，灯影落在她的脸上，更显得人娇艳明媚。

白东珠眼里掠过妒忌。她和裴道珠除了名字里都有“珠”字、岁数相近之外，她的出身，她的容貌，甚至她的缘分，几乎都被裴道珠碾压。

然而论才华、论心计，她并不比裴道珠差，凭什么要输给她？

白东珠捏着手帕，注意到川流不息的秦淮河，突然眸光微动。

她柔声道：“不瞒道珠妹妹，我和萧郎青梅竹马，幼时就种下了情根。‘后来者居上’这句话，在我和他之间并不适用，你可明白我的意思？”

裴道珠收回视线，歪头道：“真奇怪，姐姐既然和郡公青梅竹马情根深种，怎的他又要纳我为妾？真叫人头疼。想来郡公最听姐姐的话，姐姐得空就管管郡公，别叫他夜夜歇在我那儿。”

白东珠鼻子都要气歪了。

裴道珠说起来话来真叫人讨厌！

她冷笑：“他给你的那一丁点宠爱，就像是主人怜惜豢养的家犬，有什么得意的？如果萧郎知道你是个恶毒的女人，你猜，你会不会失宠？”

裴道珠挑眉。等她意识到什么的时候，白东珠已经猛地抓住她的手，尖叫一声，仓皇地跌落进了水里！从旁人的角度看，就像是被裴道珠推下水似的。

落水的动静惊动了附近的人。

桥头处的萧衡和谢麟也一起望过来。

白东珠在水里一边挣扎一边喊：“我不过是想与你说说话，你为何要推我。道珠妹妹，我究竟哪里对不住你，叫你这么恨我？”

她不识水性，眼见着就要沉进水底。

正月里的水冰冷刺骨，一般人并不敢下水，只焦急地站在岸边围观。

谢麟饶有兴味地瞥向萧衡：“青梅竹马落水了，你还不去救她？”

萧衡接过摊贩递来的蒸糕，闻了闻蒸糕的米香味，轻嗤：“谁告诉你我与她是青梅竹马？那种女人，谁爱救谁救。”

裴家的小骗子虽然爱慕虚荣，但心地绝不恶毒，做不出推人下水的事。

白东珠这是在演苦肉计呢。

昔年那个纯洁乖巧的小女郎怎么变成了如今模样？

谢麟万万没料到萧衡冷漠至此。那个蜀国女人呛了几大口水，已是喊不出话。她大约没想到没人救她，双手拼命而绝望地拍打水面，眼看着就要沉入水底。

谢家家训为仁，绝不可见死不救。

他轻轻发出一声叹息：“萧郡公，你可要欠我人情了。”

谢麟脱下外袍，纵身一跃，足尖点在水面上，他抓住白东珠的衣领，一提，便把她提到了岸边。

他把白东珠丢在地上，接过随从递来的外袍，睨向她：“你自己跳进水里，却冤枉是裴姐姐推你，实在可恶。只是正月间，我见不得血，勉强救你一命。你再敢栽赃裴姐姐，下次我可不会再救你！”

白东珠瘫坐在地，瑟瑟发抖，脸色苍白得可怕。她慢慢抬头，望向桥头站着的郎君。

原本，她是指望萧衡救她的。

可萧衡此时却提着一笼蒸糕，神情漫不经心。青梅竹马落水，他却能安静地置之不理，甚至还有心情继续买蒸糕，仿佛她的命跟他毫无关系。

这世上怎么会有这么薄情的人？

这么薄情的人，究竟是怎样爱上裴道珠的？又是怎样做到一生未曾娶妻生子，年年为她供奉江南四百八十四座长明灯的？

白东珠狠狠打了个喷嚏，却觉河水不及萧衡的心来得更冷。

裴道珠匆匆穿过人群，瞧见狼狈的白东珠，沉声道：“你自己落水，为何赖在我头上！”

白东珠咬了咬牙，决心栽赃到底。她哭嚎：“大冬天的，我不要命了自己跳到水里吗？你敢做却不敢认？！”

人群挤挤挨挨，围观的人蹙起眉头，开始对裴道珠指指点点，言语之间不乏“恶毒”这种字眼。

裴道珠知道一切发生得太快，谁也不能为她的清白作证。

她沉默半晌，渐渐红了眼睛，哽咽道：“姐姐是蜀国王妃，自打你住进金梁园，我便好吃好喝地招待你。你自称和郡公青梅竹马两小无猜，叫我滚远些，我也不敢说什么……可你为了夺走郡公，竟然如此陷害我……”

众人一愣，再望向白东珠时，眼神不禁变了味道。

在白东珠愕然的眼神里，裴道珠抬袖掩面：“罢了，我死了就是！我死了，才能成全姐姐和郡公！”

她说完，便往秦淮河里跳。

“裴姐姐！”谢麟想要阻止，指尖却只堪堪擦过她的袖角。

裴道珠今夜穿了一袭牙白色的宽袖织花罗襦裙，用白绸绑着长长的发尾，她纵身一跃间，水面倒映着花灯的光影，她的身影擦掠其中，犹如一只白鹤。

桥头之上，萧衡眼看她要落进水里，心脏莫名生疼，脑海中涌出许多画面。

北国覆灭，作为最大的功臣，他什么战利品也不要，只向朝廷讨要了北国皇妃裴道珠。

他把她偷偷养在成郫城一处小宅子里，隐瞒了她的双亲和妹妹都已离世的噩耗，既不许她擅自出门，也不许她去见故人。

她没了十年青春，也毁去了所有名声，余生便只能依靠他。他想着，如果他们有个孩子，将来她得知家破人亡的噩耗后或许能坚强地撑下去。

可是很快就有人泄露了她藏身那处私宅的消息。各种诅咒谩骂如潮水般袭来，而她处在海潮的中心沉沉浮浮，挣扎不得，摆脱不得。

他想带她走，带她远离这个是非之地，可还没等他计划好，她就偷偷跑了出去。

她从屠夫那里得知了家破人亡噩耗。

他找到她的时候，她正脆弱无助地被百姓怒骂殴打，眼底的仓皇和绝望令他心如刀割。

他带她回了家，可她却不吃不喝，坚持为双亲和妹妹抄写经书。

他以为她会在抄完经书以后重新振作起来，可是在那个下着大雪的除夕夜，他去找她吃年夜饭时，她不见踪影。木屐脚印从后门一直通向秦淮河，河边是她丢下的木屐和灯笼。

她的尸体被打捞上来后，他抱着她，想不明白究竟是怎样的绝望，才驱使她选择自尽。

他抱着她在雪地里慢慢前行，可前方如此黑暗，他不知道该去何方。

第13章

现实和梦境相混淆。

萧衡脑海中出现的零碎记忆宛如一片片破碎的明镜，折射出一场不为人知的过往，像是三千世界里最隐秘的那一个。

他丢下蒸糕，飞掠至河面，抱起即将落水的裴道珠，稳稳落在桥头。

他紧紧抱住她，仿佛恨不能把她揉进他的心里。他声音有些嘶哑：“阿难……”

秦淮河畔水面荡漾，花灯光影错乱，像是错乱了前世今生。

萧衡的心彻底乱了。

汹涌澎湃的情绪彻底淹没了他，仿佛再不抱紧怀中的姑娘，她仍旧会像梦境里出现的画面那样，再度消逝在寒冷刺骨的秦淮河里。

他对她所有的嫌弃和厌恶顷刻间荡然无存，只余下劫后余生的庆幸和欢喜。

她还活着……这就很好。

裴道珠没料到萧衡会救她，此时埋首在他怀里，快要呼吸不过来。

这个男人居然比她还要擅长演戏，不知道的还以为他有多深情呢！

她费力挣开了萧衡，整理起衣裙鬓发，仰起头小声骂道：“你发什么疯？落水的青梅竹马不管，却抱着我不放……萧郡公，你我之间可没什么感情，收起你惺惺作态的那一套！”

说罢，她后退几步，突然掩面哭泣：“郡公救我作甚？不如让我死在河里，也算成全了您和白姐姐！”

美人落泪，我见犹怜。

一时之间，四周的风评悄然发生了变化。

有人道：“裴姑娘都要以死明志了，可见冰清玉洁风流高尚，绝没有害人之心！河边人多，那位姑娘怕是被路人不慎撞了一下才落水的呢！”

“可不是？这河边都是青苔，淤泥上又结了一层冰，她脚下打滑不慎落水也是很有可能的，怎么能赖在裴姑娘头上呢？”

“郡公和裴姑娘郎才女貌，登对非常，那落水的姑娘没有裴姑娘好看，怕是出于嫉妒才陷害裴姑娘！”

……

急转直下的风评把白东珠推到了风口浪尖。她万万没想到，裴道珠还有这本事！

寒风一吹，她更是冷得瑟瑟发抖，原本娇美的脸青紫交加，嘴唇轻颤完全说不出话。

她勉强站起身，想要解释：“不，不是这样的……是裴道珠，是她——”

“送白夫人回金梁园。”

萧衡打断了她的话。

白东珠不可思议地望向萧衡：“萧郎！连你也不信我？！你忘了儿时你是怎么宠我的吗？你怎能不为我做主——”

直到被侍卫拖走，她仍旧叫嚷着挣扎不休。

看热闹的人们散了。

“裴姐姐，你又受委屈了！”谢麟看了眼萧衡，“有的人三妻四妾，一颗心要掰成无数块，分给姐姐的宠爱自然就少了，后院里全是乌烟瘴气的恶心事儿。我只会心疼姐姐，若是将来娶了像姐姐这般美好的姑娘，定然舍不得让姐姐受半点委屈！”

萧衡面色冷漠。

他还没来得及跟裴道珠说话，这货又凑了上来。当真煞风景。

偏偏谢麟还没表现够，又殷勤道：“裴姐姐，我知道有家铺子的蒸糕比桥头那家还要好吃，我带你去尝尝？”

裴道珠敢在小事上和萧衡对着干，但在对待谢麟一事上却不敢太过分，她试探性地瞥向萧衡。

萧衡勾唇一笑，摘下黑裘大氅，裹在裴道珠的肩头，然后把她揽进怀里，睨向谢麟：“别姐姐长姐姐短的，谢麟，你面前站着的是我的女人，再让我看见你亲近她，我就打断你的手。”

到底是驰骋过战场的男人，他的气场足以震慑住所有人。

不等谢麟说话，他拥着裴道珠，寒着脸转身离去。

裴道珠忍不住回头。

谢麟孤零零站在花灯下，紧紧捏着拳头，与四周的热闹格格不入。

她想用唇语说点什么，却被萧衡霸道地扳回了视线："不准回头，不准看他。"

裴道珠嗤笑："不知道的还以为郡公在吃醋呢。"

萧衡看向她手上提着的桐油花灯。

她跳水时把它丢在了岸边，几时捡回来的？几个铜板的破灯笼，还当个宝贝似的提在手里，瞧着碍眼。

他拿过灯笼自己提着："若是吃醋，又当如何？"

裴道珠忍不住又看他一眼，萧衡的眼里的情绪晦暗如海。她清楚地意识到面前的郎君不是她可以轻易掌控的。

不能心动，心动会输……

她收回视线，微笑道："郡公何故拿我开玩笑？你只在乎国仇家恨，能青史留名，却绝不会爱上一个女人，又何谈吃醋？"

绝不会爱上一个女人……

那场梦境里，失去裴道珠时刻骨铭心的痛苦，萧衡仍旧记得。

那就是爱上一个人的滋味吧？

他再度凝视裴道珠。少女的脸洁白通透，眼里藏满倔强，脊背挺直如竹。注意到了他的视线后，她扭过头，不愿看他。

萧衡突然想起他们吵架那一天，她不经意暴露了藏在心底的爱慕。

她是那么要面子的人，家道中落让她更加敏感多疑。没有得到同等的回应，她就不肯再向他表露丝毫好感。她把她的心藏了起来，然后挥舞起娇弱的羽翼，妄图与他抗争到底，求一场公平。

天空不知不觉飘落细雪。晶莹的雪花落在少女的眉梢眼角，她仰头，眼神清润干净，除了倔强，还带着烂漫天真。

萧衡忽然伸出手覆在她的脑袋上。

裴道珠一个激灵，立刻躲开。

萧衡并不在意，反而顺势牵紧了她的手。

裴道珠不悦，瞪他："你作甚？"

一片细雪落在她的唇角。

萧衡俯首，轻轻吻去她唇角的雪花。

许是被梦境影响，许是这一年来斗智斗勇的交锋，他发现他似乎有点喜欢上裴家的小骗子了……

裴道珠的瞳孔猛然放大，懵懂过后，她咬牙切齿："你——"

萧衡薄唇轻启，认真地抵在她的耳畔：“这一刻，我在想你。”

裴道珠的双颊迅速升温滚烫，不必照镜子，她也知道自己现在必定脸红得无法见人。

她挣开萧衡的手，不敢直视他的眼睛，转头快步走远。

萧衡笑了笑，抬步跟上。

成邺城今夜没有宵禁。

萧衡见裴道珠没有回府的意思，便也陪着她安静地在河边散步。

寒风吹散了那些若有似无的旖旎暧昧，裴道珠逐渐冷静下来，脑海中不可避免地想起了白东珠。

她记得那场梦境里，白东珠并没有帮助萧衡拿下蜀国，更没有什么青梅竹马的说法。是什么让她改变了态度，不远千里跟随萧衡回到成邺，用尽手段也要待在他身边？

就好像……她早已知道萧衡将来会有锦绣的前程。

莫非进入那场梦境的不止她一个，还有白东珠？

或许，她该找个机会试探白东珠一番。

…………

金梁园，东南角绣楼。

白东珠被侍卫关在屋里，拼命拍打着屋门，却得不到半点儿回应。

她崩溃大哭，嘴里却咒骂不停：“贱人，你嫉妒我和萧郎青梅竹马，对他百般勾搭！活该你上辈子不得好死，你这辈子最好也不得好死！”

心腹侍女被她的模样吓了一跳，赶忙招呼其他侍女，扶她去沐浴更衣。

热气氤氲。

白东珠趴在浴桶边缘，表情仍旧狰狞扭曲：“本宫在蜀国时，何曾受过这种委屈？若是在蜀国，裴道珠给本宫提鞋都不配！她怎么敢跟本宫争？！”

侍女垂着眼帘，小心翼翼地服侍她，低声下气道：“感情之事，最忌讳操之过急。娘娘才刚到萧郡公身边，何必急于一时之争？娘娘和郡公有感情基础，那是谁也比不上的，假以时日，等郡公真正了解了娘娘，自然就会爱上娘娘。”

白东珠轻哼一声，揉了揉额角：“等我成了郡公夫人，第一件事就是把这贱人送走！最好送给一个又老又丑的男人，看她如何猖狂！”

她说完，愣了一下。

在那个梦里，裴道珠是被南国朝廷送去北方和亲了。算算时间，大约就是明年。如今南国吞并了蜀国，国力大大增强，未必需要再和亲。裴道珠或许会一直留在成邺。

如果她放出风声，说南朝有个倾国倾城的大美人，北国皇太子会不会主动向朝廷索要裴道珠？到时候，南朝为了避免战争，定然会勒令萧衡放人，裴道珠便会重蹈覆辙。

思及此，她大笑出声，兴奋地匆匆起身："准备笔墨纸砚，寻一位画师来！"

…………

过了上元节，裴道珠还是不怎么搭理萧衡。而萧衡忙于朝堂政事，来后院的次数也并不多。

今日休沐，他想起她，特意命人准备了一笼她爱吃的花糕，亲自提着给她送了去。

裴道珠正在对镜梳妆。

他把食盒放在案上，行至她身侧，扫了眼妆镜台前的胭脂水粉。

瓶瓶罐罐太多，他分不清，然而他仍旧很有兴致，指着一个瓷盒问道："这是什么？"

裴道珠戴上明珠耳铛，瞥了眼他指的东西："描眉用的粉黛。"

萧衡挑眉，打开瓷盒："我替你描眉。"

裴道珠按住他的手："我已经描过眉了。"

萧衡不肯放弃，自顾拿起瓷盒："瞧着淡了，我再替你画深些。"

屋檐底下有两道偷偷摸摸的人影，一个是萧衡的随从问柳，一个是端着茶点不敢进屋的枕星。

问柳小声赞叹："窗下画眉……我家主子似那中天之月，云雾散去，便露出了真心！"

枕星拧巴着小脸，见九爷为女郎画眉，心里提着一口气。

她知晓女郎在妆面上有多计较，她只信她自己的手法，甚至连专业的妆娘都会被她嫌弃。九爷运筹帷幄当属第一，可是给女子描眉……

两人不敢打搅屋里人，做贼似的溜走了。

屋内。

萧衡用指腹托着裴道珠的下颌，认真地为她描着眉。

少女紧紧闭着双眼，睫毛忍不住轻颤，低声叮嘱："你……你轻些描，别描得太重。"

萧衡笑："你在看不起谁？"给女人画两道眉毛有什么难的？

不知过了多久，裴道珠问："画好没有？"

萧衡迟迟没有接话。

他放下粉黛盒，蹭了下鼻尖："我突然想起还有事没处理完，晚上再来看你。"

他脚底抹油，试图溜之大吉。

裴道珠自由之后，立刻瞥向镜面。

镜中人雪肤红唇，只两道眉毛一高一低，一粗一细，黑得宛如炭灰，眉尾都要飞进鬓角了！

她立刻红了眼，拉住萧衡的袖角："萧衡！你赔我眉毛！"

"洗掉重画不就好了？"

"你说得轻巧，我整个妆容都要洗掉重画！"裴道珠气急败坏，拿起桃花木梳，砸在了萧衡脸上。

桃花木梳掉落在地。

裴道珠愣了。

她竟然打了萧衡……

她立刻心虚地提起裙裾逃到屏风后。

萧衡捡起木梳，走到屏风后，见少女背对着他坐在西窗下，满头青丝铺散在地，宛如丝绸般顺滑。

他走近了，在她身边坐下，轻轻拢起一捧她的长发，用桃花木梳慢慢梳理着："我又不生气，你慌什么？"

裴道珠回头看了他一眼。

上元节过后，萧衡就变得怪怪的，怕是又想出了什么主意叫她出丑。

她不肯搭理他，低头整理衣裙。

萧衡一边为她梳头，一边道："军营那边也该忙起来了。我这几日会宿在军营，你不必等我。"

裴道珠小声："我从未等过你。"

萧衡挑眉，靠近她耳畔："我听枕星说，你卧房的灯每夜都会点到很晚，你在等谁？"

裴道珠瞳孔微缩。

不等她否认，萧衡握住她的手："上元节后，金梁园的客人没有以往多。我已经命人去接你的两个幼妹来园中小住。"

裴道珠怔怔望向他。

因为是妾，娘家即使在逢年过节时也没有登门拜访的道理。她只能在正月时偷偷回家探望双亲。

没想到萧衡竟然肯让妹妹们来园中小住……

她迟疑开口：“你——”

萧衡突然亲了一下她的脸。

裴道珠彻底傻了。

郎君近在咫尺的容貌俊美深邃，他褒衣博带，身上氤氲着兰汀草香，是江南士子才有的风流。

裴道珠双颊迅速浮上绯红，别扭地挪开视线：“我才不会谢你……”

萧衡却不在意她的话，一手撑着竹木地板，一手揽住她的腰肢，俯首轻嗅她的脖颈，像是沉溺在她的香味里。

上元节那夜的零碎片段令他仿佛看见了黑暗的未来。他后来辗转梦回，总能梦见裴道珠被他锁在深闺哭泣的模样。那么倔强的女子，竟也能放下身段小心翼翼地讨好他，求他为她正名。

她被他禁锢在身边，在他身下婉转承欢。他曾试着温柔待她，可更多的却是发泄他失去她的那十年。

他亲手把她送到敌人的帐中，却又怨她的不忠。他多么卑劣！

而现在，她未曾远嫁，只属于他。

萧衡喉结微动，眼眸越发深沉。

宽松的罗襦裙散落在地，只余下香妃色的亵衣。

萧衡轻抚她的脸，试图让她平静。

他喜欢她，他想得到她。他不会让她远嫁，不让她再受委屈。

他放软了语气：“可以吗？”

当然不可以！

裴道珠恼羞成怒，正要推开他，珠帘外传来稚嫩的女童声——

“阿姐、阿姐！”

随着珠帘相撞，裴桃夭和裴子衿欢快地跑了进来。

“萧衡！”裴道珠急了。

自己衣冠不整的模样给妹妹们瞧见像什么话？

萧衡匆匆给她穿上衣裙，还没来得及整理，两个小姑娘已经欢欢喜喜地跑进了屏风后。瞧见地板上的两人，她们愣了愣。

裴道珠窘迫得恨不能钻进地底，她狠狠瞪了一眼萧衡，手忙脚乱地收拾自己。

萧衡挑了挑眉，起身带两个小家伙去了外面。

等裴道珠重新梳妆穿戴妥当出来时，萧衡正带着两个幼妹站在游廊里辨认园中草木。

两个小家伙对草木并不感兴趣，她们只专注地瞅着萧衡。

裴桃夭年纪最小，胆子却最大，奶声奶气道："郡公大人，您刚刚是不是欺负我阿姐了？我阿姐眼睛都红了，定然是觉得委屈！"

萧衡轻笑道："那不叫欺负，那叫闺房之乐。"

这混蛋在乱教些什么？！裴道珠恨不能掐死萧衡。

萧衡折了两枝梅花，递给两个小家伙："另外，不必叫我郡公，称呼姐夫就好。"

两个小家伙对视一眼。

裴子衿老实，小心翼翼道："郡公大人，我们阿娘说，阿姐出嫁为妾，不可称呼您为姐夫。阿娘要我们牢记规矩，不得在园中放肆，否则会被撵出去的……"

裴道珠靠着廊角圆柱，看向那道颀长如玉的身影。

也不知怎的，她心脏似乎比平常跳得更快一些。似乎在期待什么……

萧衡捻着廊外横生的梅花枝杈，不知在想什么，并没有说话。

半晌，他笑着弹了下裴子衿的脑门："人小鬼大。走，我领你们吃好吃的去。"

他带着两个女童渐行渐远。

梅花瓣飘落在地，余下浅浅的香。

裴道珠慢慢收回视线，自嘲地弯了弯嘴角。

脑海中突然想起白东珠说过的那句话——他给你的那一丁点宠爱，就像是主人怜惜豢养的家犬，有什么可得意的？

她在期待什么呢？她不过是他闲暇时拿来消遣的玩意儿罢了。

一切不过是妄想。

裴道珠深深呼吸，转身离开了游廊。

…………

萧衡果然开始忙于处理军务，这几日并没有歇在金梁园。

裴道珠带着两个妹妹玩了几日，才送她们回家。

返程时，她的马车刚从乌衣巷出来就碰见了陆家的马车。

陆玑掀开车帘，温和笑道："巧得很，竟遇上道珠妹妹了，妹妹这是去哪儿？"

裴道珠说了来意后，见陆玑满面春风，关切道："陆二哥哥和谢姑娘相处得可还好？"

听她提起谢南锦，陆玑笑容更盛："前日落雪，她说该是今春最后一场雪，想看山中雪景，昨日便去了城郊别墅小住。才一日不见，我就开始想她，道珠妹妹可否陪我一起去见她？"

裴道珠也想看看山中雪景。

昔年她和玄策哥哥交好时，也曾花前月下赏玩山水。可是自打嫁给萧衡，她已经足足一年未曾涉足山水风光。

萧衡从未陪过她。

反正萧衡这些天也不在金梁园，她去哪里都没人管。思及此，她柔声道："左右闲着，一起赏雪也好。"

到了城郊，两人舍弃了马车，坐船前往谢家的山庄别墅。

天色已经黑了，几只暮鸦掠过溪流，乌篷船稳稳地行驶在水面上，悬挂在船上的青纱灯朦胧照亮了水面。

裴道珠坐在船舷上，触目所及都是旷达，被萧衡惹出的郁闷情绪似乎一扫而空。

不知萧衡喜不喜欢山水风景，他毕竟是功利心那么强的人……

"道珠妹妹。"陆玑兴致颇好，拿着一小壶酒过来，递给裴道珠一只青瓷小酒碗，"这是去年冬日我亲手酿的梅花酒，我打算给阿锦送去。你帮我尝尝味道好不好？"

他给自己和裴道珠斟上酒。

裴道珠尝了一口，酒液绵甜，透着丝丝清冽。

她莞尔："陆二哥哥，喜欢一个人是什么样的感觉？"

陆玑认真思索片刻，晃了晃小酒碗，反问她："道珠妹妹赏着雪景，可有想起什么人？"

裴道珠怔住。

她想的人是萧衡……

陆玑笑道："就像我酿了一坛梅花酒，最想分享的人就是我喜欢的人。你看见绝美的风景，听见有趣的故事，最想分享的那个人也一定是你喜欢的人。"

小船徐徐行驶。

裴道珠沉默着，心脏的某个位置蔓延出细细密密的疼痛。

她喜欢萧衡?

他那个人霸道又自负，还睚眦必报，他强掳她为妾，叫她受尽委屈。

他有什么好?

可是……因为是自己喜欢的人，所以他哪怕对自己万般不好，也仍旧无法把目光从他身上移开，也仍旧止不住地为他心动。

原来再精明的人也会为情所困。人的感情，真是世间最奇怪的东西。

裴道珠红着眼，仰头饮下一碗酒。

陆玑意识到什么，迟疑道："道珠妹妹……"

裴道珠伏在他怀中，悄悄流下不甘心的眼泪。

一直以来，她都试图把萧衡当作玄策哥哥的替身，没想到，陷进去的竟然是自己。

陆玑轻叹，提议："今夜山中雪景很美，该与妹妹一醉方休才好，我这就叫人把那坛梅花酒搬来。"

大醉一场，是不是就没那么难受了?

轻舟抵达谢家别墅时，裴道珠已然醉卧船头。

朦胧中，她听见了箜篌声。

乐音回荡在山野之间，如昆山玉碎，空灵轻盈。

船尾竹笛声随之响起，仍旧是那曲熟悉的《高山流水》。

直到一曲终了，她才醉醺醺地睁开眼，问道："陆二哥哥为何不进去见她？"

陆玑轻抚竹笛，温润如玉的面庞上透着满足："她的箜篌声里藏着眷恋，我知她想我，她也知道我在想她。想倾诉的已经倾诉了，又何必见面？"

裴道珠一时无言。

陆二哥哥百般折腾来到城郊，连谢姑娘的面都不见就要回去了？！这两人是上演一出心有灵犀的好戏吗!

以后他们若是成亲，也不必在房间亲热，隔着围墙弹两首曲子，便算是亲热过了!

她揉了揉额角，撑着船板坐到船舷上："来都来了，更何况那坛梅花酿都还没送出去呢——"

她感觉自己头重脚轻，竟直直地往后栽，"扑通"一声掉进了水里!

陆玑不会凫水，吓得赶紧让随从下水捞人。然而大冷天的，随从还没下水就开始腿腹抽筋，压根儿帮不上忙。

裴道珠倒是会凫水，只是她喝了酒，手脚根本使不上力。

陆玑忙叫随从去谢家别墅请人帮忙。

溪水看似清澈，实则又深又急。裴道珠重重呛了几口水，还没想办法自救，就被暗流袭裹着，额头重重撞到一处暗石上。

她失去了所有意识，随水流卷入下游。

……

再醒过来时，她头痛欲裂。

她发现自己躺在一棵树下，身上裹着一件宽松温暖的大氅，身边是烧得很旺的火堆，自己的衣物已经烤干了。

火堆上架着一个破铁罐子，罐子里煮着什么，正散发出浓烈的苦味。

“裴姐姐，你醒了！”

裴道珠抬起头。

谢麟穿着单薄的窄袖劲装，面庞上尽是担忧。

见她怔神，他笑道：“你不慎落水，陆家兄长救不了你，就向别墅里的人求救。我不敢耽搁，带着人在水里搜，可算在下游找到你了！你可有受伤？”

裴道珠轻轻摇头。

她心底对这个少年又多几分感激。该是怎样的勇气，才能让他冒着刺骨的寒冷亲自下水救她？

她迟疑道：“承了你这么大的情，不知怎样才能报答——”

谢麟食指抵在少女唇前，弯起漂亮的桃花眼：“‘报答’二字太过见外，我只要姐姐喜欢我一点，再喜欢我一点，我就心满意足。”

火光映照着少女的面庞，她比庙里的神女还要美。他喜欢得不得了。

裴道珠提醒：“我已是萧衡的人。”

谢麟笑了。他用木棍拨弄着火堆，恶声恶气道：“我这个人就喜欢惦记别人的东西。郡公又怎样？他能立下赫赫军功，我将来也能。裴姐姐，我不比他差的。”

裴道珠一时无言，只能收回视线，专注地盯着火光。

谢麟拿起一节竹筒，从铁罐里舀了些煮沸的药汁：“但我喜欢你不该成为你的负担。我只是想告诉你，有一个人是真心实意想对你好的。草药煮好了，你快喝了，免得染上风寒又叫人心疼。”

裴道珠接过竹筒，小口小口地喝起药来。

远处，一支乌篷船静静停在湖面上，白东珠穿着雪白狐裘，正朝火堆方向悄悄张望。

她一直派人暗中监视裴道珠，不承想她竟然跟别的郎君偷偷出了城，她便亲自跟来看看。

美人落水，英雄救美，荒郊野岭，孤男寡女……想不发生点什么都不可能！

白东珠想着谢麟的容姿，难以自抑地咽了咽口水。

她定了定心神，冷笑道："霸占萧郎还不够，如今又勾搭谢家世子，等我回家告诉萧郎，有你好果子吃！"

乌篷船悄悄掉了个头，走了。

火堆边，谢麟等裴道珠喝完汤药，亲自送她回金梁园。

月悬中天，山川皎然。

陆玑得知裴道珠安然无恙后，松了一口气。

谢南锦怀抱箜篌，惋惜道："我再没见过比阿难更貌美的姑娘，只是家境贫寒，那份美貌就未必是福气。"

陆玑深以为然。

两人闲谈时，一道身影现身山巅。阴影笼住了她的容貌，只依稀可见华服高冠。

她静静地俯瞰着谢家别墅，漂亮白皙的指尖轻轻捻着一朵白山茶。

一个嘶哑的声音在她身后响起："本打算今夜动手，却被陆玑和裴道珠的到访打断了计划……"

女子丢下白山茶，优雅转身，沿着古旧的青石台阶朝山下走去："早晚而已。"

…………

黎明时分，谢麟把裴道珠送到了金梁园门口。

园子里静悄悄的。

裴道珠怕吵醒枕星，在廊下踢掉木屐，挽着裙裾轻手轻脚地进了屋，却见室中燃着一盏烛。

白衣胜雪的郎君端坐在书案后，正漫不经心地翻看文书。

萧衡这几日不是歇在军营吗？今儿竟然回来了？

萧衡眉间都是阴郁。

裴道珠刚刚经历了一场生死攸关的祸事，已是放下许多，站在屏风边淡淡开口："你在我房中作甚？"

萧衡抬起眼帘。

裴道珠娉娉婷婷，解开身上的暗紫色的狐毛大氅，挂在木施上。

那是谢麟的大氅。

他想着白东珠告的状，心底涌出不知名的酸，责问道："彻夜未归，你去哪儿了？"

裴道珠回眸："我去哪儿与郡公何干？"

她神情冷淡，那双总带笑的丹凤眼也是冷的。

萧衡合上文书，起身走到木施边，拽下那件大氅在手里掂量："有人说，你和谢麟在荒郊野岭私会。我原是不信，如今却是信了。这大氅是谢麟的吧？"

"信又如何，不信又如何？私会如何，非私会又如何？"裴道珠仰起脸直视萧衡，"既然郡公认定我不忠，不妨直接休了我。放我离去，也算给彼此一个痛快。"

这个女人……怎么能这么薄情？！

萧衡紧紧攥着斗篷，手背青筋暴起。

裴道珠敏锐地察觉到了危险，转身："我要就寝了，郡公请出去吧。"

"整个金梁园都是我的地盘，我出哪儿去？"

萧衡盯着她清瘦窈窕的背影。

白东珠的描述，他不全信。可她回来时甚至还穿着谢麟的大氅，身上全是陌生男人的气味，要他相信他俩什么也没发生，他做不到。

他脑海里浮现着一些不堪入目的画面，浓烈的不甘心涌上心头。

他冷笑一声，口不择言起来："初遇那日，你我尚不相识，你就敢对我投怀送抱。裴道珠，这世上还有哪个郎君是你不敢勾搭的？水性杨花，不过如此！"

"水性杨花？！"裴道珠猛然转身，不可思议地盯着萧衡，"我在城郊落水，谢麟舍身相救，我们清清白白，你却骂我水性杨花？那你又是什么东西？天底下那些三妻四妾的男人又是什么东西？！许你们三妻四妾，见异思迁，就不许我们水性杨花？郎君多情叫风流，女人多情一点，凭什么就是水性杨花呢？！"

萧衡微怔。

落水？白东珠只说他们二人在火堆边衣衫不整，你侬我侬，只字未提落水的事。

他刚想问她是否受伤，裴道珠已经又气愤又委屈地指着房门：“滚出去！”

萧衡沉默半晌，老老实实地滚了出去。

房间隔扇在他身后重重合上。

他站在屋檐下，揉了揉眉心。

隔扇忽然又开了。

他惊喜转身：“裴道珠——”

白玉芯的枕头被狠狠丢在他怀里。

那是他的枕头。

他还没看清裴道珠的表情，隔扇又关上了。

萧衡抱着枕头站在屋檐下，想道歉却又拉不下脸。

他毕竟是一家之主，怎么能主动低头？他这辈子还没向谁低过头呢。

可是吵架也并非他所愿。他正琢磨该说点什么，周围忽然亮堂了一些。

他这才注意到，游廊里站满了被他们吵醒的侍女，她们擎着烛台和灯盏，好奇地观望着。

堂堂郡公抱着枕头被小妾撵出房间，怕是建朝以来头一遭。

萧衡绷着脸叩了叩门，厉声喊话：“纵然我冤枉了你，可你对我大吼大叫还对我摔门，裴道珠，你以后就老老实实禁足在金梁园，不准出去见任何人！”

回答他的，是另一个枕头狠狠砸在门上的声音。

萧衡下意识后退半步，没敢再放狠话，寒着脸快步离开。

他来到书房，房中灯盏明亮。

裹着雪白狐裘的少妇，容貌如花蛇般艳丽，耳尖佩戴着蜀地特有的蛇形青玉耳坠，正是白东珠。

瞧见萧衡进来，她期待地站起身：“郡公可是跟裴道珠对质过了？您打算如何处置她？”

萧衡不语，冷淡地拂袖落座。她连忙殷勤地上前斟茶，偷偷观察萧衡。

萧衡姿容绝代，本该是如佛子般完美无瑕，偏偏眉眼间却都是血腥戾气。

她坐到萧衡身边，试着倚靠在他手臂旁，柔声道：“道珠妹妹毕竟年幼，一时不懂事也是有的。萧郎莫要动怒，看在妾身的面子上，暂且饶过她吧？若是下次再犯，数罪并罚也不迟。”

纤纤玉指端起茶盏，温柔地把茶盏送到萧衡唇边。

萧衡淡漠地推开茶盏，挑起白东珠的下颌。

白东珠羞怯不已："可是妾身脸上有东西，叫萧郎一直盯着妾身？怪害臊的……"

萧衡微笑："我突然发现，你有个旁人没有的优点。"

白东珠抿了抿朱唇："是妾身比旁人更加善解人意吗？"

萧衡笑意更盛，倾身凑到她耳畔，一字一顿道："是更加厚脸皮。"

顷刻之间，白东珠浑身的血仿佛都涌上了头！

她难以置信地看着萧衡："萧郎？！"

萧衡已经没有心思应付她，示意侍从把她拖走："幼时以为的神仙中人，原来也不过是庸脂俗粉，叫人失望。白东珠，别叫我再看见你。"

任凭白东珠如何打滚撒泼，侍从还是把她拖了出去。

书房寂静。

萧衡翻看着文书，却发现根本看不进去。一想起裴道珠，他就心浮气躁。

他满脸戾气地起身："回军营。"

之后一连半个月，萧衡都歇在军营。

裴道珠乐得清闲，整日翻看宝屏斋送来的账本，数着近日又赚了多少银钱，只觉日子十分快活。

另一边，谢家城郊别墅。

陆玑吃惊道："当真打听清楚了？白东珠从未去过栖玄寺？"

陆家广结善缘，长年向各大寺庙捐赠香火钱，和各位住持都有些交情，因此想查栖玄庙的事颇为容易。

萧衡幼时在栖玄寺居住，几乎是庙里人憎狗厌的存在。后来下了山，他总装模作样地挽一串佛珠，以佛门子弟自居，可干的却不是吃斋念佛的事，因此被不少僧人暗暗诟病。所以萧衡派人去栖玄寺里查，那些僧人便纷纷装聋作哑。

十多年前栖玄寺里的事，也只有陆家才查得明白。

侍从取出一本泛黄发脆的名册，恭敬地呈给陆玑："每年去栖玄寺小住的贵客，寺里都有登记。这是当年的名册，白夫人的名字不在上面，倒是裴姑娘的名字在上面。"

陆玑盯着那页记录，久久无言。

谢南锦立刻猜出其中原委："当年和萧郡公在栖玄寺相识的小女郎是阿难，白东珠是冒名顶替的，借此谋求荣华富贵。"

陆玑神情凝重地合上名册："我这就去告诉玄策。"

谢南锦目送他离开后，瞥向屏风："如果他们是青梅竹马，那你越发没有机会了……可要我去阻止陆郎？"

屏风后走出一位修长如玉的少年郎，潇洒轻笑："阿姊把我当成什么人了？萧衡诡计多端不择手段，我谢麟却不是那种人。喜欢一个人，就大大方方地喜欢，若是用上卑鄙伎俩，那还叫喜欢吗？"

谢南锦抬手轻抚弟弟的肩膀。

谢麟饮了半盏茶，又道："谢家家风端正，我虽顽劣，却也对得起天地君亲师。裴姐姐毕竟是萧衡的人，我再惦记她，在他们没有分道扬镳之前也不敢逾越。阿姊，我们谢家人不都是如此吗？谢家人仰不愧于天，俯不怍于人，对得起家国，对得起任何人。"

谢南锦垂下眼帘，替他添茶。

谢家对得起任何人吗？

她脑海中浮现出数年前的一些记忆画面。

年幼的她难得在午睡中途醒来，瞧见阿娘屏退了所有婢女，独自提着装满香烛纸钱的花篮去了花园。她觉着好玩，便调皮地偷偷跟了上去。

阿娘越走越偏，最后去了祖宅最深处的一座小小的祠堂，在里面待了很久。

等阿娘走后，她进了小祠堂，里面供奉着一座牌位。她那时已经识得几个字，认出牌位上篆刻的字是"建安公主王语茶"。

她从未听说皇室里面有一位建安公主，她也不明白为什么阿娘要祭奠这位从未存在过的公主。

她懵懵懂懂地走出祠堂，却见阿娘去而复返，眼神复杂地看着她。

她被阿娘凝重的表情吓哭了。

阿娘抱住她哄着，可任凭她如何询问，阿娘也不肯说出那位公主是谁，最后只说那位公主是谢家和所有世家都对不起的人，是整个南朝最不能提及的禁忌。

等她长大些，想起这件事，翻看了所有历史记载，却仍旧找不到关于这个建安公主的蛛丝马迹。

"阿姊？"

谢南锦被谢麟唤回了神，将一缕碎发别到耳后，柔声道："在外游学久了，对人情世故不怎么了解。这次回来我也不打算再出门，你跟我说说这些年各大世家的事吧。"

"大事倒也没有，那些世家还是老样子。不过去年崔家和薛家的嫡女莫名其妙被人暗杀——”谢麟正要细讲那几桩凶案，一名侍女匆匆进来。

侍女呈上请帖：“门外来了个婢女，说是白夫人的丫鬟，受主人之托给世子爷送帖子，请世子爷过目。”

白东珠送来的请帖?

谢麟接过帖子查看，原来是白东珠邀请他午后去听雨茶楼小坐。

他讥笑：“那个坏女人，不知道又想了什么鬼点子。我不去。”

他把帖子揉成团丢弃在地。

谢南锦不以为意：“去看看也无妨，看她怎么解释冒名顶替的事。”

…………

午后，听雨茶楼。

茶楼虽然设在闹市，但地方宽敞，内设花园流水，风景优雅，坐在高楼之上可以俯瞰整个成郧城的风光。

白东珠提前两刻钟就到了。

她对着掌镜仔细补妆，唇角噙着一抹冷笑。

她不明白裴道珠有什么好，值得萧衡如此偏袒她。

君心似铁，不要也罢!

这两日她左思右想，觉着还是谢麟好。他容色不输萧衡，家世也令她满意，是个值得她嫁的人。

她补完妆，对着掌镜左看右看，蛇形青玉耳坠微微晃动，越发衬得她肌肤白皙容貌艳丽。

谢麟还只是个少年郎，哪见过太多世面?在那梦境里，是她用力过猛吓着了他，这次只要她假装柔弱，定能引起他的怜惜。

白东珠满意地收起掌镜：“茶水可都安排好了?”

心腹婢女笑嘻嘻道：“您就放心吧，那药是奴婢从王宫带回来的，从前给先帝用时效果极好。如今谢家世子正当年，用了那药，效果肯定会更好!”

白东珠笑意更盛。

只要她和谢麟生米煮成熟饭，萧衡念在昔年的情分上，念在她主动为他献上蜀国的情分上，也会出面帮她搞定谢家人，让她顺利嫁进谢家。

退一万步讲，就算他不顾念情分，谢麟也是他的情敌。她勾搭谢麟，说不定萧衡完全乐见其成。

她算计妥当，便安心端坐，只等谢麟自投罗网。

另一边，陆玑匆匆赶到军营，转了十几个军帐，终于在操练场上找到了萧衡。

人前一向温润风流的萧家九郎，今儿也不知中了什么邪，此刻一袭黑色劲装，用一根黑绸带高束马尾，背负四把长枪，正一人单挑十几名副将。

长枪如火。他手中那把红缨枪如梨花乱舞，轻松挑落策马而来的两名副将。五把红缨枪在郎君手中运转，哪怕被十几名副将围攻，他也依旧应对自如。

他是成郸城温润如玉的萧家九郎，更是南国最锋利的剑刃。

“玄策，玄策！”陆玑站在操练场边，高声呼喊。

萧衡没理他，直到把最后一名副将挑下马背，他才潇洒地将五把长枪丢进兵器百宝架，一边接过毛巾擦汗，一边走向陆玑：“在军营里咋咋呼呼，成何体统，是不是想被治罪？”

陆玑接过他扔来的毛巾，随他往军帐走。

他心里高兴，忍不住笑道：“你若知道我给你带了个什么消息，保管你不仅不治我的罪，还会对我感恩戴德。”

萧衡始终寒着脸，没什么耐心：“有话就说。”

他眼下隐约藏着青黑，可见这几日没有休息好。

陆玑不紧不慢道：“你幼时曾双目失明，曾被送去栖玄寺。你在寺庙里遇见了一位小女郎，是也不是？”

萧衡睨向他。

陆玑笑容更盛，不慌不忙地把事情和盘托出。他唯恐萧衡不信，还特意带来了那本名册。

他把名册递给萧衡：“这是那一年在栖玄寺小住的访客名单，你自己瞧瞧。白东珠的名字确实没有，倒是道珠妹妹的名字在上面。”

萧衡翻看着泛黄发脆的名册，“裴道珠”三个字格外醒目。

萧衡目不转睛地盯着这个名字。

东珠……道珠……

当年竟是他听岔了。

原来陪他度过孤单岁月的小女郎是裴道珠，是那个叫他又爱又恨的裴家小骗子。

陆玑见他的表情宛如冰雪消融，不禁打趣：“我找你的时候，副将说你这几天都歇在军营，整日还板着个脸，可是跟道珠妹妹吵架了？现在好了，你俩竟是青梅竹马，这缘分，可是一桩妙事！”

萧衡才不肯叫他发现自己的情绪，他扬了扬名册，冷笑：“我前阵子派人去栖玄寺查，那老秃驴只说前些年的名册都被火烧没了，竟是在骗我。我这就去找他们算账。”

陆玑目送他快马离开。

“说什么去找住持算账，我看是赶回金梁园找道珠妹妹一诉衷肠去了……玄策，你可真虚伪。”

与此同时，谢麟已经到了听雨茶楼。

茶室风雅，竹苇铺地，八角檀木小屏风上绘着金箔山水画，角落还置着几簇苍翠欲滴的湘妃竹。

白东珠坐在谢麟身侧，优雅地为他斟茶：“自上元节那夜被世子爷搭救，一直未曾致谢。今日请世子吃茶，便算是我的谢礼。”

谢麟却只是嫌弃地躲开些：“你放下，我自己会斟茶。”

白东珠动作微微一僵，随即眼眸魅惑流转，娇声道：“我又不会吃了世子爷，您何必避我如蛇蝎？您不知道越美的女人越是心如蛇蝎，只有像我这种容貌平平的女子，才是真正的蕙质兰心。”

谢麟更加嫌弃，睨向白东珠：“王婆卖瓜，自卖自夸。”

白东珠脸微热，反驳道：“世子爷好不讲理，我这算什么自夸？裴道珠整日以风流清高自居，骨子里却比谁都要爱慕虚荣，她才虚伪呢！”

“本世子喜欢她，她的缺点便也成了优点。本世子厌恶你，你再如何好，在我眼里也只是个烂掉的胡瓜！更何况……”谢麟冷笑，“当年萧衡在栖玄寺遇见的小女郎分明是裴姐姐，白夫人夺走了裴姐姐的青梅竹马，承了萧衡欠下的人情，怎么敢说虚伪的人是裴姐姐？”

白东珠如遭晴天霹雳，紧紧捧着茶盏，眼神变得阴冷可怕：“你怎么会知道这些……”

谢麟讥笑：“不止我知道，萧衡很快也会知道。白夫人，你为了荣华富贵背叛了蜀国，可南朝容不下你，萧衡也容不下你。金梁园，你是住不下去了。”

白东珠手里的茶盏跌落在竹苇上。

她深知萧衡看似温润如玉，实则比谁都要残酷。如果他知道自己欺骗了他……

凭他的手段，她怎么死的都不知道！

她顾不得擦拭水渍，紧紧拽住谢麟的衣袖：“你想告诉萧衡？谢麟你是不是傻？！只要你瞒下这个秘密，萧衡的青梅竹马就永远都是我！他不爱裴道珠，你才有机会得到她！”

谢麟厌恶地推开白东珠的手，皱着眉整理衣袖。

白东珠又一计上心头，她挤出一个笑脸，提议道：“不妨你我合作，我把裴道珠悄悄送到你床上，供你随意赏玩，你替我保守秘密，如何？”

见谢麟依旧无动于衷，她咬了咬牙，突然扯下自己的裙裳，只剩一件单薄的红色亵衣。

她如话本里诱人的水蛇般，挺着胸脯靠近谢麟：“再不济，妾身也愿意侍奉世子爷——”

“砰！”

有人重重踹开了茶室的门。

两人望向门外，来人是谢南锦。

谢南锦褒衣博带，比寻常郎君更加清峻潇洒。

她轻摇折扇，对白东珠冷笑：“你是个什么恶心东西，也配对我阿弟下手？！”

此刻白东珠衣衫不整，被谢南锦和一众侍女奴仆们围观，只觉颜面扫地，手忙脚乱地拢起衣裙。

她张了张嘴，却一个字也说不出口。

南朝民风再如何开放，众目睽睽之下衣衫不整对郎君投怀送抱这种事还是丢人的，更何况她还曾是高贵的蜀国王妃！

谢麟轻嗤：“还不赶紧滚？”

白东珠的眼泪直接掉了下来，柔弱道：“我做错了什么，叫你们如此厌恶……就因为我曾是蜀国王妃吗？”

“跟你的身份毫无关系，全然只是厌恶你这个人罢了。”谢麟拂袖起身，回眸讥讽，“对了，白夫人，金梁园你是回不去了，我若是你，就赶紧找个地方躲起来……萧衡的怒火不是每个人都承受得住的。”

谢南锦合拢折扇，霸道挑眉：“还不滚？”

白东珠哭得更加厉害。她算计了这么久，没想到却是竹篮打水一场空。

论容色，她只比裴道珠差一点。论才华和手段，虽然没有展示的机会，但她敢说就算是裴道珠也未必比得上她。

只因为她晚来一步，所以人人都要向着裴道珠吗？

太不公平了！

她怨愤地看了眼谢家姐弟，失魂落魄地离开了茶楼。

白东珠走后，姐弟俩重新换了一间干净的茶室。谢南锦兴致不错，亲自煮起茶来。

谢麟托腮道："这种小场面，我自己就可以对付，阿姊不必出马。"

谢南锦看他一眼："在我眼里，你永远都是个小孩儿。我怕你被那蛇蝎妇人算计，才跟了来，你倒是嫌弃上我了。"

她替谢麟倒上一盏茶："正月快结束了，你打算几时动身？"

谢麟闻了闻茶香，笑了起来："阿姊和陆家哥哥感情极好，也早已到了适婚的年纪。听说陆家人已经开始催促，想必你们订婚成亲也就这几个月的事。我舍不得错过阿姊的婚礼，定要喝了你俩的喜酒，才舍得动身北上！"

谢家家主未曾纳妾，膝下只有三个嫡出的孩子，彼此感情极好。

加上北疆路途遥远，单程就得耗费一两个月的时间，因此谢麟打算喝完姐姐的喜酒，再动身北上不迟。

提起喜酒，谢南锦再如何潇洒也红了脸。

她拿扇柄叩了叩谢麟的脑袋，声音轻软："不许胡说……"

……

一骑黑色骏马从金梁园疾驰而出，沿着青砖驿道，直奔栖玄寺。

裴道珠狼狈地趴在马背上，吓得声音都变了调："萧衡！你又发哪门子疯，吃错药了是不是？！快放我下来，放我下来！"

今日她打扮得精致雍容，在房间数着钱，心情正美着呢，萧衡突然杀了出来，不由分说地拉着她，把她拖到马厩。她挣扎着不肯上马，他干脆把她抱上马背，绝尘而去。

裴道珠气红了眼，厉声喊："你是不是打算把我送人？母亲如今可喜欢我，你若是把我送给别家权贵，她第一个不饶你！"

萧衡的胸膛紧贴着她的后背。

他无言地拍了拍她的脑袋，低头在她发间落下温柔一吻："你是我的宝贝，我怎会将你送人？"

宝贝……

裴道珠更加头皮发麻。萧衡绝对吃错药了！

骏马终于在栖玄寺外停下。

萧衡紧紧牵着裴道珠的手，大步往栖玄寺里走。

裴道珠见他不是把自己送人，不禁松了口气，又不解道："你带我来栖玄寺作甚？我不喜吃斋念佛，注定跟佛门无缘的！"

萧衡暗暗咬牙道："你别说话！"

裴道珠只得默默闭嘴。

两人一路穿过香火鼎盛的佛殿，来到佛寺后山。

后山冰雪已消融，山水连绵，古木参天，林子里鸟鸣寂寂，远处隐隐传来寺庙里的敲钟声，更显幽静。

越往深处走，光影越发黯淡，脚踩在枯枝败叶上所发出的窸窣声响也令人莫名心惊。

裴道珠提着宽大华贵的裙裾，走得战战兢兢："你……你是不是想趁没人，把我杀了，再偷偷埋起来？"

并非她想得太多，而是萧衡城府极深，手段残酷，必须以最坏的程度去揣度他。

萧衡停在一棵古榕树下，凝视裴道珠。

少女梳着高髻，发间的金步摇轻轻晃动，一袭崭新的牙白刺绣金线罗襦裙，领口开得宽松，更显脖颈白嫩纤细，身段高挑。她腰间束着金丝腰带，衬得腰肢盈盈不堪一握，垂落至地的金丝璎珞随风轻曳。

"你干吗一直盯着我？怪瘆人的。"她美得似高山神女。

是她……自始至终，那个人都是她。

萧衡喉结滚动，眼眸炽热。他发出一声长长的叹息，忽然把裴道珠紧紧抱在怀中："阿难……"

裴道珠被捂得喘不过气，只得使出吃奶的力气推开他。

她整理着发髻和步摇，戒备地后退两步："你今日怪怪的，究竟怎么了？"

他平日里裴道珠长裴道珠短的，恨不能把她当丫鬟般呼来喝去，何曾如此亲昵地唤过她的小字？

她迟疑："莫非……你要死了？人家都说，人之将死其言也善，只是你才刚及冠，不应该呀……"

萧衡酝酿出的一腔爱意瞬间烟消云散，他寒着脸坐到古榕树隆起的老树根上生闷气。

半晌，他见裴道珠只顾观察四周不来哄他，忍不住恶声恶气："我就不该对你好。"

裴道珠冷笑："你也没对我好过啊！"

萧衡更气了！

花神殿里的舍命相救，她全忘了。

他送的那些金钗玉石和宝屏斋，她也全忘了。

裴道珠站累了，挑了个离萧衡半丈远的位置，把手绢铺在树根上，也坐了上去。

她仰起头，榕树垂落无数气根，其中一根绑着泛旧褪色的红绳。她伸手拽下红绳，看了半晌，突然笑了起来。

萧衡挑眉："你笑什么？"

"我幼时怕热，阿娘就把我送到栖玄寺避暑。那年夏天，我遇见了一个瞎了眼的小郎君。"

瞎了眼的小郎君……她居然还记得他。

萧衡攥紧佛珠，心脏跳得快了些。

他故意问道："然后呢？"

"可怜之人必有可恨之处。那小郎君虽然瞎了眼，却十分顽劣，整日以捉弄寺里的僧侣为乐，大家都不喜欢他。我也不喜欢他。"

萧衡不相信："你不喜欢她？"

记忆里的小女郎又软又甜还很乖巧，总是跟在他屁股后面，软糯糯地唤他哥哥。她怎会不喜欢他呢？

裴道珠眉眼弯弯："我幼时希望这世上所有人都能喜欢我，可那个小郎君满身戾气，并不喜欢我，这让我很不高兴。于是我就开始想办法接近他，试图征服他。

"他骗我后山住着神仙，若是遇见了，便可以许三个愿。但我知道，他只是想把我丢在山里喂狼。我假装相信他，在他把我丢下之后，立刻沿着来时的路跑了回来。我在寺里躲到半夜，却故意骗他说是在深山待了半夜，好叫他愧疚心疼。

"第二天，我告诉他，我在山中遇见了一株老榕树，在树枝上绑了一根红发绳。我向树里的神仙许愿，一愿家族强盛，二愿长大后能嫁给一位好郎君，三愿他能和其他人一样，也能瞧见高山流水，也能瞧见春夏秋冬。"

裴道珠向萧衡展示了一下那根褪色的发绳："喏，这就是当年我许愿的那根红发绳。"

萧衡静静地看着她。当年他听见她的第三愿时，虽然面上无动于衷，可心里不知道有多感动。

裴道珠接着说："我骗他，他竟然也信了，还感动得稀里哗啦。他真傻，我四岁时就知道天底下没有神仙，他还想用神仙来骗我，结果反而被我骗了！"

少女笑出了声。

裴道珠不愧是裴道珠……

萧衡的面容笼罩在阴影底下。他跟着笑，却有些咬牙切齿："你还骗了他什么？"

裴道珠有些得意："那个小笨蛋在菜园里挖了陷阱，想让我掉进陷阱。我故意跟他去菜园，就赌他的不忍心。

"果然，我赌对了。快走到陷阱前时，他拉住我，不让我再往前走。可来都来了，我才不要轻易收手。于是我故意往前走，他伸手拽我，可陷阱旁都是湿泥，他脚下一滑，自己掉进了陷阱里。

"他沾了满身的烂菜叶子臭鸡蛋，别提有多脏。我故意扑到他怀里，他还跟我说他身上脏，叫我离他远些。我说，我不嫌弃哥哥，我会好好照顾哥哥。

"你没瞧见，他当时感动得眼睛都红了。后来他像是变了个人，对谁恶劣也舍不得对我恶劣。只是这般轻易就征服了他，我觉着很没意思，就提前回家了。"

裴道珠讲完了当年的故事，轻轻吐出一口气，无聊地双手托腮："世间郎君大都自命不凡，叫他们几声哥哥，他们就高兴得像开屏的花孔雀，又傻又好骗。"

开屏的花孔雀……又傻又好骗……

萧衡死死捏着佛珠。亏他这些年一直记挂着当年的小女郎，没想到真相竟然如此残酷。

他更没想到，堂堂萧家九郎，在她心里居然是"又傻又好骗"的花孔雀形象。

那些经过岁月美化后的记忆，如同一面支离破碎的明镜。

他似笑非笑，看裴道珠的眼神仿佛含情脉脉，又仿佛藏着阴郁。他温柔问道："好笑吗？"

裴道珠认真地点头："好笑的。"

于是萧衡笑意更盛："你马上就笑不出来了。"

不等裴道珠反应，他握住她的双手，抽掉她的金丝腰带，把她的双手牢牢绑在榕树气根上。

裴道珠惊吓不已，连忙伸腿蹬他："萧衡你干什么！你果然是想杀了我！放开我！"

萧衡制住她乱蹬的双腿。他捧起少女的小脸端详片刻，薄唇忽然噙起轻笑，温柔地在她唇上落了一吻，却只是蜻蜓点水般戛然而止。

他松开手，退后两步，沉声道："都说佛寺清净无染，你便在这里去去俗气好了。什么时候学乖了，我什么时候来接你。"

他转身就走。

裴道珠气急败坏道："萧衡！你敢把我一个人丢在这里，我就跟你没完！"

但萧衡头也不回。

她急了，见地上有颗石子，便把石子狠狠踢向萧衡。

萧衡挨了打，转身走回她跟前，大掌攫住她的脸，咬牙切齿："裴道珠，我就是对你太客气了！"

当年不该信她。现在也不该心软！

两人紧紧贴在一起，加上裴道珠衣衫不整，看起来很是暧昧。

在后山巡逻的一队僧侣经过，惊恐地看着他们。

为首的老和尚忍不住高声呵斥："佛门重地，郡公要干什么？！十多年前你瞎了眼，我们好心收留你，你把佛寺搅得鸡飞狗跳。如今又要干什么？！"

裴道珠怔住了，不可思议地盯着萧衡。

原来那个又傻又好骗的花孔雀是萧衡？！

萧衡察觉到了裴道珠吃惊的视线，羞怒地压低声音："听他们胡言乱语，你也信？我若当真盲了眼，什么神医寻不到，需要来这破庙治病？"

裴道珠："我——"

老和尚不服气："郡公别的本事没有，过河拆桥倒是很有一套。你小时候住过的那间禅房一直空着，里面还扔着你穿过的衣裳呢！再不济，萧相爷也可以作证，当年可是他亲自送你上山的！"

萧衡额角青筋乱跳。

裴道珠注视着萧衡，突然笑出了声。

萧衡不悦："好笑？"

裴道珠歪了歪头，丹凤眼亮如星辰："只是觉得，高不可攀的萧家九郎也只是凡胎俗骨，似乎还变得……亲近了一点。"

面对少女弯如新月的眉眼，也不知怎的，萧衡满腔的不甘心和羞怒悄然间烟消云散。他后退半步，拉开了距离。

他也不是没在裴道珠面前丢过脸。被她半夜撵出房间的事都经历过了，还怕小时候丢脸吗？

他又看了一眼裴道珠，说不清心中滋味。他面色淡淡，上前替她解开了金丝腰带，又替她拢了拢凌乱的罗裙。

收拾妥当，少女俏生生站在古榕树下，握着当年的那根红发绳，看起来依旧是那个看似高雅雍容实则俗不可耐的裴家小骗子。

他拿过她掌心的红绳，随意藏进怀袖。

裴道珠不解："拿我发绳作甚？"

萧衡盯着她看了半晌，狭眸里又是嫌弃又是复杂，最后像是彻底拿她没办法，抬手敲了敲她的脑门儿，牵起她的手："回家。"

裴道珠忍不住笑靥如花，难得乖巧地跟着他往回走。

老和尚目送他们走远，高声叮嘱："郡公，您今后可千万别再来我们寺里了！"

萧衡薄唇噙着难以察觉的笑。

他才不稀罕来这里求神拜佛，他家中已经有一尊名为"阿难"的活菩萨了。

……

回到金梁园时，已是黄昏。

萧衡去了书房，没过多久，问柳进来禀报："主子，绣楼里没有白东珠的踪影，据侍女说，她一早就出门了，中途回来了一趟，收拾过金银细软又走了，至今未归。"

萧衡面无表情地翻看文书："抓回来。"

"是！"

问柳面色凝重，立刻出门召集暗卫。

游廊拐角处，裴道珠端着茶盘，静静靠在廊柱后。

收拾金银细软……白东珠逃跑了？

她进了书房，阴阳怪气道："白夫人可是郡公的青梅竹马，有郡公庇佑，她跑什么？虽说郡公人憎狗厌，可到底富可敌国前程锦绣，人家不至于吓到逃跑吧？"

萧衡看见她就来气。

却又喜欢。

他把白东珠顶替裴道珠的事情向她解释后，说道："我生平容不得欺骗，必定要找她算账。她大约听到了风声，因此才会逃跑。"

裴道珠恍然："原是如此……"她的视线突然落在书案角落的一只木匣上。

她掀开木匣，里面仍旧藏着那幅画。画上题字为"东珠"。是了，她和白东珠的名字相似，他当年听错了也是有的。

她不禁嫌弃："没想到郡公不仅眼瞎，耳朵也聋。"

萧衡挑眉。他搁下狼毫笔，揪住裴道珠的耳朵："再说一遍？"

裴道珠歪着头，露出一副饶有兴味的表情："本就只是一场小孩儿之间的骗局，没想到小女子竟然被郡公记挂这么多年。郡公小小年纪就动了心，真不害臊……"

萧衡本是能言善辩之人，只是对上裴道珠那双灿若星辰的眼，就一个字也辩驳不出。

他别开视线："少自作多情。"

裴道珠掂着那幅画打趣："若是不曾动心，何必为我作画？郡公的字画一向值钱得很呐。"

萧衡彻底无话可说。他夺过那幅画，见上头"东珠"二字便觉刺眼嫌弃，干脆把这画揉成团，丢进了香炉里。

裴道珠"诶"了声，想伸手去捡："扔掉多可惜——"

萧衡拦住她："给你留了别的。"

裴道珠好奇："别的？"

萧衡从书案深处抽出一幅卷轴。

许是因为时常翻看，卷轴已有些皱皱巴巴。

裴道珠笑眯眯地打开来："我竟不知你把我放在了心里，为我作画，让我欣赏——"

她突然失了声。

这幅画竟是当初在荒野花神殿时丝缕不挂的她！他竟然还藏着！

指尖宛如触到沸水，她连忙扔掉画轴，红着脸骂道："不要脸！"说完，她挽起裙裾，仓皇逃走了。

萧衡捡起画轴，细细观赏。

画中少女美如神女，头戴白山茶编织的花冠，在古老而巍峨的神殿中嫣然回眸，红唇娇艳，妩媚诱人，她的眼睛比星辰还要灿烂。

萧衡眼底没有欲念，唯有喜欢。

他呢喃："所以，我所记挂所钟爱的，究竟是幼时的小女郎，还是……裴道珠？"

裴道珠回到房间，枕星禀报说宝屏斋的掌柜来了。

她坐到屏风后，叫枕星请他进来。

隔着屏风，掌柜的恭敬道："给姑娘请安了！年前有人去蜀地，您托他们查的事儿已经查清楚了。”

裴道珠托腮：“说说看。”

“蜀国王妃白东珠，父亲是南朝商人，母亲是蜀国女子，她是自愿选秀进宫的。进宫之后，因为容貌艳丽妖娆，深受蜀国皇帝喜爱，喜爱到就连她故意害死小皇子，皇帝也没有追究她的罪责，只是……”

裴道珠挑眉：“有什么话，但说无妨。”

掌柜的臊红了一张老脸：“只是蜀国皇帝在房事上颇为无能，所以白东珠常常私会宫中侍卫。”

裴道珠一时无言。难不成白东珠是因为看上了谢麟而谢麟不从，所以才会把他害死在地牢里？

她揉了揉额角：“继续。”

“本是集万千宠爱于一身的妃子，却不知怎的，竟然主动投敌，暗中送来各种情报。可以说，蜀国覆灭有白东珠一半的功劳。如今她在蜀地名声扫地，已是回不去了。”

裴道珠端起清茶，抿了小口。

她梦里的白东珠并未投敌，难不成，她们做过同一个梦？而且白东珠的记忆比她的更完整？

只可惜她还没来得及细问，她就逃走了。

裴道珠正要吩咐枕星打赏掌柜，掌柜的突然道：“今儿店里的伙计瞧见白东珠背着包袱，鬼鬼祟祟地进了东巷客栈，也不知是要干吗。”

裴道珠眼前一亮。

还能干吗？定然是为了躲避萧衡的追捕。没想到萧衡还没查到的人，她阴差阳错提前查到了！

她放下茶盏，打发枕星给她拿斗篷，对掌柜的说：“我现在坐你的马车进城见她，若是遇上了人，你只说我是去店里查账的。有关白东珠的消息，不得泄露给任何人。”

在她弄清真相之前，她不想让萧衡找到白东珠。

如今宝屏斋的主人是裴道珠，掌柜的不敢怠慢，连忙称是。

东巷客栈。

白东珠为了防止被萧衡查到，相当谨慎，花重金请人帮忙伪造身份，以别人的名字住进客栈。

只是裴道珠不惜花大价钱收买客栈老板，稍微描述了她的相貌后，很快就得知了她的房间。

她带着枕星和几个伙计径直推门而入。

白东珠正坐在榻边，清点金银细软，冷不丁听见动静，慌张地抬头望去，一张俏脸顿时变得惨白。

她站起身，咬牙切齿："裴道珠……"

裴道珠示意枕星他们守在外面 掩上屋门，在胡床上坐了，从容地打量四周："放心，我没把你的藏身之处告诉萧衡。只是堂堂蜀国宠妃住这种小破客栈，我都替你委屈。"

"你少说风凉话！"白东珠羞怒，"你找我究竟所为何事？"

裴道珠直视她，开门见山："你也记得那些的事，对不对？"

白东珠讥笑："傻子才不记得！我自幼聪慧，连四岁时的事都记得一清二楚呢！"

"我指的是……你知道蜀国一定会灭亡，也知道萧衡将来会成为权倾朝野的重臣。所以你这次才选择背叛蜀国，以谋求荣华富贵。"

少女的声音轻软娇甜，像是在描述一件日常小事。可白东珠却紧紧攥住双手，满脸难以置信。

裴道珠看着她的反应，笑道："果然如此……你顶替我幼时的经历，也只是图谋萧衡的富贵和前程吧？"

被揭穿真相的惊慌过后，白东珠慢慢平静下来。

裴道珠居然才知道她顶替她的事，这是不是代表，裴道珠所拥有的梦境记忆其实并不完整？

她忽然狞笑起来，盯着裴道珠的双眼，故意道："我图谋他的富贵前程，你又何尝不是？只是我实在想不明白，他分明有愧于你，你怎么还愿意伺候他？他曾亲自送你去和亲，又在你回到故国之后，把你当战利品养做外室……裴道珠，细细算起来，他可是你的仇人呐！"

裴道珠怔住。

萧衡后来是这样对待她的吗？

外室……比小妾还不如的外室？

她的表情令白东珠更加坚定了自己的猜想，她继续道："你的存在，是他名声上的唯一污点。他玩够了你，再加上他想除掉这个污点，于是在那年除夕夜，他亲手把你推进秦淮河……裴道珠，你真可怜！"

她说的这些事，裴道珠完全记不起来。她只记得那年除夕夜，自己落了水，刺骨的河水淹没了她的头顶，那种绝望的感觉，她至今想起来仍旧痛彻心扉。

她一直以为，是自己主动投河的……

是萧衡干的吗？

她抬眸。

白东珠嘴角挂着得意的笑容，满眼都是嘲讽。

她双手紧握，沉声呵斥："你闭嘴！"

"怎么，被戳破伤心事了？"白东珠越发得意，走向裴道珠，"我偏要说给你听！你也就只剩这张皮囊能被他看上了，他对你毫无爱意只有利用。这辈子他还会害死你！等着吧，你仍旧会被送去北国和亲，仍旧会沦为男人的玩物——"

"闭嘴！"裴道珠猛地推开她。

白东珠猝不及防，后脑勺重重撞上坚硬的胡桃木茶几，血瞬间涌出，人也没了动静。

裴道珠愣了，她低头看向自己的双手。分明之前没有害过人，可她却出奇地镇定，连颤抖都不曾。

她慢慢放下双手，视线再度落在白东珠身上。

她死了也好。

她死了，萧衡才不会知道从前的事。

拥有莫名记忆这种事，未免太过骇人听闻，至于究竟是不是萧衡推她下的水，她自己会慢慢求证。

她唤了掌柜的等人进来。他们瞧见白东珠倒在血泊里，顿时惊得鸦雀无声。

枕星捂住嘴，过了好半晌，才挪到裴道珠身边，仔细检查着她："好好的，怎么打起来了？您没受伤吧？"

裴道珠摇摇头："你家女郎是容易被欺负的人吗？"

枕星的第一反应是关心她……这就够了。

她又对掌柜的道："用草席把她卷了，丢到城郊乱葬岗去。"

掌柜的领了命，立刻带着人处理起白东珠。

裴道珠回金梁园的时候，天上落了细雨。夜雨丝丝缕缕敲着马车的窗，渗进来些微凉意。

裴道珠透窗望去。雨幕模糊，依稀可见酒楼高阁鳞次栉比，秦淮河岸灯火朦胧，摇曳的画舫宛如乱世飘摇的命运。

她突然低声呢喃：“不是他……”

枕星好奇：“您说什么？”

上元夜那天，她为了和白东珠一较高下，不惜跳进秦淮河，当时她连水还没沾到，就被萧衡抱到了岸上。

自负狂妄，骄傲霸道，毒舌虚伪……他身上云集了无数缺点，但他绝不会为了所谓的前程，为了洗脱名声上的污点，就亲手把他的女人推进河里！

他是天底下最骄傲的萧家九郎啊！

萧衡信她不会推白东珠下水。她信萧衡不会要她的命。

裴道珠放下织花窗帘，思量般用指腹轻抚胡桃木矮案，心底又浮现出另一个疑问。

当真是她自己跳的河吗？

马车逐渐驶出那段最熙攘繁华的长街，黑暗缱绻袭来。扑朔迷离的过往，数不完的仇家，在黑暗中宛如血盆大口，想要再度吞噬掉她。

裴道珠闭上眼。

白东珠说她依旧会被送去北国和亲。这辈子，她绝不要再被朝廷支配。

若是成为萧衡的正室，是不是就不会再经历和亲？

只是南朝终究弱于北国，如果北国皇太子坚持，南朝势必会选择牺牲她。

这一刻，裴道珠更加支持萧衡北伐的决定，还想竭尽所能，义无反顾地帮他。

…………

城郊乱葬岗。

隐隐传来野兽的嚎叫声，更显此地阴森。

有马车驶来，在乱葬岗前缓缓停下。车前挂着明灯两盏，隐约映照出一小方天地。

侍女撑着伞，小心翼翼地把自家主子扶出马车。

女人的面容笼罩在伞下阴影里，只能看见她华贵曳地的裙裾和昂贵的蜀锦绣鞋。

淤泥弄脏了蜀锦也弄脏了鞋边缀着的珍珠，只是女人毫不心疼。她的目光落在白东珠身上，吩咐道：“去看看。”

她身后走出一位身穿道袍手持麈尾的郎君。

他走到白东珠身边，蹲下仔细检查了她的双眼和脉搏，笑道：“尚存着一口气。也是幸运遇见了我，若是其他人，可救不回来她。”

他从怀袖里取出一枚丹药，塞进了白东珠嘴里。

纸伞下的华服妇人轻笑两声：“那孩子到底年轻，做事没有经验，也不仔细检查人死没死透就扔到了乱葬岗。”

话里话外，竟像是存着一丝宠溺。

道袍郎君起身，示意两个道童把白东珠抬进马车。

他的脸在明灯和暗影里反复交错，依稀可见是个俊美的郎君，气度更是难得的飘逸干净，只是岁数偏大，有三四十岁的样子。

他用麈尾扫去道袍上沾到的雨珠，漫不经心道：“这一次，轮到谢家了。”

华服妇人眺望北方群山，姿态优雅温柔，声音却极端冷漠：“所有世家，皆有罪。”

道袍郎君微笑：“而你我是审判之人。”

第14章

一整夜的雨过后，金梁园草木清新。

正月将过，树木萌生新叶，积着清晨的细小露珠，十分可爱。

裴道珠对镜梳妆时，萧衡进来了。

他盯着镜子问道："你昨夜见过白东珠了？"

伺候在侧的枕星不禁眉心一跳。郡公难道是想为红颜知己向女郎讨个公道？

裴道珠并不慌张，她知道萧衡查到她见过白东珠是迟早的事。

她从妆奁里挑了一对珍珠耳铛戴上："不仅见过，还杀了她。尸体丢去了乱葬岗，大约被乌鸦和野狼啃食了吧。郡公心疼了？也是，白夫人生得艳丽，哭起来我见犹怜。"

她转向萧衡，弯起的丹凤眼藏着亮晶晶的笑。

"乱葬岗没有她的尸骨，你确定她死了？"

裴道珠的笑容立刻淡了。

萧衡瞧见妆镜台上的粉黛，走近："我的人会继续搜查白东珠的下落。再有下次，记得亲自割下敌人的头颅才保险。"

裴道珠按住他蠢蠢欲动的手，保持微笑："郡公的教诲，妾身记下了。郡公运筹帷幄无所不能，只是画眉一事还是不劳郡公亲自动手。"

萧衡挑眉，她这是赤裸裸地嫌弃他。

裴道珠把粉黛藏进妆奁深处。她可没忘记这个男人的"杰作"，毁她妆容这种事有一次就够了。

两人一道去安鹤堂给老夫人请安。

园林的众多花木都已萌芽，横生的花枝积满露珠，经裴道珠拂开，露水簌簌落地。大雁穿过金梁园的上空，一路掠向遥远的北方，初春的一切都如此欣欣向荣。

裴道珠望了一眼北去的大雁，突然问道："若有朝一日，南北发生战争，南朝不敌北国，须得和亲才能争取招兵买马的时间，而朝廷又打算送我去和亲，你会答应吗？”

萧衡嗤笑：“裴道珠，你是不是以为你天下第一美，人家非你不可？人都是我的了，还想着去和亲？”

裴道珠咬牙，这个男人，嘴里就吐不出象牙。

她恶声恶气道：“我就是天下第一美！”

萧衡挑眉：“成吧，裴道珠天下第一美……也不嫌害臊。”

裴道珠冷笑：“那日是谁要死要活解我裙衫？我既不美，你猴急什么？你也不嫌害臊。”

萧衡挂不住脸：“谁猴急了？”

两人互斗一通，裴道珠又回归正题，拽了拽萧衡的袖角：“说呀，到底会不会送我去和亲？”

萧衡认真地牵起裴道珠的手，与她十指相扣，正色道：“我生平最瞧不起牺牲女子和亲这种事。莫说是你，便是换了其他姑娘，我也是绝不赞成的。除非家国穷途末路，除非生灵涂炭，否则绝不妥协。”

白衣郎君神色深沉，并非撒谎。

她梦里的南国究竟沦落至怎样糟糕的地步，才迫使他低头亲自送她去北方和亲的？

白东珠的话真真假假。而她只记得确实是萧衡踏破北国都城，亲自带她回成邺的。

后来……

她不清楚萧衡有没有把她养做外室，但他一定庇护了她。

是为了赎送她和亲之罪吗……

裴道珠闭眼，不愿再想那些痛苦的事，轻声道：“这辈子，即便穷途末路，你也不可以送我去和亲。”

萧衡微怔，看向裴道珠。

她的侧颜白皙通透，淡粉的唇比开春时的花苞色泽更美。

她像是知道什么，又像什么都不知道。

…………

不久后，谢南锦和陆玑的婚事定了下来，婚礼就定在五月初。

裴道珠拿到请柬时，颇有些吃惊：“我以为他们起码要到秋天才会成亲，这也太快了些。”

谢麟坐在对面，拿起食案上招待的茶果，随意丢进嘴里："我阿姊年纪比你还大，眼光还高，这些年在外游学，也没能带个郎君回家。陆家哥哥肯娶她，我阿娘已经感动得烧香拜佛了！"

裴道珠被他逗笑："当心给你阿姊听见，骂你。"

谢麟笑了笑，随即认真道："再过半个月就是成亲的日子，可我阿姊这段时间却总是心神不宁。她在成邺也没朋友，因此托我来请你去府上陪陪她。裴姐姐，你就答应了吧？"

裴道珠喜欢谢南锦，因此爽快地答应了。

黄昏时，萧衡从军营回来了。

裴道珠提起去谢府小住，他不乐意："谢家家族里又不是没有其他同龄女孩，何必叫你一个外人去陪？"

"什么叫外人？"裴道珠更加不乐意，"他俩还是我撮合的呢，我怎么就成外人了？"

萧衡霸道："反正就是不许。"

裴道珠也不知道哪儿来的底气，如今根本不怕萧衡，冷笑道："许不许也不是你说了算。我明儿就去跟母亲请安，母亲疼我，定然会答应我去谢府小住。"

萧衡无言。

这小骗子但凡有些事不顺她心意，就要去安鹤堂告状。偏偏母亲宠她可怜她，叫他让着她些。然而她天天吃香喝辣，每日闲暇时不是数钱就是研究宝屏斋的账，他实在看不出她哪里可怜。

他只得让步："若是非要去，就让问柳跟着，也能保护你。"

裴道珠一针见血："问柳是你的心腹，保护是假，监视才是真吧？你是不是怕我跟谢麟有什么？"

萧衡沉默。

安静片刻，裴道珠突然道："你在吃醋？"

萧衡默了半瞬，大笑起来："吃醋？可是每日数钱数糊涂了？我萧玄策会为你吃醋？有这异想天开的闲工夫，不如多吃两口饭。"

他说完，专注地用起晚膳。

裴道珠捏着筷箸，瞪他一眼，发泄般狠狠戳向盘子里的肉丸。

用过晚膳，裴道珠去梳洗。

萧衡独自坐在檐下。

初夏的蝉鸣隐隐从园林深处传来，一丛牡丹开得热闹。

他把玩着那根红发绳。许是过于无聊，他把红发绳绑在一侧发辫上，结成了红璎珞。

错杂繁复的过往记忆和当前的画面相互交融，有一种不真实的错觉，裴道珠仿佛水中月镜中花，随时都会消失不见，而他得把她紧紧抓在手里才能避免失去她。

这种紧张感是喜欢吗？还是……所谓的爱？

萧衡不知，也不愿再想。

檐角的青铜风铃丁零作响。

他抬手，轻轻遮住双眼。无论如何，他当前最重要的事还是训练军队准备北伐。

如父亲所言——所有的儿女情长，都得为家国天下让路。

次日。

萧衡去了军营，裴道珠直接收拾行李去了谢府。

谢府里喜气洋洋，侍女们拿着红绸红灯笼等物积极地装饰着府邸。

谢麟带着裴道珠去后院。

每个大院子里都堆满了陆家送来的聘礼，且都是贵重之物，可见陆家极其重视谢南锦这个儿媳妇。

裴道珠眼底浮现出些许羡慕。

她坐着小轿从侧门进的金梁园，连聘礼长什么样都没见到。萧衡给她家的东西，她摸都没摸到，就被父亲拿去还赌债了。

萧衡如同豢养金丝雀般把她养在金梁园，锦衣玉食山珍海味，却从不知她更想要的是敬重，是平等。

他是骄傲的萧家九郎，可她裴道珠也是满身的傲骨呀！

谢麟敏感地注意到她低落的情绪，折了一枝牡丹送给她，故意扯开话题："今年我家的牡丹长势特别好。旁人压不住牡丹的艳，因此戴不得牡丹，可裴姐姐却能压得住。人比花娇，形容姐姐最贴切不过。"

裴道珠见院子里的牡丹葳蕤鲜妍，挤挤簇簇娇艳欲滴，笑了笑："多谢。"

他们到了谢南锦的闺房。

虽是初夏，可房中已经用上了冰鉴，丝丝凉意扑面而来。

裴道珠不禁搓了搓泛寒的双臂，对她而言，这个时节用冰鉴属实过早。

谢麟低声解释："阿姊这段时间生了怪病，总是没精打采，可大夫们都看不出缘由。她还变得特别怕热，所以府里提前叫人备上了冰鉴。”

越过屏风后，裴道珠瞧见谢南锦坐在书案前。昔日那张明艳动人的小脸此刻显得十分苍白，宛如一朵即将枯萎的花。

见裴道珠进来，她笑道：“阿难来了。”

她连声音都虚弱很多。

谢麟退了下去，给两人留下私房话的空间。

裴道珠坐到谢南锦身边，摸了摸她的脸：“谢姐姐可是生了什么病？瞧着恹恹的，脸色也难看。”

谢南锦垂下眼帘，靠在裴道珠的肩头，疲倦地揉了揉额角：“这段时日总梦见一位绯衣女子，从牡丹园林的深处走来，一步步走进我的梦里，哭着向我诉说冤死的委屈……我遇到这种事终究还是害怕的，怕到不敢睡觉，便憔悴许多。”

裴道珠的心里“咯噔”一下，小心翼翼问道：“姐姐可是碰上了什么脏东西？要不请神婆或者巫女来瞧瞧？对了，国师不是精通道法吗，或者请他看看？”

南朝设有国师之位。当今国师是道士出身，平日里倒也不参与朝堂政事，只是每日替朝廷算算天气阴晴或来年是否风调雨顺。闲暇之余，他会和官员们谈论道法，因此在世家之中人缘颇好。

谢南锦脸色苍白，声音轻轻颤抖：“我知道那绯衣女子是谁……”

裴道珠不解：“谁呀？”

谢南锦沉默片刻，低声道：“建安公主。”

裴道珠蹙眉。谢姐姐莫非是生病糊涂了？当朝天子膝下就三个女儿，哪来的建安公主？

她安慰道：“许是快要成亲，谢姐姐心中焦虑，才会在梦里生出许多想法。陆家是大善之家，谢姐姐嫁过去不会受委屈的。”

“大善之家……”谢南锦轻笑一声，认真地凝视裴道珠，“各大世家盘踞朝堂瓜分势力，连皇权都沦为二等。同样罔顾君权，怎么就分出善恶了？你我皆是世家子弟，锦衣玉食纵情声乐，一餐饭甚至可抵寻常百姓一年开销。又是善是恶？”

裴道珠哑口无言。

谢南锦收回视线，疲倦地揉了揉额角：“成邺不是你看见的成邺，世家也不是你眼中黑白分明的世家……阿难，也许我们所有人都欠了建安公主一份人情。”

裴道珠道：“谢姐姐，世上根本就没有建安公主这个人。”

风透窗而来，谢南锦绯色的裙袍翩然翻飞，她注视着角落的那盆牡丹，像是在注视着一个人。

她呢喃低语：“花园深处有一座小小的祠堂，供奉的正是建安公主。我幼时曾见母亲祭拜她……这些天午夜梦回时，忽然记起那年母亲在祠堂里说的话——‘对不起，我们用你的命换了江南十年太平，对不起’……”

许是累极困极，说完这些话，谢南锦昏倒在地。

裴道珠连忙唤来侍女把谢南锦扶回床榻。几名大夫鱼贯而入，为谢南锦看诊。

裴道珠出了屋，扑面而来的风带着闷热。可她却莫名察觉到一丝寒意。

谢家并没有怠慢裴道珠，谢夫人喜爱她，特意把她请到正厅用晚膳：“锦儿这些天总打不起精神，你来陪她，当真是再好不过。”

裴道珠笑道：“谢姐姐不仅生得好看，还见多识广，和别家女郎全然不同。和她待在一起，令我受益匪浅，是我占便宜了。”

她说话很讨长辈喜欢，谢夫人笑眯眯的，席间气氛十分轻快。

用过晚膳，侍女过来禀报，谢南锦虽然还在晕厥之中，但身体并无大碍，休养一段时间就好。

裴道珠一边净手一边似是无意道：“谢姐姐病糊涂了，总说建安公主怎么怎么样。我跟她说宫中没有建安公主这个人，她还跟我争，说花园里藏着一座祠堂，供奉的正是建安公主。”

说完，她拿丝帕擦了擦双手，不经意看向谢家人。

谢夫人在吃茶，眼睫低垂，看不出情绪。

谢麟则专注地斟茶，殷勤地把茶盏送到她手边：“裴姐姐喝杯茶，解解腻。”

厅堂寂静了片刻。

谢夫人抬起头，笑道：“锦儿那孩子从小就喜欢胡思乱想。她在成郎没有同龄朋友，许是病久了，闺中孤单，幻想出了个所谓的建安公主。”

裴道珠点点头：“我也是这般想的。您放心，我一定好好陪着她。”

从厅堂出来时，天色已经暗了。

谢麟亲自送裴道珠回谢南锦的住处，担忧道：“也不知我阿姊到底怎么了。什么建安公主，裴姐姐，你说阿姊是不是得了臆想症？”

前面就是谢府花园。

花园里也挂上了一盏盏红灯笼。笼光在草木上投落光影，白日里千娇百媚的牡丹明明暗暗，偶有萤虫飞过草间，更显如梦似幻。

裴道珠忽然驻足，盯着那些牡丹："我倒觉得，谢姐姐说的都是真的。世上有建安公主，你家花园深处也藏着一座祠堂。"

谢麟哈哈大笑："裴姐姐，你怎么也变得神神道道？我自幼在府里长大，哪里没去过，若真有祠堂，我会不知道？！"

裴道珠望向他："席间我试探你阿娘，你没听出来吗？我只说了一个建安公主，她就默认建安公主和谢姐姐同龄，这代表她知道建安公主的存在。"

不止如此。

尽管谢夫人的表情极力保持不变，可握着杯盏的手指却悄悄收紧，她的话也很不自然地延迟了片刻。这些都说明，谢夫人在绞尽脑汁地想借口。

只是她暂时还不知道，谢夫人为什么要隐瞒建安公主的存在，仿佛对方是一个绝不能提及的禁忌。

是不是其他世家的长辈也都知道这位公主？

谢麟的笑容僵在脸上，他紧张地环顾四周："被你这么一说，我怎么觉着我家林园都变得阴森森的？"

他知道的裴道珠一向很擅长抓细节，她摆出了她抓到的证据，那他就信。

裴道珠伸手折下一枝牡丹。恰是一枝雪白的玉楼点翠，花瓣层层叠叠，只是边缘稍有枯萎泛黄，不复白日里明艳动人。

雪白的花瓣和脑海中的白山茶逐渐重合。

裴道珠的面色不禁微微泛白，她问谢麟："你还记得崔凌人和薛小满吗？还有郑翡。"

南朝十大世家，三家的嫡女都死了，死时身边都摆着一枝白山茶。

她险些在那座花神殿被杀。

如今谢南锦也濒临出事……她总觉得其中有什么关联。

只是这一次不同的是，谢南锦还牵扯出了那位建安公主。

谢麟神情凝重："你的意思是……连环杀人案的幕后凶手盯上了我阿姊？我阿姊……也会遇害吗？"

裴道珠想了想，提议道："我们去找找那座祠堂吧？我总觉得建安公主是一个重要线索。"

事关姐姐的性命，谢麟毫不犹豫地点了头。两人往花园深处走。

一道黑影悄然出现在他们身后，目送他们远去。

越往园林深处走，四周的红纱灯笼越是稀少，只能靠月光引路。

夜风清寂，花影婆娑。

走了整整半个时辰，谢麟道："裴姐姐，我家仅仅是府中园林就占山占水面积颇广。咱们这样得找到什么时候？"

裴道珠驻足。

面积再大，也有尽头。谢麟说他自幼就去过府邸的每个角落，却从没见过小祠堂。但小祠堂又确实地存在，这本身就是个悖论。

片刻后，她道："我最近在读兵书，行军打仗时军队会组成千变万化的阵法。你家园林里牡丹丛生，会不会有人以花丛为阵法，阻隔了去祠堂的路？"

谢麟眼前一亮："这个解释说得通！走，咱们去问花匠要园林舆图，说不定能发现其中诀窍。正好我这半年都在学习兵法谋略，若真有阵法，兴许我能解开！"

他们到了花匠居住的厢房，弄来舆图。所有的牡丹花丛都在舆图上标注了出来，裴道珠用毛笔把它们连起来后，谢麟当真发现了其中奥秘。

他捧起舆图，吃惊道："我在书上读到过，昔年三国厮杀，曾有高人在江边摆石头阵，困住了吴国军队。那阵法名唤'八卦阵'，我看过阵法图，与这舆图上的牡丹花丛大致相似。若要解开……"

谢麟拿过毛笔，根据记忆，认真地在舆图上勾连路径。过了片刻，他放下毛笔，得意道："裴姐姐，我知道那座祠堂在何处了，咱们走！"

两人兴冲冲地直奔祠堂而去。

一道黑影扶着厢房旁的石榴树，目送他们远去，似是忧愁般轻叹。

另一边。

就在黑影跟踪裴道珠和谢麟时，身穿绯色裙袍的女郎系着玄色斗篷，独自提一盏孤灯进了园林。

是谢南锦。

她面色苍白，步态虚浮，眼里却藏着从未有过的坚定。

她比任何人都确定那座祠堂和建安公主的存在。可是阿娘很明显不愿让其他人发现这个秘密。

她实在好奇，决定亲自寻找证据。

按照幼时的记忆，那座祠堂整洁干净，阿娘大约经常去祭拜。可香烛纸钱并不是寻常之物，阿娘不可能每个月都打发管事出府购买，那样太过惹人注目。所以阿娘肯定是把那些东西囤积在某个地方。

阿娘的住处仆婢众多，藏不住东西，唯一可能的地方就是花园深处的那座抱厦。阿娘常常在那里赏景，加上位置偏僻，鲜少有其他人出入，所以是最容易藏东西的地方。

不知走了多久，谢南锦终于看见了那座抱厦。

她推开隔扇，屋里黢黑，她用火折子点燃了屋中灯盏。她绕到屏风后仔细翻找，很快就在木柜深处找到了花篮香烛纸钱等物。她毫不犹豫地拿起这些东西，往抱厦外走。

她要向阿娘问个清楚，建安公主究竟是谁？又是如何冤死的？阿娘为何要为她设下祠堂时时祭拜。

“嘶！”她太过聚精会神，转过游廊时，冷不丁撞上一堵人墙。

她抬起头，诧异道：“萧郡公？”她打量着萧衡，不禁嗤笑：“萧郡公这身夜行衣倒是别致，我谢府大门可是上了锁，堂堂郡公正门走不得，竟半夜三更翻墙而入？”

来者正是萧衡。他本来在军营练兵，得知裴道珠住进了谢府后，想到她和谢麟共处，不禁坐立难安。实在放心不下，就半夜偷偷摸了过来。

谁知在半路撞上了谢南锦。

好在他脸皮厚，定力足，他淡淡打量了一眼谢南锦的玄色斗篷，同样嗤笑：“堂堂谢家嫡女，在自家府里不也是偷偷摸摸？半夜三更带着香烛纸钱，是要作甚？”

谢南锦别过脸，挽着花篮的手不自觉地微微攥紧。

建安公主牵连到的不仅是谢家，是所有世家。仅凭她一个人的力量，真的能弄清楚其中原委吗？萧衡想要收复故土，一心北伐，是她最欣赏的郎君，或许她可以和萧衡联手。

思及此，谢南锦正色道：“郡公是值得信任之人吗？”

萧衡挑眉，见她眉目凝重，像是要说重要的事。因她是至交好友的未婚妻，他对她总是多几分耐心的。

他道：“对你而言，陆玑有多值得信任，我就有多值得信任。”

谢南锦压低声音：“那我与郡公说个秘密。”

萧衡收敛了玩世不恭的模样：“愿闻其详。”

园林深处。

汉白玉石铺成的狭窄小径虽然年久失修，却也还算干净，可见有人打扫。

谢麟捧着舆图，吃惊地环顾四周："我竟从未来过这里！"

裴道珠提着灯笼，目光落在小径尽头："你瞧。"

谢麟望去。

小径尽头矗立着一座小小的祠堂，四周种满了雪白的牡丹，屋檐下挂着两盏青纱灯，摇曳着黯淡光影，夜里看着颇有些瘆人。

谢麟毫不犹豫地抬步上前："进去看看。"

裴道珠跟上。

谢麟推开祠堂的门，还没来得及看清里面什么样子，一股馥郁的迷香扑面而来。

两人尚未反应过来，就双双晕倒在了祠堂外。

一道修长的人影从祠堂里面走出，他打量着地上的两个孩子，无奈地摇了摇头："幸好你及时发现，否则后果不堪设想。"

谢夫人缓步而出，一直跟踪谢麟和裴道珠的人是她。

她轻叹："夫君，纸终究包不住火，咱们瞒得了一时，却瞒不了一世……更何况，即便你我能守住秘密，可其他世家却未必能守住。当年的事，终究有一天会大白于天下。"

谢大人烦躁地揉了揉眉心，过了片刻，他吩咐心腹："先把孩子们送回房。"

裴道珠醒了，一手撑着床榻起身，一手揉着脑袋观察着，帐帘高卷，灯火明光，她身处一间摆设精致的房间内。

谢夫人坐在榻边，关切道："阿难可算醒了！你和阿麟昏倒在牡丹园里，被花匠发现送了回来。可是遭贼人偷袭了？"

可裴道珠已经不信她了。她记得她和谢麟分明找到了那座祠堂，只是刚推开门就被迷香迷倒了。有人在阻止她和谢麟调查建安公主，那个人恐怕正是谢夫人。

她知道即便追问也问不出什么，笑道："许是花香醉人，晕了过去，让您担心了。世子爷可安好？"

"那小子皮糙肉厚，好着呢，就在隔壁坐着。"谢夫人为她掖了掖被角，"我让侍女煮了些安神汤，你待会儿喝了，好好休息。"

裴道珠谢过她。

谢夫人走到屏风时，忽然道：“阿难聪慧，该明白知道得越少，方能活得越久。”

这是一种警告。

裴道珠道：“多谢您提醒。”

谢夫人走后不久，谢麟做贼似的摸了进来。

谢麟道：“我刚去找花匠，管事说他告老还乡了。真可笑，哪有半夜三更告老还乡的？当真是此地无银三百两！对了，那张牡丹舆图也消失了，我估计园林的阵法也会被重新布置。咱们再想找到祠堂，恐怕会困难许多。裴姐姐，接下来要怎么办？”

裴道珠垂眸沉吟。

既然谢夫人知道建安公主，那阿娘是否也有可能知道？毕竟十多年前她家族也算鼎盛。

思及此，她安慰谢麟：“无妨，改日我回家问问我阿娘，也许能找到些线索。”

虽然这样说，但她却并不抱什么希望。建安公主的存在被所有世家隐瞒了下来，她不觉得阿娘会告诉她真相。真相终究还得亲自去查。

就在裴道珠和谢麟商量对策时，牡丹园深处，有两人站在那座祠堂前。

萧衡推开门，跨进门槛。

祠堂里弥漫着供奉所用的冷佛香，香案上只供着一座牌位，刻着“建安公主”四个隶书小字。

谢南锦环顾四周，瞧见香案前还有未烧尽的纸钱，神色凝重道：“就是这里。”

不愧是名满天下的萧家九郎……她不过简单描述了一遍幼时的经历，萧衡就判断出她家园林设有奇门阵法，又根据日月星辰和花丛的走势，轻而易举就找到了通往这里的路。

萧衡细细打量香案和那尊牌位，半晌，突然拿起牌位。

他借着灯盏的光亮，检查着牌位木漆的斑驳褪色程度，判断道：“应是十几年前设的牌位。”

“这么说，建安公主死在十几年前？”谢南锦想起梦中向她哭诉的绯衣少女，“若她还活着，该与我们同龄。也就是说，她死时不过是个尚在襁褓中的婴儿。”

萧衡眸色深沉。

同龄的世家少女……相继遇害的崔凌人、薛小满、郑翡，险些被花神教献祭的裴道珠，莫名其妙病重的谢南锦，都是同龄的世家少女。像是冥冥之中有一根线牵住了她们，而这根线的尽头正指向这座被隐藏的小祠堂。

看似繁华宁静的成郸城似乎藏着什么了不得的机密，藏着被所有世家长辈羞于启齿的往事。

萧衡正色道："我会亲自调查有关建安公主的一切。"

谢南锦颔首："若是需要帮助，尽管直说。"

她到底身体虚弱，跟着萧衡折腾了这么久，面色早已苍白如纸，双手死死扶着香案才没有脱力跌倒在地。

"我不需要帮助，倒是谢姑娘你……"萧衡突然握住她的手。

谢南锦的瞳孔骤然缩小："萧郡公——"

不过短短片刻，萧衡已经松开手，他散漫道："我这些年游学四方时学了些医术。刚刚搭过你的脉，谢姑娘，你中毒了。"

谢南锦一怔："我的衣食住行都有心腹侍女照顾，怎么可能中毒？"

萧衡冷笑："你中的乃是蜀国蛇毒。我去年在蜀国行军打仗时，帐下副将身中此毒，起初夜不能寐噩梦缠身，接着便会日渐憔悴，直到力竭而亡。谢姑娘，你身边怕是有不干不净的人。"

他心底浮现出一个人。

他还奇怪那个女人从乱葬岗死里逃生后去了何处，原来藏身在谢府。然而凭她的本事，根本进不了谢家，她背后怕是藏着和花神教有关的人。

谢南锦咬了咬下唇。事已至此，她只能相信萧衡。

沉吟片刻，她认真道："你要我怎么配合？"

次日。

原本万里晴空的天，忽然乌云蔽日，雷声轰隆，顷刻之间大雨倾盆。

裴道珠陪谢南锦坐在西窗下，一边看雨一边对弈。

棋桌上黑白纵横，险象环生。

裴道珠捻起一枚棋子，由衷称赞："原来谢姐姐的棋艺也相当精妙，这种大开大合的棋风，我很是喜欢。"

谢南锦笑着端起清茶抿了一口，抬眸看向侍立在角落的婢女："不止我，我的婢女棋艺也不错。珍儿，你来下两步。"

名唤珍儿的婢女面容隐在帐幔阴影里，她盯着裴道珠，眼神里藏满恶毒。听见谢南锦的话，她忙收敛了神情，温顺笑道："奴婢不敢班门弄斧……奴婢去给您和裴姑娘端些茶点来。”

谢南锦目送珍儿跑出闺房，细白的指尖反复摩挲着一颗冷玉棋子，眼底多了些深意。

从昨夜开始，她一一试探了近身伺候的婢女们，唯一露出破绽的是珍儿。

她的侍女都喜爱琴棋书画，珍儿尤其痴迷对弈，不仅喜欢围观别人对弈，自己也爱与人手谈。可是今天她不仅站得远远的，连她喊她过来下棋也扭扭捏捏百般不肯……

“谢姐姐？”裴道珠见谢南锦久久不动，不禁出声提醒。

谢南锦回过神，笑着落了一子：“是我不好，只顾着发呆去了。”

裴道珠敏锐地察觉到谢南锦虽然依旧憔悴，可是眼里的神情似乎变得和昨日不太一样了，就像濒临枯萎的牡丹重新活了过来。

她按捺住好奇，继续下棋。

谢家人里除了谢麟，当真是个个透着古怪……

珍儿独自回了房，锁上门，冲到了铜镜前，盯着镜子里那张清秀的脸，表情逐渐狰狞扭曲。

“裴道珠，谢南锦，你们这两个贱人！”她咬牙切齿。

她取出一罐药水，沾了些药水涂抹到额角边缘，用指腹慢慢揉搓，很快搓下一张薄薄的面皮。

她小心翼翼地把面皮泡到药水里保养，再抬起头时，铜镜里映出一张妩媚的脸。眼眸狭长魅惑，若是忽略眼底的恨意，那股子浑然天成的媚劲儿像极了蛊惑人心的花蛇。

她正是白东珠。

白东珠转身坐到床榻边，从枕头底下摸出两只简易缝制的人偶。人偶胸前贴有生辰八字，背面同样贴着布条，一个写着裴道珠，一个写着谢南锦。

白东珠拿出三寸长的绣花针，狠狠扎在小人身上：“贱人！贱人！贱人！”

她一遍遍地咒骂，直到把人偶扎得千疮百孔，才终于泄气般丢下它们。

数月前，她被裴道珠丢到了乱葬岗后，一位道士救了她。只是那道士也不是善茬，不肯白白救她，为她安排了身份潜入谢府，命令她以婢女的身份潜伏在谢南锦身边。

她不知道那个贼道士葫芦里卖的什么药，让她潜伏也就罢了，居然还要她半夜三更装神弄鬼，穿上绯衣扮演什么建安公主，狠狠吓唬谢南锦。

她本不愿，可是从前谢南锦不许她亲近谢麟，她心生怨怼，看见谢南锦日渐憔悴，她十分高兴，因此才甘愿一直藏身谢府。

只是……

每日以别人的身份活着，是一件很痛苦的事。她不知道这样的日子何时才是尽头，她看见谢南锦就觉憎恶，因此不惜忤逆道士的命令，擅自下了蜀国蛇毒，想神不知鬼不觉地害死谢南锦。

一切都如她所料，谢南锦眼看着就要不行了。想起谢南锦苍白憔悴的面容，白东珠忍不住大笑出声。

她捡起那两只残破的人偶，呢喃低语："等我解决掉谢南锦，裴道珠，下一个就轮到你了……萧衡也救不了你。我白东珠得不到的男人，其他女人也休想得到！"

她大笑着丢下人偶，翻进床榻内侧，抱着棉被缠绵摩挲。

"谢世子……萧郎……"

她眼底尽是痴迷。

…………

大婚前夕，谢南锦的身体似乎更加虚弱，竟是躺在榻上动弹不得了。

裴道珠担忧地退出闺房，轻手轻脚地掩上门扉。

放眼望去，侍女们正为明日大婚做最后的准备，忙得脚不沾地，满院的牡丹也开得极好，像是在庆祝自家女郎即将出嫁。

可裴道珠却怎么也开心不起来。她总觉冥冥之中像是张开了一张危险的天罗地网，令她压抑得几近窒息。

她无言地回了自己的居处。

待天色暗了下来，一袭夜行衣的郎君悄然潜入谢南锦的闺房。

原本卧病在床身体虚弱的谢南锦翻坐起身，讥笑着望向萧衡："翻墙入院这种事，郡公倒是熟练。"

萧衡利落地拂袖落座："怎么，陆子机没翻过你家的墙？"

提起陆玑，谢南锦的神情柔和了许多。

明日，她就要嫁给他了……

她垂眸，温柔地轻抚他送的那架凤首箜篌："陆郎谦谦君子温润如玉，自然干不出翻墙入院的事。他向来恪守礼仪，郡公日后可莫要带坏了他，我不想他学你。"

"这种话，你嫁去陆家以后自己跟他说。"萧衡斟了一碗茶，"建安公主的事，我已有些线索。”

谢南锦眼前一亮：“洗耳恭听。”

萧衡和谢南锦细说建安公主时。

“陆二哥哥！”裴道珠失声惊叫。意识到不妥，她连忙掩上门窗压低声音：“你怎会在这里？！明日就要迎娶谢姐姐，你该待在陆府才是，怎么学起那些登徒子了？”

陆玑穿着夜行衣，一身狼狈，可见潜入谢府时费了不少工夫。

裴道珠把他拉到屏风后，警惕地朝门窗方向看了看。

她轻声道：“大婚前见面终是不妥。陆二哥哥深夜前来，是太过思念谢姐姐，还是有什么急事？”

她问完才觉失言。陆二哥哥恪守礼节，怎会因为压抑不住思念，就干出半夜擅闯未婚妻府邸的事？定是有要紧事。

陆玑从怀袖里取出一个巴掌大的青瓷小罐：“听说这些天锦儿身子不适，我寻思着是不是因为入夏后天气酷热的缘故。这是我花重金求来的避暑药，抹在额角清凉醒神……”

裴道珠莞尔：“原是为此而来。”

陆玑送了药罐，又磨磨唧唧地掏出一盒胭脂，耳尖泛红如血，羞得抬不起头。

他小心翼翼地把胭脂放在裴道珠的掌心：“那夜上元节，我和锦儿进牡丹庙祈福，她夸庙里那些纸扎的牡丹颜色好看。这半年来，我搜罗了无数种牡丹，才调出那种朱红色泽，制成了这盒胭脂……道珠妹妹，你，你一并帮我转交给锦儿。明日她出嫁，用这盒胭脂定会十分欢喜……”

裴道珠握住胭脂。

明明只是个小玩意儿，却觉重若千钧。只为少女一句无心之言，就花费数月时间调制胭脂……天底下，再没有比陆二哥哥更细致妥帖的郎君了。

送走陆玑走后，裴道珠去给谢南锦送药罐和胭脂。提灯穿过游廊，她脑海中不知怎的浮现出了萧衡的身影。

那个铁疙瘩，看似风流多情，实则不懂人情，成日里只知道算计朝堂局势，便是画眉这种浪漫的事也做不好。更别提送药膏，送胭脂……

她望着那些悬挂着的红绸和红灯笼，不禁又是黯然又是羡慕。哪个女子没有祈盼过八抬大轿风风光光地嫁给良人呢？

绕过廊角时，裴道珠冷不丁撞上一个人。

四目相对。

“萧衡？”她诧异地打量萧衡的夜行衣，“你这是……”

不等萧衡回过神，她难以置信地指了指他的身后：“你是从谢姐姐房里出来的？！她可是陆二哥哥的未婚妻，你对她做了什——唔！”

萧衡一把捂住她的嘴，把她拖到隐蔽处，低声斥责：“胡说什么？”

裴道珠不忿地掰开他的手：“你自己做错事，还怪起我来了？”

见她不依不饶，萧衡胡乱编个借口：“我放心不下你，特意来找你。你这脑子里装了什么见不得人的东西，怎么只把人往坏处想？我是那种人吗？”

裴道珠被他戳了两下脑门，揉着额头羞怒地瞪他：“我有什么可放心不下的？”

萧衡轻嗤：“三心二意，朝秦暮楚，偏偏还胆大包天，红杏出墙这种事，你未必做不出来。”

裴道珠被他气笑了，她伸手勾住萧衡的腰带，霸道地把他抵在墙上：“我若要红杏出墙，凭我的心机手段，郡公也发现不了端倪……郡公深夜抓奸，可是醋了？”

萧衡听见这两个字，浑身不舒服。他反把裴道珠抵在墙上，一手挑起她的下颌，冷笑道：“我又不喜欢你，有什么可醋的？只是你如今的身份是我的娇妾，娇妾若跟谢家世子爷有点什么，我岂不是要沦为成邺城的笑柄？我总得把你看严实些。”

四目相对，暗流涌动。挂在游廊里的红灯笼轻轻摇曳，投落朦胧的绯色光影。

许是不愿辜负良辰美景，许是受谢南锦明媒正娶的刺激，裴道珠忽然踮起脚尖，吻上了萧衡的喉结。吻完，她抬起漂亮的丹凤眼直视他，妩媚却尽是挑衅。

萧衡浑身僵硬，血倒冲向四肢百骸。

她知道她在干什么吗？！胸腔里翻涌着的欲念令他恨不能立刻驯服面前这个桀骜不驯的女郎，叫她在帐中承欢哭泣，叫她再不敢随意挑衅。

他强自压抑着欲念，声音沙哑：“怎么敢碰那里？谁教你的？！”

长风吹拂，一截没有绑牢的红绸从游廊横梁上垂落，轻柔地拂过裴道珠的脸。

她握住红绸，凝视萧衡：“谢姐姐风光出嫁，我羡慕至极，自卑至极，也委屈至极。或许从前你厌恶我，可是你现在这副模样，分明是喜欢我的，为何要——”

带着清冷佛香的手指抵在了裴道珠的唇前，拦住了她的话。

直到少女眼底的光芒黯然消失，萧衡才慢慢放下手。所有因她而起的情动和心跳，在这一刻都消散了。

他转身离开了游廊。

国仇家恨未报，还不到沉湎于儿女情长的时候。

男儿征战四方，背后的妻儿只是累赘和弱点。而他是南朝最锋利的一把剑，他不能也不敢拥有弱点。

裴道珠手中的灯笼早已跌落在地，琉璃罩摔得粉碎，灯芯也已灭尽。

她自嘲般笑了两声，眼尾却悄然泛红。

萧衡离开得那么决绝，仿佛今夜的主动招惹不过是他闲暇之余一场无聊的游戏。

“萧衡，你这个人，真叫人讨厌……”

许是被辜负惯了，这一次，她竟并没有感到难过。

那个人是很好，出身名门，前程似锦，才华横溢风流倜傥，可与她又有什么关系？

裴道珠等心情平静下来后，才揣着药膏和胭脂去找谢南锦。

谢南锦靠坐在榻上，面容依旧苍白，许是没料到她突然来访，眼底藏着些猝不及防，笑容也不大自然：“这么晚了，阿难有什么事吗？”

裴道珠还沉浸在自己的情绪里，没能捕捉到对方的仓促。她取出那两件东西，仔细说了由来。

谢南锦打开瓷盒。牡丹红的胭脂卧在雪白的瓷盒里，洇出醉人的红，淡淡的雅香扑面而来，令人沉醉。

她用指尾挑起些胭脂，轻轻点在唇上，憔悴苍白的面容悄然发生变化。

她美得让人惊叹。

裴道珠紧了紧双手。

都说新嫁娘最美，凤冠华贵，嫁衣华美，可在她看来，那些新嫁娘或许不是美在表面上，而是美在神态里……

谢南锦眉眼弯弯：“多谢阿难。”

她吩咐侍女送裴道珠回房，目送裴道珠的背影消失在珠帘后，才从枕头底下取出藏起来的宝剑。

她抬袖抹了抹脸，袖口上顿时沾到一层白脂。

萧郡公先前命人送来解药，她早就康复了，只是为了麻痹真凶，她才一直化妆让自己看起来苍白憔悴。

她缓缓抽出宝剑，剑刃折射出锋利的光芒，映亮了少女的眼。

萧郡公派人调查史卷中于十多年前夭折的婴儿，符合祠堂牌位设立时间的只有三位——

“十六年前，皇族宗室夭折了三位女婴。其中两位是宗王家的郡主，一个因母亲难产窒息而死，另一个因父王造反遭到连诛。剩下那位是长公主的千金，因病去世。只是她们都没有封号，不知‘建安公主’指的究竟是哪一位。”

谢南锦盯着角落里鲜红欲滴的牡丹，冷笑着合上剑鞘，眉眼间尽是英气和锋芒。

明日大婚，幕后真凶究竟为她准备了什么惊喜？她很期待。

次日天还没亮，谢府已经热闹起来。

裴道珠跟前顾后的帮忙，把前来贺喜的女眷们安排得妥妥帖帖。

她引着几名女郎进了谢南锦的闺房，眉眼弯起：“谢姐姐正在上妆，你们且陪陪她。食案上有瓜子花生和花糕点心，大家随意。”

谢南锦端坐在妆镜台前，容貌明艳，绯衣似火。精致无瑕的妆容遮掩了她的病态，她就像是一株即将盛放的牡丹，雍容高贵。

“好看吗？”谢南锦笑。

裴道珠点点头：“谢姐姐是最美的。”

女郎们正在房中热闹寒暄，一名丫鬟匆匆跑进来，脸上挂着泪痕：“裴姑娘，‘却扇礼’用的团扇找不着了，这可如何是好！”

裴道珠怔了怔，道：“我亲自去找。”

新嫁娘出嫁时，须得手执团扇遮掩面容，等进了新房，再在夫君的注视下放下团扇露出真容，俗称“却扇礼”。谢南锦的团扇是金线刺绣而成的并蒂莲红纱扇，与嫁衣成套，不可用其他团扇代替，自然是不能弄丢的。

裴道珠去找团扇，却迟迟未归。

眼看吉时要到了，谢南锦道：“其他姐妹也帮着找找吧？”

一众女郎忙出门寻扇。

谢南锦又吩咐侍女们：“你们都去帮忙，珍儿留下来陪我就好。”

很快，闺房里只剩谢南锦和白东珠两人。

谢南锦打开陆玑送她的胭脂盒，用尾指挑了些胭脂匀在唇瓣上。她盯着菱花铜镜，笑容更加明艳张扬：“我很好奇，你贵为蜀国皇妃，是为了怎样的利益才会选择背叛故国？又是为了怎样的利益，甘愿为奴为婢潜伏在我身边？”

白东珠手捧茶托，愣在当场。

谢南锦怎么会发现她的真实身份？！她分明半点儿破绽都没露！

白东珠勉强稳住心神，笑容颇有些牵强：“姑娘在说什么，奴婢怎么听不懂？您病糊涂了，怕是还没缓过神来。”

谢南锦把胭脂盒收进怀袖，在帕子上倒了些药水，起身走到白东珠跟前，捏住白东珠的下颌，面无表情地用手帕擦拭起她的脸。

白东珠瞳孔骤然缩小：“你干什么——”

药水顷刻之间融化了人皮胶，谢南锦手快地撕下了她脸上的那张人皮面具。

面具下是一张妩媚的脸。

白东珠捂住脸，呼吸急促。半晌，她干脆破罐子破摔，沉声质问：“你是怎么发现的？”

问完，她又诧异地打量谢南锦：“你……你这般姿态，根本就很康健，难道你没有中蛇毒？前些天你都是在伪装骗我？”

谢南锦不动如山：“你先回答我的问题。”

“你想知道？”白东珠冷笑，“谢南锦，你的死期就要到了，少在这里嚣张跋——”

谢南锦利落地抄起花几上的白瓷瓶，“砰”地砸在白东珠脑袋上。

殷红的血顺着白东珠的额角蜿蜒滚落，她愣然地盯着谢南锦，两眼一翻，晕死在地。

谢南锦放下白瓷瓶，俏脸清寒地吩咐隐卫：“把她抬到花轿里。”

“找着了！不知是哪个粗心的丫头，把团扇落在了凉亭里……”

裴道珠捧着团扇跑进闺房。

谢南锦端坐在妆镜台前，含笑接过团扇翻看，柔声道：“阿难受累了，我定然给你封一个大红包。”

裴道珠笑了笑，与她说起私房话。其他去找团扇的女郎们也都陆续回来，气氛重新热闹起来。

裴道珠替谢南锦做上花轿前的最后检查，觉得哪里不太对劲儿。

空气中弥漫着脂粉和牡丹花的甘香。那甘香底下，还藏着其他的味道。

家族落魄后，阿娘和姐妹们用的脂粉香膏都是她亲手做的，她因此嗅觉灵敏许多。她合拢手中的紫绢纱折扇，嗅了嗅。

血腥味儿？

她狐疑地看向被众星捧月的谢南锦，很快又打消了疑虑。谢姐姐一直待在闺房，这里怎么可能凭空多出血腥味儿？许是自己闻错了。

随着吉时到来，谢南锦被簇拥上花轿。

谢府门前洒满红纸金箔，爆竹声起，迎亲队伍缓缓启程，准备绕城一周。

裴道珠站在人群里相送。女郎们成群结伴地开始走近路去陆家吃宴席，她正要跟上，一名小丫鬟突然哭着找到她："裴姑娘不好了！我家姑娘走得匆忙，落下了如意同心金锁项圈！"

她手里捧着一把巴掌大的金锁。

新嫁娘戴金锁，寓意夫妻同心，从此以后生死与共。这么重要的金锁竟被妆娘落下了！

裴道珠接过金锁，难得发起脾气："我明明把所有事情都安排得妥妥帖帖，怎么临到头，又是团扇不见，又是金锁落下？你们怎的连这点小事都做不好？！"

小丫鬟哽咽着答不上话。

裴道珠左右环顾。谢麟跟着迎亲队伍走远了，宾客们也都往陆府走了，随意叫个管事去送金锁，她又不放心。

思虑半晌，她挽起裙裾往马厩走："吩咐管事准备马车，咱们去追谢姐姐。但愿能在她下花轿前送到，否则有你们好果子吃！"

城北近郊，树木丛生。

迎亲队伍敲锣打鼓地经过此地，忽然起了风。风势渐大，浓雾袭来，困住了迎亲队伍。

"公子，要不咱们等雾散了再走？大家瞧不见路，走散了怕耽搁吉时！"有小厮跑来问陆玑。

陆玑身穿红色绸袍，骑在白马上，蹙着眉张望四周。这白雾来得蹊跷，铺天盖地的，竟看不清半丈开外的地方。

他不愿婚礼出岔子，叮嘱道："就地休整，人别走散了。给轿夫们拿些茶点喜糖好生款待，莫要小气。"

小厮应着"诶"，连忙下去吩咐。

陆玑下了马，行至花轿边，隔着窗帘温声细语道："林子起了雾，咱们过会儿再走。锦儿别着急。”

窗帘忽然被人卷起。

谢南锦持团扇遮面，只露出一双漂亮精致的杏眼：“陆郎想看我今日的妆容吗？”

她作势要挪开团扇。

陆玑吓得急忙转过身去：“别！咱们还没行大礼，这与礼不合，会不吉利的！”

谢南锦“吃吃”笑起来。

她这辈子潇洒不羁惯了，看不起成郸城那些苟且偷生的士族，就没想过能找到喜欢的郎君。

只是陆玑和别家郎君不一样。他明明是个温润如玉的读书人，却偏要跟萧衡上战场。他明明恪守礼仪，却敢于对一见钟情的姑娘大方告白。

她喜欢他的坦率端肃，也倾慕他的学识修养，守规矩的模样也莫名可爱。

谢南锦懒得守规矩，轻摇团扇，伸手戳了戳陆玑的后背，小声逗他：“看一眼又有什么关系？偷偷看一眼，旁人不会发现的……陆哥哥？夫君？”

陆玑被她叫的面红耳赤。

看，他自然是想看的，天底下再没有旁人比他更想看他的锦儿。

可他不敢。哪怕不信神佛，却也怕逾越规矩，会让他和锦儿日后不顺。

他低下头，耳尖红得仿佛能滴血：“锦儿，你别胡闹……”

“好了，不逗你了。”谢南锦敛了神色，她今日也还有正经事要做的，“你转过身来。”

陆玑慢吞吞地转过身，小心翼翼地瞄了两眼，确定谢南锦好好地遮着面才放了心：“等雾散了我们就启程，能赶上吉时的。”

谢南锦见他白玉似的脸依旧绯红，心思微动，朝他勾了勾手：“你凑近些，我与你说句悄悄话。”

陆玑见谁也没注意到他们，听话地俯身到花轿窗边：“什么悄悄话——”

谢南锦探出身子，隔着团扇亲了一下他的唇。

陆玑后退两步：“锦儿！”

谢南锦大大方方地笑了起来：“陆郎，人活百年也不过白驹过隙，珍惜当下及时行乐，这般活着才有意思。”

少女的爽快潇洒叫陆玑羞窘不已。他自幼循规蹈矩，做不来任性的事，便是婚前亲吻也觉逾矩。

他叮嘱谢南锦莫要乱跑，这才去车队前面安抚其他人。

随着四周的迷雾越来越浓，众人等得越发不耐烦。寂静的树林深处突然传来热闹的喜乐声，似有其他的迎亲队伍经过，而且声音越来越近。

谢南锦挑开窗帘，隔着茫茫迷雾，只隐约瞧见几抹朱红色，她眯了眯眼。

下一刻，狂风骤起。

迎亲队伍里的牌匾、彩旗等物被刮得七零八落，骏马也不安地抬起前蹄，喷出暴躁的响鼻声。

随着风势越来越大，两支迎亲队伍狼狈地撞在一处，箱笼、轿辇翻倒在地，连轿夫都险些被卷上天去。

“公子！”小厮们惊呼着寻找陆玑的踪影。

混乱之中，陆玑边往花轿摸索边叫：“锦儿！”

谢南锦端坐轿中，冷静得过分。遮面的红纱团扇早已放下，她手持宝剑，盯着面前的轿帘，随时准备应对危险。

在混乱的喊叫声中，花轿忽然被人抬起。轿夫像是擅长轻功，翻转腾挪之间抬着花轿沿着树林深处的溪水，朝城郊方向疾奔而去。

谢南锦端坐在轿内，镇静得不似常人，指腹轻轻摩挲剑柄。

像是一切都在算计之内。

树林里的迷雾渐渐散去，陆玑瞧见远处的花轿，跑上前掀开轿帘。

轿子里空空如也。

他这才后知后觉，原来刚刚撞见的迎亲队伍只是个幌子，有人设计劫持锦儿！

脑海中莫名浮现出崔凌人、薛小满和郑翡。他脊背发寒，脸色难看至极：“快去请萧郡公！”

谢南锦乘坐的花轿飞快地穿梭在青山绿水之间，不知过了多久，终于在山脉深处停下。

花轿停得很稳，轿夫们消失不见，只余下空山鸟寂声。

谢南锦握着宝剑的手悄然收紧。

不知过了多久，阴柔尖细的声音响起：“请姑娘下轿吧。”

谢南锦抬手，纤白的指尖试探性地挑开轿帘。

刹那间，无数箭矢射向花轿！

身穿绯衣的窈窕身影从花轿里一跃而出，无数箭矢射在她身上，鲜血喷出，像盛开在半空中的牡丹。

花轿外围着数个白衣白兜帽的人。

随着美人重重摔落在地，另一道绯色身影跃出花轿。

长剑出鞘，剑光照亮了谢南锦明艳嚣张的面庞。宽袖和裙裾在风中翻飞，她倨傲地扫视所有人：“我倒要瞧瞧，害死崔凌人她们的幕后凶手究竟是谁！”

话毕，剑光如雪，袭向那群白衣人！

他们一边仓皇逃窜，一边好奇地看向地面那个倒在血泊里的美人。

居然是蜀国王妃白东珠！

他们被算计了！

“再快些！”

马车疾驰，裴道珠却还是忍不住催促车夫。

她卷起窗帘，外面是一片幽寂的树林，她想不明白迎亲队伍怎么会经过这种地方。而且她赶了这么久的路，竟然还没追上谢姐姐的迎亲队伍。

马车颠簸得厉害。

裴道珠一手捧着金锁项圈，一手扶住厢壁，眉头蹙得更深：“你确定他们是从这条路走的？”

无人应答。

她心底预感不妙，大着胆子掀开车帘。

车夫不知何时被长矛贯穿了心脏，已经死了！

她脸色瞬间变得苍白。车轮轧过石块，马车剧烈颠簸了一下，她狼狈地跌坐在车中。

车厢顶部传来怪笑声：“嘿嘿，神女，别来无恙啊……”

是花神教的人？！他们怎么会出现在这里！

来不及思考，裴道珠迅速把金锁揣进怀里，又从怀袖里摸出一把小巧锋利的匕首。

自花神节那日被莫名劫持献祭之后，她每每外出都会备上一把匕首。没想到今日竟有用上的机会了！

无人驾驭的马车颠簸着往树林深处疾驰。

盘膝坐在车顶上的白衣人一跃而下，手执麈尾，在车门前单膝蹲下，笑道：“成郸城世家嫡女众多，我瞧着还是神女颜色最妙。”

他用麈尾挑起裴道珠的下颌，眼神宛如打量货物。

裴道珠跌坐在地，一手扶着车壁，宽大的袍袖和裙裾遮住了她拿匕首的那只手。

她抬起眼帘，白衣人戴着兜帽，上半张脸隐在阴影之中，隐约瞧见完美的下颌线条和薄唇。

裴道珠定了定心神，轻声道："你也是花神教的人？你们杀害崔凌人、薛小满、郑翡，究竟想做什么？"

白衣人歪了歪头，麈尾轻缓摩挲着裴道珠的脖颈，像是在思量从哪里下手更好。

裴道珠紧盯着他，再次试探："可是为了复仇？为建安公主复仇？"

白衣人薄唇弧度未变，甚至更加讥讽："建安公主是谁？"

裴道珠咬了咬牙。她看不透对方的心思。

她握紧匕首，眼睛开始泛红湿润："我与花神教无冤无仇，你们为何屡次想杀我？我自幼长在深闺，公子这般凶狠，委实令人害怕……"

她生得美，哭起来梨花带雨，当真是我见犹怜。

白衣人怔神的工夫，裴道珠毫不留情地刺向他的咽喉！

白衣人寒着脸闪避，可距离太近了，他只堪堪避开了致命处，匕首笔直插进他的肩膀。

裴道珠毫不犹豫，朝车外纵身一跃，同时利落地拔下银簪插向马屁股。

骏马吃痛受惊，高高扬起四蹄，发出一声嘶鸣，以迅雷不及掩耳之势拖着车厢和白衣人冲向前方！

白衣人捂着伤口，在风中喟叹："裴家的姑娘都这么聪明吗？"

但他的声音被风掩盖，裴道珠没听清楚，她狼狈地滚落在地，目送马车窜进树林深处。

她紧张得心怦怦跳，几乎喘不过气来，双膝、手肘和掌心也都磨出了血。

那个白衣人会不会回来尚不可知，她顾不得收拾，朝树林里飞快逃去。

风从耳畔呼啸而过。

裴道珠不知跑了多久，终于累得靠在了一棵大树下，再也无法迈动双腿。

她摸了摸如意金锁。

花神教的人盯上了她……是不是连金锁落下也是对方暗中安排好的？花神教的目标似乎是成郸城内所有的世家嫡女，谢姐姐会不会也遇到了危险？

裴道珠抬袖擦了擦额角细密的汗珠，心底没来由地漫上恐慌。她根据树根处的苔藓辨别了南北方向，不敢多耽搁，深一脚浅一脚地往成邺方向走。

走了约莫两刻钟，前方视野骤然开阔。

密林尽头的山谷里，大红花轿已经支离破碎，附近横七竖八躺着尸体，都是那些古怪的花神教信徒。可见不久之前这里发生过一场激烈的厮杀。

“谢姐姐……”

裴道珠连忙上前查看花轿，里面空空如也。

不远处传来一声脆弱的呻吟。

她循声望去，见白东珠身中数只箭矢，躺在血泊中。

裴道珠难以置信地上前：“白东珠？”

自打得知白东珠从乱葬岗逃走以后，她就以为这个女人彻底躲了起来，不承想竟然会在这里见到她！

白东珠有气无力地睁开眼，见到裴道珠，眼泪立刻滚落下来。

她哀求道：“救我……”

裴道珠检查了一番她的伤势：“你怎么会和花神教的人搅在一起？”

“救我……”许是求生心切，白东珠颤抖着伸手牵住裴道珠的袖角，“救我……”

裴道珠反握住她的手，又问：“你可有看见谢姐姐？”

白东珠神志已经开始模糊，拼着最后的力气，咬牙切齿道：“谢南锦……识破了本宫的谋划……萧衡帮她解了蛇毒……贱人……贱人……”

她字字怨恨，话音落下时已是气若游丝。

裴道珠怔住。

难道之前谢姐姐病重，是因身中蛇毒？今日发生的一切都在谢姐姐的计划内？甚至就连萧衡也参与其中……

“救我……”白东珠无力呢喃着。

裴道珠回过神，面无表情地松开她的手，起身走出几步，又回眸望向血泊里的女人。

——再有下次，记得亲手割下敌人的头颅才算保险。

萧衡的话浮现在耳畔。

纵虎归山的危险，她不喜欢。

待到她离开时，白东珠依旧躺在血泊中，只是脖颈上赫然多出了两支羽箭。羽箭贯穿脖颈，她已是彻底没了气息。

不会再有人知道梦境中的那些秘密了。

裴道珠想着。

谢家的女儿，不爱红装爱武装。

谢南锦自幼习武，一手剑术更是由谢家重金聘请的南北两朝的高手教导，使起剑来比军营里的将士还要出色。

她一路追杀着花神教的信徒，直到孤身潜入山脉深处。

她仰起头，漆黑的巨石建成的宫殿名为“花神殿”。檐下一排排宫灯亮白如雪，描绘着山茶花的图案，轻轻摇曳。

无数挽着弓的白衣人悄然出现在四面八方。

原来他们不过是在把她引向陷阱里。

为首的老人笑道：“谢姑娘来迟了。幸好，未曾误了献祭的吉时。”

谢南锦挽了个剑花，从身边花丛里利落地取了一朵鲜嫩娇美的白山茶，放在鼻尖下轻嗅。

清香扑鼻。

她嫣然一笑，杏眼明亮：“既是必死的局，可否告诉我，你们背后之人是谁？”

老人并不答话，只朝远处山脉看了一眼。

谢南锦望去。

远山娉婷，有座八角凉亭建在山中，隐约能看出坐在亭中吃茶的人是个高挑风雅的女人。可惜云雾隐隐，看不真切她的面容。

老人抬手作请：“谢姑娘请进殿。”

谢南锦把那朵白山茶抛掷在地，活动了一下脖颈：“本姑娘今日大婚，快些解决吧，莫要误了我的吉时。”

老人愣了愣，随即笑着提醒：“谢姑娘是不是糊涂了？今日是你的死期，不是你的婚期。”

“糊涂的是你。”谢南锦吹了声口哨。

远处树影婆娑，不过瞬息之间，无数绿衣隐卫把花神殿团团围住。

隐卫让出一条路。

白衣胜雪的郎君，手挽佛珠，发侧用一截褪色的红发绳编织成丹红璎珞，璎珞随墨发垂下，更显飘逸风流。

他似笑非笑地盯着老人：“花神节那夜一无所获，之后的追查也无疾而终。今日倒是个好日子。”

老人的脸上出现了一丝慌张，显然没料到谢南锦和萧衡竟识破了他们的计划，甚至还安排了这一手！

谢南锦道："你们败就败在白东珠身上。若非她擅自使用蛇毒引起萧郡公的警觉，我们也不会想到将计就计，利用她引你们上钩。"

老人咽了咽口水。到处都是隐卫，还全是高手……比起这些训练有素的侍卫，他们这群人不过就是乌合之众！打是打不过的……

他不动声色地后退了两步。

萧衡一眼看穿他的心思，淡淡吩咐："动手。"

风声四起。无数道寒光闪过，隐卫们立刻行动。

面对大展拳脚的机会，谢南锦按捺不住杀意，望向萧衡："这里就交给我，郡公去做更重要的事吧。"

萧衡望向远山凉亭。幕后凶手仍坐在亭子里，甚至还在闲适地煮水烹茶。

他捻了捻佛珠，大步朝远山走去。

……

"嘶……"裴道珠吃痛地跌倒在地。

她明明是往成郸城方向走的，却不知怎的越走越偏，四周荒草丛生，轻纱罗襦裙破了，白嫩的肌肤也是伤痕累累。

她坐在草堆里，脱下木屐。脚被木屐磨出血泡，碰一下都疼得厉害。

她朝四周张望，根本分辨不出下山的路。

花神教的人也许就藏在山中，裴道珠不敢挑这个时候娇气，只得咬着牙站起身继续往前走。

走了一会儿，她听见远处传来窸窣声。

她踮起脚尖悄悄望去，隔着蔓生的荒草，白衣胜雪的郎君身姿轻盈地掠过树梢，正朝山顶方向去。

"萧衡？"裴道珠愣了愣，随即狂喜，挥手呼喊："九爷！"

这男人平日里嚣张跋扈很是靠不住，没想到今天成了她的救命稻草！

萧衡停在一棵松树上，瞥向裴道珠。她一个本该在陆府等着吃喜酒的人，出现在了荒郊野外，罗襦裙被钩成了破衣烂衫，灰头土脸的，整个人很是狼狈。

他又望向山亭方向。女人的仆婢正在收拾器皿，显然是准备离开了。

错过今日，不知何时才能抓住她。

他想知道花神教背后是怎样的势力，想知道花神教和二十年西海城被屠有怎样的关系，而这一切，似乎唯有山亭里的那个女人能回答他。

萧衡眸色深沉，只短短一瞬就做好了抉择——他继续向山亭方向追去。

裴道珠懊恼地跺脚："萧衡！唔——"

一只粗糙的大掌从背后袭来，骤然捂住了裴道珠的口鼻。

她拼命挣扎，抬脚踩向对方的脚背，却被避开了。

在绝对的力量面前，所有的挣扎都成了徒劳。

"神女，神女……"苍老而疯癫的白衣信徒面露痴狂贪婪之色，把裴道珠拖向荒草深处。

裴道珠一边徒劳地反抗，一边眼睁睁看着萧衡远去。

两行清泪顺着脸滚落。

早已知道君心似铁，却不知可以残酷如斯。

不过半炷香的工夫，萧衡就到了山亭。然而山亭里已人去楼空，只剩下废弃的红泥雕花茶具。

狭窄的青石台阶蜿蜒着通向山脚。偶有白云飘浮其间，更加看不真切山路尽头的风光。

那华服高髻的女子被侍女簇拥着，优雅地走在台阶上。隔着重重云雾，她回眸，面容隐在青山绿水之间，只依稀能感受到大约是嘲讽的神情。

萧衡顿了顿，选择追上去。

女子看起来明明走得很慢，可是无论他怎么追都追不上，最后只能眼睁睁看着她彻底消失在山间。

"道术……"

无论是树林里的迷雾，还是这缩地千里的青石台阶，都是精通奇门八卦之术的高手在背后操控。花神教似乎和道教有些关联。

忙碌了这么久却一无所获，萧衡的脸色算不上好看，佛珠几乎快被他碾碎，他深深闭了闭眼，勉强才压下那股烦躁和戾气。

他本欲直奔花神殿，忽然想起裴道珠来。

荒草丛中，裴道珠正濒临崩溃时，一阵劲风横扫而来，把白衣信徒踹出老远。

"裴姐姐，你没事吧？！"锦衣少年满脸担忧地扶起裴道珠。

裴道珠惊魂未定，怔怔看着谢麟，才想起谢麟也是跟送亲队伍一起的。看他灰头土脸的模样，大约也是在这山林里迷了路。

她摇摇头，小心翼翼地拢起裙裾："你来得及时，我未曾受委屈……"这么说着，却还是红了眼睛。

谢麟几乎不敢想象，如果不是自己迷路走到这里，裴姐姐接下来会遭遇什么！

他恶气难消，快步走到那白衣信徒旁边，一把揪住他的衣领，一拳接着一拳地往他脸上揍！

那人惨叫着，被打得满脸都是血。

裴道珠虽然解气，但对方毕竟是花神教的人，她还打算问问关于那个势力的幕后情况，于是连忙上前阻止："谢世子——"

"砰！"

谢麟一拳砸向那人的脑袋。

裴道珠："……"

谢麟扯出手帕擦了擦手，恶声恶气道："我最看不起欺凌弱小的人。像这种畜生，死了才痛快！"

他是痛快了，可她那些问题谁来解惑？

谢麟转身，见裴道珠脸色发白，后知后觉地挡在裴道珠和尸体之间："可是吓着裴姐姐了？"

裴道珠摇了摇头，衷心道："今日若非世子出现得及时，我的清白名声都要毁了。但凡世子今后有所求，我裴道珠必然誓死以报。"

谢麟豪爽地笑了起来，替裴道珠摘下发间的枯叶："我才不要什么报答。裴姐姐余生欢喜无忧，我也就欢喜无忧了。"

裴道珠抬起眼帘。

谢麟的脸刹那间就红了个彻底。他不自然地别开脸："我们……我们找下山的路吧。"

火烧云横陈天际，晚霞美得绚烂。

裴道珠双脚磨出了血泡，走得有些慢。

谢麟察觉到她的异样，低头看了眼她的脚，连忙拉住她："等等。"

他把自己的锦袍下摆撕成布条，小心翼翼地为她脱下木屐，用布条缠住她的脚。

"好了……"谢麟用后背对着裴道珠，略微屈膝，"我背你下山。"

裴道珠抿了抿唇，略微迟疑之后，伏在了他的后背。

谢麟背着她穿过荒野，声音带笑："我比萧衡年少，可我的背也不见得比他孱弱吧？裴姐姐，他的肩膀能依靠，我的也能。”

裴道珠又累又饿，把脸轻轻贴在谢麟背上。

可惜遇见谢家小世子的时机不对……

走了很久，他们终于走到了花神殿。殿外堆积着信徒们的尸体，谢家和萧衡的侍卫正在处理现场。

谢麟瞧见穿着绯色嫁衣的谢南锦，激动大喊：“阿姊！”

过了一会儿，陆玑带着侍卫队终于找了过来。

见谢南锦平安无事，他始终提着的心才放下。他握住她的手：“到底是怎么回事，叫我担心这么久！”

“说来话长，回去以后慢慢跟你说。”谢南锦含笑靠在他的肩膀上，“只是今日误了吉时，如何是好？要不咱们另挑个日子成亲？”

陆玑岂肯：“日久生变，我今日定是要娶你的。”

两人你侬我侬。

不远处，萧衡悄然出现在殿檐下，看着裴道珠疲惫地伏在谢麟背上，双手环着他的脖颈，俨然依赖至极。

他眸色深沉，攥紧了手里的佛珠。

他回头去找裴道珠时，荒野里只剩打斗过后的痕迹。他追着草地里的脚印一路追到花神殿，恰巧看见了这样的画面，心底涌上不适，捻着佛珠的手越发用力。

裴道珠未曾注意到萧衡，对陆玑和谢南锦柔声道：“神殿里有香台和烛火，何不干脆就在这里成婚？只是此地简陋，只怕委屈了谢姐姐。”

陆玑和谢南锦眼睛一亮，略一对视就明白了彼此的心意。

陆玑温柔地牵住谢南锦的手，带她踏进花神殿。

香案上有烛火和瓜果点心，殿顶悬挂着庞大的莲花宫灯，四角垂落绣有白山茶的绸缎，倒也合适。

谢麟小心翼翼地把裴道珠放在胡床上，又替她拿了一盏水。

绯色的嫁衣如火般点亮了裴道珠的眼，她沉浸在两人大婚的喜悦里，疲惫难过和疼痛委屈感觉一扫而空。随着谢麟喊出“礼成”，她喜不自胜地笑弯了眼，

下一瞬，她看见了站在角落的萧衡。

白衣胜雪的郎君也在看着她，面色晦暗不明，不知在想什么。

裴道珠迅速收回视线，唇角的弧度跟着冷了下去。

萧衡冷笑，上前把裴道珠打横抱起。

他对陆玑夫妇道："既已礼成，我便带着阿难先走一步。"

谢麟不肯："裴姐姐受了伤，你要带她去哪儿——"

"你是她的什么人，我带她去哪儿与你何干？"萧衡横眉冷对，随即又转向陆玑，语气和缓些许，"告辞。"

"诶——"谢南锦见萧衡脸色不好看，怕裴道珠受委屈，本想再拦一拦，对方却已经大步离开了花神殿。

她迟疑地望向谢麟："阿弟……"

谢麟沉默着摇了摇头，缓了片刻，受伤的眼神又重新恢复坚韧："阿姊，我明日就去北疆。"

谢南锦懂他，摸了摸他的脑袋："阿姊等你立功凯旋。"

金梁园，望北居。

夜已深，侍女们都被屏退，只留着几盏莹黄灯笼。

裴道珠跪坐在地，罗襦裙破损得厉害，清晰可见白嫩的肌肤上被荆棘划伤的血痕。

萧衡坐在胡床上，冷冷盯着她，指腹一颗又一颗地捻过佛珠。他知道她遇见了危险，也知道她是委屈难过的，可是……在得见到谢麟背着她的时候，他心里仍旧不舒服。

角落滴漏声声，过了很久，灯笼里的烛火燃尽。

莹白的月光透窗而来，更显夏夜静谧。

裴道珠摸了摸小腹，长时间跪坐令她浑身酸胀，再加上几乎整整一天未曾进食，肚子也饿得难受。

又过了一会儿，她终于鼓起勇气抬起头。

四目相对。

"我该拿你怎么办？"

"放我回家吧。"

两人同时出声。

翡翠佛珠被捏成了齑粉。

裴道珠选择视而不见，扶着花儿站起身，整理了一番仪容，平静地走向房间外："到底是我不配，爱慕虚荣，不知廉耻，机关算尽，一无是处。纵然是妾，却连伺候人都不会……从今往后，我会离你远远的。"

缠在双脚上的布条松动脱落，血泡早已磨破，青竹地板上留下一个个带血的脚印。

萧衡坐在胡床上，瞥了眼那些带血的布条。

在裴道珠快出屏风时，他终于出声："喜欢上谢麟了？"

裴道珠驻足回头，丹凤眼漆黑平静："若有重来的机会，我更希望当初春日宴上我讨好献媚的人是他，嘶！"

萧衡一把把她拽了回来，重重抵在屏风上。沉重的紫檀木屏风被撞得轻颤。

裴道珠抬起头。

萧衡面色阴郁："可惜，你遇见的人是我，也没有重来的机会。既然当初遇见的人是我，那么你这辈子就只能是我的。"

裴道珠紧紧抿着唇，眼底都是倔强。

她对眼前的郎君已是失望透顶，她想离开这座囚笼了。

她一字一顿道："你给不了我名分和地位，给不了我尊重和爱。萧衡，你不过是想把我当一个摆设锁在你的后院……崔柚喜欢被养在金丝鸟笼里，可我不喜欢。"

萧衡盯着她，突然笑了起来。

他幼时觉得孤单，养了一条狗。那狗见谁都亲，却独独不肯亲近他。在它一次又一次向长兄摇尾讨好之后，他杀了它，把它的皮制成了垫子，永远藏进了他的库房里。

裴道珠像极了那条养不熟的狗。

他挑起裴道珠的下颌："你喜不喜欢，与我何干？我偏不放你走，偏不成全你和谢麟，你又能怎样？"

裴道珠终于察觉到不对劲，想挣开他去找萧老夫人，却被紧紧箍住手臂。

萧衡的脸笼在阴影里，声音多了几分寒意："金梁园里还有个地方很有趣，想必阿难会喜欢。"

"萧衡，你放开我！"

园林深处，裴道珠几乎是被萧衡拖着往前走。她叫喊挣扎，却激不起郎君丝毫怜惜。

桂树枝影斑驳，谁也听不见她的呼救声。

两刻钟后，萧衡终于在一处隐蔽的山洞外停了下来。

守在洞外的两名隐卫恭敬地行了一礼，打开铁门。

一股血腥味扑鼻而来。

萧衡拖着裴道珠进了山洞。

洞壁上挂着一盏盏昏暗的油灯，洞穴深处隐隐传来求饶和哀呼。再往深处走，一个个肮脏狭窄的囚笼关押着那些花神教信徒，正在接受侍卫们的审讯。

经年累月的血染红了土壤和洞壁，高高挂起的刑具发黑发臭，角落堆积着的尸体等着被扔去乱葬岗的命运。

这个地方犹如人间炼狱。

裴道珠看得胆战心惊，死死抓住一座空囚笼，再不肯往前半步。

萧衡转身，淡淡看着她："天不怕地不怕的裴道珠，会害怕这些吗？你和谢麟眉来眼去时可曾想过会有今日？"

裴道珠死死盯着萧衡，娇艳明媚的脸上满是寒霜和厌倦。她再不愿与他说一个字，沉默而倔强地扭过头去。

萧衡更加恼怒。他轻而易举就能得到权势和富贵，却无法得到想要的人心。人人怕他、敬他，却无人爱他。

他神情阴郁："裴道珠，我在跟你说话。"

裴道珠仍旧低着头不作声。

萧衡紧了紧拳头，最后冷笑一声："既不说话，你便待在这里好了。什么时候听话了，什么时候再出去。"

他拂袖而去。

直到铁门被重重合上，裴道珠才脆弱地跪坐在地。她看着不远处被审讯的囚徒，苍白的薄唇噙起讥笑。

在萧衡眼中，她算什么呢？大约是一只不听话的狗吧。

想驯化她、征服她……他休想！

慕阿难

MU
A
NAN

（全二册）

下

江苏凤凰文艺出版社
JIANGSU PHOENIX LITERATURE AND ART PUBLISHING

第15章

裴道珠在洞穴地牢里待了两日，想了很多，也算计了很多。

萧衡终于来了。

他瞥向蜷缩在角落的少女："可知错？"

知错？她错在何处？裴道珠想了想，还是忍住了。

她露出楚楚可怜的神情，声音嘶哑而无辜："那日我也是受了委屈，才不愿跟郡公解释。我跟谢世子之间清清白白，郡公不喜，我再不跟他来往就是，又何必用这种手段对付我？"

两行清泪潸然而落。

她知道萧衡虽然软硬不吃，可是比起硬到底，还是主动示弱更容易令他退步。

萧衡面无表情。

他知道裴道珠看似服了软，实则是想蒙混过关，逃出这里。他本不该心软，可是当他看见她的双脚伤势更严重时，心底漫上一层郁闷。

过了片刻，他认栽般把她从角落抱起。

裴道珠顺势搂住他的脖颈，脸埋在他怀里，低声："我疼……"

这两个字宛如一支灵巧的弓箭，直射进萧衡心里，令他瞬间破防。他眉梢眼角强撑出来的戾气和凶狠尽数消失不见。

他道："已经请大夫了。"

裴道珠"嗯"了声，乖乖伏在他怀里。

萧衡抱着她穿过花径。

该如何形容现在的心情？

明知道是在被骗，却又心甘情愿地上当。

她被关在地牢的这两日，他也寝食难安，如处囚笼。

所以现在到底是谁在驯服谁？

回到住处时，医女已经等候多时，麻利地替裴道珠清理伤口。

她只是稍微碰了一下伤口，裴道珠就哭了：“疼……”

萧衡眉头拧起，训斥医女：“可是不知轻重？”

医女跪倒在地，不知如何解释。她下手已是最轻了呀!

裴道珠柔声道：“要郡公亲自上药，才不会疼。”

屋内静得落针可闻。

枕星不可思议地盯着自家女郎。她家女郎何时跟郡公如胶似漆了起来?

萧衡破天荒地没有拒绝。他擅长处理伤口，自然而然地拿过清水、药膏、纱布等物，替裴道珠处理起脚伤。

裴道珠冷眼看着他。

萧衡自幼缺爱，许是失去过太多，所以占有欲十分强烈。别人越是依赖他，他越是喜欢……多么可恨又可悲的人。

等他再放松警惕些，她就去求萧老夫人让她离开萧衡。

这时，萧衡突然抬头：“疼吗？”

裴道珠露出温柔乖巧的笑容，轻轻摇了摇头：“不疼。”

萧衡继续为她处理伤口，只是唇角多了些嘲讽。

裴家的小骗子自以为演技天衣无缝，却不知哪哪儿都是破绽。

她想走。她所有的示弱都是为了能从他身边逃走。

他知道的。

伤口处理妥当后，两人各自梳洗过，屋里的蜡烛已是新添了一遍。

萧衡宿在裴道珠的卧榻上，借着烛火静静地看着睡在里侧的美人。她睡颜极美，看似睡得香甜，可他知道她根本未曾入眠。

他在枕侧，她如何睡得安稳?

萧衡替裴道珠拢了拢额前碎发。

在得到她的人之后，如今又想得到她的心。可他却碍于国仇家恨，不肯交付同等的真心。将心比心，若是互换位置，他大约也会如同她一般委屈难过，以致想方设法地逃离他。

“可我就是这么一个恶劣的人……裴道珠，惹上我，你是不是后悔了？”萧衡轻声呢喃。

他没指望装睡的裴道珠给什么反应，只沉默地将她抱入怀中，与她十指相扣。

烛火渐渐燃尽。

萧衡依旧注视着裴道珠。他不知道，和她相拥而眠的夜晚还剩多少次。

一心想走的人，是留不住的。

裴道珠醒时，萧衡已经去上朝了。

她抬手揉了揉额角。昨夜没怎么睡，只天将亮时小憩了片刻，如今脑袋还昏沉着。

枕星服侍她梳妆打扮，看着她憔悴的模样，很是心疼："姑娘今日就别去给老夫人请安了，去睡个回笼觉吧？老夫人那边，奴婢就说您病了。"

裴道珠摇摇头，只略微施了薄薄一层胭脂，也没佩戴珠钗首饰。

她起身："去给老夫人请安。"

枕星吃惊："您平日里最重视仪容，虽说今日也收拾得齐整干净，但是……瞧着恹恹的，您最爱美，这副样子怎么能见人呢？"

裴道珠淡淡一笑："无妨。"

她就是要用这副模样去见老夫人。

踏进安鹤堂花门槛时，裴道珠险些跌倒，幸得被侍女及时扶了一把。

她福身行礼："给母亲请安……"

众人见她穿着霜白色的罗襦裙，清瘦纤弱，最是那病态般苍白憔悴的小脸，叫人瞧一眼便生起怜爱之情。

萧老夫人有些吃惊，示意她上前，关切道："阿难怎么瘦成了这副模样？不是在谢府陪谢家娘子嘛，是在那里住得不习惯？还是被谁欺负了？"

裴道珠低着头，温顺乖巧地倚坐在她身侧。她张了张嘴，话还没说出口，泪珠就潸然滚落。

萧老夫人连忙把她搂到怀里，颇有些气："定是在外面受了欺负！你与我说，我找那人算账去！"

裴道珠哽咽着阻拦："是我自己不好，惹了郡公生气，才被郡公关进地牢惩罚……"

萧老夫人愣住。

关进地牢？她那小儿子一向知书达理温润如玉，便是在战场和朝堂上凶狠了些，也不至于干出把娇娇人儿关进地牢的事啊！

像是猜到萧老夫人不信，裴道珠忽然嘤咛一声，弯下腰揉了揉双脚。

再直起身时，她歉意道："谢姐姐大婚那日，花神教信徒在城郊作乱，我不小心卷进其中，脚受了些伤。回到金梁园之后，还没来得及处理伤口，郡公就把我关进了地牢。刚刚疼得厉害，失了态……您莫要见怪。”

萧老夫人顿了顿，道：“我房里有些宫里御赐的好药，叫江嬷嬷替你敷上。”

裴道珠恭敬地颔首，随江嬷嬷进了内室。

她小心翼翼地脱下鞋袜。原本白嫩娇贵的双脚，哪怕经过昨夜的处理，今日看来也仍旧血肉模糊。

江嬷嬷倒吸一口凉气。

随即赶来的萧老夫人同样愣在当场。

世家贵女都是娇养着的，哪受过这么严重的伤！看来阿难刚刚所言非虚。

裴道珠不再假装，她跪倒在地，丹凤眼盛着隐隐泪光：“阿难处境如何，母亲都已看在眼里。我对郡公并无爱慕，进门也是因为他强取豪夺……”

泪水顺着脸滚落。

萧老夫人猜到了她今日来请安的目的，她扶起裴道珠，迟疑道：“那么，阿难是想求我……”

“求母亲放我归家。”裴道珠斩钉截铁，“是阿难没有福气，这辈子无法侍奉郡公……若有来世，定当结草衔环报答母亲和郡公的恩德。”

少女看似柔弱，眼里却藏着坚定。往昔所求的荣华富贵锦绣前程，在这一刻被抛在脑后。

她怕再跟着萧衡，会被折磨疯掉。更怕再一次对他心动……

萧老夫人沉默了，视线落在裴道珠受伤的双足上，又是无奈又是怜惜。

她觉得萧衡和裴道珠郎才女貌登对非常，真心希望他们能够白头终老，也是真心盼望这世上能有人好好爱萧衡。可是现实终究残酷。即便强留阿难，他们恐怕也终将变成一对怨偶。

她握着裴道珠的手很久，才拍了拍她的手背：“罢了，趁他不在，你归家去吧。”

裴道珠欣喜不已，再次跪在地上，恭恭敬敬地对萧老夫人行了大礼。

萧老夫人目送她离去，惆怅地坐了下来，轻轻吁出一口气：“九郎和阿难都是可怜人。你说我擅自做主，九郎会不会责怪我？”

江嬷嬷替她揉肩：“九爷是何等人物，既放了裴小娘子离开地牢，大约也料到了她今日的举动。他没留人阻止，便是默许的意思了。”

萧老夫人微讶：“他竟舍得放手……”

裴道珠回到望北居，吩咐枕星带着侍女们收拾行李。

她独坐到西窗书案边，打算给萧衡留一封信。

写了几个字，又把纸揉成团丢弃，另外起笔。写来写去，她都觉不好，对着空白的纸发了会儿呆，轻轻吁出一口气，放下了毛笔。

举目四顾，房间精致风雅，萧衡在吃穿用度上确实没亏待过她。

视线落在那扇紫檀木刺绣屏风上。

她仍旧记得那日她不小心被萧衡窥破心事，躲到屏风后的窘迫与害怕。在屏风后面哭泣时，她心底也曾怀着一丝希望，希望萧衡能哄一哄她，能进来告诉她，他对她也怀有同等的爱意。

可是……

她所有的希望都落了空。

也不能说萧衡没有喜欢过她。他在花神殿描绘她的丹青画像时，兴许是喜欢的；金梁园落雪梅树下，他替她拂拭开梅花枝，情不自禁地吻她时，兴许也是喜欢的。

只是他对她的喜欢，抵不过他对山河故国的热爱，抵不过他对国仇家恨的在意。他是南朝最锋利的宝剑，却无法为她裴道珠出鞘。

这段感情，始于强取豪夺，愿终于好聚好散。

裴道珠释怀般弯了弯唇，起身朝屋外走去。

临上马车时，崔柚火急火燎地赶了过来。

她好奇地打量裴道珠："没想到你真的要离开……你真傻，这里有享之不尽的荣华富贵，为何要走？"

裴道珠发现崔柚又圆润了几分，轻笑："你便继续做他的笼中雀吧。无忧无虑，适合没有想法只知道吃吃喝喝的你。"

崔柚目送马车离去。不知怎的，她觉得裴道珠好像在骂她蠢笨。

她翻了个白眼，眼珠一转，吩咐侍女："快去通知顾燕婉和韦朝露，裴道珠被九爷抛弃了！"

青皮马车缓缓驶出金梁园。

不远处的高坡上，立着一匹骏马。萧衡坐在马背上，看着马车朝成郧城驶去，握着缰绳的手忍不住收紧。红发绳编织的璎珞拂拭过他的脸，神情冷得犹如坚冰。

她还是走了……

不知怎的，心底的某个地方像是被挖空了一块。

这种失去的滋味他似乎经历过。不像是难过，也不像是悲痛，更像是被抽空了所有的情绪和灵魂，只在世间留下一个麻木的躯壳。

长风四起，草木萧萧。萧衡的宽袖和袍裾在风中翻飞。

也许不再有血有肉也不是坏事。阿父曾说过无数次，成大事者，不该拘泥于儿女情长，唯有无情无爱，才能在战场上所向披靡。这才是萧家九郎……

萧衡闭了眼，再睁开时，眼中一片清明。

他勒转马头，朝山下走去。

乌衣巷。

裴道珠推开裴府大门，看着满目荒芜，不禁轻叹。尽管有她的接济，可是比起钟鸣鼎食的其他士族，裴府依旧简陋萧索。

“阿姐！”

双胞妹妹们发现她回来了，高高兴兴地小跑过来。

裴道珠抱了抱她们，牵着两个小家伙往后院走：“阿娘她们呢？”

裴桃夭声音清脆：“在后院种花！阿娘说阿姐喜欢花花，所以要多种些，等阿姐回来，瞧见满园都是花花，定然十分欢喜！”

裴道珠忍不住弯起眉眼。

从前她羡慕别人锦衣玉食山珍海味，经历了这许多事，才发现比起那些浮华奢靡，还是跟母亲妹妹住在一块儿最是惬意。哪怕粗茶淡饭，瓦舍草房，也来得快活自在。

顾娴得知裴道珠主动归家，只愣了片刻后，把女儿搂进怀里，怜惜地摸了摸她的脑袋。

她没有追问裴道珠这番行为是否会得罪萧家，更没有追问她今后有什么打算，只柔声道：“今晚给我的小阿难煮红枣桂圆汤喝。听说今夜有雨，喝些暖身滋补的汤最好不过。”

裴道珠伏在她怀里，也不知怎的酸了鼻子。阿娘在的地方才是她的家呀……

成邺城果然落了今夏的第一场雷雨。

裴道珠捧着红枣桂圆汤，不时望向黑黢黢的院子。

没过多久，一盏昏黄的灯在风雨里亮起。

随着灯笼越来越近，裴道珠的心也提了起来。她知道阿娘不会怪她，可是那个酒鬼父亲就不一定了……

裴茂之提着灯，浑身湿漉漉地踏进游廊，连木屐都懒得脱，直接跨进门槛。

瞧见席地而坐的裴道珠，他整张脸都阴沉得可怕，抬起巴掌就朝裴道珠扇去！

“哐当！”

盛着红枣桂圆汤的瓷碗摔落在地。

裴道珠伏在地上，半张脸被扇出了红指印，瀑布似的青丝尽数披散在地。

“混账东西！”裴茂之一脚踢翻食案，声色俱厉，“你以为你是什么东西，还敢自请归家？！谁给你的脸？”

偌大的动静引来了顾娴和康姨娘等人。

顾娴大惊失色，连忙把裴道珠护在怀里：“夫君这是作何？！阿难在萧家过得不开心，怎么不能自请归家？”

“老子过得也不开心，还不是一天天地熬着？！”裴茂之吼声震天，“老子在外面应酬，他们说这孽女自请归家了。老子不信，着急忙慌地回来，竟是真事！裴道珠，你从萧家跑了，我跟你娘以后的吃喝用度从何而来？”

“夫君——”

“你闭嘴！”

裴茂之怒不可遏，一脚踹开顾娴，还想再打裴道珠。

一名穿着蓑衣的侍从突然不请自来。

他手捧锦盒，看了眼裴道珠，皮笑肉不笑地对裴茂之道：“裴大人，在下是萧郡公的随从问柳，奉郡公之命给裴姑娘送些东西。”

裴茂之满脸的狰狞扭曲来不及收起，只得勉强浮起笑容，拉起问柳的手：“我这孽女一时头昏脑热，才干出自请归家的混账事儿！劳烦你向郡公捎句话，就说阿难如今后悔了，想——”

“裴大人。”问柳皮笑肉不笑地打断他，径直走到裴道珠面前，恭敬地扶起她。

他把锦盒送到裴道珠手里：“这是郡公托卑职给您送来的小礼物，您收好了。郡公还说，虽然与您有缘无分，但仍愿一别两宽，各生欢喜。”

他瞥了眼裴茂之：“郡公还说，今后成郧城里若有人敢欺负您，您只管写信告诉他，他自会为您做主。”

裴道珠慢慢打开锦盒。盒子里码着整整齐齐的银元宝，约有数百两。

她哭也不是，笑也不是。萧衡莫非是怕她今后穷苦，特意给她一笔赡养银？

问柳走后，裴茂之迫不及待地夺走锦盒，把银元宝全部倒进自己的袖袋。

他把空锦盒丢给裴道珠：“好歹捞了一笔银钱，也不算白跟他一场。我瞧那侍从的态度，郡公对你还是有情有义的，将来有机会跟他服个软，他自会接你回去，听明白了吗？”

裴道珠抱着锦盒，阳奉阴违地“嗯”了声。

一场闹剧结束，裴道珠回到寝室已近子夜。

她点燃烛火，跪坐到妆镜台前，仔细翻看锦盒，很快就发现了锦盒底部的秘密夹层。

夹层里藏着几张纸契，有地契也有房契，都是成郫城最好的地段，全部署着她裴道珠的名字，价值万金。

裴道珠怔住了。

她知晓萧衡出手阔绰，定然不只是送几百两银子那么简单，只是她没想到他竟然大方到送她商铺和土地。

那个人……

她跟着他的时候，他心如铁石，还把她丢进地牢。如今离开了，他倒是柔情似水起来了……

“呸，谁稀罕？”她小小啐了一口，嫌弃又别扭地把契约藏进妆奁深处。

累了一天，又挨了打，她很快进入了梦乡。

一道修长的身影掀窗而入，轻轻掀开罗帐，帐中少女睡得正酣。

萧衡瞧见她脸上残留着五道鲜红的指印，还有些红肿。

他俯下身，小心翼翼地碰了碰她的脸，轻嗤：“跟我在一起时凶得像个母老虎，怎么一到别人面前就成了弱小可怜又无助的猫儿？真是没用。”

他从怀袖里取出药膏，一点点敷在裴道珠的伤口上，很快就被吸收了。

明明决定了放手，可是在听见她挨打的消息时，他还是忍不住被牵动心绪，甚至抛下正事冒雨赶来看她。

他收起药膏，凝视裴道珠的睡颜，慢慢替她拂开额前碎发。

“离开我以后，你会爱上别家郎君吗？会嫁给他吗？市侩又爱慕虚荣的裴道珠，这次一定会擦亮眼睛，精挑细选出最好的郎君吧？”

“比我温柔，比我大度，比我对你好……”

萧衡低声絮语，睡梦中的少女毫无所知。

一想到她衣衫半解撒着娇唤别人夫君，一想到她娇嗔着与别家郎君斗嘴，他刚刚的风轻云淡便消失不见。

他揉了揉眉心：“裴道珠，你是上苍派来折磨我的是不是？”

他活了二十年，从未有过一个人令他魂牵梦绕，寝食难安。她才离开一天，他就已经变得魂不守舍，连着批错了好几道文书。

尝过得到的滋味，便再禁不起失去。

沉默着坐了片刻，他忽然自嘲般轻笑："罢了，我不娶妻，你也别嫁人好了。有我在，成郦城的郎君们休想娶你。"

从前以为，破镜重圆是戏里的事，碎了的明镜无法恢复如初，世间也没有所谓的圆满。可是如今，他却认定他和裴道珠有破镜重圆的那天。

他彻底栽在了这个小骗子的身上，他认了。

风雨渐歇。

一轮明月从云层中探出脸儿，给山河大地镀上一层清辉。

"等我踏平北国收复疆土，等我报了国仇家恨……"到那个时候……

萧衡握住裴道珠的手。

他也可以八抬大轿，明媒正娶，给她她想要的所有风光和尊荣。

次日。

裴道珠坐在妆镜台前，看见镜子里光洁白皙的脸，不禁愣了。

她伸手摸了摸脸，温软嫩滑，丝毫没有挨过打的痕迹。

"怪事……"她不解地梳头挽发。

"阿姐！"裴桃夭捧着一封帖子跑进来："大表姐派人给阿姐送了请帖，邀请你参加莲花宴。"

裴道珠接过帖子，笑了。顾燕婉邀请她明日去萧府赴宴。

她才归家一日，各路妖魔鬼怪就都跳了出来。顾燕婉怕是等不及要看她笑话了。

裴道珠把请帖丢到妆镜台边，从容地梳妆。

裴桃夭捧着小脸，眨巴着眼睛："阿姐，书上有个词叫'鸿门宴'，大表姐设的莲花宴就是鸿门宴吧？阿姐会去吗？"

"当然。"裴道珠轻描眉黛，"阿姐不仅要去，还要打扮得光鲜亮丽地去。你记着，人活一世，总得争口气，咱们裴家的女儿不能被人笑话的。"

裴桃夭板着小脸，正儿八经地点点头。

裴道珠走到萧府时，萧府门前已是宾客如流，可见顾燕婉今日宴请了不少人。

裴道珠轻摇团扇，刚跨进门槛，忽然被人揽住细腰。

谢南锦褒衣博带，合拢手里那把水墨折扇，故作轻佻地挑起裴道珠的下颌："哟，这是哪家的小娘子，生得花容月貌我见犹怜？"

裴道珠被她逗笑，柔声道："谢姐姐今日也来玩吗？"

"可不？"谢南锦用下巴指了指萧府后院的方向，"顾家那位姑娘可是铁了心要报复你，特意把成郸城的同龄女郎都邀请了来，想看你笑话呢。"

裴道珠不以为意："世间姻缘，聚合离散，何等正常，有什么可笑话的？怕是要叫她失望了。对了，小世子已经远赴北疆了吗？"

谢南锦点点头，与她一道往后院走："临行那日，那小子在城郊长亭等了你许久，却不见你来，可把他伤心坏了。"

裴道珠沉默。谢麟走的那日，她正被萧衡关在地牢，便是想送也是不能够的。思及此，她对萧衡又添两分怨念。

宴会设在后花园，风景别致。碧青色的湖里莲叶田田，雪白的莲花已经绽了几朵，锦鲤从莲叶下潜游而过，更显景致活泼。

水榭里坐了不少王孙公子和世家女郎。顾燕婉打扮得花枝招展，如蝴蝶般穿行在宾客之间，瞧着很是风光得意，仿佛尽数忘了去年被赶出金梁园的耻辱。

注意到她和谢南锦来了，顾燕婉笑盈盈地迎上来，拉着裴道珠的手进了水榭，温声道："得知妹妹和郡公生了嫌隙，闹到休弃归家的地步，我心里很不是滋味。怕妹妹在家中孤独，特意为你办了这场宴会。你有什么委屈，只管和我们说，千万别憋在心里。"

裴道珠："……"

顾燕婉的表面功夫是越做越好了。分明是喊来一大帮人看她笑话，却说是听她倾诉。

她反握住顾燕婉的手，温声细语："郡公待我极好，只是我自觉配不上郡公，因此自请归家。怎么到表姐嘴里就成了休弃？倒是表姐被郡公赶出金梁园，可还难过？表姐若是委屈，不妨说一说。"

顾燕婉脸上的笑容有些绷不住了。

她和荣哥一起被赶出了金梁园，可谓颜面扫地，甚至好长一段时间不敢参加宴会雅集。听崔柚的侍女说裴道珠被休了，她不知道有多开心，马不停蹄地筹办了宴会，想报复裴道珠一番，以此扳回一局。

怎么今日成了她自请归家？而且她还哪壶不开提哪壶，她被赶出金梁园的事都过去那么久了，她竟然还要当众提起！

顾燕婉的脸隐隐发烫，只得勉强保持微笑："好妹妹，过去的事就别再提了，人该往前看才是。你自请归家，后半辈子可要怎么办？毕竟做过小妾，今后可怎么嫁人……姐姐真为你担心。”

说着，她拿手帕按了按眼角，像是哭了。

裴道珠没想到半年没见，顾燕婉的演技居然精进许多。

她按捺住冷笑，故作惆怅：“余生难料，只能珍惜当下。至于今后嫁给谁……总之，荣哥哥那般轻浮之人，我是万万不敢考虑的。”

顾燕婉的表情僵住了，手指忍不住收紧，直到指甲盖都泛了白。

她背对着众人狠狠瞪了眼裴道珠。

裴道珠大获全胜。

顾燕婉虽不服气，却也怕了她那张嘴，只得勉强保持优雅，招呼众人赏花玩乐。

有年纪小些的女郎提议：“闲着也是闲着，不如咱们来玩藏钩游戏吧？谁若是输了，就罚他痛饮三杯酒！”

藏钩是时下贵族宴会上最流行的游戏——一人把腰带上的带钩藏在掌心，由对方猜带钩藏在谁的掌心、数量多少，猜中了的可以免酒，猜错了的则要受罚。

顾燕婉心生一计，笑道：“这个主意好，既然今日的宴会是专门为阿难办的，不如就由阿难来猜钩？”

开局交锋不慎败北，是她轻敌。不如借着藏钩，让裴道珠酒后失态，才能扳回一局。

韦朝露也忍不住唱和：“燕婉当真是照顾阿难，这份姐妹情，我都要感动哭了。那我们快开始游戏吧？”

裴道珠很想笑。

突然一个清越的声音传来：“在闹什么？”

众人循声望去。

白衣胜雪的郎君手捻佛珠漫步而来，正是萧衡。他身后还跟着几个年轻的士族子弟，显然是来拜访他的。

水榭里莺莺燕燕，鬓影衣香，萧衡一眼看见的却是穿着白茶色罗襦裙的裴道珠。

四目相对。裴道珠傲娇地撇了下嘴，垂眸吃茶。

萧衡薄唇轻勾。裴家的小骗子真是一如既往的可爱。

谢南锦轻摇折扇，意味深长地看了一眼裴道珠：“郡公不是住在金梁园吗？怎的又搬回了萧府？”

萧衡踏进水榭：“乌衣巷离宫里更近些，来去方便。”

谢南锦笑了笑：“是这样吗？”

她瞧着，萧衡分明是追着裴家妹妹过来的。萧衡对阿难并非无意，她那个弟弟这辈子怕是很难得到阿难了。

韦朝露不明白其中的利害关系，只巴巴地上前献媚，把藏钩的事情说了一遍，讨好道：“郡公可要与我们一起玩？”

萧衡拂袖落座，座位正对着裴道珠。他直视裴道珠：“既是阿难猜钩，那我便做藏钩之人。”

气氛凝固了一瞬。

众人都很好奇他们的关系。有人说裴道珠是被休弃的，可裴道珠却说她是自请归家。她和萧郡公郎才女貌，叫人很难移开目光，也更想知道他们之间的事。

裴道珠望向水榭外，忽然倔强地瞥向萧衡：“我不会怕你的。”

萧衡解下白玉带钩，静静地握在掌心。

顾燕婉看得新鲜，和韦朝露咬耳朵：“你说九叔是不是故意报复裴道珠？若是她自请归家，九叔的面子也太挂不住了。”

“谁说不是呢？”韦朝露一副等着看笑话的表情，“自请归家，可谓不识好歹，郡公能原谅她才怪！”

顾燕婉得意地笑了，吩咐侍女去斟酒：“去倒三碗烈酒，要用海碗那么大的酒盏装。”

萧衡手背朝上：“猜吧。”

裴道珠盯着他的手看了很久，努力回想刚刚看见他的模样。他的腰带上挂着几枚带钩来着？

这游戏纯属碰运气，她懒得再想，随口道：“一枚。”

萧衡笑容玩味：“确定？若是猜错了，可是要罚酒的。”

裴道珠咬牙沉吟片刻，坚定了最初的猜测：“一枚。”

萧衡笑了，把掌心多出的那枚白玉带钩悄无声息地滑进袖袋。

他翻手朝上，张开掌心，眉眼间莫名透着宠溺：“阿难猜对了，一枚。”

猜对了？！怎么会……他的好胜心比谁都重，他无论如何都要让她输的……

萧衡端起食案上的酒碗，仰头一灌，喝得肆意潇洒。

他怎么忍心叫她输？他不想再叫她受委屈了。

三碗烈酒下肚。

萧衡放下酒碗，容色丝毫不变，起身："我还有正事要处理，诸位慢聊。"

他淡然地往水榭外走。

经过顾燕婉时，他背对众人，垂下眼帘，薄唇噙起邪气的弧度："打狗也该看主人……若是连萧府也不想呆了，我不介意送你和萧荣去蛮荒之地。"

说罢，他径直离去。

顾燕婉愣在当场。

九叔这是在警告她吗？他在帮裴道珠？他们不是没有关系了吗？！

她怔怔看向裴道珠，这个被九叔护在掌心的女人仿佛并不知道对方所做的一切，正鼓着腮帮子和谢南锦撒娇说话。

顾燕婉捏紧团扇，名为嫉妒的火焰几乎要把她吞噬。裴道珠矫情势利，除了美貌一无是处。这样的女人怎配得到九爷的爱？！

她身侧的韦朝露也听见了萧衡的警告，委屈道："亏我还一直仰慕他，他竟然对裴道珠旧情难忘，裴道珠有什么好的？家族落魄不说，她阿娘都快被扫地出门了，不知道猖狂个什么劲儿……"

顾燕婉回过神："扫地出门？此话怎讲？"

韦朝露得意起来："两个多月前，我阿娘送给舅舅一个年轻貌美的舞姬，舅舅喜爱得紧，养在了外面。听说那舞姬怀了身孕，很可能是个男孩儿。阿娘说等那舞姬诞下孩子，就让舅舅休了那个黄脸婆。到时候，裴道珠连裴家的女儿都不是，看她还怎么猖狂！"

顾燕婉冷笑。若连家族都没了，纵然九爷再喜欢她，也绝不可能娶她为妻。她这表妹又能猖狂什么呢？

她重又恢复贤淑温柔的姿态，招呼其他客人。

游廊阴影处。

萧荣把韦朝露和顾燕婉的对话尽数听入耳中，他喝了一杯水酒，神情复杂。

莲花宴结束之后，裴道珠和谢南锦告过别，独自朝自家方向走去。

走到一株月桂树下，冷不丁从树后绕出一个人，正是许久不见的萧荣。

"道珠妹妹。"

裴道珠蹙眉。

萧荣看出她的嫌弃，自嘲地笑了："我自知对不住你，但与你退婚是我姨娘的意思。迎娶顾燕婉，也是我姨娘的意思。我只是个庶子，若要向上爬，就得迎娶娘家强大的姑娘。我身不由己，还望你体谅。"

裴道珠侧着半个身子，仍旧不搭理他。

萧荣凝视她的脸，接着道："那日擅闯之事也是情难自已。你我都是年轻人，心上人就在眼前，自然会有那方面的想法。你这般怨恨我，实在是残酷得不近人情。"

裴道珠很想笑。如果仅仅只是因为喜欢，就要不顾对方的意愿做出那种事，那么人与畜生又有何异？

她看了眼萧荣，他已经无可救药，再多的道理跟他也是说不清楚的。

她淡淡道："你若无事，我便回府了。"

"且慢。"萧荣看了眼萧府的方向，压低声音，"我刚刚听顾燕婉和韦朝露说起你父亲在外面养了一个舞姬。"

他把韦朝露的话原原本本地复述了一遍。

裴道珠听着听着，脸色逐渐发白。她是听阿娘提起过父亲这两个月很少回家，她还以为是他沉迷饮酒作乐，没想到……

她心底信了七分，急于去求证，冷淡道："我的家事与你何干？也需要你过来跟我嚼这些舌根？让开。"

她快步朝前方走去。

萧荣亦步亦趋地跟在后面："我是关心你，怎么就成了嚼舌根？如今你和九叔再无瓜葛，不如由我来照顾你，你我到底是有些缘分的——"

裴道珠被他弄烦了。

萧家的郎君都这么贱吗？跟他好时他不当一回事，把他踹开了，他倒是上赶着献殷勤！

她驻足转身，小脸冷漠至极："你再敢说这些有的没的，我就报官告你骚扰民女！萧荣，你已身败名裂，还想再雪上加霜吗？！"

少女鲜少这般疾言厉色。

萧荣被她镇住，哑口无言。

裴道珠寒着脸拂袖而去。

萧荣怔怔凝望她的背影，忍不住羞恼。

"若你还是九叔的姬妾就罢了，明明都已经扫地出门了，怎么还敢对我甩脸子……我萧荣也是名门之后，才貌双绝，有哪点配不上你？！"

风把月桂树叶吹得沙沙作响。

恨意在萧荣心底悄然萌生。

裴道珠没回裴府，而是直奔宝屏斋，让掌柜去打听那名舞姬的事。

不过短短一个下午，宝屏斋的伙计已经从市井间打听到了大概。

“那舞姬原是青楼名伶，唤作弄巧，生得一副妩媚妖精样，两个多月前被韦夫人重金买下，送给了裴大人。裴大人特意在城西买了一处两进的小宅院养着她。街坊邻居都说那女人有了身孕，只等生下儿子，就能被扶正为妻！”

裴道珠紧紧捏着茶盏，忍着怒意，不动声色：“我知道了。”

她回到裴府时，天色已晚。厅堂灯火明亮，颇有些热闹。

裴道珠在廊下脱了木屐，才发现不是冤家不聚头，姑母竟带着韦朝露来做客。

顾娴正招待着，温柔笑道：“你姑母过来送些衣料。”

裴道珠瞥了眼那些衣料，都是极差的料子，她从前看不上，现在更加看不上。

裴云惜见她面无表情，阴阳怪气道：“哟，竟是我这当姑母的不好，忘了阿难在金梁园住过，享受了好些天的锦衣玉食，如今是瞧不上我送的衣料了……我呀，就不该走这一遭！”

顾娴连忙道：“阿难最是懂事，怎会瞧不起？云惜这些年对府上的帮衬，我们都记着呢。阿难，还不快谢谢姑母？”

裴道珠撇了撇嘴。

她这母亲耳根子软，心也软。别人对她好一点，她就忘记了那人从前作过的恶。

她优雅落座，皮笑肉不笑地抬起眼帘：“姑母是个大善人。从前做媒介绍品德败坏的落魄书生，生怕我嫁得好似的，这事儿我还牢牢记着呢。”

裴云惜双颊一红，羞怒得肌肉轻颤。

她怒声道：“裴道珠，你说的什么混账话？！我也是觉着那人前程锦绣，才介绍给你的。真是个小白眼狼！”

裴道珠轻笑一声，握着白玉扇柄，神情无辜至极：“自然是要感激的。前阵子姑母送给阿父一位年轻美貌的舞姬，好为阿父排解寂寞，传宗接代。这事儿我感激得不行，正要登门致谢，不承想姑母竟自己上门了。”

厅堂落针可闻。

裴云惜没料到裴道珠竟然知道这些秘事，惊得合不拢嘴。

顾娴本提着茶壶要添茶，闻言发了呆，茶水染湿了宽袖时才回过神。她脸色苍白，手忙脚乱地收拾着桌面。

裴道珠面色淡淡。

这事不可能一直瞒着阿娘，如今她手里已有不少银钱，还置办着宅院，就算阿娘和父亲和离，她们母女也能过得很好，甚至比现在更好。

长痛不如短痛……她想借着这个机会快刀斩乱麻，怂恿阿娘和离。

裴云惜突然怪笑一声，自知瞒不下去，讥讽道："我送舞姬又如何？谁叫你娘连个儿子都不会生？我父兄皆战死沙场，只剩一位哥哥，再不生个儿子，我裴家岂不是要断子绝孙？我裴家四世三公，自打娶了你娘就开始衰败，真是个晦气的女人！"

顾娴抿着嘴，难以置信地看着她。她万万没想到，相交多年的小姑子竟对自己如此怨恨！

她生性柔弱，一句歹话也说不出口，只眼尾逐渐泛红，别过脸默默垂泪。

裴道珠见不得母亲受委屈。

她面色不改，轻笑："我阿娘没过门的时候，裴家就已经隐隐有衰败的迹象。沦落到今天这个地步，也是我阿父不争气的缘故。时运如此，与我阿娘何干？姑母也是女子，竟然能说出这种话……但愿将来表姐被婆家排挤嫌弃时，你也能风轻云淡事不关己地讲出这种话。"

"裴道珠！"提及自己的掌上明珠，裴云惜按捺不住怒意，猛然把茶盏掷在桌上。

裴道珠仍面带笑容："姑母这就坐不住了？既然坐不住，便打道回府吧。我家庙小，容不下你这尊大佛。"

"你家？"韦朝露突然开腔。她插着腰，一副牙尖嘴利的模样："裴道珠，这里可是裴府，等你阿娘被舅舅休弃，把你们娘俩扫地出门，这里可就不是你家了！到时候你们娘俩沦落街头变成无家可归的乞丐，看你还怎么猖狂！"

裴道珠优雅矜贵道："不劳表姐费心。现在，滚出去。"

裴云惜母女如同泼妇般骂了起来。可是骂了半天，顾娴母女仍旧一个垂泪，一个事不关己地吃茶，仿佛她们是两只聒噪的蛐蛐儿。就像拳头打在棉花上，又无力，又显得自己丢人。

她们冷哼一声，骂骂咧咧地跨出门槛。

临走前，裴云惜还不忘撂狠话："明儿我就叫阿兄带弄巧回家！这府里便再没有你们母女落脚的地儿！"

尖细粗鄙的声音渐行渐远。

送走这两尊瘟神，裴道珠才看向顾娴。她跪坐在地，双眼放空地看着前方。

她轻轻拥住顾娴：“阿娘……”

顾娴靠在她的肩膀上，注视着前方：“新婚时，他也曾是温文尔雅的少年郎。或许有过心动，只是尚未被岁月熬成深爱，就被接踵而至的灾难折磨得消失殆尽了。”

柴米油盐酱醋茶。

清高的人瞧不上俗世的银钱，却不知那些银钱可以压垮一个人的脊梁，让只知道诗词歌赋风花雪月的天真少女，变成庸庸碌碌充满怨恨的深闺怨妇。

“阿娘，与他和离吧？”

顾娴鼻尖发酸。她阖上眼，把与裴茂之这些年的过往如走马灯般在脑海中过了一遍。本就没有爱意，既然对方已经有了新欢，又何必再留下来受委屈？

她的声音出奇的平静：“那就和离吧。”

裴道珠先是一愣，随即欣喜道：“阿娘与他和离，余生才有盼头。”

她陪着顾娴用过晚膳，又亲自照顾她梳洗就寝。

她偷偷叫来宝屏斋的伙计们，打发他们把裴府库房里的东西全部搬到她的小宅院里。

萧家给了家里不少贵重东西，成郢城的一些世家也为了攀关系送了好些礼物。翡翠的屏风，黄铜的古董摆件儿，前朝的字画……有值钱的也有不值钱的，尽数堆在库房。

裴道珠是一件也不肯给裴茂之剩下，连夜全部悄悄转移走了。

她还翻进裴茂之的书房，连他私藏的几千两银钱也尽数搜出来，一同送去了那处小宅院。

月色盈盈，裴道珠穿着茶白色的罗襦裙站在檐下。

她呢喃：“除了阿娘，还有康姨娘和两个妹妹要养。这笔银钱就当是阿父给我们的赡养银好了。至于那位舞姬和她肚子里的孩子……阿父只管问姑母要银钱养着就是。”

次日一早，裴道珠正对镜梳妆，忽然听见院子里传来妹妹们的喊声。

她偏头往窗外望去。

阿父正揽着一位妙龄女子朝厅堂走去。

那女子是典型的江南美人，下巴尖俏，清瘦而窈窕，小鸟依人地窝在裴茂之怀里，只是眉宇间藏着七分妖媚三分势利，可见学的不是正经东西，很擅长蛊惑人心。

“顾娴！”

阿父进了厅堂，喊得整座祖宅都能听见。

裴道珠戴好东珠耳坠，不紧不慢地走向厅堂。

裴云惜和韦朝露也看热闹不嫌事大，跑了过来，一副等着看笑话的表情。

全家人都到齐了。

裴茂之揽着弄巧的腰。他的面庞早已失去当年的温润潇洒，眉眼间的戾气似乎早已深入骨髓，只是今日竟奇迹般地流露出温柔。

他道：“既然你们已经知道巧儿了，我也就不瞒着你们了。从今天起，巧儿便是裴家的新姨娘，你们都敬着她些！”

顾娴带着康姨娘等人跪坐在厅下，半垂着眼帘，并不接话。

裴云惜阴阳怪气道：“嫂子可是哑巴了？阿兄跟你说话呢！”

“道珠表妹，你还不快给新姨娘敬茶？若是怠慢了她，惹得她不高兴，舅舅可是要寻你麻烦的！”韦朝露笑眯眯的。

裴道珠淡淡扫她一眼。

她只见过妾室向正房夫人敬茶的，没见过嫡女向妾室姨娘敬茶的。

她还没说话，弄巧娇滴滴地开口：“茂之哥哥，阿难是不是瞧不起我？竟是我糊涂了，她是什么身份，我是什么身份，我怎配她敬茶？我肚子里的儿子生出来也只是庶子，比不得她嫡女尊贵，也是不配她好脸色的……”

说着说着，她竟哭了起来。

美人落泪，又一口一个“哥哥”地叫着，惹得裴茂之心疼得紧，忙喊着“心肝宝贝儿”把她搂在怀里安抚。

裴道珠目瞪口呆。

裴云惜跟着拱火：“阿难，瞧你把你新姨娘委屈的！你这孩子忒不懂事，还不快给她敬茶，唤一声姨娘？”

韦朝露幸灾乐祸地盯着裴道珠。

裴道珠正要反驳，一直未曾出声的顾娴突然笑了起来。

她的神态是从未有过的沉静：“尚未给主母敬茶，她怎么就成了裴家的姨娘？没有给我敬茶，她便不是裴家人。既不是裴家人，阿难为何要敬重她？”

裴茂之一愣，随即哄道：“巧儿，你先向她敬一盏茶吧。先过了门，其他的咱们之后再说。”

弄巧不情不愿地答应了。

她端起茶盏，一步三摇地走到顾娴面前，慢慢吞吞地跪下去，举起茶盏：

"夫人用茶吧……"

顾娴没接。她笑容温柔而内敛："你该向裴家主母敬茶，我又不是裴家主母，你何必敬我？"

这句话的意思太过复杂。

过了好半晌，裴茂之厉声问："顾娴，你这是何意？！"

顾娴冷静地起身："这个家我不待了。裴茂之，从今往后，我也再不伺候你了。"

她从怀袖里取出一把匕首，当着所有人的面，用匕首割开了披帛。

裂帛声令人心悸。

她把割成两半的披帛扔在地上："从今往后，你我的夫妻情分便犹如这条披帛，情丝已断，再无牵扯！我顾娴今日自请归家，与裴家恩断义绝！"

女人的声音宛如江南春水般润透，只是春水也有属于自己的独特力量。

裴道珠眼眶泛红。阿娘怯懦了这么多年，今日终于重新找到了自我。

和离也好被休也罢，算得上什么丢脸的事呢？

那些在家族里面轻贱虐待女子的人，才丢脸至极。

裴茂之满脸难以置信。

过了好半晌，他才找回了自己的声音："顾娴，你疯了是不是？！你知道你自己在说什么吗？离了我你要怎么活？！你以为你还是二八年华的姑娘，你以为还有男人要你吗？！"

裴云惜一边笑一边摇头："阿兄，我这嫂子怕是痴傻了！她以为顾家还肯接纳她，也不瞧瞧她那对兄嫂是什么德行，不把她扫地出门才怪呢！你让她走，等她走投无路，还不是得巴巴儿地回来找你？"

听裴云惜这么说，裴茂之顿时犹如吃了一颗定心丸。

是啊，顾娴这些年都依附他而活，犹如一株依附着大树的蔓草。没有蔓草，大树依旧可以活得很好。可是失去了大树的庇佑和支撑，小小的蔓草能活过几时？

裴茂之冷笑几声："顾娴，今日你若是走出这道门，以后也不必回来了！连带着你的女儿，统统都给我滚出去！"

顾娴看向裴道珠。

裴道珠笑吟吟地起身："阿父不肯要我，我也没有办法。只是和离事关重大，口头说了不算，还得去官府公证了才算稳妥。"

她自信可以比阿父过得更好，阿娘绝不会为和离而后悔。她只怕阿父将来后悔，又死皮赖脸地缠上她们，拿身份说事。

裴茂之没想到裴道珠如此决绝，笑容狰狞几分，警告道："阿难，你可要想好了，若是没了我，你以后就不再是高门世家的嫡女，再想嫁入高门，那可是难上加难！你在成郸能享受到的一切优待，都将化为虚有！"

裴道珠歪了歪头。

优待？因为他，她在成郸享受到的只有无尽的嘲讽和轻贱，只有经年累月也还不清的债务！

高门世家？她看见的只是日渐破败的府邸，只是日复一日走向倾颓的家族。她的阿父会腐烂在祖宅里，可她绝不会选择同样的命运。

她微笑："这些不劳您操心。"

从官衙公证出来后，裴道珠雇了一辆长檐车，载着顾娴、康姨娘和两个幼妹，穿过熙攘繁华的长街，直奔她置办的小宅院。

裴桃夭倚在姐姐身边，小心翼翼地望了眼逐渐远去的父亲，奶声奶气："阿姐，咱们以后是不是就不用回乌衣巷，不用挨打啦？"

裴道珠摸了摸她的脑袋，从怀袖里取出莲子糖分给两个妹妹："这辈子都不用再挨打啦。"

两个小姑娘嘴里含着糖，笑弯了眼睛。

官衙外。

裴云惜陪着裴茂之，兴高采烈道："没了那个晦气的女人，说不定咱们裴家会时来运转，恢复当年钟鸣鼎食的盛况。阿兄，你就等着吧，你肯定能升官发财的！"

裴茂之凝视远去的马车，心里一角不知怎的空落落的。他捏着和离书，没有回应裴云惜。

弄巧眼眸微动，倚进他怀里："茂之哥哥莫非是在留恋那个女人？她有什么好的，连儿子都不会生……不像巧儿，头一胎就是个男孩。算命先生还说巧儿是旺夫命，有巧儿陪着，茂之哥哥的日子会越过越好呢。"

温香软玉在怀，裴茂之摩挲着少女的腰肢，想象着今后的好日子，很快就把顾娴抛到了脑后："还是巧儿懂得心疼人！"

裴云惜笑道："这才对嘛！为了庆祝，我今晚请阿兄吃宴席！"

一家人喜气洋洋。

回乌衣巷时，弄巧借口要去买胭脂，让裴茂之先行回府。

她径直走进胭脂铺深处，敛去一脸的风尘和妩媚气息，恭敬地对着帷幕后的人影行礼恭声道：“主子，卑职幸不辱命。裴茂之已经和顾娴和离，裴姑娘带着顾娴等人搬去了她名下的那座小宅院。”

帷幕轻轻浮动。

室内种着青竹数丛，茶香氤氲。

白衣胜雪的郎君手挽佛珠，半垂着眼帘，闲适地端起面前沏好的热茶，吹了吹茶汤，薄唇噙笑：“退下吧。”

弄巧恭敬地退了出去。

问柳目送弄巧出去，好奇地问道：“主子，您为何要安排弄巧去拆散裴姑娘的双亲？她若知道真相，不会恨你吗？”

弄巧是萧衡的死士，接了命令特意接近裴云惜，再借裴云惜之手亲近裴茂之。争宠是假，怀孕是假，一切不过是离间裴茂之和顾娴的手段。

萧衡淡然地品着香茶：“她比谁都盼望双亲和离。我是帮她又不是害她，她为何要恨我？”

问柳挠挠头，嘀咕：“女人心海底针，裴娘子的心更是比绣花针还要细，谁知道她会怎么想……”

萧衡放下白瓷小盏，神情郑重几分：“沈将军可进京了？”

问柳连忙颔首：“约莫就这两天。”

长檐车缓缓驶进城北一条小巷深处，一座两进的小宅院出现在顾娴等人面前。庭中种着葳蕤繁茂的梧桐树，绿墙上爬满碧油油的藤蔓，小木楼很是风雅干净。

“到了……”裴道珠先下了车，笑着扶顾娴下车。

小巷口正对着繁华的街市。

四层木楼飞檐拱角，富丽堂皇。身穿细铠的中年男人魁梧高大，静静立在四楼扶栏边。目之所及，正是裴道珠的那所小宅院。

他目送青衣女子进了小宅院的门槛，眼底情绪复杂。

“可巧，将军刚回京，她便和离了，可见你们是有缘分的。”

华服高冠的雍容贵妇手持酒盏，含笑倚在扶栏边，正是长公主司马宝妆。

她望了眼小宅院的方向：“本宫这妹妹所嫁非人，苦了好些年。将军若能救她出苦海，本宫便敬你是条汉子。”

沈霁不知在想什么，始终面无表情。直到顾娴的身影消失在视线里，他才回道："这些年，裴茂之如何待她不好？"

"非打即骂。"司马宝妆答得干脆，"堂堂世家夫人，锦衣玉食娇养出来的美人儿，沦落到偷偷刺绣卖钱补贴家用的地步。她的手……甚至比你的还要糙。不仅裴茂之不管她，她的兄嫂也不管她，连她女儿的婚事都被她兄嫂的女儿抢走了。"

沈霁双手紧握，不知过了多久，他吩咐侍从："这趟回京，天子赐了府邸。置办宴席时记得把裴家和顾家的人都请上，特别关照。"

数日后。

小楼夜雨。

裴道珠换过寝衣，正对镜梳头时，枕星突然捧着请帖进来："姑娘，大将军府的人送了请帖过来。"

"大将军府？"

这两日，裴道珠听说一直镇守西北的沈霁沈将军回了京，天子特意封他为大将军并赐府邸。他非世家贵族，虽出身贫寒，可如今手里掌着实权，在朝廷里的地位并不亚于京中世家。如果说舅舅他们是朝廷新贵，那么沈大将军就是新贵中的新贵，比舅舅一家还要显赫。

只是她和沈大将军并不相识，怎么会收到请帖？

她好奇地翻开帖子，三天后大将军府将举办得胜宴，邀请她和阿娘参加。

枕星也很奇怪："自打脱离了裴家，那些贵族都不拿正眼看我们了，更别说请我们参加宴会雅集。奴婢听说这位沈大将军很了不起，连十大世家的人都要巴结他。这般人物怎么会邀请咱们去参加宴会？"

裴道珠想不出缘由，指腹轻轻摩挲阿娘的名字。

莫非……阿娘与他是旧识？

裴道珠拿着请帖来找顾娴。

房里点着几盏灯，顾娴在灯下读书，听裴道珠说了这件事，微怔。她接过请帖，瞧着上面略有些凌乱的字体，轻轻蹙眉。

"阿娘果然认识他。"裴道珠歪了歪头，"我听说沈将军出身贫寒，年少时曾是世家贵族的奴仆。阿娘怎会认识这种身份的人？难道说……沈将军当年是在顾家做工？"

少女聪慧至极，说话更是一针见血。

顾娴合上请帖，不知想起了什么，脸色并不好看。她捧起诗册："我不认识他，宴会也不想去。”说完，不自然地撩了撩鬓角碎发。

阿娘行事温柔，几乎不拒绝别人的邀约，今夜倒是稀奇。

裴道珠眼眸微动：“莫非沈大将军从前欺负过阿娘？”

“没有的事，别乱猜。”顾娴矢口否认，避开裴道珠探究的视线，“时辰不早了，还不睡觉去。”

裴道珠看她半晌，忽然笑了起来，用手指卷起一缕青丝，柔声分析：“据我所知，沈大将军未曾娶妻纳妾。他参军入伍的那年，正是阿娘嫁进裴家的那年……”

她俯下身，凑到顾娴耳畔：“阿娘，沈大将军年少时喜欢你吧？”

窗外雨声稀疏。

顾娴翻书的指尖忍不住悄悄收紧，从耳根到脖颈，都红了个透。

“又不是丢脸的事，阿娘害什么羞？阿娘与我一道去宴会呗，我想看看爱慕过阿娘的沈将军究竟是何模样。”

裴道珠心情不错地回房了。

顾娴捂住发烫的双颊：“这孩子……”

雪白的闪电从乌漆漆的窗外掠过，雨势逐渐滂沱。

顾娴回忆起年少时，她常常坐在园子深处读诗。不知从什么时候起，总有一个穿着粗布麻衣的少年出现在墙头，不向她请安，也不打搅她，只安静地听她读诗。一来二去，她知道了少年名唤沈霁，是家里喂马的奴仆。

少年大字不识，可皮囊却生得俊俏，哪怕总是板着一张脸，也仍旧很讨小姑娘们喜欢。忽然有一天，少年腼腆地问她，可不可以教他读书认字。她很开心能帮到他，便应允了。

她再次翻开那张请帖，看着纸上字迹。

那个家伙小时候学写字时就不认真，现在一手字还是歪歪扭扭……

风吹开了雕窗，她起身关窗，瞧见庭院里的梧桐树，又是一阵恍惚。

她和沈霁相识相知没几年就长大了，她被家族许给了裴茂之。她不知道姻缘是什么，也不知道何为爱慕。从小到大，顾家教她的是温顺听话，是相夫教子，于是她乖乖筹备出嫁事宜。

直到那一天，她被沈霁偷偷约到园子深处见面。

那一夜的雨也如今夜这般滂沱，她手里的纸伞和灯笼被风吹走，全身都淋湿了。正害怕时，沈霁突然紧紧牵住她的手，问她愿不愿意跟他一起逃。

少年的眼睛坚定而明亮，那是她从未见过的眼神。

他的声音透着沙哑："我带你离开这座囚笼，去别人都找不到的地方！不必被家族束缚，不必听别人的话，不必再当替父兄铺路的联姻工具，只为自己而活。顾婀，我心仪你，我想要你只为自己而活！"

这是他们相识以来，他第一次把封藏在心底的感情说出口。少年的容貌是稚嫩的，肩膀也十分单薄，但那双长满薄茧的手却充满了温暖和力量。

那一刻，顾婀突然就明白了何为姻缘，何为爱慕。

可她是顾家的嫡长女，受了顾家的生养之恩，又读了这么多年的圣贤书，她怎么可能说走就走？

她慢慢抽回自己的手，低垂眼睫："对不起……"

沈霁蹙眉："你爱慕裴茂之？我打听过了，那个男人看似才貌双全，实则是个窝囊废，还瞒着裴家偷偷和小厮去过青楼和赌场。这种郎君，要了有何用？"

"沈霁！"顾婀的语气重了些。

沈霁冷笑一声，扭过头去："你若是嫁给他，迟早会后悔。"

顾婀紧紧咬着唇。当断不断，反受其乱。

她忍痛道："我和他门当户对，自是良配。沈霁，你出身低微，终其一生也爬不到裴家、顾家的高度。你我的身份，早已注定你我的结局。明日我就让管家把卖身契还给你，我再也不想看见你。"

他是聪明的，脱离奴仆身份能活得更好，说不定……也能挣一个前程似锦。

她不敢去看沈霁的脸，转身往寝室跑了。

次日，她便听人说沈霁病了。直到出嫁那日，她再没见过他。

后来，她听说她出嫁那日，沈霁拿着卖身契离开了顾家，去北疆参军入伍。

这些年，她陆陆续续也曾听说过关于他的消息。当了伍长，立了军功，成了年纪最轻的参将，于千万人中取敌方将领的首级，攻城略地立下赫赫军功……他一步一步，从贫寒低贱的小卒爬到了大将军的位置。

知道这些消息时，她是欢喜的。为他欢喜，却不敢见他。

她哪有颜面见他呢？

顾婀拨亮烛台，无言垂下眉眼。

三天后。

青纱长檐车停在大将军府外。

裴道珠握着团扇，好奇望去。

不愧是手掌实权的当朝新贵，世家们几乎全部过来捧场了。

她回头："阿娘，快下来呀！"

顾娴难堪："要不，要不我还是回家去吧？"

"阿娘！"裴道珠着急，"来都来了，回家作甚？人家敢邀请你，你却不敢赴约，会叫别人看轻我们的。"

顾娴咬牙，沉吟了很久，终于鼓足勇气踏出马车。

裴道珠弯起眉眼，与她往府里走。刚踏过门槛，一道尖细的声音忽然传来——

"哟，这不是我前嫂嫂吗？这等场合也是你能来的地方？打扮得这般齐整，莫非是来钓夫婿的？"

裴道珠的脸色倏然变冷，睨向带着韦朝露款款而来的裴云惜："怎么说话的？"

裴云惜倨傲地摇着团扇，轻蔑地打量两人："这里可是大将军府，你们有请帖吗？莫非你们还以为自己是裴家人？自不量力，可笑至极！"

韦朝露接话道："阿娘，定然是她们过得不好，后悔离开裴家了。她们知道舅舅也会来赴宴，所以特意过来堵舅舅。"

"原是如此，真可怜呐……"裴云惜捂嘴窃笑，"只可惜，如今阿兄和巧儿过得蜜里调油，才没工夫搭理你们呢。顾娴，你若跪下来求求我，我说不定会劝阿兄把你收为小妾。"

裴道珠揉了揉额角，她可没工夫跟她们理论。

她牵住顾娴："阿娘别理她们，我们进去吧。"

裴云惜目送她们远去，忍不住啐了一口："连服软低头都不会，还妄想回到裴家，做梦！"

韦朝露好奇："阿娘，裴道珠以后不好嫁人了吧？"

"她自然嫁不到好人家。"裴云惜不以为意，宠爱地摸了摸韦朝露的脑袋，"倒是你，九爷是指望不上了，得赶紧说个好人家才是。"

韦朝露抱怨："阿娘你说得轻巧，成郫城都没有心仪我的郎君……他们都喜欢像裴道珠那样长得好看的狐狸精，半点儿眼光都没有！"

裴云惜挑眉，若是让裴道珠当女儿陪嫁的媵妾，说不定就有高门郎君愿意娶露露了……等过门之后，裴道珠也能帮露露在后院争宠。更何况表姐妹共侍一夫，传出去也是美谈一桩不是？

只是便宜了裴道珠。裴云惜越想越美。

大将军府厅堂里已是高朋满座。

因为离开宴的时辰还早，裴道珠便陪着顾娴去园子转转。

领路的侍女笑道："蒙天子恩赐，大将军府处处景致都好，尤其那堵听诗墙是景致最好最特别的地方，奴婢领二位过去瞧瞧。"

到了之后，裴道珠才发现这堵墙横穿整座园林，由红砖砌成，爬满了碧绿繁茂的藤萝，藤萝上开了星星点点的紫色小花，幽雅而烂漫。

裴道珠不解："为何叫听诗墙？"

侍女摇摇头："奴婢也不知道，是大将军命名的。"

顾娴怔怔凝视着这堵墙，神思逐渐游离。

当年顾府花园也有这么一堵墙，同样爬满藤萝，同样会在夏天盛开紫色小花，沈霁每每做完活儿，都趴在墙头听她读诗……

"我如今已是识了许多字，也读过很多诗。"

清朗的声音忽然从背后传来。

顾娴猛然转身，四目相对。

穿着玄色常服的中年男子高大挺拔，和成郧城游手好闲的贵族全然不同，他的面庞上丝毫没有沉湎酒色的荒唐和懦弱，有的只是沙场厮杀后的威严和沉冷。

沈霁正色道："听闻你已经和离……我仍旧怀着当初的心意，你如今是否能给出和当年不一样的答案？"

顾娴还没有从再次见面的震撼中回过神，甚至还没来得及把他和当初的少年联系在一起，他就如此开门见山！

她四处张望，慌张地找裴道珠。可是侍女早就带着裴道珠远远走开了，奴仆们也清散了附近的宾客，繁茂翠绿的花墙之下只有她和沈霁两个人。

顾娴不禁后退两步，福了福身："大将军……"她连声音都在发颤。

沈霁盯着她："你可以像当年那般，唤我沈小黑。"

他那时候风里来雨里去，晒得黢黑，又因为贱名好养活，因此得了"小黑"这个名儿。

顾娴头皮发麻，膝盖发软，恨不能立刻离开此处！他可是堂堂大将军，谁敢把大将军唤作沈小黑！

她结结巴巴道："大将军是在说笑吗？当初年少，如今人到中年，怎可不知礼仪规矩——"

沈霁打断她的话："我只是想告诉你，我依旧是当初喜欢你的那个人。当初身份低微，什么也给不了你。如今我衣锦还乡，可有娶你的资格？"

靠在花墙边的女子是他这辈子唯一喜欢的姑娘。

顾娴脸色发白，她这辈子还没听谁说过喜欢她……

沈霁看她这副模样，忍不住笑了：“你当年是不是也喜欢我？谁有耐心天天给个穷小子读诗，谁肯把卖身契白白还给自家奴仆，甚至还假借名义给他一大笔盘缠？事实如此，你害什么羞。”

男人戎马多年，在军营里摸爬滚打久了，说话也格外直爽。

顾娴脸皮薄，面色逐渐涨得通红，一个字都不肯接。这个男人真是……太不害臊了！

沈霁靠近她，努力让自己看起来平易近人，可是说话间还是咄咄逼人：“顾娴，你到底喜不喜欢我？我如今有权有势，你嫁给我，我帮你找裴家和顾家出气！”

顾娴扶着花墙，几乎快要晕厥过去。多年的教养令她养成了含蓄内敛的性格，喜不喜欢这种事，怎么能挂在嘴边？

她神情复杂地瞥了一眼沈霁，兔子似的转身逃走了。

沈霁莫名其妙。

他目送顾娴的身影消失后，沉着脸回眸：“长公主教得好，如今人吓跑了，我接下来如何是好？”

花墙阴影处款款走出一位华服高冠的妇人。

司马宝妆抬袖掩唇，忍笑忍得辛苦：“本宫是让你剖白心思，却没叫你如此直白！‘愿得一心人，白首不相离’，‘玲珑骰子安红豆，入骨相思知不知’，这些不比你逼问来得妙吗？”

沈霁沉默片刻，不悦道：“读书人就是事多。”

喜不喜欢，也就是一句话的事，非整那许多文绉绉的东西。

“多读书才招人喜欢。”

“裴茂之读的书倒是多，可招长公主喜欢了？”

司马宝妆沉默，跟他探讨这些完全是对牛弹琴。

另一边。

裴道珠被侍女一路引开，也隐隐猜到了对方的目的。她有心撮合阿娘和沈大将军，配合地在园子里东游西逛。

正逛得漫不经心时，忽然注意到不远处花丛深处的红漆凉亭里坐着个熟悉至极的人。

“萧衡？”

她正要离这煞星远远的，忽然瞧见另一道人影沿着青石台阶进了凉亭，恭恭敬敬地对着萧衡拜下。

“弄巧？”

弄巧不是她阿父的新欢吗？怎么会跟萧衡搅和到一处？

裴道珠躲在花丛深处，听了片刻。

弄巧的声音褪去了轻浮媚气，正经地向萧衡禀报了她阿父近日的情况。

弄巧怎么会向萧衡说这些？她拨弄着花枝，心底生出几分好奇。

难道说弄巧并非裴云惜的人，而是萧衡的人？萧衡派她出场使离间计，为的是拆散她的双亲……

正沉吟间，凉亭里的人说道：“你以为躲在那里我就看不见了？裴道珠，你几时变得这么蠢笨了？”

裴道珠一惊，抬头望去，发现弄巧不知几时走了，亭子里只剩萧衡嫌弃地看着她。

既已被发现，裴道珠不悦地起身：“你才蠢笨。弄巧是你的人？”

“不错。”萧衡挽袖斟茶，“翻看兵书时想起这一计可以使你双亲尽快和离，便替你用了。倒也不必谢我。非要谢的话，明日我休沐，可陪我泛舟湖上。”

陪他泛舟湖上？裴道珠倒是想把他一脚踹进湖里！

她冷笑：“你拆散我父母，还指望我感激你？”

萧衡吹了吹茶汤：“双亲和离，带着阿娘和妹妹逃离了那个囚笼般的府邸，难道你不欢喜吗？”

裴道珠：“……”

自然是欢喜的，只是……她的心思似乎被他拿捏得死死的。

她轻哼一声，别扭地挪开视线。

此情态落在萧衡眼中，十分可爱。他失笑道：“不谢我？都说裴家女郎高洁雅量，怎的我遇见的裴家小骗子如此小家子气？”

裴道珠瞪他一眼，不情不愿地福了一礼：“多谢郡公出手帮忙，郡公真是活菩萨现世呐！”

萧衡懒得跟她计较，尝了口茶，似是觉得不错，又给裴道珠斟了一盏，示意她坐：“我查过了，沈霁对你阿娘颇有心思。若是你阿娘借着和离的契机嫁进大将军府，你便是大将军的女儿。到时候若我娶你，凭你的身份地位也未尝不可。”

裴道珠坐在他对面，闻言笑出了声。

她就说萧衡怎么突然好心帮起她的忙来了，原为了这一出！

她打量着萧衡。郎君白衣胜雪，乌青长发披散在腰间，发间结着丹红璎珞，形貌昳丽，气度也似浮雪明月，高洁风雅。

然而佛子般的外表下，藏着一颗恶劣的心。

她从前想当他的正妻，如今却是不想了。他心里有国也有家，还有足以将他燃烧殆尽的仇恨，已经没有别的地方可以容纳她了。而她所求的，也不再仅仅是荣华富贵，她还想要他奉上全部的心。若是无法得到全部，她宁愿未曾拥有。

她双手捧脸，表情无辜：“郡公想娶我？之所以帮我，是因为这一茬……无利不起早，说的便是郡公。”

萧衡不以为意：“天下熙熙皆为利来，天下攘攘皆为利往。”

裴道珠抿了抿唇，与萧衡对视：“我阿娘若是嫁给沈大将军，你娶我便等同和大将军府联姻，也能获得更多兵权上的支持……是因为这个吗？”

萧衡沉默。

他想娶她，非是因为兵权，而是……看见她时，他胸腔里跳动的那颗心似乎有些不受控制。但那是他绝不愿意承认的事。

他轻笑两声，嘴硬道：“否则还能因为什么？裴道珠，你该不会以为我喜欢你吧？”

裴道珠被气笑了：“我早知如此！”

萧衡没说话，抬手轻轻覆在少女头上，掌心多停留了片刻。

趁裴道珠没注意到他的眷恋，他不动声色地收回手：“你我联姻有什么不好，对喜欢追逐名利的你而言，不也是最恰当的婚事吗？还是说……爱慕虚荣的裴道珠如今不爱金银珠宝，反而索取起真心来了？”

郎君一语中的。

裴道珠不自然地收回视线，同样嘴硬：“真心是最不值钱的东西，我才不稀罕真心。”

四周树木萧萧作响，亭中茶香袅袅。两人的宽袖和衣带被风吹动，犹如仙人之姿。

谁也不肯先剖白心思，谁也不肯先捅破那层纸。

直到杯中茶凉透，裴道珠才起身福了一礼：“郡公，阿难告退。”

萧衡面无表情。

枕星和问柳站在一块不远处，看得不停摇头叹气。

问柳恨铁不成钢："你猜我家郡公和你家女郎几时才能在一起？这辈子还有可能吗？"

枕星把玩着发辫："姑娘家脸皮薄，告白这种事自然该是郎君来。可是我看呀，兴许等到我家女郎白发苍苍当祖母了，九爷还在纠结要不要告白呢！"

问柳又好气又好笑。

裴道珠径直去了宴饮的厅堂，坐到顾娴身边时，见她面带绯色，心底已是猜到三分。

她也不戳破，柔柔笑道："刚刚在园子里瞧见一对猫儿在墙头晒太阳，尾巴相缠十分恩爱，倒是像极了人间夫妻的'琴瑟在御，莫不静好'。"

顾娴知道她意有所指，脸更红了，看她一眼："不许胡说。"

裴云惜忽然带着韦朝露过来了。

她笑着从腕上取下一只碧玉手镯，拉过裴道珠的手，不由分说地替她戴上："数日不见阿难，出落得越发水灵美貌了。"

姑母是不是脑子坏了？她们不是刚在府门口吵过架吗？

裴道珠在心底冷笑一声。姑母此番行径，怕是黄鼠狼给鸡拜年，不安好心。

裴云惜含笑转向顾娴："有件大喜事想跟嫂嫂商量，不知嫂嫂可否借一步说话？此事重大，嫂嫂听了必定高兴。"

裴道珠又是冷笑一声。阿娘早就跟裴家两不相干了，裴云惜倒是唤起了嫂嫂！

顾娴也不想跟她多牵扯，委婉拒绝道："快要开席了，有什么话日后再说。"

"啊呀，此事十万火急，关乎阿难余生的幸福，嫂嫂还是快跟我去隔壁详谈吧！"裴云惜挽住顾娴的手臂，几乎是拽着她去了隔壁。

韦朝露满脸期待，也跟着去了。

裴道珠不信她这姑母能有什么好事，她饮了小半盏茶，思索片刻，起身离开了厅堂。

第16章

隔壁偏厅内，除了裴云惜母女，裴茂之和弄巧也在，甚至就连顾家人也在。

顾娴虽有几分不安，却还是强撑镇定落座，只等对方先开口。

裴云惜神神秘秘道："是这样的，阿难不仅早已过了说亲的年纪，还做过妾，想要堂堂正正地嫁入高门是不可能的事。我有个好主意，可以让她顺顺利利嫁进高门，嫂嫂可想听听？"

顾娴端起茶盏呷了一口。她并不想听。

裴云惜满脸笑容，自顾说道："崔家嫡子崔慎尚未成亲，不仅出身名门，更是一表人才。我寻思着把阿难许给他是再好不过，嫂嫂意下如何？"

顾娴知道崔慎。崔家的嫡子，将来是要继承整个家族的，在朝堂上的分量几乎接近萧衡。他若是联姻，也该择取同等的士族高门，怎么可能娶阿难？

她不信天底下有掉馅饼的好事，语气淡淡："还有什么话，一并说了吧。"

裴云惜团扇掩面，顾左右而道："嫂嫂就是聪明。崔家眼高于顶，瞧不上我家朝露。我琢磨着，我家朝露有势，你家阿难有貌，若是朝露为妻阿难为妾，再加上你和长公主的关系，崔家定然肯答应这门亲事。到时候姐妹二人共侍一夫，不仅在后院有个照应，传出去也是美谈一桩，何乐而不为呢？这样阿难的后半辈子也算有个依靠了。"

她喝了口茶，得意扬扬道："这等好事可遇不可求，嫂子，你得赶紧抓住机会！"

做妾……共侍一夫……

顾娴胸膛剧烈起伏，强忍着才没上去扇裴云惜的脸。

她忍了又忍，开口时却还是带上了咬牙切齿："我家阿难已经受过一次委屈，这辈子绝不会再次做妾！我虽然和裴家没了关系，阿难却还是裴家的血脉。裴云惜，你是她的亲姑母，推她入火坑这种事怎么忍心干得出来？！"

裴云惜没料到顾娴的反应这么大，脸上的笑容僵住了。

她恼羞成怒："什么叫推她入火坑？我可是为了阿难好！成郸城有几个女人能有福气给崔慎当妾？这等好事你不珍惜，莫非想让阿难孤独终老？天底下怎会有你这么狠心的女人！阿兄，你倒是说说她啊！"

安静坐在旁边的裴茂之看着顾娴，神情复杂。

顾娴走后，他过得很煎熬。他以为有了美妾后，可以潇洒度日，却发现库房里的钱都没了，就连私房钱也被搜刮得一干二净。走投无路之下，他只能求助妹妹。

可弄巧却不是个擅长勤俭持家的女人。今儿要吃燕窝，明儿要吃鲍鱼，妹妹给的那点银钱才几日就被挥霍一空。他拿裴府找借贷商人做了抵押，才勉强换到万两银钱，然而这万两银钱也已经在弄巧的折腾下花去一半。

他简直不敢想今后要过怎样的日子，甚至怀疑再弄不到钱，他以后很可能露宿街头！

听说裴道珠如今很是有钱，还得到九爷的不少馈赠。若是她能把自己接过去住……等她嫁了人，她名下那些商铺土地还不都归他和他儿子了？

裴茂之决定缓一缓和顾娴的关系，若能重修旧好，就更好不过了。

他语气难得软和："娴儿，你便允了这门亲事吧。云惜过去何曾亏待过你和阿难？阿难嫁得好，你我才能放心不是？等阿难完成终身大事，我也可以和你重修旧好，只要你好好对待巧儿和她肚子里的孩子。"

顾娴气笑了。

她正视着裴茂之的眼睛："裴大人请自重，便是给我黄金万两，我也绝不会和你重修旧好。阿难的婚事，也不需要你们来操心。"

顾娴说完，便打算离开这里。

裴茂之猛然一拍桌子，厉声道："贱妇，给你脸了是不是？！手里有几个臭钱就用鼻孔看人了是不是？！你可别忘了，这些年都是谁在养你！有本事，你把这些年在裴家的吃穿用度都吐出来！"

顾娴浑身发抖，非是害怕，而是气怒："我何曾占过你的便宜？自裴家落魄，我一直都在用嫁妆补贴家用！这些年我从未见过你的俸禄，反倒是我那些陪嫁的金项圈金镯子，全都被你拿去贱卖当赌资！"

说到辛酸处，她忍不住指着心的位置："裴茂之，你扪心自问，你当真对得起我？！除了挥霍我的嫁妆，从小跟我一起长大、被我当妹妹一般疼爱的侍女康莲，也被你糟蹋了……裴茂之，你这种人就该天打五雷轰，就该死后入地府！"

向来温婉怯懦的女人第一次在众人面前爆发。

裴茂之一愣，显然没料到一向任他捏圆搓扁的女人竟敢当众对他无礼。

他不甘示弱，梗着脖子骂道："嫁鸡随鸡，嫁狗随狗，你既嫁到我裴家，就该知道要替我裴家分担麻烦！更何况你人都是我的，我用你点嫁妆又如何？！简直不识好歹！"

顾娴嘴唇发抖，她没想到裴茂之不要脸到这种地步！

她正要反驳，对面突然传来一声"够了"。

一直安安静静坐在对面的兄嫂露出了不耐烦的神情。

尤氏冷冷道："为人妇者，当学会谦卑。你这个样子成何体统？简直丢尽你哥哥的脸面！"

兄长顾竞争面色不虞："妹妹少时温柔恬静，怎的如今成了这副模样？若是传出去，旁人还以为我顾氏一族的女郎都是如此凶悍刁蛮，毁了家族名声。"

顾娴紧紧捏着手帕，脸色气得发白。

兄嫂当年从钱塘进京投奔，她一直好吃好喝地款待。后来裴家落魄，兄长的官位逐步高升，就带着家眷搬离了裴府。这些年他一跃成了成邺城的新贵，再不见他们登门。

她曾去顾府求见兄嫂，想借些银钱。嫂嫂请她喝了杯热茶，便开始抱怨府里开支过大自顾不暇，没有闲钱借她，随后就把她请了出去。而侄女顾燕婉更是直接抢了她家小阿难的亲事。

这就是她的娘家……比婆家更靠不住的娘家……

顾娴一颗心逐渐绝望："阿兄，父亲和阿娘临终前曾托你照顾我，这便是你照顾我的方式吗？"

"我如何没有照顾你？"顾竞争冷眼相对，"你一个妇道人家，不肯好好相夫教子，学什么和离归家，简直丢尽我的脸！你若还是我顾家的女儿，就乖乖跟裴茂之回府，安安生生待着。至于阿难的亲事，长兄如父，我替你决定，就让她当陪嫁的媵妾，和韦朝露一起嫁去崔家。"

顾娴瞳孔缩小，呼吸急促，忍不住提高声音："你凭什么替我决定？！"

"顾娴！怎么跟你阿兄说话呢？你眼里可还有长幼尊卑？！我跟你阿兄商量过了，等参加完将军府的宴会，你就带着阿难回裴家，好好和你夫君过日子。再敢多生事端，休怪家法处置！"尤氏斥道。

尤氏性格争强好胜，当年投奔顾娴时，叫她好长一段时间抬不起头。如今终于能拿捏顾娴，当真是扬眉吐气。

更何况送裴道珠去崔家做妾，顾家和崔家就算搭上了关系，对夫君的仕途十分有利，而燕婉也能更胜裴道珠一筹。

所以裴云惜请她来当说客时，她毫不犹豫就答应了。如今顾娴四面楚歌，不同意也得同意！

裴云惜笑眯眯地对韦朝露道：“事情成了。将来你是当家主母，裴道珠是你带过去的媵妾，如何利用她争宠，等回家了阿娘仔细教你。”

韦朝露喜不自胜，乖乖点头：“谢谢阿娘！”

众人只觉目的达成，计谋得逞，各自暗暗得意。

顾竞争起身，严肃道：“妹妹，我都是为了你好，你别不懂事。这件事就这么说定了，散了吧。”

屋外突然传来银铃般的笑声。

侍女推开屋门，恭敬地请来人进屋：“大将军请，裴姑娘请。”

来人正是沈霁和裴道珠。

裴道珠似是没注意到屋子里的人，弯着眼睛仰着头，孺慕地看着沈霁：“原来北疆有这么多趣事！和您聊天令阿难受益匪浅——咦，阿父、舅舅、姑母、舅母，表姐，你们怎么在这里？”

“惊讶”完，她笑盈盈地走到顾娴身边，挽住她的手臂：“阿娘，我好喜欢大将军……您什么时候嫁给大将军呀？”

屋里落针可闻。

裴茂之、顾竞争呆愣在原地。

顾娴嫁给大将军？一个是卑贱落魄的下堂妇，一个是前程似锦的大将军，两个人根本毫无牵扯毫无交集！裴道珠在说什么梦话？！

韦朝露第一个笑出声：“表妹，是不是离开金梁园的事叫你受了刺激，怎的就知道说笑话？”

裴云惜和尤氏也用绣帕掩住唇瓣，窃笑起来。

顾娴这种女人怎么配得上沈霁？大将军府举办宴会，不少世家贵妇盛装前来，说是为了吃酒，背地里其实也都在暗搓搓地打听沈霁的婚事。

一流世家自是不会考虑和沈霁联姻，然而那些二流世家却想借沈霁这股东风扶摇而上，跻身一流世家行列。

所以顾娴自然是没机会的。

裴云惜故作和蔼地牵过裴道珠：“瞧这孩子，净说些胡话。你阿娘是万万配不上沈大将军的。”

裴道珠无辜道："是这样吗？"

尤氏翻了个白眼："还能怎样？你也是做过妾的人了，说话如此口无遮拦，叫沈大将军见笑，当心家法处置！"

裴道珠眼圈微红，望向沈霁："您不能做我的阿父了吗？不能为我阿娘遮风挡雨了吗？"

少女与顾娴年轻时颇有两分相像。恍惚间，沈霁竟有种自己女儿被坏人欺负了的感觉。

他沉默看向顾娴，他魂牵梦绕多年的女人正扭过头默默垂泪。

沈霁难受得厉害，上前几步，递给顾娴一方手帕。

顾娴泪眼婆娑地抬起头。

裴道珠暗暗怀着期望，知晓这是沈大将军在试探阿娘。手帕是私密之物，若是阿娘当众接了沈大将军的手帕，便代表她答应了他，沈大将军就可以名正言顺地替阿娘做主了。

顾娴盯着手帕，纯黑色的丝绸帕子一角用红线绣着夕颜花。那是她待字闺中时最喜欢的花……他竟然一直记得。

原来这世上，有人隔着山水和光阴，一直爱着自己。

顾娴的瞳孔扫去了一层阴霾，出奇的清亮。她缓缓接过了那方手帕。

沈霁心中悸动，情难自禁地反握住顾娴的手，微微倾身："接了帕子，可就是我的人了……顾娴，你不许反悔。"

顾娴脸绯红，羞臊地垂下头去。

沈霁笑了，随即转向众人，语气变得不耐烦："我确实有求娶顾娴的心。在本将军眼里，顾娴就是天上的仙女，是高山上最难得的娇花，也轮得到你们评头论足、说三道四？！"

他的话比起成邺城的士族们粗糙率真了几分，裴道珠却觉得是任何郎君的甜言蜜语海誓山盟也比不上的。沈霁最重诺，这些话便是阿娘后半生的幸福和托付。她忍不住为她高兴。

然而其他人不高兴了。

裴茂之难以置信地紧紧捏着拳头："沈霁，你这话是什么意思？顾娴是我的女人，几时轮到你来求娶？！"

裴道珠恰到好处地提醒："阿父您忘了吗？您和阿娘已经和离，如今毫无干系。阿娘嫁给谁是她的自由。"

裴茂之暴跳如雷："孽女！大人说话，你插什么嘴？"

裴道珠讥讽地笑了。

裴云惜终于回过神，手指发颤地指向顾娴："沈大将军想娶她？！"

沈霁怎么能娶顾娴？他娶了顾娴，顾娴就是大将军夫人，说不定还会被朝廷封为诰命，比她的地位还要高，她见了还得行礼！裴道珠也不可能再给她女儿当陪嫁媵妾！

她绝不允许这种事发生！

她努力挤出微笑，却因为妒忌变得狰狞。她高声道："沈大将军，这个女人曾是我阿兄的结发妻子。自她过门后，我裴家就一日不如一日，我阿兄膝下至今连个儿子都没有。这种克夫的女人，大将军当真要娶？！"

沈霁冷笑："韦夫人，你也配议论别人的是非？我没记错的话，韦家似乎也一日不如一日。可是因为你？"

十大世家里面，除了崔家、萧家、陆家、谢家，其余世家都有逐渐没落的迹象。裴云惜所嫁的韦家也不例外。

裴云惜的脸色瞬间变得难看，笑容越发勉强："像大将军这般男儿，成邺城哪家的掌上明珠说不得？大将军若是喜欢，我夫君还有几位幼妹待字闺中，我可以替你做媒。韦沈两家联姻，将来在朝堂上也能互相扶持，岂不是比娶顾娴要强得多？"

沈霁无语至极。

裴道珠在旁边笑了，柔声道："姑母曾说和我阿娘情同姐妹。我阿娘嫁给大将军是大喜事，怎么姑母一副不高兴的样子？难道姑母见不得我阿娘幸福吗？"

裴云惜咬了咬牙："当然不是。"

"那就好。阿娘若是嫁给大将军，大将军定然会替我做主我的婚事。"裴道珠款款走到韦朝露跟前，亲热地拉起她的手，"当陪嫁媵妾怕是不成了，表姐一贯爱护我，定然不会介意的，甚至还会为我高兴，是不是？"

韦朝露嘴角抽搐，嫌弃地抽回手，勉强维持笑容："自，自然……"

裴茂之眼睛瞪得犹如铜铃，怒喝："都在胡说八道些什么？！沈霁，顾娴她是我的女人，她——"

沈霁冷冷盯向他，眼光沉冷至极，带给裴茂之极大的威慑力。

裴茂之心底胆怯几分，不敢对沈霁发脾气，于是转向顾娴："贱妇！枉我这些年对你宠爱有加，你吃里爬外，红杏出墙——"

他话还没说完，沈霁一拳打在了他的鼻梁上！

裴茂之踉跄几步，吃痛难耐地捂住鼻梁。

他难以置信地盯向沈霁："你打我？我乃朝廷命官，你怎么敢打我……"

"夫君！"弄巧娇滴滴地唤了一声，上前搀扶住裴茂之，"这里是他的地盘，咱们别在这里僵持。咱们告御状，夫君是天子器重的人，天子肯定会为您做主的！"

裴道珠听得目瞪口呆。

弄巧这是生怕她阿父过得太快活了，给他添堵来了。

如今沈霁是朝廷新贵，便是萧相爷也得给他几分薄面，天子怎么可能会为了她阿父那种酒囊饭袋得罪一位立下赫赫军功的将军？！莫说是打塌了鼻梁，就算沈霁今日把她阿父打得半死，估计天子也不会说一句重话。

偏偏裴茂之对弄巧深信不疑，他红着眼睛，在弄巧的搀扶下往门外走。

踏出门槛前，他还不忘回头撂狠话："你们给我等着！"

沈霁冷笑以对。

顾娴大约没见过这场面，怔立在原地。

他满脸的戾气瞬间化作尴尬，有些难为情地将双手藏到身后："可有吓到你？"

顾娴连忙摇头。这世上有人愿意护着她，这就很好。

尤氏在一旁咬牙切齿。她决不允许顾娴登上高枝儿，也决不允许顾娴的女儿比她的女儿过得好！

她拽了拽顾竞争的衣袖，拼命给他使眼色。

顾竞争面无表情。

顾娴是他嫡亲的妹妹，裴家败落，他其实也捞不到什么好处。不如让她改嫁给沈霁，将来在朝堂上有沈霁帮忙，他的仕途也能更顺利些。

他微笑道："这门亲事甚好。有沈大将军照顾妹妹，我十分放心。至于婚礼是简单还是隆重，由大将军决定好了。"

他非常欣慰地拍了拍裴道珠的肩膀，感喟道："你阿娘嫁得良人，舅舅我很高兴啊！也算对得起九泉之下的双亲了！"

裴道珠无言以对。

沈霁懒得和顾竞争虚与委蛇，三言两语把他打发走了。

屋外。

尤氏咬牙切齿："夫君，你怎么能同意顾娴嫁给沈霁？！顾娴若是成了大将军夫人，裴道珠的身份岂不是比咱们燕婉还要高？燕婉正难过着呢，得知这个消息，怕是要委屈死！”

顾竞争的心情正好，他扫了尤氏一眼：“是你和燕婉的心情重要，还是我的前程重要？一时的利益算什么，咱们要争的是一辈子的荣华富贵。哪怕为此卑躬屈膝，那也是值得的。”说完，他大步流星地赶着应酬去了。

尤氏又气又委屈，回头狠狠地瞪了一眼屋内。

沈霁也是，娶什么人不好，偏偏要娶顾娴！也不嫌晦气！

裴云惜捏着手帕走了过来：“要说我这前嫂子真是命好，都这把年纪了，居然还能嫁给当朝大将军……顾夫人，我说句难听话，你女儿顾燕婉都没她嫁得好呢！”

尤氏盯着裴云惜，眼底掠过不善。

韦朝露不耐烦跟这些妇人打交道，朝两人行了一礼，就急匆匆去宴会厅找小姐妹了。

尤氏望了眼她远去的背影，意味深长道：“我女儿嫁得不好，你女儿倒是有个高嫁的机会。”

裴云惜立刻睁圆了眼睛：“什么机会？！”

“沈大将军未曾娶妻纳妾，想必是一时被顾娴迷了心窍，才打算娶一个和离过的妇人。朝露未曾说亲，若是把朝露许给沈大将军——”

“你放屁！”裴云惜愠怒，“沈霁多少岁，我家朝露多少岁？！”

尤氏笑容更盛：“沈霁容色出众，不比那些二十余岁的小郎君们差吧？更何况他手握重权，你家朝露嫁过去那就是大将军夫人。以后你在婆家都能横着走，何乐而不为呢？”

裴云惜怔住了。是啊，沈霁确实生得英俊潇洒，比那些小郎君们英武许多……

尤氏循循善诱：“顾娴徐娘半老，自然比不得朝露花容月貌。沈大将军若是能娶到朝露，肯定会抛弃顾娴的。若是我家燕婉未曾说亲，我怎么样都要尝试一番的。”

她见裴云惜在思索沉吟，显然被说动了，便冷冷一笑，转身离开。

裴云惜越想越觉得此计可行。顾娴哪比得上朝露来的水灵漂亮？沈霁年纪是大了点，但大一点才懂得疼惜人嘛！

屋内。

沈霁和顾娴面对面站着，谁也不敢先开口。

裴道珠暗道怕是自己妨碍到两人互诉情浓了，赶忙福了一礼："阿娘、大将军，我忽然想起来还有些事要处理，先告退了。"说罢，便退了出去。

她心中十分高兴，走路时不觉裙角生风。经过一株梧桐树时，一朵碧绿的莲蓬忽然从天而降。

她下意识接住，仰起头，发现白衣胜雪的郎君正卧在梧桐树间。几缕阳光温柔地照在他的脸上，衬得他俊美潇洒。修长如玉的指尖挽着一串翡翠佛珠，丹凤眼似笑非笑，低垂着注视她。

他声音清润："心情很好？"

裴道珠把玩着莲蓬："看见你，就变得不好了。"

萧衡挑眉："你阿娘能顺利和沈霁说亲，其中少不了我的手笔。承了我的情还在我面前这样，裴道珠，谁惯的你？"

裴道珠撇了撇嘴。不愧是萧衡，这么快就知道消息了。

她不再故作小家子气，大大方方地邀请道："难为萧郡公肯做一件像样的人事……日后请郡公吃喜酒就是。"

萧衡轻嗤："谁稀罕吃喜酒？"

清风徐徐，夏日园林里的花香甜得沁人心脾。

郎君目光炽热，似是要剥光她的衣裳，看透她的心。

裴道珠不自在地低下头。

萧衡仍旧注视她。树荫里的女郎白茶色罗襦裙，腰间系带和绣葡萄花宽袖垂落至地，纤细飘逸。她掐下一颗碧玉莲子，剥去莲衣，慢慢含进樱唇之中。

分明是个爱慕虚荣的坏姑娘……可是为什么他怎么看怎么觉得惊艳脱俗？萧衡暗道自己真是魔怔了。

他翻身跃下梧桐树，从怀袖里取出一朵红莲。

他把红莲簪在裴道珠的鬓角："口头的感激我不要，吃喜酒的邀请我也不在乎。裴阿难，你我打了这么久的交道，你知道我想要什么。"

裴道珠抬起鸦羽似的长睫。

从前他心如铁石，面目可憎。如今他见色起意，同样面目可憎。

他沦陷了……应是沦陷了吧？

裴道珠忽然上前半步，靠他更近些："郡公想要的谢礼……"

她含住一颗莲子，攀住萧衡的肩膀，踮起脚尖凑向萧衡的唇瓣。四目相对，他们甚至能触碰到彼此的鼻尖。

萧衡的心跳快了些，他微微歪头，正要顺势吻住少女的朱唇，裴道珠却突然退后。

她吞下那颗莲子，掩袖轻笑，抬起戏谑的眉眼："我从未求过郡公帮忙，你一厢情愿主动出手，却来问我讨要谢礼，当真可笑！没想到郡公如此单纯可爱，很令人喜欢呢。"

她簪着红莲，手捧莲蓬走了。

萧衡独自站在梧桐树下，发间的丹红璎珞被风吹得轻轻拂动。他嘴角逐渐扬起一个同样恶劣的笑容。裴道珠很坏，他也很坏，天底下再没有比他们更般配的了。

……

转眼已是金秋。

城北小巷的闺楼里，裴道珠请了成郸城最好的妆娘为顾娴梳妆打扮，等候吉时到来。

裴桃夭捧着红扑扑的小脸，笑弯了眼睛："阿娘真好看，比其他新嫁娘都要好看！"

康姨娘搂住裴桃夭，同样笑得合不拢嘴："您是有福气的人，果然应了三姑娘的话，离开裴大人，您会过得更好。"

顾娴捂住绯红的脸，轻声道："我本想私底下稍微请两桌客人也就罢了，他偏要大操大办，怪叫人害臊的……"嘴角却忍不住地翘起。

她摸了摸裴桃夭和裴子衿的脑袋："咱们以后住进沈府，再不会受欺负。"

沈霁待她极好，连康莲母女也愿意一同接纳——"不过就是多几双筷子、几份嫁妆的事吗，我沈霁出得起。今后一并按将军府的掌上明珠对待就是。"

男人的豪爽大度还得了雅量的美名。

随着吉时到来，小巷子里逐渐热闹起来。迎亲队伍的排场相当隆重，可见是花了心思的。

大将军府已是宾客盈门，各种贵重礼物如流水般送入库房，人人都羡慕顾娴好造化，竟然能在和离之后再嫁良人。

沈霁也确实宠顾娴，甚至特地为她请了一道封诰命夫人的圣旨。

圣旨下来的时候，裴道珠瞧见裴云惜的脸都僵了。

尤氏和表姐顾燕婉干脆称病不来，只来了舅舅一人。

裴道珠游刃有余地招待女眷，始终保持端庄温婉的笑容。

谢南锦陪着她，忍不住说笑："整个成郸城的士族高门都看着呢，她们也好意思称病不来……如此没有气度，真叫人笑话。"

裴道珠笑："连表面功夫都做不好，可见不值得花力气对付，随她们去。"

两人终于忙过这一阵，特意挑了个偏僻的游廊坐下说话。

谢南锦望着游廊外的枫叶："你阿娘都觅得良人了，阿难，你呢？你今后有什么打算？可有心仪的郎君？"

裴道珠摇了摇头。

人真是奇怪，懵懂的时候，见着皮囊好看的郎君都觉欢喜，稍微有点才华，便忍不住为之倾心。就像昔年她遇见玄策哥哥，那段不沾染金钱和世俗的岁月，大约是她最纯稚的年华。后来她长大了，所有的姻缘考量都开始与钱财和门第挂钩。她认识了更多才貌双绝出身高贵的郎君，却变得再难动心。

她把玩着一枚飘落的枫叶，迟疑道："谢姐姐，我好像……只爱自己。萧衡曾说我自私势利，如今想来确实是这么回事儿。我只想自己和家人过得好，只想荣华富贵和锦绣前，其他糟心的东西，我通通都想丢掉。谢姐姐，我大约老了，竟学不会心动了。"

谢南锦笑出了声。

裴道珠不解："你笑什么？"

"先学会爱自己，才能懂得如何去爱别人。"谢南锦替她理了理鬓角的乱发，"不再动心，只是因为你还没有遇见值得你抛弃世俗偏见和门第钱财去动心的那个人。一旦遇见，或许便是奋不顾身，倾尽所有。"

谢南锦年纪虽轻，说话却一套一套的："当然，这种事是最急不得的。日子过得太快，便是虚度。日子过得太慢，便是煎熬。须得如文火炖药，方能过得惬意快活。"

裴道珠不安的心突然就变得宁静。

春夏秋冬，时序安然。夏天盛开的花，会在秋天结出果实。将来，她一定会遇上令她心动的那个人。

脑海中蓦然跳出萧衡的身影。

她懊恼地捶了下额角。这般好的日子，她竟然想到了那个家伙！

谢南锦好奇："怎么了？"

裴道珠连忙摇头："没什么，只是想到了一个叫人倒胃口的人。"

谢南锦摇开折扇，忍不住弯起眉眼。能在这种时候想到的人……怎么也不算倒胃口吧？

萧郡公和阿难的感情，真是令她感兴趣。

另一边。

萧衡正在宴席上与人吃酒，问柳忽然快步而来，附在他耳畔低语。

萧衡面色微变，旋即朝众人歉意颔首，起身离席。

二人行至无人的花树后，问柳神情紧张道："卑职打听到北国皇太子确实有南下之意，恐怕今年冬天就会造访成邺。其目的尚不清楚，听说是与一幅画像有关。"

"什么画像？"

"回主子，还在打听中。"

南北两朝一向剑拔弩张。原本北国今年该挥师南下，却因为老皇帝病重耽搁了时机。北国佯装和谈，朝廷得知后十分欢喜，立刻签订了盟约。

如今北国皇太子为一幅画像南下……他身份贵重，肯冒险南下，想必那幅画像对他意义非凡。

萧衡指尖捻过一颗颗佛珠，思索半晌，道："且先看看。"

问柳称是。

萧衡望向北方。

北国历代天子性情乖戾，却又都是才华横溢之人。他们在治理国家方面残酷弑杀，对待感情方面相当专一。曾有北国天子为心爱的美人挥霍五代积累的国库，也有人在其皇后死后毅然殉情，更有人舍去半壁江山，只为向敌国换回被俘虏的心上人。

一枚枫叶飘摇在萧衡面前，他伸手接住。枫叶脉络纵横，宛如繁衍不息的生命。

阿父教导他，北国皇族是他毕生的敌人。北国皇太子是将来执掌朝堂之人，也是他的宿命之敌。

他眼底掠过残酷，火红的枫叶在他的掌心支离破碎。

……

清晨。

裴道珠梳妆时，瞧见琉璃花窗上结了一层薄薄的霜花。

她戴好南珠步摇，起身推开花窗，扑面而来的空气透着凉意。

园林里的枫叶鲜红欲滴，天竺树结的果子沉甸甸地垂落枝头，几丛秋菊已经开了，重重花瓣雪白娇艳。

她伸手掐了一朵把玩着，忍不住失笑："这般好的白云托雪，倒是很衬那个人。"

枕星整理着床帐，好奇道："哪个人呀？"

“就是萧——”裴道珠急忙掩唇。

枕星莞尔：“九爷吗？姑娘是在想念他吗？”

裴道珠轻轻啐了一口：“大清早的提起他，晦气。他那个人，性情乖戾，脾气阴晴不定，谁会想他？”

枕星歪了歪头。九爷嘴硬，姑娘骄矜，她十分好奇这层窗户纸究竟会由谁捅破。

裴道珠到了厅堂，见沈霁坐在上座，正被两个幼妹缠着说话。战场上厮杀无畏的铁血大将军，面对两个软糯糯的小娇娘竟有些手足无措。

裴道珠请过安，笑着对顾娴道：“妹妹倒是不怕他。”

顾娴柔声道：“起初是有些怕的，后来阿霁给了她们一把糖，慢慢就不怕了。桃夭她们是喜欢阿霁的。”

裴道珠见她眉眼带笑，神情是这些年从未有过的温柔恬静。

一家人用过早膳，沈霁示意管家取来三只锦盒。

他把锦盒交给裴道珠她们：“这一点礼物你们且先收着。”

裴道珠好奇地打开锦盒，里面是一整套贵重的红宝石头面。

两个妹妹收到则是一副实心雕花金镯子和金项圈。

沈霁又道：“从今往后，你们的月银便按照将军府的份例来，阿难一个月二十两纹银，桃夭和子衿各十两。”

顾娴愣了，连忙提醒：“寻常士族的千金也不过每月三五两脂粉钱，二十两委实有些多了……”

沈霁笑了：“怎么，你还怕我养穷了不成？放心，养女儿，我还是养得起的。”

养女儿……

裴道珠捧着沉甸甸的锦盒，心头涌上难以言喻的滋味。

她小心翼翼地望向沈霁，“阿父”二字还是喊不出口。

两个妹妹虽然高兴，却也十分腼腆，谁也不好意思率先改口。

许是瞧出了她们的羞怯，沈霁揉了揉两个小家伙的脑袋：“不必着急，今后叫我阿叔就好。毕竟我还未曾尽父亲的义务。”

裴道珠听着这些话，心里更暖。沈大将军给了她们一个能够遮风避雨的家，她真心感激。

顾娴道：“你安心朝堂上的事，后院我自会打理妥当。月银一事算不得重要，我倒是想请几位女先生，教导桃夭和子衿琴棋书画。”

"呜！"裴桃夭哀呼一声，"阿娘，我可不可以不学琴棋书画？我想学刀枪棍棒，像大将军那样上阵杀敌！"说罢还学起戏台上的武生，挥舞着稚嫩的小手摆出武打架势。

康姨娘臊了个满脸，把桃夭抱到怀里："你这孩子！"

厅堂里的人都被逗笑。

顾娴和康姨娘去忙请女先生的事了。

裴道珠闲来无事，在园林里临摹秋景。

枕星突然来报："姑娘，韦夫人带着韦朝露登门拜访，见是不见？"

裴道珠捏着狼毫，沉吟片刻，道："让她们在花厅里等着。"

她故意拖延时间，半个时辰之后才漫不经心地跨进花厅："让姑母久等了。"

"阿难！"

花厅里没有裴云惜的身影。韦朝露兴冲冲地抱住裴道珠："才一日不见，我就十分想念你。实在想得夜不能寐，便打包行李过来小住几日。阿难，你不会不欢迎我吧？"

花厅里站了不少韦家的侍女，各自带着箱笼和包袱。

裴道珠："……"

连锅碗瓢盆都带来了，这哪是小住几日，分明是要长住的意思。

韦朝露兴奋地左右张望："对了，沈大将军呢？怎么没瞧见他？"

裴道珠打量着韦朝露。她今日仔细打扮过，妆容比平常更加精致艳丽，首饰也是精心搭配过的。她带着行李来，还张口就问沈大将军，打的什么主意？

韦朝露见裴道珠只看着她不说话，不禁骄傲地抬起下颌："你瞅我作甚？"

"表姐今日美艳夺目，还容不得我多看两眼吗？"

韦朝露被她哄得开心，含羞带怯地捂住脸："真的吗？"

裴道珠撇了撇嘴。

当然是假的。成郦城还没有哪个贵族女郎敢在她面前称一句美艳夺目。

裴道珠心底不禁冒出一个念头。只是那个念头太过荒诞，她自己都不敢信。

她抱着戒备的心态，淡淡道："我阿娘已经和裴家没有任何关系，你来我家小住怕是不妥。我安排马车送你回韦家，免得你家人担心。"

"这就是表妹的待客之道吗？"韦朝露不悦，"我辛辛苦苦过来一趟，几乎整个成郦城的人都知道我来你这里小住，你却要赶我走……大将军府怎的如此小气？"

裴道珠无话可说。原以为表姐是个笨蛋，今日看来也不尽然，她还知道拿名声来要挟她。

她皮笑肉不笑："表姐非要住，我自然没有不欢迎的道理。枕星，带表姐去鸣泉院吧。"

鸣泉院离主院最远，她才不给韦朝露亲近沈阿叔的机会。

顺利住进了将军府，韦朝露立刻带着仆婢们浩浩荡荡地去了鸣泉院。

裴道珠低声吩咐枕星："找几个机灵的小丫头盯着，别让她在府里乱来。"

枕星应了，连忙找人去了。

韦朝露对鸣泉院的环境十分满意。

心腹侍女一边为她收拾房间一边道："姑娘怎么这么高兴？那沈将军岁数太大，奴婢瞧着和您并不般配……"

"你懂什么？"韦朝露推开花窗，看着满园景致，脸上是藏不住的野心，"起初我也觉得沈将军年纪过大，配不上我，可阿娘告诉我，年纪并不重要，前程才重要。阿娘还说，与其嫁给年轻的世家公子，等他步步高升，不如嫁给已经高升的人。直接享受累累硕果，岂不比亲自栽培树苗省时省力得多？"

侍女恍然。

韦朝露轻哼一声，得意地掐下窗外的花，拿在手里把玩："我阿娘是个有见识的奇女子，她说的必定都是对的。只要我听阿娘的话，就一定能成为大将军夫人，把裴道珠、顾燕婉她们统统踩在脚下！"

"韦朝露当真这么说？"

绣楼里，裴道珠手捧书卷坐在窗边，忍不住笑出了声。

枕星点点头："小丫头们听得真切，她确实是这么说的。"

"果实再甜，那也是别人辛苦栽培出来的，跟她有什么关系？容貌才情一无是处，不知道哪里来的勇气勾搭沈阿叔。"

枕星担忧道："姑娘，咱们可要拦着她？或者想个主意把她撵出去？"

"不怕。"裴道珠把书放回书架，"她要自取其辱，咱们何必拦着？看笑话就是。"

枕星相信她的判断，于是笑道："对了，还有一事。管事那边收到十几封士族千金的拜帖，说是想来拜访您。"

裴道珠细白的指尖拂拭过一本本书脊，挑选自己想看的书。

她不禁莞尔。这可真是“穷在闹市无人问，富在深山有远亲”。

她想了想，道：“她们既想来，就都请过来好了。正值秋日，螃蟹肥美，桂花酒和栗子糕也正当季，就在府里设螃蟹宴吧。”

成邺城的世家高门最流行宴饮应酬，越是高门大户，越是高朋满座。沈阿叔是武将，又是寒门出身，在朝堂上势单力薄，多筹办宴会雅集，结交高门权贵，对他而言总是好的。

裴道珠思量妥当，便让侍女取来笔墨纸砚，亲自撰写请帖。

白茶色的花草纸上拓印着金箔秋菊，一行行簪花小楷跃然纸上，风雅飘逸。

萧衡悠闲地坐在望北居廊下，饶有兴味地翻看请帖：“她倒是有雅兴……如何？她都请了哪些人，还是只邀请了我一人？”

问柳悄悄翻了个白眼，温顺答道：“将军府第一次宴饮，意义非同寻常，自是邀请了众多士族郎君和女郎。只是在裴姑娘眼里，主子定然是最特别的那个，若是按照她的意思，肯定只愿意邀请您一人。”

萧衡轻嗤，睨向问柳：“别的没学会，献媚倒是学得精通。”

问柳嘿嘿一笑：“这不是跟裴姑娘学的嘛——”话音未落，察觉不妥，他连忙闭上嘴。

话是没说错。

当初春日宴上相逢，裴道珠对他百般献媚，一张嘴像是抹了蜜。只是后来……她变成了浑身长刺的蔷薇。

萧衡眉梢眼角多了些阴霾。

他收了请帖，淡淡道：“我记得彭泽那边才送了几筐好蟹过来，全给将军府送去，再把我初秋时亲手酿的那壶桂花酒也送去。”

问柳正要去办，萧衡又叫住了他：“仔细叮嘱她，螃蟹可以与人分着吃，那壶桂花酒只许她一人喝。”

裴家的小骗子长袖善舞，八面玲珑，不肯独邀请他一人。可他不愿浪费时间跟那群腐烂的蛀虫打交道，他亲手酿的桂花酒，舍不得给别人喝，只肯给她喝。

螃蟹和桂花酒送到的时候，已是黄昏。

裴道珠正在临窗作画，莞尔：“无事献殷勤，非奸即盗……”

枕星笑嘻嘻的：“螃蟹倒是没什么，只是这壶桂花酒是郡公亲手酿制的。郡公特别叮嘱，桂花酒只许您一个人喝，不可以分给别人呢。”

“他能酿出什么好酒？”裴道珠嘴里嫌弃着，却还是搁下笔净了手，“斟上一盏，我尝尝。”

酒液落进天青色的小酒盏里，淡金色的佳酿透着醇厚，融合了酒水的清冽和桂花的香甜，秋日黄昏里分外诱人。

枕星又准备了一碟栗子糕，再给房中掌上灯，才退下去准备晚膳。

裴道珠端起酒盏嗅了嗅，试探性地尝了小口，酒液绵甜。

一想到是堂堂萧家九爷亲手酿的酒……她心情不错，喝完一盏，吃了半块儿栗子糕，又接着小酌起来。

一轮皎洁的弯月从云层中跃然而出，天际群山黛色，宛如泼墨。

裴道珠趴在书案前，一壶桂花酿竟被她喝了个干干净净。最后半盏酒不小心被衣袖绊倒，酒液洒了半张书案，浓郁的酒香顿时弥漫在屋里。

裴道珠揉了揉醉红的丹凤眼，支撑着坐起，对着窗外的山景凝望半晌，忽然握住毛笔，迷迷糊糊地在纸上挥毫。

过了一会儿，枕星进来唤她用晚膳，挑开珠帘，嗅到满室酒香。

她快步上前，吃惊地拿起空空如也的酒壶：“您把这一整壶酒都喝完了？！这可是郡公给您在螃蟹宴上喝的！这酒后劲儿大着呢！”

裴道珠认真作画，不搭理她，水墨在宣纸上蔓延。

最后一笔落下，她霸气地丢下笔：“拿去！”

枕星望向画卷，看清画卷上的内容后，她忍不住笑了：“拿哪儿去？”

“给萧衡……”裴道珠痴痴凝望窗外的月亮和星辰，“就说我很满意他的桂花酿，这幅画算是我的回礼。”

少女眼神朦胧，眼尾和脸上有着牡丹花般的绯色。乌青色的长发垂落在地，洁白的裙裾铺在青竹地板上，便是醉酒，也仍是风雅飘逸。

枕星捧起画轴，乖乖找人给萧衡送去。

萧衡拿到画轴时，正要就寝。他从问柳手中接过画轴，慢条斯理地展开。

明月出东山，山谷空幽寂静，蜿蜒不绝的青石台阶上，站着两个赏月之人。郎君白衣胜雪，指挽佛珠，女郎裙裾飘逸，手提花灯。

天地浩大，唯独他们依偎在一起，那盏花灯是纸上唯一的暖色。

愿我如星君如月，夜夜流光相皎洁。

画轴角落，题字如许。

萧衡看了许久，薄唇带笑：“还说不喜欢我……”

裴家小骗子分明爱他入骨，恐怕已是难以自拔。

观摩许久，他对问柳道：“转告她，嫁娶一事着急不得。如今北伐未定，战和两派相争厉害，我总得先稳住朝堂局势再娶她。”

问柳是没看出裴姑娘倾慕他家主子。他提醒道：“主子，这幅画是裴姑娘醉酒之后画的。”

醉酒之后画的东西哪里当得了真？

萧衡不以为意：“正所谓酒后吐真言，酒后的东西，才是最真的。你只管传话就是。”

问柳撇了撇嘴。他才不传那些嫁娶之类的话呢，没得给裴姑娘那边的人笑话！

裴道珠不敢怠慢螃蟹宴的筹备，所有事都亲力亲为。

她忙得脚不沾地，韦朝露却过得相当闲适。

“今儿这身罗襦裙倒是很衬我的新发簪。”韦朝露坐在妆镜台前，得意地扶了扶发髻上的珍珠绞丝黄金簪，“如何？可比顾娴那个老女人娇美艳丽？”

侍女笑着恭维：“姑娘年轻美貌，自是比她强千倍百倍。奴婢刚刚打听过了，沈大将军就在花园里练武，咱们现在过去，定然来得及。”

韦朝露起身：“那就过去瞧瞧。把厨房熬的鸡汤带上，我亲手送给大将军，他定然会感动的。”

主仆俩拎了鸡汤，兴奋地往花园里走。

花园里，沈霁一袭黑衣，一把玄铁长刀在手中肆意飞舞，刀法极好。

顾娴坐在胡床上，笑着斟茶：“你今儿怎么得闲来我这里吃茶？”

她对面坐着位贵妇人，正是长公主司马宝妆。

司马宝妆接过她递来的茶：“你大婚那日宾客众多，也没说上几句话。今儿得空，自是要登门拜访的。沈霁待你可好？”

顾娴脸微红，只垂下眼帘，轻轻捋了捋鬓角碎发。

司马宝妆见她如此，忍不住打趣道：“定然是极好的，是不是？你俩不如趁着还年轻，再生个孩子——”

“殿下！”顾娴臊得不行，急忙打断她的话。

司马宝妆笑容更盛：“好了好了，我不说了就是。”

姐妹俩正吃着茶，不远处突然传来娇滴滴的声音——

“沈大将军……”

韦朝露拎着食盒站在兵器架旁，许是激动得满眼都是沈霁，并没有注意到这边吃茶的两人。

沈霁一套刀法正好操练完毕，冷眼睨向韦朝露："作甚？"

韦朝露小跑着上前，娇羞地递上自己的手帕："正巧路过花园，瞧见将军操练刀法，不觉看得如痴如醉。将军的功夫真好，令朝露拜服！"

沈霁没接她的手帕。这小姑娘死皮赖脸地住在他府上，瞧着就令人生厌。

他正欲叫人送韦朝露回院子，韦朝露又道："我本来要去探望阿难，还特意给阿难熬了鸡汤。只是想起将军这些年镇守边疆的辛苦，十分感动。我左思右想，这份鸡汤不如留给将军，滋补身体。"

说着，便在侍女的帮助下取出那碗鸡汤，巴巴儿地呈给沈霁。

司马宝妆瞧着这一幕，不禁发出一声冷笑。她故意抬高声音："哟，今儿稀罕，本宫竟撞见蝙蝠身上插鸡毛了。"

顾娴不解："什么意思？"

司马宝妆不怀好意地盯着韦朝露："她算什么鸟？"

韦朝露这才注意到她们，又听见这指桑骂槐的话，脸顿时绯红如血。她捧着鸡汤走也不是，不走也不是。

杵在那里半晌后，她才勉强堆起笑容，上前恭恭敬敬地请安："是我不好，竟没发现长公主殿下和舅母也在这里。"

司马宝妆轻笑一声："是了，韦姑娘满眼都是沈大将军，哪里注意得到我们？"

韦朝露臊得脸更红，小声解释："我只是碰巧经过这里，瞧见大将军在练刀，想送些鸡汤给大将军补补身子，不是您想的那样……"

司马宝妆微笑："本宫倒是有些饿了，拿来给本宫尝尝。"

韦朝露捧着鸡汤，双脚像是生了根般难以挪动。

这可是她命小厨房花工夫烹制出来的鸡汤，为的就是牢牢抓住沈大将军的胃，给长公主喝那叫什么事儿？

司马宝妆挑眉："哟，可是为难你了？"

"不，不为难……"韦朝露磨磨蹭蹭地把鸡汤端到司马宝妆跟前，"殿下慢用。"

司马宝妆才不跟她客气，优雅地品尝起来。

韦朝露咬了咬下唇，满脸都是不甘心，却仍怀着些许期待，频频朝沈霁那边张望。

顾娴把她的小动作看在眼里，出于不忍，她隐晦地提醒："你与阿难一般年纪，正是最好的年华，该有自己的判断力。长辈的话也不全是对的，你须得自己掂量掂量，莫要走岔了路，否则将来悔之晚矣。”

韦朝露翻了个白眼。阿娘果然没说错，这母女俩都见不得她好。

她皮笑肉不笑道：“舅母说得是，我记下了。”她福了一礼，梗着脖子退了下去。

司马宝妆把汤碗放在案几上，拿帕子按了按唇角：“你与她说这些作甚？不过是对牛弹琴，白费工夫。”

“到底是裴云惜没教好她，不是她天生就坏。更何况她和阿难是表姐妹，我总存着几分怜惜。成郸城的士族姑娘枉死了好几位，如崔凌人、薛小满。也不知是谁那么狠心，对她们下此毒手……”

司马宝妆望向花丛，雪白的秋菊，干净无瑕。

她呢喃：“是啊，是谁那么狠心下此毒手……”

顾娴瞧她不对劲，关切道：“殿下？”

司马宝妆回过神，轻叹道：“想起凌人，不觉十分伤感。”

“凌人虽非你亲生，却也做了十多年的母女，自是有感情的。”顾娴递给她一块桂花糖，“说起来，当年茶茶早夭，我原以为你十分难过。可是才过半年，你就嫁去了崔家。后来瞧见你和崔大司马琴瑟和鸣，我也为你高兴，只是没想到你们一直没有子嗣。”

桂花糖在唇齿间融化，明明甜得发腻，司马宝妆却只尝到苦涩。

她握住顾娴的手，笑容依旧温柔：“凌人和元儿虽非我亲生，却与亲生无异。要不要子嗣又有何妨？”

她说着话，瞥向韦朝露离开的方向，威严雍容的凤目里隐隐藏着不善。

转眼到了螃蟹宴那日。

萧衡到场时，远远瞧见裴道珠游刃有余地接待着各家府上的女眷，把一切都安排得妥妥帖帖。等她稍事休息时，他便悄然跟上。

裴道珠坐在游廊拐角的美人靠上，叮嘱侍女仔细把果盘端上。

萧衡静静地看着她。

少女一袭茶白色轻纱宽袖罗襦裙，削肩细腰，朱红色的系带飘逸风流，最是那冰肌玉骨，宛如琉璃雪铸。分明是个庸俗市侩到极致的人，偏偏生就了这么一副干净脱俗的躯壳。

裴道珠交代完琐事，饮了半碗茶，眼角余光瞥见了萧衡。

她顿时像被踩了尾巴的猫儿，浑身都透出戒备：“宴会设在那边，郡公走错路了。”

“专门来看你，怎是走错路？”萧衡不仅不以为意，还在她身边坐了下来，“我竟不知，裴阿难爱慕我已到了如痴如醉的地步。”

裴道珠浑身发毛，忍不住挪远些，嫌弃道：“谁爱慕你如痴如醉？！”

萧衡挑眉：“自个儿做的事，忘了吗？”

裴道珠越发不明白：“我做了什么？”

萧衡从怀袖里取出画卷：“喏，你赠我的回礼。”

裴道珠好奇地打开画卷——她和萧衡漫步在山间的青石台阶上，提灯赏月。

她笑了：“郡公自己画这种东西，却说是我画的……脸皮也忒厚了。你爱慕我可以直言，何必如此委婉？”

女子脸皮薄，不肯当面承认喜欢他。

萧衡懒洋洋地收起卷轴：“爱慕我也不是丢人的事，承认又何妨？”

他正视裴道珠：“你若承认，我就娶你。”

四目相对良久，少女率先笑了。

她起身，脊背挺直：“天底下那么多好郎君，我喜欢谁也绝不会喜欢你。萧郡公，你我缘分已尽了。”

她走出两步，又忽然转身。裙裾回旋如风。

她倨傲地抬着下颌：“承认吧，昔日骄傲矜贵不可一世的萧家九爷，还是喜欢上了那个爱慕虚荣趋炎附势的女郎，是不是？萧衡，你输了。”

萧衡暗暗攥紧那幅画，手背青筋暴起，面上却不动声色。他从容道：“我不过是收到这幅画后，觉着某人可怜，好心来问一句。便是要娶你，也只是冲着你背后的大将军府。你既不领情，我也不自作多情。今儿这螃蟹宴，我就不参加了。”

他转身就走。

裴道珠盯着他的背影，轻轻咬了咬下唇。

亏她还特意叮嘱厨房给萧衡的那份螃蟹要挑最大的，桂花酒也要悄悄换成最好的。真是白费心思……

她轻哼一声，扭头往相反方向走。

她无端想起金梁园里的那局三劫连环棋。那时也是谁也不肯低头，谁也不肯认输，以致最终下出了一盘平局。

可是感情又怎能和下棋相提并论？两个太柔软的人没有办法在一起，两个同样刚硬的人也很难走到一起。

裴道珠悄悄回头。

萧衡的步履那么坚定，果然没有留下来吃酒席的意思。所谓的求娶，更是轻佻至极。

她轻声道："反正我是不会低头的……"

他爱她最好。他不爱她，她也会好好爱自己。

裴道珠收回视线，也收起了所有的旖旎心思，果断往宴会厅走。

萧衡走出一段距离后，忍不住回头。

裴家的小骗子步履生风，白茶色的裙裾和朱红系带翻飞。

她没有丝毫挽留的意思。

可偏偏就是这般不挽留，令他莫名心动。

"该拿你怎么办才好呢？"

朝堂也好，战场也罢，他萧衡从未胆怯过，他都不怕输。

可是唯独在她面前，他竟然生出了怯懦，他怕极了一败涂地。

韦朝露穿着精致的红罗裙，仔细抿上口脂，对着镜子笑靥如花："今日妆容甚美，一定能打动大将军。"

小侍女笑嘻嘻地为她簪上金步摇："您去赴宴时可要再带上一碗鸡汤？上回的鸡汤大将军没喝到，奴婢早上又特地吩咐厨房熬了一碗——"

"砰！"韦朝露把木梳重重掷在妆镜台上，"鸡汤，就知道鸡汤！这回我才不送鸡汤，免得又被长公主教训！"

小侍女吓得跪倒在地："那……姑娘想送些什么？"

韦朝露起身，理了理宽大华贵的红罗裙，眼底流露出一抹野心："我。"

小侍女不解："奴婢愚钝，不知姑娘是什么意思？"

韦朝露冷笑："今儿成郧城有头有脸的人物都会来捧场，只要我和大将军生米煮成熟饭，凭我的身份，再加上那么多人目睹，大将军怎么也要娶我过门。到时候，谁见了我都要恭恭敬敬，我看裴道珠还怎么猖狂！"

小侍女惊呆了："夫人知道您的打算吗？怕是不妥……"

"有什么不妥的？阿娘说了，只要能够达成所愿，无论用怎样的手段都不过分。阿娘教我的道理还能有错不成？"

韦朝露步伐轻盈地奔向主院。

小侍女急匆匆地跟在她身后，一时不知如何是好，只得跟了上去。

秋高气爽。柿树累累，红枫如血，南归的大雁悠悠掠过高空。

螃蟹宴热闹极了。

宴席过半，裴道珠肚饿难耐，可她不方便当着众多宾客的面大快朵颐，便寻了个由头暂时离开厅堂。

她躲到后院池塘边，枕星呈上装满珍馐美味的食盒："为着一点名声，这般委屈自己，姑娘这是何必呢？"

裴道珠揭开食盒："凡人各有所爱，你家姑娘如今衣食无忧，富贵悠闲，就又爱上了那虚无缥缈的名声，你就成全她吧！"

枕星笑了。正高兴时，她注意到池塘边的秋菊丛中似藏着什么东西。

她好奇地走过去，看到了红色的裙裾。

她拨开花丛，一具尸体赫然出现在眼前！

枕星吓得退了两步。

裴道珠捧着燕窝羹，好奇地往这边走："怎么了？"

"您别过来！"枕星挡在她面前，小脸苍白，"这里有尸体……"

裴道珠的心"咯噔"一下，

她放下燕窝羹，不顾枕星的阻拦，前去查看。

这人大约是被溺死的，面容惨白灰败，略显浮肿，应该在水中泡过一段时间。

可裴道珠仍旧对这张脸熟悉至极。

她难以置信："韦朝露？"

是谁杀了她？

不过顷刻之间，裴道珠就想起了崔凌人和薛小满她们的死。

她面色凝重，仔细翻看周围的落花瓣，果然在尸体不远处找到了一枝白山茶。

她拾起白山茶："是花神教的人干的。"

"花神教……他们怎么又来了？"枕星有些慌，"前院还在宴请呢，这可如何是好？奴婢去通知将军和客人他们！姑娘您与奴婢一道，此地仍旧危险……"

她站起身就要走。

裴道珠一把拽住她，脸平静得可怕。

她低声道："不可向任何人透露韦朝露死在了将军府这件事。"

枕星瞳孔微微缩小："姑娘？"

"她这段时间寄住在将军府，若是死在这里，无论凶手是不是花神教的人，裴云惜都会找将军府的麻烦。"裴道珠咬了咬牙，"得把韦朝露送出将军府。”

枕星呆住了：“这不好吧？”

“我阿娘才过上几天安稳日子，我不会让任何人破坏这个家。”裴道珠捋起宽袖亲自上阵，“你是有些功夫在身上的，快过来帮忙，把她从后门弄出去。”

枕星咽了咽口水。她知道她家姑娘胆识过人，却没想到居然胆大到如此地步！

她没有迟疑，立刻上前帮忙。

将军府后门正对着一条偏僻的小巷，小巷尽头就是秦淮河畔。

主仆俩把韦朝露的尸体放在河边芦苇林中。

枕星拧巴着小脸：“如此就可以了吗？会不会被人发现？”

裴道珠的额角满是细密汗珠。她盯着韦朝露，神情有些恍惚。

她还记得当初和她一起乘坐长檐车去金梁园小住的情景。

当初在金梁园里相聚的女郎们死的死散的散，十大世家的嫡长女，如今竟然死了四个……

她总觉得自己也身处那张恐怖的迷网之中。

她正出神时，一道人影出现在不远处。

他不知跟了主仆俩多久，唇角还噙着一丝饶有兴味的笑容，怀间的麈尾危险地轻轻甩动。

他正要上前，另一道人影突然出现。

“道珠妹妹……”萧荣怔怔的，“你这是在做什么？”

道袍人影蹙了蹙眉，似是不方便再动手，悄然消失在原地。

裴道珠被萧荣的突然出现吓了一跳，下意识后退两步：“萧荣？”

“我刚刚在后花园瞧见你们把韦朝露一路拖到了这里。韦朝露她……死了？！”萧荣脸色凝重。

裴道珠暗道麻烦。给谁看见不好，偏偏给萧荣看见了……

她露出楚楚可怜的表情，解释道：“荣哥哥，凶手并非是我。我只是，只是怕给将军府带去麻烦，所以才……”

“我知道凶手不是你。”萧荣正色，“但道珠妹妹擅自挪动尸体，会给破案增加难度。更何况……我虽知道你是清白的，可若是让韦家人知道，只怕会怀疑妹妹……这可如何是好？”

裴道珠挑了挑眉，假装听不懂萧荣的弦外之音，害怕道：“我从未遇见过这种事，荣哥哥定要帮我！”

萧荣忍不住悄悄弯起唇角。

从前的裴道珠多么目中无人啊！如今被他拿捏了把柄，还不是要乖乖地求他？

他的视线扫过裴道珠。她的削肩细腰看似清瘦，实则窈窕有致，再加上娇艳的脸蛋儿，在罗帐中赏玩，不知该是何等销魂。

他故作犹豫：“道珠妹妹是想让我替你保守秘密？韦家不是小门小户，若是给韦家人知道，只怕会给我招来祸端……”

裴道珠知道他想要什么。

萧荣才弱冠之年，生得清秀英俊，可目光中却充满欲望，令人莫名恶心。

她款款走近萧荣，仪态间都是风情。

她踮起脚尖，附在他耳畔低语：“一直以来辜负了荣哥哥的深情，阿难十分愧疚……明儿三更时分，我在秦淮河胭脂渡口租一艘画舫，单独请荣哥哥吃酒。”

香软的气息在萧荣耳畔沉浮，他骨头都酥软了。

他想象着明天夜里的旖旎，欣喜若狂：“当真？”

裴道珠面露羞赧：“荣哥哥肯赴约吗？”

“当然！”萧荣答得爽快，“咱们快离开此地，别给旁人瞧见了。尸体晦气，道珠妹妹也该离远些才是。”

裴道珠乖巧温顺地点点头，随他一道往回走。

进了将军府，萧荣喜气洋洋地去了男眷席。

枕星这才担忧地问裴道珠：“姑娘？”

裴道珠面无表情，眼底藏着杀意：“放心，我不会乱来。”

她厌恶萧荣很久了，他既然发现了她的秘密，她不介意送他下地狱。

为了风流潇洒，萧荣定然不会把邀约的事告诉任何人，他单独赴约，对她而言很方便下手。

裴道珠行至女眷席，远远就听见裴云惜阴阳怪气——

“诶唷，到底是将军夫人，身上的衣料都跟我们不一样！只是沈将军如今膝下无子，你得想办法尽快给他生个儿子才是。你嫁给我阿兄那么多年，都没能诞下个儿子……实在不行，得考虑纳妾……”

她摇着团扇，眉梢眼角都是戏谑。

裴道珠面色清寒。

她清楚这番话是在为韦朝露上位提前铺路，只可惜……

她假装无事地含笑落座："姑母在说什么？"

"在说你阿娘生孩子的事。"裴云惜津津有味，"你阿娘年纪不小了，可得抓紧。说起来，顾娴，沈将军肯娶你真是一桩稀罕事，只是这将军夫人的位置，也不知道你坐得长久不长久……"

顾娴面色难看："不劳韦夫人操心。"

"我这不是关心你吗？"裴云惜笑容更盛，"怎么，现在我连关心你都不成？莫非是当了将军夫人，瞧不起我了？诶，你们大伙儿瞧瞧，她竟看不起人！"

顾娴蹙眉："你知道我不是那个意思——"

"干吗板着脸呀？"裴云惜打断她，"开个玩笑都不成？你也忒小气了！"

顾娴对这种人无话可说。

裴道珠没有出头。韦朝露死了，裴云惜也得意不了多久了。

她安静地斟着茶。

茶未斟满，管家火急火燎地奔进厅堂——

"大事不好、大事不好了！韦姑娘，韦姑娘她没了！船夫发现她溺死在了河边！"

厅堂顿时落针可闻。

过了半晌，裴云惜手里的团扇掉落在地，她得意扬扬的笑容也彻底僵住。

她霍然起身，厉声质问："哪个韦姑娘？！"

裴道珠端起清茶，平静地吹了吹茶汤。

除了韦朝露，成郸城还有哪个韦姑娘？

管家未及回答，裴云惜左右环顾，没瞧见女儿的身影，顿时发疯般冲出厅堂，尖声呼喊："露露！"

众人纷纷跟着追了出去。

顾娴紧紧握住裴道珠的手："阿难……"

原本热闹的宴会，已是人去楼空。

顾娴面色苍白："从崔凌人开始，薛小满、郑翡，再到韦朝露……阿难，我总觉这一切都不对劲，只怕将来你也会……"

她心思细腻，察觉到了这些案子的规律。一想到自己女儿也许会遭遇不测，她就不敢再往下细想。

裴道珠反握住顾娴的手。

岂止是她，谢南锦也被花神教的人盯上了，只不过对方未曾得手罢了。

“你就是想得太多。”

长公主司马宝妆华服高冠，在侍女的簇拥下缓步踏进厅堂。

她示意侍女把带来的礼物放在桌上，道：“府里有事耽搁，来迟了。我这刚进门就听见韦朝露溺毙的消息。要我说，韦朝露不是省油的灯，她没了反倒是好事，省得整天惦记你家夫君。”

顾娴提醒：“殿下，她还只是个孩子……”

“十九岁的大姑娘，算哪门子孩子？你十九岁的时候都已经开始操持整个裴府，偏她还小！”司马宝妆丝毫不把韦朝露的死放在心上，“我前两日新得了好几两血燕窝，特意给你送了来。你现在就叫丫鬟煮燕窝去，别想那些乱七八糟的事儿了。”

裴道珠见娘亲有长公主陪着，便先行告退。

穿过游廊，枕星追了上来：“奴婢悄悄去河边看了，大家都守在那里，已经有官府介入了。韦夫人哭闹得厉害，好歹暂时没把矛头指向咱们府上。咱们处理得干净，应当瞧不出端倪。”

裴道珠快步往房间走：“韦朝露死了，她的侍女去了何处？”

枕星亦步亦趋，眉头紧锁：“这……好像一直未曾瞧见她的侍女。”

裴道珠的脸色更加清寒。

枕星小心翼翼道：“若是遗漏了那名侍女交代出韦朝露是死在大将军府的，可就糟糕了。姑娘，可要派人暗中查找？”

裴道珠推开房门，跨进门槛的脚微微一顿。

她盯着屋内的情形：“不必了。”

枕星一愣，顺着她的视线望去。

房内吊着一具尸体。

虽然尸体面容青紫肿胀，但枕星认得出是韦朝露的侍女。

她咽了咽口水：“她竟死了……凶手……凶手为何会把尸体吊在您屋里？”

裴道珠沉默。

大约是警告和挑衅吧？她从花神教手中逃脱过两次，这无疑触怒了对方。

廊外忽然一声惊雷。

裴道珠示意枕星掩上门，示意枕星把尸体放下来。

窗外已经淅淅沥沥地落起雨。园林里的芭蕉簌簌作响，轻寒湿气顺着雕窗蔓延进来，屋子里泛起莫名的寒意。

裴道珠立在窗边，崔凌人、薛小满等人的面容在脑海中反复出现。

什么时候会轮到她呢？

她揉了揉额角，隐约记起谢南锦大婚那天，她在城郊被追杀的情景。

当时想杀她的花神教信徒，一袭白衣，手里握着麈尾。她用匕首戳伤了他的左肩，不顾危险跳下马车，侥幸捡回一条命。

“麈尾……山水香……凶手是道士吗？”裴道珠轻声呢喃。

乌云翻涌，闪电划破苍穹，紧接着又是一声惊雷。

裴道珠蓦然想起她跳下马车之后，那个人在风中的喟叹——

裴家的姑娘，都这么聪明吗？

他为什么要用“都”字？

枕星仔细检查了侍女的尸体：“她脖子上有深浅不同的两道瘀伤，应是被勒死的。勒死之后，凶手才把她的尸体吊在姑娘房里……”

裴道珠没有回应，她点亮几盏灯，坐到书案前，认真地铺纸研墨。

枕星愕然：“姑娘，这还有一具尸体呢，您也忒淡定了……您在写什么？”

“给我二姐姐写信。”裴道珠提笔蘸了蘸墨汁，“想问些事儿。”

大姐姐远嫁他乡，已经数年未曾回成邺。那道士口中的“裴家的姑娘”，恐怕说的是她二姐姐，裴道湘。

二姐姐是父亲在家中唯一不敢招惹的人。她冷情冷性，十二岁就已不爱花花草草，我行我素，一心向道，尚未及笄就跟着云游道人离开了乌衣巷，去深山里的道观修行，家里人拦都拦不住。

裴道珠写好信，又仔细封好信封：“地址还是多年以前的，如今也不知道那道观还在不在……若是不在，天下那么大，该去哪儿找她？”

窗外雨打芭蕉。

枕星惆怅地捧着脸：“姑娘，您快瞧瞧那具尸体吧，现在可如何是好？总不能一直把她藏在屋里，任由她发臭吧？”

裴道珠转身，盯着尸体，揉了揉额角。

阿娘嫁进将军府后，她本以为能过上富贵悠闲的日子，没想到如今还得和尸体打交道。

她吩咐枕星：“先藏在卧榻底下吧。明儿请宝屏斋的人从后门悄悄进来，送去外面葬了。”

枕星目送裴道珠去梳洗更衣，又看向地板上的尸体，忍不住嘴角抽搐。

藏在卧榻底下……姑娘夜里能睡得安稳吗？

第17章

韦朝露的死并没有在全城掀起轩然大波，但也成了百姓们茶余饭后的谈资。

不安的阴霾悄然笼罩了所有世家。

顾婀担忧裴道珠，午膳时忍不住连连叮嘱：“最近几天还是少出门为好，将军府里的侍卫能护阿难周全的。”

裴道珠点头：“谢谢阿娘，我会当心的。”

康姨娘感慨道：“我听说韦家乱了套，韦夫人昨夜在府上寻死觅活，今儿天还没亮，又突然跑到秦淮河边说要找女儿，竟像是魔怔了。”

裴道珠静静地吃着燕窝羹。不知怎的，明明是自己的姑母，她却没怎么感到心疼。

顾婀转过头说道：“韦朝露下葬那日，我陪你去韦府吊唁。她到底是你表姐，该去送最后一程的。”

裴道珠温顺地点点头：“是，阿娘。”

顾婀欣慰道：“阿难样样都好，天底下谁会不喜欢我的小阿难呢？”

裴道珠软软地靠在顾婀肩头，语气撒娇而亲昵：“阿娘……”

枕星默默低下头。夫人不知道，她家姑娘可是能把尸体藏在卧榻下过夜的女人！

半夜。

裴道珠等家里人都睡下了，才带着枕星悄悄从将军府后门离开。

宝屏斋的掌柜派了马车等在巷弄里接应，载着她们直奔秦淮河胭脂渡口。

胭脂渡口是秦淮河一带脂粉味儿最浓的地方，沿河停泊着数个描金漆红的画舫，有达官显贵在自家船上寻欢作乐，也有作为风月场所的楼船。

裴道珠扶着枕星的手下了马车。

虽然已近三更，画舫却依旧灯火通明，各种靡靡之音伴随着歌姬们娇美柔软的唱曲儿，飘荡在流光溢彩的河面上。

裴道珠轻声道："我要的画舫呢？"

掌柜恭敬地指向不远处："那艘是以宝屏斋的名义买下的小货船，连夜改造成了画舫。等明儿天亮再改回货船，绝不会有人怀疑到姑娘头上。"

小画舫停在水畔，船身点着数盏昂贵的明珠灯，四面垂落细密的紫竹帘，帘幕底下依稀可见露出来的天青色袍裾，应是萧荣到了。

裴道珠摸了摸藏在怀袖里的匕首，匕首泛着凉意，一如她的心。

"送我上船吧。"

一叶扁舟缓缓靠近画舫。

枕星担忧道："姑娘，真不让奴婢跟着吗？"

裴道珠在画舫上回眸笑道："放心。"

她挑开紫竹帘，灯火煌煌，苇席铺地，食案上摆满了美酒佳肴。内室的一方卧榻特意垫了羊绒毯，一双丝绸靠枕立在榻上，鸳鸯交颈的刺绣团花更添几分旖旎暧昧。

她向萧荣福了一礼："荣哥哥久等了。"

萧荣见她进来，连忙故作平静："我也才刚到。"

他目不转睛地盯着裴道珠。她宛如明珠，樱唇娇艳欲滴，便是不施脂粉也倾国倾城，美得浓艳迫人。

裴道珠扫了眼食案，小菜和美酒都还未动。

她微微一笑，挽袖为萧荣斟酒："今夜这宴席是阿难特意为荣哥哥布置的。这壶竹叶酿味道清冽，荣哥哥尝尝。"

萧荣怔神。今夜的裴道珠，倒是令他想起了当年的裴道珠，那时她也是这般温婉乖巧。

他心中熨帖，接过酒："当年与你定亲，我不知道有多欢喜。这两年我过得十分痛苦，你被九叔霸占，我更是夜不能寐，食不知味。"

裴道珠懒得拆穿他，盯着他喝下那杯酒，又殷勤地斟上一杯："我年少无知，错以为荣哥哥是坏人，九爷是好人，又在他的威逼利诱之下当了他的侍妾。每每见到荣哥哥，我都心生悔意，因此总对你横眉冷对……如今误会解开，我也十分高兴。"

美人低眉敛目，温顺谦卑，哪还有从前的飞扬跋扈？

萧荣一颗春心蠢蠢欲动，恨不能立刻把她搂进怀里好生亲近一番。

他喉结滚动，握住裴道珠的手："阿难，咱们已经错过太多。今夜……就别再错过了吧？你知道的，我心里只有你一个……我会对你负责，绝不会叫顾燕婉欺负了你……”说话之间，已经倾身依偎了过来。

裴道珠强忍恶心，抽回了手，又把新斟满的酒送到萧荣面前：“荣哥哥不必多言，我都明白的……荣哥哥吃酒。”

美人娇艳欲滴，小意温柔，萧荣只是看着她的脸都要醉上三分。他就着她的手，饮了那杯酒。

裴道珠笑容更盛，又为他斟上一杯。

她早吩咐人在酒水里混了迷药，这几杯下肚，保管萧荣不省人事。

果然——

萧荣按了按额角，失笑道：“平日里酒量颇好，怎的一到道珠妹妹跟前就不行了？妹妹倾城之姿，便是不喝酒，我瞧着也要先醉上三分……”

裴道珠微笑着，在心里默数到第三下时，萧荣应声倒下。

裴道珠敛去了眉梢眼角的温柔，瞳孔里藏满了凉薄冷意。

她取出匕首，刀刃寒光迫人。

她又望向人事不省的萧荣：“荣哥哥，我也不想这么送你上路……要怪，就怪你自己多事。更何况这辈子，总是你对不住我在先的……”

裴道珠从未主动杀过人，她做了半刻的心理准备，才狠狠往萧荣的脖颈上扎去——

“我倒要瞧瞧，是哪个狐狸精勾引荣哥！”

狠戾而熟悉的声音突然从船外传来。

“顾燕婉？”裴道珠一怔。

画舫轻微晃动，应是顾燕婉带着人上了船。

裴道珠望向昏迷不醒的萧荣，错过今夜，再想下手可就麻烦多了。

然而眼看顾燕婉即将进来，她实在来不及收拾杀人之后的现场，只得放弃计划，直奔船尾，毫不犹豫地跃进秦淮河里。

顾燕婉杀气腾腾地冲进船室：“贱人，给我出来！”

然而船室里只剩下酒醉不醒的萧荣。

侍女仔细检查了船室，指着后门道：“定然是从这里溜了！”

“给我查！”顾燕婉怒不可遏，狠狠拍了下食案，“好好的士族公子，半夜竟逛起青楼画舫来了！我倒要瞧瞧那狐媚子长什么样，能把荣哥迷得神魂颠倒！”

侍女急忙地带着人去查了。

说来也巧，她今儿原本是要回娘家住的，只是阿娘不在府中，她便回了萧府。

谁知，府里却不见萧荣。

她抓了萧荣的小厮仔细询问，才知道萧荣跟美人相约秦淮河畔，便追了过来。

萧家在成郦一带颇有威望，听说萧家的少夫人要查一个逃跑的狐媚子，所有画舫都相当配合。

裴道珠在水中游了一段距离，实在游不动了，又不敢贸然上岸，只得借着楼船的阴影趴在一艘楼船的悬梯旁，稍事歇息。

她懊恼地盯着那艘画舫。顾燕婉当真碍事！若是叫她发现自己，那可真要名声扫地了！

她正琢磨着出路，上方突然传来一声轻嗤。

她一个激灵，仰头望去。

倚在船舷边的萧衡手挽佛珠，垂着带笑的丹凤眼，宛如看戏般看着她。

裴道珠脑海中蹦出四个字——阴魂不散。

她挤出一个难堪的笑容："郡公还真是阴魂不散……真是神通广大、无处不在啊。"

萧衡倚在船舷边，悠闲道："不及裴阿难有雅兴，毕竟深更半夜在秦淮河游泳这种事，寻常士族贵女是做不出来的。"

裴道珠咬牙切齿："拉我上去！"

萧衡笑意绵绵："凭什么？"

远处传来萧家奴仆们的呼喝声。

裴道珠放低了姿态，柔声道："玄策哥哥菩萨心肠，今夜就帮我一回？改日我请哥哥吃酒就是。"

萧衡捻着佛珠。裴家的小骗子就是这副性子，没事的时候唤他"郡公"，有事儿求他就变成了"玄策哥哥"。

搜人的呼喝声越来越近。

萧衡最终还是朝裴道珠伸出了手："上来。"

裴道珠忍不住绽出笑容，她搭住他的手，利落地攀上楼船。

萧衡的楼船设置风雅齐全，甚至还准备了专门沐身的汤池。裴道珠仔细盥洗了一番，换上了侍女准备好的衣衫。

侍女笑眯眯地侍奉她更衣："船上没有适宜姑娘的新裙，只有这身道袍是新的，请姑娘将就一下。"

道袍洁白干净，但过于宽大，大约是萧衡的衣裳。裴道珠用剪刀裁去过长的袍裾，又拿腰带束紧腰身，才觉合体许多。

步入楼船内室，青铜高脚鹤的烛灯燃得明亮，萧衡正在灯下读书。

裴道珠欣赏了片刻，想起这厮的斑斑劣迹，嫌弃地撇了撇嘴。

她刚拿起一块蟹黄糕正要果腹，外面突然传来嘈杂人声。

男子的呼喝声尤其嚣张："萧家少夫人捉拿狐狸精，你们是谁家的船？还不给我把门打开！可是把那狐狸精藏在了里面？！"

裴道珠望向萧衡："玄策哥哥救人救到底，可得帮我才是。"

萧衡闲适地翻了一页书："我让你上船，你拿酒席谢我。藏起你，你又该拿什么谢我？"

裴道珠暗暗咬牙，只得放下蟹黄糕，跪坐到萧衡身边："玄策哥哥！"

萧衡抬起眼帘。少女容貌娇艳，却穿着雪白出尘的道袍，肌肤如凝脂，那嫣红如花的唇瓣，看一眼便觉怦然心动，恨不能一亲芳泽。

他似笑非笑，又问了一遍："你拿什么谢我？"

"砰！"

顾燕婉的人已经闯了进来。

裴道珠一颗心提到了嗓子眼，不顾一切地捧住萧衡的脸，吻了上去。

萧衡怔住。

四目相对，裴道珠眼神凶悍，可唇瓣却是温软的。

萧衡的眼神由错愕化作轻笑，随即扣住裴道珠的脑袋，逐渐反客为主，似征服也似攫取。只是细微之中又透着些刻意讨好，像是要从身到心去征服怀里的这个尤物。

顾燕婉的人气势汹汹地闯了进来。

书案横陈，书卷跌落满地，名满成邺的萧家九郎，正把美人摁在书案上肆意索取芳泽。

一群人看呆了。

萧衡缓缓抬起眼帘，眼泛着红，模样像是被打搅了进食的野兽。

为首的男人咽了咽口水，不敢再多看一眼："九爷……不知九爷在此，惊扰了您的雅兴，告辞，告辞。"

他们连滚带爬地逃了出去。

确定人走以后，裴道珠挣开萧衡，嫌弃地抬起衣袖擦了擦唇瓣："离我远些……"

"哟，"萧衡轻佻地抬起她的下巴，"利用完了，就把我一脚踹开？裴阿难，成郸城里，我再没见过似你这般薄情的女子！"

裴道珠拂开他的手，端起那盘蟹黄糕，细嚼慢咽起来。

萧衡欣赏着她吃东西的姿态："谋杀萧荣不成，反被顾燕婉当成了莺莺燕燕，有趣……"

裴道珠诧异地望向他。

萧衡淡淡道："我想知道的事，自然能知道。韦朝露的尸体是你运到河边的吧？"

鲜香的蟹黄糕变得索然无味。裴道珠舔了舔唇边的糕点碎屑，低声问："你如何知道？"

"韦朝露的死，我第一个怀疑的就是花神教。我去河边勘察，发现韦朝露是溺毙的，然而芦苇丛里没有脚印通往河边，由此可以判断，韦朝露并非死在秦淮河边。第一案发现场当是别处，而最近的水源，是将军府后花园的池塘。"

见裴道珠面不改色，他继续道："你不喜萧荣，肯半夜来见他定然是因为他抓住了你的把柄。那把柄大约就是他目睹你搬运尸体。然而我认识的裴阿难，绝非坐着等死之人，你想杀他灭口，所以半夜赴约，是不是？"

烛火静谧。

萧衡字字句句都分析在了点上。

裴道珠笑了。

她把没吃完的蟹黄糕放在盘子里，拿手帕擦了擦指尖："我确实想杀萧荣。如何，伤害萧氏子弟，郡公可是要缉拿我？"

萧衡面无表情。

他才不会为了萧荣那个蠢货罚自己未过门的小娇妻。孰轻孰重，他心里还是有数的。

他拿过一盘冰糖桂花糕，推到裴道珠手边："下次这种事直接跟我说就好，你不必亲自上阵，没得弄脏了手。"

裴道珠挑剔地看了眼桂花糕，又更加挑剔地看了眼萧衡："跟你说有什么用？难不成你还能为了我，逼萧荣闭嘴不成？"

萧衡没有回答。

裴道珠轻嗤："郡公，你我都不是好人，你何必装什么情深义重？时辰不早，我该回家了。"她临走前不忘拿起一块桂花糕藏进怀袖："总而言之，今夜多谢郡公帮忙，来日必定报答。”

萧衡挑眉：“裴道珠，救你上船时，你说设酒席款待我。你的酒席在何处？”

裴道珠振振有词：“来日吧，郡公等着就是。”

“来日，是哪日？”

“来日就是来日，郡公问那么仔细作甚？便是搭建房屋也得挑选良辰吉日，我总得回家翻看皇历不是？”裴道珠敷衍地福了一礼，径直出了楼船。

萧衡单手托腮，压低的眉眼透出些戾气。

半晌，他轻嗤一声，把玩起一柄玉如意，淡淡吩咐：“去把萧荣带过来。”

萧荣被问柳带来的时候，仍旧死鱼似的不省人事。

问柳蹙了蹙眉头，毫不犹豫地拿来一桶水，径直泼在他脸上。

萧荣惊呼一声，仰坐起来。他注意到四周寂静的诡异，连忙抬起头——

萧衡正似笑非笑地看着他。

萧荣一个激灵，恭恭敬敬地站起身，作揖行礼：“九叔。”

萧衡语气闲适：“你眼里还有我这个九叔？”

萧荣一颗心跳如鼓点。他分明在和道珠妹妹花前月下，怎么会突然出现在九叔的楼船里？道珠妹妹去了何处？

他满肚子疑问，又不敢询问萧衡，只得规规矩矩道：“九叔是长辈，侄儿岂有不敬重的道理？不知侄儿犯了什么错，让九叔如此动怒……还请九叔指教。”

萧衡瞥了眼问柳。

问柳立刻把裴道珠的事情说了一遍，又声色俱厉道：“裴姑娘是九爷的人，也轮得到荣公子威逼利诱？再有下次，九爷定不轻饶！”

道珠妹妹分明已经和九叔毫无瓜葛，怎么兜来转去，又成了九叔的人？

成邺城里多少郎君盯着道珠妹妹，个个怀着不可为外人道的心思，偏偏他倒霉，成了被九叔训斥的第一人……

他满心不服，声如蚊蚋：“道珠妹妹已经不再是九叔的小妾，侄儿与她泛舟赏景，不知有何不可？更何况……道珠妹妹亲口说了，她心仪我。”

荣公子完全不知道“死”字怎么写呀！

问柳的脸色立刻变了，偷偷瞥向萧衡。

萧衡似笑非笑，莫名瘆人。

他把玩着玉如意：“你说……她心仪你？”

“正是。”萧荣鼓起勇气，跪倒在地，“道珠妹妹还说，她是在九叔的威逼利诱之下才被迫当了你的妾室，一直后悔不已。君子有成人之美，既然九叔和道珠妹妹并非良配，为何不允许侄儿和她在一起？侄儿与她郎情妾意，还望九叔成全！”

问柳擦了擦额头的汗，默默念了声阿弥陀佛。

萧荣原本怀着莫大的勇气，然而越是僵持，越是感觉上方的压迫感逐渐变强。

他咽了咽口水，抬起脸可怜巴巴道：“侄儿为道珠妹妹彻夜难眠，求九叔成全侄儿……”

这辈子，不睡上裴道珠一回，他萧荣便算是枉做了男人！

萧衡睨着他。

成全他？那谁成全自己？

他脸上的笑容又狠戾几分，连声音都变得低哑可怕：“萧荣，你以为你在跟谁争女人？”

他微微倾身，眼里盛气凌人：“跟我抢，你也配？”

萧荣从未见过这般模样的萧衡。

九叔一贯风度翩翩，温润如玉，怎么今夜……从未见过的强势。

萧衡像是想到了什么好玩的事，突然笑了起来：“来人。”

“快来看呀，有人落水啦！”

“怕是付不起花娘赏钱，被管事扔进河里的吧？当真是牡丹花下死做鬼也风流！”

“……”

四面八方的画舫上聚集了不少看笑话的人。

萧荣只穿着一条亵裤，狼狈地在水里沉沉浮浮。

他不擅长凫水，如败狗般拼命挥动双臂，冰冷的河水灌进他的嘴里，只能发出断断续续的哀号。

顾燕婉还坐在那艘画舫上。

她吃着酒，听见外面传来的喧哗，问道：“外面在闹什么？”

侍女看了热闹回来，笑嘻嘻道：“大约是有郎君点了妓子，却付不起费用，被人丢下河了。也不知是谁家的郎君，怪丢人的！”

顾燕婉轻笑，放下酒盏：“所以说，女子嫁人还是要嫁高门郎君，家底丰厚不说，人品教养也比寒门郎君要好得多。”

“少夫人说得是，荣公子就是极好的。”

顾燕婉扶着额，盯着跳跃的淡金色烛火，眼底流露出一丝迷离。

萧荣的出身虽然极好，可是经历过被赶出金梁园的事，如今已是彻底断了前程。若是当初，她没有抢裴道珠的婚事就好了……

一名奴仆匆匆闯进来：“少夫人，大事不好，荣公子出事了！”

得知落水的人竟是萧荣，顾燕婉险些咬碎一口银牙。

她带着人手匆匆来到船尾，远远瞧见一个男人狼狈地在水里扑腾，周围满是看热闹的人，正对着他指指点点。

似是有人认出了萧荣——

“诶，那不是荣公子吗？”

“哪个荣公子？”

“就是萧家大房的庶长子呀，娶了顾家嫡长女的那位！”

“哦，听说他为了顾家嫡长女，退了和裴家的婚事！”

“可不是？裴姑娘天仙似的人物，他放着那般美人不要，居然娶别人！如今裴姑娘成了将军府的千金，他怕是高攀不起了！”

各种议论层出不穷。

顾燕婉脸上火辣辣的烫。

她盯着萧荣，紧紧攥着手帕，指甲深深刺进了掌心也没察觉到疼痛。

过了好半晌，她才低声骂道：“蠢货，都愣着干什么，还不快去救人！”

萧荣耷拉着脑袋，任由别人把他拖上船，再无平日里那股清隽风度。他吐了几口水，又咳嗽了好一阵，才稍稍缓过神来。

顾燕婉看都不想看他一眼。

似是若有所感，她突然回眸。

不远处的楼船巍峨华贵，灯火煌煌。白衣胜雪的郎君手挽佛珠，发垂璎珞，如丹鹤般倚在楼船上。花灯的光影在他周身晕着一层光，湛湛如神明，勾魂摄魄。

九爷……

顾燕婉的心跳加快。

与九爷相比，自家夫君当真丢脸至极。

为什么当初她嫁的不是九爷？

“燕婉……燕婉……”萧荣唤她。

顾燕婉不动声色地收回视线，质问道：“荣哥哥不是被问柳带去见九叔了吗？好端端的怎会落水？”

萧荣面色青白交加，怀着恨意看向远处的楼船：“是萧衡……是萧衡命人把我扔下水的。”

顾燕婉更加不解：“好好的，九叔把你扔下水做什么？定是你做了不好的事，惹他生气。”

见自家夫人也偏袒萧衡，萧荣气不打一处来：“你是不是也跟其他女人一样，相中了萧衡？！你别忘了，你如今是我的夫人，少想那些有的没的！”

“我——”顾燕婉正要争辩，问柳乘坐一艘扁舟缓缓靠近。

他站在船头，行了一礼：“荣公子，少夫人，九爷命我前来传话。今夜之事就此作罢，若是荣公子再敢对裴姑娘生出非分之想，或者少夫人又想给裴姑娘使绊子，别怪他眼里没有你们这两个晚辈。裴姑娘是他的人，想动她，先掂量掂量自己有几条命。”

说完，他寒着脸离去。

顾燕婉怔怔的。

难道说……萧荣私会之人是裴道珠？！

她恶狠狠盯向萧荣。

萧荣心虚，不自然地扭过头去。

顾燕婉尖着嗓子追问：“你不是说厌恶裴道珠吗？为什么要跟她私会？萧荣，你眼里还有没有我？！”

萧荣本就颜面扫地，又被这般质问，更加恼羞成怒：“我与何人见面，与你何干？都说娶妻当娶贤，我倒是娶了个悍妇！”

顾燕婉眼眶一红。

嫁给他之前，他口口声声说喜欢她，想与她白头偕老。不承想他的喜欢如此短暂！

她亦是心高气傲的人，她花费时间精力从裴道珠那里抢来的东西，怎么能是个废物？！而这废物怎么敢反过来嫌弃她？！

她不顾一切地扑到萧荣身上，捶打撕咬着他：“我如何就成悍妇了？！我也是世族贵女，都是因为嫁给你才沦落到如此地步！萧荣，你赔我前程，赔我前程！”

萧荣的肩膀生生被她咬出了血。

剧痛之下，萧荣狠狠推开顾燕婉，一巴掌扇在她脸上："泼妇！滚开！"

"泼妇？！"顾燕婉双眼圆瞪，脸上的肌肉轻微颤抖。

下一瞬，她甩了萧荣两巴掌："当初追求我的时候，你口口声声叫我心肝，如今才过去多久，我就成泼妇了？！萧荣，你对得起我？！"

萧荣面色苍白。

他眼中的顾燕婉持家有道，八面玲珑，和最初的裴道珠那般温柔细腻，甚至还多几分裴道珠没有的风情妩媚。可是面前的女人面容狰狞扭曲，像是从水里爬出来的恶鬼，哪还有平日里温婉贤淑的模样！

什么世家风度，原来通通都是她装出来的！

他再也不愿面对顾燕婉。他咽了咽口水，往船舱里面逃："我不跟你吵架！我回去就禀报姨娘，你若不喜，咱们明日就和离！"

和离……顾燕婉只觉天都要塌了。

裴道珠前脚自请归家，她还嘲笑她来着。可她自己后脚就和离，这不是叫裴道珠看笑话吗？！

她咬牙切齿，咆哮道："和离就和离！没了你这个窝囊废，我还活不下去了吗？！"

侍女急忙拉住她："少夫人，旁边有不少人看着呢，您小声些……"

顾燕婉一把推开她，红着眼睛咒骂："一贯只有我瞧不上别人的份儿，还从未有人敢瞧不起我！萧荣，你除了出身还有什么？！你给我等着！"

她愤然转身："回顾府！"

顾燕婉带着奴仆丫鬟连夜回了顾家。

萧荣坐在船舱内，脸色苍白的可怕。

赶来的随从小心翼翼地为他披上外袍："公子，少夫人回娘家了……可要派人去追？"

萧荣眼神漆黑如深渊，透着一种莫名的疯癫："追什么追？别管她。"

"那咱们现在……"

"回府。"

萧荣慢慢闭上眼。

他从前敬重九叔，既然九叔不把他放在眼里，甚至如此羞辱他，那么休怪他翻脸不认人！

清晨，陈姨娘伺候萧程起床，正洗漱时，侍女突然匆匆进来："大爷、夫人，公子不知怎的跪在院子里，已跪了两个时辰！”

陈姨娘立刻心疼起儿子：“好好的跪在外面做什么？！还不快让他进来！”

萧荣进来时，双膝还在轻颤。他骤然跪在父亲和姨娘跟前，泪水涌出：“阿父、姨娘，请你们为孩儿做主！”

“我的心肝！”陈姨娘连忙扶起他，“有什么话好好说。姨娘给你擦擦泪……快别哭了，怪叫人心疼的……”

萧荣哽咽着，把萧衡是如何命人将他丢下水的事情讲了一遍，只独独省略了他欺辱裴道珠在先的部分。

“九叔有气没处撒，便拿我撒气……我自知身份低微，却也是堂堂正正的萧家子弟，他怎能如此欺我？那么多人看着，连带着萧家也没了脸面……自打他当了郡公，每日就越发狂妄，眼里再没有阿父，再没有萧家！”

陈姨娘顿时怒不可遏，对萧程道：“夫君，您一定要向相爷告发萧衡，平息荣儿的委屈！”

萧程是丞相萧允的长子，萧衡的长兄，萧荣的父亲。如今已是四十不惑的年纪，担任鸿胪寺丞，身量微胖，很有几分福相。

他迟疑道：“玄策一向赏罚分明，是不是荣儿做了恶事被他逮住的缘故？其中恐怕是有些误会——”

“能有什么误会？！”陈姨娘尖着嗓子打断他，“我看夫君是怕了萧衡吧？夫君，萧衡虽是嫡幼子，可一身功勋却在你之上，平日里也没见他敬重你这个兄长。说句难听的，将来相爷百年之后……若是萧衡继承了萧家，我和荣儿可就要流落街头了。”

说到动情处，她忍不住抬袖擦泪，却又偷偷瞄向萧程。

萧程耳根子软，听枕边人如此说，心里已是信了七分。

他犹豫着：“那，那该如何是好……”

“去向相爷告状！让相爷狠狠地罚萧衡！只要相爷不喜萧衡，萧家就落不到他手里。等相爷百年之后，整个府邸都是夫君的……夫君，我和荣儿后半生的富贵可都指着你了！”

萧程拍了拍陈姨娘的手背：“你放心，我自会保护你和荣儿！”

他连早膳也顾不得用，匆匆忙忙去见父亲萧允。

萧衡被萧允唤到书房时，正是晌午。

萧允正提笔写字：“听说昨夜你把阿荣丢进了秦淮河？”

“是。”萧衡垂着眼帘，“他做了不该做的事，孩儿只是稍加惩处。”

萧允运笔，字迹遒劲稳重："他再如何不对，你也不该当众惩处，倒是平白连累了家族名声。"

"是孩儿行事不妥。"

萧允提笔舔墨，换了话题："北国皇太子已经动身南下，不日就会抵达成邺。这是一个绝无仅有的好机会。你可明白为父的意思？"

萧衡沉默。

皇族仍然没有北伐之意，朝堂上每日争吵，立场各不相同。

若是北国皇太子死在成邺……与北国的这场战争，朝廷不想打也得打。

他低声道："两国交战，不杀来使。去年郑家代表北国出使成邺，孩儿带人暗杀，已是引起天下人的不满。这次北国皇太子南下，打的仍旧是结盟的旗号，若是再次暗杀，是否会让朝廷陷入不义之名？"

萧允冷笑："既是暗杀，那与朝廷有什么关系？"

他搁下毛笔，净了手，不疾不徐地转过身，拍了拍萧衡的肩膀："史上朝代更迭疆土吞并，并非总是光明正大。真正的君子是没办法统御一个国家的，手段和计谋这种东西才是上位者最需要的。玄策，你肩负着南国的希望，也肩负着萧家和为父的希望，大事面前万万不能犹豫，更不能有妇人之心。覆灭北国才是你该有的目标和野心。"

这些话，萧衡从小听到大。

他拱手道："孩儿谨记父亲教诲。"

萧允眼底掠过满意，又道："暗探昨夜传了消息过来，北国皇太子这趟南下，乃是为了一幅画像。准确地说，是为了画像上的女人。"

"画像上的女人？"

"裴道珠。"

萧衡瞳孔微微放大。

萧允把他的细微表情尽收眼底："你知道北国皇太子惯爱收藏美人。裴道珠殊色倾国，名声传到北方，惹得他动心也未可知。"

萧衡颔首："北国东宫佳丽三千，我亦有所耳闻。"

"你对裴道珠有意，为父不是不知道。杀了北国皇太子，对你亦有好处。"

"让阿父操心了……"

"退下吧。"

萧衡恭敬地行了一礼，退了出去。

问柳候在屋檐下，见他出来，连忙迎了上去："主子，老相爷可有怪罪您？”

萧衡没说话，盯着满园草木，一颗一颗地捻着佛珠。他回眸，望了眼紧闭的门扉。

他都没能打听到那幅画像的线索，阿父是如何得知是裴道珠的画像的？

秋高气爽的午后，裴道珠刚涤过发，青丝垂落，坐在柿子树下晒太阳。正聚精会神看书时，一颗金灿灿的小柿子突然滚落在她怀里。

她仰起头。

白衣胜雪的郎君坐在树杈上，摆弄着他那串碧玉佛珠：“在读什么书？”

裴道珠拿起柿子：“光天化日，郡公偷闯将军府后花园，这可不是君子所为……哦，我竟忘了，郡公本就不是君子。”

萧衡轻嗤：“昨夜我帮了你的忙，没见你报答，倒是被数落一顿……再有下回，我可不敢再帮你。”

裴道珠撇了撇嘴，认真道：“说吧，今日找我，所为何事？”

萧衡淡淡道：“北国皇太子即将南下成邺。”

裴道珠一怔。

元承……

那个男人，又来了吗？

梦境里，北国的那些日日夜夜如梦魇浮上心头。

那个恶魔般的男人，性情乖戾不可捉摸，聪慧如她也看不透。他每夜掐着她的脖子，逼她喊他的名字，逼她做她不喜欢的事。她与他斗，与他的妻妾们斗，受尽委屈，身心俱疲！

那是她再也不愿经历的过往！

她勉强保持镇定，可是声音却难以自抑地扭曲：“他来作甚？”

萧衡把玩着柿子：“为美人而来。”

“啪”一声，裴道珠手里的书卷掉落在地。

她的面容苍白可怕，心不在焉地站起身：“让郡公见笑了。”

萧衡一跃而下，捡起那卷书，拉起裴道珠的手，放在她手里。

他紧紧握住她的手：“他若当真讨要你，凭皇族的软骨头，沈霁未必护得住你。不如嫁给我，便是朝廷想拿你做人情，也得先看我的脸色。裴道珠，嫁给我可好？”

大雁南去，天地皆清。

他说话时甚至没去看裴道珠的眼睛，全然一副纨绔模样，仿佛嫁娶之事只是随口说的玩笑。

裴道珠紧咬着唇，纤薄的身体绷得很紧。

不知僵持了多久，她突然一拳砸在萧衡的胸膛上。

“强取豪夺，威逼利诱，萧衡，你和元承又有什么区别？既然双方都是强盗，和亲也好，嫁你也罢，既然都是为了活下去而选择的路，我选择谁又有什么不同？！”

两行清泪滚落，她胡乱擦着泪水，喃喃自语：“每个人都恨不能逼我入绝境……顾燕婉如此，萧荣如此，连你也如此……可是我又做错了什么？”

她不过是想嫁一位好郎君，不过是想像其他士族女郎那般，十指不沾阳春水，春时赏花秋时赏月。偏偏半路杀出个萧衡，逼她为妾不说，好容易放她离开后又突然回来逼她嫁他。

若当真喜欢，就不能像正常郎君那般对她示好殷勤，把她捧在掌心仔细疼爱吗?

裴道珠委屈得厉害，但不愿当着萧衡的面掉眼泪，于是转过身去，号啕大哭。

心仪的姑娘在面前哭成了泪人，然而萧衡连上前安慰的勇气都没有。

要他一个堂堂郡公拉下脸面去哄一个女人，委实有些困难。更何况，他已经表达了自己的爱慕之意，虽然有些委婉，但这已经是他能做到的极限。还要他怎样呢?

不知过了多久，他终于勉强伸出手，搭在裴道珠的肩上：“裴阿难……”

少女呜咽一声，甩开他的手：“我爱慕虚荣、自私刻薄、虚伪狡诈，我一堆毛病，你娶我做什么？帮我做什么？！说到底，也不过是为了我这张皮囊，也不过是为了将军府的势力！呜呜呜……无人只因我是裴道珠而爱我……”

萧衡无言以对。

他对裴道珠的动心确实始于她那举世无双的容色。如果没了这副皮囊，他还会心动吗?

他无法回答。

裴道珠只觉一颗心被辜负得千疮百孔，再不愿看见萧衡，快步离开了这里。

萧衡回到乌衣巷，沿着青石板路往萧府走。

问柳跟在他身后，忍不住小声道：“主子何必想那么多？世间男女，遇见了，喜欢上了，不是很自然的一件事吗？事事都要追究一个如果，多没意思呀！”

萧衡睨他一眼：“你倒是懂感情了。”

问柳不好意思地摸了摸脑袋：“虽然没经历过，倒也听过不少话本子。”

萧衡道：“那你说，该如何哄她高兴？”

“别的卑职说不上来，哄女郎高兴，卑职还真有些手段。”问柳侃侃而谈，“如今裴姑娘并不缺钱，再送裙钗首饰显得俗气。不如主子亲自下厨，做一些美味的小糕点给她送去。一来姑娘家都爱吃糕点，二来也能显得主子诚心诚意。”

萧衡：“我看起来，像是会做糕点的人吗？”

问柳讪讪。

他家主子谪仙似的人物，当然不可能亲自下厨。更何况他家主子看起来手艺就不咋地，没得给裴姑娘吃出毛病来了。

他提议：“买些也是使得。”

于是第二日，裴道珠收到了整整一食盒的花糕。

枕星把沉甸甸的紫檀木大食盒搬到食案上，惊喜道：“是青梅斋的五福临门套盒点心！他们家的点心最难买，价格昂贵不说，预定能排到下个月去！还是郡公有本事，这就给姑娘买来了！”

她一层层打开，每一层的花糕都不相同，摆盘精致漂亮，看一眼就足以勾起食欲。

枕星看得稀罕：“除了应季的蟹黄糕、栗子糕、桂花糕，其他季节的糕点竟也齐全，不愧是青梅斋，真有本事……姑娘，您不过来尝尝吗？”

裴道珠坐在窗前，静静地翻看书卷。

她连头都没回：“你吃吧，若是吃不完，就分给其他人。”

枕星一愣：“可这是郡公特意送给您的。”

裴道珠撇了撇嘴，她才不稀罕。

枕星见她无动于衷，只得又搬起食盒，去院子里跟侍女们分着吃了。

风把书页吹得哗哗作响。

裴道珠按住纷飞的书页，注视园林里的秋景，精致的眉眼凝上了一丝愁绪。

元承要来了……果真是为她而来吗？

她该怎么办？除了萧衡，是否还有其他人能护得住她？

裴道珠一向胆大，然而想起那个恶鬼似的北国男人，她仍觉寝食难安。

另一边，顾燕婉比她过得更艰难。

那夜她带着奴仆丫鬟回了娘家，可是大半个月过去了，萧荣仍旧没有亲自过来接她的意思，甚至连派人问候都不曾。

父亲逐渐开始对她百般嫌弃，认为她擅自归家丢了顾家的脸面，整日对她疾言厉色。她没办法，只好悻悻收拾行李，带着人灰溜溜地回了萧府。

萧荣不在卧房。

她去书房找人，便瞧见自家夫君正在临窗作画。画上不是别人，正是裴道珠。

顾燕婉立刻就眼睛红了。

她与裴道珠斗了这么久，原以为大获全胜，却万万没想到竟在婚后一败涂地！

她夺过画卷，不由分说地撕成碎片丢弃在地。

萧荣回过神，见来人是她，脸色立刻冷了几分："你还有脸回来？"

"我是你明媒正娶的夫人，为何不敢回来？"顾燕婉面色狰狞，"倒是你，怕是被这狐狸精勾走了三魂六魄，可还知道自己姓甚名谁？！"

萧荣沉下脸："不许你说道珠妹妹的坏话！"

那夜道珠妹妹与他两情相悦，互诉衷肠，若非萧衡阻挠，他早已抱得美人归。如今他对裴道珠只剩怜爱思慕，所有的怨恨都聚在了萧衡一人身上。

顾燕婉气笑了，她厉声道："你觉得裴道珠是个好东西？我告诉你萧荣，她的心机比你想象得还要深！如果你还敢继续想她，咱们夫妻便算是做到头了！你现在就给我写休书，我这就回娘家去！"

萧荣冷笑。他如今没了前程，已是心如死灰。天下万物，他只想要裴道珠。

至于顾燕婉，他看见便觉得恶心。若非当初顾燕婉从中作梗，百般勾引，他也不会抛弃道珠妹妹，更不会沦落到这个地步。

他掸了掸宽袖，提笔蘸墨："那就如你所愿。"

顾燕婉看着纸上出现的"休书"二字，只觉晴天霹雳。

他怎么敢真给她写休书？！她容貌姣好，出身优越，哪一点配不上萧荣？他怎敢如此怠慢她？

若是被休回家，阿父定然会打断她的腿！

顾燕婉羞怒交加，再也顾不得士族贵妇的风度，推翻了书案，尖声大喊："混账东西，我嫁给你是你的福气！你敢如此待我？！当心我禀报相爷和老夫人，要你好看！"

"你少胡搅蛮缠——嘶！"萧荣本要推开她，却被她恶狠狠咬住手。

虎口处，鲜血汩汩涌出。

“贱人！”萧荣痛到极致，再顾不得其他，推开顾燕婉，果决地拔下挂在墙上的宝剑，俨然要杀了她的架势！

“救命啊！”顾燕婉尖叫着逃出房间。

大书房里，萧程正和陈姨娘嗑着瓜子聊着天。顾燕婉突然窜进来，蓬头垢面的模样吓了两人一跳。

她跪倒在两人跟前，扯住萧程的袍裾，一把鼻涕一把泪：“公公救我！儿媳那夜受了天大的委屈，不见夫君安慰，反而被逼回了娘家。在娘家的这些天，儿媳寝食难安，唯恐无人照顾公公和姨娘，因此赶了回来，却撞见夫君在临摹裴道珠的画像……夫君心里根本没有我，甚至打算休了我……求公公和姨娘为儿媳做主……”

她泣不成声。

萧荣也追了过来，瞧见父亲和姨娘也在，略微收敛，沉着脸行了一礼：“阿父，姨娘……”

陈姨娘翻着白眼瞥了眼顾燕婉。

她原以为给儿子娶了一房好夫人，没想到却是个克夫的，嫁过来没多久就害的儿子没了前程。真是个扫把星！

她嫌弃道：“自己没本事，抓不住夫君的心，倒是怨怪起别的姑娘……你嫁进来也有一年了，肚子没半点儿动静。自己没动静也就罢了，还不许夫君纳妾。顾燕婉，你顾家的教养就是如此吗？”

顾燕婉难以置信地抬起头，坐在上座的妇人眉眼刻薄，宛如陌生人。

她记得嫁给萧荣之前，陈姨娘对她像对待亲生女儿一般。她当初还沾沾自喜，觉得自己有了一个绝世好夫君，还有一个绝世好阿姑。

原来世上，有的阿姑比她的儿子还要擅长欺骗……

萧程捋着胡须道：“夫妻吵架，向来是床头吵床尾和。阿荣还年少，喜爱美人乃是人之常情，有什么大惊小怪的？倒是你燕婉，你也该张罗着给阿荣纳几房妾室，尽快为我萧家开枝散叶。”

顾燕婉神色惶惶，无力地跪坐在地。

似是觉得她碍眼，萧程挥挥手：“好了，都退下吧！”

萧荣恭敬地行了一礼，拖起顾燕婉，径直回了寝屋。

顾燕婉擦了擦泪，正要说话，面前突然覆下一片阴影。

她抬起头——

“啪！”萧荣狠狠甩了她一耳光。

顾燕婉眼冒金星，捂住红肿的脸，难以置信地看着萧荣：“你打我？！”

萧荣眼底尽是阴霾：“我打你又如何？像你这种四处告状的贱人，就该打死才好！”

顾燕婉胸脯起伏得厉害。她嫁过来后，萧荣对她也算百依百顺，她还从没有受过这种委屈！

她心头火起，想要把那巴掌还回去，却被对方拧住手腕，又给了她一巴掌！

屋门紧锁。几个小丫鬟面面相觑地守在门外，只听见屋里时不时传来女人的尖叫和怒骂。

渐渐地，那怒骂声逐渐化作求饶，到最后只剩下细细的抽泣声。

屋门打开，光风霁月的贵公子淡然地跨出门槛。

他理了理宽袖，淡淡道：“可有听见什么？”

小丫鬟们瑟瑟发抖，跪倒在地：“奴婢什么也没听见……”

萧荣扬了扬嘴角：“没听见最好，若敢在外面胡说八道，仔细你们的皮。”

他径直走了。

屋内，顾燕婉倒在卧榻上，身上青紫交加，双颊更是红肿得厉害。她看向虚空，眼泪不停滚落。

原以为萧荣是个容易拿捏的软柿子，没想到这软柿子发起狠来，竟比裴道珠的父亲还要恐怖。

她擦了擦眼泪。

所以，她从裴道珠那里抢来的究竟是什么？

“裴道珠……无论如何，我是不会输给你的，绝不会输给你……”

她声音沙哑，眼神却阴冷坚定。

成郧城里的枫叶都红透了，走在秦淮河畔的长街上，随处可见飘零的枫叶。

“阿难一向喜穿白衣，今日突然换上这身衣裙，倒是稀罕。不过，比白衣更好看呢。”

裴道珠和谢南锦并肩走在街上，谢南锦由衷夸赞。

今日裴道珠原本打算在府里晒晒书卷，却被谢南锦约出来逛街，买些笔墨纸砚。

她多日未曾出门，欣然前往。

正巧沈大将军前段时间命人给她们姐妹各做了几身新衣裳，她便穿了出来。

走了一段路，谢南锦忍不住再次打量她。

少女梳灵仙髻，一袭枫叶红的罗襦裙妖冶似火，系带丝绦飘逸，更显风流灵巧。而她的额角贴了时下流行的牡丹花贴，繁复精致，衬得那张脸娇白艳绝，惹得路过的百姓频频顾望。

“真好看呐……”谢南锦拿折扇挑起她的下颌，“也不知道将来谁有福气能赢得美人芳心？”

“谢姐姐……”裴道珠又好气又好笑。

裴道珠随谢南锦进了街边的书斋。两人沿着楼梯来到二楼，各自去找喜欢的书籍。

许是接触了那位想杀她的花神教道人，裴道珠近日对道教书籍颇感兴趣。在看见架子上某本书时，她眼前一亮，踮起脚尖伸出手。

她满怀欢喜地取下那本书，却正对上书后面的一双眼。

这双眼裴道珠眼熟至极。

“啪嗒”一声，书掉落在地。她下意识后退两步。

书架后的男人一步步走了过来。他发束青龙衔珠高冠，穿一袭繁复华贵的绯罗袍，腰系黑革金玉带，脚踩祥云纹龙靴，身量比江南士子更加挺拔高大，左眼下的泪痣透着几分妖异，长得艳丽雍容。

他俯身拾起那本书，漫不经心地递还给裴道珠：“姑娘的书。”

裴道珠怔怔盯着他，刹那间，无数记忆涌上心头——

“进了孤的东宫，就容不得你逃走。裴道珠，你生是孤的人，死是孤的鬼，可明白？”

“你在想什么？想你的故国吗？还是想南国那个没用的朝廷？裴道珠，孤要你心里眼里都只有孤一人！”

他以雷霆手段弄死争位的兄弟们，成了北国的皇帝。

“裴道珠，你跟萧衡是什么关系？他竟愿意用退兵百里为条件换你出宫。”

“呵，萧衡是兵临城下了，可那又如何？你在朕的手里，纵然他覆灭北国，朕也要你与国殉葬！”

罗帐里的肆意虐取……稍不顺心时的耳光……他以深宫为囚笼，用十年的时间来驯服她。

她对他的恐惧早已深入骨髓。

“姑娘可是病了？脸色苍白的厉害。”

清冷的声音拉回了裴道珠的心神。

她慢慢抬起头，用尽全力维持镇定：“无妨……多谢公子关心。”

她福了一礼，转身往楼下走。

谢南锦抱着选好的书过来，好奇地看了眼男人，才跟上裴道珠，低声道：“你怎么了？瞧着不太对劲儿……”

裴道珠摇摇头，与她一道下了楼。

穿绯罗袍的郎君，依旧立在书架旁。

他注视着裴道珠远去的背影，薄唇扬起一个诡异的弧度。

随从捧着一卷画轴过来，小声道：“那位姑娘就是画上的美人吗？比画还要倾国倾城，真不敢相信世上有此尤物……只可惜，殿下怕是不能收入东宫。”

见元承不语，随从接着劝道：“国师夜占星象，画上女子将会断送我北国两百年的基业，须得尽早除掉才好。殿下，您可不要被美色迷了眼啊！”

元承轻笑。

他行至窗边，推开花窗。长街上人流如水，裴道珠和谢南锦越走越远。

他满不在乎地挑了挑眉：“区区一个女人，能断送两百年基业？”

裴道珠和谢南锦乘坐马车往乌衣巷走。

谢南锦见她脸色发白，给她斟了杯热茶，关切询问：“可是书斋里发生了什么？你的脸色不好。”

裴道珠捧着热茶，沉默地摇了摇头。

谢南锦善解人意，不再追问，笑着换了话题：“你如今和萧家九爷怎么样了？我听子机说，他似乎想娶你？”

提起萧衡，裴道珠的脸色又难看几分。

她一口气喝了半盏热茶：“谁要跟他扯上关系？萧玄策那种人……就算天底下的郎君都死绝了，我也不要嫁给他！”

谢南锦不禁疑惑。萧家九爷大约又干了什么惹阿难生气的事吧？

裴道珠回到家后，脑海中仍旧反复浮现着元承的面容。

元承为她的画像下江南，今日盯着她的眼神犹如盯着猎物，代表着什么不言而喻。

她坐在窗下，轻蹙眉眼：“若是嫁出去，能避免和亲的命运吗？”

“朝廷是什么德行，姑娘您还不知道吗？”枕星端着茶点进来，“但凡北国皇太子想要，便是已经生过孩子的妇人，朝廷说不定都能舍下脸皮给他送去……”

“朝廷也不是全由皇族说了算。”裴道珠捧起茶汤，吹了吹，“还有各大世家呢。皇族不要脸面，他们还要呢，哪肯让自家的夫人去和亲？”

枕星笑了：“这倒是有个现成的人选。”

裴道珠不以为意：“萧玄策就算了，我便是死，也不会嫁给他。”

枕星讪讪。她觉得成郸城再没有比九爷更合适的人选了。然而九爷和姑娘一个比一个倔，当真是一段孽缘。

晚膳时，宫里突然传了圣旨。

北国皇太子已经抵京，为了给他接风，特意在宫中设宴，邀请成郸城的世家贵族及其家眷都去吃酒。

只是沈府收到的圣旨与别处不同，还附加了一条，特意邀请裴道珠同去。

裴桃夭抱着一盒乳糖吃得欢，奶声奶气道：“这下好了，北国人也要知道阿姊的美貌了，阿姊是天下闻名的大美人啦！”

裴子衿十分赞成，乖巧点头。

顾娴却察觉到不对劲，担忧地望向裴道珠：“阿难？”

裴道珠不愿她担心，笑着替她斟茶，柔声道：“听说北国美人如云，让我前往宫宴，许是为了在皇太子面前撑撑场面吧。正好，女儿也能借此机会相看相看世家公子，说不定能挑一个合适的呢？”

她安慰着顾娴，心底却早已掀起惊涛骇浪。

点名让她入宫定然是元承的主意。但这辈子，她绝不会再入魔窟。

用罢晚膳，裴道珠看了一个时辰的书，枕星匆匆回来了。

她呈上画册：“幸不辱命。奴婢听姑娘的话，买来了这份画册，上面是成郸城里尚未说亲的世家郎君，姑娘瞧瞧可有合适的。”

裴道珠一张张翻看，事关终身大事，她还是忍不住挑剔起来。

枕星在旁边看得津津有味：“这个陆家嫡次子不错，陆玑的弟弟，想来应当和他一样才华横溢，温润如玉，您嫁过去还能和谢姑娘做妯娌。”

裴道珠沉吟：“身份不错，只是太病弱了……跟竹竿儿似的。我想寻个挺拔健硕的郎君，最好再风流倜傥些。”

枕星：“……”

论风流倜傥，成郸城里哪位郎君能比得过九爷？

裴道珠又翻了几页，不是嫌人家读的书不够多，就是嫌人家出身不够高贵，要么就是嫌人家服食五石散将来活不长。

枕星已是无话可说。

快翻到最后一页时，裴道珠忽然眼前一亮：“这位不错。”

枕星好奇望去。

裴道珠看上的是崔家的嫡长子，崔慎。

年已及冠，以风流文雅、博学多才著称，交友广泛，容色也是玉树临风，很招女郎们喜欢。

只是不知为何，至今还没有说亲。

裴道珠眼里闪烁着算计。将来崔家的继承人，父亲位至大司马手掌兵权，继母是当朝长公主，身份不比皇子差，可不就是现成的乘龙快婿？她从前竟然没有注意到！

枕星见她饶有兴味，顿时头皮发麻。若是给九爷知道……

裴道珠有了目标，也不觉得宫宴有多可怕了。

宫宴当天。

裴道珠穿了一身白茶色交嵛裙，梳挂耳髻，余下的长发用红绳束在身后，瀑布似的垂落到膝窝。巴掌大的脸精致白嫩，肌肤似是晕着一层明珠般的光，举目四顾间，竟像是神明少女落入凡间。

枕星被惊艳地咽了咽口水：“姑娘今日极美。”

裴道珠浅浅一笑。

她今日是要去找崔家郎君的，可不得仔细打扮？更何况，她已经被元承相中，就算是扮丑也逃不过那个男人的眼，还不如大大方方地出现在他面前。

枕星吸了吸鼻子，发现少女身上带着若有似无的幽香，似是夏夜里最撩人的幽昙。

她家姑娘今夜是要去吸人魂魄的，但愿那位崔家郎君能和九爷过上几招。

金乌西沉，夜色弥漫。

宫中华灯万盏，宾客聚集在青鸾殿。

裴道珠端坐在顾娴身侧，早已习惯来自四周的注视，不动声色地往男眷席上张望。

崔慎坐在男眷席中央，在郎君们当中相当醒目。此刻他手执麈尾，正和旁边的郎君谈论佛道，谈到尽兴处，笑了起来，桃花眼弯如月牙，分外温润。

萧衡就坐在离崔慎不远处。他晃了晃手中酒盏，对陆玑道：“看见没有？”

陆玑不解：“看见什么？”

萧衡轻笑：“裴道珠正痴痴盯着我。”

陆玑属实没看出来……然而他不敢明说，只讪讪附和：“好像确实在看着你……”

“裴道珠嘴上总说不爱我，实则对我如痴如醉。”萧衡感喟，“你平日里见到的她长袖善舞八面玲珑，而我见到的却是哭哭啼啼撒娇耍横的她。对女儿家而言，只有在自己最心爱的郎君面前，才敢展示出最真实脆弱的一面吧？”

陆玑复杂地看了眼萧衡。

他还好意思说？分明是他把道珠妹妹欺负哭的。更何况，女儿家在心爱的郎君面前只想展示美貌和才气，谁要跟他撒娇耍横了？

萧衡接着道：“元承想得到她可没那么简单。子机，我打算借着元承的契机，求娶裴道珠。到时候烦你从中牵线，将来有了孩子，让他认你做义父。”

陆玑发现爱情会令人丧失理智。他听南锦说，道珠妹妹放话天下郎君死绝了也不会嫁给玄策，玄策怎么会觉得他提亲道珠妹妹就会答应的？连子嗣的事都想到了……

萧玄策没救了。

顾娴见裴道珠对着某个方向笑得花枝乱颤，不禁好奇：“阿难在看什么？”

女儿的眼神像极了见到绝色美人的色鬼，叫她这当阿娘的瘆得慌。

裴道珠见崔慎起身离开青鸾殿，也跟着起身，柔声回道：“没什么，只是觉着青鸾殿漂亮，因此多看几眼而已。阿娘，我出去更衣，很快就回来。”

裴道珠离开青鸾殿不久，萧衡也跟了出去。

殿内觥筹交错歌舞升平，殿外游廊却格外寂静。

游廊曲折，每隔三五步挂一盏琉璃宫灯，一直通往御花园那边的白羽湖。

裴道珠追上崔慎：“崔家哥哥！”

崔慎转身，见是她，颇有些意外：“裴姑娘？”

互相见过礼，裴道珠腼腆一笑，面露悲伤：“崔姐姐红颜早逝，我难过至极。崔家哥哥自幼和她一起长大，想必比我更难过。我怕崔家哥哥过度悲伤，特意过来瞧瞧。”

崔慎：“……”

他妹妹都走了一年多了，裴道珠的“慰问”还真是及时。

他笑了笑，柔声道：“起初是很感伤，慢慢也就习惯了。天地浩渺，人如浮萍，生死之事自然而然，强求不得。”

裴道珠有些稀奇。这位崔家嫡长子是个淡性子的人，这在同龄郎君里面十分罕见。

她与他并肩而行：“崔家哥哥要去哪里？”

“殿中吵闹，出来散散心。”

裴道珠笑了。

散心好啊！御花园里，明月初升，孤男寡女，灯火幽微，可不适宜暗生情愫?

她放软声音：“崔家哥哥做的诗词歌赋，我都仔细诵读过，每一首我都十分喜欢。”

崔慎根本没做过诗词歌赋。他不动声色，礼貌微笑：“荣幸之至。”

游廊尽头就是白羽湖。湖水波光粼粼，倒映着皎洁的明月。

微风四起，琉璃灯轻晃，摇曳出清澈的光影。

裴道珠忽然驻足：“崔家哥哥，我其实……”

她欲言又止。

崔慎不明所以地看着她：“什么? ”

裴道珠垂着头：“我其实……其实一直很爱慕你。从懂事起，我随阿娘参加各种宴会雅集，那年第一次在宴会上见到你，我就忍不住被你的风采深深折服。我，我想嫁给你……”

她慢慢抬起鸦羽似的眼睫：“我自知身份低微，只是我爱慕慎哥哥的心天地可鉴，日月可证。如果慎哥哥愿意娶我，我，我余生定然倾尽所有对慎哥哥好……”

说着说着，她像是羞得不行，双颊绯红如桃花，就连那截白皙的颈子也一并红了。漂亮的丹凤眼中更是噙了两汪泪。

崔慎愣在原地。

裴道珠从很早以前就爱慕他? 他怎么不知道?

裴道珠抬袖掩面：“慎哥哥不愿意娶我也无妨，我爱慕你，但并不一定非要得到你。阿难愿和慎哥哥以兄妹相称，看着你幸福，阿难也会觉得幸福……”

她对自己一番深情款款的表演十分自信。崔慎娶她最好，不娶也没关系，只要他认了她的好，自然也会庇佑她。

崔家在朝堂上举足轻重，再加上沈大将军，说不定她能免于和亲的命运。

裴道珠盘算打得美，只等崔慎给她答复。

崔慎神情复杂地看着她。

裴道珠无疑是美的，哪怕曾为人妾室，也不妨碍成郧城的郎君们对她趋之若鹜。

他蹙眉开口：“我——”

“阿难。”

一道清冷的声音从游廊尽头传来。

裴道珠心底“咯噔”一下。

萧衡一身绯色革带官袍，手挽佛珠缓缓走来。

碍事的来了……裴道珠嫌弃。

萧衡和崔慎见过礼，问道：“你们在此作甚？”

崔慎看了一眼表情莫名的裴道珠，编了个善意的谎言：“赏月时，和裴姑娘恰巧遇上。”

“赏月啊……我记得阿难在金梁园的时候，我们经常赏月，真是怀念啊！那时家里举办春日宴，阿难深情款款，说一直爱我入骨。如今明月未变，变的却是一同赏月的人，当真令人唏嘘……”他昳丽俊美的眉眼间充满了遗憾。

他转向裴道珠：“阿难可还记得这些往事？”

裴道珠此刻恨不能撕了萧衡！

这货早不出现晚不出现，偏偏这时出现，这下全露馅儿了！

崔慎看着她的目光复杂至极，他勉强露出一个笑容：“我先告辞了。此间月色正好，郡公和裴姑娘可以慢慢赏月。”

他施了一礼，拂袖而去。

待他走远，裴道珠敛去温婉贤淑的模样，咬牙切齿地瞪向萧衡：“我活着是不是妨碍到你了？”

萧衡倚靠在扶栏上：“才离开我没几日，就忙着勾搭别家郎君。重复着同样情情爱爱的话，也不嫌肉麻。裴阿难，你不想被元承带走，大可求一求我，反正求谁不是求呢？”

亏他还以为她心里有他，他若不跟出来，竟不知道她已经开始找下家了。

裴道珠笑出了声。

求谁不是求？这是人能说出来的话？

她翻了个白眼：“九爷又不爱我，何必管我嫁给谁？你再这般纠缠不清，我就默认你对我存着爱慕之心了。呵，清高孤傲的九爷也会爱慕我这种人吗？”

萧衡一时无言。

裴道珠见他沉默，轻哼一声，高傲地转身走开。

萧衡的声音里带着浓浓的戾气：“你愿意勾搭谁就勾搭谁去，我不管你。只是崔慎没有表面上那么简单，他不是你该招惹的人，离他远些。”

裴道珠不理他，身影渐行渐远。

萧衡垂下眼帘，捻着一颗颗佛珠。

那个女人宁愿去求崔慎都不愿意向他低头……她似乎只肯在他面前保持那份骄傲。

宴席已经开场。

裴道珠坐在顾娴身侧，目光落在北国人的席位上。除了皇太子元承，公主元栩栩也来了。

顾娴轻声道："这对皇族兄妹容貌都是极好的。尤其是皇太子，我瞧那眉眼竟和萧郡公有三分相似。果然天底下的美人都有相似之处。"

裴道珠听她这么说，不禁一愣。

她望向元承，还未仔细观察，对方已然察觉到她的视线，也朝她望了过来。

裴道珠连忙低头，假装饮了口茶。

元承薄唇噙笑。

他把玩着酒盏，忽然朗声道："陛下，孤有一个不情之请。"

老皇帝倚坐在上，大笑道："太子但说无妨！但凡太子想要，但凡江南所有，自当双手奉上！"

大殿静了下来。

众人面面相觑。一些年轻士族面露不满，却碍于国宴不敢表达。

天子这么说话简直丢尽了南国的脸！

元承的目光直直落在裴道珠身上："孤对裴家姑娘一见钟情，听闻她尚未嫁娶，因此想收作侧妃。两国联姻，战事平息，天下太平，也是好事。"

众人望向裴道珠，不知想到什么，又一致望向萧衡。

只是萧衡的座位空空如也，关键时刻，他竟不知去了何处。

裴道珠早就料到元承会如此，听见这番话时心如止水。

顾娴却不淡定了。

她抓住裴道珠的手，浑身发抖："怪不得圣旨点名要阿难进宫……用女子换取两国太平，这叫什么事儿？！"

裴道珠怀着一线期望看向崔慎，对方只是淡然饮茶，并没有在意她的意思。

都怨萧衡坏她好事！自春日宴上遇见他，她这两年就没好受过，也不知道上辈子欠了他什么！

老皇帝意味深长地开口："裴家的丫头确是人间绝色。这桩姻缘很是巧妙，朕允——"

“陛下！”一道有力的声音打断了老皇帝的话。

沈霁起身，歉意地朝老皇帝和元承行了一礼：“小女年幼无知，从小娇生惯养，恐会给皇太子添麻烦，怕无法远嫁。”

裴道珠一愣，没想到沈叔叔会为她出头……

元承微笑：“孤不觉得麻烦。”

沈霁直视元承：“巧得很，两日前，小女刚刚定亲。”

此话一出，不止其他人，就连顾娴和裴道珠也愣住了。

元承饶有兴味：“不知定的是哪家的郎君？”

“是我帐下的部将，殿下不认识。贱内疼爱阿难，舍不得她嫁出去，那部将是孤儿，此番定亲乃是招赘入府，恰巧圆了贱内的心愿。”沈霁不卑不亢道。

元承把玩着暗紫色泥金蟠龙纹折扇，笑着说：“君子不夺人所好，若是如此，孤该成人之美。”

到底是皇族，还是要些脸面的。

裴道珠悄悄松了口气，但并没有彻底放下警惕。

她梦里所知的元承，为达目的不择手段。他表面上放弃了，只怕背地里会使小手段。她必须更加小心才是……

这出小插曲过后，青鸾殿继续歌舞升平。

裴道珠吃着酒席，仍旧不自在，只因元承阴冷而挑逗的目光始终聚在她身上。

她故作镇静地吃酒。他带给她太多伤害，哪怕如今恍如隔世，她依旧不敢与他直视。

宴席临近结束时，元栩栩突然凑了过来。

她端着酒盏，操着一口并不熟练的中原话：“裴家姐姐，你生得真好看，我好喜欢你。你们的皇帝陛下决定，后日带我们兄妹去城郊狩猎，让我们明天好好休息。只是我闲不住，想去逛逛成郦城。我人生地不熟，裴家姐姐能不能陪我一起？”

她生了一张小圆脸，笑起来时露出两颗小虎牙，看起来很是人畜无害。

裴道珠却绷紧了身体。

元家的这对兄妹都不是什么好东西。

元栩栩仗着身份尊贵，横行霸道，抢掠容貌好看的郎君养做面首。她手段残酷，不知道有多少宫女被她虐待致死。

兄妹俩极其喜爱美人。

梦境中，元栩栩想把她从元承手里借过去“玩耍”几天。名为玩耍，实为折磨，她曾见过元栩栩要走东宫里一位娇滴滴的胡姬，把她制成了美人灯。

用“小恶鬼”来形容元栩栩再形象不过。

她面对着元栩栩天真单纯的笑容，毫不犹豫地拒绝：“我明日还有要事在身，恐怕不能陪伴公主——”

“裴家姐姐！”元栩栩自来熟地倚过来，亲昵地抱住裴道珠的手臂，“我这辈子兴许就来成邺一趟，你也不肯带我玩儿吗？裴家姐姐，你是不是讨厌我，讨厌我皇兄？”

她双眼渐渐蒙上一层泪光，看起来可怜极了。

裴道珠正要再次拒绝，老皇帝突然笑道：“裴家的丫头，你就陪他们兄妹逛逛成邺吧，算替朕尽地主之谊。”

裴道珠只得恭声称是。

随着月上中天，宫宴终于散场。

马车里，裴道珠道：“给沈叔叔和阿娘添麻烦了。”

沈霁骑马跟在马车边，淡淡道：“你阿娘嫁给了我，你便是我的孩子。父亲保护孩子是天经地义的事，怎么能叫麻烦？”

裴道珠轻声：“都是这张脸惹的祸，若是没有这张脸——”

“胡说！”顾娴捏了捏裴道珠的脸，“容貌是上天恩赐的礼物，即便惹来祸事，那也是别人的过错。美貌无罪，有罪的是那些欲念过深的人。”

“阿娘……”裴道珠忍不住撒娇般靠在顾娴怀里，嗅着她身上特有的馨香，心里很踏实。

第18章

次日清晨。

裴道珠正梳妆，枕星匆匆进来说元承兄妹已经到了，马车就停在府外。

裴道珠没说话，从容地戴上明珠耳铛。

枕星兴奋地为她佩戴上一枚纯金缠珠流苏压发："九爷竟然也来了，说是要与姑娘同行！"

裴道珠一怔："他也来了？"

"可不是？九爷分明是担心姑娘，怕姑娘受委屈，所以才推掉其他事情赶过来的。"

裴道珠撇了撇嘴："谁稀罕他来……"眉梢眼角却多了一丝霁色。

裴道珠行至将军府外，瞧见一辆宽大奢侈的马车停在巷子里。马车窗帘卷起，元栩栩坐在车内，见她出来，跟看见老鼠的猫儿似的，眼睛都亮了。

元承和萧衡各自骑在马上，看起来一团和气。两人皆是好容貌，一个身穿绯色罗袍，一个身穿胜雪白衣，五官轮廓同样深邃漂亮，乍一看去倒像是兄弟。

裴道珠款款福了一礼。

元承意味深长地瞥她一眼，打马往前走去："出发吧。听说栖玄寺很是灵验，孤想去瞧瞧。"

马车有些高。

裴道珠踩上脚凳，忽然手臂被扶了一把。她扭头。

萧衡正似笑非笑地看着她。

裴道珠挣开他的手，压低声音道："郡公今日倒是得空，不知为谁而来？嘴上说着不喜欢，却还是怕我出事，因此跟了来，是不是？"

萧衡挑眉："只是担心某个笨蛋认不得路，把人给带岔了，失了两国礼数。裴阿难，谁喜欢你了？"

裴道珠不忿："你才是笨蛋……"

两人小吵了几句，裴道珠憋着一肚子火上了车。

元栩栩一手撑着腮，圆圆的眼睛显得十分无辜："裴家姐姐和郡公很熟吗？"

裴道珠落座："不熟。"

元栩栩殷勤地奉上酪浆："我听说过萧郡公的赫赫威名，原以为他是个顶天立地的郎君，没想到竟然会和女子争执，可见十分小家子气。我如果是男人，定会对裴家姐姐怜爱有加，绝不惹你生气。"

若非裴道珠深知她的秉性，此时都要唤上一句"好妹妹"了。

她皮笑肉不笑道："多谢公主抬爱。"

元栩栩歪着头。她自信自己伪装得很好，在洛阳时，但凡她想讨好的人，都成功讨好了。可是裴道珠虽然看起来客客气气，实则油盐不进，并不搭理她的示好。

她饶有兴味地舔了舔嘴唇，两颗小虎牙带出几分狰狞戾气，满满都是征服欲。

她喜欢南朝这个美人，她从头到脚都完美精致，罕见极了。就算是皇兄珍藏的那群莺莺燕燕也根本无法与之比肩。

她笑得更加邪气，殷勤地从匣子里捧出一大块羊肉："姐姐尝尝我特意从洛阳带来的羊肉，可鲜了。"

裴道珠盯着那如脸盆一般大的羊肉，它呈现出诡异的暗红色，带着血丝的模样颇有几分瘆人。

世族贵女绝不会吃这种东西，吃起来不体面不说，恐怕还会硌牙。

她婉拒道："不必了。"

元栩栩遗憾道："这么珍贵的肉，我都舍不得给别人吃，姐姐不喜欢？我可是喜欢极了，那我不客气了……"

她抱着肉块埋头啃吃起来。

裴道珠觉得更加瘆人了。

马车行至栖玄寺，那块巨大的羊肉也被元栩栩啃掉了三分之一。

尽管不喜欢这位小公主，裴道珠仍旧忍不住好奇心："你不撑吗？"

"姐姐是在关心我吗？"元栩栩兴奋，"这才哪儿跟哪儿，我能吃十斤呢！明日狩猎，我吃给姐姐看呀！"

裴道珠："……"

她一点儿也不关心她，也根本不想看她吃十斤肉的画面！

她心情复杂地下了马车。

一座寺庙隐在山中，朱色山墙和黄色琉璃瓦掩映在葱茏树木中，偶有撞钟声和诵经声传来，更显静谧。

沿着台阶往栖玄寺走时，萧衡和元承远远走在了前面。元栩栩跟在裴道珠身边，蹦蹦跶跶的，嘴里说个不停。

她故意踩着裴道珠的影子："昨夜宫宴上，我一眼就喜欢上了姐姐，特意派人打听了姐姐的消息。听说姐姐曾给萧郡公做过小妾，可是我瞧着郡公分明是不喜欢姐姐的。"

"何以见得？"

"这么蜿蜒的山中台阶，萧郡公没有搀扶姐姐的意思，可见他没有把你放在心上。我走在姐姐身后，若是姐姐不小心摔下去，我也能及时扶住你。我比萧郡公更在意姐姐呢。"

挑拨离间。裴道珠脑海中涌出四个字。

她淡淡一笑："如此说来，你皇兄也没有把你放在心上咯？"

"我跟你不一样，我不是弱女子，皇兄没必要担心我。"元栩栩忽然捉住裴道珠的手，"姐姐的手真嫩，南朝女子的手都如姐姐这般娇嫩吗？"

裴道珠觉得哪里怪怪的。她抽回手："殿下请自重。"

元栩栩清脆地笑起来："你我都是姑娘，亲近些有什么关系？瞧你紧张的，我又不会吃了你！"

爬上台阶，进了寺，知客僧恭敬地引着几人去宝殿内上香。

元栩栩和元承落在后面。元栩栩盯着跪在蒲团上的裴道珠，只觉她背影都窈窕妩媚。

她用胡族语言低声道："皇兄，裴道珠生得美貌，我好喜欢。你想想办法把她带回洛阳呗？"

元承笑容诡谲："孤也喜欢。只是国师不喜欢。"

元栩栩歪头。

她想起来，他们这次南下的目的，不是收集美人，而是提前杀掉那个能断送北国两百年基业的女人。

起初听国师说起时，她对裴道珠十分憎恨。可是见到人之后，裴道珠实在太美了！她想收藏她，如同她收藏的其他珍宝。

她撇了撇嘴："国师惯会胡说八道，算天算地，可有算过自己的死期？说什么裴家姐姐会成为祸国殃民的妖妃，要我们想办法杀了她，可是她看起来那么乖，才不像妖妃呢！”

兄妹俩的对话内容尽数落进萧衡和裴道珠耳中。

萧衡精通南北语言，而裴道珠在梦境中在北国待过十年，对他们的语言了如指掌。兄妹俩以为他们听不懂，却不知他们听得明明白白。

裴道珠面色有些苍白。原以为元家兄妹只是对她的容色起意，没想到他们想要的是她的命。

萧衡不信神佛，哪怕在宝殿中，也仍是那副慵懒姿态。

起身时，他顺势扶住裴道珠的手：“阿难的手很凉……可要我帮着暖暖？”

裴道珠听懂了弦外之意，她收回手，没好气地瞪他一眼。

他爱帮不帮，她才不求他。

两人的小动作被兄妹俩收入眼中。

元栩栩一百个不服气。她小声怂恿：“皇兄，国师的话听听也就罢了，难道你当真舍得毁掉这般绝世美人？疆土没了可以再打回来，美人没了可就真的没了！不如你负责攻略裴家姐姐，我负责引开萧郡公，咱们齐头并进，一举拿下，如何？”

元承挑眉，略一沉吟，竟然点了头。

裴道珠震惊到不行。

她很早之前就知道这对兄妹荒唐无道，不承想竟荒唐到这个份上！

萧衡似笑非笑，眉梢眼角甚至隐隐透着狰狞。

元承就罢了，男人嘛，无非见色起意。元栩栩一个小姑娘，乱掺和什么？！

午膳是在寺里用的。

元栩栩面对一桌精致的斋菜，表现得毫无兴趣。她抱出那块儿没啃完的风干羊肉：“我吃这个就好。”

她正要大快朵颐，却在桌下被自家皇兄踢了一脚。

元栩栩才想起和元承的计划，于是温柔地转向萧衡：“郡公总戴一串佛珠，莫非也是吃斋念佛之人？可斋菜素淡，尝着没味道，郡公不妨尝尝我带来的羊肉。”说着，摘下腰间弯刀，作势要切羊肉分给萧衡。

听闻南朝的姑娘最是体贴，她对萧衡体贴些，一定能吸引他的注意。等萧衡的注意力全部放在她身上时，她就能亲近裴姐姐了！

可萧衡天生洁癖，不要别人啃过的东西。他毫不客气地挪走自己的盘子，生怕沾到那块羊肉：“多谢公主美意，不必了。”

元栩栩连客气都没有，立刻转向裴道珠，殷勤地把那块切下来的羊肉放在她碗里：“那就请裴姐姐吃吧！裴姐姐娇弱，爬个台阶都得喘，该多吃点肉才好……”

她的羊肉十分珍贵，本就舍不得给萧衡吃。萧衡不肯吃，那就再好不过了！

元承又在桌子底下踹了她一脚。

元栩栩回过神，只得板起小脸，对裴道珠恶声恶气道：“听说姐姐琴棋书画样样精通，烹饪也十分出色。只是比起本公主，恐怕还是差了一筹。萧郡公乃天之骄子，姐姐这样的女人不配待在郡公身边！”

她龇着两颗小虎牙，像一只奶凶奶凶的猫。

她竟然骂了裴姐姐！裴姐姐花容月貌，配哪个男子都不好！不如跟了她。

她可以把裴姐姐养在行宫里，当作稀世珍宝仔细收藏，不叫她侍奉男人，也不叫她受半点儿委屈，每日读书写字、听风赏雪就很好。

北国的小公主招式繁多，裴道珠竟有些招架不住。

沉默半晌，她很配合地露出黯然神伤的表情，柔声道：“公主说得是，臣女蒲柳之姿，公主金枝玉叶，唯有公主才配待在郡公身边。”

元栩栩心都要碎了！

她坐到裴道珠身侧，顺势揽住她的细腰，好声好气地安慰：“我不是那个意思，你别伤心！你才貌双绝，不仅是江南最珍贵的明珠，还是九州四海最珍贵的明珠！我，我可喜欢你了！诶呀，你快别难过啦……”

元承：“……”

萧衡：“……”

元承嘴角弯起，带出一丝狞笑。

早知道就不带元栩栩来江南了，她不帮他处理情敌就算了，倒是当上了他的情敌！

他不动声色地转向萧衡：“郡公政务在身，竟也有空陪孤游栖玄寺。知道的，晓得郡公是为朝廷出力，不知道的，还以为郡公是担心裴姑娘在我们兄妹手上受委屈，特意跟过来的。说来也怪，怎的不见裴姑娘的未婚夫？”

萧衡知道许亲这件事是沈霁为了应付元承编出来的借口，他姿态散漫：“裴道珠性子笨拙，恐怠慢了太子，因此才特意跟来。明日狩猎，太子还是早些回宫养精蓄锐吧。刀剑无眼，万一太子心神不宁受到伤害，那就糟了。”

元承微笑道：“多谢郡公关心。”

四人用过素斋，逛起各大宝殿。

元栩栩拉着裴道珠到处跑，渐渐把萧衡和元承落在了后面。萧衡和元承交谈倒也难得投机。

大雄宝殿内。

元承仰头注视那尊金身佛像："世人崇佛，父皇耗费重金，在洛阳修建无数寺庙。说什么四大皆空，不过是为转世来生谋求福祉，既怀着欲念，又如何四大皆空？自欺欺人罢了。"

萧衡扬了扬薄唇："殿下不信佛，信什么？"

"信自己。郡公呢？"

"信我手上的刀，信我胯下的马，信我帐下的兵。"

元承失笑："郡公和贵国那些醉生梦死的士族倒是全然不同。"

"太子和贵国那些穷奢极欲的豪族亦是全然不同。"

两人心知肚明，尽管南朝士人偏安一隅，贪图安逸，然而北方的朝廷如今也好不到哪里去。贵族们纵情声乐，大兴土木，再无先祖的野心。中原鹿死谁手，尚未可知。

黄昏时分，四人才打道回府，在秦淮河畔分道扬镳。

元栩栩倚坐在马车里，满眼都是光："皇兄，裴家姐姐姿容甚美，咱们什么时候才能带她回洛阳？我想在宫里给她建一座金屋子，把她和珠宝都藏进去。"

元承骑在马背上，面色冷淡："聒噪。"

元栩栩轻哼一声，从马车角落抽出一只宝匣："我知道今天萧衡一路跟着，你没机会对裴家姐姐下手，因此心情不好……只是你有气也不该冲我撒呀。"

她打开宝匣，里面盛满了金银珠宝，全是她一路收集的珍宝。她开始兴奋地清点："好喜欢呀……珍宝配美人，将来全送给裴家姐姐。"

乌衣巷口，夕阳温柔。

裴道珠扶着侍女的手下了马车，萧衡牵着骏马立在不远处。

裴道珠看他一眼，很快错开目光，矜贵地朝将军府大门走去。

萧衡提醒她："明日城郊狩猎，记得多带些防身之物。"

裴道珠头也不回："有劳郡公提醒。"

提醒又有什么用呢？她面对的是元承，是手段极其阴险、背景又十分强大的男人。纵然她带上十把防身匕首，怕也是无济于事。

少女的背影，逐渐消失在巷弄深处。

萧衡这才转向问柳："都布置好了？"

问柳恭敬拱手："万事俱备，只等明日狩猎，保管叫元承有来无回。"

裴道珠脑海中浮现出元栩栩的面容。

她隐约记得在北国皇宫的那段时间，元栩栩虽然残酷嚣张，但从未对她残酷过。

她刚进东宫时，因为出众的容貌和元承的独宠，几乎被所有姬妾视为眼中钉肉中刺。其中一名胡姬屡次三番挑衅之外，甚至不惜花重金买通御厨，在她的饭菜里下毒。幸而她被侍女们保护得极好，才幸免于难。

之后，那胡姬又在她居住的宫殿纵火，想把她烧死在寝殿里。事情败露，那名胡姬才被元栩栩讨要去，制成了美人灯……

"姑娘在想什么？"枕星见裴道珠出神，忍不住出声询问。

裴道珠摇了摇头。

她怎能心软？元承也好，元栩栩也罢，不过都是见色起意。他们都站在她的对立面，她绝不会去洛阳。

次日，秋高气爽。

皇族和士族们的车驾逶迤不见尽头，一路朝城郊方向而去。

皇家猎场坐落在山脉深处，藏着众多稀罕野兽。

猎场外，一顶顶帐篷连成营地，已有贵族陆续入住。

裴道珠来到自己的帐篷，见床架镜台一应俱全，枕星带着两个小丫鬟铺上丝绸细软，很快布置成了精致的卧房模样。

枕星颇有些兴奋："奴婢还是第一次参加狩猎，奴婢的骑射功夫也是不错的，若有机会，奴婢给姑娘展示一番！"

裴道珠笑了笑，递给她一块花生糖。

"裴家姐姐！"

清脆如银铃般的声音从帐外传来。

元栩栩风风火火地卷起帐帘闯进来："外面的人在弄戏射比赛，你快出来看呀！"

她穿着窄袖窄腰的火红色骑射装，一头青丝编成利落的粗发辫，戴在脖颈间的金项圈铃铛随着跳跃丁零作响。

裴道珠淡淡道："什么戏射？"

"朋射！"元栩栩又是激动又是骄傲，"我皇兄带来的侍卫和你们成邺的高手在过招！裴家姐姐，我们洛阳的男儿都是顶天立地的汉子，获胜的人一定是我们！”

朋射是骑射比赛的一种。两支队伍各自比赛射箭，射中靶心次数加起来最多的队伍，即为获胜者。

不等裴道珠说话，元栩栩已经拽着她直奔帐外。

帐篷前方是一大片空地，一排靶子已经竖了起来。

北国的七八名骑射高手骑着骏马，背负弓箭，正在挑衅江南的郎君。

“打起来，快打起来！”元栩栩在场边蹦跶得厉害。

裴道珠挑了谢南锦身边的位置坐，看了眼场上跃跃欲试的陆玑，好奇道：“谢姐姐，陆二哥哥也参加吗？他的骑射……能行吗？”

谢南锦剥开橘子，分给裴道珠一半：“他在家中练了几个月的骑射，对自己颇有信心，实则也就三脚猫的功夫。可他非要去，我拦都拦不住。”

裴道珠起了几分兴致。

元栩栩突然凑了过来，朝谢南锦翻了个白眼，夺过裴道珠手里的橘子瓣，一口塞进嘴里。

她嚼了几下，小脸皱巴起来：“又酸又苦，不好吃……”

她亲自剥了一个橘子，连橘瓣上的白色丝络都剥得干干净净，才殷勤地递给裴道珠：“姐姐只能吃我剥的橘子，别人剥的都不好吃。”

谢南锦眉头挑得高，眼见着要发作，裴道珠忙拉住她，摇了摇头，抬手指了指自己的脑子。

北国的小公主，多半是有点儿毛病。她爱惜美貌，偏偏占有欲还极强，与她皇兄相比有过之而无不及。

谢南锦翻了个白眼，懒得再搭理元栩栩。

场上的比赛进行得如火如荼。北国的男儿骑射功夫俱是一流，很快就领先了南朝。

元栩栩得意地拉住裴道珠的手：“我没骗你吧？你若是嫁去洛阳，我保管让你见到更多英雄豪杰，都是你在江南见不到的！能一口气吃三桶米饭的壮汉，能徒手举起数百斤重青铜大鼎的将军，能拖着百年老树从东城跑到西城的勇士……”

谢南锦终于忍不住了。她轻嗤道：“匹夫之勇。”

元栩栩立刻瞪圆了眼睛：“不许你诋毁他们！你们连朋射都赢不了，战场上更是屡次三番丢盔弃甲，怎敢在本公主面前嚣张？”

谢南锦冷冷看她一眼，起身潇洒地走向骑射场。

她今日穿了一袭杏色窄袖骑装，长发梳成高髻，身段高挑利落，连剪影都格外干练。

她似乎要参加朋射。裴道珠一愣，随即失笑，脸上是掩不住的期待和欣赏。

元栩栩不乐意了："我也会骑射，有什么了不起的……惯会装模作样！"

谢南锦走到场中，毫不客气地把陆玑赶下马，夺过他的弓箭："拿来。"

陆玑忌惮地环顾四周，小声道："锦儿，你给我留点面子。"

"一箭都射不中，还给你留面子？"谢南锦嫌弃地翻身上马，"战场上，敌人可不会给你留面子。"

说完，她一夹马肚。骏马向前疾驰，红色鬃毛猎猎翻飞。

谢南锦在马背上拈弓搭箭，杏眼明亮坚定。

离弦声起，弓箭如风般刺破空气，笔直地袭向靶心——正中红心！

场边响起喝彩。

谢南锦并没有停下，再度拈弓搭箭。

一连五箭，全部在百步外正中靶心！

喝彩声一阵高过一阵，连北国的勇士也忍不住为谢南锦鼓掌叫好。

裴道珠双眼亮晶晶的："谢姐姐果然厉害……"

"有什么厉害的？我的骑射也不差的……"元栩栩白眼翻上了天，却到底心虚几分。

她向来爱玩爱闹，并没有在骑射上下功夫。

她嘟囔："姐姐只夸别人不夸我，我十分委屈……"

因为谢南锦的加入，两国的比分逐渐持平。南国士子们只觉找回了场子，很是扬眉吐气了一番。

场边，元承忽然起身，踏进骑射场。

他微笑着翻身上马："谢姑娘骑射俱佳，孤来会会你。"

在绯色罗袍和金玉革带的映衬下，北国的皇太子眉眼浓艳，周身透出异族的不羁和邪气，如烈阳般令人不敢直视。

裴道珠双手紧握。

她知道元承的骑射功夫好，撇去人品不谈，他本就是天之骄子，出身优越，容貌俊美，文武俱佳。他亲自登场，成邺这边怕是要输。

元承策马疾驰，拈弓搭箭。

"诶！"场边有少女惊呼，"他要同时射三支箭吗？！"

话音落地，三支羽箭呼啸着离弦而去！

全中靶心！

北国使团们骄傲不已，纷纷为自家皇太子喝彩。

元承并不满足，又搭了三支羽箭，同样命中靶心！

如此一来，北国骑射队伍命中靶心的数量远远领先了南国。

他嚣张地挑了挑眉，直视谢南锦："如何？"

谢南锦面无表情。虽然不情愿，但不得不承认，他骑射的功夫在她之上。

元栩栩骄傲极了："裴家姐姐，我皇兄虽然荒唐，但实力还是有的，容貌也出众，定然比你那个招赘的夫婿靠谱得多。在洛阳，不知道有多少女子倾慕皇兄。太子妃之位更是被所有豪族千金争相抢夺！"

裴道珠丝毫不感兴趣。这辈子，只要能离元承远远的，她就阿弥陀佛了。

一位少女凑了过来："早就听说皇太子的威名，今日一见，名不虚传。"

裴道珠起身，规规矩矩地福了一礼："三公主。"

少女正是当朝三公主司马纯，容貌虽清秀，打扮得却很富贵。她穿百花戏彩蝶上襦，外面系着件烟紫色轻罗罩纱裙，头戴牡丹八宝流苏冠，满目珠光宝气。

裴道珠垂着眼帘，盯着对方鞋尖上缀着的明珠，想起梦境里自己北上和亲，这位主儿也推波助澜了一番。

她明明是代替公主和亲，得到的却不是祝福和感激，而是深深的嘲讽。

那场梦里，元承并未在成邺露面，因此没能俘获司马纯的芳心。

这次元承为一幅画而来，没想到阴差阳错被司马纯看上了……

司马纯没搭理她，径直坐到元栩栩身边，拉住她的小手，热络道："这段时间我一直在生病，前日的宫宴也没能参加。这两日病好些，才来了此处。没想到你皇兄不仅俊美，马上功夫也是一等一的好，比我江南的郎君好多了呢。"

裴道珠抬起眼帘。司马纯满脸春色，在打什么主意不言而喻。

元栩栩似乎并不满意司马纯，打量她的目光挑剔至极。

很快，她不动声色地抽回手："我皇兄好不好，跟你有什么关系？"

司马纯愣了，随即摆出更低的姿态："爱美之心人皆有之。太子殿下风姿绰约，我一个云英未嫁的女子被其风采折服，不是很正常的事吗？听闻殿下有意和我国联姻，与其和大臣之女联姻，倒不如——"

"住嘴！"元栩栩毫不留情地打断她，冷笑两声，"也不看看自己长什么样，好意思跟我皇兄联姻？我皇兄要娶的太子妃，容貌定然要跟裴姐姐不相上下才成！”

司马纯从未被如此羞辱过！

她紧紧攥住拳头，含泪反驳：“我出身高贵，如何配不得皇太子？！”

“凭你是什么出身，放到洛阳城里，什么都算不上！”元栩栩眉眼嚣张，“你不会以为，有个公主的头衔当真就是公主吧？呵，只要我父皇想，就算踏平江南，俘虏你们皇族所有人，也不算什么难事！”

此话着实过分。周围的贵族少女们纷纷投来憎恶的目光。

司马纯被羞辱到这个份上，眼圈越发通红。半晌，她捂着脸跑走了。

元栩栩自觉打赢了一仗，趾高气扬地抬了抬下颌。

余光注意到不知在什么时候坐远些了的裴道珠，她不解：“裴姐姐离我那么远作甚？快坐过来，我又不会吃了你！”

裴道珠头皮发麻。

她上辈子造了什么孽，怎么会惹上这对兄妹……

场中。

谢南锦大大方方地拱了拱手：“臣女输了。”

元承笑着把玩弓箭：“一个女子，骑射功夫能到如此地步已是不错。只是孤很好奇，贵国的男儿都是孬种吗？一场朋射，怎的让女子夺走风采？”

他瞥向场边的裴道珠。

少女端坐在女眷席上，美得像草原上的月亮，所有姑娘都成了她的陪衬。

他眼底掠过欲望，朗声道：“不知裴姑娘的未婚夫骑射功夫如何？不如叫他出来，让孤开开眼？”

裴道珠抿了抿唇瓣。她的未婚夫是沈叔叔编造出来的，她从哪里请出来？

正无言时，一道淡然的轻笑响起。

萧衡信手纵马，一袭窄袖玄衣衬得他不羁而洒脱。

他道：“闲来无事，正好和太子较量一二。来人，取弓箭。”

他一来，南朝的年轻士族们像是有了主心骨，连坐姿都变得挺拔自信。

裴道珠看着他拈弓搭箭的模样，忍不住嫌弃。

真会挑时机……早不出来晚不出来，别人提起未婚夫时，他倒是蹦跶出来了……

萧衡果然没让众人失望，他直接从箭筒中抽出五支，一齐搭在弓弦上。

随着破风声起，五支羽箭直奔靶心，五箭全中！

他连射三次，每次都是五箭齐发。只最后一支射歪了，其余羽箭全部正中。

虽然如此，场边的喝彩声却还是一阵高过一阵。

元栩栩的嘴巴噘得老高，高声挑衅："装什么装，还不是落下了一支？怎么比得上我皇兄？！"

"你仔细看，"裴道珠提醒，"他虽然落下一支羽箭，但其他羽箭正中靶心的数量加起来正好和你们北国的数量相同。也就是说，这场朋射是平局。"

元栩栩仔细数了半晌，脸色顿时变得十分难看："萧衡……他是故意的？"

元承面无表情。

比起坦坦荡荡赢下这场朋射，萧衡的所作所为令他更加脸上无光。然而他毕竟是皇太子，要保持风度。

他言不由衷地称赞："听闻郡公曾在短短数月间灭了蜀国，今日一见，郡公的马上功夫果然不错，孤很是钦佩。"

萧衡朝元承略一施礼，随即催马走到裴道珠面前，居高临下道："裴阿难，我的射艺好，还是皇太子的射艺好？"

众人望了过来。

裴道珠："……"

这种问题，叫她如何回答？元栩栩已经虎视眈眈地盯着她了。

沉默半晌，她捏着白玉团扇，柔声答："太子和郡公的射艺都是极好的，我今日才晓得什么是神箭手。"绕来绕去也没回答到点子上。

萧衡轻嗤。他早知她两个人都不肯得罪的。

他翻身下马，作势从食案上拿茶盏，却凑到裴道珠耳畔："小马屁精……你只管老实说我射艺更好就是，有什么可怕的？"

裴道珠回了他一个白眼："被秋后算账的人不是你，你当然不在意。"

萧衡眼里的笑意更盛："我会保护你……"

裴道珠瞳孔微微放大。萧衡的声音太小，小到她怀疑是自己的幻听。

再望向萧衡时，他已经起身，潇洒地饮了那盏茶，牵着马去了别处。

她目光落在茶盏上，又是一愣。这茶盏是她用过的……

茶盏边缘残留着胭脂色的口脂印记，不知他是故意还是无意，竟是贴着她的口脂饮的茶，使得口脂印记越发斑驳，也越发暧昧不清。

司马纯不知几时回来了，哭过的眼睛还是红肿的。

她把萧衡和裴道珠的小动作尽收眼底，甩了甩手帕，嘲讽道："都自请归家了，还暧昧不清……恃美行凶，人品拙劣，你这种人是不值得相交的！"

裴道珠还没说话，元栩栩先怒了："有你什么事儿？！你想恃美行凶还没资格呢！”

“我——”司马纯语噎。

元栩栩拉起裴道珠：“裴姐姐，咱们回去吧！”

骑射场边的聚会渐渐散了。

司马纯憋屈得厉害，仍旧坐在场上生闷气。

一道清瘦的身影出现在她身边，声音喑哑：“给公主殿下请安。”

司马纯不悦：“我烦得很，你快滚开！”

“殿下是因为裴道珠而烦恼吗？”女子不肯走，反而在司马纯身边坐下，“我也厌恶她，恨不得她死……既然殿下与我厌恶同一个人，你我便是朋友。既是朋友，又何必赶我走？”

司马纯锁着眉望向来人。

虽是秋天，但今日太阳大，场边闷热，不少女郎都还是夏日装束。可面前的女子却裹得严严实实，连脖颈也未曾外露。

她不解：“顾燕婉？你穿这么多不热吗？”

顾燕婉盈盈一笑，没有回答，藏在宽袖里的双手却狠狠攥紧。

她当然热。

然而比起热，她更怕被人看见她满身的伤痕。

自打那日被萧荣打过之后，那个男人就暴露了真面目，不再在她面前伪装成温文尔雅的模样，稍不顺心就是一顿打骂。府里的丫鬟对此视而不见，陈姨娘又一贯偏袒萧荣，她为了脸面不敢把事情闹大，只得忍气吞声。

如今她浑身上下几乎没有一块完好的皮肉！而这一切，都是拜裴道珠所赐！

那个人害惨了她，怎么能像没事人一般和北国公主谈天论地？！又凭什么被所有郎君喜欢？！裴道珠不死，她心难安！

司马纯自说自话：“我没想到你和裴道珠竟已到了势同水火的地步……敌人的敌人就是朋友，我答应你，和你一起对付裴道珠。只要裴道珠没了，我就能嫁给北国皇太子了。”

顾燕婉恭维道：“凭公主的身份，嫁过去就是太子妃。等北帝驾崩，你就是北国的皇后娘娘。一人之下万人之上，确实比嫁给士族之子要好。”

“那你说，咱们要如何对付裴道珠？”

顾燕婉倾身在司马纯耳边低语了几句。

司马纯吃惊：“可是明日山中不只有她，还有其他人……这番行径是否太过残忍？”

“成大事者不拘小节，殿下怕什么？”顾燕婉不以为意，“只要能达成所愿，哪怕牺牲所有人都是值得的！”

司马纯迟疑片刻，还是点了头：“我回了营帐就叫宫女去准备。只是你得帮我想想法子如何接近皇太子，最好叫他非我不娶！”

顾燕婉微微一笑：“公主放心，这种事我最擅长了。”

暮色四合，渐渐起了风，吹得帐帘簌簌作响。

枕星从外面回来，端着一盘烤鹿肉：“北国那位公主命侍女送来的，说是她皇兄新猎的鹿，肉质十分鲜嫩，她亲手烤好的，想让您也尝尝。另外，她还邀请您去见她和皇太子，他们想跟您说话。”

裴道珠坐在灯下，翻了一页书：“你吃吧，我食些米粥就好。另外，就说天要黑了，我不便叨扰。”

枕星回复了元栩栩的侍女，回到帐篷，对着烤鹿肉大快朵颐：“烤鹿肉果然鲜嫩……那位小公主也不知道为什么，格外喜欢姑娘……不过仔细想想也正常，姑娘生得美貌，脾气也好，奴婢也很喜欢您呢。”

裴道珠又翻了一页书，并没有心情与她说笑。

元承令她不安。整整一个白日，对方都没有任何小动作，这种气氛像是暴风雨到来之前的宁静，令她更加不安了。

她干脆合上书页：“咱们早些睡，无论外面有什么动静，你都要守在我身边，不许擅自出帐篷。”

枕星同样戒备起来：“奴婢都听姑娘的！”

与此同时，另一顶大帐中，元栩栩和元承围着篝火对面而坐，正烤着肉。

得知裴道珠不肯赴约，兄妹俩的脸色都不怎么好看。

元栩栩翻动着烤架上冒油的鹿肉：“敢拒绝皇兄和我的邀请，裴姐姐果然胆大。我越发喜欢她了！得不到的才是最好的！”

她不见兄长说话，抬起头。

元承不知在想什么，盯着那幅美人画卷久久出神。

她伸出手，在元承眼前晃了晃：“皇兄？”

元承的目光并未从画上离开：“天下竟有如斯美人……初见时惊艳，再见时喜欢，今日三见，只觉甚合孤意，孤非得到不可。”

元栩栩撇了撇嘴。

她知道自家兄长的秉性，但凡皇兄想要的东西，是无论如何都要弄到手的。

她拿起刷子，仔细给鹿肉刷上酱汁，出谋划策：“不如咱们临行前把裴姐姐从成邺偷走？到时候山高水远，萧衡想追也追不到……我瞧着萧衡分明是中意裴姐姐的，裴姐姐对萧衡似乎也有几分情意，只是两人一碰面就水火不容，冤家似的。”

元承摩挲着画卷，忽然道：“孤等不及了。”

大半年前，他得到了这幅画。起初他不以为意。什么样的美人他没见过，怎会稀罕南朝的姑娘？

可是当他看了这幅画后，就抑制不住地沉沦其中。他的东宫汇聚着莺莺燕燕，却没有哪一个能和画上的女子相提并论。

献画之人还用尽词汇描述画上的女子如何有风情，如何有才华，如何值得被他收入东宫。

他派人调查过，献画之人是蜀国的亡国皇妃白东珠，因为和画上女子有过节，才想借他的刀来对付她。

但他堂堂一国太子，还不至于为了个女人南下成邺。

他本欲派人去抢，可是每每午夜梦回，总能梦见画中女子身穿着华贵的宫妃服饰，在洛阳的寺庙里求佛，在洛阳的深宫里哭泣。仿佛曾几何时，她就活在他的身边。

她好看到东宫的众姬妾都失了颜色，好看到他恨不能立刻将她纳入罗帐。

他终是亲自下了江南，见过之后更是喜欢。

他唤来心腹，低声耳语了几句。

元栩栩觑着他：“皇兄，咱们还在萧衡的地盘上，你该不会是想……”

“纵然睡了南朝的皇后，他南朝皇帝又敢说什么？”元承冷笑，“弱者就该有弱者的自觉。萧衡一个人改变不了这个国家的命运，也阻止不了它的衰亡。疆土和女人，都将会是孤的。”

“可是萧衡那边——”

“不会有人想到孤会在今夜下手。裴道珠那边，定然毫无防备。”

夜色已深，山中寂静。

连绵的营帐逐渐熄了一盏盏烛火。巡逻的侍卫举着火把路过，军靴和铁甲相撞的声音在空旷的狩猎场上分外清晰。

忽有箫声响起，惊飞了林中鸦雀。

一人立在高山之上，黑色衣袂肆意翻飞。

萧衡垂着凤眼，轻吹竹箫，似是享受这一刻的宁静。

随着箫声传远，淡金色的火光在营帐四周悄然窜起，往大帐绵延而去。

问柳身穿黑衣，如鬼魅般出现："主子，事情已经办妥。相师算过今夜的风势，不出意外的话，这场大火会燃向北国使臣的大帐，不会伤及无辜。如果他们逃出来，就会被安排在附近的刺客刺杀，绝不会留下任何活口！"

箫声清远。

问柳不见主子说话，抬头看他。等了一会儿，他没敢打搅萧衡的雅兴，自己去营帐那边观察情况了。

裴道珠和衣而寝。虽然今日车马劳顿，却还是没有睡意，辗转了两个时辰，她终是坐起身，轻轻嘘出一口气。

她望向屏风外的小榻。枕星在小榻上睡得香沉，偶尔还打几声呼噜。

她摇摇头，从枕头下取出一本诗集，借着烛火翻看。没看上几页，就觉着不对劲。

她蹙着眉仔细观察屏风外的动静，过了半晌，察觉到帐中萦绕着数缕微不可察的淡色青烟。

"迷药？"

几乎同一时刻，她的身体开始变得柔软无力，意识也逐渐昏昏沉沉。

她紧紧咬住贝齿，万万没想到元承竟然会用这种方式下手！

外面有那么多巡逻的侍卫，还住着那么多达官显贵，他怎么敢……

一道黑影悄然蹿了进来。

裴道珠未能反抗，甚至未能叫出声，就被黑影抱了起来，在夜色的遮掩下，直奔元承的大帐。

顾燕婉陪着司马纯，默默看她梳妆。

虽是深夜，司马纯却妆容精致，钗饰齐全，甚至还换上了比白日里更加华贵的宫裙。

她转过身，期待地望向顾燕婉："如何？"

顾燕婉端详半晌，上前为司马纯脱下那袭宫裙，只留了一袭单薄的牙白衬裙。她又取下那些珠钗首饰，任由青丝垂落。

做完这些，她又刻意把司马纯衬裙的领口拉得宽松些。

司马纯不解："这是作甚？"

顾燕婉满意地打量她："公主长居深宫，不了解郎君的心。他们喜欢美貌，却更喜欢带有风情的美貌。既是深夜，公主自当更加风情万种，如此才能勾人心魄。"

司马纯恍然大悟，夸赞道："还是你懂！怪不得能从裴道珠手里抢走萧荣！”

顾燕婉淡淡一笑。

抢萧荣，她可后悔死了……

司马纯和顾燕婉偷偷地溜出营帐，避开巡逻的侍卫，往元承的大帐走。

元栩栩端着一盘鹿肉，安静地坐在篝火边。

侍女卷起帐帘，黢黑的夜色侵袭而来，像是要吞噬帐中的篝火。

侍女恭敬道："公主殿下，探子回报，事情已经成了。太子的人抓到了裴姑娘，正在赶回来的路上。"

元栩栩对着鹿肉发呆。

半晌，她才小声道："我中意裴姐姐，她和洛阳城里的姑娘不同。虽然她做我皇嫂是很好，可是皇兄当真喜欢她吗？"

皇兄对裴姐姐更多的不是喜欢，而是占有。

她用刀叉起一块鹿肉："我就不一样了，我是真心喜欢裴姐姐的，只愿她能一直陪着我才好。皇兄今夜若是得手，明儿一早就会传出他和裴姐姐夜奔的消息。南朝人说'聘为妻奔为妾'，名声上不好听，皇兄也只会给她侧室之位。"

侍女心中升起不好的预感，试探道："公主的意思是……"

元栩栩吃掉那块鹿肉，龇牙一笑，火光中的两颗小虎牙分外顽劣。

她脆声道："我要帮裴姐姐。"

黑影抱着裴道珠，一路小心翼翼，全然没注意到背后逐渐靠近的偷袭者。

下一瞬，偷袭者手起刀落，直接结果了他！

偷袭者抱起摔落在地的裴道珠，换了个方向，迅速消失在黑夜里。

大帐内，元承坐在灯下看书，却多少带着些焦躁。

过了片刻，他不悦问道："还没回来？"

侍从恭声劝慰："殿下莫要着急，应是快了……"

主仆俩说着话，顾燕婉和司马纯到了帐外。

顾燕婉挡在司马纯面前，对守门的侍卫道："去告诉你家主子，有美人求见。"

侍卫进去禀报元承。

"美人求见？"帐内的侍从怔了怔，随即恍然笑道，"定是裴姑娘来了！恭喜殿下，今夜得偿所愿！只是殿下莫要忘了国师大人的叮嘱，得尽快杀了她才是！”

元承薄唇噙起一抹微笑，摆摆手，示意他们退出去。

司马纯也没想到事情能如此顺利，和顾燕婉道了别，款款进了营帐。

隔着紫檀屏风，她隐约见元承坐在灯下，风姿卓绝，有着南方儿郎不曾有的风采。

她不禁想起了萧衡。

数年前，她不可抑制地爱上了萧衡，追了他整整一个月。

只是郎君看似温润，实则残酷。许是她让他不胜其烦，他直接把她带到地牢，让她看到了死在他手下的那些人……那时她便知道，这个男人绝非她能够驾驭的。

幸而她遇见了北国的皇太子。这个男人的样貌同样出众，身份地位也跟她十分相配。

她脸泛起红晕，娇羞地福了一礼：“太子殿下，我便是那位美人……”

元承原本满心期待，听见声音，顿时心冷了半截。

他骤然起身，大步走到屏风外，一把抬起司马纯的脸，看到那张相当普通的容颜，笑了。

司马纯浑然不觉不对劲，她娇羞万分：“殿下何必着急——嘶！”

话未说完，她就被元承重重推开。

元承怒不可遏：“来人！”

侍卫闻声进来，瞅见帐内的情景，赶忙低下头：“启禀主子，那名暗卫原是带回了裴姑娘，却不知怎的在半路遭人袭击，已气绝身亡。至于裴姑娘，暂时还没发现她的踪迹，许是，许是被萧衡救走了……”

元承双眼猩红，紧紧捏住拳头。

萧衡，又是萧衡……

司马纯不明所以，她吃痛地起身，小心翼翼道：“殿下何故生气？你们究竟在说什么？”

她蠢笨的模样令元承更是气怒。

他转向司马纯，捏住她的双颊：“你，喜欢孤？”

近距离对上他的脸，司马纯春心荡漾。

那是一张何等俊美深邃的面容！

她含羞带怯地点点头：“喜欢……”

“可以为孤做任何事？”

“自然！”

元承狞笑着放开她，在帐中踱了几步，转身打量司马纯。

裴道珠不在，有个替代品也是不错的……

司马纯震慑于他如打量货物般的目光，小声问道：“殿下在看什么？”

元承笑了，把她拉到怀里，放肆地解去她的衣带。

侍从们默契地退了出去。

此时，隔壁帐中。

元栩栩蹲在矮榻边，双手捧脸，专注地欣赏着榻上的少女。

“她的肌肤可真白，她的睫毛可真长……”她忍不住伸手戳了戳裴道珠的脸，“神明好生偏心，天下女子那么多，为何独独只让她生得这么美？”

裴道珠吸入的迷药不算太多，慢慢地转醒了。

她猛然坐起身，见眼前人是元栩栩，悬着的心放下了些，然而仍旧不悦道：“是公主对我用的迷药？公主何故半夜把我掳到帐中？！”

“嘻嘻……”元栩栩坐到榻边，不知从哪儿摸出一把木梳，“被我抢，总比被我皇兄抢要来得好吧？裴姐姐该谢我才是。”

她伸手握住裴道珠的鸦发，好生喜欢，不禁放轻力道为她梳头：“幼时，我的奶嬷嬷亲手为我做了一个漂亮的泥偶，那泥偶也有一头长发，还穿着精致的小宫裙。我天天与它玩耍，抱着它睡觉，也会为它梳头。后来泥偶摔碎了，我再没有替人梳过发……裴姐姐的头发又顺又滑，比那泥偶的要好上许多呢。”

裴道珠浑身僵硬，只觉毛骨悚然。

这小公主全然把她当成了玩物。

“我天生就喜欢美貌精致的东西……裴姐姐生得美，我十分喜爱。哪怕得罪皇兄，我也想把裴姐姐劫过来。”

裴道珠从她的只言片语中，猜测出今夜行凶的其实是元承。她之所以会出现在元栩栩的帐中，是因为她半路截获。

思及此，她不知该无奈还是该庆幸。

元栩栩凑到她的耳畔：“我会用自己的力量，一直保护裴姐姐。”

“一直？”

“只要你一直美貌，我就会一直保护你。”

元栩栩操着并不流利的汉话，许下了诚挚的诺言。

就在裴道珠和元栩栩周旋时，枕星终于醒了过来。

她坐起身，嗅到帐中残留的迷药味，连忙连滚带爬地跑到屏风后：“姑娘！”

床榻上空空如也，哪还有裴道珠的踪影！

她如遭霹雳，连鞋袜都顾不得穿，匆匆披上外衣，去找萧衡。

月色的清辉把山林照得通透，山顶的石桌上画着一方棋盘，萧衡坐在棋盘边，正与自己对弈。

得知裴道珠不见了，他捻着棋子的手微微一紧。

枕星哭着跪倒在地：“奴婢不是没有防备，还特意在榻边备了几把刀。可是……可是奴婢万万没想到，对方会使用迷药……奴婢该死！”

问柳小心翼翼道：“如此大胆，怕是北国皇太子的手笔……主子？”

山下的火光已经呈现出绵绵之势，正朝北国使团的帐篷群蔓延。无数黑影待在黑暗里，只等元承等人逃出帐篷时，趁着夜色把他们一网打尽。

若是裴姑娘也在其中，很有可能被当作北国侍女被误杀。

问柳见萧衡不说话，试探道：“要不卑职这就吩咐手下的人对裴姑娘多加注意？虽是深夜，可火光明亮，倒也不至于杀错人……”

他这么说着，却连自己都不信。

相爷那边下达的是无一生还的死令，所以那些刺客是宁可错杀一百，绝不放过一个！

萧衡盯着山下营帐。

花神殿那夜的情形依稀浮现在脑海中。

那一夜，他打算保下崔凌人，用裴道珠当诱饵，只因她身份低微，在必要的时候，他甚至是打算放弃她的。

这一次……为了家国大业，他还要选择再放弃她一次吗？

——玄策，你肩负着南国的希望，也肩负着萧家和为父的希望，大事面前万万不能犹豫，更不能有妇人之心。覆灭北国才是你该有的目标和野心。

父亲的话，清楚地回响在耳畔。

萧衡仰起头。

元承兄妹的死本该是北伐最好的契机。然而……

刺杀元承的机会并不只有今夜，对付北国也不一定非要用谋杀元承的方法。

可世间仅有一个裴道珠。

他从前没有羁绊，如今却是有了。他已经无法做出再次牺牲她的选择。

营帐四周渐起的火光越发醒目。

萧衡吩咐："传我命令，暂停一切行动。"

问柳听到他这么说，感觉不可思议："这可是您和相爷谋划了很久的事！若是就此叫停，错失良机，相爷那边该如何交代——"

看到萧衡森冷的目光，他没敢再往下说。

萧衡径直往山下走。他要亲自盯着，总得确保那小骗子无恙才好。

火势终于惊动了北国的侍卫们。

元承从榻上坐起，匆匆披了衣裳，在侍卫的掩护下逃出帐篷。

被他撇在榻上的司马纯着急地跟出来，满心满眼都是前方的郎君："殿下您等等我！"

躲在暗处的刺客们正要朝奔逃的人群弯弓搭箭，却被萧衡的心腹呵止行动，只得悄然消失在营帐附近。

"外面着火了……"元栩栩注意到帐外翻腾的火光，随即很有兴致地问，"这火不可能无缘无故起的，裴姐姐，你猜是谁在纵火？"

裴道珠沉默。

敢对元承下手的人，除了萧衡还能有谁？

元栩栩歪了歪头："我猜是那位萧郡公。你们国家的君臣都想求和，唯独他不肯。他视我们兄妹为眼中钉肉中刺，恨不能除之而后快。只是两国相交不斩来使，这番行径未免太过小家子气。"

裴道珠反驳："他并非这种人。"

元栩栩笑了起来。

她柔声道："裴姐姐和萧郡公看似针锋相对，实则心意相通，总爱互相偏袒。你其实是喜欢他的吧？"

裴道珠果断否定："从未喜欢过。"

元栩栩笑得更大声。

她双眼亮晶晶的，藏满似癫似狂："世人歌颂爱情，总以为自己也能遇上。只可惜大多数人终其一生也未能真正爱过一次。他们把所谓的将就和陪伴，当作了爱，简直可笑蠢笨至极！在我眼里，爱应是轰轰烈烈，应是不顾生死，应是非他不可！"

裴道珠保持安静。她是个俗人，这辈子只爱锦绣前程，爱这种东西，她既不在乎，也没有给予的能力。

元栩栩凑近裴道珠。

她捧住裴道珠的脸，就着火光仔细端详："我的那只泥偶总是死气沉沉的。我实在嫌它没有灵气，就亲手摔坏了它。裴姐姐，我希望你跟泥偶不一样，你不该被束缚在皇兄的东宫，你该和萧衡轰轰烈烈地爱一场。”

裴道珠：“……”

这小公主想一出是一出，该去写戏本子才是。

她拨开元栩栩的手，起身往帐外走：“公主还是快些逃命要紧。”

元栩栩拉住她，不知道从哪里摸出一颗丹丸，趁她不注意直接塞进了她嘴里。

裴道珠蹙眉：“你给我吃了什么？”

“寻常毒药罢了，每个月须得服用我特制的解药，才能避免暴毙。”元栩栩弯着眼睛，“我想看裴姐姐和萧郡公彼此深爱，或者和别的郎君深爱也行……如果裴姐姐在两年内做不到，我就不喜欢你了，我会亲手毁掉你哦。”

小姑娘背着双手，笑得一脸天真。帐外的火光为那份天真添上了几分狰狞。

似癫似狂，任性而为……北国的皇族似乎都有这个毛病。

裴道珠掩住唇，盯着元栩栩良久，终是无言。

“嘻嘻，”元栩栩牵住裴道珠的手，“咱们快些逃命吧，从此以后，你我也算是共患难过了。裴姐姐，你得喜欢我，就像我喜欢你那样！”

少女拖着裴道珠跑出营帐。

滚滚浓烟令裴道珠掩住了口鼻，那夜花神殿的经历再度涌入脑海。她跑着跑着，便感觉眼前一阵阵发昏，身体也是摇摇欲坠。

元栩栩跑了一会儿，没见裴道珠跟上来，转头望去。

少女脸色苍白，双手扶着膝盖，正不停喘息。

元栩栩毫不迟疑地跑回去，背起裴道珠，继续往外面跑。北国小公主细削瘦弱，背着她竟也能一路小跑。

裴道珠趴在她的肩头。不知怎的，她元承是绝对纯粹的憎恶，可是对她憎恶不起来。

——我会用自己的力量一直保护裴姐姐。只要你一直美貌，我就会一直保护你。

裴道珠低声道：“我的脸好似擦伤了……小公主，我若是变丑了，你可会抛下我？”

元栩栩脚步未停，系在发辫上的小金铃叮当作响，瞳孔里倒映出金色火光。

她本欲狠心回答肯定会抛下她，话到嘴边却无法说出口。

营帐在燃烧，滚滚浓烟遮蔽了视野，宫女内侍四散奔逃，谁也顾不得谁。

元栩栩跑得急了，被石头绊倒，重重摔倒在地，磨破了膝盖和手掌。可她仍小心翼翼地背起裴道珠，艰难地往前走。

她唯恐裴道珠昏死过去，不停呢喃："也就是你生得美，我才拼了命救你……若是出去以后你变丑了，我定然饶不了你……裴姐姐，你可给我撑着点！"

然而火势太大了，元栩栩根本找不到出去的路。

就在她濒临绝望时，一匹骏马如烈风般疾驰而来！

马背上的萧衡玄衣墨发，腕间缠着几道碧玉佛珠。

元栩栩眼前一亮，似是再也坚持不住，双膝一软，背着裴道珠栽倒在地。

大火被扑灭时，已是黎明。

狩猎场一团混乱，元承黑着脸检查伤亡情况。

顾燕婉陪着司马纯，站在人群里看热闹。

司马纯满脸憔悴，低声道："你不知道昨夜有多混乱，我险些就没命了……好在殿下疼惜我，没把我丢下。"

顾燕婉的脸色不大好看。

她小声问道："公主不是与我说好今日裴道珠进山狩猎时，咱们放火烧山，不知不觉地弄死她，怎的昨夜就下手了？烧的还是北国使团的营帐，难道公主以为裴道珠在那里不成？"

"你在胡说什么？昨夜的火并不是我放的！"司马纯嗔她一眼。

顾燕婉一愣。

不是司马纯，那是谁纵的火？

元承走向坐在树下弹着三弦琴的萧衡。

萧衡拨弄着三弦："太子昨夜受惊了。"

元承面无表情："拜郡公所赐。"

萧衡笑了："我若想你死，自会在帐外埋伏刺客。太子昨夜可曾见过刺客？"

元承沉默。

萧衡心狠手辣，诡计多端。除了他，他想不出昨夜纵火之人还能有谁。

至于为什么没有安排刺客……

他瞥向不远处。他的好妹妹元栩栩正做贼似的穿过人群，模样鬼鬼祟祟的。昨夜裴道珠被人半途劫走，估计就是他的亲妹妹干的好事。

而萧衡是顾忌裴道珠在场，所以才撤走了刺客。

种种念头在元承脑海中过了一遍，他似笑非笑道："听说郡公和裴道珠有过一段情，没想到郡公依旧不改对她的情意。为了区区一个女人，失去刺杀孤的机会，值得吗？”

萧衡不置可否。

元承继续道：“郡公如此深情，不似萧家人，倒像是我族中人。若非你我身处不同阵营，我倒想结交你这个朋友。如何？可要背弃你的君主，像郑家那般效忠于孤？孤定然视你为亲兄弟，荣华富贵，但凡郡公想要，但凡孤有，无所不给。”

萧衡垂着眼帘，没有表态。

元承愈发欣赏他的从容。他又道：“只要你投靠北国，哪怕是裴道珠……孤亦可拱手相让。”

他从未如此大度过。

萧衡薄唇噙起弧度：“拱手相让？本就不是你的东西，何来‘拱手相让’一说？奉劝太子一句，江南危险，想杀你的不止我一个，还是早些回洛阳为好。”

元承道：“不肯？将来洛阳铁骑踏平江南时，可就没有归降一说了。”

萧衡似是被打搅了兴致，收起三弦，略施一礼：“告辞。”

他头也不回地走了。

元承面无表情。敢在他面前如此嚣张跋扈的，世间还没有几个人。

另一边。

裴道珠在自己帐中醒来。

她揉了揉额角：“枕星。”

枕星连忙端着温水和清粥进来：“姑娘醒了？昨夜是郡公送您回来的。北国使臣居住的营帐突然起了大火，听说不少人烧伤了，好吓人！幸好您没事！”

裴道珠接过温水。

萧衡策马穿过火海，出现在她和元栩栩面前的那段记忆，她十分清晰。

她欠了他人情……

枕星侍奉她梳洗：“听说是篝火没彻底熄灭的缘故，才导致起火。这下好了，大家都没有狩猎的兴致了，想必很快就会回城……”

裴道珠暗道绝不可能。

大火恐怕是萧衡故意为之。他想对元承兄妹下手，却不知为何最后选择了放弃，甚至不惜冒着暴露的风险，亲自入火海。

是为了救她吗？

"姑娘在想什么？莫非在想郡公？他待您真好，只要您遇见危险，每次他都是第一个出现的……"

裴道珠撇了撇嘴："有什么了不起的，他欠我的多着呢……大不了，等回了成郸，我再谢他就是。"

因为大火，狩猎取消了。

回城途中，裴道珠在马车里休息，突然有宫女过来传话，三公主请她过去。

枕星忍不住嘀咕："三公主好似不喜欢姑娘。叫您过去，定是要难为您，不如找个借口不去……"

她的声音很小，却还是被等候在车外的小太监听见了。

小太监道："我家公主心地纯善，怎会为难裴姑娘？裴姑娘，快请吧，莫要叫公主等急了！"

裴道珠知道是因为司马纯看上了元承，这是要找她麻烦呢。只是车队逶迤，权贵众多，司马纯终究不方便对她怎么样。

裴道珠想了想，对枕星耳语几句，坦然去见司马纯。

皇族公主的马车宛如一座移动的卧房，内里不仅陈设着屏风、矮案、几柜，甚至还有几名伺候的宫女。

裴道珠请过安，司马纯示意宫女们出去。

她转向屏风后，柔声道："太子哥哥，她来了。"

裴道珠心中一凛，抬起头。

从屏风后绕出来的不是元承又是谁！司马纯居然敢把敌国太子藏在马车里？！

元承一副风流贵公子的姿态。他撩袍落座，含笑盯着裴道珠，眼底却藏满阴霾。

他意味深长道："昨夜裴姑娘过得可好？"

裴道珠没有回答他，只转向司马纯："公主此番行径，怕是不妥。"

司马纯毫不避讳地靠在元承肩上："我与殿下已私订终身，只等禀报父皇结为姻亲，有何不妥？今日唤你来，乃是为了当面告诉你，少用美人计勾引殿下，少做些不要脸的事！"

裴道珠失笑："他告诉你，是我勾引的他？"

"不然还会是怎样？"司马纯心里眼里全然只有元承一人，"谁不知道你裴道珠八面玲珑，当面一套背后一套，惯会勾引郎君！你再这般不知廉耻，当心我毁掉你那张脸！"

裴道珠受不得这种委屈，骤然站起身：“不知廉耻的是殿下！一国公主与别国皇子私相授受，若是写在青史上，只怕会招来永世骂名！”

“你——”司马纯说不过她，立刻撒娇般转向元承：“殿下你看她！”

元承把玩着折扇，薄唇轻笑。

他直视裴道珠：“裴姑娘并没有说错。”

司马纯一愣：“殿下？”

元承忽然面露狰狞，掐住了司马纯的脖颈。

司马纯又惊又怕，难以置信地盯着元承，张开嘴想说什么，却一个字也说不出来，只得拼命捶打元承的手。可她那点力道，无异于蚍蜉撼树。

裴道珠异常冷静：“你想做什么？”

“萧衡令孤不悦，你也令孤不悦。可是孤想要的东西，从来没有得不到的。外面的宫女早已被孤收买，不会有人知道孤来过这里。若是孤杀了司马纯，栽赃在你身上，你猜会如何？”

裴道珠：“你想用司马纯的性命，逼我答应随你北上？”

元承颔首：“不错。”

他看出来了，纵横战场的萧衡并非没有弱点。

裴道珠就是他的弱点。

挟持裴道珠北上，既能得到美人，又能钳制萧衡，何乐而不为？

裴道珠尚未表态，司马纯已是惊恐地瞪大了眼睛。她拼命挣扎，可是勒住她脖颈的手却越收越紧，直到她连呼吸都变得困难。

裴道珠分析道：“三公主若是死在车里，我也会锒铛入狱，很快就会被处死。而太子殿下可以利用身份向老皇帝讨要我，老皇帝为了对北国示好，定然会把我送给你。我若不想入狱受苦，只能现在就从了殿下。所以无论我做出怎样的抉择，只要我今日赴这场约，就都会是同一种结局。”

元承笑意更甚：“不错。孤喜欢美貌的女人，更喜欢既美貌又聪明的女人。”

裴道珠静默半晌，忽然微笑：“多谢殿下褒奖。小女子确实有几分美貌，聪慧也是有几分的，也正因如此，才不会轻易被殿下威胁。”

元承挑了挑眉，难道裴道珠还藏着后手？

与此同时，马车外面传来清越的嗓音：“阿难，你和三公主说完话没有？我也有话要与你说，再不出来，我进去找你啦！”

是谢南锦的声音。

马车的织锦窗帘被风吹动，隐约可见谢南锦骑在马背上，身后还跟着一群仆从侍女。

裴道珠轻摇团扇："三公主对我不喜，既然是赴她的约，殿下不会以为我什么也没准备吧？"

元承面无表情。

他知道这个时候杀掉司马纯的话，有谢南锦在，他只会被抓个现行。

他逐渐松开了手。

司马纯劫后余生般捂着脖子剧烈咳嗽起来。

裴道珠起身："若是殿下无事，我先告退了。"

她福了一礼，款款退了出去。

车厢内陷入寂静。

元承坐在阴影里，看不清楚表情。

司马纯蜷缩在角落，忐忑地盯着元承，见他只是端坐不动，小心翼翼道："我好歹也是一国公主……哪里比不得裴道珠？殿下如此狠心，甚至还想杀我……昨夜春宵一度的情意，难道殿下都忘了吗？"

说着说着，她眼圈逐渐泛红湿润，啼哭起来。

元承冷漠地扫她一眼。

一国公主又如何，还不是个庸脂俗粉，看着便觉讨厌。

他端起酒盏，一饮而尽。

"裴道珠，萧衡……"

他呢喃着他们的名字，眼底藏着痴狂。

裴道珠向谢南锦道了谢。

得知马车里发生的事，谢南锦颇有几分吃惊："元承也太胆大包天了！北国皇族性格偏执狠戾，难保他以后会再对你做出什么事，阿难，你还得继续当心才是。"

裴道珠认真地点点头："他这次没能得逞，应当能消停几日。"

然而黄昏的时候，元承就派人送了东西过来。

是野猪、花鹿等猎物，只是都被砍去了头颅，看起来格外血腥诡异。

前来送礼的侍卫道："这些都是我家太子殿下猎的。裴姑娘身体娇弱，用来大补正好。至于这些兽头，裴姑娘可以等它们风干后挂在房内，以做装饰，做辟邪之用。"

一群人浩浩荡荡地离开了。

枕星咬牙切齿："这哪儿是送礼，分明是挑衅威胁！哪有姑娘家把兽头挂在寝屋里的，简直不像话！"

裴道珠盯着满地血淋淋的猎物，蹙了蹙眉。

元承故意拿这些东西恐吓她，然而她岂会轻易就被吓到。

她仔细挑拣了一番，吩咐道："把其他猎物拿去大厨房烹饪，今晚给所有仆从侍女加餐。只留下那只野鸡，我要亲自下厨，做一道汤羹。"

枕星好奇："您很久未曾亲自下厨，今儿怎的……"

裴道珠笑了笑，没说话。

次日清晨。

裴道珠梳洗过后，一头扎进了小厨房。

野鸡用文火慢炖，汤羹和鸡肉的鲜香味儿弥漫了厨房。

见炖得差不多了，裴道珠吩咐厨娘拿来一套精致的汤钵和食盒。

"我们家姑娘手艺真好，这么好的汤不知要送给谁？将来娶姑娘的郎君，有大福气了……"厨娘感叹。

枕星同样又馋又好奇："这个时辰，将军和夫人都用过午膳了，姑娘是要送给谁呀？莫非是……郡公？"

裴道珠封好汤钵，仔细盖上食盒，拎起食盒往回走："就你话多。"

枕星一愣，随即掩袖窃笑。

真是太阳打西边儿出来了，姑娘竟然要给郡公送汤羹！当初在金梁园，姑娘都没怎么为他下过厨呢！

裴道珠去了萧府，却被告知萧衡正在望雪堂。

管家一脸不可言说的表情："总之这几日都不适宜探视，裴姑娘还是尽快回府吧，改日再来，改日再来……"

裴道珠不肯："他既然在望雪堂，我去望雪堂找他就是，有什么大不了？还是说，他不肯见我？"

"怎会？！"管家挠了挠头，踌躇半晌，还是据实以告，"望雪堂是犯错之人待的地方，郡公不知怎的触怒了相爷，挨了家法，如今在望雪堂思过呢！男人都是要面子的，裴姑娘这个时候过去，不是给郡公找不痛快嘛！"

裴道珠怔住。

触怒相爷，挨了家法？

刺杀元承未遂……难道是因为这个？

若当真如此，她倒是欠上人情了。

她吩咐管家："无妨，你带路就是。"

望雪堂位于萧府最偏僻处。灰瓦白墙，青石生苔，院子里种着一株枝叶泛黄的梧桐，梧桐树下的石桌上落了不少枯叶，掩盖了没下完的一局棋。

廊角坠着生锈的青铜铃铛。

萧衡穿着白色常服，坐在廊下静静抄写经书。

管家不敢上前，把裴道珠送到门口就溜了。

裴道珠提着食盒，踩着枯叶踏进望雪堂。

见到萧衡，她福了一礼。

萧衡搁下毛笔，抬起眼帘："今儿倒是蹊跷，你怎会主动找我？莫非是想通了，打算嫁与我？"

裴道珠翻了个白眼："白日做梦，我便是绞了头发去庵堂里当姑子，也不会嫁给你！"

萧衡目光落在食盒上。他嗅觉灵敏，闻到了汤羹的味道。

不过略一思忖，他就明白了裴道珠此行的目的。

他饶有兴味道："来报恩？"

裴道珠没吭声，在他对面坐了，替他收拾干净矮案，才打开食盒取出汤羹。

她把那碗汤送到他面前，不肯直视他："趁热喝。"

萧衡接过汤碗，尝了小口。

他一贯挑剔，只是裴道珠的烹饪手艺极好，他尝着也觉异常鲜美。

吃过鸡汤，他一边看裴道珠收拾碗筷，一边慢悠悠道："欠了我那么大的人情，你不会以为区区一碗鸡汤就足以报答我了吧？"

裴道珠不服气："否则还想怎样？以身相许？做梦！"

萧衡捏住她的双颊，迫使她噘起红润润的小嘴，玩味道："裴道珠，对我态度好点，你会死吗？"

裴道珠脸生疼，她气急败坏去推萧衡："松开……"

争执之中，矮案被掀翻在地，案角恰巧戳到了萧衡的胸膛。

他"嘶"了一声，扶住矮案。

裴道珠嫌弃道："别的没学会，倒是学会装可怜了……不过只是撞一下，不知道的还以为我怎么你了呢！"

萧衡脸色发白。

他注视裴道珠良久，慢慢解开衣襟系带。

裴道珠羞怒，连忙掩住双眼：“你要流氓——”却被萧衡拉住手。

裴道珠余光扫到狰狞可怕的鞭伤遍布他身上，伤口似乎并没有处理过，看起来触目惊心。

她惊呼：“管家说你触怒了相爷，挨了家法……可你如今贵为郡公，相爷想要罚你也该——”

她没再往下说。父亲教训儿子，与官位爵位无关，哪里轮得到她说三道四？

她不禁轻声呢喃：“你没按照他的意愿行事，他便要如此待你……我早知你家人憎恨北国皇族，却不知这份仇恨如此深重。罢了，此事终究因我而起，萧玄策，我对你负有责任。”

萧衡眉梢挑起。他看着裴道珠决然地起身，连食盒也顾不得拿就离开了望雪堂。

不过半个时辰后，她又折返回来，手里拿着药箱。

她将他拽起：“进屋，我替你包扎伤口。”

望雪堂陈设简陋，一架简易的竹床靠窗摆放。两人坐在竹床上，秋日午后的光影透过青纱窗照进来，为两人撒上一层温暖的光。

空气里弥漫着梧桐树叶的淡香，一丛小野菊悄然盛放在房屋角落。

裴道珠不再羞涩，亲手为他褪去衣裳，先用清水仔细清理了伤口，才小心翼翼地上药。

像是害怕弄疼他，她动作轻得宛如羽毛。

他有点好笑。

这些年受伤之后，他都是囫囵包扎完事，疼也就一时半刻，哪就这么娇贵了？

裴道珠的身体绷得很紧。她知道萧衡征战沙场，身上定然有伤，却不知他的伤有那么多。

既然早就知道萧相爷会家法处置，他何苦为了她放弃刺杀元承的计划？

她唯恐力道过重，问道：“疼吗？要不要再轻些？”

秋阳落在她眉眼间，她骨子里的温柔几乎要溢出来。

这就是裴道珠。

这才是裴道珠……

萧衡故作委屈：“疼得钻心，但我可以忍。自幼便是如此，忍一忍也就过去了。”

裴道珠吃惊：“相爷经常打你？”

她竟不知他是挨着鞭子长大的！

萧衡把自己幼时的经历讲给她听："自记事起，我便被阿父扔进军营学武功。除了学武功外，读书写字、辨别百草、佛儒道法等也一样不曾落下。稍微懈怠，便是一顿鞭子伺候。"

裴道珠颇有些吃惊。萧衡幼时居然比她还要努力。

"阿父常常耳提面命，不许我忘记国仇家恨。裴道珠，我是在仇恨中长大的。"萧衡饮了半盏茶，"八岁那年，我学刀法时受了伤，生了高烧，军营里却未曾请人为我看诊，以致耽误治疗，双目失明，这才被送去栖玄寺。"

裴道珠怔怔的。

她怎么听着……萧相爷似乎并没把萧玄策当儿子看呢？

家中最小的孩子理应是最受宠的，可萧丞相却把萧衡培养成了对付北国的利刃。至于双目失明被送去栖玄寺，更像是任由他在山中自生自灭。后来他的眼睛好了，萧丞相才又把他捡回家中继续利用。

她道："你幼时比我可怜多了。"

萧衡望向窗外，眼神漠然几分："我敬重阿父，孝顺阿娘，然而府里似乎没有多少人真正把我当作萧家九郎。"

萧衡哪怕身居萧府，也像是离群索居，从不曾见他和兄长们说笑闲聊。怪不得要单独修建一座金梁园，原是住在萧府里憋屈了……

她对这相看生厌的郎君竟产生了一丝丝同情。

萧衡垂眸。

少女低着头，露出一截纤薄白皙的后颈，几缕青丝顺着额角垂落。

极美，极明媚。

他抬起手，捧住少女的脸，不知何处来的勇气，竟将憋了许久的心里话脱口而出："所以裴道珠，你可不可以多爱我一点？"

四目相对。

一向强势霸道的郎君罕见地流露出脆弱的一面。白袍衬得他愈发清敛消瘦，叫人忍不住怜惜。

裴道珠动了动唇瓣："萧玄策……"

萧衡几乎用尽力气，才勉强装出现在的娇弱。

他发现裴家的小骗子不喜欢强取豪夺，更不喜欢针锋相对，她偏爱单薄可怜的郎君，就像过去可怜无助的她自己。

他想离她近一点。

哪怕为此要在她面前假装，收敛起利爪和獠牙。

他想着，神情又脆弱几分："裴阿难，我其实疼得紧……你可不可以对我好一点？可不可以多爱我一点？我一贯不擅长表达感情，但只要你知道我的心意，便好。"

裴道珠双眉紧蹙。萧衡像中了邪似的，叫她浑身发毛。

她绷着脸为他敷好药，又仔细系好纱布。

她垂着鸦羽似的长睫，低着头收拾药箱，声音很小很小："你从不把话说明白……什么心意，什么爱不爱的，我一点儿也没听明白。"

她故作糊涂，双颊却染上了娇艳的绯色，就连双瞳也更加明亮水润。

萧衡薄唇噙着笑，似是不敢再看她，只扭头望向窗外。

那种话叫他如何说明白？

半晌，他低声道："总之，你该是明白的。"

裴道珠也笑了。

她低着头，明明药箱已经收拾好了，却还是反反复复地拆装："我并不明白。"

萧衡拆穿她："你说你不明白，可小药箱一早就收拾好了，你为何不走，你在等什么？"

裴道珠反唇相讥："那你又为何放弃刺杀元承？为何忤逆相爷？野心滔天的萧家九郎，会为了一个不相干的姑娘中止筹谋许久的计划吗？值得吗？"

四目相对，又各自移开目光。

沉默半晌，萧衡开口："并非不相干……"

梨木雕花小药箱四角包金，少女白皙细腻的手按在木箱上，落了一层光影，白得透明。

宽大修长的手掌忽然覆在她的手背上。

萧衡第一次正视她的眼睛，强调道："并非不相干。"

郎君掌心的温度是炽热的。

裴道珠心跳莫名加速，欲抽回手，可对方握得很紧。

她双颊越发滚烫。

这人这般讨厌，既不把话说明白，又没有进一步的动作，就这么杵在窗边，也不知道是在等什么！

难道……要等她主动开口吗？

可是这种事，她裴道珠宁死也不要先开口！

她顿了片刻，猛地挣出手，抱着小药箱起身，朝萧衡福了一礼，匆匆离开了望雪堂。

萧衡注视少女极快地跑出了小院。

她面红耳赤、含羞带恼的模样清晰地浮现在眼前。

她应是喜欢的吧?

萧衡捻了捻指尖，眉梢眼角多了些浅浅的欢愉。

第19章

裴道珠一路跑出望雪堂很远，才停下来靠在游廊拐角喘气。

萧衡白衣清隽的模样在脑海中挥之不去，那句“并非不相干”更是萦绕在耳边！

裴道珠懊恼地敲了敲自己的脑壳儿：“萧玄策惯会花言巧语，他说的话你也信？不过是为了你挨一顿鞭子而已，有什么可感动的！”

“姑娘！”枕星找了过来。

裴道珠连忙恢复神情：“你去哪儿了？”

“奴婢去找从前的小姐妹说了会儿话。姑娘脸怎么红成这般模样？可是郡公对您做了什么？”

裴道珠抬袖擦了擦脸：“许是太过炎热的缘故……咱们回府吧。”

枕星见她快步走远，不禁好奇。昨夜刚落了一场秋雨，今日天气清寒，连她都多穿了一件夹衣，哪里炎热？

裴道珠走了一段，见游廊前方立着一个侍女。她瞧着有几分眼熟，好似是陈姨娘的贴身丫鬟。

那丫鬟恭敬地福了一礼：“裴姑娘，我家姨娘得知您来府中做客，请您过去说话。还特意为您准备了一桌好酒好菜，想请您留下来用晚膳。”

裴道珠挑眉。

太阳打西边儿出来了。

陈姨娘怕是瞧见她如今成了将军府的嫡女，眼馋心热，才对她示好吧？

她婉拒道：“阿娘叮嘱我早些回家，就不叨扰陈姨娘了。”

丫鬟笑了笑，又道：“不止姨娘在，大爷也在。二位觉着当初退婚到底对不住您，想向您当面道个歉。姑娘不买姨娘的账，大爷的面子总要给几分吧？”

裴道珠无话可说。

都退婚几年了，现在才想起来道歉？早干吗去了？

她可以无视陈姨娘，但萧程毕竟是萧家下一任家主，她不得不给面子。

她勉强一笑："带路吧。"

刚跨进陈姨娘后院门槛，陈姨娘就热情地迎了上来。

她握住裴道珠的双手，赞不绝口："数日未见，阿难又俊俏几分。快坐，姨娘给你准备了茶酒点心，都是外面买不到的！"

裴道珠落座，见萧程和萧荣父子都在。

萧荣满脸期待，对上她的视线，立刻笑起来："道珠妹妹……"

裴道珠略一颔首，接过侍女送上来的香茶。

陈姨娘十分热情："昔年是我蠢笨，误信了顾燕婉的谗言，才疏远了阿难。如今我才看清究竟是谁是好人谁是坏人。"

裴道珠笑而不语。

陈姨娘见她不语，和萧荣对视一眼，热切道："阿难今晚留下来多吃些好的，补补身子。我膝下无女，若阿难是我女儿就好了，我定然视若珍宝，仔细疼爱……"

裴道珠用茶盖轻轻拂开茶沫。

这番话，当年她刚和萧荣定亲时就听陈姨娘说过。想必顾燕婉也是听过的。

她无心和陈姨娘纠缠，柔声道："我知道姨娘心里在想什么，只是我终究给九爷做过小妾，哪怕我和荣哥哥两情相悦，也是绝无可能在一起的。否则闲话传出，萧大人和姨娘都会脸上无光。我感激姨娘把我当女儿，若有来生，定然会好好报答姨娘。"

陈姨娘语噎。她总觉得裴道珠还似当年一般柔弱乖巧，只是哪里又不太对劲……

萧荣同样面露难色。道珠妹妹心里是有他的，否则也不会说出这番话。只是九叔的存在，确实是个麻烦。

裴道珠连茶都没喝，起身福了一礼："阿娘叮嘱我不要在外面待太久，我得回家了。多谢姨娘的款待和美意，阿难告退。"

她走了几步，又"无辜"回眸："我与荣哥哥此生有缘无分，愿荣哥哥好好对待表姐。表姐也是爱你心切，才会把你抢走……到底是我不配了。"

萧荣的心都要碎了，怜惜裴道珠的同时更加恼恨顾燕婉。

裴道珠沿着游廊离开，樱唇噙起一抹冷笑。

顾燕婉见不得她好，她也见不得顾燕婉好。

她转过拐角，正巧撞上了顾燕婉。

顾燕婉把自己裹得严严实实，脸色苍白，神情憔悴，整个人瘦了一大圈，哪还有昔日趾高气扬光彩照人的模样。

裴道珠打量着她，微笑："报应来得真快。"

顾燕婉瞬间绷紧了身子，她捏紧拳头："我沦落到这个地步，都是拜你所赐！"

她又望了眼厅堂的方向，压低声音："裴道珠，陈湘湘请你过来，是想让你重新跟萧荣在一起是不是？你们可是以为我死了？！"

裴道珠挑眉："看来你在萧家的地位岌岌可危。表姐，种瓜得瓜，种豆得豆，你自己种的因得的果，倒是怨怪起别人来了。你还是好好受着吧，少打那些坏主意。"

她和顾燕婉错身而过。

顾燕婉浑身发抖，指甲深深扎进了掌心。

受伤害的不是她裴道珠，她当然可以风轻云淡！明明该在萧家受苦的人是她，自己却代替她受了这份罪。

这个贱人，怎么这么可恨？！

"裴道珠……裴道珠……"

顾燕婉双眼血红，有如魔怔。

心腹侍女义愤填膺："这一切都是裴道珠的错！可惜裴道珠有郡公照应，咱们想动她难如登天。这世道忒不公平了，若是有人能帮您就好了……"

顾燕婉眼前一亮。

也不是没人能对付裴道珠。

元承兄妹在成郧又待了几日，打算回洛阳。

裴道珠得知这个消息，长长松了一口气。只要元承走了，她才算摆脱北上和亲的命运。

她心情不错，特意摘了些新鲜的栗子，打算和土豆、玉米、红枣、红薯合在一起，做一道五谷丰登的点心。

枕星笑眯眯地捧着锦盒过来："真是奇怪，自那日姑娘从萧府回来，郡公就三不五时地差人送东西来……刚刚问柳又来了一趟，说奉郡公之命给姑娘送东西。姑娘快看看吧！"

裴道珠正仔细剪着栗子壳，闻言放下剪刀，好奇地打开锦盒。

深红色的绒布上躺着一枚硕大圆润的明珠。这比当初谢麟偷的那颗还要大还要无瑕。

枕星促狭道："诶唷，郡公如今连价值连城的明珠都送上了，不知道的还以为郡公爱慕姑娘呢！姑娘和郡公究竟发生了什么？"

裴道珠掩上锦盒，瞥了眼枕星："贫嘴。"

唇角却抑制不住笑容。

枕星笑嘻嘻地抓了一把栗子："人家明珠都送了，姑娘这五谷丰登的点心可要送人家一份？"

"他什么点心没吃过，也稀罕这些地里长的？"裴道珠端起剥好的各种食材，"才不送他呢。"

可到晚间，紫檀雕花的小食盒还是经由枕星之手，悄悄送进了望雪堂。

望雪堂里点着青灯。

萧衡的伤势已经痊愈，一袭单袍坐在窗边，怀着几分好奇打开食盒。

食盒里是竹篾编织的精致小篓，篓子里盛满了煮熟的红薯、花生、栗子、玉米和红枣，朴实而原始的食物香味扑面而来，色泽更是十分诱人。

萧衡尝了颗红枣，齁甜……

甜到心坎儿上了。

问柳笑着奉上一壶佳酿："裴姑娘还送来了一壶酒，说是才用秋露酿制的桂花酒，外间买不到的。"

萧衡小酌半杯。秋露清寒，桂花甘香。

他剥开一颗花生，端详半晌，忽然含笑道："裴家小骗子这是在对我示爱。"

问柳丈二和尚摸不着头脑。

示好他看得出来，至于示爱……

他虚心求教："不知主子从何看出？"

"花生寓意多子，她打得什么主意，你还看不出来吗？"萧衡眉梢眼角都是笑意，"那小骗子，想为我生孩子。"

问柳沉默半晌，无比钦佩地竖起大拇指："主子真是……智谋过人！"

望雪堂那边的动静，悉数被侍女报给顾燕婉。

顾燕婉坐在檐下，面无表情地盯着园中草木："我孤苦伶仃受尽委屈，她却和萧衡鸿雁传书你侬我侬……萧衡也是眼瞎，裴道珠那种贱人有什么好，也值得他喜欢？"

侍女小心翼翼："那咱们现在如何是好？"

顾燕婉想起一早物色好的人选，冷冷一笑：“等着瞧吧。”

是夜。

行宫内。

寝殿里灯火煌煌，珠帘折射出光影，身穿寝衣的俊美郎君正端详画卷。

顾燕婉恭敬地跪在珠帘外：“听闻殿下不日将启程，只是若不能把成郸城最美的女郎带走，殿下此行又有什么意义？”

元承声音淡漠：“早就听闻你和裴道珠不和……怎么，今夜是来献计的？或者说，是来借刀杀人的？原以为美貌是神灵的馈赠，没想到竟成了招惹灾祸的引子。”

“不过是各取所需，两全其美，如何就成了借刀杀人？我可以配合殿下，把裴道珠送去您的马车里，把她带回洛阳。”

元承饶有兴味地把玩着画卷。

无论如何，裴道珠他是一定要带走的。若有顾燕婉帮忙……

他道：“若是事成，孤自当谢你。”

顾燕婉暗暗松了口气，行过大礼才退出寝殿。

她注视着漆黑的夜色，眉梢眼角难掩得意。

侍女却不解：“让裴道珠跟了北国皇太子，这不是让她去享富贵吗？万一将来她成了皇后，只怕她会报复您，您也太善良大度了。”

“享富贵？皇后？”顾燕婉冷笑，“你懂什么，她一介南人，如何在北国站稳脚跟？你以为元承东宫里的那些姬妾都是摆设不成？她去了那吃人的东宫，只会生不如死！还皇后，简直是痴心妄想！”

把裴道珠送走，只是她报复的第一步。陈湘湘、萧荣那对母子，她也不会放过。

宫灯摇曳。

她的笑容更加狰狞：“走着瞧。”

北国使臣团回洛阳前一日，元栩栩来找裴道珠。

裴道珠正在花园里侍弄秋菊，顺便监督两个幼妹读书写字。

元栩栩进来的时候，远远瞧见美人素衣墨发，肌肤胜雪，在紫龙卧雪的花丛之中，宛如那些读书人最喜欢的泼墨画。

她在心底暗暗喟叹，这般好的美人，却不能带去洛阳，为她砌一座金屋子，当真遗憾。

她热情唤她："裴姐姐！"

裴道珠福了一礼："殿下。"

经由大火逃生一事，她对元栩栩的敌意不再如当初那么浓。

元栩栩望向远处的书案，两个七八岁的小女孩头挨着头做功课。

一只浅蓝色蝴蝶打旁边花丛飞过，许是做得厌烦了，其中一个执起团扇扑蝶去了。

元栩栩歪着脑袋问："她们是裴姐姐的妹妹吗？"

裴道珠点了点头，板着脸训斥："桃夭！你功课做完没有，就在那里扑蝴蝶？再背不完那几篇诗，当心晚上不给你吃点心！"

裴桃夭宛如当头浇了一盆冷水，只得噘着小嘴回去做功课。

裴道珠对元栩栩道："虽是双胞而生，两位小妹却性格迥异。戴步摇的那个，性子极为欢脱，非得摁着头才肯好好读书。"

元栩栩不太高兴地翻了个白眼："姐姐妹妹的，令人生厌。我不喜欢她们。"

裴道珠："……"

见裴道珠全然没看出自己有心事，也不安慰自己，元栩栩更加不开心，直截了当道："裴姐姐心里眼里只有我一个妹妹就好，其他人都不重要的。更何况她们只是庶出，在我的家族里，庶出的孩子跟丫鬟侍卫没什么区别！"

裴道珠是知道的，北国皇族只看重嫡出血脉，所以元承才会那么肆无忌惮地屠戮兄弟手足。

她瞅着元栩栩，有些明白她为何如此偏激霸道。北国皇后早逝，她身边并没有嫡亲的姐妹，在皇宫里无人与她做伴。

元栩栩见她不说话，只盯着自己，越发不乐意。

她晃了晃裴道珠的手臂，略有些撒娇："裴姐姐，你只对我一个人好，可不可以？"

裴道珠认真道："公主是金枝玉叶，该有自己的骄傲，不必如此求人。那夜你舍身救我的情意，我会一直铭记。只要两国并未敌对，你我就不会敌对。你唤我姐姐，我便真心诚意把你当作妹妹，但愿你不要嫌弃才好。"

她也很孤单。成郸城里，除了谢姐姐对她好，其他女郎都不喜欢她。肯舍命救她的，也只有元栩栩一个。

元栩栩心情大好，弯起眼睛："你生得好看，我才不会嫌弃呢！"

她亲热地挽住裴道珠的手臂："我明日便要回洛阳了，想看看裴姐姐的卧房。”

这点要求裴道珠还是能满足她的。

踏进卧房，元栩栩睁圆了眼睛。房中的博古架和妆镜台上的那些古董、钗环、首饰，是难得一见的珍品。

她打听过沈霁的家世，他可买不起这些贵重的东西。

她问道：“可是萧衡送给裴姐姐的？”

裴道珠挑了挑眉，颔首：“他乐意送，我没有不收的道理。”

元栩栩“嗨呀”一声，饶有兴味地把玩起一盒胭脂：“这才过去几日，竟是事成了大半。对了，那所谓的毒药是我骗你的，我给你吃的是糖豆。你就不要怕啦！”

裴道珠眨了眨眼，她倒是险些忘毒药的事了。

元栩栩扬了扬胭脂盒：“这小玩意儿我很喜欢，送给我呗？”

“你拿吧，喜欢的都能拿走。”

元栩栩觑她一眼：“我喜欢你，能拿走吗？”

见裴道珠又不说话了，她轻哼一声，从腰带上摘下一块古玉。

她把古玉放进裴道珠的掌心：“将来裴姐姐若是去往北国，惹出什么麻烦，只管拿出这块玉。他们知道这是皇族的标志，不敢拿你怎么样。一盒胭脂换一块护身符，这买卖划算吧？”

裴道珠握在掌心，由衷地谢了她。

元栩栩赖在沈府，直到用了晚膳才回行宫。

枕星有些欢喜：“虽然说小公主性子古怪，但好歹也算成了姑娘的朋友。姑娘如今也跟其他女郎一般，有可以说悄悄话的闺中密友了呢！”

裴道珠望了眼搁在妆奁上的古玉，忍不住唇角上扬。

次日，北国使臣团离京。

临街高楼的雅座设着一桌珍馐佳肴，透过雕花窗户可以俯瞰长街美景。

掌柜领着裴道珠进来：“郡公，裴姑娘到了。”

裴道珠手执白玉团扇，款款行至食案边，睨着白衣胜雪手捻佛珠的郎君：“哟，没关禁闭了？挨的鞭子可还疼？太阳打西边出来了，郡公竟然主动请我吃酒。”

萧衡也不恼，示意她坐，亲自为她倒了一盏酒：“今儿元承兄妹回洛阳，要从这条街走，叫你过来瞧瞧。”

裴道珠放下团扇，捧起酒盏嗅了嗅：“果酒？没意思。郡公该拿陈年烈酒招待我，看你我的酒量谁会更胜一筹。”

萧衡屈指敲了敲她的头：“女孩儿家的在外面喝什么烈酒？”

裴道珠小声道：“要你管……”却乖乖饮了一口果酒。

她拿帕子按了按唇角，话题转到正题上：“你等那对兄妹作甚？难道你怀疑元承还有其他计谋？”

“元承为你而来，岂会甘心两手空空地离开？怕是留了后手。”

正说着话，枕星求见。

她恭声道：“姑娘，顾燕婉请您去临风小筑。她说这些年与您一番争斗，想在今日做个了结。她还放话，您若是不去，就是不敢面对她。”

裴道珠望向萧衡，彼此了然。

裴道珠微笑：“她就是元承的后手吗？激将法都用上了，我若不去，岂不是叫她小瞧？”

萧衡转了转酒盏：“那就恭候裴阿难的好消息了。”

裴道珠睨他一眼：“借我些人手用用。”

临风小筑。

一辆低调的青皮马车停在后门。车夫戴着芦苇宽帽，看不到容貌。

顾燕婉站在楼上，盯着马车看了良久，侍女进来禀报：“少夫人，裴姑娘已经过来了，只带了那个叫枕星的侍女。”

顾燕婉叮嘱：“叫那侍女留在外面。”

于是枕星跟上楼时，被侍女拦下了。她柔声道：“我家少夫人和裴姑娘说知心话，你上去做什么？不如跟我一块儿候着，少夫人说咱们可以叫些茶点吃，记在她的账上就好。”

说着话，已经亲昵地挽住了枕星的手臂。

枕星迟疑地看向裴道珠。

裴道珠微微一笑，示意无妨。

她登上雅座，美酒佳肴已经上桌，顾燕婉就坐在食案边。

裴道珠优雅落座：“表姐怎会邀我赴宴？这桌饭菜花了表姐不少银钱吧？我记得表姐刚来成邺时，月钱不过半两，我见你没有新的钗裙，就总把自己的分给你。如今吃表姐一桌好菜，应也没什么。”

顾燕婉面无表情。裴道珠说的每一个字都令她浑身不适。那些落魄时期的记忆，她是半点儿也不愿想起。

她拎起酒壶，替裴道珠倒了一杯酒：“过去的事，还提它做什么？”

裴道珠把玩着酒盏："表姐想与我谈些什么？"

"萧荣是个怎样的人，你大约不知道。"顾燕婉卷起袖管，"没嫁他是你的幸事。裴道珠，所有的罪，我都替你受了。"

白皙纤细的手臂，遍布青紫瘀痕。

裴道珠沉默。

她知道萧荣是个小人，却不知道他竟然打女人！

"不止手臂，浑身各处，也都是这般伤痕。"顾燕婉冷笑，慢慢放下袖管，"裴道珠，我在萧家过着怎样的日子，你终于知道了吧？而这地狱般的日子，本该属于你！"

裴道珠歪了歪头："当初是你自己眼馋心热，如今却怨怪上我了？"

"得了，我今日请你来，并非是为了计较谁的过错。"顾燕婉举起酒盏，"过去都算是我的错好了。如今我幡然醒悟，也后悔万分。裴道珠，我向你赔罪。"

她看起来真心诚意，而裴道珠心里却半点儿不信。

她不动声色地端起酒盏，作势抿了一口，却趁着拿手帕擦唇角的机会，把酒水吐在了帕子上。

顾燕婉盯着她，见她饮了酒，眼底浮现出浅浅笑意。

她单手托腮，侃侃而谈："在钱塘的那些年，我受尽追捧。我自以为容貌无双，哪怕来到成邺，也仍是信心满满。可是裴道珠，我踏进裴府，看见你的第一眼，我就知道是我见识短浅了。

"除了容貌，你的风度、仪态、才华都是我拍马也赶不上的。站在你旁边，我就像是个没见过世面的小丫鬟。我哪里都输给了你，可我不服气……我拼命学习规矩礼仪，模仿你的仪态举止，终于，我看起来也像是真正的名门贵女了。

"可是不够。比起你艳绝江南的美名，我远远不够……我原以为会一直输给你，可是直到萧荣出现，我才找到把你踩在脚下的办法。婚姻兴许是我能胜过你的唯一地方，我用尽手段，终于抢到萧荣。没想到，结果却是兵败如山倒。"

顾燕婉自嘲般勾了勾唇角，又饮下一盏酒。

她直勾勾盯着裴道珠："然而从你身上，我不只学了仪态风度，我还学到了何为坚韧。我怎甘心言败？裴道珠，我还没有输。"

她突然怪笑起来，目光落在裴道珠手里的酒盏上。

裴道珠晃了晃酒盏，宛如身中迷药，醉卧在了食案上。

见裴道珠晕了过去，顾燕婉笑得更加放肆。

她站起身，得意地俯视她："我要把你送给元承，把你远远送去洛阳！只有你消失不见，我才能重新开始我的人生！裴道珠啊裴道珠，你终是败给了我！艳绝江南又如何，继父是大将军又如何，得萧家九郎爱慕又如何，输家，终究只是输家！"

她发泄般掷碎了酒盏，转向门外："来人，把这贱人抬上马车！"

雕花木门紧闭，并没有人回应她。

顾燕婉蹙眉，提高声音："来人！"

木门徐徐打开。

门外的郎君白衣胜雪，手挽佛珠，眼中含着几分笑意，高姿风流，气度无双。

裴道珠慵懒地坐起身，含笑望向他："问你借些人手，你倒好，亲自过来了。"

"我总要来瞧瞧裴家小骗子的手段。"萧衡抬手指了指顾燕婉，"打算如何处置她？"

裴道珠单手托腮，饶有兴味地看向顾燕婉："如何处理才好呢？"

顾燕婉瞳孔缩小，难以置信地连连后退，直到后背撞上墙壁。

她咬牙："你，你没喝那杯酒……"

也就是说，裴道珠就没有中迷药……

裴道珠弯起眉眼："表姐的酒，我可不敢喝。你既喜欢洛阳，不如亲自去洛阳好了。想来元承那边会很欢迎你的。"

萧衡朝门外使了个眼色。

两名暗卫出现在雅座内，擒住顾燕婉，用浸润过迷药的手帕捂住她口鼻，任由她满脸绝望地昏倒在地。

他们熟练地给她套上麻袋，搬去楼下的那辆马车上了。

萧衡朝裴道珠伸出手："栖玄寺后山的枫叶不错，去瞧瞧？"

裴道珠歪了歪头："郡公何意？"

萧衡主动牵住她的手："游山玩水，一掷千金，醉卧高楼，不是某人最喜欢干的事吗？有我陪着，有我付账，你只管纵情享乐就是。"

裴道珠随他跨出门槛，一手执扇，一手被他紧紧牵着，忍不住弯起樱唇。

她用团扇遮住带笑的脸："我不明白，昔日不许我占半点便宜的郡公竟要主动为我花钱……万一我花得太多，惹某人厌烦怎么办？万一将来与某人感情不睦，又问我讨回那些礼物怎么办？”

萧衡果断道：“自愿馈赠，绝无讨回的道理。更何况我也不是那么小气的人。”

“谁知道呢？”裴道珠扬了扬柳叶眉，心里早已盘算好该如何狠狠敲萧衡一笔。

玄武湖上，泊着一艘精致的画舫。

裴道珠倚在船尾，身边是紫檀木镂花的宝箱，箱盖打开，各种翡翠珍珠、黄金玛瑙做成的宝贝堆积成山，宝藏似的熠熠生辉。她随手抓起一把珍珠，眉梢眼角都是笑意，欢喜得不行。

这些都是萧衡给她买的，算是狠狠宰了他一笔。

萧衡靠坐在她身边，垂眸看她。

晚膳过后，她卸去了各类钗环等重物，鸦发如瀑布般垂落。清风四起，白茶色的轻纱罗襦裙和鸦发翻飞，她的侧颜美得近乎梦幻，像是踏歌而行的潇湘妃子。

偏偏她手捧珍宝，财迷似的模样，倒是多了几分烟火气。

他随手挽起她的一缕鸦发，如丝绸般顺滑。

他轻声开口：“这一年操练军队，无论是水上还是陆地，都已能像模像样地作战。等明年开春，我或许就要率军北伐。”

北伐……

裴道珠顿了顿，手里的珍珠掉落在宝箱里。

她不动声色地拿起一柄金钗：“与我何干？”

“你的心是石头做的吗？”萧衡卷起她的发尾，“这趟北伐，危险重重，我若死在战场上……”

他没再往下说。

画舫平静而缓慢地驶向前方，破开一道道涟漪。

裴道珠垂着眼帘，声音轻了几分：“你死在战场上，与我何干？”

静默片刻，萧衡被气笑了，声音也变得冷漠起来：“是，我是生是死都与你裴道珠无关。哪怕我死在战场上，哪怕我被万箭穿心，你仍旧是成郸城里最负盛名的美人，仍旧可以以将军府为踏板，嫁进世家高门，享尽荣华富贵。相夫教子，白头偕老，你算计得多好……”

裴道珠抛下金钗，眼红了两分，仰头盯着萧衡：“我算计什么了？我若当真算计，至于现在都没嫁出去吗？凭我的容貌，凭大将军继女的身份，我嫁谁嫁不得？便是皇子，也都是想要我的！萧玄策，你有没有心，你有没有担当，你懂不懂我？唔——”

少女的眼瞳骤然放大。

萧衡把她抵在船舷边，吻住她的唇。

裴道珠试图抗拒，却被对方紧紧箍住双手。

萧衡的吻逐渐由浅入深，像是在试图带给她美好的体验，又像是在蛊惑引诱她与自己一起沉沦。

彼此深藏不露的情意在这一刻似乎皆表露了出来……

渐渐地，裴道珠的身体软了下来，不再那般挣扎。她睫毛轻颤，微微阖着眼，白皙的脸浮现出红。

不知过了多久，萧衡结束了这个冗长的吻。

他已想明白裴道珠在顾虑害怕什么，更想明白了她为何会选择逃避。

她怕无名无分，怕付出的真心得不到等价的回报，怕成为他的笑柄……

因为喜欢他，所以才会在他面前格外爱惜尊严。

因为喜欢他，所以才想站在与他同等的位置上。

她在等他开口，一直都在等。

他凝视裴道珠，神情是从未有过的认真：“裴阿难，我喜欢你，爱慕你，心仪你，我想与你共度余生。栽在你身上，我认了。”

裴道珠缓缓抬起眼睫。面前的郎君白衣胜雪，高姿风流。

嫣红的唇瓣止不住上扬，她扭过头：“嘴上说有什么用，不双手奉上郡公夫人的位置，我可不接受这份喜欢……”

萧衡笑了，紧紧握住裴道珠的手：“奉上，全都奉上，连这颗心也一起奉上。成不成？”

“谁要你的心了……我要的是你的富贵和权势……”

就在两人泛舟夜话时，沈霁和顾娴因为裴道珠彻夜未归，急得团团转。

管家跑进来：“将军，夫人，侍卫陆陆续续回来了，没有姑娘的消息。他们只知道姑娘去赴了顾燕婉的宴，只是如今顾燕婉也不见踪影……临风小筑的伙计说晌午时分有一辆青皮马车悄悄从后门离开了，也不知道跟咱们姑娘有没有关系……”

顾娴望向沈霁，哭过的眼睛略有些红肿：“会不会是燕婉带走了阿难？她们两个一向有过节，这可如何是好……”

沈霁揽住她：“莫慌。”

北国皇太子元承对他们家阿难有意，他是知道的。

有没有可能顾燕婉串通了元承，把阿难带出了成郢？

若当真如此，必须快马追回才是，万一渡了江，再想追就难了。

他安慰顾娴：“你先回屋休息，我亲自去找，定会把阿难完完整整地带回来。”

顾娴自知帮不上忙，只得回去休息等消息。

沈霁点了上千亲兵，无视宵禁，利用将军身份强令开城门，直奔成郢城外。

在沈霁带人出城时，那辆青皮马车也终于赶上元承的车队。

元承的亲卫掀开青皮马车，见一人被套在麻袋里，确认人还活着后，他们毫不犹豫地扛起麻袋，恭敬地送去了元承的马车里。

马车宽大豪奢，数盏明灯把车厢照得亮如白昼。

元栩栩双手捧脸坐在矮案边，盯着麻袋：“皇兄把裴姐姐偷出来了？萧衡盯得那么紧，你怎么做到的？我怎么半点儿风声也没听到？”

“给你听见风声，再让你半路截获吗？”元承冷冷道。

他知道那夜是元栩栩干的好事后，若非是自己嫡亲的妹妹，他早就削了她的脑袋了。

他伸手挑开麻袋。麻袋里的女子昏迷不醒，虽然美貌，但绝非裴道珠。

元栩栩好奇地瞅了一眼，随即大笑出声：“皇兄，这就是你偷的人？把这种货色带回洛阳，你会被其他人耻笑的！”

元承面色铁青。

顾燕婉干的这是什么好事……

他端起酒盏，把冰冷的酒泼在了顾燕婉脸上。

顾燕婉缓缓转醒，看清身处的环境和元承兄妹后，狼狈惊恐地跪倒在地：“殿下……”

“孤叫你把裴道珠送过来，你却把自己送来了。”元承刻薄嘲讽，“没用的东西，一点小事都办不好，怪不得会被裴道珠踩在脚下！”

顾燕婉战战兢兢：“我，我也不知道他们识破了计划……”

元承扫兴至极，沉着脸离开了马车。

元栩栩捧着脸，玩味地打量顾燕婉半晌，柔声道：“我听说裴姐姐过去待你不薄，你就是这么报答她的？”

顾燕婉愣住："公主殿下何意？"

"何意？"元栩栩笑了。

下一瞬，一个耳光狠狠扇在顾燕婉脸上。

元栩栩一脚踩在矮案上，狠狠捏住顾燕婉的脸："我这人最是护短，见不得外人伤害裴姐姐！顾燕婉，这些年你欠裴姐姐的债，本公主替她讨了！"

沈霁率军追了足足两日，终于在官道上追上了元承的车队。

上千名亲兵把元承的车队团团包围。

车队前方，沈霁横刀立马。

两日未曾合眼，他的声音透着沙哑："劳烦太子殿下出来与本将军叙话。"

车厢里灯火通明。

元栩栩把玩着小辫子，轻嗤："怕是沈将军以为是咱们掳走裴姐姐，才追了我们这么久……说到底，都是皇兄干的好事，皇兄赶快出去摆平吧。"

这趟下江南，不仅一无所获，还被南朝的将军堵在了官道上。当真丢人现眼！

元承冷漠地掀开车帘："何事？"

沈霁把来意说了一遍，道："烦请太子，交出小女。"

元承冷笑两声："裴道珠不见了，与孤何干？怕是被萧衡拐跑了也未可知。将军找错人了。"

他不耐烦地放下车帘。

沈霁不肯走。

元栩栩轻叹一声，只得自己出马。

她弯起眉眼："沈将军，我和皇兄确实没有掳走裴姐姐。不过，贵国的顾夫人倒是在我们的车队里。"

她朝手下使了个眼色。

两名侍从推出一个衣衫褴褛、蓬头垢面的女人，正是顾燕婉。她浑身是伤，可见这三日受了不少罪。

她哭着奔向沈霁："沈将军救我！"

元栩栩看热闹不嫌事大："顾燕婉设计用迷药迷倒裴姐姐，再偷偷送给我皇兄。只是裴姐姐识破了她的计谋，和萧衡联手，反把她给送了过来。所以裴姐姐应在萧衡那里，沈将军可以回去瞧瞧。"

火把的光明明暗暗，沈霁的脸也明明暗暗。

顾燕婉脚步一僵，浑身止不住地发抖。

元栩栩轻笑一声，放下车帘：“启程吧。”

沈霁的亲兵让开一条路，放他们走了。

车马声渐行渐远。

顾燕婉呼吸急促，小心翼翼道：“沈大将军莫要听他们的话，非我族类，其心必异，元栩栩是在离间我们的关系。我一向视阿难为亲妹妹，怎会给她下迷药？！将军一定要信我！”

沈霁没说话。

副将凑近他，低声道：“将军，此女屡次三番伤害裴姑娘，不如趁着夜黑风高——”他做了个抹脖子的动作。

从不杀女人和小孩，这是沈霁的原则。只是顾燕婉伤害阿难，也确实是事实。

掂量良久，他淡淡道：“把她带回成郸。”

他催马调头。

副将不解：“就这么放过她，会不会太便宜她了？”

沈霁声音更淡：“她是从北国人的车队里找到的。”

副将一愣，随即笑了。

从北国人的车队里找到的……旁人听了，只会好奇顾燕婉为何会和北国人在一起，更有甚者，还会怀疑她是不是通敌叛国。

这般活着比死还难受。

裴道珠得知沈霁为了救自己，不惜带着亲兵夜闯城门去追元承，心底滋味复杂。

夜闯城门乃是死罪，沈大将军竟然为了她做到了这个份儿上。或者说，为了阿娘做到这个份儿上……

沈霁赶回来时，裴道珠立刻跪倒在地：“阿难给您添麻烦了！”

瞧着眼前的人完好无缺，沈霁暗暗松了口气。

顾娴红着眼睛上前，替他拂去两肩风露：“我已经罚阿难面壁思过了。都是我们不好，总给你惹麻烦……北国的那对兄妹可有为难你？可有打起来？赶路很是辛苦吧？”

沈霁摇头：“未曾为难。”

他上前扶起裴道珠：“阿难没事就好，你阿娘和我都担心得紧。下次再与人出去玩，记得告知我们。”

裴道珠抬起头。

为了自己这个没有血缘关系的女儿，沈叔叔不惜冒着死罪夜闯城门，这份恩德，是她无论如何也无法报答的。

她眼圈一红，扑到沈霁怀中："阿父！"

沈霁一愣，连忙紧紧扶住她。

他不善言辞，不知如何表达，却也同样红了眼。

之后，沈霁去宫中向皇帝请罪。老皇帝到底不敢拿他怎么样，只象征性地罚了半年俸禄以作惩罚。

沈霁从宫中回来时，已近子夜，还没吃上两口热乎的，萧衡忽然来访。

裴道珠听见沈霁平安归来，才放心准备就寝。

对着镜子梳头时，枕星匆匆奔进来报信："姑娘，郡公来了，正要去厅堂和大将军说话呢！听说他还带了些礼物，你说他是不是来提亲的呀？"

萧衡竟然来了……

裴道珠心中好奇，于是披了件斗篷，和枕星从后门偷偷溜到厅堂。

沈霁和萧衡各自落座，侍女恭敬地呈上香茶点心，又无声地退了出去。

厅堂格外寂静，只听得烛火轻微的哔啵声和外面传来的秋虫声。

萧衡指了指带来的锦盒："沈大将军连日奔波，这些补品且用着，若是吃得好，我再送些来。"

沈霁不动声色："无功不受禄，郡公还是拿回去吧。"

"到底是因我擅自带阿难出去玩，才让大将军和夫人担心。"萧衡微笑，"这些补品便算是赔罪了。"

沈霁没接他的话，只冷淡道："郡公到底何事，直说便是。"

他也年轻过，对面这小子在想什么，他一清二楚。

从前他纳阿难为妾，裴茂之那个狗东西没胆子拒绝。如今阿难的父亲是他，萧衡再敢提做妾的事，他可是会打到他鼻青脸肿。

萧衡尽量放平声音："那夜和阿难情投意合，因此私自许了终身。只是此事非同小可，须得过了明路，我想先与将军和夫人商量。"

沈霁试探："求娶？"

萧衡斩钉截铁："求娶。"

是求娶，而非纳妾。

沈霁陷入沉默。他到底不是阿难的亲生父亲，这种事哪敢擅自做主？

正要推辞，打发萧衡改日再来，屏风后突然传出一声娇弱的咳嗽。

裴道珠裹着斗篷款款走出，她似含情般瞟了眼萧衡，柔声道："我听说阿父才回来，担忧阿父的安危，因此来瞧瞧。不知郡公在此，是我莽撞了。"

说完，规规矩矩地福了一礼。

沈霁和萧衡一时无言。

看她的架势，分明就在屏风后听了许久，却偏要说是刚过来……

沈霁咳嗽一声，也不拆穿她，认真道："郡公求娶你，这事还得你亲自决断。阿难，你可同意这门婚事？"

裴道珠脸泛红，垂着眼睫，似是娇羞："婚姻大事，乃父母之命媒妁之言，阿难岂敢妄自决断？还请阿父做主。"

萧衡瞧她装腔作势的模样，忍不住笑出了声。沈霁瞪他一眼，他才止住笑，心里却道，他的阿难可真是块宝……

沈霁已然明白了裴道珠的心意。

他郑重对萧衡道："郡公的背后是整个萧家，嫁娶之事，与家族息息相关。此事你说了不算，须得让你族中长辈亲自登门。"

萧衡颔首："应该的。"

正说着话，管事突然从外面匆匆进来，恭声道："大将军，顾家的人来了！"

萧衡和裴道珠反应一致，一起躲到了屏风后。

裴道珠颇为好奇，低声道："顾家来人做什么？深夜造访，真是稀罕……"

她说着话，手却被萧衡握住。

她羞恼："做什么呀？"

可郎君力道极大，她挣脱不得，只得由他当宝贝似的握在掌心。

顾家来的人是舅舅顾竞争和舅母秦氏。

顾竞争放低姿态，态度和善地询问："大将军，不知阿难可曾睡下？我们找她商量些事，望她出来见见我们。"

沈霁道："何事？"

"这……"顾竞争迟疑片刻，还是选择据实以告，"燕婉被大将军从元承手里救回来，人虽无碍，名声却毁了。坊间都传燕婉背弃朝廷投靠北国，罪大恶极。甚至胡乱编排燕婉和元承的关系，言语十分难听，所以——"

"所以我们想请裴道珠作证。"秦氏面色难看，"就说她被元承抓走了，燕婉念着姐妹情深，为了救她才不惜以身犯险。如此一来，也算全了她们姐妹情深的美名。"

裴道珠嗤笑。

什么全了姐妹情深的美名，明明就只全了顾燕婉一人的美名。更何况，如果传出她被元承抓走的消息，她的清白名声找谁要去?

秦氏简直是痴人说梦!

沈霁也气笑了，他冷冷道："二位算盘打得好，可是以为沈某只会领兵作战? 二位走吧，沈府不欢迎你们。"

秦氏只有顾燕婉一个女儿，嫁给萧荣那个破落玩意儿已是受了天大的委屈，她怎么能眼睁睁看着她万劫不复!

她厉声道："沈霁，你给我把裴道珠那死丫头交出来！定然是因为她，我家燕婉才会落到元承手上！她有责任帮燕婉，这一切都是她的错！"

沈霁已是不耐烦至极，拂袖道："撵出去。"

管事也是行伍出身，带着几个练家子，钳制住顾竞争和秦氏，任由他们大喊大叫，直接拖了出去。

萧衡评价道："你这继父倒是位厉害人物。"

明明出身寒门，却敢对世家动手。带兵夜闯城门，更是胆大包天。

裴道珠眉眼弯弯。

从前舅舅他们欺负她时，父亲永远只是事不关己的姿态。如今她宛如有了靠山的猫儿，又似仗势欺人的小狗。

她得意道："所以今后你若敢欺负我，我阿父可是会找你算账的！"

萧衡就喜欢她的傲娇劲儿，他牵着她从后门步出厅堂。

月色正好。

萧衡轻笑："成亲以后，谁欺负谁还未必呢。"

裴道珠歪了歪头，算计起来："说起婚事，我的聘礼有哪些? 萧玄策，没有十里红妆做聘礼，我可是不会嫁给你的。"

"莫说十里红妆，便是百里，也是使得的。"萧衡不在意这些，"嫁给我就是我的人，裴阿难，我不求你陪我同生共死，可我要你这眼里心里只有我萧衡一人。倘若我将来死在战场上，你也得为我守寡。"

裴道珠蛮横道："你想得美。你敢死在战场上，我就敢改嫁。"

萧衡被她气笑："你敢改嫁，我就敢阴魂不散，搅得你后半辈子不得安宁！"

问柳和枕星远远跟着，听见他们吵架的内容，不约而同地摇摇头。

这还没正式嫁娶，就开始讨论守不守寡，天底下如此奇葩的，大约仅此一对。

时辰不早了，萧衡无法继续留在沈府。

分别之际，他道：“过两日彭泽那边会送好蟹过来，我独独为你留着最肥最鲜的几只，你记得来萧府吃蟹。”

裴道珠点点头。

两人站在洞月门前，似有千万言语想要诉说，却又相顾无言。

踌躇片刻，萧衡执起裴道珠的小手，倾身在她的脸上落了一吻，才离开沈府。

回卧房时，枕星忍不住打趣：“姑娘不是说，就算天底下的郎君都死绝了，也绝不会嫁给郡公吗？”

裴道珠瞥她一眼：“闭嘴……”

枕星笑得更加大声：“成亲那日，姑娘可得给奴婢一个大红包，才能叫奴婢闭上这张嘴呢！”

裴道珠想着萧衡的模样，不觉脸红透。

从相看两厌到彼此钟情……感情这东西，真叫人捉摸不定。

过了几日，裴道珠收到了萧衡手写的请帖，邀她去萧府吃蟹。

到了蟹宴那日，枕星卖力地为裴道珠梳妆：“奴婢听说萧家那边已经同意了这门亲事，所以姑娘这次是以郡公未婚妻的身份去的，得拜见各位长辈，可得打扮得仔细些。”

鸦青的长发梳成堆云高髻，簪两支珍珠排簪，白霜色交领宽袖上襦清雅矜贵，搭配莺歌黄轻纱交裥罗裙，衬得裴道珠肌肤胜雪，面容精致娇艳。

顾娴进来看见她的打扮，笑着夸赞：“谁家的女郎生得这般美貌，叫我都心生嫉妒。”

“阿娘。”裴道珠拉住顾娴的手，“你不是要带康姨和妹妹们去寺里吗，怎么有空过来看我？”

“你去萧家，我哪能放心？得过来看看你才好。”顾娴拍拍她的手，“给萧老夫人和其他长辈的见面礼，我都替你备好了，就放在厅堂。你让枕星她们拿着，万万不能忘记。”

裴道珠点点头。

又叮嘱了良久，顾娴才放心离开。

裴道珠松了口气：“不过就是去吃个蟹，瞧把阿娘紧张的。”

枕星笑眯眯道：“以前也罢了，如今姑娘身份不一样，自然须得事事谨慎。”

裴道珠不以为然。不过是和萧衡吃个螃蟹而已，至于这般兴师动众?

等到了萧府厅堂，她目瞪口呆。

除了萧老夫人、大房二房的女眷，萧氏家族其他旁支的女眷也都来了，大家挤挤挨挨坐了满堂。

裴道珠恨不能收回跨进门槛的脚。

说好的只是吃个螃蟹，萧衡居然变出这么多长辈。怪不得阿娘要准备那么多礼物……

她按捺住想掐死萧衡的心，大大方方地请安问好。

萧老夫人笑得眉目慈和，招手示意她过来坐在身边："我一早就知道，阿难和我们家九郎是有些缘分的。果然如此，这就要嫁到我们家，当我们家的孩子了……"

她身上有淡淡的佛香，十分宁神好闻。

裴道珠柔声道："嫁给九爷是阿难的福气。"

寒暄了片刻，老夫人示意江嬷嬷拿出锦盒。

她把锦盒塞给裴道珠："一点见面礼，阿难拿着。"

裴道珠虽不知锦盒里是什么，但老夫人给的东西定然不是俗物，她连忙起身道谢。

突然一声怪笑传来。

顾燕婉皮笑肉不笑道："阿难是有些本事在身上的。以妾室身份和离，却能以正妻身份再嫁进来……成郸城里，哪个女郎比得上你？"

她形容枯槁。

裴道珠知道，有人骂她通敌叛国，也有人骂她勾引元承，再加上萧荣一家又都是不好相与的，可见她这几日过得多不好。

裴道珠微笑，故意在她伤口上撒盐："表姐嫁给荣哥哥，也是有些福气在身上的。当初表姐和荣哥哥还不是早就情投意合，如今成了一家人，想必更加如胶似漆，真叫人羡慕。"

顾燕婉笼在宽袖下的双手，恶狠狠地攥紧。她恨不能一口咬死裴道珠。

她勉强维持笑容，又道："当初在金梁园时，阿难和崔柚关系极好。如今阿难以正妻身份嫁进来，可得好好对待崔柚才是。荣哥只有我一人，平日里十分冷清，真羡慕阿难，嫁进来之后还有姐妹做伴，定然不会孤单。"

裴道珠眼底神色冷了两分。顾燕婉不提的话，她几乎要忘了那个女人。

她离开这么久，想必萧玄策和崔柚的感情比当初要好上许多。毕竟他的后院里只有那个女人。

她心底不痛快，面上却不动声色："多谢表姐关心，我嫁进来以后，也会和你常走动，但愿你不要嫌弃我才好。我虽占了婶娘的身份，但在我心里，表姐永远都是表姐，并非什么侄媳妇。"

顾燕婉干笑两声。

这贱人忒会占便宜，谁是她侄媳妇？！

交锋了片刻，萧衡那边打发人来请。

萧老夫人笑道："瞧瞧，才不过留阿难说了几句，九郎就坐不住了，生怕咱们吃了阿难似的，到底是心疼自己媳妇。"

女眷们都笑了起来。

萧老夫人转向裴道珠："你和九郎恩爱，我十分高兴。你们的婚期会由两家长辈敲定，至于聘礼，阿难有什么要求，直接告诉九郎就是。但凡我们萧家有，定然能满足阿难。"

裴道珠恭敬道过谢，才退出厅堂。

她往萧衡的院子方向走。

枕星好奇道："老夫人送了您什么礼物？奴婢想开开眼。"

裴道珠也很好奇，便趁着周围没人，悄悄掀开锦盒。

绯色的丝绒垫子上躺着一对色泽莹润的羊脂白玉镯。

枕星睁圆了眼睛："这玉质可真好！怕是老夫人压箱底的宝贝！姑娘肤白，戴上这玉镯便是锦上添花，更好看了！"

裴道珠也很喜欢。她合上锦盒，心想老夫人待萧衡是极好的。

仔细想想，这份好里面似乎也透着几分古怪……

她正琢磨，前方有人唤她："道珠妹妹！"

裴道珠抬头，见萧荣站在游廊尽头，满脸复杂地看着她。

裴道珠客气而疏离："荣哥哥别来无恙。"

萧荣上前几步，有些咄咄逼人："那夜你说你爱慕我，想跟我在一起，可是为什么转头又跟九叔谈起了婚嫁？难道你说过的那些话都是骗我的不成？！"

裴道珠面色淡淡，柔声道："荣哥哥胡说什么？我怎么不记得有那种事？"

"你——"萧荣脸色铁青，"你把韦朝露的尸体从沈府搬到了秦淮河边，你忘了？！裴道珠，你可是有把柄在我手上的，如果我告诉韦家人，你可没有好果子吃！"

“荣哥哥的话，我越发不明白了。”裴道珠面露困惑，“什么尸体？什么搬到河边？什么把柄？阿难听着瘆人……”

事情都过去那么久了，半点儿证据也没留下。萧荣如果告到韦家人面前，她大可反手就说他诬陷。

更何况，她如今即将成为郡公夫人，韦家万万不可能为了萧荣得罪萧衡。

萧荣才回过神，自己被裴道珠诓骗了！

他怒不可遏地冲上前，一把揪住裴道珠的衣襟：“你怎敢戏弄我——”

一股更强大的力道从背后袭来。

萧衡抓住萧荣的衣领，直接把他丢了出去。

他声音极度冰冷：“你在跟谁动手？”

萧荣重重撞到美人靠上，狼狈地滚落在地。

他吃痛地爬起来，盯着面前的两人，眼睛通红：“你们联合起来欺负我，只因我是个庶子……原以为是谦谦君子的九叔，原来也只是个强夺他人所爱的小人……”

裴道珠笑了。

她倚在萧衡身边，柔声道：“论起小人，谁比得过荣哥哥？见异思迁是你，喜新厌旧是你，攀附权贵的也是你。什么庶子，荣哥哥分明心比天高，哪有当庶子的觉悟？”

萧衡冷淡道：“跟他说这些作甚？蟹熟了，咱们吃去。”说着牵起裴道珠的手。

和萧荣错身而过时，裴道珠凉薄地瞥他一眼。

她随萧衡来到他居住的院落，陈设简单风雅，只堂中挂着的几幅古董字画相当值钱，一应摆设看似低调，却也是价值千金。

蟹已经蒸好了，精心搭配了佐料和各类工具，可见萧衡的用心。

萧衡带着裴道珠落座，拿起剪刀剥起蟹来。

蟹肉雪白，蟹黄流油。

他都放进裴道珠的盘子里：“快吃吧。”

裴道珠忍不住弯起眉眼：“郡公竟照顾起我来了。”

萧衡执起她的手：“我总不能指望这双手来为我剥蟹吧？指望不上，也舍不得……”

少女的手宛如青葱，嫩得仿佛能掐出水来。当初金梁园棋室里初次交锋时，他就注意到她的手了。

裴道珠抽回手，也主动为萧衡斟酒：“剥蟹剥不得，斟酒却是使得的。却不知是我斟的酒醉人，还是崔柚斟的酒醉人？”

萧衡挑了挑眉。

这小骗子是在吃醋？

他晃了晃杯中美酒，坦言道：“我从未饮过她斟的酒。”

“我离开金梁园那么久，你后院又只有她一人——”

“裴阿难，你真没良心，你离开金梁园之后我便也离开了，谁见过她？”萧衡捏住她的鼻尖，“我的眼光何其挑剔，昔日连你都看不上，又怎会看上她那样的？”

裴道珠拂开他的手，轻哼一声，心里却暗暗浮起欢喜。

萧衡拿筷箸挑起一块蟹黄，喂进裴道珠嘴里：“明年就要北伐，年底之前你就要嫁过来了。我别的不敢保证，可心里眼里只你一人，还是能保证的。至于崔柚……你想如何处置？”

裴道珠并非不讲理的人。

萧衡想出师北伐，就得得到朝堂上大部分世家的认可。然而崔家是世家之首，得到他们的点头同意十分重要，在这个节骨眼上，自然不可能打发崔柚回家去。

裴道珠淡淡道：“养着吧，不过是多一双碗筷的事。”

另一边。

萧荣狼狈地回了院子，刚踏进厅堂，顾燕婉也回来了。

夫妻俩如今相看两厌，他冷笑一声：“我倒了大霉，才娶你这种女人进门。若当初你未曾勾引我，我怎会抛弃裴道珠，怎会沦落到断送前程？！顾燕婉，你欠我的太多了！”

顾燕婉静静落座。这些言辞，她已听了不下百遍。

她面无表情地倒了一杯茶：“你我如今是绑在一根绳上的蚂蚱，就不要五十步笑百步了。你断送前程，我又何尝不是？原以为嫁给你能跻身上流世家，到底是我眼皮子浅，竟妄图以区区庶子为踏板……萧荣，比起你九叔，你可差远了。”

提起萧衡，萧荣瞳孔缩小。

他猛地掀翻矮案：“你再说一遍？！”

顾燕婉冷笑着抬起头：“我说，比起你九叔，你可差远了！”

萧荣怒不可遏，三两步冲过来，一把揪住她的头发，恶狠狠给了她一耳光。

“贱人！吃里爬外的东西！你以为你就比得上裴道珠吗？！跟她比，你就是个上不得台面的癞蛤蟆，没用的东西！”

顾燕婉瞬间红了眼，她挣开萧荣的手，利索地还他一耳光。

萧荣被打蒙了。他难以置信地看着顾燕婉，随即恼羞成怒，和她扭打起来。

陈姨娘听见动静，匆匆从后屋赶来，见顾燕婉捶打着自己儿子，顿时气不打一处来，卷起袖管，抄起烛台就冲了过去。

“小贱蹄子！没大没小的东西，谁让你对你夫君动手的？！”

砰！

烛台狠狠敲在了顾燕婉脑袋上！殷红的血顺着她的脸蜿蜒流下。

顾燕婉愕然地看着眼前这对母子，眼前一阵阵发黑，终是倒在了地板上。

陈姨娘脸色苍白：“她不会死了吧？”

萧荣试探着摸了摸顾燕婉的鼻息，随即面露嫌弃：“还活着，这贱人命硬，死不了，姨娘不必担心。这段时间她越来越疯魔了，还是关在屋里为妙，省得出来祸害人！”

他示意侍女把顾燕婉拖走。

陈姨娘替萧荣理了理衣襟：“和顾家的这门亲事，叫我儿受委屈了。顾燕婉克夫，让你断送了前程。今后，我的乖儿可要如何是好……”

萧荣沉默不语。

如今萧衡在朝堂上颇有话语权，他得罪了萧衡，再想出仕难如登天。

如果换一个朝廷呢？

萧荣按捺住兴奋，安抚道：“姨娘不必担心，孩儿总会遇见明主的。等孩儿将来飞黄腾达，定然把萧衡狠狠踩在脚下，再休了顾燕婉，迎娶高门贵女，好好侍奉姨娘。”

陈姨娘听着，十分高兴：“我的儿定然是有出息的……”

母子俩畅想着美好的未来，顾燕婉却被侍女关进了寝屋。

她在地板上悠悠转醒，艰难地翻了个身。

那对母子恶劣至极，竟然连大夫都不给她请，任由她自生自灭……

她强忍着疼痛，爬到床榻取了药箱，给自己包扎伤口。草草包扎完，她伏在锦被上哭起来。

终于哭够了，漂亮的杏眼已是遍布红血丝。

她死死盯着前方虚空，眼睛里充满了刻骨铭心的仇恨。

她一定要亲手杀了陈湘湘母子，一定要亲手杀了裴道珠！

……

沈府。

“三个月后就成亲，会不会太过匆忙？”

顾娴和萧家的长辈商议过后，来找裴道珠。

裴道珠坐在妆镜台前，半垂着脸，含糊道：“我如今年岁不小，长留家中也不妥……反正两家都在乌衣巷，纵然嫁过去，想回来也是随时可以回来的……”

顾娴听明白了，忍俊不禁：“成郧城那么多世家郎君，阿难鲜少有入眼的，还是郡公有本事。”

裴道珠脸颊泛红：“明明是他先对我动心的……我不过是顺势而为罢了。反正嫁谁不是嫁，嫁给他，起码容貌上登对……”

她的声音越来越小。

顾娴柔声道：“当初你去萧家做妾，阿娘只顾着伤心，没来得及教你什么。只是为妻为妾终究是不同的，你要替他打理后院，要主持中馈，要代表他和其他世家的夫人们人情往来，需要你做的事有很多呢。”

“阿娘，你说的这些，我都会。”裴道珠并不在意，“您忘了吗，从前所有的人情世故都是我一个人扛下来的，至于主持中馈，我的能力您还不放心吗？”

“阿娘不是担心这个。”

“那阿娘担心什么？”

“你和郡公都是骄傲的人，可经营感情不能全凭骄傲。过日子，总要有个人放下身段和架子，一刚一柔，一进一退，如此，这份姻缘才能持久。阿娘的意思是，你待他好些，别总跟他置气。”

裴道珠细细品着这番话。如果一定要有人放下身段和架子，为什么不能是萧衡呢？为什么一定得是女方呢？

该是做错事的那个人放下身段和架子才是。

她自知和阿娘并非一代人，观念上面颇有些差异，因此没有争辩，笑道：“女儿记下了。”

萧家和沈家的联姻，在成郧城中颇为轰动。

萧衡为了给裴道珠一场风风光光的婚礼，每个环节都几乎亲力亲为，聘礼更是极尽隆重，几乎把成郧城各大珠宝丝绸铺子采购一空。

消息传到各大世家耳朵里，不免又是一阵艳羡嫉妒。

顾燕婉颓然地坐在屋檐下。

她伤好后，萧荣就没有再锁着她。只是如今她活得憋屈，锁没锁也没有区别。

侍女在绘声绘色地给她描述萧衡送聘礼的情景，如何热闹，如何大张旗鼓，如何体面风光。

顾燕婉紧紧捏着手帕。

裴道珠那贱人，天底下的好事，凭什么都让她一人占尽了？！

顾燕婉抬起手，遮住天上的太阳。

她看着掌心，歪头道："他们说，从掌纹就能看出一个人的命……可我不认命。既然能抢走她的未婚夫一次，就能抢走第二次。这辈子我都要压着她，踩着她……我可以不如世上其他女子，但我绝不能不如裴道珠。"

她神情阴狠，宛如鬼魅。沉吟片刻，她示意侍女俯下身，低声耳语："你去市井里……如此这般……"

人人都在议论这桩即将到来的婚事。

街边一座酒肆。

一位书生摇着折扇，津津有味道："你们是没瞧见萧郡公和裴姑娘的风姿，站在一块儿那叫一个登对养眼！简直就是天作之合！"

"嘿，谁不知道他们二人！听说从前裴姑娘只是郡公的妾，自请归家后，郡公倒是舍不得了，追了这么久，终于追成了妻，这姻缘路可谓相当坎坷曲折了。"

"这场婚事十分盛大，光是聘礼就抬了好几日，给足了裴姑娘体面！裴姑娘也是个有福气的人，虽然裴家落魄了，可丝毫不影响她的显赫……"

各种议论层出不穷，其中不乏羡慕的声音。

酒肆角落里，一个身材臃肿的中年男人醉醺醺地躺在地上。一身棉麻袍子满是补丁，早已洗得发白发旧，此刻被地面的污水弄脏，与街边乞丐没什么区别。

他原本如死狗般一动不动，听见这群书生的议论，忽然抽搐般弹了弹腿。

他艰难地坐起身，抬袖擦了擦肮脏的脸。

此人正是裴茂之。

他打了个喷嚏，眼睛浑浊至极。

他休了顾娴，纳了青楼歌姬为妾。她说她怀了他的儿子，会为他裴家传宗接代，于是他忍受着她的坏脾气，各种好吃好喝地供着，比对待他亲娘还要孝顺。

谁知那个贱人根本没有怀孕！

她败光了他的家产，然后堂而皇之地告诉他，她一直都在欺骗他。如今他一无所有，她直接拍拍屁股走人了！

乌衣巷的祖宅已经抵押出去，前两日被收走了。他如今身无分文，只能住在一座破庙里，靠人施舍度日。世袭的官位也因为自己旷职太久，被朝廷褫夺。

他如今，已是一无所有……

“阿兄！”一个疯疯癫癫的中年妇人向他奔过来。

她抱着一个又破又脏的枕头，兴高采烈道：“阿兄，看我找到了什么。朝露！我的露露回来了，你看你看，她还会对我笑呢！”

是裴云惜。

韦朝露死后，她整个人就魔怔了。韦家嫌她丢人现眼，再加上她没有娘家撑腰，膝下无子，于是一纸休书把她赶出了韦家。如今她和裴茂之一起住在破庙相依为命。

从前四世三公的名门望族，彻底断送在这一代。

秋风愈发寒凉。

裴茂之爬起来，掸了掸肮脏的袖管。

这种日子不能再继续下去了。没有儿子，他还有三个女儿！

他从怀里掏出吃剩的半个馒头，递给裴云惜：“萧衡要迎娶阿难，聘礼价值连城，这可是咱们翻身的好机会！我是她的阿父，你是她的姑母，血浓于水，我就不信她会对咱们见死不救！”

裴云惜不大听得懂，她如获至宝般啃着馒头，好奇地看着裴茂之。

裴茂之不知想到了什么计谋，露出冷笑。

次日。

裴道珠坐在西窗下亲手绣制枕巾，裴桃夭姐妹手挽着手跑进来，咋咋呼呼地喊：“阿姐！阿姐！”

裴道珠板起脸：“平日怎么教你们的？淑女的规矩仪态，都忘干净了不成？”

裴桃夭睁着圆啾啾的眼睛，嚷嚷道：“是阿父！”

裴道珠手上没停，一针一线缝得极为认真：“阿父不是上朝去了吗？”

“是另一个阿父。”裴子衿开口，“他和姑母躺在府门前，说染了重病走不动了。阿娘和姨娘去长公主府上吃茶，管事的犯了难，不知如何处置他们。”

绣花针刺破了指腹。裴道珠吮了吮指腹，蹙起眉。

她竟忘了那位生身父亲。想必他欠下了更多的赌债和酒债，这趟上门定然没有好事。

裴道珠只得放下绣绷，亲自去瞧瞧。

阿父和姑母形容落魄，虚弱地靠坐在拴马柱上，哪还有昔日盛气凌人的模样。

周围聚集了上百名围观百姓，对着裴茂之和裴云惜指指点点，又不时议论起沈府里的主子。

见她出来，裴茂之连忙扶着马柱，颤巍巍站起身："阿难！我的乖女儿啊！"

他哭得眼睛都红了："我这当阿父的，连见上你一面也难！到底是有了官位显赫前程锦绣的继父，竟是忘了我这生父了！"

他悲痛欲绝地捂住脸。

围观百姓不禁心生怜悯。

裴茂之哭了片刻，扶起裴云惜："你在将军府享清福，可怜你姑母没了女儿，如今生了重病也没钱医治……听说你就要嫁给郡公了，阿难，你如今是飞上枝头了，可也得回头瞧瞧咱们这些长辈呀！"

说着说着，他又哭了起来。

百姓不禁纷纷指责起裴道珠。

枕星面色清寒："太过分了！他怎么能这么说姑娘？！当初那条路明明是他自己选的，如今落魄了，却来怪姑娘！咎由自取，怪得了谁！"

裴道珠沉默不语。

裴茂之兴师动众地跑过来，还弄来这许多围观者，无非是向她施压。

他是想要银钱。

这些年的过往一一浮现在她的脑海中。

挨不完的毒打和谩骂，捉襟见肘事事算计的贫寒和落魄。阿娘忍了十多年的委屈，姑母屡次三番地羞辱和为难……

虽然血浓于水，但她对阿父和姑母，确实没有感情。甚至他们连陌生人都不如。

眼看四周议论声越来越激烈，枕星着急问道："姑娘，如何是好？"

裴道珠动了动唇瓣，没说出话来。

裴茂之眼底藏着得意，嘴上却道："阿难，我是你的生身父亲，你对我有赡养义务。快把我和你姑母接进将军府，再请神医为她治病。我也不要求你别的，后半辈子有我们一口饭吃就够了！”

枕星咬牙切齿：“他也配住进将军府？！这可是沈将军的家，跟他们有什么关系！若是将军和夫人傍晚回来，瞧见府里多了这两人，只怕要气死！”

裴道珠当然明白，绝不能让这两人进府。

他们宛如附骨之疽，一旦让他们住进来，慢慢就会要求更多的东西，将来撵都撵不走。

裴道珠慢慢红了眼圈，她步下台阶：“阿父说的什么话，我怎会不管你们呢？哪怕你从前打我骂我，甚至不惜让我当小妾抵押给萧衡，好换取钱财偿还赌债，可你终究是我阿父，我这辈子不会不管你的。”

她说着，还动情地落了几滴泪。

美人落泪，我见犹怜。

百姓不禁面面相觑。他们听说裴道珠去萧家做妾时，心里还好奇，裴家虽然家底空了，但好歹还有个世家的头衔，裴道珠一个嫡女，怎么就沦落到做妾的地步？

原来是为了帮裴茂之偿还赌债！

他们看裴茂之的眼神不禁多了几分鄙夷。

裴茂之暗道不好。

他正要想方设法扳回一局，裴道珠又柔声道：“姑母也是可怜。当初为我介绍亲事，虽然是个容貌丑陋又不通文墨的寒门子弟，但毕竟是她的好意。这般亲事，不留给表姐，反倒特意留给我，可见是我承了她的情。如今她成了这副模样，我也十分心痛呢。”

众人又是哑口无言，望向裴云惜的目光，也夹杂了几分复杂。

他们原以为是裴道珠不孝顺，不承想竟是这两人为老不尊。

裴茂之面红耳赤，恼羞成怒。

他破罐子破摔，粗着嗓门道：“反正不管怎样，你就是我女儿！如今你阿父我身无分文，流落街头，你就说我以后怎么办吧？若是你不肯养我，休怪我无情告到官衙去！”

裴道珠面色清冷，并未接话。

裴茂之冷笑两声：“要不，你把萧衡叫来！再过不久，他就是我女婿了，女婿赡养岳丈，天经地义。正好，他有座金梁园，我很是喜欢，就让他把我接到金梁园里，为我养老送终好了！”

裴道珠泛起一阵阵恶心。

人群外忽然传来一声轻笑。

白衣胜雪的郎君走了过来。

裴道珠惊讶："你怎么来了？"

萧衡走到她身边，温柔地牵起她的手："今日朝堂无事，便提前下朝了。想着来看看你，没想到正好撞上叔父在此。"

裴道珠复杂地瞥他一眼。

他分明比她还要厌恶她的阿父，却能平静地唤出"叔父"。

裴茂之却有如神助，两眼放光道："萧衡，我如今的情况你也见着了，你赶紧想个法子，把我和你姑母接去金梁园住！咱们早晚都是一家人，你的也是我的，就不要分什么彼此了！"

裴道珠扭过脸去，只觉脸都丢尽了。

萧衡仍旧保持微笑："叔父尚还年轻，虽然褫夺了官位，可到底是有才华和本事的，不如我安排叔父重新入官场，叔父以为如何？"

裴茂之眼神更亮了："当真？！"

萧衡颔首："自然。"

裴茂之顿时笑逐颜开，连声夸赞起萧衡："我有福气，得了一位好女婿！"

萧衡吩咐问柳："准备一辆马车，送叔父他们去金梁园。"

问柳会意，立刻去安排。

裴茂之带着裴云惜，喜气洋洋地去金梁园了。看热闹的百姓也逐渐散去。

只余下裴道珠和萧衡。

裴道珠不悦："你帮他做什么？在他身上多花一文钱，我都舍不得。"

萧衡不在意，替她捋了捋鬓角碎发："谁说我要为他花钱了？"

"那你——"裴道珠忽然顿住，挑眉，"缓兵之计？"

"自然。总不能放任他在这里胡搅蛮缠，传出去对你的名声不好。先把他弄走，再徐徐图之。总之你放心，我不会再让他出现在你面前的。"

他办事，裴道珠自然是放心的。

裴道珠打量他半晌，又问："你当真是正巧撞上我阿父的？"

萧衡笑而不语。

世上哪有那么巧的事。他生怕这桩婚事又出什么意外，所以暗地里安排了暗卫，二十四时辰看着沈府。得知裴茂之来闹事，他才第一时间赶了过来。

他没回答，从怀袖里取出一小包糕点："我回来的路上买的，趁热吃。"

是才出炉的栗子糕，味道香甜。

裴道珠剥开纸，拣起一块放进嘴里。栗子的香甜和糯米的软糯相结合，融合在唇齿间。

她弯起眉眼："好吃。"

也不知怎的，她觉得这栗子糕，比他从前送的那些金银珠宝更合她的心意。

第20章

萧衡离开将军府后，径直回了金梁园。

他捻着佛珠，淡淡问道：“可有把人安顿好？”

问柳恭敬道：“已经关在了地牢，等候主子发落。”

随着地牢的厚重铁门缓缓打开，浓烈刺鼻的血腥味扑面而来。

萧衡穿过潮湿阴暗的甬道，地牢尽头的牢房里，赫然关着裴茂之和裴云惜。

裴云惜宛如受惊的老鼠，整个人抱着破枕头蜷缩在角落，恨不能把头埋进稻草堆里，一点点风吹草动都令她浑身发抖。

裴茂之则脸色铁青，紧紧攥着铁牢大门，望眼欲穿地盯着漆黑的甬道。

灯火次第燃起。

白衣胜雪、面似佛子的郎君信步而来。

裴茂之怒不可遏，厉声大喊：“萧衡，你就是这般对你岳丈的？！还不快放我出去！你到底是不是真心娶我女儿？眼里还有没有我这个长辈？！”

萧衡停在牢房外，欣赏着裴茂之的无能狂怒，薄唇弯起：“小婿自然是真心求娶阿难的。至于你……裴大人，你今日在将军府外闹事，可是叫阿难好一番难堪。作为她的夫婿，我心疼得紧呐。”

光影暗淡。远处传来受刑犯人凄惨的尖叫声，更加令人心惊胆战。

裴茂之咽了咽口水，像是第一次认识萧衡。

他强忍害怕，声音沙哑：“你，你到底想怎样？”

“那要看裴大人想怎样。”萧衡拂袖，在属下抬来的胡床上落座，“你是想继续纠缠阿难，还是想拿上一笔钱走得远远的？”

裴茂之呼吸急促。

原以为女儿都是赔钱货，没想到裴道珠如此有本事，竟然能嫁进萧家。嫁的还是名满江南的萧家九郎！

凭着萧丞相亲家的身份，怎样的荣华富贵享受不得？怎样的官位坐不得？

叫他就这么离开成郦，他实在舍不得。

他舔了舔嘴唇，忽然笑了。

他放低姿态："瞧你说的，我到底是阿难的生身父亲，还能害了她不成？一家人难免吵吵闹闹，也不是什么大事。你若把我远远送走，只怕将来阿难想我，你也不好交差。你放心，我这个人一向识大体，我就老老实实住在金梁园，绝对不给你和阿难惹麻烦，你看如何？"

先住下来再说。等将来裴道珠嫁进来，他再慢慢经营，萧衡的资产，将来都会是他的。

萧衡慵懒地甩了甩佛珠："裴大人可是拿我当三岁小儿般糊弄？你既不肯选，那我替你选。从今往后，你便住在这不见天日的地牢里吧。裴家树倒猢狲散，绝不会有人前来寻你。往后余生，裴大人恐怕得吃尽苦头。"

说完，起身便要走。

裴茂之脸色惨白。然而他不肯妥协，隔着牢门高声喊话："你吓唬谁呢？！我堂堂裴家也是正经世家，你幽禁我会被陛下惩处的！"

声音顺着甬道传出很远很远。萧衡缓缓走在甬道中，全然是听而不闻的姿态。

对付这种无赖，就得用狠的。不狠，他不长记性。

数日过去。

萧衡处理完军务，擦拭兵器时，问柳匆匆进来禀报："主子，地牢那边说裴茂之头几日总不老实，大喊大叫加各种威逼利诱，如今七天过去，倒是老实了许多。他刚刚抱着牢门，哭着喊着要见您，您看……"

萧衡冷笑两声，继续擦拭兵器："不管他。"

又过了三五日，地牢那边再次传来消息，说裴茂之各种寻死觅活，甚至扬言要绝食自杀。

萧衡依旧不搭理。

又是三日过去。

问柳笑眯眯地进屋禀报："主子，您当真料事如神。裴茂之压根儿舍不得绝食自杀，每日三餐吃得比谁都痛快。如今见着狱卒，恭恭敬敬地说求见您，还说他已经想通了，知道以后怎么做了。"

萧衡搁下毛笔，道："走一遭。"

来到地牢，裴茂之宛如见到恩主，哪还有半个月前的嚣张跋扈。

"郡公，过去是我眼拙心坏，您别跟我计较了。我如今想通了，您给我一笔银钱，我带着云惜走得远远的，绝不会再找阿难的麻烦。"

他这半个月，可谓度日如年。每天都看着那些犯人受刑，听着各种各样的凄厉惨叫，他常常半夜三更从噩梦中惊醒，吓得一身冷汗。

他算是看清楚了，萧衡哪是什么名门贵公子，分明就是个恶鬼！

什么光风霁月，什么两袖清风，什么温润如玉，都是假的，都是他用来伪装的皮囊！

裴道珠嫁给这样的人，宛如被恶龙叼回窝里的明珠，旁人那是碰都不能碰一下的。

面对堆满谄媚笑脸的裴茂之，萧衡心知目的已经达成。

他示意问柳取来一包银两。

问柳把银两呈给裴茂之："这是我们郡公的心意，虽然不多，但也足够二位安安稳稳富足有余地过完下半辈子。拿上它，走得越远越好。若是再敢出现在裴姑娘面前，可就没有今天的运气了！"

裴茂之接过银钱，小心翼翼地称是。

狱卒打开牢门。

问柳道："去往南边的马车已经备好，二位这边走。"

裴茂之带着裴云惜出了牢房，走了几步，又突然转身，带着些局促："那个……郡公，眼看你和阿难就要大婚，我到底是阿难的生身父亲，可否容我观完礼再离开成郸……"

萧衡牵了牵唇角："你深情给谁看？若当真在意她这个女儿，你也不至于落到今日的地步。拿着钱，赶紧滚。"

裴茂之再不敢说什么，连滚带爬地跑了。

裴茂之和裴云惜上了青皮马车，沿着城外官道往南方走。他忍不住掀起车帘，回首张望。

官道两旁落叶金黄。

裴茂之有些恍惚。他即将告别过去的一切，"裴"这个姓氏，也彻底湮灭在了纷争的朝堂里。

十多年前，裴家败落得还不明显，父兄也都还在。他还是个谦谦公子，未曾沾染过青楼，未曾对饮酒赌博上瘾。

究竟从什么时候开始，他变成了如今的模样？

青皮马车沿着官道，与南去的大雁一起，驶向更远的地方，直到彻底消失在青山绿水间。

……

此时，萧府后院。

顾燕婉坐在窗下，面无表情地盯着泛黄卷曲的芭蕉叶。

侍女小声说道："奴婢差人时时关注金梁园那边的消息，午后确实有一辆马车离开了园子，里面坐着的好似就是裴茂之和裴云惜。"

顾燕婉淡淡"嗯"了声。

看来是指望不上裴茂之他们了，还得看她自己。

侍女小心翼翼："少夫人，咱们如今该怎么办？眼看着就到了裴道珠和九爷大婚的日子，等那贱人过了门，您就要受她欺负了……"

顾燕婉拿过一面掌镜，静静地端详起镜子里的容颜。

她虽然比不上裴道珠容色倾国，但也秀美清丽，是一张美人脸。只是经历了和萧荣的婚事，眉梢眼角多了些憔悴和病态，不似未出阁前饱满纯真。

她低声问："你觉得，我好看吗？"

侍女连忙恭维道："少夫人当年在钱塘是首屈一指的美人，多少郎君心生爱慕，您都忘了？也就是来了成郕，被裴道珠压了一头，才……"

她没再往下说。

顾燕婉手指缱绻地轻抚过面庞："今夜九爷回萧府吗？还是歇在金梁园？"

"应是回萧府的。因为裴道珠，九爷大部分时间都歇在萧府。"

顾燕婉满意一笑，吩咐道："去弄些热水，我要沐浴梳妆。"

是夜。

萧衡的马车停在了萧府侧门。他下了马车，往自己的院落走去。

园林里树影婆娑，月色皎洁。

穿过回廊，他远远瞧见一道人影等候在拱桥边。那拱桥是他的必经之路。

人影转过身。

白茶色织花斗篷宛如流风回雪，女子面容秀丽婉约，妆容精致，一双杏眼如秋水般多情，正是顾燕婉。

而这装束，像极了裴道珠。

萧衡挑了挑眉，心底已是明白几分。

顾燕婉吓得后退两步。

见是萧衡，她款款福了一礼："燕婉在此赏月，不知道九叔会经过。惊扰了九叔，还望九叔恕罪。"

萧衡面无表情地与她错身而过。

顾燕婉一愣，显然没料到对方如此冷漠。

她连忙挡在萧衡跟前："九叔……"

萧衡盯着她。

顾燕婉只得硬着头皮自己把话往下接："九叔这么晚才回来，定然是公事繁忙。我擅长替人解乏，您若是不介意，我可以为您捏肩捶腿……"

她轻移莲步，纤纤玉指搭在萧衡的肩头，透着些若有似无的媚意。

萧衡握住顾燕婉的手腕，迫使她挪开手。

他居高临下道："可还要脸不要？"

顾燕婉猛然抬起头。

郎君的眼神鄙夷至极。

她的脸色"唰"地一下变得雪白，难堪地咬了咬唇瓣："燕婉不懂九叔何意，燕婉也只是好心，想为九叔排忧解难……"

"排忧解难？"萧衡笑出声来，"顾燕婉，你打的什么算盘，你心里清楚。只是脸皮薄成这样，可万万效仿不了裴道珠。"

顾燕婉脸色青白交加。

她花了好久工夫才打扮成今夜这般模样，原以为酷似裴道珠，就能让萧衡心生喜欢。可她万万没料到萧衡私下这么毒舌刻薄！

她嘴唇翕动，想反驳什么，却又无法出声。

她记得当初勾引萧荣时不是这样的。她不过一个眼神，一两句甜言蜜语，萧荣就轻易上钩了，哪会这般羞辱她……

似是看出了她的心思，萧衡道："能轻易被抢走的东西，都是不值钱的。那种东西，阿难不喜欢，也不在意。你记着，我不是萧荣，我是裴道珠的夫君，萧衡。"

懒得再跟顾燕婉废话，他径直离开。

顾燕婉踉跄两步，靠在了拱桥边，终是承受不住般紧紧扶住桥梁。

水中锦鲤游动，搅碎了一轮明月。

顾燕婉咬住唇瓣，眼泪簌簌滚落。

"为什么……"

"为什么要喜欢裴道珠那个贱人？！"

"我明明，我明明才是应该冠绝江南的天之骄女啊！"

水面归于平静，倒映出来的女人和裴道珠装束相同，像极了一个丑陋又慌张的傀儡。

初冬。

裴道珠梳妆时，瞧见窗外的八棱海棠枯叶落尽，褐色的枯枝上结了薄薄一层霜花。

“姑娘！”屋外突然传来枕星的声音，伴随着一阵嘈杂声。

裴道珠手一抖，险些画歪了朱唇。

她抿匀口脂：“在吵什么？”

“嘻嘻！”枕星兴奋地蹿进来，“您瞧，郡公送什么过来了？”

侍女们捧着红漆托盘鱼贯而入。

托盘上盛满了各种琳琅珍宝，那一袭嫣红嫁衣最是惹眼。

金线刺绣的凤凰和牡丹富丽堂皇，栩栩如生。珍珠镶领，重纱精致，蔽膝和金玉带奢靡繁复。

裴道珠伸出手，轻轻拂过嫁衣。这嫁衣的规制乃是正室所穿。

枕星高兴不已：“这身嫁衣是郡公特别为您定制的，花了三个月才绣好，终于在婚前赶上了。您看这绣工，听说是姑苏和钱塘一带手艺最好的绣娘们的杰作，成郧城别家女郎出嫁都没有这般好的嫁衣呢！”

裴道珠笑了笑，又拿起用来遮面的团扇。

纯金镂花的细柄，红纱湘绣的扇面，绣着精致娇艳的并蒂莲花，扇柄垂下长长的细金流苏，仅这一把团扇，便已价值千金。

托盘上各种金钗步摇同样精美，都是主人家花了大心思的。

枕星笑得合不拢嘴：“姑娘定会是江南最美的新嫁娘！姑娘快试试嫁衣，若是哪里不合身，还来得及再改……”

侍女们笑着起哄，要裴道珠立刻试衣。

乌衣巷绣楼的灯火彻夜不息。

裴道珠躺在罗帐深处，脑海中全是萧衡的模样。

明日就要嫁给他了……

今夜怕是难眠。

他应也如此。

次日。

天才刚亮，萧衡已经在园子里舞完一套刀法，去沐浴更衣了。

问柳和几个小侍卫躲在游廊角落，见他进了浴房。

一名小侍卫绘声绘色道：“主子一直没睡，在新布置的喜房里东看看西摸摸，一会儿嫌弃妆镜台不够大不够体面，一会儿又嫌弃衣橱太小……我还从未瞧见主子对哪个姑娘如此上心呢！”

问柳笑道：“等裴姑娘过了门，这后院有的热闹呢！”

见时辰不早了，问柳连忙打发侍卫们去做迎亲的准备。

萧衡沐过身，仔细梳洗打扮过，站在青铜镜前细细端详自己。

镜中郎君一袭绯红罗袍，腰系金玉革带，容貌昳丽，几缕碎发顺着额角垂落，更衬得他英俊潇洒。许是今日有大喜事的缘故，平日里冷淡内敛的气度也悄然融化，难得可以亲近几分。

问柳恭恭敬敬地进来：“主子，接亲的时辰到了。”

萧衡颔首。

接亲的队伍十分盛大。

往沈府走的时候，陆玑忍不住打趣：“我早说过，道珠妹妹是个极好的姑娘，你偏是喜欢针对她，还说什么绝不可能求娶她……萧玄策，一言九鼎如你，也有说话不算数的时候。”

萧衡薄唇带笑，坦坦荡荡地承认：“是啊，也不知怎的就喜欢上了。”

那个小骗子……说着最毒舌刻薄的话，却有着最柔软的心。

在这一刻，他确定裴道珠就是自己想娶的姑娘，而且这辈子都不会反悔。

成亲时的各种规矩烦琐复杂，而一贯看不起世俗规矩的两人，竟然难得规规矩矩地一步步走完了所有流程。

裴道珠很享受这场婚礼。

她能感受到周遭同龄女郎们艳羡甚至嫉妒的目光。尤其是看到顾燕婉站在角落，脸上的情绪十分精彩，她就很想痛快地笑出声来。

从清晨热闹到深夜，宴席仍旧没有结束。

裴道珠端坐在新床上，手握团扇，吃着枕星送来的花糕充饥。

枕星眉飞色舞地描述今日大婚的场景，又忍不住点名顾燕婉：“您瞧见她的表情没有？明明恨得咬牙切齿，却又不得不堆起满脸笑容，简直又狰狞又滑稽！”

裴道珠从容道：“顾燕婉那边，还是要防着些。她性子倔强，好胜心强，咱们不能着了她的道。”

枕星认真地点点头：“奴婢记下了！”

裴道珠吃完几块花糕，萧衡终于从前院回来了。

枕星连忙带着侍女们退下，还贴心地为他们掩上门。

裴道珠莫名有些慌乱，正要拿起团扇遮住脸，却被萧衡握住了手。

他喝了酒，周身弥漫着酒香，眉眼也都略有些醺红。

“却扇礼都行过了，还遮面做什么？让我仔细瞧瞧。”

端坐在罗帐里的女郎金钗鸦发，芙蓉花面，新嫁娘的妆饰下，她的美貌比壁画上的龙女更加张扬，比冬日里的太阳更加灿烂。

萧衡怔神。

上苍不仅赋予了她美貌，还赋予了她超凡脱俗的气度。再世俗再艳丽的颜色，落在她的身上，也化作装饰天际的瑰霞，只余下震撼人心的美。

裴道珠略有些不自在。她用团扇挡住下半张脸，只露出一双盈盈凤眼：“你总看着我做什么？你我如今结发为夫妻，往后余生便是一体的，总能看个够。”

萧衡淡淡一笑，在她身边坐下，倾身把金碟里的烛火拨得明亮些：“若是放在那年春日，我是无论如何都不敢想有朝一日我会娶你……还娶得心甘情愿。”

裴道珠忍俊不禁：“可我想嫁给你，却是蓄谋良久。”

萧衡逗她：“中途倒也放弃过，是不是？”

裴道珠撇了撇嘴：“还不是因为某人太过恶劣？”

她靠在萧衡的肩头，盯着跳跃的烛火，轻声道：“我生性骄傲，萧衡，你既娶了我，可要对我好些。不是对别人的那种好，而是独一无二的好，世间仅有的偏爱，不分对错的包容。我脾气不好，又十分霸道，你若不能一直纵容我、娇宠我，我可是会毫不留情转身就走的。”

萧衡与她十指相扣：“我生性凉薄，对别人的苦难无法感同身受。可是对你，我愿意用十二分的耐心，用尽此生所有的偏爱……裴阿难，你这些年孤苦伶仃，我亦是如此。遇见你，便觉哪怕身处茫茫人海，也不再孤单了。”

裴道珠仰起头，啄了啄他的唇角：“我也会对你好的……”

生逢乱世，她愿意与他互相取暖，荣辱与共。

一重重红罗帐被放下。角落里的香炉缓慢燃烧，寝屋里弥漫着香甜馥郁的气息。

烛火渐渐湮灭在灯盏里，窗外的秋月却格外皎白。

枕星带着侍女们红着脸守在门廊外，低眉敛目，状似在听蛐蛐儿的鸣叫，实则都竖着耳朵听屋里的动静。

夜间，传水了三次。

此间贪欢。

另一边，顾燕婉趁着夜色，独自乘坐马车前往金梁园。

少了春日里的热闹，金梁园显得格外寂寥。

望北居里只点着寥寥几盏灯，映在黄纸窗上的人影斑驳孤独，正一盏接一盏地饮酒。

顾燕婉进了门，放下遮面的兜帽："哟，这么晚了，崔姨娘还没睡？"

崔柚猛然回头，瞧见是她，不耐烦地撇了撇嘴："你来做什么？"

"今日郡公迎娶新妇，乌衣巷那边可是热闹得很。我怕崔姨娘孤单寂寞，特意来给你送些喜糖和果子。"顾燕婉落座，从怀袖里取出一捧糖果，"你是没瞧见这场大婚的排场，仅是裴道珠身上那身喜服就价值千金，更遑论其他金珠佩饰。听说郡公给的聘礼更是盛大，内容之繁多，价值之昂贵，简直是成郢百年来婚礼之最，令人瞠目结舌。"

崔柚越听越不是滋味。她恶狠狠掷掉酒盏："你与我说这些作甚？！"

顾燕婉扶起酒盏，又拿帕子擦拭着酒渍，柔声道："裴道珠生性恶毒，如今她成了正室，只怕将来容不下崔姨娘你……我若是崔姨娘，定然会早做打算，早谋出路。"

"笑话！"崔柚冷笑，"我是崔家的姑娘，裴道珠纵然看不惯我，也得掂量掂量我背后的家族！敢动我，她的下场只有死！"

顾燕婉笑了起来。

笑罢，她毫不留情地讥讽道："左不过一个庶女，难道崔家会为了你得罪如今在朝堂上如日中天的萧衡？崔柚，别做梦了。"

崔柚心底弥漫上不安。

顾燕婉循循善诱："你可还记得，望北居里从前有个格外爱慕萧衡的侍女？"

崔柚想了想，道："记得，名唤宿月，后来被郡公杖毙了。"

"她的死，全是裴道珠在背后推波助澜。"顾燕婉正色，"只怕将来，你的下场也会和宿月一样。崔柚，你我在金梁园到底也算当了两年的姐妹，我看不惯裴道珠，更怕她会害死你。"

崔柚越发慌张，紧紧攥着双手："那你说，我该如何是好？"

顾燕婉从怀袖深处取出一小包药，推到崔柚面前："这是砒霜，我花重金买来的，服食一点点就足以让人顷刻间毙命。"

崔柚睁圆了眼睛："你让我给裴道珠下毒？！她才刚过门，我若这个时候动手，别人肯定会怀疑到我头上……顾燕婉，你是何居心？"

顾燕婉不耐烦道：“我可是为了你好！只要做得隐蔽些，谁能查到你头上？现在不动手，等将来裴道珠诞下嫡长子，再动手可就晚了！”

“可是——”

“没有可是！”顾燕婉抓住崔柚的手，把砒霜塞进她手里，“崔柚，你若是被裴道珠害死，崔家只会再送一个庶女来联姻，才不会替你报仇。前程是掌握在自己手上的，就因为你一直犹犹豫豫，所以才一直没能被抬为正妻。这一次，你可得抓紧机会！”

崔柚慢慢攥紧掌心的砒霜，小脸纠结地拧成团。

次日。

裴道珠对镜梳妆，偏过头瞧见颈间的痕迹，脸不觉微红。

都是萧衡干的好事……

若是这般去见长辈，定然失礼。

她吩咐侍女：“拿条围脖过来。”

侍女捧来一条雪白的狐狸毛围脖，无一根杂色，围在她颈间更显雍容华贵。

她款款踏出门槛。

萧衡已在廊下等待良久，只觉她比雪更加夺目，仿佛整座园林都随之明亮起来。

这便是他此生的妻。他牵住她的手，安抚道：“待会儿见到长辈，你不必紧张。有母亲在，那些女眷不敢开你的玩笑。”

裴道珠嗔怪：“我不是上不得台面的怯懦之人，何故这么担忧？”

萧衡轻笑：“是，我倒是忘了，裴家的小骗子最是八面玲珑，哄长辈高兴这种小事自然不是什么难事。”

“郡公这是在讽刺我？”

“不敢。”

两人你一言我一语的，不知不觉就到了老夫人的院子。花厅里坐了不少女眷，正热热闹闹说着话。

裴道珠一一见过礼，又恭敬地向老夫人敬了茶。

老夫人瞧着这对新人，男的俊女的俏，觉得顺眼又喜欢。

说了片刻的话，萧衡道：“阿娘，时辰不早，我得和阿难去见父亲，那杯茶还没敬呢。”

老夫人笑道：“你父亲一早就去了宫中，怕是要待到夜里才能回来。他一向公事繁忙，你和阿难理解理解。”

萧衡颔首："孩儿明白。"

裴道珠却不明白。

如今南方安定，北方又无战事，萧丞相在忙什么？宫里又能有什么事，比他嫡亲儿子成亲还重要？

萧丞相分明就是不喜欢萧玄策，不喜欢她。

她没吭声，心里却暗暗不喜。

除了给萧丞相敬茶外，大房和二房那边也要走一趟。

裴道珠跟着萧衡先后见了两位兄长。走完流程，她悄悄松了口气。

回去的路上，她忍不住道："在金梁园时，我未曾注意到你在家中的处境。今日见礼，才发现你跟父兄的关系都不甚热络。若非知道你是老夫人嫡亲的儿子，我几乎都要以为你是萧家捡来的了。"

萧衡不以为然："我自幼不在他们身边长大，后来又去外面周游，和兄长们的关系自然寻常。再加上年龄差距，不甚热络也是有的。"

裴道珠想想也是。

回到新房不久，枕星进来禀报，崔柚求见。

裴道珠正清点宾客们送的礼，闻言合上礼账，颇为好奇："她不是住在金梁园吗？怎么今日来了乌衣巷？"

枕星挠挠头："奴婢也不知道。她到底是郡公的妾，大约是见您以正室身份过门，一时坐不住过来瞧瞧。"

裴道珠不想见她，然而人都上门了，她自然没有避而不见的道理，否则对方还要以为她露怯呢。

她放下礼账："请去花厅吧。"

崔柚等了两刻钟，才见裴道珠姗姗来迟。

她满心不悦，面上却只能保持友善，起身福了一礼："数月不见，原以为和你再无交集，不承想你竟然又回来成了正室夫人……我到底小瞧你了。"

裴道珠优雅落座："你今日过来，就是为了说这种毫无意义的话？"

崔柚撇了撇嘴："自然是来敬茶的。"

只是裴道珠从前曾和她平起平坐，如今压了她一头，令她委实不爽快。

侍女已经眼明手快地斟了热茶。

崔柚端起茶，心不甘情不愿地跪在裴道珠跟前："请夫人喝茶。"

裴道珠挑了挑眉，接过茶盏。

崔柚怎会甘心如此？纵然是规矩，她也是万万不可能遵守的。

但茶是她的侍女斟的，不会有任何问题。

她饮了一小口，崔柚才扶着自家侍女的手起身，坐回了原位。

崔柚从自家侍女手上接过木匣。木匣通体漆黑，雕刻着繁复的花纹，瞧着十分精致。

她蹙了蹙眉，迟疑道："这匣子里……是梅花糕，我娘家送来的，只崔家特制，别家都做不出这个味儿。我寻思着这趟过来见你，总得送点什么，你尝尝这花糕也好……"

她越往后说，声音越小。

裴道珠盯着她，心底泛起古怪。

她示意枕星接过那木匣。

崔柚死死抱着木匣，却又不肯给了。

枕星拽不动，又气又无奈："崔姨娘可是舍不得给？若是舍不得，就算了，我家夫人也不稀罕吃你的梅花糕。"

"我——"崔柚欲语还休。她望了眼裴道珠，咬了咬牙，脸色逐渐变得苍白。

她"嗖"地拽回木匣，匆匆起身道："这份见面礼轻了，我回头换一件贵重的礼物再给你送来！"

说完，抱着木匣，带上侍女，逃命似的小跑出去了。

枕星丈二和尚摸不着头脑："就是一盒梅花糕，怎的小气成这样？若是舍不得，一开始就别拿出来呀！"

裴道珠目送崔柚消失在视野里，心头古怪更甚。

须臾，她招来枕星，附耳低语："你去她院子里……"

崔柚在萧府有个歇脚的小院子。

枕星去了一个时辰才回来，神神道道地附在裴道珠耳畔："奴婢瞧见崔姨娘把那盒梅花糕丢在了寝屋角落。奴婢偷偷打开匣子弄了一小块出来，喂给鸡吃，那鸡没一时半刻就一命呜呼了。"

见裴道珠面无表情，枕星轻声道："那梅花糕里怕是掺了毒……崔姨娘原想毒死夫人，却不知怎的下不去手。"

窗外落起细雪。

裴道珠拥着狐裘，抱着暖烘烘的青瓷小手炉，眉眼未曾惊讶，显然是早已猜到一二。

"崔柚心坏，但在大事面前怯懦，做不出投毒的事。"

“夫人怀疑背后有人指使？”

“你去查查，昨日可曾有人去过金梁园。”

枕星动用问柳留在金梁园的人脉，很快查出顾燕婉去过金梁园。

裴道珠坐在棋盘前，盯着黑白纵横的棋子，嫣红的朱唇微微弯起：“果然是她。”

枕星气愤：“她就是见不得您好！如今想要用毒药毒杀您，简直不可理喻！”

裴道珠拈起一颗白玉棋子，漂亮的丹凤眼闪烁着暗芒。

许是这些年的经历所致，她向来以最坏的角度揣测人心。无论是顾燕婉还是崔柚，留在府里都是祸患。崔柚今日没有下手，未必是于心不忍，可能是害怕事情暴露。将来有了万全之策，她定然是要把她从正室的位置上拽下来的。

她绝不能坐以待毙。

她略略思忖，便有了主意。

午后，裴道珠院子里突然传出消息，她最贵重的一支金钗不见了。只怕是院子里人多手杂，被丫鬟们顺走了。

“因为是陪嫁之物，异常珍贵，必须得找着才好。”枕星站在屋檐下，打发侍女们去往各处搜查，“谁能找到金钗，夫人赏银百两！”

侍女们顿时兴奋不已，纷纷四散搜查起来。

枕星也没闲着，带着几名心腹婢女直奔崔柚的小院。

崔柚正在午睡，骤然被惊醒，气不打一处来，厉声道：“你们这是做什么？眼里可还有我这个主子？！都给我出去，出去！”

枕星柔声道：“姨娘今日曾去过夫人的院子，虽然夫人和奴婢都知道您是清白的，但为了叫别人闭嘴，我们也得稍稍走个过场。”

话毕，她递了个眼神给手下婢女。

那婢女假装单纯地拿起角落里的木匣：“这匣子里是什么？”

崔柚睁圆了眼睛，不顾形象奔下床榻：“把那东西放下，不许碰！”她一把夺过木匣，“都滚出去！”

“姨娘这是何意？莫不是这匣子里有见不得人的东西？”枕星微笑，“姨娘还是让我们检查一遍为好。”

崔柚慌得不行。她养尊处优惯了，哪经历过这般场面，嘴里一直嚷嚷着叫她们滚，木匣更是抱得死死的。

婢女看了眼枕星，机灵地上前争夺。

好不容易夺到木匣后，她掀开盒盖呈给枕星看：“枕星姐姐。”

枕星扫了眼。

是那梅花糕，点缀着糖霜和几瓣梅花，瞧着十分精致。

她笑道：“原是梅花糕，姨娘真是……一盒花糕而已，何至于如此紧张？倒是叫小丫头们看了笑话。”

崔柚怔怔的。

是啊，她紧张什么？那砒霜和糖霜融为一体，外人全然看不出来。

她动了动嘴唇，刚放松警惕，枕星突然“诶呀”一声。

木匣摔落在地，梅花糕洒了满地。

一只小狗摇着尾巴从屋外跑进来，瞧见梅花糕，兴奋地啃食起来。

崔柚尖叫一声，冲上前想要把小狗抱起来。然而已经来不及了——

小狗开始口吐鲜血，然后抽搐着倒地不起。

枕星面色平静：“这梅花糕里有剧毒……奴婢若是没看错，这盒花糕原是姨娘打算送给夫人的礼物。姨娘在礼物里下毒，究竟是何意？”

崔柚泪珠扑簌簌往下滚，整个人抖如筛糠。

她退后两步：“不是我……不是我……”

她就知道事情会暴露……顾燕婉害惨了她！

“是不是，姨娘去郡公跟前解释吧。”枕星态度冷淡，“把她带走。”

至黄昏，雪越落越大。

小厨房送了精致可口的晚膳过来。

裴道珠坐在西窗下用膳，特意温了一壶酒：“书房那边情况如何？”

枕星恭声道：“崔柚不经审问，郡公只问了几句，她就把顾燕婉交代出来了。虽然郡公无意得罪崔家，但毕竟是崔柚起了歹心在前，如今已经叫人通知崔家把她领回去了。崔柚哭得厉害，死活不肯走。”

“顾燕婉以为利用崔柚是一步好棋，却不知崔柚生性怯懦，只会把她暴露出来。”裴道珠斟了一盏酒，“顾燕婉走投无路，太过心急，如今才是真正完了。”

枕星笑道：“可不是？郡公定然会找她麻烦！”

“萧衡不可能找她麻烦，找她麻烦的，只会是崔家人。”裴道珠望向远处的雪景，“为了崔家的体面，萧衡不会把砒霜之事公之于众，即便是休弃崔柚，也会另找别的借口。可崔家却是知道顾燕婉的所作所为的，他们定然会把怨气撒在顾燕婉头上。萧衡曾说，崔慎不是可以轻易招惹的人，我倒想瞧瞧崔慎的手段。”

主仆二人正说着话，一个小丫鬟匆匆跑了过来。

她福了一礼，道：“少夫人，崔家来人了，是崔慎，正在书房和郡公说话，您要过去瞧瞧吗？”

裴道珠道：“我就不凑那个热闹了。你继续盯着崔慎，看他有什么动作。”

她稍作打扮，叫小厨房把她精心熬制的参汤拿过来。

屋檐下，枕星为她撑开纸伞：“您要去哪儿？”

裴道珠提着食盒：“去见阿姑。”

这个时辰，萧相爷应当从宫中回来了，大约正要和老夫人共进晚膳。

她自打嫁进来，就没给相爷请过安。总得过去瞧瞧。

此时，书房内。

崔柚脸色苍白地跪在地上，哭得十分厉害。她嗫嚅着想要解释，可反反复复总是那么几句话，带着哭腔的音调，听久了也总是叫人厌烦。

萧衡和崔慎对面而坐，手边的热茶冒着袅袅茶香。花儿上插着一瓶嶙峋白梅，映衬着琉璃窗外的新雪，很是婉约脱俗。

只是两位郎君比白梅更加姿容清艳。

崔慎打量着崔柚这位庶妹，眼底漆黑如晦，瞧不出情绪。

不知过了多久，他重又恢复温润如玉的神态：“既从她屋里搜出了砒霜，我也没有包庇的道理。这段时间，舍妹给郡公添麻烦了。我自当领回去好好惩处，细细教导。”

萧衡把玩着碧玉佛珠：“当初原该迎娶令妹崔凌人，只可惜她不幸早逝。如今崔柚又做出这等事，你我两家的缘分可谓艰难。”

崔慎笑了笑，没有接话。

萧衡又道：“崔公子尚未说亲，正好我家侄女容色不俗，气度出众，这些年阿兄在外做官，她相伴左右，也算见多识广。若是你不嫌弃……”

崔家手掌兵权，权势鼎盛，和崔家联姻，对他北伐有百利而无一害。

崔柚一走，萧家和崔家的关系也就断了。若能重新联姻，不失为一桩幸事。

崔慎弯了弯唇角：“我一心修道，对嫁娶之事不感兴趣……如果说对哪位女子感兴趣的话，我记得郡公夫人容色极美，那夜皇宫御花园，她还曾对我倾心相许。如此胆大特别，真叫人难以忘怀。”

萧衡屈指叩了叩花儿，丹凤眼呈现出几分杀意。

他皮笑肉不笑：“崔公子可是以为这番话好笑？”

崔慎不以为然，往后靠坐着，哪还有在外人面前那副温润如玉、内敛淡薄的姿态。

他抬起眉眼，神情犀利几分："凌人枉死在前，崔柚被赶回去在后。萧衡，你不会以为崔家还会继续和你萧家为盟吧？梁子既已结下，除非鱼死网破，否则万万没有再解开的道理。"

萧衡轻嗤。

他示意侍女收了茶水："既然如此，那么我和崔公子再没有别的话可说。问柳，送客。"

他需要崔家，但并不畏惧崔家。若是连区区一个世家都怕，又如何对付强大的北国，收复失去的疆土？

崔慎面无表情，领着崔柚出了书房。

崔柚整个人哆嗦得厉害，没走出多远，她终是崩溃跪倒在地："阿兄，我给家族蒙羞了……"

被赶回娘家，这是多么丢人现眼的事！然而比起前途未卜的将来，她更畏惧面前看似人畜无害的兄长。

崔慎背对着她，孔雀蓝的锦缎斗篷在寒风中猎猎翻飞。

须臾，他慢慢回眸："顾燕婉给你的砒霜？"

"是！"崔柚答得干脆，"我没想对裴道珠动手，至少、至少没想这么快动手。可是顾燕婉百般怂恿，我一时鬼迷心窍，才……阿兄，这一切都是顾燕婉和裴道珠的错，我是被无辜卷进去的！"

崔慎面色冷漠："崔家的人绝不能平白受人欺负，顾燕婉……"

他盯向前方，露出一个诡谲莫测的冷笑。

裴道珠到了老夫人的院子。

花厅里烧着地龙，十分暖和。如她猜测的那般，二老正在用晚膳。

她恭敬地向二老请了安。

见她过来，萧老夫人十分高兴："今日落雪，特意免了晚辈们的晨昏定省，还是阿难孝顺。可曾用过晚膳？若是不曾，快来与我们一道用。"

裴道珠含笑落座，取出尚还滚烫的参汤："我听侍女说，阿姑前些天夜里咳嗽得厉害，想必是受了寒。阿难手艺不佳，斗胆为阿姑煲了暖胃的参汤，您尝尝味道可好？若是喜欢，阿难每日都为您煲。"

萧老夫人尝了几口，赞不绝口，让萧允也尝尝。

裴道珠小心翼翼地观察萧允。

他生得端正，依稀可见年轻时该是异常俊朗，如今当了二十多年的丞相，周身沉淀出沉稳威严的气度，令人无端生出敬畏之心。

裴道珠又悄悄看了眼萧老夫人。

若论容貌，萧衡没有哪一点长得像他们夫妇。

看着就不像是亲生的，怪不得经常被相爷责罚……她小声嘀咕。

萧老夫人好奇道："阿难在说什么？"

裴道珠回过神，柔声道："夫君的容貌在堪称江南第一，只是阿难瞧着他并不肖似二老，与几位兄长也不像，心里奇怪来着。不过龙生九子各有不同，容貌不像，也不是什么稀罕事。"

两位老人神情微微一变，然而也只是一瞬间就恢复了正常。

也就是裴道珠擅长察言观色，才能捕捉到那些情绪。若是放在旁人眼里，万万看不出端倪。

萧允冷淡道："你嫁进来后，该好好相夫教子打理后院，拘泥于这些琐事作甚？给外人听见，没得要嚼舌根。"

裴道珠连忙低头："儿媳知错……"

从院子出来，枕星忍不住抚了抚胸口："乖乖！老相爷也忒凶了，奴婢伺候在旁边都觉得害怕！"

裴道珠踩着细雪，宽袖和裙裾拂过花径两侧的枯枝。她抬手捋了捋碎发，眼中流露出些许茫然。

穿过花径，她忽然驻足："你去宝屏斋，叫掌柜的替我做件事。"

"何事？"

"查一下二十二年前，萧家发生了什么事。"

二十二年前，萧衡出生的那年。

许是受二老细微感官影响，许是直觉在作祟，裴道珠很想知道萧衡究竟是不是萧允的亲生儿子。

枕星茫然道："二十二年前的事查起来颇有些困难。夫人可是在怀疑什么？"

裴道珠抿了抿唇瓣，压低声音："我怀疑萧衡的身世……"

枕星猛然睁圆了眼睛，她左右四顾，确保四周无人，才小声道："夫人在说什么胡话？郡公怎会不是相爷和老夫人亲生？！"

说完，她忽然迟疑。

她家夫人心细如发冰雪聪明，若是怀疑起郡公的身世，那郡公的身世定然存在问题。

枕星忍不住咽了咽口水，惶恐道：“若是查出什么……那可如何是好？”

裴道珠沉默。

她嫁的是萧衡，是萧家的嫡幼子，是整个萧家。如果这个郎君没有了显赫的出身，她还会爱慕他吗？正如她没有了美貌，萧衡还会倾心于她吗？

裴道珠满怀心事地回了院子。

已是天黑，院子里的灯笼都亮了起来。

裴道珠进了屋，摘下落满细雪的狐裘，挂在木施上。

她转身，就被萧衡抱了个满怀。

郎君把她抵在紫檀屏风上，低头轻嗅她颈间的甘香：“去哪儿了？”

裴道珠仰起头。

郎君身量颀长，姿容艳绝，呼吸之间透着些上位者的压迫感，那股雍容清贵的气度当真举世无双。

这般风度，怎么都不像是寒门能生出来的子弟。

她抬起手，轻轻为郎君抿了抿额角碎发，隐下了自己的怀疑：“我去给阿姑请安了……崔柚那边如何？崔慎可曾发脾气？”

萧衡用指腹细细摩挲她嫣红的下唇：“崔慎并非表面上的文弱书生，崔家大事，几乎有一半是他在背后决断。他已与萧家决裂，日后朝堂上之上，我们两家再非盟友。”

裴道珠沉吟：“是我拖累了你。”

“既是夫妻，你这叫什么话？崔家与我为敌又如何？我既决心北伐，纵然是皇族，也阻止不了我的决心。”萧衡的眸色比烛火更加幽深，他倾下身，吻向少女的朱唇。

裴道珠抬起玉指，抵在他的唇前。

她试探道：“崔家手掌兵权，若能在北伐之前夺走他们的兵权……如何？”

萧衡挑了挑眉。

这个提议简直胆大包天。崔家的势力如日中天，天底下没几个人敢说出这种话。

然而……他偏是喜欢胆大包天、嚣张跋扈的裴道珠。

他退后两步，盯着一脸理所当然的裴道珠，忽然大笑出声。

裴道珠莫名其妙：“你笑什么？”

萧衡没回答，只将她拦腰抱起，大步朝床帏走去。

裴道珠俏脸一红，连忙推拒：“才是天黑，你做什么呀，放开我，放开——”

至子夜，外间风雪稍停。

裴道珠支撑着坐起身，就着帐外的一点烛火，细细凝视萧衡。

脑海中的那个疑问始终盘旋不去。

若他并非萧家子弟……若他褪去了所有的名门光环……

她还会倾慕他吗?

萧荣的院子内。

顾燕婉辗转反侧。

崔柚这个没用的东西，砒霜都为她准备好了，她竟然还能失手！如今事情败露，人被崔家领了回去，当真丢人至极！

她实在无法入眠，干脆起身，点燃灯火。

她的身影映照在墙上，莫名佝偻，更是清瘦纤细的过分。

顾燕婉伸手摸了摸自己的影子，眼睛里流露出茫然和害怕。

不能再这么下去了……她必须尽快想出万全之策来对付裴道珠。

“该怎么办，我该怎么办？”她抱着脑袋低声呢喃。

直到天明，她的脑子昏昏沉沉的，仍旧没能想出对付裴道珠的法子。

“少夫人——”

婢女推门进来，被她憔悴佝偻的模样吓了一跳。

顾燕婉转过头，满眼的红血丝跟鬼似的，更是令她惊恐。

婢女咽了咽口水，小心翼翼道：“姨娘传您过去，您，您可要梳洗打扮？”

顾燕婉面无表情：“知道了。”

陈湘湘找她定然没有好事。

她敷衍地梳洗了一番，才磨磨蹭蹭地去见陈湘湘。

来到花厅，陈湘湘坐在主位，四周站着几个膀大腰圆的婆子，都虎视眈眈地盯着她。

顾燕婉不想被为难，因此勉强放低姿态：“不知姨娘唤我过来为何事？”

“何事？”陈湘湘冷笑，“崔柚因何回家，你比谁都要清楚。顾燕婉，你给崔柚砒霜，怂恿她毒杀裴道珠，你可认罪？！”

顾燕婉一怔。

她原以为哪怕为了崔家颜面，砒霜之事也绝无可能放到台面上，不承想陈湘湘竟兴师动众地要为难她……

是谁向她告的密?

顾燕婉出神之际，陈湘湘不耐烦地呵斥道：“早知你如此不安分，当初我无论如何也不会帮荣儿求娶你！你断送了荣儿的前程不说，整日待在后院也不安分，就知道招惹是非！来人，给我打她，往死里打！”

几个婆子立刻卷起袖管，围了上来。

巴掌不停落在顾燕婉脸上，甚至有人直接掐她的皮肉，痛得她连连哀呼。她奋力挣扎，然而只是徒劳。

顾燕婉满心都是委屈。嫁给萧荣后，她就什么也没得到过。

这场婚事，受益的只是裴道珠一人。

她死死盯着陈湘湘，眼睛越来越红，逐渐酝酿起浓浓的杀意。

陈湘湘像是一座大山，只要她坐在那里，她顾燕婉就永远挣不脱这枷锁。她如今只想撕破她的那张脸，把她那恶心的笑容砸碎砸烂!

随着又一巴掌落在顾燕婉的脸上，她终于忍无可忍地尖叫起来。

她猛然挣开几个婆子，抄起案几上的烛台，不顾一切地冲向陈湘湘!

陈湘湘正要低头吃茶，迎面传来一阵冷风，她抬起头，发现尖锐沉重的黄铜烛台已经近在眼前!

顾燕婉满脸狰狞，把烛台重重敲到她的脑袋上：“去死吧！”

殷红的血顺着陈湘湘的脸蜿蜒而下。

不等她反应过来，顾燕婉再次狠狠砸向她的脑袋：“去死！去死！去死！”

她一声声咒骂着，烛台一下下敲击着。

婆子们愣了片刻，才手忙脚乱地上前拉架。

她们去拉顾燕婉，却被对方狠狠咬了一口手臂，推开她们，继续殴打陈湘湘。

不过一会儿工夫，陈湘湘愕然地倒在血泊里，瞳孔里倒映出顾燕婉狰狞扭曲的面庞。她面色青紫红肿，张了张嘴想说什么，却渐渐连呼吸都不能了。

她艰难地抬起手，指了指顾燕婉，便无力地垂落下去。

顾燕婉握着烛台，满头大汗，她喘着气，面无表情地盯着血泊里的女人。

半晌，她忽然发出一声怪笑。手中的烛台跌落在地，她同时瘫坐下去，眼泪和汗珠同时滚落。

她此刻无比清醒地意识到，她完了。

厅堂寂静。

婆子们对视几眼，各个面露惶恐之色。须臾，她们后知后觉地惊叫着跑出去叫人了。

裴道珠和萧衡用过早膳，正在净手，听枕星说了顾燕婉和陈湘湘的事，不觉错愕：“顾燕婉杀了陈湘湘？”

“可不是？！听说死状极其凄惨，脑浆都砸出来了！”枕星瞅见萧衡冷冰冰的眼神，忙按捺住自己，“反正现在大房那边乱成一团，听说顾家的人都请过来了，正商议如何是好呢。”

裴道珠挑了挑眉。

冷静如顾燕婉，也会当众出手伤人，可见陈湘湘定然欺负她到了极限，她才会不顾一切地出手。

裴道珠略一思忖，突然望向萧衡：“这就是……崔慎的手段？”

顾燕婉得罪了顾家，这么快就倒霉，令她不得不怀疑是崔慎的手笔。

萧衡淡淡道：“崔慎知晓陈湘湘和顾燕婉不和，买通了侍女，故意把砒霜之事泄露给陈湘湘。陈湘湘寻到了顾燕婉的把柄，特意传她过去教训。顾燕婉一时气血上头，拿烛台砸死了陈湘湘……这便是事情的全貌。”

裴道珠睨着他。

白衣胜雪，手挽佛珠，仅是坐在那里便已然超越其他郎君。他的眉眼间有着几分温度，是在别家女郎面前所没有的温度。

似是注意到她在看他，他拿出帕子，替她擦拭干净双手：“你若想去看看热闹，我陪你就是。”

裴道珠有些恍神。擦手这种琐事，从前高傲的萧家九郎是绝无可能为她做的。

如今，他们已是真正的夫妻了。他不是名门萧家的嫡子又如何呢？他沦陷于她落魄的时候，她又何必拘泥于他的出身背景？

真正令她钟情的，是他的皮囊和灵魂。

她弯了弯唇角，没有接话。

萧衡嫌弃道：“一向口齿伶俐的裴家小骗子，竟变得沉默寡言起来。怎么，嫁给我，叫你委屈了不成？是金银珠宝送得不够多，还是我陪你的时间不够多？”

裴道珠倾身，亲了亲郎君的下颌。

满腹怨言的郎君宛如被安抚的小狗，立刻乖乖地不吭声了。

裴道珠对顾燕婉的事情颇感兴趣，也没让萧衡跟着，自己带着枕星去瞧热闹了。

除了萧家人，顾氏族人也在场。舅母秦氏搂着顾燕婉，哭得十分厉害，要求舅舅一定要救顾燕婉。顾竞争脸色铁青，抚着胡须坐在一侧，久久没有说话。

萧荣跪在地上，抱着陈姨娘的尸体失声痛哭，不停控诉顾燕婉的种种恶行，言语之间全然把她塑造成了一个不敬长辈、不爱夫君的女人。

萧丞相和萧老夫人坐在上座，对这种情况无言以对。

半晌，萧丞相才冷冷看向顾竞争："她虽是府上的一个姨娘，却也为萧家添了子孙，这么被砸死了，不处罚于情于理都说不过去。"

秦氏再也忍不住，哭着向顾竞争喊："婉儿可是你唯一的嫡女，你还不快想想办法！她若没了，我也不活了！"

顾竞争闭着眼。片刻后，他睁开眼，道："我倒是有个主意……"

许是介意人多眼杂，顾竞争示意屏退所有婢女仆从。

裴道珠如今算萧家人，坐在厅堂角落没动。

顾竞争朝萧允拱了拱手："你我两家结为姻亲，本是一件喜事，在朝堂上也能互帮互助。如今发生这种事，作为亲家，我心中亦是十分遗憾——"

"顾大人有话直说，不必拐弯抹角。"萧荣沉着脸打断了他的话。

裴道珠挑了挑眉。

明明是岳丈，如今却直呼"顾大人"，可见萧荣心里是彻底没了顾燕婉这位夫人。

到底是自家没理，顾竞争只得强忍萧荣的无礼："若是传出燕婉杀害陈姨娘的消息，不仅我们顾家脸上无光，你们萧家同样会被猜忌苛待媳妇，名声上终究是不好听的。不如请大夫人出面，就说陈姨娘不服管束，对上不敬，或者随意安插一个罪名，被她瞧见之后，才命人当场杖毙的。"

萧老夫人沉声道："你的意思是，让大房的正室娘子替顾燕婉扛下罪名？"

"正是！正室处置一个姨娘，不是什么了不得的大事，传出去，别人议论几句也就完了。如此一来，你我两家都能落到好处，何乐而不为呢？至于其他知情的奴仆丫鬟，勒令他们闭嘴就是，再不济，全部杖毙了也是使得的。"

秦氏连连点头："不错，这个主意好极了！亲家，你可得帮帮我们燕婉！"

大房夫人吴氏，因为久病，鲜少出来见客。她虚弱地坐在侧位，拿帕子掩着唇，艰难地咳嗽了几声。

她看向顾燕婉的目光透着三分怜惜，七分无奈："天道轮回，因果报应。哪怕她尚还年少，却终究杀了人沾了血。杀人者自当偿命，替她隐瞒罪孽，对她而言有什么好处？”

“怎么就没有好处？！”秦氏愤怒地嚷嚷起来，“不过是要你当众承认是你杖毙了陈湘湘，又不会要你的命，何必如此小气？只要你承认，你就能救一条命！吴氏，亏我从前还以为你是吃斋念佛宅心仁厚的好阿姑，燕婉也算是你的儿媳，你就不能帮帮她吗？！”

吴氏抿着唇，脸色更加虚弱难看。她扭过头去，不愿再搭理秦氏：“我不会帮。”

顾竞争虽然厌恨顾燕婉拖累了家族，却也不想让她背上杀人的罪名。否则顾家其他的女孩就再难议亲了。

他恩威并施：“这等有百利而无一害的事，对亲家而言不过是举手之劳。只要你肯帮忙，今后燕婉就会把你当亲娘照顾孝敬。你若不肯……顾吴两家的恩怨，可就算是结下了！”

裴道珠抚了抚茶沫。

舅舅疯了，竟然威胁起吴氏。

且不说吴家背景如何，吴氏如今还是萧家的大房夫人，等将来老夫人走了，她就是萧家地位最高的女主子，舅舅怎么敢威胁她？！

饶是和善如吴氏，都冷笑两声。

她起身：“此事势必追究到底，顾大人不必多言！”说完，径直离去。

秦氏一下慌了神，哭着喊着去追吴氏，却被吴氏的侍女拦住。

整个厅堂乱成一锅粥，顾燕婉抱着头瑟缩在角落，眼睛红得厉害。

裴道珠已猜到后面的结局，无意久留，起身要走。

顾燕婉瞟到了她，尖叫一声，拔下发间的金钗，袭向裴道珠！

裴道珠镇定自若，灵巧避开。

她捏住顾燕婉的手腕：“表姐如今魔怔了，见着人就要动手……”

“裴道珠，你这贱人若是不死，我寝食难安！”顾燕婉表情狰狞地嘶吼，再度袭向裴道珠。

幸而守在屋外的枕星听见里面的动静，冲进来一脚把顾燕婉踹出老远。

她扶住裴道珠：“夫人没事儿吧？”

裴道珠摇摇头，扫了眼顾燕婉：“表姐好自为之。”

顾燕婉吃痛地坐起身，看着裴道珠消失在厅堂外，眼睛越发充血鲜红。

——表姐如今魔怔了，见着人就要动手……

——表姐好自为之。

——表姐如今魔怔了……

魔怔了……

顾燕婉突然眼前一亮。

她抱住脑袋，像撞邪般笑了起来。笑着笑着，她忽然蹦蹦跳跳地跑到顾竞争跟前，伸手拽了拽他的胡须：“好玩，嘻嘻，真好玩！”

众人面面相觑。

顾竞争瞬间明白了女儿的意思。

他立刻红了眼圈：“前阵子，萧荣曾前往秦淮河畔寻欢作乐，这事儿令燕婉大受刺激，之后时常神志不清。今日之事，恐怕是陈姨娘苛待了燕婉，刺激她发了癔症，才动手伤人的。我们家燕婉也是可怜人呐！”

顾燕婉哼唱着莫名其妙的曲儿，在厅堂里晃来晃去。

像是真的疯了一般。

萧家众人无言以对，怎么看都像是顾家父女在唱双簧。

厅堂里局势胶着的时候，吴氏回了自己的院子。

侍女掩上厅堂的门。

厅堂里坐着一位锦衣公子。

吴氏冷淡道：“已经按照崔公子说的做了，我阿父那边……”

崔慎拥着狐裘，看似清瘦病弱，一张美人面却宛如狐狸般狡黠。

他抱着暖手的青瓷小炉，姿态闲适淡然：“放心，我自会替你阿父打点。”

吴氏抿了抿唇，眼底充满忌惮。

崔家仅崔慎一个嫡子。人人都说崔慎醉心山水佛道，可他们都不知道，他才是崔家真正的掌权者。

前阵子，她阿父犯了点事，被崔慎抓住了把柄。崔慎料到了顾竞争的说辞，提前吩咐她绝不能帮顾燕婉遮掩，因此才有了刚刚那一幕。

她迟疑片刻，轻声问道：“崔柚被迫归家，崔公子定然不悦……所以你要拿萧家如何？”

崔慎笑了起来，本就偏细长风雅的眼眸，越发如狐狸般多情狡黠。

他柔声道：“世家争权夺势久矣，如今朝堂上全然以崔萧两家为尊。可我想着，这么多年过去，这两家似乎也该分出个胜负了……”

少年郎君如白梅般清瘦，眼底却是藏不住的野心。

冬日的冷阳透过窗棂，落在他的袍裾和袖口。白腻泛青的指尖轻轻叩击青瓷小炉，然而无论是阳光还是燃烧的金丝炭，似乎都无法为他镀上分毫温度。

吴氏道："分出胜负之后，又当如何？"

"又当如何呢？"崔慎遥遥望向窗外。

凛冬已至。

他像是看见了什么令他着迷的东西，眯起狐狸眼，嫣红的薄唇笑意更盛。

这一瞬间，吴氏觉得自己仿佛窥破了少年的野心。

裴道珠回到寝屋。

萧衡坐在窗边批阅文书，问道："那边可有闹起来？"

"闹得可厉害了。"裴道珠捧起暖手炉子，"顾燕婉还想当众杀我，幸而被枕星一脚踹开。她这辈子算是完了。"

萧衡提醒："狡兔三窟，当心她还有后手。"

两人说着话，一名小丫鬟从外面跑进来。

她请过安，口齿伶俐地禀报了顾燕婉那边的情况："……也不知怎的，夫人走后她就魔怔了。顾大人说她有癔症，杀害陈姨娘只是无心之举，还要把她带回娘家请大夫医治。荣大公子不肯，然而顾燕婉闹得厉害，把滚烫的茶水泼在了荣大公子脸上！"

裴道珠好奇："后来呢？"

"后来还是老夫人出面，想了个折中的法子，把顾燕婉关在后院绣楼，不许她再出来伤人，然后请大夫为她医治。若是果真身患癔症，那么杀害陈姨娘之事就得特别处理了。"

裴道珠从盘子里抓起几颗金瓜子，打赏了小丫鬟。

等小丫鬟欢天喜地出去了，她才含笑望向萧衡："九爷果真未说错。"

顾燕婉那般狡猾之人，自是不肯束手就擒的，装疯卖傻无疑成了她最好的选择。

萧衡运笔如飞："接下来你打算如何？纵虎归山最是危险，斩草除根，才能真正睡得安稳。"

裴道珠双手捧脸，歪了歪头："顾家肯定会买通看诊的大夫，既如此，不如我再从外面请别的大夫回来。只要能证明顾燕婉神志清醒，她就只能乖乖给陈姨娘偿命。"

萧衡抬起头。他这小娇妻运筹帷幄的模样，显然是对一切都成竹在胸。

夜间起了风雪，呼啸的北风宛如怪叫的野兽，颇有些瘆人。

顾燕婉独自坐在绣楼里，陪伴的她的只有一盏微弱的烛火。

明日就会有大夫过来看诊，虽然她相信阿父能买通大夫，但心底总有几分不自在，感觉会有什么事情发生。

枯坐半晌，她揉了揉肿胀酸涩的眼睛，躺回榻上。脑海中反复浮现着裴道珠的身影。

她咬了咬牙，干脆坐到书案边，在纸上一遍遍书写裴道珠的名字，写下一个个“去死”，力道之大，仿佛要把纸戳出一个窟窿！

不知写了多少张，紧闭的窗户突然被风吹开，厚厚一沓纸在屋里漫天飞舞。

一张纸飘飘摇摇地落在窗边，被陌生的黑靴踩住。

顾燕婉陡然睁大了眼睛：“你，你是谁？！”

黑靴往上，是窄袖紧腰的劲装。

男人手持长剑，扫了眼纸上的字，冷漠地勾了勾唇：“狗东西，敢诋毁夫人？也就是看在你是夫人表姐妹的分上，主子才容你到现在。你既对夫人起了杀心，就没有活下去的必要了。”

顾燕婉的脸上血色尽褪，她后退两步，意识到了男人的身份：“你是萧衡的走狗？！你想杀我？！”

男人没再废话，不等她叫出声，便跃到她背后，捂住她的嘴，长剑毫不留情地刺穿了她的心脏。

顾燕婉睚眦欲裂，难以置信地看着空洞洞的窗口。

男人抽出剑，放开了她。

她张了张嘴，却一点声音也发不出来。半晌，她踉跄着倒在地上。

一张纸徐徐飘落在顾燕婉面前，“去死”的字分外醒目。

血汩汩涌出，染红了地板和白纸。

顾燕婉向着黑洞洞的窗伸出手。

窗外飘飞的细雪，像是春日里漫天的柳絮。

细雪飘进了她的眼睛里，化作温润的水珠，顺着她苍白憔悴的脸缓缓滚落。

黑衣男子面无表情地盯着逐渐没了气息的女人，她临死前又哭又笑，也不知在想什么。

他擦干净剑刃，从怀袖里取出火折子，扔到床榻上。

很快，火势绵绵而起，染红了整座绣楼。

黑衣男子从窗口掠出。

不一会儿，他如鬼魅般出现在寝屋，恭敬地站在重重帐帷外面，低声向帐中的郎君禀报了情况。

萧衡侧卧着，垂眸凝视怀里熟睡的女子。屋外风雪肆虐，而她在他帐中睡得安稳。

他低声道："退下吧。"

黑衣男子退下后，萧衡亲了亲裴道珠的眉心。

"与其在请大夫一事上做手脚，倒不如直接杀了她。小骗子，这才是斩草除根……怎么对付起顾燕婉就这么心软呢？"

裴道珠一夜好眠，清晨洗漱时，才得知顾燕婉死了的消息。

枕星激动得水盆都要端不稳了："……大早上的，原是不该跟夫人说这种晦气事，只是夫人定然是想要知道的！半夜烛台倒了，以致绣楼失火，她被烧得骨头都没剩几根，别提多吓人了！"

裴道珠捧着温热的手帕，有些出神。

顾燕婉就这么……死了？

直到坐到妆镜台前，她仍旧没能缓过神。

"我近日练了几次描眉，颇有些心得，我替你描眉？"

清润的声音由远而近。

裴道珠抬头望去。

萧衡卷起珠帘。他已经练完了几套刀法，甚至都沐浴更衣过了，此时一身清爽地走来，鹤绫袍更衬得他清逸脱俗，笑起来时温润如玉，她很是心动。

她定了定神："你今日心情不错。"

萧衡反问："怎么，你心情不好？"

"倒也没有……"裴道珠看着他拿起螺黛，"顾燕婉昨夜没了……是你下的手？"

萧衡为她描眉的手顿了顿。

他弯了弯薄唇，俯下身去，一手托住她的下巴，一手为她描眉："是与不是，有什么重要的？总之她如今没了，对你而言是好事。"

裴道珠垂下眼睫，瞧见他镶白狐狸毛边的鹤绫袍下穿着一尘不染的雪白皂袜。

她出嫁那日，别的女郎告诉她，新婚之夜要把鞋履放在男方的鞋履上，如此才能压对方一头。然而那夜太过匆忙疲惫，她全然把这事儿抛到了脑后。

她抿了抿樱唇，鬼使神差地伸出脚，轻轻踩在萧衡的脚背上。

郎君像是未曾发觉，并没有呵斥她。

她低声道："人是不是你杀的，对我而言自然很重要……"

萧衡逗她："如何个重要法？"

“你——”裴道珠对上萧衡带笑的凤眼，莫名其妙双颊红透，“你分明知道，却故意来问我……还是跟从前一样招人讨厌！”

萧衡眉眼带笑，开始画另一边的眉：“招你讨厌，你还嫁给我作甚？”

裴道珠张了张嘴，发现说不过他。她咬住下唇，颇有些难堪。

萧衡画完眉，扶着铜镜给她照：“瞧我们阿难气的，像是嘴里塞满松果的松鼠，鼓鼓囊囊……嗯，怪可爱的。”

裴道珠双颊更红。

她瞥了眼铜镜，镜中少女凤眼如秋水，两痕眉呈现黛青色泽，由浅入深弯如新月，衬得妆容干净。

没想到他进步还挺大。

裴道珠面上却道：“也就那样吧，与我自己画的相差太远了。”

“既不喜欢，那我以后不给你画了。”

“不画就不画，难道我求着你画不成？你出去，我要换件衣裳。”

萧衡挑了挑眉，知晓她就是嘴硬：“你踩着我，我如何出去？踩了这许久，可舒服？”

裴道珠一愣，急忙把脚缩到襦裙下。

萧衡弯腰，附在她耳畔：“你想压我一头，何必这么麻烦？只要你愿意，为夫把心都掏给你啊……”

裴道珠羞怒，抄起桃花木梳砸在他胸口：“谁要你的心，一天天没个正经！”

说完，拎起裙裾，快步去屏风后面换衣裳了。

萧衡大笑出声。

裴道珠靠在屏风后，紧紧捂住双颊，忍不住跺了跺脚。

她从前竟不知这厮私底下是如此放浪模样！

顾燕婉一死，陈姨娘的事也就不了了之了。

因她生前并未和萧荣和离，死后也就按照萧府少夫人的身份入殓安葬。

操持葬礼事宜时，裴道珠发现大房夫人吴氏全然不顶事，迎来送往全由二房夫人亲自操持。然而二房夫人乃皇族郡主，一把年纪了仍是娇滴滴的模样，哪有做事的经验，几乎把葬礼弄得一团糟。

萧老夫人连连叹息：“往日都是我在操持，如今我老了，放手让两个儿媳试试，没有一个能干的……其他几个儿媳倒是有些手段，只可惜都随夫婿在外……”

裴道珠陪在她身边，眼睛开始发亮。

她也是老夫人嫡亲的儿媳妇呀！她也可以操持萧府事宜！

她正要毛遂自荐，一位嬷嬷突然过来，说是有关系亲近的宾客前来吊唁。

老夫人忙着去招待客人，裴道珠到嘴边的话只得又咽了回去。

她对顾燕婉的葬礼毫无兴趣，也并不感到悲伤，因此打算跟萧衡说说话。

一位老管事匆匆过来，先一步走到萧衡跟前，恭声道："九爷，相爷请您去书房！"

萧衡略一颔首，向身边的几位官员道了别，去了书房。

裴道珠撇了撇嘴，从食案上拿起橘子，慢慢吃了起来。

是夜。

前来吊唁的宾客渐渐散了。

裴道珠回到院子，不见萧衡回来。她洗漱了一番，眼见已是就寝的时辰，他依旧没有回来。

"许是要忙政事，您就别等了。"枕星见裴道珠托腮坐在窗边，忍不住心疼，"这样冷的天，您还是早些休息吧。"

裴道珠打了个呵欠，摘掉外裙坐上床榻。

不知怎的，见不着那人，她总像是没有睡意。

她吩咐道："多点几盏灯，我看几页书再睡。"

她一看看了两个时辰。到了子夜，萧衡仍旧没回来。

裴道珠心烦意乱，合上书页："枕星，你去相爷的院子问问，郡公究竟去了何处。"

枕星笑眯眯地打趣："夫人倒是格外担心郡公……郡公那么大的人，难道还能丢了不成？"

"快去！"

半个时辰后，枕星气喘吁吁地回来了。

她连灯笼都来不及放下，道："夫人，郡公出事了！"

第21章

裴道珠稍作梳洗，随意披了件宽厚的狐裘，匆匆去大书房找人。

两个小侍女提着灯笼走在前面。

枕星扶着裴道珠："雪夜路滑，您何苦走这一遭？相爷对郡公严厉是阖府上下都知道的事，过两日等他消了气就好了……您若擦伤摔伤，郡公可不会放过奴婢！"

裴道珠绷着脸。严厉是一回事，过分又是一回事。

萧衡身居郡公之位，怎么能动不动就家法处置？甚至还被关在望雪堂抄写佛经，岂不是叫底下的人看了笑话？

她还记得萧衡后背上那些交错的鞭痕，轻声道："他幼时习武吃了很多苦，后来又征战巴蜀，更是伤痕累累。你方才说他挨了几十鞭子，可他一个多月前才挨过鞭子！我实在想不明白，一位阿父究竟心狠到何种程度，才忍心在那些旧伤上再添新伤！"

枕星心底也是有些不服气的。郡公比萧家其他郎君都要出色，凭什么总是他挨罚？

然而她怕裴道珠太过生气闯出祸端，只得安抚道："夫人别恼，咱们先问清楚郡公因何受罚的，再想办法不迟。"

大书房里，萧允还未就寝，正在整理南北舆图。

裴道珠不顾管事阻拦，直接闯进书房。

她给萧允请了安，才正色道："不知夫君犯了什么事触怒了公公？"

萧允坐在书案后，头也不抬，声音端冷："玄策做事没有分寸，如今你这新妇也学得没有分寸起来了。深更半夜闯进书房，以质问的语气跟长辈说话……裴道珠，这就是你裴家的规矩？"

裴道珠只得按捺住满心的不服气，放低姿态："儿媳擅闯书房，是儿媳的错。只是儿媳不解，夫君做错何事，惹您大发雷霆？"

萧允冷笑一声："他做错何事，你会不知道？顾燕婉是如何死的，因何死的，你比本相更明白。任凭顾燕婉做错事，她也是我萧家的人，怎容得玄策随意杀戮？本相罚他五十鞭子，已是对他客气至极。你再多言，本相连你一块儿罚！"

裴道珠胸口起伏得厉害。原来萧衡是因为暗杀顾燕婉被罚……

可顾燕婉杀了陈姨娘，死罪已是板上钉钉，不过早死晚死而已，有什么区别？更何况顾燕婉是萧家人，难道她夫君就不是吗？

她不禁替萧衡委屈："夫君身居郡公之位，在外统领军队，您这般罚他——"

"退下。"萧允不耐烦地打断她。

裴道珠抿了抿嘴，终是无话可说，只得行礼退出了书房。

子夜已过。

裴道珠又一次提着药箱前往望雪堂探望萧衡。

郎君穿着单薄的寝衣，坐在窗边竹榻上抄写佛经。

"萧玄策。"裴道珠卷起挡风的毡帘，踏进门槛。

萧衡抬起眼帘，瞧见是她，薄唇先带了三分笑："你怎么来了？"

裴道珠把药箱放在案几上："来看你死没死。"

"啧，嘴里没一句好话……"萧衡挑眉，"你特意带了药箱，可是前来为我敷药的？我家的小骗子，嘴上再怎样凶狠，心里还是藏着我的。"

裴道珠横他一眼，替他解开寝衣："谁心里有你了，我是怕你死了，我要做寡妇……才刚享受几天富贵日子，我才不愿孤苦伶仃呢。"

"我若死了，你确实得为我守寡。"萧衡任由她清理伤口，敷上清凉的药膏，"所以，裴阿难，你今后得对我好点，好叫我活得长些。"

裴道珠咬了咬下唇，没好气地瞪他一眼。

处理完伤口，裴道珠收拾起药箱："我刚刚去见了你阿父。"

萧衡正低头系衣衫系带，闻言微微一顿。

裴道珠在他身边坐了："他凶得很，只说你不该杀萧家人……可你分明也是萧家的嫡子，杀一个罪人而已，凭什么要受家法？萧家的郎君里面，独数你最有出息，夸奖没有也罢了，凭什么挨罚的也总是你？"

萧衡整理好寝衣，给她倒了一盏茶。

他新娶的小娇娘生气时抛去了平日里的端庄矜贵，樱唇微翘，眉梢眼角藏着桀骜和不服，格外招人稀罕。

他执起裴道珠的手："我欠萧家的。"

少女双手泛着丝丝凉意，他捂在怀里，细细捂暖。

也不知怎的，他见她因自己挨罚而生气，心里涌出暖意。好似在这座陌生而偌大的府邸里，有一个人真正在意他、偏爱他。

裴道珠愈发不解："你欠萧家的？你怎会欠他们呢？"

"二十多年前西海城那一战，你可还记得？"

"青史所载，毕生难忘。二十多年前，萧家和王家的两位将领镇守西海城，谁料被奸细出卖，城门在深夜时偷偷打开了。北国将领率领五十万大军而来，在城内爆发了一场大战。萧家和王家不愿投降，掩护百姓撤退，誓死守护西海城，最终二十万大军死伤殆尽。战火烧了整整三日，整座城池尸横遍野。黄昏时分，白山茶开在河流般的血泊里，乌鸦盘旋于低空……王、萧两家的将领更是被削首示众，以示羞辱。"

说到最后，裴道珠声音发抖。

她未曾真正去过战场，在书上读到这些时便感到无比震撼，她为王萧那两位将领以及无数战死沙场的儿郎痛惜落泪。

萧衡握着她的手："我祖父正是当时的将领之一。那时他年纪已大，又身染重病，留下来也帮不上忙，王家的将军便要求他与百姓一起撤退。祖父本已随百姓撤出西海城，谁知混乱之中，发现尚在襁褓中的我不见了。"

裴道珠微微颔首。当时还不是丞相的萧允以及萧老夫人也随萧老将军戍守西海城，萧老夫人是在西海城诞下萧衡的。

"祖父为了寻我，不惜带着两位武功极好的伯父返回西海城。虽找到了我，却无法再撤离出城。祖父把我交给了轻功最好的亲信，为了掩护我们逃出去，最终和两位伯父一起战死沙场……"

烛火跳跃。萧衡深邃的面庞在光影中明明暗暗。

似是愧疚，似是自责。

裴道珠从前并不了解这些事。如今看来，相爷大约觉得是萧衡害死了萧老将军和两位阿兄，才会如此苛刻地对待他。

可是……那年的萧衡也只是个襁褓里嗷嗷待哺的婴儿啊。他又不是自己故意落在战乱里的，并不能把所有责任都怪在他头上啊！

她按捺住这些细碎的怪异感，轻声道："怪不得你如此痛恨北国，力排众议也要北伐。原来这份国仇家恨比我想象得还要沉重……"

萧衡没再说话，只把她揽入怀中。

阿父一遍遍提醒着他，祖父和伯父是因他而死，他绝不能忘记国仇家恨，绝不能放过任何一个北国皇族。他记着这些话，也身体力行地训练军队筹备北伐。

别人家的小郎君都有休息玩耍的时候，可他没有一日是闲着的。事事都要算计，人心都要揣摩。

仿佛只有和裴道珠在一起时，他才会觉得轻松一些。毕竟裴家的小骗子只要财，可别人要的兴许是他的命。

裴道珠靠在他怀里，安静了片刻，突然仰起头："西海城的奸细是谁？这么多年过去，难道半点儿线索也没查到吗？"

萧衡淡淡道："唯一的线索就是花神教。然而对方神出鬼没，根本查不到行踪。对了，你可还记得当初回到成郫的郑家？"

"自然记得。"裴道珠尤其记得郑翡，她把江南的土壤装在琉璃瓶里，随时随地带在身上，仿佛还能感受到故国的温度。

"郑擎虎临死前，曾说朝廷里有北国的奸细，那奸细可能还身居高位，是高门世家里的人。二十年前在西海城夜开城门的人与后来出卖郑家的人，很可能是同一人。"

"若是高门世家的人……"裴道珠迟疑，"有没有可能不是一个人，而是整个家族呢？"

"哔啵"一声，烛台上的火熄灭了。周遭陷入黑暗。

萧衡紧紧握着她的手。

如果整个家族都是奸细……未免太过骇人听闻。

黎明之前。

城郊，天地沉黑如深渊，纵横的山脉河川更如泼墨。

一座破落废弃的驿站掩映在树林深处。

忽有两盏灯火自远处亮起，车轱辘声由远而近，一辆马车停在了驿站外。

裹着狐裘、戴着狐毛帽子的萧荣手提灯笼，艰难地走出马车，迎面而来的寒风刮得他脸生疼。

"挑的什么鬼地方……"他一边抱怨，一边小心翼翼地摸进驿站。

驿站深处的房间点着灯火，一炉金丝炭为这冰天雪地添上了些许暖意。精致的八幅刺绣屏风横陈开，阻断了萧荣的视线。

屏风后坐着一位年轻郎君，拥一件雍容昂贵的紫貂毛斗篷，慵懒而淡漠。

萧荣眯着眼，试探道：“您就是北国接应我的人？似乎太过年轻。”

投靠北国是他前些日子做的决定。有萧衡在，他永远别想在朝堂上有立足之地。唯有投靠北国，为皇太子效力，才是他唯一的出路。

他想方设法搭建关系网，暗中寄了书信给北国皇太子，才终于在前两日得偿所愿。

对方对他的投诚很是欣慰，还通知他今夜来这里碰面。只是接应他的人看起来比他还小，似乎很不可靠。

面对他的质疑，屏风后的郎君轻笑一声，没有作答。

萧荣被他的怠慢所激怒：“我是诚心投靠太子殿下的，你不要不识抬举！我是萧家的郎君，手中握有无数机密情报。如果这就是你们对待我的态度，我这就打道回府，再不叨扰！”

屏风后传来更加轻蔑的笑声。

萧荣脸涨得通红：“你什么意思？！”

忽然无数灯盏燃起，一瞬间把驿站照得亮如白昼。

几名美貌的婢女姗姗而来，撤掉了刺绣屏风。

萧荣看清楚了屏风后的郎君，彻底愣住：“是你？！”

竟是崔慎。

他弯起薄唇，道：“是我。”

萧荣难以置信：“你是崔家的嫡子，自当封侯拜将前途无量，你怎么会成为北国的奸细？！”

更何况，崔慎热衷于求仙问道，交往的都是道门中人，常常游山玩水，看起来并无入仕的打算。怎么摇身一变就成了奸细？

“我如何，与你无关。”崔慎接过侍女呈上来的热姜茶，轻呷一口，“现在来谈谈你。既然你想投靠皇太子，那么你能拿出怎样的诚意？”

萧荣表情复杂。他按捺住对崔慎的好奇，直言道：“我是萧家的郎君，阿父极疼爱我。通过阿父，我可以知道朝廷的许多机密——”

“你知道的机密，我也能通过我的父亲得知。”崔慎毫不留情地打断他，“除了这些，可还有别的？”

萧荣陷入沉默。

他没有盖世的武功，没有带兵作战的能力，没有出口成章的才华，唯一能拿出来的似乎只有他的出身。

崔慎轻笑两声：“皇太子不养无用之人。”

萧荣脸色一白，忙道："我如今知道了你的身份，你若不帮我，我就把你是奸细的事宜扬得满城皆知！"

崔慎闲适地吹了吹茶汤："你以为，你今日能活着走出这驿站？"

萧荣一愣，环顾左右，但见那些美貌的婢女虽笑容盈盈，却个个眼含杀气，仿佛随时会把他大卸八块。

他双膝一软，"扑通"跪倒在地，面露哀求之色："崔公子，我是真心想投靠皇太子的！只要皇太子愿意，便是为他提靴喂马，我也心甘情愿！求崔公子行个方便，为我引荐！"

崔慎居高临下地打量他。

半晌，他笑意更深："萧家满门忠骨，萧老将军满头白发时，甚至还和他的两个儿子一起战死西海城……不承想后辈里倒是出了个'大孝子'。"

萧荣难堪不已。他垂着头，闷声道："萧衡和裴道珠欺我太甚，此仇不报枉为人！可萧衡的党羽势力盘踞朝堂，成郸已经没有我的容身之地。大丈夫在世，当做一番事业，我投靠皇太子，也是为了两国一统，天下太平……愿天下再无战争，愿百姓安居乐业……"

他的声音越来越低。

崔慎大笑出声，笑的那双狐狸眼都红了，仿佛听见什么神机妙语般，连连拍案。

终于笑够了，他戏谑道："为了前程和富贵，你直说就是，或许我还能高看你一眼。何必扯战争、百姓，平白叫人笑话！"

萧荣面色青白交加。

他紧紧捏住拳头，全然抛去了自尊："我愿意追随皇太子……前程和富贵都好说，我最想要的是萧衡和裴道珠的性命！只要事成之后，太子殿下把那对狗男女交给我处置，我愿为皇太子肝脑涂地，我愿为北朝肝脑涂地！"

崔慎并未搭理他的诉求，只淡淡道："如今我手上倒是有个差事，需要你亲自处理……你可愿意？"

"什么差事？"萧荣抬起头，双眼亮极。

崔慎微微一笑。

……

风雪刮了两日才停。

裴道珠一袭素袄坐在园中花榭中，就着一炉金丝炭火仔细整理账目。

枕星笑眯眯地捧来茶点："天寒地冻的，夫人何不放下手上的活，和其他夫人姑娘聊天宴饮？听说东苑那边在烤鹿肉呢，好些世家女郎都来了，热闹得很。”

裴道珠搁下毛笔，揉了揉额角：“眼见要到除夕，这一年的账目都得过一遍才好。何况我刚嫁过来，借着理账的机会瞧瞧他手底下有哪些资产，也是不错的。”

枕星知道她心细，凡事非得亲力亲为，因此也不再多劝。

一个小侍女匆匆跑了过来：“夫人，陆少夫人求见！”

裴道珠微讶：“谢姐姐来了？还不快请进来！”

远远的，一位锦绣美人踏着白雪，在侍女的簇拥下姗姗而来。美人身段高挑，容貌端庄艳丽，锋利的剑眉更是为她添上了别家女郎没有的飒爽。

“小阿难，好久不见！”

裴道珠走出花榭迎她，热络地执起她的手：“今儿吹的什么风，竟把谢姐姐吹到了我这里……谢姐姐找我可是有什么事？”

谢南锦与她在金丝炭炉边同坐，接过她递来的小手炉：“昨日朝廷下了调令，命夫君前往西海城戍卫边关，同行的副将是你们萧家的庶长子萧荣，过完除夕就出发。”

裴道珠一怔。西海城的地理位置十分重要，十多年前被萧允率军夺回之后，朝廷十分重视，每年都会派高门子弟戍守。

陆二哥哥在征战蜀国时积累了很多行军打仗的经验，派他去无可厚非。只是萧荣去凑什么热闹？那个草包什么也不会，去了不是碍事？

似是窥破她的心思，谢南锦道：“或许是萧家大房那边替他谋取的差事。不过我今日想说的事与萧荣无关。”

“谢姐姐想说什么？”

“夫君是文臣，我一想到他即将长途跋涉，星夜兼程，就觉着他的身子骨吃不消。他走的时候，我想亲自送一送他，送个五十里就好。小阿难，你能否陪我一起？”

裴道珠笑了：“这一去就得一整年，多送一段自然很好。我愿意陪谢姐姐一起，我也很舍不得陆二哥哥呢。”

若有可能，她恨不能直接把陆玑送到西海城。

萧老夫人在西海城诞下了萧衡，而萧衡又曾单独落在了那座充满战乱的城池里。想知道萧衡究竟是否是萧家亲生，很有必要去一趟西海城。

越到年底，世家之间的走动愈发频繁。萧家是大族，各种宴饮雅集每日不绝，因此府里十分忙碌。

然而大房夫人长居佛堂，二房夫人又娇惯任性，一切只得靠老夫人亲力亲为。

裴道珠有心包揽萧家的庶务，每日天还未亮就去老夫人房中帮衬，一直到黄昏时分才回自己院子。她原以为老夫人瞧见她能干，愿意把庶务交给她打理，可一连数日，对方全然没有这方面的意思。

“到底是我娘家不够强，入不了阿姑的眼。”裴道珠卸下珠钗首饰，“我能力不比任何人差，可她偏是瞧不上我……”

老夫人待她是极好的，她心里明白。然而她生性敏感，能隐约察觉到那种好并非是婆媳之间的好，反而掺了些许疏离客气。仿佛对萧家而言，她并非是写入族谱的新妇，而是一个暂居屋檐下的贵客。

萧衡倚在窗边看书，轻嗤：“你就如此喜爱权势？哪怕窝在小小的后院，也要抢那点子权力……我不过是幼子，头上还有几位兄长，兄长膝下也还有子嗣。等到来年开春，他们一一到了说亲的年纪，便要再娶新妇。论打理后院，也该大房二房的新妇来，才算名正言顺。”

裴道珠撇了撇嘴。她明白这些道理，只是……

她伏在郎君的怀里：“我争强好胜惯了，到了你家，也仍想事事争第一……裴家败落，我虽有沈阿父撑腰，可是你家族中的其他女眷大约仍旧瞧不起我，明面上对我客气，私底下却从不与我往来。”

萧衡目光微凛。

他忙于朝堂政事，并不知道后院里的事，也不知道他的娇妻竟被别的女眷排挤了！

他眸色沉沉：“哪些女眷待你不好，你与我说。”

裴道珠被他一本正经的模样逗笑：“你这模样，好似要提刀杀了她们似的。其实也不是什么了不得的事，我也就是跟你抱怨两句。罢了，能替你打理好这小小的后院也不错。”

萧衡轻抚着她的秀发。

他知道她比别家女郎有本事，会算计。她嫁给他，身处这座深宅大院，抬头看见的只能是后院的一小片天。

就像本该翱于九天的青鸟，脚踝上被套了金锁，锁进了小小的金丝鸟笼里。甚至还不被别的雀鸟所接受。

她心里该是委屈的。

萧衡提议道：“我名下养着一支私兵，人数多达两万，全靠水路生意换取粮草军饷、兵甲辎重……你若愿意，不如替我打理买卖生意，豢养军队？”

裴道珠惊喜地抬起头：“当真？！”

问完，又有些为难。

她迟疑道：“这样大的事，交给我一个深闺女子，你就不怕我害你损失惨重？我虽擅长交际，但也只限于世家圈子里，要我出面做生意，我自己心里都没数……”

“宝屏斋不就被你打理得很好？听说这几个月盈利不少。”萧衡不以为意，“裴阿难，我是信任你的，我愿意把命脉交到你手上。”

裴道珠露出笑容。

谁生来就会做生意呢？她愿意去学！

她应下，撒娇般抱住萧衡的腰：“那我可有月钱？不如把每个月的纯利分一部分给我做奖赏，可好？”

萧衡失笑：“天底下再没有哪个姑娘像你这般财迷。你若嫁的是落魄子弟，可该如何是好？”

裴道珠眉眼弯弯，伸出手摸了摸他的鬓发。

她记得他喜好在发间编织丹红璎珞，后来她把他当玄策哥哥的替代品，不许他再做那般装束，他也就很少再编织璎珞了。

如今想来，他与玄策哥哥终究是不同的。他原本的装束其实很好看。

于是她拉着萧衡落座，取来红丝线，认真地为他编发。

萧衡翻着书，任由她折腾：“你从前不是不喜吗？”

裴道珠素手翻飞，没有回答他。

红丝线很快编织成漂亮的丹红璎珞，顺着郎君的左肩垂落，宛如优雅的丹鹤。

她满意地打量自己的杰作：“萧玄策……我发现你这人有时候也挺好。”

“什么？”

“没什么……”

裴道珠笑意更甚，双颊泛起桃花红，把脸埋进他的怀里。

……

在萧家过完除夕，裴道珠挑了正月里的一天回府探望顾娴和沈霁。恰逢长公主司马宝妆也在，她带了好些补品给顾娴。

女眷们席间闲话之际，裴道珠听侍女提起了宫中的事。

“……听说昨日宫中夜宴，三公主失足落水，死相凄惨。这么冷的天，掉进水里多冷呀，大约是宫女照顾不周。”

裴道珠捧着热酒，微微恍神。

司马纯死了？

她好奇问道：“三公主身份贵重，身边应当有不少宫女内侍伺候，难道她出事的时候都没人注意到吗？”

司马宝妆手捧热茶：“昨夜放烟火，大家都去看热闹了，自然没人注意她。她也是可怜，虽然蛮横了些，可到底才十几岁的年纪，还没有许人家呢。”

裴道珠柔声劝道：“好好的日子，殿下就莫要伤感了。殿下、阿娘，我好不容易回来一趟，不如露一手，给你们做几道好菜换换口味。”

她起身告退。

踏出门槛时，她低声吩咐枕星：“你拿些碎银子，去找长公主的婢女套话，问问昨夜宫里的事，尤其是和三公主有关的。”

说完，她径直去了厨房。

过了小半个时辰，枕星一脸兴奋地回来了。

她赶走其他厨娘，才小声道：“三公主落水一案和崔凌人、薛小满她们的案子如出一辙！长公主的婢女们说，三公主被捞上来的时候，怀袖里别着一朵带血的白山茶……如今案子交给崔家派系的官员处置，也不知道能不能追查到凶手。可连郡公都查不到花神教的幕后之人，崔家，估计也悬得很呐！”

“白山茶……”裴道珠一手扶着陶瓮，一手搅拌面粉。

白山茶也好，花神教也罢，似乎都与祠堂里的那位建安公主息息相关。若是能查到建安公主的身份就好了……

她苦思冥想之际，裴桃夭和裴子衿小跑着闯了进来：“阿姐、阿姐！下雪了，长公主殿下和阿娘唤您去赏雪！”

两个小家伙又长高了些，瞧着粉嫩干净，十分讨喜。

裴道珠被她们一左一右缠着，只得放下那些念头，取了才蒸的酒酿红枣米糕给她们，宠溺道：“快趁热吃，只给你俩做的。”

……

回到萧府，已是深夜，府里的灯笼都点了起来。

虽然还是正月，可萧衡已经开始出入军营和朝堂，每日忙得脚不沾地。

裴道珠洗漱过后，才见他一身细铠踩着月色回来。

窗外是垠垠雪色。

萧衡把尚还温热的油纸包递给裴道珠："知你还没睡，特意为你买了桥头那家摊子的烤五花肉。那家味道最好，不少人排队，快趁热吃。"

裴道珠接过油纸包，看着萧衡一身细雪，想着他在雪地里为她排队买消夜的情景，樱唇不觉微微扬起。

她不觉温柔道："你知道我夜间一贯不吃东西的。不如叫侍女切成片，再烫一壶热酒，与你当消夜吃。"

萧衡不在意："随你喜欢。"

卧房里明灯数盏，萧衡坐在食案边，一口肉一口酒。窗外的月色与雪色，身边善解人意的美人，仿佛成了最好的下酒菜。

裴道珠为他添酒，顺便把司马纯的事讲了一遍。

"成邺发生的一切，都与那位建安公主有关。若想查出花神教的底细，就得好好彻查那位公主。"

萧衡自是记得那位建安公主。他切了薄薄一片烤肉，递到裴道珠嘴边："你想如何？"

裴道珠迟疑片刻，念在是萧衡排队买的分上，还是乖乖张开小嘴吃了下去。

她拿手帕按着唇角："谢姐姐曾查过建安公主，你可记得她查到的东西？"

萧衡颔首："记得。"

十六年前，皇族宗室夭折了三位女婴。其中两位是宗王家的郡主，一个因母亲难产窒息而死，另一个因父王造反遭到连诛。剩下那位是长公主的千金，因病去世。只是她们都没有封号，不知"建安公主"指的究竟是哪一位。

"咱们派出暗探分别去查那三个女婴，说不定能得到线索。长公主那边倒是不必查了，长公主最是疼惜晚辈，万万不可能杀害那么多女郎。崔凌人和三公主走的时候，她很伤心呢。"

萧衡不置可否。

他自然想过追查那三个女婴。然而年代久远，很多东西都查不到了，涉及的部分宗族也早早远离成邺。

至于长公主……

长公主和顾娴情同姐妹，平日里对阿难又十分照顾，因此阿难对她全然没有防备之心。

可是萧衡记得谢南锦大婚那日，他在山巅看见的那一幕——华服高冠的女子在云深雾绕的青石台阶上渐行渐远。

华服高冠的女子……长公主……

他不敢断定这其中有什么关联，毕竟其他世家里也有手段厉害的女子。只是长公主司马宝妆，绝非她看上去那么纯善。

萧衡暗暗留了个心眼。

临近上元节，草木悄然萌生出一点芽青，天气仍旧是冷的。

今日是陆玑赶赴西海城的日子。

裴道珠与萧衡道了别，乘坐谢南锦的马车去了城郊。

送过一山一水，谢南锦仍旧没有要折返的意思，非得送上五十里才肯罢休。最终，陆玑再三保证会好好照顾自己，她才终于答应返回成郢。

裴道珠陪她站在青山脚下，目送那行车驾沿着驿道渐行渐远。

她道："谢姐姐若是实在想念，等天气暖和些，可以亲自前往西海城照看陆二哥哥，也能叫他惊喜一番。"

谢南锦摇摇头："府上有许多事情需要料理……更何况，他虽然颇有才华手段，但性子过于随和，做副将和参谋固然不错，但若是做一城之主，还需好好历练。我不跟过去，也是给他历练的机会。"

裴道珠点点头："还是谢姐姐思虑周全。"

两人正欲回马车上，忽然又有一行车驶过。

裴道珠无意望去，正对上车帘后一双阴鸷浑浊的眼。

萧荣……

裴道珠挑了挑眉。是了，这趟西海城之行，萧荣是要作为副将跟随前往的。

萧荣深深看她一眼，随即面无表情地扯上窗帘，隔绝了视线。

裴道珠也懒得看他，随谢南锦上了马车。

马车往成郢城方向走，裴道珠忽然拍了下脑袋，从矮案下取出一只紫檀木食盒："我怕陆二哥哥路上饿，特意叫小厨房做了他爱吃的蟹黄糕，刚刚竟忘了交给他！罢了，谢姐姐，咱俩吃了吧？"

裴道珠佐着热茶，吃得极香。

谢南锦吃了两口便觉胃里难受，放下蟹黄糕，轻抚着胸口。

裴道珠关切道："可是哪里不舒服？"

谢南锦别过头，用宽袖掩唇干呕了几声，随即摆摆手："这两日总爱犯恶心，半点儿带腥味的东西都吃不得……打搅了你的兴致，抱歉。"

裴道珠不知想到什么，忽然翘起嘴角："枕星，你进来。"

坐在马车外面看风景的枕星不明所以地钻进车厢："夫人有什么事？"

“你替谢姐姐把把脉。”裴道珠拿丝帕垫在谢南锦的手腕下，“谢姐姐，我这婢女懂些拳脚功夫，也会些医术，你让她替你瞧瞧，说不定能瞧出什么喜事来。”

谢南锦不觉猜到了她的想法，道：“你是不是觉得我有孕了？我倒是没往这方面想，毕竟有孕也不是那么简单的事。”

把完脉，枕星替裴道珠收起丝帕，笑道：“恭喜陆少夫人，确实是喜脉！”

谢南锦愣在当场。

裴道珠双掌合十，念了声“阿弥陀佛”，随即拉起谢南锦的手：“我直觉一向很准，谢姐姐果真有孕了！这下好了，陆二哥哥知道，定然会高兴的！”

谢南锦还没缓过神。过了片刻，她不可思议地摸着肚子。

“得赶快告诉陆二哥哥才是！他要当阿父了。”裴道珠笑容满面，“不如派个腿脚利索的小厮骑马去追陆二哥哥！”

“不……这样大的喜事，我得亲自告诉他才好。反正间隔不远，我去追他就是。”

裴道珠有心见证这份甜蜜，便主动要求和谢南锦一起。

谁知陆玑的车队行程极快，她们追了整整一日也没瞧见车队的踪影。

夜宿客栈时，裴道珠提议：“谢姐姐有孕在身，还是走慢些好。不如边游山玩水，边往西海城走，等到了那儿，总能瞧见陆二哥哥的。”

谢南锦没有异议。

裴道珠心里还藏着别的算盘。她一早就想去西海城，这次趁着谢姐姐的便利，她可以大大方方地去了。

萧衡的身世，萧家的秘密，她一定要查个清楚。

裴道珠和谢南锦抵达西海城时，已是半个月后。

山间冰雪已然消融，江水拍打着堤岸，那座古老沉黑的城池就屹立在江畔。城门匾额早已钝化模糊，边角处隐约的暗红血渍像是在昭示从前的故事。

随着马车缓缓驶入城中，裴道珠好奇地掀开窗帘。

昔年被战火荼毒的城池，似乎已经恢复了生机，百姓们井然有序地做着生意，来往客商络绎不绝，酒楼茶肆也算繁华。

她想着萧衡在这座城里出生，想着二十年前的那场战争，不觉微微出神。

马车驶过一家煎饼摊时，她的目光不经意掠过吆喝卖饼的摊主，感觉哪里不对。

然而那种怪异感只持续了短短一瞬。随着马车驶过，摊主低下头去，裴道珠便又重新陷入对萧衡身世的思索中。

西海城太守府。

裴道珠和谢南锦的到来令陆玑又是惊喜又是担忧。他唯恐两人在路上碰到了什么麻烦，迭声询问一路可还顺利。

寒暄了片刻，裴道珠便不再叨扰，跟太守府的侍女先去暂居的厢房了。

西海城地处江河交汇处，来往客商繁多，因此还算富裕，她住的厢房摆着一水儿的梨花木家私，床上铺着的也都是细软崭新的绫罗绸缎。

她吩咐枕星研墨，要给萧衡写信："虽派了随从回去报信，可是到了西海城，总得给他回一封信才能叫他安心。"

"夫人打算在这里待多久？"枕星笑嘻嘻地研着墨，"陆少夫人怀上了子嗣，您也该加把力才是。若是给郡公诞下一子半女，郡公定然高兴得紧！"

裴道珠略有些恍神。她还从未想过和萧衡孕育子嗣的事。

若萧衡并非萧家人，那他们的孩子又该是怎样的出身呢？她的心情没来由地沉重了些。

这厢裴道珠忙着给萧衡写信，另一边，陆玑得知谢南锦有孕，激动得很，好一阵耳鬓厮磨后，才想起写信通知家人。

他提笔舔墨："除了通知我家里的人，你的家人也要尽早知晓……对了，还有你阿弟，这么要紧的事须得叫他知晓，他毕竟是要当小舅舅的人了。"

谢南锦倚在他身侧，含笑呢喃低语："陆子机，世上怎么会有你这么温柔的郎君呢？"

女子呼吸之间透着丝丝热气。

陆玑从脸红到耳根，连忙攥住她的手："别胡闹。对了，你和阿难打算住多久？西海城虽富庶，可到底比不上成郧，我怕你在这里不便养胎，那些侍女也照看不好你。"

"先待上一段时日吧，等胎像稳定再走不迟。"谢南锦并不着急，"阿难也说想在城里瞧瞧，她从未来过这么远的地方，想多见些世面。"

裴道珠就这么在西海城暂住下来。

她每日带着枕星出门，转了几日仍旧一无所获，倒是奇珍异宝的稀罕玩意儿买了不少。

这日黄昏，她与枕星坐在街边酒楼吃茶。枕星忍不住问："您要查郡公的身世，可咱们整日吃吃喝喝，怎么查得出来？"

裴道珠拨弄着新买的一匣明珠，闻言瞬间变得沮丧。

她盖上木盒，困惑道：“我也不想这样呀。只是二十多年前的事，凭你我两个女子，调查起来委实困难。若是动静闹得大了，说不定还会打草惊蛇。这里人生地不熟，我自己都很茫然。”

枕星无奈地望向窗外。

是啊，在成邺时，起码有宝屏斋的人暗中帮忙。可西海城就只有她们两个，从哪里查起呢？

酒楼对面是一座生意不错的医馆，一男子扶着怀有身孕的妻子，小心翼翼地跨进医馆门槛。

裴道珠看了半晌，忽然道：“当年萧老夫人诞下萧玄策，定然是请了稳婆的。”

枕星眼前一亮。

次日。

谢南锦看着院子里的六七位稳婆，一时间哑口无言。过了好半晌，她才转向裴道珠：“阿难，你这是……”

“她们都是西海城的稳婆，谢姐姐怀胎不易，得请人好生照看才是。”裴道珠眉眼弯弯，“请的是多了些，但我们也不缺银钱不是？”

谢南锦揉了揉额角，无奈道：“倒也不必这么夸张，留一位就够了。”

几位稳婆自知差事肥美，因此都想留下来，你一言我一语，滔滔不绝地讲起这些年接生的经历。

“老婆子是城北本事最好的稳婆，照顾孕妇很有一手，接生也是相当有经验的！早些年刘老爷家的儿媳难产，好几个大夫都说母子难保，老婆子我愣是让母子平安了。还有江老爷家的小妾……”

“……”

裴道珠听了半晌，没听到和萧衡有关的事。

她轻摇团扇，似是无意间提起：“说来有趣，我家夫君也是在西海城出生的，却不知是哪位稳婆接的生……若是你们中的哪一位，我倒要仔细奖赏。”

几位稳婆听到她家夫君是萧家九郎后，各自遗憾摇头。

裴道珠面上带笑，心底却有些失落。这几位稳婆都是西海城年岁较大的，二十多年前就开始当稳婆，然而她们显然和当年的事没有关系。

她想找的人，不在这里。

她随意点了年纪最大的一位稳婆留下，不死心地问：“婆婆天命之年，还在外奔波，委实辛苦。不知这西海城里可还有比婆婆年岁更大的稳婆？”

老人摇摇头，恭声道："城里的稳婆，就数老婆子和刚刚那几位老姐妹年岁最长，其他人都三十余岁，不懂事得很哩！老婆子的阿姊也是稳婆，只可惜早些年失踪了，不然她该是年岁最长的。"

裴道珠不禁有些失望。

稳婆退下之后，谢南锦合拢折扇，敲了敲裴道珠的肩膀。

裴道珠回眸："谢姐姐？"

谢南锦挑了挑眉，压低声音："小阿难，你是在给我找稳婆，还是在调查别的什么？"

"谢姐姐冰雪聪明，我早知瞒不过你的。只是此事是我的猜测，没有印证之前，暂时不方便说。"裴道珠柔声道，"愿谢姐姐替我保密才好。"

谢南锦轻笑："我口风何等严实，你放心就是。若有需要帮忙的地方，一定要告诉我。"

裴道珠点点头，与她去园子里赏花。

廊柱的阴影里绕出一个人。

萧荣负着双手，目送她们的身影消失在园林深处，呢喃道："萧衡，出生在西海城？"

裴道珠又在西海城待了八九日。

城中与稳婆相关的人，她几乎都调查了个遍，可仍旧没有当年的线索。

她记得萧衡的生辰八字，可太守府并没有那天请过稳婆的记载，好似萧老夫人是突然之间生下孩子的。

枕星陪着她回太守府，忍不住嘀咕："有没有可能是您多疑了？那么大的事，一个知情者都没有，什么线索也查不到。"

"正因为一个知情者都没有，才更显得奇怪。阿姑随军驻守西海城，不可能从成郸带来稳婆，稳婆一定是从当地请的。可当地没有一位稳婆来太守府接生过婴儿……"

万千思绪萦绕在脑海中。

枕星听得似懂非懂："经夫人一说，好像确实有点道理……"

裴道珠按了按额角。

前方街口忽然传来躁动，原是一小支巡逻军队经过。为首之人褒衣博带，正是萧荣。

裴道珠看了片刻，忽然轻声："有些奇怪。"

枕星不解："哪里奇怪？可还是郡公的身世？"

“是萧荣。以他的性子，经历过顾燕婉一事，定然会跟我死磕到底才对。可是咱们来了西海城这么久，他几乎一直对我避而不见。草包如他，竟也勤勤恳恳地巡起城……当真奇怪！”

枕星笑道：“他到底是郡公的亲侄儿，身上流着萧家的血。迷途知返，浪子回头，也未可知呢！”

会是这样吗？

裴道珠目送萧荣远去，总觉事情没有这么简单。

夕色愈发柔和。老街两侧的桃花树萌出一层淡粉花苞，些许开得早的桃花散发出浅香，衬着青砖角落里的丁香，令这座城池弥漫着温柔的味道。

一枝桃花横斜，恰恰挡在裴道珠跟前。她踮起脚尖，欲摘一朵桃花。

恰在这时，一骑黑色骏马逆光而来。细铠军靴的小郎君骑在马背上，背负红缨长枪，容貌英俊。

“裴姐姐……”他呢喃道。

红缨枪刺破长风，裴道珠面前的那枝桃花被斩断，堪堪落在小郎君手里。

他勒住缰绳。

骏马扬起前蹄，发出一声长长的嘶鸣，旋即稳稳停在裴道珠跟前。

裴道珠后退几步，惊魂未定地望向来人——

“谢麟？！”

镇守边关疆土的少年变得更加挺拔。昔年面如冠玉的脸，经历过战场的洗礼，更加棱角分明、锋利深邃。

谢麟弯唇一笑。他翻身下马，把那枝桃花递给裴道珠：“没想到裴姐姐竟记得我的。”

裴道珠捧过桃花枝，因久别重逢而高兴不已：“你怎么会在这里？”

“姐夫写信与我，说阿姐怀了身孕，因此迫不及待想来看看。正好我戍守的地方离这里也就七八天的脚程，我向老将军告过假，就赶过来了。”谢麟牵着骏马，与裴道珠往太守府走，“不承想第一个见到的不是阿姐，竟是裴姐姐。”

他忍不住偷看裴道珠。年少时暗恋的姑娘，怎么看都看不腻。

他顿了顿，又道：“听说裴姐姐嫁给了萧玄策？萧玄策骄傲轻狂，肯以正室之礼待你，可见是真心喜欢你的。裴姐姐身边有了守护之人，我也放心许多。”

裴道珠笑了笑：“他那个人……确实狂妄。”

也确实很喜欢她。

她撇开话题："别只提我的事，你在边关过得可好？可有遇上心仪的姑娘？"

"吃喝都好，睡得也香。至于姑娘……"谢麟挠挠头，避开裴道珠的视线，"嗯，确实遇上了喜欢的姑娘。"

裴道珠来了兴致："什么样的姑娘？"

"是……是当地太守的掌上明珠。虽然生在边关，但娇气活泼，也十分美貌，还读过许多书，就，就像你一样。她常常给我送好吃的，还带我去看边关的许多风景。"

裴道珠想象着谢麟和那位小女郎在一起的画面，不禁笑了起来。

她关切道："她叫什么名字？"

谢麟瞥了眼街边买点心小吃的铺子，随口胡诌："叫……叫汤圆。"

"姓汤名圆？"裴道珠只觉这名怪怪的，却还是为谢麟感到开心，"你遇上心仪的姑娘，是一件很幸运的事。若是亲事定下了，一定要请我去吃喜酒！"

夜间太守府设宴款待谢麟，萧荣并未到场。

边关的酒最是醇厚烈性。裴道珠喝得微醺，被谢麟背回了卧房。

他仔细替裴道珠掖好薄被，叮嘱枕星照顾好她，才轻手轻脚地掩上屋门出来。

刚转过身，便撞见站在廊下的谢南锦。

他吓了一跳，连忙把谢南锦拉到园子里："阿姐，你做什么呀！深更半夜一言不发地杵在人家房廊底下，怪瘆人的！"

谢南锦戳了戳谢麟的额头："你还心仪阿难呢？人家都是郡公夫人了，你还追着不放，给别人知道，定然要在背后笑话你！"

"任他们笑话去！我一没表露心迹，二没拆散裴姐姐和萧玄策，没做伤天害理的事，还不准我偷偷喜欢了吗？"谢麟不服气，指了指自己的心脏位置，"除非阿姐把这颗心挖出来，否则我怕是改不了心意了！我喜欢她，我身不由己，我有什么办法？！"

"你——"谢南锦被他气得不轻，却拿他毫无办法，只得啐他一口，"阿父和阿娘都十分理性，我也是擅长权衡利弊的人，怎么就偏偏出了你这么个情种？！"

她气得转身就走。

谢麟不明所以地蹙着眉。他觉得阿姐好像是在骂他，但又好像是在夸他。

次日清晨。

裴道珠刚梳洗完，谢麟就殷勤地跑到了她的窗外。

他叩了叩花窗："裴姐姐，我想逛逛西海城，你与我一道呗？我听说城郊有座赤沙台，想去瞧瞧。"

裴道珠簪上珠花，应了声好。

赤沙台设在城郊江畔。十多年前，萧允夺回西海城后，为了凭吊死于西海城战乱的那些将士，带着士兵们亲手建造了赤沙台。

西海城战争后，士兵们的血流淌成河，染红了江边的泥沙，用那红色泥沙所筑的高台通体呈现出赤色，因此取名为赤沙台。

"大约也有赤胆忠心的意思。"裴道珠仰头望着这座高高的楼台，轻声道。

谢麟深深呼吸。这两年来，他见识过战争的残酷，对战死沙场的儿郎们抱着无比的敬重。

他认真地祭祀过那些英灵，才和裴道珠离开。

两人沿着江畔散步，隐约可见远处楼船如织。

"是北国的战船。"谢麟轻声道，"我听说元承回去之后，一直积极训练水军，对江南的疆土虎视眈眈。萧玄策想要北伐，是正确的选择。"

迎面而来的江风透着腥气，雾霾中的楼船宛如巨兽，仿佛会吞噬西海城。

裴道珠的斗篷被江风吹得猎猎翻飞。她理了理凌乱的鬓发，凝望江面良久，才同谢麟一起回城。

与此同时，大江对岸。

楼船高耸入云，身穿精锐盔甲的将军正在练兵。

元承端坐在楼船上，一手把玩着棋子，含笑凝视对岸若隐若现的西海城。

一张手绘的舆图铺在棋桌上。

侍从恭声："都说萧家人忠肝义胆，不承想竟出了萧荣这个叛徒。他这些天走遍西海城，绘制的舆图当真不错。有了这张图，再加上他夜开城门的帮助，殿下夺取西海城定然易如反掌！"

元承轻笑两声："只要拿到西海城，征服南朝指日可待。"

他把棋子放在舆图的太守府位置，目光逐渐阴骛。

侍从问："殿下，咱们何时行动？"

元承望向船头飘扬的旌旗，良久后道："今夜。"

他要趁陆玑还没有彻底熟悉西海城的军事布防时，尽快拿下这座城。

是夜。

外间起了风。

枕星关上花窗："都开春的天了，怎的一下子变冷了？奴婢等会儿去隔壁再抱一床金丝绒毯过来。"

裴道珠靠坐在榻上，怀里抱着紫檀木雕花宝匣。宝匣里全是她这些天买来的奇珍异玩。

她把玩着一枚翠玉扳指，柔声道："也不知成邺冷不冷……前些年还落过一场春雪，虽是寒冷，但春雪落在桃花间，景致却是极美的……"

她正说着，枕星突然惊讶道："夫人，您快来瞧！"

裴道珠放下宝匣，好奇地走到花窗边。

屋檐下挂着灯笼，光影在夜色里朦胧晕开，隐约照着园子里的风景。

漫天细雪花飘零而落，温柔地落在婆娑花间，云朵似的浅粉桃花缀上了晶莹的冰雪，似是瑶台仙境。

"是雪！"枕星欢天喜地，"夫人正说着春雪，这就落雪了，这可是很罕见的景致呢！"

裴道珠凝望春雪，忍不住扬起唇角："这般好的夜景，若是就寝，反倒是辜负。你去花园抱厦里准备一桌小宴，再烫一壶酒，我边吃酒，边写信告诉萧玄策。"

枕星笑眯眯地应好，连忙去办了。

裴道珠重新换过衣裙，径直去了花园抱厦。

抱厦正对着寒塘，去年的枯荷还留在塘面上，积了薄薄一层细雪，经灯笼一照，那种颓废枯萎之美令她惊叹。

她捧着热酒，正想着写信向萧衡分享，抱厦外面传来谢麟的声音——

"裴姐姐这般有雅兴，却不知叫上我，可是怕我坏了你的兴致？"

谢麟一袭绛纱袍，正含笑踏上台阶。

她抬手："坐吧。怕你睡了，因此不曾打搅。"

谢麟自来熟地倒上酒："春雪难得一见，我想着裴姐姐定然喜欢，特地来找你，却听侍女说你已经来花园里赏雪了。裴姐姐，我是个粗人，不懂怎么形容春雪，只觉十分好看。你读的书多，可否用诗词歌赋与我说说？我想听呢！"

裴道珠弯着眉眼。

不通文墨的小将军，竟愿意坐下来聆听诗词歌赋。有趣！

她便与他讲起春雪来。

窗外细雪簌簌，抱厦里煮酒闲谈。

谢麟认真地听裴道珠说话，只觉夫子嘴里的陈词滥调，到了她的口中都变得悦耳动听，像是某种珍馐美味。他在心底跟着诵读，竟也觉齿颊留香。

裴道珠给谢麟讲诗，谢麟便也给她讲起边关的事。一壶酒见了底，两人却未曾尽兴，便又叫侍女再抱几坛酒来。

终于酩酊大醉，已是子夜过半。

两人趴在食案上小憩，忽然听到穿云箭刺破夜空的声音！

府外传来尖叫！

裴道珠猛然惊醒。她揉了揉醉眼，左右环顾，见巡逻的士兵大叫着北国人打过来了！

火光四起。马蹄声铺天盖地地响起，喊杀声更是震天！

裴道珠还在发愣，谢麟已经利索地起身。

他心知情况不对，立刻拉起裴道珠："咱们且先离开这里！"

裴道珠被他拽着往前跑，一手提着宽大烦琐的裙裾："发生了什么事？好端端的，为何会说北国人打过来了？谢麟、谢麟，你跑慢些！"

谢麟带着裴道珠从后花园跑到前院，见府门破碎，满地尸首。腰挎弯刀的北国士兵横冲直撞，与府里的守卫军厮杀在一起。

裴道珠瞳孔微微缩小："怎么会这样？他们怎会无声无息地渡过大江？！更何况西海城城门紧闭，他们——"

脑海中，突然想起二十多年前西海城的那场战事——内奸擅自开启城门，引导北国军队进城，以致酿成惨祸。

这一次难道仍是内奸作祟？可谁会是内奸呢？

一伙北国士兵突然从屋里冲出来，瞧见裴道珠和谢麟，立刻扬起兵器，嘶喊着袭向两人！

谢麟毫不迟疑地背起裴道珠，朝马厩方向奔去，边跑边吹了一声口哨。

马厩方向传来一声长嘶，那匹陪他戍守边关的纯黑骏马如野风般疾驰而来！

谢麟带着裴道珠翻身上马，朝太守府外奔去。然而他们实在太醒目了，士兵们纷纷朝他们涌来。

谢麟镇定自若地要起红缨枪，把几名异族士兵挑翻在地。

他们一路往谢南锦和陆玑的院落杀去，四溅的血染红了花径两侧的白芍药，裴道珠伏在马背上，一行血珠飚溅在她的脸上，她闭了闭眼，鼻息之间都是血的温热腥气。

"阿姐！"

谢麟闯进院子，厉声大喊。

满地都是破碎燃烧的灯笼，侍女小厮们惊恐地到处逃窜，可哪里都没有谢南锦和陆玑的身影。

"阿姐，你在哪里？"

谢麟心急如焚，下马闯进内室，只有两个侍女倒在血泊中，他的阿姐并不在，太守印玺、文书等物也都一扫而空。

裴道珠道："许是听见动静，谢姐姐和陆二哥哥离开了……府里这样乱，事情又发生得这么突然，咱们或许与他们错过了。"

谢麟紧紧攥着红缨枪，知道此地不宜久留，于是带着裴道珠杀了出去。

然而府外早已被包围。

北国士兵手持火把，嚣张地穿行在街头巷尾，劫掠城里的黄金、粮食、丝绸和马匹。

孩童和妇人的哭泣声在长夜中此起彼伏，血顺着门槛流到长街上，但凡有人敢反抗，都会被那些士兵残忍杀害。

驻守西海城的军队猝不及防，不过短短两个时辰就溃不成军，其余能逃的都逃出了城。

临近黎明时，谢麟带着裴道珠出现在城门口。正要出城，一队北国士兵策马而来，封锁了城门，不许任何人再进出西海城。

他们拿出一张张画帛，张贴在墙上，操着一口并不熟练的中原话，高声吆喝道："这是我们殿下要抓的人，谁能提供线索，赏金十两！我家殿下宅心仁厚，只要尔等真心投降，绝不伤尔等性命！"

裴道珠和谢麟躲在逃难的人群里。她远远望去，画帛上是她、陆玑和谢南锦的画像。

她低声道："元承竟然知道我在西海城，可见城里确实有奸细……谢世子，你身份特殊，不如趁元承还没发现你在这里，偷偷离开西海城。这两年你功夫精进许多，定然能避开他们的耳目。"

谢麟面色苍白。

他自然是能走得了的，只是要他把裴姐姐一个人抛弃在这里，他做不到。

他紧紧握住裴道珠的手："要走，你我一块儿走！苟且偷生，临阵脱逃，不是我谢家门风！"

裴道珠心知劝不动他，只得不再多言。

两人返回暗巷，躲避城里的追兵。

谢麟竖着耳朵听着巷子外那些士兵的动静，轻声道："裴姐姐，咱们接下来该如何？得找个地方先躲起来才是。"

裴道珠拨弄着一户人家的屋门，很快门就开了。

这户人家逃难走得匆忙，箱笼并没有收拾干净，零散衣物丢的满地都是。布料颜色黯淡，乃是穷苦人家才会穿的。

裴道珠褪下自己那身华贵的裙衫，挑了身合适的粗布麻裙换上。她摘去珠钗首饰，仔细藏进怀袖深处。

谢麟也拣起一件衣裳，换了起来。

他换衣服的时候，裴道珠才注意到他的衬袍上全是血。

她惊讶："你受伤了？"

"唔……"谢麟低头看了眼胸口的伤势，满不在乎，"皮肉伤而已，没什么要紧！"

裴道珠见他面色苍白，分明就是失血过多的模样。

都是因为要保护她，他才会受伤。她心里难过，便在这屋子里搜找起药箱来。

然而这户人家实在清贫，家中并没有备着药膏。

谢麟摆摆手："何必如此麻烦？我可是顶天立地的男儿，不过是流一点血罢了，过几日，它自己也就好了！"

裴道珠心里着急，只得先取了清水，替他清理伤口："你究竟在边关经历了什么？谢家娇养出来的小世子，成郸城里游手好闲的小祖宗，竟也学会了不叫苦不叫痛？"

谢麟坐在胡床上，静静地看着少女垂着头，动作极轻地为他处理伤口。

边关漫天的戈壁风沙，贫瘠而清苦的军营生活，他不害怕。

稍不留神就会丢掉性命的沙场征伐，他也并不畏惧。

唯有长夜里，那轮明月和悠扬的长笛，最是令他彻夜难眠。

一见着明月，一听见长笛，他就想起了在遥远成郸城里的那个女郎，他忍不住想她今夜是否难眠，想她是否正与他凝望同一轮明月。

那样的夜，最是难熬。

"伤口好深……"裴道珠蹙起眉，"你受了这么重的伤，却强撑到现在……谢麟，你是为了保护我才会如此，我又欠你人情了。"

她眼眶微红，鼻尖酸涩得厉害。

谢麟见不得她难过，他拉起裴道珠：“我是驻守边关的副将，保护你是我的责任。哪怕今夜不是你，换作其他人，我也会义不容辞地救。裴姐姐，我已不再是当年那个无所事事跑去金梁园偷盗明珠的谢家世子爷，我的双肩也能像萧衡那般，挑起家国社稷，挑起收复疆土的重任。”

裴道珠被他眼中的赤诚打动，终是不再计较那些。她扶起谢麟：“我想到一处藏身的地方，咱们走。”

两人故意弄脏脸，穿过凌乱的长街时，远远瞧见北国的军队从对面经过。在军队里谈笑风生的一位郎君，赫然是萧荣！

裴道珠面色微凝：“怎会是他……”

她忽然全都想起来了。

刚来西海城时，她曾无意中瞥到路边一位摊主，当时觉得哪里奇怪，如今细细想来，那位摊主分明就是元承身边的侍从！在成邺时，她曾见过他。

而萧荣这么多天都没来找她麻烦，不过是因为忙于叛变！

裴道珠目光如刀：“萧家满门忠烈，萧老将军为了这座城还丢掉了性命！可是萧荣却在二十多年后，毅然把这座城拱手相让！萧荣……他怎么做得出来！”

谢麟冷笑两声：“我记得从前在成邺时，萧荣也曾是各大世家的座上宾。不少老人夸奖他颇有才华，将来会是朝中栋梁。如今看来，果然是百年难得一见的‘栋梁’！可怜萧老将军的尸骨还在城外赤沙台，和其他二十万英灵一起看着他呢！”

他情绪颇有些激动，牵扯到伤口，忍不住咳嗽起来。

裴道珠扶住他，垂下头，不动声色地与那支军队错身而过。

她挑的地方是城南的一座破庙。

破庙年久失修，神像也已坍塌，鲜少有人前来。不少乞丐把这里当作遮风避雨之所。她为了调查萧衡的身世，几乎把西海城翻了个遍，因此记得这座庙。

裴道珠扶着谢麟进了庙：“这里没有值钱的财物，元承的军队绝不会来这里搜查。咱们且先养伤，再想办法和谢姐姐他们联络。”

此时破庙里大都是八九岁的小乞丐，唯有一位上了年纪的老婆婆，衣衫褴褛地卧在草堆上。小乞丐们很敬重她，都唤她婆婆。

两人的到来并没有引起他们的敌意。

那群小乞丐挤在一处取暖，看他们可怜，好心地腾出一堆稻草叫他俩休息。

裴道珠安顿好谢麟，叮嘱道：“你在这里待着，不许乱动。我去外面找药、食物和水，很快就回来。”

谢麟一把抓住她的手。

他一路强撑到现在，此时面色已是苍白如纸。

他哑声：“你一个弱女子，出去遇上危险怎么办？给萧玄策知道我没能力保护你，我会被他笑话的！你别去，我睡一觉就好了。”

裴道珠不悦：“我是那么容易被抓住的人吗？你放心就是。”

“裴道珠——”谢麟急了，直呼起她的名讳。

裴道珠捂住他的嘴：“我自有分寸。”说完，径直起身离去。

谢麟挣扎着想追上去，可失血过多令他头晕眼花，他再也支撑不住，终是晕了过去。

裴道珠离开破庙，沿着落败的长街走了许久。

昨夜的春雪凝结成清寒的白霜，被逃难的百姓们踩过，混合着枯叶和泥土，变得污浊不堪。

长街空空荡荡，一个人也没有。

她又走了半个时辰，终于瞧见一处偏街里一家药铺的郎中正从铺子里探出脑袋，左右张望了片刻，便像是受惊的雀鸟般要关上店门。

“且慢——”

裴道珠小跑过来，气喘吁吁地挡住门板。

她抬起长睫：“我是遭难的百姓，阿弟受了重伤，血流不止，想问您讨些药材！”

掌柜的颇有些嫌弃：“北国的军队打了过来，往后的日子还不知道要怎么过！你说讨药材就讨药材，天底下哪有这么便宜的事？！”

裴道珠毫不犹豫地从怀袖里取出一枚金簪：“换止血药，可够？”

掌柜的眼前一亮，夺过金簪，这才带着裴道珠进屋拿药。

一根金簪，只换到了一小包止血药。裴道珠虽然不满，却也知道她没得挑。

临走时，她瞧见了角落里堆积如山的米袋，忽然想起破庙里缺水缺粮的情况。

黄昏时分，裴道珠回到破庙。

谢麟睁开眼，就瞧见少女逆着夕光跨进门槛，怀里还抱着一小袋米。

他挣扎着坐起身：“裴姐姐——”

“瞧瞧，我这不就安全回来了？”裴道珠笑着走过来，把米袋放在旁边，取出水囊递给他，“喝点水。”

谢麟解过渴，拧上水囊的盖子，颇有些不好意思：“原是我要照顾裴姐姐，反倒是要你照顾我……”

裴道珠并不在意。她仔细替他解开衣衫，重新清过伤口，才取出止血药，认真地包扎起来。

谢麟望着那袋米：“城中战乱，百姓流离失所，物资比什么都贵。裴姐姐又是买药又是买粮，定然破费不少……裴姐姐昨夜的钗饰，都没有了吧？”

金簪、珠钗、玉镯，都没了。就连她最喜爱的那对明珠耳铛，也给了那个掌柜。

换来的，不过是一包药和一袋米。

裴道珠垂着眼帘，轻声道：“从前我最爱金银珠宝，爱楼阁园林，爱绮罗绸缎……一夜战乱，方才知道，好好活着比什么都重要。乱世之中，沉甸甸的金簪不及一袋米粮来得踏实。”

破庙里陷入寂静。

裴道珠想起什么，从怀袖里取出一块乳酪糖：“我软磨硬泡从药铺掌柜那里讨来的，你快尝尝。”

谢麟不肯吃：“我可是戍守边关顶天立地的小将军……我不怕疼，我才不吃糖！该是女孩儿吃的东西……”

裴道珠被他逗笑，不由分说地把糖塞进谢麟嘴里：“顶天立地的小将军，卸去了盔甲和红缨枪，也只是个尚未到弱冠之年的小郎君！小郎君吃点糖怎么啦？”

谢麟眨了眨眼。虽然被喜欢的姑娘喂糖是一件很欢喜的事，然而对方的语气全然是在哄小孩儿。

裴姐姐把他当成了阿弟。

谢麟心里郁闷，“咯嘣咯嘣”地嚼碎糖块儿，含混道：“等回了成邺，我把这两年的积蓄都拿出来，给裴姐姐买些金钗首饰，弥补裴姐姐今日的损失……”

“还是攒起来，将来给那位汤圆姑娘买首饰吧。”裴道珠轻笑，“我不要你的东西。”

谢麟心里越发郁闷。

哪有什么汤圆姑娘？不过是他胡诌出来，哄她安心的。

谢麟闭目养伤时，裴道珠从破庙后面捡了一口被丢弃的小铁锅，洗刷干净后，认真地架上火堆，打算煮点小米粥。

远处隐隐传来调度军队的声音，裴道珠神情自若，只专注地淘米下锅。

几个小乞丐围在不远处，瞧见白花花的米，都忍不住咽起口水。

裴道珠拿勺子搅了搅小铁锅，瞥了眼那群孩子，轻轻咬了咬下唇。

米粮不多，她仔细算过，省着点吃，可以够他俩撑四五天。若是分给这群小乞丐……顶多只能吃两日。

她狠心收回视线。

她可是裴道珠！乱世之中，自己活下去不比什么都重要？她连自己都救不了，又怎么能去救别人呢？

她正欲盖上锅盖，小乞丐们可怜巴巴咽口水的模样浮现在眼前。

“萧玄策心里装的是家国天下，裴道珠，你心里装的可是荣华富贵锦绣前程！你竟也学起萧玄策来了？这些粮食是用金簪子换来的，那些小乞丐可不会给你金银珠宝！”她嘴上嘀咕着，却还是从米袋里多抓了两把米撒进锅里。

两刻钟后，破庙里的人都吃上了热腾腾的小米粥，连那位老婆婆，也被裴道珠送上了半碗米粥。

小乞丐们抱着碗，恨不能连碗底也给舔干净。

谢麟捧着破碗，像是第一次认识面前的姑娘，一眨不眨地觑着她。

裴道珠没好气：“看我作甚？”

谢麟眉眼带笑：“我认识的裴姐姐，爱极了金银珠宝，难得馈赠他人……今日，倒是大方。”

裴道珠翻了个白眼：“饿极了的人与野兽没有区别。我若是不管这群小乞丐，只怕米粥会被他们抢走，或许还会向那些士兵告发我们。所以我哪儿是帮他们，分明是帮咱们自己。”

谢麟笑了起来，并不信她的话。他把自己碗里的米粒都拨给裴道珠：“我没什么胃口，裴姐姐吃吧。”

“你——”

“等我伤势好些，就出去找粮食，所以裴姐姐不必刻意节省。城里没什么动静，想来阿姐和姐夫都还没被抓到。裴姐姐，咱们该想办法找到他们。”

谢麟说完，仰头把米汤喝了个干净。

裴道珠知晓他的性情，不再推脱，大大方方地吃起米粥。

夜深人静时，谢麟已经睡着了。

裴道珠摸了摸他的额头，见伤势没有感染，他也没有发高烧，大约过几日就能恢复了。

她松了口气，正要入眠，对面传来苍老的咳嗽声。

裴道珠抬起头，老婆婆又虚弱地咳了几声，勉强笑道："人老了，大约活不了多久，夜间总爱咳嗽……吵到你们，抱歉。"

几个小乞丐窝在她身边，睡得很是香甜。

裴道珠轻声道："未曾吵到。"

老婆婆望向破庙外。

无边夜色笼罩着这座城，像是一张沉重的罗网，把所有人都困在里面。

她低声道："二十多年前，北国人也曾打了进来，满城士兵伤亡惨重。我以为那种事再也不会发生，没想到啊……"

裴道珠好奇："婆婆二十多年前就在西海城？"

"我这辈子，都没离开过这座城。"老婆婆苍老的脸上满是凝重和喟叹，"我记得二十多年前的那一夜，满城火光，士兵们的尸体堆积成山，那血呀，几乎淌成了河。"

她咳嗽了几声，接着道："我刚从太守府出来，迎面就是嗖嗖的箭矢，幸亏我命大，侥幸逃回家去，可双亲和妹妹都已不知去向……"

她絮絮叨叨的，裴道珠没怎么往后听，只抓住了她最在意的地方："太守府？您那晚在太守府？"

老婆婆点点头。

"那一夜，太守府里是不是有个刚出生的婴儿？乃是萧家的九郎，如今名唤萧衡，位居郡公，前些年曾带兵征伐蜀国。"裴道珠没想到能在这破庙里遇见线索，不禁眼睛发亮，"婆婆可记得他？"

老人没说话，肮脏花白的长发遮掩了她的脸。

可裴道珠仍旧敏锐地捕捉到她逐渐变化的情绪。很显然，那一夜的经历对老婆婆而言，似乎并不寻常。

她追问道："婆婆？"

老婆婆的声音变得冷漠嘶哑："你是什么人？"

"我……我是萧郡公的夫人，裴道珠。"裴道珠选择据实以告，"还请婆婆告诉我，那晚太守府究竟发生了什么。"

她正襟危坐，藏在宽袖里的小手握紧一把锋利的匕首。

她想知道那夜的情况，因此选择坦诚相对。但知人知面不知心，若是这老婆婆不识好歹，想把她的身份透露给外面正在抓人的北国士兵，那么她不介意送她上西天。

“萧郡公的夫人……”老婆婆念叨着，仔细打量裴道珠半晌，终是摇了摇头，“实话与你说吧，我原是个稳婆，临时被请去太守府，说是萧家少夫人要生孩子了。可是我刚走进后院，尚未踏进卧房，那些丫鬟就说少夫人已经生完了。”

裴道珠怔住：“提前诞下孩子倒也不是什么稀罕事。为何我提起太守府时，婆婆反应那么大？”

“若仅仅如此，自然没什么。”老婆婆双眉紧蹙，“但我既然来了，自然没有转身就走的道理，我总得拿些赏钱不是？我可是推了不少产妇家的邀请，特意赶来太守府接生的。于是我趁着婢女们不注意，偷偷溜进卧房……瞧见了襁褓里的婴儿。”

她越往后说，声音越是压得极低，仿佛那是什么不可告人的秘密。

裴道珠紧张道：“然后呢？”

“我接生过多少孩子，那襁褓里的婴儿根本就不是刚出生的模样！分明已有足月大！”

足月大……这是不是代表，萧玄策根本就不是萧老夫人所生？！

老婆婆接着道：“我知道，越是这种世家大族，秘密越是多。我不敢多留，连忙溜出卧房想回家，可还是惊动了院子里的侍卫。他们对我痛下杀手，倒在血泊里的时候，我以为我就要死了。

“然而恰在那时，北国人打了过来。太守府乱成一锅粥，我才侥幸捡回一条命，带着重伤逃离了太守府。这么多年过去，萧家的势力如日中天。我怕呀！我怕他们知道我还活着，知道我窥视了他们的秘密，要再杀我一次。于是这些年，我东躲西藏，连家都不敢回，唯恐连累家人……”她不禁潸然泪下。

裴道珠始终缄默，心底却掀起了惊涛骇浪。

萧玄策并非萧老夫人所生，莫非他是萧老夫人为了固宠，从别处抱来的男婴？

可是这完全说不过去，萧老夫人膝下子嗣众多，她并不缺儿子。

如果问题不是出在萧老夫人身上，那么便是出在萧玄策身上。萧老夫人和萧相爷希望把萧玄策留在萧家，于是特意给他安排了这么一个身份。

那么，萧玄策原本的身份是什么？他是谁家的孩子？

万千思绪萦绕在脑海。

裴道珠又想起什么，道：“婆婆，我前几日在太守府见过一位稳婆，似乎是你妹妹。她过得很好，你不必担心。”

老婆婆笑了几声，便又剧烈咳嗽起来。

她喘息着摇摇头：“我如今已是不中用了，只怕撑不过几日。这些秘密，我原打算带进土里，也就是念在你今夜为我和这群孩子煮粥的分上，才告诉了你。少夫人啊，烦请您在我死后，替我好好安顿这群孩子，他们都是我这些年捡回来的弃婴，可怜呐！”

裴道珠点头应允。

夜渐深，破庙中只能听见众人睡眠时的呼吸声。

裴道珠毫无睡意，睁着眼睛，静静凝视庙外的那一轮明月。

事到如今，一切都说得通了。

怪不得萧相爷总是对萧玄策格外严厉，怪不得萧家的几位兄弟都不怎么亲近萧玄策，原是因为他的身上流的根本就不是萧家的血。

裴道珠周身泛起一层寒意，心乱如麻。

等回到成邺，她是否要告诉萧玄策这个消息？

他能接受吗？他会相信吗？

等到将来真相大白时，她又该如何面对他？

……

裴道珠在黎明前才浅浅入眠，还没睡上一个时辰，就被哭闹声吵醒。

她坐起身，见那群小乞丐围着老婆婆。

谢麟低声道：“我探过鼻息，这老婆婆已是没了，须得尽快安葬才好。”

安葬老婆婆后，裴道珠硬着头皮接纳了破庙里的小乞丐们，却不知该如何养活他们。

第22章

城中的局势愈发紧张。

萧荣为了向元承表忠心，非得把西海城翻个底朝天，一心要抓住裴道珠邀功请赏。

裴道珠和谢麟带着一群小孩儿，被迫在城中东躲西藏，那一小袋米粮很快就吃光了，两人只得再想别的主意搜罗物资。

就在两人在城中艰难度日时，陆玑和谢南锦返回了成郡。

两人风尘仆仆，逃回来的残余兵马也苦不堪言，十分狼狈。

他们快到成郡城时，萧衡就坐在城郊驿道边。

古柳遮天，柳树下横着一架长琴，萧衡穿一袭鹤绫袍，轻抚长琴。

琴音如流水。

陆玑和谢南锦骑在马背上，对视一眼。

陆玑轻声道："玄策，西海城失守了……萧荣暗中投靠元承，夜开城门，放北国军队入城。我和南锦尚来不及整理军队应对敌情，就被杀得措手不及。大江之畔全是北国的军队，人数多达数十万。我和南锦稍作商议，决定回成郡求取援军。"

谢南锦只要一闭眼，那一夜逃出西海城的狼狈便历历在目。

她睁开眼："阿难还在城中，阿麟陪着她，想来是能护她周全的。玄策，我们需要援军。西海城附近的几位太守对我们闭门不见，舍不得派兵援助，我和子机走投无路，只能回成郡。"

琴音泠泠。

萧衡垂着眼帘，俊美深邃的面容笼罩在树荫中，令人看不清楚他眼底的神色。

一曲毕，他才按住轻颤的琴弦，淡淡道："天子已在宫中等候。"他抱着长琴起身："走吧。"

谢南锦目送他登上马车，颇有些奇怪：“萧郡公，阿难还在西海城中，你就不担心她？你怎能做到如此淡定？”

萧衡扶着马车车门，背对两人，头也不回：“担心又如何？为今之计，是商议如何夺回西海城。我知道你们把她留在西海城是迫不得已，我不怪你们。毕竟，儿女情长是要为家国天下让路的。”

说完，就登上了车驾。

谢南锦和陆玑对视一眼，心知他心里不快，不敢多言。

问柳驾着马车，悄悄看了眼车门上的指印。

这可是檀木做的车门，坚固无比，刚刚竟生生被主子捏出了五道指印。

主子心里，怕是憋着火呢。

御书房内。

三人进来时，朝中各大世家几乎全部在座。

天子已是老态龙钟，慵懒地倚坐在榻上，含笑轻抚宫女的小手：“再给朕剥一颗葡萄，乖……”

朝中世家对此情景见怪不怪，只都专注地瞧着丞相萧允和大司徒崔元，指着这两人拿主意。

陆玑携谢南锦进来时，先向天子告了罪。

老皇帝听着听着，面露不耐烦之色，冷淡道：“既然兹事体大，便全权交由丞相和大司徒处理。朕还有些私事要处理。”

说完，便迫不及待地带着那名美貌的宫女离开了御书房。

众人见怪不怪，群起议论，争相询问西海城的情况。

陆玑据实以告：“……如今北国军队占据了西海城，想来不日就将南下。西海城地理位置十分重要，决不能轻易丢弃。还请朝廷增派援军，挽回西海城。”

御书房陷入寂静。

不知过了多久，一位老臣道：“贸然打仗怕是不妥吧？更何况，咱们哪里打得过他们？依我看，不如避战求和，等将来局势稳定，再徐徐图之。”

此言一出，不少世家纷纷附和。

屏风后突然传出一声轻笑，慵懒淡漠的女音随之响起：“避战求和，徐徐图之……可是要等到北国人的铁骑兵临成郧城下？那时还来得及吗？”

隔着薄纱刺绣屏风，众人隐约见一华服高冠的美人端坐在胡床上，一手轻摇团扇。

长公主司马宝妆。

那位老人神色不虞："后宫不得干政，长公主可有把祖训放在眼里？我南国的江山，大约就是被这么败掉的！"

崔家家主崔元不乐意了。长公主是他的夫人，自然没有被旁人当众呵斥的道理。

他抚着一柄玉如意："韦老竟还有心情计较后宫能不能干政这等小事……至于江山是如何没的，韦老何必怨怪女人？若你有本事，大可披挂上马，上阵杀敌。"

"我……我已是花甲之年，如何上阵杀敌？！"

"廉颇老矣尚能饭否，韦老上阵杀敌又如何不可？"

"你——"

眼见御书房陷入无意义的争吵，一声尖锐的琴音突然刺破空气。

众人纷纷循着琴音望去。萧衡端坐在侧，指尖按住轻颤的琴弦。

他抬眸道："西海城乃南北交界之所、江河汇聚之处，不可轻易拱手让人。依我之见，该出兵北上，夺回城池。"

"你说得容易，这次北军南下，定然是做了万全的准备。咱们万一打不过，江山可就真没了！到时候谁能担得起亡国的责任？！萧郡公担得起吗？！"

"言之有理！如今咱们的军队弱于北方，贸然出兵不如干脆割地求和，他们想要的不就是丝绸、粮食和黄金吗？给他们就是！"

一时间，主张求和的官员们沆瀣一气，只有崔家和萧家派系的官员没有说话。

萧衡拨弄着琴弦，似是察觉到什么，瞥向角落。

清瘦内敛的少年郎静静坐在花几旁，一身清隽，很有几分公子世无双的味道。

是崔慎。他尚未入仕，此次入宫只是随父亲一起来的。

他对上萧衡的目光，温和一笑，道："我也以为不如一战。"

韦老立刻骂道："哪里来的小兔崽子，你懂什么，战什么战——"话未说完，注意到对方竟是崔慎，他连忙噤声。

众人也没料到崔家竟也支持北伐，于是避战求和的声音弱了下来。

崔慎不疾不徐道："我虽未参与过朝堂政事，却也读过史书，知道这百年来家国所遭受的屈辱。我们失去了疆土，百姓沦为敌国的附庸和俘虏，受尽歧视与压迫。疆土也好，百姓也罢，我们不能再失去了。"

他看向萧衡："萧郡公用兵如神，可谓是百年来难得一见的将才。有萧郡公领兵作战，想必那元承不是对手。与其避战求和，不如孤注一掷，请萧郡公率军出征，夺回西海城！"

众人缄默不语。

此话虽然有理，可万一兵败……他们如今的荣华富贵和安逸享乐就都成了泡影！

正迟疑间，萧丞相声音威严："本相也认为该率军出征。一让再让，只会令对方得寸进尺。非要求和的话，对方若是狮子大开口，咱们又该拿什么填补他们无尽的欲望？诸位大人可舍得捐献自家资产？"

众人又是沉默。

安静片刻后，忽然有人道："这次西海城失守，本就是萧荣的罪过。萧荣投敌叛国，罪该万死。若是萧郡公出征，谁知道会不会和萧荣里应外合，一起背叛朝廷？依我看，你们萧家也不能尽信！"

众人纷纷点头。

崔元轻抚长须，提议道："既然大家对萧家存疑，不如由我崔家派出一员大将，萧郡公为副将，一起率军出征，夺回西海城，诸位大人以为如何？"

话已至此，众人对视几眼，只得点头。

御书房的议会逐渐散场。

萧衡拨弄着琴弦，目送崔慎父子离去。

"玄策——"陆玑走过来，"我也随你们出征。把道珠妹妹留在西海城受罪，我心里十分过意不去，你得给我一个将功补过的机会！"

萧衡收了长琴，慢慢起身："你留在成邺，替我盯一个人。"

"谁？"

"崔慎。"

陆玑愣了："他与你一样主张北伐，既是同一派的人，盯着他做什么？更何况他并未入仕，也没什么值得关注的呀！"

"让你盯着，你盯着就是，废什么话？"谢南锦不爽地打了下陆玑，旋即转向萧衡，"郡公放心，我们定会仔细盯着崔慎！"

萧衡对他们交代完，余光瞥见踏出御书房的司马宝妆。

他眸光微动，不动声色地追了上去。

行至屋檐下，他低声道："长公主可方便借一步说话？"

御花园。

春日园林里，桃花、牡丹、紫藤等各式花卉姹紫嫣红争奇斗艳，华贵端宏的宫殿隐在林木深处。凉亭里珠帘垂落，宫女们守在外面。

亭中，萧衡和司马宝妆相对而坐，石案上摆放着一瓶白牡丹插花。

司马宝妆拿着金蛟剪，漫不经心地侍弄花枝："郡公找本宫所谓何事？"

"西海城失守，家妻沦陷城中，至今生死不明。"

司马宝妆动作微微一顿："数百里之遥，本宫也无能为力。小阿难是本宫最心疼的姑娘，本宫也盼着你尽快夺回西海城，把她平平安安地带回来。"

萧衡盯着她的双眼："晚辈记得，殿下也曾有个女儿。若还活着，大约和阿难一般年纪。小郡主刚出生不久便因病去世，不知生的是什么病？"

"真稀罕，出兵在即，郡公竟然关注起本宫的私事……"司马宝妆冷笑一声，"怎么，本宫回答这个问题，是能帮你夺回西海城还是能帮你救回阿难？那群世家偏安一隅，郡公的心思似乎也不在北伐上面。可怜我南国满朝文武，竟无一人堪当大任！"

萧衡面对劈头盖脸的谩骂，不仅不生气，反而还笑了起来。

"二十多年前，王家家主战死西海城，长公主作为遗孀，却在短短一年内就改嫁到崔家。据我所知，当年长公主和王将军可谓伉俪情深。既然王将军大仇未报，那么这些年，长公主在崔家筹谋什么？"

面对萧衡的咄咄逼人，司马宝妆的眉眼更加凌厉。

她丢掉金蛟剪，冷冷拂袖："本宫不过妇道人家，虽然怀着国仇家恨，又能如何？改嫁崔元，也不过是为了在乱世之中苟且偷生罢了。本宫乏了，郡公若是无事，烦请离宫。"

萧衡自知再套不出什么话，只得起身行了礼。

临走之前，他忽然道："二十多年前，奸细打开了西海城门，直接导致我朝二十万大军兵败。郑擎虎临死之前告诉晚辈，奸细就藏在成郸城众多世家之中……世家如林，不知谁是那个奸细？"

凉亭寂静。

萧衡离去。

司马宝妆仍旧端坐着，她垂下眉眼，整理绣着白山茶花纹的袖口。

"母亲。"

清越的声音响起。

修长如玉的手拨开珠帘，崔慎含笑踏进亭中。

他在司马宝妆身边坐下，亲手为她沏了一盏茶："一切都按照母亲的计划进行，想必再过不久，这天下就该是母亲的天下了。”

他举杯：“孩儿祝母亲得偿所愿，君临天下！”

司马宝妆敛去眼底的复杂与晦暗，摸了摸崔慎的脑袋：“好孩子……”

萧衡回到乌衣巷，吩咐侍女准备行装。

房中摆设还是裴道珠在时的模样，妆镜台上还有一盒没用完的胭脂。

他在书案前坐下，拿起裴道珠的狼毫，写了一封短短的书信。他把书信藏进信筒，起身出了门。

廊下挂着梨木鸟笼，皮毛光亮的青隼收拢双翅立在鸟笼上，歪着头盯着萧衡。

萧衡从问柳手中接过一块肉，喂给青隼。

问柳小心翼翼地问道：“殿下与长公主交谈时，曾问及二十年前小郡主染病夭折的事，莫非是在怀疑那建安公主，是长公主的女儿？”

萧衡淡淡道：“试探而已。”

只是对方口风极严，他什么也没探出来。

从萧荣突然通敌叛国到崔慎请他领兵出征，这一系列事件都透出重重疑点和古怪。他甚至怀疑，崔慎要他出征的背后是不是藏着别的阴谋。

如果崔家就是北国的奸细……似乎都说得通了。

西海城失守，看似是北国军队南下，实则是为了把他调离成郸。如此一来，崔家便把萧家排挤出了权力的中心，一家独大地掌握了成郸的权力。

他笃定长公主该是痛恨奸细的，因此才会在临走前向她透露奸细一事。

长公主久居崔家，凭她的敏锐度，应当能发现些端倪。可是她什么都没说，只是愠怒地赶他离开……

花神教，建安公主，崔家……迷雾笼罩着成郸，无数人被卷进阴谋里。真相是什么呢？

“主子！”问柳唤回了萧衡的注意，“既然崔家不怀好意，您还要亲自出征吗？”

萧衡望着天空。

北伐是他这辈子必须完成的重任。

他眉目坚定：“自然要去。”

刀山火海也必须去！

萧衡解开青隼的脚链，让它落在手臂上，把信筒绑在青隼的脚踝上，拍了拍它的脑袋，又吹了声口哨。

青隼发出一声尖啸，随即扬起双翅，如野风般朝北方天空疾掠而去。

苍鹰掠过天际，俯瞰大江东去。

浪涛席卷过堤岸，赤沙台早已在大半个月前坍塌，流亡的百姓搜集起散落在岸边的先烈骨骸，小心翼翼地埋葬在赤沙深处。

巍峨的古城矗立在岸边。

城门紧闭，异族的旗帜插满城楼，高鼻深目的士兵们驻守在城楼上，与看似平和的江南在烟雨中遥相对望。

战火把一半城池烧成了废墟，城中百姓逃亡大半，余下的苟延残喘，家家户户屋门紧闭，偶有外出寻找食物的百姓也小心翼翼的，唯恐被哪个士兵逮住，夺去仅剩的一点口粮。

城南破庙。

裴道珠用捡来的纸做成简易的课本，教几个小乞丐读书认字。

如今笔墨也成了奢侈之物，她只得用烧黑的细炭代替毛笔，在各种残缺的纸上写字，漆黑的字一笔一画地呈现在纸上，竟也算清丽婉约。

“我回来了！”谢麟抱着一堆东西兴冲冲地进来了。

他为了掩盖身份，特意打扮得蓬头垢面，只是挺拔的身姿和锦绣堆里养出来的风度，仍旧令他不同寻常。

“裴姐姐，你瞧我找到了什么？”谢麟把那堆东西放到断了腿儿的木桌上，“大米、馍馍、猪肉，还有好几种蔬菜，都是从太守府里偷来的！对了，还有你的珠宝匣子、换洗的亵衣和衬裙，我也一并偷了回来！”

裴道珠吃惊之余，颇有些后怕：“太守府防卫森严，听说元承住在里面，你贸然前往，若是被他们抓住，后果不堪设想！”

“最危险的地方就是最安全的地方，他们绝对想不到我敢溜进太守府，裴姐姐怕什么？更何况他们搜了这么久，都还没找到咱们，大约以为咱俩已经逃出城了，不会起戒备心的。”谢麟又从怀袖里掏出一叠宣纸，“我知道裴姐姐这段时间十分无聊，特意为你偷了一沓纸，裴姐姐可得夸夸我！”

裴道珠接过宣纸，对眼前小狗般邀功请赏的小郎君终是说不出责骂的话，只得道：“下次不许再去了。”

谢麟畅快地大笑起来，揉了几下小乞丐们的脑袋，随即捋起袖管，拎起猪肉：“走，今儿开荤，去后院炖肉去！”

小乞丐们欢呼雀跃地簇拥他而去。

裴道珠忙着收拣物资。藏好食物后，她打开珠宝匣子，轻抚着一支九尾凤凰金簪，正为失而复得欢喜时，忽然想到什么。

她缓缓扫了眼那包亵衣和衬裙。

一瞬间，她手脚冰凉，面色苍白。

她把金簪扔进宝匣，重重盖上盒盖，双手覆在盒盖上，指尖忍不住轻颤。

“裴姐姐——”

谢麟回来准备拿些蔬菜，见裴道珠如此，挑了挑眉：“怎么了？”

“我问你，宝匣和衣物都是在我的卧房里偷的？”

“对呀！裴姐姐的卧房一如往昔，并没有被元承乱翻乱动。”

裴道珠咬了咬牙：“谢麟，你要害死咱们了！”

谢麟一脸茫然：“此话怎讲？”

“元承视我为猎物，在成邺时就注意到了我。如今太守府被洗劫一空，独我的卧房并未被人动过，可见大约与他的命令有关。这宝匣很是引人注目，突然丢了，你说他们会不会起疑咱们还在城里？”

“那也未必会怀疑到咱们头上，别的盗贼见财起意也未可知——”谢麟话未说完，忽然噤声。

若只是丢了宝匣，或可理解为盗贼见财起意。可关键还丢了亵衣和衬裙……

谢麟的表情逐渐凝固，一颗心坠到谷底。

阿姐说得没错，他确实配不上裴姐姐。他如此蠢笨，比不得萧玄策运筹帷幄，也比不得裴姐姐冰雪聪明，不仅没能帮上忙，反倒给她添了大麻烦。

他小心翼翼道：“那咱们……该如何？”

“等元承发现变化，定然会怀疑咱们依旧在城里，他会重新排查这座城，直到找到你我为止。”裴道珠神情严肃，“咱们如今出不了城，能做的也只有等待。祈祷他们查不到吧，否则，咱俩都得倒霉。”

谢麟乖乖点头。

果然如裴道珠所预料的那般——

太守府。

元承站在卧房里，看着空空如也的妆镜台，薄唇弯起：“真有意思。”

“殿下，萧荣说有要事想求见您！”

元承出了屋。

萧荣瞧见元承出来，使出吃奶的力气挣脱箍着他的士兵，“扑通”一声跪倒在地：“太子殿下，我是真心投靠您的，我对您绝无二心！您瞧，我今日特意改了装束，就是为了向您表忠诚的！”

此刻，萧荣已经卸去了江南士子习惯佩戴的冠簪，一头长发编织成胡人特有的小辫子，额上还佩戴着一根镶嵌绿松石的抹额。他穿着窄袖窄腰的斓色衣袍，牛皮革带上挂满匕首、钥匙、铜环、弯刀等物，已然是正统北国骑兵的打扮。

那一夜，他调离了看守城门的将领，亲自打开城门，高举火把迎接着北国军队。

他还殷勤地领着那些士兵去劫掠城中的米粮仓库，去最富庶的商人家中搜刮钱财和姬妾。他用行动诠释了何为彻底献上一座城。

然而预料之中的封赏并没有降临。

在太守府的这些天，他没有等来封侯拜相的旨意，也没有等来金银珠宝、精舍婢女的嘉奖。日复一日，他被北国兵将嘲笑戏弄，他们叫他叛徒，打发他去做最苦最累的活。他在北国军队里的地位，几乎比负责伙食的小兵还要低！

可他明明是功臣，明明是这一战里最了不起的功臣！

他这些天绞尽脑汁地想见元承，可对方总对他避而不见。

他实在没办法了，他已经没有退路了。

于是他特意打扮成北国人的模样，想借此向元承表露忠心，从他手上谋得一官半职。

他膝行至元承面前，低头亲吻他的靴面：“萧荣一无所长，唯有忠心一颗。愿以此身效忠皇太子殿下，提靴牵马，肝脑涂地！”

元承居高临下地睨着伏地不起的年轻人，薄唇流露出一丝讥讽。

他戏谑道：“都说萧氏一族满门忠烈，你倒是令孤大开眼界。萧荣，你的曾祖父可就葬在城外赤沙台下，若是叫他瞧见你这副模样，不知该作何感想？”

萧荣垂着头，拼尽力气才抑制住表情。

他也不想这样，可是他没有退路了啊，为了前程，他还能如何呢？

“能侍奉皇太子殿下，是萧荣的福气。曾祖父愚忠，不知变通，因此才会走上不可挽回的死路。等到将来天下一统百姓安宁时，曾祖父自然会知道萧荣的苦心。”

元承大笑起来。

笑罢，他爽快道：“孤有件事要你去做。若是事成，封侯拜相，自然少不了你的好处。”

萧荣抬起头，双眼放光：“殿下尽管交代就是！”

元承把裴道珠卧房失窃的事简述了一遍：“对孤而言，对整个北国而言，裴道珠都是特别的存在。孤敢断定，裴道珠现在就在城里，身边应当有个轻功不错的高手。孤要你掘地三尺也要把她给孤带来。”

萧荣急忙称是，欣喜若狂地去了。

他走后，侍从道：“此人背叛故国，不忠不孝。这种人，殿下当真要重用？”

元承嗤笑一声：“萧衡看不上的人，孤自然也看不上。重用……他也配？不杀他，不过是还有些价值罢了。”

他摆摆手，侍从立刻退了下去。

元承回到卧房，坐在裴道珠的妆镜台前，拿起一把精巧的桃花木梳，放在鼻尖下轻嗅。恍惚之中，似乎还残留着甘油的清香。

“裴道珠……”

脑海中又浮现出国师满带寒意的指责——

“必须杀了她！家国面前没有儿女情长！本座从三生镜中窥见了历史，不杀她，国将不国！”

国师已是白发苍苍的年纪，这些年一心修道，参悟天法，鲜少如此失态过。

裴道珠对北国而言，当真是个祸水？

两天后。

谢麟从街上探了情报回来，面色比出门前凝重许多。

“果真如姐姐所料，街上多了不少士兵，拿着姐姐的画像四处搜寻。裴姐姐，是我不好，是我害了你……咱们接下来该怎么办？”

裴道珠端坐在破庙里，面前是一副摆开的棋盘。

棋盘也是前些日子捡回来的，有些破旧。

她专注地与自己对弈，棋盘上黑白分明犬牙交错，局势错综复杂。

她道：“成为将领的第一课，该是学会思考。小世子，你凡事都问别人怎么办，又怎么能成为独当一面的将帅呢？”

谢麟沮丧地一屁股坐下：“城里的形势愈发严峻，咱们被搜到只是时间问题……裴姐姐，你怎么能这么镇定？”

裴道珠看他一眼。

虽然在边关历练了两年，可是小郎君仍旧年少。她已经稳定了心神，他却还做不到。

棋局陷入僵持。

裴道珠无意分出胜负，一颗一颗收起棋子：“你想啊，西海城十分重要，哪怕朝野上下都反对出兵，可是只要有萧玄策在，西海城就绝不会被轻易舍弃。援军过来也只是时间问题。而咱们要做的，是在等待的时间里想方设法保全自己。比起战场厮杀，这容易多了，对不对？”

“裴姐姐如何知晓萧衡一定会带着援军赶来？若是他来不了呢？”

阳光照落在少女白皙的脸上，宛如透明的琉璃。细白娇嫩的指尖捻着一颗棋子，细细地摩挲。

这姿势，像极了当年金梁园棋室里那个对弈的画面。

棋案对面空空如也，可裴道珠却觉得萧衡就在那里。

她缓缓露出一个娇艳夺目的笑容：“他一定会来，我知道他会来。”

谢麟怔住。

他记得他离开成邺时，裴姐姐和萧衡的关系几乎降低到冰点。从什么时候起他们这样好了？

淡淡的失落在少年心底蔓延，像是有什么珍贵的东西如流沙般从指间流逝。

又过了几日。城中局势果然愈发紧张，士兵们一遍遍搜查巷弄、住宅、楼阁，还常常夜间突击搜查，又或者搜查之后去而复返，令人防不胜防。

是夜。

小乞丐们睡在稻草堆上，裴道珠和谢麟在土地公塑像后，尚未熟睡，就听见庙外传来马蹄声。

裴道珠惊醒，推了推角落里的谢麟：“有人来了！”

火把的光很快照亮了破庙。

裴道珠小心翼翼地探出头。

最先进来的男人一身北国骑兵的装束，可面容却是萧荣的脸。

他看起来憔悴沧桑，眉梢眼角凝着郁郁不得志的阴霾，并没有她想象中投靠新主后飞黄腾达嚣张跋扈的模样。

元承没有重用他。背叛故国，得到的就是这么一个下场……

裴道珠讥讽地翘了翘嘴角。

“裴姐姐，”谢麟声音压得极低，“咱们从后门走？”

裴道珠点点头。

谢麟抱起裴道珠，脚尖点地运起轻功，迅速离开破庙。

萧荣仍未察觉，他不耐烦地打发士兵们仔细搜查，每个稻草堆都不能放过。

小乞丐们早已习惯这种搜查，面对官兵们的盘问时，仿佛受到惊吓，哭声震耳欲聋。

萧荣更加不耐烦，沉声道："再找不到人，你们几个都领罚去！再过半个月，新的赤沙台就要建好了，太子殿下要在那里举办庆功宴。裴道珠那贱人若是不能在宴会上为太子殿下助兴，殿下夺取西海城又有什么意义？！"

见破庙里实在搜不出什么东西，他只得带着兵马去下一个地方继续搜。

裴道珠和谢麟直到天色大亮，才谨慎地返回破庙。

小乞丐们向他们说了昨夜的情况。

"办庆功宴？"裴道珠挑眉，"还要在赤沙台办？"

谢麟冷笑："他得到了西海城，自然要利用赤沙台狠狠打江南世家的脸。只恨我如今没有一兵一卒，否则定要取他狗命，叫他办那劳什子的宴会！"

裴道珠沉默地坐了下来。

谢麟不敢打搅她，于是忙活着从泥塑后面搬出食物、书籍、棋盘和纸笔。他们唯恐被元承的士兵发现这些东西，每次用完都会立刻藏进坑洞里。

裴道珠的目光落在案台上。

宣纸上的簪花小楷婉约清丽，书写着这个朝代百年来的历史。

赤沙台，是祭奠英灵的地方。可如今他们的灵魂没能安息，他们的尸骨被残忍地抛弃在大江东岸，任由江水无情冲刷。

可怜河边无定骨，犹是春闺梦里人……

元承竟然还要在那里举办庆功宴，这是他对整个南朝的羞辱！

裴道珠脑海中浮现出那一道修长的背影。

永远白衣胜雪，永远目光坚定，永远不会忘记国仇家恨。

若是他在西海城……他一定不会允许元承在赤沙台上举办庆功宴。

她紧紧攥着书案，修长漂亮的指甲被生生折断。

她突然仰起头："咱们得阻止元承。"

谢麟失笑："裴姐姐，你我如今是泥菩萨过江，自身难保，能活着等来援军就不错了，如何阻止元承？"

裴道珠轻声："我只是觉得，必须那么做。"

她本是惜命之人，许是受萧衡的影响，她竟也关心起家国大事，竟也……妄图凭一己之力，守护这个国家的灵魂。

裴道珠揉了揉眉心："大约是我糊涂了……"

破庙外忽然传来一声鹰隼的尖啸。

裴道珠步出门槛，见天空上低低盘旋着一只青隼，似萧衡养的那一只。

她见那青隼不走，试探着吹了声口哨。

青隼立刻俯冲而下，乖乖停在裴道珠的肩膀上，慢慢合拢双翅。

谢麟稀罕："哪里来的隼？不会是萧玄策养的吧？！"

裴道珠取下青隼脚上的信筒，展开信笺，一字一句地读完，面庞上露出奇异的表情。

谢麟好奇地探头瞟了两眼，不觉吃惊："还真是萧衡养的隼！他已经率兵北上了？竟这么快就搞定了朝堂里的那群老顽固？！"

裴道珠也惊讶。几乎所有世家都反对北伐，萧衡能这么快率军出征，想来委实奇怪。

她思量片刻，道："先不管他怎么说服的其他世家，他让我们保全性命，不可轻举妄动，坚持到他率军破城的那天……谢麟，我信他一定会来！"

少女的目光坚定而明亮，那一行行字迹带给她莫大的力量，那是萧衡赋予她的信心。

谢麟看在眼里，心底又落寞几分。

半晌，他扯开话题："信上说了他来的时间，算来正是元承办庆功宴那日。可他凭什么如此笃定？他就不怕路上有什么事耽误了吗？"

裴道珠收起信笺："不管怎样，他能在那日到来更好……他在的话，说不定就能毁了元承的庆功宴。"

太守府那边。

元承身穿江南士子的褒衣博带，慵懒地坐在桃花树下，案几上摆着烹好的清茶，他一手执扇，一手翻阅汉人的书籍。

"'道千乘之国，敬事而信，节用而爱人，使民以时'……"他低声念诵，参悟片刻后，突然笑了起来。

侍女很是不解："您笑什么？"

元承合上书，放在案几上："他们汉人早已不在意这些东西。皇族也好，百姓也罢，都喜欢佛道，喜欢把时间耗费在那些虚无缥缈的东西上。可我每每读这些书，倒觉收益颇丰。舍弃这些，是他们的损失。"

侍女笑了笑："殿下英明智慧，您觉得这些书有用，那必然是有用的。怪不得南国衰弱，都是因为他们舍弃了这些东西的缘故。"

"你这话不对。"元承端起茶盏，"因为衰弱，所以他们才舍弃了这些——"

他饮了口茶，觉得没必要跟一个侍女讨论这些，便问道："赤沙台那边准备得如何了？"

"回禀殿下，赤沙台重新搭建完毕，庆功宴要用的一应物品也已准备妥当，只等那日到来。至于殿下要的铁荆棘，也请城中铁铺根据图样在打造了，想必再过几日就能拿到。”

元承颔首。

侍女为他添茶：“奴婢看过图纸，那铁荆棘数十棵，高达两尺，其上点缀着名贵的红宝石和纯银叶片，瞧着十分稀罕美丽，不知是干什么用的？”

侍女也是元承的宠妾之一，是北方异族和南方汉人女子的后代，有一双非常漂亮的丹凤眼。

他把侍女拉到膝上，轻抚她娇美的脸：“到时候你就知道了。”

侍女微怔。

面前的太子殿下，像是在看她，又像是在透过她的眼睛看别的姑娘。

……

南方官道。

春雨绵绵，山脉起伏。细细的雨丝连接着天地，在水面上逐渐晕开一圈圈涟漪。

军帐一望无际。士兵三三两两地散落在各处。

一处帐篷内。

问柳气急败坏地闯进来：“主子，那崔松芝根本没有继续前进的意思！咱们已经在这鬼地方待了足足三日，再耽搁下去，咱们今年也别想到达西海城！”

崔松芝是崔家派出来的将领，全权负责此次北伐。

他们从成郸出发，已行了十日，本以为再过五六日就能抵达西海城，可崔松芝却以天降大雨前路难行为由，勒令军队在此安营扎寨，不肯再前进半步。

待了三日，原本还算斗志昂扬的军心开始逐渐涣散。军队里甚至已经传出投降谈判的谣言。

虽是白日，萧衡的帐中却点着一盏灯。

他坐在案几后，不紧不慢地擦拭刀刃。

“主子！”问柳更加焦急。

萧衡吹了吹刀刃。

刀刃锋利如镜，刃面发出浅浅一声铮鸣，映着金色烛火，看起来危险至极。

他十分满意，道：“我吩咐的那几坛寒潭香可都带过来了？”

“都带过来了，就放在隔壁偏帐。二十年的好酒，隔着封泥也能隐隐闻到酒香！”问柳不解，“对了，您问这个做什么？莫非是要借酒浇愁？也是，这几日江东细雨绵绵，军队又停滞不前，确实适合饮酒解闷。您等着，我这就去给您搬一坛来！”

他转身要走。

萧衡手中的长刀利落地收入鞘中。

他袖管里滑出一管折扇，拿扇柄敲了敲问柳的脑袋：“解什么闷？去准备几桌宴席，把寒潭香都搬上去，就说我请崔将军吃酒席。”

问柳茫然：“请崔松芝吃酒席？他那种人，哪里值得——”

话未说完，他忽然噤声。

到底是伺候了多年的主子，他瞬间明白了萧衡的意思。他做了个抹脖子的动作，压低声音：“您是要摆鸿门宴？”

得到萧衡肯定的目光后，他不禁兴奋起来，连忙去准备。

以崔松芝为首的崔家派系将领接到邀请后，并没有任何怀疑。这几日他们本就无所事事，听见有酒席，便迫不及待地结伴前往。

天色已暗。乌云像是阴沉黢黑的巨石，朝山川湖泊倾倒而来，漆黑的水面宛如深渊，由绵绵雨丝与天接连，四起的雾气令夜色愈发深沉，军营里那些莹黄的灯火似乎也只能照亮一小团地方。

军帐里，崔松芝和萧衡对面而坐。

在酒窖里封存了二十多年的“寒潭香”酒香浓郁，后劲极大。崔松芝从未喝过如此佳酿，只觉十分上头，不知不觉就饮了十几盏。

他满脸醺红地挪到萧衡身边，大笑着拍他的肩膀：“我原以为，萧郡公不近人情，清高孤傲，对我们这群人从来不屑一顾……没想到竟也会请我等吃酒！”

萧衡淡淡笑着，不动声色地拂开他的手。

崔松芝又搭上他的肩，兴高采烈道：“虽然朝廷要我们北伐，夺回西海城，可是天降大雨，道路泥泞难行。要我说，咱们就好好在这里住他个十天半月，也算是养精蓄锐了！萧郡公，你觉得我的话有没有道理？更何况那皇太子咱们未必打得过……正所谓良禽择木而栖……”

他已是醉了，竟直言起投降的事。

萧衡轻嗤，捏住崔松芝的手腕：“仗还没打，崔将军就想投降？不知这是崔将军的意思，还是崔家的意思？”

崔松芝打了个激灵，瞬间酒醒大半。他懊悔不已，连忙绞尽脑汁地补救：“也不是那个意思，我只是，只是……”

他想不出理由，干脆板起脸来，厉声道：“不过是一时醉话罢了，郡公何必揪着不放？倒是显得没有雅量！”

“雅量？”

萧衡笑了，手悄然用力，慢条斯理道：“崔松芝，我萧玄策不是名士，不需要那种东西。”

伴随着崔松芝痛不欲生的嚎叫，萧衡捏碎了他的腕骨。

崔松芝托着断裂的手腕，痛苦地在地上打滚。

萧衡对此视而不见，随意把琉璃酒盏投掷在地。

帐外人影晃动，问柳率领提前埋伏好的暗卫们冲进大帐，对着一众喝蒙了的崔家派系的将领大开杀戒。

萧衡慢慢摇开折扇。雪白的折扇轻微转动，挡住了四溅的鲜血，血花盛开在折扇上，似春霏时节的桃花。

他翘起薄唇，步出营帐。

雨丝连绵不绝。

“这支军队……是我的了。”他笑意更浓。

……

到了举办庆功宴的日子。

西海城东、南、西、北四扇城门大开，元承允许城内百姓前往赤沙台观看今日的宴会。

谢麟抱着红缨枪，靠在破庙墙角：“我不明白，元承明明知道你就在城里，为什么愿意主动打开城门？莫不是在门口设了兵马，打算守株待兔？可是你我都可以通过变装蒙混过关，他未免太过自信。”

裴道珠坐在捡来的铜镜前，镜中倒映出的人娇艳美貌，宛如一支白山茶。

她仔细描眉，身边搁着那只谢麟偷回来的妆奁：“因为他知道我今日一定会去赤沙台，他只要在赤沙台等我就好。”

谢麟蹙眉：“所以你为什么一定要去？裴姐姐，咱们趁机偷偷溜回成邺不好吗？”

裴道珠盯着铜镜，漂亮的丹凤眼里藏着自己也看不明白的情绪。

她轻声道：“谢小世子，我追名逐利了那么多年，至今也仍是喜欢那些东西的，只是，只是……”

她从未忘记和元承在那个梦中的深刻过节。

她在北国都城待了十年，夜以继日地想念成邺，没有人比她更珍惜故国的明月。

有的东西不能丢，比如赤沙台的意义。

江潮拍打着堤岸，无数百姓涌出西海城，聚集在赤沙台附近。

那座屹立了十多年的灵台，以守护的姿态眺望江北的那座灵台，早已在一个多月前的战火中毁灭，取而代之的是一座供人寻欢作乐的楼阁高台。

高台上布置着编钟和各色乐器，扶栏上那些漆红描金的盛世图腾，像是在嘲讽这座城曾进行过的抵抗战争，嘲讽在这个国家掌权的世家和皇族。

裴道珠轻纱覆面，和谢麟藏身在人群之中。

她见楼阁前已经摆放好了座位，来自北国的将领们骄傲地入座，最引人注目的当属最上座的人。他高鼻深目，俊美无俦，一袭朱色锦袍系金玉革带，发辫上穿着由珊瑚和孔雀石制成的珠子，笑起来时看似英俊无害。

元承……

他虽作恶多端，却不可否认，他亦是枭雄。

谢麟压低声音道："萧玄策不是在信上说今日就会抵达西海城吗？这庆功宴都要开场了，他却踪影全无，也不知几时才能来……"

把性命托付在萧衡手上，谢麟不知道裴道珠的决策究竟是对是错。

他郑重道："裴姐姐，他若不来，今日我拼尽性命也要带你走……"

他紧紧握住藏在怀袖里的那把短匕。

他自然知道，若萧衡的援军不能及时抵达，纵然他拼尽性命，也未必能在千军万马中护得裴道珠周全。

只是……

只是今日这事是裴姐姐想做的。她想做，他陪着就是。

既然这辈子不能陪她共度余生，那么陪她共患难同生死也好。

随着美貌的北国宫女们手捧美酒佳肴登上高台，属于元承的庆功宴正式开场。

两支歌舞结束，元承含笑拍了拍手。

立刻有侍卫押着几十人登上楼台。这些人都是俘虏，有西海城太守，军队副将，城中文官、德高望重的老者等。

萧荣赫然在列。

只是这么多人当中，唯独他身穿北国人的服饰，还不等侍卫发出命令，就已经毕恭毕敬地跪在了高台上，高呼着"太子千岁"。

一时之间，百姓们指指点点，议论纷纷。

谢麟都嫌丢人："萧玄策再如何不堪，好歹也有一身傲骨。这货是个什么玩意儿？他当真是萧家子孙？简直贻笑大方！"

裴道珠也觉得丢脸，甚至庆幸自己当初被顾燕婉夺去了这门婚事。

元承很满意萧荣的表现，弯起薄唇："当今世道纷乱，群雄之中，当属我北国最强。一统天下的期望也都在我北国身上。诸位都是有学识之人，应当懂得何为'良禽择木而栖'，只要诸位今日归降于孤，来日定当裂土封侯予以重赏。若是不肯……"

他身侧一名侍卫拔出长刀，当众把一只陶瓮劈成两半。

元承继续道："你们的皇帝只顾享乐，为了充盈国库，不惜加重赋税，致使连年民怨载道。只要你们归降，孤保证视西海城的百姓如自己的子民。孤曾读过你们的书籍，其中有一词名为'大同'。天下为公，选贤举能，讲信修睦，老有所终，壮有所用，幼有所长，是谓大同。孤此生追逐的，正是这等天下。归降于孤，有什么不好？"

俘虏们低着头，并不说话。

百姓们低声议论，有的人当真沉思起来，思考归降的可能性。

谢麟挑了挑眉："裴姐姐怎么看？"

"冠冕堂皇，不过是一场骗局罢了。北国偌大的疆土，尚且做不到国泰民安，又怎么能指望他对别国的百姓视如子民？"

谢麟轻笑："我也是这般想的。"

高台之上，萧荣站起身，滔滔不绝地讲元承的好，恨不能拖着拽着那些俘虏一起加入北国的阵营："……皇太子殿下英明神武，宅心仁厚，在他的统治下，国家一定会朝野清平，官员两袖清风，百姓安居乐业——"

"呸！"

白发苍苍的西海城太守直接啐在了他的脸上。

老太守冷笑："萧荣，你曾祖父的尸骨就在江边，你怎么有脸说出这番话？！你曾祖父的头颅被这群异族人高高悬挂在城楼之上，这等耻辱，你都忘了不成？！没有骨气的臭虫，我看见你便觉恶心！"

萧荣脸色铁青。他抬袖擦去脸上的污渍，狠狠瞪向老太守："这个国家本就已经完了，我不过是顺应时势！似你这等老顽固，就该早死才好！"

他转身，毕恭毕敬地朝元承拱手："殿下，请立刻处死他！"

元承唇角噙着意味深长的笑容："允了。"

老太守被侍卫押解着，一路推到高台下。

行刑的刽子手已经准备妥当。

谢麟蹙着眉："救不了……"

裴道珠呢喃："是啊，救不了……"

她闭上了眼。

随着刀锋落下，温热的血从颅腔里溅出，引得百姓一片哗然。

元承含笑饮了口温茶，瞥向剩余的那些俘虏："你们呢，降是不降？"

俘虏们经历了一个多月的折磨，早已面黄肌瘦。在目睹老太守被杀之后，面色更是苍白。

时间慢慢流逝，有的人终是选择站到元承那边。

然而更多的人在高台上沉默着，宛如一尊尊坚不可摧的石像。

元承打量着那些宛如石雕般一动不动的俘虏，脸上的笑容不减，但隐隐透着扭曲狰狞，高声夸赞道："很好，很好。"

他放下酒盏，转向高台之下的百姓："听闻江南的女子最是善舞，孤在西海城待了这么久，却一直无缘欣赏。今日，孤给自己一个机会，也给你们一个机会——"

他指了指那群不肯投降的俘虏，继续道："一支舞，换一个俘虏的性命，如何？"

百姓哗然。

当即就有不少少女要求上台献舞。一支舞换一条命，更何况是满怀忠义的爱国将领的命，自然是非常划算的。

谢麟低声道："我总觉事情没有这么简单……裴姐姐，你也善舞，还曾被选为花神呢。元承难道是在这里设了陷阱，想引诱你主动出面献舞？"

裴道珠也是这般想的。只是愿意献舞的姑娘那么多，元承凭什么断定她一定会出面？

此时，一队侍卫鱼贯而入。他们个个手捧两尺多高的铁荆棘，开始布置跳舞的圆台。很快，铁荆棘遍布整座圆台。

铁荆棘上镶嵌着红宝石和银叶子，看似华美古典，实则冷硬锋利，稍有不慎便会被铁刺刺破肌肤。

元承微笑道："孤听闻江南女子体态轻盈，昔年汉宫飞燕可作掌上舞，想必在场的姑娘里定然也有人能模仿飞燕掌上舞。只是掌上舞无趣，孤倒是想瞧一瞧美人在荆棘上起舞的风采。若是当真体态轻盈，想必这荆棘也不会伤她分毫吧？"

众人倒吸一口凉气。那些铁荆棘如此锋利，稍有不慎，说不定就会落得个肠穿肚烂的下场。

谁有本事在荆棘上跳舞?

谢麟紧紧抓住裴道珠的手：“久闻北国皇族个个疯癫，今儿可算是叫我长了见识！裴姐姐，你不能去，绝对不能去！”

裴道珠就知道，元承放人的条件绝对不会那么简单。

她嘀咕着：“我才不去……我才刚嫁人，还没享受几天好日子，我是万万不可能冒险的……谢麟，我若去献舞，我便是圣人，我若是死在那圆台上，说不定还能把我烧出舍利子来……”

刚刚那些想上台献舞的少女，也渐渐熄了一腔热血。

“看来，没有人愿意为孤献舞……”元承满脸遗憾，薄唇却饶有兴味地弯起。

他抿了一口酒。

不过刹那，侍卫的弯刀从背后插进了俘虏中一白发老者的心脏。

鲜血从老者嘴角溢出。他睚眦欲裂，狠狠瞪着元承，很快便失去声息，栽倒在地。

元承微笑着扫了眼混乱的百姓，似是在看他们，又似是在透过他们捕捉什么人。

他淡淡道：“继续。”

侍卫正要动手，人群中忽然传出一声“且慢”。

元承挑了挑眉，循声望去。

百姓自觉地让开一条路。

身穿白茶色罗襦裙的少女，俏生生站在江岸边，正伸手摘下覆面的轻纱。

江水染湿了她的裙裾，几丝天光穿过阴云，温柔地落在她的周身，肌肤白得透明，更显得黛眉如远山，朱唇似含珠。

裴道珠扶着谢麟的手臂忍不住轻轻发抖。她懊恼地闭上眼：“谢麟，我大约疯了。”

隔着茫茫人海，元承一眼看见了江岸边的少女。

她仍然如当初那般美貌，又添了几分妩媚和风情，像是暮春里姗姗开迟的白山茶，雅致，倨傲，风流。

这等美人，他的东宫里没有。

他很满意她主动现身，声音里甚至带上了一丝柔情：“裴姑娘，好久不见。”

裴道珠镇定了些。她扫了眼那些铁荆棘。她知道自己的舞技，荆棘起舞，也不是不可能全身而退。

“好久不见……今日，愿为太子献舞。”她向赤沙台走去。

谢麟一把拉住她：“裴姐姐！”

“无妨。”裴道珠朝他笑了笑，“我不会有事的。”

众目睽睽之下，她坦然登上高台。

一袭白茶色罗襦裙，曳地的宽袖像是蒙蒙水雾，嫩黄丝带紧贴腰身，勾勒出盈盈细腰，宛如一折便断的脆弱花枝。

“北方有佳人，绝世而独立……”元承紧紧盯着裴道珠，念诵起属于汉人的诗。

他从前不知道“绝世而独立”究竟是怎样的美，今日却是见识到了。

编钟声起。

水袖高高扬起。

裴道珠瞥了眼那些狼狈却坚毅的俘虏，心底的感觉很复杂也很奇妙。

她长这么大，一直秉承着自己的利益大于一切。她尝过了贫苦的滋味，荣华富贵和锦绣前程便成了毕生所求，保全自己的性命更是比什么都重要。

可是今日……

她没有办法眼睁睁看着这些为家国而战的将领被斩杀，没有办法做到无辜之人死在自己面前而无动于衷。

她究竟是从什么时候开始改变的？她忘了……

漂亮的丹凤眼微垂，似蝴蝶收敛起双翅。

下一瞬，随着编钟的乐音，洁白的水袖随着她的旋转而纷舞飞扬。少女折腰而舞，令江岸边的人忘记了两国正在交锋的紧张。

元承拿起玉箸，随着乐音轻轻叩击酒盏。他眼底的占有欲越发浓郁，片刻后，他玩味地瞥向少女的脚。

铁荆棘轻而易举就割破了她洁白的素履，鲜血很快染红了那一双素履。可她仿佛未曾察觉到疼痛，仍旧舞姿翩翩，似飞过铁荆棘的白蝴蝶。

一支舞毕。

元承率先鼓掌：“裴姑娘一舞倾城，令孤大开眼界。”

裴道珠冷冷看着他：“可以放人了吗？”

元承微笑颔首，打了个响指。

一名俘虏立刻被侍卫松开了绳索，带到赤沙台下。

元承笑问："还剩十二名俘虏，如何，裴姑娘可要继续？"

裴道珠死死盯着元承，看见了他眼底的轻视。那是对她的轻视，是对整个江南的轻视。

她也回以微笑："继续。"

江岸边，编钟的乐音风雅悠扬。

少女踩着乐音，一支舞接着一支舞……

她的双脚早已血肉模糊，白嫩细软的双腿也逐渐被铁荆棘刺破。疼痛和疲惫交织下，她的身体不似最初那般轻盈，罗襦裙更是被荆棘钩得支离破碎。

没人知道圆台上的少女有多疼，可她的眉梢眼角带着奇异的笑，像是在嘲讽元承，又像是在嘲讽北国。

他们明明拥有强盛的军队，却不肯在战场上正面取胜，反而以俘虏为诱饵，欺负一个小小的敌国少女献舞……

无言的鄙夷开始在人群中蔓延，百姓们看元承的眼神一变再变，最后化作浓浓的轻贱。

甚至连一些北国士兵也忍不住蹙起眉，从最初对裴道珠美色的垂涎，逐渐化作对敌国对手的敬重。

元承捏着酒盏，笑容早已变得狰狞扭曲。他读懂了裴道珠眼里的鄙夷，也明白在场百姓对他的嘲弄。

他起初只是想通过俘虏把裴道珠引出来，再狠狠给她一个下马威。这个女人娇气又浅薄，跳着跳着，说不定就会向他求饶。

可是裴道珠居然生生跳到了现在！

酒盏上逐渐蔓延开细密的裂纹。

元承皮笑肉不笑道："裴姑娘好本事……"

裴道珠没有搭理他，依旧踩着乐音翩翩起舞。她用余光扫了一下，再跳完两支舞，她就能救下所有的俘虏了。

高台之下，谢麟心急如焚。

"裴姐姐……"他眼睛逐渐泛红，垂在袖中的手紧攥成拳。

援军根本就没有到来的迹象！成郢与西海城数百里之遥，再加上其他世家从中作梗，萧衡怎么能保证一定能在今日抵达西海城？！

裴姐姐已经跳到浑身是血，萧玄策再不来，她可能会死在圆台上！

乐音不停，江岸边的风似乎大了些，北国旗幡被吹得猎猎翻飞，江水迅猛拍打着江岸。

裴姐姐做得已经够多了，她凭一己之力，救了那么多俘虏，她已是南国的英雄！

就在他快要抑制不住想冲上高台时，江岸边忽然传来喧哗声。

谢麟循声望去。

江岸尽头，无数船帆乘风而来。为首的大船尤其壮观，五层楼船巍峨耸立，无数弓箭手站在扶栏边，向着西海城的方向拈弓搭箭，仿佛只要一登岸，他们便会毁掉元承的军队！

劲风有如神助，不过顷刻之间，这些战船就靠近了江岸。

谢麟一眼瞧见了五层楼船上的白衣郎君。

“萧玄策？萧玄策！”谢麟失声大喊。

元承也注意到了江面上的动静，他难以置信地站起身。

按他和崔慎的计划，萧衡现在应该被崔家的将领绊住才是，怎么会出现在西海城？！

他甚至还带了军队……

侍从面如土色：“殿下，咱们只带了五万兵马，其他军队都还留在北岸……听说萧玄策用兵如神，他手下还有这么多兵马，这可怎么办。”

元承薄唇绷得很紧，脸上不复刚刚的微笑，表情阴郁而冷酷。

他毒蛇般的视线落在了裴道珠身上。

裴道珠也注意到了萧衡。她摇摇欲坠地站在铁荆棘中，朱唇弯起，眼里都是情深。

元承毫不犹豫地袭向她。

她是他看中的藏品，他非带去洛阳不可！

在他动身的瞬间，谢麟从赤沙台下一跃而上，把裴道珠打横抱起，同时投掷出十几枚利刃，刺中了上前阻止的北国士兵。

接着，谢麟带着裴道珠消失在乌泱泱的百姓中。

元承怒不可遏：“把他们抓回来！”

侍卫焦急道：“殿下，咱们当务之急是弃城渡江。裴道珠再美，也不过是个女人而已，等将来您踏平江南，再把她带回洛阳不迟！”

元承死死盯着白衣渡江的萧衡，权衡过利弊，终是暂舍心中的执念，带着亲卫离开了赤沙台。

谢麟抱着裴道珠，躲进了一座破旧棚屋里。

他小心翼翼地把裴道珠放在床板上，轻抚着她的额头：“裴姐姐，咱们先在这里避避风头，等外面的战事停了再去找萧玄策……”

裴道珠洁白的罗襦裙早已染成了血衣，素履更是支离破碎，露出血肉模糊的双脚。

她苍白的唇瓣微微翘起，轻声道：“我表现得可还好？可……有辱国风？”

谢麟一怔，眼泪突然就滚落。

他擦去眼泪，笑道：“裴姐姐表现得极好，是个不逊于任何将军的英雄。等回了成邺，我可以骄傲地告诉所有人，裴姐姐就是我爱慕的女郎。她极好……”

裴道珠跟着笑，替他擦去泪水：“可不能说……给汤圆姑娘知道，要吃醋的。”

谢麟闭上眼，情难自禁地哽咽。

哪有什么汤圆姑娘……他热爱的自始至终都是眼前的她啊！

谢麟忍耐了片刻，起身道：“裴姐姐待在这里，千万不要贸然出去，我去弄些水。”

裴道珠点点头。

谢麟很快捧着盛满江水的竹筒回来了，瞧见裴道珠趴在窗边。

他快步上前：“裴姐姐在看什么？”他循着她的视线望去。

江岸边一片混乱。两军正在厮杀，北国士兵们护送元承往江岸方向逃，众人竞相争夺渡江战船。随着战火越发激烈，江面上晕开重重血水。

裴道珠指着其中一人：“你瞧他。”

谢麟仔细望去，看了半天才认出那人是萧荣。

一身北国士兵装束的萧荣，似乎是看见了元承，突然奔向元承乘坐的那艘战船，不停朝船上挥舞双臂，似乎是在喊元承等他。

然而元承根本不搭理他。他只能无视身后的厮杀，拼命跋涉过湿润的沙土，朝战船奔去。

随着长风卷起大浪，他被重重拍回岸边。他仍不死心，再一次奔向那艘战船。

他如供人笑话的小丑那般，失败了一次又一次，直到脖颈间感受到了刀剑的冰冷。

问柳面无表情道：“荣公子，郡公请您回西海城。”

“扑通”一声，萧荣跪坐在地，面色苍白如纸。

他盯着远去的战船，唇瓣翕动，可喉咙发哑得厉害，一个字也说不出来。

不知想到什么，他似乎恢复了一点温度：“我知道了。”

裴道珠和谢麟的角度只能瞧见萧荣被问柳带走。

她收回视线，接过谢麟递来的竹筒，饮了一口清水：“萧荣完了。”

“谁说不是呢？好在萧玄策还算有用……”谢麟瞟了眼裴道珠身上的伤口，“若是早半个时辰过来，就更好不过了。”

北国的五万军队，死了约莫数千人，其余的则坐着来时的战船灰溜溜地逃回了北岸。

裴道珠和谢麟回到太守府，听着副将们的议论得知元承逃得太快，没有抓到。

不过，能顺利夺回西海城就已经很好了……

萧衡要处理战事，裴道珠找医女处理了伤口，又仔细清理了身子，换上干净的寝衣。等终于闲下来，已是月上柳梢头。

她握着桃花木梳坐在竹榻上，任由鸦发垂落，她轻轻梳弄青丝，时不时朝珠帘外瞥上一眼。

一场战争结束，要处理的事情很多。那个人……也不知今晚会不会回来。

裴道珠打了个呵欠。

珠帘外突然传来脚步声，伴着熟悉的声音：“困成这样还不睡，可是在等我？”

裴道珠顿时睡意全无，连忙侧身朝里，假装认真地梳头发：“今日受了惊吓，自然难以成眠，与你有什么关系？亏你在信上说今日会率援军抵达西海城，你若是晚到半个时辰，我的命都要交待在赤沙台上了。”

萧衡站在她身后。

一个多月没见，她愈发清瘦单薄，像是风一吹就会飞走的纸蝴蝶。洁白的寝衣袖口卷起半截，隐约可见铁荆棘留下的伤痕。

萧衡眼里藏着复杂的情绪。凝视片刻，他忽然在她身后坐下，轻轻拥她入怀。

他低头亲吻她的头顶：“赤沙台上的事我都听说了……今日我不是英雄，二十万大军也不是英雄，裴家的小阿难，才是英雄。”

裴道珠身子微僵。

郎君的胸膛温暖宽厚，给予她无与伦比的安全感。

她享受着此刻的安宁，声音轻软几分：“哪有那么夸张……”

萧衡不语，只是紧紧环着她的腰。

他心中的裴阿难，任性娇纵，比任何人都懂得权衡利弊。可是她竟也肯为了毫不相干的人，不顾一切地赌上自己的命。

爱慕虚荣的裴阿难，精明腹黑的裴阿难，为了家国荣辱豁出性命的裴阿难……她们重叠在一起，构成怀里这个奇妙的姑娘，令他痴迷。

“裴阿难，我更喜欢你了，怎么办？”

裴道珠不禁弯起朱唇，凤眼里闪烁着光彩。

她转身，双臂勾住郎君的脖颈，凑到他耳畔：“今日郎君白衣渡江，姿态潇洒英俊，我也很是喜欢……”

萧衡眸底氤氲着深沉欲念，吻向她的唇。

裴道珠凝视郎君的双眼时，脑海中突然想起他的身世——萧衡并非萧老夫人亲生。

罗帐低垂，烛火明灭，郎君的爱浪漫、温柔而热烈。

裴道珠轻轻扶着他的手臂，思绪似在云端，脑海中一会儿是最初相遇时他矜贵孤傲的姿态，一会儿是他被逐出萧家后萧索落寞的幻想。

“在发呆？”萧衡突然哑声质问。

裴道珠回过神，同他四目相对。

郎君凤眼幽深，藏满情绪，那些情绪里全部都是对她的珍惜与喜欢，以及对她走神的一丝不满。

她抬起手轻抚过他的脸和眉眼。他和萧家人的相貌果然是不一样的。而如今真正令她心动的，似乎也无关他的家世，而是他的才华和野心。

她喜欢这样的萧玄策。

裴道珠把这个惊天的秘密深埋心底，对萧衡柔柔浅笑：“是我错了，我不该不专心，夫君可以罚我。”

“哼。”萧衡冷笑一声，似是被那句“罚我”挑起了几分情趣，又似是欢喜她唤的那声“夫君”，他抿着带笑的薄唇，抱着少女卷进锦被深处……

次日，裴道珠晨起梳妆，却不见枕边人。

枕星服侍她戴上珠钗步摇：“郡公天还没亮就去牢房了。听问柳说，是要审讯荣公子。依奴婢看，荣公子就是咎由自取，放着好好的日子不过，偏要叛国，简直丢尽萧家的脸面！”

裴道珠抿了抿嫣红的口脂，对镜照了片刻，自觉完美无瑕后才起身：“咱们也去瞧瞧。凭萧荣的本事，绝无可能这么悄无声息地投靠元承，我倒想知道，为他牵线搭桥的人是谁。”

主仆俩来到地牢，血腥味扑面而来。裴道珠拿手帕掩住口鼻，好奇地朝里张望，便瞧见萧衡走了出来。

裴道珠走上前，拿绢帕为萧衡拭去鬓角的血渍："审得怎么样了？可是成郯城里那北国的奸细替萧荣牵线搭桥的？"

萧衡面无表情地整理衣袖："原以为是个蠢笨的软骨头，今儿倒是聪明，死也不肯开口……他不开口，便还有活着的价值，他知道我不会杀他。"

裴道珠随他往花厅走，思量片刻，道："那只能带他回成郯，再徐徐图之了。勾结敌国毕竟是大罪，可会连累萧家？"

"不会。纵使朝臣心中不满，他们也不敢对萧家动手。"

裴道珠微微颔首。

萧家本就手握兵权，如今萧衡吞并了成郯派出的二十万大军，更是如虎添翼。从前萧家或许与崔家平起平坐，可是从现在起，它已成了天底下首屈一指的大族。

朝臣不满又如何，天子不满又如何？大不了换个人坐那个位置就是。

与此同时，江北。

元承逃回北岸后，连夜清点了伤亡人数。

"砰！"

听完下属的禀报，他掀翻了矮案："萧衡，好一个萧衡！"

连夜的奔波令他蓬头垢面，他来回踱步，似是越想越气，又发泄般抬脚踹翻了跪倒在地的侍从："没用的东西！"

"殿下！"一名小侍从匆匆进来。

他行过礼，恭声道："太子殿下，穆王爷到了！"

话音刚落，厅堂外便传来内侍的唱喏声。

一位身材颀长、容貌深邃英俊的中年男人在护卫们的簇拥下缓步进了屋。虽是北国人，他却一身褒衣博带，颇有儒士风度。

他落座后，拿手帕掩着唇咳嗽了几声，眉梢眼角笼罩着淡淡的青色，满脸疲惫。

元承垂着头行了一礼："叔父。"

向来阴鸷跋扈的北国皇太子此时规矩得宛如孩童，可见对上方男人的敬重。

他轻声道："一个多月前写信给叔父，侄儿顺利夺回了西海城，还特意邀请您前去游玩……谁料昨夜突生变故，萧衡不声不响地带着二十万兵马从成郯水路包抄而来……是侄儿没用，叫叔父白跑一趟。”

穆王爷又重重咳了几声，平静下来后，他道：“久闻萧家九郎精于兵法谋略，经此一役，可见名不虚传，你该向他学习。”

元承眼底藏着不服，并未接话。

穆王爷盯着他看了片刻，又道：“你出来这么久，就不问问你父皇如何了？”

元承嗤笑一声：“他如何，与我何干？他年轻时便醉心佛学，这些年更是待在寺庙里不出来了，何曾关心过我？朝堂一向由叔父主持打理，我更是被叔父亲手带大的。洛阳有叔父就足够了，他并不重要。”

这番言论颇有些大逆不道，然而侍卫们像是习惯般无动于衷。

穆王爷沉默片刻，道：“你父皇身子又差了些。他听国师的话，为了积福祈愿，又新修了一座佛寺……实在是劳民伤财，于国无利。”

元承脸上掠过几丝厌烦，转移了话题：“不说他了。两位堂弟在西海城之战中走失的事，我这一个多月来搜查当年的线索，却也没能找到有用的信息，还是不知弟弟们去了何处。”

穆王爷静默片刻，看向元承：“那对双生子若是还在，该与你一般大。”

“侄儿不解，”元承见他脸色苍白，为他斟了一杯热茶，“当年婶母难产而死，叔父为何这些年不再娶王妃？若能再添子嗣，也不至于您一人孤苦伶仃。”

穆王爷再度不语。他垂下眼眸，似是想起了某位故人。

元承见状，轻声道：“侄儿的东宫有美人三千，从不知情深是何物，因此过得率性潇洒，无牵无挂。叔父为情所伤，所以这些年才会相思成疾。可见情这东西是最要不得的。”

穆王爷被他这番言论逗笑。他拍了拍元承的肩膀，语重心长：“情这东西，不是你想不沾染就不沾染的。它似月光，似春雨，稍不经意就落在了你的心间。一旦生根，除非连心脏一起剜去，否则便拂拭不去，拒绝不得。”

元承挑了挑眉，很是不以为意。

情爱这东西，乃是人世间最懦弱无用之物，哪里就能掌控人心呢?

他行了退礼，去处理战事了。

穆王爷独自坐在厅堂里，看着手中的天青色茶盏。

他的王妃名晗珠，是个以唱歌为生的汉人姑娘。她随商团渡过大江，前往洛阳谋求生计，在歌楼画舫上为贵族们唱曲儿弹琴，后来应征进了他的王府，成了府上的歌姬。

他注意到她，是在款待一位汉人官员的宴会上。

二十多年前，洛阳的贵族大都饮用酪浆，对茶叶十分陌生。那汉人官员吃不惯酪浆，想喝新茶。他府上没有，晗珠便自告奋勇地献出了她亲手采摘制作的新茶。

那夜他的殿堂里高朋满座，紫檀泥金屏风下，来自江东的歌姬跪坐在矮案后，素手烹茶的姿态风雅优美。

他被她吸引了。

自那以后，他常常与她散步谈心。她读过许多书，闲暇之余，开始教他烹茶，教他读四书五经，教他琴棋书画，也向他描述汉人的文化多么精巧又多么宏大。

他沉醉于她描述的世界，开始学习汉人的文化，模仿汉人的穿戴。连后来教导元承时，他也向他灌输了许多汉人的文化。

他终是不可自抑地爱上了她，力排众议娶她为王妃，与她过了一段琴瑟和鸣的日子。她怀上了他的孩子。

原以为那般美好的日子会持续到百年，直到她分娩的那个夜晚……

那几日她独自前往佛寺祈福，却在寺庙里早产。他接到消息快马加鞭赶到佛寺时，迎接他的不是母子平安的喜讯，而是晗珠难产而死的噩耗。那对双生子，也被接生的稳婆偷走了。

自那以后，他如幽魂一般，看着他们一起栽种的花树，看着没有她而空荡荡的床榻，心底的相思如野草般生长。相思成疾，逐渐拖垮了他的身体。

“若是你们都在……”穆王爷摩挲着天青色茶盏，“若是你们都在……”

茶盏滚落在矮案上，他难以自抑地咳嗽起来。

一个侍卫装扮的人隐藏在暗处，他身姿颀长，手里握着一把出鞘的匕首。

他盯着穆王爷的背影良久，终是收起匕首，上前递给穆王爷一块白手帕：“王爷舟车劳顿，江边又最是风大，不如先回去休息。”

穆王爷点点头，被他搀扶着朝厅堂外走。踏过门槛时，他忽然道：“你到我身边伺候，也有两个年头了。”

侍卫穿着穆王府标志的细甲，头戴暗金色狻猊兜鍪，兜鍪前设有半片金属镂花面甲，遮住了上半张脸。

他道：“侍奉王爷是卑职的福气。”

穆王爷笑了笑：“你是汉人，若非与我的孩儿年纪相当，又与我故去的王妃长得有三分相似，我是不会容你在身边伺候的。”

侍卫又笑：“卑职只忠诚于王爷。”

他声音清越。

若是裴道珠在此，便能认出他就是当年冒充萧衡，与她花前月下的“玄策哥哥”。

天降微雨。

穆王爷抬头望了望天，突然朝江边走去。

江水滔滔，江面上起了湿润的薄雾，隐约可见对岸的战船和楼台。

穆王爷凝视江南的方向，掩着手帕咳了几声：“二十多年前，大约也是这么一个清晨，她随商队渡江而来。她说江南有一种瓷器名为‘青花’，其中‘天青过雨’一色更是十分难得，须得烟雨天才能烧制出来……我曾与她约定，将来随她一起回江南，也等一等这烟雨天。”

他眼尾微红，停顿了片刻，伸手触摸漫天雨丝：“我等来了这场微雨，却没能等到与她白头……”

侍卫正要为他撑伞，听到这番剖白，默默合上了油纸伞。

他轻声道：“穆王妃是个很了不起的人物。”

这两年他在洛阳打听到不少事。

穆王妃乃歌姬出身，当上穆王妃之后，她没有安逸享乐，而是积极地把汉文化传入胡族。如今洛阳城里，游牧之风早已淡去，贵族如同汉人一般，喜好饮茶、琴棋书画、瓷器古董。

穆王妃是一个传奇。可她却在佛寺里难产而死，实在蹊跷……

穆王爷收回视线：“小野，扶我回去吧。”

侍卫回过神，搀着他往屋里走。

第23章

成邺城内，乌衣巷深处，崔府。

侍婢们手捧托盘穿梭于雕梁画栋的游廊间，园林里草木扶疏，楼台建筑恢宏精致，可见世家大族的底蕴。

后院深处。

崔老夫人躺在榻上，屋里弥漫着苦涩浓郁的药味。她两年前尚还体态丰满，此时已是两颊消瘦，弱不胜衣。

榻前只有一个长脸小眼睛，看起来有几分刻薄之相的大丫鬟伺候她。

屋外传来脚步声。

侍女们簇拥着华服高冠的美人进来，正是司马宝妆。

大丫鬟恭敬地向司马宝妆行礼："给殿下请安。老夫人刚喝过药，喝得干净，碗里一滴也没剩。"

司马宝妆满意地微微一笑，优雅地在绣墩上落座，替老夫人掖了掖被角："喝了药，身子才能好起来。"

崔老夫人听见她的声音，虚弱地睁开眼睛。瞧见果然是她，一张老脸顿时变得铁青。

她颤巍巍地指着司马宝妆，声音变得十分嘶哑："你这毒妇！毒妇！"

司马宝妆笑了。

她打量着崔老夫人："儿媳叮嘱您吃药，怎么就成了毒妇？"

崔老夫人喘息着，眼里迸出凶光。

她支撑着坐起身，指着司马宝妆的鼻子："那药有毒！我的身子便是被这药拖垮的！你离间我跟元儿的关系，把我软禁在此处，你会遭报应的！"

"报应……"司马宝妆品着这个词，笑容更加灿烂，"是个好词。"

"你、你……"崔老夫人面容更加狰狞，"亏我还曾以为你是个贤良淑德的女人！你根本不是心甘情愿嫁给我儿，我的孙女也是你害死的，是也不是？！"

司马宝妆突然大笑起来。

她那双细长漂亮的凤目极为晶亮，笑罢，她俏脸一寒："岂止崔凌人？薛小满、郑翡、韦朝露，其他世家嫡女也全是本宫杀的！如老夫人所言，报应，这些都是因果报应！"

崔老夫人盯着她的脸，似是想起什么，脸突然变得惨白。

司马宝妆的姿态颇有几分杀气："怎么，你终于想起来了？"

当年的事……

崔老夫人嘴唇颤抖着："你果然，果然还在记恨我们……你杀了这么多人，当年的仇，你一刻也没有忘记吧？"

"杀女之仇，此生难忘！当年西海城之战兵败，北国要求父皇俯首称臣，可笑我朝竟无一人站出来反对，所有世家不约而同地选择了朝北称臣……"

司马宝妆眯着丹凤眼，俏脸上流露出丝丝寒意，接着道："北国使臣要求朝廷派出质子，可父皇舍不得他的儿子。眼看谈判陷入僵局，我的好阿姑，当年是你主动站出来向父皇献了计。"

崔老夫人避开她的视线，沉声道："那也是无奈之举。若是不答应对方的要求，他们会继续率兵南下，会踏平整个成邺！"

司马宝妆笑得眼睛发红："我诞下一名女婴，而这女婴乃是皇族年轻一辈里唯一的孩子。你向父皇提议，把我的孩子作为质子，随对方使臣远赴洛阳……可怜我的孩子才刚出生几个月！"她陡然提高声音，已有些歇斯底里。

崔老夫人淡淡道："我说过，那是无奈之举。更何况我只是提议，最后做出决策的还不是先帝和其他世家吗？"

司马宝妆紧紧攥着裙裾，指甲深深嵌进了掌心。

她盯着虚空，像是在盯着许多仇家："是，偌大的朝堂，除了萧丞相，竟无一人反对……可怜我夫君战死沙场，我的女儿是王家最后一点血脉，你们把她送给使臣团，用她来维系成邺的安危，好叫你们继续享受荣华富贵……"

崔老夫人道："那是她的荣耀。即便后来她夭折了，也不是我们的过错！你把罪过怪在我们头上，杀害那么多世家嫡女，才是真正的残酷！司马宝妆，你该去向所有世家请罪！"

司马宝妆怔怔看向她，过了片刻，两行清泪潸然而落。

她大笑起来："残酷？本宫残酷？！你们明知作为质子的命运只会是九死一生，却还是选择牺牲我的女儿！可怜我的孩子，她才几个月大，甚至还没能走出成邺就被折磨死了！她那么小小的一团，被那些喝醉的士兵当藤球一样踢来踢去，生生折磨致死……她才多大啊！”

想到那一幕，她彻底崩溃，掀翻了身边的烛台和案儿。

寝屋寂静，只剩下女子泣血般的哭声。

不知过了多久，崔老夫人漠然道：“说到底，那不过是一场意外。那些士兵喝醉了，觉得婴儿的哭声太过嘈杂，也是没办法的事。更何况她的牺牲让北国皇族深感愧疚，不仅处置了那些犯事的士兵，还保持了两国和平这么久。你的女儿为国而死，你该高兴才是。”

司马宝妆垂着头，露出一截纤细白皙的后颈，仿佛一折就断的花儿。

“高兴……”她宛如听见笑话般，双肩不停轻颤。

再抬起头的时候，她的凤目满是狰狞杀意：“你这老货，还真是死不悔改。”

崔老夫人一愣：“你……你那是什么眼神？我可是你的阿姑！”

司马宝妆慢慢敛去多余的情绪，冷淡起身，淡淡道：“动手吧。”

崔老夫人愕然地瞪大了眼睛。

不等她反应，几名侍女迅速拥到床榻前，用丝带勒住了她的脖颈。

崔老夫人拼命挣扎，然而都只是徒劳。她睚眦欲裂地瞪着司马宝妆，彻底没了声息。

司马宝妆满意地弯起红唇，转身信步走出寝屋。

园林里开着几株白山茶，清瘦温润的美少年安静地等在门廊下。

他无聊地折下一朵白山茶，正把玩时，瞧见司马宝妆出来，他立刻迎上前：“阿娘？”

司马宝妆微笑道：“这老东西已经解决了，现在去见你父亲吧。”

书房幽雅僻静，阳光透窗而来，令人生出几分惫懒。

崔元一手撑着头，一手握着书卷，坐在矮案后面假寐。

半梦半醒间，他像是又回到了二十年前。

那也是个春日午后。

那时年少的他随父亲上朝，朝野上下都在争论要不要把小郡主送去洛阳充当质子。满朝文武里只有寥寥几位官员反对，其余官员皆赞成。

先帝脾气暴躁，昏庸无度，此等关乎国家存亡的大事，尚不及后宫里那些等待他宠幸的嫔妃们来得重要。

眼看吵得不可开交，他不耐烦道：“又不是什么大事，爱卿们何必争得面红耳赤？若是赞成者过半，便送那小孩儿去洛阳就是。”

太监捧着檀木签筒穿过文武百官，送出一张张写着赞成与否的竹签。

那时他心底还存着几分善意，觉得让那小小的婴儿代替所有人去洛阳受罪，实在是太过残忍。他想反对，却终究臣服在父亲严厉的目光之下。

他呈上竹签，只觉递出去的是杀人的刀，掌心已是冒出涔涔冷汗。

另一名太监站在御阶上唱竹签上的字，他一次次地念诵，除了萧家的几位官员，其他人竟都写了赞成。

如今想来，先帝的声音和官员们的表情，已经趋于模糊。他只记得无意间往殿侧瞥的那一眼。

金殿那一侧设着珠帘，一身缟素的司马宝妆抱着那个尚在襁褓里的婴儿，静静坐在珠帘后。她听着那一声声唱喏，清泪顺着脸滚落，却没有发出声音。直到结果被当众宣布，她仍旧没有抗争，甚至连眼泪都没了。

小婴儿突然啼哭起来。司马宝妆轻哄着怀里的婴儿，身上散发出一种奇异的美。

终于把婴儿哄好，她步出珠帘，平静地俯瞰所有朝臣，声音嘶哑却坚定："诸位大人说的是，若能换得两国和平，本宫自当竭尽所能。以一己之力护我山河无恙，是这孩子的福气。"

先帝及文武百官对她如此识大体感到十分满意。先帝晋封小郡主为"建安公主"，两日后随北国使团返回洛阳。

清风吹进轩窗，矮案上的书页哗哗作响。

崔元慢慢睁开眼，脑海中仍浮现着司马宝妆当日的模样。

他在那一刻对她倾心。

家族对迎娶司马宝妆并没有异议，他的原配夫人在生下凌人和阅微之后就没了，也合该续弦。于是次年，他正式迎娶了司马宝妆。

这些年，她放下架子，打理后院，相夫教子，不仅把事务安排得井然有序，婆媳关系也处理得妥帖，他们的夫妻关系更是十分顺遂。

美中不足的是，她体寒严重，没能为他诞下子女。好在她心善，把凌人和阅微当作亲生孩子一般抚养，也算另一种美满团圆了。

思及此，崔元忽然心情大好。他唤来随从，颇有兴致道："去吩咐厨房做一桌好菜，再把地窖里那坛二十年的竹叶青搬出来，今夜我要与公主观赏春江花月夜。"

随从正要去办，外面忽然传来动静。

一名大宫女推开屋门："殿下当心门槛。"

司马宝妆华服高冠，扶着她的手缓缓进了书房。

她身后簇拥着的宫女、内侍鱼贯而入，围满了书房。

崔元愣住："公主这是作甚？"

司马宝妆没看他，径直落座，掸了掸宽袖："我来向夫君讨一笔账。"

"我更加不明白了。"崔元笑着起身，行至司马宝妆身后，体贴地为她捏肩，"你我相敬如宾，我何曾欠过你什么？"

司马宝妆眼底掠过厌恶，轻轻抬手。

两名功夫极好的太监立刻擒住崔元的双臂，不由分说地把他押到司马宝妆面前，迫使他跪倒在地。

崔元这才意识到不对劲，他仰头看向司马宝妆。

美人依旧华服高冠，雍容典雅，却敛去了平日里的脉脉柔情，那双凤目像是淬了冰一般，冷得令人心惊。

他不解："公主这是作甚？！"

"作甚？"司马宝妆轻笑，"本宫今日来讨二十年前的那笔账。"

二十年前……崔元回想起刚刚半梦半醒间记起的往事。

他双眉紧蹙，盯了司马宝妆半晌，才道："原来当初你并非心甘情愿……你骗了所有人。"

司马宝妆冷笑连连："她是本宫怀胎十月生下来的，是本宫放在心尖上的宝贝！本宫不过是知道无路可走，被迫而已！崔元，这些年本宫日日思量，夜夜难眠，只恨当初不能代她受罪！"

"所以，嫁给我也是你复仇计划中的一步？"

"不错！嫁给你，让皇族和所有世家放心，认定本宫对他们并无怨恨。再借着崔家夫人的身份遮掩，豢养自己的军队，收买朝中官员……"

崔元只觉字字惊心。这么多年，他竟从未认清过枕边人。

他沉默良久，问道："如此说来，惊动成郸的连环杀人案，也是你的手笔？"

"不错，本宫要让那些人也尝一尝失去女儿的痛苦。本宫不是圣人，做不到以德报怨，非得让他们尝尝本宫经历过的痛，才算罢休！"司马宝妆面色清寒，话到最后，声音变得尖锐而狠戾。

角落的黄铜博山炉燃着石叶香，一线青烟从炉盖的镂花空隙里缓缓升起。

崔元垂着头，沉默地跪着。直到青烟快要燃尽，他才慢慢抬起头。

他卸去了作为崔家家主的威严，注视司马宝妆的眉眼异常温柔："当年，是我们做错了。将来后人读到这段史料，想必也会狠狠笑话我们。公主若要取我性命，直接取了便是，崔元绝不反抗！”

男人如此坦荡，倒是令司马宝妆有些不适。她柳眉紧锁：“你别以为这样本宫就会原谅你！”

她知道，有些世家为自己的决定感到愧疚，甚至会在府邸里悄悄为建安设一座祠堂。

可那又如何？那并不能换回建安的命。

这群人，唯有一死方能谢罪！

崔元从怀袖里取出一把匕首。

他拔出匕首，指腹摩挲锋利的刀刃：“都说崔家权势滔天，可唯有我知道，我擅长的不过是在小小的成郦城里舞弄权柄。我这辈子，未曾有过雄心壮志，未曾立过军功，也不爱家国和疆土。从当年写出赞成二字起，我便知道我是个苟且偷生贪恋前程的小人。”

面对他的剖白，司马宝妆安静以对。

“我这辈子唯一不平凡之处，大约是对公主动了心。”崔元自嘲地笑了笑，“位高者，不该动心，不能动心，可崔元心甘情愿。”

话音落地，匕首深深刺进心脏。

血逐渐染红了崔元的手。他凝视着司马宝妆，眼底情意深重。

司马宝妆后退两步，似是不敢相信他竟然会选择自杀谢罪。见崔元倒在了血泊里，她脸色苍地快步离开了书房。

门廊下，崔慎转身望向她：“阿娘脸色怎么如此苍白？阿父怎么说，可有诚心忏悔？”

见司马宝妆不说话，他转身进了书房。

过了片刻，他步出门槛，语气一如既往的平静：“阿父没了。”

司马宝妆看着园林里的花草。

崔元知道她喜欢这些花草，便在府里亲手栽种了许多。

这些年，他是极宠爱她的……

崔慎对崔元的死没有表现出丝毫悲伤，宛如一个外人，只饶有兴味地问：“阿父应是爱极了阿娘。可我不明白，爱一个人是何种感受？这些年里，阿娘可有爱过他？”

司马宝妆没有回答，她平复了一会儿心情，望向皇宫的方向，冷淡道：“该进宫了。”

崔慎笑道："是，该进宫了。"

朱红的宫门巍峨耸立。随着一辆奢贵的马车逐渐靠近，守门的禁卫军立刻打开了宫门，恭敬地齐齐行礼："恭迎长公主殿下！"

崔慎卷起窗帘，好奇道："阿娘已经买通这群人了？"

司马宝妆没有理他，等马车停稳后，扶着宫女的手下了马车。

她仰起头，蔚蓝的天空变得有些阴沉，一只嫩黄纸鸢疾速坠落在西边，像是折断双翅的黄莺。

宫巷冗长而沉闷，华贵的裙裾逶迤拖过青石地砖。

司马宝妆朝御书房走去，双手交叠在胸前，双眼直视前方，却并没有焦点，像是在注视另一个世界。

那个世界里，幼时的她身穿淡粉小宫裙，手里握着冰糖葫芦，欢快地小跑而来。

她还未曾经历过磨难和坎坷，眼睛亮晶晶的，嘴里含糊不清地嚷嚷着将来长大要嫁个好郎君，要上阵杀敌，要带父皇、母后和皇兄回到遗失的都城……

多么天真。

虚影般的小公主从身边跑过，司马宝妆弯了弯嘴角，露出一个充满野心的笑容。

若说皇族里有谁支持北伐一派，大约唯有她一人。只可惜她是个女子，多年来又致力于报仇，未曾在北伐一事上有过建树。

不过"建安"的仇很快就能报完了，余生，她可以专心北伐……

到了御书房外，她仰头看着一重重汉白玉台阶，也看着那座象征权力的宫殿，缓缓开口："阅微。"

崔慎恭声道："阿娘有什么吩咐？"

"自古以来，从未有过女子称帝的礼法。本宫今日欲称帝，你猜胜算有几成？"

"阿娘忍辱负重二十年，论运筹帷幄，皇族和世家里再无其他人比得上阿娘。今日之事，胜算必定有十成。"

司马宝妆笑了笑，从容地登上台阶。

她推开御书房的门。

作为长兄的皇帝明明贪图享乐，却还要伪装出勤政的模样，总是格外喜爱待在御书房。不知道的以为他在处理政事，知道的，却晓得他在御书房设了寝屋，专门招幸美人。

御书房里，伺候的宫人很少。

司马宝妆毫无阻碍地进了最内侧的寝屋，轻薄的紫纱屏风倒映出几道模糊的人影，龙榻上，衣衫不整的妃子们正簇拥着老皇帝。

司马宝妆冷静落座，接过宫人递来的热茶："皇兄好雅兴。"

嬉闹声安静了一瞬。

很快，老皇帝披着衣衫，怒气冲冲地出来了："你愈发不成体统了！没有朕的允许，谁让你进来的？！"

司马宝妆饶有兴致地打量他。

皇兄也才不过年近五十，头发却花白得厉害。因为长年寻欢作乐，酗酒笙歌，脸发红发紫，身体更是虚得厉害。

她笑道："青天白日，皇兄便如此，实在是荒唐。皇兄该好好照照镜子，您这副耽于酒色的尊荣，委实令人恶心。"

老皇帝瞳孔骤然缩小，厉声道："司马宝妆，你可知你在跟谁说话？！"

"跟皇兄说话啊。"司马宝妆不以为意，"我今儿特意进宫，来向皇兄讨一笔债。"

老皇帝只觉得它大约是傻了。

他不耐烦听她说话，高声道："朕全然听不懂你的鬼话！来人，来人！把她给朕撵出宫去！"

无人应答。

老皇帝回过神，才发觉平日里伺候他的宫人竟都不见了。

司马宝妆欣赏着他的暴躁。

皇兄什么时候变成了这副模样？她记得她幼时，皇兄性情温润，很是宠她。

她在心底叹息一声，又气定神闲地吃了口茶，淡淡道："皇兄不必费口舌，我既来了，便轻易不会走。这些年，我给皇兄送了许多美人，皇兄如此喜欢她们，我也很是欢喜。若皇兄不曾贪恋女色，我的势力也不能这么轻易地渗透进皇宫里。"

老皇帝一愣，显然并不知道那些美人是司马宝妆送进宫的。

"现在来算算皇兄与我的那笔账吧？"司马宝妆放下茶盏，正襟危坐，"二十年前，我的建安被送去洛阳，而皇兄也投了赞成票。你也是害死建安的凶手。"

老皇帝衣冠不整，赤脚踩在地上，隐约想起了当年的事。

他面色略有些不自然："所以你今日是来向朕复仇的？这些年，你一日也不曾忘记当年的事？”

“忘？”司马宝妆弯了弯嘴角，“建安的名字代表着一个国家的懦弱。她的名字成了禁忌，谁也不敢提起。若是连我这个做娘亲的都忘了她，岂不是抹去了她存在的痕迹？”

老皇帝努力回想，却怎么也想不起那个婴孩的模样。

说到底，也不过是个不重要之人。

他语重心长道：“过去的事，就让它过去好了，何必耿耿于怀？念在你爱女心切的分上，朕不追究你今日的罪责。宝妆，回家去，好好跟崔元过日子。”

闷雷在厚重的乌云里翻滚。

司马宝妆的脸也阴沉得可怕：“明明是皇兄做错事在先，怎的却说不追究我的罪责？我说过，我今日是来讨债的。”

“朕对你宽宏大量，你却不把朕放在眼里！宝妆，你一介女流，能对朕如何？当真敢弑兄夺位吗？纵然你敢，又该如何坐上龙位？你会被群臣唾弃，被青史唾弃的！”

“那就不是皇兄该考虑的事了。”司马宝妆击了击掌，“都出来。”

那些躲在屏风后的美貌宫妃们出了屏风，纷纷朝司马宝妆屈膝：“殿下……”

老皇帝脸上闪过一抹冷意。是了，这些人都是她献上来的，听命于她也并不奇怪。

司马宝妆道：“时辰到了。”

美人们俏脸上敛去了媚意，各个眼神冰冷蕴含杀气。她们扑向体态臃肿的老皇帝，用丝帛从背后紧紧绕住他的脖颈。

老皇帝睁圆了眼睛！

他虽然这些年沉迷享乐，但比起女子仍算是彪悍的。他捏住其中一个美人的手臂，狠狠她摔倒在地。

他奔向墙壁，欲要摘下挂在墙上的宝剑：“司马宝妆，你弑兄夺位，大逆不道！朕给过你机会，你却不知悔改，朕今日便要亲自斩杀你！”

长剑出鞘，寒意逼人。

司马宝妆岿然不动。

在长剑即将袭来之际，一把白纸折扇轻巧地出现在长剑前，挡住了致命一击。

崔慎笑容温润：“阿娘是陛下的亲妹妹，陛下何故痛下杀手？”

不等老皇帝反应过来，折扇收拢，迅速敲击在他的手腕上。

老皇帝痛苦地大叫一声，手中宝剑“哐当”掉落在地。他捂住手腕，满脸狰狞地倒退几步。

几名宫妃抓住机会，将老皇帝被扑倒在地。她们没有给他第二次反抗的机会，使劲按住他的手脚，任由其中一名宫妃拿丝帛狠狠缠住他的脖颈。

丝帛逐渐收紧。

老皇帝拼尽力气挣扎，可双拳难敌四手，再加上腕部的骨折，他已无力挣脱。他的脸逐渐涨成骇人的青紫色，双唇颤抖得厉害。他死死瞪着司马宝妆，嘴里说着诅咒威胁的话，可根本发不出声音。

终于，他不再挣扎了。

宫妃们脱力地跪坐在地。其中一人大着胆子探了探他的鼻息，向司马宝妆恭声道：“殿下，人没了。”

手掌天下权的皇帝，就这么窝窝囊囊地死在了女人们的手里。

司马宝妆轻抚香茶，神态平静。

皇帝虽是她同父异母的兄长，可她恨了他这么多年，如今他终于死了，她并没有感到丝毫难过，只觉得无比畅快。

她放下茶盏，看向如意窗外。

皇宫巍峨，宝殿林立。这座皇宫大约还不知道即将更换主人，整个朝廷，也还不知道即将迎来一场巨变。

司马宝妆笑着起身：“该去面见朝臣了。”

她优雅地跨出御书房的门。

崔慎静静地跟在她身后。

在司马宝妆跨出前脚的刹那，一把干净无垢的白纸折扇从背后洞穿了她的胸口。

司马宝妆怔怔站在原地，血顺着嘴角慢慢流下。她低下头，看着心脏位置突出来的一截折扇。

崔慎在她背后温声细语道：“阿娘弑兄夺位，罪大恶极。阅微决心为陛下铲除奸佞，护卫皇族，也是阅微作为臣子应尽的义务。”

司马宝妆踉跄着往前走了几步。她转过身，不敢置信地盯着崔慎。

白衣少年站在春风里。他的手洁白修长，骨节分明，他徐徐展开那把被血染红的折扇，笑得眉眼弯弯，干净无邪。

幼时的崔慎，已经展现出比同龄孩子更加成熟的心智。他发现了她对皇族和世家的憎恨，并毫不犹豫地告诉她，他愿意追随她，因为她是他的阿娘，是他在这个世上最依赖的人。

这些年，他帮她打理朝堂势力，应付各方关系，他是她的左膀右臂，是她最信任的心腹。但同时，他对她所有的底牌都了如指掌，甚至有权动用她所有的势力。

司马宝妆凝视着笑如春风的白衣少年。

与虎谋皮……

如今想来，从很早开始，他就已经谎话连篇了。

他追随她，并非是因为孺慕，而是因为跟着她可以获得更大的利益。所有的母慈子孝，所有的荣辱与共，都只是他伪装出来的假象。

司马宝妆身形摇摇欲坠，眼中的少年化作带毒的罂粟，渐渐模糊消失。

她往后仰倒。宽大华贵的长袖犹如失去生命的蝴蝶，在空中翻飞出华丽的曲线。

她顺着汉白玉台阶一路滚下去，直到额头撞上阶梯一角。大片大片的血渗了出来，染红了她惨白的面庞和宫裙。

崔慎居高临下地欣赏这个女人的陨落。

半晌，他悲伤又恭敬地行了礼，宛如世上最孝顺的孩子："阿娘走好。"

"嘶……"

沈府后院，正在绣花的顾娴吃痛地吮了吮指尖。

一滴嫣红的血，正在绣面上慢慢浸开。

康姨娘端着茶点过来，不禁有些吃惊："夫人的绣活一向精细，怎会不小心扎伤手？可是走神了？"

她放下茶点，想替顾娴包扎伤口。

顾娴并不在意："一点小伤罢了，无须包扎。也不知怎的，用过午膳，我的眼皮就跳得厉害，心口也闷闷的，像是有什么不好的事情要发生。"

康姨娘笑道："夫人多虑了。听说郡公已经率军赶赴西海城，有他保护，阿难绝不会有事的。"

顾娴抿了抿唇瓣："我倒不是担心阿难……"

正说着话，一道高大的人影跨进了门。

沈霁身穿朝服，脸色罕见的凝重："夫人，我得去一趟宫中。"

"去宫中？"顾娴起身为他整理着装，"这才午后，怎的忽然要进宫？可是因为战事？"

"我也不清楚，其他官员也都被召见了。"沈霁握住她的手，"宫里口风极严，探不出什么消息，我想着皇帝身体不好，有没有可能……”

他顿了顿，继续道：“若是如此，只怕整个成邺都要变天了。”

顾娴亲自送他到了府外，目送他骑马远去，不知怎的，心跳得更加厉害。

……

此时，后宫。

宝殿金碧辉煌。

崔慎踞坐在高座，漫不经心地把玩着一把白玉如意。

心腹侍从伺候在侧，恭声道：“公子的旨意已经送去了各位大人的府邸，他们都在路上了，想必半个时辰后就会相继入宫。”

崔慎含笑“嗯”了声。

殿外忽然传来动静，几名内侍宦官引着十几位皇子公主进了宝殿。

他们茫然无措地站在殿中，瞧着高座上那个白衣温润的少年。

一名宦官道：“年长的皇子已经分封去了外地，奴才听从公子的吩咐，未曾把天子驾崩的事透露出去，因此他们这一两个月都不会出现在成邺。这些皇子公主，大的十七八岁，小的十四五岁，都在这儿了。”

崔慎“啧”了一声，行至殿中，从这群金枝玉叶面前缓步经过，打量他们的眼神宛如打量一件件货物。

其中有些皇子公主已经隐隐猜到宫里出事了，他们的父皇没了，如今阖宫上下都被眼前这个看似无害的少年掌控。他们拼命憋住眼泪，抑制住发颤的身体，唯恐惹恼了面前的掌权者。

崔慎欣赏着他们的恐惧，露出一个温柔的微笑：“现在，我要出道题给你们。”

他在殿中踱了几步，转头笑道：“何为‘齐物’，何为‘逍遥’？”

皇子公主们对视几眼。

父皇死了，朝中并没有设立太子。这意味着，今日会有一个人，成为新的天子。这道题目说不定就是崔慎对他们的考验。

一个十四岁的皇子，立刻抢答起来。另外两个皇子不甘示弱，开始引经据典，努力完善答案。

崔慎仔细聆听，不时赞成地微微颔首。

等三位皇子说完，他道：“你们去那边站着。”

三位皇子各自信心满满地退到一侧。

崔慎又瞥向剩下的人：“不知诸位谁的功夫比较好？”

一位年纪虽小但体格健壮的皇子立刻雀跃地站了出来："我的功夫最好，骑射、角斗我都擅长！"

"你胡说！我的功夫才好！"另一名皇子反驳了他。

崔慎柔声道："对自己有信心的，不妨都站出来展示一番拳脚功夫。"

于是又有几位皇子斗胆向崔慎表演了自己的拳脚功夫。

崔慎笑得愈发满意，连连点头："真好，你们打得真好。现在，你们几个去那边站着。"

崔慎又望向剩余的皇子公主："不通文墨没有关系，不善功夫也没有关系，谋略，总该是你们作为皇族该学的东西。接下来，我要出别的题考考你们。"

他随口出了几道谋略相关的试题。

除了皇子，几位公主也都小心翼翼地做了回答。

最后，除了一位十四岁的小公主，其他人似乎都顺利通过了崔慎的测试。

那小公主生性怯懦，面对崔慎时十分惶恐，说话都相当困难，双膝颤抖，似乎就要对崔慎跪下了。

四面八方都是得意扬扬的兄弟姐妹，她紧紧抓着自己的手臂，恐惧到不敢抬头。

崔慎脸上的笑容灿烂到近乎夸张。

他拂袖落座，指着那个孤零零的小公主道："除了她，其他人全部杀了。对外就说他们死在了长公主发起的宫变里。"

原本得意的皇子公主们瞬间睁圆了眼睛。

崔慎单手撑住额头，像是想让他们死个明白，温柔解释道："那个位置，不需要读过书的人来坐，也不需要功夫好有谋略的人来坐。一个愚钝怯懦的傀儡，才是我想要的。"

宝殿里燃着一炉龙涎香，角落的白山茶盛放得娇艳欲滴。光影散落在黄纱屏风上，呈现出诡异斑驳的寂静。

不知过了多久，那群皇子公主终于回过神来，惊恐地大喊大叫着，试图逃离这里。

然而侍卫们早已准备好，他们举起屠刀，砍向这群四散逃跑的皇族。凄厉的惨叫声和求饶声响彻宫殿，不过一时半刻，那些声音逐渐湮灭在午后慵懒的春阳里。

唯一幸存的小公主，崩溃地跪坐在地，泪水从眼眶里不断滚落。

她看着那些死不瞑目的手足，因为过于恐惧，连哭泣也变成了无声。

提刀的侍卫们悄无声息地退出了宝殿。然而她明白，他们只是藏进了暗处，一旦她有什么不对的举动，那些锋利的刀刃就会立刻刺破她的脖颈和心脏。

一块洁净无垢的雪白丝帕递到了她的面前。

她怔怔仰起头。

白衣少年站在破碎的春阳里，笑起来时眉眼弯弯，两泓瞳孔很是干净清澈。

崔慎等了一会儿，见她没有接手帕，微微倾身，亲自替她擦去脸上的泪珠。

他垂着眼睫，动作带着几分怜惜："从现在开始，你便是我的傀儡……我选中了你。"

他的声音甚是温柔，仿佛那个下令屠戮她兄弟姐妹的人，并不是他。

小公主忍不住地颤抖，眼眶湿润绯红。

崔慎见她仍旧泪流不止，修长尖利的指甲透过丝帕，漫不经心地摁在了她的脸上："再哭，我就挖了你这双眼。"

小公主打了个哭嗝，勉强才忍住泪水。

崔慎满意地勾了勾唇："叫什么名字？"

"花翎……"小公主声如蚊蚋，"司马花翎。"

崔慎又打量她几眼："宫裙略小偏旧，珠钗首饰连宫女的都不如，想必并不受宠。你母亲是谁？"

"阿娘……阿娘只是个寻常宫女。"司马花翎又要吓哭了，"生下我没多久就走了……我依附于皇姐们，没读过书，也不会功夫，更不会什么谋略……"

崔慎挑了挑眉，眼底藏着满意。如此出身的傀儡，更加符合他的计划。

他退后两步，欣赏司马花翎的目光犹如欣赏一件货物，他潇洒地含笑作揖："先帝驾崩，皇子公主们被乱臣贼子杀害，烦请殿下移步前朝，商量继位之事。"

明明是在行礼，可他的姿态充满戏谑，宛如高台上表演的戏子。

……

前朝大殿内，文武百官都已经到齐了。

萧允、沈霁等人分列大殿两侧，沉默地看着踏进殿槛的两人。

崔慎牵着司马花翎，慢条斯理地朝皇座走去："长公主作乱，先帝和一众皇子公主死在了宫变之中。今日便由我做主，扶持皇子司马花翎登基为帝。"

百官们面色各异，忍不住低声议论。

其中一位老臣厉声呵斥道："崔慎，你疯了是不是？！且不说宫变是怎么回事，眼前这人分明是个公主，怎的成了皇子？！一介女流，如何登基？！"

话音落地，一名暗卫悄然出现，刀刃折射出锋利的暗芒，从背后斩下了老臣的头颅。

那颗头颅骨碌碌地滚落在地，停在了萧允的脚边。

一时之间，百官噤声。

崔慎终于走到最前方，含笑转身："还有谁有异议？"

大殿的阴影处，暗卫们伺机而动。

朝臣们见此情景，对宫变一事已经猜到了大概，也知道皇宫已经被崔慎彻底掌控。

反抗的下场只会是白白送死。于是他们不再多言，齐齐跪倒在司马花翎面前。

崔慎脸上的笑容愈发夸张。

他温柔地注视司马花翎："现在，你是天子了。"

司马花翎打了个寒战。

这个恶鬼……他究竟想干什么？！

崔慎以雷霆手段控制了皇族和成邺城所有世家。

乌衣巷如笼罩了一层阴霾，各大世家都门庭紧闭，昔日的宴饮雅集也不复存在。

沈府。

顾娴脸色苍白："殿下没了？"

"应是崔慎下的手。"沈霁拨亮蜡烛的灯芯，面庞从未有过的凝重，"长公主带着崔慎逼宫，事成之后却遭崔慎背叛……崔慎从前游走于朝堂之外，他绝非表面上那般简单。"

顾娴泪流满面。

人人都在为权力更替而百感交集，可她深居后院，真正令她难过的，只是幼时的手帕交惨死宫中。她不在意，更不在乎司马宝妆是个怎样野心勃勃的女人。她是她的闺中密友，仅此而已。

沈霁拥她入怀，吻了吻她的额头："玄策他们领兵在外，对崔慎而言，萧家和你我是牵制他们最好的人质，所以短时间内，咱们不会有事。当务之急是观察局势。最近这段时间，夫人不要随意外出了。"

顾娴点点头，仍旧哽咽得厉害。

此时，萧府。

本该兵荒马乱的萧家却出奇的平静。

萧允一袭白色的棉麻常服，发髻上只简单簪着根木簪。他坐在西窗下，掌心摩挲着两颗棋子："许久未曾跟你对弈，今夜不如手谈一局？"

萧老夫人轻笑，在他对面落座，从棋篓里拣出一颗棋子，稳稳落在棋盘上："如今崔慎掌权，朝中局势纷乱。你身为相爷，不为家国大事操心，却有闲情逸致与我对弈……"

萧允轻抚长须，跟了一子。

萧老夫人细细打量他，见他眉梢眼角的细纹透露着岁月的峥嵘。她知道面前这个山一般铁一般的男人是如何挨过那些难眠的夜，一步步走到今天的。

她放低了声音："你一早就料到了今日的局面，是不是？在长公主这些年忙于暗中争权时，你也早早就安排好了你的棋子……萧衡，萧野，这对双生子是你最大的底牌。只是，在萧衡即将腹背受敌时，你这张底牌该怎样发挥它的作用？"

萧允挑了挑眉，缓声道："这就不是你我该想的了。夫人只需知道，我培养出来的人，自然有办法解决眼前的困境。我对他们，比对自己的孩子更有信心。"

萧老夫人握住棋子的手微微一紧，眼底掠过一丝不忍，然而她终究没有多说什么。

就在乌衣巷各家各户都在暗中思量时，今夜的皇宫灯火辉煌。因为白日里的宫变，今夜注定所有人都将无眠。

司马花翎身穿寝衣，蜷缩在龙帐里瑟瑟发抖。她咽了咽口水，盯着华帐看了良久，才终于大着胆子爬下龙榻，欲要去外面小解。

她如今是天子，可是偌大的寝宫却没有一个宫女太监伺候她。

她提着烛台，小心翼翼地摸索过回廊，却在转角前听见对面有窸窸窣窣的说话声。

她屏息凝神，靠在墙壁上偷听。

说话的人里面有一个是崔慎。

崔慎的声音很独特，像是开在初春的梅，交织了冷意和温柔："一切都按师父的计划在进行，想必过不了多久，这天下就该是咱们的天下了。"

另一道声音要成熟些许："司马宝妆也就罢了，你不为你阿父的死感到难过？"

"师父可是在说笑？胜者为王，比起算计，阿父敌不过长公主；比起心性，阿父敌不过我。这等懦弱的男人，败了也就败了，有什么值得难过的？"

对面沉默了片刻，再度开口："宫变之事，全部推到司马宝妆头上就好。接下来，你该全心全力对付萧衡。"

"明日我会安排圣旨，宣所有藩王和重臣孤身进京。萧衡定然不肯，他不回来，我就安他不尊旨意、擅自行军、谋朝篡位的罪名。届时咱们和北国联手，令他腹背受敌。到那个时候，纵然他有战神之名，也只能乖乖等死。"

司马花翎听得懵懵懂懂。她小心翼翼地探出半张脸，只瞧见游廊里的两道颀长的身影。

一道影子是崔慎无疑，另一道穿着道袍，身形匀称修长，她有点眼熟，但记不起来了。

就在她想看个清楚时，一只温凉的手忽然捂住她的嘴，不由分说地把她拖走了!

直到回到寝殿，那人才松开她。

司马花翎惊恐地后退了几步，借着幽微的烛火，见那人用木簪挽着个高髻，穿一袭天青色道袍，袖口和领口绣满了宝相花纹。

最令她意外的是她的脸——远山眉，丹凤眼，鹅蛋脸，樱唇桃腮，肌肤如明珠，灯火下湛若神女。

司马花翎迟疑道："你，你是裴道珠?"

她曾在宴席上远远见过裴道珠。只是裴道珠远在西海城，怎么会出现在皇宫里?

待仔细看后，她才发觉面前女子眉梢眼角更添几分锋利，与裴道珠并不十分相像。

她愈发害怕，紧紧靠着一根殿柱："你究竟是谁?"

"裴道珠……"少女若有所思，"那丫头名气倒是不小，九公主居然认得她。也是，爱慕虚荣如她，自是要出尽风头，叫所有人都识得她才好!"

见司马花翎仍旧一副受了惊吓的模样，她嗤笑一声："我叫裴道湘，是裴道珠的二姐。刚刚在游廊里多有得罪，还请公主包涵!"她潇洒地行了个道家礼节。

"我，我更加不明白了。"司马花翎快要喘不过气，"我从未见过你……"

裴道湘歪了歪头，心想怪不得她会被崔慎选中，这小公主果然蠢笨胆怯。

她只得耐着性子安抚解释："我是来帮你的。国师和崔慎的戒心比平常人要强很多，你刚刚若是被他们发现，这一刻已是死无葬身之地了。"

司马花翎咬着嘴唇，有一肚子疑问。

裴道湘从哪里来？为何会穿着和国师一样的道袍，为何要帮她？

然而她一个字也不敢问出口。

裴道湘把她牵到龙榻上，照顾她坐下，淡淡道：“我和裴道珠不同，我自幼不喜金银珠宝，只爱山水人间。这些年辗转求道，无意中拜入国师的门下。那个男人，他并不仅仅只是咱们的国师……”她说着说着，见司马花翎直犯迷糊，只得止住话头。

她弹了下司马花翎的额头：“皇族所剩之人已经不多，总而言之，你活着就好。”

司马花翎虽然听不明白这些话，却知道父皇和皇兄都不在了。这个王朝名义上姓“司马”，实际上却已经被他人所掌控。

她抬起湿漉漉的眼眸：“我会想办法，为父兄和皇兄皇姐们报仇。”

裴道湘轻嗤：“活着就不错了。”

次日。

司马花翎自己梳洗打扮好，崔慎就带着一帮太监进了寝殿。

他把撰写好的几封圣旨丢在书案上：“盖章。”

司马花翎小心翼翼地看了看，上面是要求各地藩王和世家进京面见新天子的旨意。

萧衡的名字赫然在内。

司马花翎忽然想起昨夜在游廊听见的话。

如果萧衡拒绝进京，就会被扣上不尊圣旨、擅自出兵、拥兵自重这些罪名，

她咬住下唇，不大情愿盖章。

崔慎见她不动，眼底掠过不耐烦。他握住司马花翎的手，迫着她在圣旨上盖了玉玺印章。

他垂眸，盯着怀里的少女，语气温柔：“我要的是一个听话的傀儡。陛下若总是如此，我不介意拿丝线穿了你的指骨，把你做成戏楼里的傀儡。”

司马花翎颤抖得厉害。

背后之人是害死她父兄的罪魁祸首，可她却什么都做不了，还要帮着他害别人。

泪珠一颗一颗滚落。

她想着裴道湘叮嘱她的话，只得按捺住心思，乖乖点头。

很快，圣旨被送到了各地。

西海城，太守府。

裴道珠捧着圣旨，饶有兴味：“崔慎倒是聪明，你遵旨回去，便是请君入瓮。你若不回，他便有了杀你的借口……夫君该如何？”

天朗气清，萧衡颇有闲情逸致地坐在塘边垂钓，轻笑道：“这次西海城之争，原是咱们着了崔慎的道了。”

崔家之所以支持北伐，原是为了调虎离山，让他远离成邺。他走了，崔家不仅能把持朝堂，还能挟天子以令诸侯。

当真是好算计！

“如今看来，和元承勾结的奸细，正是崔家无疑。”裴道珠分析，“崔慎和元承结成联盟，把你夹在中间，腹背受敌，该如何是好？”

萧衡盯着湖面。水底藏着游鱼，水面涟漪浅浅。

久久的沉默过后，萧衡忽然挑唇而笑：“裴阿难，做我的说客可好？”

裴道珠不解：“说客？”

“代我游说北方大族，劝他们归降于我。我需要沿江地域的士族都为我所用，替我抵挡元承的大军南下。至于成邺……”萧衡抬起眼帘，眼中闪烁着慑人的锋芒，“我会亲自去一趟巴蜀，调集那边的军队直入成邺。”

裴道珠挑眉凝思。

腹背受敌，分而拒之，倒也不失为良策。

“只是……这么要紧的事，你不让心腹幕僚去办，怎能交给我来做？若是我没能成功，那些士族不肯帮你，元承的军队直取成邺，你可就要命悬一线了。”

水面的浮漂动了一下。

萧衡试探着收鱼线，语气颇有些漫不经心：“论口才，我手底下哪个幕僚比得上你——咦，钓到了大鱼！”

一条鲤鱼跃出水面，阳光下带出一串漂亮的水珠。

萧衡得意地朝裴道珠道：“晚上有新鲜的鱼羹吃了。”

裴道珠坐在旁边，双手托腮：“我不过一介女子，这般重大的事，稍有不慎就会满盘皆输，我可担不起这份责任——”

“若是事成，等抄了崔家，我把崔慎私库里的金银珠宝全部赠予你。”

裴道珠：“……”

这贼人，太会算计了！崔家是大族，崔慎不知道藏了多少宝贝。

她眼睛亮晶晶的，立刻伸出纤细的尾指：“拉钩？”

“幼稚。”萧衡轻嗤，却还是乖乖伸出小指头，勾住裴道珠的，“一言为定。”

往回走的时候，裴道珠一边算计，一边问道：“北方士族并非善茬，没有利益的买卖他们是不会做的。若他们讨要好处，我拿什么给他们？”

萧衡道：“他们开出的所有条件，你一概应允就是。”

“所有？”

“所有。”

……

几日后，萧衡带着一队兵马，悄然去了巴蜀。

而西海城仍旧插满旌旗，仿佛主帅仍旧还在这座城里。

裴道珠留了问柳看守西海城，便带着谢麟前去游说北方大族。

半个月后，两人风尘仆仆地出现在龙首城外。

谢麟介绍：“大族之中，尤以陇西李氏为首。他们于数十年前迁到龙首城定居，咱们只需说服他们，便等同说服了其他大族。裴姐姐知道我从军之后戍守的第一座边城吧？便是龙首城。”

裴道珠仰起头，盯着城门匾额看了片刻，道：“去见他们吧。”

太守府，偏厅。

裴道珠和谢麟坐了小半个时辰，门廊外才终于传来脚步声。

一名体态丰腴的中年妇人含笑跨进门槛：“叫贵客久等了。哟，这位就是萧郡公的夫人吧？久闻夫人倾国倾城，今日一见，果然名不虚传。”

裴道珠起身。

面前的妇人穿戴昂贵精细，约莫是李太守的夫人。她此次前来，递上去的是萧衡的名帖，可李太守不见她，反倒是他的夫人出面相见……这就很耐人寻味了。

裴道珠微笑：“夫人过誉。这位可是令爱？窈窕淑女，真叫人喜欢。”

谢麟原本只注意到那位中年妇人，听见还有个女孩，不禁好奇望去。

女子约莫十五六岁，体态纤纤，像是枝头纯白干净的铃铛花。瞧见他望过来，她便立刻扭过头去。

李夫人示意他们落座，随手端起一盏茶，开门见山道：“我知晓郡公夫人前来所为何事，只是夫君要务缠身，前两日就去了城外军营，不方便见客。若是夫人不嫌麻烦，不如在府上小住几日，等夫君回来再细细详谈。”

裴道珠轻抚茶盖。李夫人看似客套的一番话，却委婉地透露出拒绝。

她垂着鸦羽似的长睫，柔声道：“在我来之前，崔慎就已经派说客与李太守达成了协议吧？如果我没猜错的话，他把我夫君归为佞臣，还要你们按兵不动，是不是？”

李夫人一时不知如何应答。她还以为裴道珠只是个花瓶，没想到竟能一语中的。

裴道珠抬起头，笑起来时明媚不可方物：“我夫君可以另想办法，解决眼前的困境，可夫人和令爱今后该怎么办呢？”

李夫人有些不自在，放下茶盏，问道：“这些家国大事，与我们母女有什么相干？我竟听不懂你的话！”

“崔慎如今挟天子以令诸侯，私下和元承勾结，迟早会向元承献上江南的疆土。如今天底下唯一能阻止这件事的，唯有我夫君。夫人若是不帮他，将来小人得逞，这天下便成了异族的天下。”

裴道珠一边温声细语，一边观察李夫人，见她并无震惊之色，便猜到她知晓崔慎勾结元承的事。

北方大族虽然没有住在成郲，但谁家没在都城安排几个奸细呢？李家势力甚至不比崔、萧两家差，他们对内幕消息还是十分灵通的。

她继续道：“夫人一家冷眼旁观，无异于助纣为虐，不知将来青史会如何撰写这一段？李姑娘青春年少，将来不知背负着这等罪名，该嫁于怎样的人家？莫非是要嫁给异族人？夫人须知，异族的女人在夫君死后，是要嫁给他的兄弟和儿子的，这种屈辱，李姑娘如何忍得？”

李夫人口干舌燥。分明她面对的只是个刚嫁人的小丫头，可她却感受到了莫大的压力。

她觉得，裴道珠所言有道理。

厅堂陷入静默。

不知过了多久，李夫人突然热情道：“我不过一介妇人，哪里懂这些？夫人远道而来，甚是辛苦，不如先在府里住下。我这就派人去请夫君回来，明日清晨或者晌午，夫人就能见到他了。”

裴道珠浅笑盈盈：“有劳。”

侍女领着裴道珠和谢麟去了客房。

李幸儿不解地问母亲：“阿娘，父亲已经答应与崔家结盟，您如今款待裴道珠是何用意？若是崔家知道了，会对父亲不利的。”

“你懂什么？我两个儿子一个女儿，最疼爱的不是你兄长，是你。你的婚事万万不能马虎。幸儿，裴道珠说得对，叛国的罪名我和你父兄承担得起，但你承担不起。一想到你或许会嫁给北国的贵族，阿娘这颗心就……”

那些贵族都是粗俗不堪之人，哪里配得上她锦衣玉食娇养出来的女儿！

李幸儿揪着手帕，轻声道：“但是撇下和崔慎的盟约，转而和萧衡结盟……崔慎手里有天子，可萧衡什么也没有，这样的盟约风险太大，阿父未必会应允呢。”

“你别管！”李夫人扬了扬眉毛，“这事儿我自有主张，你父亲不答应也得答应！对了，你替我好好招待裴道珠，我瞧着，那女子很是贵气聪慧，只怕将来有一番大造化！”

裴道珠和谢麟被安排暂住在太守府里的幽兰别苑。

谢麟休整过后，换了身绛纱袍，兴冲冲来找裴道珠：“裴姐姐，那李太守原是不肯与我们合作的，所以才派了李夫人见我们。可是你三言两语就叫她改了主意……但你怎么能断定李太守也会改变主意？”

裴道珠拿起白瓷水壶，给窗台上的百合浇了些水：“我只有七分把握而已。来游说他们之前，咱们做过功课，李太守府上唯有一位夫人，他要么和夫人感情极好，要么十分惧内，因此才没纳妾。那么他夫人说的话，在他那里大约比圣旨还有用。说服了他的夫人就等同说服了他。”

谢麟忍不住笑了起来。

笑罢，他道：“我倒是明白萧衡为何会让你做说客了。”

夕光柔和，照在裴道珠的脸上，生出一层朦胧光晕，如梦似幻。

若他娶了裴姐姐，定然会把她娇养在后院。可萧衡偏不，他把她当作他的利剑，直接关乎他的生死。而裴姐姐与他并肩而战，毫不逊色。

谁不喜欢旗鼓相当的爱呢？

这一瞬，他突然释怀了。

“喂——”

清脆的声音响起。

裴道珠和谢麟望去，李幸儿手捧一盆新鲜的百合花，娇俏地站在花丛里，瞧见他们望过来，双颊迅速浮上一抹浅红。

她有些傲娇地别过脸，小声道：“我没什么朋友，可以跟你们说说话吗？我想知道都城是什么模样的，天子是什么模样的？”

裴道珠朝谢麟使了个眼色，让他去领她过来。

谢麟走到檐下，接过李幸儿送来的百合，又替她掀开门前竹帘。

李幸儿抬头看他一眼，只觉他面如冠玉，偏偏挑起的眼尾带出几分漫不经心的顽劣。

她双手提起裙裾，优雅地跨进门槛，垂着头小声道："早就听闻谢家小郎君风流纨绔，没想到也会北上戍边……我阿父说，成郡的世家子弟大都顽劣，你肯从军倒是令他大开眼界。"

谢麟挑着唇角，听得直乐："小爷自然不是寻常人能比的，令尊很有眼力。怎么样，李姑娘莫非也钦佩于我？"

李幸儿一愣。

他脸皮怎么这么厚？她不过是客套话罢了！

她咬牙，旋即骄傲地挺直了胸脯："我两位兄长也从军了。"言外之意，便是谢麟没什么了不起的。

谢麟没听出她的弦外之意："在李姑娘心里，我与你的兄长们一样厉害吗？过誉，过誉！"

李幸儿白了谢麟一眼："你这人真是没皮没脸！"

谢麟："……"

平白挨一句骂，他招惹她了？！

子时过半，李太守终于从军营赶了回来。

他一进屋，便瞧见自家夫人穿着寝衣坐在灯下垂泪。

他急道："这是怎么了？可是萧衡的使者欺负你了？又或者拿什么东西威胁你了？！你与我说，我找她算账去！"

李夫人擦了擦眼泪："一个小姑娘能怎么威胁我？！不过是我自己情愿罢了！我只问你，究竟答不答应和萧衡结盟？"

李太守为难地落座："这是家国大事，岂能儿戏？夫人莫要为难我！"

"那我不活了！"李夫人不知从哪里扯出一根白绫，作势要抛上房梁。

李太守吓得够呛，赶忙把她抱到怀里："和崔慎结盟，将来咱们家可以迁居到成郡，成为都城最有权势的家族，岂不比待在这里强？和萧衡结盟有什么好处，若是事败，咱们会赔上整个家族的性命的！"

"我不管！"李夫人指着他的鼻子，"萧衡是唯一有能力有野心北伐的人，你抛弃他，将来谁去收复北方的疆土？！你要眼睁睁看着山河破碎，百姓遭殃吗？你的良心过得去吗？将来青史要怎么书写你？！"

李太守怔愣片刻，问道："这不像你能说出来的话……裴道珠究竟与你说了什么？"

李夫人紧紧攥着白绫："我不管，总之你就要跟萧衡结盟！"

长久的沉默后，李太守无奈道："夫人若执意如此，那我听你的就是。只是，这盟约不是白结的，我得问他讨一件东西。"

次日，裴道珠用过早膳，就被请去了前厅。

前厅已经坐了十几位衣着华丽的男子，裴道珠猜测他们大约都是北方士族。

她行过礼，对李太守道："我在成邺时就听说过您带领族人戍守北方的功绩，今日一见，您果然器宇轩昂，仪表不凡。"

李太守摆摆手，示意她坐。

裴道珠落座的姿态优雅从容，丝毫没有怯场的意思。

而谢麟宛如最忠诚的侍卫，守护在她的身侧，睨着在场贵族，绝不会允许他们伤害裴道珠分毫。

李太守打量两人一番，才道："你们的事，我已经听内子说过了。"

裴道珠微笑："太守大人英明，定然懂得如何抉择——"

"少拍马屁！我不吃那一套！"李太守打断她的话。

裴道珠挑了挑眉。

她笑意更深，一把深紫色泥金折扇在指尖轻盈旋转，开门见山道："太守大人需要怎样的条件，才肯帮我家夫君？"

"萧衡以容色和才气名扬天下，更因为巴蜀之战得到了'战神'之名。数年前我在成邺曾见过他一面，彼时他虽年幼，却已有龙章凤姿之态。"李太守的目光幽幽，"我瞧不上年轻一辈的许多人，却独独瞧得上他。我若要他休妻另娶，娶我家幸儿为妻，如此才肯出兵帮他。裴姑娘，你答不答应？"

谢麟年轻气盛，听见这话非常恼怒，正要上前斥责他，却被裴道珠扯住衣袖。

裴道珠不疾不徐地摇着折扇，脸上仍是笑吟吟的："我替他答应了。"

来龙首城之前，萧衡曾说过，无论对方开出怎样的条件，都必须答应。所以她答应得十分干脆。

更何况这种口头之约算得了什么？最后能不能成，还不得看萧衡？

她昨日和李幸儿接触一番后，觉得她透着世家大族的骄傲，绝不会心甘情愿和别人的夫君共结连理。

她在心底盘算得好好的，在场众人却都哑口无言。

李太守更是哑口无言。他原本以为裴道珠会一哭二闹三上吊，说什么也不肯让出萧衡，因此还准备了一肚子说辞，可是谁承想……

她竟然答应得这么爽快！

他简直怀疑，萧衡是不是有什么隐疾，才叫裴道珠这般嫌弃！

就在他不知如何继续时，一名侍女快步从屏风后出来，伏在他耳边说了几句。

李太守一愣，连忙道："我有些私事要处理，诸位且小坐吃茶，我去去便来！"

他跟着侍女从后门离开前厅，进了隔壁耳房。

李幸儿端坐着，手里捧一盏热茶。见父亲进来，她立刻放下茶盏，不高兴地别过身去："阿父不讲道理，把我许配给萧衡是什么意思？他已经娶了妻，你却要逼人家休妻……不知道的，还以为我李幸儿嫁不出去，非嫁给他不可呢！"

"傻孩子！"李太守轻轻拍了拍女儿的背，"那萧衡乃人中龙凤，你嫁给他有什么不好？更何况，只有联姻，只有生下孩子，这盟约才算牢固，咱们北方的利益才能得到保障！"

李幸儿挣开他的手："要嫁你自己嫁去，总之我不嫁！"

"你——"李太守气得不轻，正要继续数落，李夫人从外面进来了。

李幸儿立刻起身扑到她怀里，添油加醋地把事情讲了一遍，又哭诉道："……阿父只讲利益，不管我的名声！听闻萧郡公十分喜爱裴道珠，要我拆散他们，我成什么了？可是天底下的郎君都死光了，我非嫁他不可？！"

李夫人心疼不已，她搂住李幸儿，朝李太守白了一眼："女儿言之有理，这门亲事要不得！"

李太守更加恼火："妇人之见！放着这么难得的东床快婿不要，再想找比他更好的可没有了——"

话音未落，李夫人已经和李幸儿一起啼哭起来。

李太守后面的话便都说不出口了，不知如何是好。

过了半晌，他揉了揉额角，终于松了口风："罢了，我不管你们了！幸儿，你自己说过，要嫁给世间最好的郎君，今日过了这村，可就没这店儿了！"

李幸儿抬起哭红的杏眼，露出一个狡黠的笑容。

她脆声道："有妇之夫绝不在我的挑选范围内，阿父放心，我不会后悔。"

李太守唉声叹气地回前厅去了。

李夫人牵着李幸儿落座，柔声道："娘亲瞧那位谢家世子爷很是不错，那相貌、身姿，是你两个哥哥都比不上的！北方二十四城里，再找不出比他更好看的郎君了！家世也好，还未曾说亲，幸儿若是嫁给他……"

李幸儿垂着头，想起幽兰别苑里的惊鸿一瞥。

谢麟，谢麟……

不知怎的，她忽然红了双颊。

李太守回到前厅，干笑几声，才慢慢道："我刚刚与裴姑娘开玩笑呢。听说你为了救西海城的俘虏，不惜在荆棘上起舞，乃是值得钦佩的英雄，所以国人之中，谁也没资格负你。更何况君子不夺人所爱，我又怎会强迫萧衡休妻另娶？"

裴道珠轻笑，猜到李太守刚刚大约是被李幸儿请过去说话了，因此才改了想法。

她柔声道："太守大人的玩笑十分幽默，只是今后可别再开了。那这结盟一事……"

李太守正色道："崔慎大逆不道，挟天子以令诸侯，为世人所不齿。我等北方士族自然要与他划清界限！"

裴道珠莞尔："大人英明。"

事情谈成后，两人本欲回西海城，只是李夫人却不肯放他们走，非要留他们过中元节。

幽兰别苑内，谢麟挑着眉："还有七八日才到中元节，这借口也忒蹩脚了！"

裴道珠把玩着折扇，心里也很是奇怪。

正闲聊时，侍女突然来报："李小姐求见，说是来给夫人和世子爷送中元节的帖子。"

少女轻盈地踏进书房，髻边插一朵新摘的百合花，衬着她纯白无瑕，清贵自矜。

见过礼，她捧出一张请帖："过几日就是中元节，龙首城的中元节一贯热闹，我想邀请裴姐姐同游，不知裴姐姐可愿意？"

自打进门，她便只盯着裴道珠，仿佛没注意到谢麟似的。

谢麟往嘴里扔了一颗花生，嗤笑："李姑娘忒小气，来者是客，怎的只邀请裴姐姐一人？你们女孩子是要偷偷说什么私房话，是我听不得的吗？"

李幸儿紧紧攥着请帖，并不搭理他。

裴道珠与她站得近，瞧见少女脸上悄然浮现出几抹浅红，心底已是明白几分。

她回眸瞟了眼谢麟，这纨绔的世子爷什么也没发现，还在那里慢条斯理地剥花生吃。

想来中元节同游，李幸儿是醉翁之意不在酒。

她抿着笑，接过李幸儿的请帖："还未见识过龙首城的风土人情，我愿意和你一起出去玩。正好谢世子闲来无事，不如一起随行，也保护我们，可好？"

李幸儿笑了。她很快藏起那份欢喜，柔声道："裴姐姐做主就是。"

李幸儿走后，裴道珠落座，拿起花几上的泥金折扇扇了起来。

她忍不住多看了谢麟几眼。

谢麟一边剥花生，一边高高挑起眉："你总看我作甚？给萧衡知道，要吃醋的。"

裴道珠正色道："我在想，你可还喜欢那位汤圆姑娘？"

谢麟动作一顿。

他险些忘了，他还有一位倾慕的"汤圆姑娘"呢。

他略有些不自然："还，还挺喜欢的……"

"小骗子。"裴道珠毫不留情地拆穿他，"来这里之前，我做过北方二十四城的功课。你镇守的那座城，太守根本就不姓汤，所谓的汤圆姑娘是你杜撰出来的，是不是？"

谢麟被拆穿了心事，捻着一颗花生，慢慢垂下眼睫。

过了片刻，他抬起头："杜撰的又如何？我总不能告诉你，我仍旧倾慕你吧？"

他自嘲地笑了笑，看着裴道珠："裴姐姐一早就知道那人是我杜撰出来的，却不曾拆穿……怎么，裴姐姐是想撮合我和李幸儿？"

他不是傻子，他看得出来李幸儿喜欢他。只是被裴道珠撮合，他心里很是不爽。

她不喜欢他就罢了，为什么还要撮合他和别的姑娘？

他难受得厉害，难得在裴道珠面前沉了脸，起身道："总而言之，我的事不要你管！"

裴道珠目送他拂袖离去。

她倒是不想管，只是对谢麟而言，她无疑是一段孽缘。而忘记一段孽缘的最好办法，是时间和新欢。

转眼便到了中元节那天。

龙首城的晚上极为热闹，除了祭祀祖先、敬祖尽孝外，城里还流行庆贺初秋、酬谢大地的各种活动，千灯万盏照亮了整座城池。热闹的庙会吸引了许多年轻的公子姑娘，也有人结伴前往河边，为思念之人放一盏河灯。

谢麟不声不响地跟在裴道珠和李幸儿身后，不时瞧裴道珠一眼，随即不满地撇了撇嘴。

裴道珠似是没察觉到他的样子，与李幸儿逛了一阵，柔声道："我有些乏了，想去那边休息会儿，不如你和谢世子接着逛？"

李幸儿俏脸一红，望向谢麟。

谢麟立刻道："我也累了，我与你一道休息！"

裴道珠歪了歪头："我是想去河边为夫君放一盏花灯，遥寄相思和祈福……你跟去作甚？"

谢麟："……"

小郎君紧攥双拳，面色变幻莫测。

裴道珠只当没瞧见他的难堪，信步去了河边。

谢麟不肯对她死心，她帮他死心就是。

谢麟看着裴道珠独自去了河边。他扶着挂满灯笼的竹竿，久久伫立在原地，一双多情的桃花眼里满满都是不服气与不甘心。

李幸儿站在他身后，注视他良久，才鼓起勇气走上前："世子爱慕裴姐姐？"

谢麟语气冷淡："与你何干！"

被摆了冷脸，李幸儿双颊浮上羞怒的红。

她紧紧捏着手帕，沉声道："自是与我无关！只是裴姐姐已经嫁做人妇，你却还痴迷着她，传出去，你的名声也就罢了，对裴姐姐的名声影响该有多大！不知道的，还以为她故意招惹你呢！"

"够了！"谢麟怒不可遏，转身逼视着李幸儿，"我知道你喜欢我，可是李姑娘，我不喜欢你，以后也不会喜欢你。你离我远点，听明白没有？！"

李幸儿的脸色变得惨白，盯了谢麟片刻，终是伤心欲绝地哭着跑走了。

谢麟懊恼地揉了揉头，又不敢放她一个人跑远，只得不情不愿地追了上去。

裴道珠买了一盏花灯，在花瓣边缘认真地写着祈福的话。

写完，她小心翼翼地把花灯送进河里。

花灯随着水波向前漂去，在水面留下一痕长长的细微涟漪。

裴道珠目送它渐行渐远，轻声呢喃："愿你平安归来，也愿山河无恙……"

"山河无恙……山河无恙好啊，好啊！"

旁边忽然传来喟叹声。

裴道珠循声望去，一位白发苍苍的老者手拄拐杖坐在水边，遥望着远去的花灯，脸上漾开慈蔼的微笑。

他道："打了这么多年的仗，若将来天下一统，山河无恙，那该是怎样的太平盛世！"

喟叹完，他含笑转向裴道珠："老朽乃李家老家主，姑娘气度不凡，不知从何处来，到何处去？"

裴道珠了然。李太守的父亲年事已高，每日游山玩水，不常归府，想来便是如今这位老人了。

她柔声答："小女子来自成邺裴家，是裴家三女，前不久嫁给了萧家九郎。"

李老家主连连点头："原来是你！我认识你祖父，你刚出生时，我正巧在成邺述职，去你家喝满月酒的时候还抱过你！萧老丞相我也是认识的，说来可笑，我们北方的贵族向来与你们南方的不大对付，二十多年前我还曾送过一位奸细扮作歌姬去萧家，后来不知怎的，那歌姬再无音讯。"

裴道珠笑了笑："如今北方贵族已与我夫君联手，从前的恩怨都一笔勾销了。等将来天下太平，还请老家主去成邺故地重游。"

两人说了会儿话，忽然位花魁娘子乘坐画舫从他们面前经过。那花魁娘子生得美，惹的仰慕者们纷纷跟在河岸边跑，一时之间十分热闹喧哗。

老家主嘲笑："这就叫绝色了？我生平所见最绝色者，当属那位被我送去成邺的歌姬，她叫什么来着？白乐漪，对，白乐漪！"

裴道珠颇为好奇。

连见多识广的李老家主都称赞绝色，不知那白乐漪究竟是何等仙人之姿？

只是她嫁到萧家这么久，从未听说过这位绝色歌姬。

花灯缓缓漂过水面，照亮了粼粼水波。

第24章

皇宫，御花园。

司马花翎一手挽袖，一手捞起快要漂走的花灯。

她满脸是泪，哽咽地拿起毛笔：“是我不好，我竟忘了题写三皇姐的名字……虽然三皇姐总是打骂我，但我也愿她在九泉之下能够安息……”

她正要添上三皇姐的名字，却发现捞起来的花灯并不是自己放的那盏。

“白乐什么……”她虽是公主，可没怎么读过书，不知道花灯上的名字怎么读。

“果真是个蠢货。”

背后传来毫不留情的骂声。

司马花翎身子一抖，惊恐回眸。

白衣少年手持折扇，面无表情地站在她身后。

司马花翎唯恐惹他不悦，小心翼翼地献上花灯：“这是你的灯吗？上面这女子是你故去的娘亲吗？”

崔慎一把夺过那盏花灯，打量片刻，才像是满不在乎般把灯盏重新丢进水里。

花灯漂漂荡荡地浮过水面，渐行渐远，灯芯的明黄烛火跳跃了几下，终于熄灭。

崔慎握着扇柄的手悄然用力，指骨甚至有些发白。

不知过了多久，他转身离开了。

司马花翎悄悄松了口气，正腿软地要跪坐下去，崔慎忽然去而复返。

他用折扇挑起她的下颌，眼里宛如淬着重重寒霜：“今夜之事若敢说出去，我就要你的命！”

司马花翎打了个寒战，泪水瞬间涌出，哆嗦道：“我，我绝不会说出去半个字……”

崔慎挑唇一笑，收起折扇，满意地擦去她的泪水：“陛下流这么多泪，不知道的还以为臣欺负您了。臣赤胆忠心，若是遭人误会，臣会整宿整宿难以入眠的。”

司马花翎小心翼翼地后退一步。她知晓面前的少年有多残酷虚伪，根本不信他的怜惜和忠诚。

许是她的眼泪取悦了崔慎，崔慎忽然起了兴致，在水畔的一块石头上坐了下来。

他欣赏着明月和波光粼粼的水面：“你说得不错，白乐漪，确实是我的母亲。”

“白乐漪……”司马花翎小声念着，暗道花灯上的那个复杂的字念作“漪”。

“我是崔家嫡子，实际上却并非嫡出，我和崔凌人是同父异母的兄妹。”崔慎的声音清冷，“我真正的娘亲是父亲藏在后花园的一个歌姬。听父亲说，他是在一个雨夜，在乌衣巷的角落里捡到我母亲的。彼时她受了很重的伤，忘记了前尘往事，宛如一个初生婴儿。父亲从未见过那等绝色女子，便悄悄把她带回了府，藏在后花园养做姬妾。”

司马花翎听得怔愣。

崔慎接着道：“母亲生下我不久就离开了人世。父亲把我养在嫡母膝下，对外只说我与崔凌人是嫡亲兄妹。”

司马花翎点点头：“原是如此……”

崔慎扫她一眼，见她满脸恍然，像个傻子。

他眉梢眼角掠过几分戾气，没再往下说。

养在嫡母膝下的日子，并不好过。嫡母不喜欢他，总是背着父亲苛待他。

冬日里，崔凌人穿着温暖而昂贵的鹅绒袄子，而他衣衫里塞满的却是根本不能保暖的芦絮。

崔凌人做错事，得到的只是一两句笑骂，他若是做错事，嫡母就会罚他跪在祠堂里，一跪就是大半天，接着连续数日不能好好吃饭，抄写佛经抄写到双手发抖。

明明如此冷漠刻薄，对外却称是真心培养他成才，可笑他那位好父亲居然相信这种鬼话，放心让他被嫡母管束，从不过问他的事。

他渐渐生出了恨。恨嫡母，也恨那个毫无作为的父亲。

后来，嫡母死了。人人都以为她是病死的，只有他知道，嫡母是被自己经年累月下毒害死的。

看见她躺在棺椁里，看见崔凌人哭得上气不接下气，他不知道有多么痛快!

崔慎回忆着往事，不禁大笑出声。

终于笑够了，他一把拽过瑟瑟发抖的司马花翎："我这辈子，从未得到过真正的爱。小花翎，你在这皇宫里也未曾得到过爱吧？真可怜，你比我更加可怜！"

少年的手劲儿极大，司马花翎被他拽着衣领，脸涨得通红，几乎要喘不过气来。

崔慎饶有兴味："你与我说说，你的兄弟姊妹是如何欺负你的？是把你当作宫女使唤，还是故意给你使绊子叫你不好过？你生在皇族便是罪过。从前是兄弟姐妹的玩物，如今是我手中的傀儡，你这辈子，从未得到过爱！"

司马花翎艰难地喘息着，被如此羞辱奚落，鼻尖一酸，泪水大颗大颗地滚落。

泪珠砸落在崔慎的手背上。

他垂眸。

泪珠有着温热的奇怪触感……

他慢慢松开司马花翎，盯着她："哭……有什么用呢？"

说完，他冷漠地撇了撇唇角，离开了御花园。

司马花翎瘫坐在地，直到崔慎走远，才敢大口大口地喘气。她一手捂着胸口，几乎快哭得噎过气去。

"他说得对，哭有什么用呢？"清越动听的女声响起。

穿着天青色宽松道袍的裴道湘从花丛阴影里走出来。

她扶起司马花翎，递给她一块手帕："仇人过得潇洒快活，你却在这里啼哭不休，像什么话？"

司马花翎拿手帕擦了擦眼泪："我只是害怕……裴二姐姐，我真怕他，他脾气古怪，阴晴不定，我怕他一时兴起就杀了我，就像杀害我兄弟姐妹那样！"

裴道湘看着她。

司马花翎还年幼，遇到事只会哭。这般怯懦，怪不得会被崔慎留下做傀儡。

她带着几分无奈和同情，摸了摸司马花翎的脑袋："我是来向你辞行的。公主殿下，你身边的宫女内侍没有一人可以信任，朝臣之中，也没谁有能力护你周全，今后你得加倍小心才好。"

"你要走了？你要去哪儿？！"司马花翎吃惊道。

"去见我妹妹……我有要紧事告诉她。"

“非去不可吗？”司马花翎又哭了起来，紧紧揪住她的衣袖，“你走了，我怎么办？裴二姐姐，你不能留下来陪着我吗？”

崔慎也好，皇宫也罢，还有朝堂上所有的臣子……他们通通令她害怕！

对她而言，裴道湘就像是一根浮木，唯有紧紧抓住她，她才能活下去！

裴道湘沉默良久，从怀袖里取出一把匕首，交给司马花翎：“这个你拿着防身用。”

司马花翎知晓她去意已决，咬了咬嘴唇。她接过匕首，拔出，刀刃闪着慑人的锋芒，大约是一把好刀。

她小声道：“我不过是个弱女子，虽说要复仇，可哪儿敢对崔慎下手？他，他功夫极好，我还没靠近他，就会被他发现……裴二姐姐，我真是害怕！”

“也未必是用来杀他的……”裴道湘停顿片刻，“崔慎挟天子以令诸侯，可以预见，过不了多久，这天下就会烽烟四起。若是……若是有朝一日，你撑不下去了，又或者遇到无法抵抗的羞辱，小公主……”

她欲言又止。

司马花翎一瞬间就明白了。这把匕首，不是用来杀崔慎的，就是用来杀她自己的。

泪珠大颗大颗地滚落。她抬起宽袖，胡乱擦去，哽咽道：“我知晓了……知晓了……”

裴道湘抱了抱她，才启程离开皇宫。

半个月后。

龙首城。

夏末初秋的园林仍旧绿意盎然，只南归的大雁和树梢头零星泛黄的枯叶，悄悄透露出秋天即将到来的消息。

裴道珠在碧色罗襦裙外罩了件轻纱质地的衫裙，一手挽着披帛，一手撑着下颌，百无聊赖地盯着窗外的池塘。

李夫人一副非得把谢麟留下来当作东床快婿的架势，盛情之下，她和谢麟只得继续留在这里小住。

这些时日以来，李幸儿与他们混熟了，也不再端大家闺秀的架子，整日跟在谢麟身后，弄得谢麟不胜其烦，总是刻意躲她远远的，可李幸儿总想方设法地能找到他。

今日两人又不知躲去哪儿了。

她捡起一颗小石子，随意丢进池塘。

“嘶——”她的脑袋忽然一痛。

她捂着疼处，懊恼地回过头：“是哪个不长眼的——”

瞧见来人，她的瞳孔微微缩小：“阿姐？！”

裴道湘上前毫不留情地拧住她的耳朵：“倒是我不长眼，妨碍了你赏花看景，是不是？”

“阿姐！”裴道珠吃痛之余却难掩激动，站起身来，“你这些年去哪里了？我之前给你写信，送信的差吏说那家道观成了废墟，里面的人都不知所踪！你不知道我有多担心你！”

裴道湘嗤笑，松开她的耳朵，顺势捏了一把她的脸蛋：“担心？赚取钱财和勾搭郎君，你哪一样落下了？少跟我说这些废话！”

裴道珠揉着耳朵，吃吃地笑：“二姐素来寄情山水，突然来找我，怕是无事不登三宝殿。说吧，二姐为何事而来？”

裴道湘随她坐下，盯着平静的水面，道：“早些年我辗转于山水道观之间，后来遇上了一位……”她似乎不知道该用什么措辞称呼那个人，停顿片刻，继续道：“我曾遇到过土匪，侥幸被一位路过的道人所救。我敬佩他那身顶尖的功夫，也崇拜他的学识，便拜入了他的门下。追随师父多年，才慢慢发现，原来他并不是一个善人。”

裴道珠脑海中立刻浮现出谢南锦出嫁那日，她遇到的那个道士。当时那道士刺杀她不成，还提到了裴家的姑娘。

她把那日的事情说了一遍：“那人就是二姐的师父吗？他似乎是花神教的人，却不知为何要杀我……”

“他岂止是花神教的人，他还是两国的国师！”裴道湘咬牙切齿，“那个老家伙隐瞒身份，南北通吃，利用闭关的时间往返于两国之间，戏弄所有的权贵和皇族！”

裴道珠怔神。

她确实听说过朝廷里有一位国师，只是常常深居简出，因此她也没见过。

没想到……

裴道湘继续道：“他利用长公主想要复仇的心思，与她暗中结盟，帮她杀害世家嫡女，为她报二十年前的仇。他渐渐获得了长公主的信任，却趁着长公主没有察觉的时候悄然吞噬她的势力，蛊惑崔慎自立门户，通过崔慎来掌控朝堂大权……”

裴道珠瞳孔微微缩小。

若事实如此，那位从未谋面的国师心机未免太过缜密可怕！

她道："怪不得元承初来成邺时，我偷听到他说他们国师说我是覆灭北国的红颜祸水，要元承想办法除掉我……原是因为，是他自己想除掉我。"

她握住裴道湘的手："二姐在他身边多年，可曾受到伤害？"

裴道湘笑了。

她自是不会叫臭道士欺负的。她这些年甚至还打听清楚了他的许多事，然后安然无恙地从他身边逃了出来。

她换了话题："那臭道士自己过得不如意，便想让两国跟着遭难，恨不能立刻挑起双方的战争。如今成邺乱成一锅粥，能收拾残局的，只有萧衡。你替我转告萧衡，崔慎只是一颗棋子，让他务必提防那位神龙见首不见尾的国师。"

"我晓得了。"裴道珠颔首，"二姐不亲自告诉他，可是又要走了？"

"我得去一趟洛阳。"裴道湘双眉轻蹙，"这种大事，也得告诉那边的人才好。"

她独来独往惯了，身上毫无世家贵女的架势，倒有些难得的侠气。

"对了——"裴道湘又叮嘱裴道珠，"若是萧衡攻入成邺，让他多留意司马花翎。那女孩儿是被崔慎逼上帝位的，可怜得很。"

裴道珠记下了，又道："从前萧衡说过，崔慎并非表面上那么简单，我原还不信，没想到一语成谶……那么光风霁月的少年郎，怎么会做出这种事？"

"我那天偷听到他和司马花翎的谈话。他似是歌姬所出，那歌姬是崔元捡回来的，重创失忆后只记得自己叫白乐漪，其他的事情一概想不起来了，大约只是个出身寒门的可怜女子。崔慎出生不久，那歌姬就病逝了，他自幼饱受欺负，心早已扭曲，做出这种事情倒也不足为奇。"裴道湘漫不经心地说着。

裴道珠愣住了。

白乐漪……这名字有些耳熟。

直到裴道湘去洗漱休息，裴道珠才想起来白乐漪是谁。

——说来可笑，我们北方的贵族向来与你们南方的不大对付，二十多年前我还曾送过一位奸细扮作歌姬去萧家，后来不知怎的，那歌姬再无音讯。……我生平所见最绝色者，当属那位被我送去成邺的歌姬，她叫什么来着？白乐漪，对，白乐漪！

白乐漪，是李老家主送去萧家的奸细。可她为什么会被崔元捡去？

裴道珠对她起了兴致，换了轻便的衣衫，出府去找李老家主。

老家主雇了一艘渔船，正颇有意趣地垂钓，得知裴道珠的来意，便回忆起年轻时的那番经历，不免打开了话匣子：“……也是个难得的风流人物。大眼睛，高鼻梁，樱桃嘴，肌肤那叫一个欺霜赛雪哟！她一身才艺也是顶尖，琴棋书画就没有不精通的，还有那曼妙的歌喉，真是绕梁三日经久不绝！”

裴道珠：“……”

她怎么觉着李老家主哈喇子都要流下来了！

她陪着干笑两声：“我知道她色艺极好，却不知她那一生究竟是怎样的境遇？”

老家主娓娓道来：“她幼时就被卖到了我家，因为相貌好，被教习嬷嬷领去学习琴棋书画，是往家伎方向培养的。及笄之后，因为容色太盛，我便存了把她送去萧家打探成邺消息的念头。

“二十四年前，我派她去了萧家。我原指望她能靠容貌博得恩宠，好歹也当个姬妾，岂料她一去就没了音讯。凭她的美貌和才学，无论如何也不至于在成邺销声匿迹才是。可我后来再派暗探去探听消息，她确实如同人间蒸发一般，彻底不知所踪了。”

裴道珠垂眸凝思。

白乐漪是二十四年前去的成邺，可是崔慎今年只有十九岁。这空缺的五年发生了什么？她被谁藏起来了？

她百思不得其解。

与此同时，千里之外的巴蜀。

萧衡已经召集了三十万大军，星夜兼程地前往成邺。

因为北方一带的贵族纷纷选择与萧衡结盟，他的名声日渐传扬出去，许多世家闻风而降，不少城池竟是不战而得。

消息传到成邺后，崔慎寝食难安。

御书房内，崔慎抬手掀翻了那一沓厚厚的奏章，清隽的面庞上弥漫着戾气。

他直视报信的使臣：“北方那些人呢？李家，张家，顾家，他们不是要与我一起对付萧衡吗？怎么事到临头，却不见半点动静？！”

使臣战战兢兢跪在地上：“回禀公子，卑职、卑职也不知情呀！好似是裴道珠去游说了他们，他们至今按兵不动，恐怕已是倒戈萧衡了！”

崔慎脸色难看至极。

他狞笑着厉声道："传信给元承，让他立刻派兵渡江，与我一起夹击萧衡！"

使臣连忙称是，连滚带爬地走了。

然而崔慎等了大半个月，没能等到元承的援军，反而等到了萧衡的兵马就在五十里之外的噩耗。

他从御座上猛地站起："五十里外？！"

心腹臣子垂着头："探子是这样回报的……您给北国皇太子去了信，对方虽有南下之意，可沿岸世家都积极布防抵抗他们，因此没能对萧衡产生任何威胁……"

也就是说，元承帮不了崔慎。

御书房内一片寂静。

臣子悄悄抬头。

运筹帷幄了数年的少年郎，此刻面色清寒阴沉，眉梢眼角的阴霾和眼底难以掩藏的那一丝惊惧，竟像是戏台上无路可走的丑角儿。

他惶恐地低下头。

他家公子可是成郸最自负的小郎君。他跟随公子多年，从未在他脸上见过这种神情。

不知过了多久，崔慎哑着嗓子开口："去请国师。"

心腹应了声是，急忙去请人。

御案角落的一炉檀香渐渐燃尽了，青烟缓缓从镂花铜炉香盖里直上云天，随即消散在半空中。

崔慎冷眼瞧着，清隽的面庞上没有任何表情。

他等了很久，那名心腹才回来复命。

他慌慌张张道："公子，国师不见了！连他那几个烧香童子也一起不见了！他捅出这么大的篓子，给公子留下个烂摊子就跑，这可怎生是好！"

崔慎仍旧垂着眉眼，像是在预料之中。他慢慢掀开铜炉香盖，添了两张香片进去。可他的手抖得厉害，镊子上的香片掉在御案边，随着宽袖带翻半盏茶水。

香片融化在弥漫的冷茶里，洇出别样的异香，又冷，又腻……像是他幼时初次见到国师的感受。

十二岁那年，他第一次在宴会上见到国师。

当时他去后花园散心，瞧见一个道袍男人提着一只小狗，残忍地杀害了它。他被吓到，不小心弄出了声响。

道袍男人轻笑两声，丢掉小狗的尸体，拿手帕擦了擦手："你就是崔家的公子？样貌倒是极好。瞧你穿的这身新衣裳，料子很贵吧？看来长公主待你不错。"

崔慎不知道他是谁，只觉这人宛如一条黏腻的毒蛇，下意识后退几步。

道袍男人一步步朝他走来："我是当朝国师，与长公主是同盟关系。很可惜，那个女人并非善茬，她从未把你当作自己的孩子，她所做的一切都只是为了复仇。"

他微微俯下身，爱怜般轻抚小崔慎的脑袋："多可怜的人呐，母亲早早亡故，把你一个人留在这个寒冷残酷的世间……长公主并非真心疼你，你的父亲也只是因为没有别的儿子，才把你视为嫡子……"

他的语气透着诡异的温柔，满眼都是蛊惑。

在那蛊惑之下，小崔慎渐渐想起这些年所受的委屈，忍不住眼圈泛红，鼻尖也开始酸涩。

世上无人爱他。

道袍男人欣赏着他落泪的姿态，抬起指尖替他擦泪："与其指望别人来爱自己，不如自己强大起来。总有一天，你要成为崔府真正的主人，甚至成为这个王朝的主人。受万民爱戴，被世人敬仰……到那时，会有很多人爱你。"

小崔慎懵懵懂懂："只有掌权，才能被爱吗？"

"是，手掌大权，才能被爱。"道袍男人的话如烧红的烙铁，深深烙印在了小崔慎心上。

茶水淅淅沥沥地滴落在地，也打湿了崔慎的手背。

崔慎回过神，忽然笑了起来。

说什么被人蛊惑，分明是他自己野心勃勃，对这个世间满怀怨愤，才会轻易按照那个贼道士为他设定好的路线走。

他天生就是个坏种。

崔慎面无表情地走出御书房。

天色渐晚，天际呈现出黯淡的橘色，几只暮鸦慢慢掠过宝殿华琼。满宫灯火皆无，宫女内侍也不知去了何处。

皇宫寂静得可怕。

他站了片刻，唤道："来人。"

无人应答。

崔慎眉头一锁，提高声音："来人！"

过了好半晌，一个太监匆匆跑过来："公子！"

"去把司马花翎带过来。"

太监应了声"诶"，连忙去办。

还没跑出几步，崔慎又道："等等。"

太监小心翼翼："公子还有何事？"

"已是黄昏，宫中怎么不掌灯？"

太监恍惚着，被崔慎狠狠瞪了一眼，才惊恐地跪倒在地："回禀公子，宫中谣言纷飞，说萧郡公带着兵马打回来了！还说、还说您挟天子以令诸侯，以下犯上，只怕，只怕……如今宫人们人人自危，私下已是大乱！"

崔慎冷笑道："他们怕我被乱军所杀，是不是？"

太监的头低得更深。

崔慎抬步往一侧游廊走去，像是呢喃自语："萧玄策是个什么东西？我既占了这座皇宫，就没有再让权的道理……"

他一路走到司马花翎的寝宫。寝宫冷冷清清的，连个伺候的宫人都没有。

他径直推开隔扇。

寝宫里一地月光。

蜷缩在龙榻上的司马花翎听见动静，连忙爬坐起来，慌张地把什么东西藏进枕头底下。

崔慎掀开华帐时，她披散着青丝，满脸惊恐："有，有什么事吗？"

崔慎面无表情："枕头底下藏了什么？"

司马花翎打了个哆嗦，小声道："没、没什么……"

"你不说我也知道。"崔慎挑了挑眉，"无外乎是碎瓷片、尖锐的发簪或者匕首一类的东西，你恨我，时时提防我，时时准备刺杀我，是不是？"

司马花翎低头不语。她藏的确实是裴道湘送她的那把匕首。

她日夜想着何时能刺杀崔慎，想着一切都结束的时候，是崔慎死，还是她死……

崔慎轻笑，似乎并不在意她有杀心："陪我去外面走走。"

司马花翎换了身罗襦裙，怀着复杂的心情，随崔慎到了御花园。

一轮寒月高挂中天。草木山水和亭台楼阁折射出淡淡的月辉，像是覆盖了一层寒霜。蟋蟀声此起彼伏，更衬得长夜寂静。

崔慎坐在凉亭边，仰望明月，眼底流露出罕见的清澈和好奇，像是从未见过月亮的孩子。

司马花翎害怕地站在一侧，不解地看着他，在崔慎望向她的瞬间，又急忙别过头去。

崔慎轻摇折扇："萧衡带着巴蜀的军队而来，势如破竹，即将攻陷成郧……你也听说了吧？你是不是觉得很奇怪，我怎么还有心情赏月？"

司马花翎咬了咬唇瓣，轻轻点头。

在她眼里，崔慎就像是盘踞在角落里的毒蛇，稍不留神就会置她于死地。

见她惶恐不安，崔慎脸上的笑容更加灿烂："我汲汲营营多年，从懂事起就关注长公主的一举一动，游山玩水也不过是为了挣个名声，可以说从未有过真正闲暇的时候。"

他喉结滚动，不知想到什么，唇边的笑容逐渐淡去。

他的声音很低："可我最开始期冀的，不过是有个人可以爱我，可以陪我一起赏月……如果这份爱需要用权势来换，那我争权就是。如果需要用金银珠宝来换，那么金山银山我都情愿双手奉上。"

司马花翎懵懵懂懂地眨了眨眼。

崔慎瞧见她的神情，不由轻嗤："你这种傻瓜，我与你说了你也不会明白。你的皇兄皇姐欺负你，你的父皇从未在意过你，你在这深宫里活得连宫女都不如。你分明该记恨他们，却还心心念念要为他们报仇……"

司马花翎眼圈一红，泪珠潸然滚落。

崔慎抬起指腹，替她擦去泪水："不愧是我看中的小傀儡，真是蠢笨又可怜……司马花翎，天底下除了我，再不会有别人对你好。我好歹送了你皇位，萧衡又能给你什么？等他进京，等待你的也只是一辈子幽禁深宫的下场。"

司马花翎并不知道等待自己的是怎样的命运，听崔慎这么说，十分伤心难过，不禁哭得更加厉害。

崔慎饶有兴味地欣赏她的哭态。

不知过了多久，他才柔声道："世上无人陪我赏月，想来也没人陪你赏月。听闻观沧台的月色极美，不如你我一块儿前去观赏？"

观沧台在成郧城外二十里处，面朝江水，风景极好。

司马花翎脸上还挂着泪珠，闻言怔怔地看着崔慎。

这个时候离开成郧，意味着彻底放弃手中的权势……

崔慎是要投降的意思吗？

已是子夜，崔慎带着司马花翎，坐着马车穿过九重宫阙。

崔慎挑开门帘。

宫巷冗长，不少宫女内侍提着包袱，胆战心惊地快步穿行，一副连夜逃难的架势。

驾车的侍卫小心翼翼道："公子莫要多想，这些人也许是归家探亲……"

崔慎勾了勾唇角。树倒猢狲散，这群玩意儿不过是见他大势已去，想各奔其主。

宫门就在前方巍峨耸立。

崔慎仰头看那宫门，象征着世间最高权势的宫殿，分明只是个空壳子。

他以为自己接管了长公主的所有势力，以为从此以后凌驾于所有人之上，可是今天才发现，那些所谓的"势力"不过都是墙头草。随着萧衡率军来袭，他们便都选择明哲保身，宛如缩头乌龟般藏进了各自的家族，不肯为他出谋划策，更遑论拼死护佑。

国师离开了。留给他的，是一个无法收拾的烂摊子。

马车徐徐驶出宫门，往城外而去。

崔慎的行动很快就被探子禀报到了相府。

萧允正在临窗写字，得知消息，他轻笑："他扶持司马花翎上位时，我便算到了他今日。驻守成邺的军队，大都被玄策带去了西海城，他能仰仗的只有各大世家豢养的私兵。然而谁又是真心忠诚他的？连父亲和养母都可以毫不顾忌地杀害，凉薄至此，自然不能得到人心。"

萧老夫人衣冠齐整地坐在一侧。

自打得知萧衡即将兵临城下，她就没了瞌睡。听着萧丞相的这番话，她想起什么，不觉眼神暗了暗。

踌躇片刻，她还是开了口："夫君的抱负是天下一统。如今玄策即将掌权，扶持别地的皇子登基为帝，经历过这番清洗，朝廷将会更加强大。四海归一，也不过是时间问题。只是……将来夫君要如何对待玄策？会依旧待他如子吗？还是……狡兔死，走狗烹？"

提起这一茬，萧允的脸色沉了下去。

他把毛笔丢在书案上，冷冷道："他与我并无血缘关系，我如何待他，和崔慎如何对待崔元、司马宝妆毫无可比性。"

见他的态度如此冷漠，萧老夫人心中便已知晓了答案。她轻轻摩挲着盖着膝盖的软毯，眼底情绪变幻。

次日黄昏。

观沧台。

司马花翎步出寝屋，观沧台修筑得巍峨高耸，站在镂花美人靠后，可以瞧见江水东流，滔滔不绝，迎面而来的风带着潮湿的气息。

一轮落日即将坠入大江的尽头。

司马花翎眨了眨眼，隐约瞧见远处黑影森森。很快，她便听见了马蹄声由远而近，铺天盖地，仿佛大地都在震颤。

她手搭凉棚，很快看清了那一片片乌云似的黑影乃是装备精锐的军队。

“萧郡公……”她轻轻呢喃，咬了咬唇瓣，提起裙裾白着脸往回跑。

她一把推开寝屋的隔扇，这一刻竟奇异地没惧怕崔慎：“萧郡公带着军队来了！”

寝屋寂静。

白衣少年慵懒地躺睡在竹榻上，书案前甚至还颇有意趣地点着一炉香。

“崔慎！”司马花翎跑到竹榻前，使劲儿推他，“别睡了，他们过来了！崔慎，我们就要死了！”

崔慎一只手搭在眼前，嫣红的薄唇弯起漫不经心的弧度。

司马花翎见他如此，不解：“你就不害怕吗？”

崔慎慢吞吞地坐起身，一手撑在床榻上，偏头望向窗外。

落日余晖宛如金色海洋，月亮在云雾里若隐若现，随着落日的光辉逐渐暗淡，它便渐渐明亮起来，像是少女笑弯的眼睛。

他有些惋惜：“今夜的月并不圆满。”

司马花翎急道：“萧郡公——”

“嘘。”崔慎伸出食指，轻轻抵在司马花翎的唇上。

他微笑：“今夜无风无雨，咱们又在观沧台上，你说刚刚那些话未免太煞风景。你去煮一壶清茶，咱们也风雅一回，赏赏月去。”

司马花翎愈发不解。她对面前的少年郎又害怕又好奇，犹豫了一会儿，终于还是按照他说的去办了。

崔慎下了竹榻，对着铜镜理了理发髻和白衫。

他走到屋外时，司马花翎已经在廊下支起了红泥小火炉。

她虽然在后宫里吃了很多苦，可她到底是个公主，生火这种事对她而言有点难。

她蹲在小火炉边，一手拿着蒲扇，试图把火星子扇得更旺些。可是黑炭粉末却扑面而来，瞬间在她白嫩的脸上匀开一层炭灰。

崔慎一边看一边笑出声来。

司马花翎羞愤地抬起头："我第一次做这种事，做不好也是有的，有什么可笑的？"

说完，她才想起眼前人是崔慎——杀害她父兄和皇姐的崔慎。

她忙垂下头，默默扇那红泥火炉。

崔慎意味不明地笑了一下，随即蹲在她身边，拿过蒲扇扇火炉里的木炭："你太用力了，须得这般轻轻地扇，火才能烧起来。"

果然，不过片刻工夫，炉火就旺了起来。

司马花翎松了一口气。她诧异崔慎这个看起来光风霁月养尊处优的贵公子，居然懂得这些。

崔慎随意找个地方坐了，像是听不见远处的马蹄声，只仰起头，静静地赏月。

等茶煮好了，司马花翎小心翼翼地斟了茶，把茶盏送到他的手边："给。"

崔慎接过茶。

她给自己也斟了一盏，捧着茶坐到了距离崔慎三尺远的地方。

她啜了口茶汤，小声道："皇姐她们说，喝茶风雅。可我不喜欢喝茶，我喜欢喝各种各样的甜浆……我一年到头也难得吃上一块糖，更遑论甜浆。茶太苦了，再如何风雅，也不如一杯糖水来得好喝。"

崔慎轻抚着茶盏上的青花纹，轻声道："我也不爱喝茶。"

他也爱喝糖水。孤单的日子里，他一杯糖水接一杯糖水地喝，仿佛只有如此，日子才能甜一点。

他忽然放下茶盏，颇有兴致地说："你去厨房弄两杯糖水来。"

司马花翎愣了愣，兴冲冲地去厨房弄糖水了。

在她忙活的时候，铁甲森森的军队出现在观沧台下。他们手持火把，井然有序地包围了整座楼阁。

崔慎唇角挑着温柔的笑，抬手在空中拨弄了一下，随即叹息一声："火把的光太亮了，都要看不见月光了……"

观沧台下。

萧衡一袭黑色轻装骑在马背上，用红绳束着高高的马尾，只是眉梢眼角遍布寒霜般的凛冽，手中的长刀更是透出生人勿近的冷漠。

他掸了掸肩上的风露："他在里面？"

问柳点头：“探子说，崔慎得知主子兵临城下后，连夜就逃到了观沧台。世家无一人帮他，什么挟天子以令诸侯，如今看来就是个笑话！”

萧衡面色淡淡，仰头望向观沧台。

一轮上弦月恰在夜穹上。

高高的门廊下，白衣少年倚在扶栏边。似乎是注意到他的视线，他远远地招了招手，还搭配了一个得体温柔的笑脸。

夜风拂过，他的宽袖和勾起的青丝纷乱飞舞，美得惊心动魄。

问柳忍不住称赞：“虽然是敌对关系，但不得不承认，崔慎皮相极美……哪怕与主子相比，竟也不曾逊色太多！”

萧衡挑了挑眉，冷冷睨向他。

问柳心底一咯噔，急忙补救：“只是崔慎的身量却比主子矮了两寸，鼻梁也不如主子高挺……说起来，主子倒像是混了南北的血脉，采集两家之长，相貌乃是天底下独一份！怪不得少夫人倾心于您，若是换作卑职，卑职也会心动！”

他身后的侍卫们纷纷翻了个白眼。见过拍马屁的，没见过拍得这么凶的！

然而这一番吹捧提及了裴道珠，倒是令萧衡相当受用。

萧衡道：“我忌惮的不是他，而是国师相冢谋。”

阿难给他传的书信中提及了成郸宫变的内幕，相冢谋才是花神教的幕后黑手。

相冢谋一贯深居简出，以闭关炼丹之名，常常一消失就是一年半载，连他都没怎么与他打过交道。如今细细想来，确实是很不正常。

问柳惆怅道：“可是探子回报，国师已经不见了，主子再想杀他也无处可寻呀！倒是崔慎，咱们可是要攻入观沧台？崔慎手里有九公主作为人质，贸然攻入，只怕会伤害到九公主。”

萧衡不语。

救肯定是要救的……阿难信里提到过请他善待司马花翎。

问柳提议：“要不卑职带几个轻功好的小子偷偷潜入，救出九公主？”

萧衡正欲下决策，余光瞥见观沧台的动静，眉头一凛：“倒是不必了。”

问柳顺着他的视线望去。

观沧台忽然起了火。

大约是崔慎命令放的火，他仍旧含笑倚靠在扶栏上，对奔出来的司马花翎说着什么。

观沧台上。

司马花翎端着茶托，小脸通红。

她急道：“是不是你放的火？便是走投无路，也，也不该自暴自弃……”

崔慎拿过茶托上的一杯糖水，惬意地饮了一口：“糖水真甜。”

“崔慎！”司马花翎急得跺脚。

崔慎睨她一眼：“我与你有血海深仇，你杀我都来不及，何必管我是否自暴自弃？”

司马花翎语噎。

是了，崔慎杀害她的皇兄和皇姐，她该恨他才是！可是看着他那张光风霁月的脸，她竟生不出更多的恨意。

她对那些同父异母的兄弟姐妹们，其实并没有什么感情。至于所谓的父皇……这么多年来，他连正眼也不曾瞧过她。

她慢慢低下头去，泪珠滚落在糖水里，激起圈圈涟漪。

“如果你再聪明一点……”崔慎用食指挑起她的下颌，欣赏她梨花带雨的模样，“你大约就是下一个司马宝妆或者下一个崔慎。你怀里藏着刀，却无法对我拔刀相向，因为你很明白，你羡慕我的狠辣与冷漠，甚至很想成为我这种人。”

“不是的……”司马花翎哭得更凶，拼命摇头。

火势渐渐大了。

崔慎看着司马花翎。

她不过才十四岁，并不清瘦，脸颊鼓鼓的，晶莹剔透的泪珠挂在脸上。虽然蠢笨得要命，哭起来的模样却十分动人。

“出身皇族，却不懂如何算计别人。面对仇人，却展露自己最脆弱的一面。”崔慎蹙着眉，为她拂去脸上的泪，“司马花翎，你这样子，以后也是要吃亏的。”

少年的声音里透出一种别样的温柔。

司马花翎透过朦胧泪眼，怔怔凝视他。

是了，他虽然杀了好多人，可这段时日从未真正虐待过她。她甚至活得比以前还像个人……

崔慎看着下方乌压压的军队，平静地接过司马花翎手中的茶托，放到一侧。

他从她的怀袖里取出那把匕首，郑重地放在她的掌心：“杀了我，然后割下我的脑袋献给萧衡。凭着这点功绩，你起码后半生衣食无忧。若是走运，说不定还能嫁个好郎君。司马花翎，你是不是特别感激我？”

他弯着眉眼，敛去了身上的温润如玉，嘴角的笑容竟有些痞气。

司马花翎慢慢握紧匕首，与他四目相对。

崔慎再次说道：“杀了我。”

司马花翎的手忍不住颤抖。她死死盯着崔慎，在这一刻忘记了对他的畏惧，眼里满是挣扎。

不知过了多久，匕首“哐当”一声掉落在地。

她捂着脸痛哭：“我做不到，我做不到……”

崔慎仍旧面色平静，像是早已预料到。

他朝少女伸出手：“起来。”

司马花翎抬起头，对上少年淡然的眼睛。她咬了咬唇瓣，还是选择把手放在他的掌心，缓缓站了起来。

“当初我之所以选择留下你，也许是因为在你身上嗅到了同类的气息……一样可怜，一样得不到别人的爱。”崔慎忽然牵住司马花翎的手。

两人的手同样温凉，彼此十指相扣，仿佛就能产生更多的温暖。

他带着她转身，指向天上的月亮：“虽然不是满月，但在我这一生里，它是我看过最好看的月亮。”

因为身边有人陪他一起赏月。

司马花翎也觉得，今夜的这轮明月也许也会是她这一生里遇见过最好看的月亮。

火势渐渐吞噬了观沧台。

一道身影运着轻功而来，稳稳停在扶栏边。

萧衡冷眼看着崔慎：“投降吗？”

崔慎笑得云淡风轻：“郡公知道我是什么样的人，投降这种事，我绝对做不出来。”

他从颈间扯下一根陈旧的红色丝线，丝线上挂着一枚精巧的牙雕。

他把牙雕塞到司马花翎手里：“这是我母亲留给我的唯一一件东西，送给你了。”

说罢，他一手撑在扶栏上，纵身一跃，竟直接翻了出去！

观沧台高达百尺，白衣少年像一只折去双翼的蝶，笔直地摔进了火海里！

司马花翎瞳孔骤然缩小，朝下方伸出手：“崔慎！”

然而那人已不能再应她了。

司马花翎呆了好久，颓然地跌坐在地。

眼看火势烧了过来，萧衡一把提起司马花翎的后衣领，带着她掠下观沧台。

等他们平安地回到地面，萧衡拿过司马花翎手里的东西："牙雕？"

"这是他送给我的！"司马花翎欲要伸手抢夺，"还请郡公还给我！"

萧衡转过身，不让她抢到。

他借着火光细细打量那块牙雕。牙雕很是精致细腻，上面刻着"白乐漪"三个隶书小字。

司马花翎哽咽着说："那是他亲生母亲的名讳。他并非嫡出，乃是府上歌姬所生……"

萧衡挑了挑眉，对这种事并不感兴趣，把牙雕扔给司马花翎："既然事情已经解决，还请公主随臣回宫。"

司马花翎最后回眸看了一眼熊熊燃起的大火，哭泣着坐上了回宫的马车。

她很清楚，父皇的时代结束了，崔慎的时代也结束了。从今夜开始，成邺将今非昔比，萧家将彻底掌权。

这世上，没有人爱她，也没有人爱崔慎。他们的名字也许会出现在史书中，也许会湮没在历史的洪流里。

然而无论如何，她一定会记得今夜的月色，还有那个月色一般的少年。

萧衡以雷霆手段执掌了混乱不堪的宫闱，崔慎的势力被一一拔除。

萧衡还借着匡乱扶正的名义，狠狠清洗了一番朝堂。昔年世家之中崔萧并立的局面，如今变成了萧家一家独大。

乌衣巷，萧府。

大书房里，萧衡仔细向萧允禀报了这半年来的经历，连带着崔慎的事情也一并作了交代："……他自己烧了观沧台，后又跳楼而亡。临死前给了司马花翎一枚牙雕，据说是他亲生母亲留下的。崔慎并非嫡出，出生不就生母就病逝了。我见那牙雕没什么特别，就留给了司马花翎。"

萧允正在作画。宣纸上晕染开墨色，一棵矫健挺拔的松树巍然屹立在山崖上。

他头也不抬，淡淡道："我倒是从未听说过崔慎有什么亲生母亲。"

"她乃是崔府里的一位歌姬。"萧衡见父亲搁下毛笔，端来水盆侍奉他净手，"叫白乐漪。"

萧允净手的动作微微一顿，问道："叫什么？"

萧衡重复："白乐漪。莫非这位歌姬有什么特别之处？"

"哦，倒也没什么。"萧允拿起毛巾擦手，很快换了话题，"如今朝堂百废待兴，还得尽快扶持新帝继位。在外的几位皇子都赶了回来，玄策心中可有合适的人选？"

如今朝堂被萧家一手把持，兵权更是尽数掌控在萧衡手中。扶持哪位皇子登基，自然是他说了算。

萧衡分析道："大皇子虽然沉稳，但行事太憨，不适宜做乱世中的君主；二皇子轻浮颇具野心，也不适宜做君主；三皇子玩心太大，只爱搜集天下奇珍异玩，怕是没有做君王的资质。我听说有一位琅琊王，三岁识字，五岁诵诗，十岁能成文，很是聪慧灵巧。"

"琅琊王……他母族乃是琅琊王家，如今才十三岁。"萧允正色，沉吟片刻，摆摆手，"罢了，这些事我不愿过问，玄策操办就好。只是你且记着，谁当皇帝并不重要，重要的还是收复北部疆土。但愿有生之年，我还能去一趟洛阳，见一见昔年的宫殿。"

萧衡称是。

从书房出来后，他径直回了寝屋。

寝屋每日都有侍女打扫，窗明几净，华帐被褥也都是崭新的。

金丝楠木的镂花妆镜台上摆着一盒尚未用完的胭脂，是阿难留下的。

阿难，裴阿难……萧衡眼底流露出几分柔情。

他吩咐道："派一支军队去西海城，把夫人平平安安地迎回来——叫问柳亲自去迎。"

……

裴道珠和谢麟回到成邺，已是大半个月后。与他们一起回来的，还有李家的掌上明珠李幸儿。

李幸儿站在乌衣巷口，瞧着黛瓦白墙的建筑，眼中充满期待："这是我头一回来江南，早听说江南杏花烟雨小桥流水，今日瞧见秦淮河和乌衣巷，只觉入目便是画卷，好看得很。大约只有这般山水，才能养出裴姐姐这样的绝色美人吧？"

"真会拍马屁……"谢麟嫌弃地嘟囔。

李幸儿眼圈一红，委屈地晃了晃裴道珠的手臂："裴姐姐你看他！"

裴道珠只觉脑袋疼。

一路上，这俩冤家吵个没完没了，还非要让她主持公道。如今可算到家了，她是半点儿不想掺和了。

她笑道："这一路风餐露宿，大家都很辛苦，不妨先休息一下。幸儿，既然谢家和李家是世交，你就暂住在谢家好了。我已提前派人告知了谢伯母，她对你又期待又喜欢，客房也都准备妥当了。"

谢麟眉头挑得老高："我怎么不知道谢家和李家是世交？裴姐姐，你睁眼说瞎话的本事愈发了得！"

不等他和李幸儿继续滔滔不绝，裴道珠便钻进了马车。

问柳一甩马鞭，直奔萧府而去。

秋日黄昏，裴道珠沿着青石砖花径，一路走回寝屋。隔着青叶花影，她隐约瞧见门廊下坐着白衣郎君，正手抚长琴。

她踮起脚尖，在廊下悄悄脱下绣鞋，跪坐到萧衡身后，含笑蒙住他的双眼："猜猜，是谁回来了？"

萧衡薄唇微挑，握住裴道珠的小手，顺势把她拉进怀里。

他细细打量着她，她依旧如从前那般娇艳，只是神态略有些疲惫。

"裴阿难……"他俯首轻嗅她颈间的幽香。

裴道珠被他蹭的发痒，含笑推开他："做什么呀，给侍女们瞧见，要笑话我的。"

萧衡视线落在她嫣红的唇上，眼眸不禁更加晦暗。

他忍耐着对她朝思暮想的欲念，温柔地为她拂开额角碎发："裴阿难，我很想你……你可有想我？"

裴道珠歪了歪头，茶白色的裙裾落在琴案上，与萧衡的袍裾相交叠。

她凝视萧衡，从什么时候起，他变得宛如大狗般粘人乖顺的呢？

萧衡见她不语，不悦地捏住她的脸蛋："好不容易见了面，却在这里发呆……怎么，可是我叫你厌烦了？莫非离开我的这些天，你倾心于谢麟了？"

"胡说什么呀，"裴道珠又好气又好笑，拨开他的手，"谢麟如今有了他自己的姻缘！再者，天底下的郎君，谁能比得上萧郡公风流潇洒？"

萧衡心情转好，道："那你有没有想我？"

裴道珠见怎么也绕不过这个问题，声音极轻地回答："在龙首城时，夜赏秋月华灯，只觉景致很美。恍惚之间生出一个念头——若是你在我身边，该有多好。想来该是十分想念你的。"

她说话又轻又柔，还十分婉转多情，萧衡沉硬的心仿佛化作绕指柔。

他抱起裴道珠："我也十分想念你。从前觉得你轻浮虚荣，如今倒是离不开了。”

裴道珠埋首在他怀里，忍不住悄悄翻了个白眼。

果然，狗嘴里是吐不出象牙的。想就想呗，还非要数落她从前轻浮虚荣！

她轻咳一声：“说到轻浮虚荣，我倒是要问问你，你答应事成之后把崔慎的小金库奖赏给我，如今那小金库在何处？”说罢，她朝萧衡伸出手。

萧衡轻嗤，把她放下后，指了指书案上的紫檀木匣子：“都在那儿了。”

裴道珠惊喜地抱起匣子，脸上笑容一顿，挑眉道：“这匣子轻得很，难道里面是房契地契？”

萧衡落座，随意端起一盏茶：“你打开看看不就知道了。”

裴道珠好奇地打开木匣。

房契地契没见着，倒是有一堆乱七八糟的小玩意儿。

她拿起一只虎头小布鞋，虽然陈旧，但绣工相当精湛。还有诸如鲁班锁、小布球等，也都十分精致。

裴道珠迟疑：“这是崔慎小时候的东西？”

她撇了撇嘴，略带嫌弃地把虎头鞋丢回匣子里：“好歹也是崔家的实际掌权人，小金库就这些破烂玩意儿？萧玄策，莫不是你私吞了金银珠宝，故意留些不值钱的给我？”

萧衡被她逗笑：“我哪敢？他私库里确确实实就只有这些……”

他回想起那个月夜，崔慎义无反顾跳下火海的模样，忽然道：“对他来说，或许金银珠宝都不算什么。司马花翎曾说，世上无人爱他，他不过是希望有人能与他一起赏月。人生志向如此，不在意金银珠宝也在情理之中。”

“赏月……”裴道珠闷闷地合上匣子，“月亮就在那里，人间是团圆还是离别，都不妨碍它阴晴圆缺，有什么可赏的？倒不如金银珠宝来得实在。我呀，不怕茕茕孑立，只怕不能富可敌国！”

萧衡品了口茶。

裴阿难毕竟还有娘亲和妹妹们爱着，自然不愁没人陪她赏月。

可是崔慎……究竟是个怎样的人？

他忽然提起另一件事：“对了，再过几日就是父亲的五十大寿。你作为儿媳，这几日得好好准备寿礼才是。”

裴道珠眼睛一亮。

她坐到萧衡腿上，挽住他的脖颈：“五十大寿，自然要好好操办，不知交给了谁来操办？”

萧衡见她这副模样，低声道：“交给了二嫂。”

裴道珠撇撇嘴：“我就知道，这种事无论如何也轮不到我……”

她看了眼面前的郎君——

毕竟，萧玄策并非萧允的亲儿子。萧允收养他究竟是为了什么？

见裴道珠在出神，萧衡捏了捏她的脸蛋，叮嘱道：“寿宴那日，几位皇子都会到场。如今朝中帝位空悬，他们都想继承那个位置。若是他们的王妃私下找你，你可知道如何应付？”

谁来继承皇位，基本上是由萧家，尤其是萧衡说了算。

于是裴道珠自然会成为王妃们巴结的对象。

裴道珠点头：“你放心就是，我不会私下受贿，更不会坏了你的名声。”

裴道珠一向长袖善舞，萧衡对她没有什么不放心的，于是稍作亲热，便去书房处理政务了。

裴道珠独自对着屏风发呆。

寿礼什么的都好说，她唯独想知道的是萧玄策的真正身世。

这个秘密该由她来揭开吗？还是……永远不要提起这个秘密？

裴道珠思虑了几日，终是决定永远隐藏它。

……

到了寿宴那日。

天色刚亮，萧府里就开始忙碌起来。

刚过辰时，已经有客人陆续登门了。

枕星带着一群丫鬟，仔细伺候裴道珠梳妆打扮：“今日成郸的夫人、女郎都会来府庆贺，您一定要打扮得美美的，艳压群芳！不过您本就生得美，再怎样的打扮也不过都是锦上添花。”

裴道珠照了照铜镜，对今日的妆容颇为满意。她挑了一对明珠耳铛，刚戴好，外间突然传来喧哗声。

她好奇望去：“怎么了？”

一名小侍女垂着头匆匆进来，恭声道：“启禀夫人，二皇妃求见。”

裴道珠挑了挑眉，还没说见不见，对方已经被婢女们簇拥着进来了。

二皇妃笑盈盈道：“早就听说郡公夫人是个一等一的美人，我今儿倒是要好好瞧瞧——”

二皇妃穿一袭凤穿牡丹的红罗裙，头戴金翅凤凰步摇，打扮得张扬富贵，容貌也偏艳丽大气，眉梢眼角透着精明。

二皇妃小秦氏从错愕和惊艳中回过神，裴道珠全然担得起“倾城”一词。

她是外郡人氏，第一次来成邺。虽然听说过裴道珠生得美，却不想美得不似凡人了。

她热情笑道：“今日萧丞相五十寿宴，乃是难得的大日子，夫君和我一早儿就来祝寿了。我想着未曾见过绝色，特意来瞧瞧夫人……果然是个大美人！”

裴道珠笑容温柔。小秦氏究竟为何而来，她心里清楚得很。

她起身，引着小秦氏落座，示意婢女斟茶：“蒲柳之姿罢了，比不上您美貌过人。听闻您和二皇子十分恩爱，成婚两年，他身边连个娇妾都没有，叫人十分羡慕。”

秦家是外郡的士族。秦家家主膝下有两个嫡女，大秦氏嫁给了大皇子司马瑾，小秦氏嫁给了二皇子司马启。且不说司马启和小秦氏是否恩爱，便是看在秦家的面子上，司马启也不敢贸然纳妾。

小秦氏抬袖掩唇娇笑起来：“哪里，比不过夫人和郡公伉俪情深！”

两人一顿虚与委蛇，裴道珠始终含笑盈盈，恰到好处地接住了对方所有的话头。

小秦氏自觉拉近了关系，便按捺不住切入正题：“如今朝中帝位空悬……这话本不该由我一个妇道人家来说，只是我实在关心山河社稷，便忍不住多嘴。阿难，你我也算姐妹了，你有什么内幕消息，不妨与我说说，我决计不会透露出去！”

她满脸殷切地攥住裴道珠的手。

裴道珠暗暗挑眉。刚刚还“夫人”地称呼她，这下倒是直呼起她的小名了。

她四两拨千斤：“二皇妃莫怪，我一个深闺妇人，哪里知道谁能继承皇位呢？”

小秦氏盯着她看了半晌，忽地笑了。

她示意婢女呈上锦盒：“这是东海送来的一盒鲛珠，有价无市，就算是锦绣皇族也找不到几颗！只要夫人告诉我消息，这鲛珠就是你的了！”

婢女打开锦盒，鲛珠散发出莹润光泽，十分洁白美丽。

裴道珠扫了眼那鲛珠，随手拿起一把折扇，慢条斯理地轻轻扇着。

她这人就是喜欢金银珠宝。

嫣红的唇噙起一抹微笑，她示意枕星收下锦盒。

小秦氏喜不自禁，只当裴道珠站在了她这边，迫不及待地问道：“郡公打算让谁继承皇位？可是我家夫君？”

裴道珠柔声道："自古以来，立嫡以长不以贤。二皇子没有占到'长'，纵然朝臣们想立他为帝，也是名不正言不顺。"

小秦氏脸上的笑容慢慢消失了。

她抬手屏退婢女们，满脸认真地压低声音："夫人的意思是，让我们想办法除掉大皇子？"

裴道珠惊道："我可没这么说！我只是告诉你，二皇子继位的可能性不是很大，你怎的想歪了？更何况大皇子是你的亲姐夫，除掉他，你怎么想得出来！"

小秦氏撇了撇嘴，翻了个白眼："皇族里哪有什么亲情？事在人为，我也不怕告诉你，那个位子，我家夫君偏就坐定了！"

她睨向裴道珠："郡公若有眼力见儿，就知道该帮我家夫君一把。若是不帮……将来萧家是否还能荣华富贵，满门显赫，那可就难说了！"

撂完这几句狠话，她起身就走。

枕星目瞪口呆："她以为她是谁？不过区区一个皇子妃，竟然跑到这里大呼小叫！"

裴道珠合拢折扇："二皇妃如此，不知道大皇妃和三皇妃又是怎样的人物……罢了，这些都不是我该想的，你把礼物拿上，咱们去给相爷祝寿。"

枕星应了声好。

裴道珠来到厅堂时，堂中已经坐了不少贵客。

各种奇珍异宝如流水般送进来，如比人还高的红珊瑚、整块翠玉雕刻的佛像、黄金铸成的文玩等，令人大开眼界。

裴道珠款款行至萧衡身侧，优雅落座，轻声问道："大房和二房送的什么？"

萧衡侧头："大房送了个纯金算盘，二房送的是东海玉如意。"

裴道珠轻嗤："相爷定然是不喜欢的。"

她虽是女流之辈，却也看得出大房和二房的男子们都很不靠谱，既没有萧丞相的老谋深算运筹帷幄，也没有萧玄策的骁勇善战。年轻一辈里，若是没有萧玄策撑着，这个家族恐怕很快就会败落。

很快，轮到萧衡送寿礼了。

裴道珠示意婢女呈上一副屏风，恭声道："这是夫君题字，儿媳绣成的屏风，愿阿父福如东海，寿比南山！"

众人望向那扇屏风。字也好，绣活也好，都是天底下难得一见的。对烈火烹油、鲜花着锦的世家而言，自然比金银珠宝来得有意义。

一些人便忍不住夸赞起来，又是称赞两人的才华，又是夸他们有孝心，还有想巴结萧允的，迭声说相爷真有福气。

热闹之中，裴道珠好奇地看着萧允。他始终保持威严沉冷，在众人恭维之后，也不过客气地微微颔首。

不知是错觉还是其他，裴道珠觉得，比起金算盘和玉如意，萧允更不待见这扇屏风。

她敛去多余的情绪，像什么也有没察觉到般，仍旧与旁边的人说说笑笑。

寿宴极为热闹。

午宴过后，园子里特意准备了几出戏，萧老夫人便邀请一众女眷前去观赏。

裴道珠中途去了西房更衣，结束之后正欲返回戏园，却被江嬷嬷在门口拦住。

老人笑得慈爱："老夫人请您去水榭一趟。"

"只我一个人吗？"裴道珠稀罕，"阿姑可是有什么要紧的事？"

"您去了就知道了。"

裴道珠只得随她一同前往水榭。

水榭四面垂下竹帘，萧老夫人正在里面吃茶。

江嬷嬷把裴道珠送到门口，示意其他婢女都退下，自己守在门外。

裴道珠不解地进了水榭，恭敬地朝萧老夫人行了一礼："阿姑。"

"好孩子……"萧老夫人拉住她的手，示意她坐到自己身边，仔细打量了半晌，不禁笑了起来，"我一早就知道你这孩子和玄策乃是良配，这段时间随他出生入死，辛苦你了！你在赤沙台上的事好生惊心动魄，我听人说起时，真真捏了一把汗！"

裴道珠含笑垂眸："哪里……陪伴郡公是阿难的福气。"

萧老夫人笑了笑，亲自烹茶："玄策这孩子，自幼命途多舛。他阿父待他严厉，你是知晓的。他的性子又十分孤傲，没几个交心的朋友。我如今年纪大了，身体一年不如一年，也不知还能熬过几个冬天。我若走了，谁来爱他呢？"

裴道珠柔声道："阿姑身体康健，再活二十年也不成问题，何必说这种话？"

萧老夫人凝视她半晌，忽然郑重地握住她的手："玄策是真心爱你的。阿难，无论今后发生什么，哪怕他站在了千万人的对立面，我也希望你依旧如现在这般爱他。”

她的神情是那么认真。

裴道珠怔住，蓦然想起萧衡的身世。

萧老夫人这番话莫非与他的身世有关？他的出身……很糟糕吗？

她几乎要问出口，又及时止住了。

萧老夫人关切道：“我瞧阿难欲言又止，可是有什么要说的？”

“没有……”裴道珠乖顺地摇了摇头，“阿姑放心，纵然所有人都放弃夫君，我也绝不会放弃他。他是世上最好的郎君，绝无仅有。”

听她这么说，萧老夫人欣慰许多。

裴道珠走后，萧老夫人缓缓饮了一口茶：“……真苦。都说品茶风雅，可我如今仍是喝不习惯呢。”

江嬷嬷笑了笑：“相爷倒是格外喜爱。”

提起萧允，萧老夫人望向池塘秋色，面色沉静许多：“但愿将来，阿难能理解我的苦心……要一直护着他才好。”

裴道珠从水榭出来，本欲去戏园陪伴其他女眷，只是不知怎的，忽然就很想念萧衡。

莫名地想抱抱他……

她蓦地转身，朝男眷们待的泼墨园走去。

一路边走边问，只知道萧衡去见了萧丞相。

她匆匆来到萧丞相的书房，管事们都去招待客人了，也没个看守的小厮。门廊下挂着两只虎皮鹦鹉，午后惫懒得很，正垂着头打盹儿。

她含笑穿过门廊，正欲叩门，却从菱花窗里看见了萧允。

他独自站在书案后，不知在想什么，专心盯着她和萧衡送的那扇屏风。

片刻后，他忽然冷笑一声，拿起烛台，把火苗倾倒在屏风上。

绢纱易燃，火势很快蔓延到整个屏风，才半盏茶的工夫，那扇精致的紫檀木刺绣屏风就烧成了灰烬。

老人的身影湮没在阴影里，裴道珠看不清楚他的神情，但大抵是冷酷嫌弃的。

她后退半步，脸色苍白，不动声色地离开了书房。

穿过幽雅僻静的花径时，她折了一枝金色萱草花。

纵然不是亲生儿子，也不至于嫌弃到这个地步吧？倒像是有深仇大恨似的……

如果萧玄策的出身当真有问题，如果他是罪臣之后……如果将来，以萧家为首的所有世家都厌弃他……

她该怎么办？

“裴姐姐！”

清脆的声音传来。

裴道珠望去，见李幸儿灰头土脸地从花丛里钻了出来。

她蹙着眉替李幸儿拂去衣裙上的草叶花瓣：“好好的，怎么掉到草堆里去了？是谢世子陪你来的吗？他人呢？”

“提起他我就生气！”李幸儿懒得再端世家贵族的矜持架子，撒娇地挽住裴道珠的手臂，“说好了一起去看戏，他却故意把我丢在这里，欺负我人生地不熟找不到路，好把我甩开！可我是那么容易甩开的人吗？晚上我一定要在伯母面前告他的状！”

裴道珠不解：“我不明白，为什么你被拒绝那么多次，仍旧不放弃？难道不会觉得很没有面子吗？”

李幸儿同样不解：“真正喜欢一个人，怎么会轻易放弃他呢？我就想死皮赖脸地缠着他，缠到他也喜欢我为止！”

裴道珠陷入沉默。

她和李幸儿不同。她出身落魄士族，从小性情敏感多疑，遭到一点点伤害就会觉得天都要塌了，又怎么敢向别人交付十足的真心？

可是李幸儿自幼千娇万宠，背后还有北方士族为她撑腰。她什么都不怕，她对谢麟的喜欢纯粹又干净。

而自己对萧玄策的喜欢……多少沾了点利益关系。

裴道珠决定再多喜欢那个郎君一点。

李幸儿见她出神，忍不住问道：“裴姐姐在想什么？”

“没什么。”裴道珠笑了笑，与她一道往戏园走，“说起来，你觉得在什么样的情况下，一个人会仇恨自己的孩子？”

“裴姐姐真爱说笑，天底下怎么会有人恨自己的孩子呢？”

“假使那孩子并非他亲生呢？”

“不是血亲又如何，便是养猫养狗，时间长了也都会有感情，更何况是人？除非那孩子是他仇人的子嗣，否则无论如何也会喜爱自己养大的孩子的。”

李幸儿简单的一番话，却宛如惊雷在裴道珠的脑中炸响。

是啊，假如萧玄策是萧允仇人的孩子呢？

可长辈们的往事，裴道珠知之甚少，她只得先暂时按捺住好奇心，决定等寿宴结束再查。

远处楼阁上，一名美艳的年轻妇人坐在美人靠边，用团扇指了指裴道珠的方向，圆白的脸上满是不屑："夫君瞧，那就是萧衡的夫人裴道珠。"

说话的正是二皇妃小秦氏。

玉带锦袍的二皇子临风而立，远远盯着裴道珠看了半晌，眉眼中难掩惊艳："我未出京时，她还只是个乳臭未干的小丫头，这些年倒是出落得愈发美貌……"

"夫君！"小秦氏不悦。

二皇子司马启笑道："当然，终是不及我的皇妃貌美动人，风情万种。"

小秦氏冷哼一声，神情却舒展了些。

司马启走到她背后，温柔地拥住她："如今朝中帝位空悬，朝堂之事悉由各大士族决断，其中尤以萧衡为首。你虽不喜裴道珠，可她确实算得上是他的软肋。唯有搞定裴道珠，才能搞定萧衡，所以还要劳烦你再替我跑一趟。"

他说完，侍从立刻呈上一箱金条。

小秦氏蹙眉："这些金条都要送给裴道珠？咱们已经送了她一盒鲛珠，还不够吗？不过就是个破落户出来的女人，与我同桌吃茶都不配，却还要我舍下脸面去巴结她！她算什么东西！"

司马启道："若我今日已经称帝，她自然不算什么。只是偏偏朝中大权都在萧衡的手上，为了那个位置，我不介意再忍一忍……大丈夫能屈能伸，如此才能走得更高更远！"

他生得玉树临风，说这番话时，眼里都是勃勃野心。

小秦氏看了他半晌，忽然转怒为喜，娇气地挽住他的脖颈："我就爱殿下这般模样……罢了，我替您走一遭就是！"

寿宴快结束时，小秦氏的婢女请裴道珠去竹园那边的草屋说话。

草屋悬挂了灯芯草编织的帘子，四面种着湘妃竹，檐角下缀着几只青铜风铃，随着穿林风过，铜铃深深竹叶潇潇，很是风雅。

裴道珠落座后，含笑对小秦氏道："王妃想打听的消息，我已经全部据实以告，实在说不出其他的内幕了，怕是帮不上王妃。"

小秦氏笑容满面："瞧你说的什么话？我也不是会为难别人的人，我呀，生性喜爱交朋友，一见到你就喜欢上了，想交你这个朋友。"

说完，她对侍女使了个眼色。

侍女会意，立刻抬出那箱金条。

随着箱盖打开，金灿灿的光芒立刻辉映了整座草屋。

裴道珠挑了挑眉，笑容温柔而通透："在成郸，可没有拿金条来交朋友的规矩。"

"你就别装了，"小秦氏骄矜地抬了抬下颌，"我家殿下调查过你，你好富贵，喜珠宝，把金银之物看得比什么都重要，这也是你选择嫁给萧郡公的主要原因。我要你收了这箱金条，从今往后为我和殿下效力。只要你在郡公枕边多吹吹风，将来我家殿下荣登大宝，自然少不了你的好处。"

裴道珠欣赏着那箱金条。

若是以她从前的性子，她无论如何也会收下这箱金条。只是如今，她不愿意再给萧玄策添麻烦。

她推了推那金丝楠木的箱子："金条虽好，却与这草屋竹园不相配。皇妃的美意我心领了，至于究竟是谁继承帝位，终究由各大世家说了算。我家夫君人微言轻，辈分又低，插手不了这等大事。"

"你——"见遭到拒绝，小秦氏脸上立刻挂不住了。她本欲发怒，想着萧衡在朝堂上的分量，勉强才按捺住怒火："夫人开个价。"

裴道珠实在懒得与她周旋，淡淡道："枕星，送客。"

"裴道珠！"小秦氏拍案而起，"我可是好声好气与你说话，你不要不识抬举！我家殿下乃当朝皇子，我娘家亦十分显赫。你区区一个破落贵族的女儿怎敢屡次三番拒绝我？！不过就是靠着那张脸才嫁到萧家，否则你如今连给我提裙都不配——"

"阿难。"

冷淡内敛的声音忽然从屋外传来。

裴道珠回眸望去。

竹影萧萧，白衣胜雪的郎君静静站在廊外，指尖挽着一串翠玉佛珠。

裴道珠起身，盈盈走出草屋："你怎么来了？"

萧衡握住她的手，毫不顾忌外人在场，亲昵地亲了亲她的手背："四处找不到你，侍女说你在这里吃茶，我就过来了。这位……就是二皇妃？"

小秦氏从对萧衡外貌的惊艳中回过神，看到对方冷若冰霜的目光，想起自家殿下对萧衡的评价，忍不住打了个激灵。

萧衡他看似玉树临风貌比潘安，实则冷酷绝情心黑手辣。绝对不是可以轻易招惹的！

她讪讪一笑，尴尬地行了一礼："萧郡公。"

“不敢受皇妃的礼。”萧衡声音冷淡，却未曾避开她的礼，“刚刚家妻无礼，惹怒皇妃了。”

小秦氏恨不能钻到地底下去!

她就知道，萧衡听见了她的那些话！这下好了，她不仅得罪了裴道珠，还得罪了萧衡，殿下知道定然会生气。

她勉强稳住情绪，小声道：“刚刚……刚刚我与夫人开玩笑呢，郡公莫要往心里去。夫人倾国倾城，才华横溢，乃是天上有地下无的美人，与郡公郎才女貌天作之合，伉俪情深，外人羡慕都羡慕不来！”

裴道珠瞧她谄媚的模样，很是解气。她挽住萧衡的手，朝他摇了摇头，轻声道：“罢了。”

萧衡这才没跟小秦氏计较，带着裴道珠径直离去。

他一走，仿佛连空气和风都流动起来。

小秦氏松了口气，抚着心口瘫坐在地：“好好的郎君，怎的看起来那么吓人……”

她休息了片刻，才白着脸回头去找司马启。

得知她得罪了萧衡夫妇，司马启死死攥住一柄玉如意，才没把火气发在她身上，只阴着脸问道：“你捅出来的祸端，自己想想该如何补救？”

小秦氏红着眼：“我瞧着，萧衡不过就是看上了裴道珠那张脸！大不了我去买几个美貌的妓子，偷偷送到萧衡身边。男人哪有不偷腥的？等萧衡感受到了温柔乡的好处，自然就会把裴道珠抛之脑后，晓得咱们的好处！到那个时候，还愁他不帮你吗？”

司马启沉默不语。美人计倒也不失为良策。

第25章

寿宴散后。

院子里掌了灯，寝屋里烛火数盏，深深浅浅地映在屏风上。

萧衡坐在窗边，看着屏风后的人。

裴道珠正在屏风后换衣裳，她褪下烦琐的华服，换上一袭轻软的罗襦裙，身影倒映在绢纱屏风上，越发显得腰细腿长，姿态窈窕。

她挽着秀发从屏风后走出来，见萧衡出神，忍不住轻笑："你在想什么？"

萧衡朝她伸出手，把她抱到怀里。他抽出一根玉簪，亲自替她挽发："我打算拥立琅琊王为帝。"

"那个十三岁的小孩儿？"裴道珠吃惊过后，很快回过神来，"听说他自幼聪颖，比几位年长的皇子都要有资质，立他为帝倒也不错。"

两人商议着，裴道珠忽然想起在书房看见的那桩事。

她看了眼萧衡，对是否告诉他这件事有些拿不定主意。

萧衡捏了捏她的脸："你又在想什么？"

裴道珠依偎在他怀中，婉转提起："你与你父亲关系如何？我忽然想起他从前总是罚你的事，他一直都待你不好吗？"

"只是对我严格些罢了。"萧衡轻描淡写，"我的几位兄长都不成器，阿父能指望的也只有我。"

"可是将来……"裴道珠咬了咬唇，"将来萧家又落不到你头上，你为家族带来了显赫的名声和荣耀，继承家业的却是别人……你就不委屈吗？"

萧衡脸色微微一变。

他捧住裴道珠的脸，迫使她同他对视："你今日是怎么了？你究竟想说什么？"

裴道珠清楚地从他的眼神里读出了对萧丞相的维护。

然而她还是斗胆道："若我要你离开萧家自立门户，你当如何？"

她心思敏感多疑，今日萧允烧掉屏风的举动令她心里发毛。她不想继续待在这里，她想带着萧衡一起离开。

萧衡盯着她，久久未曾说话。

不知过了多久，他才道："二十年前我的祖父因我而死，这些年阿父在我身上倾注了无数心血，我尚未回报家国，怎的就想着自立门户？给别人看见，他们会怎么想？"

裴道珠垂下眼帘。

萧衡对萧允的感情很是孺慕深厚，短时间里破坏不得。她也不愿把那么残酷的真相告诉他。更何况即便告诉了，他也未必肯信。

她声音极轻："我不过是说笑罢了。"

"这种事说笑不得，今后不必再提。今夜我睡书房。"萧衡的态度冷淡许多，径直离开了寝屋。

裴道珠揉了揉额角，第一次感到无措。

次日清晨，裴道珠理妆时，枕星忽然咋咋呼呼地闯了进来，满脸不可思议："夫人，二皇妃送了礼物过来，您猜是什么？"

裴道珠对着如意铜镜，仔细用胭脂花片抿了抿唇。

这次宝屏斋送来的胭脂花片很合她的心意，色泽偏于朱红，愈发衬得肌肤白嫩细腻，瞧着既端庄又娇艳，很有大族贵妇的气质。

她弯起唇角："她与我不对付，偏偏又想讨好萧玄策，除了送美人外，还能送什么？"

枕星眼睛睁得溜圆："神了，这您都能猜着！如今三位美人在园子里候着，个个野心都写在了脸上！昨夜郡公与您吵架，睡在了书房……若那群小蹄子乘虚而入怎么办？"

裴道珠信步出门，隐约瞧见石桥对面站着三个环肥燕瘦的女郎，大约就是小秦氏送来的美人了。

她冷笑一声："乘虚而入？呵，若那个混蛋轻易就被美人打动，我当初又何必费那么大的劲儿……"

想起最初在萧衡手上吃的亏，裴道珠暗暗咬牙。

她又问："他那边怎么说？"

"郡公吗？奴婢想着先让夫人知晓，看能不能在郡公没察觉之前偷偷把她们撵出去，免得她们跟夫人争宠……"枕星道。

裴道珠诧异地看着她："我是需要跟人争宠的女子？"

就凭她这张脸，就凭她的风情……她不信除了她，世上还有别的姑娘能降服得了萧玄策!

枕星笑道：“那奴婢去通知管事，看郡公怎么说。”

裴道珠忽然道：“且慢。你告诉萧玄策，就说这些美人是二皇妃送给他的礼物，我提前看了，觉着甚是不错，若他喜欢，我不介意帮他纳妾。”

“纳妾？！”枕星吃惊，“说这种话怕是不妥吧？”

“你照办就是。”

裴道珠午憩多睡了半刻钟，醒来时只觉昏昏沉沉。她揉了揉额角，等意识慢慢清醒，才惊觉榻边坐着一个人。

“萧衡！好好的坐在这里吓人作甚？！”

萧衡悠闲地坐着，挑着凤眼看她：“鬓乱钗横，面若海棠，夫人刚刚的睡颜像极了书房里挂着的那副海棠春睡图。”

裴道珠拢了拢薄衫，意味不明地笑道：“你昨夜不是去书房了？今儿还回来做什么？”

“听管事说，你替我收下了二皇妃送来的美人？还说要帮我纳妾？”

“纳妾不好吗？”裴道珠系上衣襟丝带，“世家郎君都喜欢歌姬美妾，我以为你也会喜欢的。”阳光透过罗帐落在她的脸上，深深浅浅，如花影婆娑。少女白嫩纤细的小手轻轻挽起鸦青长发，说笑间宛如一朵娇艳欲滴的菡萏。

萧衡看了她半晌，忽而倾身。

二人的鼻尖几乎相触。

四目相对间，萧衡认真道：“昨夜留你一人，是我错了。可是裴阿难，你又何必拿那些庸脂俗粉来气我？你明知我不喜欢那些女人。”

裴道珠避开他，下榻去拿外衫：“我阿娘第一段姻缘很是不幸，因此鲜少教我如何经营夫妻关系。我做错事说错话，你可以直接告诉我，而不是冷落我。”

萧衡认真颔首：“好，我记下了。昨夜之事，翻篇可好？”

裴道珠系好衣襟系带，挑着眉回头：“你我之事可以翻篇，二皇妃故意叫我难堪的事，又怎么解决？”

萧衡思虑片刻，忽然微笑：“以牙还牙就是。”

黄昏时分。

二皇子的行宫内。

二皇妃小秦氏盯着面前六位妖艳的美人，几乎抓烂了手帕。

她恶狠狠道："她们是裴道珠送的？！"

问柳皮笑肉不笑："并非是夫人送的，是我家郡公送的。郡公多谢夫人的好意，又另添了三位，转赠给二皇子殿下，愿殿下喜欢。"

说完，他行了一礼，带着侍从退了下去。

这厢动静闹得很大，再加上问柳又是特意挑司马启在的时辰过来的，因此在书房的司马启很快被惊动，匆匆而来。

瞧见众多美人，他愣了愣："这是……"

小秦氏咬牙切齿地把事情说了一遍，忍不住骂道："定是裴道珠给萧衡吹枕边风的缘故，这是在打我的脸呢！我问你，这些美人你收是不收？"

司马启并非重色之人，他讪讪一笑："交由王妃处置就是。当务之急还是共谋大业。"

小秦氏的心情这才稍微好点。

她随司马启回到书房："我瞧萧家的意思，是不准备立殿下为帝了。"

"我也是这般想的，否则裴道珠待你定然会亲和许多。"司马启落座，"我已经在打算宴请其他士族，拉拢他们。若是萧家一意孤行，非要立其他人为帝，我倒是有一招釜底抽薪的法子。"

"什么法子？"

司马启盯着前方："如果只有我一位皇子，那么即使他们想立别人为帝，也绝无可能。"

小秦氏一愣："殿下的意思是……"

司马启目露凶光："皇兄和三弟已经抵京，那么多世家盯着，想对他们下手恐怕很困难，须得徐徐图之。倒是那位在琅琊长大的十六弟，听说因为体弱多病，还耽搁在进京的路上。不妨从他开始。"

小秦氏仔细想了想，忍不住点头夸赞道："殿下英明神武，运筹帷幄，必将登上大宝！"

……

码头前，谢麟骑马领着一支军队，已在这里等了两个时辰，却始终没能等到来自琅琊的船只。

他不悦道："萧玄策惯会使唤人，接人这种小事，偏偏叫我来做。我瞧着，他就是故意报复我！"

萧衡昨日给了他这项任务，叫他亲自迎接琅琊王司马长乐。

他一大清早就到了河岸码头，等了这么久，连个影子都没能等到！

“那日我远远见过郡公一眼……”做郎君打扮的李幸儿也骑在马上，陪伴在谢麟身边，“他看起来温润风雅，绝非会报复别人的人。”

谢麟讥讽地扫了眼李幸儿：“以貌取人，却不知他心黑手辣。”

李幸儿撇了撇嘴：“我喜欢裴姐姐，因此也崇敬萧郡公。如今朝中帝位空悬，若将来荣登大宝的皇子是琅琊王，作为第一位接待琅琊王的臣子，你可就给新帝留下好印象了！”

谢麟一怔。他从未往这方面想过……

他诧异地看着李幸儿。

李幸儿抬了抬下巴：“你瞅我作甚？”

谢麟勾了勾唇角，漫不经心地甩着马鞭：“你还挺有见识……”

“那可不？我阿父原是把我当太子妃培养的，后来见皇族衰微，便又期望我嫁入第一等士族豪门。我的见识自然不是那些足不出户的小家碧玉能比的！”

“夸你两句还喘上了……”

两人你一言我一语的，继续等着司马长乐的船只。

就在距离码头两里远的地方，河道两侧长满了凌乱的矮树和灌木丛。

一艘船翻倒在河边，侍卫们的尸体横七竖八地躺在岸边，血水汩汩流向河里，逐渐被稀释开。

一群黑衣死士在河岸边徘徊搜查，其中一人拿长剑挑起一名少年，沉声道：“他就是琅琊王，已经死了。”

那少年满脸是血，穿着浅杏色皇子服饰，被一刀封喉而死。

死士们没再多加逗留，迅速离开了这片河岸。

他们走后，远处草丛里响起窸窣声响。

一个穿着短褐的少年死死盯着那些尸体，终是忍不住痛哭出声。

他拨开草丛，连滚带爬地跑到岸边，伏在少年随从的尸体上，悲伤地大哭起来。

死去的少年并非琅琊王司马长乐，他才是。

他本来要在今日进京，谁知那群死士伪装成河盗，半路劫持了他乘坐的船只，也不抢金银珠宝，直接对他们展开了杀戮。他的乳娘、书童、心腹全部死在他们的刀下。

与他同岁的马童护主心切，与他互换了衣裳，代替他死在刀下。而他趁着局势混乱，被大家掩护着逃跑，这才侥幸捡回性命。

司马长乐哭道：“早知如此……早知如此，我便不来成郢了！什么皇子，什么皇位，没有你们，谁喜欢那种东西？！”

他清楚得很，只对他的人痛下杀手，甚至还要确定他是否死亡……不是他那几个兄弟干的，又能是谁？

少年哭了很久，最后挣扎着爬起来，迎着愈发寒冷的秋风朝成邺走去。

无论如何他都要报仇！

他步履愈发坚定。

裴道珠闲来无事，约了李幸儿出门玩。

秋日的乌衣巷别有风情。两人沿着巷弄散步，裴子衿和裴桃夭一蹦一跳地远远跟着，一边走一边摘路边的花儿。

裴道珠手执团扇，柔声道：“原本我还约了谢姐姐，只是她如今养着孩子，不便出门，要不我倒是想引荐你与她认识。”

“我听过谢姐姐的大名，据说她骑射功夫极好，乃是女中豪杰！”李幸儿笑容满面，“应该比谢麟厉害，他接了郡公给的差事，去城外码头接琅琊王，我陪他等了大半天也没等到人。他现在还在那边等着呢，连这种小事儿都做不好，真没用！”

“琅琊王的船迟到了，不能怪他没接到人呀！”裴道珠忍俊不禁。

两人快要走到乌衣巷口，前方突然传来一道沙哑的声音——

“这里是乌衣巷吗？”

清瘦羸弱的少年孤身站在夕阳里，破旧的短褐袖口和衣边隐隐残留着深褐色的痕迹，像是干了的血。他看起来落魄至极，狼狈至极。

裴道珠蹙眉：“你是做什么的？”

乌衣巷几乎都是王孙公子、世家贵族居住的地方。这小孩儿瞧着十分贫寒，也不知来这里作甚。

司马长乐小心翼翼地观察着裴道珠。

她发髻梳得一丝不苟，钗环首饰虽然不多，却件件都是价值连城之物。一袭白茶色襦裙精致华贵，绣鞋也是一尘不染，可见身份地位应当十分尊贵。

他垂下长睫。

如今他不知道成邺城的世家们都支持哪位皇子登基，若是贸然报出身份……只怕会惹来杀身之祸。幸而他出生没多久就被外祖父带回琅琊教养，成邺的士族们大都不认识他。

他抿了抿干裂的唇瓣，轻声道：“来……来找活计。”

李幸儿“扑哧”一笑：“这里的活计可不是你能干得了的。这里人家的奴仆小厮，大都是家生子，就算需要短工，你这弱不禁风的模样又能干什么呢?快回家去吧，免得你双亲着急。”

司马长乐双手紧攥，他根本没有退路!

他身无分文又疾病缠身，凭他自己根本回不了琅琊。他能做的，只有想办法先在这里安顿下来。

裴道珠见他虽然病弱，可面相却十分倔强果敢，周身的气度也不似寻常人，隐隐藏着正气，绝非偷奸耍滑的小人。

她想了想，说道：“你能喂马吗?”

司马长乐立刻点头：“能的!”

“那好，我阿娘府里正缺个喂马的，你若想留下，就去她那里吧。”裴道珠指了指自己的两个幼妹，“这两位是我妹妹，也是沈府的姑娘，等会儿你跟着她们进门就好。”

司马长乐看向两个小女孩儿。

裴桃夭对他不感兴趣，踮着脚尖想爬墙去摘高处的芭蕉叶。裴子衿则躲在裴道珠身后，好奇地探出半张小脸，对上司马长乐的视线，她立刻胆怯地躲了起来。

天色渐晚。

裴道珠和李幸儿等人慢慢往回走。

司马长乐跟在最后，低头盯着青石板上的影子。因为身体过于单薄病弱，又饿了许久，他走路的姿势竟有些蹒跚。

真像个无家可归的小狗……他暗暗自嘲。

忽然，他嗅到了甜甜的甘香。

他望向身侧。

那个胆怯的裴家小姑娘，手捧数枝野花，不知何时出现在他身边。

她看起来十岁左右，生了一双漆黑清润的杏眼，好奇又小心地小声道：“你若是走不动，我回家请嬷嬷背你回去……”

她的声音又轻又软，脸蛋也嫩嫩的鼓鼓的，像是一朵干净的白棉花。她年纪虽小，走路的姿态却很是端庄，看得出来是个甜美端方的世家小女郎。

司马长乐默默收回视线，又走了片刻，才低声接话：“我走得动。”

裴道珠回到萧府，萧衡正在用晚膳，见她回来，便吩咐侍女多添一副碗筷：“我以为你和李幸儿在外面吃，便没等你。”

裴道珠拿起筷箸，随口问道：“谢麟还没接到琅琊王吗？”

提起这茬，萧衡面色不虞：“一件小事儿也办不利索，将来如何委以重任？”

“琅琊王的船没到，怪不得他。”裴道珠替萧衡布菜，“过几日中秋节，府里大约要办宴会，又有得热闹了——”

“主子！”

问柳匆匆从外面奔进来，飞快行了一礼，喘息道：“出事了！谢世子等不到琅琊王，于是派人沿着淮河去查。没想到，琅琊王的船在距离成郧两里地的地方遭到河盗掠杀，整艘船的人无一生还！”

裴道珠愣住了。

虽说天下不算太平，可成郧附近亦是皇城，河盗竟敢在皇城附近、在众多世家的眼皮子底下谋杀皇子？！

萧衡面无表情地吃完米饭，见裴道珠还未动筷，给她夹了几片酱瘦肉：“我出去一趟，今夜不必等我。”

裴道珠乖顺地点点头：“多带些人手，莫要涉险。”

萧衡起身出去了。

枕星带着侍女撤下他的碗筷，不敢置信道：“当真是河盗下的手？天底下，当真有这么巧的事吗？”

裴道珠冷笑一声：“连你都不信是河盗，更何况朝堂上那些老谋深算的狐狸？这事儿，蹊跷着呢。”

她的脑海中浮现出了小秦氏趾高气扬的脸。

会是二皇子和小秦氏下的手吗？

行宫寝殿内，金碧辉煌。

司马启和小秦氏享受着山珍海味，旁边堆积着十几只木箱。木箱箱盖打开，里面都是金银珠宝和昂贵的丝绸绫罗。他们边吃边看，仿佛那些宝贝都是下酒菜。

伺候的宫人们安静地垂着头，仿佛对夫妻俩的爱财模样早已习以为常。

小秦氏吃了半饱，瞟了一眼那些宝贝，放下筷箸，近乎贪婪地抓起一大捧珍珠：“若是将来殿下荣登大宝，那天底下所有的金银珠宝都将是我的……”

司马启笑了：“到时候，这些珍珠算得了什么？我要用世上最贵重的鲛珠来装饰王妃的凤冠。把全天下的女人都比下去！”

小秦氏“咯咯”地娇笑起来。她满面春风，柔声道：“殿下的腰带和靴履也都要用黄金和明珠来装点，最好造一座纯金的屋子，你我闲来无事，就在屋子里玩乐嬉戏！”

夫妻俩畅想着未来的美好生活。

等笑够了，司马启面露狠戾：“如今司马长乐那个小兔崽子已经死了，只剩下我皇兄和三弟。王妃认为咱们何时下手为好？”

小秦氏稍作思考，认真回答道：“不如先拜访他们探探虚实，再做打算不迟。”

夫妻俩商议妥当，只等明日先去拜访三皇子司马乘风。

司马乘风寄居在城东的一座花楼里。

小秦氏做郎君打扮，随司马启一道登楼，拿绢帕掩住口鼻，嫌恶地推开主动靠上来的莺莺燕燕，忍不住小声唾骂：“什么地方，如此不检点！三弟也是，堂堂皇子，自己府里豢养的歌姬不够，竟跑来这种地方找乐子！这般放荡，怎堪为帝？！殿下若也是如此，妾身倒是不必活了！”

司马启笑了：“不过是来花楼听曲儿罢了，王妃何至于动怒？”

两人被侍女引到了楼上雅座。

穿过前间，隔着一道道珠帘，小秦氏隐隐瞧见洒金山水屏风前，一位穿戴贵气的郎君坐在琴案后，身边簇拥着几位美人，正醉笑着谈论乐曲。

侍女卷起一道道珠帘，恭声道：“三殿下，二殿下到了。”

司马启落座，端起兄长的架子，沉声道：“父皇才离开不到数月，昨日琅琊那边的皇弟也才被人谋杀……你怎么半点儿也不哀痛，反而只顾着狎妓玩耍？”

司马乘风抬起蒙眬醉眼，含笑示意身边的姑娘都退下。

他把玩着琴弦：“原也没有什么兄弟感情，二哥在这里逞什么威风？”

“你——”司马启脸色一白，“真是酒后失态，胡言乱语！”

“我日日饮酒作乐，却未曾真正醉过……”司马乘风手抚琴弦，“倒是这天下泱泱万民，即便从未饮酒，也全部活在梦里。二哥是醉的，二皇嫂也是醉的……”

小秦氏莫名其妙，她扯了扯司马启的衣袖：“三殿下莫非是个疯子？”

司马启蹙了蹙眉，呵斥道：“什么醉不醉的，我看你是喝糊涂了！”

司马乘风轻笑几声，琴音愈发放浪不羁：“我来成邺这么久，不见二哥来探望，今日却来得突然……大约是为了皇位而来吧？二哥是想瞧瞧我是否有争位之心，若是有，今夜把我毒死了也未可知，就想谋杀琅琊那位皇弟一般——”

“砰！”

司马启额角青筋乱跳，暴躁地掀翻了花几。

他怒骂道：“再敢胡说，我就不认你这个弟弟了！”

“天下熙熙皆为利来，天下攘攘皆为利往……若有可能，你宁愿从未有我的存在，如此就会少一人与你争夺皇位……”司马乘风摔下长琴，忽然仰天大笑，“身在皇族，可悲至极！”

他的笑声像是尖啸，充满了悲伤，也充满了讥诮。

小秦氏忍不住躲到司马启身后：“殿下，他疯了……”

司马乘风红着眼睛瞥向二人：“你们夫妻也不必试探，我对那个位置毫无兴趣。等祭拜完琅琊的那位皇弟，我便离京回自己的封地去。宫闱里不过是父子相争，兄弟阋墙，还是庙堂之外的山山水水更得我心。”

他一副满不在乎的模样。

小秦氏撇了撇嘴，在司马启耳边小声嘀咕：“怎么会有人不在乎那个位置？他这幅作态，恐怕是装出来骗我们的……”

司马启不知被哪句话刺激到，他沉默着带着小秦氏离开了。

两人上了马车，小秦氏不解：“殿下就这么走了？他那模样大约都是装出来的，你可别被他骗了！”

司马启慢慢呷了一口茶。

小秦氏见他不吭声，忍不住催促：“殿下？！”

“别说了。我们家族一向喜欢自相残杀，从开国到现在，不知死了多少人。今日司马乘风那副模样，我虽与他不亲，却也觉着凄凉。我信他对皇位没有妄想……也仅仅只信这一次。”

司马启语气坚定，小秦氏知晓他意已决，不再多劝。

用过午膳，他们的探子回来禀报，司马乘风在淮水边祭奠过司马长乐，就直接启程回了封地。

小秦氏松了一口气：“还算他识相，若敢蒙骗我们，保管叫他的下场比司马长乐还要惨！”

司马启搁下筷箸，净了手：“待会儿咱们去会会皇兄。按照祖宗规矩，他才是名正言顺继位的那个。”

大皇子司马瑾寄住在城郊道观。

沿着山阶往道观走的时候，小秦氏忍不住捶着膝盖抱怨："他们俩是有什么毛病？放着好好的行宫不住，偏要跑到这种破地方！这台阶简直要了我半条命！我那嫡姐也是，放着富贵日子不过，非得陪着大殿下在山中修道，简直辜负了人间繁华！"

大皇妃同样出自秦家，乃是小秦氏同父异母的姐姐。

两人又走了两刻钟，终于进了道观。

来到司马瑾和大秦氏住的客房，小秦氏环顾四周，只觉屋舍简陋，一应桌案摆设连个雕花都没有，素色的罗帐瞧着就很丑。

大皇子夫妇皆身穿布衣，半点儿看不出乃是皇族中人。

寒暄过后，大秦氏端来瓜果，温柔道："殿下与我这三年都打算吃素，不能好好招待你们，实在抱歉。"

小秦氏瞟了眼那盘瓜果，眼中露出嫌弃，只讪讪一笑："阿姐太客气了……我们这趟过来，也是怕你们在山中住不习惯，因此想接你们进宫。这里没有珍馐美味和声色歌舞也就罢了，怕是连日常起居也十分不便吧？"

司马启跟着道："皇兄乃是长子，将来是要继承皇位的，一直待在道观怎么行？不如随臣弟一起回宫，也好提前了解朝堂政事。"

司马瑾像是没听出他们的试探，笑容温醇宽厚："多谢你们操心。只是我志不在朝堂，在山水之间。那皇位，还是能者居之为好。"

司马启和小秦氏眼睛一亮。

大秦氏接着柔声道："殿下与我商量过了，等参加完新帝的登基大典，就回封地去，这辈子怕是不再回成邺了。"

司马启和小秦氏脸上的笑容几乎掩饰不住。

这么说，能继承帝位的只有他们这一家了！

小秦氏脱口而出："这怎么好意思——"她察觉到不妥，又赶忙闭了嘴。

司马瑾和大秦氏仍旧笑容宽和，与他们闲聊着。

过了两刻钟，司马启夫妇坐不住了，很快起身告辞。

司马瑾夫妇亲自站在门廊下相送，一直到看不见他们的踪影，才含笑返回客房。

客房的屏风后绕出一位老者。

萧允轻抚长须，目光沉冷："大逆不道。"

"老师请坐。"司马瑾抬手作请，"您的意思是，先由着二弟他们胡闹，也由着萧郡公掌权，等北伐成功，一切尘埃落定时，我再以名不正言不顺之由，把天子赶下皇位，继而正式登基为帝？”

“不错。等一切尘埃落定，他们与北国两败俱伤时，再与他们清算旧账。如此一来，咱们不费吹灰之力便可掌控山河。”萧允面无表情道。

“可是……这是否有违君子之道？”司马瑾迟疑。

“你是长子，继承皇位乃是理所应当的事，怎么算违背君子之道？”萧允语重心长，“殿下今后须得心狠些才好。”

司马瑾恭声称是。

萧允辞了他们，独自下山去。

道观在他身后越来越远。山阶两侧的松柏却仍旧苍翠欲滴，只更远处的枫叶被霜染红，浓艳得像天边的晚霞。

萧允忽然想起十多年前送萧衡去栖玄寺的情景。

当年也是这样的深秋黄昏。萧衡还年幼，并不知道失明的他已然成了一枚弃子。他小手紧紧攥住他的袖角，即便累得喘气，却还是乖乖跟着他来到栖玄寺的山门前。

临别之际，他小心翼翼又充满期冀地问：“阿父何时来接我？过年时我能回家吗？我想与阿父和阿娘一起守岁。我在院子里的桂花树下埋了一坛酒，想着正月时送给阿父。”

萧允盯着年幼的萧衡，脸上全是厌恶，冷淡道：“等你的眼睛好了，我就接你下山。”

萧衡满脸单纯，使劲儿点头：“我一定会乖乖治病的！阿父一定要常常来探望玄策！”

可是，他后来再也没去过栖玄寺……

暮鸦发出嘶哑的叫声，盘旋着掠过天空。

萧允面色沉沉，穿过山阶。

他这辈子鲜少骗人，萧衡的身世是他最大的谎言。

好在一切都快结束了……

等北国覆灭，一切尘埃落定，萧衡失去了价值，他就以“大逆不道”的罪名逮捕他，指控他伪造圣旨，扶持伪帝继位，混乱朝纲意图谋反……

又或者，揭露他的身世……

总之……总之不会叫他继续活着就是。

……

在成郸城的世家大族们忙着钩心斗角之际，穿着短褐的司马长乐，正抱着一大捆干草穿过沈府后院的院落。

才是清晨，草木上凝着一层白霜，深红色的柿子垂挂在树枝上，被雀鸟啄食了大半。

一墙之隔外，隐隐传来读书声。

司马长乐又往前走了十几步，听见读书声愈发清晰——

“瞻彼淇奥，绿竹猗猗。有匪君子，如切如磋，如琢如磨……”

小女孩儿的读书声端静婉转，应是那位双胞小女郎，裴子衿。

小女郎大约是遇到不认识的字了，迟疑地卡了壳：“瑟兮……什么兮……”

司马长乐下意识接道：“瑟兮僩兮，赫兮咺兮。意为神态庄重，地位显赫。”

读书声停了。

过了许久，裴子衿的声音传了出来：“你是谁呀？”

司马长乐抿了抿唇，沉默地快步离开。

第二日清晨，他抱着干草又一次经过那堵围墙。他站在墙边，听着墙内传来的读书声，心竟然意外平静。

墙内的小女郎像是知道他的存在，小声道：“我听见脚步声了，你又来了吗？”

“是我。”司马长乐抬起头，可是围墙很高，他看不见墙后的裴子衿，“你今日学的是哪首诗？”

“《硕鼠》。”裴子衿轻声吟诵，“硕鼠硕鼠，无食我黍!三岁贯女，莫我肯顾。逝将去女，适彼乐土。乐土乐土，爰得我所……我经历过家族败落，知晓饿肚子是怎样的难过。婢女们说，她们的故乡常常发生饥荒和战乱，每年都会饿死许多人，饿殍遍野，易子相食，我虽没见过那种场面，却觉得十分残酷。若是士族和皇室少征用赋税，那些人是不是就不会被饿死了呢？”

小姑娘年纪虽小，可心思却很通透机敏，还存着一颗难得的纯净仁爱之心。

司马长乐没有因为她年纪小就看不起她，反而认真作答：“我自幼被外祖父养大，他常常说，除了战乱，苛捐杂税也令百姓们的日子雪上加霜。可仅仅减税是不够的，还需要真正的仁政。大约只有仁君才能带来一个太平盛世吧。”

裴子衿歪了歪头：“仁君……将来成邺城里会出仁君吗？”

司马长乐沉默着握了握拳。

安静片刻，裴子衿忽然道：“你究竟是谁呢？”

司马长乐一愣，回答道：“就，就只是个寻常小厮。”

“寻常小厮哪里懂这许多？”裴子衿只觉找到了难得的知己，因此露出小孩子的活泼来，“我可以见见你吗？”

司马长乐也很想看看她。

沿着砖墙往前走，是花园的侧门。少年少女迟疑着朝前走，很快见到了对方。

裴子衿忍不住笑了起来：“原来是你……”

司马长乐有些不大自在：“你还记得我？”

裴子衿认真点头：“记得的，你瞧着比那日好了许多。”

识得身份后，两人便又陷入无言。

过了片刻，司马长乐看了眼自己简陋粗糙的短褐衣裳，料想她应是不大瞧得起仆从小厮的，只怕会嫌弃他脏了她的花园。

他略一颔首：“我去干活儿了。”

刚迈出几步，肚子却不争气地叫了起来。他顿觉十分难堪，正要走得快些，背后忽然传来一声“等等”。

裴子衿先把书卷放在一旁的木栅栏上，才不慌不忙地从怀袖里取出一块干净的雪白方帕。她慢慢解开帕子，里面包着两块精致的绿豆糕。

她把绿豆糕捧到司马长乐面前：“你拿着吃。”

小女郎并没有嫌弃他脏。

司马长乐放下那堆干草，在衣襟上擦了擦双手，才接过绿豆糕。

绿豆糕咬进嘴里，又浓又甜的豆沙便慢慢流了出来，甜而不腻，滋味软糯清新。

“好吃吗？”裴子衿弯起眉眼，“是我姨娘亲自下厨房做的！”

司马长乐又看了她一眼。

她是庶女……明明是庶女，却不卑不亢，养出这么一副好性情。

他颔首：“很好吃。”

裴子衿抱起书卷：“你虽然是个仆役，可是懂的东西比我还要多，你的出身定然很不平凡的……但你既然隐瞒身份藏在我家，我也不会说出去。明日你还来这里，我给你带更多好吃的。”

小女郎又甜美又端庄。

司马长乐心生喜欢，认真道：“我《四书》《五经》都有涉猎，你若愿意，我可以教你那些东西，来换你的好吃的。”

裴子衿使劲点头："一言为定！"

……

裴道珠此时正陪着李幸儿去秦淮河边玩。

两人颇有兴致地走进一家绸缎庄，李幸儿只觉琳琅满目，看什么都新鲜："北边的商铺虽然也很繁华，但丝绸的品类远远不及成郧的花样多……咦，这儿匹可是蜀锦？"

"姑娘好眼力！"店主含笑上前，"这蜀锦只有我们家才有。锦官城的南家你知道吧？他家专门做蜀锦生意，我们家的蜀锦便是从他们那里进购的。"

"真好看……"李幸儿赞叹，"这种绛色很适合谢麟。裴姐姐，我在谢家白住了这么多天，我想买些蜀锦，送给谢麟当作谢礼。"

裴道珠提议道："再多买几匹，也给谢夫人和谢大人送上，免得落人口舌。"

李幸儿正要叫店主包起来，楼上忽然下来一群人。

为首的贵妇人正是二皇妃小秦氏。她身边簇拥着不少世家贵妇。

李幸儿伏在裴道珠耳边，轻声道："我在谢府听见消息，如今琅琊王被河盗所杀，大皇子一心修道不问世事，三皇子又回了封地，朝中能继承皇位的只有二皇子……二皇妃如此得意，不是没有缘故的。"

裴道珠挑了挑眉。怪不得这群世家贵妇如此巴结小秦氏，原是为了和未来的皇后娘娘打好关系。

只是小秦氏那副模样怎么看怎么小人得志，根本不像是能当皇后的女人。

她道："我瞧她还差得远呢。"

小秦氏也注意到了她们。她腰肢轻摆，走了过来："哟，巧了，竟遇上郡公夫人和李姑娘。二位也是来买缎子的？不知看中了哪一匹？我买了送给你们。"

李幸儿与她见过礼，认真道："我看中了这些蜀锦。倒也不用二皇妃破费，我阿娘给了许多银钱，足够买这些蜀锦。"

小秦氏咬了咬牙。跟着裴道珠有什么好处，她的夫君能当皇帝吗？！有眼无珠的玩意儿！

她轻嗤一声，颇有些阴阳怪气："李氏乃钟鸣鼎食的大族，在北方扎根多年，自然不缺银钱。李姑娘心高气傲，看不上我这仨瓜俩枣，也在情理之中。"

李幸儿撇了撇嘴，只觉这话十分不中听。

"只是——"小秦氏伸手抚了抚蜀锦，"这些蜀锦原是我一早就相中的，我喜爱得紧，想着给殿下裁制两身衣裳，怕是不能让给李姑娘。要不，李姑娘再挑挑？”

李幸儿暗暗握拳。她出身名门，父亲手握重兵，根本没有人敢这么跟她抢东西！小秦氏实在欺人太甚！

她正欲发怒，裴道珠及时牵住她的衣袖，对她轻轻摇头，只得不甘心地罢休了。

裴道珠转而问绸缎庄的掌柜：“这些蜀锦可曾被二皇妃预定？”

掌柜的道：“二皇妃和诸位夫人进门之后，直奔楼上，未曾瞧过这些蜀锦，还未预定。”

裴道珠笑了：“正眼都没瞧过，何谈一早就相中？二皇妃身居高位，什么稀罕物没见过？何必跟幸儿一个小姑娘抢东西？”

“你——”小秦氏怒不可遏，狠狠剜了一眼掌柜，“你胡说八道什么？！你可知我的身份？”

掌柜的不卑不亢：“您是二皇妃。”

小秦氏气血攻心：“知道你还敢帮裴道珠！”

掌柜的没再说话。

李幸儿却瞧出了苗头。

萧衡攻下了蜀国，作为特产的蜀锦自然是要通过他的渠道销往江南。而这家绸缎庄既然是唯一售卖蜀锦的商铺，想来便是萧衡的产业了。掌柜的向着裴道珠，自然也不足为奇。

裴道珠当着小秦氏的面，吩咐掌柜：“把这些蜀锦包起来，送去谢府，账记在我名下。”

掌柜的立刻去办了。

小秦氏死死盯着裴道珠：“你可知如今朝中局势？”

“知道啊，可是，那又如何呢？”裴道珠嫣然一笑。

就算司马启继承皇位，可如今世家掌权，司马启手中连兵权都没有，拿什么耀武扬威？空有天子之名而无天子之实，不过是白纸糊出来的老虎，根本不足为惧。

小秦氏面红耳赤：“那可是天子……”

“能不能坐得上那位置，犹未可知呢。”裴道珠懒得继续与她周旋，带着李幸儿走了。

两人沿河散步，李幸儿面露崇拜：“我来成邺这段时日，大家都说裴姐姐处事圆滑内敛，可我瞧着，分明是锋芒毕露才对！刚刚二皇妃简直要被你气死了！不过，如今能继承皇位的只有二皇子，虽说真正论起来皇族也不算什么，但到底担了天子的名声……裴姐姐得罪二皇妃，真的不打紧吗？”

裴道珠并不在意：“我在西海城游历了一圈，才知道这世上兵权才是最重要的。没有兵权，就算他抱着国玺又算什么呢？不过话说回来，若是那位琅琊王还活着就好了……至少可以叫小秦氏少些嚣张气焰。”

两人逛到了日暮时分才往回走。

裴道珠回到家时，瞧见萧衡站在门廊下，正在听属下禀报事情。等她走近时，那名侍卫朝她恭敬地行了一礼，退了下去。

裴道珠见萧衡面露霁色，不禁好奇：“可是有什么喜事？”

萧衡微笑道：“琅琊王司马长乐还活着。”

裴道珠怔忪：“不是说整艘船的人都被杀了吗？尸体都要下葬了……”

“昨日我又叫人核对了船上人员的数目，才发现少了一人，乃是年纪和琅琊王相仿的小厮。我又派了得力人手避开司马启和其他世家的耳目，重新验尸。他说琅琊王那具尸身双手粗糙，遍布老茧，骨节十分宽大，皮肤也很是粗糙……”

裴道珠恍然大悟：“皇族养尊处优，绝不可能两手老茧……你怀疑那死去的‘琅琊王’才是小厮，而真正的琅琊王早已脱身离开！”

“现在的问题是，他去哪里了。”萧衡挑眉，“他身无分文，又是个没出过远门的孩子，在陌生的地方该怎样生存呢？”

裴道珠伸手抚了抚被风吹起的鬓发，脑海中忽然跃出一人——

清瘦羸弱的少年孤身站在夕阳里，破旧的短褐袖口和衣边隐隐残留着深褐色的痕迹，像是干了的血。他虽然病弱，可面相却十分倔强果敢，周身的气度也不似寻常人，隐隐藏着正气。

难道那位小郎君，就是琅琊王？

裴道珠忽然笑了起来。

萧衡睨她：“你笑什么？”

裴道珠凤眼流光溢彩：“我或许知道那琅琊王身在何处。”

沈府。

穿着粉白罗襦裙的裴子衿矜持地站在廊柱边，身边的裴桃夭正叽叽喳喳：“我刚刚躲在阿父书房的屏风后面，听见姐夫和阿父说，咱们先前在巷子口捡到的小厮竟然就是琅琊王！他没死，他的侍从代替他死了！”

裴子衿怔怔的。

那个谈吐不凡的小郎君……是琅琊王?

裴桃夭不高兴了:“喂，我跟你讲秘密呢，你发什么呆呀? 难道你就不惊讶吗? ”

裴子衿垂下头，轻声道:“自然是惊讶的……”

裴桃夭撇撇嘴:“你真是个闷葫芦，与你说话好没趣儿! ”

她拉住姐姐的手，把她拖到厅堂的隔扇边:“你快瞧，他们在里面说话呢! ”

厅堂里，司马长乐已经更换过衣冠，身穿杏黄色锦袍，腰系玉带，发束金冠。他年纪虽小，容貌却生得清秀白净，虽然在宫外长大，可举手投足间仍旧充斥着贵气。

他先谢过沈府的收留之恩，才转向萧衡:“我不知成郯城的世家们站在哪一位皇子那边，怕惹来杀身之祸，因此迟迟没有现身。给郡公带来了麻烦，十分抱歉。”

萧衡淡淡道:“司马启对亲兄弟下手，为世人所不齿，自然没资格坐那个位置。新帝继位的事情也不能再继续拖下去了，我打算再过三日，正式扶持殿下登基。”

司马长乐沉默着。

若是放在从前，他对那个位置根本没有兴趣，只想尽快祭拜完父皇，然后返回琅琊。

可是如今……司马启害死了他所有的亲信。

大约只有自己强大，才能保护在乎的人吧?

司马长乐认真道:“郡公需要我做什么? ”

“你仍旧在沈府住着，等册立新帝那日进宫，当着文武百官的面揭露司马启的罪行。”萧衡看着他，眼中流露出几分复杂的情绪，“只是……去往宫中的路是一条不归路。往后余生，你或许再也看不到琅琊的山水，一辈子都会活在算计和猜测中，承受别人难以承受的重担和责任……如此，你还愿进宫吗? ”

司马长乐双手紧紧握成拳。

不知怎的，他脑海中忽然浮现出裴子衿在说过的话——

“仁君……将来成郯城会出一位仁君吗? ”

他可以成为那个仁君吗?

他想起坐船前往成邺时，一路上看见的情景——百姓流离失所，饥寒交加，男丁被迫入伍，伤残的老兵撑着拐杖从北方而来，哭倒在荒草丛生的坟茔上……

少年清隽漂亮的面庞逐渐变得坚定和倔强。

他涨红了脸，以从未有过的认真态度答道："郡公，我愿意做那个先天下之忧而忧的人。"

密谈结束后，沈霁为司马长乐安排了一个安全幽静的新院子。

众人踏出门槛时，正巧撞上裴子衿和裴桃夭。

裴子衿与司马长乐对视后，赶忙垂下头。

她与裴桃夭一起行了屈膝礼："见过阿父、见过姐夫。"

沈霁扶起她们，本欲介绍司马长乐，话到嘴边又不好暴露他的身份，只得道："这位是……这位是从远方来的贵人，你们可以唤他……阿兄。"

裴桃夭歪了歪脑袋，毫无顾忌地打量司马长乐，好奇了片刻，许是拉不下脸称呼这个曾经的小厮为阿兄，于是把玩着辫子扭过头去。

裴子衿声音极轻："阿兄……"

司马长乐轻轻"嗯"了声。

裴桃夭嘿嘿一笑，拉起裴子衿的手一溜烟地跑远了。

沈霁特意安排了几十位心腹侍卫，保证司马长乐的安全。

虽已是深夜，司马长乐却毫无睡意，独自站在庭院里，仰头看天上的明月。

正出神之际，裴桃夭忽然拖着裴子衿蹿了进来。两人都是沈府的姑娘，因此侍卫未曾阻拦。

这里没有大人，裴桃夭开门见山道："喂，你们所有的谈话，我都偷听到了哦！你是琅琊的那位小殿下，是以后的天子，对不对？"

司马长乐没说话，只望向裴子衿。

裴子衿蒙蒙的，显然没料到妹妹如此大胆。

裴桃夭见这两人都不说话，不禁很是扫兴："一个两个的，怎么都跟闷葫芦似的，没趣儿极了！"

她天性活泼，瞧见院子角落的秋海棠在月色下很美，便跑去摘花。

和未来的天子站在一起，裴子衿不自在极了。憋了半天，她才小声道："不知你是皇子，从前多有得罪……"

"你何时得罪过我？"司马长乐的声音也很轻，"你送的绿豆糕很好吃，还有吗？"

裴子衿脸蛋一红，掏出一方白手帕："有的……"

司马长乐接过那块绿豆糕："你曾问过，成郢城里会不会出一位仁君，我想，一定会的。"

裴子衿吃惊地抬起头。

司马长乐笑了笑："我保证。"

三日后，到了新帝登基的日子。

文武百官全部到场外，他们的家眷也都纷纷进宫，打算等典礼结束之后为新帝庆贺。

女眷们暂时都先待在御花园。谢南锦带了孩子进宫，与裴道珠和李幸儿坐在华亭里闲聊。

裴道珠见那小孩儿玉雪可爱，摸了摸他的小脑袋："谢姐姐第一胎就是个小郎君，想来陆伯母更加疼爱你了。"

谢南锦笑了笑："世家贵族和寻常百姓都讲究传宗接代，总得生个男孩才肯罢休。可在我看来，小女郎和小郎君一样的好。非得生个小郎君，苦的还是女子。"

李幸儿连连点头："是这个理儿！"

谢南锦转向裴道珠："阿难和郡公打算何时要小孩子？"

裴道珠摸了摸平坦的腹部。

这些日子以来，她和萧衡也算如胶似漆。只是……这肚子总不见动静。

她为难道："我如今是真心喜欢萧玄策的，也想与他有个孩子，只是总也怀不上。阿姑也悄悄问过，怕我一直没动静，还吩咐小厨房每三天都送一次补药给我，可是……"

谢南锦握住她的手："这种事急不得，还是要讲究缘分的。不提这茬儿了，今日是新帝登基的日子，前朝不知道有多热闹。我见过几次二皇子，瞧着不像是宽宏仁厚的君子，若当真是他登基为帝，那还不如不要皇帝！"

"岂止？"李幸儿朝远处的花亭抬了抬下巴，"瞧那位二皇妃，尾巴都要翘到天上去了！"

不远处的花亭里，小秦氏坐在正中间，四周围坐着不少贵族女子，谈笑之间少不得巴结和谄媚，哄得小秦氏眉开眼笑。

小秦氏的一名侍女注意到她们三人，连忙倾下身，在小秦氏耳边一阵低语。

很快，小秦氏看向裴道珠她们。

谢南锦挑了挑眉："得，被盯上了。"

话音刚落，裴道珠就瞧见小秦氏起身，被众星捧月地朝她们走来。

谢南锦低声道：“瞧瞧，巴结她的大都是二流世家的女子。”

裴道珠仔细打量，果然如此。

也是，一流世家的底蕴并不输给皇族，大抵是瞧不上司马启和小秦氏的。

小秦氏笑吟吟地开了口：“可真是巧了，还以为裴夫人不会进宫呢。今日我家殿下登基，裴夫人心里不舒服，对不对？可是怎么办呢，其他皇子都不堪大用，唯有我家殿下忧国忧民。今后再见面，就要麻烦裴夫人对我行大礼了，需不需要我的婢女教教你如何行礼？”

裴道珠气定神闲，把玩着紫纱折扇。

她弯起漂亮的丹凤眼，声音始终柔柔的：“二皇妃也是世家贵族出身，何必做出这副小人得志的姿态？未免有失风度。”

小秦氏气得噎住了：“你才小人得志！不过区区郡公夫人，在我面前端什么架子？！你以为萧家很了不起吗？我告诉你，等我家殿下登上大宝，他会狠狠惩治你们这些弄权的世家！”

这话实在是蠢笨过头了。

谢南锦都忍不住侧目以对：“莫说二皇子如今还不是天子，就算他是天子又如何？先帝在世的时候，尚且不敢说这种话，你又算什么东西，怎敢大放厥词？”

小秦氏语噎。

对付一个裴道珠也就罢了，谢南锦怎么也掺和了进来……虽然她和殿下打算继位之后对萧家动手，可如果再加上谢家和陆家，那他们可吃不消！

她讪讪一笑，在谢南锦面前勉强压下那股气焰：“我只是说笑罢了，陆夫人何必当真？只是裴道珠屡次挑衅于我，我实在咽不下那口气才口出横言……”

亭子里正热闹着，一个小宫女忽然跑过来，激动道：“要册立新帝了！正殿那边要册立新帝了！”

册封新帝，她们这些女眷也是可以观礼的。众人顿时激动起来，纷纷赶往正殿。

司马启穿着朱色锦袍，举止仪态很是温润谦逊，只是眉梢眼角却忍不住流露出得意，余光更是频频瞥向那张皇位。

萧衡静静立在殿侧。

陆玑悄然上前，轻声道：“先帝未曾留下传位遗诏，究竟是哪位皇子继位，都是世家们说了算……只是，玄策，你当真要扶持二皇子登基为帝？他那个样子……恐怕不堪大任！”

萧衡温温一笑：“你觉得呢？”

陆玑见他这副表情，便知道他必定留有后手。他瞟了眼迫不及待的司马启，笑了笑：“那我就负责看戏好了。”

女眷们井然有序地坐在了围屏后面。

小秦氏故意坐在裴道珠身侧，抬手遮住朱唇，对她轻声耳语：“裴道珠，你可曾听说过‘君臣有别’这个词？是，你家夫君在朝中的势力确实如日中天，可他权倾朝野又如何，每日上朝，还不是要对我家殿下请安行礼？君就是君，臣就是臣，你家夫君永远比不上我家殿下，你也永远要被我踩在脚底下！”

裴道珠轻笑：“二皇妃真是自信。”

小秦氏轻哼一声。

不是她自信，而是能继位的只有她夫君。纵然这些世家再如何把持朝堂，可是皇子们死的死走的走，他们根本别无选择！

朝堂渐渐安静了下来。

萧衡手捧国玺，面色沉冷地站在御阶前：“崔家作乱，先帝不幸驾崩，未留下传位遗诏。然而国不可一日无君，我等臣子食朝廷俸禄，须得为国尽忠，尽早扶持新帝登基，以安稳江山社稷。琅琊王聪慧机敏，宅心仁厚，我等决意，恭请琅琊王为帝。”

围屏后，小秦氏过于激动，只听到了前半段话，就得意扬扬睨向裴道珠：“你该称呼我皇后娘娘了。”

裴道珠半点儿反应也无，只捏着折扇，好奇地瞅着围屏外面。

四周的女眷们起了骚动——

“琅琊王不是被河盗杀死了吗？怎么继位的是他？”

“郡公莫不是要立一个死人为帝，然后好独揽大权？不应该呀！”

……

小秦氏慢慢反应过来。

立琅琊王为帝？这怎么可能！他不是死了吗？！

金殿上，司马启脸色青白交加，敛去了那份伪装出来的谦逊，恶声道：“萧衡，你什么意思？就算你看不惯我，也不至于立一个死人为皇帝吧！你到底有没有把皇族放在眼里？”

萧衡连个正眼都没给他，从容地望向殿外。

众人下意识随他的目光望去。

一道身影缓慢踏进金殿。

少年身姿颀长，容貌清秀漂亮，穿一袭团云刺绣杏黄色锦袍，步履沉稳，仪态端方。

待走近了，他不卑不亢地与文武百官们见过礼：“子安乘坐的船只遭遇死士袭击，侥幸捡回一条性命。因为凶手就在成郫，我怕贸然出现引来杀身之祸，因此一直未曾现身。直到今日才与诸位大人见面，是我失礼了。”

司马启不敢置信，他下意识后退两步：“司马长乐？！你竟然还活着……”

朝臣们鸦雀无声，同样难掩吃惊。

司马启很快回过神，涨红了脸高声道：“就算他还活着，凭什么是他继承皇位？长幼有序，我排行第二，哪里不如司马长乐这个毛头小子？！”

这话实在有失风度，几位想要站在他这边的臣子也不禁哑口无言，不知该怎样帮他。

司马启见大家都不说话，也是慌了，口不择言道：“萧衡，你一介臣子，却把弄权柄以下犯上，犯了诛九族的死罪！若是父皇还在，定会立我为太子！奉劝你一句，赶紧带着司马长乐滚出成郫，否则文武百官容不得你，天下百姓也容不得你！”

他的那几位近臣脸色顿时变得惨白。

真没见过这么蠢笨的皇子！如今正是拉拢人心的时候，他却把整个萧家都推了出去，还要诛人家九族！

萧衡面对司马启的威胁，连眼皮都没抬一下。

他信步走到司马长乐面前，温声道：“殿下刚刚说被死士袭击，不知是谁家派出去的死士？”

司马长乐缓缓指向司马启：“是二皇兄豢养的死士。我听见了他们的谈话，说二皇兄指定要我的性命，今日必须完成任务才成。至于证据……”

他低头从怀袖里取出一枚青铜令牌，上面雕刻着“启”字，边缘沾染着些许血渍，如今已经变成了深色。

司马长乐认真道：“这是我趁乱从一名死士的腰间扯下来的，二皇兄还有什么要辩解的吗？”

司马启呆在原地，竟一字也解释不了。

萧衡不动声色地勾了勾唇角。

那些死士并没有在船上说话，也没有出卖司马启。这番话是他教司马长乐说的。至于令牌，也是他命心腹去司马启的行宫偷来的。

他心里都是北伐，没有时间与司马启为了皇位缠斗，不如选个最简单的法子，把他从皇位继承人的名单里剔除出去。

把谋杀琅琊王的罪名安排司马启头上，是最简单有效的办法。更何况，凶手也的确是他。

四周响起了窃窃私语。

虽然皇族之中父子相争兄弟阋墙很是常见，可毕竟不能摆在台面上。如今司马启做的龌龊事暴露出来，有失仁德，自然也就失去了继承皇位的资格。

萧衡不等司马启争辩，带头朝司马长乐作揖行礼："恭请新皇登基！"

朝臣们回过神，纷纷跟着行礼。

司马长乐盯着那张皇座，深深呼吸。

这是一条不归路，坐上去就再也没有反悔的机会了。从此少年眼中不能再是风花雪月杏雨江南，还该挑起江山社稷的重担。

他迈着沉稳的步伐，慢慢走向那张皇座。

围屏后发出一声尖啸。

小秦氏面目扭曲地冲出围屏，指着司马长乐厉声大骂："你是个什么杂种，怎敢抢夺我家殿下的位置？！你说你是琅琊王，我看你就是萧衡找来冒名顶替的傀儡！你们舞权弄柄，混淆皇族血脉，罪该万死！来人啊，给我把他们抓起来！"

然而没有任何侍卫听她指挥，朝臣们看着她像是看一个疯子。

萧衡缓缓道："他身上有琅琊王的图章和印玺，怎会有假？更何况他虽然常年不在成邺，可百官中不少人曾去过琅琊，是认得他的。二皇子和二皇妃谋害兄弟手足，该如何发落，还请陛下明示。"

司马启和小秦氏崩溃跌坐在地。他们自知大势已去，哭着求司马长乐放过他们。

"我们夫妻只是一时鬼迷心窍，并非当真要谋杀阿弟……还求阿弟念在咱们血浓于水的分上，放我们一条生路！"

"我肚子里还没怀过孩子，若是就这么去了，只怕你皇兄断子绝孙！你怎么忍心！"

裴道珠坐在围屏后，轻嗤一声，对李幸儿低声道："我若是天子，才不放过他们。只是这位小天子瞧着并非嗜杀之人，恐怕是会给他们一条生路了。"

司马长乐蹙着眉尖，仔细盯着兄嫂。半晌，他又求助地望向萧衡，指望他能给自己一点建议。

萧衡神色淡淡，没有理会他的求助。

一位合格的天子，应当有自己的主意，不能事事求助于人。

司马长乐见状，只得闷头想了片刻，认真道："皇兄蓄意谋杀手足，仁德尽失，令朕心寒。自即日起，幽禁皇兄和皇嫂于清林苑，没有朕的旨意，此生不得踏出半步。"

若是换作别人，定然会杀了司马启以绝后患。司马长乐决定放他一条生路，已经算是十分仁慈了。

司马启侥幸捡回一条性命，不敢奢求太多，泪流满面地叩谢隆恩。

小秦氏哭得上气不接下气，怎么也不肯接受现在的结局。

分明皇后之位近在咫尺，怎么就……怎么就突然成了阶下囚？

她怨毒地望向围屏，几乎把牙龈咬出了血。

侍卫们拽起她和司马启，把他们朝殿外押去。

小秦氏泪流满面，狠狠瞪了眼裴道珠，才被拖出金殿。

很快，新帝登基的册封大典即将开始。

裴道珠站在女眷之中，跟着文武百官对新帝行大礼。

叩拜时，她下意识望向群臣。萧衡站在最前方，其次便是萧丞相。

他厌恶萧玄策，那么被萧玄策一手扶持起来的新帝，他真的满意吗？

还是说……他在酝酿什么阴谋？

裴道珠心底弥漫起别样的感受。

他们回到萧府时，已是黄昏。

侍女们忙着掌灯摆饭，裴道珠净过手，见萧衡心情不错，笑道："郡公手掌兵权，又有从龙之功，将来前程不可限量……如何，可做好今后的打算了？"

萧衡牵着她落座，亲自替她摆上碗筷："我打算明年开春率军北上。"

裴道珠心底"咯噔"一下，蹙眉问道："这么快？"

"宜早不宜迟，更何况军队早已训练妥当，藏在剑鞘里太久，怕失了锋芒。"萧衡替她夹了一片酱肉，"如今北国老皇帝病重，军心略有些涣散，正是出征的好时机。"

裴道珠无心用膳。

她看着萧衡，这是她爱慕的郎君，是吵吵闹闹了很久，又暗恋了很久的郎君。

裴道珠轻轻牵住他的袖角："那我们相处的日子，就只剩下这两三个月了。”

萧衡反握住她的手。她的手是那么温软，又那么娇嫩。他这辈子都不想再松开。

只是……天下兴亡匹夫有责，男人肩头扛着的不应该只是风花雪月，还应该是更重大的责任。只有打败北国收复疆土，才能恢复家国的荣耀，才能真正保护成郧城内的她。

萧衡吻了吻她的指尖，抬起眼帘，与她对视：“这一战，绝不会输，我保证。”

裴道珠眼圈微红，轻轻靠在郎君的怀里，呼吸着他独有的冷香。

恍如前世的梦里，萧衡要在六年后才能踏破北国的宫城。而这辈子，她没有当元承的宠妃，所以一切都会改变对不对?

她挽住萧衡的脖颈，软声道：“你要去打仗，我自然不会留你，只是我想告诉你，我心里是舍不得你的……”

萧衡沉默着，轻抚她的秀发。过了片刻，他抬起她的脸，认真地吻向她的唇。

裙裾和袍袖交缠在一处。

秋风吹开花窗，轻纱似的垂帘翻卷飞扬，隐约可见花鸟屏风下纠缠的人影。情到浓时，似是明日便要诀别，似是情到深处不可自拔，似是要将彼此深深嵌进心底。

食案上的酒菜渐渐凉透。

不知过了多久，萧衡一手撑在裴道珠身侧，低头吻去她眼角的一颗泪珠。

他哑声道：“又不是不回来了，你哭什么？”

裴道珠不说话，只是委屈地掉眼泪。

如今她所有的一切，郡公夫人，金银珠宝，都是她从前梦寐以求的东西。可是在得到这些后，她突然发现，比起那些俗物，她更想要的竟然是和萧衡朝朝暮暮……

她怕他在战场上一去不回，怕他在萧允的手里吃亏，怕他为家国而战可将来天下人却要负他……

第26章

转眼已经临近除夕。

裴道珠晨起时，萧衡已经去了宫中。

侍女们卷起一层层帐帘，屋子里设了地龙，扑面而来的气息倒也是温热的。

枕星端来一碗热气腾腾的药："老夫人那边送来给您调养身子的，您快趁热喝吧。"

裴道珠洗漱过后，熟稔地接过药碗。药汁瞧着浓苦，喝起来却也藏着甘甜，并不是很难入口。

枕星笑眯眯的："奴婢瞧着，几个媳妇里面，老夫人最疼爱的就是夫人。自打您嫁进来，她就盼着您尽快生下孩子，比您自个儿还要着急呢！调养身子的药，据说是前朝宫中皇妃们用的配方，药材都金贵着呢。"

裴道珠喝完汤药，抱着青瓷小碗，有些怔忡。

是啊，她嫁进来这么久，肚子却还是半点动静也无。别人家的新妇，一两年怎么也该怀上了。

她不是没有偷偷请府医瞧过，可府医说她身子很是康健，给萧玄策请平安脉的时候也说没有任何毛病。

枕星还在唠叨："夫人和郡公如胶似漆，恩爱非常，若是膝下有个孩子就更好了……还有谁家比咱们家更幸福圆满呢？"

裴道珠垂下眼帘，目光不经意落在手里的青瓷小碗上。

有没有可能……萧丞相并不愿意萧衡有孩子？

这个念头冒出来，令她脊背一寒。

她紧紧攥住小碗，稳定了情绪后，才冷静地问枕星："你自幼就在萧府，可是阿姑派你到郡公身边伺候的？"

枕星不明白她为何突然问这个，但还是答道："奴婢是郡公从牙婆那里买的，与奴婢一起进府伺候的还有其他小姐妹，这些年都在郡公的院子里伺候，未曾去过老夫人身边。”

裴道珠微微颔首。

这么说来，枕星该是可以信任的，而且她提起汤药时那副高兴的神情也不似作假。

她抬手屏退房中其他侍女，对枕星轻声道：“你偷偷把这只药碗拿出去，找沈府的府医。药碗里还残留着药汁，让他瞧瞧这药汁究竟是做什么用的。你出去的时候，就说去给我阿娘送些绸缎，莫要叫萧府的人起疑。”

枕星不明白：“为什么呀？难道您不信任老夫人？还是说，府里有其他人想要害您……那今后的饭菜，可要格外注意？”

“饭菜倒是不必……”裴道珠呢喃，“最好是没有，否则……”

否则她真不知道，今后该怎样面对萧府这一大家子人。

枕星的办事效率颇高，才刚过晌午，她就带着那只碗回来了。

她把所有侍女都撵了出去，脸色煞白，因为情绪激动，语调很是尖细：“奴婢实在想不通，老夫人为何要做这种事！这药确实滋补，可里面还添了一味秘药，可以不叫妇人有孕。因为十分温和，所以根本发现不了！”

裴道珠梳弄发髻的手悄然收紧。她盯着菱花镜，贝齿轻轻咬住下唇，脸色一点点褪成雪白。

尽管已经做好了心理准备，然而得知真相的这一刻，巨大的惶恐和无助还是扑面袭来，似是要吞噬掉她。

最疼爱萧衡的老夫人，背地里竟也要对他捅刀子……

究竟是怎样的仇恨，才让一向标榜清白的名门萧家做出这种龌龊之事？

她抬手揉捻额角。

枕星快要哭出来了：“不说世家大族，便是寻常百姓，也是盼着多子多孙的。怎的到了这里，老夫人却对您做出这么可怕的事？这事儿必须告诉郡公，求郡公为您做主！奴婢这就差人去请郡公回家！”

裴道珠及时拽住了她。

“是要告诉他的，只是……”裴道珠看着那青瓷小碗，“该以怎样的方式，告诉他呢？”

枕星也沉默了。

她自幼跟在萧衡身边，知晓他有多敬重萧老丞相和老夫人，直接说出来的话，只怕他未必信，还要怀疑她离间他们感情。

裴道珠垂下眼帘思索片刻，附在枕星耳边一阵低语。

再过三日就是除夕。

萧衡休沐七天，只想趁着北伐之前好好陪陪裴道珠，因此昨夜多与她缠绵了一个时辰。

晨起时，裴道珠伸了个懒腰，软声娇嗔：“昨夜睡得不好，今儿还要早起请安，真是累着我了……”

萧衡坐在床边，一手环住她的细腰，低头吻了吻她的锁骨：“再睡会儿就是。我去跟母亲说你病了，这几日都请不了安。”

裴道珠嗔道：“大早上的说什么胡话？”

萧衡埋在她颈间轻笑，惹得裴道珠也跟着笑起来。

两人正在罗帐里闹着，枕星笑眯眯端着药碗进来：“夫人，老夫人那边过来送药了，您该喝药了……”

她身后还跟着一人，乃是陆家的府医。

枕星介绍道：“这位是刘大夫，乃是陆夫人特意派来的，他对妇人受孕的病例很有研究，您让他瞧瞧，说不定很快就能怀上呢！”

裴道珠脸微红：“前阵子才在宫里说过，没想到谢姐姐这就上了心……劳她费心了。”

她和枕星交换了一个眼神。

她昨夜让枕星悄悄捎话给谢南锦，让谢南锦配合她演出戏。

刘大夫替裴道珠诊脉时，枕星捧着汤药，自豪道：“要说天底下谁家的阿姑最好，那只有咱们府上的老夫人！老夫人比谁都要操心夫人的身子，这一两年来每隔三日都会送调理身体的汤药！”

刘大夫把完脉，面色凝重地捋了捋胡须，呢喃道：“不应该啊……”

裴道珠不解：“可是有什么不对？”

刘大夫问道：“府上的饮食可都经过仔细检查？”

“那可不！夫人的饮食都是小厨房做的，验毒什么的也一日不曾落下，自然是没有问题的。”枕星肯定道。

刘大夫又嗅了嗅空气里弥漫的药香，忽然接过枕星手里的那碗药：“这汤药，可也检查过？”

“这倒不曾……”枕星歪了歪头，“难道你怀疑老夫人？老夫人最疼爱我家夫人不过，才不会害她呢！”

刘大夫不说话，只是满脸凝重地检查起那碗药。嗅闻了片刻，他又尝了一点。

他的脸色愈发凝重。

萧衡察觉到不对，问道："这药可是有什么问题？"

刘大夫拧紧眉头，欲言又止。

萧衡沉声道："有什么问题，你大胆说就是，不必顾忌其他。"

刘大夫这才低声道："药是滋补身子的好药，只是里面还添加了一味别的草药，若是女子长期服用，会导致难以怀上子嗣。因为那味药药性温和，因此很难被发现。再加上这药又是贵府老夫人那边送来的，大家就更不会往这方面想了。"

说完，他便垂下眉眼不再吭声。

寝屋陷入寂静。

裴道珠看着萧衡，他向来喜怒不形于色，然而此刻脸色却阴寒得可怕。

刘大夫不敢久待，行了一礼便准备告退。枕星乖觉地去送刘大夫出府，顺带还给二人捎上了门。

萧衡看着裴道珠。

裴道珠脸色苍白，一手捂住腹部，眼泪大颗大颗地滚落。

她哽咽道："我不知做错了什么，让阿姑这般待我……是我错了，还是你萧玄策不得二老的心，叫他们狠心到连子嗣也不肯为你留？"

"别装了，"萧衡声音极冷，"你早就知道汤药有问题，今日这一出，不过是故意演给我看的。你怕我不信，连陆府的大夫都特意请了来，是不是？"

裴道珠面色一寒，擦去眼泪，反问："那你信是不信？"

萧衡沉默。

信，自然是信的。裴阿难虽然胆大包天，却还不至于敢诬陷他阿娘。

可是阿娘为什么要这么做？

如果阿娘的背后是阿父，阿父为什么要指使她这么做呢？

裴道珠示弱般靠在他怀里，看似温柔，眼底却藏着漆黑寒意。

她软声道："阿姑从不让我插手府里的事务，虽然待我亲和，但更像是对待一位客人。如今又弄出下药这种事……"她眼圈一红，仰头看萧衡，"我不知道你家人究竟是怎么了，但这萧府令我害怕……等你凯旋时，可不可以带我搬回金梁园？"

她不敢直接告诉萧衡他的身世之谜，也不敢告诉他萧丞相根本没把他当亲生儿子。她只能旁敲侧击，提醒萧衡提防府里的人。

她甚至怀疑，萧衡收复疆土之后，会不会因为再无利用价值，沦落到狡兔死走狗烹的下场？

让萧衡提前防备萧丞相，算是她力所能及的事。

萧衡不再如最开始那般抗拒。

他垂眸凝视裴道珠，他放在心尖上的女人此时正轻微颤抖着，带着泪光的丹凤眼更是我见犹怜。

他轻轻抱住她，在长久的沉默后，低声说道："我答应你。"

尽管他很想去阿娘面前质问她为何要下药，可还是抑制住了冲动。

北伐在即，他不能再多生事端。

他闭上眼，心里对这座萧府生了一丝芥蒂和提防。

除夕当日。

因为新帝登基，今年的除夕宫宴格外热闹，不少家眷都获得了进宫参宴的资格。

金殿烛火煌煌，歌舞声声，官员们推杯换盏，空气里弥漫着浓郁的酒香。

裴道珠坐到顾娴身边，摸着两个幼妹的头，忍不住弯起眉眼："又长高了些许，将来说不定比我还要高呢。"

顾娴宠溺地点了点裴桃夭的鼻尖："每日吃那么多，自然长得高。只怕咱们桃夭吃得太多，将来长得太胖，就没有郎君喜欢了！"

世人以清瘦风流为美，裴桃夭脸儿圆圆，瞧着是丰润了些。

裴桃夭扮了个鬼脸："我才不管别人喜不喜欢我，我喜欢自己就好啦！"

"你呀！"裴道珠戳了戳她的脑门儿，又看向裴子衿。

明明是同胞姐妹，子衿却格外文静端庄，她优雅地低头抿了一口果酒，察觉到被她的视线，甜甜地笑了起来。

大殿温暖，果酒醉人，她双颊微醺，像一颗红红的小苹果。

御阶之上，司马长乐静静看了裴子衿好一会儿，忍不住弯起嘴角。

一旁的小太监见状，笑道："沈府的这位庶女仪态风雅，举止端庄，在同龄的女郎里面算是出类拔萃了。再过几年，陛下及冠选秀，该从她们之中选的。只是她身份低微，恐怕不堪为后，当妃子是差不多的。"

选秀……

司马长乐一怔，只觉这个词遥远又陌生。

他轻声道："朕羡慕萧郡公夫妇伉俪情深，一夫一妻便是极好，又何必弄那许多宫妃侍妾？祖宗的规矩也不全然都是对的。"

歌舞渐至高潮。

酒酣耳热之际，裴子衿悄悄离开金殿，打算去外面透透气。

她转过几道游廊，便是园林景致。宫灯映照着夜色，大雪覆盖了花木和卷翘的屋檐，扑面而来的冷风令人很是舒服。

“你也在这里？”

身旁边响起内敛温润的声音。

裴子衿一惊，偏头望去，才看见司马长乐竟然也在这里。

她连忙屈膝行了一礼：“给陛下请安。”

司马长乐扶起她：“你我何必拘礼？”

裴子衿悄悄瞅他，见他面色温和一如往昔，不觉减轻了许多害怕和敬畏。

她软声道：“陛下也是出来透气的吗？”

司马长乐点点头：“里面聒噪，我不太喜欢。瞧着歌舞升平的，还以为如今是太平盛世，可高枕无忧。可过完年，萧郡公就要率军北上，战争结局如何，朕实在忧心。”

裴子衿从未经历过战争，也不知战争是什么样。但大约是十分残酷的。

她想了想，忽然踮起脚尖，抬手抚平少年眉宇间的惆怅：“那是将来的事了。陛下今夜还是开心一点，今夜是过年呀！更何况，陛下是最仁德的天子，上苍一定会庇佑您的！”

小姑娘的手温软细腻，司马长乐听着她的话，满心的忧虑忽然消失殆尽。

临近上元节，成郦城愈发热闹起来。

到上元夜时，整座城的灯火彻夜不息，各式花灯令人眼花缭乱，载着巨大灯笼的楼船缓缓驶过秦淮河，引得岸边的孩子们忍不住跟着奔跑欢呼。

良辰美景，正该是谈情说爱的好时候。

一艘精致的画舫缓缓从拱桥下方经过。

画舫里弥漫着酒香。

萧衡怀抱三弦琴慵懒地坐在竹垫上，修长而骨节分明的手指拨弄过琴弦，那乐音平静如水，衬着沿岸的热闹和喧嚣，有种大隐隐于市的洒脱。

裴道珠隔着矮案与他对坐，白嫩的指尖捏着一只青瓷小酒盏，她双颊酡红，显然是喝多了。

她半垂着长睫，余光始终落在萧衡的手指上。过了一会儿，她放下酒盏，轻轻握住他的手。

乐音停了。

萧衡抬眸望向她。

裴道珠凝视他半晌，才轻声道："明日，你就要率军出征……到了战场上，这双手就再也不能弹琴，它要握起刀剑，要沾上血腥和人命……"她突然笑了一下，"然而，这是你的宿命。"

如同梦境中他踏破洛阳城那般，这一次，他也会化作南朝最锋利的宝剑，以一往无前的姿态，狠狠刺穿敌寇的咽喉。

裴道珠膝行上前，抬手环住他的脖颈，亲吻他的下巴和嘴唇："萧玄策，我会等你回来的……"

萧衡默默扣住她的后脑，眸色深沉晦暗，慢慢加深这个吻。

矮案上的酒菜都已经凉透，酒盏倾倒，珍贵的酒液顺着桌案滴落，染湿了两人的袍裳。

裴道珠忽然狠狠一口咬在萧衡的肩膀上，泪水悄然无声地从眼角滚落。

"我很快就会回来，我保证……"萧衡低头亲吻她的眉心，哑着声音约定。

画舫缓缓朝下游驶去，直到城南深处，远离了一切喧嚣热闹。挂在船边的一排流苏灯笼摇摇晃晃，竹帘被风吹动，隐约可见两道缠绵悱恻的身影。

成郸城内，无数即将奔赴战场的郎君都在和家人辞别。等到夜渐深，上元夜的灯火也逐渐熄了。

满城静谧，只余下若有似无的吹笛声和天上一轮圆圆的月。

清晨。

画舫漂浮在湖泊深处，寒风吹进竹帘，略有些凉意。

裴道珠在软榻上慢慢睁开眼。她伸手摸了摸，榻上果然只余自己一人，也已没了他的温度。

他上战场去了……

裴道珠缓缓坐起，揉了揉额角，继而平静地整理衣衫和发髻。

枕星带着侍女们乘坐另一艘画舫找来时，裴道珠已经穿戴齐整，坐在船尾发呆。

枕星连忙扶起裴道珠，把她接到那艘画舫里："郡公可是走了？"

裴道珠颔首："走的时候大约天还没亮，我宿醉未醒，未曾察觉。"

枕星伺候她用早膳，见她面色平静，不禁好奇："您就没有舍不得郡公吗？"

裴道珠低头喝粥："又不是回不来了，怎么会舍不得呢？"

看似冷静自持地说着话，尾音却带上了一丝哽咽。泪水悄然滑过脸，落进米粥里。

那个人，总有办法把她惹哭。

就在萧衡北上之际，洛阳城内。

虽然刚过上元节，因为皇帝病重，宫中一片萧索冷清。

正是乍暖还寒的时候，来往宫人穿着厚厚的袄子，端着托盘的手冻得轻微泛红。

两名宫女端着茶托，往游廊尽头的一座书房走去。

其中一人小声道："国师闭关这么久，总算是出来了……陛下病重，若是国师肯出手相救，定然能保陛下无虞！"

"说来也怪，国师每每闭关，短则一年半载，长则三五年，也不知在做什么。"

"你真傻，国师这种大人物，做的事岂是你我能够想得到的？我猜大概是修仙炼丹，或者为国祈福之类的吧！"

两人进了书房，小心翼翼地放下茶点，恭敬地退了出去。

书房深处。

国师相家谋坐姿随意，虽然已是中年，可一袭天青色道袍却衬得他颇有几分俊秀风流，姿容仪态并不输年轻郎君。

元承坐在他对面，冷淡道："御医前些日子说，父皇撑不过冬天，可如今天气转暖，他仍旧还未驾崩……"

相家谋笑了两声，道："听殿下的口气，是等不及想让陛下驾崩？"、

"他纵容嫔妃害死本宫的母后，又纵容其他皇子屡屡欺凌羞辱我，若非老师和皇叔帮衬，我根本活不到今日。"元承垂下眼帘，随意拣起棋盘上的几枚棋子，"如今朝廷大权已经被我掌控，他是死是活又有什么重要的？"

"所以……殿下今日来找臣的目的，是让臣袖手旁观，不救陛下？"相家谋笑了起来，"这可是大罪。"

元承冷眼以对："老师手眼通天，还怕获罪吗？"

"不过是与你说笑罢了。一个没用的废物，死了也就死了，谁又在意他的死活？"相家谋轻抚茶盏，"当务之急是如何对付萧衡。听闻他已率兵北上，这一战势必艰难。"

"老师有何良策？"

"从前萧衡并无软肋，如今却是有了。"

"老师的意思是……裴道珠？"

"我一早便要你南下时趁机杀她，可你却贪图美色舍不得下手。如今，把

她抓来洛阳倒是正好。既能叫你了却心愿，又能牵制萧衡。”

元承想起裴道珠的容色，不禁挑了挑眉。

相冢谋接着道：“萧衡身在军营，必然无暇顾及裴道珠。恰好我在成邺还有些人手可以利用，趁没人防备之际，把她掳来洛阳应当不成问题。”

坐拥江山固然很好，可美人的温柔乡那也是极好的。

元承笑道：“那本宫就等着老师的好消息了。”

他起身朝相冢谋略微行了一礼，便出了书房。

扑面而来的风透着冷。

元承嘴角的笑容消失殆尽，他面无表情地盯着前方：“那个女人说得不错，相冢谋确实有问题，去查。”

暗卫恭敬地施了一礼，随即消失在殿檐下的阴影里。

元承拂了拂衣袖，抬步走下汉白玉台阶。一辆奢贵华丽的金色轿辇停在台阶下，四面垂着厚重绸布。

元承进了轿辇，端坐在里面的黑衣女子束着高高的马尾，捏着盛满美酒的白瓷小盏，正怡然自得地浅斟慢饮。

听见他进来，女子抬起眼帘。

她的容貌与裴道珠有四分相像，只是眉宇间的弧度更锋利些，像是一朵长满荆棘的花，瞧着便觉危险，容不得丝毫亵渎。

正是裴道湘。

她似笑非笑道：“太子殿下可见着他了？”

元承与她隔着三尺远坐下，冷冷道：“你说相冢谋以国师身份游走于两国之间，把两国的天子和权贵都玩弄于股掌之间。今日他说在成邺有一股势力，然而仅凭这个，无法佐证你的说法。”

“那是当然。太子殿下只管派人去查就是，世上没有不透风的墙，凭殿下的本事，总能查到端倪。若他当真如我所言，有意挑起两国争端，以毁灭天下为目的，还望殿下严惩，叫他再不能作恶。”

马车驶过宫巷，朝东宫而去。

裴道湘掀开窗帘，见外间天色已晚，回眸朝元承一笑：“我还有别的事要查，就不在殿下这里耽搁工夫了。”

元承略一颔首，目送她像只燕子般轻巧掠出马车。

前几日，这个女人突然出现在他面前，告诉他相冢谋并非表面上那么简单，他的目的不是帮助北国，而是毁掉整个天下。他自然不肯全信她，因此才有了今日对国师的试探。

可结果……

国师自称常年闭关，却在成邺有着自己的势力，对成邺那边的局势更是一清二楚，仿佛亲身经历一般。

元承摩挲着玉扳指。

等父皇驾崩，他就是洛阳的新帝。新帝理应掌控一切，哪怕国师是从小教导他的老师，但只要他敢背叛北国，他便绝不会放过！

……

临近清明时节，江南细雨纷纷。

栖玄寺内。

枕星掩上禅房的窗户，把窗台上的一瓶淡粉杏花抱进屏风后："为了给郡公祈福，咱们在栖玄寺住了好久。今儿春雨绵绵，想来热闹的春天是真正到了。不过晾在后院的衣裳就遭殃了，明日还得重新晾晒……夫人还在写信吗？"

禅房中颇有些昏暗，裴道珠点了一盏青纱灯，伏在矮案上写字。

她抬头看了眼枕星抱进来的那瓶杏花。花枝修剪得宜，花瓣和叶片上果然残留着好些雨珠。

她笑了笑，提笔舔墨："他走了这么久，我只寄出去一封书信，今儿算是第二封……只是写什么，我却有些犯愁。"

鸡零狗碎的小事，她不愿意写。情情爱爱之类的话，她也是不愿意写的。

枕星想了想，托着腮在她对面坐下："不如就告诉郡公，江南的杏花都开了，请他明年的这个时节一定要与您一起赏花！"

裴道珠忍不住笑了："这个主意不错。"

宣纸洁白，一个个簪花小楷跃然纸上，一笔一画都是相思情意。

终于写完了，裴道珠吹干信纸，仔细装进信封。

她略加思索，从那只白瓷花瓶里折下一枝杏花，放在鼻尖下轻嗅："虽然寄到江北时，这杏花必定已经枯萎，但还是想寄给他。"

枕星忍不住打趣："夫人和郡公真是羡煞旁人！"

裴道珠娇嗔般睨她一眼。

窗外的山雨渐渐大了，禅房的光影更暗了下来。

裴道珠打了个呵欠，揉了揉额角："我竟有些困了……"

枕星跟着打起呵欠："许是中午吃多了吧，寺里的斋饭真是美味，尤其是那两盘野菜，也不知怎么做出来的，比府里的还要鲜嫩可口……"

主仆二人说着话，先后趴伏在矮案上，昏睡了过去。

禅房门窗紧闭，那一瓶杏花静静绽放，花叶上残留的露珠悄无声息地蒸发到空气里，不知在何时弥漫出浓郁而诡异的甜香，逐渐充斥了整座禅房。

过了片刻，忽然有人推门而入。

一个身穿花神教道袍的男人径直绕到屏风后，毫不犹豫地抱起裴道珠，迅速离开了禅房，消失在黢黑的茫茫雨雾之中。

……

大半个月后，洛阳。

裴道珠醒来时，只觉头痛欲裂。她揉着脑袋，想要坐起身，可四肢却使不上力。

她望向帐外，这里是一座奢靡精致的寝屋，妆镜台和其他家私一应都是金丝楠木的，床柱上还雕刻了繁复漂亮的云龙纹。地砖是尊贵的浅金色，铺着一块块质地柔软的毯子，毯子上织钩着圣洁无瑕的雪莲花纹。

雪莲花纹……裴道珠眯了眯眼。

只有皇族才有资格使用云龙纹，而雪莲花乃是胡族的信仰之花，一贯被北国皇族使用。

所以……这里该是北国皇族的地盘。

许是长时间未曾清醒和进食，她眼前一阵阵发黑。

一道低沉的笑声忽然从帐外传来。

元承撩开帐帘，居高临下地欣赏榻上的美人："裴姑娘，好久不见。把你弄来洛阳着实费了本宫好大的心思……瞧你这副模样，怕是因为沿途服食丹药过多……若是被丹药弄坏了脑子，那可真是本宫的过错了。"

裴道珠有些恍神，隐约记起自己似乎是被人偷偷劫持到洛阳的。她被装进货箱，为了不让她醒来又为了让她续命，一路上都在被喂食各种各样的丹药。

现在，她落到元承手里了……

裴道珠脸色苍白，直视面前英俊却狠戾的男人，因为长时间未曾开口说话，声音很是沙哑："你想利用我对付萧玄策？堂堂北国皇太子，也会做出这么龌龊的事？"

面对裴道珠的指责，元承笑出了声。

他肆意欣赏着她的美貌，犹如欣赏自己的藏品。

他轻嗤一声，漫不经心道："本宫是怎样的人，你不是早就领教过了吗？又何必多问。好好在这里待着，很长一段时间——不，或许你的余生，都会在这座宫殿里度过。本宫还有政务要处理，等你过几日恢复了身体再来宠幸你。”

他放下帐幔，转身离开了寝殿。

裴道珠回忆着。她是在栖玄寺被劫持的，昏迷之前隐约嗅到了浓郁的甜香。

是那瓶杏花有问题？

她暗暗喟叹，这下还不知道会给萧玄策带去怎样的麻烦。

……

与此同时，江北。

萧衡的军队已经渡过大江，驻扎在江北沿岸。江水滔滔，雾气蒙蒙，军营周遭的一切仿佛都湿漉漉的。

军帐内。

萧衡坐在矮案后，拆开一封密信。密信经过特殊处理，经过蜡烛火烤，才慢慢呈现出山川城池的舆图——

竟是洛阳及周边的军事布防图。

问柳伺候在侧：“又是从洛阳城里秘密传出来的，也不知那奸细是什么来历，竟然连这种机密的东西都能弄到手……不愧是相爷亲自培养出来的，果然厉害！”

萧衡盯着舆图，谨慎地把所有内容都记下以后，才烧掉那张图：“我从前也不知阿父还在洛阳城安排了奸细。北国皇族虽然残暴无道，却极其聪慧，能够瞒天过海留在洛阳城中探听机密，那奸细必定不是常人。”

“等战事结束，您倒是可以见见他。”问柳笑了起来。

主仆二人正说着话，外面忽然传来骚动。

一个蓬头垢面的女子钻进营帐，哭着跪倒在地：“主子！夫人、夫人她不见了！”

问柳认出了女子：“枕星？！你怎么会在这里？夫人怎么会不见了？”

枕星一把鼻涕一把泪，把事情说了一遍：“……等奴婢醒来的时候，夫人就不见了，想必是被贼人掳走了！事关名节，奴婢不敢声张，只好偷偷告诉沈大人。可是沈大人翻遍了成邺，也没能找到夫人！奴婢实在无法，想着夫人会不会是被北国人劫持了，因此来向主子求救！奴婢照看不周，求主子责罚！”

萧衡面无表情。

枕星想起什么，从怀袖深处掏出一封信和一枝干枯凋零的杏花：“这是夫人给您写的信，还有这枝杏花，也是夫人打算寄给您的……”

她声音越来越小，到最后几乎不敢抬头去看萧衡的脸色。

萧衡声音沉冷："自己下去领罚。"

对枕星而言，这已经是很好的结果了。她哭着行过礼，下去领罚。

萧衡拆开信，信上那一手簪花小楷他很熟悉，是她的字迹。

纸上只寥寥数语，称江南的杏花都开了，问他明年这个时节可否能与她踏青赏花。

萧衡拿起那枝枯萎的杏花，放在鼻下轻嗅。然而杏花早已没了香气。

既然翻遍了成郸城也没能找到人，那必定是外面的人干的。

有本事把裴阿难从成郸带出去，只怕只有手眼通天的元承了。

花枝在他的掌心逐渐扭曲折断，直到化作齑粉。

气氛正紧张时，一名心腹进来，恭敬地呈上一支发簪："北国那边派了信使来，自称是皇太子的侍卫，来给主子送这支发簪……"

点翠描金的发簪，款式简单而优雅。

萧衡只看了一眼，便认出这是裴道珠的东西。

问柳的脸色顿时变得十分难看："夫人果真落到了元承那个狗贼手里！要不、要不卑职带些人偷偷潜入洛阳，救出夫人？"

萧衡握着发簪，声音沉了几分："元承送这根簪子，无非是想告诉我裴阿难在他手里，让我不要轻举妄动。既如此，暂且如他所愿就是，且看看他后面还会玩出什么花样。"

"可是……主子不担心夫人的安危吗？"问柳急道，"元承居心叵测，只怕夫人会有什么三长两短。不过您说得也对，若是贸然行动，只怕会让夫人的处境更加糟糕……"

萧衡笃定道："她不会有事。"

起初他心底是十分慌张的，可是与她携手走了这么久，他知晓她无论是心机还是心态，几乎都是顶尖的，能难倒她的事似乎没有几件。

这次，也不例外。

思及此，他吩咐问柳："传令下去，挂免战牌，所有将帅不得擅自出战。"

与此同时，洛阳城内。

经过几日休息，裴道珠逐渐恢复如常。她被安排在东宫一处名为幽兰苑的小院里，把守森严，并没有逃出去的机会。

然而她知道自己对于元承的价值，也没打算逃。她醒来后去过最远的地方，也不过是去幽兰苑后院墙下溜达了一圈。

而元承忙于前朝战事，这几日也没有来过。

如此过了几日，裴道珠忽然想起一个人。

她唤来一名侍奉她起居的小宫女，从腰间取下一枚玉佩："你可认得这个？"

侍女瞧见那玉佩上的刻字，立刻笑道："这是公主的信物玉佩！姑娘可是有什么要紧事见公主？"

裴道珠取出的那枚玉佩，正是元栩栩亲手送给她的。她觉着玉质通透好看，因此常常戴在身上。

裴道珠颔首："我想见见她，不知能否如愿？"

"姑娘若是使唤别的宫女，自然是不成的。可奴婢是公主的人。"小宫女眨巴了一下眼睛，"姑娘运气真好。"

当晚。

寝殿屏风后置着木雕浴桶，热气氤氲。裴道珠正惬意地泡澡，忽然被一双温凉的小手捂住了眼睛。

"裴姐姐，你猜我是谁？"

裴道珠弯起唇："公主殿下……"

"哎呀呀，被你猜出来啦！"元栩栩放开手，绕到浴桶前，"这么久没见，裴姐姐仍旧美貌如初，令人倾倒！"

她说着话，眼睛还不规矩地往水里瞄。

裴道珠抚了抚水面上的花瓣，状似无意地遮挡住她的视线。她见元栩栩穿着夜行衣，便知道她是偷偷摸摸进来的，可见元承对她的看守实在很严，竟连元栩栩也不得随意进入。

她道："今夜请公主来，一则是故人相见亲近一番，二则是想求公主一件事。"

元栩栩眉目灵动，笑道："裴姐姐如今是东宫的金丝雀，定然是想求我帮你逃出去？只可惜皇兄把幽兰苑看得很严，我也没办法带你走呢！"

她来回踱着步，不知想到什么，忍不住瞅了裴道珠一眼。

热雾里的女子唇红齿白，肌肤沁雪，肩颈曲线优雅而窈窕，美得宛如神明。

她跟着皇兄，不过是将来在宫里做个妃子。可是妃子有什么用呢，不过是玩物罢了。

真想把她当作珍宝，藏进自己的私库！

元栩栩眼中露出一丝狡黠，弯起眉眼："真想逃的话，也不是没有办法……"

浴桶里的水逐渐凉透。

元栩栩已经走了。

裴道珠漫不经心地擦干身子，没叫宫女进来伺候，穿上一件轻薄柔软的寝衣。

她知道元栩栩对她的心思，今夜的事不过是她刻意为之。元栩栩肯帮她，那就再好不过。

外面突然传来嘈杂的声音，其中隐约夹杂着不少女子的娇语。

她淡淡问道："外面在闹什么？"

一名小宫女低着头进来禀报："东宫里的其他姬妾得知幽兰苑多了一位美人，便想来拜访您。"

裴道珠挑了挑眉。那群姬妾大约是把她当作了元承的新宠，想瞧瞧她是怎样的人物。她没把她们放在心上，整理过仪容，便安心思考元栩栩提出的计划。

幽兰苑外。

姬妾们聚在门外，见侍卫死活不让她们进去，只得暂且作罢。

一个年轻女子不屑道："也不知是什么来历，竟被保护得这般严实！想当初冯姐姐刚来时，被殿下万般宠爱，也不曾有这种待遇！"

一个美人闻言立刻胯下脸，正是冯姬。

她身姿高挑，生得高鼻深目，微卷的褐色长发披散在腰间，穿着水蓝色薄纱长裙，露出一截蜜色手臂，手臂上戴满了各式各样的黄金手钏，显得风情万种。

她翻着白眼道："一时新鲜罢了，有什么了不得的？等殿下厌倦了，不过是跟那些冷宫弃妃一般下场。听说还是个卑贱的汉人，呵，她也配得宠？走着瞧！"

她说完，眼里闪过凶光，很快带头离去。

东宫里多了一位美人的消息不胫而走。宫人们对裴道珠的身份议论纷纷，只是谁也猜不出她究竟从何处来。

"听说是一位倾国倾城的大美人！"宫女神秘兮兮地对小姐妹咬耳朵，"就算是冯姬，也比不上她半分美貌！"

小宫女稀罕："世上当真有那么美的人吗？"

"好像是个汉人女子，生得冰肌玉骨，娇美窈窕，自然与咱们不同。"

两人往游廊尽头去了。

阴影处，萧野抱着长剑，安静地靠在廊柱上。

他穿着穆王府的细甲，头戴暗金色狻猊兜鍪，兜鍪前的半片金属镂花面甲遮住了他的上半张脸，只露出润红的薄唇。

“东宫里的美人……”他摩挲着剑鞘，想起萧衡给他传来的密信。信上说，裴道珠被元承劫走了。

那东宫的美人会是阿难吗？

他不动声色地压了压镂花面甲，朝另一侧走去。

因为皇帝病重，随时都可能驾崩，朝臣们都守在宫中。到夜深时分，宫中仍然灯火通明，犹如白昼。

一道矫健的黑影掠过宫殿屋脊，趁着月色往东宫方向而去。

幽兰苑的灯火已经熄了，只剩寝屋的屋檐下挂着两盏青灯。

花窗里透出些微橘黄光影，依稀可见清瘦窈窕的女子正坐在书案边。

黑影屏息凝神，避开暗处的守卫，宛如清风般顺着敞开的后窗进了寝屋。

清风泛起书页，烛火簌簌摇曳。

裴道珠按住宣纸，回眸望去，后面是一扇描金屏风，并没有什么异常。

收回视线时，她敏锐地注意到屏风一侧投落在地面的影子——

有人悬在房梁上。

她握笔的手紧了紧，随即假装无事地收拾整理好书案。

她往屏风后的床榻走去。走了两步，她突然仰头：“谁在那里？！”

房梁上蹲着一个人。

四目相对，即便对方脸上蒙了黑巾，她也一眼认出了那熟悉的眉眼。

“萧玄策？你怎么会在这里？！”

黑影人蹙了蹙眉。

裴道珠只怔了一瞬，立刻道：“你不是他，你是——”

黑影人纵身而下，及时捂住她的嘴。

案台上的烛火被风吹熄。

裴道珠泛红的眼尾犹如一瓣桃花。她推开黑影的手，连声音都在发颤：“你是……玄策哥哥？”

那人沉默。

“我不明白……在成郫的那两年，你为什么要骗我？为什么要用‘萧玄策’这个名字接近我？为什么又突然消失得无影无踪？”

不知过了多久，那人才轻轻开口：“情非得已，抱歉。”

“你一句情非得已，就能把过往一笔带过吗？”裴道珠推开他，“你和萧衡生了同样的容貌，却像是活在暗中，不能见人似的！如今又莫名其妙出现在洛阳，我不明白！”

“我叫萧野。”那人慢慢摘下了黑巾。

裴道珠凝视着他与萧衡相同的容貌，忍不住捂住嘴：“你也姓萧，你和他……”

“是手足，是兄弟。”萧野扯了扯薄唇，笑了一下，“故事很长，却无法对外人道。我今夜过来只是想确定东宫里的美人是否是你，你又是否安好。”

“为何不能对外人道？”裴道珠蹙着眉，“我有足够的时间听你说，也不会愚蠢到把你们的秘密泄露出去，所以你对我有什么隐瞒的必要？”

说不生气，那是假的。这个看似温润如玉的男人，竟然从一开始就在骗她！亏她当初拒婚时愧疚了那么久！

面对她的质问，萧野仍旧选择了沉默。

裴道珠围着他走了一圈，自己试图分析：“你们是双胞兄弟，可我却未曾听他提起你，萧府也完全没有你存在过的痕迹……所以，萧丞相把萧衡养在明面，而你则被养在黑暗里。你身处北朝皇宫，看起来对这里的地形很熟悉，你是被萧丞相放在这里的一枚棋子，也是所谓的间谍，对不对？”

萧野挑了挑眉，没有承认也没有否认。

裴道珠缓缓落座，望向萧野的目光又复杂两分。

无论是萧衡还是萧野，似乎都不知道他们并非萧丞相的亲生骨肉。他们在为仇人做事，他们要为了萧丞相，倾尽毕生之力覆灭北朝。

为什么偏偏是北朝？

一个恐怖的念头如电光火石般掠过裴道珠的脑中。

萧衡和萧野比江南人更加高大的骨架，更加深邃的眉眼，更加挺拔的鼻梁……

难道说他们是北国人？！

萧野见她出神，没有多问，只是蹲下温柔地为她整理裙裾。

“过去骗了你，我很抱歉。”他的声音像是南国的春水，“我记得邂逅你的那一天，正是江南杏花烟雨的时候。你穿着碧罗裙，撑一把纸伞，蹙着眉徘徊在细雨蒙蒙的秦淮河畔。只一眼，我便心动了。于是我不顾禁令，借用玄策的名字上前与你说话。与你在一起的日子，你不知道我有多么开心。只是我还有更要紧的事情去做。舍下了你，我很抱歉。没能保护好你，是我不好。”

他薄唇似有笑容："后来得知你和玄策大婚，我很欢喜。他那个人……嘴硬心软，又向来护短，定然是能护你周全的。"

带着最后一丝眷恋，他慢慢收回了手，起身深深凝视年少时爱慕的姑娘，最后转身消失。

月光澄澈无瑕。

裴道珠闭上眼，此刻头脑竟然意外的清明。

如果萧衡和萧野是北朝人的血脉，那么他们的双亲定然不是普通百姓，很有可能是与萧丞相有过节的当朝权贵。

只要查清二十年前谁家丢了一对双胞胎，萧衡和萧野的身世岂不就明了了？

次日清晨。

元承难得抽空来幽兰苑。

裴道珠正当窗理云鬓，纤白的小手拈起一颗珍珠耳坠，温柔地戴在耳珠上，侧颜娇艳如花。

元承笑了，都成了他的笼中雀，却还能如此从容精致，不愧是裴道珠。

看了半晌，他伸手碰了碰裴道珠耳间的珠坠，指尖沿着她的耳垂一路往下，轻抚过娇嫩白腻的细颈，本欲朝纵深处去。只是不知想到什么，他又轻嗤一声，收回了手。

他讥讽开口："萧衡，区区士族子弟，何德何能把如此绝色收进府中？天下绝色，合该藏进我东宫。从最开始，你就该是本宫的。"

裴道珠按捺住心底的鄙视和嫌弃，起身朝他仪态万千地施了一礼。

她柔声道："我虽不喜殿下，却也知道如今自己寄居东宫，事事都需要您的照拂才能活下去。既来之则安之，我不会愚蠢到自不量力逃跑，还请殿下放心。"

元承慵懒落座，随手端起宫女呈上来的酪浆："你弄这一套说辞，究竟意欲何为？直接开门见山吧。"

裴道珠款款上前，为他点上一炉龙涎香，声音比水还要温柔："幽兰苑无趣至极，这几日除了读书练字，再无别的事可做。我与公主乃是旧识，我想请公主来幽兰苑，不知殿下能否应允？"

元承屈指叩击着桌案。

元栩栩是他亲妹子，不可能做出不利于他的事。更何况他存着把裴道珠永远留在洛阳的念头，让她提前和妹妹打交道，算不上什么坏事。

他道："允了。"

裴道珠没想到他这么轻易就答应了，立即绽开一个笑容：“多谢殿下。”

一个小宫女进来询问元承是否在幽兰苑用午膳，又道：“冯姬派了宫人过来，说特意为殿下准备了您爱吃的羊羹，请您赏个脸。”

裴道珠本以为元承会拒绝，没想到他却一口应承：“许久未曾吃过羊羹了，过去瞧瞧吧。”

他起身要走，余光瞥见裴道珠发怔的目光，轻蔑地笑了：“你把本宫当什么了？本宫喜爱美人，却更爱心甘情愿的美人。来日方长，你总归会成为本宫的女人的。”

说完，径直扬长而去。

裴道珠挑了挑眉。这色胚，还挺讲究。

讲究才好，他讲究了，她才不会吃亏。

午后，元栩栩就过来了。

她兴奋得很：“裴姐姐，你是怎么劝服皇兄的？他肯让我来见你，也不怕我拐走了你！”

裴道珠设了精致的茶点，示意元栩栩坐，闲聊般打开了话题：“他知道我在这里无趣，才肯放你进来。往后的一段时日，我怕是要待在洛阳了。你与我说说这朝中的贵人们吧？免得将来我不知规矩，得罪了他们。”

“这话真不像是裴姐姐能说出来的。”元栩栩把玩着小辫子，眼里尽是狡黠，“裴姐姐是想探听什么消息吧？”

裴道珠也懒得瞒她，给她递了一块乳酪糖糕：“纵然我探听到什么消息，也传不出去不是？更何况，世家权贵的家长里短也算不得什么机密吧？”

元栩栩歪了歪头：“这话不假，朝廷机密、军事布防一类的机要，我定然是不能与你说的。但家长里短、鸡毛琐事却可以谈一谈。裴姐姐想听哪家的八卦？”

裴道珠垂下眉眼，挽袖斟茶。

洛阳不兴吃茶，这两块茶饼是元承花重金从南方商人那里收购的，她吃着味道还不错。

她端起茶盏，在氤氲的热雾中吹了吹茶汤，抬眸时凤眼流光溢彩：“后宅，子嗣。”

“能不能具体些？”

“听闻你们也讲究家族血统，那洛阳的高门大户也都很重视嫡子吧？若是嫡子生病夭折，又或者失踪不见，会立庶子为继承者吗？”

“裴姐姐净说废话，嫡子都没了，不让庶子继承，难道要断掉一族香火吗？”元栩栩笑了起来。

片刻后，她又正经道：“不过也有例外。像我皇叔吧，他年轻时爱上了一个汉人歌姬，力排众议娶她为妃，他们有了一对双胞胎，只是不知怎的，那对兄弟生下来不久就和王妃一起失踪了……这些年皇叔派出不少暗卫搜查，始终一无所获。”

过去的所有疑惑，在这一刻似乎都得到了解答。裴道珠低着头，捧着茶盏的手忍不住轻轻发抖。

萧老太爷死在北国铁骑之下，萧丞相为了复仇，偷了北国穆王爷的双胞婴儿，把他们抚养长大，教他们各种本领，目的就是让北国皇族自相残杀。

怪不得萧衡和元承的容貌略有相似，原是因为他们身上流着同一种血！

现在，萧衡正在率兵攻打他自己的母国，萧丞相筹谋二十年，等的正是这一刻吧？等将来事成，萧衡又会落得怎样的下场？

元栩栩观察到裴道珠不对劲，不禁好奇：“裴姐姐，你怎么了？”

裴道珠回过神，按捺住心中的震撼，捋了捋碎发：“难道是王妃并不爱穆王爷，所以带着孩子偷偷逃走了？”

“怎么可能？！”元栩栩笑了起来，“我虽未曾亲眼见过，可宫里的老人们都说皇叔和王妃感情极好，哪怕王妃出身低微，皇叔依旧疼她爱她，而且这些年都未曾再娶呢！偷偷告诉你哦，我听说王妃容色倾城，歌喉尤其曼妙……”

她把听来的那些八卦尽数告诉了裴道珠。

裴道珠心不在焉地听着，忽然问道：“歌姬出身？她叫什么名字？”

“我也不清楚，好像姓白。”

姓白的歌姬……裴道珠心中立刻浮现出一个名字——

白乐漪！

白乐漪，原是陇西李氏送去成郧的奸细，却在进入萧家之后莫名其妙断了所有联系。她消失了数年，再出现时失去了记忆，后被崔元捡回家成了他私藏的娇妾。再之后……有了崔慎。

“啪！”裴道珠手中的茶盏跌落在地。她慌忙俯身收拾，被元栩栩握住了手。

元栩栩唤来宫女收拾地毯和茶盏，牵着裴道珠进了屏风后。

她替裴道珠挑了一套罗襦裙，帮她仔细换上：“裴姐姐怎会如此失态？莫非认识那位姓白的歌姬？”

“二十多年前的人，我怎会认识？”裴道珠否定，“刚刚茶太烫，手抖了一下。”

元栩栩自然是不信她的话，只是她知道自己也查不出什么，否则皇叔早就把穆王妃带回洛阳了。

她不再想这些陈年旧事，只认真道：“等皇兄继位，定然会比父皇严厉百倍，我也会被皇兄逼迫着嫁给不喜欢的臣子。裴姐姐，你我约定好中元节那日逃跑，可一定要算数呀！”

中元节那日，宫中会有各种各样的热闹活动。趁着人多混乱偷偷逃出宫去，是再好不过的选择。

裴道珠点点头：“你放心就是。”

元栩栩走后，裴道珠陷入了深深的沉思。

如果她的所有猜想都是正确的，那么崔慎其实就是萧衡同母异父的弟弟。

萧衡逼死了自己的弟弟……若是将来他知道真相，会不会崩溃？

至于萧丞相……萧衡又该如何面对这个策划这一切的“父亲”呢？

裴道珠垂下头，把脸埋进掌心。脑海中无端浮现出梦境种种。

北国覆灭，萧衡成了最大的功臣。她被萧衡安置在别院，虽然很少出门，却也知道萧衡权倾朝野，地位显赫。

可是萧丞相怎么会允许一个外人执掌南国的政权？

她又想起了除夕夜自己落水而亡的那个结局。该是身处怎样的绝境，才会促使她做出跳水自杀的决定？

身处洛阳最艰难的那十年，她挺过来了。给萧衡做外室的屈辱，她也挺过来了。她裴道珠怎么会那么不爱惜性命呢？

她双眉紧蹙，努力回想梦中的细节，脑袋忽然一阵阵泛疼。

一个苍老而熟悉的声音如闷雷般在脑海里响起——

今夜除夕，他是要与你守岁的。他信任你喜欢你，这杯毒酒，你拿去给他喝了罢。

为什么要让他死？他根本不是萧家子嗣，他身上流着胡人的血！他自然该死！

裴道珠，只要你亲手送他上路，本相会为你正名。不仅帮你免去祸国妖妃的骂名，还会让裴家重新位列世家！否则……你该知道本相的手段！

萧允威逼利诱的嘴脸，逐渐浮现在眼前。

她想起来了，她都想起来了！

谨慎如她，怎会在除夕夜独自出去？是萧允派人请她去萧府的！

那时她对萧衡的感情很复杂，可最终拒绝了萧允的毒酒。

可她低估了萧允的狠辣。她提着灯笼独自走在秦淮河畔，被萧允派出的刺客推进水里灭口，又伪造出了自杀的假象。她毕竟知道了他的秘密，他自然不会让她活着。

云翳遮住了太阳，西窗下，裴道珠慢慢闭了闭眼。

第27章

洛阳宫中，皇帝病重，战事因此耽搁了下来。

而萧衡因为要确保裴道珠的安危，所以始终高挂免战牌。

两军僵持之际，中元节渐渐临近。

裴道珠虽然被关在幽兰苑，却也能通过进进出出的宫女们知道许多新鲜事。比如大罗寺和小罗寺的高僧们进了宫，要为天子祈福，可天子日渐病入膏肓，怕是时日无多了。

裴道珠听着热闹，轻摇团扇，瞟了眼案台上新摆的燕窝羹："平常送来的都是血燕窝，今儿怎么是白燕？"

白燕窝的品质是远远不及血燕窝的。

宫女尴尬地讪笑着，小心翼翼地回答道："东宫里其他姬妾吃的都是白燕窝，只姑娘这里是血燕。冯姬昨儿理账时发现了，便不让小厨房再给您送血燕。"

因为东宫没有太子妃，一切庶务都交由冯姬打理。

裴道珠眼底掠过算计，她示意宫女退下，又打发另一名宫女去请元承。

元承黄昏过来时，见裴道珠一袭白罗裙，鸦发梳成高髻，半点儿钗环也无，坐在绿纱窗下，清幽高洁不可亵渎。

他走近了，淡淡道："今儿倒是有雅兴，竟然请本宫过来。怎么，可是想通了？"

说完，他才发现裴道珠眼圈绯红，丹凤眼里蒙着漉漉水光，竟像是哭过一般。

他心底涌出一阵烦躁，环顾四周宫女："可是被欺负了？"

裴道珠垂下长睫："我虽出身落魄，却也是娇养长大的。嫁给萧衡的那两年，更是高床软枕、锦衣玉食，从未受过委屈。如今到了殿下的东宫，却只能吃些次品……殿下口口声声说爱我，难道这就是殿下的爱吗？"

元承看见了桌上冷透的燕窝，是寻常白燕窝。

他记得他吩咐过，幽兰苑要提供血燕。恐怕是冯姬擅作主张改了的缘故。

他拂袖落座："我当是什么大事，这种鸡毛蒜皮之事也值得特意向本宫告状？不过你肯向本宫诉苦，倒是与从前大不一样了。"

裴道珠在心底暗暗鄙夷。谁向他诉苦了？她在谋划大事呢。

她拿绢帕擦了擦眼睛，柔声道："燕窝事小，被人欺负事大。冯姬这番举动，无非是在告诉我，这东宫她说了算。我如今被软禁在幽兰苑，与囚徒无异，她瞧不起我也是正常……我又有什么地方值得她瞧得起呢？"

她的声音渐渐低了下去，似乎还带上了哽咽。

元承不耐烦地揉了揉额角。

父皇病重，前朝的事都是他在处理，他实在懒得在这种后宫之事上耽搁工夫。

他道："那你想如何？"

"我只想能与其他姬妾那般，在宫里自由出入。"裴道珠揉着绢帕，"中元节在即，我从未见过洛阳的中元节，还请殿下允准，给我些许自由，让我也能随意参观那些热闹。"

元承面无表情地盯着她。她纤细白嫩的手指轻轻捏着绢帕，指甲上染了漂亮的丹蔻，一举一动都娇贵矜持，与他那些胡姬全然不同。

许是这些天夜以继日地处理朝政令他心烦气躁，又许是因美人的容貌而心猿意马，元承甚至没有深思就一口应承下来："允了。"

说完，他心底涌出些微懊悔。

裴道珠狡猾多端，放任她离开幽兰苑，真的可以吗？他会不会中了她的圈套？

他正想反悔，裴道珠已经笑盈盈地站起身来，用汉人的礼节朝他福了一礼："我从前挺瞧不起殿下的，如今殿下这番心胸，倒是令我刮目相看。"

元承："……"

反悔的话似乎都说不出口了。

中元节很快就到了。

裴道珠梳妆打扮时，听见窗外两个小宫女议论："我听说陛下的病情愈发严重，昨夜吐血吐了大半宿，如今已是人事不知了！"

"天呐，怪不得今日正殿那边人人神色惶惶！若是陛下驾崩，那咱们殿下就该继位了……东宫里面，就数咱们幽兰苑的这位姑娘最得殿下宠爱，你说殿下会不会立她为后？”

裴道珠紧紧握着象牙梳子。

若是元承继位，凭他的雷霆手段，定然比他的父皇强上许多。那么和南方的战争，也会很快开始吧？

元承，萧衡，穆王爷，北国皇族……裴道珠想着其中的关联，脸上蒙了一层阴霾。

她必须赶在战争开始之前，把这个秘密告诉萧衡！

今日是她第一次离开幽兰苑。

东宫的一切都和她梦境的记忆里一模一样，迎面而来的几位姬妾，也同记忆里一样。

许是被元承警告过，冯姬只是趾高气扬地瞪她一眼，没敢为难她，带着其他姐妹扬长而去。

裴道珠越往紫宸殿方向走，越能遇见更多的高僧和各式各样的彩色经幡。

她正看得热闹，冷不丁被一名小宫女拦住。

小宫女笑嘻嘻道：“我家公主请姑娘进一步说话。”

裴道珠会意，立刻随她去御花园见元栩栩。

抱厦里，各种逃跑的东西都准备妥当了。

元栩栩一把拽住裴道珠，兴奋道：“这是僧袍，快换上！我特意准备了两顶略大些的僧帽，咱们把头发藏在僧帽里，混在其他和尚里离开皇宫，定然不会被发现！”

裴道珠乔装打扮好，随元栩栩从抱厦跳窗离开，把元承留给她的那些宫女留在了前门。

出宫竟然意外地顺利。

直到坐上离开洛阳的马车，裴道珠才知道为何会如此顺利。

元栩栩的心腹侍卫策马追上她们，来不及顾忌裴道珠也在场，在车窗边道：“陛下驾崩了！”

裴道珠猛然抬起头。

她从未见过这位老皇帝，可他却是元栩栩的父亲。他走得这样匆忙，元栩栩甚至没来得及见他最后一面！

她轻轻握住元栩栩的手。

元栩栩的面容笼罩在阴影里，叫人看不清楚神情。

不知过了多久，元栩栩埋首在裴道珠的怀里：“裴姐姐……”

裴道珠轻声道："都是我不好，让你没来得及见他最后一面——"

"哈哈哈哈哈哈！"

元栩栩忽然纵声大笑。

她得意地抬起眼帘："我对他根本没有感情，他死了与我何干？！我是皇兄带大的，那个老头只想利用我笼络权臣，我才不喜欢他呢！"

见她脸上确实毫无伤感之色，裴道珠沉默了。

她竟忘了洛阳的皇族一向心性残忍，对亲情看得极淡薄。

"不过——"元栩栩面色微沉，"他死了，皇兄定然要找我去守灵，咱们得快些离开洛阳才好！"

此时宫中。

老皇帝的遗体躺在龙床上。

殿外跪着文武百官，皆掩面哭泣。

元承面无表情地坐在殿内："找不到元栩栩和裴道珠？"

侍从惊恐地跪倒在地："公主一向贪玩，许是上哪里玩去了……至于裴姑娘，也许，也许和公主殿下在一起！"

元承身边还坐着一人。道袍布鞋，面容端美，气度内敛如水，正是相冢谋。

他把玩着玉如意，笑起来时像春风吹皱了寒潭水："公主也就罢了，裴道珠丢了可是大事。殿下怎的连个女人也看不住？"

元承面色阴寒，没有接话。

相冢谋立刻派人去找，又对元承道："如今皇帝驾崩，殿下就是天子。登基第一件事该是排除异己，巩固自己的势力。朝堂上有不少出身南方世家的官员，又或者祖上是南朝人。萧衡即将兵临城下，为免两军交锋时有人生出异心，该把这些官员尽数斩首示众。"

元承挑眉，盯着相冢谋："那些官员数量众多，若是一概斩首，岂不是要动摇朝廷根基？"

"怎会？让心腹接替官职就是。"相冢谋不以为意，"堂堂一国天子，绝不能有妇人之仁，殿下该明白的。"

若是放在从前，元承定然是信任这位老师的。可如今……

裴道湘的话犹在耳畔。

国师相冢谋乃是蓄意挑起两国战事，他不是为了帮助北国一统天下，而是想要毁了这天下。

他心里存着戒备，面上只不动声色道："若是才登基就杀害众臣，只怕会引来不满。当务之急是找到裴道珠，其他的事，容后再议。”

他起身离去。

相家谋温和的表情在他离开后，瞬间变得狰狞。玉如意在他手中不过顷刻之间就化作了齑粉。

过了许久，他意味不明地冷哼一声。

裴道珠和元栩栩到底没能跑出洛阳。

马车在城郊的山野小路上被相家谋派出的大批侍卫截获，她们被带回了皇宫。

东宫，宝殿。

元栩栩面红耳赤：“皇兄明知我喜欢裴姐姐，却还要拿她当人质，百般折辱她！我带她逃跑又怎样？终究是我敌不过你，否则我定然带她走得远远的！”

元承连个正眼都没给她。他这妹妹娇纵惯了，如今改不好了。

他只盯着裴道珠：“你是不是以为，有她帮忙就能逃回萧衡的身边？到底是你啊，前几日的温顺不过都是伪装，逃跑才是你真正的目的。”

裴道珠不卑不亢地站在殿中。对这次出逃，她早已做好失败的打算。

她笑了笑，大胆地迎上元承的视线：“那又怎样呢？殿下又不能杀我，又不能虐待我……总要留着我对付萧衡不是？”

元承骤然黑了脸。

他上前，一把掐住裴道珠的脖子：“你敢挑衅我？！”

裴道珠苍白的脸因为窒息而逐渐涨得通红。

她盯着元承，眼神复杂至极。

面前这个即将和萧衡在战场上拼个你死我活的男人，是萧衡的堂兄弟。偏偏他们都一无所知。

元承不悦：“你那是什么眼神？”

裴道珠还没说话，元栩栩着急了，连忙上前去拽元承：“皇兄，你这样裴姐姐会死的！你快住手！”

相家谋笑着走了进来。

相家谋对裴道珠致意般微微颔首：“裴三姑娘别来无恙。”

裴道珠一愣，见他穿着道袍，立刻想起了那个妄图杀她的道士。

他就是花神教的幕后主使，也是两国的国师。

裴道珠定了定心神，柔声道：“国师肩上的伤可还好？”

相家谋笑得愈发肆意：“太子瞧瞧，裴家的姑娘就是这般胆大妄为。她曾拿匕首险些杀死我，如今到了咱们的地盘，却还敢旧事重提！”

“本宫喜欢的恰是她这一点。”元承并不在意，“老师是来与她叙旧的？”

“自然不是。”相冢谋落座，“天子驾崩，你登基在即。文武百官都已经聚在了前朝，只等你过去了。我还是那个意思，趁着他们都在宫中，铲除异类。”

元承沉默片刻，淡淡道：“老师须知，洛阳的贵族之间通婚者也不在少数。若说异类，那可占了半数朝臣。”

相冢谋笑了起来。看似温润谦和，眼睛里却藏满了复杂而疯狂的情绪。

他道：“那又如何呢？非我族类，其心必异。杀了他们，才能更好地一统天下！”

裴道珠通过这番对话，倒也能猜出相冢谋的意思。

好在元承虽然残酷，但并没有在这种大事上犯傻。

相冢谋还要再说，元承摆了摆手：“此事休要再提。”

裴道珠目送相冢谋离开，清楚地察觉到他的不满。这个男人不毁掉天下，似乎是不会罢休的……

北方有相冢谋日进谗言，南方有萧允虎视眈眈，这场战争，似乎无论如何也无法避免。

她还在沉思，元承忽然把目光投向她：“把她带回幽兰苑严加看管，任何人不得出入——包括公主在内。”

幽兰苑。

一应门窗都是上了锁，即便裴道珠想要小解，也会有两名宫女牢牢守在门外，当真是半点儿逃出去的机会也无。

深夜时分，灯影阑珊，裴道珠依旧无眠。她躺在榻上，对着华帐发呆。

该怎么把那个秘密告诉萧衡？即便说了，他又该怎么办？

过了片刻，她揉了揉有些干涩的眼睛，正翻身向里，却瞧见床壁上倒映出一道纤瘦的人影。

人影高举匕首，以迅雷不及掩耳之势袭向她的罗帐！

裴道珠刚来得及坐起，刺客已经到了面前！竟然是白日里曾伺候过她的小宫女！

“你——”

小宫女满脸狰狞，举着匕首扎向她的心脏！

寒光从小宫女的背后闪过，她保持着狰狞扭曲的表情，脑袋骨碌碌滚落在地。

温热的血喷溅了裴道珠一脸。

裴道珠怔怔地看着出现在小宫女身后的人，过了好久，才勉强找到自己的声音：“阿姐？”

裴道湘一袭宫女服制，利落地收剑入鞘。

她娇俏地朝裴道珠眨了眨眼：“我知道有人算计你的性命，特意提前混进来在此恭候。可算叫我保住你了！”

裴道珠看着地上的尸体：“元承不会杀我……莫非是相冢谋？只要我死在洛阳，萧衡必定对元承恨之入骨。届时烽烟四起，谁也不知道他会干出什么丧心病狂的事……”

“不错！”裴道湘笑了起来，“还不算蠢笨。”

“阿姐来得正好，”裴道珠忽然坐端正了，“我有一事想要拜托阿姐。”

裴道珠把萧衡的身世说给了裴道湘。

裴道湘听罢，满脸不敢置信：“这种事……怎么可能……”

可是她深知妹妹是怎样的人，既然她能说出口，必定是经过缜密的分析和调查的。

她坐在榻边沉思片刻，果断道：“这事儿得你当面与他说。只是……阿难，这洛阳城原是我们的都城。整片北方领土，也曾是我们的国土。如果告诉了萧衡他的身世，他会不会就此放弃这场战争？甚至带着南朝的所有精锐部队，投靠北国……”

裴道珠怔住了。

毫无疑问，她爱萧衡，但她也热爱她的家国，她比谁都盼望这场战争能够获胜。

她该如何抉择？

裴道湘看着她：“还是从长计议吧，当务之急是除掉相冢谋。你也知道，他现在正在策划杀害那些汉人官员，借此挑起两国之间更大的仇恨。只有除掉他，才能保住那些无辜的人，两国也有坐下来谈判的机会。”

裴道珠咬了咬唇瓣：“我现在心神很乱，不知该如何做。”

裴道湘笑了笑，唤来宫女收拾屋子，又牵着她去沐身更衣：“倒也不需要你亲自出面，相冢谋的事，我已经全部告诉了元承，他自己会想办法的。”

裴道珠等着热水的间隙，好奇问道：“他究竟是什么人？”

裴道湘坐在一旁，眼睛里浮现出往事，透出一种奇异而温柔的美感。

她道：“他是江南姑苏人士，是个孤儿，自幼被遗弃在一座山野道观外，被老道士收养，懂事之后便做了小道士。”

“那他是怎么做到今天这个地步的？”

阶级之间，每一级的跨度都犹如天堑鸿沟。从山野小道士到两国国师，相冢谋简直是个传奇！

裴道湘回忆：“你也知道我十一二岁就跑出去游历了，那年我在山中捕猎时受伤，被他所救。我跟在他身边多年，陆陆续续知道了他的往事。

“他年轻时爱上了一户猎人家的女儿。他们约定，长大之后，他还俗入世，娶她为妻。可是没能等到他还俗的那天，山下突然来了一群官兵。大肆搜捕美貌的少女，他的心上人也未能幸免。那个女孩儿被带走后，他辗转搜寻，才知道她和其他姑娘一起被朝廷献给了北国的皇帝。他历尽艰辛来到洛阳，费尽心思混进皇宫，才发现他的小青梅已然香消玉殒。而且她是被怀疑是奸细，活活折磨致死的。”

裴道珠不自觉地攥紧衣袖：“所以之后，相冢谋开始仇恨两国朝廷？”

“不错。”裴道湘蹙眉，“两国之间的矛盾到今日不可化解的地步，少不了他的推波助澜。用玄学和道术蒙蔽皇族和世家，游走在权力的中心，培养自己的势力，他这些年就是如此一步步走过来的。我虽然同情他，但他为了谋权，害死了无数忠臣义士……阿难，他是该死的。”两人正在议论，幽兰苑的灯火忽然都亮了起来。

一名小宫女急匆匆地进来：“大事不好，大事不好！”

裴道湘沉着脸问道：“什么事慌慌张张的？”

小宫女喘着气：“前朝打起来了！准备给先帝送葬的时候，国师突然安排无数高手杀害朝廷官员，却不知太子殿下早有防备，不仅把那些官员保了下来，还把国师的势力连根拔起！”

裴道湘眼前一亮：“国师被抓了？”

“这倒没有。奴婢听说，国师趁乱跑了……”

裴道湘蹙眉道：“放虎归山，后患无穷。”

小宫女突然一拍脑袋：“还有一件要紧事！南方的军队已经越过淮水上游的申州，正往洛阳而来！因为裴姑娘在殿下手中，萧郡公原是高挂免战牌的，却不知怎的又突然出兵，连着攻陷了好几座城池，打得朝廷猝不及防！”

裴道珠的瞳孔微微缩小。对她而言，这件事可比相冢谋重要多了！

她问道：“这种事，你一个小宫女如何知晓？”

小宫女讪讪一笑："殿下放话，让姑娘知道这件事……殿下说，姑娘在萧郡公心里也没那么重要，否则他怎会不顾姑娘安危，连夜率兵作战？"

该说的话都说完了，小宫女施了一礼，退了出去。

裴道珠和裴道湘相顾无言。

裴道湘懊恼地抓住裴道珠的手："完了……全完了……相冢谋没死，必定会继续对付你，阿难，你现在很危险！"

裴道珠无可奈何："咱们在东宫，元承不会让咱们出事的，阿姐怕什么？"

裴道湘恨铁不成钢地白她一眼。

她当然不怕，可阿难只是个手无寸铁的弱女子……谁知道相冢谋会用什么方法杀了她！

宫女们陆续把热水倒进浴缶。

裴道珠褪去血衣，迫不及待地清理起身子："我如今烦恼的是怎么把身世的秘密告诉萧玄策。不过……那厮竟然当真置我的安危于不顾，率军攻打洛阳。阿姐，他该是喜欢我的，怎会如此？"

裴道湘翻了个白眼。她这妹妹哪里都好，就是脑子有时候拎不大清。都什么时候了，还在计较爱不爱，她真想给她两棒槌！

等裴道珠收拾妥当回到寝屋，发现暗处的守卫似乎又多了一层。

裴道湘正色道："你如今是元承的人质，他无论如何都不会放你走。战争结束之前，你想见到萧衡，难。"

裴道珠坐在妆镜台前，盯着镜子里的那张容颜，又看了看裴道湘。

她沉默了很久，才终是下定决心："我若没机会出去，就由阿姐替我转告他吧！这事儿左右是耽搁不得的。"

她自然想亲自告诉萧衡，只是她出不去。外面不知藏着多少双眼睛，她能在元栩栩的帮助下逃出去一次，却绝不可能逃出去第二次。

阿姐是她唯一的希望了。

裴道湘双手紧握："似乎只能如此了。"

她轻功了得，元承又欠她人情，出入皇宫倒也不算困难。

她出了皇宫，站立在洛阳长街的屋檐上，忍不住回首俯瞰皇宫的方向。

"对不起，阿难……"她在夜风中呢喃。

萧衡的身世，她是不可能去告诉他的。如今萧衡率领的是南朝所有的精锐部队，是那个风雨飘摇的王朝最后的希望，她怎么可能在这个节骨眼上，背叛她的王朝?

一旦萧衡得知真相，焉知他不会背叛朝廷?

萧衡只是萧丞相养的一颗棋子，只是为南国征伐四海的一柄利剑，在家国大义面前，他的身世……并不重要。

在乎萧衡的只有阿难。

可他们两个在家国大义面前太渺小了，他们的感受并不重要，收复疆土才是最重要的。

“只要能赢下这场战争就好……这片疆土，本就是我们的疆土。”

她抬手压了压黑纱斗笠，毫无声息地消失在洛阳城中。

穆王府内。

萧野坐在屋檐上，借着月色，静静看着手中的密信。

父亲从成邺送来密信，要他暗杀穆王爷。

月光清幽，整个穆王府静悄悄的，因为王爷喜欢清净，府里也没点几盏灯。

萧野毁掉那封信，独自发着呆。

不知过了多久，他纵身跃下屋顶，拐过曲折的游廊，径直来到穆王爷的寝屋。

侍女正要进去送药，见他过来，小声道：“奴婢不知侍卫长在此，多有冲撞……这碗药是王爷夜间要喝的，刚从小厨房端过来。”

因为穆王府里没人见过萧衡，所以萧野在府里的时候不用佩戴面具。

他生得高大英俊，五官又偏深邃，看起来和北人没什么不同。因为性子温和，很讨府里的婢女们喜欢，那侍女说着话，情不自禁就红了脸。

萧野接过那碗药：“我来侍奉王爷，你回去休息吧。”

侍女欣喜不已，连忙称是。

寝屋里摆着几座青铜古鹤灯架，琴棋书画等物一应俱全，博古架上摆放着各种奇珍异玩，墙上贴了一幅“勤勉”的大字，乃是穆王亲笔书写的，整座屋子看起来和汉人的书房并没有什么不同。

萧野站在榻前。

北国的朝廷也有两种流派。一种是主战派，坚持通过打仗拿下江南的土地。另一种就是主和派，以穆王爷为首，主张两国和平相处。只是主和派在朝廷里并没有什么话语权。

“小野来了……”

榻上，穆王爷慢慢睁开眼。

分明只是四五十岁的年纪，可他却早早白了双鬓，虽然依旧能看出年轻时的丰神俊朗，只是眼睛里却没有光了。

他本就体弱多病，这几日因为皇帝驾崩的事，比平日里更加伤心，直接病倒了。这两日更是常常呕血，恐怕已是时日无多。

药香氤氲。

他嗅着药香，暗道暗杀这么一个弱者，实在没有必要。也不知阿父是怎么想的。

他坐到榻边，把药碗放到一侧，轻轻扶起穆王爷："王爷的气色看起来比白日里好上许多，想来不日就能痊愈。"

"你骗我作甚……"穆王爷笑了起来，"我自己的身子，我自己最清楚——"

话未说完，他便捂着手帕剧烈咳嗽，等他咳完，萧野瞧见手帕上全是血。

穆王爷脸色惨白，紧紧握住萧野的手："我生平最遗憾之事，便是弄丢了漪儿和那两个孩子……若他们还活着，若他们还活着，大约与你是一般模样……"

他凝视萧野，似是再也说不下去，露出锥心刺骨般的痛苦神色。

不知过了多久，房中莫名的情绪才逐渐消弭。

穆王爷轻声道："把药端过来吧。"

萧野端来药碗，正欲喂他喝下，想起什么，轻声道："药汤已经凉了，卑职去叫厨房重新温一温。"

他端着药独自站在屋檐下，仰头望向明月，恰是中天满月。

他从未忤逆过父亲。他从懂事起便是玄策的影子，一直活在黑暗里，不止刺探各路情报，也要随时准备着在玄策遇到不测时顶替他坐上北伐将领的位置。

可如今……他面对王爷时心软了。

他下不了手。

王爷凝视他的那种眼神，是阿父这些年来从未给过他的。

他把那碗药泼进花泥里，眼底神色沉郁。

他无法再在穆王府待下去了。

……

裴道珠仍旧被软禁在幽兰苑。

秋色渐浓，她喜欢坐在屋檐下，看南去的候鸟，听高墙外那些姬妾们的嬉闹声。不知怎的，竟有种梦回前世之感。

今日是元承的登基大典，外面比平时热闹得多，那群姬妾也更加张扬激动，隐约能听见她们毫无顾忌地讨论位分问题。

可她这里仍旧冷冷清清。

她喝了口茶，余光瞧见几名宫女捧着妆奁和衣饰，从游廊另一端走来。

为首的女官柔声道："陛下吩咐，今夜或许会来幽兰苑，还请姑娘梳洗打扮，准备恭迎圣驾。"

裴道珠笑了。

她又不是元承的妃子，她梳哪门子妆？还恭迎圣驾，元承那种人，就该把他扫地出门才是！

见她面色不虞，女官也不多废话，抬了抬手，小宫女们立刻拖着裴道珠进屋梳妆打扮了。

暮色四合，宫苑里点起了一盏盏灯。

裴道珠注视着铜镜里的女人。

女人穿华贵的宫裙，发髻梳得很高，戴莲花步摇金冠，妆面精致艳丽，斜飞入鬓的绯红眼尾看起来贵不可攀。她稍微动了动，戴在腕间的几枚金手钏便碰撞着作响，颈间的明珠也折射出浅浅的光晕。

她知道，洛阳城的贵族女子时兴这般打扮。

宫女们不知何时退了出去。

一道修长的人影出现在屏风前。

元承凝视着镜中的美人，不禁称赞："幸而你容貌艳极，堪堪压下金银珠宝的俗气，否则便也与其他庸脂俗粉无异了。"

裴道珠凤眼流转。

身后的男人朝她一步步走来，她便又想起了梦里所受的委屈和羞辱。她绝不愿意再侍奉元承。

她起身，拉开和元承的距离："今日是你的登基之日。"

"朕如今，是北国的天子……也将是这天下的天子。这般大喜的日子，朕特意来找你庆贺。"

醒掌天下权，醉卧美人膝。他在今日得到了权势，也将得到天底下最美的女人。

裴道珠看着他。分明是胡人，却也佩戴汉制的帝王冠冕，穿朱色滚玄边的冕服。

她靠在墙上，紧紧攥住藏在袖管里的金簪："你说过，不喜欢强迫女人。"

"萧衡没有为你停战的意思。"元承站在裴道珠面前，"他是何意，你还不明白吗？裴道珠，你成了弃子，他不要你了。即便如此，你还要死心塌地地守着他吗？”

裴道珠眼眶泛红。

这些天她不知外面战事如何。也不知在萧衡的心里，她与家国天下孰重孰轻。

沉默了好半晌，她才费力推开元承：“滚出去！”

元承大笑起来。

他今日心情好，与群臣喝了不少酒，酒气扑面而来，令裴道珠愈发厌恶。

元承再次捏住她的双颊，迫使她看着他：“裴道珠，朕今日心情好，别扫了朕的兴致！”

话音刚落，他竟当真撕扯起裴道珠的宫裙！

“元承！”裴道珠怒喝。

曾经的过往，如走马灯般浮现在脑海中。

这辈子，她无论如何都无法再接受自己和别的男子纠缠不清！她想回到成邺，要清清白白地回去见他！

她铆足了力气挣扎，在元承用膝盖顶开她的腿时，挥舞着藏在袖中的金簪，毫不犹豫地刺向元承！

元承酒劲上头，金簪的寒光在眼前闪过，只堪堪来得及侧过脸。

金簪在他的脸划出了长长一道血痕。

他抬手摸了摸脸，摸到满手的血。

他恶狠狠盯向裴道珠。

裴道珠喘息着，未及反应，就被元承一掌扇了出去！她重重撞到墙上，还没跌落在地，就被元承狠狠攥住长发。

嫣红的血顺着少女白嫩的额头蜿蜒滚落。

裴道珠抬起头，无所畏惧地盯着元承，甚至还缓缓绽出一个讥讽的笑容。

元承本想一掌拍死她，见她满脸的血，高高举起的手又慢慢放了下去。

她是人质，是用来威胁萧衡的人质。他不能杀了她。

元承满脸阴寒地闭上眼，终是放开了裴道珠，面无表情地出了寝殿。

裴道珠跌坐在地。

殿中的烛火灿烂如金海，花团锦簇的宫裙犹如颓败的花瓣散落满地，堪堪遮住她白皙无瑕的娇躯。蜿蜒而落的嫣红血渍更添几分荼蘼艳色，她在金殿深处，像是一朵即将腐烂在金雕玉砌里的娇花。

渐浓的夜色里隐隐传来王宫里的歌声，那是胡族的歌姬们在为她们的新帝庆贺。

裴道珠双手轻颤。

这一夜，算是平安度过了吗？若是元承就此厌恶她，她是不是就能彻底摆脱梦境般的命运？

东方呈现出鱼肚白时，宫中的笙歌终于尽了。

因为元承登基，东宫的姬妾们也都到了册封，才是清晨，后宫里已是喜气洋洋。

众女聚集在冯姬的宫中说话。

冯姬如今被封为妃，掌管六宫，算是她们之中位分最高的。

寒暄过后，有多嘴的妃嫔道："昨儿登基大典过后，陛下哪里也没去，径直去了幽兰苑见那个小贱人！"

"岂止？我的宫人回报，那小贱人不肯被临幸，拿金簪划伤了陛下的脸，流了好多的血！陛下竟也舍不得杀她，只是怒气冲冲地走了。啧，这份宠幸，天底下再没有第二份！"

"那贱人究竟是什么来历？竟能让陛下如此忍耐她！"

众人你一言我一语，眉梢眼角难掩嫉恨。

冯姬脸色铁青。

自打那个贱人来到洛阳，陛下就很少宠幸她们了。他宁愿去吃闭门羹，也不肯与她们欢好。

如今那贱人竟敢刺伤陛下，简直不知天高地厚！

"再这么下去，我们今后都别想得到陛下的宠爱了！"一名妃嫔出声，"得想个法子除掉那贱人才是！"

她说完，众女便一致看向冯姬。

冯姬有些不大自在："你们看我干吗？上回不过给她使了个绊子，陛下就派人警告我，我可不敢再做什么了……"

她这么说着，心底却像是燃起了一团火。

尽管不愿承认，可她确实失宠了。殿下把对她的宠爱，尽数给了幽兰苑的那个贱人。然而那个贱人并没有珍惜这份宠爱，甚至还伤了殿下，这是她绝对无法容忍的！

妃嫔们散去之后，冯姬静坐了片刻，忽然唤来心腹。

到了晚上。

裴道珠昨夜受了惊吓，因此今日睡得比较早。正睡得香甜时，外殿突然起了喧闹，不过一时半刻，冲天的火光便笼罩了整座幽兰苑。熊熊火势朝寝殿蔓延，大有要把她烧死的意思。

她在宫女们的服侍下匆匆穿好衣衫，外间那些数之不尽的暗卫早已行动起来。

大火烧得快，扑灭得也很快。到子夜过半，不仅解决了火灾，甚至还查清了纵火之人。

裴道珠披着斗篷赶到偏殿，冯姬蓬头垢面地跪在地上，扯着元承的袍角，哭得十分悲切。

裴道珠站在殿外，暗道原来是她放的火。

冯姬声声泣血："她伤害陛下，陛下却被美色蛊惑，不肯取她性命！她就是个祸国殃民的妖女，就该弄死才是！陛下舍不得杀她，臣妾愿意代劳！臣妾所做的一切都是为了陛下，陛下若要杀臣妾，动手就是！"

元承面对冯姬的哭诉陈情，半点儿也没有被打动，屈起的手指不耐烦地叩击桌案，声音冷冷的："她若死了，你一百条命也不够赔。拖下去，杖毙！"

冯姬不敢置信地睁圆了眼睛。她视为神明的男人，竟然要杖毙她！

"陛下！臣妾是真心爱您的，陛下——！"她在侍卫的桎梏下挣扎着想要爬向元承，却很快被拖了出去。

裴道珠见冯姬挣扎得厉害，漂亮的指甲抠着地面，生生在地上留下了长长的十道血痕。

裴道珠怔怔地看着远去的冯姬，又看向满面阴云的元承。

并不是每一份爱都有回应。男人的爱是那么短暂，短暂到还没等到女子花颜凋敝，就已然失了兴致。

那么萧衡呢？萧衡会一直爱她吗？

裴道珠突然就不那么确定了。

之后的五六个月，裴道珠被看管得很严，随时随地都有两三个宫女贴身跟着，就连睡觉床榻边也会守着宫人。

元承偶尔会来幽兰苑，但再没有对她做什么。

他常常坐在殿檐下，命她在游廊或者高墙下弹江南的小曲儿，一首接着一首，或清丽婉约，或悲切绵长，或市井民谣，或宫廷雅乐。

裴道珠琴艺极好，即便是不懂乐曲的小宫女们也往往听得如痴如醉。

一曲弹罢，裴道珠望向元承。

这几个月来，他愈发阴沉狠戾，眼下还出现了两痕疲惫的青黑色。

裴道珠猜测，他在前线的战事应当很不顺利。

可是怎会如此？阿姐应当把萧玄策的身世告诉了他，难道他不相信，仍旧选择北伐吗？

元承忽然开口："他的兵马已经到了洛阳城外一百里处。"

裴道珠怔住。隔着竹帘，她瞧见远处殿檐上栖着一只乌鸦，屋檐底下则是元承阴沉的侧脸。

裴道珠拢了拢翻飞的裙袖，小声道："这么快吗？"

"他来救你了，你该高兴才是，怎的闷闷不乐？"元承讥笑，"莫不是爱上了这里的日子？"

裴道珠没有接话。

踏平敌国，收复疆土，她该高兴。可是一想到萧衡的身世，她无论如何也高兴不起来。

她起身卷起竹帘，看着和萧衡有两分相像的元承，犹豫着轻启朱唇，却终是一个字也吐露不出。

元承想着奏章上的那一场场败仗，没有注意到她的欲言又止。他揉了揉额角，不再与裴道珠多话，径直离开了幽兰苑。

御书房内，得知元承打算御驾亲征，几位重臣皆都表示强烈反对。

"陛下万金之躯，若是在战场上有个好歹——"

元承抬手，制止了他们的劝谏。

他漠不关心地瞥向龙案上的玉玺："早在成邺初见时，朕便知晓与他迟早会有一战，或早或晚而已……更何况，如今朝中也无其他可堪信任的将领了。"

御书房陷入静默。

萧衡来势汹汹，领兵作战的实力远超他们所想。才短短数月，他就已经势如破竹般拿下了十几座城池。昔日那些立下过赫赫军功且声名远扬的将领们，接连折在他的手里，其恐怖程度简直令人咋舌！

谁也无法想象，那个弱小的朝廷是怎么培养出这么一柄利剑的！

北地的贵族们对这场战争从不敢置信逐渐变得消极悲观，如今洛阳城风声鹤唳，不少贵族甚至随时准备逃往北方草原。

元承的语气带上了一丝嘲讽："除了朕，如今朝中还有谁能领兵作战呢？"

众人沉默。

元承冷淡地整理袖口："朕意已决。"

已是深冬。

洛阳城却没有年尾的热闹，寒风呼啸，百姓闭门不出，街头的蓬草翻卷着掠过屋顶，与枯叶纠缠着，朝长空飞去。

宫里处处惶惶私语。

裴道珠在高墙边赏着蜡梅，听见墙外宫人们议论纷纷。

“听说陛下三战三败，不仅丢了两座城，还被萧衡射瞎了一只眼！”

“不都说南朝软弱无力吗？为什么会有这么骁勇善战的将领？若是将来城破，咱们可怎么办？”

“回草原呗，还能怎么办？”

……

高墙深深，裴道珠只能看见这一小方天空。

“裴姐姐！”元栩栩带着几名小宫女过来了，“如今宫里人人自危，大家自顾不暇，我才有机会进来看你！你过得可还好？”

裴道珠轻轻颔首：“一切都好。”

元栩栩穿着火红色的窄袖裙衫，额间戴一串绿松石额坠，依旧活泼可爱，奇异明媚。

她问：“洛阳岌岌可危，公主就不害怕吗？”

“有什么可怕的？大不了就回草原呗！”元栩栩并不在意，“拥有天下固然很好，可是故乡也很好。我从未见过草原什么样，外祖家是什么样。若是可以，我想和皇兄一起回草原。”

元栩栩盯着裴道珠的目光有些贪婪：“只可惜……不能把裴姐姐也带回草原。若是擅自带你走，萧衡一定不会罢休……他多凶啊！”

裴道珠今天才知道，如今萧衡的凶名已经传遍天下，北国的王孙贵族都怕他怕得要死，无一例外。

除夕愈发近了。

裴道珠发现皇宫里愈发冷清，除了元承的心腹还在死守着她，其余人跑的跑散的散，把宫里那些值钱的物件儿也带走了大半。

她围着熏笼烤火，紧了紧斗篷，仍旧觉得冷。

她忍不住对守着她的几名宫人道：“要不你们也散了吧？”

那几名宫人瑟缩着站在不远处，一名女官声音发颤地开口：“陛下有令，不许姑娘出幽兰苑半步，奴婢不敢忤逆圣旨。”

“陛下……”裴道珠想着元承，轻哂了一下，“他未必还能回来呢。”

女官却很倔强：“陛下英明神武，一定会回来的。姑娘作为陛下的妃嫔，理应为陛下日夜祈福才是！”

裴道珠没说话。

她想起梦境里，元承也是亲自上了战场，后宫妃嫔们积极地前往佛寺为他祈福，她混在其中，祈求的却是平安回家。

后来，萧衡真的带她回家了……

殿外忽然传来一阵骚乱，军靴和盔甲相撞的声音从四面八方传来。很快有人掀开毡帘闯了进来，寒风携裹着令人作呕的血腥气，弥漫了整座寝殿。

裴道珠掩住口鼻看向来人。

闯进来的人是元承。他穿着破碎的盔甲，瞎了一只眼，头盔也不知道丢到了何处，长发凌乱地散着，愈发衬得面容狰狞落魄。

他一把擒住裴道珠，双眼猩红如血，哑声道：“你还在。”

裴道珠没有挣扎，反而平静地迎上他的视线：“陛下要亡国了。”

元承面色骤变，毫不留情地扇了她一巴掌！

裴道珠狼狈地跌落在地，脸上立刻浮现出五个鲜红指印。金钗步摇掉落在地，乌黑如瀑的长发也散落下来。

她慢慢站起来，直视元承：“我说错话了不成？瞧你这副狼狈的模样，就知道前线定然吃了败仗。落魄至此，怕是连洛阳城也要失守了吧？”

元承眼睛里满是红丝。裴道珠说得不错，洛阳城即将失守。

他怎么也想不到，看似弱小的南朝竟然蕴藏着如此庞大的力量。又或者说……是萧衡领兵作战的能力恐怖到逆天。区区四十万兵马，在他手中能发挥出四百万兵马的力量。

长久的寂静过后，他忽然露出一个狰狞的笑容：“可是朕还没有输。萧衡放在心尖儿上的女人，不是就在朕的手里吗？”

他一把掐住裴道珠的脖子：“拿你的性命威胁萧衡，朕不信他不撤兵！”

裴道珠看着他，眼里满是平静：“他若当真在乎我的性命，还会如此攻城略地吗？他的心里只有家国天下，没有儿女情长。陛下也是男人，难道不懂男人在想什么吗？我裴道珠在萧衡心里，大约只是个花瓶……仅此而已。”

元承一怔。

是了，若萧衡当真在乎她的性命，又怎会发动一场接一场的战争呢？比起权势，女人算什么？大不了再寻一个更美的就是。

或许拿裴道珠威胁萧衡，是他最大的败笔。

元承心底最后一丝希望就此破灭。他松开裴道珠，冷冷道：“朕没了这片疆土，不能再没有美人。来人，把她绑起来，一并带去草原。”

裴道珠拼命后退：“陛下何故如此？！好歹也是男儿，难道就只会欺负老幼妇孺吗？！”

元承冷笑着攫住她的细肩：“欺负你又怎样？朕就要让萧衡遗憾一辈子！”

一个满身是血的侍卫闯了进来：“洛阳城破了！萧衡带着军队进了城，正往皇宫而来！穆王府的军队在死守宫门，陛下莫要耽搁时间了！咱们回到草原养精蓄锐，将来说不定还有机会卷土重来！陛下快走吧！”

其他侍卫见元承还死死揪着裴道珠不放，纷纷跟着哭劝。

元承眼睛血红。

他骑着马确实无暇顾及裴道珠，带着她只会拖慢速度。

“陛下！”侍卫着急地喊。

元承松开了裴道珠。

他拔出宝剑，锋利的剑尖直指裴道珠的眉心：“既然不能带走，毁了就是！你是萧衡的妻，朕要叫萧衡悔恨一辈子！”

剑尖刺破了裴道珠的眉心，嫣红的血珠滚落下来，在她白净的面庞上晕染开荼蘼之色。

裴道珠没有躲闪，也没有挣扎。她紧紧攥着拳头盯着元承，像是要把面前的男人盯出一个窟窿。她的眼里充满倔强和笃定，元承绝不会杀她。

因为梦里也是如此。

对上裴道珠的目光，元承的剑再也无法向前半寸。

他并不爱面前的女子，对她的感情最多也只是喜欢，就像喜欢花瓶和玉坠那般。可是她的皮囊下还藏着有趣的灵魂。赤沙台上的荆棘之舞，他此生难忘……

殿外传来马鸣声。

“皇兄！”元栩栩勒住缰绳，跳下马背，跑进寝殿，瞧见元承拿剑指着裴道珠，急忙上前拽开他，“皇兄疯了是不是？！你明知我喜欢裴姐姐，怎的还要杀她？更何况，更何况你若是杀了她，哪怕追到天涯海角，萧衡也不会放过你的，你又何必呢？！”

元承握剑的手慢慢垂下。他深深看了一眼裴道珠，转身带着残余的兵马离开了寝殿。

马蹄声响起。

元栩栩跟在后面，忍不住回眸："裴姐姐……"

她最后唤了一声，才在侍女们的簇拥下万般不舍地离去。

嘈杂的声音逐渐远去。

裴道珠走出寝宫。

天边残阳如血，一只乌鸦掠过暮空，嘶哑的鸣叫声格外刺耳。

远处隐隐传来金戈铁马之音，许是萧衡的兵马进了皇宫。

一队兵马直奔幽兰苑，在看清楚裴道珠的脸时，为首的侍卫激动不已，跌下马背，恭敬地跪在她面前："夫人！"

问柳身穿盔甲灰尘满面，可见在战场上奔波了很久。

裴道珠快步走下台阶，连忙扶起他："问柳！郡公呢？"

问柳见裴道珠面色红润体态轻盈，猜测她这段时间应当没有受苦，才放心回答道："主子就在宫中，正在搜查元承的下落！夫人可知道元承逃往何处？"

裴道珠正想告诉他方向，忽的想起元家兄妹的脸和萧衡的身世，迟疑片刻，缓缓道："我也不太清楚，好似是往西边宫门方向跑了。他们嫌我是累赘，便没带上我。"

问柳点点头，示意一小队兵马继续追元承，自己带着裴道珠去见萧衡。

辉煌巍峨的宫殿，有一半成了火海。

穿着淡金细铠的将军抱着刀坐在废墟上，狭长的凤眼漆黑如深渊，打量着这座宫阙。

这场仗，他赢了。这座沦陷在胡人铁骑下的故都，他终于亲手夺了回来。

他的目光落在远处一棵柳树上。柳树躯干有三人合抱那么粗，枝叶光秃秃的，树皮枯萎卷起，茎干悬根露爪。

他记得阿父说过，先祖曾在宫里种过一株垂柳，想来便是眼前所见的这一棵了。若是阿父在此，定然会感慨一句"树犹如此，人何以堪"。

他正出神，眼前突然出现了一抹亮色。

裴道珠踏过破碎废弃的宫室，朝他快步走来。绯色的宫裙和宽袖在风中张扬，她似一株盛开在废墟里的娇花，携着无限希望朝他跑来。

"裴阿难……"萧衡唤出了她的名字。

离别这么久，当握住她的双手的那一刻，萧衡把她紧紧抱进怀中。

他嗅着她身上特有的甜香，忍不住闭上眼："这几个月来，每每午夜梦回，我总觉你就在身边，可是梦醒时枕边空空，连心也是空的……你是世上最高明的小偷，未曾偷我的金库银库，偏偏偷走了我最重要的心……"

裴道珠窝在他怀中，脸紧贴着他的盔甲。他身上有着浓浓的血腥味儿，大约这一路都是厮杀而来。

她平复了心情，嗔怪道：“说着想我的话，却不顾我的死活，就这么杀进了皇宫……萧玄策，你就不怕元承杀了我吗？”

萧衡笑了起来，笃定道：“元承阴险狡诈，不择手段，只是在对待女人这方面勉强算得上君子。他御驾亲征时未曾带上你，我便知道他绝不会杀你。”

裴道珠撇了撇嘴。

一名侍卫来报：“启禀郡公，洛阳城中的贵族大都逃去了北方，也有些老顽固负隅顽抗，已经被我等所杀。皇室之中只剩一群嫔妃还没有来得及逃走，穆王府也没有动静，听说那位穆王爷不愿逃跑，他病入膏肓，想来是活不长了。”

萧衡淡淡道：“元承未曾动我的女人，我也不会动他的。挑一支军队，把那群嫔妃送去她们原来的家。”

侍卫恭声称是。

萧衡沉吟：“至于穆王，暂且投入监牢——”

裴道珠忽然伸手拉了拉他的衣袖。

萧衡不明所以地看着她。

裴道珠知道原来阿姐没有把真相告诉他，正欲说出实情，又觉得无法草率开口。

半晌，她勉强笑道：“既已是将死之人，何必投入监牢？你，你征战辛苦，今夜我为你做些你爱吃的菜。”

萧衡未作深思，同意了裴道珠的提议。

他命人放开国库，屠宰鸡鸭牛羊，犒赏三军。

军队驻扎在城外和宫中，篝火绵延不绝，处处都是欢声笑语。

御花园中，裴道珠准备了一桌酒菜，邀请萧衡在暖阁里吃酒。

暖阁铺了绒毯，满桌酒菜精致丰盛。

裴道珠揭开酒坛的封泥，酒香醇厚。

她为萧衡斟酒，柔声道：“这酒是北国皇室才能享用的御酒，夫君该是喜欢的。”

“什么酒倒是其次，只因为是你亲手斟的，才显得格外珍贵。”萧衡端起酒盏，“你在洛阳这些天，可曾为元承斟过酒？”

他知道，即使元承对她做了什么，也绝不是她的错。他不仅不该打听这些，还应该比从前更心疼她怜惜她才对。

只是……他对她太在意，忍不住小气地问出了这句话。

裴道珠看他一眼，优雅地饮了一口酒，语调依旧温柔：“我若是与元承发生了什么，你会休了我吗？你如今权势遮天，就更加看不上我了不是？”

萧衡沉默着。他早就猜到的，也早就做好了心理准备。

他牵住裴道珠的手，把她抱到他的膝上，与她十指相扣：“你是不是觉得，我对你的喜欢只是口头说说？阿难，我并不在意那些……你能活下来，已经很好了。若是当初我多给你留一些侍卫，你是不是就不用遭受这许多罪？”

裴道珠看着他。他的眼睛里，心疼是真，后悔也是真。昔年高傲到不可一世的萧家九郎，如今是真心爱她的……

她心底一软，挽住他的脖颈，在他耳边低语：“我骗你的，元承并没有对我做什么。”

少女靠过来时，带着一阵暖香。

萧衡此刻竟不知心底是何滋味。

她不仅活了下来，还好好地保护了自己……该花费怎样的心思，才能做到如此地步？

他对她的心疼又多几分，眼睛泛红，终是忍不住吻上她的唇。

日积月累的想念与痴狂，在这一刻得到了满足。美人渐渐裙衫委地，细腻白嫩的肌肤似今冬的新雪。青葱似的指尖拽断了垂落的珠帘，无数晶莹剔透的玉珠簌簌滚落满地，更添几分旖旎风情。

暖阁里，两坛烈酒都空了。

裴道珠慢慢起身，拢了拢散落的裙衫，将一缕垂落的碎发捋到耳后。

她望向萧衡。许是真的疲惫，即便在陌生的王宫里，他也睡得十分踏实。

她伸手摸了摸他的眉眼。

这次凯旋，等待他的会是怎样的命运？等他的身世大白于天下，天下人都容不得他。

裴道珠难过地闭上眼，吻了吻他的眉心——

“不困吗？”萧衡突然抱住她。

裴道珠一惊：“你没睡着呀？”

萧衡亲了亲她的发心：“身处敌人的王宫，怎么可能睡得着？不如阿难再陪我做点什么？”

裴道珠吃不消了，她推了推他的胸膛，软声道：“既睡不着，我与你讲个故事？”

萧衡暧昧地抵在她的耳畔：“床笫间的故事，我也有许多——”

“别闹……”裴道珠打断他，“我与你讲一个歌姬的故事。”

她隐去了白乐漪和其他人的名字，把当年的事讲了一遍。

萧衡在听到一半时，就已经意识到她说的是谁。

他静静地听完了她的故事，沉默很久，嗤笑道：“这可是你编出来的话本子？只是我又不缺钱，你也不必靠编话本子来赚银钱。”

裴道珠把脸埋在他怀里：“我也希望这只是我编出来的故事……只是这些年萧丞相如何待你，你的容貌为何与萧家人不相似，难道你就没有起过疑心吗？不如去一趟穆王府，也许和穆王爷见过面，你的心里就会有答案。”

萧衡没有说话。

裴道珠抬起头，只能瞧见萧衡冷硬的下颌线条。

过了许久，萧衡突然笑了起来。

他坐起身：“我做了二十多年的萧家九郎，率军踏破了北国的都城，你却告诉我我是北国皇族的血脉，我攻破的是自己的故国……裴道珠，我不信。这些可是元承编出来叫你讲给我听的？”

裴道珠无言以对。

她绞尽脑汁地想了半天，忽然问道：“你可记得当年春日宴上我突然赖上你的事？”

萧衡颔首：“自然记得。”

“当年我并非故意赖上你，而是错将你认成了你的胞兄萧野。”裴道珠把当年和萧野相识的往事讲了一遍，“你与他同胞而生，容貌一致，都是穆王爷的血脉。除了有他佐证，萧老夫人不肯让我碰府中庶务，兴许也能作为证据？正因为你不是萧家人，所以连我也成了外人，甚至因为对你的厌恶，萧丞相还要通过萧老夫人之手，让我饮用避子药……”

避子药……

这三个字如惊雷炸响，震得萧衡整个人无法动弹。

他或许可以否定其他，却无法否定这个自己亲眼见到的事实。

罗帐重重，阴影深深。郎君的面容隐在昏暗里，放在锦被上的手紧紧攥起。

裴道珠迟疑片刻，伸出手轻轻覆在他的手背上。

“不管发生什么……不管别人如何待你，阿郎只需知晓，我会陪在你身边。富贵也好，贫贱也罢，出身名门也好，北胡血脉也罢，我都会陪着你……”

这是她第一次用“阿郎”这么亲密的称呼来唤萧衡。

过了很久很久，萧衡起身，如往常那般穿上衣冠鞋袜，对镜整理过仪容，才往暖阁外面走去。

裴道珠卷起罗帐：“你要去穆王府吗？”

萧衡“嗯”了声，推开暖阁的门扉。

刺骨的寒意随着北风涌入阁内。

他踏着微光，冒着未知的风雪，背影在九重宫阙中显得那么渺小。不像权倾天下的萧家九郎，倒像是个迷路而彷徨的孩子。

他逐渐消失在裴道珠的视野里。

这一日格外漫长。

裴道珠不知道萧衡在穆王府经历了什么，到晌午时分，她听回来的侍卫说，穆王爷半个时辰前驾鹤西去了。

她吩咐宫女准备一桌素菜，然而等到菜肴凉透，也没等到萧衡回宫用膳。

她决定亲自去一趟穆王府。

穆王府全府上下挂满白绸和白灯笼，呜咽饮泣声不止。

裴道珠问了几个人，却都说没瞧见萧衡。

她在府里寻了一圈，撞见问柳正在安排穆王爷的丧事，问道：“郡公人呢？”

问柳擦了擦额头的细汗：“卑职也不知晓郡公在何处，穆王爷西去之后，他就没了踪影，从房里出来时只说好好安葬穆王爷……”

裴道珠垂眸沉吟。

经受了这样大的打击，他必定想寻个没人的地方独处。

她想起他曾说萧氏先祖曾在洛阳皇宫里亲手种下一棵柳树，洛阳的主人几经更替，那棵垂柳却仍旧不变。若将来能够夺回洛阳，他想亲自看一眼那棵垂柳。

他或许在那里……

裴道珠回到皇宫，没有急着过去，直到日渐西斜时，才在宫人的带领下前往那棵垂柳所在的宫苑。

他果然在这里。

他一个人坐在灰败的废墟上，低垂着头，额前的碎发遮住了眉眼，只堪堪瞧见紧抿的薄唇。他的发梢和袖角凝着一层薄薄的寒霜，裴道珠远远瞧着，都替他觉得冷。

她从宫人手里接过厚实的斗篷，打发其他人都退下，才款款上前。

她把斗篷披在郎君的肩膀上，软声道："我让宫人热了饭菜，阿郎可要与我一同去吃？"

萧衡没有回答她。

裴道珠伸出手，轻轻覆在他的手背上。郎君的手格外冰冷，她被冻得僵了僵，随即更加握紧了他的手。

她轻轻靠在他的肩上："事已至此，伤神也是无用的。"

萧衡安静了很久，才反握住裴道珠的手，怕她冻着一般放进自己怀里。

他哑声道："我派人查了萧野。原来一直给我传递军情的那个奸细就是萧野……或者说，是我的阿兄。阿难，我见过了穆王府的那个男人，他与我长得真像……看见病榻上的他的那一刻，我就知道，你说的都是真的。可是，怎会如此呢？"

脑海中挥之不去的，是萧允。

原来所有的父子情深，都只是他的一厢情愿。原来他自以为的家，竟无一人把他当作家人。原来他逼死的崔慎，竟是他同母异父的弟弟！

他对他的故国刀剑相向，他把他的堂兄驱逐出了王宫……

他眼眶忍不住泛红。

裴道珠鼻尖一酸，她紧紧抱住萧衡："阿郎，阿郎……"

洛阳城的上空笼罩着厚重的阴云。人人都说要天降大雪，可是接连三日也未曾落雪。

不见冬阳的阴霾冲散了打胜仗的喜悦，士兵们收拾起归途的行囊，只是一直没有班师回朝的军令，于是军队的纪律也涣散许多。

萧衡在御花园的暖阁里睡了三日。裴道珠守着他，直到第三日清晨，才见他稍微精神了些。

她取来红丝绳，笑着为他在发间编织璎珞："明日就是除夕，阿郎好好沐个身，也算是洗去从前的霉运。明日过后，究竟是做萧家九郎，还是做穆王府的世子，你自己挑就是……"

什么忠于君王，她其实是不太情愿的。

她只觉得，这天下未必一定是那个朝廷的天下，只要能给九州四海的百姓带来平安和富足，这天下姓什么，又有什么要紧呢？

若萧衡想做这天下的君王，她愿意支持他。

萧衡剃过青须，又用热毛巾敷了下颌。铜镜里的郎君风流倜傥，发间编织着精致的红璎珞，依稀又是当年成邺城里那个飘逸倨傲的萧家九郎。

而从前那个爱慕虚荣的裴阿难，几时起成了如今懂事大气的模样？

她这两年一直在为他伤神奔波，而他只盯着战事，盯着失去的疆土，即便她沦为人质，他也无暇去管。她那么骄傲虚荣，早已知晓却未曾嫌弃他，在最后一刻仍旧坚定地站在他身边。

这一刻，萧衡突然忘却了那些陈年往事。

他捧住裴道珠的脸，端详她半晌，忽而认真道："人世如浮云，我已看不见前朝先祖那些你来我往的恩怨，我只能瞧见身边人。"

裴道珠一愣："何，何意？"

萧衡微微倾身，在她唇间落了一个吻。

裴道珠对上他深邃漆黑的眼眸，迟疑道："你说你瞧不见从前的恩怨，难道萧丞相对你的那些算计，你要一笔勾销不成？你不恨他吗？"

"这片疆域原就是汉人的地盘，他利用我收复故土与旧都，我可以不计较。只是……他欺骗我多年，又在你身上下了那许多功夫，这些账却不得不算。"

他忽然打了个哆嗦，随即龇牙一笑。

他缓声："裴阿难，你觉得我是轻易原谅别人的人吗？"

裴道珠当然知道萧衡是怎样的人。只是这么多年来，他都把萧允视作生身父亲，该是拥有一颗怎样强大的心，才能如此坦然从容地接受萧允的身份从父亲变成仇人？

萧衡握着她的手起身："洛阳这边，我会安排自己的亲信来镇守。再过半个月，等北方局势彻底稳定下来，咱们再返回成邺。"

裴道珠自然没有任何意见，甚至还松了口气。

她以为萧衡会仇恨南方朝廷，也许会拥兵自立，也许会令九州四海重新陷入战火之中。没想到……他并没有让天下百姓因为他的私事而跟着吃苦。

她对他的钦佩忽然又多两分。

第28章

一个多月后，已是草长莺飞的时节。

因为萧衡征伐北国立下赫赫军功，如今的萧家满门荣光，在朝廷里的威风更盛。司马长乐不仅嘉奖了萧家许多金银器物，还提拔了不少家族子弟。

萧府后园里草木萌生，一座飞檐斗拱白墙黑瓦的凉亭修建在假山上，可以俯瞰整座园林的风光。

凉亭里摆着棋盘。

萧允坐在棋盘一侧，拈起一颗棋子：“听闻大军已经到了北岸，想来过不了几日就能抵达成邺。”

与他对弈之人穿着简陋的粗麻道袍，但眉宇间隐约透着贵气，正是大皇子司马瑾。

司马瑾跟了一子，笑道：“令郎力挽狂澜，收复疆土，当真是前无古人后无来者。若是可以，我继位之后也想重用他。”

萧允讥笑两声：“殿下说笑了。不过是身上流淌着一半肮脏血脉的杂种罢了，哪里值得重用？更何况如今四海归一，海晏河清，无须那柄刀了。”

尽管司马瑾知晓他的性子，听到“杂种”这种粗鄙的词却还是有些不适。

司马瑾道：“丞相与我说起他的身世时，我很是惊讶。他竟然是北国穆王爷的孩子，真是可惜了……”

假山之上，垂柳依依。天空上飘着一只断线的纸鸢，乘着东风，慢慢朝天际掠去。

亭子里安静了片刻，司马瑾问道：“当真要在国宴上下手？”

萧允轻捋胡须，脑海中涌出裴道珠的身影。

他眼中满藏杀机：“先策反他的夫人裴氏。若裴氏深明大义，肯为我们暗中下毒，倒也能免去一番杀戮。若是她不肯……便先除掉裴氏，再在国宴上动手。”

军队驻扎在成邺城的郊外。

因为是大胜凯旋，天子亲自带着文武百官出城迎接萧衡。

远处垂柳下停着一辆青皮马车，侍女悄悄卷起车帘："夫人快瞧，天子都不让郡公行大礼，竟是喜的连君臣之礼也不顾了，可见对郡公的敬重！"

车厢里的女郎芙蓉花面，风姿绰约，正是裴道珠。

萧衡还要进宫述职，接受封赏，裴道珠目送他们走后，才乘坐马车回了乌衣巷。

马车徐徐停在乌衣巷口。

裴道珠看着这条她长大的巷弄，不知怎的，竟生出浓浓的陌生感。

她是如此，想必对萧衡来说，陌生更甚。

裴道珠怀着万千思绪回到沈府。

顾娴早早带着康姨娘等女眷守在门口，瞧见她过来，也不等她行礼，急忙把她拽到怀里："果然又瘦了……阿难在外面吃苦了！"

裴道珠讪讪道："我在洛阳锦衣玉食的，哪里吃苦了？阿娘和阿父的身体可还好？"

见过礼后，又好一阵寒暄，康姨娘笑道："外间风大天冷，还是进去说话吧！夫人知道您回来，一早就让厨房做了您爱吃的菜，也不知您是在姑爷那边吃，还是在家里吃？"

萧衡不在，裴道珠不想回萧家。她笑道："就在家里用膳吧。等夫君回来，我再和他一道去给老夫人请安。"

因为沈霁也去了宫中，沈府用膳的只有一众女眷。

裴桃夭和裴子衿十分崇拜萧衡，把"食不言寝不语"的规矩全都抛到了脑后，席间不停询问他的事迹。裴道珠才知晓，百姓竟把萧衡看做了战无不胜的战神。

"学堂的小姐妹们都把姐夫的画像揣在书兜里，说将来长大要嫁一个和姐夫一样厉害的人。小郎君们也学姐夫穿白衣白袍，仿佛能变得像姐夫那样厉害，真是可笑！"

裴桃夭叼着什锦肉丸，脸上神采飞扬。

裴子衿脸颊微红，害羞地开口："大家还托我们讨要姐夫的字画和用过的东西……"

裴道珠觉得十分有趣。萧衡也就是在家国大事上稍微出彩些，私底下就是个难缠的坏郎君。

答应了两个妹妹的恳求，裴道珠才陪着母亲吃好饭。

顾娴把萧衡狠狠夸了一番后，忍不住小声问道：“阿难打算几时要个孩子？他如今年纪轻轻就位极人臣，只怕将来后院不止你一个人。还是早些生下嫡子，地位才算稳固。”

裴道珠摸了摸肚子，想着那两年毫无所觉喝下的避子汤，眼底掠过一丝阴霾。

她柔柔笑道：“这事儿可遇不可求，阿娘莫要再问了……”

黄昏时分，萧衡从宫中回来，拜访了顾娴之后，接裴道珠回萧府。

萧府早准备了接风宴，几房的人全都到齐了，喜气洋洋地要为萧衡庆贺。

原来萧衡竟被破例封了异姓王，封号为“宁”，天子还赐了无数金银珠宝和田地奴仆。

只是裴道珠看他眉宇间的神色，似乎不怎么高兴。

整座厅堂热热闹闹，老夫人也红光满面，笑得合不拢嘴，迭声夸赞萧衡有本事。

酒过三巡，萧衡起身给萧允敬酒，忽然道：“上回阿父过寿，孩儿与阿难送的那扇屏风，不知您可还喜欢？我想着檀木边框算不上好，在洛阳新得了一副好木材，不如重新换个框。”裴道珠正吃着酒，闻言心中一紧。

她把那扇屏风早已被毁了的事告诉了萧衡，萧衡当众问起这个，难道是要与萧允撕破脸？

萧允神色如常。

他吃了口酒，淡淡道：“正合我意，倒也不必如此麻烦。”

萧衡安静半晌，微笑：“阿父喜欢就好。”

短暂的交锋过后，席间又恢复了热闹。

裴道珠看着和萧家其他郎君们说笑的萧衡，正忧心忡忡，被人拉了拉手臂。

她回过神，见一个妇人笑眯眯地为她斟酒：“都知道阿难和九郎感情好，怎的连吃个宴席也要盯着他不放？他们闹他们的，咱们女眷自己乐就是！来，阿难先喝一杯！”

裴道珠被塞了满满一杯酒，盛情难却，只得笑着喝了。

酒过三巡，族中关系远些的妇人好奇地凑过来：“阿难，你在洛阳王宫待了那么久，不知经历了些什么？可曾被元承欺负？”

此话一出，席间的氛围顿时冷了下来。

二房的夫人连忙打圆场：“你说的这是什么话！若是弟妹的清白不在了，

九郎何故还要巴巴儿地带她回来？！”

她出身皇族，说话心直口快。

一众女眷连忙跟着称是。

裴道珠抿了口酒，眼底晕开朦胧。

一个大丫鬟匆匆过来，附在她耳畔低声道：“九少夫人，相爷请您去书房说话。”

裴道珠望向上座，萧允果然已经不见了。

她颔首道：“我跟夫君说一声。”

大丫鬟笑道：“不过是去书房一趟，没必要惊动九爷吧？”

裴道珠想起梦里的除夕夜，萧允的那些话。

她捏紧手帕，在起身的刹那，不经意望了眼萧衡的方向。似是心有灵犀，萧衡也正望向她。

裴道珠一个眼神，萧衡已领会了她的意思，他略一颔首。

裴道珠笑了笑，这才随大丫鬟往书房走。

穿廊过院时，游廊里的灯笼微微摇曳，光影斑驳之中，紫藤、月姬、花菱草开得极为茂盛葳蕤。

萧丞相的书房布置清雅，小桥流水，苔痕阶绿，颇有意趣。

裴道珠进了书房，大丫鬟在外面掩上了屋门。

屋子里点着数盏明灯，挂在墙上的不是山水字画，而是萧氏先祖们的画像，竟莫名阴森。

裴道珠收回视线，朝萧允屈膝行礼：“儿媳给您请安。”

萧允负手背对她，看着墙上的画像：“裴家先祖四世三公，曾钟鸣鼎食、爱国爱君。裴道珠，你的骨子里应当也流淌着忠烈之血。”

来了，果然是和梦里一样的开场白……

裴道珠在心底暗暗讥笑，面上却不显，柔声道：“阿父说得是，在洛阳那些天，我时时牢记祖上的荣耀，也时时谨记自己的立场，半点儿情报也未曾提供给元承……”

“我说的不是这个。”萧允转身，“若是让你在家和国之间选一个，你选什么？”

裴道珠故作茫然道：“您这话是何意？”

“事到如今，我也不再瞒你……”萧允点燃一炉香，把萧衡的身世和盘托出，“非我族类，其心必异。我想让你暗中毒杀萧衡——不，他不配姓萧，该称呼他元衡才是。你是他最亲近的人，由你下毒，可以做得神不知鬼不觉，也能免去一场兵戈杀戮。”

萧允何其残忍……哪怕是仇人之子，却也是他亲手带大的，他就非得杀了他不可吗？明明萧衡唤了他那么多年的“阿父”！

裴道珠忍住心寒，故作惊恐：“我一个妇道人家，得知这等秘辛，实在惶恐不安……我、我竟不知我嫁的是一个异族人！”

萧允很满意她的反应，道：“杀了他以后，我会以突发旧疾暴毙而亡来解释他的死因。你对天下有功，我会将你视作女儿，为你挑选别家郎君，从我萧家风风光光地出嫁。”

裴道珠心知肚明，即便她杀了萧衡，萧允也不会允许她活下去。那种见不得光的秘密，他会想办法把它永远隐藏起来。

她看着这位为南朝保驾护航数十年的老人，心底没来由地发出一声叹息。

她仍旧不动声色，甚至入戏似的慢慢红了眼眶：“我与夫君多年感情，一时半刻哪里下得去手？！还请您多给我些时间。”

香炉里青烟袅袅。

萧允看了她半晌，挥挥手示意她出去。

待她走后，一名心腹侍卫从屏风后绕出：“相爷，是留是杀？”

萧允拂袖落座，寒着脸道：“既然不能立刻下定决心，想来是另外存着心思了。裴氏绝不能留，在她见到萧衡之前，直接灭口。”

侍卫恭声称是，退出书房。

长廊幽远，假山空寂。

两名侍女在前面提着青纱灯，引裴道珠往内院走。

她们经过一道高墙时，两名黑衣暗卫忽然从墙头跃下，手持利刃，以迅雷不及掩耳之势袭向裴道珠！

就在两名侍女尖叫着跌倒在地时，一道白色身影如轻风般出现在裴道珠身侧，翠玉佛珠被他甩了出去，恰到好处地格挡开两名暗卫的偷袭。

随着他把裴道珠揽入怀中，问柳带着一群侍卫追了过来，不由分说地袭向那两名暗卫。

不过眨眼的工夫，两名暗卫就被擒获了。

问柳厉声喝道：“留活口——”

话音未落，两名暗卫已经咬舌自尽。

裴道珠靠在萧衡怀里，看了眼倒地而亡的暗卫，轻声道：“是死士。”

此间的动静自然惊动了萧允。他赶过来时，问柳已经带着人在收拾残局。

他看了眼担架上的尸体，神情意味不明。

萧衡静静地看着萧允。

萧允沉声问道："何事喧哗？"

萧衡答道："进了两个小贼，被孩儿发现，问柳擒住了他们。不想小贼畏罪自戕而亡，惊扰了您，是孩儿不好。"

萧允沉默片刻，道："既然不是什么大事，就散了吧。"

"是。"萧衡定定看了他许久，朝他长长作揖，"阿父……"

他的身影萧索淡漠，全然融不进这雕梁画栋的锦绣府邸。

裴道珠揪住萧衡的袖角。

这该是萧衡最后一次唤萧允"阿父"了吧？

从今往后，他便没有阿父了。

他们往别苑走的时候，穿过一条长长的游廊。几树梨花开得正好，雪白的花瓣纷纷扬扬地落满院。

萧衡越走越急。

裴道珠提着灯笼，亦步亦趋地跟在他身后。她有些跟不上，忍不住出声："阿郎……"

萧衡恍若未闻。

裴道珠紧追几步，牵住他的衣角："阿郎！"

萧衡这才注意到她，他扯了扯嘴角："走得急了，未曾顾及你。"

裴道珠摇了摇头，柔声道："我知晓你心里藏着事。今夜他要杀我，算是验证了你我的猜测，你现在对他失望透顶，是不是？"

萧衡目光沉沉，幼年的回忆浮上心头。

萧允待他极其严厉，可也有温情的一面。他亲自为他开蒙，教他读书写字，也曾在他生病之际，到处走访名医……

真奇怪，明明是仇人，可是他回想起来的竟都是他点点滴滴的好。

萧衡揉了揉额角，慢慢收回心神："他今夜杀你不成，势必会再下手。明日陛下为我接风设了宫宴，若是不出我所料，他会选择在宫宴时下手。"

他突然握住裴道珠的手："阿难，你怕不怕？"

裴道珠认真道："有你在，怎样的危险我都不怕。"

萧衡摸了摸她的脑袋："明日宫宴危险重重，你称病留在府里，别进宫了。若我事成，便接你到身边。若我事败……你就去找阿娘。阿娘吃斋念佛，终究比他仁慈几分，看在婆媳一场的分上，定会护你周全。”

梨花瓣漫天纷飞，月光下如雪如霰。

裴道珠把灯放在美人靠上，抱住萧衡：“阿郎说的话，我都听。只是阿郎记着，你在宫中并非孤军奋战。”

她迟疑片刻，才踮起脚尖，凑到萧衡耳畔低语。

说完，她红了脸，慢慢垂下头去：“本不该在这个节骨眼上与你提起这件事，只是，只是……”

她想告诉萧衡，他并非孤军奋战，并非没有家之人，他们就要有孩子了，她，他们的孩子，都会陪着他！

萧衡愣在当场，不敢置信。

失语了半晌，他才发出声音：“当真？！”

裴道珠点点头：“大约是在洛阳怀上的。前几日我总感觉身子不适，偷偷让枕星请了大夫看诊，才知道有孕了。因为怕萧家人知晓，一直没有说。”

许是因为身在洛阳，断了避子药，她的身子逐渐好了起来。老夫人存着一丝仁慈，未曾对她下狠手。

她望向萧衡：“阿郎可欢喜？”

萧衡的脸半明半暗，瞧不出喜怒哀乐。

裴道珠蹙眉：“阿郎？”

萧衡咬了咬牙，伸手揪着她的脸蛋：“娶你过门后，两年奔波，尚未度过几天清闲日子，却又要添上多余的人……这孩子来得可真是时候！”

什么叫“多余的人”？那可是他的亲骨肉！

她皮笑肉不笑地拧了一把萧衡的腰：“那你要是不要？！”

“嘶……”萧衡吃痛，“阿难千辛万苦怀上的孩儿，我哪儿敢不要？”

裴道珠这才满意地笑了。

萧衡把她揽入怀中，声音低沉而温柔：“阿难，谢谢。”

裴道珠靠在他的胸膛，听着他强有力的心跳，娇嗔道：“阿郎欠我的可多着呢。这辈子，慢慢还。”

次日。

裴道珠听萧衡的话，对外称病，没有随他一起进宫。

她亲自送萧衡出门，直到他的身影消失在视线里，也仍旧不舍离去。

“夫人，饭菜已经布置好了，都是您爱吃的菜！”枕星知晓她怀有身孕，比她还要高兴，把她照顾得更加仔细妥帖，“这儿风大，您快回屋吧？”

裴道珠回了屋，面对满桌珍馐，却毫无胃口。

她知晓今夜宫中会上演一出怎样的戏码。

天色渐暗，侍女们穿过游廊，把一盏盏亮起的灯笼挂到廊上。

风渐渐大了，吹过园林时透着湿润，没过半刻，细密的春雨就落了下来。芭蕉声声，雨珠从碧色的琉璃瓦上滚落，敲奏出空旷的乐音。

裴道珠坐立难安，干脆去了佛堂。

佛龛前供着一炉线香，佛祖慈眉善目，静静地俯瞰佛案前的女子。

裴道珠跪坐在案前，拿起萧衡的那串翡翠佛珠，指尖一颗颗捻过珠子，耳畔的夜雨声逐渐远去，心绪也随之宁静。

她在心底念了声“阿弥陀佛”。

淡金色的烛火跳跃，烛芯散发出浅淡的白烟，与佛前的线香融为一处，佛堂外的雨声逐渐遥远，直至再也听不见。

裴道珠揉了揉眉心，不知怎的竟有些犯困。

迷迷糊糊之中，她像是走进了一座山寺里。

山中孤寂，除了深林中偶尔惊起的鸦雀，便只闻得半山腰上那一声又一声的佛钟。

金碧辉煌的佛殿里点满了莲花宫灯，裴道珠浑浑噩噩地进了殿槛，瞧见玄衣男子站在佛像前，仰头望着金身大佛。

她走上前，盯着男人看了许久，突然诧异：“阿郎？”

这玄衣男子与萧衡生得一模一样，只是瞧着年长了些，也瘦削了些。

她伸出手，在萧衡面前晃了晃：“阿郎？”

对方却瞧不见她，只从袖袋里取出厚厚一沓银票，放进功德箱中。

长须皆白的老住持在一旁念了声“阿弥陀佛”，又道：“这十五年来，施主年年除夕夜为她供一盏长明灯，只可惜斯人已逝，在世之人还是得往前看才是。施主郁积于心，难以百岁呀！”

萧衡没有理老住持，只是请他出去。

宝殿寂静，宫烛煌煌。

他在原地站了片刻，才走上前点燃那盏长明灯，然后坐在佛案前，盯着那缓慢跳跃的灯火。

他看起来是那么孤单落魄。

裴道珠心口骤然一疼，坐在他身侧，伸手覆在他的手背上。然而明明近在咫尺，却根本触碰不到。

萧衡缓缓开口，像是在对着长明灯说话："那日去城北沽酒，瞧见你就坐在酒肆里，穿着半旧的红罗裙，戴一朵明媚的芙蓉花，笑起来时比芙蓉还要娇艳。裴家败落，昔年艳绝成郢的裴家女郎如今不过是当垆卖酒的粗使丫头，人人都可以踩上一脚。可是你把那些欺负你的人都骂了回去，哪有从前半分世家女郎的端庄模样？我瞧着稀奇，每隔三五日都要去你那儿买酒。"

他讲着当年的故事，薄唇似乎终于带了一点温度。

"当时不明白何为喜爱，只觉你是个有趣的女郎。朝中臣子推举你前往北国侍奉元承，我思量着你聪慧果决，比其他世家女郎更适合做奸细，便未曾阻拦。可是，可是……到底是我负了你，阿难，阿难……"

他唤着这辈子未曾在她面前唤过的小字，突然呕出一口血。

位高权重的男人在灯下溘然长逝，年仅四十五岁。

一朵金色灯花"啪"地炸了。

裴道珠忽地醒来，猛然坐直了身子。

她怔怔望向那尊佛像，揉了揉额角。

刚刚只是个梦吗？梦里的绝望和孤独铺天盖地，几乎将那个男人彻底淹没。

裴道珠不敢想象，即使是梦，也曾有一个人那么爱自己，还偷偷爱了那么多年。

两行清泪潸然滚落，她突然很想见萧衡。

她走出佛堂："什么时辰了？宫中可有消息？"

枕星提着灯笼迎上来："酉时刚过，夫人可是在担心郡公？"

裴道珠看着夜雨漫无边际："也不知宫里怎么样了……"

皇宫宫殿内，灯火明光，亮如白昼。

祥乐殿上，歌舞都已作罢，数百桌食案翻倒，酒菜狼藉满地，和着血水与残肢断臂混在一处，令人作呕。

文武百官神色惶恐地挤在殿侧，有的已然吓得瘫坐在地。

装配着精良细铠和兵器的士兵镇守在殿上，挺拔高大，沉稳威严，看得出是支训练有素的精锐部队。

萧衡面无表情地站在御阶上，宣告着今夜这场宫变的胜利者是谁。

殿下有一张完好无缺的食案，萧允佝偻着坐在食案上，白日里精神焕发的面容，如今变得颓败不堪。几缕乱发从额间垂落，衣襟上溅了血，衬着这一夜的兵败，有种老态龙钟之感。

他重重咳嗽了几声，盯着萧衡哑着嗓子道："不过是个杂种，你也配站在这里？纵使今夜兵败，朝野上下依旧容不得你，天下百姓也容不得你！”

萧衡居高临下地看着他，眼中毫无怜悯。

如他所料，萧允果然在国宴上发动了宫变，不止要杀他，连新帝司马长乐也想一并铲除。

萧允带了司马瑾进宫，指责司马长乐登基为帝是名不正言不顺，与萧衡相勾结，意图篡国。他恨不能立刻让他们血溅祥乐殿。

不仅如此，萧允还把他的身世公之于众，如今朝中文武百官都已知晓他的身世了。

可那又如何？他提前安排了最精锐的一支军队藏在偏殿，这场宫变还不是以失败告终？

萧衡冷冷道：“他们容不容得下我，不是相爷说了算的。”

萧允大笑起来，指着文武百官：“那你问问他们，他可容得下你？！我朝决不允许一个骨子里流淌着异族血脉的杂种当权执政！”

杂种……

萧衡冷笑。

原来在他曾经视若神明的父亲眼中，他一直都是个“杂种”。

他扫视文武百官：“你们可容得下我？”

百官心思各异，屏息凝神，犹如寒蝉噤声。

不知过了多久，高座上突然有人出声：“容得下。”

司马长乐一脸坚定地站起身：“朕信郡公，信他对江山社稷的忠诚，信他对百姓的怜悯！百年间南北通婚早已融合，哪里分得清彼此？更何况，正因为是泱泱大国，才该有容得下别族的气量！丞相饱读诗书，怎如此小家子气？”

本就安静的大殿更加鸦雀无声。

司马长乐握紧拳头，崇敬地看了眼萧衡，又道：“再者，郡公早就得知了自己的身世，如果他想谋反，早在洛阳时就反了，何必等到现在？可见丞相所言乃是危言耸听！”

百官各自思量，觉得有理。

萧衡毕竟在南朝长大，读的又是汉人写的书，骨子里还是热爱这片疆土的。

思及此，众臣毫不犹豫地选择站在司马长乐和萧衡这边，纷纷指责起萧允——

“偷走别人的孩子，教唆他对自己的故国和父兄下手，才是不仁不义吧？”

“不错！相爷竟然能酝酿阴谋长达二十年之久！如此心性，实在令人害怕！”

……

萧衡像是早就知道他们会选择站在自己这一边，毕竟他的兵还围着祥乐殿呢。

萧允老脸铁青：“你们——”他一口老血哽在心口，半晌说不出话来。

一名年轻的臣子拱了拱手，提醒：“相爷，如今已天下太平。”

既已天下太平，又何必再起争端？何必去管带来天下太平的那个人究竟有怎样的身世和过往？

祥乐殿宫变终于落下帷幕。

百官散场后，内侍们鱼贯而入，清理着满殿狼藉。

萧衡陪着司马长乐进了内殿，正要解释自己如今的立场，却被司马长乐激动地拽住袖角。

司马长乐仰起头：“郡公以弱胜强，夺回北方大片领土，朕每每收到前线捷报都十分欢喜！朕听闻郡公约束军队，对两国百姓秋毫无犯，更加敬佩郡公治军有方！哪怕郡公想要这天下，朕也会双手奉上，因为郡公配得上坐拥天下！”

少年语气激动，眼中满是星芒。

萧衡愕然，回过神后，失笑道：“陛下谬赞了。臣的阿娘亦是汉人，对臣而言，南北皆是故土，陛下亦是君王。”

他站在绘制着万里山河的屏风前，挺拔如松，眉目端正，周身有种潇洒不羁的风流气度。

司马长乐明白，这样一个人是万万不可能谋朝篡位的。

他对萧衡又增几分钦佩，认真道：“听闻郡公曾见了穆王爷。赶在他亡故前见上一面，也算是此生的幸运。”

萧衡想起那个卧病在床的男人，不由想起他弥留之际曾紧紧握着他的手。

那时他已神志恍惚，泪流满面，对着他的脸不停呢喃：“乐漪……乐漪……我好想你，我好想咱们的孩子，我想了二十多年……”

明明贵为一国王爷，却未曾另娶妻生子。该是怎样的情深义重！

听闻他一直反对战争，主张通过和平手段来解决争端。这样一个人，绝不是战争的罪魁祸首，更不该成为战争的牺牲品。

萧允实在是找错了报仇对象。

萧衡眼底浮现出寒意，他问道：“陛下打算如何处置萧丞相？”

司马长乐皱了皱眉："萧丞相当初扶我上位，不过是为了掩人耳目。他真正想扶持的是皇兄。皇兄明面上拒绝，可背地里却和丞相勾结，意图在天下一统后坐享其成。天底下可没有这么好的事！"

踌躇半晌，他道："我打算褫夺萧允丞相之位，余生监禁萧府，不得外出。至于皇兄……同样褫夺皇族身份，监禁大国寺。"

这已是非常仁厚的做法了。

萧衡点点头，认可他的判决。

宫里还有琐事需要他处理，他唤来问柳，让他拿着自己的腰牌信物回萧府，把裴道珠接去金梁园。

萧家，他毕竟不想再回了。

等彻底收拾完残局，雨渐渐停了，已近破晓。萧衡策马一路疾驰，径直回到望北居。

远远地，他便瞧见穿着素纱罗襦裙的女郎跪坐在廊下煎茶。

她赤着双足，挽一条天青色披帛，几绺蓬松微卷的刘海儿搭在额角，鬓边簪一朵白山茶，显得整个人娇艳欲滴。

"阿难……"

萧衡大步走向她。

裴道珠抬头时，见郎君一袭白衣逆光而来，背后是冉冉升起的朝阳，草木折射出五彩斑斓的光晕，他快步穿行其中，像是踏着七彩祥云。

他回来了。

裴道珠忘了穿上鞋袜，匆匆跑下台阶，如雀鸟归巢般投入他的怀抱。

她难以自抑地红了眼圈："我等你好久……"

昨夜她提着灯守着院门，生怕哪里出了差错，他一去不复返。直到三更天，问柳回到府里，拿着他的信物请她启程去金梁园，她一颗心才踏实下来。

萧衡含笑弹了下她的脑门儿："你是聪明人，你知道我一定会赢。这些年我何曾输过呢？"

裴道珠委屈道："我就是想等你……我要亲眼看见你平安无事地站在我面前，才能安心睡去。"

萧衡见她眼下隐隐有青黑之色，牵着她进了寝屋，怜惜道："我陪你睡会儿。"

他替裴道珠铺好床，让她睡在了里侧。

裴道珠在他怀里合上眼时，仍觉得今生如梦。她再三感受他的体温，听着他强有力的心跳，才敢肯定一切都不是幻觉。

她轻轻打了个呵欠，在萧衡的呵护下进入了梦乡。

昨夜一宿未眠的又何止她一人。

萧府厅堂门窗紧闭。

萧老夫人端坐在堂中，背后是一副古朴的山河图。

她阖着眼，苍老的手轻轻搁在案几上，指尖突然轻颤了一下。不知几时起，绸缎质地的深枣色春衫紧贴着后背，竟是被汗湿透了。

江嬷嬷端着茶点进来，欲言又止："老夫人……"

萧老夫人揉了揉额角："外间太亮，把门掩上吧。"

"是。"江嬷嬷掩上门，把茶点放到案几上，"宫中传来消息，相爷他……"

她眼眶一红，不知道该如何往下说，只端起茶盏送到老夫人手里："您枯坐一宿，喝些姜茶暖暖身子吧。郡公总归曾在您膝下长大，与您还是有些情分的，想必不会做得太绝。"

姜茶捧在掌心，萧老夫人却感受不到任何温度。

她低头啜饮一口："什么郡公，他如今是宁王了。"

江嬷嬷沉默。

萧老夫人又道："我早该知晓，世上没有不透风的墙。身世纵使藏得再隐蔽，也还是会传出风声。从一开始，就不该选择那种手段来报仇。不该用那种龌龊手段的……"

她眼中藏着的情绪复杂至极，不知是懊悔还是愧疚。

"事到如今，说什么都没用了。如今相爷还在宫中，天子宽仁，只是褫夺了相爷的官爵，判了监禁终身。几房郎君闹得厉害，说是要找宁王算账，奴婢让老管事一一安抚了下去。等相爷回府，好好为他接风洗尘，再说以后的事。无论怎样，日子总是要继续过的。"江嬷嬷说完，叹息着退了出去。

萧老夫人慢慢站起身，望向墙上那副陈旧的山河图，又摸了摸自己的心口。

找萧衡算账？她不只隐瞒了玄策的身世，还给阿难送了那么多避子药。她如今哪里有脸算账？

萧家，终是欠了玄策的。

萧允被监禁在御花园一座偏僻的抱厦里，等一切尘埃落定，再送回萧府。

他坐在屏风后，身体佝偻许多，眼中满是红血丝，几乎一夜之间白了头。

正如老松枯坐之际，一个身影出现在抱厦里。

萧野摘下蒙面的黑巾，看着他："我该唤你阿父，还是该唤你相爷？"

萧允转动浑浊的老眸，淡淡扫了他一眼。

萧野在花几上坐了：“我与萧衡不同，这些年未曾养在你身边，与你的感情总是要淡一些的。我常常想，世上怎会有父亲舍得把自己的亲骨肉培养成一辈子见不得光的奸细？或许有，但必定是怀着万般不舍的心情，而不是这么多年来连一点温情都懒得给予。”

萧允佝偻着身躯，紧了紧拳头，像是想要握住什么，终究什么也没能握住。

过了好半晌，他才哑声道：“我这辈子为朝廷、为天下鞠躬尽瘁，未曾欠过什么人。后人对我的功过自有一番评断。我纵然死，亦是清清白白毫无遗憾。”

萧野忽然笑了，笑着笑着，却眼圈泛红：“我一直待在穆王爷身边。他待我极好，视我为亲儿子一般。你写密信让我杀他，我无论如何也下不去手，干脆离开洛阳。直到他临终，我也未能送他最后一程，更没能见他最后一面。我如今才知晓，原来我就是他的儿子。萧丞相，稚子无辜，二十多年前，你何其残忍，让我们父子分离？！”

萧允回答不上来这种问题。

半晌，他面无表情地拂袖：“这不在我的考虑范围之内。异族的铁骑霸占我们的故土，你们的族人大肆杀害我们的百姓，在我眼中，你们都该死！”

萧野的眼睛更红，手放在腰间的佩剑上，声音几近崩溃：“纵使所有北国皇族都有罪，我阿父也是无罪的！他从未支持过战争，从未！”

风骤然吹开了雕窗，萧允稀白的头发凌乱飞舞。

萧野一跃而起，手中的剑毫不犹豫地袭向萧允——利刃闪烁着寒芒，刺穿了萧允的喉咙。

萧野收了剑，冷眼看着他倒在血泊之中：“是你咎由自取。”

说完，他消失在抱厦里。

萧允躺在血泊中，盯着洞开的雕窗，眼底却多了几分欣慰。

他慢慢合上了眼。

无论如何，在他担任丞相期间，朝廷收复了故都和疆土。

他这一生，问心无愧。

草长莺飞，又是一年春天。

在萧衡的主持下，都城从成邺迁回了洛阳，昔年南渡的士族们纷纷收拾行囊，再次迁往北方。

洛阳城百废待兴，处处都是新气象。

萧衡牵着裴道珠的手，停在一处府邸门前。

他摘下蒙在裴道珠眼上的纱巾："看看喜不喜欢？"

裴道珠看着眼前端宏辉煌的府门，门外的两座石狮子尤其威武。她知道整座府邸是在原先穆王府的基础上改的，对萧衡而言还有别的意义。

进了大门，雕梁画栋，飞檐斗拱，触目所及都是美景，可见耗费了主人家许多心思。

府邸中央那座冲天而起的精致楼阁，更是令人叹为观止！

裴道珠双眼亮晶晶的："这是咱们的家吗？"

"嗯。我知道我们家阿难喜欢贵的东西，修建府邸时很舍得花银钱，将来你就在那高阁上举办宴会，定然能收获满堂艳羡。"萧衡笑道。

裴道珠俏脸微红，忍不住小声反驳："我哪里就喜欢贵的东西了？也就是，也就是贵的东西不容易坏……"

这么说着，自己却也忍不住翘起嘴角。

她确实喜欢贵的东西。金银珠宝，古董字画，凡是值钱的她都喜欢。天底下又有谁不爱这些呢？

不过最重要的……

她垂眸望向萧衡牵着她的手，被他牵着，便觉十分心安。

最重要的并非是他坐拥天下之富，而是他爱她，懂她，怜惜她，敬重她。

"王爷、王妃！"

枕星抱着襁褓过来了，脸上红扑扑的："今儿是搬家的好日子，小世子大约知晓有新家住了，一进门就笑眯眯的！你们瞧，现在还笑着呢！"

襁褓里是个白嫩干净的婴儿，取名元卿缘，小名团团。

萧允被杀后不久，萧衡就改回了元姓，给孩子取名时也用了元姓。

萧衡抱过孩子，掂了掂他的分量："又重了些。"

裴道珠忍住笑扶了一把："没见你这般当父亲的，当心把团团摔到地上。"

萧衡挑了挑眉，把孩子送回枕星怀里，对裴道珠道："小孩儿总免不了摔跤，摔一摔才更结实，我也是慢慢摔着长大的。"

裴道珠："……"

两人在园子里逛了一会儿，一名女婢找了过来，禀报："王爷，萧家出事了……萧老夫人病重，太医说是活不长了。萧家那边派了管事过来，说老夫人临走之前想见见您和小世子。"

自打萧允走后，萧老夫人的身体就渐渐垮了，回到洛阳之后，身体更是大不如从前。

而萧家没了萧允，又失去了萧衡的支撑，族中子弟一个不如一个，可以说几乎没了从前的鼎盛荣光。在洛阳，萧家沦为了二流世家。

裴道珠不禁想起萧允。若他还在世，会后悔当年所做的一切吗？

恐怕并不会……

萧衡问："要去吗？"

"去吧。"裴道珠温柔地为他理了理衣襟，"我看得出来，萧老夫人算是为数不多对你好的人，去看看她，也送她最后一程。过去种种恩怨，在死亡面前又算得了什么呢？"

萧衡抚了抚她的脸，温柔道："我听你的就是。"

萧府与在成郧时一模一样，就连假山和花木都是仿制乌衣巷的府邸来的，只是不知怎的，萧衡却觉十分陌生。

虽是新修的府邸，可越往里走越冷清，哪还有昔年鼎盛时的高朋满座迎来送往。

他们一路进了内院，进了老夫人的寝屋。寝屋内弥漫着清苦的药香，病榻前围着前来侍奉的子孙和儿媳。

他们见萧衡被江嬷嬷引进来，纷纷噤若寒蝉，大气儿也不敢出地退了出去。

江嬷嬷卷起帐帘，轻轻唤道："老夫人，宁王来了。"

萧衡望向榻上的老人。才短短一年时间，萧老夫人竟形销骨立，瘦弱得不成样子了。

萧老夫人缓缓睁开眼。

江嬷嬷见她醒了，恭敬地行了个退礼，又替二人掩上屋门。

萧衡在榻边坐了，随手替她掖了掖被角："怎的病成这样？可是府中的人怠慢了您？"

他一开口，萧老夫人的眼泪便涌了出来。

她伸出手，缓慢而用力地握住萧衡的手。

她透过朦胧泪眼凝视萧衡，过了很久很久，才道："玄策，是萧家……对不住你……"

萧衡低眉敛目，似是不知如何回应。

寝屋里寂静了片刻，襁褓里突然传来哭声。

萧衡抱来襁褓，给萧老夫人看："我们给他取名元卿缘，乳名团团。"

"团团……团团圆圆……"老夫人慈爱地看着孩子，一边哭一边笑，"这名字好，这名字吉祥……”

萧衡沉默，没有纠正她用的是那个“缘”字。

他把襁褓放在枕边。

萧老夫人轻轻握住孩子娇嫩嫩白乎乎的小手，含笑逗他：“你阿父英明神武，你阿娘美貌端庄，等你长大，定然会得洛阳城所有小女郎的喜欢……只是，只是我这老婆子有生之年是看不见喽……”

小家伙听不懂，只瞪着黑葡萄似的眼睛瞅萧老夫人，竟也没再啼哭。

萧衡忽然道：“团团，唤祖母。”

萧老夫人一愣，不敢置信地望向萧衡。

萧衡淡然地别过脸去。

更多的眼泪从老人脸上潸然滚落。

她望向咿咿呀呀的小家伙，明明未曾听见那一声“祖母”，却忍不住“诶”了一声。

萧衡抱着团团出来后，刚在偏厅落座，就听见隔壁传来悲痛欲绝的哭声——

“老祖宗去了！”

一时间，府中哭声四起，事先准备好的白布和白灯笼也被侍女小厮们挂在了门廊上。

萧衡静坐着，慢慢闭上了眼。

“王爷。”江嬷嬷推门进来。

她鬓角簪了朵白花，捧着一只檀木锦盒，眼睛红肿得像核桃。

她哑着嗓子道：“王妃生小世子时，老夫人未曾随礼。后来小世子满月，老夫人也没能前去，只是心底总是记挂着的。这是她一早就请工匠打好的几件东西，昨儿半夜醒来的时候特意吩咐奴婢记得送给小世子，权当长辈一片心意。”

萧衡接过锦盒，打开。

里面盛着一对小孩戴的金手镯，拿起来时沉甸甸的。

还有一副镶嵌着和田美玉的金项圈，同样精致华美，项圈里还刻着“平平安安”。

他拿在手里看了一会儿，才仔细收起来：“嬷嬷今后作何打算？”

江嬷嬷笑了笑：“奴婢老了，便守着老夫人的祠堂，了却残生。”

萧衡微微颔首，起身告辞。

江嬷嬷深深屈膝，朝他的背影行了一礼。

萧衡回到王府后，裴道珠见他没什么胃口的样子，料想他心情应当不太好。

她替萧衡夹了些菜："贫贱富贵，可以凭借自身改变，可生老病死，谁又有本事干预呢？听说老夫人走的时候很是安详，想来应是高高兴兴地去的。"

萧衡勉强用了两口菜，便再也吃不下。

他道："吩咐下去，让府里茹素三月。"

裴道珠知晓他对萧老夫人到底还是存着几分情意的。

初遇时，她只觉萧家九郎心如铁石。一晃数年过去，真正了解了他这个人之后，才知晓他是天底下最温柔不过的郎君。

迁都之后，在萧衡的主持下，朝政大事逐渐步入正轨。

司马长乐学着料理国事，他天生一颗仁厚之心，虽然出身世家，却没有奢靡之风，反而处处节俭。

第二年，四海九州海晏河清，百姓安居乐业被战火荼毒的中原大地重新恢复了生机。南北商贸频繁，胡汉亲如一家。

司马长乐到了十八岁。

朝臣之中已经有人按捺不住，奏请天子早日遴选秀女，充实后宫。

春阳明媚。

裴道珠抱着一只白卷毛猫儿坐在屋檐下，看奶嬷嬷带着团团在园子里玩。

她听枕星提起选秀的事，不觉莞尔："文武百官和各地世家都会把家中适龄的女郎送去吗？"

"大约如此。"枕星从侍女手中接过茶点，放在裴道珠手边的花几上，"说起来，王妃娘家也有两位小女郎正当年华呢！"

裴道珠挑了挑眉。

桃夭和子衿……两个妹妹如今出落得亭亭玉立，虽是庶出的女儿，可这些年琴棋书画、诗词歌赋一样也没落下，教养的比寻常世家的嫡女还要出彩。

可是宫里的日子会不会委屈她们？

花朝节那日，宫里办了一场宴会。

宴会设在御花园，文武百官都带着自家的适龄女郎前来赴宴，园子里鬓影衣香，环肥燕瘦，叫人眼花缭乱。

裴道珠与谢南锦、李幸儿坐在抱厦里，笑盈盈道："这些大人们赴宴是假，让自家小女郎在天子面前混个脸熟才是真……"

近水楼台先得月，赶在外地世家进京之前，让自家女郎和天子熟悉一下，岂不是更有利于被选上？

“我倒是听说过一件秘闻。”李幸儿轻抚茶碗，笑得颇有几分神秘，“两位姐姐可要听听？尤其是裴姐姐，定然格外感兴趣。”

少女已为人妇。

去年夏天，谢麟拗不过家族的意愿，只得娶了李幸儿。虽然表面上心不甘情不愿，然而婚后生活却意外美满。

裴道珠挑了挑眉：“怎么独我会格外感兴趣？”

李幸儿压低声音：“除夕宫宴的时候，我出去透风，裴姐姐猜我瞧见了什么？我也不与你卖关子，我瞧见令妹裴子衿在雪地里赏梅，天子亲自为其提灯撑伞！所以说这选秀一事……与家家都不相干，唯独与你裴家相干！”

子衿和天子之间有什么故事吗？她竟半点儿也不曾听说过！

裴道珠望向御花园角落。

小女郎们三三两两结伴而行，叽叽喳喳地讨论着今春的新衣裳、新首饰，唯独裴子衿捧着一本书坐在花廊底下，看得全神贯注。

她打扮得也素净，穿一件嫩柳黄窄袖袒领上襦，系着条葱白交窬裙，发髻梳得简单整洁，簪两根百合玉钗，与周围格格不入。

天子会心仪这般模样的小女郎吗？

裴道珠想不明白。

她正瞧着热闹，忽然注意到一个小太监悄悄行至子衿面前，恭敬地低语了几句。

她认得那小太监，是天子身边的心腹。

子衿为难地蹙起眉，推拒了几句。最后实在推拒不过，才合上书，随那小太监往花廊一端走了。

李幸儿笑了起来：“她准是去见天子的，你们信是不信？走，咱们跟去瞧瞧！”

裴道珠急忙拦住她：“人家脸皮薄，咱们跟去做什么？！且随他们去吧！”

谢南锦颔首：“正是这个理儿，咱们只管吃茶就好。或者，先预祝阿难要当皇后的姐姐了？”

李幸儿大笑着，作势要给裴道珠敬茶。

亭子里闹成一团。

花廊深处，垂落的藤花葳蕤茂盛，遮蔽了站在里面的两人。

司马长乐紧紧握住裴子衿的手：“什么选秀，我心里是什么意思，难道你还不明白吗？！我只问你一句，你愿不愿意？”

少年天子一贯温润内敛，今儿被逼急了，脸涨得通红。

裴子衿同样小脸绯红，低着头不敢正视他：“您是天子，合该拥有三宫六院，说什么要为臣女一人罢黜后宫，您是想让臣女成为朝臣口中的祸水吗？”

“我心仪你，只想娶你一人，你怎么就成了祸水？”司马长乐愈发着急，“什么三宫六院，我要那么多女人干什么？我要你一个就够了！宁王只有你阿姐一个，如今不也和和美美？”

“臣子和君王怎么能一样？”裴子衿急得眼泪都出来了，“君王是要延绵皇嗣开枝散叶的，自然是妃子越多越好——”

“先帝倒是妃子众多，最后却父子相争，兄弟阋墙，有什么好的？”司马长乐反驳，“我只问你一句，你心里究竟有没有我？若是有，我立刻封你为后！我这几年勤勤恳恳，在国事上从未有过疏忽，如今我只是想立我心爱的女郎为后，我不信争不过朝臣！”

少年的眉宇间都是郑重和认真，有着和天下人为敌的勇气。

裴子衿呼吸急促。

她自然是倾慕他的！可是，可是……

正因为喜欢他，才不愿意成为他的累赘和麻烦。

“裴子衿！”见少女躲躲闪闪，司马长乐追问，“你心里究竟有没有我？”

裴子衿脸皮薄，挣脱开司马长乐的手，杏眼里噙着泪，不停后退：“陛下莫要再逼我了……婚姻大事乃父母之命，媒妁之言，私相授受是万万不可的！臣女告退！”

她屈膝行了一礼，匆匆跑走了。

司马长乐气得不轻：“我看你就是读书读傻了！”

裴子衿一路哭着跑出去，远远瞧见裴道珠坐在亭子里，连忙挽着裙裾跑进花亭。

“阿姐——”她扑进裴道珠怀里，呜咽道，“我遇见了棘手的事……”

谢南锦和李幸儿对视一眼，笑着离了席。

裴子衿这才坐端正，把司马长乐的那些话讲给裴道珠听。讲完之后，她又小声道：“我哪里是不倾慕他，只是他是天子，我若为了一己私欲要他罢黜六宫，与我一夫一妻，成什么体统？”

裴道珠听罢，忍不住笑了起来。

她这个妹妹哪里都好，偏偏性子倔强古板。

她劝道：“怎么就不成体统了？他是君王，却也是凡夫俗子。一个凡夫俗子爱上一位女郎，想与她长相厮守，直到白头，难道有错吗？难道只立一个皇后，天下就会大乱不成？我若是你，遇到这般痴情人，欢喜都来不及，才舍不得拒绝呢！”

裴子衿怔住。

她不可思议地看着阿姐，没料到她竟然支持天子离经叛道的想法。

“世上的真心情意最不可辜负，而双向的爱慕又最是可遇不可求。子衿，回去见他吧，告诉他你倾心于他，想嫁他为妻。”裴道珠说着，从发髻上取下一支琉璃雕琢的拒霜花发钗，簪到裴子衿的发髻上。

小女郎本就生得清秀白净，簪上芙蓉粉的拒霜花发钗，更清透明艳。

裴道珠温柔地弹了下她的额头：“去吧。”

裴子衿摸了摸发钗。

她崇敬阿姐，从小到大，她觉得阿姐无所不能，阿姐说的话都是对的！既然阿姐这没什么，那么大约真的没什么关系？

她迟疑片刻，使劲儿点点头：“我听阿姐的话！”

裴子衿提起裙裾，匆匆跑出去找司马长乐。

司马长乐还在花廊深处生着闷气。

裴子衿小心翼翼地进来，规规矩矩地行了个屈膝礼：“给陛下请安。”

司马长乐没搭理她。

裴子衿想了想，忽然走上前，踮起脚尖亲了亲他的脸。

花藤葳蕤，廊间笼罩着婆娑花影。两人身处其中，与外界的喧嚣彻底隔绝。

小女郎的吻轻如花瓣，司马长乐满心的烦躁瞬间烟消云散。

他脸微红，望向裴子衿：“你，你……”

“臣女心仪陛下……”裴子衿的脸也红了个透，只低头盯着自己的鞋尖，“臣女愿意做陛下的皇后。”

清风里弥漫着花香。

司马长乐的心几乎飞到云端。

他犹豫半晌，勇敢地牵住了裴子衿的手。十指相扣，彼此的温度炽热而真实。

裴子衿暗道，她这辈子是学不会阿姐的风流潇洒了，但能学到阿姐的半分勇敢，也算很了不起了。

……

花朝节过后，司马长乐果然下旨，册封裴子衿为后。

他本以为朝中会一片反对之声，然而因为萧衡和沈霁的身份摆在那里，竟然没有朝臣上书反对，反而称赞天子情深义重，是难得的仁君。

册封那日，裴道珠欢欢喜喜地回沈府吃酒，大家都很高兴。

康姨娘因为早年经常被裴茂之虐打的缘故，落下了一身病根，这两年身子大不如前，一个月里常常有十几天卧病在床，连这般大喜的日子也没法跟大家一起庆贺。

席间，顾娴悄悄问裴道珠："你和宁王可打算再要个孩子？"

裴道珠摇了摇头："我们打算去一趟草原，暂时不打算再要孩子。"

"去草原？"顾娴吃惊，"去那里作甚？那可是胡人的地盘！"

裴道珠实言道："去见元承。"

兵败之后，元承带着剩余的兵马退回北方草原，和中原以雪山为界，暂时算是两不侵犯，各自安定了下来。

元承得知了萧衡的身世，十分激动，不远千里送来书信，非得请萧衡去北方草原看一看。

他说穆王对他有教养之恩，亲如生身父亲，他这些年一直挂念失散的两位堂弟，也想着找他们，却万万没想到萧衡就是他的堂弟！

他请萧衡无论如何也要回一趟故乡，看看广袤的草原和蓝天，看看奔流不息的母亲河，尝一尝胡族酿造的烈酒，更要去祭拜葬在月亮山上的先祖。

萧衡起初懒得搭理他，只是元承格外固执，每隔半个月就要寄一封书信。

盛情难却，萧衡最终看在裴道珠的面子上，勉强点了头。

"我们不仅是去见元承，还要商议互通贸易的事。西域诸国想要与咱们做生意，须得经过草原。而草原那边也有咱们需要的马匹、皮革等物，所以夫君此次前去草原，还有使臣的身份。"

顾娴不懂朝政，但也觉得十分要紧，因此点点头："既是正事，那自然得去！"

裴道珠和萧衡抵达草原时，正值初秋。

遍野空旷，微染枯黄色的草原一望无际，雪白的羊群散落在天地之间，几朵云漂浮在遥远的雪山边，令人心旷神怡。

玉带一般的河流流淌过山脚，水质清澈冰凉。

裴道珠穿着胡族特有的厚夹袄，头戴垂珠圆毡帽，蹲在河边掬一捧水，浅浅尝了一口，不禁回眸一笑：“好甜！”

雪山逶迤，女郎回眸时眉眼弯弯，又娇又甜。

萧衡悠闲地骑在马背上，指了指远处若隐若现的古老城楼：“那就是他们的都城。”

裴道珠很是期待，稍微收拾了一番，继续赶路。

他们来到胡族的宫殿，穹顶圆圆，各式建筑和中原全然不同。

尚未踏进正殿，一道敏捷的身影便扑了上来：“裴姐姐！”

元栩栩扑到裴道珠怀里，热情地抱住她：“我竟没想到，有生之年还能再见！我已经布置好了休憩的闺房，还让厨子做了草原上有名的各种食物！烤羊腿、手抓羊肉、马奶酒、炒米、奶茶，保管裴姐姐都喜欢！”

裴道珠招架不住她的热情，只得笑道：“我也给你带了礼物，都是中原的特产。”

萧衡望向殿内。

元承站在殿中，神色复杂地看着他。

过了许久，元承大步走向他，用力拍了拍他的肩膀：“不错，是我们家族的血脉。”

正因为是他们家族的血脉，才骁勇善战，用兵如神。败在外人手上，他很不甘心。可是败在弟弟手上，他认了！

接连半个月，元栩栩带着裴道珠游览王城景致，几乎把附近好玩的地方都跑了个遍。

萧衡被迫和元承待在一起，只觉元承像是变了个人，哪还有从前嚣张跋扈的模样？他处处以兄长自居，令萧衡好不自在。

两国也敲定了商贸往来和边境贸易税收事宜。

分别之际，元栩栩依依不舍地挽着裴道珠的手臂：“不能再多住些时日吗？洛阳又没什么要紧事，非得今天走吗？实在不成，实在不成我跟裴姐姐一块儿回洛阳好不好？”

裴道珠一个头两个大。

元栩栩是草原的公主，眼看着就要婚配了，把她带回中原算怎么回事？

她只得求助地望向元承。

元承一把拽回元栩栩：“不准胡闹。”

在元栩栩的大吵大闹声中，裴道珠和萧衡踏上了回中原的路。

回到洛阳，已是初冬。

正逢封后大典，整座都城喜气洋洋。

沈府琐事繁多，顾娴一个人忙不过来，裴道珠干脆暂住娘家帮忙。

顾娴忍不住感慨："你长姐嫁得太远，膝下子嗣众多，这些年未能与我们相见，已是遗憾。只是你二姐却不该不回家。都在外面游历了多少年，幼妹都出嫁了，她却还没有着落，难道是打算一辈子吃斋念佛吗？"

裴道珠提醒："阿娘，二姐是修道的，不是修佛的。"

"管她修道修佛，都该常常回家才是！"顾娴又气又急，"我每每想起都怄得慌！"

裴道珠讪讪。

再怄火也没用，二姐姐如闲云野鹤，小小的洛阳怎么能困住她？

母女俩在屋子里说着私房话，一道修长纤细的身影躺在屋脊上。

她沐浴着阳光，慵懒地舒展开身体。黑色道袍宽大舒适，被风轻轻吹拂，愈发衬得身姿窈窕。

听着屋子里的议论，她打了个呵欠，漫不经心道："在外面野惯了，回到府里便觉拘束……闺阁女郎、高堂夫人并非我所期冀，劫富济贫、打抱不平才是我甘心为之付出的事业。"

"说到劫富济贫打抱不平——"另一道温润如玉的声音忽然传来。

裴道湘如野猫般眯着眼望去。

白衣胜雪的郎君站在屋脊一端，笑起来时令人如沐春风："听闻乾州有山妖作乱，劫掠四方百姓。不知在下可否有幸邀请裴二姑娘一同调查？世上本无妖鬼，想来是有心人假借名号故意为之。这种案子，查起来定然有趣。"

说话的不是旁人，正是萧野。

裴道湘也是在游历途中遇见他的。

她一路追寻相家谋的踪迹，没提防阴沟里翻船，竟被小贼偷走了钱袋。正苦恼没钱付账时，萧野正好住了进来，见她眼熟便上前询问，两人互相对了对身份，竟算是亲家，于是一路结伴同行至现在。

裴道湘饶有兴趣地坐起身："何时动身？"

萧野仰起头，望了望天色。

半晌，他含笑道："现在？"

"正合我意！"裴道湘潇洒利落地站起，"都城处处都是功名利禄，人人都在追求富贵荣华，简直俗不可耐。还是离远些才叫人高兴！更何况相家谋还在外面兴风作浪，我得逮住他才是！"

萧野看着她笑。

裴道湘挑眉："你笑什么？"

萧野慢慢道："起初觉着你的性情很像一个人，现在又觉得不像了。裴道湘就是裴道湘，生性自由，无拘无束，与我相似。"

裴道湘脸微红，小声嗔怪："好好的，突然说这个作甚？"

"没什么。"萧野笑了笑，望向更远的地方，"趁着今日晴好，可要启程？"

"我把礼物放下就走。"裴道湘很快从寝屋出来，再次翻上屋檐，和萧野的身姿同样轻快灵巧，犹如两尾燕子般消失在洛阳城中。

"咦……"

寝屋里，裴道珠绕到屏风后拿嫁妆单子，却瞧见花几上多了一只紫檀木盒。

她打开盒盖，里面是一支精巧的玉钗。

盒子里还有一张字条——替我祝幼妹新婚大吉。

字迹潦草任性，不用多想就知道是裴道湘留下的。

顾娴也瞧见了，顿时气得不轻："这孩子回来了也不说一声！不好好留下来相看夫婿，又跑到哪里野去了？！阿难，你可不能学她！"

裴道珠抿着嘴笑。

她爱金银珠宝，爱富贵荣华，是个俗得不能再俗的女子。二姐姐却能看破功名利禄，生性自由不羁。

二姐姐……是她羡慕却学不来的人呀！

封后大典很是盛大，洛阳城中一连热闹了数日，才渐渐回归平静。

等到十二月初，北风呼啸，鹅毛大雪簌簌而来，整座都城都变成了雪白。

这日清晨，萧衡上朝去了，裴道珠带着团团在窗下看雪。

寝屋里燃着地龙，很是暖和，枕星又架了个小火炉，叫小厨房拿了一盘年糕，高高兴兴地给小世子烤年糕吃。

裴道珠看了一会儿雪，就把团团交给奶娘带，自个儿盘膝坐在矮案后面算账："临近年底，各种东西都该准备起来……正月间和同僚亲朋之间来往也要花上一大笔银钱……"

枕星笑眯眯地给年糕翻了个面："王爷富可敌国，您怎么还愁上了银钱的问题？"

"再富裕，也要仔细打理账目。"裴道珠翻着账本，拨着算盘，算着算着，自己也忍不住咋舌，"他从哪里弄来这么多钱？！"

他每日处理政务也就罢了，还有精力经营那么多门生意，敛财的速度简直令她叹为观止！

枕星歪着头，笑得神秘兮兮："奴婢听问柳说，王爷知晓您喜欢金银珠宝、奇珍异宝，所以专门留出时间为您收集天下珍宝。这般宠爱，简直前无古人后无来者！"

裴道珠拨弄算盘的手停了下来，视线落在算盘上。

寻常人家的算盘也就是木头做的，她用的却不同。

纯金底座，碧玉为珠，仅一把算盘便已价值连城。

她后知后觉，忽然发现自己这段时间以来习惯了的家私摆设竟无一件是凡品。

萧衡竟会宠她到这个地步吗？

窗外大雪纷飞，屋子里却很是暖和。烤年糕的香味逐渐弥漫在空气中，越来越浓的年味儿令人心生欢喜和踏实。

裴道珠又看了两本账目，忍不住打了个呵欠，随即抱着算盘伏在矮案上睡了过去。

意识蒙眬之际，只觉肩上多了什么东西。

她被惊醒，瞧见萧衡正给她盖上薄毯。

她握住薄毯一角，揉了揉眼睛，声音透着没睡醒的慵懒："你回来了……什么时辰了？叫侍女摆膳吧……"

"才晌午时分，摆什么膳？"萧衡在她身边落座，拿过那厚厚一沓账本，"看这么多账，仔细伤了眼睛。"

此时外间的大雪已经停了，雪光透过琉璃窗照进来，衬得室内明净风雅。

裴道珠懒洋洋地窝进他怀里："我怕你瞒着我私藏金库，自然要查个分明。"

萧衡被她逗笑："我可不爱金银之物。"

裴道珠仰起头："那你爱什么？"问完，自顾笑了起来，学着萧衡的口吻，"我爱的自然是家国天下，黎民百姓，山河社稷！"

学完，她兀自笑了起来，插在髻上的金步摇跟着清脆晃荡。

萧衡不悦地捏住她的下巴。

四目相对。

萧衡挑了挑眉，旋即在她唇角落了一个温柔的吻："萧家九郎爱那些，可宁王元衡却只爱裴阿难。裴阿难呢？是爱元衡，还是爱金银珠宝？"

郎君白衣胜雪，面如冠玉，鸦青长发一侧编织着红璎珞，衬得他如丹鹤般风流飘逸，俊美昳丽。

裴道珠忍不住弯起眉眼，霸道地环住他的脖颈，在他耳畔低语：“我亦是爱美之人，金银珠宝怎及阿郎半分容色？”

她鲜少这般主动。

萧衡喉结滚动，眼底炙热又多两分，修长而骨节分明的手慢慢停在裴道珠的细肩上。

枕星带着两个小侍女卷了珠帘进来。

她们笑呵呵地请了安，枕星让小侍女把抬进来的花瓮摆在墙角：“奴婢让人折了几枝红梅，想着摆在房中好看，王妃定然是喜欢的。”

裴道珠确实喜欢花，只是枕星进来的不是时候。

她忍着笑吩咐道：“你有心了，且先下去吧。”

枕星走后，她赏那一瓮梅花：“洛阳的梅花开得这样好，不知成邺的梅花又如何了？我记得金梁园有一树百年红梅，落雪时节最是鲜妍夺目……”

“金梁园的桃花也是很美的。”萧衡收敛了旖旎的心思，坐在矮案后，随意摆起棋盘，“等来年开春，我带你回去瞧瞧。”

裴道珠双眼放光：“当真？！”

“君子无戏言。”

裴道珠熟稔地捡起一颗棋子：“那就这么约定好了。”

猜先过后，萧衡执黑子先行。

香炉青烟袅袅，红梅开得正艳。

两人在西窗下手谈一局，任时光翩然逝去，宛如神仙眷侣。

许久后，裴道珠愕然：“三劫连环？竟又是三劫连环？！”

当年他们曾下过一局三劫连环的平局，僵持半日谁也不服谁，最后胜负无疾而终。没想到多年后又遇到了相同的局面。

裴道珠道：“罢了，这局不算，重新来过吧。”

正要收拾棋盘，萧衡忽然握住她的手。

他眉眼带笑：“我认输。”

昔年萧家九郎鲜衣怒马骄纵清高，不服世间任何人。可是爱上裴阿难，他甘心道一个“输”字。

萧衡此生愿对裴道珠俯首称臣。

——全文完——